HET SPEL DER TRONEN

Van George R.R. Martin zijn verschenen:

Het stervende licht
Windhaven ◈ (met Lisa Tuttle)

DE WERELD VAN HET LIED VAN IJS EN VUUR
De Hagenridder
De Eed van Trouw
De Onbekende Ridder

De IJsdraak

HET LIED VAN IJS EN VUUR
Boek 1 Het spel der tronen ◈
Boek 2 De strijd der koningen ◈
Boek 3 Een storm van zwaarden, Deel een: Staal en sneeuw ◈
Boek 3 Een storm van zwaarden, Deel twee: Bloed en goud ◈
Boek 4 Een feestmaal voor kraaien ◈
Boek 5 Een dans met draken, Deel een: Oude vetes, nieuwe strijd ◈
Boek 5 Een dans met draken, Deel twee: Zwaarden tegen draken ◈

De Fevre Dream ◈

◈ Ook verschenen als e-book

George R.R. Martin

Het spel der tronen

Een lied van ijs en vuur

Boek I

Luitingh Fantasy

Eerste druk 1997
Drieëntwintigste druk 2014

Oorspronkelijke titel: *A Game of Thrones*
Vertaling: Renée Vink
Kaarten: James Sinclair
Omslagontwerp: Karel van Laar
Omslagillustratie: Larry Rostant

ISBN 978 90 245 5643 4
NUR 334

www.boekenwereld.com
www.dromen-demonen.nl
www.watleesjij.nu

Dit is voor Melinda

Het noorden
De bevroren kust
Het Spookwoud
De muur
De Schaduwtoren
Slot Zwart
Oostwacht aan Zee
Zeehondenbaai
IJsbaai
Bereneiland
De Laatste Rivier
Karborg
Wolfswoud
Fort Gruw
N
Winterfel
De Koningsweg
Witte Knijf
Torhens Sterkte
Terplanden
Withaven
Weduwenwacht
Motte van Cailin
De Nek
De Beet
Drie Zusters
Grijswaterwacht
De Vingers
De Tweeling
IJzereilanden
Zeegaard
Groene Vork
Het Adelaarsnest
Bloedpoort
Vallei van Arryn
Blauwe Vork
Stroomvliet
Rode Vork
Kaart door James Sinclair

Het zuiden
Drie Zusters
De Vingers
De Koningsweg
IJzereilanden
Zeegaard
Groene Vork
Blauwe Vork
Vallei van Arryn
Het Adelaarsnest
Piek
De Drietand
Bloedpoort
Meeuwstede
Rode Vork
Steenstort
Stroomvliet
Kreeftenbaai
Harrenhal
Gulden-
tand
Het Godsoog
De Rots van Casterling
Drakensteen
Lannispoort
De Goudweg
Zwartwater-
stroom
Konings-
landing
Het Bereik
N
De Zeeweg
Koningsbos
De Rozenweg
Tarth
Mander
Stormeinde
Scheepskrakerbaai
Hooggaarde
De Marken van Dorne
Regenbos
Kaap Gram
Zee van Dorne
Oudstee
Dorne
Sterrenval
De
Gebroken
Arm
Zonnespeer
Het prieel
Kaart door
James Sinclair

Proloog

'We moeten terug,' drong Gared aan toen in de bossen rondom hen het donker inviel. 'De wildlingen zijn dood.'

'Vrees je de doden?' vroeg ser Waymar Roys met een nauwelijks merkbaar glimlachje.

Gared liet zich niet provoceren. Hij was een oude man van boven de vijftig en hij had de jonkertjes zien komen en gaan. 'Dood is dood,' zei hij. 'Met de doden hebben we niets te maken.'

'Zijn ze wel dood?' vroeg Roys zachtjes. 'Welk bewijs hebben we daarvoor?'

'Wil heeft ze gezien,' zei Gared. 'Als hij zegt dat ze dood zijn is dat voor mij voldoende bewijs.'

Wil had al zien aankomen dat ze hem vroeg of laat bij hun twistgesprek zouden betrekken. Helaas was het vroeg in plaats van laat geworden. 'Mijn moeder zei altijd dat de doden geen liederen zingen,' riep hij uit.

'Dat zei mijn min ook, Wil,' kaatste Roys terug. 'Geloof nooit wat je hoort aan de tiet van een vrouw. Zelfs van de doden valt nog iets te leren.' Ook zijn stem galmde luid door het schemerige woud.

'We hebben een lange rit voor ons,' merkte Gared op. 'Acht dagen, misschien negen. En de nacht valt.'

Ser Waymar Roys wierp een ongeïnteresseerde blik op de hemel. 'Dat gebeurt elke dag om deze tijd. Verlies je de moed als het donker wordt, Gared?'

Wil zag de verbeten trek om Gareds mond, de nauwelijks onderdrukte woede in diens ogen, onder de stevige, zwarte kap van zijn mantel. Gared was al veertig jaar lid van de Nachtwacht, als jongen en man, en hij was niet gewend om zo weinig serieus genomen te worden. Maar er stak meer achter. Behalve gekwetste trots bespeurde Wil bij de oude man nog iets anders. Je kon het ruiken: een nerveuze spanning die gevaarlijk veel op angst leek.

Wil deelde die onrust. Hij stond nu vier jaar op de Muur. De eerste keer dat hij naar buiten was gezonden hadden al die oude verhalen ineens weer de kop opgestoken, en hij had er een wee gevoel van in zijn buik gekregen. Naderhand had hij erom gelachen. Inmiddels was hij een veteraan met zo'n honderd tochten achter de rug en de eindeloze, duistere wildernis die door de zuiderlingen het spookwoud werd genoemd had voor hem geen verschrikkingen meer.

Tot vanavond. Vanavond was het anders. De duisternis had iets onguurs waarvan zijn nekharen recht overeind gingen staan. Negen dagen waren ze nu onderweg, naar het noorden en noordwesten en daarna weer naar het noorden, steeds verder bij de Muur vandaan. Ze zaten een bende roofzuchtige wildlingen op de hielen. Elke dag was erger geweest dan de voorgaande. Vandaag was het erger dan ooit. Er stond een gure noordenwind die de bladeren liet ritselen als levende wezens. Wil had al de hele dag het gevoel dat hij werd gadegeslagen door iets kils en onverzoenlijks, iets dat hem geen goed hart toedroeg. Gared had het ook bespeurd. Wil zou niets liever doen dan als een bezetene terugrijden naar de veiligheid van de Muur, maar van een dergelijk gevoel kon je je aanvoerder beter geen deelgenoot maken.

Vooral deze aanvoerder niet.

Ser Waymar Roys was de jongste zoon uit een oeroud geslacht met te veel erfgenamen. Hij was een knappe jongeman van achttien jaar met grijze ogen, elegant en slank als een mes. Gezeten op zijn enorme zwarte strijdros torende de ridder hoog boven Wil en Gared op hun kleinere garrons uit. Hij droeg zwart leren laarzen, een zwarte wollen broek, zwarte handschoenen van mollenvel en een fraaie, glanzend zwarte maliënkolder over lagen zwarte wol en verhard leer. Ser Waymar behoorde nog geen halfjaar tot de Gezworen Broeders van de Nachtwacht, maar geen mens kon beweren dat hij zich niet op zijn roeping had voorbereid. In elk geval niet wat zijn uitrusting betrof.

Zijn mantel was de kroon op het werk: sabelbont, dik, zwart en zacht als de zonde. 'Wedden dat hij ze allemaal zelf om zeep heeft geholpen?' had Gared achter de wijn tegen de manschappen gezegd. 'Hun dunne nekjes omgedraaid, onze dappere krijger.' Ze hadden allemaal meegelachen.

Het is moeilijk bevelen aan te nemen van iemand om wie je met een dronken kop hebt gelachen, peinsde Wil huiverend op zijn garron. Gared zou er wel net zo over denken.

'Mormont zei dat we hun spoor moesten volgen, en dat hebben we gedaan,' zei Gared. 'Ze zijn dood. Ze zullen ons niet meer lastig vallen. We hebben nog een stevige rit voor ons. Dit weer bevalt me niets. Als het sneeuwt kan het wel veertien dagen duren voor we terug zijn, en op iets beters dan sneeuw hoeven we zeker niet te hopen. Hebt u ooit een ijsstorm meegemaakt, heer?'

Het jonkertje leek hem niet te horen. Op die half verveelde, half verstrooide manier van hem bestudeerde hij de dichter wordende schemering. Wil verkeerde nu lang genoeg in het gezelschap van de ridder om te weten dat het beter was om hem niet te storen als hij zo keek. 'Vertel me nog maar eens wat je gezien hebt, Wil. Tot in de kleinste bijzonderheden, zonder iets weg te laten.'

Wil was jager geweest voor hij zich bij de Nachtwacht had aangesloten. Nu ja, eigenlijk stroper. Mallister-vrijruiters hadden hem op heterdaad betrapt in een bos dat van de Mallisters was, bezig met het villen van een hertenbok die ook van de Mallisters was, en hij had kunnen kiezen: óf het zwart aannemen, óf een hand verliezen. Niemand kon zich zo geluidloos door de bossen voortbewegen als Wil, en de zwarte broeders hadden zijn talent al snel ontdekt.

'Het kamp ligt twee mijl verderop, achter die heuvelkam, pal naast een beek,' zei Wil. 'Ik ben zo dichtbij geweest als ik durfde. Er zijn er acht, mannen en vrouwen. Geen kinderen, voor zover ik kon zien. Ze hadden een afdak tegen de rots gebouwd. Dat zal nu wel zo'n beetje ondergesneeuwd zijn, maar ik kon het nog onderscheiden. Er brandde geen vuur, maar de vuurkuil lag er nog duidelijk zichtbaar bij. Niemand verroerde zich. Ik heb een hele tijd gekeken. Levende mensen liggen nooit zo stil.'

'Heb je ook bloed gezien?'

'Nou, nee,' gaf Wil toe.

'Heb je ook wapens gezien?'

'Een paar zwaarden, een paar bogen. Eén man had een bijl. Zag er zwaar uit, dubbel blad, een gemeen stuk ijzer. Lag naast hem op de grond, vlak bij zijn hand.'

'Is de houding van de lichamen je ook opgevallen?'

Wil haalde zijn schouders op. 'Een paar leunen er tegen de rots. De meesten liggen op de grond. Gevallen, waarschijnlijk.'

'Of ze slapen,' opperde Roys.

'Gevallen,' hield Wil vol. 'Een van de vrouwen zit in een ijzerboom, half verscholen in de takken. Een speuroog.' Hij glimlachte flauwtjes. 'Ik zorgde ervoor dat ze me niet zag. Toen ik dichterbij kwam zag ik dat zij evenmin bewoog.' Onwillekeurig moest hij huiveren.

'Heb je het koud?' vroeg Roys.

'Een beetje,' prevelde Wil. 'De wind, heer.'

De jonge ridder wendde zich weer tot zijn vergrijsde wapenknecht. Losgevroren bladeren knisperden langs hen heen en het strijdros van Roys bewoog onrustig. 'Hoe denk jij dat die mensen omgekomen zijn, Gared?' vroeg ser Waymar losjes. Hij herschikte de plooien van zijn lange mantel van sabelbont.

'Door de kou,' zei Gared met rotsvaste overtuiging. 'Ik heb de vorige winter mensen zien bevriezen, en ook die daarvoor, toen ik nog half een jongen was. Iedereen heeft het over veertig voet sneeuw, en hoe de ijzige wind uit het noorden komt aanfluiten, maar de echte vijand is de kou. Die besluipt je nog geluidlozer dan Wil, en eerst ga je huiveren en klappertanden, en je stampt met je voeten en droomt van warme kruidenwijn en een lekker heet vuur. Het brandt ook. Niets brandt zoals kou. Maar niet lang. Daarna neemt de kou bezit van je en raak je erdoor bevangen, en na een poosje heb je de kracht niet meer om ertegen te vechten. Gewoon gaan zitten of slapen is makkelijker. Ze zeggen dat je aan het eind geen pijn meer voelt. Eerst word je slap en suf en begint alles te vervagen, en dan is het of je wegzakt in een zee van warme melk. Heel vredig, zogezegd.'

'Wat een welsprekendheid, Gared,' merkte ser Waymar op. 'Ik wist niet dat je dat in je had.'

'Ik ben ook bevangen geweest door de kou, jonge heer.' Gared trok zijn kap naar achteren, zodat ser Waymar uitvoerig zicht had op de stompjes van zijn oren. 'Twee oren, drie tenen, en de pink van mijn linkerhand. Ik ben er nog goed van afgekomen. Mijn broer hebben we bevroren op zijn post aangetroffen, met een glimlach op zijn gezicht.'

Ser Waymar haalde zijn schouders op. 'Je zult je warmer moeten kleden, Gared.'

Gared keek het jonkertje woedend aan. De littekens rond de gaten waar Maester Aemon zijn oorschelpen had weggesneden werden rood van woede. 'We zullen nog weleens zien hoe warm u zich kunt kleden als de winter komt.' Hij trok zijn kap over zijn hoofd en boog zich zwijgend en mokkend over zijn garron heen.

'Als Gared zegt dat het van de kou komt...' begon Wil.

'Heb jij de week hiervoor nog wacht geloot, Wil?'

'Ja heer.' Er ging geen week voorbij of hij lootte die ellendige wacht meer dan tien keer. Waar wilde de kerel naartoe?'

'En hoe trof je de Muur aan?'

'Huilend,' zei Wil met een frons. Nu het jonkertje hem erop gewezen had zag hij het maar al te duidelijk voor zich. 'Ze kunnen niet doodgevroren zijn. Niet als de Muur huilde. Het is niet koud genoeg geweest.'

Roys knikte. 'Slim, hoor. We hebben de afgelopen week een paar keer lichte vorst gehad, en zo nu en dan een kort sneeuwbuitje, maar toch zeker geen kou die streng genoeg was om acht man het leven te kosten! In bont en leer geklede mensen, weet je nog, met beschutting bij de hand, en de middelen om vuur te maken.' De ridder glimlachte laatdunkend. 'Wil, breng ons erheen. Ik wil die doden graag zelf zien.'

En toen viel er niets meer aan te doen. Het bevel was uitgesproken, en de eer gebood hun te gehoorzamen.

Wil reed voorop; zijn ruige kleine garron baande zich behoedzaam een weg door het kreupelhout. De vorige nacht was er wat sneeuw gevallen, en vlak onder die sneeuwkorst loerden stenen, boomwortels en kuilen op de onoplettenden en argelozen. Ser Waymar Roys was de volgende. Zijn grote, zwarte paard brieste ongeduldig. Een strijdros was geen geschikt rijdier voor een wachtersrit, maar probeer dat een jonkertje maar eens uit te leggen. Gared sloot de rij. De oude wapenknecht zat al rijdend voor zich uit te prevelen.

De schemering verdichtte zich. De wolkeloze hemel werd donkerpaars als een oude kneuzing en ging toen in zwart op. De sterren werden zichtbaar. Wil was blij met het licht.

'We kunnen toch wel sneller?' zei Roys toen de maan helemaal op was.

'Niet met dit paard,' zei Wil. Zijn angst maakte hem vrijpostig. 'Misschien dat u voorop wilt rijden, heer?'

Ser Waymar Roys verwaardigde zich niet te antwoorden.

Ergens verderop in het woud huilde een wolf.

Wil reed zijn garron tot onder een oeroude, knoestige ijzerboom. Daar steeg hij af.

'Waarom hou je halt?' vroeg ser Waymar.

'We kunnen de rest van de weg beter te voet afleggen, heer. Het is vlak achter die heuvelkam.'

Roys zweeg even en staarde met een peinzend gezicht in de verte. Een kille wind fluisterde door de bomen. Achter hem fladderde zijn grote mantel van sabelbont als een wezen dat half leefde.

'Er is hier iets niet pluis,' prevelde Gared.

De jonge ridder wierp hem een minachtend lachje toe. 'O nee?'

'Voelt u het niet?' vroeg Gared. 'Luister maar naar het donker.'

Wil voelde het. Vier jaar bij de Nachtwacht, en hij was nog nooit zo bang geweest. Wat was er aan de hand?

'De wind. Ritselende bomen. Een wolf. Welk geluid jaagt je zo'n angst aan, Gared?' Toen Gared geen antwoord gaf liet Roys zich elegant uit het zadel glijden. Hij bond het strijdros goed vast aan een laaghangende tak, op veilige afstand van de andere paarden, en trok zijn slagzwaard uit de schede. Juwelen glinsterden op het gevest, en het maanlicht flitste over het glanzende staal. Het was een schitterend wapen, gesmeed in een kasteel en zo te zien splinternieuw. Wil betwijfelde of het ooit in woede was gezwaaid.

'Het geboomte is hier dicht,' waarschuwde hij. 'Met dat zwaard komt u straks nog vast te zitten, heer. Een mes is beter.'

'Als ik om raad verlegen zit vraag ik er wel om,' zei het jonkertje. 'Gared, jij blijft hier. Hou de wacht over de paarden.'

Gared steeg af. 'We hebben vuur nodig. Daar zorg ik wel voor.'

'Hoe kom je zo dwaas, oude man? Als er vijanden in dit woud

zijn is een vuur wel het laatste dat we kunnen gebruiken.'

'Sommige vijanden kun je met vuur op een afstand houden,' zei Gared. 'Beren en schrikwolven en... nog andere dingen...'

Ser Waymars mond werd een smalle streep. 'Geen vuur.'

Gareds kap overschaduwde zijn gezicht, maar Wil zag dat hij de ridder met nijdig fonkelende ogen aanstaarde. Even was hij bevreesd dat de oudere man naar zijn zwaard zou grijpen. Dat was een kort, lelijk geval, het gevest door zweet verkleurd, de kling ingekerfd door intensief gebruik, maar Wil zou geen ijzeren duit voor het leven van het jonkertje gegeven hebben als Gared het uit de schede had getrokken.

Ten slotte sloeg Gared zijn ogen neer. 'Geen vuur,' prevelde hij op gedempte toon.

Roys zag het voor berusting aan en keerde zich af. 'Ga voor,' zei hij tegen Wil.

Wil zocht zich voor hen beiden behoedzaam een weg door een bosje kreupelhout en begon toen de helling te beklimmen van de lage richel waarop hij van onder een wachtboom de open plek had bespied. Onder de dunne sneeuwkorst was de grond vochtig en modderig, een glibberige ondergrond van rotsblokken en onzichtbare boomwortels om over te struikelen. Tijdens de klim maakte Wil geen enkel geluid. Achter zich hoorde hij het zachte, metalige getinkel van de maliënkolder van het jonkertje, het geritsel van bladeren en een gesmoord gevloek wanneer uitstekende takken naar het slagzwaard graaiden en aan de prachtige sabelbontmantel rukten.

Daar, precies volgens verwachting, stond de enorme wachtboom, boven op de heuvelkam, de laagste takken nauwelijks één voet boven de grond. Wil kroop eronder, plat op zijn buik in de sneeuw en de modder, en keek neer op de open plek.

Zijn hart stond stil. Eén ogenblik lang stokte zijn adem. Maanlicht bescheen de open plek, de as in de vuurkuil, het besneeuwde afdak, de grote rots, het kleine, half bevroren beekje. Alles zag er nog net zo uit als een paar uur geleden.

Ze waren weg. Alle lichamen waren weg.

'Goden nog aan toe!' klonk het achter hem. Een zwaard haalde uit naar een tak toen ser Waymar Roys de kam van de heuvel bereikte. Daar stond hij naast de wachtboom, slagzwaard in de hand, mantel opbollend in de wind die van beneden aan kwam waaien, nobel afgetekend tegen de sterren – en voor iedereen zichtbaar.

'Zoek dékking!' fluisterde Wil op dringende toon. 'Er klopt iets niet.' Roys verroerde zich niet. Hij keek neer op de lege open plek en lachte. 'Die doden van jou hebben kennelijk hun kamp opgebroken, Wil.'

Wils stem begaf het. Hij zocht naar woorden die niet wilden komen. Dit was onmogelijk. Zijn ogen vlogen heen en weer over de verlaten plek waar het kamp was geweest en bleven steken bij de bijl. Een enorme strijdbijl met een dubbel blad, die nog lag waar hij hem voor het laatst had gezien, onaangeroerd. Een waardevol wapen...

'Sta op, Wil,' beval ser Waymar. 'Er is hier geen mens. Ik wil niet hebben dat je je onder een struik verschuilt.'

Wil gehoorzaamde met tegenzin.

Ser Waymar bekeek hem met onverholen afkeuring. 'Op mijn eerste wachtersrit ga ik niet als een mislukkeling naar Slot Zwart terug. We zúllen die lui vinden.' Hij tuurde om zich heen. 'Die boom in. En snel. Kijk of je ergens een vuur ziet.'

Wil keerde zich zwijgend van hem af. Redetwisten was zinloos. Een windvlaag sneed dwars door hem heen. Hij liep naar de boom, een grijsgroene wachtboom met een gewelfde kruin, en klom omhoog. Al snel waren zijn handen kleverig van het sap en raakte hij gedesoriënteerd tussen de naalden. De angst lag als een steen op zijn maag. Hij fluisterde een gebed tot de naamloze goden van het woud, trok zijn dolk uit de schede en klemde die tussen zijn tanden om zijn handen vrij te hebben voor de klim. De smaak van het koude ijzer in zijn mond gaf hem troost.

Beneden riep het jonkertje plotseling: 'Wie daar?' Wil bespeurde onzekerheid in de vraag. Hij klom niet verder, hij luisterde en keek toe.

De wouden gaven antwoord: het geritsel van bladeren, het klateren van de ijzige beek, de verre roep van een sneeuwuil.

De Anderen maakten geen geluid.

Vanuit een ooghoek zag Wil iets bewegen. Bleke gedaanten die door het woud gleden. Hij keek opzij en ontwaarde een witte schim in het duister. Het volgende moment was die weg. Takken wiegden zachtjes in de wind en schraapten met houten vingers langs elkaar heen. Wil opende zijn mond om een waarschuwing omlaag te roepen, maar de woorden bleven als ijs in zijn keel steken. Misschien had hij zich vergist. Misschien was het alleen maar een vogel geweest, een weerkaatsing op de sneeuw, een speling van het maanlicht. Wat had hij nu eigenlijk gezien?

'Wil, waar ben je?' riep ser Waymar omhoog. 'Zie je iets?' Hij draaide traag in een cirkel rond, plotseling op zijn hoede, zijn zwaard in zijn hand. Hij moest ze bespeurd hebben, zoals Wil ze bespeurde. Er was niets te zien. 'Geef antwoord! Waarom is het zo koud?'

Het wás koud. Huiverend klemde Wil zich nog steviger vast op zijn hoge plek, zijn gezicht dicht tegen de stam van de schildwachtboom gedrukt. Hij voelde het zoete, kleverige sap op zijn wang.

Vanuit de duisternis van het woud dook een schim op die recht voor Roys bleef staan. Hij was lang en mager, hard als oude beenderen, met lijkbleek vlees. Zijn wapenrusting verschoot bij elke beweging van kleur en was nu eens wit als vers gevallen sneeuw, dan weer zwart als de schaduw, met overal de donkergroene vlekken van het geboomte. Bij elke stap rimpelde het patroon als maanlicht op het water. Wil hoorde ser Waymar Roys' adem ontsnappen met een langgerekt gesis. 'Kom niet dichterbij,' waarschuwde het jonkertje. Zijn stem sloeg over als die van een jongen. Hij wierp de lange mantel van sabelbont over zijn schouders naar achteren om zijn armen vrij te hebben voor het gevecht en greep met beide handen zijn zwaard beet. De wind was gaan liggen. Het was heel koud.

De Ander gleed op geluidloze voeten naar voren. In zijn hand rustte een lang zwaard zoals Wil nog nooit had gezien. Aan het smeden van die kling was geen metaal van menselijke herkomst te pas gekomen. Maanlicht bezielde het wapen, een doorschijnende kristalsplinter, zo dun dat hij van opzij bijna onzichtbaar was. Er hing een vaag blauw waas omheen, een spookachtig licht dat langs de randen speelde, en op de een of andere manier wist Wil dat het scherper was dan enig scheermes.

Ser Waymar trad hem dapper tegemoet. 'Dans dan met mij.' Tartend hief hij zijn zwaard hoog op. Zijn handen trilden onder het gewicht, of misschien beefden ze van de kou. Toch, dacht Wil, was hij op dat moment geen jongen meer, maar een man van de Nachtwacht.

De Ander bleef staan. Wil zag zijn ogen: blauw, diepliggender en blauwer dan mensenogen, een blauw dat brandde als ijs. Ze richtten zich op het slagzwaard dat daar in de hoogte trilde en keken toe hoe kil maanlicht over het metaal flitste. Eén hartslag lang durfde hij te hopen.

Zwijgend doken ze op vanuit de schaduwen, identiek aan de eerste. Het waren er drie... vier... vijf... ser Waymar voelde misschien de kou die ze meebrachten, maar hij zag ze niet, hij hoorde ze niet. Wil moest iets roepen. Dat was zijn plicht. En als hij het deed was dat zijn dood. Hij huiverde, sloeg zijn armen om de boom en hield zijn mond.

Het bleke zwaard doorkliefde sidderend de lucht.

Ser Waymar pareerde het met staal. Toen de klingen elkaar raakten weerklonk niet de galm van metaal op metaal, maar slechts een hoog, dun geluid op de rand van het gehoor, als van een dier dat het uitschreeuwt van de pijn. Roys weerde een tweede slag af, en een derde, en deed toen een stap naar achteren. Weer een wisseling van slagen, en opnieuw week hij terug.

Achter hem, rechts, links, overal rondom hem, keken de overigen geduldig toe, gezichtsloos, zwijgend, door de verspringende patronen van hun sierlijke wapenrusting bijna onzichtbaar in het woud. Nog maakten ze geen aanstalten om tussenbeide te komen.

Telkens opnieuw kruisten de zwaarden elkaar, totdat Wil zijn oren het liefst dichtgestopt had om de vreemde, gekwelde jammerklacht waarmee ze tegen elkaar sloegen niet te hoeven horen. Ser Waymar hijgde nu van inspanning, zijn adem dampte in het maanlicht. Zijn kling was wit uitgeslagen van de rijp. Over die van de ander danste een bleekblauw licht.

Toen kwam Roys afweerslag een fractie te laat. Het bleke zwaard beet onder zijn arm door de maliën heen. De jonge ridder slaakte een kreet van pijn. Tussen de ijzeren ringen welde bloed op, dat dampte in de kou. Toen de druppels op de sneeuw vielen leken ze rood als vuur. Ser Waymars vingers streken langs zijn zij, en bloed doordrenkte zijn handschoen van mollenvel.

De Ander zei iets in een taal die Wil niet kende; zijn stem deed aan het knarsen van ijs op een winters meer denken, en de woorden klonken spottend.

Ser Waymar Roys werd eindelijk razend. 'Voor Robert!' schreeuwde hij, en met een grauw sprong hij naar voren. Met beide handen hief hij zijn slagzwaard en haalde uit voor een vlakke, zijwaartse slag waar hij al zijn gewicht achter legde. Bijna loom weerde de Ander hem af.

Toen de klingen elkaar raakten sprong het staal in stukken.

Een kreet galmde door het nachtelijke woud, en het slagzwaard trilde kapot in honderden brosse stukjes. Als een regen van naalden spatten de splinters in het rond. Schreeuwend ging Roys door de knieën en sloeg zijn handen voor zijn ogen. Tussen zijn vingers welde bloed op.

Degenen die hadden toegekeken traden gezamenlijk naar voren, als op een teken. Zwaarden rezen op en daalden neer, alles onder een doodse stilte. Een slachtpartij in koelen bloede. De bleke klingen doorsneden de maliënkolder alsof die van zijde was. Wil sloot zijn ogen. Ver beneden zich hoorde hij hun stemmen, en gelach, scherp als ijspegels.

Toen hij de moed opbracht om weer te kijken, was er een lange tijd verstreken en was de heuvelkam beneden hem leeg.

Hij bleef in de boom en durfde nauwelijks adem te halen, terwijl ondertussen de maan langzaam langs de zwarte hemel schoof. Toen hij ten slotte kramp kreeg en zijn vingers verdoofd raakten van de kou klom hij omlaag.

Het lijk van Roys lag met het gezicht naar beneden in de sneeuw, een arm opzij gestrekt. De dikke mantel van sabelbont was op meer dan tien plaatsen gescheurd. Nu hij dood op de grond lag zag je pas hoe jong hij was. Een knaap nog.

Wil vond de restanten van het zwaard een paar voet verderop, het uiteinde verbrijzeld en verwrongen als een boom die door de bliksem getroffen is. Het gebroken zwaard zou zijn bewijs zijn. Gared zou wel weten wat hij ervan moest denken, en anders de oude beer Mormont wel, of Maester Aemon. Zou Gared nog bij de paarden wachten? Hij moest haast maken.

Hij kwam overeind. Ser Waymar Roys stond over hem heen gebogen.

Zijn fraaie kleren waren aan flarden, zijn gezicht verminkt. Een splinter van zijn zwaard doorboorde de blinde, witte pupil van zijn linkeroog. Het rechter was open, de pupil vurig blauw. Een oog dat zag.

Het gebroken zwaard gleed uit krachteloze vingers. Wil sloot zijn ogen om te bidden. Lange, elegante handen streken langs zijn wang en knepen vervolgens zijn keel dicht. Ze waren bekleed met het mooiste mollenvel en kleverig van het bloed, en toch voelden ze ijskoud aan.

Bran

De ochtend gloorde helder en koud, met iets tintelends in de lucht dat op het einde van de zomer duidde. Ze vertrokken met de dageraad om getuige te zijn van een onthoofding, twintig man in totaal. Bran reed tussen hen in, een en al nerveuze opwinding. Voor het eerst was hij oud genoeg bevonden om zijn heer vader en zijn broers te vergezellen, om te zien hoe in naam des konings de gerechtigheid werd voltrokken. Het was het negende zomerjaar en het zevende van Brans leven.

De man was gegrepen buiten een kleine hofstede in de heuvels. Robb dacht dat het een wildling was, een gezworene van Mans Roover, de Koning-achter-de-Muur. Bran kreeg kippenvel als hij eraan dacht. Hij herinnerde zich de verhalen die Ouwe Nans hem bij het haardvuur had verteld. De wildlingen waren wreed, zei ze, slavendrijvers, slagers en dieven. Ze verkeerden met reuzen en demonen, roofden kleine meisjes in het holst van de nacht en dronken bloed uit gepolijste drinkhoorns. En hun vrouwen sliepen in de Lange Nacht met de Anderen, waarna ze gruwelijke, half menselijke kinderen baarden.

Maar de man die ze bij de hofstede aantroffen, met handen en voeten aan de muur gebonden, was oud en schriel, niet veel langer dan Robb. Allebei zijn oren en één vinger waren afgevroren en hij was geheel in het zwart gekleed, net als een broeder van de Nachtwacht, behalve dan dat zijn bontvacht voddig en vettig was.

De adem van mens en paard vermengde zich dampend in de kille morgenlucht terwijl zijn vader de man van de muur los liet snijden en vóór hen liet slepen. Robb en Jon zaten hoog en bewegingloos op hun paarden, met Bran op zijn pony tussen zich in. Hij probeerde ouder te lijken dan zeven en te doen alsof hij het allemaal al eens had meegemaakt. Een zuchtje wind blies door de poort van de hofstede. Boven hun hoofden wapperde de banier van de Starks van Winterfel: een grauwe schrikwolf die over een berijpt veld rende.

Brans vader zat plechtig op zijn paard. De wind speelde door zijn lange bruine haar. Zijn kortgeknipte baard was wit dooraderd, waardoor hij er ouder uitzag dan zijn tweeëndertig jaar. Zijn ogen stonden vandaag grimmig en hij leek in niets op de man die 's avonds bij de haard zachtjes placht te vertellen over het heldentijdperk en de kinderen van het woud. Hij had zijn vadergezicht afgelegd en het gezicht van heer Stark van Winterfel opgezet, dacht Bran.

Er werden vragen gesteld en antwoorden gegeven, daar in de ochtendkou, maar naderhand kon Bran zich niet veel van het gezegde herinneren. Ten slotte gaf zijn heer vader een bevel, en twee van zijn wachters sleurden de haveloze man naar de stronk ijzerhout midden op het binnenplein. Ze drukten zijn hoofd tegen het harde, zwarte hout. Heer Eddard Stark steeg af en zijn pupil Theon Grauwvreugd haalde het zwaard te voorschijn. *IJs*, zo heette dat zwaard. Het was zo breed als een mannenhand en nog langer dan Robb. De kling was van Valyrisch staal, onder bezweringen gesmeed, en donker als rook. Niets was zo scherp als Valyrisch staal.

Zijn vader stroopte zijn handschoenen af en gaf ze aan Jory Cassel, het hoofd van zijn hofwacht. Hij nam IJs in beide handen en zei: 'Sprekend namens Robert van het Huis Baratheon, Eerste van die Naam, Koning van de Andalen, de Rhoynar en de Eerste Mensen, Heer der Zeven Koninkrijken en Beschermer van het Rijk, veroordeel ik, Eddard van het Huis Stark, Heer van Winterfel en Landvoogd van het Noorden, u ter dood.' Hij hief het grote zwaard hoog boven zijn hoofd.

Brans bastaardbroer Jon Sneeuw kwam dichter bij hem staan. 'Hou je pony goed in bedwang,' fluisterde hij. 'En niet de andere kant op kijken. Dat merkt vader.'

Bran hield zijn pony goed in bedwang en keek niet de andere kant op.

Zijn vader hieuw met één enkele, vaste slag het hoofd van de man af. Bloed, als zomerwijn zo rood, spoot als een fontein over de sneeuw. Een van de paarden steigerde en moest worden gegrepen om niet op hol te slaan. Bran kon zijn blikken niet van het bloed afwenden. De sneeuw rond de stronk zoog het gretig op en werd rood terwijl hij toekeek.

Het hoofd stuiterde van een dikke wortel af en rolde weg. Het bleef liggen voor de voeten van Grauwvreugd. Theon was een magere, donkere jongeman van negentien die alles vermakelijk vond. Hij lachte, zette zijn laars op het hoofd en schopte het weg.

'Ezel,' pruttelde Jon, zo zacht dat Grauwvreugd het niet hoorde. Hij legde een hand op Brans schouder en Bran keek zijn bastaardbroer aan. 'Goed gedaan,' verklaarde Jon plechtig. Jon was veertien, een oudgediende op het punt van terechtstellingen.

Op de lange terugtocht naar Winterfel leek het kouder, al was de wind inmiddels gaan liggen en stond de zon hoger aan de hemel. Bran reed met zijn broers mee, een eind voor de groep uit, en zijn pony moest zich inspannen om hun paarden bij te houden.

'Die deserteur hield zich goed,' zei Robb. Hij was lang en fors en werd met de dag groter. Zijn lichte huidskleur en roodblonde haar had hij van zijn moeder, een Tulling van Stroomvliet. 'Moed bezat hij in elk geval wel.'

'Nee,' zei Jon Sneeuw kalm. 'Het was geen moed. Die man was als de dood. Je kon het aan zijn ogen zien, Stark.' Jons ogen waren zo donkergrijs dat ze bijna zwart leken, maar er was weinig wat ze ontging. Hij was even oud als Robb, maar ze leken niet op elkaar. Jon was tenger waar Robb gespierd was, donker waar Robb blond was, en elegant en vlot waar zijn halfbroer sterk en snel was.

Robb was niet onder de indruk. 'De Anderen mogen zijn ogen halen,' vloekte hij. 'Hij stierf als een man. Rijden we om het hardst naar de brug?'

'Best,' zei Jon en zette zijn paard aan. Robb uitte een verwensing en volgde hem. Ze galoppeerden het pad af, Robb lachend en joelend, Jon zwijgend en geconcentreerd. Een regen van sneeuw spatte op onder de hoeven van hun paarden.

Bran deed geen poging hen te volgen. Zijn pony was niet snel genoeg. Hij had de ogen van de haveloze man gezien en dacht er nu over na. Na een poosje stierf het geluid van Robbs gelach weg en werd het weer stil in het bos.

Hij was zo in gedachten verzonken dat hij de rest van het gezelschap pas hoorde toen zijn vader naast hem kwam rijden. 'Alles goed, Bran?' vroeg hij niet onvriendelijk.

'Ja vader,' zei Bran. Hij keek op. Gehuld in bont en leer en gezeten op zijn grote strijdros torende zijn heer vader als een reus boven hem uit. 'Robb zegt dat de man moedig stierf, maar Jon zegt dat hij bang was.'

'Wat denk jij?' vroeg zijn vader.

Bran dacht erover na. 'Als je bang bent, kun je dan toch moedig zijn?'

'Dat is het enige moment waarop je moedig kunt zijn,' zei zijn vader tegen hem. 'Begrijp je waarom ik het gedaan heb?'

'Het was een wildling,' zei Bran. 'Die ontvoeren vrouwen en verkopen ze aan de Anderen.'

Zijn heer vader glimlachte. 'Ouwe Nans heeft je weer eens bakersprookjes verteld. In werkelijkheid was de man een eedbreker die uit de Nachtwacht was gedeserteerd. Gevaarlijker lieden zijn er niet. Een deserteur weet dat zijn leven verbeurd is als hij wordt gegrepen, dus deinst hij voor geen enkele misdaad, hoe laag ook, terug. Maar je begrijpt me verkeerd. De vraag was niet waarom de man moest sterven, maar waarom *ík* het moest doen.'

Daar had Bran geen antwoord op. 'Koning Robert heeft een scherprechter,' zei hij onzeker.

'Inderdaad,' gaf zijn vader toe. 'Net als de Targaryen-koningen vóór hem. Maar onze manier is ouder. Door de aderen van de Starks stroomt nog het bloed van de Eerste Mensen, en wij geloven dat wie het vonnis velt ook het zwaard moet voeren. Als je iemands leven wilt nemen ben je het aan hem verplicht, hem in de ogen te zien en zijn laatste woorden aan te horen. Als je dat niet kunt verdragen, verdient de man misschien niet te sterven.

Op een dag, Bran, zul jij Robbs baanderman zijn en voor je broer en je koning een eigen ridderhof beheren. Dan zul jij de rechtspraak uitoefenen. Als die dag komt, schep dan geen plezier in de taak, maar wend evenmin je hoofd af. Een heerser die zich achter betaalde beulen verschuilt zal snel vergeten wat sterven is.'

Dat was het moment dat Jon weer opdook, recht voor hen op de heuveltop. Hij zwaaide en riep omlaag: '*Vader, Bran, kom snel! Kijk eens wat Robb heeft gevonden!*' Toen was hij weer verdwenen.

Jory kwam naast hen rijden. 'Moeilijkheden, heer?'

'Ongetwijfeld,' zei zijn vader. 'Laten we maar gaan kijken wat mijn zonen nu weer uitgespookt hebben.' Hij zette zijn paard tot een sukkeldrafje aan. Jory, Bran en de overigen volgden.

Ze troffen Robb op de rivieroever ten noorden van de brug aan, met Jon nog te paard naast zich. Er was deze maanwende een flink pak nazomersneeuw gevallen. Robb stond tot zijn knieën in het wit. Hij had zijn kap afgedaan, zodat de zon op zijn haren scheen. Hij hield iets in zijn armen, terwijl de jongens opgewonden tegen elkaar fluisterden.

De ruiters baanden zich behoedzaam een weg tussen de sneeuwbanken door, zoekend naar houvast op de onzichtbare, oneffen bodem. Jory Cassel en Theon Grauwvreugd bereikten de jongens als eersten. Grauwvreugd zat op zijn paard te lachen en grappen te maken. Bran hoorde hoe hij zijn adem liet ontsnappen. '*Goden!*' riep hij, worstelend om zijn paard in bedwang te houden en tastend naar zijn zwaard.

Jory had het zijne al getrokken. 'Robb, weg daar!' riep hij vanaf zijn steigerende paard.

Robb grijnsde en keek op van het bundeltje in zijn armen. 'Ze kan geen kwaad meer,' zei hij. 'Ze is dood, Jory.'

Inmiddels barstte Bran van nieuwsgierigheid. Hij wilde zijn pony tot meer snelheid aanzetten, maar zijn vader liet hen naast de brug afstijgen en te voet verder lopen. Bran sprong van zijn pony en begon te hollen.

Ondertussen waren Jon, Jory en Theon Grauwvreugd alle drie afgestegen. 'Bij de zevenvoudige hel, wat is dit?' zei Grauwvreugd net.

'Een wolf,' verklaarde Robb.

'Een speling der natuur,' zei Grauwvreugd. 'Wat een *gigantisch* beest.'

Met bonzend hart werkte Bran zich door een sneeuwbank heen die tot zijn middel kwam. Toen stond hij naast zijn broer.

Half begraven in de met bloed besmeurde sneeuw lag iets reusachtigs op zijn kant, dood. In de ruige, grijze vacht zat ijs geklonterd, en er kleefde een vage geur van verrotting aan, als vrouwenparfum. Bran ving een glimp op van blinde ogen waarin de maden krioelden, en van een brede bek vol vergeelde tanden. Maar het was de omvang die hem naar adem deed happen. Het beest was groter dan zijn pony, twee keer zo groot als de grootste jachthond uit zijn vaders meute.

'Het is geen speling der natuur,' zei Jon kalm. 'Dat is een schrikwolf. Die worden groter dan de andere soort.'

Theon Grauwvreugd zei: 'Er is al in geen tweehonderd jaar een schrikwolf ten zuiden van de Muur gezien.'

'Ik zie er nu een,' antwoordde Jon.

Bran rukte zich los van de aanblik van het monster. Op dat ogenblik zag hij het bundeltje in Robbs armen. Hij slaakte een kreet van verrukking en kwam dichterbij. Het jong was een grijs bontballetje, de oogjes nog dicht. Terwijl Robb het tegen zijn borst hield snuffelde het onder zijn leren kledingstukken blindelings naar melk en jankte zacht en zielig. Aarzelend stak Bran een hand uit. 'Toe maar,' zei Robb tegen hem. 'Je kunt hem aanraken.'

Bran gaf het jong snel een nerveuze aai. Toen draaide hij zich om, want Jon zei: 'Alsjeblieft.' Zijn halfbroer duwde hem een tweede jong in de armen. 'Er zijn er vijf.' Bran ging in de sneeuw zitten en drukte het jong tegen zijn gezicht. De vacht voelde zacht en warm aan op zijn wang.

'Schrikwolven die loslopen in het rijk, na al die jaren,' prevelde Hullen, de stalmeester. 'Dat bevalt me niets.'

'Het is een voorteken,' zei Jory.

Vader fronste zijn voorhoofd. 'Dit is alleen maar een dood beest, Jory,' zei hij. Toch leek hij verontrust te zijn. Hij liep om het lichaam heen, en de sneeuw kraakte onder zijn laarzen. 'Weten we waaraan ze gestorven is?'

'Er steekt iets in haar keel,' lichtte Robb hem in, trots dat hij het antwoord wist voordat zijn vader de vraag zelfs maar had gesteld. 'Daar, vlak onder de kaak.'

Zijn vader knielde en voelde onder de kop van het beest. Hij gaf een ruk en stak iets omhoog zodat iedereen het kon zien. Een afgebroken stuk gewei, de stangen geknapt, helemaal nat van het bloed.

Een plotselinge stilte daalde over het gezelschap neer. De mannen keken naar het gewei, niet op hun gemak. Niemand durfde iets te zeggen. Zelfs Bran bespeurde hun vrees, al begreep hij die niet.

Zijn vader smeet het gewei weg en veegde zijn handen af aan de sneeuw. 'Het verbaast me dat ze lang genoeg is blijven leven om te jongen,' zei hij. Zijn stem verbrak de beklemming.

'Misschien was dat niet zo,' zei Jory. 'Ik heb horen vertellen... misschien was de teef al dood toen de jongen kwamen.'

'Geboren uit een lijk,' bracht een ander te berde. 'Des te erger.'

'Doet er niet toe,' zei Hullen. 'Zij zijn er binnenkort ook geweest.'

Bran slaakte een woordeloze kreet van ontsteltenis.

'Hoe eerder, hoe beter,' beaamde Theon Grauwvreugd. Hij trok zijn zwaard. 'Geef dat beest eens hier, Bran.'

Het dingetje kronkelde tegen hem aan alsof het alles gehoord en begrepen had. '*Nee!*' riep Bran heftig. 'Hij is van mij.'

'Doe dat zwaard weg, Grauwvreugd,' zei Robb. Even klonk hij net zo bevelend als hun vader, als de heer die hij eens zou zijn. 'We houden ze.'

'Dat kun je niet doen, jongen,' zei Harwin, de zoon van Hullen.

'Het is niet meer dan barmhartig om ze te doden,' zei Hullen.

Bran keek hulpzoekend naar zijn vader maar stuitte slechts op een frons, een voorhoofd vol rimpels. 'Hullen spreekt een waar woord, zoon. Beter een snel einde dan een wrede dood door kou en honger.'

'*Nee!*' Hij voelde hoe de tranen hem in de ogen sprongen en keek de andere kant op. Hij wilde niet huilen waar zijn vader bij was.

Robb bood koppig weerstand. 'Ser Rodriks rode teef heeft afgelopen week weer gejongd,' zei hij. 'Een klein nest, twee levende jongen maar. Zij zal wel melk genoeg hebben.'

'Ze scheurt ze aan stukken zodra ze proberen te drinken.'

'Heer Stark,' zei Jon. Het was vreemd om hem vader op die manier te horen aanspreken, zo formeel. Bran keek hem aan, hopend tegen zijn wanhoop in. 'Er zijn vijf jongen,' zei hij tegen vader. 'Drie mannetjes, twee wijfjes.'

'Ja, en wat dan nog, Jon?'

'U hebt vijf wettige kinderen,' zei Jon. 'Drie zonen, twee dochters. Het wapenteken van uw Huis is een schrikwolf. Uw kinderen zijn voorbestemd om die jongen te hebben, heer.'

Bran zag de verandering op zijn vaders gezicht, zag hoe de andere mannen elkaar aankeken. Op dat moment hield hij met heel zijn hart van Jon. Al was hij pas zeven, Bran begreep wat zijn broer had gedaan. De rekensom klopte alleen omdat Jon zichzelf had weggecijferd. Hij had de meisjes meegeteld, hij had zelfs de peuter Rickon meegeteld, maar niet de bastaard die de toenaam Sneeuw droeg, de naam waarvan de gewoonte voorschreef dat hij werd gegeven aan iedereen in het noorden die de pech had zonder eigen naam geboren te worden.

Hun vader begreep het ook. 'Je wilt geen jong voor jezelf, Jon?' vroeg hij zachtjes.

'De schrikwolf tooit de banieren van het Huis Stark,' bracht Jon naar voren. 'Ik ben geen Stark, vader.'

Hun heer vader keek Jon peinzend aan. Robb haastte zich om de stilte die hij liet vallen op te vullen. 'Ik zal hem zelf verzorgen, vader,' beloofde hij. 'Ik drenk een doek in warme melk en laat hem daaraan zuigen.'

'Ik ook!' echode Bran.

Heer Stark mat zijn zonen lang en zorgvuldig met zijn blikken. 'Dat is makkelijk gezegd. Maar ik wil niet dat jullie de tijd van de bedienden hiermee verspillen. Als jullie deze jongen willen hebben, dan voeren jullie ze zelf. Begrepen?'

Bran knikte gretig. Het jong kronkelde in zijn greep en likte met een warme tong zijn gezicht.

'Jullie moeten ze ook africhten,' zei hun vader. '*Jullie* richten ze af. Ik voorspel jullie dat de kennelmeester niets met deze monsters te maken zal willen hebben. En de goden zij jullie genadig als jullie ze verwaarlozen of ruw bejegenen of slecht africhten. Dit zijn geen honden die om lekkers bedelen en na één trap met de staart tussen de poten afdruipen. Een schrikwolf rukt even makkelijk een arm van een volwassen man af als een hond een rat doodbijt. Weten jullie zeker dat je dit wilt?'

'Ja, vader,' zei Bran.

'Ja,' beaamde Robb.

'De jongen sterven misschien toch, ongeacht wat jullie allemaal doen.'

'Ze gaan niet dood,' zei Robb. 'We láten ze niet doodgaan.'

'Hou ze dan maar. Jory, Desmond, nemen jullie de overige jongen mee. Het wordt tijd dat we naar Winterfel teruggaan.'

Pas toen ze opgestegen en onderweg waren stond Bran zichzelf toe, het zoet van de overwinning te proeven. Tegen die tijd was zijn wolfsjong onder het leer van zijn kleding gekropen en had zich warm tegen hem aan genesteld, veilig opgeborgen voor de lange rit naar huis. Bran vroeg zich af hoe hij hem moest noemen.

Halverwege de brug hield Jon abrupt halt.

'Wat is er, Jon?' vroeg hun heer vader.

'Horen jullie het niet?'

Bran hoorde de wind in de bomen, hun hoefgetrappel op de ijzerhouten planken, het zachte gejank van zijn hongerige wolfsjong, maar Jon luisterde naar iets anders.

'Daar,' zei Jon. Hij wendde zijn paard en galoppeerde terug over de brug. Ze keken toe hoe hij afsteeg op de plek waar de dode schrikwolf in de sneeuw lag, keken toe hoe hij neerknielde. Even later kwam hij glimlachend terugrijden.

'Hij moet bij de andere vandaan zijn gekropen,' zei Jon.

'Of hij was verstoten,' zei zijn vader met een blik op het zesde jong. De vacht was wit, terwijl de rest van het nest grijs was. De ogen waren rood als het bloed van de haveloze man die vanmorgen gestorven was. Bran vond het vreemd dat alleen dit jong de oogjes geopend had terwijl zijn nestgenoten nog blind waren.

'Een albino,' zei Theon Grauwvreugd met een scheef lachje. 'Die gaat nog eerder dood dan de rest.'

Jon Sneeuw wierp zijn vaders pupil een lange, ijzige blik toe. 'Ik denk het niet, Grauwvreugd,' zei hij. 'Deze is van mij.'

Catelyn

Catelyn had zich nooit prettig gevoeld in dit godenwoud.

Ze was een Tulling, geboren in het zuidelijke Stroomvliet, aan de Rode Vork van de Drietand. Daar was het godenwoud een lichte, luchtige tuin waarin hoge sequoia's gevlekte schaduwen over klaterende beekjes wierpen, vogels in verborgen nesten zongen en de lucht vervuld was van bloemengeuren.

De goden van Winterfel hielden er een ander soort woud op na. Dit was een duister oord van eeuwen oud, een drie are tellend oerbos dat tienduizend jaar ongerept was gebleven terwijl daaromheen het sombere kasteel verrees. Het rook er naar vochtige aarde en verrotting. Hier groeiden geen sequoia's. Dit was een woud van weerbarstige wachtbomen, gewapend met grijsgroene naalden, van machtige eiken en ijzerbomen, zo oud als het rijk zelf. Hier dromden dikke zwarte stammen dicht op elkaar terwijl kromgegroeide takken zich bovenin tot een ondoordringbaar gewelf vervlochten en wanstaltige wortels onder de aarde worstelden. Dit was een oord van diepe stilte en broeierige schaduwen, en de goden die hier huisden waren naamloos.

Maar zij wist dat ze hier vanavond haar echtgenoot zou vinden. Altijd als hij een leven had genomen zocht hij naderhand de rust van het godenwoud.

Catelyn was gezalfd met de zeven oliën en had haar naam gekregen in de regenboog van licht die in de Grote Sept van Stroomvliet scheen. Zij hing het Geloof aan, zoals haar vader en haar grootvader en diens vader vóór hem. Haar goden hadden een naam, en hun gelaat was haar even vertrouwd als dat van haar ouders. Godsdienst was een septon met een reukvat, het was wierookgeur, een kristal met zeven vlakken, vol levend licht, en stemmen die zich verhieven in gezang. Net als alle andere grote huizen hielden de Tullings er weliswaar een godenwoud op na, maar dat was uitsluitend om in te wandelen of te lezen, of in de zon te liggen. Godsdienst was een zaak van de sept.

Omwille van haar had Ned een kleine sept laten bouwen waarin ze de zeven gezichten van de god kon toezingen, maar door de aderen van de Starks stroomde nog het bloed van de Eerste Mensen, en zijn goden waren de oude, naamloze, gezichtsloze goden van het groenewoud die de Starks gemeen hadden met de verdwenen kinderen van het woud.

Midden in het woud stond een oeroude weirboom peinzend over een kleine vijver vol zwart, koud water gebogen. De hartboom, noemde Ned die. De bast van de weirboom was spierwit, de bladeren donkerrood, als een duizendtal bebloede handen. In de stam van de reusachtige boom was een gezicht uitgesneden, de gelaatstrekken lang en zwaarmoedig, de diepliggende ogen rood van het opgedroogde sap, en eigenaardig waakzaam. Ze waren oud, die ogen, ouder dan Winterfel zelf. Als de verhalen waar waren hadden ze Brandon de Bouwheer de eerste steen zien leggen. Ze hadden de granieten slotmuren rondom zich zien verrijzen. Men zei dat de kinderen van het woud die gezichten in de bomen hadden gekerfd in de eeuwen van de dageraad, vóór de komst van de Eerste Mensen over de Zee-engte.

In het zuiden waren de laatste weirbossen al duizend jaar geleden gekapt of platgebrand, behalve op het Eiland der Gezichten, waar de groene mannen zwijgend de wacht hielden. Hier in het noorden was het anders. Hier had elk kasteel zijn godenwoud, en elk godenwoud had zijn hartboom, en elke hartboom zijn gezicht.

Catelyn vond haar echtgenoot onder de weirboom, gezeten op een met mos begroeide steen. Het grote zwaard IJs lag over zijn knieën, en hij was bezig de kling te reinigen in het nachtzwarte water. Op de bodem van het godenwoud lag een duizendjarige humuslaag die het geluid van haar voetstappen opzoog, maar de rode ogen van de weirboom leken haar bij haar nadering te volgen. 'Ned,' riep ze zachtjes.

Hij hief zijn hoofd op en keek haar aan. 'Catelyn,' zei hij. Zijn stem klonk afstandelijk en formeel. 'Waar zijn de kinderen?'

Dat vroeg hij haar altijd. 'In de keuken, aan het bedisselen welke namen ze de wolfsjongen zullen geven.' Ze spreidde haar mantel op de bosgrond uit en ging naast de poel zitten met haar rug naar de weirboom toe. Ze voelde hoe de ogen haar gadesloegen maar deed haar best er geen acht op te slaan. 'Arya is nu al smoorverliefd, en Sansa stelt zich gecharmeerd en welwillend op, maar Rickon weifelt.'

'Is hij bang?' vroeg Ned.

'Een beetje,' gaf ze toe. 'Hij is pas drie.'

Ned fronste zijn wenkbrauwen. 'Hij moet leren zijn angsten onder ogen te zien. Hij blijft niet altijd drie. En het wordt winter.'

'Ja,' beaamde Catelyn. Zoals altijd bezorgden die woorden haar kippenvel. De woorden van de Starks. Ieder adellijk geslacht had zijn eigen woorden. Als familiespreuken, toetsstenen en in zekere zin gebeden bazuinden ze roem en eer uit, beloofden ze verbondenheid en waarachtigheid en zwoeren ze moed en trouw. Op die van de Starks na. *De winter komt*, luidden de woorden van de Starks. Niet voor het eerst peinsde ze erover wat een vreemd volk deze noorderlingen waren.

'De man wist te sterven, dat moet ik hem nageven,' zei Ned. Hij had een lap geolied leer in zijn ene hand die hij al sprekend losjes langs het grote zwaard omhoog liet glijden, zodat het metaal een donkere gloed kreeg. 'Omwille van Bran was ik daar blij om. Je zou trots op Bran geweest zijn.'

'Ik ben altijd trots op Bran,' antwoordde Catelyn, haar ogen gericht op het zwaard dat hij oppoetste. Ze zag de rimpeling diep in het staal ontstaan doordat het metaal bij het smeden talloze malen dubbelgevouwen was. Catelyn droeg zwaarden geen warm hart toe, maar ze kon niet ontkennen dat IJs een geheel eigen schoonheid bezat. Het was gesmeed in Valyria, voordat het noodlot de aloude vrijburg getroffen had, toen de ijzersmeden hun metaal zowel met hamers als spreuken plachten te bewerken. Vierhonderd jaar oud was het, en zo scherp als op de dag dat het gesmeed werd. De naam die het droeg was nog ouder, een erfenis uit het heldentijdperk, toen de Starks de koningen van het Noorden waren.

'Hij was de vierde dit jaar,' zei Ned grimmig. 'De oude man was half buiten zinnen. Iets joeg hem zo'n peilloze angst aan dat mijn woorden niet tot hem doordrongen.' Hij zuchtte. 'Ben schrijft dat de Nachtwacht minder dan duizend man sterk is. Dat ligt niet alleen aan de deserteurs. Ze raken ook mannen kwijt op hun tochten achter de Muur.'

'Doen de wildlingen dat?' vroeg ze.

'Wie anders?' Ned hief IJs op en tuurde in de lengterichting langs het koele staal. 'En dat wordt alleen maar erger. Ik zie de dag nog komen dat ik geen andere keus heb dan de banieren bijeen te roepen en naar het noorden op te trekken om voor eens en altijd af te rekenen met die Koning-achter-de-Muur.'

'Achter de Muur?' De gedachte bezorgde Catelyn de koude rillingen.

Ned zag de vrees op haar gezicht. 'Wij hebben niets van Mans Roover te duchten.'

'Er zijn duisterder zaken achter de Muur.' Ze gluurde over haar schouder naar de hartboom met zijn bleke bast en rode ogen, die keek, luisterde en zijn lange, trage gedachten dacht.

Hij glimlachte vriendelijk. 'Je hebt te veel sprookjes van Ouwe Nans gehoord. De Anderen zijn even dood als de kinderen van het woud. Ze zijn al achtduizend jaar verdwenen. Maester Luwin zal je vertellen dat ze nooit bestaan hebben. Geen levend mens heeft er ooit een gezien.'

'Tot vanochtend was er ook geen levend mens die ooit een schrikwolf had gezien.'

'Ik had kunnen weten dat ik niet met een Tulling in discussie moest gaan,' zei hij met een spijtig lachje. Hij liet IJs weer in de schede glijden. 'Je bent hier niet gekomen om me bakerpraatjes te vertellen. Ik weet hoezeer deze plek je tegenstaat. Wat is er, mijn vrouwe?'

Catelyn greep de hand van haar echtgenoot. 'Er is vandaag treurig nieuws gekomen, heer. Ik wilde u er niet mee belasten vóór u zich gereinigd had.' De klap viel op geen enkele manier te verzachten, dus zei ze het hem onomwonden. 'Het spijt me zo, mijn lief. Jon Arryn is dood.'

Zijn ogen zochten de hare en ze zag hoezeer het hem trof, precies zoals ze geweten had. Als jongen had Ned als pleegzoon in het Adelaarsnest vertoefd, en de kinderloze heer Arryn was voor hem en zijn mede pupil Robert Baratheon tot een tweede vader geworden. Toen de krankzinnige koning Aerys II Targaryen hun hoofd eiste had de heer van het Adelaarsnest zijn banieren met de maan en de valk in rebellie gehesen, liever dan degenen uit te leveren die hij gezworen had te beschermen.

En op een dag, nu veertien jaar geleden, was die tweede vader tevens een broer geworden toen hij en Ned samen in de Sept van Stroomvliet stonden om in het huwelijk te treden met twee zusters, de dochters van heer Hoster Tulling.

'Jon...,' zei hij. 'Is dat zeker?'

'Het zegel was van de koning en de brief is in Roberts eigen handschrift geschreven. Ik heb hem bewaard. Hij zei dat heer Arryn snel werd weggerukt. Zelfs Maester Pycelle stond machteloos, maar hij heeft het melksap van de papaver toegediend, zodat Jon niet lang pijn geleden heeft.'

'Dat zal ik dan maar als een schrale troost beschouwen,' zei hij. Ze kon zijn verdriet van zijn gezicht aflezen, maar zelfs nu dacht hij in de eerste plaats aan haar. 'Je zuster,' zei hij. 'En Jons zoon. Wat is er voor nieuws over hen?'

'Het bericht vermeldde alleen dat ze het goed maakten en dat ze naar het Adelaarsnest waren teruggekeerd,' zei Catelyn. 'Maar ik had liever gezien dat ze naar Stroomvliet waren gegaan. Het Adelaarsnest ligt hoog en eenzaam, en haar man was daar altijd meer thuis dan zij. Iedere steen is doortrokken van de herinnering aan heer Jon. Ik ken mijn zuster. Ze moet familie en vrienden om zich heen hebben om haar te troosten.'

'Je oom waakt toch in de Vallei? Ik hoorde dat Jon hem tot Ridder van de Poort had aangesteld.'

Catelyn knikte. 'Brynden zal doen wat hij kan voor haar en de jongen. Dat is in zekere zin een geruststelling, maar toch...'

'Ga naar haar toe,' drong Ned aan. 'Neem de kinderen mee. Vul haar zalen met lawaai, geschreeuw en gelach. Haar zoon heeft het gezelschap van andere kinderen nodig, en Lysa mag niet alleen zijn met haar verdriet.'

'Ik wou dat het kon,' zei Catelyn. 'Er stond ook nog ander nieuws in de brief. De koning komt op bezoek in Winterfel.'

Ned had even tijd nodig om haar woorden tot zich door te laten dringen, maar toen het begrip daagde week de duisternis uit zijn blik. 'Komt Robert hierheen?' Toen ze knikte brak er een glimlach door op zijn gezicht.

Catelyn wilde dat ze in zijn vreugde kon delen. Maar ze had het gepraat op de binnenplaatsen opgevangen: een dode schrikwolf in de sneeuw met een gebroken gewei door de keel. De vrees lag als een slang in haar hart op de loer, maar ze dwong zich te glimlachen tegen de man die ze liefhad, de man die niet in voortekens geloofde. 'Ik wist wel dat dat je plezier zou doen,' zei ze. 'We moeten je broer op de Muur bericht sturen.'

'Ja, natuurlijk,' beaamde hij. 'Ben wil er ongetwijfeld bij zijn. Ik zal tegen Maester Luwin zeggen dat hij zijn snelste vogel moet zenden.' Ned stond op en trok haar op haar voeten. 'Verdomd, hoeveel jaar geleden is het? En meer krijgen we van tevoren niet te horen? Hoe groot is zijn gezelschap, stond dat ook in het bericht?'

'Minstens honderd ridders, schat ik, met hun hele gevolg, en nog eens anderhalf keer zoveel vrijruiters. Cersei en de kinderen komen ook mee.'

'Dan zal Robert met het oog op hen wel een rustig tempo aanhouden,' zei hij. 'Dat komt wél zo goed uit, want dan hebben we meer tijd om ons voor te bereiden.'

'De broers van de koningin zijn ook van de partij,' vertelde ze hem.

Ned trok een gezicht. Hij en de familie van de koningin waren elkaar niet echt toegenegen, wist Catelyn. De Lannisters van de Rots van Casterling hadden zich pas laat achter Roberts zaak geschaard, toen de overwinning al bijna zeker was, en dat had hij hun nimmer vergeven. 'Ach, als de prijs voor Roberts gezelschap een Lannisterplaag is, het zij zo. Het lijkt wel alsof Robert zijn halve hofhouding meebrengt.'

'Waar de koning gaat, volgt het rijk,' zei ze.

'Het zal goed zijn om de kinderen te zien. Toen ik hem voor het laatst zag lag de jongste nog aan de borst van dat Lannister-wijf. Hij zal nu, eens kijken, een jaar of vijf zijn?'

'Prins Tommen is zeven,' lichtte ze hem in. 'Net zo oud als Bran.

Let alsjeblieft op je woorden, Ned. Dat Lannister-wijf is onze koningin, en haar trots schijnt met het jaar te groeien.'

Ned gaf een kneepje in haar hand. 'We moeten uiteraard een feest houden, met zangers en al, en Robert zal wel op jacht willen. Ik zal Jory met een erewacht naar het zuiden sturen om ze op de Koningsweg op te wachten en hierheen te escorteren. Goden nog aan toe, hoe moeten we al die lui te eten geven? Hij is al onderweg, zei je? De ellendige kerel! De koninklijke ellendeling!'

Daenerys

Haar broer hield de japon ter inspectie omhoog. 'Dit is pure schoonheid. Raak maar aan. Toe dan. Voel eens aan de stof.'

Dany raakte de japon aan. Het weefsel was zo glad dat het als water door haar vingers leek te vloeien. Ze kon zich niet herinneren dat ze ooit zoiets zachts had gedragen. Het beangstigde haar. Ze trok haar hand terug. 'Is dat echt voor mij?'

'Een geschenk van magister Illyrio,' zei Viserys glimlachend. Haar broer was vanavond uitermate goedgeluimd. 'Deze kleur doet het violet van je ogen goed uitkomen. En je krijgt ook goud, en allerhande juwelen. Illyrio heeft het beloofd. Vanavond moet je eruitzien als een prinses.'

Een prinses, dacht Dany. Ze was vergeten hoe dat voelde. Misschien had ze het nooit echt geweten. 'Waarom krijgen we zo veel van hem?' vroeg ze. 'Wat wil hij van ons?' Ze woonden nu al bijna een half jaar in het huis van de magister, aten zijn maaltijden en werden door zijn bedienden verwend. Dany was dertien, oud genoeg om te weten dat zulke geschenken hier in de vrijstad Pentos vrijwel altijd een prijs hadden.

'Illyrio is niet gek,' zei Viserys. Hij was twintig, een broodmagere jongeman met nerveuze handen en een koortsige blik in zijn lichtpaarse ogen. 'De magister weet dat ik mijn vrienden niet zal vergeten wanneer ik mijn troon bestijg.'

Dany zweeg. Magister Illyrio handelde in kruiden, cameeën, drakenbeen en andere, minder appetijtelijke zaken. Men zei dat hij vrienden had in alle negen Vrijsteden en zelfs daarbuiten, in Vaes Dothrak en de legendarische landen aan de Jaden Zee. Men zei ook dat hij nog nooit een vriend had gehad die hij niet vrolijk en wel zou verkopen als de prijs maar hoog genoeg was. Dany luisterde naar de roddels op straat, en daar hoorde ze dat soort dingen, maar ze wachtte zich er wel voor, haar broers woorden in twijfel te trekken als hij aan zijn web van dromen weefde. Zijn woede, eenmaal tot uitbarsting gekomen, was vreselijk. Viserys noemde dat *de Draak wekken.*

Haar broer hing de japon naast de deur. 'Illyrio stuurt straks de slaven om je te baden. Zorg ervoor dat je de stank van de stallen afwast. Khal Drogo heeft wel duizend paarden, vanavond zoekt hij een ander soort rijdier.' Hij bekeek haar kritisch. 'Je staat er nog steeds zo ingezakt bij. Rug recht.' Hij duwde haar schouders naar achteren. 'Laat zien dat je inmiddels vrouwelijke vormen hebt.' Zijn vingers streken vluchtig over haar ontluikende borsten en sloten zich om een tepel. 'Je laat me vanavond niet in de steek. Als je dat wel doet zal het je niet glad zitten. Wil je de Draak wekken? Nee toch?' Hij draaide haar tepel om, een gemeen harde kneep door de ruwe stof van haar tuniek heen. '*Nee toch?*' herhaalde hij.

'Nee,' zei Dany gedwee.

Haar broer glimlachte. 'Goed zo.' Hij streelde haar bijna hartelijk over het haar. 'Wanneer ze de geschiedenis van mijn heerschappij schrijven, lieve zuster, dan zullen ze zeggen dat die deze avond is begonnen.'

Toen hij weg was liep Dany naar haar raam en staarde weemoedig over het water van de baai. De vierkante bakstenen torens van Pentos tekenden zich als zwarte silhouetten af tegen de ondergaande zon. Dany hoorde het gezang van de rode priesters die hun nachtvuren aanstaken, en het geschreeuw van haveloze kinderen die buiten de muren van de villa aan het spelen waren. Even verlangde ze ernaar om mee te doen, blootsvoets, ademloos en in lompen gehuld, zonder verleden, zonder toekomst en zonder een feest in de residentie van Khal Drogo te hoeven bijwonen.

Ergens voorbij de zonsondergang, achter de zee-engte, lag een land van groene heuvels, bloeiende velden en brede, snelstromende rivieren, waar torens van donkere steen oprezen in prachtige, blauwgrijze bergen, en waar geharnaste ridders onder de banieren van hun heren ten strijde trokken. *Rhaesh Andahli*, noemden de Dothraki het, het land der Andalen. In de Vrijsteden spraken ze van Westeros en de Rijken van de Zonsondergang. Haar broer had er een eenvoudiger naam voor. 'Ons land,' noemde hij het. Die woorden waren voor hem een soort gebed. Als hij ze maar vaak genoeg uitsprak moesten de goden hem wel verhoren. 'Rechtens van ons, op grond van afstamming, ons door verraad ontnomen, maar desondanks van ons, voorgoed van ons. Je steelt niet van de Draak, o nee. De Draak vergeet niet.'

En misschien was het de Draak ook wel bijgebleven, maar Dany niet. Ze had dat land dat volgens haar broer aan hen behoorde nooit gezien, dat rijk achter de zee-engte. Die plaatsen waar hij over sprak, de Rots van Casterling en het Adelaarsnest, Hooggaarde en de Vallei van Arryn, Dorne en het Eiland der Gezichten, voor haar waren het louter woorden. Viserys was een jongen van acht geweest toen ze Koningslanding waren ontvlucht om aan de oprukkende legers van de usurpator te ontkomen, maar Daenerys was nog slechts een kiem in de schoot van hun moeder.

Toch zag Dany het soms voor zich zoals het geweest was, zo vaak had haar broer haar de verhalen verteld. De middernachtelijke vlucht naar Drakensteen, het maanlicht dat glom op de zwarte zeilen van het schip. Haar broer Rhaegar, die streed tegen de usurpator in de bloedige wateren van de Drietand, en die stierf voor de vrouw die hij liefhad. De plundering van Koningslanding door de mannen die Viserys de honden van de usurpator noemde, de heren Lannister en Stark. Prinses Elia van Dorne, smekend om genade terwijl ze Rhaegars erfgenaam van haar borst rukten en voor haar ogen vermoordden. De gepolijste schedels van de laatste draken, die zonder iets te zien van de wanden van de troonzaal omlaagstaarden toen de Koningsmoordenaar haar vader met een gouden zwaard de keel doorsneed.

Zij was negen maanden na hun vlucht op Drakensteen geboren, terwijl een loeiende zomerstorm de vesting op het eiland aan stukken dreigde te rijten. Men zei dat die storm verschrikkelijk was geweest. De vloot van de Targaryens was vernietigd terwijl hij voor anker lag en grote blokken steen waren van de tinnen gerukt en in het wilde water van de zee-engte gesmeten. Haar moeder was bij de bevalling gestorven, en dat had haar broer Viserys haar nooit vergeven.

Van Drakensteen wist ze ook niets meer. Ze waren nogmaals gevlucht, kort voordat de broer van de usurpator was uitgevaren met zijn pas gebouwde vloot. Inmiddels was Drakensteen zelf, de aloude zetel van hun Huis, het enige dat nog restte van de Zeven Koninkrijken die eens van hen waren geweest. Niet lang meer. Het garnizoen had hen aan de usurpator willen verkopen, maar op een nacht was ser Willam Darring met vier getrouwen de kinderkamer binnengedrongen en had hen allebei ontvoerd, samen met haar min, waarna ze onder dekking van het duister naar de veilige kust van Braavos waren gevaren.

Ze had een vage herinnering aan ser Willam, een grote, grijze beer van een vent, half blind, die vanaf zijn ziekbed met donderende stem bevelen gaf. De bedienden waren doodsbang voor hem, maar voor Dany was hij altijd aardig. Hij noemde haar 'prinsesje', en soms 'Vrouwe', en zijn handen waren zo zacht als oud leer. Maar hij kwam zijn bed nooit uit en wasemde dag en nacht een ziekenlucht uit, een warme, vochtige, weezoete stank. Dat was toen ze in Braavos woonden, in het grote huis met de rode deur. Daar had Dany haar eigen kamer gehad, met een citroenboom voor haar raam. Na ser Willams dood hadden de bedienden het beetje geld dat hun nog restte gestolen, en al snel daarop waren ze het grote huis uitgezet. Dany had gehuild toen de rode deur voorgoed achter hen dichtging.

Sindsdien hadden ze rondgezworven, van Braavos naar Myr, van Myr naar Tyrosh, en vandaar naar Qohor, Volantis en Lys. Ze waren nooit lang op één plaats gebleven. Dat wilde haar broer niet. De sluipmoordenaars van de usurpator zaten hen op de hielen, beweerde hij, al had Dany er nog nooit een gezien.

Aanvankelijk hadden de magisters en archons en handelsvorsten de laatste der Targaryens met genoegen in hun huis en aan hun tafel verwelkomd, maar toen de usurpator met het verstrijken der jaren op de ijzeren troon bleef zitten, gingen de deuren dicht en werd hun leven armoediger. Al jaren geleden hadden ze hun laatste, luttele schatten moeten verkopen, en nu was zelfs het geld dat moeders kroon had opgeleverd op. In de stegen en wijnkroegen van Pentos werd haar broer 'de bedelaar-koning' genoemd. Hoe ze haar noemden wilde Dany niet weten.

'Op een dag krijgen we het allemaal terug, lief zusje,' placht hij haar te beloven. Soms trilden zijn handen als hij het daarover had. 'De juwelen, de zijden stoffen, Drakensteen en Koningslanding, de ijzeren troon en de Zeven Koninkrijken, alles wat ze ons ontnomen hebben krijgen we terug.' Voor die dag leefde Viserys. Het enige dat Daenerys terug wilde was het grote huis met de rode deur, de citroenboom voor haar raam, de kindertijd die ze nooit had gehad.

Er werd zachtjes op haar deur geklopt. 'Binnen,' zei Dany terwijl ze het raam de rug toekeerde. Illyrio's bedienden kwamen binnen, maakten een buiging en togen aan het werk. Het waren slavinnen, een geschenk van een van de vele Dothraki waarmee de magister bevriend was. De vrijsteden van Pentos kenden de slavernij niet. Toch waren het slavinnen. De oude vrouw, klein en muisgrijs, sprak nooit een woord, maar dat werd gecompenseerd door het meisje. Zij was Illyrio's favoriete, een blond, blauwogig wicht van zestien dat onder het werken aan één stuk door kletste.

Ze vulden haar bad met heet water uit de keuken en parfumeerden het met geurige oliën. Het meisje trok de tuniek van grof katoen over Dany's hoofd en hielp haar in de badkuip. Het water was gloeiend heet, maar Dany gaf geen krimp en slaakte geen kreet. Ze hield van die hitte. Die gaf haar een schoon gevoel. Bovendien had haar broer haar vaak verteld dat voor een Targaryen nooit iets te heet was. 'Wij zijn van het huis van de Draak,' zei hij altijd. 'Wij hebben het vuur in ons bloed.'

De oude vrouw waste haar lange, zilverblonde haar en kamde voorzichtig de klitten eruit, al die tijd zwijgend. Het meisje boende haar rug en haar voeten en vertelde haar hoeveel geluk ze had. 'Drogo is zo rijk dat zelfs zijn slaven gouden banden om hun nek dragen. In zijn *khalasar* rijden honderdduizend man en zijn paleis in

Vaes Dothrak heeft tweehonderd kamers en deuren van massief zilver.' En meer van dien aard, veel meer: wat een knappe man de *khal* was, zo rijzig en vurig, onbevreesd in de strijd, de beste ruiter die ooit te paard had gezeten, een griezelig goed schutter. Daenerys zei niets. Ze was er altijd van uitgegaan dat ze met Viserys zou trouwen wanneer ze mondig werd. Eeuwenlang hadden de Targaryens broer aan zuster gekoppeld sinds Aegon de Veroveraar zijn zuster Rhaenys tot bruid had genomen. Het geslacht moest zuiver blijven, had Viserys haar wel duizendmaal voorgehouden. Hun bloed was koningsbloed, het gouden bloed van het oude Valyria, het bloed van de Draak. Draken paarden niet met de dieren des velds, en Targaryens versneden hun bloed niet met dat van mindere mensen. Toch was Viserys nu aan het intrigeren om haar aan een vreemde te verkopen, een barbaar.

Toen ze schoon was hielpen de slavinnen haar uit het water en droogden haar af. Het meisje borstelde haar haren tot ze glansden als gesmolten zilver, terwijl de oude vrouw haar inwreef met het parfum van de kruidbloem, afkomstig van de vlakten van Dothrak, een tipje op haar polsen, een achter haar oren, een op elke tepel en een laatste, die koel aanvoelde op haar onderste lippen, tussen haar benen. Ze hulden haar in de flinterdunne dingetjes die magister Illyrio naar boven had laten brengen, en vervolgens in de japon van donkere, pruimkleurige zijde die het violet van haar ogen zo goed deed uitkomen. Het meisje schoof de vergulde sandalen aan haar voeten terwijl de oude vrouw de tiara in haar haren vastzette en een met amethisten bezette gouden armband om haar polsen schoof. Het laatst van alles kwam de halsring, een zware gouden torc, gesierd met oeroude Valyrische schrifttekens.

'Nu ziet u er helemaal als een prinses uit,' zei het meisje ademloos toen ze klaar waren. Dany gluurde naar haar spiegelbeeld in de verzilverde spiegel die Illyrio zo attent geweest was te verstrekken. *Een prinses*, dacht ze, maar ze herinnerde zich wat het meisje had gezegd: dat Khal Drogo zo rijk was dat zelfs zijn slaven gouden halsbanden droegen. Plotseling kreeg ze het koud, en op haar naakte armen kwam kippenvel.

Haar broer wachtte in de koelte van de hal. Hij zat op de rand van het bassin en liet zijn hand in het water hangen. Toen zij verscheen stond hij op en bezag haar kritisch. 'Stilstaan,' beval hij. 'Draai je om. Ja. Goed. Je ziet er...'

'Koninklijk uit,' zei magister Illyrio terwijl hij onder een zuilengang uit stapte. Voor zo'n gezette man bewoog hij zich opvallend elegant. Onder de losse gewaden van gevlamde zij deinden zijn vetrollen tijdens het lopen op en neer. Aan al zijn vingers blonken sierstenen, en zijn persoonlijke bediende had zijn gevorkte gele baard geolied tot die glansde als puur goud. 'Moge de Heer des Lichts u op deze hoogst fortuinlijke dag met zegeningen overstelpen, prinses Daenerys,' zei de magister terwijl hij haar hand greep. Hij boog zijn hoofd, en even schemerden zijn scheve, gele tanden door zijn gouden baard heen. 'Ze is net een droom, Uwe Genade, net een droom,' zei hij tegen haar broer. 'Drogo zal in vervoering raken.'

'Ze is te mager,' zei Viserys. Zijn haar, evenals het hare zilverblond, was strak naar achteren getrokken en vastgepind met een speld van drakenbeen. Hij kreeg er een streng uiterlijk door, en de scherpe lijnen van zijn holle gezicht werden erdoor benadrukt. Hij legde zijn hand op het gevest van het zwaard dat Illyrio hem had geleend en zei: 'Weet je zeker dat Khal Drogo van zulke jonge vrouwen houdt?'

'Haar bloed heeft gevloeid. Ze is oud genoeg voor de *khal*,' verklaarde Illyrio niet voor het eerst. 'Kijk eens naar haar. Dat zilvergouden haar, die purperen ogen... ze is van het bloed van het oude Valyria, geen twijfel aan, geen twijfel aan... en hooggeboren als ze is, als dochter van de oude koning en zuster van de nieuwe, kan het niet anders of onze Drogo zal verrukt van haar zijn.' Toen hij haar hand losliet merkte Daenerys dat ze beefde.

'Dat zal dan wel,' zei haar broer, weinig overtuigd. 'Die wilden hebben een rare smaak. Jongens, paarden, schapen...'

'Zegt u dat liever niet waar Khal Drogo bij is,' zei Illyrio.

De ogen van haar broer fonkelden van woede. 'Hoe dwaas denk je dat ik ben?'

De magister maakte een lichte buiging. 'Ik denk dat u een koning bent. Het ontbreekt koningen aan de behoedzaamheid van de gewone man. Verschoning als ik u beledigd heb.' Hij wendde zich af en klapte in zijn handen om zijn dragers te ontbieden.

Toen ze zich in Illyrio's fraai bewerkte palankijn op weg begaven was het pikdonker in de straten van Pentos. Twee bedienden liepen voorop om hen bij te lichten met sierlijke olielantaarns met bleekblauwe glazen ruitjes, terwijl een twaalftal sterke mannen de draagstokken op hun schouders hesen. Binnen achter de gordijnen was het warm en bedompt. Dany kon de stank van Illyrio's pafferige lijf door zijn zware parfums heen ruiken.

Haar broer, die naast haar languit op zijn kussens lag, merkte er niets van. Hij was in gedachten ver weg, aan de overkant van de zee-engte. 'We zullen niet zijn hele *khalasar* nodig hebben,' zei Viserys. Zijn vingers speelden met het gevest van zijn geleende wapen, maar Dany wist dat hij nog nooit in ernst een zwaard had gevoerd. 'Tienduizend, dat zou voldoende zijn. Ik zou de Zeven Koninkrijken met tienduizend krijsende Dothraki kunnen schoonbezemen. Het rijk zal in opstand komen voor zijn rechtmatige koning. Tyrell, Roodweyn, Darring, Grauwvreugd, zij dragen de usurpator geen warmer hart toe dan ik. De mannen van Dorne branden van verlangen om Elia en haar kinderen te wreken. En de gewone lieden zullen onze kant kiezen. Ze schreeuwen om hun koning.' Hij keek Illyrio gespannen aan. 'Zo is dat toch?'

'Het is uw volk, en dat heeft u van harte lief,' zei magister Illyrio beminnelijk. 'In hofsteden alom in het rijk drinken mannen heimelijk op uw gezondheid en zijn vrouwen bezig drakenbanieren te borduren die ze verborgen houden voor de dag waarop u weerkeert van over het water.' Hij haalde zijn massieve schouders op. 'Dat is althans wat mijn agenten me vertellen.'

Dany had geen agenten, geen enkele manier om erachter te komen wat men zoal deed of dacht aan de overkant van de zee-engte, maar ze wantrouwde de mooie woorden van Illyrio, zoals ze alles aan Illyrio wantrouwde. Haar broer daarentegen knikte gretig. 'Ik zal de usurpator eigenhandig doden,' beloofde hij, die nog nooit iemand had gedood, 'zoals hij mijn broer Rhaegar heeft gedood. En ook Lannister, de Koningsmoordenaar, voor wat hij met mijn vader heeft gedaan.'

'Dat zou uitermate gepast zijn,' zei magister Illyrio. Dany zag een minuscuul zweempje van een glimlach om zijn volle lippen spelen, maar haar broer merkte het niet. Hij knikte, schoof een gordijn opzij en staarde de nacht in, en Dany wist dat hij weer eens de Slag van de Drietand uitvocht.

De negen torens tellende state van Khal Drogo was gelegen aan het water van de baai, de hoge bakstenen muren overwoekerd met bleke klimop. Het gebouw was een geschenk aan de *khal* van de magisters van Pentos, vertelde Illyrio. De Vrijsteden waren altijd vrijgevig jegens de paardenvorsten. 'Niet dat we die barbaren vrezen,' placht Illyrio glimlachend te verklaren. 'De Heer des Lichts zou onze stadsmuren zelfs tegen een miljoen Dothraki beschermen, althans, dat is wat de rode priesters ons verzekeren... maar waarom zou je risico's nemen als hun vriendschap voor zo weinig te koop is?'

Hun palankijn werd aangehouden bij de poort, en een van de wachters trok de gordijnen ruw opzij. Hij had de koperkleurige huid en de donkere, amandelvormige ogen van een Dothraki, maar zijn gezicht was onbehaard en hij droeg de bronzen spijkerkap van de Onbevlekten. Hij bekeek hen met kille ogen. Magister Illyrio gromde hem iets toe in de ruwe taal van de Dothraki, en de wacht antwoordde op diezelfde toon en wuifde hen door.

Dany zag dat de hand van haar broer het gevest van zijn geleende zwaard omknelde. Hij keek bijna even bang als zij zich voelde. 'Onbeschaamde eunuch,' pruttelde Viserys terwijl de palankijn naar de state schommelde.

Magister Illyrio's woorden waren als honing zo zoet. 'Vele belangrijke mannen zullen vanavond het feest bijwonen. Zulke mannen hebben vijanden. De *khal* moet bescherming bieden aan zijn gasten, van wie u de voornaamste bent, Uwe Genade. De usurpator zou ongetwijfeld goed voor uw hoofd betalen.'

'O ja,' zei Viserys duister. 'Hij heeft het geprobeerd, Illyrio, dat kan ik je wel vertellen. Zijn sluipmoordenaars volgen ons overal. Ik ben de laatste Draak, en zolang ik leef zal hij niet rustig slapen.'

De palankijn minderde snelheid en hield stil. De gordijnen werden opzij geschoven en een slaaf hielp Daenerys naar buiten. Zijn halsband was van doodgewoon brons, zag ze. Haar broer volgde, één hand nog steeds om het gevest van zijn zwaard geklemd. Er waren twee sterke mannen nodig om magister Illyrio weer recht overeind te zetten.

Binnen in de state was de lucht bezwangerd met de geur van specerijen, reukvuur en zoete citroen met kaneel. Ze werden begeleid door de entreehal, waar een mozaïek van gekleurd glas de Doem van Valyria voorstelde. Overal langs de wanden brandden olielantaarns van zwart ijzer. Onder een boog van verstrengelde stenen bladeren zong een eunuch hun komst uit. 'Viserys van het Huis Targaryen, Derde van die Naam,' riep hij met hoge, welluidende stem, 'Koning van de Andalen, de Rhoynar en de Eerste Mensen, Heer van de Zeven Koninkrijken en Beschermer van het Rijk. Zijn zuster Daenerys Stormgeboren, prinses van Drakensteen. Zijn achtenswaardige gastheer Illyrio Mopatis, magister van de Vrijstad Pentos.'

Voorbij de eunuch betraden ze een omzuild binnenhof, met bleke klimop overwoekerd. In het maanlicht namen de bladeren de kleur van been en zilver aan. Daartussen bewogen zich de gasten, vele van hen hooggeplaatste Dothraki-ruiters, forse mannen met een roodbruine huid en beringde hangsnorren, hun zwarte haar geolied, gevlochten en met belletjes versierd. Maar er waren ook desperado's en huurlingen uit Pentos, Myr en Tyrosh bij, een rode priester die nog dikker was dan Illyrio, harige mannen uit de Haven van Ibben en heren van de Zomereilanden met een huid zo zwart als ebbenhout. Daenerys bekeek hen allemaal vol verwondering... en besefte toen met een plotselinge steek van angst dat zij hier de enige vrouw was.

Illyrio fluisterde hun toe: 'Die drie daar zijn Drogo's bloedruiters. Die bij die pilaar is Khal Moro, met zijn zoon Rhogoro. De man met de groene baard is een broer van de Archon van Tyrosh, en de man achter hem is ser Jorah Mormont.'

De laatste naam viel Daenerys op. 'Een ridder?'

'Niet minder,' Illyrio glimlachte in zijn baard. 'Door de Hoge septon persoonlijk gezalfd met de zeven oliën.'

'Wat doet hij hier?' flapte ze eruit.

'De usurpator eiste zijn hoofd,' lichtte Illyrio hen in. 'Een of andere onbeduidende belediging. Hij had een paar stropers aan een slavenhandelaar uit Tyrosh verkocht in plaats van ze aan de Nachtwacht te geven. Belachelijke wet. Iemand moet toch kunnen doen wat hij wil met zijn levende have?'

'Voor de avond om is wens ik ser Jorah te spreken,' zei haar broer. Dany merkte dat ze nieuwsgierig naar de ridder stond te staren. Het was een oudere man, de veertig gepasseerd en kalend, maar nog sterk, en in goede conditie. In plaats van zijde en katoen droeg hij wol en leer. Zijn tuniek was donkergroen, en er was een klimmende zwarte beer op geborduurd.

Ze keek nog steeds naar die vreemde man uit het vaderland dat ze nooit had gekend toen magister Illyrio een klamme hand op haar naakte schouder legde. 'Daar, liefste prinses,' fluisterde hij, 'daar is de *khal* zelf.'

Dany was het liefst weggerend om zich te verstoppen, maar haar broer hield haar in het oog en als ze hem mishaagde zou ze de Draak wekken, wist ze. Gespannen keerde ze zich om en keek naar de man die haar, naar Viserys hoopte, ten huwelijk zou vragen voor de avond om was.

Het slavinnetje had er niet ver naast gezeten, dacht ze. Khal Drogo was een kop groter dan de langste man in het vertrek, en toch op de een of andere manier lichtvoetig, gracieus als een panter uit Illyrio's menagerie. Hij was jonger dan ze gedacht had, niet ouder dan dertig. Zijn huid had de kleur van gepolijst koper en om zijn dikke snor zaten gouden en bronzen ringen.

'Ik moet naar hem toe om mijn onderdanigheid te betuigen,' zei magister Illyrio. 'Wacht hier. Ik breng hem naar u toe.'

Terwijl Illyrio naar de *khal* waggelde greep haar broer haar bij de arm. Zijn vingers knepen zo hard dat het pijn deed. 'Zie je zijn vlecht, lieve zuster?'

Drogo's vlecht was nachtzwart en zwaar van de geurige olie, volgehangen met kleine belletjes die zachtjes tinkelden als hij bewoog. De vlecht hing tot ver over zijn gordel, zelfs tot onder zijn zitvlak. Het uiteinde streek langs de achterkant van zijn dijen.

'Zie je hoe lang die is?' zei Viserys. 'Als de Dothraki in het gevecht verslagen worden snijden ze uit schaamte hun vlecht af opdat de wereld weet heeft van hun schande. Khal Drogo heeft nog nooit één gevecht verloren. Met hem is Aegon de Drakenvorst weergekeerd, en jij zult zijn vorstin zijn.'

Dany keek naar Khal Drogo. Zijn gezicht was hard en wreed, zijn ogen waren koud en donker als onyx. Haar broer deed haar wel eens pijn als ze de Draak had gewekt, maar hij joeg haar geen angst aan en deze man wel. 'Ik wil zijn vorstin niet zijn,' hoorde ze zichzelf met een dun stemmetje zeggen. 'Alsjeblieft, *alsjeblieft*, Viserys, ik wil niet, ik wil naar huis.'

'*Naar huis?*' Hij bleef zachtjes praten, maar ze hoorde hoe razend hij klonk. 'Hoe had jij naar huis gewild, lief zusje? Ze hebben ons huis van ons afgenomen!' Hij trok haar de schaduwen in, uit het gezicht, en zijn vingers boorden zich in haar huid. '*Hoe had jij naar huis gewild?*' herhaalde hij, en daarmee bedoelde hij Koningslanding, en Drakensteen, en het hele rijk dat ze verloren hadden.

Dany had alleen maar hun kamers in Illyrio's villa bedoeld, niet echt een thuis en toch het enige dat ze hadden. Maar daar wilde haar broer niet van horen. Hij had hier geen thuis. Zelfs het grote huis met de rode deur was voor hem geen thuis geweest. Zijn vingers groeven zich in haar arm en dwongen haar een antwoord af. 'Ik weet het niet...' zei ze ten slotte, en haar stem brak. Haar ogen schoten vol tranen.

'Maar ik wel,' zei hij vinnig. 'Wij gaan naar huis met een leger, lief zusje. Met het leger van Khal Drogo, dat is hoe we naar huis gaan. En als je daarvoor zijn bruidsbed in moet, dan gebeurt dat ook!' Hij glimlachte tegen haar. 'Als het moest zou ik je door zijn complete *khalasar* laten naaien, lieve zuster, alle veertigduizend man en hun paarden erbij, als ik langs die weg aan mijn leger moest komen. Wees blij dat het bij Drogo blijft. Wie weet ga je hem wel aardig vinden. En droog nu je tranen. Illyrio is met hem onderweg, en hij zal je *niet* zien huilen.'

Dany keerde zich om en zag dat het zo was. Magister Illyrio, een en al pluimstrijkerij, leidde Khal Drogo naar hen toe. Ze veegde de niet vergoten tranen af met de rug van haar hand.

'Glimlachen,' fluisterde Viserys nerveus en zijn hand daalde af naar het gevest van zijn zwaard. 'En rug recht. Laat hem zien dat je borsten hebt. De goden weten dat je toch al niet rijk voorzien bent.'

Daenerys glimlachte en rechtte haar rug.

Eddard

De bezoekers stroomden de slotpoort door, een rivier van goud, zilver en blinkend staal, driehonderd man sterk, een fier leger van baandermannen en ridders, gezworen zwaarddragers en vrijruiters. Boven hun hoofden flapperde een twaalftal gouden banieren in de noordenwind, getooid met de gekroonde hertenbok van de Baratheons.

Ned kende veel van die ruiters. Daar kwam ser Jaime Lannister, met haren die glansden als gedreven goud, en daar Sandor Clegane, met dat afschuwelijke verbrande gezicht. Die lange jongen naast hem kon alleen maar de kroonprins zijn, en het onvolgroeide mannetje daarachter moest de Kobold zijn, Tyrion Lannister.

Maar de enorme kerel die geflankeerd door twee ridders in de sneeuwwitte mantels van de koningsgarde aan het hoofd van de stoet reed, leek Ned bijna een vreemde toe... tot hij met een welbekend gebrul van zijn strijdros sprong en hem tegen zijn borst drukte in een omhelzing die zijn botten deed kraken. '*Goden*, wat ben ik blij om dat bevroren bakkes van jou te zien.' De koning bekeek Ned van top tot teen en lachte. 'Je bent geen zier veranderd.'

Had Ned maar hetzelfde kunnen zeggen. Veertien jaar geleden, toen ze eropuit waren getrokken om een troon te veroveren, was de heer van Stormeinde nog gladgeschoren, helder van oog, en gespierd als een meisjesdroom. Met zijn zesenhalve voet torende hij hoog boven zijn minderen uit, en als hij zich in zijn wapenrusting hulde en de enorme familiehelm met de geweistangen opzette groeide hij waarlijk uit tot een reus. Hij was ook zo sterk als een reus, en zijn favoriete wapen was een scherpgepunte strijdhamer die Ned nauwelijks kon tillen. In die dagen placht de geur van leer en bloed als parfum om hem heen te hangen.

Nu was het parfum dat als parfum om hem heen hing en was hij even breed als hoog. Ned had de koning zeven jaar geleden voor het laatst gezien, bij de opstand van Balon Grauwvreugd, toen de hertenbok en de schrikwolf gezamenlijk hadden afgerekend met de aanmatigende man die zich tot koning van de IJzereilanden had uitgeroepen. Sinds de nacht waarin ze zij aan zij in Grauwvreugds gevallen vesting hadden gestaan en Robert de overgave van de opstandeling had aanvaard terwijl Ned diens zoon Theon als gijzelaar en pupil had meegenomen, was de koning minstens vijftig kilo aangekomen. Ter maskering van zijn onderkin en koninklijke hangwangen waren zijn kaken begroeid met een baard, zo ruig en zwart als ijzerdraad, maar niets kon zijn buik of de donkere wallen onder zijn ogen verhullen.

Desondanks was Robert nu Neds koning en niet alleen maar zijn vriend, dus zei hij slechts: 'Uwe Genade, Winterfel behoort u toe.'

Ondertussen stegen de anderen ook af, en paardenknechten snelden toe om hun rijdieren over te nemen. Roberts koningin, Cersei Lannister, kwam te voet binnen met haar jongste kinderen. De huiswagen waarin ze hadden gereisd, een groot, dubbeldeks rijtuig van geolied eikenhout en verguld metaal, door veertig zware karrenpaarden getrokken, was te breed om door de kasteelpoort te kunnen. Ned knielde in de sneeuw om de ring van de koningin te kussen terwijl Robert Catelyn omhelsde als een lang verloren zuster. Toen werden de kinderen naar voren geleid en voorgesteld, tot wederzijdse goedkeuring.

De begroetingsceremonie was nog maar net achter de rug of de koning zei tegen zijn gastheer: 'Breng me naar je crypte, Eddard. Ik wil daar graag mijn eer bewijzen.'

Ned stelde het erg op prijs van hem dat hij na al die jaren nog steeds aan haar dacht. Hij riep om een lantaarn. Meer woorden waren niet nodig. De koningin begon te protesteren. Ze waren al sinds het ochtendkrieken onderweg, iedereen had het koud en was moe, ze konden zich toch beter eerst opfrissen? De doden konden wel wachten. Meer zei ze niet. Robert keek haar aan en haar tweelingbroer Jaime pakte haar onopvallend bij de arm, en ze zei niets meer.

Ze daalden samen af in de crypte, Ned en deze koning die hij nauwelijks terug kende. De stenen wenteltrap was smal. Ned ging met de lantaarn voorop. 'Ik begon al te denken dat we Winterfel nooit meer zouden bereiken,' klaagde Robert terwijl ze naar beneden liepen. 'Zoals ze in het zuiden over mijn Zeven Koninkrijken praten zou je bijna vergeten dat jouw stuk even groot is als de overige zes bij elkaar.'

'U hebt hopelijk een aangename reis gehad, Uwe Genade?'

Robert snoof. 'Moerassen, wouden en velden, en nauwelijks één fatsoenlijke herberg ten noorden van de Nek. Ik heb nog nooit zo'n uitgestrekte leegte gezien. Waar zijn al je *inwoners*?'

'Misschien waren ze te verlegen om hun huis uit te komen,' schertste Ned. Hij voelde de kou langs de trap omhoogkruipen, een kille adem uit de diepten van de aarde. 'In het noorden is zelden een koning te zien.'

Robert snoof nogmaals. 'Het lijkt me waarschijnlijker dat ze onder de sneeuw verstopt zaten. *Sneeuw*, Ned!' De koning steunde met een hand tegen de muur om bij het afdalen zijn evenwicht niet te verliezen.

'Nazomersneeuw komt vaker voor,' zei Ned. 'Ik hoop dat u er geen last van hebt gehad. Doorgaans zijn de buien mild.'

'De Anderen mogen die milde buien van jou halen!' vloekte Robert. 'Hoe moet het er hier 's winters dan niet uitzien? Ik huiver als ik eraan denk.'

'De winters zijn streng,' gaf Ned toe. 'Maar de Starks slaan zich er wel doorheen. Dat hebben we altijd gedaan.'

'Je moet naar het zuiden komen,' zei Robert. 'Om nog een vleugje zomer te proeven voordat die ten einde is. In Hooggaarde strekken de velden met gouden rozen zich uit zover het oog reikt. De vruchten zijn zo rijp dat ze openbarsten in je mond – meloenen, perziken, vuurpruimen, je hebt nog nooit zoiets zoets geproefd. Je zult het wel merken, ik heb er een paar voor je meegebracht. Zelfs in Stormeinde is het met die aflandige wind zo warm dat je bijna geen vin verroeren kunt. En je moet de steden eens zien, Ned! Overal bloemen, markten die overlopen van het voedsel, zomerwijnen, zo goedkoop en goed dat je alleen al beneveld raakt van de lucht. Iedereen is dik, dronken en rijk.' Hij lachte en klopte op zijn omvangrijke buik. 'En de *meisjes*, Ned!' riep hij met glinsterende ogen. 'Ik zweer je, in die hitte laten de vrouwen alle preutsheid varen. Ze zwemmen naakt in de rivier, pal onder de muren van het kasteel. Zelfs op straat is het veel en veel te heet voor wol of bont, dus lopen ze rond in van die korte jurken, van zijde als ze daar het zilver voor hebben, of anders van katoen. Niet dat het wat uitmaakt. Zodra ze gaan zweten en de stof tegen hun huid plakt kunnen ze net zo goed naakt zijn.' De koning lachte blijmoedig.

Robert Baratheon was altijd al een begerig man geweest, iemand die wist wat genieten was. Geen mens die Eddard Stark van zoiets zou kunnen betichten. Desondanks ontging het Ned niet dat al die geneugten bij de koning hun tol eisten. Tegen de tijd dat ze de voet van de trap bereikten ademde Robert zwaar, en toen ze de donkere crypte betraden was zijn gezicht rood in het licht van de lantaarn.

'Uwe Genade,' zei Ned eerbiedig. Hij beschreef een weidse halve cirkel met zijn lantaarn. De schaduwen deinden en dansten. Het flakkerende licht beroerde de stenen onder hun voeten en streek langs een lange stoet granieten zuilen die twee aan twee de duisternis binnenschreden. Tussen de zuilen zaten de doden op hun stenen tronen tegen de muur, met hun rug naar het graf dat hun stoffelijke resten bevatte. 'Zij is daar aan het eind, samen met vader en Brandon.'

Hij ging voorop tussen de zuilen en Robert volgde hem zonder iets te zeggen, huiverend in de onderaardse kilte. Het was hier beneden altijd koud. Ze liepen tussen de doden van het Huis Stark door, en hun voetstapen galmden op de stenen en werden teruggekaatst van de gewelven boven hen. De heren van Winterfel sloegen hen gade. Hun beeltenissen waren uitgehouwen in de stenen die hun graftomben verzegelden. In lange rijen zaten ze daar, met blinde ogen die in een eeuwig duister tuurden en met grote stenen schrikwolven opgerold aan hun voeten. In de verspringende schaduwen leek het net of de stenen gestalten bewogen als de levenden langsliepen.

Ouder gewoonte lag er een ijzeren slagzwaard over de knieën van iedereen die heer van Winterfel was geweest, om de wraakzuchtige geesten in hun crypten te houden. De oudste waren al lang geleden weggeroest. Het metaal had slechts wat rode vlekken achtergelaten waar het op de steen had gerust. Ned vroeg zich af of dat inhield dat die geesten nu vrij in het kasteel konden rondwaren. Hij hoopte van niet. De eerste heren van Winterfel waren even hard geweest als het land waarover ze heersten. In de eeuwen voordat de Drakenvorsten van overzee kwamen hadden ze niemand trouw gezworen en zich koningen van het Noorden genoemd.

Ten slotte bleef Ned staan en hief de olielantaarn op. Voor hen uit liep de crypte nog verder het duister in, maar voorbij dit punt waren de tomben leeg en onverzegeld; zwarte gaten die op hun doden wachtten, op hem en zijn kinderen. Ned stond er niet graag bij stil. 'Hier,' zei hij tegen zijn koning.

Robert knikte zwijgend, knielde en boog het hoofd.

Er waren drie graftomben, zij aan zij. Heer Rickard Stark, Neds vader, had een lang, streng gezicht. De steenhouwer had hem goed gekend. Hij zat daar rustig en waardig, zijn stenen vingers stevig rond het zwaard op zijn knieën geklemd. Maar bij zijn leven hadden alle zwaarden hem in de steek gelaten. In twee kleinere graven aan weerszijden rustten zijn kinderen.

Brandon was gestorven toen hij twintig was, gewurgd in opdracht van de krankzinnige koning Aerys Targaryen, luttele dagen voor hij met Catelyn Tulling van Stroomvliet zou trouwen. Ze hadden zijn vader gedwongen om te kijken hoe hij stierf. Hij was de ware erfgenaam, de oudste, geboren om te heersen.

Lyanna was pas zestien geweest, half vrouw, half kind, en lieftallig als geen ander. Ned had met heel zijn hart van haar gehouden. Robert had haar zelfs nog inniger liefgehad. Zij had zijn bruid moeten worden.

'In het echt was ze mooier,' zei de koning na een stilte. Zijn blikken bleven op Lyanna's gezicht rusten alsof hij haar door wilskracht tot leven kon wekken. Ten slotte stond hij op, wat hem vanwege zijn gewicht moeizaam afging. 'Verdraaid, Ned, moest je haar per se begraven op een plaats als *deze*?' De herinnering aan zijn verdriet maakte zijn stem schor. 'Ze had beter verdiend dan deze duisternis...'

'Ze was een Stark van Winterfel,' zei Ned kalm. 'Hier hoort ze thuis.'

'Ze hoort ergens op een heuvel te liggen, onder een vruchtboom, met boven haar de zon en de wolken, en de regen om haar schoon te wassen.'

'Ik was erbij toen ze stierf,' bracht Ned de koning in herinnering. 'Ze wilde naar huis om naast Brandon en vader te rusten.' Soms kon hij haar stem nog horen. *Beloof het me*, had ze gehuild, in een vertrek dat naar bloed en rozen rook. *Beloof het me, Ned.* De koorts had haar krachten ondermijnd en haar stem was een zwakke fluistering geweest, maar toen hij zijn zuster zijn woord had gegeven was de angst uit haar blik geweken. Ned zag nog voor zich hoe ze toen glimlachte, hoe haar vingers de zijne omklemden terwijl ze haar greep op het leven liet varen en de rozenblaadjes zwart en verdord uit haar handpalm dwarrelden. Dat was het laatste dat hij zich herinnerde. Ze hadden hem gevonden met zijn armen om haar lichaam, sprakeloos van verdriet. De kleine paalbewoner Howland Riet had haar hand uit de zijne losgemaakt. Ned wist er niets meer van. 'Ik breng haar bloemen wanneer ik maar kan,' zei hij. 'Lyanna was... dol op bloemen.'

De koning raakte haar wang aan. Zijn vingers streelden over de steen, zo zacht alsof die een levende huid was. 'Ik heb gezworen Rhaegar te vermoorden om wat hij haar heeft aangedaan.'

'Dat heb je toch ook gedaan?' bracht Ned hem in herinnering.

'Maar één keer,' zei Robert verbitterd.

Ze hadden tegenover elkaar gestaan bij de voorde van de Drietand terwijl rondom hen de veldslag woedde, Robert met zijn strijdhamer en zijn grote helm met de geweistangen, de Targaryen-prins in zijn pikzwarte wapenrusting. Op zijn borstharnas stond de driekoppige draak van zijn Huis, geheel van robijnen gemaakt die fonkelden in de zon. Rood stroomde het water van de Drietand rond de hoeven van hun strijdrossen toen ze om elkaar heen draaiden en op elkaar inhakten, telkens weer, totdat ten slotte een mokerslag van Roberts hamer de draak en de borst daaronder had verbrijzeld. Toen Ned na afloop ten tonele verscheen lag Rhaegar dood in de stroom en krabbelden manschappen uit beide legers door het kolkende water rond, graaiend naar de robijnen die uit zijn harnas waren geslagen.

'In mijn dromen sla ik hem nog elke nacht dood,' bekende Robert. 'Duizend doden zijn minder dan wat hij verdient.'

Daar wist Ned niets op te zeggen. Na een stilte zei hij: 'We kunnen beter teruggaan, Uwe Genade. Uw vrouw wacht op u.'

'De Anderen mogen mijn vrouw halen,' prevelde Robert nors, maar hij begon met zware stappen aan de terugweg. 'En als ik je nog één keer "Uwe Genade" hoor zeggen laat ik je hoofd op een paal spietsen. Wij betekenen toch zeker méér voor elkaar?'

'Dat was ik niet vergeten,' antwoordde Ned bedaard. Toen de koning geen antwoord gaf zei hij: 'Vertel me over Jon.'

Robert schudde zijn hoofd. 'Ik heb nog nooit iemand zo plotseling ziek zien worden. We hadden ter ere van mijn zoons naamdag een toernooi gegeven. Als je Jon toen had gezien zou je gezworen hebben dat hij het eeuwige leven bezat. Twee weken later was hij dood. De ziekte verteerde zijn ingewanden als vuur en brandde dwars door hem heen.' Naast een zuil, voor de tombe van een lang gestorven Stark, bleef de koning staan. 'Ik hield van die oude man.'

'En anders ik wel.' Ned zweeg even. 'Catelyn vreest voor haar zuster. Hoe houdt Lysa zich?'

Om Roberts mond verscheen een bitter trekje. 'Niet best, om eerlijk te zijn,' bekende hij. 'Ned, ik denk dat het verlies van Jon die vrouw gek heeft gemaakt. Ze heeft de jongen mee teruggenomen naar het Adelaarsnest. Tegen mijn wens in. Ik had hem als pleegkind willen onderbrengen bij Tywin Lannister op de Rots van Casterling. Jon had geen broers en ook geen andere zonen. Had ik moeten goedvinden dat hij door vrouwen werd opgevoed?'

Ned zou een kind nog eerder aan een kuiladder dan aan heer Tywin toevertrouwen maar hield zijn twijfels voor zich. Sommige oude wonden genezen nooit echt en beginnen bij de geringste opmerking weer te bloeden. 'De vrouw had haar echtgenoot verloren,' zei hij behoedzaam. 'Misschien was de moeder bang haar zoon te verliezen. De knaap is nog erg jong.'

'Zes, ziekelijk, en heer van het Adelaarsnest, genadige goden,' vloekte de koning. 'Heer Tywin heeft nog nooit een pleegkind bij zich opgenomen. Lysa had vereerd moeten zijn. De Lannisters zijn een groot en nobel geslacht. Ze wilde er zelfs niet van horen. En toen vertrok ze in het holst van de nacht zonder zelfs maar verlof te vragen. Cersei was razend.' Hij zuchtte diep. 'Het jong is mijn naamgenoot, wist je dat? Robert Arryn. Ik heb gezworen hem te beschermen. Hoe kan dat nou als zijn moeder er met hem vandoor gaat?'

'Als je wilt neem ik hem als pleegkind op,' zei Ned. 'Daar stemt Lysa vast wel mee in. Zij en Catelyn stonden elkaar als meisjes heel na, en zij is hier ook welkom.'

'Een royaal aanbod, vriend,' zei de koning, 'maar te laat. Heer Tywin heeft al ja gezegd. Hij zou diep beledigd zijn als de jongen elders werd opgevoed.'

'Het welzijn van mijn neef gaat mij meer ter harte dan Lannisters trots,' verklaarde Ned.

'Dat komt omdat jij niet met een Lannister naar bed hoeft.' Robert lachte. Het geluid schetterde tussen de tomben door en weerkaatste van het gewelfde plafond. Zijn lach was een blikkering van witte tanden in het struweel van zijn enorme zwarte baard. Hij sloeg een vlezige arm om Neds schouders. 'Ik was van plan om een paar dagen te wachten voor ik je erover aansprak, maar ik zie nu dat dat niet hoeft. Kom, loop met me op.'

Ze liepen tussen de zuilen door terug. Blinde stenen ogen leken hen te volgen op hun weg. De koning hield zijn arm om Neds schouders geslagen. 'Je moet je hebben afgevraagd waarom ik na al die tijd eindelijk eens naar het noorden kom, naar Winterfel.'

Ned had zijn vermoedens maar sprak ze niet uit. 'Om van mijn gezelschap te genieten toch zeker?' zei hij luchtig. 'En dan is de Muur er nog. U moet erheen, Uwe Genade, om over de weergang te lopen en te spreken met degenen die hem bemannen. De Nachtwacht is nog slechts een schim van wat hij vroeger was. Benjen zegt...'

'Ik zal ongetwijfeld gauw genoeg te horen krijgen wat je broer te zeggen heeft,' zei Robert. 'De Muur staat er al, hoe lang, achtduizend jaar? Dan zal hij er nog wel een paar dagen langer staan ook. Ik heb dringender zorgen. Dit zijn moeilijke tijden. Ik moet de juiste mensen om me heen hebben. Mensen als Jon Arryn. Hij diende mij als heer van het Adelaarsnest, als landvoogd van het Oosten en als Hand des Konings. Hij zal niet makkelijk te vervangen zijn.'

'Zijn zoon...' begon Ned.

'Zijn zoon erft het Adelaarsnest en alle inkomsten die daaraan verbonden zijn,' zei Robert bruusk. 'Meer niet.'

Dat overviel Ned. Stomverbaasd bleef hij staan en keek opzij naar zijn koning. De woorden kwamen ongevraagd. 'De Arryns zijn van oudsher landvoogd van het Oosten. De titel is aan de heerlijkheid verbonden.'

'Misschien dat die eer hem weer toevalt als hij meerderjarig wordt,' zei Robert. 'Maar ik moet met dit jaar rekening houden, en met het volgende. Een zesjarig kind hoort niet aan het hoofd van de strijdkrachten, Ned.'

'In vredestijd is dat alleen maar een eretitel. Laat de jongen die toch houden. Al is het maar vanwege zijn vader. Dat ben je Jon toch zeker wel voor zijn diensten verschuldigd?'

De koning was misnoegd. Hij haalde zijn arm van Neds schouders. 'Het was Jons plicht zijn leenheer te dienen. Ik ben niet ondankbaar, Ned. Uitgerekend jij zou dat toch moeten weten. Maar de zoon is de vader niet. Een kind kan niet over het Oosten heersen.' Zijn toon werd milder. 'Genoeg hierover. We moeten het over een belangrijker ambt hebben en ik maak liever geen ruzie met je.' Robert greep Ned bij zijn elleboog. 'Ik heb je nodig, Ned.'

'U kunt over mij beschikken, Uwe Genade. Altijd.' Dat moest hij wel zeggen, dus zei hij het, bevreesd voor wat er nu misschien zou komen.

Robert leek hem nauwelijks te horen. 'Die jaren dat we in het Adelaarsnest woonden... *alle goden*, dat waren nog eens jaren. Ik wil je weer aan mijn zij hebben, Ned. Ik wil je in Koningslanding hebben, niet hier aan het einde van de wereld waar geen mens iets aan je heeft, verdomme.' Robert staarde het duister in, en even keek hij zo melancholiek als een Stark. 'Ik zweer je, op een troon zitten is duizendmaal zo moeilijk als er een veroveren. Wetten zijn saaie dingen, en kopergeld tellen is nog erger. En de mensen... er komt geen eind aan. Ik zit op die verrekte ijzeren stoel hun klachten aan te horen tot mijn hoofd leeg en mijn achterste rauw is. Allemaal willen ze wat, of het nu geld, land of gerechtigheid is. De leugens die ze debiteren... en de edele heren en dames zijn al geen haar beter. Ik word door vleiers en dwazen omringd. Het is om gek van te worden, Ned. De helft durft me de waarheid niet te zeggen en de andere helft weet niet wat die is. Er zijn nachten dat ik wou dat we verloren hadden, daar bij de Drietand. Nou ja, niet echt, maar...'

'Ik begrijp het,' zei Ned zachtjes.

Robert keek hem aan. 'Ik geloof je. Maar dan ben je wel de enige, ouwe vriend van me.' Hij glimlachte. 'Heer Eddard Stark, ik zou u graag tot Hand des koning benoemen.'

Ned liet zich op één knie zinken. Het aanbod verraste hem niet: waarom zou Robert anders helemaal hierheen zijn gekomen? De Hand des Konings was de op één na machtigste man in de Zeven Koninkrijken. Hij sprak namens de koning, voerde 's konings leger aan en stelde 's konings wetten op. Soms zat hij zelfs op de ijzeren troon om namens de koning recht te spreken als deze zelf afwezig of ziek of om een andere reden niet beschikbaar was. Robert bood hem een verantwoordelijkheid aan die even groot was als het rijk zelf.

Het was het laatste dat hij wilde.

'Uwe Genade,' zei hij. 'Ik ben die eer onwaardig.'

Robert gaf een goedaardige grom van ongeduld. 'Als ik je wilde eren zou ik het goedvinden dat je je terugtrok. Maar ik ben van plan jou het rijk te laten besturen en zijn oorlogen te laten uitvechten terwijl ik me voortijdig het graf in eet en drink en naai.' Grijnzend sloeg hij tegen zijn onderbuik. 'Je kent het gezegde over de koning en zijn Hand?'

Ned kende het gezegde. 'Wat de koning droomt, dat bouwt de Hand.'

'Ik ben eens naar bed geweest met een vissersmeisje, en zij vertelde me dat de lagere standen het wat bloemrijker formuleren. De koning eet, zeggen ze, en de Hand vangt de schijt op.' Hij wierp zijn hoofd naar achteren en bulderde van het lachen. De echo's galmden door het donker, en het leek of overal om hen heen de doden van Winterfel met kille, afkeurende blikken toekeken.

Ten slotte verflauwde het gelach en stierf weg. Ned lag nog op één knie geknield, met opgeheven blikken. 'Verdomme, Ned,' klaagde de koning. 'Je zou me tenminste het plezier kunnen doen om te glimlachen.'

'Ze zeggen dat het hier 's winters zo koud wordt dat je gelach in je keel bevriest, zodat je erin stikt,' zei Ned op effen toon. 'Wie weet hebben de Starks daarom zo weinig gevoel voor humor.'

'Kom met me mee naar het zuiden, dan leer ik je weer lachen,' beloofde de koning. 'Je hebt me geholpen die verdomde troon te veroveren, dus help me dan nu om hem te houden. Wij zijn voorbestemd om samen te heersen. Als Lyanna nog had geleefd waren we broers geweest. Niet alleen vriendschapsbanden zouden ons binden, ook banden des bloeds. Maar het is nog niet te laat. Ik heb een zoon. Jij hebt een dochter. In mijn Joff en jouw Sansa zullen onze geslachten zich verenigen, zoals dat eens had moeten gebeuren met Lyanna en mij.'

Dat aanbod overviel hem wél. 'Sansa is pas elf.'

Robert wuifde ongeduldig met een hand. 'Oud genoeg om zich te verloven. Het huwelijk kan wel een paar jaar wachten.' De koning glimlachte. 'En nu opstaan en ja zeggen, vervloekt nog aan toe.'

'Ik zou niets liever doen, Uwe Genade,' antwoordde Ned. Hij aarzelde. 'Al die eerbewijzen komen zo onverwachts. Mag ik er een tijdje over denken? Ik moet het aan mijn vrouw vertellen...'

'Ja, ja, natuurlijk, zeg het tegen Catelyn, slaap er een nachtje over als je dat per se wilt.' De koning boog zich naar voren, greep Neds hand en trok hem ruw overeind. 'Maar laat me niet te lang wachten. Ik ben geen al te geduldig man.'

Even kreeg Eddard Stark een onheilspellend voorgevoel. Hij hoorde *hier* thuis, in het noorden. Hij keek naar de stenen gestalten rondom hen en haalde diep adem in de kille stilte van de crypte. Hij voelde dat de ogen van de doden op hem gericht waren. Hij wist dat ze allemaal luisterden. En het werd winter.

Jon

Het kwam voor – niet vaak, maar zo nu en dan – dat Jon Sneeuw blij was dat hij een bastaard was. Toen hij zijn wijnbeker weer eens bijvulde uit een passerende schenkkan bedacht hij dat dit misschien zo'n gelegenheid was.

Hij ging weer op zijn bank tussen de jongere pages zitten en nam een slok. De zoete, fruitige smaak van zomerwijn vulde zijn mond en bracht een glimlach op zijn lippen.

De grote zaal van Winterfel was bedompt van de rook en doortrokken van de lucht van geroosterd vlees en versgebakken brood. De grauwe stenen muren waren met banieren behangen. Wit, goud en karmozijnrood: de schrikwolf van Stark, de gekroonde hertenbok van Baratheon, de leeuw van Lannister. Een zanger bespeelde de hoge harp en droeg een ballade voor, maar aan dit uiteinde van de zaal kwam zijn stem nauwelijks boven het geloei van de vlammen, het gekletter van aardewerken borden en het geroezemoes van honderd dronkemansgesprekken uit.

Dit was het vierde uur van het welkomstfeest voor de koning. Jons broers en zusters zaten bij de koningskinderen, onder aan de verhoging waarop heer en vrouwe Stark de koning en de koningin gastvrij onthaalden. Ter ere van deze gelegenheid zou zijn heer vader elk kind ongetwijfeld één glas wijn toestaan, maar meer ook niet. Hier op de banken weerhield niemand Jon ervan zijn dorst te lessen zoveel hij wilde.

En hij ontdekte dat hij de dorst van een man had, tot het luidruchtige plezier van de jongelieden rondom hem, die hem aanmoedigden bij elke beker die hij leegde. Ze vormden aangenaam gezelschap, en Jon genoot van de verhalen die ze vertelden over vechtpartijen, liefdesavontuurtjes en de jacht en wist zeker dat zijn metgezellen onderhoudender waren dan het kroost van de koning. Hij had zijn nieuwsgierigheid naar de gasten bevredigd toen ze de zaal betraden. De stoet was de bank waarop hij zat op minder dan een voet gepasseerd, en hij had hen allemaal uitvoerig kunnen bekijken.

Zijn heer vader had vooropgelopen als tafelheer van de koningin. Die was even mooi als de mannen beweerden. In haar lange, gouden haar blonk een met juwelen bezette tiara waarvan de smaragden precies bij het groen van haar ogen pasten. Zijn vader hielp haar de treden naar de verhoging op en leidde haar naar haar zetel, maar de koningin bekeek hem niet eens. Jon keek dwars door haar glimlach heen, al was hij pas veertien.

Daarna was koning Robert zelf gekomen, met vrouwe Stark aan zijn arm. De koning was een enorme teleurstelling voor Jon. Zijn vader had vaak over hem gepraat: de onvergelijkelijke Robert Baratheon, de duivel van de Drietand, de vurigste strijder van het rijk, een reus onder de vorsten. Alles wat Jon zag was een dikke kerel met een rood, baardig gezicht die door zijn zijden kleren heen zweette. Hij liep erbij alsof hij half aangeschoten was.

Na hen kwamen de kinderen. Voorop de kleine Rickon, die de lange tocht aflegde met alle waardigheid die een driejarige kan opbrengen. Jon moest hem aansporen om door te lopen toen hij bleef staan om even te buurten. Pal na hem kwam Robb, gehuld in grijze wol met witte boorden, de kleuren van de Starks. Hij had prinses Myrcella aan de arm, een spichtig kind van nog geen acht met een waterval van gouden krullen onder een met juwelen bezet haarnet. Jon zag hoe ze Robb verlegen blikken toewierp terwijl ze tussen de tafels doorliepen, en hoe ze timide naar hem glimlachte. Hij vond haar nietszeggend. Robb had niet eens het benul om te beseffen hoe stompzinnig ze was; hij grijnsde als een dwaas.

Zijn halfzusters begeleidden de prinsen. Arya vormde een paar met de mollige kleine Tommen, wiens witblonde haar langer was dan het hare. Sansa, twee jaar ouder, had de kroonprins naast zich, Joffry Baratheon. Die was twaalf, jonger dan Jon of Robb, maar tot Jons grandioze ontsteltenis langer dan zij. Prins Joffry had het haar van zijn zuster en de intens groene ogen van zijn moeder. Een dikke, verwarde bos blonde krullen welde over zijn gouden halsketting en fluwelen kraag heen. Sansa zag er stralend uit zoals ze daar naast hem liep, maar Jon vond Joffry's pruillip en de verveelde minachting waarmee hij de grote zaal van Winterfel bekeek, maar niets.

Het paar dat daarachter liep interesseerde hem meer: de broers van de koningin, de Lannisters van de Rots van Casterling. De Leeuw en de Kobold, en het leed geen twijfel wie wie was. Ser Jaime Lannister was de tweelingbroer van koningin Cersei, rijzig en goudharig, met flitsende groene ogen en een messcherpe glimlach. Hij ging gekleed in karmozijnrode zijde, hoge zwarte laarzen en een zwartsatijnen mantel. Op de voorkant van zijn tuniek was in gouddraad de uitdagend brullende leeuw van zijn geslacht geborduurd. In zijn gezicht werd hij de Leeuw van Lannister genoemd en achter zijn rug fluisterend als 'Koningsmoordenaar' betiteld.

Jon kon zijn ogen nauwelijks van hem afhouden. Zo hoort een koning eruit te zien, dacht hij bij zichzelf terwijl de man langsliep.

Toen zag hij de ander langswaggelen, half onzichtbaar achter zijn broer. Tyrion Lannister, de jongste van heer Tywins gebroed en verreweg de lelijkste. Alles wat de goden Cersei en Jaime vergund hadden, hadden ze Tyrion onthouden. Hij was een dwerg, half zo lang als zijn broer, en had moeite het tempo bij te houden op zijn onvolgroeide beentjes. Zijn hoofd was te groot voor zijn lijf en had een dierlijk platgedrukt gezicht met daarboven een sterk vooruitstekend voorhoofd. Onder zijn steile haar dat zo blond was dat het bijna wit leek gluurden één groen en één zwart oog uit. Jon bekeek hem gefascineerd.

De laatste van de edele heren die binnenkwamen waren zijn oom, Benjen Stark van de Nachtwacht, en zijn vaders pupil, Theon Grauwvreugd. Benjen wierp Jon in het voorbijgaan een warme glimlach toe. Theon negeerde hem volledig, maar dat was niets nieuws. Nadat iedereen was gaan zitten werden er heildronken uitgebracht en wederzijdse dankbetuigingen uitgesproken, en daarna kon het feest beginnen.

Daarna was Jon gaan drinken, en dat deed hij nog steeds.

Onder tafel streek er iets langs zijn been. Jon zag rode ogen die naar hem omhoogstaarden. 'Alweer honger?' vroeg hij. Midden op de tafel lag nog een halve kip met honing. Jon stak een hand uit om er een poot af te trekken maar bedacht toen iets beters. Hij reeg het gevogelte in zijn geheel aan zijn mes en liet het karkas tussen zijn benen op de vloer vallen. Spook viel er fel en geluidloos op aan. Zijn broers en zusters hadden hun wolven niet mee mogen nemen naar het banket, maar aan deze kant van de zaal waren meer honden dan Jon kon tellen, en niemand had iets van zijn welp gezegd. Hij hield zichzelf voor dat hij ook in dat opzicht gelukkig was.

Zijn ogen prikten. Jon wreef er heftig in en vervloekte de rook. Hij sloeg nog een teug wijn achterover en keek toe hoe zijn schrikwolf de kip verslond.

Tussen de tafels liepen honden die de diensters op de voet volgden. Een daarvan, een zwarte bastaardteef met gele spleetjes van ogen, ving de geur van de kip op. Ze bleef staan en kroop onder de bank om een hapje mee te pikken. Jon sloeg de confrontatie gade. De teef gromde met een laag keelgeluid en kwam dichterbij. Spook keek in stilte op en richtte die vurige rode ogen van hem op de hond. De teef grauwde uitdagend en boos. Spook verroerde zich niet. Hij stond opgericht boven zijn buit, sperde zijn muil open en ontblootte zijn gebit. De teef verstrakte, blafte nogmaals en zag toen van het gevecht af. Ze draaide zich om en sloop weg, met een laatste uitdagende grauw om haar figuur te redden. Spook hervatte zijn maaltijd.

Jon grijnsde en stak een hand onder de tafel om door de ruige witte vacht te woelen. De schrikwolf keek naar hem op, beet zachtjes in zijn hand en at weer door.

'Is dat een van die schrikwolven waar ik zo veel over gehoord heb?' vroeg een welbekende stem vlak bij hem.

Verheugd keek Jon op toen zijn oom Ben een hand op zijn hoofd legde en door zijn haar woelde, ongeveer zoals Jon bij de wolf had gedaan. 'Ja,' zei hij. 'Hij heet Spook.'

Een van de pages onderbrak het schuine verhaal dat hij aan het vertellen was om aan tafel ruimte te maken voor de broer van hun heer. Benjen Stark ging met zijn lange benen schrijlings op de bank zitten en pakte de wijnbeker uit Jons hand. 'Zomerwijn,' zei hij na ervan genipt te hebben. 'Niets is zo zoet. Hoeveel bekers heb je al op, Jon?'

Jon glimlachte.

Ben Stark schoot in de lach. 'Ik was er al bang voor. Ach, ja. Ik geloof dat ik nog jonger was dan jij toen ik voor het eerst echt goed dronken werd.' Uit een schaal naast hem greep hij een geroosterde ui waar de bruine jus van afdroop en beet erin. De ui kraakte.

De gelaatstrekken van zijn oom waren scherp en somber als een bergpiek, maar in zijn blauwgrijze ogen glom altijd een zweem van vrolijkheid. Hij was in het zwart gekleed, zoals het een man van de Nachtwacht betaamde. Vanavond was het kostbaar zwart fluweel, met hoge leren laarzen en een brede riem met een zilveren gesp. Rond zijn nek hing een zware, zilveren halsketen. Benjen sloeg Spook geamuseerd gade terwijl hij zijn ui at. 'Een heel rustige wolf,' merkte hij op.

'Hij lijkt niet op de andere,' zei Jon. 'Hij laat nooit enig geluid horen. Daarom heb ik hem Spook genoemd. Daarom, en omdat hij wit is. De andere zijn allemaal donker, grijs of zwart.'

'Achter de Muur zijn nog schrikwolven. We horen ze op onze wachtritten.' Benjen Stark keek Jon langdurig aan. 'Eet je gewoonlijk niet bij je broers aan tafel?'

'Meestal wel,' antwoordde Jon met vlakke stem. 'Maar deze avond meende vrouwe Stark dat de koninklijke familie beledigd zou kunnen zijn als er een bastaard tussen hen in werd gezet.'

'Ik begrijp het.' Zijn oom gluurde over zijn schouder naar de hoge tafel aan het andere uiteinde van de zaal. 'Mijn broer verkeert vanavond zo te zien niet in feeststemming.'

Dat was Jon ook opgevallen. Een bastaard leerde vanzelf op zulke dingen te letten en de waarheid te lezen die in de ogen van de mensen school. Zijn vader nam weliswaar de vormen in acht, maar hij was zo gespannen als Jon hem maar zelden had meegemaakt. Hij zei weinig en staarde met omfloerste blikken de zaal in zonder iets te zien. Twee zetels verderop had de koning al de hele avond stevig zitten drinken. Zijn brede gezicht boven de grote zwarte baard had een kleur als vuur. Hij bracht vele heildronken uit, lachte luidkeels om elke grap en viel als een uitgehongerd man op elke schotel aan. Maar de koningin naast hem leek als uit ijs gehouwen. 'De koningin is ook boos,' zei Jon op gedempte, kalme toon tegen zijn oom. 'Vader heeft de koning vanmiddag meegenomen naar de crypte. De koningin wilde niet dat hij ging.'

Benjen mat Jon behoedzaam met zijn blik. 'Jou ontgaat niet veel, hè Jon? We zouden een man als jij op de Muur goed kunnen gebruiken.'

Jon zwol van trots. 'Robb voert zijn lans met meer kracht dan ik, maar ik ben een beter zwaardvechter, en Hullen zegt dat ik als ruiter voor niemand in het kasteel onderdoe.'

'Opmerkelijke prestaties.'

'Neem me mee als u teruggaat naar de Muur,' zei Jon in een plotselinge opwelling. 'Als u het vraagt zal vader wel toestemming geven. Ik weet dat hij dat zal doen.'

Oom Benjen bestudeerde zorgvuldig zijn gezicht. 'Voor een jongen is de Muur een hard oord.'

'Ik ben bijna volgroeid,' wierp Jon tegen. 'Op mijn eerstvolgende naamdag word ik vijftien, en Maester Luwin zegt dat bastaarden eerder volwassen worden dan andere kinderen.'

'Dat is maar al te waar,' zei Benjen, en zijn mondhoeken krulden omlaag. Hij greep Jons beker van de tafel, schonk hem weer vol uit een emmer die bij hem in de buurt stond en nam een diepe teug.

'Daeren Targaryen was pas veertien toen hij Dorne veroverde,' zei Jon. De Jonge Draak was een van zijn helden.

'Een verovering die één zomer standhield,' bracht zijn oom naar voren. 'Die gekroonde knaap van jou verloor vijfduizend man toen hij Dorne innam en nog eens twintigduizend toen hij het probeerde te verdedigen. Iemand had hem moeten vertellen dat oorlog geen spelletje is.' Hij nam nog een slokje wijn. 'Bovendien,' zei hij en veegde zijn mond af, 'was Daeren Targaryen pas achttien toen hij stierf. Of was je dat gedeelte vergeten?'

'Ik vergeet niets,' pochte Jon. De wijn maakte hem stoutmoedig. Hij probeerde kaarsrecht te gaan zitten om langer te lijken. 'Ik wil in de Nachtwacht dienen, oom.'

Hij had er lang en intens over nagedacht, 's nachts in bed, terwijl zijn broers om hem heen lagen te slapen. Robb zou op een dag Winterfel erven en als landvoogd van het Noorden het bevel over grote legers voeren. Bran en Rickon zouden Robbs baandermannen zijn en in zijn naam over ridderhoven heersen. Zijn zusters Arya en Sansa zouden met de erfgenamen van andere grote huizen trouwen en naar het zuiden trekken om de vrouwe te worden van een eigen kasteel. Maar wat voor positie kon een bastaard hopen te verwerven?

'Je weet niet wat je vraagt, Jon. De Nachtwacht is een gezworen broederschap. We hebben geen gezinnen. Niemand van ons zal ooit een zoon verwekken. Onze vrouw is de plicht. Onze geliefde is de eer.'

'Ook een bastaard kan eer bezitten,' zei Jon. 'Ik ben bereid uw eed te zweren.'

'Je bent een jongen van veertien,' zei Benjen. 'Geen man, nog niet. Als je nog nooit een vrouw hebt gehad heb je er geen benul van wat je opgeeft.'

'Kan me niet schelen!' zei Jon verhit.

'Vast wel, als je zou weten wat het inhield,' zei Benjen. 'Als je wist wat die eed je zou kosten zou je niet zo begerig zijn de prijs te betalen, zoon.'

Jon merkte dat hij kwaad werd. 'Ik ben uw zoon niet!'

Benjen Stark stond op. 'Des te erger.' Hij legde een hand op Jons schouder. 'Kom nog eens bij me als je zelf een paar bastaarden hebt verwekt, dan zien we wel hoe je er dan over denkt.'

Jon trilde. 'Ik zal nooit een bastaard verwekken.' Hij sprak de woorden zorgvuldig uit. '*Nooit!*' Hij spuwde het uit als vergif.

Plotseling drong het tot hem door dat er rond de tafel een stilte was gevallen en dat iedereen naar hem keek. Hij merkte hoe de tranen hem in de ogen sprongen en duwde zichzelf overeind.

'Neem me niet kwalijk,' zei hij met zijn laatste restje waardigheid. Met een ruk draaide hij zich om en ging ervandoor voordat ze zouden zien dat hij huilde. Hij moest meer wijn op hebben dan hij zelf besefte. Toen hij wilde weglopen struikelde hij over zijn eigen benen. Hij sloeg zijwaarts tegen een dienster aan en smeet met een klap een kan kruidenwijn tegen de vloer. Overal rondom hem dreunde gelach, en Jon voelde de tranen op zijn wangen branden. Iemand probeerde hem te ondersteunen. Hij rukte zich uit diens greep los en rende half verblind naar de deur. Spook volgde hem op de voet toen hij naar buiten liep, de nacht in.

De binnenplaats was stil en leeg. Een eenzame wachtpost stond hoog op de borstwering van de binnenmuur, zijn mantel dicht om zich heen getrokken tegen de kou. Hij keek verveeld en ongelukkig zoals hij daar ineengedoken stond, helemaal alleen, maar Jon had zó met hem van plaats willen ruilen. Verder was het kasteel donker en verlaten. Jon had eens een verlaten hofstede gezien, een akelig oord waar niets anders bewoog dan de wind en waar de stenen zwegen over de mensen die er gewoond hadden. Daar deed Winterfel hem vannacht aan denken.

Het geluid van muziek en zang drong door de open ramen achter hem naar buiten. Het was het laatste dat Jon wilde horen. Hij veegde met de mouw van zijn hemd zijn tranen af, woedend dat hij ze niet had kunnen inhouden. Toen maakte hij aanstalten om weg te gaan

'Jongen,' riep een stem tegen hem. Jon draaide zich om.

Op de bovenrand van de deur naar de grote zaal zat Tyrion Lannister. Hij leek sprekend op een groteske waterspuwer. De dwerf grijnsde hem toe. 'Is dat beest een wolf?'

'Een schrikwolf,' zei Jon. 'Hij heet Spook.' Hij staarde omhoog naar het kleine mannetje, zijn teleurstelling plotseling vergeten. 'Wat doet u daar? Waarom bent u niet op het feest?'

'Te heet, te veel herrie, en ik heb te veel wijn op,' zei de dwerg tegen hem. 'En het is me al lang geleden ingeprent dat het onbeschoft is om je broer onder te kotsen. Mag ik je wolf eens van dichterbij bekijken?'

Jon aarzelde. Toen knikte hij langzaam. 'Kunt u naar beneden klimmen of moet ik een ladder halen?'

'Om de dooie dood niet,' zei de kleine man. Hij duwde zich van de richel af het niets in. Jon hapte naar adem en keek toen vol ontzag toe hoe Tyrion Lannister als een balletje ronddraaide, met gemak op zijn handen neerkwam en toen met een achterwaartse salto op zijn voeten sprong.

Onzeker deinsde Spook voor hem terug.

De dwerg klopte zich af en lachte. 'Ik geloof dat ik je wolf heb laten schrikken. Neem me niet kwalijk.'

'Hij is niet bang,' zei Jon. Hij knielde neer en riep: 'Spook, kom hier. Kom. Ja, braaf zo.'

De wolvenwelp kwam aanstappen en drukte zijn snuit tegen Jons gezicht, maar met één waakzaam oog op Tyrion Lannister gericht, en toen de dwerg een hand uitstak om hem te aaien week hij achteruit en ontblootte zijn gebit in een geluidloze grauw. 'Verlegen, hè?' merkte Lannister op.

'Zitten, Spook!' beval Jon. 'Braaf zo. Zit stil.' Hij keek op naar de dwerg. 'U kunt hem nu wel aanraken. Hij zal zich niet verroeren voor ik het zeg. Ik ben bezig hem af te richten.'

'Dat zie ik,' zei Lannister. Hij woelde door de sneeuwwitte vacht tussen Spooks oren en zei: 'Brave wolf.'

'Als ik er niet bij was zou hij u de keel openrijten,' zei Jon. Dat was eigenlijk nog niet zo, maar eens zou het zo zijn.

'Blijf dan maar in de buurt,' zei de dwerg. Hij draaide zijn bovenmaatse hoofd naar één kant en bekeek Jon met zijn ongelijke ogen. 'Ik ben Tyrion Lannister.'

'Dat weet ik,' zei Jon. Hij kwam overeind. Rechtopstaand was hij langer dan de dwerg. Dat was een vreemde gewaarwording.

'Jij bent Ned Starks bastaard, hè?'

Jon voelde een rilling door zijn lijf gaan. Hij klemde zijn lippen op elkaar en zei niets.

'Heb ik je gekwetst?' zei Lannister. 'Wat jammer. Dwergen hoeven niet tactvol te zijn. Generaties buitelende dwazen in narrenpak hebben me het recht verschaft om me slecht te kleden en de eerste de beste rotopmerking te maken die in mijn hoofd opkomt.' Hij grijnsde. 'Maar je *bent* dus de bastaard.'

'Heer Eddard Stark is mijn vader,' gaf Jon stijfjes toe.

Lannister bestudeerde zijn gezicht. 'Ja,' zei hij. 'Ik kan het zien. Je hebt meer van een noorderling dan je broers.'

'Halfbroers,' verbeterde Jon hem. De opmerking van de dwerg deed hem goed, maar hij probeerde het niet te laten merken.

'Laat me je dan een goede raad geven, bastaard,' zei Lannister. 'Vergeet nooit wat je bent, want de wereld doet het zeker niet. Put er kracht uit, dan wordt het nooit een zwakke plek. Gebruik het als schild, dan zal het nooit als wapen tegen je gebruikt worden.'

Jon was niet in de stemming om van wie ook goede raad aan te nemen. 'Wat weet u ervan hoe het is om een bastaard te zijn?'

'Alle dwergen zijn bastaarden in de ogen van hun vader.'

'U bent uw moeders wettig geboren zoon, een Lannister.'

'O ja?' kaatste de dwerg sardonisch terug. 'Dat moet je mijn vader vertellen. Mijn moeder is bij mijn geboorte gestorven, en hij heeft nooit zekerheid gehad.'

'Ik weet niet eens wie mijn moeder was,' zei Jon.

'Ongetwijfeld een vrouw. Dat is meestal zo.' Jon kreeg een wrang lachje toegeworpen. 'Bedenk dit wel, jongen. Alle dwergen mogen dan bastaarden zijn, maar niet alle bastaarden hoeven dwergen te zijn.' En met die woorden draaide hij zich om en drentelde fluitend terug naar het feest. Toen hij de deur opende werd zijn schaduw door het licht van binnenuit duidelijk zichtbaar over de binnenplaats geworpen, en even was Tyrion Lannister zo lang als een koning.

Catelyn

Van alle kamers in de Grote Donjon van Winterfel waren de slaapkamers van Catelyn het warmst. Ze hoefde zelden de haard aan te steken. Het kasteel was boven natuurlijke hete bronnen gebouwd, en het gloeiende water stroomde door de muren en kamers als bloed door een menselijk lichaam. Het verdreef de kilte uit de stenen kamers, vulde de tuinkassen met een vochtige warmte en voorkwam dat de grond bevroor. In een twaalftal kleine binnenhoven steeg dag en nacht de stoom van open vijvers op. 's Zomers was dat een onbeduidend detail, 's winters het verschil tussen leven en dood.

Catelyns bad was altijd dampend heet en haar muren voelden warm aan. Die warmte deed haar aan Stroomvliet denken, aan zonnige dagen met Lysa en Edmar, maar Ned kon de hitte niet verdragen. De Starks waren op kou berekend, placht hij tegen haar te zeggen, en dan zei ze lachend tegen hem dat ze in dat geval hun kasteel beslist op de verkeerde plaats hadden gebouwd.

Dus na afloop rolde Ned van haar af en klom van haar bed, zoals hij al duizendmaal had gedaan. Hij liep de kamer door, trok de zware wandkleden opzij en gooide een voor een de hoge, smalle raampjes open om de nachtlucht binnen te laten.

De wind blies om hem heen terwijl hij met zijn gezicht naar het donker stond, naakt en met lege handen. Catelyn trok de bontvellen op tot haar kin en sloeg hem gade. Om de een of andere reden zag hij er kleiner en kwetsbaarder uit, net de jongeling met wie ze veertien lange jaren geleden in de sept van Stroomvliet was getrouwd. Haar lendenen waren nog pijnlijk, zo heftig had hij de liefde met haar bedreven. Het was een aangename pijn. Ze voelde zijn zaad binnen in zich. Ze bad dat het daar tot leven zou komen. Sinds Rickon waren er drie jaar verstreken. Ze was nog niet te oud. Ze zou hem nog een zoon kunnen schenken.

'Ik ga nee tegen hem zeggen,' zei Ned terwijl hij zich weer naar haar toekeerde. Zijn blik was opgejaagd, zijn stem schor van twijfel.

Catelyn ging rechtop in het bed zitten. 'Dat kan niet. Dat *mag* je niet doen.'

'Mijn plichten liggen hier in het noorden. Ik wens Roberts Hand niet te zijn.'

'Dat zal hij niet begrijpen. Hij is nu koning, en koningen zijn anders dan andere mannen. Als je weigert hem te dienen zal hij zich afvragen waarom, en vroeg of laat gaat hij je ervan verdenken dat je tegen hem bent. Zie je niet in welk gevaar je ons daarmee zou brengen?'

Ned schudde zijn hoofd, want dat weigerde hij te geloven. 'Robert zou mij of de mijnen nooit iets aandoen. We stonden elkaar nader dan broers. Ik ben hem dierbaar. Als ik weiger zal hij brullen, vloeken en tieren, en een week later zullen we er samen om lachen. Ik ken de man!'

'Je kende de man,' zei ze. 'De koning is een vreemde voor je.' Catelyn moest denken aan de schrikwolvin die dood in de sneeuw had gelegen, met die afgebroken geweistang diep in haar keel. Ze moest ervoor zorgen dat hij het begreep. 'Trots is alles voor een koning, heer. Robert is helemaal hierheen gekomen om u te bezoeken, om u al die eer te bewijzen. Die kunt u niet botweg van de hand slaan.'

'Eer?' Ned lachte bitter.

'In zijn ogen wel,' zei ze.

'En in de jouwe?'

'*En* in de mijne,' stoof ze op, woedend nu. Waarom begreep hij het niet? 'Hij biedt onze dochter de hand van zijn eigen zoon aan, hoe wilt u dat anders noemen? Op een dag wordt Sansa misschien koningin. Haar zonen kunnen heersen van de Muur tot de bergen van Dorne. Wat is daar zo verkeerd aan?'

'Goden nog aan toe, Catelyn, Sansa is pas *elf*,' zei Ned. 'En Joffry... Joffry is...'

Zij maakte de zin voor hem af '... de kroonprins, en erfgenaam van de ijzeren troon. En ik was pas twaalf toen ik door mijn vader aan jouw broer Brandon werd beloofd.'

Bij die woorden vertrok Ned verbitterd zijn mond. 'Brandon. Ja. Brandon zou wel weten wat hem te doen stond. Dat wist hij altijd. Het was allemaal voor Brandon bestemd. Jij, Winterfel, alles. Hij was voorbestemd om Hand des Konings en vader van vorstinnen te worden. Ik heb er nooit om gevraagd uit deze beker te drinken.'

'Misschien niet,' zei Catelyn. 'Maar Brandon is dood, en de beker is in jouw handen overgegaan en je moet eruit drinken, of je wilt of niet.'

Ned keerde zich van haar af, naar de nacht toe. Hij tuurde het duister in en keek misschien naar de maan en de sterren, of misschien wel naar de wachtposten op de muur.

De aanblik van zijn pijn vermurwde Catelyn. Eddard Stark was met haar getrouwd in plaats van Brandon, zoals het gebruik voorschreef, maar de schaduw van zijn dode broer lag nog tussen hen in, net als die andere, de schaduw van de vrouw wier naam hij nooit noemde, de vrouw die hem zijn bastaardzoon had gebaard.

Ze stond op het punt naar hem toe te gaan toen de klop op de deur kwam, luid en onverwacht. Ned draaide zich met gefronste wenkbrauwen om. 'Wat is er?'

Desmonds stem klonk door de deur heen. 'Heer, Maester Luwin staat buiten en verzoekt dringend om gehoor.'

'Weet hij dat ik uitdrukkelijk heb gezegd dat ik niet gestoord wilde worden?'

'Ja heer. Maar hij staat erop.'

'Goed. Laat hem binnenkomen.'

Ned liep naar de garderobe en schoot een dik kledingstuk aan. Ineens merkte Catelyn hoe koud het geworden was. Ze ging rechtop in bed zitten en trok de bontvellen op tot haar kin. 'Misschien moeten we de ramen sluiten,' opperde ze.

Ned knikte afwezig. Maester Luwin werd binnengelaten.

De maester was een kleine, grijze man. Zijn ogen waren grijs en vlug, en ze zagen veel. Zijn haar was grijs, dat wil zeggen, het beetje dat hij in de loop der jaren had overgehouden. Zijn gewaad was van grijze wol en omzoomd met wit bont, de kleuren van de Starks. In de grote, wijde mouwen zaten zakken verborgen. Luwin stopte er altijd van alles in, om er weer andere dingen uit te halen: boeken, berichten, vreemde artefacten, speelgoed voor de kinderen. Met al die spullen die in zijn mouwen verstopt zaten verbaasde het Catelyn dat Maester Luwin zijn armen nog op kon tillen.

De maester wachtte tot de deur achter hem gesloten was voordat hij het woord nam. 'Heer,' zei hij tegen Ned, 'vergeef me dat ik uw rust verstoor. Maar er is een bericht bij mij achtergelaten.'

Ned keek geërgerd. '*Achtergelaten?* Door wie? Is er een ruiter geweest? Daar heb ik niets over gehoord.'

'Er is geen ruiter geweest, heer. Slechts een bewerkt houten kistje dat op een tafel in mijn observatorium is achtergelaten terwijl ik een dutje deed. Mijn bedienden hebben niemand gezien, maar iemand uit het gezelschap van de koning moet het hebben gebracht. We hebben geen ander bezoek uit het zuiden gehad.'

'Een houten kistje, zei u?' vroeg Catelyn.

'Er zat een fraaie nieuwe lens voor het observatorium in, zo te zien uit Myr. De lenzenslijpers van Myr zijn niet te evenaren.'

Ned fronste zijn wenkbrauwen. Hij kon weinig geduld opbrengen voor zulke dingen, wist Catelyn. 'Een lens,' zei hij. 'Wat heb ik daar mee te maken?'

'Die vraag was ook al bij mij opgekomen,' zei Maester Luwin. 'Er stak duidelijk meer achter dan het leek.'

Catelyn huiverde onder het loden gewicht van haar bontvellen. 'Een lens is een instrument dat ons helpt om beter te zien.'

'Inderdaad.' Hij betastte de band van zijn orde, een zware kraag die onder het gewaad dicht om de nek gedragen werd en waarvan elke schakel van een ander metaal was gesmeed.

Catelyn voelde opnieuw hoe een bange vrees de kop opstak. 'Wat moeten we beter zien?'

'Precies datzelfde heb ik mij ook afgevraagd.' Maester Luwin haalde een stevig opgerold stuk papier uit zijn mouw. 'Toen ik het kistje waarin de lens was bezorgd uit elkaar haalde trof ik in de dubbele bodem de echte boodschap aan. Maar hij is niet voor mijn ogen bestemd.'

Ned stak zijn hand uit. 'Geef hem dan aan mij.'

Luwin verroerde zich niet. 'Vergeef me, heer. Het bericht is evenmin voor u. Er staat op dat het uitsluitend voor vrouwe Catelyn bestemd is, en voor niemand anders. Mag ik dichterbij komen?'

Catelyn knikte, want ze vertrouwde haar stem niet. De maester legde het papier op de tafel naast het bed. Het was verzegeld met een kleine klodder blauwe was. Luwin boog en maakte aanstalten om zich terug te trekken.

'Blijf hier,' beval Ned hem ernstig. Hij keek Catelyn aan. 'Wat is het voor iets? Vrouwe, u beeft.'

'Ik ben bang,' bekende ze. Ze stak een hand uit en pakte met trillende handen de brief aan. Vergeten gleden de bontvellen van haar naakte lichaam af. In de blauwe was zweefde een valk voor een volle maan langs. Het wapenteken van het Huis Arryn. 'Hij komt van Lysa.' Catelyn keek haar echtgenoot aan. 'Dit zal ons niet blij maken,' zei ze tegen hem. 'Er schuilt verdriet in dit bericht, Ned. Ik voel het.'

Ned fronste zijn voorhoofd en zijn gezicht versomberde. 'Maak open.'

Catelyn verbrak het zegel.

Ze liet haar ogen over de woorden glijden. Aanvankelijk kwamen ze haar inhoudsloos voor. Toen schoot het haar weer te binnen. 'Lysa heeft geen enkel risico genomen. Toen we nog kinderen waren hadden we een geheimtaal, zij en ik.'

'Kun je die lezen?'

'Ja,' gaf Catelyn toe.

'Vertel het ons dan.'

'Zal ik me niet liever terugtrekken?' zei Maester Luwin.

'Nee,' zei Catelyn. 'We zullen uw raad nodig hebben.' Ze gooide de bontvellen van zich af en klom uit bed. De nachtlucht op haar naakte huid was kil als het graf toen ze door de kamer liep.

Maester Luwin wendde zijn ogen af. Zelfs Ned keek geschokt. 'Wat doe je nou?' vroeg hij.

'Ik ga vuur maken,' zei Catelyn. Ze pakte een kamerjapon en schoot die aan. Toen knielde ze bij de koude haard.

'Maester Luwin...' begon Ned.

'Maester Luwin heeft al mijn kinderen gehaald,' zei Catelyn. 'Dit is niet het juiste moment voor valse bescheidenheid.' Ze schoof het papier tussen het aanmaakhout en legde de zwaardere blokken daar bovenop.

Ned liep de kamer door, greep haar bij een arm en trok haar overeind. Zo hield hij haar vast, zijn gezicht maar een paar duim van het hare af. 'Vertel me, vrouwe, wat behelsde dat bericht?'

Catelyn verstrakte in zijn greep. 'Een waarschuwing,' zei ze zacht. 'Als we oren hebben om te horen.'

Zijn blikken gingen onderzoekend over haar gezicht. 'Ga door.'

'Lysa zegt dat Jon Arryn vermoord is.'

Zijn vingers omknelden haar arm nog steviger. 'Door wie?'

'De Lannisters,' zei ze. 'De koningin.'

Ned liet haar arm los. Er zaten donkerrode striemen op haar huid. 'Bij de goden,' fluisterde hij. Zijn stem was schor. 'Je zuster is gek geworden van verdriet. Ze weet niet wat ze zegt.'

'Dat weet ze wel,' zei Catelyn. 'Lysa is inderdaad impulsief, maar dit bericht was zorgvuldig voorbereid en goed verborgen. Ze wist dat het haar dood zou zijn als het bericht in verkeerde handen viel. Als ze slechts verdenking koesterde zou ze zo'n risico niet genomen hebben.' Catelyn keek haar man aan. 'Nu hebben we echt geen andere keus meer. Je *moet* Roberts Hand worden. Je moet met hem naar het zuiden gaan om de waarheid te achterhalen.'

Ze zag meteen dat Ned tot een heel andere slotsom was gekomen. 'De enige waarheid die ik ken ligt hier. Het zuiden is een addernest dat ik beter kan mijden.'

Luwin pulkte aan zijn halsketen waar die tegen de zachte huid van zijn keel schuurde. 'De Hand des Konings heeft een grote macht, heer. De macht om de waarheid over heer Arryns dood te achterhalen en koninklijke gerechtigheid aan de moordenaars te voltrekken. De macht om vrouwe Arryn en haar zoon te beschermen, mocht het allerergste waar zijn.'

Hulpeloos keek Ned het slaapvertrek rond. Catelyns hart ging naar hem uit, maar ze wist dat ze hem op dat moment niet in haar armen kon nemen. Eerst moest de overwinning bevochten worden, omwille van haar kinderen. 'Je zegt dat je Robert liefhebt als een broer. Zou je je broer midden tussen de Lannisters achterlaten?'

'De Anderen mogen jullie beiden halen,' prevelde Ned duister. Hij keerde zich van hen af en liep naar het raam. Zij zei niets, en de maester evenmin. Ze stonden rustig te wachten terwijl Eddard Stark het thuis dat hem zo dierbaar was stilzwijgend vaarwel zei. Toen hij zich ten slotte van het raam afkeerde was zijn stem moe en vol melancholie, en in zijn ooghoeken was vaag een vochtige glinstering te zien. 'Mijn vader is ooit eens op bevel van een koning naar het zuiden gegaan. Hij kwam niet meer terug.'

'Een andere tijd,' zei Maester Luwin. 'Een andere koning.'

'Ja,' zei Ned dof. Hij ging in een stoel bij de haard zitten. 'Catelyn, jij blijft hier in Winterfel.'

Zijn woorden sneden als een ijzige tochtvlaag door haar hart. 'Nee,' zei ze, plotseling bang. Was dit haar straf? Dat ze zijn gezicht nooit meer zou zien, noch zijn armen om zich heen zou voelen?

'Ja,' zei Ned, en zijn woorden duldden geen tegenspraak. 'Jij moet in mijn plaats het noorden besturen, terwijl ik Roberts zaakjes opknap. Er hoort altijd een Stark in Winterfel te zijn. Robb is veertien. Binnenkort is hij volwassen. Hij moet leren heersen, en ik zal er niet voor hem zijn. Maak hem deelgenoot van je overleggingen. Als zijn tijd komt moet hij goed voorbereid zijn.'

'Als de goden willen duurt dat nog vele jaren,' mompelde Maester Luwin.

'Maester Luwin, ik vertrouw u als mijn eigen vlees en bloed. Sta mijn vrouw in alle dingen, groot en klein, met uw raadgevingen terzijde. Leer mijn zoon wat hij moet weten. De winter komt.'

Maester Luwin knikte ernstig. Toen viel er een stilte, tot Catelyn moed vatte en de vraag stelde waarop ze het antwoord het meest vreesde. 'En de andere kinderen?'

Ned stond op, nam haar in zijn armen en hield haar gezicht dicht tegen het zijne. 'Rickon is nog erg jong,' zei hij vriendelijk. 'Hij kan beter hier blijven, bij jou en Robb. De anderen neem ik liever mee.'

'Dat kan ik niet verdragen,' zei Catelyn sidderend.

'Maar het moet,' zei hij. 'Sansa moet met Joffry trouwen, dat is nu wel duidelijk. We mogen ze geen aanleiding geven, onze toewijding in twijfel te trekken. En het wordt hoog tijd dat Arya de omgangsvormen van een zuidelijk hof leert. Over een paar jaar heeft zij ook de leeftijd om te trouwen.'

Sansa zou schitteren in het zuiden, dacht Catelyn bij zichzelf, en de goden wisten dat Arya wel enig raffinement kon gebruiken. In haar hart liet ze hen aarzelend los. Maar niet Bran. Dat nooit. 'Ja,' zei ze, 'maar alsjeblieft Ned, omwille van de liefde die je voor me voelt, laat Bran hier in Winterfel blijven. Hij is pas zeven.'

'Ik was acht toen mijn vader me als pleegkind naar het Adelaarsnest zond,' zei Ned. 'Ik hoor van ser Rodrik dat Robb en prins

Joffry elkaar niet mogen. Dat is een kwalijke zaak. Bran kan die kloof overbruggen. Hij is een beste jongen, goedlachs en innemend. Laat hem opgroeien met de prinsen, laat hem vriendschap met hen sluiten zoals Robert met mij. Des te veiliger voor ons Huis.'

Catelyn wist dat hij gelijk had. Het maakte de pijn er niet draaglijker op. Dus ze raakte hen alle vier kwijt: Ned, de beide meisjes, en haar lieve, aanhankelijke Bran. Ze zou alleen nog Robb en de kleine Rickon overhouden. Ze voelde zich nu al eenzaam. Winterfel was zo uitgestrekt. 'Hou hem dan wel van de muren vandaan,' zei ze dapper. 'Je weet hoe dol Bran op klimmen is.'

Ned kuste de tranen van haar ogen voordat ze konden vallen. 'Heb dank, mijn vrouwe,' fluisterde hij. 'Ik weet hoe moeilijk dit is.'

'En Jon Sneeuw, heer?' vroeg Maester Luwin.

Catelyn verstijfde bij het horen van de naam. Ned voelde haar boosheid en deed een stap achteruit.

Veel mannen verwekten bastaardkinderen. Catelyn was met die wetenschap opgegroeid. Het was in haar eerste huwelijksjaar niet als een verrassing voor haar gekomen dat Ned een kind had verwekt bij een meisje dat hij toevallig tijdens een veldtocht had ontmoet. Hij had uiteindelijk de behoeften van een man, en ze hadden dat jaar gescheiden doorgebracht, Ned in de oorlog in het zuiden en zij veilig in haar vaders kasteel in Stroomvliet. Ze had vaker aan Robb gedacht, de zuigeling aan haar borst, dan aan de man die ze nauwelijks kende. Hij moest tussen de veldslagen door maar zo veel mogelijk vertroosting zoeken. En als zijn zaad ontkiemde zou hij wel in de behoeften van het kind voorzien, nam ze aan.

Hij had meer gedaan. De Starks waren anders dan andere mannen. Ned had zijn bastaard mee naar huis genomen en hem ten overstaan van heel het noorden zijn zoon genoemd. Toen de oorlogen eindelijk voorbij waren en Catelyn naar Winterfel reisde hadden Jon en zijn min al hun intrek in de kinderkamer genomen.

Dat had haar diep gekwetst. Ned weigerde ook maar met één woord over de moeder te spreken, maar een kasteel kent geen geheimen, en Catelyn hoorde haar dienstmeiden de verhalen doorvertellen die ze uit de mond van de soldaten van haar man hadden vernomen. Ze fluisterden over ser Arthur Dayn, het Zwaard van de Morgen, de dodelijkste van alle zeven ridders van Aerys' koningsgarde, en hoe hun jeugdige heer hem in een tweegevecht had verslagen. En ze vertelden hoe Ned na afloop ser Arthurs zwaard had teruggebracht bij diens knappe jonge zuster, die hem opwachtte in een kasteel genaamd Sterrenval aan de oever van de Zomerzee. Vrouwe Ashara Dayn, rijzig en schoon, met betoverende purperen ogen. Ze had twee weken nodig gehad om haar moed te verzamelen, maar ten slotte had Catelyn haar man op een avond in bed naar de waarheid gevraagd, zonder omwegen.

In alle jaren dat ze samen waren was dat de enige keer geweest dat Ned haar bang had gemaakt. 'Stel nooit vragen over Jon,' had hij ijzig gezegd. 'Hij is bloed van mijn bloed. Meer hoef je niet te weten. En nu vertel je me waar je die naam hebt gehoord, vrouwe.' Ze had beloofd te gehoorzamen en ze had het hem verteld, en sinds die dag was er een eind gekomen aan het gefluister en werd de naam van Ashara Dayn in Winterfel nimmer meer vernomen.

Wie Jons moeder ook geweest mocht zijn, hij moest haar vurig hebben bemind, want wat Catelyn ook zei, niets kon hem ertoe brengen de jongen weg te sturen. Het was het enige dat ze hem niet kon vergeven. Ze was haar echtgenoot van ganser harte gaan liefhebben, maar ze had zich er nooit toe kunnen brengen van Jon te gaan houden. Omwille van Ned had ze wel een dozijn bastaarden door de vingers willen zien, zo lang ze maar uit het gezicht bleven. Jon was nooit uit het gezicht, en toen hij groter werd leek hij meer op Ned dan de wettige zonen die zij hem had gebaard. Om de een of andere reden maakte dat het erger. 'Jon moet mee,' zei ze nu.

'Hij en Robb staan elkaar erg na,' zei Ned. 'Ik had gehoopt...'

'Hij kan hier niet blijven,' onderbrak Catelyn hem. 'Hij is jouw zoon, niet de mijne. Ik wil hem niet.' Dat was hard, wist ze, maar desondanks waar. Ned zou de jongen geen dienst bewijzen door hem hier in Winterfel achter te laten.

Ned wierp haar een gekwelde blik toe. 'Je weet dat ik hem niet mee naar het zuiden kan nemen. Voor hem is aan het hof geen plaats. Een jongen met een bastaardnaam... je weet hoe hij over de tong zal gaan. Hij zal gemeden worden.'

Catelyn staalde haar hart tegen het onuitgesproken pleidooi in de ogen van haar man. 'Ze zeggen dat je vriend Robert zelf meer dan tien bastaarden heeft verwekt.'

'En geen van hen is ooit aan het hof gezien!' voer Ned uit. 'Daar heeft dat mens van Lannister voor gezorgd. Hoe kun je zo afgrijselijk wreed zijn, Catelyn? Hij is nog maar een jongen. Hij...'

Hij was aan woede ten prooi. Hij had misschien nog meer gezegd, en nog ergere dingen, als Maester Luwin hem niet in de rede gevallen was. 'Er doet zich een andere oplossing voor,' zei hij kalm. 'Uw broer Benjen wilde me een paar dagen geleden spreken over Jon. Het schijnt dat de jongen zijn zinnen op het zwart heeft gezet.'

Ned keek geschokt. 'Heeft hij gevraagd om bij de Nachtwacht te mogen?'

Catelyn zei niets. Hierover moest Ned met zichzelf in het reine zien te komen. Haar inbreng zou nu niet welkom zijn. Toch had ze de maester op dat moment het liefst omhelsd. Zijn oplossing was volmaakt. Benjen Stark was een Gezworen Broeder. Jon zou als een zoon voor hem zijn, het kind dat hij nooit zou hebben. En te zijner tijd zou de jongen ook de eed afleggen. Hij zou geen zonen verwekken die op een dag met Catelyns eigen kleinkinderen om Winterfel zouden strijden.

Maester Luwin zei: 'Het is heel eervol om op de Muur te dienen, heer.'

'En zelfs een bastaard kan het bij de Nachtwacht ver brengen,' peinsde Ned. Maar toch klonk zijn stem bezwaard. 'Jon is nog zo jong. Als hij hier als volwassen man om had gevraagd zou het anders liggen, maar een jongen van veertien...'

'Een zwaar offer,' beaamde Maester Luwin. 'Maar het zijn zware tijden, heer. Zijn lot is niet wreder dan het uwe of dat van uw vrouwe.'

Catelyn dacht aan de drie kinderen die ze noodgedwongen zou verliezen. Op dat ogenblik was het niet eenvoudig om te blijven zwijgen.

Ned wendde zich van hen af en staarde uit het raam, zijn lange gezicht onbeweeglijk en peinzend. Ten slotte zuchtte hij en keerde zich weer om. 'Goed dan,' zei hij tegen Maester Luwin. 'Het zal wel het beste zijn. Ik zal met Ben spreken.'

'Wanneer zullen we het tegen Jon zeggen?' vroeg de maester.

'Als het moet. Er moeten voorbereidingen worden getroffen. Het duurt nog twee weken voor we klaarstaan om te vertrekken. Ik laat Jon liever nog van deze laatste dagen genieten. De zomer zal snel genoeg voorbij zijn, net als zijn kindertijd. Als het ogenblik daar is zal ik het hem zelf vertellen.'

Arya

Arya's steken waren alweer scheef.

Ze keek er met een wanhopige frons op neer en gluurde naar haar zuster, die tussen de andere meisjes in zat. Sansa's borduurwerk was exquisiet. Dat zei iedereen. 'Sansa's werk ziet er net zo aantrekkelijk uit als zijzelf,' had Septa Mordane eens tegen hun moeder gezegd. 'Ze heeft van die fijne, delicate handen.' Toen vrouwe Catelyn had gevraagd hoe het met Arya was had de septa haar neus opgetrokken. 'Arya heeft de handen van een smid.'

Arya wierp een vluchtige blik door het vertrek, bang dat Septa Mordane misschien haar gedachten zou lezen, maar de septa sloeg vandaag geen acht op haar. Ze zat naast prinses Myrcella, een en al glimlach en bewondering. De septa genoot niet vaak het voorrecht, een koningsdochter in de vrouwelijke vaardigheden te mogen onderrichten, zoals ze had gezegd toen de koningin Myrcella bij hen had gebracht. Arya vond dat Myrcella's steken ook enigszins scheef waren, maar dat zou je bepaald niet zeggen als je op het gekoer van Septa Mordane afging.

Opnieuw bekeek ze haar eigen werk, zoekend naar een manier om er nog iets van te maken. Toen zuchtte ze en legde de naald weg. Mistroostig keek ze naar haar zuster. Sansa kletste er onder het werken opgeruimd op los. Bet Cassel, het dochtertje van ser Rodrik, zat aan haar voeten en luisterde naar alles wat ze zei, en Jeane Poel boog zich naar haar toe om haar iets in het oor te fluisteren.

'Waar hebben jullie het over?' vroeg Arya plotseling.

Jeane keek haar geschrokken aan en begon toen te giechelen. Sansa keek betrapt. Bet kreeg een kleur. Niemand gaf antwoord.

'Vertel op,' zei Arya.

Jeane gluurde naar Septa Mordane om er zeker van te zijn dat die niet luisterde. Op dat moment zei Myrcella iets, en de septa lachte, net als de overige dames.

'We hadden het over de prins,' zei Sansa, haar stem fluweelzacht als een kus.

Arya wist welke prins ze bedoelde: Joffry natuurlijk. Die lange knappe. Sansa had op het feest naast hem mogen zitten. Arya had naast de kleine dikke moeten zitten. Natuurlijk.

'Joffry vindt je zuster aardig,' fluisterde Jeane vol trots, alsof zij daartoe bijgedragen had. Ze was de dochter van de rentmeester van

Winterfel en Sansa's beste vriendin. 'Hij zei tegen haar dat ze heel mooi was.'

'Hij gaat met haar trouwen,' zei de kleine Bet dromerig terwijl ze haar armen om zichzelf heen sloeg. 'Dan wordt Sansa koningin van het hele rijk.'

Sansa was zo fatsoenlijk om te blozen. Het stond haar snoezig. Alles wat Sansa deed was snoezig, dacht Arya, een en al doffe rancune. 'Bet, je moet geen verzinsels vertellen,' corrigeerde Sansa het jongere meisje en streek haar over het haar om de strengheid van haar woorden te verzachten. Ze keek naar Arya. 'Wat vond jij van prins Joff, zusje? Hij is erg charmant, vind je ook niet?'

'Jon vindt dat hij net een meisje lijkt,' zei Arya.

Sansa ging door met borduren en zuchtte. 'Arme Jon,' zei ze. 'Hij is jaloers, omdat hij een bastaard is.'

'Hij is onze broer,' zei Arya, veel te luid. Haar stem sneed door de namiddagstilte in de torenkamer.

Septa Mordane keek op. Ze had een knokig gezicht, priemende ogen en een dunne streep van een mond die ervoor gemaakt was om afkeurend te staan. Dat was nu ook zo. 'Waar hebben jullie het over, kinderen?'

'Onze halfbroer,' verbeterde Sansa haar zuster, zacht en onberispelijk. Ze glimlachte tegen de septa. 'Arya en ik hadden het erover hoe prettig het was dat we vandaag de prinses bij ons hadden,' zei ze.

Septa Mordane knikte. 'Inderdaad. Een grote eer voor ons allen.' Prinses Myrcella glimlachte onzeker over het compliment. 'Arya, waarom ben je niet aan het werk?' vroeg de septa. Ze stond op en liep de kamer door. Haar gesteven rokken ritselden. 'Laat me je borduurwerk eens zien.'

Arya was het liefst gaan gillen. Net iets voor Sansa om de aandacht van de septa te trekken. 'Hier,' zei ze en overhandigde haar werk.

De septa bestudeerde de lap. 'Arya, Arya, Arya,' zei ze. 'Dit kan niet. Dit kan gewoon niet.'

Iedereen keek naar haar. Het werd haar te veel. Sansa was te welopgevoed om te glimlachen over haar zusters schande, maar Jeane zat plaatsvervangend te meesmuilen. Zelfs prinses Myrcella keek meewarig. Arya voelde hoe de tranen haar in de ogen sprongen. Ze duwde zich omhoog uit haar stoel en vloog op de deur af.

'Ayra, kom terug!' riep Septa Mordane haar achterna. 'Geen stap verder! Hier zal je moeder van horen. En dat waar onze prinses bij is! Je maakt ons allemaal te schande!'

Bij de deur bleef Arya staan en keerde zich om. Ze beet op haar lip, en de tranen stroomden nu over haar wangen. Ze slaagde erin, een stijf buiginkje voor Myrcella te maken. 'Met uw welnemen, hoogheid.'

Myrcella knipperde met haar ogen en keek hulp zoekend naar haar hofdames. Maar zij mocht dan onzeker zijn, Septa Mordane was dat niet. 'En waar had je gedacht dat je heen ging, Arya?' wilde de septa weten.

Arya keek haar vuil aan. 'Ik moet een paard beslaan,' zei ze liefjes, en schepte een kortstondige bevrediging in de geschokte uitdrukking op het gezicht van de septa. Toen keerde ze zich met een ruk om en liep weg. Zo snel haar voeten haar dragen konden rende ze de trap af.

Het was niet eerlijk. Sansa had alles. Sansa was een jaar ouder, dus wie weet was er niets meer over geweest toen Arya geboren werd. Daar leek het vaak wél op. Sansa kon borduren, dansen en zingen. Ze schreef gedichten. Ze wist zich te kleden. Ze bespeelde de hoge harp én het klokkenspel. Erger nog, ze was mooi. Sansa had haar moeders fijn besneden hoge jukbeenderen en het dikke, kastanjebruine haar van de Tullings geërfd. Arya leek op hun vader. Haar haren waren dof en bruin en haar gezicht was lang en saai. Jeane noemde haar altijd Arya Paardenhoofd en hinnikte zodra ze in de buurt kwam. Tot overmaat van ramp was paardrijden het enige dat Arya beter deed dan haar zuster. Dat, en het bestieren van een huishouding. Sansa was nooit een rekenwonder geweest. Als ze met prins Joff trouwde hoopte Arya voor hem dat hij een goede rentmeester had.

Nymeria zat in het wachtlokaal onder aan de trap op haar te wachten. Ze sprong overeind zodra ze Arya in het oog kreeg. Arya grijnsde. Ook al was ze de enige, de kleine wolvin was dol op haar. Ze gingen overal samen naar toe, en Nymeria sliep in haar kamer, aan de voet van haar bed. Als moeder het niet verboden had zou Arya de wolf dolgraag meegenomen hebben als ze ging borduren. Eens kijken of Septa Mordane het dan waagde over haar steken te klagen!

Toen Arya haar losmaakte beet Nymeria eventjes gretig naar haar hand. Ze had gele ogen. Als de zon ze bescheen glommen ze als twee gouden munten. Arya had haar naar de krijgshaftige koningin van de Rhoyne genoemd, die haar volk over de zee-engte had geleid. Ook dat was een groot schandaal geweest. Sansa had haar welp natuurlijk 'Dame' genoemd. Arya trok een gezicht en knuffelde de welp. Nymeria likte haar oor, en ze giechelde.

Inmiddels had Septa Mordane vast en zeker haar moeder laten inlichten. Als ze naar haar kamer ging zouden ze haar vinden. Arya wilde niet gevonden worden. Ze had een beter idee. De jongens waren op de binnenplaats aan het oefenen. Ze wilde zien hoe Robb de galante prins Joffry plat op zijn rug zou krijgen. 'Kom,' fluisterde ze tegen Nymeria. Ze stond op en begon te rennen, de wolf op haar hielen.

In de overdekte brug die de wapenkamer met de Grote Donjon verbond zat een raam dat over de hele binnenplaats uitkeek. Daar gingen ze heen.

Toen ze daar verhit en buiten adem aankwamen zat Jon in de vensterbank, zijn kin lui op één knie gesteund. Hij sloeg het gebeuren beneden gade en ging daar zo in op dat hij haar komst pas leek op te merken toen zijn witte wolf op hen afkwam. Nymeria sloop op behoedzame poten dichterbij. Spook, die nu al groter was dan zijn nestgenoten, besnuffelde haar, beet voorzichtig in haar oor en ging weer zitten.

Jon bekeek haar nieuwsgierig. 'Moet je niet borduren, zusje?'

Arya trok een gezicht. 'Ik wilde ze zien vechten.'

Hij glimlachte. 'Kom dan maar hier.'

Arya klom in het raam en ging naast hem zitten, begeleid door de doffe dreunen en het gegrom op de binnenplaats beneden.

Tot haar teleurstelling waren het de jongere jongens die aan het oefenen waren. Bran was in zoveel beschermende lagen gehuld dat het leek alsof hij een veren dekbed om had, en prins Tommen, die van zichzelf al mollig was, leek net een bal. Ze hijgden en puften en hakten met omwikkelde houten zwaarden op elkaar in onder het toeziend oog van de oude ser Rodrik Cassel, de wapenmeester, een grote, forse ton van een man met schitterende witte bakkebaarden. Een stuk of twaalf toeschouwers, mannen en jongens, stonden aanmoedigingen te schreeuwen. Robbs stem klonk boven alles uit. Naast hem zag ze Theon Grauwvreugd staan, zijn zwart wambuis getooid met de gouden inktvis van zijn Huis en zijn mondhoeken laatdunkend omlaaggetrokken. De beide vechtersbazen wankelden op hun benen. Arya had de indruk dat ze al een poosje bezig waren.

'Net iets inspannender dan borduren,' merkte Jon op.

'Net iets leuker dan borduren,' kaatste Arya terug. Jon grijnsde, stak een hand naar haar uit en woelde door haar haren. Arya bloosde. Ze hadden elkaar altijd erg na gestaan. Jon had hun vaders gezicht, net als zij. Ze waren de enigen. Robb, Sansa en Bran en zelfs de kleine Rickon leken allemaal op de Tullings: goedlachs en met vuur in hun haar. Toen Arya nog klein was, was ze bang geweest dat zij daarom dus ook wel een bastaard zou zijn. Het was Jon tot wie ze zich in haar angst had gewend, en Jon die haar gerustgesteld had.

'Waarom ben jij niet op de binnenplaats?' vroeg Arya hem.

Hij wierp haar een vaag lachje toe. 'Het is verboden voor bastaarden om jeugdige prinsen te beschadigen,' zei hij. 'Die mogen bij het oefenen alleen maar blauwe plekken van wettig geboren zwaarden oplopen.'

'O.' Arya was uit het veld geslagen. Dat had ze moeten beseffen. Voor de tweede keer die dag stelde ze vast dat het in het leven niet eerlijk toeging.

Ze keek hoe haar jongere broertje Tommen een mep gaf. 'Ik zou het net zo goed kunnen als Bran,' zei ze. 'Hij is pas zeven. Ik ben negen.'

Jon bekeek haar met al de wijsheid van zijn veertien jaren. 'Je bent te mager,' zei hij en greep haar arm om haar spieren te voelen. Toen schudde hij met een zucht zijn hoofd. 'Ik ben bang dat je niet eens zo'n lang zwaard kunt opheffen, zusje, laat staan hanteren.'

Arya rukte haar arm los en keek hem woedend aan. Jon woelde nog eens door haar haren. Ze keken toe hoe Bran en Tommen om elkaar heen cirkelden.

'Zie je prins Joffry?' vroeg Jon.

Ze had hem niet gezien, althans niet meteen, maar toen ze nog eens keek vond ze hem achterin, in de schaduw van de hoge stenen muur. Hij werd omringd door mannen die ze niet kende, jonge schildknapen in de livreien van Lannister en Baratheon, allemaal vreemden. Er stonden wat oudere mannen bij, ridders, naar ze aannam.

'Kijk eens naar de wapens op zijn rok,' ried Jon haar aan.

Arya keek. Op de gewatteerde wapenrok van de prins was een rijk versierd schild geborduurd. Geborduurd met exquise steken. Het was in tweeën gedeeld. Aan één kant stond de gekroonde hertenbok van het koninklijk huis, aan de andere kant de leeuw van Lannister.

'De Lannisters zijn trots,' merkte Jon op. 'Je zou toch denken dat het koninklijk wapen voldoende zou zijn, maar nee. Hij bewijst zijn moeders huis evenveel eer als dat van de koning.'

'De vrouw is ook belangrijk!' protesteerde Arya.

Jon grinnikte. 'Misschien zou jij hetzelfde moeten doen, zusje, en in jouw wapen Tulling aan Stark koppelen.'

'Een wolf met een vis in zijn bek?' Ze schoot in de lach. 'Dat zou een gek gezicht zijn. Trouwens, als een meisje niet mag vechten, waarom zou ze er dan een wapen op na houden?'

Jon schokschouderde. 'Meisjes krijgen wel een familiewapen, maar geen zwaard. Bastaarden krijgen wel een zwaard, maar geen wapen. Ik heb de regels niet gemaakt, zusje.'

Vanaf de binnenplaats klonk een kreet. Prins Tommen rolde door het stof en deed een vergeefse poging om overeind te komen. Door al die beschermlagen leek hij net een schildpad die op zijn rug lag. Bran stond met zijn houten zwaard opgeheven over hem heen gebogen, klaar om hem een nieuwe klap toe te dienen zodra hij weer op zijn benen stond. De mannen barstten in lachen uit.

'Genoeg!' riep ser Rodrik. Hij greep de prins bij een hand en trok hem overeind. 'Prima gevochten. Lew, Donnis, help ze uit hun wapenrusting.' Hij keek om zich heen. 'Prins Joffry, Robb, nog een ronde?'

Robb, die al bezweet was van een vorig oefengevecht, stapte gretig naar voren. 'Graag.'

In reactie op Rodriks oproep ging Joffry in de zon staan. Zijn haar glansde als gesponnen goud. Hij keek verveeld. 'Dit is een kinderspelletje, ser Rodrik.'

Theon Grauwvreugd schoot plotseling hard in de lach. 'Jullie zijn kinderen,' zei hij spottend.

'Robb misschien wel,' zei Joffry. 'Ik ben een prins. En ik ben het zat met een speelgoedzwaard op Starks in te hakken.'

'Je hebt meer klappen opgelopen dan uitgedeeld, Joff,' zei Robb. 'Ben je bang?'

Prins Joffry keek hem aan. 'O, als de dood,' zei hij. 'Je bent ook zo'n stuk ouder.' Een paar van de Lannister-mannen lachten.

Jon keek met een frons op het tafereel neer. 'Joffry is echt een ettertje,' zei hij tegen Arya.

Ser Rodrik trok peinzend aan zijn witte bakkebaarden. 'Wat stelt u dan voor?' vroeg hij aan de prins.

'Ontbloot staal.'

'Prima,' kaatste Robb terug. 'Daar zal je spijt van krijgen!'

De wapenmeester legde een hand op Robbs schouder om hem te kalmeren. 'Ontbloot staal is te gevaarlijk. Maar stompe toernooizwaarden kan ik wel toestaan.'

Joffry zei niets, maar een man die Arya niet kende, een lange ridder met zwart haar en littekens van brandwonden op zijn gezicht, drong zich naar voren en ging voor de prins staan. 'Je hebt het tegen je eigen prins. Wie ben jij om hem voor te schrijven dat hij niet met scherp mag vechten, *ser*?'

'De wapenmeester van Winterfel, Clegane, en dat kun je maar beter niet vergeten.'

'Leid je hier soms vrouwen op?' wilde de verbrande man weten. Hij was gespierd als een os.

'Ik leid *ridders* op,' zei ser Rodrik nijdig. 'Ze krijgen staal als ze daar klaar voor zijn. Als ze meerderjarig zijn.'

De verbrande man keek naar Robb. 'Hoe oud ben jij, jongen?'

'Veertien,' zei Robb.

'Ik heb een man gedood op mijn twaalfde. En niet met een stomp zwaard, dat kan ik je verzekeren.'

Arya zag dat Robb zijn stekels opzette. Hij was in zijn trots gekwetst. Hij keerde zich naar ser Rodrik toe. 'U moet het goedvinden. Ik kan van hem winnen.'

'Doe dat dan met een toernooizwaard,' zei ser Rodrik.

Joffry haalde zijn schouders op. 'Kom nog maar eens terug als je ouder bent, Stark. Als je dan niet *te* oud bent.' Gelach bij de Lannisters.

Robbs gevloek echode over de binnenplaats. Arya sloeg geschokt een hand voor haar mond. Theon Grauwvreugd greep Robbs arm om hem bij de prins vandaan te houden. Ser Rodrik trok gekweld aan zijn bakkebaarden.

Joffry deed of hij geeuwde en wendde zich tot zijn jongere broer. 'Kom, Tommen,' zei hij. 'Het speelkwartier is voorbij. Laat het stoeien verder maar aan de kleintjes over.'

Dat ontlokte de Lannisters nog meer gelach en Robb nog meer gevloek. Het gezicht van ser Rodrik stak vuurrood af tegen het wit van zijn bakkebaarden, zo woedend was hij. Theon hield Robb in een ijzeren greep totdat de prinsen en hun gezelschap veilig vertrokken waren.

Jon keek hen na, en Arya sloeg Jon gade. Zijn gezicht was even roerloos geworden als de poel in het hart van het godenwoud. Ten slotte klauterde hij uit het raam omlaag. 'Einde van de voorstelling,' zei hij en boog zich naar voren om Spook achter de oren te krabben. De witte wolf stond op en schurkte tegen hem aan. 'Ga jij maar terug naar je kamer, zusje. Septa Mordane ligt vast op de loer. Hoe langer je je verstopt, hoe strenger de straf. Straks zit je de hele winter te borduren. Als de voorjaarsdooi komt vinden ze je lijk met de naald nog tussen je bevroren vingers geklemd.'

Arya vond dat niet leuk. 'Ik heb de pest aan borduren!' zei ze heftig. 'Het is niet eerlijk!'

'Niets is eerlijk,' zei Jon. Hij woelde nog eens door haar haren en liep weg. Spook ging geluidloos naast hem lopen. Ook Nymeria maakte aanstalten om hem te volgen, maar bleef staan en kwam teruglopen toen ze zag dat Arya niet meeging.

Met tegenzin liep ze de andere kant op.

Het was nog erger dan Jon had gedacht. In haar kamer werd ze niet opgewacht door Septa Mordane, maar door Septa Mordane *en* haar moeder.

Bran

De jacht vertrok met zonsopgang. De koning wilde die avond everzwijn bij het banket. Prins Joffry reed naast zijn vader en dus mocht ook Robb de jagers vergezellen. Oom Benjen, Jory, Theon Grauwvreugd, ser Rodrik, en zelfs die rare kleine broer van de koningin waren allemaal meegegaan. Het was per slot van rekening de laatste jacht. De volgende ochtend vertrokken ze naar het zuiden.

Bran was achtergebleven met Jon, de meisjes en Rickon. Maar Rickon was maar een peuter en de meisjes waren maar meisjes en Jon en zijn wolf waren nergens te vinden. Bran zocht hem niet al te ijverig. Hij dacht dat Jon boos op hem was. Jon scheen de laatste dagen boos op iedereen te zijn. Bran wist niet waarom. Hij ging met Oom Ben naar de Muur om bij de Nachtwacht te gaan. Dat was bijna net zo goed als met de koning naar het zuiden gaan. Robb was degene die achterbleef, niet Jon.

Bran popelde al dagen om te vertrekken. Hij zou op een eigen paard over de Koningsweg rijden, geen pony, maar op een echt paard. Zijn vader werd de Hand des Konings en ze gingen wonen in het rode kasteel in Koningslanding, het kasteel dat de Drakenheren hadden gebouwd. Ouwe Nans zei dat het er spookte, en dat er kerkers waren waarin vreselijke dingen waren gebeurd, en drakenkoppen aan de wanden. Bran huiverde alleen al als hij eraan dacht, maar hij was niet bang. Hoe kon dat ook? Zijn vader zou bij hem zijn, en ook de koning met al zijn ridders en gezworen zwaarddragers.

Op een dag zou Bran zelf ridder worden, en lid van de koningsgarde. Ouwe Nans zei dat dat de beste zwaardvechters van het hele rijk waren. Er waren er maar zeven, en ze droegen een witte wapenrusting en hadden vrouw noch kind, maar leefden slechts om de koning te dienen. Bran kende alle verhalen. Hun namen klonken hem als muziek in de oren. Serwyn van het Spiegelschild. Ser Ryam Roodweyn. Prins Aemon de Drakenridder. De tweelingen ser Erryk en ser Arryk, die elkaar aan het zwaard hadden geregen, honderden jaren geleden, toen broeder tegen zuster vocht in de oorlog die door de zangers de Drakendans werd genoemd. De Witte Stier, Gerold Hoogtoren. Ser Arthur Dayn, het Zwaard van de Ochtend. Barristan de Boude.

Twee leden van de koningsgarde waren met koning Robert meegekomen naar het noorden. Bran had hen gefascineerd gadegeslagen maar net niet de moed opgebracht om hen aan te spreken. Ser Boros was een kale man met een onderkin en ser Meryn had neerhangende oogleden en een roestkleurige baard. Ser Jaime Lannister leek meer op de ridders uit de verhalen, en ook hij was lid van de koningsgarde, maar Robb zei dat hij de vorige koning had gedood, die gek was, en dat hij daarom niet meer meetelde. De grootste nog levende ridder was ser Barristan Selmy, Barristan de Boude, het hoofd van de koningsgarde. Vader had beloofd dat ze ser Barristan zouden ontmoeten als ze Koningslanding bereikten, en Bran streepte de dagen af op de muur, verlangend om te vertrekken, om een wereld te zien waarvan hij alleen nog maar had gedroomd en aan een leven te beginnen dat hij zich nauwelijks kon voorstellen.

Maar nu de laatste dag daar was, voelde Bran zich plotseling verloren. Winterfel was zijn enige thuis. Zijn vader had gezegd dat hij vandaag van iedereen afscheid moest nemen, en dat had hij geprobeerd. Na het vertrek van het jachtgezelschap zwierf hij door het kasteel rond met zijn wolf naast zich, van plan iedereen op te zoeken die hier zou blijven, Ouwe Nans en de kok Gies, Mikken in zijn smidse, de staljongen Hodor, die zo vaak glimlachte en voor zijn pony zorgde en nooit iets anders dan 'Hodor' zei, de man in de kassen die hem een zwarte bes gaf als hij op bezoek kwam...

Maar het hielp niet. Hij was eerst naar de stal gegaan om een kijkje te nemen bij de box met zijn pony, alleen was het *zijn* pony niet meer, want hij kreeg een echt paard en de pony zou achterblijven, en plotseling wilde Bran alleen nog maar gaan zitten en huilen. Hij keerde zich om en rende weg voordat Hodor en de andere staljongens de tranen in zijn ogen konden zien. Het was uit met het afscheid nemen. In plaats daarvan bracht Bran de ochtend alleen in het godenwoud door, waar hij probeerde zijn wolf een stok te leren apporteren, maar zonder succes. De kleine wolf was slimmer dan alle honden in zijn vaders kennel en Bran zou gezworen hebben dat hij ieder woord verstond dat tegen hem gezegd werd, maar hij had heel weinig belangstelling voor het achternarennen van stokken.

Hij moest nog steeds besluiten hoe het dier moest heten. Robb noemde de zijne Grijze Wind, omdat hij zo snel liep. Sansa had de hare de naam Dame gegeven, Arya had een of andere oude heksenkoningin uit de liederen gekozen en de kleine Rickon noemde de zijne Ruige Hond, wat Bran een nogal stompzinnige naam voor een schrikwolf vond. Jons wolf, de witte, was Spook. Bran wilde wel dat hij daar het eerste aan had gedacht, ook al was zijn wolf niet wit. Hij had de laatste twee weken wel honderd namen uitgeprobeerd, maar geen daarvan klonk goed.

Ten slotte was hij het spelletje met de stok beu en besloot te gaan klimmen. Er was zoveel gebeurd dat hij al weken niet in de bouwvallige toren was geweest, en dit was misschien zijn laatste kans.

Hij rende het godenwoud uit, via een omweg, om de poel met de hartboom te mijden. De hartboom joeg hem altijd angst aan. Bomen hoorden geen ogen te hebben, vond Bran, of bladeren die op handen leken. Zijn wolf schoot achter hem aan. 'Jij blijft hier,' beval hij het dier aan de voet van de wachtboom bij de muur van de wapenkamer. 'Lig. Goed zo. En *blijf*.'

De wolf deed wat hem gezegd werd. Bran krabde hem achter de oren. Toen draaide hij zich om, sprong, greep een laaghangende boomtak en trok zich op. Hij bewoog zich met gemak van tak naar tak en was al halverwege de boom toen de wolf opstond en begon te huilen.

Bran keek omlaag. Zijn wolf zweeg en staarde met gele spleetjes van ogen naar hem op. Een vreemde huivering doorvoer hem. Hij klom verder. Weer begon de wolf te huilen. 'Stil!' schreeuwde hij. 'Zit. Blijf. Je bent nog erger dan moeder.' Het gehuil achtervolgde hem tot boven in de boom, totdat hij eruit sprong, het dak van de wapenkamer op en uit het zicht.

De daken van Winterfel waren Brans tweede thuis. Zijn moeder zei vaak dat Bran al kon klimmen voor hij kon lopen. Bran wist niet meer wanneer hij voor het eerst was gaan lopen, maar hij wist ook niet meer wanneer hij was gaan klimmen, dus hij nam maar aan dat het waar was.

Voor een jongen was Winterfel één grauwe, stenen doolhof van muren, torens, binnenhoven en tunnels die alle kanten op liepen. In de oudere stukken van het kasteel liepen de zalen schuin omhoog en omlaag, zodat je niet eens zeker wist op welke verdieping je was. Het gebouw was door de eeuwen heen gegroeid als een monsterlijke stenen boom, had Maester Luwin hem eens verteld, met dikke, knoestige kronkeltakken en wortels die diep in de aarde verzonken lagen.

Toen hij daaronder vandaan dook en dicht bij de hemel overeind krabbelde kon Bran in één oogopslag heel Winterfel overzien. Het beviel hem wel zoals hij het daar aan zijn voeten uitgespreid zag liggen. Boven hem cirkelden slechts vogels rond, terwijl het hele leven in het kasteel zich beneden hem afspeelde. Bran kon daarboven uren doorbrengen tussen de vormeloze, door regen verweerde gargouilles die boven aan de Eerste Burcht peinzend op alles neerzagen: op de mannen die met hout en staal op de binnenplaats aan het oefenen waren, de koks die in de kas hun groenten verzorgden, de honden die in de kennels rusteloos heen en weer liepen, de stilte van het godenwoud, het geroddel van de meisjes bij de wasplaats. Dan voelde hij zich heer over het kasteel zoals zelfs Robb nooit zou doen.

Hij leerde zo ook de geheimen van Winterfel kennen. De bouwers hadden de grond niet eens vlak gemaakt: achter de muren van Winterfel lagen heuvels en dalen. Vanaf de derde verdieping van de klokkentoren liep een overdekte brug naar de eerste verdieping van het roekenhuis, wist Bran. Hij wist ook dat je bij de zuidpoort ín de binnenmuur kon komen, drie verdiepingen kon klimmen en dan via een nauwe tunnel door de steen helemaal om Winterfel heen kon rennen om vervolgens bij de noordpoort *op de begane grond* uit te komen, waar de muur honderd voet hoog boven je uitrees. Dat wist zelfs Maester Luwin niet, daarvan was Bran overtuigd.

Zijn moeder was doodsbang dat Bran op een dag van een muur zou tuimelen en dood zou vallen. 'Dat doe ik niet,' zei hij altijd, maar ze geloofde hem nooit. Eens had ze hem laten beloven om op de grond te blijven. Hij had die belofte bijna een maand lang weten te houden en zich er elke dag ellendig bij gevoeld, totdat hij op een avond uit zijn slaapkamerraam was geklauterd toen zijn broers vast in slaap waren.

De dag daarop had hij in een vlaag van berouw zijn misdaad bekend. Heer Eddard had hem ter zuivering naar het godenwoud gestuurd. Er waren wachten geposteerd om ervoor te zorgen dat Bran de hele nacht alleen bleef om over zijn ongehoorzaamheid na te denken. De volgende morgen was Bran nergens te vinden. Ze troffen hem ten slotte vast in slaap in de bovenste takken van de grootste wachtboom van het bos aan.

Zo boos als hij was moest zijn vader toch lachen. 'Jij bent geen zoon van mij,' zei hij tegen Bran toen ze hem naar beneden hadden gehaald. 'Jij bent een eekhoorn. Het zij zo. Klim dan, als je het niet laten kunt, maar probeer te voorkomen dat je moeder je ziet.'

Bran deed zijn best, al had hij niet het idee dat ze zich ooit serieus voor de gek liet houden. Omdat zijn vader het niet wilde verbieden wendde ze zich tot anderen. Ouwe Nans vertelde hem een verhaal over een stoute kleine jongen die te hoog klom en door de bliksem getroffen werd, en hoe naderhand de kraaien zijn ogen uit kwamen pikken. Bran was niet onder de indruk. Boven op de bouwvallige toren, waar alleen hijzelf ooit kwam, zaten kraaiennesten. Soms stopte hij zijn zakken vol maïs voor hij omhoogklom, en dat aten de kraaien dan uit zijn hand. Geen ervan had ooit enige neiging vertoond zijn ogen te willen uitpikken.

Later had Maester Luwin eens een jongetje van aardewerk gemaakt en dat in Brans kleren gehuld en van de muur af op de binnenplaats gesmeten om te laten zien wat er met Bran zou gebeuren als hij viel. Dat was grappig, maar na afloop had Bran de maester alleen maar aangekeken en gezegd: 'Ik ben niet van klei. En bovendien val ik nooit.'

Daarna werd hij een tijdlang door de wachten achtervolgd zodra ze hem op de daken zagen. Dan probeerden ze hem naar beneden te trekken. Dat was heel leuk geweest. Het was net of hij een spelletje met zijn broers deed, behalve dan dat Bran altijd won. Geen van de wachten kon ook maar half zo goed klimmen als Bran, zelfs Jory niet. Meestal zagen ze hem trouwens niet eens. De mensen keken nooit omhoog. Dat was nog een reden waarom hij graag klom: het was bijna of je onzichtbaar was.

Hij hield ervan, zich steen voor steen langs een muur omhoog te trekken en zijn vingers en tenen stevig in de kleine spleetjes te klemmen. Hij klom altijd blootsvoets, met zijn laarzen uit, want dan had hij het gevoel dat hij vier in plaats van twee handen had. Hij hield van de aangename pijn die na afloop zijn spieren zwaar maakte, en van de smaak van de lucht daarboven, zoet en koud als een winterse perzik. Hij hield van de vogels: de kraaien in de bouwvallige toren, de musjes die in de kieren tussen de stenen nestelden, de oeroude uil die op de stoffige zolder boven de vroegere wapenkamer sliep. Bran kende ze allemaal.

Wat hij het liefste deed was naar plaatsen gaan die voor niemand anders bereikbaar waren en naar de grauwe massa van Winterfel kijken zoals niemand anders die ooit zag. Zo werd het hele kasteel Brans geheime plek.

Zijn favoriete schuilplaats was de bouwvallige toren. Dat was vroeger een wachttoren geweest, de hoogste van Winterfel. Lang geleden, honderd jaar voor de geboorte van zijn vader zelfs, was hij bij een blikseminslag in brand gevlogen. Het bovenstuk, een derde van het geheel, was ingestort, en de toren was nooit herbouwd. Soms stuurde zijn vader rattenvangers naar de voet van de toren om de nesten te verwijderen die altijd te vinden waren in de chaos van gevallen stenen en verkoolde en verrotte balken. Maar niemand kwam ooit nog bij de gehavende bovenkant van het gebouw, behalve Bran en de kraaien.

Hij kende twee manieren om er te komen. Je kon recht omhoogklimmen langs de toren zelf, maar omdat de mortel die de stenen bijeenhield allang tot stof vergaan was zaten ze los, en Bran vond het geen prettig idee er met zijn volle gewicht aan te gaan hangen.

De *beste* manier was om in het godenwoud te beginnen, je op te hijsen via de hoge wachtboom, en de wapenkamer en de wachtzaal over te steken, springend van dak tot dak, blootsvoets, zodat de wachten je niet boven hun hoofd hoorden lopen. Zo bereikte je de blinde kant van de Eerste Burcht, het oudste stuk van het kasteel, een logge, ronde versterking die hoger was dan hij leek. Daar woonden nu nog slechts ratten en spinnen, maar de oude stenen waren nog heel geschikt om te klimmen. Je kon recht omhoog naar de oude gargouilles die blind boven de lege ruimte uitstaken, en aan je handen van de ene kop naar de andere zwaaien tot je de noordkant bereikte. Als je je dan helemaal uitrekte kon je van daaruit het overhellende stuk van de bouwvallige toren grijpen en je eraan optrekken. Het laatste gedeelte was de klim langs de zwartgeblakerde stenen naar de top, niet meer dan tien voet, en daarna kwamen de kraaien kijken of je maïs had meegebracht.

Bran zwaaide zich juist met geoefende bewegingen van de ene gargouille naar de andere toen hij de stemmen hoorde. Hij schrok zo dat hij bijna zijn greep verloor. De Eerste Burcht was al zo lang hij leefde leeg.

'Het bevalt me niet,' zei een vrouw. Pal onder hem was een rij ramen, en de stem kwam uit het laatste raam aan deze kant naar buiten zweven. 'Jij zou de Hand moeten zijn.'

'Dat mogen de goden verhoeden,' antwoordde een lome mannenstem. 'Ik ambieer die baan niet. Veel te veel werk.'

'Stark mag niet zoveel macht krijgen. Dan gaat het weer net zo als met Jon Arryn. *Waarom* moest de man zo nodig ja zeggen?'

Bran bleef hangen om te luisteren, plotseling bang om verder te gaan. Ze zouden zijn voeten kunnen zien als hij probeerde voorbij te zwaaien.

'Je zou blij moeten zijn,' zei de man. 'Je echtgenoot had zich evengoed tot een van zijn broers kunnen wenden, of zelfs tot Pinkje. Ik heb liever een eerzame vijand dan een eerzuchtige, en ik ga vannacht rustig slapen.'

'Ik had erop moeten *staan* dat hij jou benoemde,' zei de vrouw. 'Robert had vast toegegeven als ik meer mijn best had gedaan. Ik was ervan overtuigd dat Stark zou weigeren.'

'De raad zal Ned Stark met huid en haar verslinden. Als hij maar even nadacht zou hij in het noorden blijven. Dit is de zetel van zijn macht.'

Ze hadden het over zijn vader, besefte Bran. Hij wilde meer horen. Nog een paar voet... maar ze zouden hem zien als hij langs het raam zwaaide.

'We zullen hem zorgvuldig in het oog moeten houden,' zei de vrouw.

'Ik richt het oog liever op jou,' zei de man. Hij klonk verveeld. 'Kom maar weer hier.'

'De Starks hebben nooit enig belang gesteld in iets wat ten zuiden van de Nek gebeurde,' zei de vrouw. 'Nooit. Ik denk dat hij in het geniep een spelletje speelt. Waarom zou hij anders ja zeggen?'

'Misschien vindt hij dat hij dat aan zijn koning verplicht is. Misschien wil hij zijn naam met hoofdletters in de annalen schrijven of wil hij bij zijn vrouw weg, of allebei. Hij kan zoveel redenen hebben. Het kan zelfs zijn dat hij het eindelijk eens warm wil hebben, weet ik veel.'

'Robert houdt van hem als een broer. Zie je niet hoe gevaarlijk dat is? Stannis en Renling zijn al erg genoeg, maar Robert zal naar Stark *luisteren*. En zijn vrouw is de zuster van Lysa Arryn. Twijfel je er ook maar één moment aan dat ze iets tegen ons in hun schild voeren? Het verbaast me dat zij hier niet is.'

Bran keek omlaag. Beneden het raam was een smalle richel, niet meer dan een paar duim breed. Hij probeerde zich erop te laten zakken. Te ver weg. Hij zou er nooit bij kunnen.

'Wat dat wijf van Arryn ook weet of vermoedt, ze heeft geen bewijzen,' zei de man. Hij zweeg even. 'Of wel?'

'Natuurlijk niet,' zei de vrouw. 'Denk je dat dat een belemmering voor haar zal zijn? Ze heeft zelf een zoon. Denk je dat zij voor de hare ook maar iets minder zal doen dan ik voor de mijne heb gedaan?'

De man lachte, een verbitterd geluid. 'Moeders,' zei hij. Uit zijn mond klonk het als een vloek. 'Ik denk weleens dat kinderen baren jullie geest aantast. Jullie zijn allemaal gek.'

Bran bestudeerde het richeltje. Hij kon zich erheen laten vallen. Het was te smal om op te landen, maar als hij zich vast kon grijpen terwijl hij erlangs viel, en zich kon optrekken... ware het niet, dat zoiets misschien lawaai zou maken, zodat ze naar het raam zouden komen. Hij wist niet precies wat hij eigenlijk hoorde, maar hij wist wel dat het niet voor zijn oren bestemd was.

'Je bent net zo koppig en blind als Robert,' zei de vrouw.

'Ja, als je bedoelt dat ik hetzelfde zie,' zei de man. 'Ik zie een man die liever sterft dan zijn koning te verraden.'

'Hij heeft er al eens een verraden, of ben je dat vergeten?' zei de vrouw. 'Ik zeg je, ik heb het in mijn dromen duidelijk gezien. Een wolf zo groot als een paard die van het rottende karkas van een hertenbok zit te schranzen. Wat denk je dat dat betekent?'

'Dat betekent dat je minder belang aan dromen moet hechten,' hield de man vol. Hij geeuwde. 'Weet je zeker dat je van een wolf hebt gedroomd, en niet van een leeuw? Ik zweer je dat Stark trouw is.'

'O, ik zal niet ontkennen dat hij Robert trouw is, dat is zo duidelijk als wat. Wat gebeurt er als Robert sterft en Joff de troon bestijgt? En hoe eerder *dat* gebeurt, hoe veiliger we allemaal zijn. Mijn echtgenoot wordt met de dag rustelozer. Met Stark naast hem zal dat alleen maar erger worden. Hij is nog steeds verliefd op die zuster, dat onbeduidende, dooie, zestienjarige wicht. Hoe lang nog voordat hij me afdankt voor een nieuwe Lyanna?'

Bran was plotseling heel bang. Hij zou niets liever doen dan teruggaan via de weg waarlangs hij gekomen was en zijn broers opzoeken. Maar wat moest hij hun zeggen? Hij moest dichterbij zien te komen, besefte Bran. Hij moest zien wie daar praatten.

De man zuchtte. 'Je moet minder aan de toekomst denken, en meer aan de geneugten van het ogenblik.'

'Hou op,' zei de vrouw. Bran hoorde plotseling het petsende geluid van vlees dat op vlees slaat, en toen het gelach van de man.

Bran trok zichzelf op, klom over de gargouille en kroop het dak op. Dit was de makkelijke manier. Hij schoof over het dak naar de volgende gargouille, pal boven het raam van de kamer waarin ze spraken.

'Al dat gepraat begint me de keel uit te hangen, zusje,' zei de man. 'Kom hier en wees stil.'

Bran zat schrijlings op de gargouille, kneep zijn benen er stevig omheen en zwaaide rond tot hij ondersteboven hing. Hangend aan zijn benen strekte hij langzaam zijn hoofd naar het raam uit. Omgekeerd zag de wereld er vreemd uit. Onder hem deinde duizelingwekkend diep een binnenplaats waarvan de stenen nog nat waren van de gesmolten sneeuw.

Bran keek door het raam naar binnen.

In de kamer waren een man en een vrouw aan het worstelen, allebei naakt. Bran kon niet zien wie. De rug van de man was naar hem toegekeerd, en zijn lichaam schermde dat van de vrouw af terwijl hij haar tegen een muur drukte.

Er klonken zachte, natte geluiden. Bran besefte dat ze elkaar kusten. Hij keek met grote, bange ogen toe, en de adem bleef in zijn keel steken. De man had een hand tussen haar bovenbenen gestoken, en hij moest haar daar pijn doen, want de vrouw begon met een zacht keelgeluid te kreunen. 'Hou op,' zei ze, 'hou op, hou op. O, *alsjeblieft...*' Maar haar stem klonk zacht en zwak, en ze duwde hem niet weg. Haar handen groeven zich in zijn haar, zijn verwarde gouden haar, en trokken zijn gezicht tegen haar borst.

Bran zag haar gezicht. Haar ogen waren dicht en haar mond hing kreunend open. Haar gouden haar zwiepte naar links en rechts doordat haar hoofd heen en weer ging, maar toch herkende hij de koningin.

Hij moest een geluid hebben gemaakt. Plotseling gingen haar ogen open en staarde ze hem recht in het gezicht. Ze gilde.

Toen gebeurde alles tegelijkertijd. De vrouw duwde de man woest van zich af, schreeuwend en wijzend. Bran probeerde zich op te trekken en vouwde zich dubbel om de gargouille te grijpen. Hij was te gehaast. Zijn handen schraapten nutteloos over gladde steen, en in zijn paniek gleden zijn benen weg en ineens viel hij. Er volgde een moment van duizeling, een misselijkmakende slingerbeweging terwijl het raam langsflitste. Hij stak vliegensvlug een hand uit, greep de richel, liet hem los en wist hem met zijn andere hand weer vast te grijpen. Hij sloeg hard tegen het gebouw aan. De klap benam hem de adem. Hijgend bleef Bran aan één hand bungelen.

In het raam boven hem verschenen gezichten.

De koningin. En nu zag Bran wie de man naast haar was. Ze waren elkaars spiegelbeeld.

'Hij heeft ons *gezien*,' zei de vrouw schel.

'Zeg dat wel,' zei de man.

Brans vingers begonnen los te laten. Hij greep de richel met zijn andere hand. Zijn nagels stuitten op keiharde steen. De man stak een hand uit. 'Pak beet,' zei hij. 'Voordat je valt.'

Bran greep zijn arm en hield die uit alle macht vast. De man trok hem de richel op. 'Wat doe je?' wilde de vrouw weten.

De man negeerde haar. Hij was heel sterk. Hij zette Bran rechtop in de vensterbank. 'Hoe oud ben jij, jongen?'

'Zeven,' zei Bran, sidderend van opluchting. Zijn vingers hadden diepe voren getrokken in de onderarm van de man. Schaapachtig liet hij hem los.

De man wierp de vrouw een blik toe. 'Wat ik al niet doe uit liefde,' zei hij walgend. Hij gaf Bran een duw.

Schreeuwend viel Bran achterwaarts het raam uit, het niets in. Er was geen enkel houvast. De binnenplaats kwam naar hem omhoogsuizen.

Ergens in de verte huilde een wolf. Kraaien cirkelden om de bouwvallige toren heen, wachtend op maïs.

Tyrion

Ergens in de grote stenen doolhof van Winterfel huilde een wolf. Het geluid hing als een rouwvlag over het kasteel heen.

Tyrion Lannister keek huiverend op van zijn boeken, al was het aangenaam warm in de bibliotheek. Er was iets met wolvengehuil waardoor een man abrupt uit het hier en nu werd weggerukt en alleen in een duister woud van de geest werd achtergelaten, waar hij naakt voor het wolvenpak uit rende.

Toen de schrikwolf nogmaals huilde klapte Tyrion de zware leren boekband dicht waarin hij had zitten lezen, een honderd jaar oude verhandeling over de wisseling der seizoenen van een lang gestorven maester. Hij geeuwde en sloeg de rug van zijn hand voor zijn mond. Zijn leeslampje, waarvan de olie bijna op was, flakkerde, en het ochtendlicht sijpelde door de hoge vensters. Hij was de hele nacht bezig geweest, maar dat was niets bijzonders. Tyrion Lannister was niet iemand die veel sliep.

Toen hij zich van de bank liet glijden waren zijn benen stijf en pijnlijk. Hij masseerde het leven er weer enigszins in en hinkte moeizaam naar de tafel waaraan de septon zachtjes zat te snurken, het boek dat opengeslagen vóór hem lag als hoofdkussen. Tyrion gluurde naar de titel. Een biografie van grootmaester Aethelmure, geen wonder. 'Cheyl,' zei hij zachtjes. De jongeman schoot overeind, beduusd en met knipperende ogen. Het kristal van zijn orde slingerde woest heen en weer aan zijn zilveren ketting. 'Ik ga ontbijten. Zet de boeken terug in de kast. Voorzichtig met die Valyrische boekrollen, het perkament is erg droog. Ayrmidons *Oorlogsmachines* is vrij zeldzaam, en jullie hebben hier het enige complete afschrift dat ik ooit heb gezien.'

Cheyl staarde hem met open mond aan, nog steeds half in slaap. Geduldig herhaalde Tyrion zijn instructies, gaf de septon een schouderklopje en liet hem alleen met zijn taken.

Buiten zoog Tyrion zijn longen vol met de kille ochtendlucht en begon aan de inspannende afdaling van de steile stenen trap die als een kurkentrekker om de buitenkant van de bibliotheek draaide. Het ging langzaam, want de treden waren hoog en smal en zijn benen kort en krom. De opkomende zon kwam nog niet boven de muren van Winterfel uit, maar de mannen op de binnenplaats beneden waren al hard aan het werk. De raspende stem van Sandor Clegane zweefde naar hem omhoog. 'Die jongen heeft een hoop tijd nodig om dood te gaan. Ik wou dat hij wat opschoot.'

Tyrion keek naar beneden en zag de Jachthond bij de jonge Joffry staan, met een zwerm schildknapen om hen heen. 'Maar hij gaat tenminste in stilte dood,' antwoordde de prins. 'Het is de wolf die zo'n herrie maakt. Ik kon er vannacht bijna niet van slapen.'

Clegane wierp een langgerekte schaduw over de aangestampte grond toen zijn schildknaap de zwarte helm over zijn hoofd liet zakken. 'Ik kan dat beest wel het zwijgen opleggen, als ik u daarmee een plezier doe,' zei hij door zijn open vizier heen. Zijn page reikte hem een slagzwaard aan. Hij doorkliefde de koude ochtendlucht om de balans uit te testen. Achter hem galmde het geluid van staal op staal over de binnenplaats.

De prins leek verrukt van het idee. 'Een hond sturen om een hond dood te slaan!' riep hij uit. 'Winterfel is zo vergeven van de wolven dat de Starks die ene vast niet zullen missen.'

Tyrion sprong van de onderste tree de binnenplaats op. 'Veroorloof me met je van mening te verschillen, neef,' zei hij. 'De Starks kunnen tot zes tellen, anders dan sommige prinsen die ik met name zou kunnen noemen.'

Joffry was tenminste zo fatsoenlijk om te blozen.

'Een stem uit het niets,' zei Sandor. Hij tuurde door zijn helm alle kanten op. 'Luchtgeesten!'

De prins lachte, zoals hij altijd deed als zijn lijfwacht deze pantomime opvoerde. Tyrion was eraan gewend. 'Hierbeneden.'

De lange man tuurde naar de grond en deed net of hij hem zag. 'De kleine heer Tyrion,' zei hij. 'Verschoning. Ik had u niet zien staan.'

'Ik ben vandaag niet in de stemming voor uw vrijpostigheden.' Tyrion wendde zich tot zijn neef. 'Joffry, het is hoog tijd dat je bij heer Eddard en zijn vrouwe langsgaat om hun je medeleven te betuigen.'

Joffry trok het soort pruilgezicht dat alleen een jongen kan trekken die tevens een prins is. 'Wat hebben ze aan mijn medeleven?'

'Niets,' zei Tyrion. 'Maar het wordt wel van je verwacht. Je afwezigheid valt op.'

'Die zoon van Stark laat me koud,' zei Joffry. 'Ik kan niet tegen het gejammer van vrouwen.'

Tyrion Lannister bracht zijn hand omhoog en sloeg zijn neef hard in het gezicht. De wang van de jongen werd rood.

'Nog één woord,' zei Tyrion, 'en je krijgt weer een klap.'

'Ik zeg het tegen mijn moeder hoor!' riep Joffry uit.

Tyrion gaf hem nog een klap. Nu waren allebei zijn wangen vuurrood.

'Doe moet je vooral doen,' zei Tyrion tegen hem. 'Maar maak eerst dat je bij heer en vrouwe Stark komt. En daar val je voor hen op de knieën en je zegt hoe erg je het vindt, en dat je tot hun dienst bereid bent als er ook maar iets is dat je voor hun en de hunnen kunt doen in dit uur van vertwijfeling, en dat je hen in al je gebeden gedenkt. Begrepen? *Begrepen?*'

De jongen keek of hij in huilen uitbarsten zou. In plaats daarvan slaagde hij erin, zwakjes te knikken. Toen draaide hij zich om en vluchtte halsoverkop de binnenplaats af met zijn hand tegen zijn wang. Tyrion keek hem na terwijl hij wegrende.

Er viel een schaduw over zijn gezicht. Toen hij omkeek zag hij Clegane als een rotswand boven zich uittorenen. De roetzwarte wapenrusting leek de zon te verduisteren. Hij had zijn helmvizier neergeslagen. Dat had de vorm van een zwarte hond die zijn tanden liet zien, een angstaanjagende aanblik, maar in Tyrions ogen een grote verbetering vergeleken bij Cleganes afschuwelijk verbrande gezicht.

'Dat zal de prins niet vergeten, kleine heer,' waarschuwde de Jachthond hem. De helm veranderde zijn lach in een hol gerommel.

'Dat mag ik hopen,' antwoordde Tyrion Lannister. 'Als hij het wel doet, wees dan een goeie hond en herinner hem eraan.' Hij keek de binnenplaats rond. 'Weet u waar ik mijn broer kan vinden?'

'Aan het ontbijten met de koningin.'

'Ach. Natuurlijk,' zei Tyrion. Hij gaf Sandor Clegane een vluchtig knikje en liep fluitend weg, zo energiek als zijn korte beentjes hem toestonden. Hij had erg te doen met de eerste ridder die het vandaag tegen de Jachthond zou opnemen. Wat was die man opvliegend.

In de ochtendzaal van het gastenverblijf stond een koud en vreugdeloos maal op tafel. Jaime zat aan met Cersei en de kinderen. Ze spraken zachtjes, met gedempte stemmen.

'Ligt Robert nog in bed?' vroeg Tyrion terwijl hij ongenood aan tafel ging zitten.

Cersei tuurde naar hem met die uitdrukking van lichte weerzin die ze zich al sinds zijn geboorte aanmat. 'De koning heeft helemaal niet geslapen,' zei ze tegen hem. 'Hij is bij heer Eddard. Hij trekt zich hun verdriet erg aan.'

'Hij heeft een groot hart, onze Robert,' zei Jaime met een loom lachje. Er was heel weinig dat Jaime serieus nam. Tyrion kende dat trekje van zijn broer en vergaf het hem. Heel zijn afschuwelijke kindertijd lang was Jaime de enige geweest die hem ooit het geringste zweempje genegenheid of respect had geschonken, en daarvoor was Tyrion bereid hem vrijwel alles te vergeven.

Er naderde een bediende. 'Brood,' zei Tyrion tegen hem, 'en twee van die kleine visjes, en een kroes van dat lekkere donkere bier om ze weg te spoelen. O ja, en wat spek. Verbranden tot het zwart wordt.' De man boog en verwijderde zich. Tyrion wendde zich weer tot zijn broer en zuster. Een tweeling, mannelijk en vrouwelijk. Zo zagen ze er vandaag ook in hoge mate uit. Ze hadden allebei een kleur donkergroen uitgezocht die precies bij hun ogen paste. Hun blonde lokken waren één modieuze krullenpracht en om hun polsen, vingers en hals blonken gouden sieraden.

Tyrion vroeg zich af hoe het was om de helft van een tweeling te zijn en besloot dat hij het liever niet wilde weten. Het was al erg genoeg dat hij elke dag zichzelf in de spiegel zag. Nog zo iemand als hij, daar moest hij niet aan denken.

Prins Tommen nam het woord. 'Hebt u nog nieuws van Bran, oom?'

'Ik ben gisteravond bij de ziekenkamer langsgegaan,' gaf Tyrion te kennen. 'Er was geen verandering. Dat leek de maester een hoopvol teken.'

'Ik wil niet dat Brandon doodgaat,' zei Tommen timide. Hij was een lieve jongen. Heel anders dan zijn broer, maar Jaime en Tyrion waren per slot van rekening ook niet elkaars evenbeeld.

'Heer Eddard had ook een broer die Brandon heette,' peinsde Jaime. 'Een van de gijzelaars die door Targaryen vermoord werden. Een onfortuinlijke naam, naar het schijnt.'

'Toch niet zó onfortuinlijk,' zei Tyrion. De bediende bracht zijn bord. Hij brak een homp zwart brood af.

Cersei sloeg hem bedachtzaam gade. 'Wat bedoel je?'

Tyrion wierp haar een scheve glimlach toe. 'Ach, alleen dat Tommen weleens zijn zin zou kunnen krijgen. De maester denkt dat de jongen misschien blijft leven.' Hij nam een slok bier.

Myrcella hapte van blijdschap naar adem en Tommen glimlachte nerveus, maar het waren niet de kinderen op wie Tyrion lette. De blik die Jaime en Cersei wisselden duurde slechts één tel, maar ontging hem niet. Toen sloeg zijn zuster haar ogen neer naar het tafelblad. 'Dat is geen opluchting. Die noordelijke goden zijn wreed dat ze het kind met die pijn verder laten leven.'

'Wat zei de maester precies?' vroeg Jaime.

Het spek kraakte toen hij erin beet. Tyrion kauwde even bedachtzaam en zei toen: 'Hij denkt dat de jongen anders al dood zou zijn geweest. Het duurt nu al vier dagen zonder dat er verandering optreedt.'

'Wordt Bran weer beter, oom?' vroeg de kleine Myrcella, die qua schoonheid sprekend op haar moeder leek en qua karakter volstrekt niet.

'Zijn rug is gebroken, kleintje,' zei Tyrion tegen haar. 'Door de val zijn ook zijn benen verbrijzeld. Ze houden hem met honing en water in leven, anders zou hij sterven van de honger. Als hij bijkomt kan hij misschien echt voedsel eten, maar hij zal nooit meer lopen.'

'Als hij bijkomt,' herhaalde Cersei. 'Is dat waarschijnlijk?'

'Dat weten slechts de goden,' zei Tyrion. 'De maester kan alleen maar hopen.' Hij werkte nog wat brood weg. 'Ik zou zweren dat de jongen in leven wordt gehouden door die wolf van hem. Het beest zit dag en nacht voor zijn raam te huilen. Telkens als ze het wegjagen komt het weer terug. De maester vertelde me dat ze een keer het raam dichtgedaan hadden om het lawaai buiten te sluiten, en dat Bran toen zwakker leek te worden. Toen ze het weer openden werd zijn hartslag krachtiger.'

De koningin huiverde. 'Die beesten hebben iets onnatuurlijks,' zei ze. 'Ze zijn gevaarlijk. Ik wil *niet* dat er ook maar ééntje mee naar het zuiden gaat.'

Jaime zei: 'Dan zal het je nog moeilijk vallen om ze tegen te houden, zuster. Ze volgen die meisjes overal.'

Tyrion begon aan zijn vis. 'Gaan jullie dan al snel weg?'

'Nog lang niet snel genoeg,' zei Cersei. Toen fronste ze haar voorhoofd. 'Gaan *wij* weg?' echode ze. 'En jij dan? Alle goden, je wilt toch niet beweren dat je *hier* blijft?'

Tyrion haalde zijn schouders op. 'Benjen Stark gaat met de bastaard van zijn broer naar de Nachtwacht terug. Ik heb zin om mee te gaan en die Muur waar we allemaal zo veel over gehoord hebben eens te bekijken.'

Jaime glimlachte. 'Ik hoop niet dat je overweegt ons te verruilen voor het zwart, lieve broer.'

Tyrion lachte. 'Wat, ik als celibatair? Dan zouden de hoeren van Dorne tot de Rots van Casterling aan de bedelstaf raken. Nee, ik wil gewoon boven op de Muur staan en van de rand van de wereld pissen.'

Abrupt stond Cersei op. 'De kinderen hoeven die smeerpijperij niet te horen. Tommen, Myrcella, kom mee.' Ze beende energiek het ochtendvertrek uit met haar sleep en haar kroost achter zich aan.

Jaime Lannister bekeek zijn broer peinzend met die koele groene ogen van hem. 'Stark weigert vast om Winterfel te verlaten nu zijn zoon tussen leven en dood zweeft.'

'Niet als Robert het beveelt,' zei Tyrion. 'En dat zal Robert doen ook. Heer Eddard kan hoe dan ook niets voor de jongen doen.'

'Hij zou een einde aan zijn lijden kunnen maken,' zei Jaime. 'Dat zou ik doen als het mijn zoon was. Het zou barmhartig zijn.'

'Ik raad je aan zoiets niet ten overstaan van heer Eddard te suggereren, lieve broer,' zei Tyrion. 'Hij zou het je niet in dank afnemen.'

'Ook al blijft de jongen leven, hij zal verlamd blijven. Nog erger dan verlamd: mismaakt. Ik ga liever meteen dood.'

Tyrion reageerde door zijn schouders op te halen, wat zijn bochel nog eens extra accentueerde. 'Namens de mismaakten ben ik zo vrij om met je van mening te verschillen. De dood is zo vreselijk definitief, terwijl het leven vol mogelijkheden is.'

Jaime glimlachte. 'Jij bent een verdorven kleine kobold, hè?'

'O ja,' gaf Tyrion toe. 'Ik hoop echt dat die jongen bijkomt. Het zou me heel erg interesseren om te horen wat hij te zeggen heeft.'

De glimlach van zijn broer stremde als zure melk. 'Tyrion, lieve broer,' zei hij somber, 'soms vraag ik me af aan wiens kant je eigenlijk staat.'

Tyrions mond zat vol met brood en vis. Hij nam een slok sterk zwart bier om alles weg te spoelen. Toen wierp hij Jaime een wolfachtige grijns toe. 'Maar Jaime, lieve broer van me,' zei hij. 'Nu kwets je me. Je weet hoe dierbaar mijn familie me is.'

Jon

Jon klom traag de trap op en probeerde er niet bij stil te staan dat dit misschien de allerlaatste maal was. Spook stapte geluidloos naast hem voort. Buiten wervelde de sneeuw door de kasteelpoorten en de binnenplaats was een en al luidruchtige chaos, maar achter de stenen muren was het nog warm en rustig. Te rustig, naar Jons zin.

Hij bereikte de overloop en talmde even, enigszins huiverig. Spook duwde zijn snuit tegen Jons hand. Dat gaf hem moed. Hij rechtte zijn rug en ging de kamer binnen.

Daar zat vrouwe Stark naast zijn bed. Ze zat er nu al bijna twee weken dag en nacht. Ze was geen ogenblik van Brans zijde geweken. Ze liet daar haar maaltijden naartoe brengen, en ook kamerpotten, en ze had er een smal, hard bed laten neerzetten om op te slapen, al werd er gezegd dat ze nauwelijks een oog dichtdeed. Ze voerde hem zelf, het mengsel van honing, water en kruiden dat hem in leven hield. Ze verliet de kamer geen ogenblik. Dus was Jon weggebleven.

Maar nu kon dat niet meer.

In de deuropening bleef hij even staan, bang om iets te zeggen, bang om dichterbij te komen. Het raam stond open. Daarbuiten huilde een wolf. Spook hoorde het en hief zijn kop op.

Vrouwe Stark keek zijn kant op. Een ogenblik lang leek ze hem niet te herkennen. Eindelijk knipperde ze met haar ogen. 'Wat kom *jij* hier doen?' vroeg ze op merkwaardig vlakke en emotieloze toon.

'Ik kwam Bran opzoeken,' zei Jon. 'Om afscheid te nemen.'

Haar gezicht veranderde niet. Haar lange, kastanjebruine haar was dof en zat in de war. Ze zag er twintig jaar ouder uit. 'Dat heb je dan nu gedaan. Ga maar weer weg.'

Een deel van hem wilde niets liever dan vluchten, maar als hij dat deed zou hij Bran misschien nooit meer zien, wist hij. Hij deed een nerveuze stap in de richting van het bed. 'Alstublieft,' zei hij.

In haar ogen roerde zich iets kils. 'Ik zei toch dat je weg moest gaan?' zei ze. 'We kunnen je hier niet gebruiken.'

Vroeger zou hij na zoiets de benen hebben genomen. Vroeger had zoiets hem misschien zelfs aan het huilen gebracht. Nu werd hij er alleen maar kwaad om. Binnenkort zou hij een Gezworen Broeder van de Nachtwacht zijn en grotere gevaren dan Catelyn Tulling Stark het hoofd moeten bieden. 'Hij is mijn broer,' zei hij.

'Moet ik de wacht roepen?'

'Doet u dat gerust,' zei Jon uitdagend. 'U kunt toch niet voorkomen dat ik hem zie.' Hij liep de kamer door, waarbij hij het bed tussen hen in hield, en keek neer op de liggende Bran.

Ze hield een van zijn handen vast. Die leek op een klauw. Dit was niet de Bran die hij zich herinnerde. Al het vlees was eraf: hij was een strak vel over stakerige botten. De benen onder de dekens waren verwrongen op een manier die Jon onpasselijk maakte. Zijn ogen waren diep weggezonken in zwarte gaten. Ze waren open maar zagen niets. Door de val was hij op de een of andere manier gekrompen. Hij leek half op een blad dat door de eerste de beste harde wind het graf ingeblazen zou worden.

Maar onder de breekbare welving van die verbrijzelde ribben rees en daalde zijn borst bij iedere oppervlakkige ademhaling.

'Bran,' zei hij, 'het spijt me dat ik niet eerder ben gekomen. Ik durfde niet.' Jon merkte dat de tranen hem over de wangen liepen. Het kon hem niets meer schelen. 'Ga niet dood, Bran. Alsjeblieft. We wachten allemaal tot je wakker wordt. Ik en Robb en de meisjes, iedereen...'

Vrouwe Stark keek toe. Ze had geen alarm geslagen. Jon hield het voor aanvaarding. Buiten het raam huilde de schrikwolf weer. De wolf die Bran geen naam meer had kunnen geven.

'Ik moet nu weg,' zei Jon. 'Oom Benjen wacht. Ik ga naar het noorden, naar de Muur. We moeten vandaag vertrekken, voor de sneeuwval begint.' Hij herinnerde zich hoe opgewonden Bran was geweest bij het vooruitzicht om op reis te gaan. De gedachte, hem zo te moeten achterlaten was meer dan hij kon verdragen. Jon veegde zijn tranen af, boog zich voorover en kuste zijn broer vluchtig op de lippen.

'Ik wilde dat hij hier bij mij bleef,' zei vrouwe Stark zacht.

Jon sloeg haar gade, op zijn hoede. Ze keek hem zelfs niet aan. Ze sprak wel tegen hem, maar een deel van haar erkende zijn aanwezigheid in de kamer niet eens.

'Ik heb erom gebeden,' zei ze met doffe stem. 'Hij nam een speciale plaats bij mij in. Ik ben naar de sept gegaan en daar heb ik zevenmaal tot de zeven aangezichten van god gebeden dat Ned van gedachte zou veranderen en hem hier bij mij zou laten. Soms worden gebeden vervuld.'

Jon wist niet wat hij moest zeggen. 'Het was uw schuld niet,' wist hij na een pijnlijke stilte uit te brengen.

Haar blikken vonden hem. Ze waren vol venijn. 'Jouw absolutie is wel het laatste dat ik nodig heb, bastaard.'

Jon sloeg zijn ogen neer. Ze hield een van Brans handen tussen de hare. Hij nam de andere en kneep erin. Vingers als vogelbotjes. 'Vaarwel,' zei hij.

Hij was al bij de deur toen ze hem riep. 'Jon,' zei ze. Hij had door moeten lopen, maar ze had hem nog nooit eerder bij zijn naam genoemd. Hij keerde zich om en ontdekte dat ze naar zijn gezicht keek alsof ze het voor het eerst zag.

'Ja?' zei hij.

'Het had jou moeten overkomen,' zei ze tegen hem. Toen keerde ze zich weer naar Bran toe en begon te snikken zodat haar hele lichaam ervan schokte. Jon had haar nog nooit eerder zien huilen.

De terugweg naar de binnenplaats was heel lang.

Buiten heerste een en al rumoer en verwarring. Wagens werden geladen, mannen schreeuwden, paarden werden opgetuigd en gezadeld en uit de stallen geleid. Het was zachtjes gaan sneeuwen, en iedereen was druk doende om te vertrekken.

Robb stond er middenin en deed voor niemand onder in het schreeuwen van bevelen. Het leek of hij de afgelopen weken gegroeid was, alsof Brans val en de instorting van zijn moeder hem op de een of andere manier sterker hadden gemaakt. Grijze Wind stond naast hem.

'Oom Benjen zoekt je,' zei hij tegen Jon. 'Hij had al een uur geleden willen vertrekken.'

'Weet ik,' zei Jon. 'Straks.' Hij nam het lawaai en de verwarring rondom hem in zich op. 'Vertrekken is moeilijker dan ik dacht.'

'Voor mij ook,' zei Robb. Er zat sneeuw in zijn haar die door zijn lichaamswarmte was gaan smelten. 'Heb je hem gezien?'

Jon knikte, zwijgend, want hij vertrouwde zijn stem niet.

'Hij gaat niet dood,' zei Robb. 'Dat weet ik zeker.'

'Jullie Starks zijn een taai stelletje,' beaamde Jon. Zijn stem klonk vlak en vermoeid. Het bezoek had hem al zijn kracht gekost.

Robb begreep dat er iets mis was. 'Mijn moeder...'

'Ze was... heel vriendelijk,' zei Jon tegen hem.

Robb keek opgelucht. 'Fijn.' Hij glimlachte. 'Als ik je weer zie ben je helemaal in het zwart.'

Jon dwong zichzelf om terug te lachen. 'Dat is altijd al mijn favoriete kleur geweest. Wanneer is dat, denk je?'

'Al vrij gauw,' beloofde Robb. Hij trok Jon naar zich toe en omhelsde hem stevig. 'Vaarwel, Sneeuw.'

Jon drukte hem op zijn beurt tegen zich aan. 'Insgelijks, Stark. Zorg goed voor Bran.'

'Dat zal ik zeker.' Ze lieten elkaar los en keken elkaar verlegen aan. 'Oom Benjen zei dat ik je naar de stallen moest sturen zodra ik je zag,' zei Robb ten slotte.

‘Ik moet nog van één persoon afscheid nemen,’ zei Jon tegen hem.

‘Dan heb ik je niet gezien,’ antwoordde Robb. Jon liet hem in de sneeuw achter, omringd door wagens, wolven en paarden. Het was niet ver lopen naar de wapenzaal. Hij tilde zijn bepakking op en liep via de overdekte brug naar de burcht.

Arya was in haar kamer, bezig met het inpakken van een gladgepolijste ijzerhouten kist die groter was dan zijzelf. Nymeria hielp haar. Arya hoefde maar te wijzen en de wolf sprong de kamer al door, nam een zijden frutseltje tussen haar kaken en kwam ermee aandragen. Maar toen ze de lucht van Spook opsnoof ging ze op haar achterpoten zitten en begon tegen hen te blaffen.

Arya wierp een blik over haar schouder, zag Jon, en sprong overeind. Ze sloeg haar magere armen stevig om zijn nek. ‘Ik was bang dat je al weg was,’ zei ze, en haar adem stokte. ‘Ze wilden me niet naar buiten laten om afscheid te nemen.’

‘Wat was je daarnet aan het doen?’ zei Jon tegen haar.

Arya maakte zich van hem los en trok een gezicht. ‘Niets. Ik was allang klaar met pakken.’ Ze gebaarde naar de enorme kist, die maar voor een derde gevuld was, en naar de kleren die door de hele kamer verspreid lagen. ‘Septa Mordane zegt dat ik alles opnieuw moet doen. Mijn spullen waren niet netjes opgevouwen, zegt ze. Een echte jonkvrouw uit het zuiden smijt haar kleren niet zomaar in haar kist alsof het ouwe lorren zijn, zegt ze.’

‘Had je dat dan gedaan, zusje?’

‘Nou ja, ze raken toch allemaal door elkaar,’ zei ze. ‘Wie maalt erom hoe ze opgevouwen zijn?’

‘Septa Mordane,’ zei Jon tegen haar. ‘Ik denk ook niet dat ze het leuk vindt dat Nymeria je helpt.’ De wolvin bekeek hem zwijgend met haar donkere gouden ogen. ‘Maar goed. Ik heb iets voor je om mee te nemen, en dat moet heel zorgvuldig ingepakt worden.’

Haar gezicht klaarde op. ‘Een cadeautje?’

‘Zo zou je het kunnen noemen. Doe de deur eens dicht.’

Behoedzaam maar opgewonden keek Arya de hal rond. ‘Nymeria, hier. Waak.’ Ze liet de wolf buiten blijven om te waarschuwen als er indringers waren en sloot de deur. Inmiddels had Jon de lompen verwijderd die hij eromheen had gewonden. Hij stak het haar toe.

Arya’s ogen werden groot. Donkere ogen, net als de zijne. ‘Een zwaard,’ zei ze met een gedempt fluisterstemmetje.

De schede was van soepel, grijs leer, zacht als de zonde. Jon trok de kling er langzaam uit, zodat ze de diepblauwe glans van het staal kon zien. ‘Dit is geen speelgoed,’ drukte hij haar op het hart. ‘Zorg dat je jezelf er niet mee snijdt. De randen zijn scherp genoeg om je te scheren.'

'Meisjes scheren zich niet,' zei Arya.

'Misschien zouden ze dat moeten doen. Heb je de benen van de septa wel eens gezien?'

Ze giechelde. 'Vel over been.'

'Dat ben jij ook,' zei Jon tegen haar. 'Ik heb dit speciaal door Mikken laten maken. De huurmoordenaars uit Pentos en Myr en de andere Vrijsteden gebruiken zulke zwaarden. Je kunt er geen hoofden mee afslaan, maar als je snel genoeg bent kun je er iemand wel vol gaten mee prikken.'

'Ik kan snel zijn,' zei Arya.

'Je zult iedere dag moeten oefenen.' Hij gaf haar het zwaard aan, liet haar zien hoe ze het vast moest houden en deed een stap naar achteren. 'Hoe voelt het aan? Ligt het goed in de hand?'

'Ik geloof het wel,' zei Arya.

'Eerste les,' zei Jon. 'Je steekt met de punt.'

Arya sloeg hem op zijn arm met het plat van het zwaard. De klap deed zeer, maar Jon merkte dat hij grijnsde als een dwaas. 'Ik weet welk uiteinde ik moet gebruiken,' zei Arya. Er sloop twijfel in haar blik. 'Septa Mordane zal het afpakken.'

'Niet als ze niet weet dat je het hebt,' zei Jon.

'Met wie moet ik oefenen?'

'Je vindt wel iemand,' stelde Jon haar gerust. 'Koningslanding is een echte stad, duizend keer zo groot als Winterfel. Tot je iemand vindt om mee te oefenen moet je kijken hoe ze op het binnenhof vechten. Ga hardlopen, rijden, zorg dat je sterk wordt. En wat je ook doet...'

Arya wist wat er komen zou. Ze zeiden het tegelijk:

'*... niet... tegen... Sansa... zeggen!*'

Jon woelde door haar haren. 'Ik zal je missen, zusje.'

Plotseling leek het of ze in huilen zou uitbarsten. 'Ik wou dat je met ons meeging.'

'Soms leiden er meer wegen naar hetzelfde kasteel. Wie zal het zeggen?' Hij begon zich al beter te voelen. Hij wilde niet aan zijn verdriet toegeven. 'Ik kan nu beter gaan. Als ik oom Benjen nog langer laat wachten krijg ik straks in mijn eerste jaar op de Muur alleen maar kamerpotten te legen.'

Arya rende op hem af om hem nog één keer te omhelzen. 'Eerst dat zwaard neerleggen,' waarschuwde Jon haar lachend. Ze legde het bijna verlegen weg en overstelpte hem met kussen.

Toen hij zich bij de deur omdraaide had ze het alweer opgepakt om de balans uit te testen. 'Dat was ik bijna vergeten,' zei hij tegen haar. 'De beste zwaarden hebben allemaal een naam.'

'Zoals IJs,' zei ze. Ze keek naar de kling in haar hand. 'Heeft dit een naam? Zeg het alsjeblieft!'

'Kun je het niet raden?' plaagde Jon haar. 'Je lievelingsvoorwerp.'

Eerst leek Arya het niet te begrijpen. Toen ging haar een licht op. Zo snel dacht ze. Ze zeiden het allebei tegelijk:

'*Naald!*'

Tijdens de lange rit naar het noorden koesterde hij de hartverwarmende herinnering aan haar gelach.

Daenerys

Daenerys Targaryen huwde Khal Drogo met een bang hart en barbaarse pracht op een veld buiten de muren van Pentos, want de Dothraki geloofden dat alles wat van belang was in het leven van een man onder de open hemel hoorde te gebeuren.

Drogo had zijn *khalasar* ontboden, en ze waren gekomen, veertigduizend Dothraki-krijgers en ontelbare vrouwen, kinderen en slaven. Ze bivakkeerden met hun uitgestrekte kudden buiten de stadsmuren, waar ze paleizen van gevlochten gras bouwden en alles wat los en vast zat verslonden, zodat de brave burgers van Pentos met de dag ongeruster werden.

'Mijn mede magisters hebben de bezetting van de stadswacht verdubbeld,' vertelde Illyrio hun op een avond achter schalen met eend in honingsaus en oranje knalpepers in de state die van Drogo was geweest. De *khal* had zich bij zijn *khalasar* gevoegd en zijn woning tot het huwelijk aan Daenerys en haar broer ter beschikking gesteld.

'We kunnen prinses Daenerys maar beter snel laten trouwen, vóór de helft van Pentos' rijkdommen aan soldeniers en huurmoordenaars wordt gespendeerd,' schertste ser Jorah Mormont. De avond dat Dany aan Khal Drogo was verkocht had de balling zijn zwaard aan haar broer opgedragen en Viserys had het volgaarne aanvaard. Sindsdien was Mormont niet van hun zijde geweken.

Magister Illyrio lachte luchtig door zijn gevorkte baard heen, maar bij Viserys kon er zelfs geen glimlachje af. 'Als hij wil kan hij haar morgen krijgen,' zei haar broer. Hij wierp een blik op Dany, en zij sloeg haar ogen neer. 'Zolang hij de prijs maar betaalt.'

Illyrio wuifde traag met zijn hand, en de ringen aan zijn dikke vingers fonkelden. 'Ik heb u toch gezegd dat alles geregeld is? Vertrouwt u op mij. De *khal* heeft u een kroon beloofd, en die zult u krijgen ook.'

'Ja, maar wanneer?'

'Als de *khal* dat wenst,' zei Illyrio. 'Hij wil eerst het meisje, en na het huwelijk moet hij in plechtige optocht over de vlakten trekken om haar aan de *dosh khaleen* in Vaes Dothrak voor te stellen. Daarna misschien. Indien de voortekens voor een oorlog gunstig zijn.'

Ziedend van ongeduld zei Viserys: 'Ik heb lak aan de voortekens van de Dothraki. De usurpator houdt mijn vaders troon bezet. Hoe lang moet ik nog wachten?'

Illyrio haalde zijn vlezige schouders op. 'U wacht al het grootste deel van uw leven, grote koning. Wat maken een paar luttele maanden of jaren méér dan nog uit?'

Ser Jorah, die ver naar het oosten was gereisd, tot aan Vaes Dothrak toe, knikte instemmend. 'Ik raad u aan om geduld te oefenen, Uwe Genade. De Dothraki houden hun woord, maar ze doen alles op hun eigen tijd. Een mindere man mag de *khal* misschien om een gunst smeken maar mag zich nooit aanmatigen hem de les te lezen.'

Viserys zette zijn stekels op. 'Zet een wacht voor je tong, Mormont, of ik laat hem afsnijden. Ik ben geen mindere man. Ik ben de rechtmatige heer van de Zeven Koninkrijken. De Draak smeekt niet.'

Ser Jorah sloeg eerbiedig zijn blik neer. Illyrio glimlachte mysterieus en trok een vleugel van de eend. Terwijl hij aan het malse vlees knabbelde dropen de honing en het vet van zijn vingers in zijn baard. *Er zijn geen draken meer*, dacht Dany terwijl ze naar haar broer staarde, al durfde ze dat niet hardop te zeggen.

Toch droomde ze die nacht van een draak. Viserys sloeg haar en deed haar pijn. Ze was naakt, en haar vrees maakte haar onbeholpen. Ze rende voor hem weg, maar haar lichaam voelde lomp en log aan. Hij sloeg haar opnieuw. Ze struikelde en viel. 'Je hebt de Draak gewekt!' schreeuwde hij terwijl hij haar sloeg. 'Je hebt de Draak gewekt, je hebt de Draak gewekt!' Haar dijen waren glibberig van het bloed. Ze sloot haar ogen en kreunde. Bij wijze van antwoord klonk er een afschuwelijk, *scheurend* geluid, en het geknetter van een groot vuur. Toen ze weer keek was Viserys verdwenen. Overal in het rond rezen hoge vuurzuilen op, en in het midden daarvan was de draak. Traag draaide hij zijn grote kop. Toen zijn gesmolten ogen de hare vonden werd ze wakker, sidderend, en met een dun laagje zweet overdekt. Ze was nog nooit zo bang geweest...

... totdat ten slotte de dag van haar huwelijk aanbrak.

De ceremonie begon met de dageraad en duurde tot de avondschemering, een eindeloze dag van drinken, feestvieren en vechten. Temidden van de paleizen van gras was een enorme aarden wal opgeworpen, en daarop zat Dany naast Khal Drogo, hoog boven de kolkende zee van Dothraki. Ze had nog nooit zoveel mensen bij elkaar gezien, en ook nooit mensen die zo vreemd en angstaanjagend waren. De ruiterheren mochten dan in kostbare stoffen en welriekende parfums gehuld gaan als ze de Vrijsteden bezochten, onder de open hemel hielden ze vast aan hun aloude gewoonten. Zowel mannen als vrouwen droegen vesten van geverfd leer over hun naakte torso, en leggings van paardenhaar, bijeengesnoerd met gordels van bronzen penningen, en de krijgers hadden hun lange vlechten ingesmeerd met vet uit de smeltputten. Ze propten zich vol met in honing en peper geroosterd paardenvlees, dronken zichzelf laveloos aan de gegiste merriemelk en Illyrio's uitgelezen wijnen en bestookten elkaar over de vuren heen met grappen. Hun stemmen klonken Dany ruw en wezensvreemd in de oren.

Viserys zat recht beneden haar. Hij zag er prachtig uit in zijn nieuwe tuniek van zwarte wol met een scharlakenrode draak op de borst. Illyrio en ser Jorah zaten naast hem. Een uiterst eervolle plaats, vlak onder de bloedruiters van de *khal* zelf, maar Dany zag de woede in de lila ogen van haar broer. Het beviel hem niets dat hij lager zat dan zij, en toen de slaven iedere schotel eerst aan de *khal* en zijn bruid aanboden en hem de stukken aanboden die zij hadden geweigerd, kookte hij van razernij. Hij kon niets anders doen dan zijn wrok koesteren, dus koesterde hij die, zodat zijn stemming naarmate de uren verstreken bij iedere belediging van zijn persoon verder verduisterde.

Dany had zich nog nooit zo alleen gevoeld als nu in het hart van die uitgestrekte horde. Haar broer had haar opgedragen om te glimlachen, dus glimlachte ze tot haar gezicht er pijn van deed en de ongewenste tranen haar in de ogen sprongen. Ze deed haar best ze te verbijten, wetend hoe kwaad Viserys zou zijn als hij haar zag huilen, en als de dood voor de reactie van Khal Drogo. Ze kreeg voedsel voorgeschoteld, dampende stukken vlees en dikke zwarte worsten en Dothraki-bloedpasteien, en later vruchten en stoofschotels van zoetgras, en fijn gebak uit de keukens van Pentos, maar ze wuifde alles weg. Haar maag was in opstand, en ze wist dat ze er niets van binnen zou houden.

Ze had geen mens om mee te praten. Khal Drogo riep zijn bloedruiters bevelen en grappen toe en lachte om hun antwoorden, maar de naast hem zittende Dany keurde hij nauwelijks een blik waardig. Ze hadden geen gemeenschappelijke taal. Dothraki was onverstaanbaar voor haar, en de *khal* sprak maar een paar woorden bastaard-Valyrisch uit de Vrijsteden en niet één woord uit de gewone omgangstaal van de Zeven Koninkrijken. Ze zou zelfs een gesprek met Illyrio en haar broer hebben toegejuicht, maar die zaten te ver beneden haar om haar te verstaan.

Dus zat ze daar in haar zijden trouwkleren met handen om een beker honingwijn geklemd, bang om te eten, en in stilzwijgend gesprek met zichzelf. *Ik ben van het bloed van de Draak*, hield ze zichzelf voor. *Ik ben Daenerys Stormgeboren, prinses van Drakensteen, van het bloed en het zaad van Aegon de Veroveraar.*

De zon had nog maar een kwart van zijn weg omhoog afgelegd of ze zag de eerste man al sterven. Begeleid door tromgeroffel waren een paar vrouwen voor de *khal* aan het dansen. Drogo keek met een uitdrukkingsloos gezicht toe, maar zijn ogen volgden hun bewegingen, en nu en dan smeet hij een bronzen penning naar beneden waar de vrouwen vervolgens om vochten.

Ook de krijgers keken toe. Ten slotte stapte een van hen de kring in, greep een danseres bij de arm, drukte haar tegen de grond en besteeg haar ter plaatse als een hengst een merrie. Illyrio had haar al verteld dat zoiets zou kunnen gebeuren. 'De Dothraki paren als de beesten in hun kudden. Een *khalasar* kent geen afzondering, en zij hebben ons besef van zonde of schaamte niet.'

Toen ze besefte wat er gebeurde wendde Dany haar ogen geschrokken van het copulerende paar af, maar een tweede krijger kwam naar voren, en een derde, en weldra wist ze niet meer waar ze kijken moest. Toen grepen twee mannen dezelfde vrouw. Ze hoorde een kreet, zag hoe iemand een zet kreeg, en in een oogwenk waren de *arakhs* getrokken, lange klingen, zo scherp als een scheermes, half zwaard en half zeis. Een dodendans begon waarbij de krijgers om elkaar heen cirkelden en op elkaar inhakten, elkaar besprongen en hun wapens boven hun hoofd rondzwaaiden, terwijl ze bij elke slag beledigingen uitkraamden. Niemand maakte aanstalten om in te grijpen.

Het eindigde even snel als het begonnen was. De *arakhs* zoefden op elkaar af, sneller dan Dany's oog kon volgen. Eén man stapte mis, de ander beschreef met zijn kling een vlakke boog. Staal sneed door vlees, vlak boven het middel van de Dothraki, en reet hem aan de zijkant van zijn ruggengraat tot zijn navel open, zodat zijn ingewanden in het stof vielen. Terwijl de verliezer stierf greep de winnaar de dichtstbijzijnde vrouw – niet eens degene om wie ze gevochten hadden – en nam haar ter plekke. Slaven droegen het lijk weg en het dansen ging weer verder.

Ook hiervoor had magister Illyrio Dany gewaarschuwd. 'Voor de Dothraki is een huwelijk waarbij niet minstens drie doden vallen een saaie bedoening,' had hij gezegd. Haar huwelijk moest wel bijzonder gezegend zijn, want vóór de dag om was hadden meer dan tien mannen de dood gevonden.

Met het verstrijken van de uren groeide Dany's ontzetting, tot het haar de grootste moeite kostte om het niet uit te schreeuwen. Ze was bang voor de Dothraki, wier gebruiken haar wezensvreemd en monsterlijk voorkwamen, alsof het beesten in mensengedaante waren, en geen echte mensen. Ze was bang voor haar broer, voor wat hij zou kunnen doen als zij tekort zou schieten. En het meest bevreesd was ze voor wat er vannacht onder de sterren zou gebeuren nadat haar broer haar aan die kolossale kerel had uitgeleverd die naast haar zat te drinken met een gezicht dat onbeweeglijk en wreed was als een bronzen masker.

Ik ben van het bloed van de Draak, hield ze zichzelf opnieuw voor.

Toen de zon ten slotte laag aan de hemel stond klapte Khal Drogo in zijn handen, en het trommelen, schreeuwen en feesten was plotseling voorbij. Drogo stond op en trok Dany naast zich overeind. Het was tijd voor haar bruidsgaven.

En na die gaven, wist ze, na zonsondergang, zou het tijd zijn voor haar eerste rit en de vleselijke voltrekking van haar huwelijk. Dany probeerde de gedachte van zich af te zetten, maar dat lukte niet. Ze sloeg haar armen om zich heen en deed haar best om niet te trillen.

Haar broer Viserys gaf haar drie dienstmaagden ten geschenke. Dany wist dat ze hem niets hadden gekost. De meisjes waren ongetwijfeld door Illyrio verschaft. Irri en Jhiqui waren Dothraki, met een koperkleurige huid, zwart haar en amandelvormige ogen. Doreah was een blond, blauwogig meisje uit Lysene. 'Dit zijn geen gewone bedienden, lieve zuster,' zei haar broer tegen haar toen ze een voor een naar voren werden geleid. 'Illyrio en ik hebben ze persoonlijk voor je uitgezocht. Irri zal je leren rijden, Jhiqui zal je de taal van de Dothraki leren en Doreah zal je instrueren in de vrouwelijke liefdeskunsten.' Hij glimlachte flauwtjes. 'Ze is heel goed, daar kunnen Illyrio en ik allebei een eed op doen.'

Ser Jorah Mormont verontschuldigde zich voor zijn geschenk. 'Het is slechts een kleinigheid, hoogheid, maar alles wat een arme balling zich kon veroorloven,' zei hij terwijl hij een klein stapeltje oude boeken voor haar neerlegde. Het waren verhalen en liederen uit de Zeven Koninkrijken, zag ze, geschreven in de gewone omgangstaal. Ze bedankte hem uit het diepst van haar hart.

Magister Illyrio mompelde een bevel en vier stevige slaven haastten zich naar voren met een grote, met brons beslagen cederhouten kist tussen zich in. Toen ze die opende trof ze stapels van het kostbaarste fluweel en damast aan dat de Vrijsteden konden maken... en bovenop, in de zachte stof gevlijd, drie enorme eieren. Dany's adem stokte. Ze had nog nooit zoiets moois gezien. De eieren waren alle drie verschillend. Hun tekening was zo intens van kleur dat ze aanvankelijk dacht dat ze met juwelen bezet waren, en ze waren zo groot dat ze ze met beide handen moest vasthouden. Voorzichtig tilde ze er een op, in de verwachting dat het van fijn porselein, broos emaille of zelfs geblazen glas was gemaakt, maar het was veel zwaarder, alsof het van massieve steen was. De buitenkant van de schaal was met kleine schubben overdekt. Toen ze het ei in haar vingers ronddraaide blonk het als gepolijst metaal in het licht van de ondergaande zon. Eén ei was donkergroen, met glanzende bronzen spikkels die oplichtten en vervaagden, al naar gelang Dany het heen en weer draaide. Het tweede was roomwit, met goud dooraderd. Het laatste was zwart, zwart als de middernachtszee, maar doorgloeid met scharlakenrode golven en spiralen. 'Wat zijn dat?' vroeg ze, haar stem omfloerst en vol verwondering.

'Drakeneieren uit de schaduwlanden achter Asshai,' zei magister Illyrio. 'In de loop van vele eonen versteend, maar nog altijd van een stralende schoonheid.'

'Ik zal ze altijd koesteren.' Dany had wel eens over zulke eieren horen vertellen, maar er nog nooit een gezien, en dat ook nooit verwacht. Het was waarlijk een schitterend geschenk, al wist ze wel dat Illyrio het zich kon veroorloven vrijgevig te zijn. Hij had op zijn beurt een fortuin aan paarden en slaven opgestreken door haar aan Khal Drogo te verkopen.

De bloedruiters van de *khal* boden haar de traditionele drie wapens aan, en fraai waren ze. Haggo schonk haar een grote leren zweep met een zilveren handvat, Cohollo een schitterende *arakh* met een gouden schede en Qotho een samengestelde boog van drakenbeen die langer was dan zijzelf. Magister Illyrio en ser Jorah hadden haar geleerd hoe ze hun aanbod overeenkomstig de traditie moest afslaan. 'Dit is een gave, een grote krijger waardig, o bloed van mijn bloed, en ik ben slechts een vrouw. Laat mijn heer gemaal deze in mijn plaats dragen.' En zo ontving ook Khal Drogo zijn 'bruidsgaven'.

Van andere Dothraki kreeg ze een overvloed aan andere giften: slippers, juwelen en zilveren haarringen, penninggordels, beschilderde vesten en zachte bonthuiden, zandzijden stoffen en kruikjes parfum, naalden, veren en flesjes van purper glas, en een japon, gemaakt van duizend muizenvelletjes. 'Een fraai geschenk, *khaleesi*,' zei magister Illyrio daarover, nadat hij haar had verteld wat het was. 'Dat brengt veel geluk.' De gaven hoopten zich in grote bergen rondom haar op, zoveel dat ze het met geen mogelijkheid allemaal kon bevatten, en veel meer dan ze wilde of kon gebruiken.

En als laatste van allen leidde Khal Drogo zijn eigen bruidsgave voor haar. Toen hij wegliep verspreidde een verwachtingsvolle stilte zich vanuit het hart van het kamp en breidde zich uit tot de hele *khalasar* erdoor was opgeslokt. Toen hij terugkeerde week de dichte drom van Dothraki-gevers voor hem uiteen, en hij leidde het paard naar haar toe.

Het was een jonge merrie, vurig en fraai. Dany wist net voldoende van paarden af om te beseffen dat dit geen gewoon dier was. De merrie had iets adembenemends. Ze was grijs als de winterzee, met manen als zilveren rook.

Aarzelend stak Dany een hand uit, streelde het paard over de nek en liet haar vingers door het zilver van de manen glijden. Khal Drogo zei iets in het Dothraki en magister Illyrio vertaalde: 'Zilver voor het zilver van je haar, zegt de *khal*.'

'Ze is mooi,' prevelde Dany.

'Ze is de trots van de *khalasar*,' zei Illyrio. 'De zede schrijft voor dat de *khaleesi* een rijdier heeft dat haar plaats aan de zijde van de *khal* waardig is.'

Drogo trad naar voren en legde zijn handen om haar middel. Hij tilde haar even gemakkelijk op als een kind en zette haar in het smalle Dothraki-zadel, dat zoveel kleiner was dan wat ze gewend was. Even bleef Dany onzeker zitten. Over dit onderdeel had niemand haar ingelicht. 'Wat moet ik doen?' vroeg ze aan Illyrio.

Het was Ser Jorah Mormont die antwoord gaf. 'Neem de teugels en rij. Je hoeft niet ver weg te gaan.'

Nerveus nam Dany de teugels in handen en liet haar voeten in de korte stijgbeugels glijden. Haar rijkunst ging niet boven het gemiddelde uit, want ze had veel vaker op schepen en in wagens en draagstoelen gereisd dan op een paardenrug. Ze bad dat ze er niet af zou vallen en zich te schande zou maken. Toen zette ze de merrie heel zacht en bedeesd met haar knieën aan.

En voor het eerst sinds uren, of misschien wel voor het eerst van haar leven, vergat ze om bang te zijn.

De zilvergrijze merrie had een soepele, vloeiende gang, en de menigte week voor haar uiteen. Alle ogen waren op hen gericht. Dany merkte dat ze sneller reed dan ze van plan was geweest, maar dat dat om de een of andere reden eerder opwindend dan beangstigend was. Het paard ging in draf over, en ze glimlachte. Dothraki haastten zich om een pad vrij te maken. De lichtste druk van haar benen, het kleinste rukje aan de teugels en de merrie reageerde al. Ze zette haar tot galop aan, en nu joelden, lachten en schreeuwden de Dothraki als ze opzij sprongen. Toen ze het paard wendde om terug te rijden doemde er recht voor haar een vuurkuil op, midden op haar pad. Ze waren aan weerszijden ingesloten en voor halt houden was geen ruimte meer. Toen werd Daenerys vervuld van een nooit gekende stoutmoedigheid. Ze gaf de merrie de vrije hand.

Het zilveren paard sprong over de vlammen heen alsof het vleugels had.

Toen ze voor magister Illyrio de teugels inhield zei ze: 'Zeg tegen Khal Drogo dat hij me de wind heeft geschonken.' De dikzak uit Pentos streek over zijn gele baard terwijl hij haar woorden herhaalde in het Dothraki, en Dany zag haar nieuwe echtgenoot voor het eerst glimlachen.

Net op dat moment verdween het laatste zilver van de zon in het westen achter de hoge muren van Pentos. Dany was ieder besef van tijd kwijtgeraakt. Khal Drogo gelastte zijn bloedruiters om zijn eigen paard te brengen, een slanke, rode hengst. Terwijl de *khal* de paarden zadelde sloop Viserys naar Dany op haar zilveren merrie toe, boorde zijn vingers in haar been en zei: 'Behaag hem, lieve zuster, of ik zweer je dat je de Draak zult zien ontwaken zoals hij nog nooit eerder is ontwaakt.'

Met die woorden van haar broer keerde de vrees terug. Ze voelde zich weer een kind, pas dertien jaar, moederziel alleen en niet voorbereid op wat haar te wachten stond.

Ze reden samen weg toen de sterren verschenen en lieten de *khalasar* en de paleizen van gras achter zich. Khal Drogo sprak geen woord tegen haar, maar dreef zijn hengst in gestrekte draf door de dichter wordende schemering. De zilveren belletjes in zijn lange vlecht rinkelden zachtjes onder het rijden. 'Ik ben van het bloed van de Draak,' fluisterde ze hardop terwijl ze achter hem aanreed en probeerde moed te houden. 'Ik ben van het bloed van de Draak. Ik ben van het bloed van de Draak.' De Draak was nooit bang.

Naderhand wist ze niet meer hoe ver of hoe lang ze hadden gereden, maar toen ze stopten bij een grazig veld naast een smal stroompje was het volledig donker. Drogo sprong van zijn paard en tilde haar van het hare. In zijn handen voelde ze zich breekbaar als glas en haar ledematen waren vloeibaar als water. Ze stond hulpeloos te huiveren in haar zijden bruidsgewaad terwijl hij de paarden vastbond, en toen hij zich omkeerde en haar aankeek barstte ze in huilen uit.

Khal Drogo staarde naar haar tranen, zijn gezicht vreemd onaangedaan. 'Nee,' zei hij. Hij hief een hand op en veegde de tranen ruw weg met een vereelte duim.

'U spreekt de gewone omgangstaal,' zei Dany verwonderd.

'Nee,' zei hij weer.

Misschien kent hij alleen dat woord, dacht ze, maar het was één woord meer dan zij geweten had dat hij kende, en dat was toch bemoedigend. Drogo raakte vluchtig haar haren aan, liet de zilverblonde lokken door zijn vingers glijden en mompelde zachtjes iets in het Dothraki. Dany verstond de woorden niet, maar de toon was warm, van een tederheid die ze van deze man nooit had verwacht.

Hij stak een vinger onder haar kin en tilde die op, zodat ze hem in de ogen keek. Drogo torende boven haar uit zoals hij boven iedereen uittorende. Hij nam haar zachtjes onder haar armen, tilde haar op en zette haar op een afgeslepen rots naast het stroompje. Toen ging hij tegenover haar op de grond zitten, zijn benen onder zich gekruist, hun gezichten eindelijk op gelijke hoogte. 'Nee,' zei hij.

'Is dat het enige woord dat u kent,' vroeg ze hem.

Drogo gaf geen antwoord. Zijn lange, zware vlecht sleepte naast hem door het stof. Hij trok hem over zijn rechterschouder en begon een voor een de belletjes uit zijn haar te halen. Na een ogenblik boog Dany zich naar voren om hem te helpen. Toen ze klaar waren maakte Drogo een gebaar. Ze begreep het. Langzaam en voorzichtig begon ze zijn haar los te vlechten.

Dat duurde lang. Al die tijd zat hij zwijgend naar haar te kijken. Toen ze klaar was schudde hij zijn hoofd, en zijn haar waaierde achter hem uit als een donkere rivier, geolied en glanzend. Ze had nog nooit zulk lang, zwart en dik haar gezien.

Toen was het zijn beurt. Hij begon haar uit te kleden.

Zijn vingers waren handig en merkwaardig teder. Een voor een verwijderde hij behoedzaam haar zijden gewaden terwijl Dany roerloos en zwijgend naar zijn ogen keek. Toen hij haar kleine borsten ontblootte wendde ze onwillekeurig haar gezicht af en bedekte zichzelf met haar handen. 'Nee,' zei Drogo. Hij trok haar handen van haar borsten, behoedzaam, maar vastberaden, en hief toen haar gezicht weer op, zodat ze hem moest aankijken. 'Nee,' herhaalde hij.

'Nee,' herhaalde ze.

Toen zette hij haar overeind en trok haar naar zich toe om het laatste zijden kledingstuk te verwijderen. De nachtlucht voelde kil aan op haar naakte huid. Ze huiverde en kreeg kippenvel op haar armen en benen. Ze was bang voor wat er nu zou komen, maar een tijdlang gebeurde er niets. Khal Drogo zat met gekruiste benen naar haar te kijken en dronk haar lichaam met zijn ogen in.

Na verloop van tijd begon hij haar aan te raken. Eerst vluchtig, toen nadrukkelijker. Ze voelde de ruige kracht van zijn handen, maar hij deed haar absoluut geen pijn. Hij nam haar hand in de zijne en streek een voor een over haar vingers. Hij liet één hand zachtjes over haar been glijden. Hij streelde haar gezicht, tekende de welving van haar oorschelpen na en liet één vinger voorzichtig rond haar mond gaan. Hij schoof allebei zijn handen in haar haren en begon het met zijn vingers te kammen. Hij keerde haar om en kneedde haar schouders, en liet een knokkel langs haar ruggengraat glijden.

Het leek alsof er uren verstreken waren voor zijn handen ten slotte naar haar borsten tastten. Hij streelde de zachte huid aan de onderkant totdat die tintelde. Hij omcirkelde haar tepels met zijn duimen, nam ze tussen duim en wijsvinger en begon te trekken, eerst heel zacht, toen harder, tot haar tepels stijf werden en begonnen te schrijnen.

Toen hield hij op en trok haar op zijn schoot. Dany was warm en ademloos en het hart klopte haar in de keel. Hij nam haar gezicht tussen zijn brede handen en keek haar recht aan. 'Nee?' zei hij, en ze wist dat het een vraag was.

Ze nam zijn hand en bracht die naar de vochtige plek tussen haar dijen. 'Ja,' fluisterde ze terwijl ze zijn vinger bij zich naar binnen schoof.

Eddard

Het bevel kwam in het uur voor het ochtendgloren, toen de wereld stil en grijs was.

Alyn rukte hem ruw uit zijn dromen en Ned struikelde slaapdronken de kilte voor de dageraad in. Hij trof zijn paard gezadeld aan, en de koning was al opgestegen. Robert droeg dikke bruine handschoenen en een zware bontmantel waarvan de kap over zijn oren getrokken was, en hij leek sprekend op een beer te paard. 'Opstijgen, Stark!' bulderde hij. 'Schiet op! We hebben staatszaken te bespreken.'

'Maar Uwe Genade,' zei Ned, 'komt u dan liever binnen.' Alyn tilde de tentflap op.

'Nee, nee, *nee*,' zei Robert. Zijn adem dampte bij ieder woord. 'Het kamp barst van de oren. Bovendien wil ik een rit maken om eens een kijkje te nemen in dat land van jou.' Achter hem stonden ser Boros en ser Meryn klaar met een twaalftal wachters, zag Ned. Er zat niets anders voor hem op dan de slaap uit zijn ogen te wrijven, zich aan te kleden en op te stijgen.

Robert gaf het tempo aan en liet zijn grote zwarte strijdros er flink de pas in zetten. Ned galoppeerde naast hem en deed zijn best hem bij te houden. Hij riep hem al rijdend een vraag toe, maar zijn woorden verwaaiden in de wind en de koning hoorde hem niet. Daarna reed Ned maar zwijgend verder. Al snel verlieten ze de Koningsweg en sloegen af naar de golvende vlakten waarboven een donkere mist hing. Intussen was de wacht wat teruggezakt, veilig buiten gehoorsafstand, maar Robert ging nog steeds niet langzamer rijden.

De ochtend gloorde toen ze de top van een lage heuvel bereikten, en ten langen leste hield de koning halt. Inmiddels waren ze mijlen ten zuiden van de hoofdstoet. Toen Ned naast hem de teugels inhield had Robert een kleur van plezier en opwinding. 'Alle goden,' vloekte hij lachend, 'wat is het heerlijk om er eens uit te zijn en te rijden, echt te *rijden*! Ik zweer je Ned, die slakkengang is om gek van te worden.' Hij had nooit veel geduld gehad, Robert Baratheon. 'Die verrekte huiswagen, zoals die knarst en kreunt en elke hobbel in de weg beklimt alsof het een berg is... Ik kan je wel vertellen, als dat rotding nog eens een as breekt steek ik er de brand in, en dan kan Cersei gaan lopen!'

Ned lachte. 'Ik zal met genoegen de fakkel voor je aansteken.'

'Beste kerel!' De koning gaf hem een klap op zijn schouder. 'Weet je dat ik overweeg om ze allemaal achter te laten en gewoon door te rijden?'

Om Neds lippen zweemde een lachje. 'Ik geloof dat je het nog meent ook.'

'Doe ik ook,' zei de koning. 'Hoe denk je erover, Ned. Alleen jij en ik, twee ridders die over de Koningsweg zwerven, ons zwaard opzij en de goden weten wat voor onbekende zaken vóór ons, en misschien een boerendochter of een kroegmeid om vannacht ons bed te warmen.'

'Ik wou dat het kon,' zei Ned, 'maar we hebben nu verplichtingen, heer koning... jegens het rijk, jegens onze kinderen, ik tegenover mijn vrouwe en u tegenover uw koningin. We zijn niet meer de jongens van vroeger.'

'Jij bent nooit de jongen van vroeger geweest,' mopperde Robert. 'Des te erger. En toch, die ene keer... hoe heette ze, dat volksmeisje van je? Becca? Nee, dat was er eentje van mij, de goden hebben haar lief, zwarte haren en van die lieve, grote ogen, je kon erin verdrinken. De jouwe was... Aleena? Nee. Je hebt het me een keer verteld. Was het Merryl? Je weet wie ik bedoel, de moeder van je bastaard?'

'Die heette Wylla,' antwoordde Ned kil en beleefd, 'en ik praat liever niet over haar.'

'Wylla. Ja.' De koning grijnsde. 'Dat moet een opmerkelijke meid zijn geweest, dat ze lord Eddard Stark zijn eer kon doen vergeten, al was het maar voor een uur. Je hebt me nooit verteld hoe ze eruitzag...'

Neds mond werd een boze streep. 'En dat doe ik niet ook. Als ik je zo dierbaar ben als je zegt praat je er niet meer over, Robert. Ik heb mezelf onteerd en ik heb Catelyn onteerd, voor het aangezicht van goden en mensen.'

'Barmhartige goden, je *kende* Catelyn nauwelijks.'

'Ik had haar tot vrouw genomen. Ze droeg mijn kind.'

'Je valt jezelf te hard, Ned. Dat heb je altijd gedaan. Verdorie nog aan toe, geen enkele vrouw wil Baelor de Gezegende in haar bed.' Hij sloeg met een hand op zijn knie. 'Nou ja, ik zal niet langer aandringen als je er zo over denkt. Maar ik zweer je, soms ben je zo prikkelbaar dat je een egel als wapenteken zou moeten nemen.'

De rijzende zon stak vingers van licht door de bleekwitte ochtendmist. Beneden hen strekte zich een weidse vlakte uit, kaal en bruin. De eentonigheid ervan werd hier en daar onderbroken door langwerpige, lage bulten. Ned wees ernaar. 'De grafterpen van de Eerste Mensen.'

Robert fronste zijn voorhoofd. 'Zijn we op een kerkhof beland?'

'Overal in het noorden zijn grafterpen, Uwe Genade,' zei Ned. 'Dit land is oud.'

'En koud,' gromde Robert terwijl hij zijn mantel dichter om zich heen trok. De wacht had een flink eind achter hen halt gehouden, aan de voet van de heuvel. 'Nou ja, ik heb je niet meegenomen om over graven te praten of over je bastaard te bekvechten. Er is vannacht een ruiter gearriveerd, van heer Varys in Koningslanding. Hier.' De koning trok een papier uit zijn gordel en stak het Ned toe.

De eunuch Varys was de meester van de koninklijke fluisteraars. Hij was nu in dienst van Robert, zoals hij vroeger Aerys Targaryen had gediend. Vol vrees en beven rolde Ned het papier uit, denkend aan Lysa en haar vreselijke beschuldiging, maar het bericht ging niet over vrouwe Arryn. 'Wat is de bron van deze informatie?'

'Herinner je je ser Jorah Mormont?'

'Ik wou dat ik hem kon vergeten,' zei Ned onomwonden. De Mormonts van Bereneiland waren een oud geslacht, trots en eerzaam, maar hun gebied was koud, veraf en arm. Ser Jorah had geprobeerd de familiegeldkist te spekken door een paar stropers aan een slavenhandelaar uit Tyros te verkopen. Omdat de Mormonts baanderheren van de Starks waren, was het noorden door deze misdaad onteerd. Ned had heel de lange weg naar het Bereneiland in het westen afgelegd om na aankomst te ontdekken dat Jorah per schip de zee-engte was overgestoken en zich buiten bereik van IJs en 's konings gerechtigheid bevond. Sindsdien waren er vijf jaar verstreken.

'Ser Jorah is nu in Pentos en zou dolgraag een koninklijke begenadiging verdienen, zodat hij uit zijn ballingschap kan terugkeren,' legde Robert uit. 'Heer Varys maakt een goed gebruik van hem.'

'Dus de slavenhandelaar is een spion geworden,' zei Ned vol afkeer. Hij gaf de brief terug. 'Ik zou hem liever als lijk zien.'

'Varys verzekert me dat spionnen nuttiger zijn dan lijken,' zei Robert. 'Maar Jorah even buiten beschouwing gelaten, wat maak jij uit zijn verslag op?'

'Daenerys Targaryen is met de een of andere ruitervorst van de Dothraki getrouwd. En wat dan nog? Moeten we haar een bruidsgave sturen?'

De koning fronste zijn voorhoofd. 'Een mes misschien. Goed scherp, en een stoutmoedig man om het te hanteren.'

Ned veinsde geen verrassing. Roberts haat jegens de Targaryens grensde aan krankzinnigheid. Hij herinnerde zich de woedende woorden die ze hadden gewisseld nadat Tywin Lannister Robert de lijken van Rhaegars vrouw en kinderen had getoond als teken van verbondenheid. Ned had dat moord genoemd, Robert noemde het oorlog. Toen hij had tegengeworpen dat de prins en prinses nog maar kleine kinderen waren geweest had zijn nieuwbakken koning geantwoord: 'Ik zie geen kleine kinderen. Alleen maar drakengebroed.' Zelfs Jon Arryn had de storm niet tot bedaren kunnen brengen. Eddard Stark was die dag in kille razernij weggereden om de laatste veldslagen van de oorlog in het zuiden in zijn eentje te vechten. Er was nog een dood nodig geweest om hen te verzoenen: die van Lyanna, en hun gedeelde smart over haar sterven.

Ditmaal was Ned vastbesloten zich te beheersen. 'Uwe Genade, het meisje is nauwelijks meer dan een kind. U bent geen Tywin Lannister die onschuldigen afslacht.' Er werd gezegd dat Rhaegars dochtertje huilend van onder haar bed naar de zwaarden gesleept was. Het jongetje was nog maar een zuigeling geweest, maar toch hadden heer Tywins soldaten hem van zijn moeders borst gerukt en met zijn hoofd tegen een muur geslagen.

'En hoe lang zal ze onschuldig blijven?' Roberts mond werd hard. 'Dat *kind* zal gauw genoeg haar benen spreiden om nog meer drakengebroed voort te brengen dat mij het leven zuur maakt.'

'Maar toch,' zei Ned. 'Kinderen vermoorden... dat zou laaghartig zijn... onuitsprekelijk...'

'*Onuitsprekelijk*?' brulde de koning. 'Wat Aerys jouw broer Brandon heeft aangedaan was onuitsprekelijk. Zoals je vader de dood heeft gevonden, dat is onuitsprekelijk. En Rhaegar... hoe vaak denk je dat hij je zuster verkracht heeft? Hoe vele *honderden* keren?' Zijn stem was zo luid geworden dat zijn paard zenuwachtig onder hem begon te hinniken. De koning rukte hard aan de teugels om het dier stil te krijgen en wees met een boze vinger naar Ned. 'Ik vermoord iedere Targaryen die ik tussen mijn vingers krijg, totdat ze net zo dood zijn als hun draken, en daarna zal ik op hun graf pissen.'

Ned was wel wijzer dan hem in zijn toorn te tarten. Als Roberts wraakzucht in veertien jaar niet was gedoofd zou geen enkel woord van zijn kant iets uithalen. 'Maar deze krijg je niet in handen, nietwaar?' zei hij kalm.

De mond van de koning vertrok tot een verbitterde grimas. 'Nee, de goden mogen vervloekt zijn. De een of andere pokkenkaasboer uit Pentos had haar broer en haar in zijn residentie ingemetseld, aan alle kanten omringd door van die eunuchen met puntmutsen, en nu heeft hij ze aan de Dothraki uitgeleverd. Ik had ze allebei al jaren geleden moeten laten vermoorden, toen ik er nog bij kon, maar Jon was al even erg als jij. En ik was des te dwazer door naar hem te luisteren.'

'Jon Arryn was een wijs man en een goede Hand.'

Robert snoof. Zijn woede zakte even plotseling weg als ze was opgekomen. 'Die Khal Drogo schijnt een horde van honderdduizend man aan te voeren. Wat zou Jon *daar* wel van gezegd hebben?'

'Hij zou gezegd hebben dat zelfs een miljoen Dothraki geen bedreiging voor het rijk vormen zolang ze achter de zee-engte blijven,' antwoordde Ned bedaard. 'Die barbaren hebben geen *schepen*. Ze haten en vrezen de open zee.'

De koning ging ongemakkelijk verzitten in het zadel. 'Misschien. Maar in de Vrijsteden zijn schepen te koop. Ik zeg je, Ned, dit huwelijk bevalt mij niets. In de Zeven Koninkrijken zijn nog altijd lieden die mij voor usurpator uitmaken. Ben je vergeten hoe vele duizenden er in de oorlog aan Targaryens kant hebben gevochten? Die beiden op dit moment hun tijd, maar geef ze maar een halve kans en ze vermoorden me in bed, en mijn zonen ook. Als de bedelaarkoning met een horde Dothraki achter zich aan de oversteek maakt zullen die verraders zich achter hem scharen.'

'Hij steekt niet over,' beloofde Ned. 'En als hij dat per ongeluk toch doet drijven we hem de zee weer in. Zodra u een nieuwe landvoogd van het Oosten aanwijst...'

De koning kreunde. 'Voor de laatste keer, ik benoem die jongen van Arryn niet tot landvoogd. Ik weet dat hij je neefje is, maar nu de Targaryens bij de Dothraki in bed kruipen zou ik wel gek zijn als ik een kwart van het rijk op de schouders van een ziekelijk kind leg.'

Daar was Ned op voorbereid. 'Toch hebben we in het oosten een landvoogd nodig. Als Robert Arryn niet in aanmerking komt, benoem dan een van uw broers. Stannis heeft zichzelf toch bewezen bij de belegering van Stormeinde?'

Hij liet de naam een poosje in de lucht hangen. De koning fronste zijn wenkbrauwen en zei niets. Hij keek ongemakkelijk.

'Dat wil zeggen,' vervolgde Ned rustig terwijl hij hem in het oog hield, 'tenzij u een ander die eer al hebt toegezegd.'

Robert was zo fatsoenlijk om één moment geschrokken te kijken. Maar de irritatie volgde even snel. 'En als dat zo is?'

'Het is Jaime Lannister, nietwaar?'

Robert bracht zijn paard met een schop weer in beweging en begon naar de grafterpen af te dalen. Ned hield gelijke tred met hem. Met zijn blik recht vooruit reed de koning door. 'Ja,' zei hij ten slotte. Eén enkel hard woord om de kwestie af te doen.

'De Koningsmoordenaar,' zei Ned. Dus de geruchten waren waar. Hij begaf zich nu op glad ijs, wist hij. 'Ongetwijfeld een bekwaam en dapper man,' zei hij voorzichtig, 'maar zijn vader is landvoogd van het Westen, Robert. Ser Jaime zal hem te zijner tijd op die hoge post opvolgen. Het is niet goed als één man zowel het Westen als het Oosten beheerst.' Hij liet zijn werkelijke vrees onuitgesproken:

dat het halve leger van het rijk door deze benoeming in handen van Lannisters zou vallen.

'Die strijd vecht ik wel uit zodra de vijand te velde verschijnt,' zei de koning koppig. 'Voorlopig lijkt heer Tywin even onverwoestbaar als de Rots van Casterling, dus ik betwijfel of Jaime hem binnen afzienbare tijd zal opvolgen. Val me hier niet over lastig, Ned. De teerling is geworpen.'

'Uwe Genade, mag ik vrijuit spreken?'

'Ik heb niet het idee dat ik je kan tegenhouden,' gromde Robert. Ze reden nu door hoog, bruin gras.

'Kunt u Jaime Lannister vertrouwen?'

'Hij is de tweelingbroer van mijn vrouw en een Gezworen Broeder van de koningsgarde. Zijn leven, fortuin en eer zijn met de mijne verweven.'

'Zoals ze met die van Aerys Targaryen verweven waren,' merkte Ned op.

'Waarom zou ik hem wantrouwen? Alles wat ik hem ooit heb gevraagd heeft hij gedaan. Zijn zwaard heeft geholpen de troon te veroveren waarop ik zit.'

Zijn zwaard heeft geholpen een smet te werpen op de troon waarop je zit, dacht Ned, maar hij liet de woorden niet over zijn lippen komen. 'Hij had een eed afgelegd om het leven van de koning met het zijne te verdedigen. En toen sneed hij met een zwaard de keel van die koning door.'

'Bij de zevenvoudige hel, *iemand* moest Aerys toch doden!' zei Robert terwijl hij naast een oeroude grafterp abrupt zijn paard inhield. 'Als Jaime het niet had gedaan zou het op jou of mij zijn neergekomen.'

'Wij waren geen Gezworen Broeders van de koningsgarde,' zei Ned. Het werd tijd dat Robert eens de hele waarheid te weten kwam, besloot hij toen op die plaats. 'Herinnert u zich de Drietand, Uwe Genade?'

'Alle goden! Hoe zou ik die kunnen vergeten?'

'Rhaegar had u een wond toegebracht,' bracht Ned hem in herinnering. 'Dus toen de krijgsmacht van Targaryen de benen nam liet u de achtervolging aan mij over. De restanten van Rhaegars leger vluchtten naar Koningslanding. Wij achtervolgden ze. Aerys had zich met een paar duizend getrouwen in de Rode Burcht verschanst. Ik verwachtte dat we op gesloten poorten zouden stuiten.'

Robert schudde vol ongeduld zijn hoofd. 'In plaats daarvan ontdekte je dat onze mannen de stad al hadden ingenomen. En wat dan nog?'

'Niet onze mannen,' zei Ned geduldig. 'Die van Lannister. Op de tinnen wapperde de Leeuw van Lannister, niet de gekroonde hertenbok. En ze hadden de stad ingenomen door middel van verraad.'

De oorlog had ruim een jaar gewoed. Grote en kleine heren hadden zich onder Roberts banieren geschaard, anderen waren Targaryen trouw gebleven. De machtige Lannisters van de Rots van Casterling, de landvoogden van het Westen, hadden zich verre van de strijd gehouden en het bevel tot heervaart van zowel de rebellen als de royalisten naast zich neergelegd. Aerys Targaryen moest hebben gedacht dat zijn goden zijn gebeden hadden beantwoord toen heer Tywin Lannister en zijn oudste zoon met een leger van twaalfduizend man sterk voor de poorten van Koningslanding verschenen om hun trouw te betuigen. En dus had de krankzinnige koning opdracht gegeven tot zijn laatste krankzinnige daad. Hij had zijn stad geopend voor de leeuwen aan zijn poort.

'Verraad was een vertrouwd betaalmiddel voor de Targaryens,' zei Robert. Opnieuw stak zijn woede de kop op. 'Lannister heeft hun met gelijke munt terugbetaald. Dat was niet meer dan verdiend. Ik lig er niet wakker van.'

'U was er niet bij,' zei Ned verbitterd. Hem was een gestoorde nachtrust niet vreemd. Hij leefde al veertien jaar met zijn leugens, maar ze spookten 's nachts nog steeds door zijn hoofd. 'Die verovering had niets eervols.'

'Moge de Anderen die eer van jou halen!' vloekte Robert. 'Heeft ook maar één Targaryen ooit geweten wat eer was? Ga naar je crypte en vraag Lyanna naar de eer van de Draak!'

'U hebt Lyanna bij de Drietand gewroken,' zei Ned, terwijl hij naast de koning halt hield. *Beloof het me, Ned*, had ze gefluisterd.

'Dat heeft haar niet teruggebracht,' Robert staarde de andere kant op, naar de grauwe verten. 'Vervloekte goden. De overwinning die ze me schonken was hol. Een kroon... en ik had ze om het *meisje* gebeden. Jouw zuster, veilig en wel... en opnieuw de mijne, want zo was het voorbestemd. Vertel me eens, Ned, wat heeft een mens aan een kroon? De goden drijven net zo hard de spot met koningen als met koeherders.'

'Voor de goden kan ik niet instaan, Uwe Genade... maar wel voor wat ik aantrof toen ik die dag de troonzaal binnenreed,' zei Ned. 'Aerys lag dood op de vloer, gesmoord in zijn eigen bloed. Zijn drakenschedels staarden van de wanden op hem neer. Lannisters mannen waren overal. Jaime droeg de witte mantel van de koningsgarde nog over zijn gouden wapenrusting heen. Ik zie hem nóg voor me. Zelfs zijn zwaard was verguld. Hij zat op de ijzeren troon, hoog boven zijn ridders, met een helm op zijn hoofd in de vorm van een leeuwenkop. En glimmen dat hij deed!'

'Dat is allemaal allang bekend,' klaagde de koning.

'Ik zat nog te paard. Zwijgend reed ik de hele lengte van de zaal door, tussen de lange rij drakenschedels. Ik had een gevoel alsof ze me gadesloegen. Vóór de troon hield ik halt. Ik keek naar hem op. Zijn gouden zwaard lag over zijn knieën, de kling rood van het bloed van een koning. Achter me vulde de zaal zich met mijn manschappen. Die van Lannister weken terug. Ik sprak al die tijd geen woord. Ik keek hoe hij daar op die troon zat en wachtte. Ten slotte begon Jaime te lachen en stond op. Hij zette zijn helm af en zei tegen me: "Wees maar niet bang, Stark. Ik heb hem alleen maar warm gehouden voor onze vriend Robert. Het is geen makkelijke stoel, vrees ik." '

De koning wierp het hoofd in de nek en brulde van de lach, zo luid dat een zwerm kraaien opvloog uit het hoge gras. Onder woest geklapwiek kozen ze het luchtruim. 'Bij de zeven goden, Ned! Vind je echt dat ik Lannister moet wantrouwen omdat hij even op mijn troon heeft gezeten?' Hij schuddebuikte weer van het lachen. 'Jaime was welgeteld zeventien, Ned. Nog niet veel meer dan een jongen.'

'Jongen of man, hij had geen recht op die troon.'

'Wie weet was hij wel moe,' opperde Robert. 'Koningen vermoorden is heel uitputtend werk. De goden weten dat er in die ellendige zaal niet één andere plek is om je achterwerk op te laten zakken. En hij sprak de waarheid: die stoel *is* in meer dan één opzicht beestachtig ongemakkelijk.' De koning schudde zijn hoofd. 'Nou ja, ik ben nu op de hoogte van Jaimes zwarte zonde, dus we kunnen de kwestie verder vergeten. Ik ben al die geheimen en dat gekrakeel en die staatszaken zo zat, Ned. Het is allemaal even vervelend als kopergeld tellen. Kom, rijden, jij kon er vroeger wat van. Ik wil de wind weer door mijn haar voelen.' Hij gaf zijn paard de sporen en galoppeerde de grafterp over. Achter hem daalde een regen van aarde neer.

Het duurde even voordat Ned hem volgde. Hij was uitgepraat, en vervuld van een enorm gevoel van machteloosheid. Niet voor het eerst vroeg hij zich af wat hij hier deed en waarom hij was meegegaan. Hij was geen Jon Arryn, dat hij deze wilde koning zou kunnen beteugelen en hem wijsheid leren. Robert zou doen wat hij zelf wilde, zoals hij altijd had gedaan, en niets wat Ned zei of deed zou daar verandering in brengen. Hij hoorde in Winterfel thuis. Hij hoorde bij Catelyn in haar verdriet, en bij Bran.

Maar een man kon niet altijd zijn waar hij thuishoorde. Berustend drukte Eddard Stark zijn laarzen in de flanken van zijn paard en ging de koning achterna.

Tyrion

Er kwam geen einde aan het noorden.

Tyrion Lannister kende de kaarten net zo goed als wie ook, maar na twee weken op het onherbergzame pad dat hier voor Koningsweg doorging was hij ervan doordrongen dat een kaart bepaald niet het gebied was.

Ze waren tegelijk met de koning uit Winterfel vertrokken, midden onder alle commotie van de koninklijke afreis, begeleid door het geluid van roepende mensen en briesende paarden, het geratel van karren en het gekreun van de reusachtige huiswagen waarin de koningin reisde, terwijl rondom hen de sneeuw zachtjes omlaagdwarrelde. De Koningsweg liep vlak achter de vormeloze massa van het kasteel en het stadje langs. Daar sloegen de banieren, de wagens en de rijen ridders en vrijruiters naar het zuiden af met medeneming van het tumult, terwijl Tyrion met Benjen Stark en diens neef naar het noorden afsloeg.

Daarna was het kouder geworden, en heel wat rustiger.

Ten westen van de weg lagen vuursteenheuvels, grauw en ruig, met hoge wachttorens op de stenige toppen. In het oosten was het land lager en ging het over in een golvende vlakte die zich uitstrekte zover het oog reikte. Stenen bruggen overspanden snelstromende, smalle rivieren en kleine boerderijen lagen in cirkels verspreid rond met hout en steen omwalde hofsteden. De weg was druk begaan en 's nachts vonden ze onderdak in eenvoudige herbergen.

Maar drie dagreizen van Winterfel ging het boerenland in dichte bossen over en werd de Koningsweg eenzaam. De vuursteenheuvels werden met elke mijl hoger en ruiger, totdat ze op de vijfde dag in bergen veranderd waren, koude, blauwgrijze reuzen met uitstekende klippen en sneeuw op de flank. Als de wind uit het noorden kwam golfden er lange pluimen van ijskristal als banieren aan de hoge pieken.

Omdat de bergen als een muur in het westen oprezen boog de weg naar het noordoosten af, dwars door het bos, een woud van eiken, altijdgroene bomen en zwarte doornstruiken die ouder en donkerder leken dan Tyrion ooit had gezien. 'Het Wolfswoud,' noemde Benjen Stark het, en hun nachten werden inderdaad verlevendigd door het gehuil van troepen wolven, veraf en soms ook dichterbij. Jon Sneeuws schrikwolf, de albino, spitste de oren bij dat nachtelijke gehuil maar verhief nooit zijn eigen stem om antwoord te geven. Dat beest had iets heel verontrustends, vond Tyrion.

Ze waren inmiddels met z'n achten, de wolf niet meegerekend. Tyrion reisde met twee van zijn eigen mannen, zoals het een Lannister betaamde. Benjen Stark had alleen zijn bastaardneef en een aantal verse paarden voor de Nachtwacht bij zich, maar aan de rand van het Wolfswoud hadden ze een nacht achter de houten wanden van een woudhof doorgebracht, en daar had zich nog een zwarte broeder bij hen aangesloten, een zekere Yoren. Yoren liep krom en zag er onheilspellend uit, en zijn gezicht ging schuil achter een baard die net zo zwart was als zijn kleren, maar hij leek taai als een oude boomwortel en hard als steen. Hij had een paar voddige boerenjongens uit de Vingers onder zijn hoede. 'Verkrachters,' zei Yoren terwijl hij met een kille blik naar hen keek. Tyrion begreep het. Het leven op de Muur had de reputatie hard te zijn, maar verdiende ongetwijfeld de voorkeur boven castratie.

Vijf mannen, drie jongens, één schrikwolf, twintig paarden en een kooi met raven die Benjen Stark van Maester Luwin had meegekregen. Ongetwijfeld een eigenaardig gezelschap voor de Koningsweg, of voor welke weg dan ook.

Tyrion merkte dat Jon Sneeuw Yoren en zijn norse metgezellen gadesloeg met een eigenaardige uitdrukking op zijn gezicht die verontrustend dicht in de buurt van ontzetting kwam. Yoren had een misvormde schouder en rook zuur, zijn haren en baard waren verward en vettig en zaten vol luizen, zijn kleren waren oud en opgelapt en zelden gewassen. Zijn twee jeugdige rekruten roken nog smeriger en leken even dom als wreed.

Die jongen had ongetwijfeld de vergissing begaan om te denken dat de Nachtwacht uit mannen als zijn oom bestond. Als dat zo was werd hij nu ruw wakker geschud door Yoren en diens metgezellen. Tyrion had met de jongen te doen. Hij had voor een hard leven gekozen... of wie weet moest je zeggen dat er een hard leven voor hem gekozen was.

De oom was hem heel wat minder sympathiek. Benjen Stark leek de afkeer van Lannisters met zijn broer gemeen te hebben, en hij was niet blij geweest toen Tyrion hem van zijn plannen op de hoogte had gesteld. 'Ik waarschuw je, Lannister. Bij de Muur zul je geen herbergen vinden,' had hij gezegd terwijl hij op Tyrion neerkeek.

'Je zult me ongetwijfeld wel ergens weten onder te brengen,' had Tyrion teruggekaatst. 'Het zal je niet ontgaan zijn dat ik klein ben.'

Nee zeggen tegen de broer van de koningin was natuurlijk onmogelijk, dus daarmee was de kous af, maar het zat Stark wel dwars. 'De reis zal je niet bevallen,' had hij kortweg gezegd en sinds hun vertrek had hij er alles aan gedaan om die belofte waar te maken.

Na de eerste week waren Tyrions dijen rauw van het ingespannen rijden, had hij ernstige kramp in zijn benen en was hij tot op het merg verkild. Hij klaagde niet. Dat genoegen gunde hij Benjen Stark voor geen goud.

De affaire van de vacht, een aftands, sterk riekend en gerafeld berenvel, schonk hem een zekere genoegdoening. Stark had hem het ding overdreven galant geoffreerd als geste van de Nachtwacht, ongetwijfeld in de verwachting dat hij beleefd zou weigeren. Tyrion had het glimlachend geaccepteerd. Hij had bij het vertrek uit Winterfel zijn warmste kleren meegenomen en al snel ontdekt dat ze op geen stukken na warm genoeg waren. Het was hier *koud*, en het werd alsmaar kouder. 's Nachts was het nu ruim beneden het vriespunt, en als het waaide leek het of er een mes dwars door zijn warmste wollen kledingstukken sneed. Stark zou al wel spijt hebben van zijn opwelling van ridderlijkheid. Wie weet had hij zijn lesje geleerd. De Lannisters sloegen nooit iets af, al dan niet beleefd. De Lannisters namen wat hun aangeboden werd.

Boerderijen en ridderhoven werden schaarser naarmate ze verder in het noorden doordrongen, steeds dieper het donkere Wolfswoud in, totdat er ten slotte geen daken meer waren om onder te schuilen en ze op zichzelf teruggeworpen werden.

Aan Tyrion hadden ze weinig bij het opslaan of opbreken van een kamp. Te klein, te slecht ter been, te veel in de weg. Dus mat hij zich de gewoonte aan om telkens als Stark, Yoren en de rest van de mannen eenvoudige schuilhutten oprichtten, de paarden verzorgden en vuur maakten, zijn vacht en een wijnzak te nemen om ergens in zijn eentje te gaan zitten lezen.

Op de achttiende reisdag was de wijn een kostelijke, zoete witte soort van de Zomereilanden, helemaal meegesjouwd van de Rots van Casterling, en het boek een diepgravende verhandeling over de geschiedenis en de eigenschappen van draken. Met toestemming van heer Eddard Stark had Tyrion een paar zeldzame delen uit de bibliotheek van Winterfel geleend en ze bij zijn bagage voor het noorden gestopt.

Hij vond een comfortabel plekje buiten gehoorsafstand van de herrie in het kamp, naast een snelstromend beekje met helder, ijskoud water. Een eik die kromgegroeid was van ouderdom bood beschutting tegen de snijdende wind. Tyrion nestelde zich in zijn vacht met zijn rug tegen de stam, nam een slokje wijn en boog zich over de eigenschappen van drakenbeen. *Drakenbeen is zwart vanwege het hoge ijzergehalte*, deelde het boek mee. *Het is sterk als staal, maar lichter en veel buigzamer, en natuurlijk volkomen ongevoelig voor vuur. Tegenwoordig worden bogen van drakenbeen hooglijk gewaardeerd door de Dothraki, en dat is niet verwonderlijk. Een boogschutter die ermee bewapend is, schiet verder dan met welke houten boog ook.*

Tyrion koesterde een ziekelijke fascinatie voor draken. Toen hij voor het eerst in Koningslanding was, ter gelegenheid van zijn zusters huwelijk met Robert Baratheon, had hij per se de drakenschedels willen zien die aan de wanden van Targaryens troonzaal hadden gehangen. Koning Robert had ze door vaandels en wandtapijten vervangen, maar Tyrion had volgehouden tot hij de schedels aantrof in de vochtige kelder waarin ze waren opgeslagen.

Hij had verwacht dat hij ze indrukwekkend zou vinden, misschien zelfs angstaanjagend. Hij had nooit gedacht dat hij ze mooi zou vinden. Zwart als onyx, zo glad gepolijst dat het been leek te glanzen in het licht van zijn toorts. Hij had bespeurd dat ze het vuur aangenaam vonden. Hij had de toorts in de muil van een van de grotere schedels gestoken en de schaduwen laten springen en dansen op de muur achter hem. De tanden waren lang, kromme messen van zwart diamant. De toortsvlam had er geen uitwerking op: ze hadden gebaad in de hitte van veel groter vuren. Toen hij weg was gegaan had Tyrion kunnen zweren dat de lege oogkassen van het beest hem nastaarden.

Er waren negentien schedels. De oudste was ruim drieduizend jaar oud, de jongste maar anderhalve eeuw. De meest recente waren tevens de kleinste, een identiek stel, niet groter dan de schedel van een buldog, en vreemd misvormd, alles wat er restte van de laatste twee draakjes die in Drakensteen uit het ei gekropen waren. Dit waren de laatste draken van de Targaryens en misschien de laatste draken ter wereld, en ze hadden niet erg lang geleefd.

Van daaraf namen de afmetingen van de schedels steeds toe, met aan het eind de drie grote monsters uit de liederen en verhalen, de draken die door Aegon Targaryen en zijn zusters op de Zeven Koninkrijken van weleer waren afgehitst. De zangers hadden hun de namen van goden gegeven: Balerion, Meraxes, Vhaghar. Sprakeloos van ontzag had Tyrion tussen hun wijd open kaken gestaan. Je had te paard Vhaghars keelgat kunnen binnenrijden, al zou je er nooit meer uitgekomen zijn. Meraxes was nog groter. En de grootste, Balerion, de Zwarte Verschrikking, had een complete oeros kunnen verzwelgen, of zelfs een van de harige mammoets die naar men zei door de koude woestenijen achter de Haven van Ibben zwierven.

Lange tijd had Tyrion in die vochtige kelder naar Balerions reusachtige, oogloze schedel staan staren, totdat zijn toorts bijna opgebrand was, en een poging gedaan de afmetingen van het levende beest te bevatten, zich voor te stellen hoe het eruitgezien moest hebben als het zijn grote, zwarte vleugels spreidde en vuurspuwend door de hemel scheerde.

Zijn eigen verre voorvader, koning Loren van de Rots, had getracht dat vuur te weerstaan toen hij zich bij koning Mern van de Vlakte had gevoegd om de binnenvallende Targaryens te weerstaan. Dat was bijna driehonderd jaar geleden, toen de Zeven Koninkrijken nog koninkrijken *waren*, niet slechts provincies van een groter geheel. Samen hadden de Twee Koningen zeshonderd banieren bijeengeroepen, vijfduizend ridders te paard en nog tienmaal zoveel vrijruiters en krijgsknechten. Aegon de Drakenvorst had misschien een vijfde van dat aantal, zeiden de kroniekschrijvers, en het merendeel daarvan had hij ingelijfd uit het leger van de koning die hij het laatst had gedood, zodat hun loyaliteit niet vaststond.

De legermachten waren samengekomen op de weidse vlakten van het Rak, temidden van gulden tarwevelden die rijp waren om te oogsten. Toen de Twee Koningen in de aanval gingen waren de soldaten van Targaryen sidderend alle kanten op gevlucht. Kortstondig, schreven de kroniekschrijvers, was de inval gestuit... maar slechts even, totdat Aegon Targaryen en zijn zusters zich in de strijd mengden.

Dat was de enige keer dat Vhaghar, Meraxes en Balerion alle drie tegelijk ontketend waren. De zangers hadden dat het Veld van Vuur genoemd.

Bijna vierduizend man waren die dag verbrand, onder wie koning Mern van de Vlakte. Koning Loren was ontkomen en lang genoeg blijven leven om zich over te geven, de Targaryens onderworpenheid te zweren en een zoon te verwekken, waarvoor Tyrion naar behoren dankbaar was.

'Waarom leest u zoveel?'

Bij het horen van de stem keek Tyrion op. Jon Sneeuw stond een paar voet verderop nieuwsgierig naar hem te kijken. Hij sloeg het boek dicht met een vinger ertussen en zei: 'Kijk naar me en zeg dan wat je ziet.'

De jongen keek hem wantrouwig aan. 'Is dit een of ander trucje? Ik zie u. Tyrion Lannister.'

Tyrion zuchtte. 'Voor een bastaard ben je opvallend beleefd, Sneeuw. Wat je ziet is een dwerg. Hoe oud ben jij, twaalf?'

'Veertien,' zei de jongen.

'Veertien, en nu al langer dan ik ooit zal zijn. Mijn benen zijn kort en krom en ik loop moeilijk. Ik heb een speciaal zadel nodig om niet van mijn paard te vallen. Een zadel dat ik zelf ontworpen heb, voor het geval het je interesseert. Ik kon kiezen: of dat, of op een pony rijden. Mijn armen zijn vrij sterk, maar alweer te kort. Ik zal nooit een zwaardvechter worden. Als ik als boer geboren was hadden ze me misschien ergens buiten neergelegd om dood te gaan of me aan een of andere slavenhandelaar met een curiositeitenkabinet verkocht. Helaas, ik ben als Lannister van de Rots van Casterling geboren, wat jammer is voor de curiositeitenkabinetten. Er worden dingen van me verwacht. Mijn vader was twintig jaar lang de Hand des Konings. Het geval wil dat mijn broer die koning later heeft vermoord, maar het leven is vol van zulke kleine ironische gebeurtenissen. Mijn zuster is met de nieuwe koning getrouwd en mijn weerzinwekkende neefje zal de volgende koning zijn. Ik moet mijn steentje bijdragen aan de eer van mijn Huis, lijkt je ook niet? Maar hoe dan? Welnu, mijn benen mogen dan te kort zijn voor mijn lijf, mijn hoofd is weer te groot, al denk ik zelf liever dat het precies groot genoeg is voor mijn geest. Ik heb een realistische kijk op mijn eigen sterke en zwakke punten. Mijn geest is mijn wapen. Mijn broer heeft zijn zwaard, koning Robert heeft zijn strijdhamer, en ik heb mijn geest... en een geest heeft boeken nodig zoals een zwaard een wetsteen, wil het zijn scherpte behouden.' Tyrion tikte op het leren omslag van het boek. 'Daarom lees ik zoveel, Jon Sneeuw.'

De jongen nam het allemaal zwijgend in zich op. Hij had het gezicht van de Starks, al droeg hij de naam niet: lang, plechtig, waakzaam, een gezicht dat niets verried. Wie zijn moeder ook geweest mocht zijn, ze had weinig van zichzelf aan haar zoon nagelaten. 'Waar leest u over?' vroeg hij.

'Draken,' lichtte Tyrion hem in.

'Waar is dat goed voor? Er zijn geen draken meer,' zei de jongen met de gladde zelfverzekerdheid van de jeugd.

'Dat zeggen ze,' antwoordde Tyrion. 'Treurig, nietwaar? Toen ik zo oud was als jij droomde ik ervan een eigen draak te hebben.'

'O ja?' zei de jongen achterdochtig. Misschien dacht hij dat Tyrion de draak met hem stak.

'Jazeker. Zelfs een onvolgroeid, mismaakt, lelijk jongetje kan vanaf een drakenrug op de wereld neerkijken.' Tyrion schoof het berenvel van zich af en krabbelde overeind. 'Ik stak altijd vuren aan in de ingewanden van de Rots van Casterling, en dan staarde ik urenlang in de vlammen en deed of het drakenvuur was. Soms zag ik mijn vader branden. Andere keren mijn zuster.' Jon Sneeuw staarde hem aan met een blik waarin ontzetting en fascinatie om het hardst streden. Tyrion lachte ruw. 'Kijk me niet zo aan, bastaard. Ik ken je geheim. Jij hebt net zulke dromen gehad.'

'Nee,' zei Jon Sneeuw ontzet. 'Ik zou geen...'

'Nee? Nooit?' Tyrion trok een wenkbrauw op. 'Nou, dan zijn de

Starks ongetwijfeld verschrikkelijk goed voor je geweest. Vrouwe Stark behandelt je vast en zeker alsof je haar eigen kind bent. En je broer Robb, die is altijd aardig geweest, en waarom ook niet? Hij krijgt Winterfel en jij de Muur. En je vader... die moet een goede reden hebben gehad om je bij de Nachtwacht op te bergen...'

'Hou op,' zei Jon Sneeuw, zijn gezicht donker van woede. 'De Nachtwacht is een nobele roeping!'

Tyrion lachte. 'Je bent veel te slim om dat te geloven. De Nachtwacht is een beerput voor al het vuilnis van het Rijk. Ik heb je naar Yoren en zijn jongens zien kijken. Dat zijn je nieuwe broers, Jon Sneeuw. Hoe bevallen ze je? Stuurse boeren, schuldenaars, stropers, verkrachters, dieven en bastaarden zoals jij eindigen allemaal op de Muur om daar rond te neuzen naar gnurkers en snaaien en al die andere monsters waarvoor je baker je gewaarschuwd heeft. Het pluspunt is dat gnurkers en snaaien niet bestaan, dus dat het werk niet echt gevaarlijk is. Het minpunt is dat je ballen eraf vriezen, maar aangezien je je toch niet mag voortplanten denk ik niet dat dat iets uitmaakt.'

'*Hou op!*' schreeuwde de jongen. Hij deed een stap naar voren, zijn handen tot vuisten gebald, bijna in tranen.

Absurd genoeg voelde Tyrion zich plotseling schuldig. Hij deed ook een stap naar voren, van plan de jongen een geruststellend schouderklopje te geven of een verontschuldiging te prevelen.

Hij zag absoluut niet waar de wolf vandaan kwam, of hoe hij besprongen werd. Het ene ogenblik liep hij naar Sneeuw en het volgende ogenblik lag hij plat op zijn rug op de harde rotsgrond. Het boek was bij zijn val uit zijn hand geslingerd, de harde klap had hem de adem benomen en zijn mond zat vol met aarde, bloed en rottende bladeren. Toen hij wilde opstaan schoot er een pijnscheut door zijn rug. Hij moest hem bij zijn val verdraaid hebben. Hij knarsetandde van frustratie, greep een boomwortel en trok zich tot zithouding op. 'Help eens,' zei hij tegen de jongen en stak een hand uit.

En plotseling stond de wolf tussen hen in. Hij gromde niet. Het rotbeest liet niet één geluid horen, het keek hem alleen maar aan met die felrode ogen en liet hem zijn tanden zien, en dat was meer dan genoeg. Met een grom liet Tyrion zich weer achteroverzakken. 'Help me dan maar niet. Ik blijf wel zo liggen tot jij weg bent.'

Jon Sneeuw streelde de dikke witte vacht van Spook. Nu glimlachte hij. 'Als u het vriendelijk vraagt.'

Tyrion Lannister voelde hoe de razernij zich in hem samenbalde en drukte die met kracht de kop in. Het was niet de eerste keer in zijn leven dat hij vernederd werd, en het zou ook de laatste niet zijn.

Misschien had hij dit zelfs verdiend. 'Ik zou je heel dankbaar zijn als je zo vriendelijk zou willen zijn me te helpen, Jon,' zei hij op milde toon.

'Zit, Spook,' zei de jongen. De schrikwolf ging op zijn achterpoten zitten. De rode ogen lieten Tyrion geen ogenblik uit het oog. Jon liep achter hem om, stak zijn handen onder zijn armen en zette hem met gemak overeind. Toen raapte hij het boek op en gaf het terug.

'Waarom heeft hij me aangevallen?' vroeg Tyrion terwijl hij tersluiks naar de schrikwolf gluurde. Hij veegde met de rug van zijn hand het bloed en de aarde van zijn mond.

'Misschien dacht hij dat u een gnurker was.'

Tyrion keek hem scherp aan. Toen schoot hij in de lach, een rauw gesnork van vrolijkheid dat geheel buiten zijn wil door zijn neus naar buiten barstte. 'O goden,' zei hij, hoofdschuddend en stikkend van de lach. 'Ik zal er ook wel als een gnurker uitzien. En wat doet hij met een snaai?'

'Dat wilt u vast niet weten.' Jon raapte de wijnzak op en gaf hem aan Tyrion.

Tyrion trok de stop eruit, boog zijn hoofd achterover en liet een flinke stroom in zijn mond spuiten. De wijn klokte als verkoelend vuur zijn keelgat in en verwarmde hem vanbinnen. Hij hield Jon Sneeuw de zak voor. 'Jij ook wat?'

De jongen pakte de wijnzak aan en nam behoedzaam een slokje. 'Het is waar, hè?' zei hij toen hij klaar was. 'Wat u over de Nachtwacht zei.'

Tyrion knikte.

De mond van Jon Sneeuw werd een grimmige streep. 'Als dat zo is, dan is het zo.'

Tyrion grijnsde naar hem. 'Goed zo, bastaard. De meeste mensen ontkennen een harde waarheid liever dan dat ze die onder ogen zien.'

'De meeste mensen wel,' zei de jongen. 'Maar u niet.'

'Nee,' beaamde Tyrion, 'ik niet. Ik droom zelfs nog maar zelden van draken. Er zijn geen draken.' Hij raapte het gevallen berenvel op. 'Kom, laten we naar het kamp teruggaan voor je oom de banieren bijeenroept.'

Het was een korte wandeling, maar de bodem was oneffen, en tegen de tijd dat ze terug waren had hij ernstige beenkramp. Jon Sneeuw stak een hand uit om hem over een verwarde massa wortels heen te helpen, maar die schudde Tyrion af. Hij kwam er zelf wel. Dat deed hij zijn hele leven al. Maar toch bood het kamp een welkome aanblik. De schuilhutten waren opgezet tegen de afgebrokkelde muur van een lang geleden verlaten hofstede die beschutting bood tegen de wind. De paarden waren gevoederd en er was vuur gemaakt. Yoren zat op een steen een eekhoorn te villen. Een aanlokkelijke stamppotgeur bereikte Tyrions neusgaten. Hij sleepte zich naar de pot waarin zijn knecht Morrec stond te roeren. Morrec stak hem zwijgend de grote lepel toe. Tyrion proefde ervan en gaf hem terug. 'Meer peper,' zei hij.

Uit de schuilhut die hij met zijn neef deelde dook Benjen Stark op. 'Dus daar ben je Jon, verdomme, je moet er niet zo in je eentje vandoor gaan. Ik dacht dat de Anderen je gegrepen hadden.'

'Het waren de gnurkers,' informeerde Tyrion hem grijnzend. Jon Sneeuw glimlachte. Stark wierp Yoren een verwonderde blik toe. De oude man knorde, haalde zijn schouders op en wijdde zich weer aan zijn bloederige klus.

Dankzij de eekhoorn werd de stamppot wat substantiëler. Ze aten hem 's avonds rond het kampvuur, met zwart brood en harde kaas. Tyrion liet zijn wijnzak rondgaan totdat zelfs Yoren ontdooide. Een voor een zochten de leden van het gezelschap hun schuilhut op om te gaan slapen, behalve Jon Sneeuw, die de eerste wacht van die nacht had getrokken.

Tyrion was zoals altijd de laatste die zich terugtrok. Toen hij de hut instapte die zijn mannen voor hem opgezet hadden bleef hij staan en keek om naar Jon Sneeuw. De jongen stond bij het vuur in de vlammen te staren, zijn gezicht strak en onbeweeglijk.

Tyrion Lannister glimlachte treurig en ging naar bed.

Catelyn

Ned en de meisjes waren acht dagen weg toen Maester Luwin op een dag in Brans ziekenkamer bij haar kwam met een leeslamp en de boekhouding. 'Hoog tijd om de financiën na te kijken, vrouwe,' zei hij. 'U wilt vast wel weten wat het koninklijk bezoek ons heeft gekost.'

Catelyn keek naar Bran op zijn ziekbed en streek het haar van zijn voorhoofd. Ze realiseerde zich dat het erg was gegroeid. Ze zou het binnenkort moeten knippen. 'Ik heb geen cijfers nodig, Maester Luwin,' zei ze tegen hem, zonder haar ogen van Bran af te wenden. 'Ik weet wat dat bezoek ons heeft gekost. Neem die boeken maar weer mee.'

'Vrouwe, het gezelschap van de koning had een gezonde eetlust. We moeten onze voorraden aanvullen voordat...'

Ze liet hem niet uitspreken. 'Neem die boeken maar weer mee, zei ik. De rentmeester zorgt wel dat er in onze behoeften voorzien wordt.'

'We hebben geen rentmeester,' bracht Maester Luwin haar in herinnering. Net zo'n kleine, grijze rat die niet loslaat, dacht ze. 'Poel is meegegaan naar het zuiden om in Koningslanding de hofhouding voor heer Eddard op te zetten.'

Catelyn knikte afwezig. 'O ja. Ik weet het weer.' Bran zag zo bleek. Ze vroeg zich af of zijn bed voor het raam gezet kon worden, zodat hij 's morgens zon had.

Maester Luwin zette de lamp in een nis naast de deur en prutste aan de pit. 'Er zijn verscheidene benoemingen die uw onmiddellijke aandacht vragen, vrouwe. Behalve een rentmeester hebben we iemand nodig om Jory's plaats als hoofd van de wacht in te nemen, een nieuwe stalmeester...'

Met een ruk richtte ze haar fonkelende ogen op hem. 'Een *stalmeester*?' zei ze met een stem als een zweepslag.

Beverig zei de maester: 'Ja, vrouwe. Hullen is met heer Eddard meegegaan naar het zuiden, dus...'

'Mijn zoon ligt hier verminkt en wel op zijn sterfbed, en jij wilt het over een nieuwe *stalmeester* hebben? Denk je dat het me iets kan schelen wat er in de stallen gebeurt? Denk je dat ik daar ook maar een zier om geef? Ik zou met liefde ieder paard in Winterfel eigenhandig slachten als Bran daardoor zijn ogen op zou slaan, begrijp je dat? *Begrijp je dat?*'

Hij boog zijn hoofd. 'Ja vrouwe, maar de benoemingen...'

'Ik doe die benoemingen wel,' zei Robb.

Catelyn had hem niet horen binnenkomen, maar daar stond hij, in de deuropening, en hij keek naar haar. Ze had zitten schreeuwen, besefte ze plotseling met een kleur van schaamte. Wat was er met haar aan de hand? Ze was zo moe, en ze had aan één stuk door hoofdpijn.

Maester Luwin keek van Catelyn naar haar zoon. 'Ik heb alvast een lijst opgesteld van personen die voor de vrijgekomen posities in aanmerking zouden kunnen komen,' zei hij en reikte Robb een papier aan dat hij uit zijn mouw getrokken had.

Haar zoon wierp een blik op de namen. Hij kwam van buiten, zag Catelyn; zijn wangen waren rood van de kou, zijn haar stond recht overeind door de wind. 'Prima kerels,' zei hij. 'We hebben het er morgen over.' Hij gaf de lijst met namen terug.

'Uitstekend, heer.' Het papier verdween in zijn mouw.

'U kunt nu gaan,' zei Robb. Maester Luwin boog en vertrok. Robb deed de deur achter hem dicht en keerde zich naar haar toe. Hij droeg een zwaard, zag ze. 'Moeder, waar ben je mee bezig?'

Catelyn had altijd gedacht dat Robb op haar leek. Net als Bran, Rickon en Sansa had hij de teint van de Tullings, hun kastanjebruine haar, hun blauwe ogen. Nu zag ze voor het eerst iets van Eddard Stark in zijn gezicht, iets dat streng en hard was als het noorden.

'Waar ik mee bezig ben?' herhaalde ze niet-begrijpend. 'Hoe kun je dat nu vragen? Waar denk je dat ik mee bezig ben? Ik zorg voor je broer. Ik zorg voor Bran.'

'O, noemt u dat zo? U bent zijn kamer niet uit geweest sinds hij hier gewond ligt. U bent niet eens naar de poort gekomen toen vader en de meisjes naar het zuiden vertrokken.'

'Ik heb hier afscheid van ze genomen en door dat raam hun vertrek gadegeslagen.' Ze had Ned gesmeekt om niet te gaan, niet nu, niet na wat er gebeurd was, alles was anders geworden, begreep hij dat niet? Het had niets uitgehaald. Hij had haar voorgehouden dat hij geen keus had, en toen was hij weggegaan en had daarmee zijn keus gemaakt. 'Ik kan niet bij hem weg, zelfs geen ogenblik, niet nu elk ogenblik zijn laatste kan zijn. Ik moet bij hem zijn als... als...' Ze nam de slappe hand van haar zoon en liet zijn vingers door de hare glijden. Hij was zo breekbaar en dun en zijn hand was volkomen krachteloos geworden, maar door zijn huid heen was zijn levenswarmte nog te voelen.

Robbs toon verzachtte zich. 'Hij gaat niet dood, moeder. Maester Luwin zegt dat het grootste gevaar al geweken is.'

'En gesteld dat Maester Luwin het mis heeft? Als Bran me nodig heeft en ik ben er niet?'

'*Rickon* heeft je nodig,' zei Robb scherp. 'Hij is pas drie, hij begrijpt niet wat er aan de hand is. Hij denkt dat iedereen hem in de steek gelaten heeft, dus loopt hij de hele dag achter me aan en grijpt me huilend bij mijn been. Ik weet niet wat ik met hem aan moet.' Hij zweeg even en beet op zijn onderlip, zoals hij altijd gedaan had toen hij nog klein was. 'Moeder, *ik* heb u ook nodig. Ik doe mijn best, maar ik... ik kan niet alles alleen af.' Zijn stem sloeg plotseling over van emotie, en Catelyn bedacht dat hij pas veertien was. Ze wilde opstaan en naar hem toelopen, maar Bran hield nog steeds haar hand vast, en ze kon zich niet verroeren.

Buiten de toren begon een wolf te huilen. Catelyn beefde, één tel maar, niet meer.

'Die van Bran.' Robb deed het raam open en liet de nachtlucht de bedompte torenkamer binnen. Het gehuil werd luider. Het was een koud en eenzaam geluid, vol melancholie en wanhoop.

'Niet doen,' zei ze tegen hem. 'Bran moet warm blijven.'

'Hij moet ze horen zingen,' zei Robb. Ergens verderop in Winterfel begon een tweede wolf te huilen, in koor met de eerste. Toen een derde, dichterbij. 'Ruige Hond en Grijze Wind,' zei Robb terwijl de stemmen gezamenlijk rezen en daalden. 'Als je goed luistert kun je ze uit elkaar houden.'

Catelyn huiverde. Van verdriet, van de kou, van het wolvengehuil. Nacht aan nacht dat gehuil en die koude wind en dat grauwe, lege kasteel, en het ging maar door en werd nooit eens anders, en haar jongen lag daar verminkt, haar liefste kind, haar zachtaardigste, Bran, die zo graag had gelachen en geklommen en van het ridderschap had gedroomd, allemaal voorbij nu, ze zou hem nooit meer horen lachen. Snikkend trok ze haar hand uit de zijne en stopte haar oren dicht voor dat verschrikkelijke gehuil. 'Laat ze ophouden!' riep ze. 'Ik kan er niet tegen, laat ze ophouden, laat ze ophouden, maak ze desnoods allemaal af, maar laat ze *ophouden*!'

Ze wist niet meer hoe ze op de grond gevallen was, maar daar lag ze, en Robb tilde haar overeind en ondersteunde haar met sterke armen. 'Niet bang zijn, moeder. Ze zullen hem nooit iets doen.' Hij hielp haar naar het smalle bed in de hoek van de ziekenkamer. 'Sluit uw ogen,' zei hij zacht. 'Rust wat uit. Maester Luwin zegt dat u sinds Brans val nauwelijks een oog dichtgedaan hebt.'

'Dat *kan* ik niet,' huilde ze. 'Mogen de goden het me vergeven, Robb, maar ik kan het niet. Wat moet ik als hij doodgaat terwijl ik slaap, wat moet ik als hij doodgaat, wat moet ik als hij doodgaat...' De wolven huilden nog steeds. Ze gilde en hield haar handen weer voor haar oren. 'O goden, doe het raam dicht!'

'Als u zweert dat u gaat slapen.' Robb liep naar het raam, maar toen hij naar de luiken reikte voegde zich een ander geluid bij het klaaglijke gehuil van de schrikwolven. 'Honden,' zei hij al luisterend. 'Alle honden blaffen. Dat hebben ze nog nooit gedaan...' Catelyn hoorde hoe zijn adem stokte. Ze keek op en zag zijn bleke gezicht in het licht van de lamp. '*Brand*,' fluisterde hij.

Brand, dacht ze, en toen: *Bran!* 'Help me,' zei ze dringend en ging zitten. 'Help me met Bran.'

Robb scheen het niet te horen. 'De bibliotheektoren staat in brand,' zei hij.

Nu zag Catelyn door het open raam de flakkerende, rossige gloed. Haar knieën knikten van opluchting. Bran was veilig. De bibliotheek lag aan de overkant van het grote binnenplein, ze waren hier volstrekt onbereikbaar voor het vuur. 'De goden zij dank,' fluisterde ze.

Robb keek haar aan alsof ze gek geworden was. 'Moeder, blijf hier. Ik kom terug zodra het vuur geblust is.' Toen rende hij weg. Ze hoorde hem iets roepen tegen de wachtposten voor de deur, en toen hoorde ze hen gezamenlijk in allerijl met twee of drie treden tegelijk de trap afstormen.

Buiten in de hof werd 'Brand!' geroepen, er klonk gegil, het gedraaf van voetstappen, het gehinnik van geschrokken paarden en het verwoede geblaf van de kasteelhonden. Het gehuil was opgehouden, realiseerde ze zich toen ze naar die kakofonie luisterde. De schrikwolven waren stilgevallen.

Terwijl Catelyn naar het raam liep zond ze een zwijgend dankgebed op tot de zeven aangezichten van god. Aan de overkant van het binnenplein schoten uit de ramen van de bibliotheek langgerekte vuurtongen omhoog. Ze zag de rook naar de hemel opstijgen en dacht treurig aan alle boeken die de Starks door de eeuwen heen hadden verzameld. Toen sloot ze de luiken.

Toen ze zich van het raam afkeerde stond de man bij haar in de kamer.

'U had 'r niet moeten zijn,' pruttelde hij nors. 'D'r had niemand moeten zijn.'

Het was een klein, vuil mannetje in smerige bruine kleren, en hij stonk naar paarden. Catelyn kende alle mannen die bij hen in de stallen werkten, en hij hoorde daar niet bij. Hij was broodmager, met slap blond haar en fletse, holle ogen in een knokig gezicht, en in zijn hand had hij een dolk.

Catelyn keek naar het mes en toen naar Bran. 'Nee,' zei ze. Het woord bleef in haar keel steken, niet meer dan een fluistering.

Hij moest haar gehoord hebben. 'Dat is barmhartig,' zei hij. 'Hij is al dood.'

'Nee,' zei Catelyn, luider nu, want ze had haar stem terug. 'Nee, dat *kun* je niet doen.' Met een ruk keerde ze zich weer naar het raam toe en wilde om hulp schreeuwen, maar de man was sneller dan ze voor mogelijk had gehouden. Eén hand werd voor haar mond geslagen en trok haar hoofd naar achteren, de andere zette de dolk op haar luchtpijp. Zijn stank was overweldigend.

Ze bracht haar beide handen omhoog, greep met al haar kracht het mes en trok het weg bij haar keel. Ze hoorde hem vloeken in haar oor. Haar vingers waren glibberig van het bloed, maar ze liet de dolk niet los. De hand werd nog harder tegen haar mond gedrukt en benam haar de adem. Catelyn draaide haar hoofd opzij en slaagde erin een stukje van zijn hand tussen haar tanden te krijgen. Ze beet keihard in zijn handpalm. De man gromde van de pijn. Ze klemde haar kaken op elkaar en rukte, en plotseling liet hij los. Ze proefde de smaak van zijn bloed in haar mond. Ze zoog lucht binnen en gilde, en hij greep haar bij haar haren en rukte haar van zich af. Ze struikelde en viel, en het volgende ogenblik stond hij over haar heen gebogen, hijgend en trillend, de dolk, die glibberig was van het bloed, nog stevig in zijn rechterhand geklemd. 'U had 'r niet moeten zijn,' herhaalde hij dom.

Catelyn zag de schaduw achter hem door de open deur glippen. Er klonk een zacht gegrom, minder dan een grauw, een zweem van een dreigement slechts, maar hij moest iets gehoord hebben, want net toen de wolf sprong begon hij zich om te keren. Ze vielen samen op de grond, half over de gevallen Catelyn heen. De wolf had hem tussen de kaken. Het gekrijs van de man duurde nog geen tel, en toen had het dier zijn hoofd achterover geknakt en de helft van zijn strot afgebeten.

Zijn bloed dat op haar gezicht spatte voelde aan als warme regen.

De wolf stond naar haar te kijken. Zijn kaken waren rood en nat en zijn ogen gloeiden goudkleurig in de donkere kamer. Het was Brans wolf, drong het tot haar door. Natuurlijk. 'Dank je,' fluisterde Catelyn met een dun, klein stemmetje. Ze hief een trillende hand op, want ze wilde hem aanraken. Ze *moest* hem aanraken. De wolf stapte naar haar toe, besnuffelde haar vingers en likte met een natte, ruwe tong het bloed weg. Toen haar hele hand schoon was keerde het dier zich geluidloos om, sprong op Brans bed en ging naast hem liggen. Catelyn begon hysterisch te lachen.

Zo werden ze aangetroffen toen Robb, Maester Luwin en ser Rodrik met de halve wacht van Winterfel naar binnen stormden. Toen haar gelach ten slotte stokte wikkelden ze haar in warme dekens en brachten haar naar haar eigen vertrekken in de hoofdburcht. Ouwe Nans kleedde haar uit, stopte haar in een gloeiend heet bad en waste met een zachte doek het bloed van haar af.

Daarna kwam Maester Luwin om haar wonden te verbinden. De sneden in haar vingers waren diep en gingen bijna tot op het bot, en op haar hoofdhuid zat een rauwe, bloedende plek waar hij een handvol haar had uitgerukt. De maester zei dat de pijn nu pas opkwam en gaf haar melksap van de papaver om haar in slaap te helpen.

Ten langen leste vielen haar ogen dicht.

Toen ze ze weer opende kreeg ze te horen dat ze vier dagen geslapen had. Catelyn knikte en ging rechtop in bed zitten. Het leek nu allemaal een nachtmerrie, alles wat zich sinds Brans val had afgespeeld, een afschuwelijke droom vol bloed en tranen, maar de pijn in haar handen herinnerde haar eraan dat het werkelijkheid was geweest. Ze voelde zich slap en licht in het hoofd, maar eigenaardig vastberaden, alsof er een groot gewicht van haar schouders was genomen.

'Breng me wat brood met honing,' zei ze tegen haar bedienden, 'en laat Maester Luwin weten dat mijn verbanden vernieuwd moeten worden.' Ze keken haar verrast aan en haastten zich om te doen wat ze gezegd had.

Catelyn dacht eraan hoe ze zich daarvoor had gedragen en schaamde zich. Ze had hen allemaal in de steek gelaten, haar kinderen, haar man, haar Huis. Het zou niet nog eens gebeuren. Ze zou die noorderlingen eens laten zien hoe sterk een Tulling van Stroomvliet kon zijn.

Robb arriveerde nog vóór haar maaltijd. Rodrik Cassel kwam met hem mee, de pupil van haar echtgenoot, Theon Grauwvreugd, en ten slotte Hallis Mollen, een gespierde wachter met een vierkante bruine baard. Hij was het nieuwe hoofd van de wacht, zei Robb. Haar zoon was in verhard leer en maliën gehuld, zag ze, en om zijn middel hing een zwaard.

'Wie was hij?' vroeg Catelyn.

'Niemand weet hoe hij heet,' zei Hallis Mollen tegen haar. 'Hij hoorde niet in Winterfel thuis, vrouwe, maar sommigen zeggen dat ze hem de afgelopen weken in en om het kasteel hebben gezien.'

'Dus een van de mannen van de koning,' zei ze, 'of van de Lannisters. Hij kan achtergebleven zijn toen de rest vertrok.'

'Misschien,' zei Hal. 'Met al die vreemden waar Winterfel de laatste tijd vol mee zat valt absoluut niet te zeggen bij wie hij hoorde.'

'Hij had zich verborgen gehouden in uw stallen,' zei Grauwvreugd. 'Dat kon je ruiken.'

'En hoe kwam het dat hij ongemerkt kon rondlopen?' vroeg ze scherp.

Hallis Mollen keek verlegen. 'Zonder de paarden die heer Eddard mee naar het zuiden heeft genomen en degene die we naar het noorden hebben meegegeven voor de Nachtwacht, waren de stallen halfleeg. Dan is het niet zo'n karwei om je voor de staljongens te verstoppen. Wie weet heeft Hodor hem wel gezien. Het gerucht gaat dat die knaap nogal raar deed, maar zwakzinnig als hij is...' Hal schudde zijn hoofd.

'We hebben zijn slaapplaats gevonden,' kwam Robb ertussen. 'Hij had een leren zak met negentig zilveren hertenbokken in het stro verstopt.'

'Goed om te weten dat het leven van mijn zoon niet voor een habbekrats verkocht is,' zei Catelyn verbitterd.

Onthutst staarde Hallis Mollen haar aan. 'Verschoning, vrouwe, maar wilt u zeggen dat hij eropuit was uw *zoon* te doden?'

Grauwvreugd keek sceptisch. 'Dat is waanzin.'

'Hij had het op Bran gemunt,' zei Catelyn. 'Hij bleef maar mompelen dat ik er niet had moeten zijn. Hij heeft de brand in de bibliotheek gesticht, in de veronderstelling dat ik naar buiten zou rennen om die te blussen, met alle aanwezige wachtposten achter me aan. Als ik niet halfgek van verdriet geweest was zou het gelukt zijn.'

'Waarom zou iemand Bran willen vermoorden?' zei Robb. 'Goden nog aan toe, het is een kleine jongen die hulpeloos ligt te slapen.'

Catelyn wierp haar eerstgeborene een uitdagende blik toe. 'Als jij over het noorden wilt heersen moet je doordenken, Robb. Beantwoord je eigen vraag maar. Waarom zou iemand een slapend kind willen vermoorden?'

Voordat hij antwoord kon geven kwamen de bediënden met een schaal vers eten uit de keuken. Het was veel meer dan waarom ze had gevraagd: warm brood, boter, honing, ingemaakte zwarte bessen, een zij spek en een zachtgekookt ei, een punt kaas, een pot muntthee. En Maester Luwin kwam ook mee.

'Hoe is het met mijn zoon, maester?' Catelyn keek naar al het eten en merkte dat ze geen trek had.

Maester Luwin sloeg zijn ogen neer. 'Nog hetzelfde, vrouwe.'

Het antwoord dat ze had verwacht, niet meer en niet minder. Haar handen bonsden van de pijn, alsof het mes er nog diep in sneed. Ze zond de bedienden weg en keek Robb weer aan. 'Heb je het antwoord al?'

'Iemand is bang dat Bran bijkomt,' zei Robb, 'bang voor wat hij gaat zeggen of doen, bang voor iets dat hij weet.'

Catelyn was trots op hem. 'Heel goed.' Ze wendde zich tot het nieuwe hoofd van de wacht. 'We moeten Bran beschermen. Waar één moordenaar is kunnen er meer zijn.'

'Hoeveel wachters wilt u hebben, vrouwe?' vroeg Hal.

'Zolang heer Eddard weg is, is mijn zoon de meester van Winterfel,' zei ze tegen hem.

Robb groeide een stukje. 'Zet dag en nacht één man in de ziekenkamer, één voor de deur, en twee onder aan de trap. Niemand mag zonder mijn toestemming of die van mijn moeder bij Bran naar binnen.'

'Zoals u zegt, heer.'

'Doe het nu,' stelde Catelyn voor.

'En laat zijn wolf bij hem in de kamer blijven,' voegde Robb eraan toe.

'Ja,' zei Catelyn. En toen nog eens: 'Ja.'

Hallis Mollen boog en verliet het vertrek.

'Vrouwe Stark,' zei ser Rodrik toen de wacht weg was, 'hebt u misschien de dolk gezien die de moordenaar heeft gebruikt?'

'De omstandigheden lieten niet toe dat ik die nauwkeurig onderzocht, maar voor de scherpte ervan kan ik instaan,' antwoordde Catelyn droogjes en glimlachte. 'Waarom vraagt u dat?'

'De schurk hield het mes nog in zijn hand. Het leek mij een veel te mooi wapen voor zo'n kerel, en dus heb ik het langdurig en nauwkeurig bekeken. Het lemmet is van Valyrisch staal, het heft van drakenbeen. Zo'n wapen hoort niet in dergelijke handen thuis. Hij heeft het van iemand gekregen.'

Catelyn knikte peinzend. 'Robb, sluit de deur.'

Hij keek haar bevreemd aan maar deed wat hem gezegd werd.

'Wat ik nu ga zeggen mag niet buiten deze kamer komen,' zei ze tegen hen. 'Daar wil ik jullie eed op. Als zelfs maar een deel van mijn vermoedens op waarheid berust hebben Ned en mijn dochters zich in dodelijk gevaar begeven en kan één woord in de verkeerde oren hun het leven kosten.'

'Voor mij is heer Eddard een tweede vader,' zei Theon Grauwvreugd. 'Dus ik zweer het.'

'U hebt mijn eed,' zei Maester Luwin.

'En de mijne, vrouwe,' echode ser Rodrik.

Ze keek haar zoon aan. 'En jij, Robb?'

Hij knikte bevestigend.

'Mijn zuster Lysa gelooft dat de Lannisters haar echtgenoot heer Arryn, de Hand des Konings, hebben vermoord,' zei Catelyn. 'Ik bedenk nu dat Jaime Lannister op de dag van Brans val niet mee op jacht is geweest. Hij is hier op het kasteel gebleven.' Het was doodstil in de kamer. 'Ik denk niet dat Bran van die toren is gevallen,' zei ze in de stilte. 'Ik denk dat hij eraf is gegooid.'

Ze keken zichtbaar geschokt. 'Maar vrouwe, wat een monsterlijke gedachte,' zei Rodrik Cassel. 'Zelfs de Koningsmoordenaar zou ervoor terugdeinzen een onschuldig kind te vermoorden.'

'O ja?' vroeg Theon Grauwvreugd. 'Dat vraag ik me af.'

'Er is geen grens aan de trots en de eerzucht van de Lannisters,' zei Catelyn.

'De jongen heeft tot nog toe altijd een vaste hand gehad,' zei Maester Luwin peinzend. 'Hij kende elke steen van Winterfel.'

'Alle *goden*!' vloekte Robb, zijn jeugdige gezicht donker van woede. 'Als dit waar is zal hij ervoor boeten.' Hij trok zijn zwaard en zwaaide het door de lucht. 'Ik sla hem eigenhandig dood!'

Ser Rodrik stoof op. 'Doe dat wapen weg! De Lannisters zijn honderden mijlen ver weg. Trek nooit en te nimmer je zwaard, behalve om het meteen te gebruiken. Hoe vaak moet ik je dat nog zeggen, dwaze jongen die je bent?'

Beteuterd stak Robb zijn zwaard in de schede, ineens weer een kind. Catelyn zei tegen ser Rodrik: 'Ik zie dat mijn zoon inmiddels staal draagt.'

De oude wapenmeester zei: 'Dat leek mij tijd worden.'

Robb stond haar gespannen aan te kijken. 'Hoog tijd,' zei ze. 'Het kan zijn dat Winterfel binnenkort al zijn zwaarden nodig heeft, en die kunnen beter niet van hout zijn.'

Theon Grauwvreugd legde een hand op het gevest van zijn zwaard en zei: 'Vrouwe, als het zover komt is mijn huis het uwe veel verschuldigd.'

Maester Luwin trok aan zijn halsketen op de plek waar die tegen zijn nek schuurde. 'We hebben alleen maar vermoedens. Het is de geliefde broer van de koningin die we willen beschuldigen. Dat zal ze ons niet in dank afnemen. We moeten bewijzen hebben of voorgoed zwijgen.'

'Je bewijs is die dolk,' zei ser Rodrik. 'Zo'n fraai wapen is vast niet onopgemerkt gebleven.'

Er was maar één plaats waar ze achter de waarheid konden komen, besefte Catelyn. 'Er moet iemand naar Koningslanding.'

'Ik ga wel,' zei Robb.

'Nee,' zei ze tegen hem. 'Jouw plaats is hier. Er moet altijd een Stark in Winterfel zijn.' Ze keek naar ser Rodrik met zijn grote witte bakkebaarden, naar Maester Luwin in zijn grijze gewaden, naar de jonge Theon Grauwvreugd, mager, donker en heetgebakerd. Wie moest ze sturen? Wie zou geloofwaardig zijn? Toen wist ze het. Het kostte Catelyn moeite de dekens van zich af te schuiven, want haar verbonden vingers waren stijf en even onbuigzaam als steen. Ze stapte uit bed. 'Ik moet zelf gaan.'

'Vrouwe,' zei Maester Luwin, 'is dat verstandig? Zullen de Lannisters uw komst niet met achterdocht bezien?'

'En Bran dan?' vroeg Robb. De arme jongen leek nu compleet in de war. 'U wilt hem toch niet in de steek laten?'

'Voor Bran heb ik alles gedaan wat in mijn macht ligt,' zei ze en legde een gewonde hand op zijn arm. 'Zijn leven ligt in de handen van de goden en die van Maester Luwin. Zoals je zelf gezegd hebt, ik heb nog andere kinderen waar ik nu om moet denken.'

'U zult een flink escorte nodig hebben, vrouwe,' zei Theon.

'Ik zal Hal meesturen met een eenheid van de wacht,' zei Robb.

'Nee,' zei Catelyn. 'Een groot gezelschap trekt ongewenste aandacht. De Lannisters mogen niet weten dat ik eraan kom.'

Ser Rodrik protesteerde. 'Vrouwe, laat mij u dan tenminste begeleiden. De Koningsweg kan heel gevaarlijk zijn voor een vrouw alleen.'

'Ik ga niet via de Koningsweg,' antwoordde Catelyn. Ze dacht even na en knikte toen instemmend. 'Twee ruiters reizen even snel als één, en heel wat sneller dan een lange stoet die door karren en huiswagens wordt opgehouden. Uw gezelschap zal mij welkom zijn, ser Rodrik. We rijden langs de Witte Knijf naar zee en huren in Withaven een schip. Met sterke paarden en een stijve bries zullen we ruim vóór Ned en de Lannisters in Koningslanding arriveren.' En dan, dacht ze, zien we wel wat we zullen zien.

Sansa

Eddard Stark was voor de dageraad vertrokken, lichtte Septa Mordane Sansa tijdens het ontbijt in. 'De koning had hem ontboden. Ik geloof dat ze weer op jacht gingen. Ze zeggen dat er in deze streken nog wilde oerossen leven.'

'Ik heb nooit een oeros gezien,' zei Sansa terwijl ze Dame onder tafel een stuk spek voerde. Verfijnd als een koningin nam de schrikwolf het uit haar hand.

Septa Mordane snoof afkeurend. 'Een edele jonkvrouw zit aan tafel geen honden te voeren,' zei ze, brak nog een stuk honingraat af en liet de honing op haar brood druipen.

'Ze is geen hond, ze is een schrikwolf,' merkte Sansa op terwijl Dame met een ruwe tong haar vingers aflikte. 'En vader zegt dat we ze bij ons mogen houden als we willen.'

Daar nam de septa geen genoegen mee. 'Je bent een lief kind, Sansa, maar wat dat beest betreft ben je net zo eigengereid als je zuster Arya, dat zweer ik.' Ze trok een gezicht. 'Waar is Arya vanmorgen eigenlijk?'

'Die had geen honger,' zei Sansa, in de stellige overtuiging dat haar zuster al uren geleden naar de keuken was geslopen om bij een van de keukenjongens een ontbijt te bietsen.

'Herinner haar eraan dat ze zich vandaag netjes moet aankleden. Die jurk van grijs fluweel misschien. We zijn allemaal uitgenodigd om met de koningin en prinses Myrcella mee te rijden in de koninklijke huiswagen, en we moeten er op ons best uitzien.'

Sansa zag er al op haar best uit. Ze had haar lange, kastanjekleurige haar geborsteld tot het glansde en haar fraaiste japon uitgezocht, die van blauwe zij. Ze keek al meer dan een week naar deze dag uit. Het was een grote eer om met de koningin mee te rijden, en bovendien zou prins Joffry er misschien bij zijn. Haar verloofde. Bij het idee alleen al kreeg ze vlinders in haar buik, al zouden ze nog in geen jaren trouwen. Sansa *kende* Joffry nog niet echt, maar ze was nu al verliefd op hem. Hij was precies zoals ze zich haar droomprins had voorgesteld, lang, knap en sterk, en met gouden haar. Ze koesterde iedere kans om in zijn nabijheid te verkeren, al deed die zich nog zo zelden voor. Het enige waar ze zich wat vandaag betrof zorgen over maakte was Arya. Arya had er een handje van om alles te bederven. Je wist nooit wat ze zou doen. 'Ik zal het tegen haar zeggen,' zei Sansa onzeker, 'maar ze zal zich wel net zo kleden als altijd.' Ze hoopte dat ze zich niet te veel voor haar zou hoeven schamen. 'Wilt u mij excuseren?'

'Jawel.' Septa Mordane nam nog wat brood met honing, en Sansa liet zich van de bank glijden. Toen ze de gelagkamer van de herberg uitrende volgde Dame haar op de voet.

Buiten bleef ze even staan te midden van het geschreeuw en gevloek en het gekraak van houten wielen. De mannen waren bezig de tenten en paviljoens af te breken en de karren in te laden voor de volgende dagreis. De herberg was een slordig gebouw van kleurloze steen, drie verdiepingen hoog en groter dan Sansa ooit had gezien, maar toch kon er niet meer dan een derde van het koninklijke gezelschap in ondergebracht worden. Dat was inmiddels uitgegroeid tot meer dan vierhonderd mensen, haar vaders hofhouding en de vrijruiters die zich onderweg bij hen hadden aangesloten incluis.

Ze trof Arya op de oever van de Drietand aan, waar ze probeerde Nymeria stil te houden, zodat ze de opgedroogde modder uit haar vacht kon borstelen. De schrikwolf vond het niet prettig. Arya had weer dezelfde leren rijkleding aan die ze gisteren en de dag daarvoor had gedragen.

'Je kunt beter iets moois aantrekken,' zei Sansa tegen haar. 'Dat heeft Septa Mordane gezegd. We rijden vandaag mee in de huiswagen van de koningin en prinses Myrcella.'

'Ik niet,' zei Arya terwijl ze probeerde een klit uit Nymeria's verwarde grijze vacht te borstelen. 'Mycah en ik zijn van plan stroomopwaarts naar de voorde te rijden om daar naar robijnen te zoeken.'

'Robijnen?' zei Sansa niet-begrijpend. 'Wat voor robijnen?'

Arya keek haar aan alsof ze inderdaad zo dom was. '*Rhaegars* robijnen. Dat is waar koning Robert hem heeft gedood en de kroon heeft veroverd.'

Sansa keek haar magere zusje ongelovig aan. 'Je kunt geen robijnen gaan zoeken, de prinses verwacht ons. De koningin heeft ons allebei uitgenodigd.'

'Mij een zorg,' zei Arya. 'Die huiswagen heeft niet eens *ramen*, je ziet niks.'

'Waarom zou je iets willen zien?' zei Sansa geërgerd. Zij was helemaal opgewonden dat ze waren uitgenodigd, en nu zou die stompzinnige zus van haar alles bederven, precies zoals ze had gevreesd. 'Hier zijn alleen maar velden, boerderijen en ridderhoven.'

'*Niet* waar,' zei Arya koppig. 'Als je zo nu en dan met ons meekwam zou je het zelf zien.'

'Ik heb een *hekel* aan rijden,' zei Sansa heftig. 'Je wordt er alleen maar smerig, stoffig en stijf van.'

Arya haalde haar schouders op. 'Stilzitten!' snauwde ze tegen Nymeria. 'Ik doe je geen pijn.' Toen zei ze tegen Sansa: 'Tijdens de tocht door de Nek heb ik zesendertig bloemen geteld die ik nog nooit had gezien, en Myca heeft me een leeuwhagedis aangewezen.'

Sansa huiverde. Ze hadden er twaalf dagen over gedaan om de Nek door te trekken, hobbelend over een bochtige, verhoogde weg door een eindeloos zwart moeras, en ze had het van het begin tot het einde vreselijk gevonden. De lucht was er vochtig en klam geweest, de weg zo smal dat ze 's nachts niet eens een fatsoenlijk kamp konden opslaan en midden op de Koningsweg moesten blijven staan. Rondom hen groeiden dichte kluwens half verdronken boompjes, de takken behangen met gordijnen van bleke zwammen. Reusachtige bloemen bloeiden in de modder en dreven in poelen met stilstaand water, maar als je zo dom was van de weg af te wijken om ze te plukken wachtte het drijfzand om je naar beneden te trekken, loerden de slangen in de bomen en dobberden de leeuwhagedissen in het water, half ondergedoken zwarte houtblokken met ogen en tanden.

Natuurlijk was Arya door niets van dat alles te stuiten. Op een dag was ze teruggekomen met die paardengrijns op haar gezicht, haren in de war, kleren onder de modder en een slordige bos purperen en groene bloemen voor vader in haar vingers geklemd. Sansa bleef maar hopen dat hij tegen Arya zou zeggen dat ze zich hoorde te gedragen als de hooggeboren jonkvrouw die ze geacht werd te zijn, maar hij deed niets van dat alles. Alles wat hij deed was haar omhelzen en haar bedanken voor de bloemen. Dat maakte haar nog onuitstaanbaarder.

Toen bleken de purperen bloemen gifkussen te heten en kreeg Arya uitslag op haar armen. Sansa dacht dat dat een goede les voor haar zou zijn, maar Arya lachte erom, en de dag daarop wreef ze haar armen helemaal met *modder* in, als zo'n moeraswijf, alleen maar omdat haar vriendje Myca haar had gezegd dat de jeuk daar minder van werd. Ze had ook schrammen op haar armen en schouders, donkerpaarse striemen en vage, geelgroene vlekken. Sansa had ze gezien toen haar zuster zich uitkleedde om naar bed te gaan. Hoe ze dááraan kwam wisten alleen de zeven goden.

Arya was nog steeds bezig met het uitborstelen van Nymeria's klitten en het kletsen over dingen die ze onderweg naar het zuiden had gezien. 'Vorige week vonden we die spooktoren, en de dag daarvoor hebben we op een kudde wilde paarden gejaagd. Je had ze moeten zien rennen toen ze Nymeria's lucht roken.' De wolf kronkelde in haar greep en Arya foeterde: 'Ophouden, ik moet de andere kant nog doen, je zit helemaal onder de modder.'

'Je hoort de stoet niet te verlaten,' bracht Sansa haar in herinnering. 'Dat heeft vader gezegd.'

Arya haalde haar schouders op. 'Ik ben niet ver weg geweest. En Nymeria was trouwens al die tijd bij me. Ik ben ook niet de hele tijd weg. Soms is het leuk om gewoon tussen de wagens in te rijden en met mensen te praten.'

En wat voor mensen. Sansa wist er alles van: pages en paardenknechten en dienstmeisjes, oude mannen en naakte kindertjes, vrijruiters van onduidelijke afkomst die grof in de mond waren. Arya papte met *iedereen* aan. Die Myca was nog het ergst: een slagerszoon, een ongetemde dertienjarige die in de vleeswagen sliep en naar het slachtblok stonk. Sansa werd al misselijk als ze hem alleen maar zag, maar Arya leek zijn gezelschap boven het hare te verkiezen.

Sansa's geduld was inmiddels op. 'Je moet meekomen,' zei ze op ferme toon tegen haar zusje. 'Je kunt geen nee zeggen tegen de koningin. Septa Mordane verwacht je.'

Arya negeerde haar. Ze gaf een harde ruk met de borstel. Nymeria gromde en dook beledigd weg. 'Kom terug!'

'We krijgen citroenkoeken en thee,' vervolgde Sansa, een en al volwassen redelijkheid. Dame streek langs haar been. Sansa krabde haar achter de oren op de manier die ze zo lekker vond, en Dame ging naast haar op haar achterpoten zitten en keek toe hoe Arya Nymeria achternazat. 'Waarom zou je op zo'n vies ruikend oud paard willen rijden en overal pijn krijgen en bezweet raken, als je op veren kussens kunt liggen en koeken kunt eten met de koningin?'

'Ik moet de koningin niet,' zei Arya nonchalant. Sansa hapte naar adem, want dat was zelfs voor *Arya's* doen schokkend. Maar haar zuster ratelde verder zonder iets te merken. 'Ik mag Nymeria niet eens van haar meenemen.' Ze schoof haar borstel onder haar gordel en sloop op haar wolf af. Nymeria keek toe hoe ze dichterbij kwam, op haar hoede.

'Een koninklijke huiswagen is geen plaats voor een *wolf*,' zei Sansa. 'En prinses Myrcella is bang voor ze, dat weet je.'

'Myrcella is een klein kind.' Arya greep Nymeria bij de nek, maar zodra ze haar borstel weer trok worstelde de schrikwolf zich los en rende ervandoor. Gefrustreerd smeet Arya de borstel op de grond. '*Stoute* wolf!' schreeuwde ze.

Onwillekeurig moest Sansa een beetje glimlachen. De kennelmeester had eens tegen haar gezegd dat een dier op zijn baas leek. Snel drukte ze Dame even tegen zich aan. Dame likte haar over haar wang. Sansa giechelde. Arya hoorde het, draaide zich met een ruk om en keek haar boos aan. 'Het kan me niet schelen wat je zegt, ik ga uit rijden.' Op haar lange paardengezicht verscheen de koppige uitdrukking die inhield dat ze iets eigengereids ging doen.

'Goden, waarachtig, Arya, soms ben je toch zó kinderachtig,' zei Sansa. 'Dan ga ik alleen, dat is wél zo aangenaam. Dame en ik zullen de citroenkoeken allemaal opeten en ons kostelijk amuseren zonder jou.'

Ze draaide zich om en liep weg, maar Arya schreeuwde haar achterna: 'Ze zullen ook niet goedvinden dat jij Dame meeneemt.' Voordat Sansa een antwoord kon bedenken was ze weg, langs de rivier achter Nymeria aan.

Alleen en vernederd aanvaardde Sansa de lange terugweg naar de herberg, waar Septa Mordane op haar zou zitten wachten. Dame trippelde rustig met haar mee. Ze was bijna in tranen. Het enige dat ze wilde was dat alles prettig en aangenaam was, zoals in de liederen. Waarom kon Arya niet lief, verfijnd en vriendelijk zijn, zoals prinses Myrcella?

Sansa kon er met haar verstand niet bij hoe twee zusjes die maar twee jaar scheelden zo verschillend konden zijn. Het zou makkelijker zijn als Arya een bastaard was, net als hun halfbroer Jon. Ze *leek* zelfs op Jon, met dat lange hoofd en dat bruine Stark-haar, zonder een zweem van hun moeders trekken of teint. En Jons moeder was van *gewone* komaf geweest, dat werd althans gefluisterd. Eens, toen ze nog klein was, had Sansa haar moeder zelfs gevraagd of er soms een vergissing in het spel was. Wie weet hadden de gnurkers haar *echte* zusje wel gestolen. Maar moeder had alleen maar gelachen en nee gezegd: Arya was haar dochter en Sansa's wettig geboren zuster, bloed van hun bloed. Sansa zou niet weten waarom haar moeder daarover zou liegen, dus nam ze aan dat het waar was.

Toen ze het midden van het kamp naderde vergat ze al snel haar ellende. Rond de huiswagen van de koningin had zich een menigte verzameld. Sansa hoorde opgewonden stemmen zoemen als een bijenkorf. De deuren waren opengegooid, zag ze, en boven aan de houten trap stond de koningin glimlachend op iemand neer te kijken. Ze hoorde haar zeggen: 'De Raad bewijst ons een grote eer, waarde heren.'

'Wat is er aan de hand?' vroeg ze aan een page die ze kende.

'De Raad heeft ruiters uit Koningslanding gezonden om ons de rest van de weg te escorteren,' zei hij tegen haar. 'Een erewacht voor de koning.'

Sansa, die dolgraag wilde kijken, liet Dame een pad door de menigte banen. Haastig deinsden de mensen voor de schrikwolf naar achteren. Toen ze dichterbij kwam zag ze twee ridders voor de koningin neerknielen, in zulke fraaie en rijkversierde wapenrustingen dat ze met haar ogen knipperde.

Eén ridder droeg een ingewikkeld schubbenjak van wit email, glinsterend als versgevallen sneeuw, met zilveren drijfwerk en gespen die blonken in de zon. Toen hij zijn helm afzette zag Sansa dat het een oude man was, met haar dat even wit was als zijn wapenrusting, maar toch zag hij er sterk en elegant uit. Van zijn schouders hing de zuiver witte mantel van de koningsgarde.

Zijn metgezel was een jongeman van tegen de twintig met een harnas van mosgroene stalen platen. Hij was de knapste man die Sansa ooit had gezien, rijzig en krachtig gebouwd, met gitzwart haar dat tot op zijn schouders viel en een gladgeschoren gezicht omlijstte, en lachende groene ogen in de kleur van zijn harnas. Onder één arm hield hij een helm met geweistangen waarvan de top glansde als goud.

De derde vreemdeling had Sansa niet meteen gezien. Anders dan de anderen knielde hij niet. Hij stond aan een kant, naast de paarden, een broodmagere, grimmige man die het gebeuren in stilte gadesloeg. Zijn gezicht was pokdalig en baardeloos, met diepliggende ogen en holle wangen. Ook al was hij niet oud, hij had alleen nog wat haarslierten boven zijn oren groeien, maar die waren dan ook lang als bij een vrouw. Hij droeg een grauwe maliënkolder over vele lagen verhard leer, eenvoudig en onopgesmukt en getuigend van een jarenlang intensief gebruik. Boven zijn rechterschouder stak het bevlekte leren gevest uit van het wapen dat op zijn rug was vastgesnoerd, een tweehandig slagzwaard dat te lang was om opzij gedragen te worden.

'De koning is op jacht, maar ik weet dat hij verheugd zal zijn u te zien als hij terugkeert,' zei de koningin net tegen de twee ridders die voor haar neerknielden, maar Sansa kon haar ogen niet van de derde man afhouden. Hij leek het gewicht van haar blikken te bespeuren en draaide langzaam zijn hoofd haar kant op. Dame gromde. Sansa werd plotseling van een ongekende ontzetting vervuld. Ze deinsde achteruit en botste tegen iemand op.

Sterke handen grepen haar bij haar schouders. Even dacht Sansa dat het haar vader was, maar toen ze zich omdraaide keek het verbrande gezicht van Sandor Clegane op haar neer, zijn mond verwrongen in een afschuwelijke karikatuur van een glimlach. 'Je staat te trillen op je benen, meisje,' zei hij met knarsende stem. 'Jaag ik je zoveel schrik aan?'

Dat deed hij, al sinds ze voor het eerst de puinhoop had gezien die het vuur van zijn gezicht had gemaakt, ook al vond ze hem op dit moment niet half zo angstaanjagend als die ander. Toch rukte Sansa zich los uit zijn greep. De Jachthond lachte, en Dame ging tussen hen in staan en gromde een waarschuwing. Sansa zonk op haar knieën en sloeg haar armen om de wolf heen. Iedereen stond met open mond om haar heen, ze voelde hoe ze naar haar staarden, en hier en daar hoorde ze gemompeld commentaar en onderdrukt gelach.

'Een wolf,' zei een man, en iemand anders zei: 'Bij de zevenvoudige hel, dat is een schrikwolf,' en de eerste man zei: 'Wat doet die hier in het kamp?' en de knarsende stem van de Jachthond antwoordde: 'Die gebruiken de Starks als min,' en Sansa besefte dat de twee vreemde ridders op haar en Dame neerkeken, hun zwaarden getrokken, en weer was ze bang, en beschaamd. De tranen sprongen haar in de ogen.

Ze hoorde de koningin zeggen: 'Joffry, ga naar haar toe.'

En daar was haar prins.

'Laat haar met rust,' zei Joffry. Hij rees boven haar uit en bood een fraaie aanblik met die blauwe wol en dat zwarte leer en zijn gouden krullen die in de zon fonkelden als een kroon. Hij reikte haar de hand en hielp haar overeind. 'Wat is er, lieflijke jonkvrouw? Waarom bent u bevreesd? Niemand zal u kwaad doen. Steekt u allemaal uw zwaard weg. Die wolf is haar huisdier, meer niet.' Hij keek naar Sandor Clegane. 'Af, hond, je maakt mijn verloofde bang.'

De Jachthond, immer getrouw, boog en verdween onopvallend in de menigte. Sansa deed haar best zich te beheersen. Ze voelde zich een dwaas. Zij was een Stark van Winterfel, een edele vrouwe, en op een dag zou ze koningin zijn. 'Het kwam niet door hem, mijn lieve prins,' probeerde ze te verklaren. 'Het was die ander.'

De twee vreemde ridders wisselden een blik. 'Peyn?' grinnikte de jongeman in het groene harnas.

De oudere man in het wit zei vriendelijk tegen Sansa: 'Ser Ilyn jaagt mij ook vaak angst aan, lieflijke jonkvrouw. Zijn aanblik is vreeswekkend.'

'En zo hoort het ook.' De koningin was uit haar huiswagen afgedaald. De omstanders weken voor haar uiteen. 'Als de verdorvenen de gerechtigheid des konings niet vrezen hebt u de verkeerde man tot dat ambt beroepen.'

Eindelijk vond Sansa haar tong terug. 'Dan hebt u zeker de juiste man gekozen, Uwe Genade,' zei ze, en rondom haar barstte een storm van gelach los.

'Goed gezegd, kind,' zei de oude man in het wit. 'Zoals het de dochter van Eddard Stark betaamt. Het is mij een eer je te leren kennen, al vindt onze ontmoeting dan niet volgens de regels plaats. Ik ben ser Barristan Selmy, van de koningsgarde.' Hij boog.

Sansa kende de naam, en nu schoten de hoofse manieren die Septa Mordane haar door de jaren heen had bijgebracht haar weer te binnen. 'De bevelhebber van de koningsgarde,' zei ze, 'en de raadgever van onze koning Robert en van Aerys Targaryen vóór hem. De eer is geheel aan mij, waarde ridder. Zelfs in het verre noorden prijzen de zangers de daden van Barristan de Boude.'

De groene ridder lachte nogmaals. 'Barristan de Oude, zul je bedoelen. Vlei hem niet te zeer, kind, hij heeft toch al zo'n hoge dunk van zichzelf.' Hij glimlachte haar toe. 'Welaan, wolvenmeisje, als je ook mij een naam kunt geven zal ik moeten toegeven dat je waarlijk de dochter van onze Hand bent.'

Naast haar verstijfde Joffry. 'Let op uw woorden... spreekt u zo mijn verloofde toe?'

'Ik ken het antwoord,' zei Sansa snel om de woede van haar prins in de kiem te smoren. Ze glimlachte tegen de groene ridder. 'Uw helm draagt gouden geweistangen, heer. De hertenbok is het zegel van het koninklijk huis. Omdat u nog zo heel jong bent moet u Renling Baratheon zijn, heer van Stormeinde en raadgever van de koning, en zo noem ik u.'

Ser Barristan grinnikte. 'Omdat hij nog zo heel jong is kan hij niet meer dan een rondspringende snotaap zijn, en zo noem *ik* hem.'

Iedereen schoot in de lach, heer Renling voorop. De spanning van zoëven was gebroken, en Sansa begon zich net weer op haar gemak te voelen... toen ser Ilyn Peyn twee man opzij schoof en zonder te glimlachen voor haar kwam staan. Hij sprak geen woord. Dame ontblootte haar tanden en begon te grommen, een zacht, dreigend gebrom, maar ditmaal legde Sansa de wolf het zwijgen op door een hand lichtjes op haar kop te leggen. 'Het spijt me als ik u heb gekwetst, ser Ilyn,' zei ze.

Ze verwachtte een antwoord, maar dat bleef uit. De scherprechter keek op haar neer, en het leek net of zijn fletse, kleurloze ogen de kleren van haar afstroopten, en vervolgens haar huid, zodat haar ziel naakt voor hem stond. Nog steeds zwijgend draaide hij zich om en wandelde weg.

Sansa begreep het niet. Ze keek haar prins aan. 'Heb ik iets miszegd, Uwe Genade? Waarom spreekt hij niet tegen me?'

'Ser Ilyn is al veertien jaar niet zo spraakzaam meer,' merkte heer Renling met een lichtelijk boosaardig lachje op.

Joffry wierp zijn oom een blik vol pure afkeer toe en nam toen Sansa's hand in de hare. 'Aerys Targaryen heeft met gloeiende tangen zijn tong laten uitrukken.'

'Maar hij spreekt duidelijke taal met zijn zwaard,' zei de koningin, 'en zijn toewijding aan ons rijk is boven alle twijfel verheven.' Toen glimlachte ze aanvallig en zei: 'Sansa, onze waarde raadslieden en ik hebben samen het een en ander te bespreken voordat de koning en jouw vader terugkomen. Ik vrees dat we je dagje met Myrcella moeten uitstellen. Wees zo goed je lieve zusje mijn verontschuldigingen over te brengen. Joffry, misschien wil jij zo goed zijn onze gast vandaag bezig te houden?'

'Het zal me een genoegen zijn, moeder,' zei Joffry vormelijk. Hij nam haar bij de arm en leidde haar bij de huiswagen vandaan, en Sansa's humeur kreeg vleugels. Een hele dag met haar prins! Ze keek Joffry vol aanbidding aan. Hij was zo dapper, dacht ze. De manier waarop hij haar van ser Ilyn en de Jachthond had gered – waarachtig, het was net als in de liederen, zoals toen Serwyn van het Spiegelschild prinses Daeryssa van de reuzen bevrijdde, of toen prins Aemon de Drakenridder de eer van Koningin Naerys gewapenderhand tegen de laster van de boze ser Morgil verdedigde.

De aanraking van Joffry's hand op haar mouw deed haar hart sneller kloppen. 'Wat wilt u het liefst?'

Bij jou zijn, dacht Sansa, maar ze zei: 'Wat u maar wilt, mijn prins.'

Joffry dacht even na. 'We kunnen uit rijden gaan.'

'Oh, ik ben *dol* op rijden,' zei Sansa.

Joffry keek achterom naar Dame, die hun op de voet volgde. 'Die wolf van u zal hoogstwaarschijnlijk de paarden bang maken, en mijn hond maakt u blijkbaar bang. Laten we ze allebei achterlaten en er samen op uitgaan, wat vindt u?'

Sansa aarzelde. 'Als u dat wilt,' zei ze onzeker. 'Ik kan Dame wel vastbinden, denk ik.' Maar ze begreep het niet helemaal. 'Ik wist niet dat u een hond had...'

Joffry lachte. 'Om eerlijk te zijn is het mijn moeders hond. Ze heeft hem opgedragen mij te bewaken, en dat doet hij ook.'

'U bedoelt de Jachthond,' zei ze. Ze kon zich wel voor haar kop slaan dat ze zo traag van begrip was. Haar prins zou nooit van haar gaan houden als ze een domme indruk maakte. 'Is het veilig om hem achter te laten?'

Het leek prins Joffry te ergeren dat ze dat zelfs maar vroeg. 'Weest u maar niet bang, jonkvrouwe. Ik ben bijna volwassen en ik vecht niet met hout, zoals uw broers. Ik heb Clegane niet nodig. Alles wat ik nodig heb is dit.' Hij trok zijn zwaard en toonde het haar: een slagzwaard dat op handige wijze was verkort om geschikt te zijn voor een jongen van twaalf, glanzend blauw staal, gesmeed in een slotsmidse, tweesnijdend, met een leren gevest en een gouden knop in de vorm van een leeuwenkop. Sansa slaakte een bewonderende kreet, en Joffry keek vergenoegd. 'Ik noem het Leeuwentand,' zei hij.

En zo lieten ze haar schrikwolf en zijn lijfwacht achter en reden langs de noordelijke oever van de Drietand naar het oosten, slechts vergezeld door Leeuwentand.

Het was een prachtige dag, een betoverende dag. De lucht was warm en zwaar, vol bloemengeuren, en de bossen hier waren van een lieflijke schoonheid die Sansa in het noorden nooit had gezien. Prins Joffry's rijdier was een volbloed vossenhengst, snel als de wind. Hij liet hem met roekeloze overgave voortstuiven, zo snel dat Sansa grote moeite had het tempo op haar merrie bij te houden. De dag leek gemaakt voor avonturen. Ze onderzochten de grotten langs de rivieroever en volgden de sporen van een schaduwkat tot aan zijn leger, en toen ze honger kregen vond Joffry door op de rook af te gaan een hofstede, waar hij bevel gaf de prins en zijn jonkvrouw van voedsel en wijn te voorzien. Ze aten verse forel uit de rivier, en Sansa dronk meer wijn dan ze ooit tevoren had gedaan. 'Mijn vader laat ons maar één beker drinken, en dan alleen nog maar op feesten,' bekende ze tegen haar prins.

'Mijn verloofde kan drinken zoveel ze wil,' zei Joffry en vulde haar beker bij.

Na de maaltijd gingen ze wat langzamer. Joffry zong voor haar onder het rijden, zijn stem hoog, lieflijk en zuiver. Sansa was een beetje duizelig van de wijn. 'Moeten we zo langzamerhand niet terug?' vroeg ze.

'Zo meteen,' zei Joffry. 'Het slagveld ligt vlak voor ons, bij de bocht in de rivier. Daar heeft mijn vader Rhaegar Targaryen gedood, je weet wel. Hij heeft zijn borst ingeslagen, *krak*, dwars door zijn wapenrusting heen.' Joffry zwaaide met een denkbeeldige strijdhamer om haar te laten zien hoe dat in zijn werk ging. 'Daarna sloeg mijn oom Jaime de ouwe Aerys dood en werd mijn vader koning. Wat is dat voor geluid?'

Sansa hoorde het ook. Het kwam aanzweven door het geboomte, een soort geratel van hout, *klak, klak, klak*. 'Ik weet het niet,' zei ze. Maar ze werd er nerveus van. 'Laten we teruggaan, Joffry?'

'Ik wil weten wat het is.' Joffry keerde zijn paard in de richting van de geluiden, dus Sansa was wel gedwongen hem te volgen. De geluiden werden luider en duidelijker, het geklak van hout op hout, en toen ze nog dichterbij kwamen hoorden ze ook een zwaar gehijg, en zo nu en dan gegrom.

'Er is daar iemand,' zei Sansa nerveus. Ze merkte dat ze aan Dame dacht en wenste dat de schrikwolf bij haar was.

'Bij mij ben je veilig.' Joffry trok zijn Leeuwentand uit de schede. De klank van staal tegen leer bezorgde haar de rillingen. 'Deze kant op,' zei hij en reed een bosje door.

Daarachter, op een open plek met uitzicht over de rivier, troffen ze een jongen en een meisje aan die riddertje speelden. Hun zwaarden waren houten stokken, zo te zien bezemstelen, en ze draafden over het gras en hakten met verve op elkaar in. De jongen was jaren ouder, een kop groter en een stuk sterker, en hij was in de aanval. Het meisje, een spichtig geval, in smerig leer gehuld, week telkens uit en wist met haar stok de meeste klappen van de jongen af te weren, maar niet allemaal. Toen ze naar hem wilde uithalen ving hij haar stok op met de zijne, zwiepte hem opzij en liet zijn hout hard op haar vingers neerkomen. Ze slaakte een kreet en liet haar wapen los.

Prins Joffry lachte. Geschrokken en met grote ogen keek de jongen om en liet zijn stok in het gras vallen. Het meisje keek hen woedend aan terwijl ze op haar knokkels zoog om de pijn te verzachten, en Sansa was ontzet. '*Arya?*' riep ze ongelovig.

'Ga weg!' schreeuwde Arya terug met tranen van boosheid in haar ogen. 'Wat doen jullie hier? Laat ons met rust!'

Joffry keek van Arya naar Sansa en terug. 'Jouw zusje?' Ze knikte en kreeg een kleur. Joffry bestudeerde de jongen, een lompe knaap met een grof sproetengezicht en dik rood haar. 'En wie ben jij, jongen?' vroeg hij op een bevelende toon die geen rekening hield met het feit dat de ander verscheidene jaren ouder was dan hij.

'Myca,' prevelde de jongen. Hij had de prins herkend en wendde zijn blik af. 'Heer.'

'Hij is de zoon van de slager,' zei Sansa.

'Hij is mijn vriend,' zei Arya vinnig. 'Laat hem met rust.'

'Een slagersjongen die ridder wil worden, hè?' Joffry sprong van zijn paard met zijn zwaard in de hand. 'Raap dat zwaard op, slagerszoon,' zei hij, en zijn ogen glommen van plezier. 'We zullen eens zien wat je kunt.'

Versteend van schrik bleef Myca staan.

Joffry liep op hem af. 'Toe dan, raap op. Of vecht je alleen met kleine meisjes?'

'Ik dee 'et omdat zij 'et wou, heer,' zei Myca. 'Zij *wou* 't.'

Sansa hoefde Arya maar aan te kijken en de blos op het gezicht van haar zusje te zien om te weten dat de jongen de waarheid sprak, maar Joffry was niet in de stemming om te luisteren. De wijn had hem wild gemaakt. 'Raap je dat zwaard nog op of hoe zit dat?'

Myca schudde zijn hoofd. 'Het is maar een stok, heer. 't Is niks geen zwaard, alleen maar een stok.'

'En jij bent alleen maar een slagerszoon, en geen ridder.' Joffry hief Leeuwentand op en zette de punt tegen Myca's wang, vlak onder zijn oog. De jongen stond te beven. 'Je hebt zojuist de zuster van mijn jonkvrouw geslagen, weet je dat?' Een helderrode bloesemknop van bloed bloeide op waar zijn zwaard in Myca's huid prikte, en een trage rode streep sijpelde over de wang van de jongen omlaag.

'*Hou op!*' gilde Arya. Ze greep haar gevallen stok.

Sansa was bang. 'Arya, hou je erbuiten.'

'Ik zal hem niet... al te veel pijn doen,' zei prins Joffry tegen Arya, zonder zijn blik ook maar een ogenblik van de slagerszoon af te wenden.

Arya ging in de aanval.

Sansa liet zich van haar merrie glijden, maar ze was te langzaam. Arya haalde met beide handen uit. Luid krakend spleet het hout op het achterhoofd van de prins kapot, en toen gebeurde alles tegelijkertijd ten aanschouwen van de ontzette Sansa. Joffry wankelde en draaide zich abrupt om, luid vloekend. Myca rende zo snel zijn voeten hem dragen konden naar het bosje. Arya haalde opnieuw naar de prins uit, maar nu weerde Joffry de slag met Leeuwentand af, zodat de gebroken stok uit haar handen vloog. Zijn achterhoofd zat onder het bloed en zijn ogen spuwden vuur. Sansa krijste: 'Nee, nee, hou op, hou op, allebei, jullie bederven alles,' maar niemand luisterde. Arya raapte een steen op en smeet hem naar Joffry's hoofd. In plaats van hemzelf raakte ze zijn paard, en de volbloed vos steigerde en galoppeerde ervandoor, achter Myca aan. '*Ophouden, niet doen, ophouden!*' gilde Sansa. Joffry haalde met zijn zwaard naar Arya uit en braakte ondertussen obsceniteiten uit, afschuwelijke woorden, smerige woorden. Arya sprong achteruit, bang geworden, maar Joffry achtervolgde haar en dreef haar naar het bos tot ze met haar rug tegen een boom stond. Sansa wist niet wat ze moest doen. Hulpeloos keek ze toe, bijna verblind door haar tranen.

Toen flitste er een grijze vlek voorbij, en plotseling was Nymeria daar. Ze sprong, en haar kaken sloten zich rond Joffry's zwaardarm. Het staal viel uit zijn vingers toen de wolf hem tegen de grond smeet, en ze rolden door het gras. De wolf gromde en rukte aan hem, de prins krijste het uit van de pijn. 'Haal dat beest *weg*,' schreeuwde hij. '*Haal hem van me af!*'

Arya's stem knalde als een zweep. '*Nymeria!*'

De schrikwolf liet Joffry los en kwam naast Arya staan. De prins lag in het gras te piepen en hield zijn gehavende arm vast. Zijn wambuis was met bloed doordrenkt. Arya zei: 'Ze heeft je niet... al te veel pijn gedaan.' Ze raapte Leeuwentand op en kwam naast hem staan, het zwaard in beide handen.

Joffry keek met een bang piepgeluid naar haar op. 'Nee,' zei hij. 'Je mag me niets doen. Ik zal het tegen mijn moeder zeggen.'

'*Laat hem met rust!*' schreeuwde Sansa tegen haar zuster.

Arya keerde zich met een ruk om en smeet met inzet van haar hele lichaam het zwaard weg. Toen het boven de rivier zeilde blikkerde het blauwe staal in de zon. Het kwam op het water neer en verdween met een plons. Joffry kreunde. Arya rende op haar paard af, op de voet gevolgd door Nymeria.

Toen ze weg waren liep Sansa naar prins Joffry toe. Hij had zijn ogen dichtgeknepen van de pijn en zijn ademhaling gierde. Sansa knielde naast hem neer. 'Joffry,' snikte ze. 'O, kijk toch eens wat ze gedaan hebben, kijk eens wat ze gedaan hebben. Mijn arme prins. Niet bang zijn. Ik zal naar de hofstede rijden om hulp te halen.' Teder stak ze een hand uit en streek zijn zachte blonde haar opzij.

Zijn ogen schoten open en staarden haar aan. Er school niets dan afkeer in, niets dan de diepste verachting. '*Ga* dan,' beet hij haar toe. 'En *raak me niet aan*.'

Eddard

'Ze hebben haar gevonden, heer.'

Ned schoot overeind. 'Onze mannen of die van Lannister?'

'Jory,' antwoordde zijn rentmeester Vayon Poel. 'Ze mankeert niets.'

'De goden zij dank,' zei Ned. Zijn mannen waren nu vier dagen naar Arya op zoek, maar ook de mensen van de koningin hadden jacht op haar gemaakt. 'Waar is ze? Zeg tegen Jory dat hij haar meteen hier brengt.'

'Het spijt me, heer,' zei Poel. 'De poortwachters waren Lannisters, en toen Jory haar binnenbracht hebben ze de koningin ingelicht. Ze wordt meteen voor de koning geleid...'

'Dat *ellendige* mens!' zei Ned terwijl hij naar de deur beende. 'Ga Sansa zoeken en neem haar mee naar de gehoorzaal. Misschien heeft zij ook iets te zeggen.' Laaiend van woede daalde hij de torentrap af. De eerste drie dagen had hij de zoektochten zelf aangevoerd, en sinds Arya's verdwijning had hij nauwelijks een oog dichtgedaan. Vanmorgen was hij zo neerslachtig en uitgeput geweest dat hij bijna niet op zijn benen kon staan, maar nu was hij in woede ontstoken, en dat gaf hem kracht.

Toen hij de binnenplaats van het kasteel overstak riep iemand iets tegen hem, maar in zijn haast negeerde hij het. Hij zou het liefst zijn gaan rennen, maar hij was nog altijd de Hand des Konings, en die moest zijn waardigheid bewaren. Hij was zich bewust van de blikken die hem volgden, van de mompelende stemmen die zich afvroegen wat hij zou doen.

Het kasteel was een bescheiden sterkte, een halve dagreis ten zuiden van de Drietand. Het koninklijke gezelschap had zich ongenood aan de kasteelheer, ser Reimon Darring, opgedrongen. Ondertussen werd er langs beide rivieroevers jacht gemaakt op Arya en de slagerszoon. Ze waren geen welkome gasten. Ser Reimon leefde onder de koningsvrede, maar zijn geslacht had bij de Trident onder Rhaegars drakenbanieren gestreden, en zijn drie oudere broers hadden daar de dood gevonden, iets wat noch Robert, noch ser Reimon vergeten was. Nu de mannen van de koning, die van Darring, die van Lannister en die van Stark met z'n allen in een veel te klein kasteel opeengepakt zaten liepen de spanningen hoog op.

De koning had zich de gehoorzaal van ser Reimon toegeëigend, en dat was waar Ned hen aantrof. Toen hij binnen kwam stormen was de zaal stampvol. Te vol, dacht hij. Onder vier ogen hadden hij en Robert de zaak misschien in der minne kunnen schikken.

Robert hing in de hoge zetel van Darring aan het andere eind van de zaal, zijn gezicht nors en gesloten. Cersei Lannister en haar zoon stonden naast hem. De hand van de koningin rustte op Joffry's schouder. Diens arm was nog steeds met dikke zijden verbanden omwikkeld.

Arya stond midden in de zaal, met alleen Jory Cassel naast zich en aller ogen op zich gericht. 'Arya!' riep Ned luidkeels. Hij liep naar haar toe, en zijn laarzen galmden op de stenen vloer. Toen ze hem zag slaakte ze een kreet en barstte in snikken uit.

Ned liet zich op één knie zakken en sloeg zijn armen om haar heen. Ze stond te trillen op haar benen. 'Het spijt me,' snikte ze. 'Het spijt me, het spijt me.'

'Dat weet ik,' zei hij. Wat leek ze nietig, zo in zijn armen, niet meer dan een spichtig klein meisje. Het was bijna niet te bevatten hoe zij zoveel moeilijkheden had kunnen veroorzaken. 'Ben je gewond?'

'Nee.' Haar gezicht was vuil, en haar tranen trokken roze sporen over haar wangen. 'Ik heb wel een beetje honger. Ik heb wat bessen gegeten, maar verder was er niets.'

'Je krijgt straks iets te eten,' beloofde Ned. Hij kwam overeind en keek de koning aan. 'Wat heeft dit te betekenen?' Zijn ogen gleden de zaal door, op zoek naar welwillende blikken. Op die van zijn eigen mannen na waren dat er bar weinig. Ser Reimon Darring hield zijn gezicht strak in de plooi. Dat van heer Renling vertoonde een klein lachje dat van alles kon betekenen en de oude ser Barristan keek ernstig. De overigen waren mannen van Lannister, en die keken vijandig. Hun enige geluk was dat zowel Jaime Lannister als Sandor Clegane ontbrak, omdat ze allebei een zoektocht ten noorden van de Drietand leidden. 'Waarom is mij niet verteld dat mijn dochter gevonden was?' vroeg hij op hoge toon. 'Waarom is ze niet onmiddellijk bij mij gebracht?'

Hij richtte zich tot Robert, maar het was Cersei Lannister die antwoord gaf. 'Hoe *waag* je het je koning op die manier toe te spreken!'

De koning kwam in beweging. 'Zwijg, vrouw!' snauwde hij en ging rechtop in zijn zetel zitten. 'Het spijt me, Ned. Het was echt niet mijn bedoeling om het meisje bang te maken. Het leek mij het beste haar hier te brengen en de kwestie zo snel mogelijk af te handelen.'

'En welke kwestie mag dat wel wezen?' Ned zorgde dat zijn stem ijzig klonk.

De koningin deed een stap naar voren. 'Dat weet je heel goed, Stark. Dat kind van jou heeft mijn zoon aangevallen. Zij en die slagersjongen van haar. Dat beest van haar heeft geprobeerd zijn arm af te rukken.'

'Dat is niet waar,' zei Arya luid. 'Ze heeft hem alleen maar een beetje gebeten. Hij deed Myca pijn.'

'Joff heeft ons verteld wat er is gebeurd,' zei de koningin. 'Jij en die slagersjongen hebben hem met stokken geslagen en tegelijkertijd heb je je wolf op hem afgehitst.'

'Zo is het niet gegaan,' zei Arya, weer bijna in tranen. Ned legde een hand op haar schouder.

'Wel degelijk!' zei Joffry met klem. 'Ze vielen me met z'n allen aan en zij heeft Leeuwentand in de rivier gesmeten!' Het viel Ned op dat hij onder het spreken zelfs niet naar Arya gluurde.

'Leugenaar!' gilde Arya.

'Hou je mond!' gilde de prins terug.

'*Genoeg*!' brulde de koning terwijl hij uit zijn zetel oprees. Zijn stem was schor van ergernis. Er viel een stilte. Boven zijn dichte baard keek hij Arya boos aan. 'En nu vertel je me wat er is gebeurd, kind. Je vertelt alles, en naar waarheid. Het is een ernstige misdaad om tegen een koning te liegen.' Toen keek hij zijn zoon aan. 'Als ze uitgesproken is kom jij aan de beurt. Tot dan hou je je mond.'

Toen Arya van wal stak hoorde Ned hoe de deur achter hem openging. Hij keek over zijn schouder en zag Vayon Poel binnenkomen met Sansa. Terwijl Arya aan het woord was bleven ze rustig achter in de zaal staan. Toen ze het gedeelte bereikte waarin ze Joffry's zwaard pardoes in de Drietand gooide schoot Renling Baratheon in de lach. De koning zette zijn stekels op. 'Ser Barristan, wilt u mijn broer naar buiten begeleiden voordat hij stikt?'

Heer Renling onderdrukte zijn lach. 'Mijn broer is al te vriendelijk. Ik kan de deur zelf wel vinden.' Hij boog naar Joffry. 'Misschien hoor ik later nog eens van je hoe een negenjarig meisje dat niet groter is dan een verzopen rat, erin geslaagd is je met een bezemsteel te ontwapenen en je zwaard in de rivier te smijten.' Terwijl de deur achter hem dichtviel hoorde Ned hem met een hernieuwd geproest 'Leeuwentand' zeggen.

Met een bleek gezicht begon Joffry aan zijn nogal afwijkende versie van de gebeurtenissen. Toen zijn zoon uitgesproken was kwam de koning zwaar uit zijn zetel overeind. Hij keek alsof hij overal liever zou zijn dan hier. 'Bij de zevenvoudige hel, wat moet ik hier nu mee? Hij zegt zus en zij zegt zo.'

'Zij waren niet de enige aanwezigen,' zei Ned. 'Sansa, kom hier.' Ned had de avond na Arya's verdwijning haar versie van het verhaal gehoord. Hij kende de waarheid. 'Vertel ons wat er gebeurd is.'

Aarzelend stapte zijn oudste dochter naar voren. Ze was gekleed in met wit omzoomd blauw fluweel en had een zilveren halsketting om. Haar dikke, kastanjebruine haar was geborsteld tot het glansde. Met knipperende ogen keek ze naar haar zuster en toen naar de jonge prins. 'Ik weet het niet,' zei ze betraand en zag eruit alsof ze zich het liefst uit de voeten had gemaakt. 'Ik weet het niet meer. Het ging allemaal zo snel, ik heb het niet gezien...'

'*Rotmeid!*' krijste Arya. Als een pijl uit de boog schoot ze op haar zuster af, smeet Sansa tegen de grond en begon haar te stompen. 'Liegbeest, liegbeest, liegbeest!'

'Arya, *ophouden!*' schreeuwde Ned. Jory trok haar schoppend en trappend van haar zuster af. Ned hielp Sansa, die bleek en beverig was, op de been. 'Heeft ze je pijn gedaan?' vroeg hij, maar zij staarde naar Arya en leek hem niet te horen.

'Die meid is al net zo wild als dat rotbeest van haar,' zei Cersei Lannister. 'Robert, ik wil dat ze gestraft wordt.'

'Zevenvoudige hel,' vloekte Robert. 'Kijk naar haar, Cersei. Ze is nog een kind. Wat had je gewild dat ik deed, haar de straten door laten geselen? Kinderen vechten altijd, verdorie nog aan toe. Het is afgelopen. Er is geen blijvend letsel toegebracht.'

De koningin was razend. 'Joff zal die littekens de rest van zijn leven houden.'

Robert Baratheon keek naar zijn oudste zoon. 'Dat moet dan maar. Wie weet leert hij er iets van. Ned, zorg dat je je dochter de les leest. Dan neem ik mijn zoon voor mijn rekening.'

'Gaarne, Uwe Genade,' zei Ned met enorme opluchting.

Robert wilde wegwandelen, maar de koningin was nog niet klaar. 'En die schrikwolf?' riep ze hem achterna. 'Het beest dat je zoon te grazen heeft genomen?'

De koning bleef staan, keerde zich om en fronste zijn wenkbrauwen. 'Ik was die ellendige wolf alweer vergeten.'

Ned zag Arya verstijven in Jory's armen. Snel zei Jory. 'We hebben geen spoor van de schrikwolf gevonden, Uwe Genade.'

Daar leek Robert niet ongelukkig mee. 'Nee? Het zij zo.'

Met stemverheffing zei de koningin: 'Honderd gouden draken voor de man die me zijn huid brengt!'

'Een duur pelsje,' gromde Robert. 'Ik wens hier part noch deel aan te hebben, vrouw. Je koopt je bont maar met het goud van de Lannisters.'

De koningin keek hem koeltjes aan. 'Ik wist niet dat je zo krenterig was. Ik dacht dat ik getrouwd was met een koning die voor zonsondergang een wolvenvacht over mijn bed zou leggen.'

Roberts gezicht werd donker van woede. 'Dat zou een fraai staaltje zijn, zo zonder wolf.'

'We hebben een wolf,' zei Cersei Lannister. Ze zei het doodkalm, maar haar groene ogen fonkelden triomfantelijk.

Het duurde even voor iedereen haar begreep, maar toen het eenmaal zover was haalde de koning geërgerd zijn schouders op. 'Zoals je wilt. Laat ser Ilyn daar maar voor zorgen.'

'Dat kun je niet menen, Robert,' protesteerde Ned.

De koning was niet in de stemming om nog verder te redetwisten. 'Genoeg, Ned. Ik wil er niets meer over horen. Een schrikwolf is een wild beest. Vroeg of laat zou deze zich op jouw dochter hebben gestort zoals die andere zich op mijn zoon heeft gestort. Geef haar een hond, daar zal ze gelukkiger mee zijn.'

Toen leek het eindelijk tot Sansa door te dringen. Met bange ogen zocht ze haar vaders gezicht. 'Hij heeft het toch niet over Dame? Nee toch?' Ze las de waarheid op zijn gezicht. 'Nee,' zei ze. 'Nee, niet Dame. Dame heeft niemand gebeten, ze is braaf...'

'Dame was er niet bij,' schreeuwde Arya boos. 'Laat haar met rust!'

'Hou ze tegen,' smeekte Sansa. 'Zorg dat ze het niet doen, alstublieft, alstublieft, het was Dame niet, het was Nymeria, Arya heeft het gedaan, dat kunt u niet doen, het was Dame niet, laat ze Dame geen kwaad doen, ik zorg ervoor dat ze braaf is, ik beloof het, ik beloof het...' Ze begon te huilen.

Het enige dat Ned kon doen was haar in zijn armen nemen en vasthouden terwijl ze huilde. Dwars door de zaal heen keek hij Robert aan. Zijn oude vriend, die hem nader stond dan een broer. 'Alsjeblieft Robert. Omwille van de liefde die je mij toedraagt. Omwille van je liefde die je mijn zuster toedroeg. Alsjeblieft.'

De koning keek hen één langdurig ogenblik aan en richtte zijn ogen toen op zijn vrouw. 'Ellendige Cersei,' zei hij vol weerzin.

Terwijl hij zich voorzichtig uit Sansa's greep losmaakte stond Ned op. Alle vermoeidheid van de afgelopen vier dagen was teruggekomen. 'Doe het dan zelf, Robert,' zei hij met een stem, koud en scherp als staal. 'Breng dan tenminste de moed op om het zelf te doen.'

Robert keek Ned met nietszeggende, lege ogen aan en liep weg zonder een woord, met loodzware stappen. Stilte vulde de zaal.

'Waar is die schrikwolf?' vroeg Cersei Lannister toen haar echtgenoot weg was. Naast haar stond prins Joffry te glimlachen.

'Het beest is vastgelegd buiten het poortgebouw, Uwe Genade,' antwoordde ser Barristan Selmy aarzelend.

'Laat Ilyn Peyn halen.'

'Nee,' zei Ned. 'Jory, breng de meisjes terug naar hun kamers en kom dan met IJs naar mij toe.' De woorden waren als gal op zijn tong, maar hij wist ze over zijn lippen te krijgen: 'Als het dan moet, zal ik het doen.'

Cersei Lannister bekeek hem wantrouwig. 'Jij, Stark? Is dit een slimmigheidje? Waarom zou jij zoiets doen?'

Ze staarden hem allemaal aan, maar het was Sansa's blik die door zijn ziel sneed. 'Ze komt uit het noorden. Ze heeft beter verdiend dan een slager.'

Hij liep de zaal uit met brandende ogen en de jammerklachten van zijn dochter in de oren, en trof de jonge schrikwolf vasgeketend op de aangewezen plek aan. Ned ging een poosje naast haar zitten. 'Dame,' zei hij en proefde de naam op zijn tong. Hij had nooit veel aandacht geschonken aan de namen die de kinderen hadden uitgezocht, maar nu hij naar haar keek besefte hij dat Sansa een goede keus had gedaan. Dit was de kleinste uit het nest, de leukste om te zien, de liefste en de goedaardigste. Ze keek hem met glanzende gouden ogen aan, en hij woelde door haar dikke grijze vacht.

Kort daarop bracht Jory hem IJs.

Nog nooit was iets Eddard Stark zo zwaar gevallen. Na afloop zei hij: 'Kies vier mannen uit en gelast hun het lichaam naar het noorden te brengen. Laat haar in Winterfel begraven.'

'Dat hele eind?' zei Jory verwonderd.

'Dat hele eind,' bevestigde Ned. '*Deze* vacht zal dat mens van Lannister nooit krijgen.'

Hij was net onderweg naar de toren om zich eindelijk aan de slaap over te geven toen Sandor Clegane en zijn ruiters door de slotpoort kwamen daveren, terug van hun jachtpartij.

Achter hem hing iets over zijn strijdros, iets zwaars, in een bebloede mantel gewikkeld. 'Geen spoor van je dochter, Hand,' raspte de Jachthond hem toe, 'maar het was niet helemaal een verloren dag. We hebben haar speeltje te pakken gekregen.' Hij reikte met een hand naar achteren en schoof de last van zijn paard. Die viel met een plof voor Ned op de grond.

Ned boog zich voorover en trok de mantel weg. Het werd hem bang te moede bij de gedachte wat hij tegen Arya zou moeten zeggen, maar het bleek toch niet Nymeria te zijn. Het was de slagerszoon Myca. Zijn lichaam was met geronnen bloed overdekt. Hij was van zijn schouder tot zijn middel met één vreselijke houw van bovenaf vrijwel in tweeën gekliefd.

'Jullie hebben hem opgejaagd als wild,' zei Ned.

Door het staal van zijn weerzinwekkende hondenkophelm heen leken de ogen van de Jachthond te fonkelen. 'Hij rende weg.' Hij keek naar Neds gezicht en lachte. 'Maar niet al te hard.'

Bran

Het leek of hij al jaren viel.

Vlieg, fluisterde een stem in het donker, maar Bran wist niet hoe dat moest, dus was vallen het enige dat erop zat.

Maester Luwin maakte een jongetje van klei, bakte het tot het hard en bros was, trok het Brans kleren aan en smeet het van een dak. Bran wist nog hoe het verbrijzeld was. 'Maar ik val nooit,' zei hij al vallend.

De grond was zo ver onder hem dat hij nauwelijks zichtbaar was door de grauwe nevel die om hem heen wolkte, maar Bran voelde wel hoe snel hij viel, en hij wist wat hem beneden te wachten stond. Zelfs in je dromen kon je niet eeuwig vallen. Hij wist dat hij wakker zou worden vlak voor hij de grond raakte. Je werd altijd wakker vlak voor je de grond raakte.

En zo niet? vroeg de stem.

De grond was nu dichterbij, nog steeds ver weg, duizend mijl ver, maar dichterbij dan eerst. Het was koud in het donker. Geen zon en sterren, alleen de grond beneden die omhoogkwam om hem te verpletteren, en grauwe nevels, en die fluisterstem. Hij wilde huilen.

Niet grienen. Vliegen.

'Ik kan niet vliegen,' zei Bran. 'Dat kan ik niet, dat kan ik niet...'

Hoe weet je dat? Heb je het ooit geprobeerd?

De stem was hoog en ijl. Bran keek om zich heen om te zien wie er sprak. Een rondcirkelende kraai volgde zijn val, net buiten bereik. 'Help me,' zei hij.

Ik doe mijn best, antwoordde de kraai. *Zeg, heb je ook maïs?*

Terwijl het donker duizelingwekkend om hem heen draaide stak Bran een hand in zijn zak. Toen hij hem eruit trok gleden de gouden korrels door zijn vingers de lucht in. Ze vielen met hem mee.

De kraai streek neer op zijn hand en begon te eten.

'Ben jij echt een kraai?' vroeg Bran.

Ben jij echt aan het vallen? kaatste de kraai terug.

'Het is maar een droom,' zei Bran.

O ja? vroeg de kraai.

'Als ik straks de grond raak word ik wakker,' zei Bran tegen de vogel.

Als jij straks de grond raakt ga je dood, zei de kraai en ging verder met maïs eten.

Bran keek omlaag. Hij zag nu bergen met wit besneeuwde pieken, en het zilveren lint van rivieren in donkere wouden. Hij sloot zijn ogen en begon te huilen.

Daar heb je niets aan, zei de kraai. *Ik zei toch dat je moest vliegen in plaats van te grienen. Zo moeilijk is dat toch niet? Ik doe het ook*. De kraai schoot de lucht in en vloog om Brans hand.

'Jij hebt vleugels,' merkte Bran op.

Jij misschien ook.

Bran betastte zijn schouders op zoek naar vleugels.

Je hebt vleugels en vleugels, zei de kraai.

Bran staarde naar zijn armen en benen. Hij was mager, vel over been. Was hij altijd al zo dun geweest? Hij groef in zijn herinnering. Vanuit de grauwe nevel kwam een gezicht bovendrijven dat een gouden licht uitstraalde. 'Wat ik al niet doe uit liefde,' zei het.

Bran gilde het uit.

De kraai vloog krassend op. *Dat niet*, krijste die tegen hem. *Dat moet je vergeten, daar heb je nu niets aan, zet het van je af, zet het van je af*. De vogel landde op Brans schouder en pikte naar hem, en het goud glanzende gezicht was weg.

Bran viel sneller dan ooit. Hij suisde omlaag naar de aarde en de grauwe nevels floten om hem heen. 'Wat doe je met me?' vroeg hij in tranen aan de kraai.

Ik leer je vliegen.

'Ik kan niet vliegen!'

Je vliegt nu.

'Ik *val*!'

Elke vlucht begint met een val, zei de kraai. *Kijk omlaag.*

'Ik ben bang...'

KIJK OMLAAG!

Bran keek omlaag en werd helemaal slap van angst. De grond schoot nu op hem af. De hele wereld lag onder hem uitgespreid, een gobelin van wit, bruin en groen. Hij kon alles zo duidelijk zien dat hij even vergat om bang te zijn. Hij kon het hele rijk zien, en iedereen die erin was.

Hij zag Winterfel zoals de adelaars het zien, de hoge torens, die van boven af stomp en gedrongen leken, de kasteelmuren niet meer dan streepjes in het stof. Hij zag Maester Luwin op zijn balkon de hemel bestuderen door een buis van gepolijst brons en met gefronste wenkbrauwen aantekeningen maken in een boek. Hij zag zijn broer Robb, langer en sterker dan hij hem zich herinnerde, op de binnenplaats met een zwaard van echt staal oefenen. Hij zag Hodor, de simpele reus uit de stallen, een aambeeld op zijn schouder tillen zoals een ander een baal hooi en het naar Mikkens smidse dragen.

In het hart van het godenwoud stond de grote witte weirboom peinzend over zijn spiegelbeeld in de zwarte poel gebogen, en een kille wind ritselde door zijn bladeren. Toen de boom bespeurde dat Bran hem gadesloeg wendde hij zijn ogen van het roerloze water af en staarde welbewust terug.

Bran keek naar het oosten en zag een galei over het water van de Beet scheren. Hij zag zijn moeder alleen in een kooi zitten, haar blik gericht op een bebloed mes dat voor haar op een tafel lag, terwijl de roeiers aan de riemen rukten en ser Rodrik rillend en schokkend over een reling hing. Voor hen uit stak een storm op, een enorme, brullende duisternis, opgezweept door bliksemschichten, maar om de een of andere reden zagen zij die niet.

Hij keek naar het zuiden en zag de brede, blauwgroene Drietand bruisen. Hij zag zijn vader pleiten bij de koning, zijn gezicht smartelijk doorgroefd. Hij zag hoe Sansa zich 's nachts in slaap huilde en hoe Arya zwijgend toekeek en haar geheimen inkapselde in haar hart. Overal rondom hen hingen schaduwen. Eén schaduw was asgrauw, met een afschuwelijke hondenkop. Een andere had een harnas als de zon, goudglanzend en prachtig. Een reus in stenen wapenrusting torende boven die twee uit, maar toen hij zijn vizier opsloeg was daarbinnen niets dan duisternis en dik, zwart bloed.

Hij hief zijn ogen op en kon duidelijk de overkant van de zee-engte zien: de Vrijsteden en de groene zee van de Dothraki, en daarachter Vaes Dothrak onder aan de berg, de fabuleuze landen van de Jaden Zee, Asshai bij de Schaduw, waar draken zich roerden onder de rijzende zon.

Ten slotte keek hij naar het noorden. Hij zag de kristalblauwe fonkeling van de Muur, en zijn bastaardbroer Jon, die alleen in een koud bed sliep en wiens huid bleek en ruw werd omdat elke herinnering aan warmte hem ontglipte. En hij keek voorbij de Muur, voorbij de eindeloze, besneeuwde wouden, voorbij de bevroren kust en de grote, blauwwitte ijsrivieren, en de dode vlakten waar niets groeide en bloeide. Steeds verder noordwaarts ging zijn blik, naar het gordijn van licht aan het einde van de wereld, en toen daarachter. Hij keek diep in het hart van de winter en schreeuwde het uit van angst, en de gloed van zijn tranen brandde op zijn wangen.

Nu weet je het, fluisterde de kraai vanaf zijn schouder. *Nu weet je waarom je moet blijven leven.*

'Waarom?' zei Bran zonder het te begrijpen, en hij viel en viel.

Omdat het winter wordt.

Bran keek naar de kraai op zijn schouder en de kraai keek terug. Hij had drie ogen, en het derde was vol van een gruwelijk weten. Bran keek omlaag. Onder hem was nu niets dan sneeuw, kou en dood, een bevroren woestenij waar hem een omhelzing van scherpgepunte, blauwwitte pinakels van ijs wachtte. Ze schoten als speren naar hem omhoog. Hij zag de beenderen van duizenden andere dromers die op de punten waren gespietst. Hij was afgrijselijk bang.

'Als je bang bent, kun je dan toch moedig zijn?' hoorde hij zijn eigen stem vragen, dun en ver weg.

En zijn vaders stem antwoordde: 'Dat is het enige moment waarop je moedig kunt zijn.'

Nu, Bran, drong de kraai aan. *Je moet kiezen. Vliegen of sterven.*

Krijsend sloeg de dood zijn klauwen naar hem uit.

Bran spreidde zijn armen uit en vloog.

Onzichtbare vleugels dronken de wind in, welfden zich en stuwden hem omhoog. De verschrikkelijke ijsnaalden onder hem werden kleiner. Boven hem ging de hemel open. Bran zweefde. Dit was beter dan klimmen. Het was beter dan wat ook. De wereld onder hem werd klein.

'Ik vlieg!' riep hij vol verrukking uit.

Ik zie het, zei de kraai met de drie ogen. Hij vloog op en fladderde met zijn vlerken tegen Brans gezicht, zodat hij werd afgeremd en verblind. Toen de slagpennen tegen zijn wangen zwiepten viel hij stil in de lucht. De snavel van de kraai hakte fel op hem in en Bran voelde een plotselinge, verblindende pijn midden op zijn voorhoofd, tussen zijn ogen.

'Wat doe je?' schreeuwde hij.

De kraai opende zijn snavel en kraste tegen hem, een schrille kreet van angst, en de grauwe nevels huiverden en kolkten om hem heen en werden als een sluier opzij gerukt, en hij zag dat de kraai in werkelijkheid een vrouw was, een dienstmeid met lang, zwart haar, en dat hij haar ergens van kende, van Winterfel, ja, dat was het, nu wist hij weer wie ze was, en toen realiseerde hij zich dat hij in Winterfel was, in een bed hoog in een kille torenkamer, en de zwartharige vrouw liet een schaal water op de vloer aan scherven vallen en rende de trap af onder het roepen van: 'Hij is wakker, hij is wakker, hij is wakker.'

Bran raakte zijn voorhoofd aan, tussen zijn ogen. De plek waar de kraai hem had gepikt brandde nog steeds, maar er zat niets, geen bloed en geen wond. Hij voelde zich slap en duizelig. Hij probeerde uit bed te stappen, maar er gebeurde niets.

Toen was er beweging naast het bed, en er landde iets licht op zijn benen. Hij voelde niets. Een paar gele ogen keken in de zijne, blinkend als de zon. Het raam stond open en het was koud in de kamer, maar de warmte die zijn wolf uitstraalde omspoelde hem als een heet bad. Zijn welp, besefte Bran... ja toch zeker? Hij was al zo *groot*.

Hij stak een hand uit om hem te aaien, een hand die trilde als een espenblad.

Toen zijn broer Robb de kamer binnenstormde, buiten adem, omdat hij de torentrap was opgerend, was de schrikwolf Brans gezicht aan het likken. Kalm keek Bran op. 'Deze heet Zomer,' zei hij.

Catelyn

'We zijn binnen een uur in Koningslanding.'

Catelyn keerde zich van de reling af en dwong zichzelf te glimlachen. 'Uw roeiers hebben ons goede diensten bewezen, kapitein. Als dankbetuiging krijgen ze van mij allemaal een zilveren hertenbok.'

Kapitein Moreo Tumitis vereerde haar met een halve buiging. 'U bent ál te vrijgevig, vrouwe Stark. Een edele vrouwe als u te mogen vervoeren is al een dermate grote eer dat ze verder geen beloning nodig hebben.'

'Maar ze zullen het zilver toch wel accepteren.'

Moreo glimlachte. 'Wat u zegt.' Hij sprak de gewone omgangstaal vloeiend, met maar een zweem van een Tyroshi-accent. Hij voer al dertig jaar rond over de zee-engte, had hij haar verteld, als roeier, kwartiermeester en ten slotte als kapitein van zijn eigen handelsgalei. De *Stormdanser* was zijn vierde en snelste schip, een tweemaster-galei met zestig riemen.

Het was in elk geval het snelste van de beschikbare schepen geweest toen Catelyn en ser Rodrik Cassel na hun haastige rit stroomafwaarts in Withaven waren gearriveerd. De Tyroshi waren berucht om hun inhaligheid, en ser Rodrik had ervoor gepleit, vanuit de Drie Zusters een vissersloep te huren, maar Catelyn had per se met de galei gewild. Dat was maar goed ook. Ze hadden het grootste deel van hun reis tegenwind gehad, en zonder de riemen van de galei zouden ze nu nog steeds zwoegen om de Vingers voorbij te komen in plaats van op Koningslanding en het einde van de reis af te snellen.

Het had niet veel gescheeld, dacht ze. Onder de linnen windsels bonsden de mesneden in haar vingers nog steeds. Catelyn had het gevoel dat die pijn haar straf was, zodat ze niet zou vergeten. De twee laatste vingers van haar linkerhand kon ze niet buigen, en de rest zou nooit meer soepel worden. Maar dat was een geringe prijs voor het leven van Bran.

Dat was het ogenblik dat ser Rodrik uitkoos om aan dek te verschijnen. 'Waarde vriend,' zei Moreo door zijn gevorkte groene baard heen – de Tyroshi waren verzot op felle kleuren, ook voor hun gezichtshaar – 'wat fijn dat u er weer wat beter uitziet.'

'Ja,' beaamde ser Rodrik. 'Ik wil nu al twee dagen niet meer dood.' Hij boog voor Catelyn. 'Vrouwe.'

Hij zag er inderdaad beter uit. Een pietsje magerder dan dan toen ze uit Withaven vertrokken, maar weer bijna de oude. De stijve bries in de Beet en het woelige water van de zee-engte waren hem slecht bekomen, en toen ze buiten Drakensteen door die storm overvallen waren was hij bijna overboord geslagen, maar hij had zich toch kunnen vastklampen aan een touw totdat Moreo's mannen erin waren geslaagd hem te redden en hem veilig benedendeks te brengen.

'De kapitein vertelde me net dat onze reis bijna ten einde is,' zei ze.

Bij ser Rodrik kon er een wrang glimlachje af. 'Zo gauw al?' Zonder zijn grote witte bakkebaarden zag hij er vreemd uit: kleiner, niet zo geducht, en tien jaar ouder. Maar op de Beet had het verstandiger geleken het scheermes van een bemanningslid te gebruiken toen hij zijn bakkebaarden voor de derde keer hopeloos had bevuild door zich over de reling te buigen en tegen de zwiepende wind in te braken.

'Ik zal u verder niet storen bij uw overleg,' zei kapitein Moreo. Hij boog en liet hen alleen.

De galei scheerde als een libelle over het water. De riemen rezen en daalden in een volmaakte cadans. Ser Rodrik hield zich aan de reling vast en staarde naar de voorbijglijdende kust. 'Ik ben niet het toonbeeld van een dappere beschermer geweest.'

Catelyn raakte zijn arm aan. 'We zijn hier, ser Rodrik, en veilig. Dat is het enige dat er echt toe doet.' Haar hand tastte met stijve, onhandige vingers onder haar mantel. De dolk hing nog aan haar zij. Ze merkte dat ze er behoefte aan had die zo nu en dan ter geruststelling aan te raken. 'Nu moeten we de wapenmeester van de koning zien te bereiken en hopen en bidden dat hij betrouwbaar is.'

'Ser Aron Santagar is een ijdeltuit, maar wel eerlijk.' Ser Rodriks hand ging naar zijn gezicht om over zijn bakkebaarden te strijken en ontdekte voor de zoveelste keer dat ze weg waren. Hij keek verlegen. 'Het kan zijn dat hij de dolk herkent, ja... maar vrouwe, zodra we aan land gaan zijn we in gevaar. En aan het hof zijn vele lieden die u van gezicht kennen, dat is iets dat zeker is.'

Catelyns mond verstrakte. 'Pinkje,' mompelde ze. Zijn gezicht kwam bij haar bovendrijven, een jongensgezicht, al was hij geen jongen meer. Omdat zijn vader een paar jaar geleden was overleden was hij nu heer Baelish, maar toch werd hij nog altijd Pinkje genoemd. Haar broer Edmar had hem die naam lang geleden in Stroomvliet gegeven. De bescheiden landerijen van zijn familie lagen op de kleinste van de Vingers, en Petyr was tenger en klein voor zijn leeftijd.

Ser Rodrik schraapte zijn keel. 'Heer Baelish heeft eens, eh...' Onzeker onderbrak hij zijn gedachtegang, zoekend naar een hoffelijke omschrijving.

Catelyn was de fijngevoeligheid voorbij. 'Hij was mijn vaders pupil. We zijn samen opgegroeid in Stroomvliet. Ik beschouwde hem als een broer, maar zijn gevoelens jegens mij waren... meer dan broederlijk. Nadat bekend was gemaakt dat ik met Brandon Stark zou trouwen bestreed Petyr hem het recht op mijn hand. Dat was waanzin. Brandon was twintig, Petyr nauwelijks vijftien. Brandon liet hem er met een litteken vanaf komen. Daarna stuurde mijn vader hem weg. Sinds die tijd heb ik hem nooit meer gezien.' Ze hief haar gezicht naar de stuifnevel op, alsof de frisse wind de herinneringen kon uitbannen. 'Toen Brandon vermoord was stuurde hij mij in Stroomvliet een brief, maar die heb ik ongelezen verbrand. Ik wist inmiddels dat Ned in zijn broers plaats met mij zou trouwen.'

De vingers van ser Rodrik voelden opnieuw aan een paar niet-bestaande bakkebaarden. 'Pinkje zit nu in de kleine raad.'

'Ik wist dat hij het ver zou brengen,' zei Catelyn. 'Hij was altijd al slim, als jongen al, maar slimheid en wijsheid zijn twee. Ik vraag me af hoe de tand des tijds met hem omgesprongen is.'

Hoog boven hen galmde de uitkijk iets vanuit het kraaiennest. Kapitein Moreo kwam aanstiefelen over het dek om bevelen uit te delen, en overal op de *Stormdanser* braken koortsachtige activiteiten los toen Koningslanding op zijn drie hoge heuvels hun gezichtsveld binnengleed.

Driehonderd jaar geleden, wist Catelyn, waren die hoogten nog met bos begroeid en woonde er slechts een handvol vissers op de noordoever van de Zwartwaterstroom, daar waar deze diepe, snelstromende rivier in zee uitmondde. Toen was Aegon de Veroveraar komen aanvaren uit Drakensteen. Hier was zijn leger aan land gegaan, en daar op die hoogste heuvel had hij zijn eerste, primitieve versterking van hout en aarde gebouwd.

Nu strekte de stad zich op de oever uit zover Catelyns oog reikte: states, tuinen en graanschuren, bakstenen pakhuizen, houten herbergen, kraampjes van kooplieden, kroegen, begraafplaatsen en bordelen, allemaal op een kluitje. Zelfs van deze afstand kon ze het lawaai van de vismarkt horen. Tussen de bebouwing door liepen met bomen omzoomde brede lanen, kronkelende, hobbelige straatjes en stegen die zo nauw waren dat er geen twee man naast elkaar konden lopen. De heuvel van Visenya werd bekroond door de Grote Sept van Baelor met zijn zeven kristallen torens. Aan de andere kant van de stad, op de heuvel van Rhaenys, stonden de geblakerde muren van de Drakenkuil, de grote koepel tot een ruïne vervallen, de bronzen deuren nu al een eeuw lang dicht. Daartussenin liep de Straat der Zusters, recht als een pijl. In de verte verrezen de stadsmuren hoog en sterk.

Langs het water waren wel honderd aanlegplaatsen, en in de haven wemelde het van de schepen. Diepzee-vissersboten en riviervletten kwamen en gingen, veerlieden boomden af en aan over de Zwartwaterstroom, handelsgaleien laadden goederen uit Braavos, Pentos en Lys uit. Catelyn ontdekte de sierbark van de koningin, aangemeerd naast een bolbuikige walsvisvaarder uit de Haven van Ibben met een zwartgeteerde romp, terwijl stroomopwaarts een twaalftal gouden oorlogsschepen met gestreken zeilen in hun dokken lagen. Hun gemene ijzeren rammeien likten als tongen aan het water.

En hoog boven dat alles staarde de Rode Burcht grimmig omlaag vanaf Aegons hoge heuvel: zeven enorme bloktorens, bekroond met ijzeren borstweringen, een reusachtige, grimmige vestingtoren, gewelfde zalen en overdekte bruggen, soldatenverblijven, kerkers, graanschuren en massieve wallen, bezaaid met boogschuttersnesten, alles uit lichtrode natuursteen opgetrokken. Aegon de Veroveraar had bevel gegeven tot de bouw, zijn zoon Maegor de Wrede had die voltooid. Na afloop had hij de koppen van alle metselaars, houtbewerkers en bouwarbeiders die eraan gewerkt hadden, laten rollen. Slechts het bloed van de draak zou de geheimen kennen van de vesting die de drakenheren hadden gebouwd, zwoer hij.

Maar nu waren de banieren die van de tinnen wapperden goudkleurig in plaats van zwart, en waar eens de driekoppige draak zijn vuur had gespuwd danste nu de gekroonde hertenbok van het Huis Baratheon.

Een hoogmastig zwanenschip van de Zomereilanden laveerde de haven uit, de witte zeilen opbollend in de wind. De *Stormdanser* voer er langs op zijn vaste koers naar de wal.

'Vrouwe,' zei ser Rodrik, 'terwijl ik in mijn kooi lag heb ik erover nagedacht hoe we het beste te werk kunnen gaan. U moet het kasteel niet betreden. Ik zal namens u gaan en ser Aron bij u brengen, ergens waar het veilig is.'

Terwijl de galei een van de havenhoofden naderde keek ze de oude ridder onderzoekend aan. Moreo was aan het schreeuwen in het platte Valyrisch van de Vrijsteden. 'U loopt evenveel risico als ik.'

Ser Rodrik glimlachte. 'Ik denk het niet. Toen ik daarnet naar mijn spiegelbeeld in het water keek herkende ik mezelf nauwelijks. Moeder was de laatste die me ooit zonder bakkebaarden heeft gezien, en zij is al veertig jaar dood. Volgens mij ben ik veilig genoeg, vrouwe.'

Moreo brulde een bevel. Zestig riemen werden precies tegelijk uit de rivier getild en toen tegen het water in gehouden. De galei minderde vaart. Hernieuwd geroep. De riemen gleden de romp in. Toen ze tegen de kade stootten sprongen de zeelieden uit Tyrosh van het schip om het vast te leggen. Moreo kwam gejaagd aanlopen, een en al glimlach. 'Koningslanding, vrouwe, volgens opdracht, en geen schip heeft de overtocht ooit sneller of veiliger gemaakt. Hebt u hulp nodig om uw eigendommen naar het kasteel te brengen?'

'We gaan niet naar het kasteel. Misschien weet u een herberg die schoon en comfortabel is en niet te ver van de rivier ligt?'

De man uit Tyrosh plukte aan zijn gevorkte groene baard. 'Juist ja. Ik ken diverse lokaliteiten die aan uw wensen voldoen. Maar als ik zo vrij mag zijn is daar eerst nog de kwestie van de tweede helft van de overeengekomen vergoeding. En natuurlijk het extra zilver dat u zo vriendelijk was te beloven. Zestig hertenbokken, meen ik.'

'Voor de roeiers,' bracht Catelyn hem in herinnering.

'Uiteraard,' zei Moreo. 'Al moet ik dat misschien voor hen in beheer houden totdat we in Tyrosh terug zijn. Omwille van hun vrouwen en kinderen. Wanneer u hun het zilver hier geeft, vrouwe, dan zullen ze het vergokken of het allemaal uitgeven voor één nachtje plezier.'

'Er zijn slechtere zaken om je geld aan uit te geven,' kwam ser Rodrik ertussen. 'De winter komt.'

'Een man moet zijn keuzen zelf maken,' zei Catelyn. 'Ze hebben het zilver verdiend. Hoe ze het uitgeven is mijn zaak niet.'

'Wat u wilt, vrouwe,' antwoordde Moreo met een buiging en een glimlach.

Voor alle zekerheid betaalde Catelyn de roeiers zelf uit, één hertenbok de man, en een koperstuk voor de twee mannen die hun kisten tot halverwege de heuvel van Visenya droegen, naar de door Moreo opgegeven herberg. Het was een grillig oud gebouw aan de Aalsteeg. De waardin was een nors oud wijf met een scheel oog dat hen wantrouwig bezag en in het muntstuk beet dat Catelyn haar gaf om de echtheid te controleren. Maar haar kamers waren ruim en fris, en Moreo had hun bezworen dat haar gestoofde vispot de smakelijkste in de Zeven Koninkrijken was. Het grootste pluspunt was, dat ze niet in hun namen geïnteresseerd was.

'Het lijkt mij het beste als u zich verre van de gelagkamer houdt,' zei ser Rodrik nadat ze zich hadden geïnstalleerd. 'Zelfs op een plek als deze kun je nooit weten wie er naar je kijkt.' Onder een donkere mantel waarvan hij de kap over zijn hoofd kon trekken droeg hij een maliënkolder, een dolk en een zwaard. 'Ik ben terug voor de nacht valt, met ser Aron,' beloofde hij. 'Gaat u nu maar rusten, vrouwe.'

Catelyn was inderdaad moe. De reis was lang en vermoeiend geweest, en ze was niet meer zo jong als ze geweest was. Haar ramen keken uit op het steegje en de daken van de huizen, met zicht op de Zwartwaterstroom daarachter. Ze keek de vertrekkende ser Rodrik, die met ferme pas door de drukke straten beende, na totdat hij was opgegaan in de menigte. Toen besloot ze zijn advies te volgen. De matras was met stro gevuld in plaats van met veren, maar ze had geen enkele moeite om in te slapen.

Ze werd wakker doordat er op haar deur werd gebonsd.

Met een ruk ging Catelyn rechtop zitten. Buiten het raam waren de daken van Koningslanding rood in het licht van de ondergaande zon. Ze had langer geslapen dan ze van plan was geweest. Een vuist hamerde nogmaals op haar deur, en een stem riep: 'In naam van de koning, doe open.'

'Eén ogenblik,' riep ze. Ze sloeg haar mantel om. De dolk lag op het tafeltje naast het bed. Ze graaide hem eraf voordat ze de zware houten deur ontgrendelde.

De mannen die de kamer binnendrongen droegen de zwarte maliën en de goudkleurige mantels van de stadswacht. Hun aanvoerder glimlachte toen hij de dolk in haar hand zag. 'Die hebt u niet nodig, vrouwe. Wij moeten u naar het kasteel begeleiden.'

'Op wiens gezag?' zei ze.

Hij liet haar een lint zien. Catelyns adem stokte. Het zegel was een spotvogel van grijze was. 'Petyr,' zei ze. Zo snel al. Er moest ser Rodrik iets overkomen zijn. Ze keek naar de aanvoerder van de wacht. 'Weet u wie ik ben?'

'Nee, vrouwe,' zei hij. 'Heer Baelish heeft alleen gezegd dat ik u bij hem moest brengen en ervoor moest zorgen dat u goed behandeld werd.'

Catelyn knikte. 'U kunt buiten wachten terwijl ik mij kleed.'

Ze dompelde haar handen in de waskom en wond er schoon linnen om. Met die dikke, onhandige vingers had ze moeite haar lijfje vast te rijgen en een vaalbruine mantel om haar nek te knopen. Hoe wist Pinkje dat ze hier was? Ser Rodrik zou het hem zeker niet hebben verteld. Hij mocht dan oud zijn, maar hij was koppig en bijna overdreven trouw. Waren ze te laat, hadden de Lannisters Koningslanding eerder bereikt dan zij? Nee, als dat zo was zou Ned hier ook zijn, en dan zou hij toch zeker naar haar toe zijn gekomen? Hoe...?

Toen dacht ze: *Moreo*. Die vervloekte kerel uit Tyrosh wist wie ze waren en waar ze waren. Ze hoopte dat hij een aardig bedrag voor die informatie had opgestreken.

Ze hadden een paard voor haar meegebracht. Toen ze op weg gingen werden op straat de lantarens aangestoken, en Catelyn had het gevoel dat de ogen van de hele stad op haar gericht waren zoals ze daar langsreed, omringd door de wachters in hun goudkleurige mantels. Toen ze de Rode Burcht bereikten was het valhek neer en waren de enorme poorten voor de nacht verzegeld, maar achter de verlichte vensters van het kasteel heerste leven. De wacht liet de paarden buiten de muur achter en leidde haar een smal uitvalsdeurtje door, en toen een eindeloze trap naar een toren op.

Hij was alleen in het vertrek en zat achter een zware houten tafel bij het licht van een olielamp te schrijven. Toen ze haar naar binnen loodsten legde hij zijn pen neer en keek haar aan. 'Cat,' zei hij zachtjes.

'Waarom word ik op die manier hierheen gebracht?'

Hij stond op en gebaarde bruusk naar de wachters. 'Laat ons alleen.' De mannen vertrokken. 'Ik neem aan dat ze je goed behandeld hebben,' zei hij toen ze weg waren. 'Dat had ik ten strengste bevolen.' Zijn blik viel op haar verbanden. 'Je handen...'

Catelyn negeerde zijn onuitgesproken vraag. 'Ik ben niet gewend om als een dienstmeid ontboden te worden,' zei ze ijzig. 'Als jongen wist u nog wat hoofsheid inhield.'

'Ik heb uw toorn gewekt, vrouwe. Dat was volstrekt niet mijn bedoeling.' Hij keek berouwvol. Die blik bracht bij Catelyn levendige herinneringen boven. Als kind was hij een leperd geweest, maar na ieder kattenkwaad trok hij steeds weer een berouwvol gezicht. Dat talent bezat hij. Door de jaren heen was hij niet erg veranderd. Petyr was een kleine jongen geweest en hij was uitgegroeid tot een kleine man, een duim of twee korter dan Catelyn en slank en kwiek. Hij had de scherp gesneden trekken die met haar herinneringen overeenstemden, en diezelfde lachende grijsgroene ogen. Tegenwoordig had hij er een puntbaardje bij, en door zijn donkere haar liepen zilveren draden, al was hij nog geen dertig. Ze pasten goed bij de zilveren spotvogel die zijn mantel bijeenhield. Zelfs als kind was hij altijd dol geweest op zijn zilver.

'Hoe wist u dat ik in de stad was?' vroeg ze hem.

'Heer Varys weet alles,' zei Petyr met een sluw lachje. 'Hij zal zich straks bij ons voegen, maar ik wilde je eerst alleen spreken. Het is al veel te lang geleden, Cat. Hoe lang eigenlijk?'

Catelyn negeerde zijn gemeenzaamheid. Er waren belangrijker vragen. 'Dus de Spin van de koning heeft me gevonden.'

Pinkje kromp ineen. 'Noem hem liever niet zo. Hij is overgevoelig. Komt omdat hij een eunuch is, denk ik. In deze stad gebeurt niets waar Varys niet van op de hoogte is. Dikwijls weet hij het al *voordat* het gebeurt. Hij heeft overal informanten. Zijn kleine vogeltjes, noemt hij ze. Een van die kleine vogeltjes ving iets over jouw bezoek op. Gelukkig is Varys eerst naar mij toe gekomen.'

'Waarom naar jou?'

Hij haalde zijn schouders op. 'Waarom niet? Ik ben de muntmeester, en raadgever van de koning zelf. Selmy en heer Renling zijn noordwaarts gereden, Robert tegemoet, en heer Stannis is naar Drakensteen vertrokken, zodat alleen Maester Pycelle en ik overbleven. Ik was de voor de hand liggende keus. Ik ben altijd bevriend gebleven met je zuster Lysa. Dat weet Varys.'

'Weet Varys van...'

'Heer Varys weet alles... behalve de reden van je aanwezigheid hier.' Hij trok een wenkbrauw op. 'Waarom bén je hier eigenlijk?'

'Mag een vrouw naar haar echtgenoot verlangen? En als een moeder dicht bij haar dochters wil zijn, wie zal het haar dan verbieden?'

Pinkje lachte. 'Die is goed. Maar verwacht alsjeblieft niet dat ik dat geloof. Daar ken ik je te goed voor. Hoe luidt de spreuk van Tulling ook weer?'

Haar keel was droog. '*Geslacht, Plicht, Eer*,' zei ze stijfjes op. Hij kende haar inderdaad te goed.

'Geslacht, Plicht, Eer,' herhaalde hij. 'En die vereisten allemaal dat je in Winterfel bleef, waar onze Hand je had achtergelaten. Nee, er is iets gebeurd. Die plotselinge reis wijst op iets dringends. Wees zo goed en laat mij een handje helpen. Oude, dierbare vrienden moeten nooit aarzelen op elkaar te bouwen.' Er werd zacht op de deur geklopt. 'Binnen!' riep Pinkje.

De man die binnenstapte was gezet, geparfumeerd, gepoederd, en haarloos als een ei. Hij droeg een hes van geweven gouddraad over een loshangend gewaad van purperen zijde en aan zijn voeten zaten zachte, fluwelen puntslippers. 'Vrouwe Stark,' zei hij terwijl hij haar hand in zijn handen nam, 'wat een vreugde u na al die jaren weer te zien.' Zijn huid voelde week en klam aan en zijn adem geurde naar seringen. 'Och arm, uw handen. Hebt u zich gebrand, lieftallige vrouwe? Die vingertjes zijn zo kwetsbaar... Onze goede Maester Pycelle brouwt een fantastische zalf, wil ik een kruikje laten komen?'

Catelyn trok haar vingers los. 'Dank u, heer, maar mijn eigen Maester Luwin heeft mijn kwetsuren al verzorgd.'

Varys bewoog zijn hoofd op en neer. 'Het was diep triest wat ik over uw zoon heb vernomen. En zo jong nog. De goden zijn wreed.'

'Daar zijn we het dan over eens, heer Varys,' zei ze. De titel was niet meer dan een beleefdheidsfrase die hem toekwam als lid van de raad, want Varys was slechts heer over zijn spinnenweb en heerste over niemand anders dan zijn fluisteraars.

De eunuch spreidde zijn weke handjes uit. 'En niet alleen daarover, mag ik hopen, lieftallige vrouwe. Ik acht uw echtgenoot, onze nieuwe Hand, zeer hoog, en ik weet dat we beiden koning Robert liefhebben.'

'Ja,' was ze gedwongen te zeggen. 'Dat is zeker zo.'

'Nog nimmer is een koning zo bemind geweest als onze Robert,' zei Pinkje spottend. Hij glimlachte sluw. 'Althans binnen gehoorsafstand van heer Varys.'

'Waarde vrouwe,' zei Varys met grote bezorgdheid, 'er zijn mannen in de Vrijsteden die een wonderbaarlijke geneeskracht bezitten. U hoeft het slechts te zeggen, en ik zal zo iemand laten halen voor uw dierbare Bran.'

'Maester Luwin doet al het mogelijke voor Bran,' zei ze tegen hem. Ze wilde niet over Bran praten, niet hier, niet met deze mannen. Ze vertrouwde Pinkje maar een klein beetje en Varys helemaal niet. Tegenover hen wilde ze haar verdriet niet laten blijken. 'Heer Baelish vertelt mij dat ik het aan u te danken heb dat ik hierheen ben gebracht.'

Varys giechelde als een klein meisje. 'O ja. Het zal mijn schuld wel zijn. Hopelijk bent u zo vriendelijk het mij te vergeven, vrouwe.' Hij liet zich in een stoel zakken en plaatste zijn handen tegen elkaar. 'Mogen we u lastig vallen met het verzoek, de dolk te tonen?'

Verbijsterd en ongelovig staarde Catelyn Stark de eunuch aan. Hij was inderdaad een spin, dacht ze onthutst, een tovenaar, of nog erger. Hij wist dingen die een mens met geen mogelijkheid kon weten, tenzij... 'Wat hebt u met ser Rodrik gedaan?' wilde ze weten.

Pinkje kon het niet volgen. 'Ik voel me net de ridder die zonder zijn lans op het slagveld verschijnt. Over welke dolk hebben we het? Wie is ser Rodrik?'

'Ser Rodrik is de wapenmeester van Winterfel,' lichtte Varys hem in. 'Ik verzeker u, vrouwe Stark, dat de goede ridder volstrekt niets is overkomen. Hij meldde zich hier vroeg in de middag. Hij bezocht ser Aron Santagar in de wapenzaal, en ze hebben over een bepaalde dolk gesproken. Rond zonsondergang verlieten ze samen het kasteel en liepen naar dat vreselijke hol toe waar u verblijf hield. Ze zijn er nog steeds en zitten in de gelagkamer te drinken in afwachting van uw terugkeer. Ser Rodrik was erg ontdaan toen hij ontdekte dat u weg was.'

'Hoe weet u dat allemaal?'

'Dat is me door kleine vogeltjes ingefluisterd,' zei Varys glimlachend. 'Ik weet dingen, lieftallige vrouwe. Dat is waar ik voor dien.' Hij haalde zijn schouders op. 'U *hebt* die dolk toch bij u?'

Catelyn trok het wapen onder haar mantel uit en smeet het voor hem op de tafel. 'Hier. Misschien dat die kleine vogeltjes van u de naam van de eigenaar kunnen fluisteren.'

Varys tilde het mes overdreven omzichtig op en liet een duim langs de snede glijden. Er welde bloed op, en hij slaakte een gilletje en liet de dolk weer op de tafel vallen.

'Voorzichtig,' zei Catelyn, 'hij is scherp.'

'Niets is zo scherp als Valyrisch staal,' zei Pinkje terwijl Varys op zijn bloedende duim zoog en Catelyn gemelijk en berispend aankeek. Pinkje pakte het mes, woog het lichtjes op zijn hand en testte de greep uit. Hij gooide het de lucht in en ving het met zijn andere hand weer op. 'Wat een zalige balans. Dus je zoekt de eigenaar, is dat de reden van je bezoek? Daar heb je ser Aron niet voor nodig. Je had meteen naar mij toe moeten komen.'

'En als ik dat had gedaan,' zei ze, 'wat had je dan tegen me gezegd?'

'Ik had tegen je gezegd dat er in Koningslanding maar één mes als dit is.' Hij nam het wapen tussen zijn duim en wijsvinger, bracht het over zijn schouder heen naar achteren en wierp het met een geoefend polsgebaar de kamer door. Het trof de deur en boorde zich diep in het eikenhout, waar het bleef natrillen. 'Het is van mij.'

'Van *jou*?' Dat raakte kant noch wal. Petyr was niet in Winterfel geweest.

'Tot het toernooi op prins Joffry's naamdag,' zei hij terwijl hij naar de andere kant van de kamer liep om de dolk uit het hout te wrikken. 'Ik had bij het steekspel op ser Jaime gewed, samen met het halve hof.' Peter grijnsde schaapachtig, waardoor hij weer half een jongen leek. 'Toen Loras Tyrell hem uit het zadel lichtte werden velen onder ons er een pietsje armer op. Ser Jaime verloor honderd gouden draken, de koningin verloor een smaragden hanger en ik verloor mijn mes. Hare Genade kreeg de hanger terug, maar de winnaar hield de rest.'

'*Wie?*' wilde Catelyn weten, haar mond droog van angst. De herinnering aan de pijn deed haar vingers bonzen.

'De kobold,' zei Pinkje terwijl heer Varys haar gezicht gadesloeg. 'Tyrion Lannister.'

Jon

Het zingen van de zwaarden galmde over de binnenplaats. Onder zwarte wol, verhard leer en maliën sijpelde het ijskoude zweet Jon over de borst terwijl hij zijn aanval inzette. Grenn struikelde naar achteren in zijn moeizame verweer. Toen hij zijn zwaard ophief dook Jon eronderdoor met een zwiepende slag die tegen de achterkant van Grenns been knarste en hem aan het wankelen bracht. De andere jongen haalde naar beneden uit, maar het antwoord was een slag van boven af die een deuk in zijn helm maakte. Toen hij het met een zijwaartse zwieper probeerde zwiepte Jon zijn kling opzij en ramde een gemaliede onderarm tegen zijn borst. Grenn verloor zijn evenwicht en plofte met zijn zitvlak hard in de sneeuw. Met een mep op zijn pols die hem een kreet van pijn ontlokte sloeg Jon het zwaard uit zijn vingers.

'*Genoeg!*' De stem van ser Alliser Doren was zo scherp als Valyrisch staal.

Grenn wiegde zijn hand heen en weer. 'Die bastaard heeft mijn pols gebroken.'

'Die bastaard heeft je pezen doorgesneden, het dak van je holle schedel geslagen en je hand afgehakt. Dat was althans gebeurd als deze zwaarden scherp waren geweest. Gelukkig voor jou heeft de Wacht staljongens even hard nodig als wachtruiters.' Ser Alliser gebaarde naar Jeren en Pad. 'Help die oeros eens op zijn benen, hij moet zijn begrafenis nog regelen.'

Terwijl de andere jongens Grenn overeind hielpen deed Jon zijn helm af. De vorstige ochtendlucht voelde aangenaam aan op zijn gezicht. Hij leunde op zijn zwaard, haalde diep adem en gunde zich een ogenblik de tijd om van zijn overwinning te genieten.

'Dat is een slagzwaard, geen ouwemannenstok,' zei ser Alliser op scherpe toon. 'Heb je pijn aan je benen, heer Sneeuw?'

Jon had een hekel aan die titel, een spotnaam waarmee ser Alliser hem op zijn eerste oefeningsdag had opgezadeld. De jongens hadden hem overgenomen, en nu hoorde hij hem overal. Hij schoof het zwaard terug in de schede. 'Nee,' antwoordde hij.

Doren beende op hem af. Het harde zwarte leer van zijn kleding knerpte zacht bij elke beweging. Hij was een forsgebouwde man van vijftig, schraal en hard, met grijzend zwart haar en ogen als schilfers onyx. 'En nu de waarheid,' beval hij.

'Ik ben moe,' gaf Jon toe. Zijn arm brandde van het gewicht van het grote zwaard, en nu het gevecht voorbij was begon hij zijn zere plekken te voelen.

'Wat jij bent, is zwak.'

'Ik heb gewonnen.'

'Nee. Die oeros heeft verloren.'

Een van de andere jongens gniffelde. Jon gaf geen antwoord. Hij wist wel beter. Hij had iedereen verslagen die ser Alliser op hem had afgestuurd, maar toch baatte het hem niets. De wapenmeester trakteerde hem slechts op hoon. Jon was tot de slotsom gekomen dat Doren hem haatte. De overige jongens haatte hij natuurlijk nog meer.

'Dat is alles,' zei Doren tegen hen. 'Meer onhandigheid kan ik op één enkele dag niet verstouwen. Als de Anderen ons ooit overvallen hoop ik dat ze boogschutters hebben, want jullie zijn alleen maar goed om als pijlenvoer te dienen.'

Jon ging achter de rest aan naar de wapenkamer terug. Hij liep alleen. Dat deed hij hier vaak. De groep waarmee hij oefende bestond uit bijna twintig jongens, maar er was niemand bij die hij zijn vriend kon noemen. De meesten waren twee of drie jaar ouder dan hij. Toch kon niet een van hen zelfs maar half zo goed vechten als Robb op zijn veertiende. Dareon was snel, maar bang om geraakt te worden. Pyp hanteerde zijn zwaard als een dolk, Jeren was zo zwak als een meid, Grenn was traag en lomp. Halders klappen kwamen gruwelijk hard aan, maar zodra je aanviel liep hij recht in je zwaard. Hoe meer tijd hij met hen doorbracht, hoe meer Jon hen verachtte.

Binnen hing Jon zijn zwaard en schede aan een haak in de stenen muur en negeerde de anderen rondom hem. Methodisch begon hij zijn maliën, leer en doorgezwete wol af te stropen. In ijzeren komforen aan weerskanten van het lange vertrek gloeiden brokken houtskool, maar Jon merkte dat hij huiverde. De kou was hier alomtegenwoordig. Over een paar jaar zou hij vergeten zijn hoe het was om het warm te hebben.

Plotseling, terwijl hij de ruw geweven zwarte spullen aantrok die hun dagelijkse kledij vormden, werd de vermoeidheid hem te machtig. Hij zonk neer op een bank en zijn vingers prutsten aan de koorden van zijn mantel. *Zo koud*, dacht hij, en herinnerde zich de warme zalen van Winterfel, waar het hete water door de muren stroomde als bloed door een menselijk lichaam. In Slot Zwart was de warmte schaars. Hier waren de muren koud en de mensen nog kouder.

Niemand had hem verteld dat de Nachtwacht zo zou zijn, niemand op Tyrion Lannister na. De dwerg had hem onderweg naar het noorden de waarheid verteld, maar toen was het al te laat geweest. Jon vroeg zich af of zijn vader geweten had hoe de Muur zou zijn. Het moest wel, dacht hij, en dat maakte de pijn er alleen maar erger op.

Zelfs zijn oom had hem in dit kille oord aan het eind van de wereld in de steek gelaten. Hier was de vriendelijke Benjen Stark die hij had gekend een ander mens geworden. Hij was de eerste Wachtruiter, en hij bracht zijn dagen en nachten door met de bevelhebber, heer Mormont, en met Maester Aemon en de overige hoge officieren, terwijl Jon aan de bepaald niet tedere zorgen van ser Alliser Doren werd toevertrouwd.

Drie dagen na hun aankomst was het Jon ter ore gekomen dat Benjen Stark een stel mannen zou aanvoeren op een wachtrit naar Het Spookwoud. Die avond had hij in de grote houten gemeenschapszaal zijn oom opgezocht en hem gesmeekt of hij mee mocht. Benjen had kortweg nee gezegd. 'Dit is Winterfel niet,' had hij gezegd terwijl hij met dolk en vork zijn vlees sneed. 'Op de Muur krijgt een man alleen wat hij verdient. Jij bent geen wachtruiter, Jon, alleen maar een groen knaapje dat nog naar de zomer ruikt.'

Dom genoeg was Jon ertegenin gegaan. 'Op mijn naamdag word ik vijftien,' had hij gezegd. 'Bijna een volwassen man.'

Benjen Stark had zijn wenkbrauwen gefronst. 'Een jongen ben je, en een jongen blijf je tot ser Alliser je geschikt acht om een man van de Nachtwacht te worden. Als je gedacht had dat je vanwege je Starkbloed een beentje voor zou hebben, dan zit je ernaast. Als we onze geloften afleggen zetten we onze vroegere familie opzij. Jouw vader zal altijd een plaats in mijn hart blijven innemen, maar *dit* zijn nu mijn broeders.' Hij had met zijn dolk naar de mannen om hem heen gewezen, al die harde, koude mannen in het zwart.

De volgende dag stond Jon bij het ochtendkrieken op om zijn oom te zien vertrekken. Een van zijn wachtruiters, een forse, lelijke man, zong onder het zadelen van zijn garron een schuin liedje, en zijn adem dampte in de koude morgenlucht. Dat ontlokte Ben Stark een glimlach, maar voor zijn neef kon er geen lachje af. 'Hoe vaak moet ik nog nee tegen je zeggen, Jon? We praten wel als ik terug ben.'

Terwijl hij toekeek hoe zijn oom zijn paard de tunnel in leidde kwamen de dingen die Tyrion Lannister hem op de Koningsweg had verteld weer bij Jon boven, en voor zijn geestesoog zag hij een dode Ben Stark liggen, zijn bloed rood in de sneeuw. Hij werd misselijk bij de gedachte. Wat voor iemand was hij bezig te worden? Naderhand zocht hij Spook op in de eenzaamheid van zijn cel en begroef zijn gezicht in de dikke witte vacht.

Als hij dan alleen moest zijn zou hij van de eenzaamheid zijn wapen maken. Slot Zwart had geen godenwoud, alleen een kleine sept en een dronken septon, maar Jon bracht het niet op om tot welke goden dan ook te bidden, oud of nieuw. Als ze echt waren, zei hij bij zichzelf, dan waren ze even wreed en onverbiddelijk als de winter.

Hij miste zijn echte broers: de kleine Rickon, wiens heldere oogjes schitterden als hij om iets lekkers bedelde, Robb, zijn rivaal, beste vriend en permanente metgezel, en Bran, koppig en nieuwsgierig, altijd verlangend om mee te gaan en te doen wat Jon en Robb deden. Hij miste ook de meisjes, zelfs Sansa, die hem alleen nog maar 'mijn halfbroer' had genoemd sinds ze oud genoeg was om te begrijpen wat *bastaard* betekende. En Arya... haar miste hij zelfs meer dan Robb, mager en klein als ze was, een en al geschramde knieën en verwarde haren en gescheurde kleren, zo temperamentvol en eigenzinnig. Arya leek er nooit echt bij te passen, evenmin als hij... en toch had ze Jon altijd een glimlach kunnen ontlokken. Hij zou er alles voor geven om nu bij haar te zijn, om nog eens door haar haren te woelen en te zien hoe ze een gezicht trok, om te horen hoe ze een zin voor hem afmaakte.

'Jij hebt mijn pols gebroken, bastaardjong.'

Jon keek op toen hij de gemelijke stem hoorde. Grenn torende boven hem uit met zijn dikke nek en zijn rode gezicht met drie van zijn vrienden achter zich. Padder kende hij, een kleine, lelijke jongen met een onaangename stem. Alle rekruten noemden hem Pad. De twee anderen waren degenen die Yoren naar het noorden had meegebracht, herinnerde Jon zich, verkrachters die in de Vingers waren betrapt. Hun namen wist hij niet meer. Als het niet nodig was praatte hij bijna nooit met hen. Het waren bruten en bullebakken die geen van tweeën een greintje eergevoel hadden.

Jon stond op. 'Als je het vriendelijk vraagt wil ik de andere ook wel voor je breken.' Grenn was zestien en een kop groter dan Jon. Ze waren alle vier groter dan hij, maar hij was niet bang voor hen. Op de binnenplaats had hij hen stuk voor stuk verslagen.

'Misschien breken we jou wel,' zei een van de verkrachters.

'Probeer het maar,' zei Jon en stak een hand naar achteren om zijn zwaard te pakken, maar een van hen greep zijn arm en draaide die achter zijn rug.

'Door jou maken wij een slechte indruk,' klaagde Pad.

'Dat deden jullie al voordat ik jullie ooit had ontmoet,' zei Jon tegen hem. De jongen die zijn arm beet had rukte die hard naar boven. Pijn vlijmde door hem heen, maar Jon weigerde te schreeuwen.

Pad kwam vlak naast hem staan. 'Het jonkertje heeft praatjes,' zei hij. Hij had varkensoogjes, klein en glimmend. 'Heb je dat van je moeder, bastaard? Wat was ze voor iemand, een hoer? Vertel ons eens hoe ze heette. Misschien heb ik haar wel een paar keer gehad.' Hij lachte.

Jon kronkelde als een aal en stampte met zijn hiel hard op de wreef van de jongen die hem vasthield. Een abrupte kreet van pijn en hij was los. Hij vloog Pad aan, smeet hem ruggelings over een bank, landde boven op zijn borst met beide handen om zijn keel en ramde zijn hoofd tegen de aangestampte aarde.

De twee uit de Vingers trokken hem eraf en smeten hem ruw op de grond. Grenn begon hem te schoppen. Jon rolde juist onder zijn trappen vandaan toen een bulderende stem door het schemerdonker van de wapenkamer sneed. 'OPHOUDEN! *NU!*'

Jon krabbelde overeind. Donal Nooy stond met een boos gezicht naar hen te kijken. 'Vechten doe je maar op de binnenplaats,' zei de wapensmid. 'Hou je ruzies uit mijn wapenkamer, of het worden *mijn* ruzies. En dat zullen jullie niet leuk vinden.'

Pad zat op de vloer en betastte uiterst voorzichtig zijn achterhoofd. Toen hij zijn vingers wegtrok zat er bloed aan. 'Hij wou me vermoorden.'

'Klopt. Ik zag het zelf,' deed een van de verkrachters een duit in het zakje.

'Hij heeft mijn pols gebroken,' zei Grenn weer en stak hem ter inspectie naar Nooy uit.

De wapensmid wierp een uiterst summiere blik op de hem aangeboden pols. 'Een blauwe plek. Misschien verstuikt. Maester Aemon geeft je wel een zalfje. Ga jij met hem mee, Padder. Er moet naar dat hoofd van jou gekeken worden. De rest gaat terug naar zijn cel. Jij niet, Sneeuw. Jij blijft hier.'

Terwijl de anderen wegliepen liet Jon zich zwaar op de lange houten bank zakken, zonder notitie te nemen van de blikken die hem toegeworpen werden, de stilzwijgende beloften van een toekomstige vergelding. Zijn arm bonsde.

'Bij de Wacht hebben we elke man nodig die we krijgen kunnen,' zei Donal Nooy toen ze alleen waren. 'Zelfs mannen als Pad. Als je hem doodslaat leg je daar niet veel eer mee in.'

Jons boosheid laaide op. 'Hij zei dat mijn moeder...'

'... een hoer was. Ik heb het gehoord. En wat dan nog?'

'Heer Eddard Stark ging niet met hoeren naar bed,' zei Jon ijzig. 'Zijn eer...'

'... heeft hem er niet van weerhouden een bastaard te verwekken. Of wel soms?'

Jon werd koud van woede. 'Kan ik weg?'

'Je gaat pas weg als ik het zeg.'

Jon staarde nors naar de rook die van het komfoor opsteeg, tot

Nooy hem bij zijn kin greep en met vlezige vingers zijn hoofd omdraaide. 'Kijk me aan als ik tegen je praat, jongen.'

Jon keek. De wapensmid had een torso als een bierton, met de bijbehorende eetlust. Zijn neus was plat en breed en hij zag er altijd uit alsof hij zich nodig moest scheren. De linkermouw van zijn zwarte wollen tuniek was aan de schouder bevestigd met een zilveren speld in de vorm van een zwaard. 'Woorden maken van je moeder nog geen hoer. Ze was wat ze was, en niets wat Pad zegt kan daar iets aan veranderen. Weet je, we hebben mannen op de Muur van wie de moeders inderdaad hoeren waren.'

De mijne niet, dacht Jon hardnekkig. Hij wist niets van zijn moeder af. Eddard Stark praatte nooit over haar. Toch droomde hij regelmatig van haar, zo vaak dat hij bijna haar gezicht kon zien. In zijn dromen was ze mooi, en van hoge geboorte, met vriendelijke ogen.

'Denk je dat jij het moeilijk hebt, als bastaard van een hoge edelman?' ging de wapensmid verder. 'Die Jeren is het buitenbeentje van een septon, en Cottaar Piek is de buitenechtelijke zoon van een kroegmeid. Nu voert hij het bevel over Oostwacht aan Zee.'

'Daar maal ik niet om,' zei Jon. 'Niet om hen, en niet om u, en niet om Doren, of Benjen Stark, of wat dan ook. Ik vind het hier vreselijk. Het is te... het is koud.'

'Ja. Koud, hard en schraal, zo is de Muur, en zo zijn de mannen die er wachtlopen. Heel anders dan de verhalen die je van je min hebt gehoord. Nou, heb dan maar schijt aan die verhalen en schijt aan je min. Het is zoals het is, en je bent hier voor het leven, net als wij allemaal.'

'Voor het leven,' herhaalde Jon verbitterd. De wapensmid had makkelijk praten. Hij had een leven gehad. Hij had het zwart pas aangenomen nadat hij bij de belegering van Stormeinde een arm had verloren. Daarvoor was hij de smid van Stannis Baratheon geweest, de broer van de koning. Hij had de Zeven Koninkrijken gezien van het ene eind tot het andere, hij had feestgevierd en vrouwen gehad en in honderd veldslagen gevochten. Ze zeiden dat Donal Nooy de man was die de strijdhamer van koning Robert had gesmeed, het wapen dat bij de Drietand het leven uit Rhaegar Targaryen had geslagen. Hij had alles gedaan wat Jon nooit zou doen, en toen hij oud was, ver boven de dertig, had een bijl hem geschampt, de wond was gaan zweren en ten slotte had zijn hele arm eraf gemoeten. Pas toen, verminkt en wel, was Donal Nooy naar de Muur gekomen, op het moment dat zijn leven bijna voorbij was.

'Ja, voor het leven,' zei Nooy. 'Een lang of een kort leven, de keus is aan jou, Sneeuw. Zoals jij je opstelt snijdt een van je broeders je 's nachts nog eens de keel door.'

'Ze zijn mijn broeders niet,' snauwde Jon. 'Ze haten me, omdat ik beter ben dan zij.'

'Nee. Ze haten je omdat je doet alsof je beter bent dan zij. Ze kijken naar je en zien een bastaard die is grootgebracht in een kasteel en denkt dat hij een jonkertje is.' De wapensmid boog zich dicht naar hem toe. 'Jij bent geen jonkertje. Bedenk dat wel. Je bent een Sneeuw, geen Stark. Je bent een bastaard en een bullebak.'

'Een *bullebak*?' Jon stikte bijna in het woord. De beschuldiging was zo onrechtvaardig dat hij naar adem hapte. 'Zij hadden het op mij gemunt. Met z'n vieren.'

'En jij hebt ze op de binnenplaats alle vier vernederd. Alle vier zijn ze waarschijnlijk bang voor je. Ik heb je zien vechten. Met jou is dat geen oefenen meer. Als je met scherp vocht waren ze er allemaal geweest, dat weet jij, dat weet ik en dat weten zij. Je gunt ze niets. Je maakt ze te schande. Ben je daar trots op?'

Jon aarzelde. Hij was er inderdaad trots op als hij won. Waarom niet? Maar ook dat werd hem door de wapensmid ontnomen. Zoals die het voorstelde was het verkeerd wat hij deed. 'Ze zijn allemaal ouder dan ik,' verdedigde hij zich.

'Ouder, groter en sterker, dat is zo. Maar ik wed dat je wapenmeester je in Winterfel heeft leren vechten met mannen die groter waren dan jij. Wie was het, een of andere oude ridder?'

'Ser Rodrik Cassel,' zei Jon op zijn hoede. Hij had het gevoel dat hij in een val trapte. Hij voelde het net rond zich sluiten.

Donal Nooy boog zich naar Jons gezicht toe. 'Sta dan hier eens bij stil, jongen. Niemand van de anderen heeft vóór ser Alliser ooit een wapenmeester gehad. Hun vaders waren boeren en voerlui, stropers en smeden, mijnwerkers, roeiers op een handelsgalei. Wat zij van vechten af weten hebben ze op het tussendek geleerd, in de stegen van Oudstee en Lannispoort, in bordelen en taveernes langs de Koningsweg. Ze hebben misschien wat stokken tegen elkaar geslagen voor ze hier kwamen, maar ik verzeker je dat niet een op de twintig ooit rijk genoeg is geweest om een echt zwaard te bezitten.' Hij keek grimmig. 'Dus hoe smaken je overwinningen nu, heer Sneeuw?'

'Noem me niet zo!' zei Jon op scherpe toon, maar de angel was uit zijn woede getrokken. Plotseling schaamde hij zich en voelde zich schuldig. 'Ik wilde niet... Ik had nooit gedacht...'

'Begin dan maar liever wél te denken,' waarschuwde Nooy hem. 'Of neem anders een dolk mee naar bed. En nu kun je gaan.'

Toen Jon de wapenkamer verliet was het bijna midden op de dag. De zon was door de wolken heen gebroken. Hij keerde hem de rug toe en sloeg zijn ogen op naar de Muur, die kristalblauw schitterde in het zonlicht. Zelfs na al die weken huiverde hij nog als hij ernaar keek. Door het stof der eeuwen dat de wind had aangevoerd was de Muur verweerd en ruw geworden, zodat hij vaak flets grijs leek, de kleur van een bewolkte hemel... maar als de zon hem bij mooi weer in zijn stralen ving *glansde* hij en was hij bijna lichtgevend, een kolossale, blauwwitte klip die de halve hemel vulde.

Het grootste bouwwerk ooit door mensenhand gebouwd, had Benjen Stark op de Koningsweg tegen Jon gezegd toen ze de Muur voor het eerst in de verte hadden gezien. 'En ongetwijfeld het meest nutteloze,' had Tyrion Lannister er met een grijns aan toegevoegd. Maar toen ze dichterbij kwamen werd zelfs de Kobold zwijgzaam. De Muur was al van mijlenver te zien, een bleekblauwe streep aan de noordelijke horizon die zich oostwaarts en westwaarts uitstrekte en in de verte vervaagde, immens en ononderbroken. *Hier houdt de wereld op*, leek hij te zeggen.

Toen ze ten slotte Slot Zwart in het oog kregen leken de houten bolwerken en stenen torens nog het meest op een handjevol speelgoedblokken die onder aan die uitgestrekte ijsmuur in de sneeuw waren gestrooid. De aloude sterkte van de zwarte broeders was geen Winterfel, geen echt kasteel. Omdat ze geen muren had was ze niet te verdedigen, noch naar het zuiden, noch naar het oosten of westen toe. Maar de Nachtwacht bekommerde zich slechts om het noorden, en in het noorden rees de Muur op. Bijna zevenhonderd voet hoog was hij, driemaal zo hoog als de hoogste toren van de sterkte die hij beschutting bood. Zijn oom zei dat hij van boven zo breed was dat een dozijn gewapende ridders er naast elkaar overheen kon rijden. De grimmige contouren van enorme blijden en monsterlijke houten hijskranen die boven de wacht hielden, leken net geraamten van grote vogels, en daartussen liepen mannen in het zwart, zo klein als mieren.

Terwijl hij buiten de wapenkamer omhoog stond te staren werd Jon bijna evenzeer overweldigd als die dag op de Koningsweg toen hij de Muur voor het eerst had gezien. Die uitwerking had de Muur. Soms kon hij het bestaan ervan bijna vergeten, zoals je de hemel of de aarde onder je voeten kunt vergeten, maar andere keren leek het alsof er niets anders op de wereld was. De Muur was ouder dan de Zeven Koninkrijken, en als hij beneden stond en omhoogkeek werd Jon er duizelig van. Hij voelde de druk van dat enorme gewicht aan ijs, alsof de Muur op het punt stond, om te vallen, en op een of andere manier wist Jon dat de wereld meegesleept zou worden in die val.

'Je vraagt je af wat erachter ligt,' zei een welbekende stem.

Jon keek om. 'Lannister. Ik had niet gezien – ik bedoel, ik dacht dat ik alleen was.'

Tyrion Lannister zat zo dik in het bont dat hij op een piepklein beertje leek. 'Het heeft zo zijn voordelen om mensen te overvallen. Je weet nooit wat je zo te weten komt.'

'Van mij zult u niets te weten komen,' zei Jon tegen hem. Sinds hun reis ten einde was had hij de dwerg amper nog gezien. Als broer van de koningin was Tyrion Lannister de eregast van de Nachtwacht. De bevelhebber had hem kamers toegewezen in de koningstoren – zo genoemd ondanks het feit dat er in geen honderd jaar een koning op bezoek was geweest – en hij at aan Mormonts eigen tafel en bracht zijn dagen door met rijden over de Muur en zijn avonden met dobbelen en drinken met ser Alliser en heer Rykken en de overige hoge officieren.

'O, ik kom overal wel iets te weten.' Het mannetje wees met een knoestige zwarte wandelstok omhoog naar de Muur. 'Zoals ik zei... hoe komt het dat als één man een muur bouwt, de volgende onmiddellijk moet weten wat er aan de andere kant is?' Hij hield zijn hoofd scheef en keek Jon met dat vreemde, ongelijke stel ogen aan. 'Je *wilt* toch zeker wel weten wat er aan de andere kant is?'

'Niks bijzonders,' zei Jon. Hij wilde met Benjen Stark mee als die op zijn wachtritten in het geheimzinnige Spookwoud doordrong, hij wilde tegen de wildlingen van Mans Roover vechten en het rijk tegen de Anderen verdedigen, maar je kon je verlangens beter voor je houden. 'De wachtruiters zeggen dat er alleen maar bergen en bevroren meren zijn, met een heleboel sneeuw en ijs.'

'En gnurkers en snaaien,' zei Tyrion. 'Laten we die niet vergeten, heer Sneeuw, of waar is dat grote ding anders goed voor?'

'Noem me geen heer Sneeuw.'

De dwerg trok een wenkbrauw op. 'Wou je liever Kobold heten? Laat merken dat ze je met hun woorden kunnen kwetsen, en je komt nooit meer van het gespot af. Als ze je een naam willen geven, neem die dan aan en maak hem tot de jouwe. Dan kunnen ze je er niet meer mee kwetsen.' Hij gebaarde met zijn stok. 'Kom, ga je mee? In de gemeenschapszaal zullen ze inmiddels wel weer zo'n smerige stoofpot opdienen, en ik kan wel een warme hap gebruiken.'

Jon had ook honger, dus liep hij met Lannister mee en paste zijn tempo aan de moeizame waggelpas van de dwerg aan. De wind stak op. Rondom zich hoorden ze het gekraak van de oude houten gebouwen en verderop het herhaalde geklepper van een zwaar luik dat vergeten was. Eénmaal klonk er een gedempte plof toen een deken van sneeuw van een dak gleed en vlak bij hen neerkwam.

'Ik zie je wolf niet,' zei Lannister al wandelend.

'Ik leg hem tijdens de oefening vast in de oude stallen. Tegenwoordig brengen ze alle paarden in de oostelijke stal onder, dus valt niemand hem lastig. De rest van de tijd blijft hij bij mij. Mijn slaapcel is in Hardins Toren.'

'Is dat niet die met de kapotte kantelen? Brokken steen op het binnenhof beneden en scheef als onze edele koning Robert na een nacht lang drinken? Ik dacht dat al die gebouwen allang verlaten waren.'

Jon schokschouderde. 'Het kan geen mens wat schelen waar je slaapt. De meeste oude torens zijn leeg, je kunt elke cel nemen die je wilt.' Eens had Slot Zwart vijfduizend krijgslieden geherbergd, met al hun paarden, bedienden en wapens. Tegenwoordig bood het slechts onderdak aan een tiende daarvan, en grote stukken vervielen tot ruïnes.

Het gelach van Tyrion Lannister dampte in de koude lucht. 'Laat ik niet vergeten tegen je vader te zeggen dat hij meer metselaars arresteert, voordat jouw toren instort.'

Jon proefde de spot in die woorden, maar ze waren onmiskenbaar waar. De Wacht had langs de Muur negentien grote sterkten gebouwd, maar er waren er nog maar drie bezet: Oostwacht aan zijn grauwe, winderige kust, de Schaduwtoren aan de voet van de bergen waar de Muur eindigde, en daar tussenin Slot Zwart aan het eindpunt van de Koningsweg. De andere forten, allang verlaten, waren eenzame oorden waar het spookte en waar een kille wind door zwarte vensters blies en de geesten der doden de borstwering bemanden.

'Ik kan beter alleen blijven,' zei Jon koppig. 'De anderen zijn bang voor Spook.'

'Verstandige knapen,' zei Lannister. Toen veranderde hij van onderwerp. 'Ze zeggen dat je oom te lang wegblijft.'

Jon herinnerde zich wat hij in zijn boosheid had gewenst, het visioen van Ben Stark die dood in de sneeuw lag, en snel keek hij de andere kant op. De dwerg was geneigd dingen aan te voelen, en Jon wilde niet laten merken dat hij schuldig keek. 'Hij zei dat hij op mijn naamdag terug zou zijn,' gaf hij toe. Zijn naamdag was onopgemerkt gekomen en gegaan, nu twee weken geleden. 'Ze waren op zoek naar ser Waymar Roys, zijn vader is baanderman van heer Arryn. Oom Benjen zei dat ze misschien helemaal tot de Schaduwtoren zouden zoeken. Dat is boven in de bergen.'

'Ik heb gehoord dat er de laatste tijd nogal wat wachtruiters verdwenen zijn,' zei Lannister terwijl ze de treden naar de gemeenschapszaal beklommen. Hij grijnsde en trok de deur open. 'Misschien hebben de gnurkers dit jaar honger.'

De zaal binnen was reusachtig en tochtig, zelfs al brulde er een vuur in de grote haard. Kraaien nestelden tussen de balken van de hoge zoldering. Jon beluisterde hun kreten terwijl hij van de dagkoks een portie stoofpot en een homp zwart brood in ontvangst nam.

Grenn, Pad en een paar van de anderen zaten op de bank het dichtst bij de warmte te lachen en elkaar uit te schelden met hun ruwe stemmen. Jon bleef even peinzend naar ze staan kijken. Toen koos hij een plekje aan het andere eind van de zaal uit, op veilige afstand van de overige eters.

Tyrion Lannister ging tegenover hem zitten en rook achterdochtig aan de stoofschotel. 'Gerst, uien en wortels,' pruttelde hij. 'Iemand zou eens tegen de koks moeten zeggen dat rapen geen vlees zijn.'

'Er zit schapenvlees in.' Jon trok zijn handschoenen uit en warmde zijn handen aan de damp die uit zijn kom opsteeg. De geur maakte dat het water hem in de mond liep.

'Sneeuw.'

Jon herkende de stem van Alliser Doren, maar die had een eigenaardige klank die hij nog niet eerder had gehoord. Hij draaide zich om.

'De bevelhebber wil je spreken. Nu.'

Even was Jon te zeer geschrokken om zich te verroeren. Waarom wilde de bevelhebber hem spreken? Ze hebben nieuws over Benjen, dacht hij verward, hij is dood, mijn visioen is uitgekomen. 'Is het mijn oom?' flapte hij eruit. 'Is hij veilig teruggekomen?'

'De bevelhebber is niet gewend om te wachten,' luidde het antwoord van ser Alliser. 'En ik ben niet gewend dat bastaarden vragen stellen als ik hun iets beveel.'

Tyrion Lannister sprong van de bank en richtte zich op. 'Hou op, Doren. Je maakt de jongen bang.'

'Bemoei je niet met zaken die je niet aangaan, Lannister. Jij hoort hier niet.'

'Maar ik hoor wel aan het hof,' zei de dwerg met een lachje. 'Een woord in het juiste oor, en je sterft als een verzuurde ouwe kerel vóór je ooit nog één jongen te trainen krijgt. Vertel Sneeuw nu maar waarom de ouwe beer hem wil spreken. Is er nieuws van zijn oom?'

'Nee,' zei ser Alliser. 'Het gaat om iets heel anders. Er is vanmorgen een vogel uit Winterfel gearriveerd met nieuws over zijn broer.' Hij verbeterde zichzelf. 'Zijn halfbroer.'

'Bran,' prevelde Jon terwijl hij haastig opstond. 'Er is iets met Bran gebeurd.'

Tyrion Lannister legde een hand op zijn arm. 'Jon,' zei hij. 'Dit vind ik echt heel naar.'

Jon hoorde hem nauwelijks. Hij schoof Tyrions hand opzij en beende de zaal door. Tegen de tijd dat hij bij de deuren was liep hij hard. Hij rende naar de toren van de bevelhebber en stoof daarbij dwars door bergen oude sneeuw heen. Zodra de wachters voorbij waren nam hij de torentrap met twee treden tegelijk. Toen hij bij de bevelhebber naar binnen stormde waren Jons laarzen doorweekt en liep hij te hijgen, met verwilderde blikken. 'Bran,' zei hij. 'Wat schrijven ze over Bran?'

Jeor Mormont, de bevelhebber van de Nachtwacht, was een barse oude man met een reusachtig kaal hoofd en een ruige grijze baard. Er zat een raaf op zijn arm die hij maïskorrels voerde. 'Ik heb gehoord dat je kunt lezen.' Hij schudde de raaf af. Die klapwiekte met zijn vleugels en vloog naar het raam, waar hij bleef zitten kijken hoe Mormont een opgerold papier uit zijn mouw trok en het aan Jon overhandigde. '*Maïs*,' mompelde hij met een rauwe stem, '*maïs, maïs*.'

Jons vingers tekenden de omtrek van de schrikwolf in de witte was van het verbroken zegel na. Hij herkende Robbs handschrift, maar toen hij ze wilde lezen leken de letters te vervagen en door te lopen. Hij realiseerde zich dat hij huilde. En toen ontdekte hij door zijn tranen heen de betekenis van de woorden en hief hij zijn hoofd op. 'Hij is wakker,' zei hij. 'De goden hebben hem teruggegeven.'

'Verminkt,' zei Mormont. 'Het spijt me, jongen. Lees de rest van de brief.'

Hij keek naar de woorden, maar die deden er niet toe. Niets deed ertoe. Bran zou blijven leven. 'Mijn broer blijft leven,' vertelde hij aan Mormont. De bevelhebber schudde zijn hoofd, nam een handvol maïs en floot. De raaf vloog naar zijn schouder en riep: '*Leven! Leven!*'

Jon rende de trap af, een lach op zijn gezicht en Robbs brief in zijn hand. 'Mijn broer blijft leven,' vertelde hij de wachters. Ze wisselden een blik. Hij rende terug naar de gemeenschapszaal, waar Tyrion Lannister net zijn maaltijd beëindigde. Hij greep het mannetje onder de armen, tilde hem de lucht in en draaide hem in een cirkel rond. '*Bran blijft leven!*' riep hij uitbundig. Lannister keek stomverbaasd. Jon zette hem neer en duwde hem het papier in de hand. 'Hier, lees maar,' zei hij.

Anderen verzamelden zich om hen heen en keken hem nieuwsgierig aan. Jon zag Grenn een paar passen verderop staan. Om zijn ene hand zat een dik, wollen verband. Hij keek zorgelijk en ongemakkelijk en absoluut niet dreigend. Jon liep op hem af. Grenn deinsde achteruit en bracht zijn handen omhoog. 'Blijf uit mijn buurt, bastaard!'

Jon glimlachte tegen hem. 'Het spijt me van je pols. Robb heeft mij eens net zo'n klap gegeven, maar dan met een houten zwaard. Bij de zevenvoudige hel, wat deed dat pijn, maar de jouwe moet nog erger zijn. Hoor eens, als je wilt kan ik je laten zien hoe je zoiets moet afweren.'

Alliser Doren had het opgevangen. 'Zo, dus heer Sneeuw wil mijn plaats innemen,' snierde hij. 'Het zou mij minder moeite kosten om een wolf te leren goochelen dan jou om die oeros te trainen.'

'Die weddenschap neem ik aan, ser Alliser,' zei Jon. 'Ik zou Spook wat graag zien goochelen.'

Hij hoorde Grenn geschokt naar adem happen. Er viel een stilte.

Toen begon Tyrion Lannister te brullen van de lach. Drie zwarte broeders aan een tafel in de buurt volgden zijn voorbeeld. Het gelach verspreidde zich langs alle banken totdat zelfs de koks meededen. De vogels onder de dakspanten ritselden, en ten slotte begon zelfs Grenn te grinniken.

Ser Alliser hield zijn blikken al die tijd op Jon gericht. Terwijl het gelach om hen heen golfde verduisterde zijn gezicht, en zijn zwaardhand balde zich tot een vuist. 'Dat was een heel ernstige vergissing, heer Sneeuw,' zei hij ten slotte op de bijtende toon van een vijand.

Eddard

Doodmoe, hongerig en prikkelbaar reed Eddard Stark de torenhoge bronzen deuren van de Rode Burcht door. Hij zat nog op zijn paard te dromen van een lang, warm bad, geroosterd gevogelte en een veren bed, toen de hofmeester van de koning hem kwam vertellen dat grootmaester Pycelle de kleine raad voor een brandende kwestie bijeengeroepen had. De Hand werd verzocht, de raad met zijn aanwezigheid te vereren zodra het hem schikte. 'Het schikt me morgen,' snauwde Ned terwijl hij afsteeg.

De hofmeester boog heel diep. 'Ik zal de leden van de raad zeggen dat het u spijt, heer.'

'Nee, verdomme,' zei Ned. Het ging niet aan dat hij de raad al beledigde vóór hij goed en wel begonnen was. 'Ik ga er wel heen. Wees zo goed en gun me even de tijd om wat presentabelers aan te trekken.'

'Ja, heer,' zei de hofmeester. 'U krijgt de voormalige vertrekken van heer Arryn in de Toren van de Hand, met uw welnemen. Ik laat uw bezittingen erheen brengen.'

'Mijn dank,' zei Ned terwijl hij zijn rijhandschoenen uittrok en achter zijn riem stak. De rest van zijn hofhouding reed achter hem aan de poort door. Ned zag Vayon Poel, zijn eigen hofmeester, en riep: 'De raad schijnt me dringend nodig te hebben. Zorg dat mijn dochters hun slaapkamers vinden en zeg tegen Jory dat hij ze binnenhoudt. Arya mag niet op onderzoek uit.' Poel boog. Ned wendde zich weer tot de koninklijke hofmeester. 'Mijn wagens zwoegen nog door de stad. Ik heb passende kleding nodig.'

'Het zal mij een groot genoegen zijn,' zei de hofmeester.

En zo kwam Ned de raadszaal binnenstappen, zo moe als een hond en in geleende kleren, om daar vier leden van de kleine raad aan te treffen die op hem zaten te wachten.

De zaal was rijk gemeubileerd. In plaats van met biezen was de vloer met Myrische tapijten bedekt en in één hoek dartelde een groot aantal felgekleurde fabeldieren op een bewerkt kamerscherm van de Zomereilanden. De wanden waren behangen met gobelins uit Norvos, Qohor en Lys, en aan weerszijden van de deur stond een stel Valyrische sfinxen met gloeiende ogen van gepolijst granaat in zwartmarmeren gezichten.

De raadgever die Ned het onsympathiekst vond, de eunuch Varys, begroette hem zodra hij binnenkwam. 'Heer Stark, ik was ten diepste bedroefd toen ik van uw moeilijkheden op de Koningsweg hoorde. We hebben allemaal de sept bezocht om kaarsen voor prins Joffry op te steken. Ik bid voor zijn herstel.' Zijn hand liet poedersporen achter op Neds mouw en hij wasemde eenzelfde weezoete geur van verrotting uit als bloemen op een graf.

'Uw goden hebben u verhoord,' antwoordde Ned koeltjes maar beleefd. 'De prins komt dagelijks meer op krachten.' Hij maakte zich los uit de greep van de eunuch en liep de kamer door naar heer Renling, die bij het kamerscherm op gedempte toon praatte met een kleine man die alleen maar Pinkje kon zijn. Renling was een jongen van acht geweest toen Robert de troon veroverde, maar nu hij volwassen was leek hij verontrustend veel op Robert. Telkens als Ned hem zag was het of de tussenliggende jaren wegvielen en Robert voor hem stond, pal na zijn overwinning bij de Drietand.

'Ik zie dat u veilig aangekomen bent, heer Stark,' zei Renling.

'En u eveneens,' antwoordde Ned. 'Vergeeft u mij, maar soms bent u het evenbeeld van uw broer Robert.'

'Een armzalige kopie,' zei Renling schouderophalend.

'Zij het veel beter gekleed,' zei Pinkje spottend. 'Heer Renling geeft meer uit aan kleren dan de helft van de hofdames.'

Dat was maar al te waar. Heer Renling was gehuld in donkergroen fluweel, met een twaalftal gouden hertenbokken op zijn wambuis geborduurd. Een halflange mantel van gouddraad was nonchalant over één schouder gedrapeerd en met een smaragden broche bevestigd. 'Er zijn ergere misdaden,' zei Renling lachend. 'De manier waarop *u* zich kleedt, bijvoorbeeld.'

Pinkje negeerde de schimpscheut. Hij bekeek Ned met een lachje om zijn mond dat grensde aan het onbeschofte. 'Ik had al een paar jaar gehoopt u eens te ontmoeten, heer Stark. Ongetwijfeld heeft vrouwe Catelyn mijn naam weleens bij u laten vallen.'

'Inderdaad,' antwoordde Ned kil. De gladde arrogantie van de opmerking stak hem. 'Ik heb begrepen dat u ook mijn broer Brandon hebt gekend.'

Renling Baratheon lachte. Varys kwam aanschuifelen om te luisteren.

'Te goed gekend,' zei Pinkje. 'Ik draag het teken van zijn hoogachting nog steeds met me mee. Heeft Brandon het ook over mij gehad?'

'Vaak, en op nogal verhitte toon,' zei Ned in de hoop er daarmee een eind aan te maken. Hij had het geduld niet voor dit spelletje, dit steekspel met woorden.

'Ik dacht dat hitte de Starks slecht bekwam,' zei Pinkje. 'Hier in het zuiden zeggen ze dat u allemaal van ijs bent, en dat u smelt zodra u de Nek voorbij bent.'

'Ik ben niet van plan binnen afzienbare tijd te smelten, heer Baelish. Daar kunt u van op aan.' Ned liep naar de raadstafel en zei: 'Alles goed met u, mag ik hopen, Maester Pycelle?'

De grootmaester glimlachte vriendelijk vanuit zijn hoge zetel aan het uiteinde van de tafel. 'Goed genoeg voor een man van mijn jaren, heer,' antwoordde hij, 'al vrees ik dat ik snel vermoeid raak.' Dunne slierten wit haar omlijstten het brede, kale voorhoofd dat zich boven zijn goedaardige gezicht welfde. Zijn maesterskraag was geen eenvoudig, nauwsluitend metalen boord zoals Luwin dat droeg, maar bestond uit twee dozijn zware ketens die waren samengewonden tot een massieve metalen halsketting die hem van keel tot borst bedekte. De schakels waren van alle bekende metalen vervaardigd: zwart ijzer en rood goud, glanzend koper en dof lood, staal en tin en wit zilver, messing, brons en platina. Het metaal werd door granaten, amethisten en zwarte parels verfraaid, met hier en daar een smaragd of een robijn. 'Misschien kunnen we nu snel beginnen,' zei de grootmaester en schoof zijn handen op zijn ampele buik ineen. 'Ik ben bang dat ik in slaap val als we nog veel langer wachten.'

'Zoals u wilt.' De zetel van de koning stond leeg aan het hoofd van de tafel, met de gekroonde hertenbok van Baratheon in gouddraden op de kussens geborduurd. Als rechterhand van zijn koning nam Ned de stoel daarnaast. 'Heren,' zei hij formeel, 'het spijt mij dat ik u heb laten wachten.'

'U bent de Hand des Konings,' zei Varys. 'Wij dienen u al naar het u behaagt, heer Stark.'

Toen de anderen hun gebruikelijke plaatsen innamen trof het besef dat hij niet in dit vertrek en bij deze mannen thuishoorde, Eddard Stark als een mokerslag. Hij herinnerde zich wat Robert hem in de crypte onder Winterfel had verteld. *Ik word omringd door vleiers en dwazen*, had de koning nadrukkelijk gezegd. Ned keek de raadstafel langs en vroeg zich af wie de vleiers en wie de dwazen waren. Hij meende het al te weten. 'We zijn maar met vijf man,' merkte hij op.

'Heer Stannis is naar Drakensteen gegaan, niet lang nadat de koning naar het noorden was vertrokken,' zei Varys, 'en onze dappere ser Barristan rijdt ongetwijfeld naast de koning op diens intocht in de stad, zoals het de bevelhebber van de koningsgarde betaamt.'

'Misschien kunnen we beter wachten tot ser Barristan en de koning zich bij ons voegen,' opperde Ned.

Renling Baratheon lachte hardop, 'Als we moeten wachten tot

mijn broer ons met zijn koninklijke aanwezigheid vereert kan het een lange zit worden.'

'Onze goede koning Robert heeft vele zorgen,' zei Varys. 'Hij vertrouwt enkele kleinigheden aan ons toe om zijn lasten te verlichten.'

'Wat heer Varys bedoelt is dat alles wat met geld, graanopbrengsten en gerechtigheid te maken heeft mijn broeder tot tranen toe verveelt,' zei heer Renling, 'zodat het onze taak is om het rijk te regeren. Zo nu en dan doet hij ons een bevel toekomen.' Hij trok een stevig opgerold papier uit zijn mouw en legde het op tafel. 'Vanmorgen gelastte hij mij, in allerijl vooruit te rijden en grootmaester Pycelle te vragen, onmiddellijk deze raadsvergadering bijeen te roepen. Hij heeft een dringende opdracht voor ons.'

Pinkje glimlachte en reikte Ned het papier aan. Het koninklijk zegel stond erop. Ned brak de was met zijn duim en rolde het papier uit om het dringende bevel des konings in ogenschouw te nemen. Met stijgend ongeloof las hij de inhoud. Kwam er dan geen eind aan Roberts dwaasheden? En dat hij dit namens *hem* deed, was zout in de wonde. 'Goeie goden,' vloekte hij.

'Wat heer Eddard bedoelt te zeggen,' verkondigde heer Renling, is dat Zijne Genade ons opdraagt een groot toernooi te organiseren ter ere van zijn benoeming als Hand des Konings.'

'Hoeveel?' vroeg Pinkje op milde toon.

Ned las het antwoord op uit de brief. 'Veertigduizend gouden draken voor de winnaar. Twintigduizend voor nummer twee. Nog eens twintig voor de winnaar van de mêlee, en tienduizend voor de winnaar van de schutterswedstrijd.'

'Negentigduizend goudstukken,' zuchtte Pinkje. 'En niet te vergeten de overige kosten. Robert zal wel een uitbundig feest willen. Dat betekent koks, timmerlieden, dienstmeisjes, zangers, goochelaars, narren...'

'Narren hebben we genoeg,' zei heer Renling.

Grootmaester Pycelle keek naar Pinkje en vroeg: 'Kan de schatkist die uitgaven dekken?'

'Welke schatkist?' antwoordde Pinkje en trok een gezicht. 'Bespaart u mij die onzin, maester. U weet net zo goed als ik dat de schatkist al jaren leeg is. Ik zal het geld moeten lenen. De Lannisters zullen ons ongetwijfeld ter wille zijn. We zijn heer Tywin op het moment toch al drie miljoen draken schuldig, dus wat doen die extra honderdduizend ertoe?'

Ned was verbijsterd. 'Wilt u zeggen dat de Kroon *drie miljoen* goudstukken te kort komt?'

'De kroon komt meer dan *zes* miljoen goudstukken te kort, heer Stark. Het meeste daarvan is aan de Lannisters verschuldigd, maar we hebben ook geleend bij heer Tyrel, bij de IJzeren Bank van Braavos en bij diverse handelskartels uit Tyrosh. Laatstelijk heb ik mijn heil nog bij het Geloof moeten zoeken. De Hoge septon pingelt nog erger dan een visboer uit Dorne.'

Vol afkeer zei Ned: 'Aerys Targaryen liet een schatkist na die overliep van het goud. Hoe hebt u het zover kunnen laten komen?'

Pinkje haalde zijn schouders op. 'De muntmeester schraapt het geld bij elkaar. De koning en de Hand geven het uit.'

'Ik weiger te geloven dat Jon Arryn Robert het rijk tot de bedelstaf heeft laten brengen,' zei Ned heftig.

Grootmaester Pycelle schudde zijn grote, kale hoofd, en zijn kettingen rinkelden zachtjes. 'Heer Arryn was een verstandig man, maar Zijne Genade luistert niet altijd naar wijze raad, vrees ik.'

'Mijn koninklijke broeder houdt van toernooien en feesten,' zei Renling Baratheon, 'en heeft een hekel aan wat hij als *kopergeld tellen* betitelt.'

'Ik zal met Zijne Genade spreken,' zei Ned. 'Zoiets extravagants als dit toernooi kan het rijk zich niet veroorloven.'

'Gaat u vooral met hem praten,' zei heer Renling, 'maar laten we toch maar onze voorbereidingen treffen.'

'Een andere keer,' zei Ned. Iets te scherp misschien, te oordelen naar de manier waarop ze hem aankeken. Hij moest eraan leren denken dat hij niet meer in Winterfel was, waar alleen de koning boven hem stond. Hier was hij slechts de eerste onder zijns gelijken. 'Vergeef me, mijne heren,' zei hij op een gematigder toon. 'Ik ben vermoeid. Laten we hier voor vandaag een eind aan maken en de kwestie hervatten als we wat helderder zijn.' Hij vroeg niet om hun instemming maar stond abrupt op, knikte iedereen toe en stevende op de deur af.

Buiten stroomden de wagens en ruiters nog steeds de kasteelpoort door, en de binnenplaats was een chaos van modder, paardenlijven en schreeuwende mannen. De koning was nog niet gearriveerd, werd hem verteld. Na de narigheid bij de Drietand waren de Starks en hun hofhouding een heel eind voor de hoofdstoet uit gereisd om een grotere afstand tot de Lannisters en de stijgende spanning te scheppen. Robert had zich nauwelijks meer vertoond. Het heette dat hij in de grote huiswagen reisde en vaker dronken dan nuchter was. Als dat klopte was hij misschien uren achterop. Maar hij zou toch nog eerder hier zijn dan Ned lief was. Hij hoefde alleen maar naar Sansa's gezicht te kijken om zijn woede weer te voelen oplaaien. De laatste twee weken van hun reis waren een en al ellende geweest. Sansa gaf Arya de schuld en zei dat Nymeria gedood had moeten worden. En Arya was nergens meer sinds ze wist wat er met haar slagersjongen was gebeurd. Sansa huilde zich in slaap, Arya zat de hele dag broeierig te zwijgen, en Eddard Stark droomde van een ijskoude hel, speciaal bestemd voor de Starks van Winterfel.

Hij stak het buitenhof over, liep via een poortgewelf naar het binnenhof en was net op weg naar wat hij voor de Toren van de Hand hield, toen Pinkje voor hem opdook. 'Je gaat de verkeerde kant op, Stark. Kom mee.'

Aarzelend volgde Ned hem. Pinkje leidde hem een toren binnen, een trap af, een kleine, verzonken binnenplaats over en een verlaten gang door waarin langs de wanden lege wapenrustingen op wacht stonden. Dat waren restanten van het Targaryen-tijdperk, zwart staal met drakenschubben op de helmen, bestoft en vergeten. 'Dit is niet de weg naar mijn vertrekken,' zei Ned.

'Zei ik dat dan? Ik breng u naar de kerkers om u de keel af te snijden en uw lijk achter de muur in te metselen,' antwoordde Pinkje met een stem waar het sarcasme van afdroop. 'We hebben hier geen tijd voor, Stark. Uw vrouw wacht op u.'

'Wat voor spelletje is dit, Pinkje? Catelyn is in Winterfel, vele honderden mijlen hiervandaan.'

'O ja?' Pinkjes grijsgroene ogen glinsterden geamuseerd. 'Dan kan iemand haar verbazingwekkend goed imiteren. Voor de laatste keer, kom mee. Of niet, dan hou ik haar voor mezelf.' Hij haastte zich de trap af.

Ned volgde hem behoedzaam. Hij vroeg zich af of er ooit een eind aan deze dag zou komen. Dit geïntrigeer was niet naar zijn smaak, maar hij begon te beseffen dat het voor iemand als Pinkje eten en drinken was.

Aan de voet van de trap was een zware eikenhouten deur met ijzerbeslag. Petyr Baelish tilde de balk op en gebaarde dat Ned erdoorheen moest lopen. In de rossige gloed van de schemering betraden ze een vooruitstekende rots hoog boven de rivier. 'We zijn buiten het kasteel,' zei Ned.

'U laat zich ook niets wijsmaken, Stark,' zei Pinkje gnuivend. 'Zag u dat aan de zon, of aan de lucht? Kom maar achter mij aan. In de rotswand zijn uitsparingen aangebracht. Doe uw best om niet dood te vallen, daar zou Catelyn geen begrip voor opbrengen.' Met die woorden was hij de rand van de klip over, en snel als een aap daalde hij af.

Even bestudeerde Ned de stenige wand van de klip, toen ging hij in een langzamer tempo achter hem aan. De door Pinkje beloofde uitsparingen waren er inderdaad, oppervlakkige inkepingen die van beneden af alleen te zien waren als je wist waar je ze moest zoeken.

De rivier lag duizelingwekkend ver beneden hem. Ned hield zijn gezicht tegen de rots gedrukt en probeerde niet vaker naar beneden te kijken dan strikt noodzakelijk was.

Toen hij eindelijk vaste grond bereikte, een smal modderspoor langs de waterkant, hing Pinkje lui tegen een rots en at een appel. Hij was al bijna bij het klokhuis. 'U wordt oud en traag, Stark,' zei hij, en smeet de appel nonchalant in het snelstromende water. 'Maar dat geeft niet, want de rest van de weg rijden we.' Hij had twee paarden klaarstaan. Ned steeg op en reed op een drafje achter hem aan, het pad af en de stad in.

Ten slotte hield Baelish de teugels in voor een gammel houten gebouw van drie verdiepingen. Uit de ramen straalde helder lamplicht de dichter wordende avondschemering in. Het geluid van muziek en rauw gelach zweefde naar buiten en dreef het water over. Naast de deur bungelde een sierlijke olielamp aan een zware ketting, met een rood gebrandschilderde glazen bol.

Furieus steeg Ned af. 'Een bordeel,' zei hij terwijl hij Pinkje bij een schouder greep en hem ruw naar zich toekeerde. 'U hebt me dat hele eind meegesleept om me naar een bordeel te brengen.'

'Uw vrouw is hierbinnen,' zei Pinkje.

Die belediging deed de deur dicht. 'Brandon is nog veel te vriendelijk voor je geweest,' zei Ned, ramde de kleine man achterwaarts tegen de muur en bracht zijn opgeheven dolk tot onder het kleine, puntige kinbaardje.

'*Nee*, heer,' riep een stem dringend. 'Hij spreekt de waarheid.' Achter hem klonken voetstappen.

Ned draaide zich met een ruk om, het mes in de hand. Een oude man met wit haar haastte zich hun kant op. Hij was in bruin baai gehuld en de losse huid onder zijn kin zwabberde heen en weer bij het lopen. 'Dit is uw zaak niet,' begon Ned, maar ineens kwam de herkenning. Stomverbaasd liet hij de dolk zakken. '*Ser Rodrik?*'

Rodrik Cassel knikte. 'Uw vrouwe wacht boven op u.'

Ned kon het niet meer volgen. 'Is Catelyn echt hier? Dus dit is geen rare streek van Pinkje?' Hij schoof zijn mes in de schede.

'Was het maar waar, Stark,' zei Pinkje. 'Volg mij en probeer er iets losbandiger en iets minder als de Hand des Konings uit te zien. We kunnen niet hebben dat ze u herkennen. Misschien kunt u wat borsten aaien, gewoon in het voorbijgaan.'

Ze liepen naar binnen, door een volle gelagkamer waar een dik vrouwmens schuine liedjes zong terwijl knappe jonge meisjes, gehuld in linnen hemden en vliesdunne gekleurde zij, zich tegen hun minnaars aanvlijden en zich bij hen op schoot nestelden. Niemand schonk Ned ook maar enige aandacht. Ser Rodrik bleef beneden wachten terwijl Pinkje hem naar de tweede verdieping leidde, een gang over en een deur door.

Binnen zat Catelyn te wachten. Toen ze hem zag slaakte ze een kreet, rende op hem af en omhelsde hem heftig.

'Vrouwe,' fluisterde Ned verwonderd.

'Mooi zo,' zei Pinkje en sloot de deur. 'U herkent haar.'

'Ik was bang dat u nooit meer zou komen, heer,' fluisterde ze tegen zijn borst. 'Petyr heeft me verslag uitgebracht. Hij heeft verteld van de problemen met Arya en de jonge prins. Hoe is het met mijn meisjes?'

'Allebei in de rouw en razend,' informeerde hij haar. 'Cat, ik begrijp het niet. Wat doe je in Koningslanding? Wat is er gebeurd?' vroeg Ned aan zijn vrouw. 'Is het Bran. Is hij...' *Dood* was het woord dat hem op de lippen lag, maar hij kon het niet uitbrengen.

'Het is Bran, maar niet wat jij denkt,' zei Catelyn.

Ned begreep er niets van. 'Hoe dan? Waarom ben je hier, mijn lief? Wat is dit voor huis?'

'Precies wat het lijkt,' zei Pinkje, die zich in een stoel bij het raam liet zakken, 'een bordeel. Kunt u een nog onwaarschijnlijker vindplaats voor Catelyn Tulling bedenken?' Hij glimlachte. 'Het geval wil, dat ik de eigenaar van deze specifieke lokaliteit ben, dus de zaak was eenvoudig te regelen. Er is me veel aan gelegen te voorkomen dat de Lannisters op de hoogte raken van Cats aanwezigheid in Koningslanding.'

'Waarom?' vroeg Ned. Toen zag hij haar handen, hoe vreemd ze ze hield, de rauwe, rode littekens, de stijfheid van de laatste twee vingers van haar linkerhand. 'Je bent gewond.' Hij nam haar handen in de zijne en draaide ze om. 'Goden. Dat zijn diepe sneden... opengehaald door een zwaard, of... hoe komt dit, vrouwe?'

Catelyn viste een dolk van onder haar mantel en legde die in zijn hand. 'Dit lemmet was gestuurd om Bran de keel door te snijden en zijn levensbloed te vergieten.'

Met een ruk ging Neds hoofd omhoog. 'Maar... wie... waarom zou...'

Ze legde een vinger op zijn lippen. 'Laat mij alles maar vertellen, mijn lief. Dan gaat het sneller. Luister.'

Zodoende luisterde hij, en zij vertelde het allemaal, vanaf de brand in de bibliotheektoren tot en met Varys, de wachters en Pinkje. Toen ze klaar was zat Eddard Stark verdwaasd naast de tafel met de dolk in zijn hand. Brans wolf had het leven van de jongen gered, dacht hij dof. Wat had Jon ook weer gezegd toen ze de welpen in de sneeuw hadden gevonden? *Uw kinderen zijn voorbestemd om die jongen te hebben, heer.* En hij had die van Sansa gedood, en om welke reden?

Was het schuld wat hij voelde? Of vrees? Als deze wolven door de goden waren gezonden, wat voor dwaasheid had hij dan begaan?

Met veel pijn en moeite richtte Ned zijn gedachten weer op de dolk en de betekenis daarvan. 'De dolk van de Kobold,' herhaalde hij. Het leek onzinnig. Zijn hand sloot zich om het gladde heft van drakenbeen. Hij ramde het lemmet in de tafel en voelde hoe het in het hout drong. 'Waarom zou Tyrion Lannister op Brans dood uit zijn? De jongen heeft hem nooit een strobreed in de weg gelegd.'

'Hebben de Starks dan niets anders dan sneeuw tussen hun oren?' vroeg Pinkje. 'De Kobold heeft het heus niet alleen gedaan.'

Ned rees overeind en beende naar het andere einde van de kamer. 'Als de koningin hierin een rol heeft gespeeld, of, goden bewaar me, de koning zelf... nee, dat weiger ik te geloven.' Toch, terwijl hij die woorden sprak, moest hij denken aan die koude ochtend tussen de grafheuvels, toen Robert had gesproken over sluipmoordenaars om op de Targaryen-prinses af te sturen. Hij zag het zoontje van Rhaegar weer voor zich, de bloedige resten van diens schedel, en Robert die de andere kant op had gekeken, zoals hij nog niet zo lang geleden de andere kant op had gekeken in Darrings gehoorzaal. Hij kon Sansa's smeekbede nog steeds horen, net als de smeekbede van Lyanna, al die jaren geleden.

'Hoogstwaarschijnlijk wist de koning het *niet*,' zei Pinkje. 'Dat zou niet voor het eerst zijn. Onze brave Robert is doorkneed in het sluiten van zijn ogen voor dingen die hij liever niet ziet.'

Daar had Ned geen antwoord op. Het gezicht van de slagerszoon kwam bij hem bovendrijven, bijna in tweeën gekliefd, en naderhand had de koning geen woord gezegd. Zijn hoofd bonsde.

Pinkje slenterde naar de tafel en wrikte het mes uit het hout. 'Iedere beschuldiging is hoe dan ook verraad. Beschuldig de koning, en u danst met Ilyn Peyn voor de woorden over uw lippen zijn. De koningin... *als* u het kunt bewijzen, en *als* u Robert zover krijgt dat hij luistert, wie zal het dan zeggen...'

'We hebben een bewijs,' zei Ned. 'We hebben de dolk.'

'Dit?' Nonchalant liet Pinkje het mes in de lengte ronddraaien. 'Een fraai stukje staal, maar het snijdt naar twee kanten, heer Stark. De Kobold zal ongetwijfeld zweren dat deze dolk tijdens zijn verblijf op Winterfel is gestolen of zoek geraakt, en wie zal hem voor leugenaar zetten nu zijn gehuurde moordenaar dood is?' Luchtig wierp hij Ned het mes toe. 'Mijn raad is, dit in de rivier te smijten en te vergeten dat het ooit gesmeed is.'

Ned keek hem kil aan. 'Heer Baelish, ik ben een Stark van Winterfel. Mijn zoon is verlamd en misschien stervende. Zonder dat wolvenjong dat we in de sneeuw hebben gevonden zou hij dood zijn, en

Catelyn met hem. Als u echt denkt dat ik dat kan vergeten bent u nog net zo'n dwaas als toen u het zwaard tegen mijn broer opnam.'

'Het kan zijn dat ik een dwaas ben, Stark... maar ik ben er nog, terwijl uw broer nu al zo'n veertien jaar ligt te rotten in zijn ijskoude graf. Als u zo graag naast hem wilt rotten dan zal ik u niet tegenhouden, maar zelf bedank ik feestelijk voor dat genoegen.'

'U bent wel de laatste die ik vrijwillig een genoegen zou doen, heer Baelish.'

'U kwetst mij diep.' Pinkje legde een hand op zijn hart. 'Ik voor mij heb de Starks altijd een vervelend stel gevonden, maar om redenen die ik niet kan bevatten is Cat blijkbaar aan u gehecht geraakt. Omwille van haar zal ik proberen u in leven te houden. Toegegeven, een dwaze onderneming, maar ik heb uw vrouw nooit iets kunnen weigeren.'

'Ik heb Petyr verteld van onze vermoedens omtrent Jon Arryns dood,' zei Catelyn. 'Hij heeft beloofd dat hij je de waarheid zal helpen achterhalen.'

Dat was geen nieuws dat Eddard Stark toejuichte, maar het was maar al te waar dat ze hulp nodig hadden, en Cat had Pinkje vroeger bijna als een broer beschouwd. Het zou niet voor het eerst zijn dat Ned gedwongen werd gemene zaak te maken met een man die hij verachtte. 'Goed dan,' zei hij en stak de dolk achter zijn riem. 'U had het over Varys. Heeft de eunuch het hele verhaal gehoord?'

'Niet van mij,' zei Catelyn. 'Je bent niet met een halvegare getrouwd, Eddard Stark. Maar Varys heeft zo zijn manier om dingen te ontdekken die geen mens kan weten. Ik zweer je, Ned, die man doet aan zwarte kunst.'

'Het is alom bekend dat hij spionnen heeft,' zei Ned smalend.

'Dat is het niet alleen,' hield Catelyn vol. 'Ser Rodrik heeft in het diepste geheim met ser Aron Santagar gesproken, maar toch wist de Spin op de een of andere manier van hun gesprek af. Ik ben bang voor die man.'

Pinkje glimlachte. 'Laat heer Varys maar aan mij over, lieve vrouwe. Als u mij een kleine obsceniteit veroorlooft – en waar beter dan op deze plaats – ik heb de man bij zijn ballen.' Glimlachend kneep hij zijn vingers dicht. 'Althans, dat zou ik hebben als hij een man was en ballen had. Weet u, als de pastei wordt aangesneden beginnen de vogeltjes te zingen, en dat zou Varys niets bevallen. Als ik u was zou ik me wat meer zorgen maken over de Lannisters, en minder over de eunuch.'

Ned had Pinkje niet nodig om dat te beseffen. Hij dacht weer aan de dag dat Arya was gevonden, aan de blik op het gezicht van de koningin toen ze zei: *We hebben een wolf*, zo zacht en kalm. Hij dacht aan de jongen, Myca, aan de plotselinge dood van Jon Arryn, aan Brans val, aan de oude, krankzinnige Aerys Targaryen, stervend op de vloer van zijn troonzaal terwijl zijn levensbloed opdroogde op een vergulde kling. 'Vrouwe,' zei hij en keerde zich naar Catelyn toe, 'hier kunt u niets meer doen. Ik wil dat u onmiddellijk naar Winterfel teruggaat. Waar één sluipmoordenaar is kunnen er meer zijn. Degene die bevel heeft gegeven Bran te doden zal er snel genoeg achter komen dat de jongen nog leeft.'

'Ik had gehoopt de meisjes te zien...' zei Catelyn.

'Dat zou heel onverstandig zijn,' kwam Pinkje ertussen. 'De Rode Burcht zit vol nieuwsgierige ogen, en kinderen kletsen.'

'Het is waar wat hij zegt, mijn lief,' zei Ned tegen haar. Hij omhelsde haar. 'Rijd met ser Rodrik naar Winterfel. Ik waak over de meisjes. Keer terug naar onze zonen om hen goed te beschermen.'

'Zoals u wilt, heer.' Catelyn hief haar gezicht op en Ned kuste haar. Haar verminkte vingers groeven met wanhopige kracht in zijn rug, alsof ze hem voor altijd veilig wilde bewaren in de beschutting van haar armen.

'Hebben mijn heer en zijn vrouwe soms behoefte aan een slaapkamer?' vroeg Pinkje. 'Maar dan moet ik u wel waarschuwen, Stark, dat we zulke dingen hier doorgaans in rekening brengen.'

'Een ogenblik onder vier ogen, dat is alles wat ik vraag,' zei Catelyn.

'Goed dan.' Pinkje kuierde naar de deur. 'Maar maak het niet te lang. Het is hoog tijd dat de Hand en ik naar het slot teruggaan, voordat onze afwezigheid begint op te vallen.'

Catelyn liep naar hem toe en nam zijn handen in de hare. 'Ik zal de hulp die je me geboden hebt niet vergeten, Petyr. Toen je mannen me kwamen halen wist ik niet of ik naar een vriend of een vijand werd gebracht. In jou heb ik meer dan een vriend gevonden. Ik heb een broer hervonden die ik verloren waande.'

Petyr Baelish glimlachte. 'Ik ben vreselijk sentimenteel, lieve vrouwe. Vertel het aan niemand. Het heeft me jaren gekost het hof ervan te overtuigen dat ik verdorven en wreed ben, en ik zou het afschuwelijk vinden als al die moeite voor niets was geweest.'

Ned geloofde er geen woord van, maar hij zorgde dat zijn stem beleefd klonk toen hij zei: 'Ook mijn dank, heer Baelish.'

'Ah, *dat* is nog eens iets om te koesteren,' zei Pinkje en verdween van het toneel.

Nadat de deur achter hem was dichtgegaan wendde Ned zich weer tot zijn vrouw. 'Zodra je thuis bent, stuur dan onder mijn zegel een boodschap naar Helman Langhart en Galbart Hanscoe. Laat ze elk honderd boogschutters op de been brengen en de Motte van Cailin fortificeren. Tweehonderd vastberaden schutters kunnen de Nek tegen een heel leger verdedigen. Draag heer Manderling op, al zijn vestingwerken in Withaven te versterken en te herstellen, en ervoor te zorgen dat ze goed bemand zijn. En vanaf deze dag wil ik dat Theon Grauwvreugd goed in het oog gehouden wordt. Als er oorlog komt zullen we zijn vaders vloot hard nodig hebben.'

'*Oorlog?*' De angst stond duidelijk op Catelyns gezicht te lezen.

'Zover komt het niet,' beloofde Ned haar, en hij bad dat het waar was. Hij nam haar weer in zijn armen. 'De Lannisters zijn meedogenloos tegenover alles wat zwak is, zoals Aerys Targaryen tot zijn smart heeft ervaren. Maar ze zullen zich niet tegen het Noorden durven keren zonder de hele legermacht van het rijk achter zich, en die krijgen ze niet. Ik moet dit narrenspel ten einde spelen alsof er niets mis is. Bedenk waarom ik hierheen gegaan ben, mijn lief. Als ik kan bewijzen dat de Lannisters Jon Arryn hebben vermoord...'

Hij merkte dat Catelyn stond te trillen in zijn armen. De handen met de littekens klampten zich aan hem vast. 'En zo ja,' zei ze, 'wat dan, mijn lief?'

Dat was het gevaarlijkste onderdeel, wist Ned. 'Alle gerechtigheid gaat van de koning uit,' zei hij tegen haar. 'Als ik de waarheid ken moet ik naar Robert toe.' *En dan hoop ik dat hij de man is voor wie ik hem houd*, besloot hij stilzwijgend, en *niet de man die ik vrees dat hij geworden is*.

Tyrion

'Weet u zeker dat u al zo snel weer weg moet?' vroeg de bevelhebber hem.

'Meer dan zeker, heer Mormont,' antwoordde Tyrion. 'Mijn broer Jaime zal zich afvragen wat er van me geworden is. Wie weet komt hij wel tot de conclusie dat u mij hebt overgehaald het zwart aan te nemen.'

'Ik wou dat ik dat kon.' Mormont pakte een krabbenschaar en kraakte die in zijn vuist. Ondanks zijn hoge leeftijd was de bevelhebber nog altijd zo sterk als een beer. 'U bent een geslepen man, Tyrion. Zulke mensen kunnen we op de Muur goed gebruiken.'

Tyrion grijnsde. 'Dan zal ik de Zeven Koninkrijken uitkammen op dwergen en ze allemaal naar u verschepen, heer Mormont.' Terwijl ze daarover lachten zoog hij het vlees uit een krabbenpoot en nam er nog een. De krabben waren die ochtend nog uit Oostwacht gearriveerd, verpakt in een vat sneeuw, en ze waren heerlijk sappig.

Ser Alliser Doren was de enige aan tafel bij wie er zelfs geen zweem van een glimlach af kon. 'Lannister drijft de spot met ons.'

'Alleen met u, ser Alliser,' zei Tyrion. Ditmaal had het gelach rond de tafel iets onzekers en zenuwachtigs.

Dorens zwarte ogen werden vol weerzin op Tyrion gericht. 'U durft wél, voor iemand die nog geen halve man is. Misschien moeten wij eens samen naar de binnenplaats.'

'Waarom?' vroeg Tyrion. 'De krabben zijn hier.'

Die opmerking ontlokte de overigen nog meer gegrinnik. Ser Alliser stond op. Zijn mond was een dunne streep. 'Kom mee en deel uw steken onder water uit met staal in de hand.'

Tyrion keek nadrukkelijk naar zijn rechterhand. 'Maar ik héb toch staal in mijn hand, ser Alliser, ook al lijkt het net een krabbenvork? Hoe denkt u over een duel?' Hij sprong op zijn stoel en begon met het vorkje naar Dorens borst te prikken. Bulderend gelach vulde de torenkamer. De bevelhebber stikte bijna en hapte naar adem, zodat de stukjes krab uit zijn mond vlogen. Zelfs zijn raaf deed een duit in het zakje en kraste luid vanaf zijn plekje boven het raam. '*Duel! Duel! Duel!*'

Ser Alliser Doren beende met zulke stijve passen het vertrek uit dat het leek alsof er een dolk in zijn achterste stak.

Mormont zat nog te hijgen. Tyrion klopte hem op zijn rug. 'De buit is voor de overwinnaar,' riep hij. 'Ik eis Dorens deel van de krabben op.'

Eindelijk had de bevelhebber zich hersteld. 'U bent een slecht mens, om onze ser Alliser zo te provoceren,' zei hij berispend.

Tyrion ging zitten en nam een slokje wijn. 'Als iemand een schietschijf op zijn borst schildert kan hij verwachten dat iemand vroeg of laat een pijl op hem afschiet. Ik heb doden gezien die meer gevoel voor humor hadden dan uw ser Alliser.'

'Nee hoor,' wierp de hofmeester tegen, Bouwen Mars, een man zo rood en rond als een granaatappel. 'U zou eens moeten horen wat een lollige namen hij geeft aan de jongens die hij traint.'

Tyrion had een paar van die lollige namen gehoord. 'Wedden dat die jongens ook een paar namen voor hem hebben?' zei hij. 'Hak het ijs voor uw ogen weg, waarde heren. Ser Alliser Doren zou bij u de stallen moeten uitmesten in plaats van uw jeugdige krijgslieden te trainen.'

'Bij de Wacht is geen tekort aan staljongens,' gromde heer Mormont. 'Dat is het enige dat ze ons tegenwoordig nog sturen, lijkt het wel. Staljongens, gauwdieven en verkrachters. Ser Alliser is een gezalfde ridder, een van de weinigen die het zwart hebben aangenomen sinds ik hier bevelhebber ben. Hij heeft dapper gevochten in Koningslanding.'

'Aan de verkeerde kant,' was het droge commentaar van ser Jeremie Rykker. 'Ik kan het weten, want ik stond naast hem op de borstwering. Een mooie keus die Tywin Lannister ons liet: óf het zwart aannemen, óf ons hoofd op een piek voor de avond viel. Daar bedoel ik niets kwaads mee, Tyrion.'

'Dat geloof ik onmiddellijk, ser Jeremie. Mijn vader ziet graag hoofden op pieken, vooral van lieden die zijn ergernis hebben gewekt. En zo'n edel gelaat als het uwe boven op de koningspoort leek hem vast een sieraad voor de stadsmuur. U zou daarboven een treffende aanblik hebben geboden, denk ik.'

'Dank u,' antwoordde ser Jeremie met een sardonisch lachje.

Bevelhebber Mormont schraapte zijn keel. 'Soms vrees ik dat ser Alliser u doorzien heeft, Tyrion. U drijft inderdaad de spot met ons en ons loffelijk streven hier.'

Tyrion haalde zijn schouders op. 'We kunnen van tijd tot tijd allemaal wel wat spot gebruiken, heer Mormont, om onszelf niet al te serieus te nemen. Nog wat wijn graag.' Hij hield zijn beker op.

Terwijl Rykker die voor hem vulde zei Bouwen Mars. 'Voor zo'n kleine man hebt u een grote dorst.'

'O, ik denk dat heer Tyrion een man van formaat is,' zei Maester Aemon aan het uiteinde van de tafel. Hij sprak op zachte toon, maar toch deden alle hoge officieren van de Nachtwacht er het zwijgen toe om beter te horen wat de hoogbejaarde te zeggen had. 'Ik denk dat hij een reus is die hier aan het einde van de wereld bij ons op bezoek is gekomen.'

Op milde toon antwoordde Tyrion: 'Ik ben al voor veel dingen uitgemaakt, heer, maar *reus* is daar meestal niet bij.'

'Desondanks,' zei Maester Aemon terwijl zijn omfloerste, melkwitte ogen zich naar Tyrions gezicht toekeerden, 'denk ik dat het waar is.'

Bij hoge uitzondering wist Tyrion Lannister nu eens niet wat hij moest zeggen. Hij kon alleen maar beleefd met zijn hoofd knikken en zeggen: 'U bent al te vriendelijk, Maester Aemon.'

De blinde glimlachte. Hij was onbeduidend van gestalte, rimpelig en haarloos, verschrompeld onder het gewicht van zo'n honderd jaren, zodat de maestersband met zijn schakels van vele metalen losjes om zijn hals hing. 'Ik ben al voor veel dingen uitgemaakt, heer,' zei hij, 'maar *vriendelijk* is daar meestal niet bij.' Ditmaal was het Tyrion die de anderen voorging in gelach.

Veel later, toen het serieuze werk van het eten gedaan was en de anderen weg waren, bood Mormont Tyrion een stoel naast het vuur aan, en een beker met een warme drank die zo sterk was dat de tranen hem ervan in de ogen sprongen. 'Hier in het noorden kan de Koningsweg vol gevaren zijn,' zei de bevelhebber tegen hem terwijl ze dronken.

'Ik heb Jyck en Morrec,' zei Tyrion, 'en Yoren gaat nogmaals naar het zuiden.'

'Yoren is maar alleen. De Wacht begeleidt u tot Winterfel,' verkondigde Mormont op een toon die geen tegenstand duldde. 'Drie man is voldoende.'

'Als u erop staat, heer,' zei Tyrion. 'Misschien kunt u de jonge Sneeuw zenden. Hij zou dankbaar zijn als hij de kans kreeg zijn broers te bezoeken.'

Door zijn dikke, grijze baard heen trok Mormont een vragend gezicht. 'Sneeuw? O, die bastaard van Stark. Beter van niet. De jongeren moeten het leven dat ze achter zich hebben gelaten vergeten, de broers, de moeders en meer van die dingen. Als ze naar huis gaan roept dat alleen maar gevoelens wakker die beter kunnen blijven sluimeren. Mijn eigen bloedverwanten... Mijn zuster Maege heerst nu over Bereneiland, sinds mijn zoon onteerd is. Ik heb nichtjes die ik nog nooit heb gezien.' Hij nam een slok. 'Bovendien is Jon Sneeuw nog maar een jongen. U zult drie krachtige zwaarden hebben om u te beschermen.'

'Uw bezorgdheid roert mij, heer Mormont.' De sterke drank

maakte Tyrion licht in het hoofd, maar niet zo dronken dat hij niet besefte dat de oude beer iets van hem wilde. 'Ik hoop dat ik iets voor u terug kan doen.'

'Dat kunt u,' zei Mormont onomwonden. 'Uw zuster zit aan de zijde van de koning. Uw broer is een groot ridder en uw vader de machtigste edelman in de Zeven Koninkrijken. Wees onze pleitbezorger bij hen. Vertel hun van de nood waarin wij hier verkeren. U hebt het zelf gezien, heer. De Nachtwacht is op sterven na dood. Wij zijn nu minder dan duizend man sterk. Zeshonderd hier, tweehonderd in de Schaduwtoren, nog minder in Oostwacht, en nauwelijks een derde daarvan krijgslieden. De Muur is vele honderden mijlen lang. Denkt u erover na. In geval van een aanval heb ik voor iedere mijl van de Muur maar drie verdedigers.'

'Drie en een derde,' zei Tyrion gapend.

Mormont leek hem nauwelijks te horen. De oude man warmde zijn handen aan het vuur. 'U zegt dat ser Alliser niet geschikt is, maar wie zou hem moeten vervangen? Ik heb Benjen Stark erop uitgestuurd om de zoon van Yan Roys op te sporen, die op zijn eerste wachtrit is zoek geraakt met twee prima mannen, en nu is ook Stark weg. Die knaap van Roys was te jong, maar hij eiste de eer van een eigen bevel op, zijn recht als ridder. Ik wilde zijn vader niet voor het hoofd stoten.' Hij zuchtte diep. 'Als Benjen niet terugkomt, wie moet ik dan naar *hem* laten zoeken? Over twee jaar word ik zeventig, te oud en moe voor de last die ik draag. Maar als ik hem afleg, wie neemt hem dan over? Alliser Doren? Bouwen Mars? Ik zou even blind zijn als Maester Aemon als ik niet zag wat *zij* zijn. De Nachtwacht is een leger van norse jongens en vermoeide ouwe kerels geworden. Afgezien van de mannen die vanavond bij mij aan tafel zaten heb ik er misschien twintig die kunnen lezen, en nog minder die kunnen denken, plannen maken of *leiding* geven. Eens bracht de Wacht de zomers met bouwen door en liet elke bevelhebber de Muur hoger achter dan hij hem had aangetroffen. Het enige dat we nu nog kunnen is in leven blijven.'

Hij was doodernstig, besefte Tyrion. De oude man bracht hem een beetje in verlegenheid. Heer Mormont had een aanzienlijk deel van zijn leven op de Muur doorgebracht en moest er wel in geloven, wilden die jaren althans iets betekenen. 'Ik beloof u dat uw nood de koning ter ore zal komen,' zei Tyrion ernstig, 'en ik zal tevens met mijn vader en mijn broer Jaime spreken.' En dat zou hij doen ook. Tyrion Lannister was een man van zijn woord. De rest liet hij onuitgesproken: dat koning Robert niet naar hem zou luisteren, dat heer Tywin zou vragen of hij zijn verstand verloren had en dat Jaime alleen maar zou lachen.

Mormont greep Tyrion stevig bij een hand. 'Zorgt u dat ze het begrijpen. Ik zeg u, heer, dat de duisternis komt. In de wouden waren wilde schepselen rond, schrikwolven, mammoets en sneeuwberen zo groot als oerossen, en Maester Aemon heeft nog duisterder gestalten gezien in zijn dromen.'

'In zijn dromen,' echode Tyrion en verlangde vurig naar nog iets te drinken.

De scherpte in zijn stem ontging Mormont. 'De vissers nabij Oostwacht hebben witte wezens op de kust zien rondwaren.'

Nu kon Tyrion zich niet meer inhouden. 'De vissers van Lannispoort zien wel eens vaker meervolk.'

'Denys Mallister schrijft dat de bergbewoners naar het zuiden trekken en in grotere aantallen dan ooit langs de Schaduwtoren sluipen. Ze zijn op de vlucht, heer... maar *waarvoor*?' Heer Mormont liep naar het raam en staarde de nacht in. 'Deze botten zijn oud, Lannister, maar zo'n kou als nu hebben ze nog nooit gevoeld. Vertel de koning wat ik gezegd heb, smeek ik u. De winter komt waarlijk, en als de Lange Nacht valt staat slechts de Nachtwacht tussen het rijk en de oprukkende duisternis uit het noorden. Mogen de goden ons allen bijstaan als we niet voorbereid zijn.'

'Mogen de goden *mij* bijstaan als ik vannacht geen slaap krijg. Yoren is vast van plan om met het ochtendkrieken te vertrekken.' Tyrion kwam overeind, slaperig van de wijn, en al dat onheil zat. 'Heb dank voor uw hoffelijke ontvangst, heer Mormont.'

'Zeg het hun, Tyrion. Zeg het hun, en zorg dat ze het geloven. Dat is de enige dank die ik nodig heb.' Hij floot, en zijn raaf kwam aanvliegen en ging op zijn schouder zitten. Mormont glimlachte en gaf de vogel wat maïs uit zijn zak. En zo liet Tyrion hem achter.

Buiten was het bitter koud. Stevig in zijn bontvellen gehuld trok Tyrion Lannister zijn handschoenen aan en knikte de kleumende stakkers toe die buiten de Bevelhebberstoren op wacht stonden. Zo snel zijn beentjes hem konden dragen begon hij het binnenhof naar zijn eigen kamers in de koningstoren over te steken. Krakend trapten zijn laarzen het vers gevallen sneeuwlaagje van die avond plat, en zijn adem stoomde als een vlag voor hem uit. Hij schoof zijn handen onder zijn oksels, versnelde zijn pas en hoopte dat Morrec eraan had gedacht zijn bed met hete bakstenen uit het vuur te verwarmen.

Achter de koningstoren glansde de Muur in de maneschijn, onmetelijk en mysterieus. Tyrion bleef even staan om naar boven te kijken. Zijn benen deden pijn van de kou en het haastige lopen.

Plotseling werd hij door een vreemd soort waanzin gegrepen, een vurig verlangen om nog één keer vanaf de rand van de wereld te kijken. Het zou zijn laatste kans zijn, dacht hij. Morgen ging hij weer naar het zuiden en hij kon zich niet voorstellen dat hij ooit nog terug zou willen naar deze ijzige verlatenheid. Voor hem stond de koningstoren die hem warmte en een zacht bed beloofde, en toch merkte Tyrion dat hij verderliep, naar de uitgestrekte witte wal die de Muur was.

Een houten trap voerde langs de zuidkant omhoog, verankerd met enorme, ruwhouten palen die diep in het ijs verzonken en daar vastgevroren waren. Zigzaggend als een bliksemschicht klauwde hij zich omhoog. De zwarte broeders hadden hem verzekerd dat de trap veel sterker was dan hij leek, maar Tyrion had te veel kramp in zijn benen om een beklimming zelfs maar te overwegen. In plaats daarvan liep hij naar de ijzeren kooi naast de muur, klauterde erin en trok hard aan het belkoord, drie snelle rukken.

Hij had het idee dat hij een eeuwigheid moest wachten, staande tussen de tralies met zijn rug naar de muur. Zo lang, dat Tyrion zich begon af te vragen waarom hij dit deed. Hij had net zo'n beetje besloten om van zijn plotselinge bevlieging af te zien en naar bed te gaan toen de kooi met een schok omhoog begon te gaan.

Langzaam steeg hij op, eerst hortend en stotend, toen gelijkmatiger. De grond viel onder hem weg, de kooi deinde en Tyrion sloot zijn vingers rond de ijzeren tralies. Hij kon de kilte van het metaal zelfs door zijn handschoenen heen voelen. Goedkeurend stelde hij vast dat Morrec in zijn kamer het vuur aangemaakt had, maar de toren van de bevelhebber was onverlicht. De oude beer had blijkbaar meer verstand dan hij.

Toen was hij boven de torens uit, en nog steeds kroop hij verder omhoog. Slot Zwart lag onder hem, in maneschijn geëtst. Vanaf deze hoogte was te zien hoe onherbergzaam en leeg het was: vensterloze bastions, afbrokkelende muren, binnenhoven die vol met puin lagen. Verderop zag hij de lichtjes van Molstee, het dorpje dat anderhalve mijl naar het zuiden aan de Koningsweg lag, en hier en daar de felle fonkeling van maanlicht op het water van de ijskoude beken die vanuit het hooggebergte de vlakte doorsneden. De rest van de wereld was een vale leegte van winderige heuvels en stenige, met sneeuw besprenkelde velden.

Ten slotte zei een keelstem achter hem: 'Bij de zevenvoudige hel, het is de dwerg,' en vervolgens kwam de kooi abrupt tot stilstand en bleef hangen, traag heen en weer zwaaiend aan krakende touwen.

'Haal hem binnen, verdomme.' Onder geknars en luid gekreun van hout gleed de kooi opzij, en toen lag de Muur onder hem. Tyrion wachtte tot het zwaaien was gestopt vóór hij het deurtje van de kooi openduwde en op het ijs sprong. Een zware gestalte in het zwart hing over de lier heen terwijl een tweede met een gehandschoende hand de kooi vasthield. Hun gezichten waren in wollen sjaals gewikkeld, zodat alleen hun ogen zichtbaar waren, en vele lagen wol en leer, zwart op zwart, maakten hun gestalte vormeloos. 'En wat wil je, op dit uur van de nacht?' vroeg de man bij de lier.

'Nog één keer kijken.'

De mannen wisselden een norse blik. 'Kijk maar zoveel je wilt,' zei de andere. 'Maar zorg wel dat je er niet afvalt, mannetje, want dan vilt de ouwe beer ons.' Onder de grote hijskraan stond een kleine keet, en Tyrion ving de doffe gloed van een komfoor op en voelde een kortstondig vleugje warmte toen de mannen die hem hadden opgehesen de deur openden en weer naar binnen gingen. Toen was hij alleen.

Hierboven was het gemeen koud, en de wind rukte als een opdringerige minnares aan zijn kleren. Vanboven was de Muur breder dan de Koningsweg op vele plaatsen was, dus was Tyrion niet bang om te vallen, al had hij liever een minder gladde ondergrond gehad. De broeders strooiden steengruis over de looproute, maar de Muur smolt onder de druk van talloze voetstappen, zodat het ijs het gruis leek op te zuigen en te verzwelgen totdat het pad weer glad was en de tijd rijp om nog meer steen te vergruizen.

Desondanks kon Tyrion wel uit de voeten. Hij keek in oostelijke en westelijke richting langs de Muur, die zich voor hem uitstrekte als een brede, witte weg zonder begin of einde en met aan weerskanten een duistere afgrond. Naar het westen, besloot hij zonder duidelijke aanleiding en liep die kant op, over het pad dat het dichtst langs de noordrand voerde, omdat daar het gruis de meest verse aanblik bood.

Zijn onbeschermde wangen brandden van de kou en zijn benen klaagden bij elke stap luider, maar Tyrion negeerde ze. De wind blies om hem heen, onder zijn voeten knarste gruis en voor hem uit golfde het witte lint met de heuvels mee, steeds hoger en hoger, tot het achter de westelijke horizon verdween. Hij kwam langs een omvangrijke blijde, hoog als een stadsmuur, de onderkant diep in de muur verzonken. De werparm was eraf gehaald om gerepareerd te worden en toen vergeten, en lag daar nu als een kapot stuk speelgoed, half ingebed in het ijs.

Aan de andere kant van de blijde hield een gedempte stem hem aan: 'Wie daar? Halt!'

Tyrion bleef staan. 'Als ik te lang blijf staan bevries ik ter plaatse, Jon,' zei hij terwijl een ruigharige schim geluidloos op hem af sloop en aan zijn bontvellen snuffelde. 'Dag Spook.'

Jon Sneeuw kwam dichterbij. Met al die lagen bont en leer om zich heen en de kap van zijn mantel op leek hij groter en zwaarder. 'Lannister,' zei hij en trok zijn sjaal opzij om zijn mond vrij te maken. 'Dit is wel de laatste plaats waar ik u had verwacht.' Hij had een zware speer met een ijzeren punt in zijn hand die langer was dan hijzelf, en aan zijn zij hing een zwaard in een leren schede. Op zijn borst glom een zwarte krijgshoorn met zilverbeslag.

'Dit is wel de laatste plaats waar ik verwachtte gezien te worden,' gaf Tyrion toe. 'Ik kreeg een bevlieging. Als ik Spook aanraak, bijt hij dan mijn hand af?'

'Niet zolang ik erbij ben,' beloofde Jon.

Tyrion krabde de witte wolf achter de oren. Diens rode ogen keken hem onbewogen aan. Het beest kwam hem inmiddels tot de borst. Tyrion had zo'n donkerbruin vermoeden dat hij over nog een jaar tegen hem op zou kijken. 'Wat doe *jij* hierboven, zo in de nacht?' vroeg hij. 'Behalve dan je ballen eraf laten vriezen...'

'Ik heb de nachtwake getrokken,' zei Jon. 'Alweer. Ser Alliser is zo vriendelijk geweest ervoor te zorgen dat het hoofd van de wacht een speciale belangstelling voor mij koestert. Hij schijnt te denken dat ik 's ochtends tijdens de oefening in slaap zal vallen als ze me de halve nacht wakker houden. Tot nog toe heb ik hem teleurgesteld.'

Tyrion grijnsde. 'En heeft Spook al leren goochelen?'

'Nee,' zei Jon glimlachend, 'maar Grenn heeft vanmorgen standgehouden tegen Halder, en Pyp laat zijn zwaard niet meer zo vaak vallen als eerst.'

'Pyp?'

'Eigenlijk heet hij Pypar. Die kleine jongen met die grote oren. Hij zag me bezig met Grenn, en toen vroeg hij of ik hem wilde helpen. Doren had hem niet eens fatsoenlijk geleerd een zwaard vast te houden.' Hij draaide zich om en keek naar het noorden. 'Ik moet een complete mijl van de muur bewaken. Gaat u mee?'

'Als je langzaam loopt,' zei Tyrion.

'Het hoofd van de wacht zegt dat ik in beweging moet blijven om te voorkomen dat mijn bloed bevriest, maar hij heeft niet gezegd hoe snel.'

Ze liepen samen op, en naast Jon stapte Spook als een witte schaduw voort. 'Morgen vertrek ik,' zei Tyrion.

'Ik weet het.' Jon klonk merkwaardig triest.

'Ik ben van plan op weg naar het zuiden Winterfel aan te doen. Misschien kan ik een bericht voor je overbrengen...'

'Zegt u tegen Robb dat ik het bevel over de Nachtwacht krijg en voor zijn veiligheid zal zorgen. Hij kan dus beter met de meisjes gaan naaien en zijn zwaard door Mikken tot hoefijzers laten omsmeden.'

'Je broer is groter dan ik,' zei Tyrion met een lachje. 'Ik weiger een bericht over te brengen dat mijn dood kan worden.'

'Rickon zal wel vragen wanneer ik thuiskom. Probeert u hem uit te leggen waar ik heen ben, als het kan. Zegt u maar dat hij al mijn spullen mag hebben zolang ik weg ben, dat zal hij leuk vinden.'

Ze vroegen vandaag nogal wat van hem, dacht Tyrion Lannister. 'Je weet toch dat je dat allemaal ook in een brief kunt zetten?'

'Rickon kan nog niet lezen. Bran...' Hij zweeg abrupt. 'Ik weet niet welk bericht ik Bran moet sturen. Help hem, Tyrion.'

'Wat voor hulp kan ik hem bieden? Ik ben geen maester, dat ik zijn pijn zou kunnen verzachten. Ik ken geen bezweringen die hem zijn benen teruggeven.'

'U hebt mij uw hulp gegeven toen ik die nodig had,' zei Jon Sneeuw.

'Ik heb je niets gegeven,' zei Tyrion. 'Woorden.'

'Geeft u uw woorden dan ook maar aan Bran.'

'Je vraagt een lamme of hij een kreupele wil leren dansen,' zei Tyrion. 'Hoe goed bedoeld zo'n les ook is, het resultaat moet haast wel lachwekkend zijn. Toch weet ik wat broederliefde is, heer Sneeuw. Het beetje hulp waartoe ik bij machte ben zal ik Bran geven.'

'Dank u, heer Lannister.' Hij trok zijn handschoen uit en bood hem zijn ontblote hand aan. 'Vriend.'

Tyrion merkte dat hij merkwaardig aangedaan was. 'Mijn meeste verwanten zijn bastaarden,' zei hij met een wrange glimlach, 'maar jij bent de eerste die ik tot vriend heb.' Met zijn tanden trok hij een handschoen uit en drukte de hand van Sneeuw, naakte huid tegen naakte huid. De greep van de jongen was vast en krachtig.

Toen hij zijn handschoen weer had aangetrokken keerde Jon Sneeuw zich abrupt om en liep naar de lage, ijzige borstwering aan de noordkant. Achter hem liep de Muur steil omlaag en daarachter was slechts duisternis en wildernis. Tyrion volgde hem, en naast elkaar stonden ze op de rand van de wereld.

De Nachtwacht liet het woud niet dichterbij komen dan tot op een halve mijl van de noordwand van de Muur. Het struikgewas – ijzerhout, wachtbomen en eikenhakhout – dat daar eens placht te groeien was al eeuwen geleden gekapt om een brede strook open terrein te creëren die geen vijand onopgemerkt zou kunnen passeren. Tyrion had gehoord dat elders langs de muur, tussen de drie forten in, het wilde woud de laatste decennia sluipend was teruggekeerd, dat er plaatsen waren waar grijsgroene wachtbomen en bleekwitte weirbosjes in de schaduw van de Muur zelf wortelden, maar Slot Zwart verslond enorme massa's brandhout, en hier hielden de bijlen van de zwarte broeders het woud nog op afstand.

Maar het was nergens veraf. Hierboven kon Tyrion ze zien, de donkere bomen die hoog oprezen achter de strook open grond, als een tweede muur die evenwijdig met de eerste was gebouwd, een muur van nacht. Er was nooit veel met bijlen gehakt in *dat* zwarte woud, waar zelfs het maanlicht niet in de eeuwenoude wirwar van wortels, dorens en grijpende takken doordrong. Daar rezen de bomen als woudreuzen op, en volgens de wachtruiters stonden ze in gepeins verzonken en merkten ze niets van de mensen. Geen wonder dat de Nachtwacht van Het Spookwoud sprak.

Terwijl hij daar stond te kijken naar al dat donker waarin nergens een vuur brandde, in de wind, en met de kou als een speer in zijn ingewanden, had Tyrion Lannister het gevoel dat hij die praatjes over de Anderen, de vijanden in de nacht, bijna kon geloven. Zijn grappen over gnurkers en snaaien leken niet meer zo lollig.

'Mijn oom is daar,' zei Jon Sneeuw zacht terwijl hij op zijn speer geleund in het donker staarde. 'De eerste nacht dat ze me naar boven stuurden dacht ik: vannacht komt Oom Benjen terug, en dan zie ik hem als eerste en steek ik de hoorn. Maar hij kwam niet. Die nacht niet, en geen enkele andere nacht.'

'Gun hem de tijd,' zei Tyrion.

Ver weg in het noorden begon een wolf te huilen. Een tweede stem nam het over, en toen nog een. Spook hield zijn kop scheef en luisterde. 'Als hij niet terugkomt,' beloofde Jon Sneeuw, 'gaan Spook en ik hem zoeken.' Hij legde zijn hand op de kop van de schrikwolf.

'Dat geloof ik best,' zei Tyrion, maar wat hij dacht was: *en wie gaat jou zoeken?* Hij huiverde.

Arya

Haar vader had weer ruzie gehad met de raad. Arya kon het aan zijn gezicht zien toen hij aan tafel kwam, alweer te laat, zoals zo vaak. De eerste gang, een dikke, zoete pompoenensoep, was al afgeruimd toen Ned Stark de kleine zaal inbeende. Die werd zo genoemd ter onderscheiding van de grote zaal, waar de koning duizend gasten kon onthalen, maar het was een langwerpig vertrek met een hoog, gewelfd plafond, en de banken langs de schraagtafels boden plaats aan tweehonderd mensen.

'Heer,' zei Jory toen vader binnenkwam. Hij stond op, en de rest van de wacht met hem. Alle mannen droegen een nieuwe mantel van zware, grijze wol, met wit satijn omzoomd. Een hand van gedreven zilver hield de wollen plooien van elke mantel bijeen en kenmerkte de dragers als leden van de hofwacht van de Hand. Er waren er maar vijftig, dus de meeste banken waren leeg.

'Ga zitten,' zei Eddard Stark. 'Ik zie dat u zonder mij begonnen bent. Het doet me genoegen dat er hier in de stad nog een paar verstandige mannen zijn.' Hij gaf het signaal dat de maaltijd hervat kon worden. De bedienden droegen schalen ribstuk binnen met een knapperige korst van knoflook en kruiden.

'Op de binnenplaats wordt beweerd dat er een toernooi komt, heer,' zei Jory terwijl hij weer plaatsnam. 'Ze zeggen dat er ridders uit het hele rijk zullen komen om een steekspel te houden en feest te vieren ter ere van uw benoeming als Hand des Konings.'

Arya zag dat haar vader daar niet erg gelukkig mee was. 'Zeggen ze ook dat er niets is dat ik minder graag gewild had?'

Sansa had ogen als schoteltjes gekregen. 'Een toernooi?' prevelde ze. Ze zat tussen Septa Mordane en Jeane Poel in, zo ver van Arya verwijderd als ze kon zonder haar vader verwijten te ontlokken. 'Mogen wij er ook heen, vader?'

'Je weet hoe ik erover denk, Sansa. Naar het schijnt dien ik Roberts spelletjes te organiseren en omwille van hem te doen of ik vereerd ben. Dat wil niet zeggen dat ik mijn dochters aan die idioterie moet blootstellen.'

'O, *alstublieft*,' zei Sansa. 'Ik wil het zien.'

Septa Mordane nam het woord. 'Prinses Myrcella gaat ook, heer, en zij is jonger dan jonkvrouwe Sansa. Alle dames van het hof worden geacht bij zo'n groots evenement als dit aanwezig te zijn, en aangezien het toernooi ter ere van u gehouden wordt zou het een vreemde indruk maken als uw gezin het niet bijwoonde.'

Vader keek gepijnigd. 'Ja, dat zal wel. Goed dan, ik zal je een plaats bezorgen, Sansa.' Hij zag Arya. 'Jullie allebei.'

'Dat stomme toernooi van hun kan me gestolen worden,' zei Arya. Ze wist dat prins Joffry erbij zou zijn, en ze haatte prins Joffry.

Sansa hief haar hoofd op. 'Het zal een *schitterend* evenement zijn. Daar hebben ze jou niet bij nodig.'

De woede flitste over haar vaders gezicht. '*Genoeg*, Sansa. Nog één woord, en ik verander van gedachten. Ik ben doodziek van dat eindeloze gebekvecht van jullie. Jullie zijn zusters en ik verwacht dat jullie je als zodanig gedragen. Is dat duidelijk?'

Sansa beet op haar lip en knikte. Arya keek nors op haar bord neer. Ze voelde de tranen achter haar ogen prikken. Boos wreef ze erin, vastbesloten om niet te huilen.

Alleen het gekletter van messen en vorken was nog te horen. 'Wilt u mij verontschuldigen?' zei haar vader tegen zijn tafelgenoten. 'Ik merk dat ik vanavond weinig eetlust heb.' Hij liep de zaal uit.

Toen hij weg was begon Sansa opgewonden tegen Jeane Poel te fluisteren. Verderop aan tafel lachte Jory om een grap, en Hullen sneed het onderwerp paarden aan. 'Dat strijdros van jou, nou, dat is misschien niet het geschiktste voor het steekspel. Da's andere koek, hoor, heel andere koek.' De mannen hadden het allemaal al eens gehoord. Desmond, Jacs en Hullens zoon Harwin legden hem gezamenlijk het zwijgen op, en Porthier riep om meer wijn.

Niemand praatte met Arya. Het liet haar koud. Zo had ze het graag. Ze zou haar maaltijden het liefst alleen in haar slaapkamer hebben gebruikt, als dat gemogen had. Soms mocht het inderdaad, als vader met de koning of een of andere edelman of de gezanten uit zus en zo moest dineren. De rest van de tijd aten ze in zijn bovenvertrek, alleen hij, zij en Sansa. Dat waren de keren dat Arya haar broers het meest miste. Ze zou Bran willen plagen en met de kleine Rickon spelen en Robb naar haar willen zien lachen. Ze wilde dat Jon door haar haren woelde en haar 'zusje' noemde en haar zinnen voor haar afmaakte. Maar zij waren er geen van allen. Op Sansa na had ze niemand meer, en Sansa wilde niet eens met haar praten, tenzij vader haar ertoe dwong.

Thuis in Winterfel hadden ze bijna de helft van de tijd in de grote zaal gegeten. Haar vader zei altijd dat een heer samen met zijn mannen moest eten als hij ze wilde vasthouden. 'Zorg dat je je volgelingen kent,' had ze hem eens tegen Robb horen zeggen, 'en zorg dat ze jou kennen. Vraag niet van je mannen dat ze voor een vreemde sterven.' In Winterfel had hij altijd een extra stoel bij zich aan tafel laten zetten, en elke dag kreeg een ander het verzoek om bij hem te komen zitten. De ene avond was het Vayon Poel, en dan ging het gesprek over muntgeld, broodvoorraden en bedienden. Een volgende keer was het Mikken, en dan zat haar vader te luisteren naar zijn gepraat over harnassen en zwaarden, en hoe heet een smidsvuur moest zijn, en wat de beste manier was om staal te temperen. Weer een andere dag kon het Hullen zijn met zijn eindeloze geklets over paarden, of Septon Cheyl uit de bibliotheek, of Jory, of ser Rodrik, of zelfs Ouwe Nans met haar verhalen.

Arya deed niets liever dan bij haar vader aan tafel zitten en naar die gesprekken luisteren. Ze luisterde ook graag naar de mannen op de banken, naar vrijruiters, taai als leer, hoofse ridders en stoutmoedige jonge schildknapen, en vergrijsde wapenknechten. Ze bekogelde hen altijd met sneeuwballen en hielp hen pasteien stelen uit de keuken. Hun vrouwen gaven haar beschuitjes en zij bedacht namen voor hun baby's en speelde monsters-en-jonkvrouwen, en verberg-de-schat, en kom-in-mijn-kasteel met hun kinderen. Dikke Tom placht haar 'Arya Onderweg' te noemen, omdat ze dat volgens hem altijd was. Dat beviel haar heel wat beter dan 'Arya Paardenhoofd'.

Maar dat was Winterfel, aan de andere kant van de wereld, en sindsdien was niets nog hetzelfde. Dit was de eerste keer sinds ze Koningslanding hadden bereikt dat ze met de mannen aten. Arya vond het afschuwelijk. Nu had ze een hekel aan hun stemgeluid, hun gelach, hun verhalen. Ze waren haar vrienden geweest, bij hen had ze zich veilig gewaand, maar ze besefte nu dat dat maar schijn was. Ze hadden de koningin Dame laten vermoorden, dat was al erg genoeg, maar toen had de Jachthond Myca gevonden. Jeane Poel had Arya verteld dat hij hem in zoveel stukjes had gehakt dat ze hem in een zak bij de slager terugbezorgd hadden, en dat de arme man eerst gedacht had dat het een geslacht varken was. En niemand had er iets van gezegd of zijn zwaard getrokken, of *wat dan ook*, noch Harwin, die altijd zo'n grote mond had, noch Alyn, die ridder zou worden, noch Jory, die het hoofd van de wacht was. Zelfs haar vader niet.

'Hij was mijn *vriend*,' fluisterde Arya in haar bord, zo zacht dat geen mens het hoorde. Haar ribstukken lagen daar onaangeroerd, koud geworden, op een dun laagje stollend vet. Arya keek ernaar en voelde zich misselijk. Ze schoof van tafel af.

'En waar ga jij wel niet heen, jongedame?' vroeg Septa Mordane.

'Ik heb geen honger.' Het kostte Arya moeite aan haar hoofse manieren te denken. 'Wilt u mij alstublieft verontschuldigen?' dreunde ze stijfjes op.

'Zeker niet,' zei de septa. 'Je hebt je maaltijd nauwelijks aangeraakt. Ga zitten en eet je bord leeg.'

'Doe dat zelf maar!' Voordat iemand haar kon tegenhouden schoot Arya op de deur af. De mannen lachten en Septa Mordane riep haar op luide toon, met een stem die steeds hoger werd.

Dikke Tom stond op zijn post; hij bewaakte de toegangsdeur tot de Toren van de Hand. Hij knipperde met zijn ogen toen hij Arya op zich af zag stormen en de kreten van de septa hoorde. 'Hé daar, meisje...' begon hij en stak een hand uit, maar Arya glipte tussen zijn benen door en rende de wenteltrap op. Haar voeten petsten op de stenen en Tom hijgde en pufte achter haar aan.

Haar slaapkamer was de enige plaats in heel Koningslanding waar Arya het naar haar zin had, en het beste eraan was de deur van massief donker eiken met zwart ijzerbeslag. Als ze die dichtsmeet en de zware balk ervoor liet zakken kon niemand haar kamer in, Septa Mordane niet, Dikke Tom niet, en ook Sansa, Jory of de Jachthond niet, *niemand*! En ze smeet hem dicht.

Toen de balk ervoor zat voelde Arya zich eindelijk veilig genoeg om te huilen.

Ze liep naar de vensterbank en ging snotterend zitten, kwaad op iedereen en in de eerste plaats op zichzelf. Het was allemaal haar schuld, al die nare dingen die er waren gebeurd. Dat zei Sansa, en Jeane zei het ook.

Dikke Tom klopte op haar deur. 'Arya, meisje, wat is er aan de hand?' riep hij. 'Ben je daar?'

'*Nee!*' riep ze. Het kloppen hield op. Even later hoorde ze hem weggaan. Dikke Tom was altijd gemakkelijk voor de gek te houden.

Arya liep naar de kist aan de voet van het bed. Ze knielde, sloeg het deksel open, begon met handen vol haar kleren eruit te graaien, zijde, satijn, fluweel en wol, en smeet alles op de vloer. Daar lag het, op de bodem van de kist, waar ze het verstopt had. Bijna teder haalde Arya het eruit en trok de slanke kling uit de schede.

Naald.

Ze dacht opnieuw aan Myca, en de tranen sprongen haar in de ogen. Haar schuld, haar schuld, haar schuld. Als ze hem nooit had gevraagd met haar te oefenen in het zwaardvechten...

Er werd op haar deur gebonsd, harder dan daarnet. '*Arya Stark, doe onmiddellijk die deur open, hoor je me?*'

Met een ruk keerde Arya zich om, Naald in haar hand. 'Kom maar liever niet binnen!' waarschuwde ze. Woest hakte ze op de lucht in.

'*Hier zal de Hand van horen!*' raasde Septa Mordane.

'Kan me niet schelen!' gilde Arya. 'Ga weg.'

'*Je zult nog spijt krijgen van je ongehoorzame gedrag, jongedame, dat beloof ik je.*' Arya luisterde aan de deur tot ze de voetstappen van de septa hoorde wegsterven.

Ze liep terug naar het raam met Naald in haar hand en keek neer op de binnenhof beneden. Kon ze maar klimmen zoals Bran, dacht ze, dan kon ze via het raam langs de toren naar beneden en van deze afschuwelijke plaats vandaan, weg van Sansa en Septa Mordane en prins Joffry, van iedereen. Wat eten stelen uit de keukens en Naald meenemen, en haar goede laarzen, en een warme mantel. Ze zou Nymeria kunnen zoeken in de wilde wouden ten zuiden van de Drietand, en samen zouden ze naar Winterfel teruggaan, of weglopen naar Jon op de Muur. Ze betrapte zich erop dat ze wenste dat Jon nu bij haar was. Dan zou ze zich misschien niet zo alleen voelen.

Een zacht klopje op de deur achter haar maakte dat Arya het raam en haar ontsnappingsdromen de rug toekeerde. 'Arya,' riep haar vaders stem. 'Doe de deur open. We moeten praten.'

Arya liep de kamer door en tilde de dwarsbalk op. Vader was alleen. Hij keek eerder bedroefd dan boos, zodat Arya zich nog miserabeler voelde. 'Mag ik binnenkomen?' Arya knikte en sloeg toen beschaamd haar ogen neer. Vader sloot de deur. 'Van wie is dat zwaard?'

'Van mij.' Arya was bijna vergeten dat ze Naald in haar hand had.

'Geef op.'

Met tegenzin gaf Arya haar zwaard uit handen en vroeg zich af of ze het ooit weer zou vasthouden. Haar vader keerde het om en om in het licht om het goed te bekijken. Hij testte de punt uit met zijn duim. 'Het zwaard van een bravo, een sluipmoordenaar,' zei hij. 'Maar ik geloof dat ik het merkteken van de smid ken. Dit is door Mikken gemaakt.'

Arya kon niet tegen hem liegen. Ze keek naar de grond.

Heer Eddard Stark zuchtte. 'Mijn negenjarige dochter krijgt een wapen uit mijn eigen smidse zonder dat ik er iets van weet. De Hand des Konings wordt geacht de Zeven Koninkrijken te regeren, maar het lijkt erop dat ik niet eens mijn eigen huishouden kan bestieren. Hoe kom jij aan een zwaard, Arya? Waar heb je dit vandaan?'

Arya beet op haar lip en zweeg. Ze wilde Jon niet verraden, zelfs niet aan haar vader.

Na een poosje zei vader: 'Ach, laat ook maar zitten.' Hij keek ernstig naar het zwaard in zijn handen. 'Dit is geen kinderspeelgoed, en al helemaal niet voor een meisje. Wat zou Septa Mordane zeggen als ze wist dat je met zwaarden speelde?'

'Ik *speelde* niet,' zei Arya met klem. 'En ik heb een hekel aan Septa Mordane.'

'Zo is het genoeg.' Haar vaders stem klonk kortaf en hard. 'De septa doet niet meer dan haar plicht, al weten de goden dat je het die arme vrouw moeilijk genoeg maakt. Je moeder en ik hebben haar belast met de onmogelijke taak om een dame van je te maken.'

'Ik *wil* geen dame zijn!' viel Arya uit.

'Ik zou dit speeltje hier en nu op mijn knieën doormidden moeten breken om een einde te maken aan die onzin.'

'Naald zou niet breken,' zei Arya uitdagend, maar haar stem logenstrafte haar woorden.

'Het heeft dus een naam?' Haar vader zuchtte. 'Arya, Arya. Je hebt zoiets ontembaars over je. Het wolvenbloed, noemde mijn vader het altijd. Lyanna had er een beetje van meegekregen en mijn broer Brandon meer dan een beetje. Het dreef hen allebei vroegtijdig het graf in.' Arya hoorde hoe treurig zijn stem klonk. Hij sprak niet vaak over zijn vader, of over de broer en zuster die vóór haar geboorte waren gestorven. 'Lyanna zou misschien een zwaard hebben gedragen als mijn heer vader het had goedgevonden. Jij doet me soms aan haar denken. Je lijkt zelfs op haar.'

'Lyanna was mooi,' zei Arya verrast. Dat zei iedereen. Het was niet iets wat ooit van Arya werd gezegd.

'Dat was ze,' beaamde Eddard Stark, 'mooi, en eigenzinnig, en dood voor haar tijd.' Hij hief het zwaard op en hield het tussen hen in. 'Arya, wat had je met... Naald willen doen? Wie had je willen doorklieven? Je zuster? Septa Mordane? Weet je ook maar iets van zwaardvechten af?'

Het enige dat haar inviel was de les van Jon. 'Je steekt met de punt,' flapte ze eruit.

Haar vader snoof om niet in lachen uit te barsten. 'Daar komt het in wezen wel op neer, ja.'

Arya wilde het zo wanhopig graag uitleggen, zodat hij het zou begrijpen. 'Ik probeerde het te leren, maar...' Haar ogen schoten vol tranen. 'Ik had Myca gevraagd om met me te oefenen.' Ineens werd ze door verdriet overmand, en trillend keerde ze zich af. 'Ik had het hem *gevraagd*,' huilde ze. 'Het was mijn schuld, het kwam door mij...'

Ineens voelde ze haar vaders armen om zich heen. Teder hield hij haar vast, terwijl zij zich naar hem omdraaide om uit te huilen tegen zijn borst. 'Nee, schatje,' mompelde hij. 'Rouw gerust om je vriend, maar verwijt jezelf niets. Jij hebt die slagersjongen niet gedood. Die moord komt voor rekening van de Jachthond, en van de wrede vrouw die hij dient.'

'Ik haat ze,' vertrouwde Arya hem toe en haalde met een rood gezicht haar neus op. 'De Jachthond en de koningin en de koning en prins Joffry. Ik haat ze allemaal. Joffry *loog*, het was niet zoals hij zei. Sansa haat ik ook. Zij wist het heus nog wel, ze loog alleen maar omdat Joffry haar dan aardig zou vinden.'

'We liegen allemaal,' zei haar vader. 'Of denk je echt dat ik geloof dat Nymeria weggelopen is?'

Arya bloosde schuldbewust. 'Jory had beloofd dat hij het niet verder zou vertellen.'

'Jory heeft woord gehouden,' zei haar vader glimlachend. 'Soms weet ik iets zonder dat het me verteld is. Zelfs een blinde kon zien dat die wolf je nooit vrijwillig zou verlaten.'

'We moesten met stenen gooien,' zei ze ongelukkig. 'Ik *zei* tegen haar dat ze weg moest lopen, dat ze vrij kon zijn, dat ik haar niet meer wilde. Er waren andere wolven om mee te spelen, we hoorden ze huilen, en Jory zei dat de bossen vol wild zaten, zodat ze op herten kon jagen. Maar ze bleef ons maar achternalopen, en ten slotte moesten we met stenen gooien. Ik heb haar twee keer geraakt. Ze jankte en keek me aan, en ik schaamde me zo, maar het was toch goed wat ik deed? De koningin zou haar vermoord hebben.'

'Ja, het was goed,' zei haar vader. 'En zelfs de leugen was... niet eerloos.' Hij had Naald weggelegd toen hij naar Arya liep om haar te omhelzen. Nu pakte hij het zwaard weer op en liep naar het raam, waar hij een ogenblik naar de binnenhof bleef kijken. Toen hij zich weer omdraaide stonden zijn ogen peinzend. Hij ging in de vensterbank zitten met Naald over zijn knieën. 'Arya, ga zitten. Ik moet je een paar dingen uitleggen.'

Nerveus ging ze op de rand van haar bed zitten. 'Je bent nog te jong om met al mijn zorgen te worden opgezadeld,' zei hij tegen haar, 'maar je bent ook een Stark van Winterfel. Je kent onze woorden.'

'*De winter komt*,' fluisterde Arya.

'De harde, wrede tijden,' zei haar vader. 'We hebben er een voorproefje van gehad aan de Drietand, kind, en toen Bran viel. Jij bent in de lange zomer geboren, en je hebt nooit iets anders meegemaakt, maar nu wordt het waarlijk winter. Denk aan het wapenteken van ons huis, Arya.'

'De schrikwolf,' zei ze, en dacht aan Nymeria. Ze trok haar knieën op tot onder haar kin, plotseling bang geworden.

'Laat me je iets over wolven vertellen, kind. Als de sneeuw valt en de witte winden waaien sterft de eenzame wolf, maar de troep blijft in leven. De zomer is de tijd om elkaar in de haren te zitten. 's Winters moeten we elkaar beschermen en warm houden, onze krachten verenigen. Dus als je per se wilt haten, Arya, haat dan degenen die ons werkelijk een kwaad hart toedragen. Septa Mordane is een goed mens, en Sansa... Sansa is je zuster. Jullie mogen dan even grondig verschillen als de zon en de maan, in jullie beider harten stroomt hetzelfde bloed. Jij hebt haar nodig, net zoals zij jou nodig heeft... en ik heb jullie allebei nodig, mogen de goden mij bijstaan.'

Hij klonk zo vermoeid dat het Arya treurig te moede werd. 'Ik haat Sansa niet,' zei ze tegen hem. 'Niet echt.' Het was maar een halve leugen.

'Ik wil je niet bang maken, maar ik wil evenmin tegen je liegen. We zijn op een duistere en gevaarlijke plaats beland, kind. Dit is Winterfel niet. We hebben vijanden die niets goeds met ons voorhebben. Laten we niet tegen elkaar vechten. Die eigenzinnigheid van jou, dat weglopen, die boze woorden, die ongehoorzaamheid... thuis waren dat slechts de zomerse spelletjes van een kind. Hier en nu, met de winter op komst, ligt het anders. Het is tijd dat je volwassen wordt.'

'Dat word ik ook,' beloofde Arya hem plechtig. Ze had nog nooit zoveel van hem gehouden als op dat moment. 'Ik kan ook sterk zijn. Ik kan even sterk zijn als Robb.'

Hij reikte haar Naald aan met het gevest naar voren. 'Alsjeblieft.'

Vol verwondering keek ze naar het zwaard. Even was ze bang om het aan te raken, bevreesd dat het weer weggetrokken zou worden als ze haar hand ernaar uitstak, maar toen zei haar vader: 'Ga je gang, het is van jou,' en ze pakte het aan.

'Mag ik het houden?' zei ze. 'Echt waar?'

'Echt waar.' Hij glimlachte. 'Als ik het meenam zou ik ongetwijfeld binnen twee weken een morgenster onder je kussen aantreffen. Doe je best om het niet in je zuster te steken, hoezeer je ook geprovoceerd wordt.'

'Ik zal het niet doen. Dat beloof ik.' Terwijl haar vader afscheid nam drukte Arya Naald stevig tegen zich aan.

De volgende ochtend bij het ontbijt bood ze Septa Mordane haar verontschuldigingen aan en vroeg haar om vergiffenis. De septa keek haar met toegeknepen ogen achterdochtig aan, maar vader knikte.

Drie dagen daarna, midden op de dag, zond haar vaders rentmeester Vayon Poel Arya naar de kleine zaal. De schraagtafels waren opgeruimd en de banken tegen de muur geschoven. De zaal leek leeg, totdat een onbekende stem zei: 'Je bent laat, jongen.' Een onaanzienlijk mannetje met een kaal hoofd en een grote haakneus dook op uit de schaduwen met een paar smalle houten zwaarden in zijn hand. 'Morgen ben je hier midden op de dag.' Hij sprak met een accent, de tongval van een van de Vrijsteden, Braavos misschien, of Myr.

'Wie bent u?' vroeg Arya.

'Ik ben je dansmeester.' Hij wierp haar een van de houten zwaarden toe. Ze greep ernaar, miste en hoorde het op de vloer kletteren. 'Morgen vang je het. En nu oprapen.'

Het was niet gewoon maar een stok, maar een echt houten zwaard, compleet met een gevest, een pareerstang en een knop. Arya raapte het op. Zenuwachtig hield ze het met allebei haar handen vast en stak het voor zich uit. Het was zwaarder dan het leek, veel zwaarder dan Naald.

De kale man klikte met zijn tanden. 'Niet op die manier, jongen. Dit is geen slagzwaard dat je met twee handen hanteert. Neem het wapen in één hand.'

'Het is te zwaar,' zei Arya.

'Het is zwaar omdat dat nodig is om je sterk te maken, en met het oog op de balans. Vanbinnen zit een holte die met lood gevuld is, exact. Eén hand is alles wat je nodig hebt.'

Arya nam haar rechterhand van het gevest en veegde haar bezwete handpalm aan haar broek af. Het zwaard hield ze in haar linkerhand. Dat scheen hij goed te keuren. 'De linker is prima. Alles andersom, dat maakt het lastiger voor je vijanden. Nu sta je verkeerd. Keer je lichaam opzij, exact. Je bent zo mager als een speerschacht, weet je dat? Ook prima, dan is het doelwit kleiner. Nu de greep. Laat eens kijken.' Hij kwam dichterbij en keek nauwkeurig naar haar hand. Toen schoof hij haar vingers uit elkaar en verplaatste ze. 'Exact. Niet zo hard knijpen, nee, je greep moet soepel zijn, subtiel.'

'En als ik het laat vallen?' zei Arya.

'Het staal moet een verlengstuk van je arm zijn,' hield de kale man haar voor. 'Kun je een stuk van je arm laten vallen? Nee. Negen jaar lang was Syrio Forel het voornaamste zwaard van de Zeeheer van Braavos, hij weet van wanten. Luister naar hem, jongen.'

Dat was de derde keer dat hij haar *jongen* noemde. 'Ik ben een meisje,' protesteerde Arya.

'Jongen, meisje,' zei Syrio Forel. 'Je bent een zwaard, dat is alles.' Hij klikte met zijn tanden. 'Exact, dat is de greep. Je hebt geen strijdbijl in je hand, maar een...'

'... *naald*,' voltooide Arya fel.

'Exact. Nu beginnen we aan de dans. En knoop dit in je oren, kind: het is niet de ijzeren dans van Westeros die we leren, de ridderdans, houwen en hakken, nee. Dit is de dans van de bravo, de waterdans, rap en abrupt. Alle mensen zijn van water, wist je dat? Als je ze doorboort lekt het water weg en sterven ze.' Hij deed een stap naar achteren en hief zijn eigen houten kling op. 'Nu ga je proberen mij te raken.'

Arya probeerde hem te raken. Ze probeerde het vier uur lang, totdat elke spier in haar lichaam verkrampt was en zeer deed, terwijl Syrio Forel met zijn tanden klikte en haar vertelde wat ze moest doen.

De volgende dag begon het echte werk.

Daenerys

'De zee van Dothrak,' zei ser Jorah Mormont tegen haar terwijl hij naast haar op de heuveltop de teugels inhield.

Beneden hen strekte de onmetelijke vlakte zich uit, een immense, weidse leegte die tot aan de verre horizon en daarachter reikte. Het was inderdaad een zee, dacht Dany. Van hieraf waren er geen heuvels, geen bergen, geen bomen of steden of wegen meer, maar slechts eindeloze graslanden waarop de halmen zich rimpelden als golven in de wind. 'Wat groen,' zei ze.

'Hier en nu wel,' beaamde ser Jorah. 'Maar u moet het in bloei zien, een en al donkerrode bloemen, van horizon tot horizon, als een zee van bloed. Bij de komst van het droge seizoen neemt de wereld de kleur van oud brons aan. En dit is alleen nog maar *hranna*, kind. Er groeien daar honderden grassoorten, geel als citroen en donker als indigo, blauwe grassen, oranje grassen en grassen als de regenboog. Zuidwaarts in de Schaduwlanden achter Asshai zijn oceanen van spookgras, zeggen ze, hoger dan een ruiter te paard, met stelen zo bleek als melkglas. Dat verstikt al het andere gras en straalt in het donker de gloed van verdoemde geesten uit. De Dothraki beweren dat op een dag het spookgras de hele wereld zal overdekken, en dat er dan een einde komt aan al wat leeft.'

Die gedachte bezorgde Dany de koude rillingen. 'Daar praat ik nu liever niet over,' zei ze. 'Het is hier zo mooi dat ik er niet aan wil denken dat alles doodgaat.'

'Zoals u wilt, *khaleesi*,' zei ser Jorah eerbiedig.

Ze hoorde stemmen en keek om. Zij en Mormont waren voor de rest van het gezelschap uit gereden, en nu waren de overigen de helling onder hen aan het beklimmen. Haar dienstmaagd Irri en de jonge boogschutters van haar *khas* bewogen zich vloeiend als centauren, maar Viserys had nog steeds moeite met de korte stijgbeugels en het platte zadel. Haar broer voelde zich hier ellendig. Hij had nooit mee moeten komen. Magister Illyrio had erop aangedrongen dat hij in Pentos zou wachten en hem de gastvrijheid van zijn eigen state aangeboden, maar daar had Viserys niet van willen horen. Hij zou bij Drogo blijven tot de schuld was afbetaald, tot hij de kroon bezat die hem beloofd was. 'En als hij mij probeert te bedriegen zal hij tot zijn schade merken wat het wil zeggen de Draak te wekken,' had Viserys gezworen met één hand op zijn geleende zwaard. Daarop had Illyrio met zijn ogen geknipperd en hem veel geluk gewenst.

Dany realiseerde zich dat ze op dit ogenblik geen enkele klacht van haar broer wenste aan te horen. De dag was te volmaakt. De hemel was diepblauw, en hoog boven hen cirkelde een jagende havik. De zee van gras deinde en ruiste bij ieder zuchtje wind, de lucht voelde warm aan op haar gezicht, en zelf was ze vredig gestemd. Ze wilde niet dat Viserys dat zou bederven.

'Wacht hier,' zei Dany tegen ser Jorah. 'Zeg dat ze allemaal stil moeten staan. Zeg hun dat ik het beveel.'

De ridder glimlachte. Ser Jorah was geen knappe man. Hij had een stierennek en dito schouders, en zijn armen en borst waren zo dicht begroeid met ruig zwart haar dat er niets voor zijn hoofd was overgebleven. Maar zijn lachjes staken Dany een hart onder de riem. 'U leert al spreken als een vorstin, Daenerys.'

'Geen vorstin,' zei Dany. 'Een *khaleesi*.' Met een ruk wendde ze haar paard en galoppeerde alleen de heuvel af.

De afdaling was steil en stenig, maar Dany reed onbevreesd voort met een hart dat zong van vreugde en doodsverachting. Haar leven lang had ze van Viserys te horen gekregen dat ze een prinses was, maar pas sinds ze haar zilveren bereed voelde Daenerys Targaryen zich er een.

Het was bepaald niet vanzelf gegaan. De *khalasar* was de ochtend na haar bruiloft opgebroken om naar Vaes Dothrak in het oosten te trekken, en op de derde dag had Dany gedacht dat ze doodging. Ze had afschuwelijke, bloedende wonden op haar billen van het zadel. Haar dijen waren rauw, haar handen zaten onder de blaren van de teugels en haar rug- en beenspieren waren zo gemangeld dat ze bijna niet kon zitten van de pijn. Bij het invallen van de schemering moesten haar dienstmaagden haar van haar paard helpen.

Zelfs de nachten brachten geen verlichting. Onderweg negeerde Khal Drogo haar, zoals hij haar tijdens hun bruiloft had genegeerd, en 's avonds zat hij te drinken met zijn krijgers en bloedruiters, liet hij zijn beste paarden om het hardst draven en keek hij toe hoe vrouwen dansten en mannen stierven. In dat deel van zijn leven was geen plaats voor Dany. Zij moest alleen eten, of met ser Jorah en haar broer, en zichzelf naderhand in slaap huilen. Maar elke nacht, soms vlak voor het ochtendkrieken, kwam Drogo naar haar tent om haar in het donker te wekken en haar even meedogenloos te berijden als zijn hengst. Hij nam haar altijd van achteren, zoals de Dothraki dat deden, waar Dany blij om was, want op die manier kon haar heer gemaal de tranen die haar gezicht nat maakten niet zien, en zij kon haar kreten van pijn in haar kussen smoren. Als hij klaar was deed hij zijn ogen dicht en begon zachtjes te snurken, en dan lag Dany naast hem met haar gekneusde, zere lijf dat te veel pijn deed om te slapen.

Zo regen de dagen en nachten zich aaneen, totdat Dany besefte dat ze dit geen minuut langer uithouden kon. Op een nacht besloot ze liever zelfmoord te plegen dan nog langer zo door te gaan...

Maar toen ze die nacht sliep droomde ze opnieuw de drakendroom. Ditmaal kwam Viserys er niet in voor, alleen zijzelf en de draak. Zijn schubben waren nachtzwart, vochtig en glibberig van het bloed. *Haar* bloed, besefte Dany onbewust. De ogen waren poelen gesmolten magma, en toen de draak zijn muil opende loeiden de vlammen in een hete straal naar buiten. Ze hoorde hoe hij haar toezong. Ze opende haar armen voor het vuur, omhelsde het, liet zich er volledig door verslinden, reinigen, temperen en schoonbranden. Ze voelde hoe haar vlees verschroeide, verkoolde en van haar afviel, voelde hoe haar bloed kookte en verdampte, en toch deed het geen pijn. Ze voelde zich sterk, nieuw en vurig.

En de volgende dag leek de pijn vreemd genoeg een beetje minder te zijn. Het was of de goden haar hadden verhoord en mededogen met haar hadden gehad. Zelfs haar dienstmaagden merkten het verschil. '*Khaleesi*,' zei Jhiqui, 'wat is er? Bent u ziek?'

'Ziek geweest,' antwoordde ze terwijl ze zich over de drakeneieren boog die Illyrio haar voor haar huwelijk had gegeven. Ze raakte er een aan, het grootste van de drie, en liet haar hand vluchtig over de eierschaal glijden. *Zwart met scharlaken*, dacht ze, *zoals de draak in mijn droom*. Onder haar vingers voelde de steen eigenaardig warm aan... of droomde ze nog? Nerveus trok ze haar hand weg.

Sindsdien viel elke dag haar lichter dan de vorige. Haar benen werden sterker, haar blaren sprongen en ze kreeg eelt op haar handen; haar zachte dijen verhardden zich en werden soepel als leer.

De *khal* had de dienstmaagd Irri bevolen, Dany te leren rijden zoals de Dothraki dat deden, maar eigenlijk was de merrie haar leermeesteres. Het paard leek haar stemmingen aan te voelen, alsof ze één van geest waren. Naarmate de dagen verstreken zat Dany steeds steviger in het zadel. De Dothraki waren een hard, onsentimenteel volk, en ze waren niet gewoon hun dieren namen te geven, dus noemde Dany haar in gedachten alleen 'de zilveren'. Nooit eerder was iets haar zo lief geweest.

Toen het rijden niet meer zo'n beproeving was begon Dany de schoonheid van het land rondom haar op te merken. Ze reed aan het hoofd van de *khalasar* met Drogo en zijn bloedruiters en dus trof ze ieder gebied fris en onbedorven aan. Achter hen mocht de grote horde de grond omwoelen, de rivieren modderig maken en wolken verstikkend stof opwerpen, de velden vóór hen waren altijd groen en welig.

Ze staken het golvende heuvelland van Norvos over, langs terrasvormige akkers en kleine dorpjes waarvan de bewoners angstvallig toekeken vanaf hun witgepleisterde muren. Ze doorwaadden drie brede, trage rivieren en een vierde die snel, smal en verraderlijk was, sloegen hun kamp op naast een hoge, blauwe waterval en trokken vlak langs de puinhopen van een uitgestrekte, dode stad, waarin naar men zei de geesten tussen de geblakerde marmeren zuilen klaagden. Ze galoppeerden over Valyrische wegen, duizend jaar oud en kaarsrecht als een Dothraki-pijl. Een halve maan lang reden ze door het Woud van Qohor, waar de bladeren een gulden baldakijn boven hun hoofden vormden en de boomstronken breed als stadspoorten waren. In die bossen leefden grote elanden en gevlekte tijgers en lemuren met een zilverkleurige vacht en enorme, purperen ogen, maar ze vluchtten allemaal voor de naderende *khalasar*, en Dany ving geen enkele glimp van ze op.

Inmiddels was haar kwelling nog slechts een vervagende herinnering. Haar lichaam deed nog wel zeer na een lange dag te paard, maar om de een of andere reden was die pijn nu aangenaam, en elke ochtend steeg ze gretig op, begerig om te zien welke wonderen haar nu weer wachtten in de gebieden die voor haar lagen. Ze begon zelfs genoegen te beleven aan de nachten, en als ze nog kreten slaakte als Drogo haar nam was het niet altijd van pijn.

Onder aan de heuvel groeide het gras hoog en buigzaam om haar heen. Dany vertraagde haar gang en reed op een drafje de vlakte op. Ze ging helemaal op in het groen, in zalige eenzaamheid. In de *khalasar* was ze nooit alleen. Khal Drogo kwam pas na zonsondergang bij haar, maar haar dienstmaagden zetten haar de maaltijd voor en deden haar in bad en sliepen voor de ingang van haar tent, Drogo's bloedruiters en de mannen van haar *khas* waren nooit ver, en haar broer was dag en nacht haar onwelkome schaduw. Dany hoorde hoe hij boven op de heuvel tegen ser Jorah schreeuwde met een stem die schril was van woede. Ze reed door om zich nog dieper onder te dompelen in de zee van Dothrak.

Het groen verzwolg haar. De lucht was doortrokken van de geur van aarde en gras, vermengd met het aroma van paardenvlees, Dany's eigen zweet en de olie in haar haren. Dothraki-luchtjes. Ze leken bij haar te horen. Dany ademde ze allemaal in en lachte. Ineens voelde ze de wens opkomen om de grond onder haar voeten te voelen, met haar tenen in die zware, zwarte aarde om te woelen. Ze sprong uit het zadel en liet de zilveren grazen terwijl ze haar hoge laarzen uittrok.

Viserys overrompelde haar als een zomerstorm, en hij trok zo hard aan de teugels dat zijn paard steigerde. 'Hoe *durf* je!' krijste hij tegen haar. 'Jij deelt *mij* bevelen uit? *Mij?*' Hij stortte zich van het paard en struikelde bij het neerkomen. Met een rood gezicht krabbelde hij overeind. Hij greep haar en schudde haar door elkaar. 'Ben je vergeten wie je bent? Kijk eens hoe je erbij loopt! *Kijk eens!*'

Dany hoefde niet te kijken. Ze was barrevoets en had olie in haar haren, ze droeg de leren rijkleding van de Dothraki, en een beschilderd vest dat ze als bruidsgeschenk had gekregen. Ze zag eruit alsof ze hier hoorde. Viserys was vuil en vlekkerig, in stadse zij en maliën gehuld.

Hij krijste nog steeds. 'De Draak *laat* zich niet bevelen! Begrepen? Ik ben de heer van de Zeven Koninkrijken, en ik neem geen bevelen aan van de slet van een paardenvorst, heb je dat gehoord?' Zijn hand schoof onder haar vest en zijn vingers boorden zich pijnlijk in haar borst. '*Heb je dat gehoord?*'

Dany stootte hem hard van zich af.

Viserys staarde haar aan, een ongelovige blik in zijn lila ogen. Ze had hem nooit eerder getrotseerd. Nooit teruggevochten. Zijn gezicht vertrok van woede. Nu zou ze het voelen, en hard ook, dat wist ze.

Knal.

De zweep knalde als een donderslag. Het snoer wond zich om Viserys' nek en trok hem onderuit. Hij viel languit in het gras, verbijsterd en kokhalzend. De Dothraki-ruiters jouwden hem uit toen hij zich moeizaam probeerde los te maken. De man met de zweep, de jeugdige Jhogo, stelde met knarsende stem een vraag. Dany verstond hem niet, maar inmiddels was Irri gearriveerd, en ser Jorah, en de rest van haar *khas*. 'Jhogo wil weten of u zijn dood wenst, *khaleesi*,' zei Irri.

'Nee,' antwoordde Dany. 'Nee.'

Dat begreep Jhogo. Een van de anderen blafte een bevel, en de Dothraki lachten. Irri informeerde haar: 'Quaro vindt dat u hem een oor moet afsnijden om hem respect bij te brengen.'

Haar broer lag op zijn knieën. Zijn vingers wurmden zich onder de leren lussen en hij stootte onsamenhangende kreten uit, happend naar adem. De zweep zat strak om zijn luchtpijp.

'Zeg dat ik niet wil dat hem iets wordt aangedaan,' zei Dany.

Irri herhaalde haar woorden in het Dothraki. Jhogo gaf een ruk aan de zweep en liet Viserys rondtollen als een marionet. Hij plofte opnieuw languit neer, bevrijd uit de omhelzing van het leer, een dunne, bloedige streep onder zijn kin, waar de zweep een diepe snee had gemaakt.

'Ik had hem gewaarschuwd, vrouwe,' zei ser Jorah Mormont. 'Ik had hem gezegd dat hij op de heuveltop moest blijven, zoals u had bevolen.'

'Dat weet ik,' antwoordde Dany terwijl ze naar Viserys keek. Hij lag op de grond en zoog gierend zijn longen vol, rood aangelopen en snikkend. Hij was meelijwekkend. Hij was altijd meelijwekkend geweest. Waarom had ze dat nooit eerder gemerkt? In haar hart, daar waar haar angst had gehuisd, zat een lege plek.

'Neem zijn paard,' beval Dany ser Jorah. Viserys staarde haar met open mond aan. Hij kon zijn oren niet geloven, evenmin als Dany haar eigen woorden echt kon geloven. Toch sprak ze ze uit. 'Laat mijn broer achter ons aan naar de *khalasar* teruglopen.' Bij de Dothraki was een man die niet reed helemaal geen man, de minste der minsten, zonder eer of trots. 'Laat iedereen hem zien zoals hij is.'

'*Nee!*' krijste Viserys. Hij keerde zich naar ser Jorah toe, smekend in de gewone omgangstaal, woorden die de ruiters niet zouden verstaan. 'Sla haar, Mormont. Doe haar pijn. Uw koning beveelt het u. Maak die Dothraki-honden af en geef haar een lesje.'

De verbannen ridder keek van Dany naar haar broer. Zij, barrevoets, met modder tussen haar tenen en olie in haar haren, hij in zijde en staal gehuld. Dany zag aan zijn gezicht welk besluit hij nam. 'Hij gaat lopen, *khaleesi*,' zei hij. Hij nam haar broers paard, terwijl Dany haar zilveren weer besteeg.

Viserys gaapte hem aan en ging in de modder zitten. Hij zei niets, maar verroerde zich evenmin, en toen ze wegreden waren zijn ogen een en al venijn. Al snel was hij opgeslokt door het hoge gras. Toen hij niet meer te zien was werd Dany bang. 'Kan hij de terugweg wel vinden?' vroeg ze onder het rijden aan ser Jorah.

'Zelfs iemand die zo blind is als uw broer moet in staat zijn ons spoor te volgen,' antwoordde hij.

'Hij is trots. Hij schaamt zich misschien te zeer om terug te komen.'

Jorah lachte. 'Waar moet hij anders heen? Als hij de *khalasar* niet vindt dan vindt de *khalasar* hem wel. In de zee van Dothrak verdrink je niet licht, mijn kind.'

Daar zag Dany de juistheid van in. De *khalasar* was als een stad op mars, maar marcheerde niet blindelings. Er zwierven altijd verkenners ver voor de hoofdstoet uit, gespitst op ieder spoor van wild, buit of vijanden, terwijl hun flanken door de ruiters van de buitenwacht werden bewaakt. Hun ontging niets, niet hier in dit land, waar ze vandaan kwamen. Deze vlakten waren een deel van hen... en nu ook van haar.

'Ik heb hem geslagen,' zei ze met verbazing in haar stem. Nu het voorbij was leek het net een vreemde droom. 'Ser Jorah, denkt u... hij zal zo woedend zijn als hij terugkomt...' Ze huiverde. 'Ik heb de Draak gewekt, hè?'

Ser Jorah snoof. 'Kun je de doden opwekken, meisje? Je broer Rhaegar was de laatste Draak, en hij sneuvelde bij de Drietand. Viserys is minder dan de schaduw van een slang.'

Zijn onverbloemde taal verbaasde haar. Het leek of alles wat ze ooit had geloofd plotseling aan twijfel onderhevig was. 'U... u hebt uw zwaard onder ede aan hem opgedragen...'

'Dat heb ik, meisje,' zei ser Jorah. 'En als je broer de schaduw van een slang is, wat is dan de man die hem dient?' Zijn stem klonk verbitterd.

'Hij is nog altijd de ware koning. Hij is...'

Jorah hield zijn paard in en keek haar aan. 'De waarheid nu. Zou jij willen dat Viserys op een troon zit?'

Dany dacht erover na. 'Hij zou niet zo'n goede koning zijn, hè?'

'Er zijn slechtere geweest... maar niet veel.' De ridder drukte zijn hielen in zijn paard aan en reed weer door.

Dany ging vlak naast hem rijden. 'Toch,' zei ze, 'wacht het gewone volk op hem. Magister Illyrio zegt dat ze drakenbanieren naaien en bidden dat Viserys terugkeert van over de zee-engte om hen te bevrijden.'

'Het gewone volk bidt om regen, gezonde kinderen en een zomer zonder eind,' lichtte ser Jorah haar in. 'Voor hen maakt het niet uit of de hoge heren het spel der tronen spelen, zolang zijzelf met rust worden gelaten.' Hij haalde zijn schouders op. 'En dat worden ze nooit.'

Een tijdlang reed Dany zwijgend verder en draaide zijn woorden om en om als een puzzeldoos. Het stond haaks op alles wat Viserys haar ooit had verteld om te denken dat het de mensen zo weinig interesseerde of ze werden geregeerd door de ware koning of door een usurpator. En toch, hoe langer ze over Jorahs woorden nadacht, hoe waarschijnlijker ze klonken.

'Waar bidt *u* om, ser Jorah?' vroeg ze hem.

'Om mijn thuiskomst,' zei hij. Zijn stem was schor van verlangen.

'Daar bid ik ook om,' zei ze, in de overtuiging dat het waar was.

Ser Jorah lachte. 'Kijk dan maar om u heen, *khaleesi*.'

Maar het waren niet de vlakten die Dany toen zag. Het was Koningslanding en de grote Rode Burcht die door Aegon de Veroveraar was gebouwd. Het was Drakensteen, waar zij geboren was. Voor haar geestesoog brandden er duizend lichten, een vlammend vuur achter ieder venster. Voor haar geestesoog waren alle deuren rood.

'Mijn broer zal de Zeven Koninkrijken nooit heroveren,' zei Dany. Dat had ze al heel lang geweten, besefte ze. Haar hele leven al. Alleen had ze zichzelf nooit toegestaan die woorden zelfs maar te fluisteren. Nu zei ze ze hardop en voor iedereen hoorbaar tegen Jorah Mormont.

Ser Jorah nam haar taxerend op. 'Nee?'

'Hij zou niet eens een leger kunnen aanvoeren als mijn heer gemaal hem er een gaf,' zei Dany. 'Hij heeft geen geld, en de enige ridder die hem volgt noemt hem minder dan een slang. De Dothraki drijven de spot met zijn zwakheid. Hij zal ons nooit thuisbrengen.'

'Wijs kind.' De ridder glimlachte.

'Ik ben geen kind,' zei ze fel tegen hem. Haar hielen drukten zich in de flanken van haar rijdier en zetten de zilveren tot galop aan. Steeds sneller reed ze, ver voor Jorah en Irri en de anderen uit, de warme wind in haar haren en de ondergaande zon rood op haar gezicht. Tegen de tijd dat ze de *khalasar* bereikte was het avond en wist Dany wat haar te doen stond.

De slaven hadden haar tent opgezet aan de oever van een meertje dat in het voorjaar vol water stroomde. Uit het paleis van gevlochten gras op de heuvel hoorde ze ruwe stemmen. Nog even en er zou gelachen worden, als de mannen van haar *khas* vertelden wat zich vandaag in het gras had afgespeeld. Tegen de tijd dat Viserys terug kwam strompelen zouden alle mannen, vrouwen en kinderen in het kamp weten dat hij iemand was die liep. De *khalasar* kende geen geheimen.

Dany gaf de zilveren aan de slaven over om geroskamd te worden en liep haar tent in. Onder de zijde was het koel en schemerig. Toen ze de tentflap achter zich dicht liet vallen zag Dany hoe een vinger van stoffig rood licht haar drakeneieren achter in de tent beroerde. Even deinde er een zee van scharlakenrode vlammetjes voor haar ogen. Toen ze knipperde waren ze weg.

Steen, hield ze zichzelf voor. *Ze zijn maar van steen. Zelfs Illyrio zei het, de draken zijn allemaal dood.* Ze legde haar handpalm op het zwarte ei, haar vingers voorzichtig om de welving van de schaal gespreid. De steen was warm. Bijna heet. 'De zon,' fluisterde Dany. 'Ze zijn onderweg door de zon opgewarmd.'

Ze beval haar dienstmaagden een bad voor haar klaar te maken. Doreah stak vóór de tent een vuur aan, terwijl Irri en Jhiqui bij de pakpaarden de grote koperen tobbe – ook een bruidsgeschenk – ophaalden en water uit het meertje aandroegen. Toen het bad dampte hielp Irri haar erin en klom er toen zelf bij.

'Hebben jullie ooit een draak gezien?' vroeg ze toen Irri haar rug schrobde en Jhiqui het zand uit haar haren spoelde. Ze had gehoord dat de eerste draken uit het oosten waren gekomen, uit de Schaduwlanden achter Asshai en de eilanden in de Jaden Zee. Misschien leefden er daar nog steeds een paar in vreemde, wilde rijken.

'Draken zijn weg, *khaleesi*,' zei Irri.

'Dood,' beaamde Jhiqui. 'Lang en lang geleden.'

Viserys had haar verteld dat de laatste draken van de Targaryens pas anderhalve eeuw geleden waren gestorven, tijdens de regering van Aegon III, die de Drakendoder werd genoemd. Dat leek Dany niet zo lang geleden. 'Overal?' zei ze teleurgesteld. 'Zelfs in het oosten?' In het westen was de magie verdwenen toen de Doem over Valyria en de landen van de Lange Zomer kwam en noch door wapens van betoverd staal, noch door stormzangers, noch door draken te stuiten was, maar Dany had altijd gehoord dat het oosten anders was. Men zei dat er op de eilanden in de Jaden Zee manticora's rondslopen, dat de oerwouden van Yi Ti wemelden van de basilisken, dat spreukenzangers, heksenmeesters en luchtbezweerders in Asshai openlijk hun vaardigheden beoefenden terwijl schaduwbinders en bloedmagiërs hun gruwelijke zwarte kunsten in het holst van de nacht bedreven. Waarom zouden er niet ook draken zijn?

'Geen draak,' zei Irri. 'Dappere mannen doden ze, want draak vreselijke slechte beesten. Dat is bekend.'

'Dat is bekend,' beaamde Jhiqui.

'Een handelaar uit Quarth heeft me eens verteld dat draken van de maan kwamen,' zei de blonde Doreah, die bezig was een handdoek te warmen boven het vuur. Jhiqui en Irri waren even oud als Dany, Dothraki-meisjes die slavin waren geworden toen Drogo de *khalasar* van hun vader had verwoest. Doreah was ouder, bijna twintig. Magister Illyrio had haar aangetroffen in een huis van plezier in Lys.

Zilverblonde, natte haren vielen voor haar ogen toen Dany nieuwsgierig haar hoofd omdraaide. 'De maan?'

'Hij zei dat de maan een ei was, *khaleesi*,' zei het meisje uit Lys. 'Eens stonden er twee manen aan de hemel, maar de een kwam te dicht bij de zon in de buurt en barstte open door de hitte. Er stroomden duizend en nog eens duizend draken uit, en die dronken het vuur van de zon. Daarom braakt een draak vlammen uit. Op een dag zal ook de andere maan de zon kussen en barsten, en dan komen de draken terug.'

De twee Dothraki-meisjes giechelden en lachten. 'Jij bent dwaze strokop-slavin,' zei Irri. 'Maan is geen ei. Maan is god, vrouw gemalin van zon. Dat is bekend.'

'Dat is bekend,' beaamde Jhiqui.

Dany's huid was helemaal rozig toen ze uit de tobbe klom. Jhiqui vlijde haar neer om haar lichaam met olie in te wrijven en het vuil uit haar poriën te schrapen, en ten slotte besprenkelde Irri haar met kruidenbloesem en kaneel. Terwijl Doreah haar haren borstelde tot ze glansden als gesponnen zilver dacht ze na over de maan, en eieren, en draken.

Haar avondmaaltijd was eenvoudig, fruit, kaas en geroosterd brood met een kruik honingwijn om het weg te spoelen. 'Doreah, blijf jij bij me eten,' beval Dany toen ze haar andere dienstmaagden wegzond. Het meisje uit Lys had honingkleurig haar en ogen als de zomerhemel.

Die sloeg ze neer toen ze alleen waren. 'U eert mij, *khaleesi*,' zei ze, maar het was geen eer, het was slechts een dienst. Nog lang nadat de maan was opgegaan zaten ze samen te praten.

Toen Khal Drogo die nacht kwam, wachtte Dany hem op. Hij stond in haar tentopening en keek verrast naar haar. Langzaam kwam ze overeind, opende haar zijden slaapgewaad en liet het op de grond vallen. 'Vannacht moeten we naar buiten gaan, heer,' zei ze tegen hem, want de Dothraki geloofden dat alle belangrijke gebeurtenissen in het leven van een man onder de blote hemel dienden plaats te vinden.

Khal Drogo volgde haar het maanlicht in, en de belletjes in zijn haar rinkelden zachtjes. Een paar passen van haar tent was een bed van zacht gras, en op die plaats trok Dany hem omlaag. Toen hij haar wilde omdraaien legde ze een hand op zijn borst. 'Nee,' zei ze. 'Vannacht wil ik u aankijken.'

Er bestaat geen afzondering in het hart van de *khalasar*. Terwijl ze hem ontkleedde voelde ze ogen op zich gericht, en ze hoorde gedempte stemmen toen ze deed wat Doreah had gezegd. Het deerde haar niet. Was zij geen *khaleesi*? Alleen zijn blikken deden ertoe, en toen ze hem besteeg ontwaarde ze daarin iets dat ze nooit eerder had gezien. Ze had haar zilveren nooit met méér vuur bereden dan ze hem nu deed, en toen zijn genot een hoogtepunt bereikte riep Khal Drogo luidkeels haar naam.

Ze waren aan het andere uiteinde van de zee van Dothrak toen Jhiqui met haar vingers over de zachte zwelling van Dany's buik streek en zei: '*Khaleesi*, u krijgt een kind.'

'Dat weet ik,' zei Dany tegen haar.

Het was haar veertiende naamdag.

Bran

Beneden op de binnenplaats rende Rickon met de wolven rond. Bran zat in de vensterbank toe te kijken. Waar het jochie ook heen liep, Grijze Wind was er het eerst. Soepel schoot hij naar voren om hem de pas af te snijden, totdat Rickon hem zag en schaterend van verrukking een andere kant op holde. Ruige Hond rende vlak achter hem aan en draaide grauwend om zijn as als de andere wolven te dicht in de buurt kwamen. Zijn vacht was steeds donkerder geworden en ten slotte helemaal zwart. Zijn ogen straalden een groen vuur uit. Brans Zomer liep achteraan. Zijn tint was zilver met rook en hij had goudgele ogen die alles zagen wat er te zien viel. Hij was kleiner dan Grijze Wind, en meer op zijn hoede. Bran vond dat hij de slimste van het nest was. Hij hoorde Rickon stikkend van de lach op zijn peuterbeentjes over de aangestampte aarde draven.

Zijn ogen prikten. Hij wilde ook beneden lachen en rondrennen. Toen hij dat dacht werd hij boos en wreef de tranen weg voor ze konden vallen. Zijn achtste naamdag was gekomen en gegaan. Hij was nu bijna een man, te oud om te huilen.

'Het was gewoon een leugen,' zei hij verbitterd, denkend aan de kraai uit zijn droom. 'Ik kan niet vliegen. Ik kan niet eens hardlopen.'

'Alle kraaien zijn leugenaars,' beaamde Ouwe Nans vanaf de stoel waarop ze met haar naalden in de weer was. 'Ik weet een verhaaltje over een kraai.'

'Ik wil geen verhaaltjes meer,' beet Bran haar verongelijkt toe. Vroeger was hij dol op Ouwe Nans en haar verhalen geweest. Daarvóór. Nu was het anders. Nu lieten ze haar de ganse dag bij hem om op hem te passen, hem te verschonen en zijn eenzaamheid te verlichten, maar ze maakte het er alleen maar erger op. 'Ik heb de pest aan die stomme verhaaltjes van jou.'

De oude vrouw wierp hem haar tandeloze glimlach toe. 'Mijn verhaaltjes? Nee jonge heer, niet de mijne. Die verhaaltjes *zijn er*, vóór mij en na mij, en ook voordat jij er was.'

Nans was een oerlelijk oud wijf, dacht Bran boosaardig, gekrompen en gerimpeld, bijna blind, te zwak om de trap op te klimmen, met nog maar een paar witte haarslierten als bedekking voor een vlekkerige roze hoofdhuid. Niemand wist hoe oud ze eigenlijk was, maar zijn vader zei dat ze ook al Ouwe Nans werd genoemd toen hij nog een jongen was. Ze was zonder twijfel de oudste bewoner van Winterfel, misschien wel de oudste van de Zeven Koninkrijken. Nans was op het kasteel gekomen als min voor een Brandon Stark wiens moeder bij zijn geboorte was gestorven. Dat was een oudere broer van heer Rickard, Brans grootvader, of misschien een jongere broer, of een broer van *heer Rickards* vader. Nu eens vertelde Ouwe Nans het zus en dan weer zo. In alle verhalen stierf het jongetje op driejarige leeftijd aan een zomerkou, maar Ouwe Nans bleef met haar eigen kinderen op Winterfel. Ze had allebei haar zonen verloren in de oorlog, toen koning Robert de troon veroverde, en haar kleinzoon was op de wallen van Pyke gesneuveld tijdens de opstand van Balon Grauwvreugd. Haar dochters waren al lang geleden getrouwd, vertrokken en gestorven. De enige bloedverwant die haar nog restte was Hodor, de zwakzinnige reus die in de stallen werkte, maar Ouwe Nans leefde alsmaar door en doodde de tijd met breien en verhalen vertellen.

'Het kan me niet schelen van wie die verhaaltjes zijn,' zei Bran tegen haar. 'Ik heb er een hekel aan.' Hij wilde geen verhaaltjes, en ook geen Ouwe Nans. Hij wilde zijn vader en moeder. Hij wilde rondhollen met Zomer aan zijn zij. Hij wilde in de torenruïne klimmen en de kraaien maïs voeren. Hij wilde weer samen met zijn broers uit rijden op zijn pony. Hij wilde dat alles weer zo werd als het vroeger was.

'Ik ken een verhaaltje over een jongen die niet van verhaaltjes hield,' zei Ouwe Nans met dat stompzinnige lachje van haar, terwijl haar naalden geen ogenblik stilvielen, *klik klik klik*, totdat Bran het wel uit kon schreeuwen.

Het zou nooit meer worden zoals het vroeger was, dat wist hij. De kraai had hem verleid om te vliegen, maar toen hij wakker werd was hij verminkt en de wereld veranderd. Ze hadden hem allemaal in de steek gelaten, zijn vader, zijn moeder, zijn zusjes en zelfs zijn bastaardbroer Jon. Zijn vader had beloofd dat hij op een echt paard naar Koningslanding mocht rijden, maar ze waren zonder hem weggegaan. Maester Luwin had een brief met een bericht achter heer Eddard aan gestuurd, en nog een naar moeder, en een derde naar Jon op de Muur, maar er was geen antwoord op gekomen. 'Soms raken de vogels weg, kind,' had de maester tegen hem gezegd. 'Vele mijlen en vele haviken scheiden hen van Koningslanding, en misschien is het bericht niet aangekomen.' Maar voor Bran was het alsof ze allemaal waren gestorven terwijl hij sliep... of misschien was Bran wel gestorven en waren zij hem vergeten. Jory en ser Rodrik en Vayon Poel waren ook al weg, en Hullen en Harwin en Dikke Tom en een kwart van de wacht.

Alleen Robb en de kleine Rickon waren nog hier, en Robb was veranderd. Hij was nu heer Robb, of probeerde dat althans te zijn. Hij droeg een echt zwaard en glimlachte nooit. Hij bracht zijn tijd door met het exerceren van de wacht en met zwaardoefeningen, zodat de klank van staal over de binnenplaats galmde terwijl Bran vanuit zijn raam troosteloos toekeek. 's Nachts sloot hij zich op met Maester Luwin om te praten of de boekhouding door te nemen. Soms reed hij uit met Hallis Mollen en bleef hij dagen achtereen weg. Dan bezocht hij afgelegen ridderhoven. Telkens als hij meer dan een dag wegbleef begon Rickon te huilen en vroeg hij aan Bran of Robb ooit nog terugkwam. Zelfs als hij thuis in Winterfel was leek heer Robb meer tijd te hebben voor Hallis Mollen en Theon Grauwvreugd dan hij ooit voor zijn broertjes had.

'Ik zou je het verhaal van Brandon de Bouwheer kunnen vertellen,' zei Ouwe Nans. 'Dat was altijd je lievelingsverhaal.'

Vele duizenden jaren geleden had Brandon de Bouwheer Winterfel laten optrekken, en naar sommigen zeiden ook de Muur. Bran kende het verhaal, maar het was nooit zijn favoriet geweest. Misschien had een van de andere Brandons het een leuk verhaal gevonden. Soms praatte Nans tegen hem alsof hij *haar* Brandon was, de baby die ze al die jaren geleden had gevoed, en soms verwarde ze hem met zijn oom Brandon, die door de Krankzinnige Koning was vermoord voordat Bran zelfs maar was geboren. Ze leefde al zo lang, had moeder eens gezegd, dat alle Brandon Starks in haar hoofd tot één persoon waren versmolten.

'Dat is niet mijn lievelingsverhaal,' zei hij. 'Ik hield het meest van griezelverhalen.' Hij ving buiten enige beroering op en keerde zich weer naar het raam toe. Rickon rende over de binnenplaats naar het poortgebouw met de wolven achter zich aan, maar de toren keek de verkeerde kant op, zodat Bran niet kon zien wat er aan de hand was. Hij sloeg van frustratie met zijn vuist op zijn dij en voelde niets.

'Ach, mijn lieve zomerkind,' zei Ouwe Nans bedaard, 'wat weet *jij* nu van griezelen? Griezelen is voor de winter, jonge heer, als de sneeuw honderd voet hoog ligt en de ijswind huilend uit het noorden blaast. Griezelen is voor de lange nacht waarin de zon jaren achtereen haar aangezicht verbergt en kleine kinderen geboren worden, leven en sterven in het donker, terwijl de schrikwolven mager en hongerig worden en de witte zwervers door de wouden waren.'

'Je bedoelt de Anderen,' zei Bran op een ruzietoon.

'De Anderen,' beaamde Ouwe Nans. 'Vele duizenden jaren geleden geviel het dat er een winter was, kouder, strenger en eindelozer dan enig mens zich kon herinneren. Er kwam een nacht die een generatie duurde, en in hun kastelen huiverden en stierven de koningen net zo goed als de zwijnenhoeders in hun hutten. Vrouwen smoorden hun kinderen liever dan hen te zien verhongeren, en als ze huilden voelden ze de tranen op hun wangen bevriezen.' Haar stem en haar naalden vielen stil, en ze keek met fletse, wazige ogen naar Bran op en vroeg: 'En kind, is dit het soort verhaal dat je graag hoort?'

'Nou,' zei Bran aarzelend, 'ja, alleen...'

Ouwe Nans knikte. 'In die duisternis kwamen de Anderen voor het eerst,' zei ze, terwijl haar naalden *klik klik klik* deden. 'Het waren koude wezens, dode wezens, die ijzer en vuur en de aanraking van de zon haatten, en alle warmbloedige schepselen. Ze liepen ridderhoven, steden en koninkrijken onder de voet, en versloegen helden en legers bij tientallen op hun vale, dode paarden, aan het hoofd van scharen gesneuvelden. Al de zwaarden der mensen konden hun opmars niet stuiten en zelfs jonge meisjes en zuigelingen vonden geen genade in hun ogen. Ze achtervolgden de meisjes door vrieskoude bossen en voedden hun dode dienaren met het vlees van mensenkinderen.'

Haar stem was heel zacht geworden, bijna een fluistering, en Bran merkte dat hij voorovergebogen zat te luisteren.

'Welnu, dat waren de dagen voordat de Andalen kwamen, en lang voordat de vrouwen uit de steden van de Rhoyne over de zee-engte vluchtten, en de honderd koninkrijken van die tijd waren de koninkrijken der Eerste Mensen, die deze gebieden aan de kinderen van het woud hadden ontnomen. Maar hier en daar in het bolwerk van het woud huisden de kinderen nog in hun houten steden en holle heuvels, en de gezichten in de bomen hielden de wacht. En dus, toen kilte en dood de aarde vervulden, besloot de laatste held die kinderen op te zoeken, in de hoop dat hun oeroude magie terug kon winnen wat de legers der mensen hadden verloren. Hij trok de dode landen in met een zwaard, een paard, een hond en een twaalftal metgezellen. Jarenlang zocht hij, tot hij geen enkele hoop meer had dat hij kinderen van het woud in hun geheime steden ooit zou vinden. Een voor een stierven zijn vrienden, en zijn paard stierf, en ten slotte zelfs zijn hond, en zijn zwaard raakte zo stijf bevroren dat de kling brak toen hij het trachtte te gebruiken. En de Anderen roken het warme bloed in zijn aderen en volgden geluidloos zijn spoor en beslopen hem met troepen witte spinnen, als jachthonden zo groot...'

De deur vloog met een klap open, en het hart klopte Bran in de keel van schrik, maar het was Maester Luwin maar, en op de trap achter hem doemde Hodor op. 'Hodor!' verklaarde de stalknecht gewoontegetrouw en wierp hen allemaal een brede lach toe.

Maester Luwin glimlachte niet. 'We hebben bezoek,' deelde hij mee, 'en jouw aanwezigheid wordt vereist, Bran.'

'Ik luister nu naar een verhaal,' protesteerde Bran.

'Verhalen kunnen wachten, jonge heer, en als je ernaar terugkeert, nou, dan zijn ze er nog,' zei Ouwe Nans. 'Bezoekers zijn minder geduldig, en vaak brengen ze hun eigen verhalen mee.'

'Wie is het?' vroeg Bran aan Maester Luwin.

'Tyrion Lannister en een paar mannen van de Nachtwacht met een bericht van je broer Jon. Robb ontvangt ze nu. Hodor, wil jij Bran omlaag dragen naar de zaal?'

'Hodor!' bevestigde Hodor blijmoedig. Hij trok zijn grote, ruige hoofd in om onder de deur door te kunnen. Hodor was bijna zeven voet lang. Het was nauwelijks te geloven dat hij een bloedverwant van Ouwe Nans was. Bran vroeg zich af of hij net zo zou krimpen als zijn overgrootmoeder als hij oud werd. Maar al werd Hodor duizend jaar, het leek hem niet waarschijnlijk.

Hodor tilde Bran met evenveel gemak op als een baal hooi en drukte hem tegen zijn massieve borst. Hij rook altijd enigszins naar paarden, maar dat was geen onaangename lucht. Zijn armen waren een en al spierbundel en dicht begroeid met bruin haar. 'Hodor,' zei hij weer. Hodor wist dan niet veel, had Theon Grauwvreugd eens opgemerkt, maar het stond buiten kijf dat hij zijn eigen naam kende. Ouwe Nans had gekakeld als een kip toen Bran haar dat vertelde en bekend dat Hodors eigenlijke naam Walder luidde. Niemand wist waar 'Hodor' vandaan kwam, zei ze, maar toen hij het was gaan zeggen was iedereen hem zo gaan noemen. Het was het enige woord dat hij kende.

Ze lieten Ouwe Nans in de torenkamer achter met haar breinaalden en haar herinneringen. Toonloos neuriënd droeg Hodor Bran de trap af en de galerij over, gevolgd door Maester Luwin, die zich moest haasten om de stalknecht met zijn grote stappen bij te houden.

Robb zat in vaders hoge zetel, gehuld in maliën en verhard leer en met het strenge gezicht van heer Robb. Achter hem stonden Theon Grauwvreugd en Hallis Mollen. Langs de grauwe stenen muren onder de lange smalle vensters stond een twaalftal wachters opgesteld. Midden in het vertrek stonden de dwerg met zijn bedienden en vier vreemdelingen in het zwart van de Nachtwacht. Zodra Hodor hem de deuren door droeg merkte Bran dat er in de zaal een sfeer van boosheid hing.

'Alle mannen van de Nachtwacht zijn welkom in Winterfel zolang ze maar willen,' zei Robb met de stem van heer Robb. Zijn zwaard lag over zijn knieën, het staal heel zichtbaar ontbloot. Zelfs

Bran wist wat het wilde zeggen als je met getrokken zwaard een gast ontving.

'Alle mannen van de Nachtwacht,' herhaalde de dwerg, 'maar ik niet, heb ik dat goed begrepen, jongen?'

Robb stond op en wees met zijn zwaard naar het kleine mannetje. 'Zolang mijn vader en moeder weg zijn ben ik hier heer, Lannister. Ik ben je jongen niet.'

'Als jij een heer bent, leer je dan ook te gedragen als een heer,' antwoordde het kleine mannetje en negeerde de zwaardpunt voor zijn gezicht. 'Het lijkt wel of je bastaardbroer al je vaders deugden heeft geërfd.'

'*Jon*,' hijgde Bran in Hodors armen.

De dwerg draaide zich om en keek naar hem. 'Dus het klopt. De jongen leeft nog. Ik kon het nauwelijks geloven. Jullie Starks zijn een taai stel.'

'Dat moeten jullie Lannisters dan maar goed onthouden,' zei Robb en liet zijn zwaard zakken. 'Hodor, breng mijn broer hier.'

'Hodor,' zei Hodor, en hij sjokte glimlachend naar voren en zette Bran in de hoge zetel van de Starks, waarin de heren van Winterfel hadden gezeten sinds ze zich koningen van het Noorden noemden. De zetel was van koude steen, gladgeschuurd door ontelbare achterwerken. Aan de uiteinden van de massieve armleuningen ontblootten de gebeeldhouwde koppen van schrikwolven hun tanden. Bran greep ze vast toen hij ging zitten, terwijl zijn benen machteloos omlaag bungelden. In deze enorme zetel voelde hij zich half een baby.

Robb legde een hand op zijn schouder. 'Je zei dat je Bran iets te zeggen had. Welnu, hier is hij, Lannister.'

Bran was zich onaangenaam bewust van Tyrion Lannisters ogen. Het ene was zwart en het andere groen en ze keken hem allebei aan, onderzoekend, taxerend. 'Ik had gehoord dat je een hele klimmer was, Bran,' zei het kleine mannetje ten slotte. 'Vertel eens, hoe komt het dat je die dag gevallen bent?'

'Ik ben *niet* gevallen,' zei Bran met klem. Hij viel nooit, nooit, *nooit*.

'Het kind kan zich niets meer van zijn val herinneren, noch van de klauterpartij die eraan voorafging,' zei Maester Luwin vriendelijk.

'Eigenaardig,' zei Tyrion Lannister.

'Mijn broer is hier niet om vragen te beantwoorden, Lannister,' zei Robb kortaf. 'Zeg wat je te zeggen hebt en vertrek dan.'

'Ik heb iets voor je meegebracht,' zei de dwerg tegen Bran. 'Ga je graag uit rijden, jongen?'

Maester Luwin kwam naar voren. 'Heer, het kind kan zijn benen niet meer gebruiken. Hij kan niet op een paard zitten.'

'Onzin,' zei Lannister. 'Op het juiste paard en met het juiste zadel kan iedere kreupele rijden.'

Het woord stak Bran als een mes in het hart. Hij voelde de tranen ongevraagd in zijn ogen springen. 'Ik ben *niet* kreupel!'

'Dan ben ik geen dwerg!' zei de dwerg met een scheve mond. 'Het zal mijn vader verheugen om dat te horen.' Grauwvreugd lachte.

'Over wat voor paard en zadel hebt u het?' vroeg Maester Luwin.

'Een slim paard,' antwoordde Lannister. 'De jongen kan zijn benen niet gebruiken om het dier te besturen, dus moet het paard gevormd worden naar de berijder en op de teugels leren reageren, en op de stem. Ik zou beginnen met een ongetemde eenjarige, die niets hoeft af te leren.' Hij trok een opgerold papier achter zijn riem vandaan. 'Geef dit maar aan jullie zadelmaker. Dan zorgt hij voor de rest.'

Maester Luwin nam het papier van de dwerg aan, nieuwsgierig als een grijs eekhoorntje. Hij rolde het uit en bestudeerde het. 'Ik begrijp het. U kunt heel aardig tekenen, heer. Ja, wie weet lukt het. Ik had dit zelf moeten bedenken.'

'Mij ging dat gemakkelijker af, maester. Het verschilt niet zo heel veel van mijn eigen zadels.'

'Kan ik dan echt rijden?' vroeg Bran. Hij wilde hen graag geloven, maar hij durfde niet. Misschien was het gewoon wéér een leugen. De kraai had hem beloofd dat hij zou kunnen vliegen.

'Dat klopt,' zei de dwerg tegen hem. 'En ik zweer je, jongen, te paard ben je even groot als ieder ander.'

Robb Stark leek het niet te begrijpen. 'Is dit een of andere valstrik, Lannister? Wat betekent Bran voor jou? Waarom zou je hem willen helpen?'

'Je broer Jon heeft het me gevraagd. En ik heb een zwakke plek voor kreupelen, bastaarden en kneusjes.' Tyrion Lannister legde een hand op zijn hart en grijnsde.

De deur naar de binnenplaats vloog open en het zonlicht stroomde de zaal binnen. Rickon kwam ademloos binnenstuiven. Hij had de schrikwolven bij zich. De jongen bleef met grote ogen bij de deur staan, maar de wolven liepen door. Hun ogen zagen Lannister, of misschien snoven ze zijn lucht op. Zomer begon eerst te grommen. Daarna volgde Grijze Wind. Ze stapten op het kleine mannetje af, een van rechts en een van links.

'Je lucht bevalt de wolven niet, Lannister,' merkte Theon Grauwvreugd op.

'Misschien wordt het tijd dat ik wegga,' zei Tyrion. Hij deed een stap achteruit, en vanuit de schaduwen achter hem dook Ruige Hond op en grauwde. Lannister week terug, en Zomer viel van de andere kant naar hem uit. Hij wankelde op onvaste benen opzij, en Grijze Wind hapte naar zijn arm. Tanden rukten aan zijn mouw en rukten een flard stof af.

'*Nee!*' schreeuwde Bran in de hoge zetel terwijl Lannisters mannen naar hun wapens grepen. 'Zomer, *af*! Hier, Zomer!'

De schrikwolf hoorde de stem, keek even naar Bran en toen weer naar Lannister. Hij schuifelde naar achteren, bij het kleine mannetje vandaan, en ging onder Brans bungelende benen zitten.

Robb had zijn adem ingehouden. Hij liet die met een zucht ontsnappen en riep: 'Grijze Wind.' Zijn schrikwolf liep snel en geluidloos naar hem toe. Nu was alleen Ruige Hond er nog, die met vurige groene ogen tegen het kleine mannetje stond te grommen.

'Rickon, roep hem bij je,' riep Bran tegen zijn broertje, en Rickon kwam tot zichzelf en schreeuwde: 'Hier, Ruige, kom hier.' De zwarte wolf grauwde nog een laatste maal naar Lannister en draafde toen naar Rickon, die zijn armen stevig om de nek van het dier sloeg.

Tyrion Lannister deed zijn sjaal af, depte daarmee zijn voorhoofd en zei op vlakke toon. 'Heel interessant.'

'Is alles goed met u, heer?' vroeg een van zijn mannen met het zwaard in de hand. Terwijl hij het zei gluurde hij nerveus naar de schrikwolven.

'Mijn mouw is gescheurd en mijn broek is onverklaarbaar vochtig, maar afgezien van mijn waardigheid is er niets beschadigd.'

Zelfs Robb keek geschokt. 'De wolven... ik begrijp niet waarom ze dat deden...'

'Ze zagen me ongetwijfeld voor hun maaltijd aan.' Lannister maakte een stijve buiging naar Robb. 'Dank u dat u ze hebt teruggeroepen, jonge ser. Ik kan u verzekeren dat ze me onverteerbaar hadden gevonden. En nu ga ik *echt* weg.'

'Een ogenblik nog, heer,' zei Maester Luwin. Hij liep naar Robb, en ze bogen zich fluisterend naar elkaar toe. Bran probeerde te verstaan wat ze zeiden, maar hun stemmen waren te zacht.

Ten slotte stak Robb Stark zijn zwaard op. 'Ik heb misschien overijld tegen u gesproken,' zei hij. 'U hebt Bran een dienst bewezen, en, eh, wel...' Het kostte Robb moeite om beheerst te klinken. 'Als u dat wenst bied ik u de gastvrijheid van Winterfel aan, Lannister.'

'Bespaar me je valse beleefdheid, jongen. Je moet me niet en je wilt me hier niet. Ik heb buiten de muren in de winterstad een herberg gezien. Als ik daar een bed kan krijgen slapen we allebei veel rustiger. Wie weet vind ik voor een paar duiten wel een leuke meid om de lakens voor me te warmen.' Hij richtte zich tot een van de zwarte broeders, een oude man met een kromme rug en een baard vol klitten. 'Yoren, we vertrekken bij het aanbreken van de dag naar het zuiden. Je zult me onderweg ongetwijfeld weten te vinden.' En hij waggelde op zijn korte beentjes de zaal door en langs Rickon de deur uit en was vertrokken. Zijn mannen volgden hem.

De vier leden van de Nachtwacht bleven. Onzeker richtte Robb zich tot hen. 'Ik heb kamers voor u in gereedheid laten brengen, en het zal u niet aan warm water ontbreken om het stof van de weg van u af te wassen. Ik hoop dat u ons vanavond de eer aan wilt doen met ons aan te zitten aan de maaltijd.' Het kwam er zo moeizaam uit dat het zelfs Bran opviel. Hij dreunde een lesje op en zijn woorden kwamen niet uit het hart, maar desondanks uitten de zwarte broeders hun dankbaarheid.

Toen Hodor Bran naar zijn bed terugbracht liep Zomer over de torentrap achter hen aan. Ouwe Nans zat in haar stoel te slapen. Hodor zei 'Hodor', tilde zijn zacht snurkende overgrootmoeder op en droeg haar de kamer uit, terwijl Bran lag na te denken. Robb had hem beloofd dat hij met de Nachtwacht in de grote zaal aan het banket mocht aanzitten. 'Zomer,' riep hij. De wolf sprong op zijn bed. 'Ik kan nu rijden,' fluisterde hij tegen zijn vriend. 'Binnenkort kunnen we in de bossen op jacht, je zult het zien.' Na een poosje viel hij in slaap.

In zijn droom was hij weer aan het klimmen. Hij werkte zich omhoog langs een oeroude toren zonder ramen. Zijn vingers wurmden zich tussen geblakerde stenen, zijn voeten zochten naar weerstand. Steeds hoger klom hij, door de wolken heen de nachthemel in, en nóg bleef de toren voor hem oprijzen. Toen hij even stopte en naar beneden keek duizelde het hem en voelde hij hoe zijn vingers weggleden. Bran schreeuwde het uit en klampte zich uit alle macht vast. De aarde was duizend mijl onder hem en hij kon niet vliegen. *Hij kon niet vliegen.* Hij wachtte totdat zijn hart was opgehouden met bonzen, totdat hij weer adem kreeg, en klom door. Hij moest omhoog, hij had geen andere keus. Ver boven hem, afgetekend tegen een bleke maan, meende hij de omtrekken van gargouilles te zien. Zijn armen waren verkrampt en pijnlijk, maar hij durfde niet uit te rusten. Hij dwong zichzelf om sneller te klimmen. De gargouilles sloegen zijn klim gade. Hun ogen gloeiden rood als hete kolen in een komfoor. Misschien waren het eens leeuwen geweest, maar nu waren ze verwrongen en grotesk. Bran hoorde hoe ze elkaar toefluisterden met zachte, stenen stemmen die vreselijk waren om aan te horen. Hij hield zichzelf voor dat hij niet moest luisteren, hij mocht hen niet horen, zolang hij hen niet hoorde was hij veilig. Maar toen de gargouilles zich losmaakten van de stenen en langs de zijmuur van de toren naar Bran afdaalden wist hij dat hij toch niet veilig was. 'Ik heb het niet gehoord,' huilde hij terwijl ze steeds dichterbij kwamen. 'Echt niet, echt niet.'

Happend naar adem werd hij wakker. In de duisternis wist hij niet waar hij was, en hij zag hoe een enorme schaduw boven hem uittorende. 'Ik heb het niet gehoord,' fluisterde hij sidderend van angst, maar toen zei de schaduw: 'Hodor' en stak de kaars naast zijn bed aan, en Bran slaakte een zucht van verlichting.

Hodor waste met een warme, vochtige doek het zweet van hem af en kleedde hem met bekwame, zachte hand aan. Toen het zover was droeg hij hem naar de grote zaal, waar bij de haard een lange schraagtafel was neergezet. De zetel van de heer aan het hoofd van de tafel bleef onbezet, maar Robb zat er rechts naast, met Bran tegenover zich. Ze aten die avond speenvarken, duivenpastei en rapen in botersaus, en daarna had de kok honingraat beloofd. Zomer hapte de restjes van de maaltijd uit Brans hand terwijl Grijze Wind en Ruige Hond in een hoekje om een bot vochten. De honden van Winterfel durfden al niet meer in de buurt van de zaal te komen. Aanvankelijk had Bran dat vreemd gevonden, maar hij begon eraan gewend te raken.

Yoren was de oudste van de zwarte broeders, dus had de rentmeester hem tussen Robb en Maester Luwin in geplaatst. De oude man rook zuur, alsof hij zich al heel lang niet had gewassen. Hij rukte het vlees met zijn tanden af, kraakte de ribben om het merg uit de botten te zuigen en haalde zijn schouders op toen Jon Sneeuw ter sprake kwam. 'Een nagel aan ser Allisers doodskist,' gromde hij, en twee van zijn metgezellen stieten tegelijkertijd een lach uit zonder dat Bran begreep waarom. Maar toen Robb vroeg of er ook nieuws van hun Oom Benjen was werden de zwarte broeders onheilspellend stil.

'Wat is er?' vroeg Bran, plotseling bang.

Yoren veegde zijn vingers af aan zijn vest. 'Dit is hard nieuws, heren, en een onbarmhartig loon voor uw spijzen en dranken, maar de man die vraagt moet het antwoord verdragen. Stark is verdwenen.'

Een van de andere mannen zei: 'De ouwe beer had hem erop uitgestuurd om Waymar Roys te zoeken, en zijn terugkeer laat lang op zich wachten, heer.'

'Te lang,' zei Yoren. 'Het ligt voor de hand dat hij dood is.'

'Mijn oom is niet dood,' zei Robb Stark luidkeels op boze toon. Hij rees op van de bank en legde zijn hand op het gevest van zijn zwaard. 'Hebt u dat gehoord? *Mijn oom is niet dood!*' Zijn stem weerkaatste tegen de stenen muren, en Bran was plotseling bang.

De oude, zuur ruikende Yoren keek naar Robb op. Hij was niet onder de indruk. 'Net wat u wilt, heer,' zei hij, en zoog op een stukje vlees tussen zijn tanden.

De jongste van de zwarte broeders ging ongemakkelijk verzitten. 'Geen man op de Muur kent Het Spookbos beter dan Benjen Stark. Hij komt wel weer terug.'

'Tja,' zei Yoren. 'Misschien wel, en misschien niet. Het is al eerder gebeurd dat goeie kerels die wouden binnen zijn gegaan om niet meer terug te komen.'

Het enige waar Bran aan kon denken was het verhaal van Ouwe Nans over de Anderen en de laatste held, die door de witte wouden werd achtervolgd door doden en spinnen ter grootte van een jachthond. Even was hij bang, tot hij zich herinnerde hoe dat verhaal afliep. 'De kinderen zullen hem helpen,' flapte hij eruit, 'de kinderen van het woud!'

Theon Grauwvreugd lachte smakelijk en Maester Luwin zei: 'Bran, de kinderen van het woud zijn al duizenden jaren dood en verdwenen. Het enige dat nog van hen over is zijn de gezichten in de bomen.'

'Hier mag dat waar wezen, maester,' zei Yoren, 'maar achter de Muur? Wie zal het zeggen? Daar in het noorden kan een mens niet altijd zien wat leeft en wat dood is.'

Die avond, nadat de tafel was afgeruimd, droeg Robb Bran zelf naar zijn bed. Grijze Wind liep voorop, en Zomer kwam vlak achter hen aan. Zijn broer was sterk voor zijn leeftijd, en Bran was zo licht als een bundeltje vodden, maar de trap was steil en donker, en tegen de tijd dat ze boven waren liep Robb flink te hijgen.

Hij legde Bran in bed, trok de dekens over hem heen en blies de kaars uit. Een poosje bleef zijn broer in het donker naast hem zitten. Bran wilde met hem praten maar wist niet wat hij moest zeggen. 'We vinden wel een paard voor je, dat beloof ik,' fluisterde Robb ten slotte.

'Komen ze ooit nog terug?' vroeg Bran hem.

'Ja,' zei Robb, op zo'n hoopvolle toon dat Bran wist dat hij zijn broer hoorde, en niet alleen maar heer Robb. 'Moeder komt weldra thuis. Misschien kunnen we haar dan tegemoet rijden. Zou dat geen verrassing voor haar zijn, als ze jou te paard zag?' Zelfs in die donkere kamer voelde Bran dat zijn broer glimlachte. 'En daarna rijden we naar het noorden om de Muur te zien. Maar we vertellen Jon niet dat we komen, we zijn er op een dag gewoon, jij en ik. Dat wordt een avontuur!'

'Een avontuur,' herhaalde Bran weemoedig. Hij hoorde zijn broer snikken. De kamer was zo donker dat hij de tranen op Robbs gezicht niet kon zien, en dus greep hij zijn hand. Hun vingers verstrengelden zich.

Eddard

'Heer Arryns dood heeft ons allemaal zeer bedroefd, heer,' zei grootmaester Pycelle. 'Ik zal u volgaarne vertellen wat ik van zijn heengaan weet. Neemt u toch plaats. Wilt u verversingen gebruiken? Wat dadels misschien? Ik heb ook wat verrukkelijke dadelpruimen. Mijn maag kan geen wijn meer verdragen, vrees ik, maar ik kan u een beker ijsmelk aanbieden, met honing gezoet. Ik vind dat bij deze hitte altijd heel verfrissend.'

De hitte was onmiskenbaar. Ned voelde de zijden tuniek tegen zijn borst plakken. Een benauwde, vochtige lucht hing als een klamme wollen deken over de stad en aan de waterkant heerste onrust, omdat de armen hun hete, bedompte sloppen ontvlucht waren om elkaar een slaapplaats te bevechten aan het water, waar het enige zuchtje wind waaide. 'Graag,' zei Ned en ging zitten.

Pycelle nam een zilveren belletje tussen duim en wijsvinger en liet het zachtjes rinkelen. Een slank jong dienstmeisje haastte zich het bovenvertrek binnen. 'IJsmelk voor de Hand des Konings en mij, wil je, kind? Flink gezoet.'

Toen het meisje hun drankjes ging halen schoof de grootmaester zijn vingers in elkaar en liet zijn handen op zijn maag rusten. 'Volgens de gewone man is het laatste jaar van de zomer altijd het heetste. Dat is niet zo, maar het lijkt er soms veel op, nietwaar? Op een dag als deze benijd ik u noorderlingen om uw zomersneeuw.' De zwaar met juwelen ingelegde keten om de nek van de oude man rinkelde zachtjes toen hij ging verzitten. 'Koning Maekars zomer was natuurlijk warmer dan deze, en bijna net zo lang. Er waren dwazen, zelfs in de Citadel, die daaruit meenden te kunnen opmaken dat de Grote Zomer eindelijk was aangebroken, de zomer waar geen eind aan komt, maar in het zevende jaar was het plotseling over en kregen we een korte herfst en een afschuwelijke lange winter. Toch was het die hele zomer bloedheet. Overdag was Oudstee net een oven, en pas 's nachts kwam er leven in de brouwerij. Dan liepen we door de tuinen aan de rivier en discussieerden we over de goden. Ik herinner me zelfs nog hoe die nachten roken, heer, parfum en zweet, overrijpe meloenen, perziken en granaatappels, nachtschade en maanbloesem. Ik was toen een jonge man, nog bezig mijn keten te smeden, en de hitte putte me niet zo uit als nu.' Pycelles oogleden waren zo zwaar dat het leek of hij half in slaap was. 'Verschoning, heer Eddard. U bent hier niet om te luisteren naar onzinnige uitweidingen over een zomer die al vergeten was voordat uw vader werd geboren. Wilt u een oude man zijn afdwalingen vergeven? Geesten zijn net zwaarden, vrees ik. Hoe ouder, hoe roestiger. Ah, en daar is onze melk.' Het dienstmeisje zette het blad tussen hen in, en Pycelle glimlachte haar toe. 'Lief kind.' Hij nam een beker, proefde en knikte. 'Dank je. Je kunt gaan.'

Toen het meisje was vertrokken tuurde Pycelle met waterige, reumatische oogjes naar Ned. 'Waar waren we gebleven? O ja. U wilde iets weten over heer Arryn...'

'Dat klopt.' Ned nipte beleefd van zijn ijsmelk. Die was aangenaam koel, maar te zoet naar zijn smaak.

'Om u de waarheid te zeggen was de Hand al een tijdlang niet meer de oude,' zei Pycelle. 'We hadden vele jaren samen in de raad gezeten, hij en ik, en de symptomen waren onmiskenbaar, maar ik schreef ze toe aan de zware lasten die hij al die tijd zo trouw had gedragen. Die brede schouders torsten alle zorgen van het rijk, en nog meer. Zijn zoon was ziekelijk, en zijn vrouwe was zo bezorgd dat ze het kind vrijwel nooit uit het oog liet. Dat zou zelfs een krachtig man hebben uitgeput, en heer Jon was niet jong meer. Geen wonder dat hij melancholiek en moe leek. Of dat dacht ik destijds. Nu ben ik er niet meer zo zeker van.' Hij schudde zwaarwichtig zijn hoofd.

'Wat kunt u mij over zijn laatste ziekte vertellen?'

De grootmaester spreidde zijn handen in een gebaar van machteloze smart. 'Hij kwam op een dag bij me om naar een bepaald boek te vragen, kerngezond als altijd, al kreeg ik de indruk dat hij ernstig over iets inzat. De volgende ochtend lag hij te krimpen van de pijn en was hij te ziek om op te staan. Een kou op de maag, dacht Maester Colemon. Het was warm, en de Hand deed vaak ijs in zijn wijn, iets dat de spijsvertering kan ontregelen. Toen heer Jon steeds zwakker werd ben ik persoonlijk naar hem toe gegaan, maar de goden schonken mij niet de kracht om hem te redden.'

'Ik hoorde dat u Maester Colemon weggestuurd hebt.'

De grootmaester knikte langzaam en nadrukkelijk als een gletsjer. 'Dat klopt, en ik vrees dat vrouwe Lysa mij dat nooit zal vergeven. Wellicht heb ik er verkeerd aan gedaan, maar toen leek het mij het beste. Maester Colemon is als een zoon voor mij, en niemand die zijn bekwaamheden hoger aanslaat dan ik, maar hij is nog jong, en jongeren onderschatten vaak de kwetsbaarheid van een ouder lichaam. Hij purgeerde heer Arryn met vermageringsdrankjes en pepersap, en ik vreesde dat dat zijn dood zou worden.'

'Heeft heer Arryn gedurende zijn laatste uren nog iets tegen u gezegd?'

Pycelle fronste zijn wenkbrauwen. 'Tijdens de laatste koortsfase riep de Hand verscheidene malen de naam *Robert*, maar ik wist niet of hij om zijn zoon of om de koning vroeg. Vrouwe Lysa liet niet toe dat de jongen de ziekenkamer betrad uit angst dat ook hij ziek zou worden. De koning kwam wel en heeft uren naast het bed zitten praten en schertsen, in de hoop heer Jon daarmee op te monteren. Het was te zien hoe intens hij hem liefhad.'

'En verder niets? Geen laatste woorden?'

'Toen ik zag dat alle hoop vervlogen was gaf ik de Hand het melksap van de papaver om zijn lijden te verzachten. Vlak voordat hij voor de laatste maal zijn ogen sloot fluisterde hij de koning en zijn vrouwe iets toe, mogelijk een zegenwens voor zijn zoon. *Het zaad is sterk*, zei hij. Aan het einde sprak hij te onduidelijk om verstaanbaar te zijn. De dood kwam pas de volgende ochtend, maar daarna had heer Jon rust. Hij heeft niets meer gezegd.'

Ned nam nog een slok mierzoete melk en probeerde niet te kokhalzen. 'Had u de indruk dat er iets onnatuurlijks was aan heer Arryns dood?'

'Iets onnatuurlijks?' De stem van de bejaarde maester was flinterdun. 'Nee, dat kan ik niet zeggen. Iets treurigs, dat zonder meer. Maar in zekere zin is de dood de natuurlijkste zaak van de wereld, heer Eddard. Jon Arryn rust nu zacht, eindelijk van zijn lasten bevrijd.'

'Die ziekte die hem het graf in sleurde,' zei Ned, 'had u vóór die tijd ooit iets dergelijks meegemaakt, bij andere mensen?'

'Ik ben nu bijna veertig jaar grootmaester van de Zeven Koninkrijken,' antwoordde Pycelle. 'Onder onze goede koning Robert, en daarvoor onder Aerys Targaryen, en daarvoor onder zijn vader Jaehaerys de Tweede, en zelfs een paar luttele maanden onder Jaehaerys' vader, Aegon de Fortuinlijke, vijfde van die naam. Ik heb zoveel ziekten gezien dat ik er ongaarne aan terugdenk, heer. Laat ik er dit van zeggen: elk geval is anders, en elk geval is eender. Heer Jons dood was niet merkwaardiger dan welke andere ook.'

'Zijn vrouwe dacht er anders over.'

De grootmaester knikte. 'Ik bedenk me nu dat zijn weduwe de zuster van uw edele vrouwe is. Als u een oud man zijn onverbloemde woorden wilt vergeven, laat mij dan zeggen dat smart zelfs de sterksten en meest gedisciplineerden van geest kan verwarren, en dat is vrouwe Lysa nooit geweest. Sinds haar laatste doodgeboren kind ziet ze in iedere schaduw een vijand, en door de dood van haar heer gemaal is ze volledig uit het lood geslagen.'

'Dus u bent er heel zeker van dat Jon Arryn aan een plotselinge ziekte is overleden?'

'Zeker,' antwoordde Pycelle ernstig. 'Als het geen ziekte was, heer, wat zou het dan geweest moeten zijn?'

'Vergif,' opperde Ned kalm.

De slaperige ogen van Pycelle schoten open. De bejaarde maester ging verzitten, niet op zijn gemak. 'Een verontrustend idee. Wij zijn de Vrijsteden niet, waar zulke dingen gewoon zijn. Grootmaester Aethelmure heeft geschreven dat iedereen met moord in zijn hart rondloopt, maar zelfs dan is de gifmenger meer dan verachtelijk.' Hij zweeg even, zijn ogen peinzend. 'Wat u suggereert is mogelijk, heer, maar komt mij toch onwaarschijnlijk voor. Elke hagemaester kent de gewone vergiften, en heer Arryn vertoonde geen enkel symptoom. En de Hand was alom bemind. Wat voor monster in mannengedaante had zo'n edele heer durven vermoorden?'

'Ik heb horen zeggen dat vergif een vrouwenwapen is.'

Peinzend streek Pycelle over zijn baard. 'Dat wordt wel gezegd. Vrouwen, lafaards... en eunuchen.' Hij schraapte zijn keel en spuwde een dikke fluim op de biezen. Ergens boven hen kraste een raaf luidkeels in het roekenhuis. 'Heer Varys is als slaaf in Lys geboren, wist u dat? Vestig uw vertrouwen niet op spinnen, heer.'

Dat was eigenlijk een overbodig advies: Varys had iets over zich dat Ned kippenvel bezorgde. 'Daar zal ik aan denken, maester. En vriendelijk dank voor uw hulp. Ik heb al genoeg van uw tijd in beslag genomen.' Hij stond op.

Grootmaester Pycelle duwde zich langzaam uit zijn stoel omhoog en begeleidde Ned naar de deur. 'Ik hoop dat ik enigszins tot uw geruststelling heb kunnen bijdragen. Als ik nog iets voor u kan doen, dan zegt u het maar.'

'Nog één ding,' zei Ned tegen hem. 'Ik ben zo nieuwsgierig naar dat boek dat u Jon de dag voor zijn dood hebt geleend.'

'Ik vrees dat u dat niet erg interessant zult vinden,' zei Pycelle. 'Het was een dik boekwerk van grootmaester Malleon over de afstamming van de Grote Huizen.'

'Toch zou ik het graag willen zien.'

De oude man opende de deur. 'Zoals u wenst. Ik heb het hier ergens. Als ik het vind zal ik het meteen naar uw vertrekken laten brengen.'

'U bent buitengewoon hoffelijk,' zei Ned. Toen, bijna terloops, voegde hij eraan toe: 'Nog een laatste vraag, als u zo goed wilt zijn. U zei dat de koning aan heer Arryns bed zat toen hij stierf. Nu vraag ik me af: was de koningin bij hem?'

'O nee,' zei Pycelle. 'Zij was met haar kinderen onderweg naar de Rots van Casterling, vergezeld door haar vader. Heer Tywin was met zijn gevolg naar de stad gekomen voor het toernooi ter ere van prins

Joffry's naamdag, ongetwijfeld in de hoop zijn zoon Jaime de overwinnaarskrans te zien bemachtigen. Daarin werd hij zwaar teleurgesteld. Het was mijn taak de koningin in te lichten over de plotselinge dood van heer Arryn. Ik heb nog nooit met zo'n bezwaard hart een vogel uitgezonden.'

'Duistere wieken, duistere woorden,' mompelde Ned. Een gezegde dat hij als jongen van Ouwe Nans had geleerd.

'Dat is wat de viswijven zeggen,' beaamde grootmaester Pycelle, 'maar wij weten dat het niet altijd zo is. Toen Maester Luwins vogel het nieuws over uw Bran had gebracht sprong elk hart in het kasteel op bij het horen van dat bericht, nietwaar?'

'Inderdaad, maester.'

'De goden zijn barmhartig.' Pycelle boog het hoofd. 'U kunt bij mij komen zo vaak u wilt, heer Eddard. Ik ben hier om te dienen.'

Ja, dacht Ned toen de deur dichtzwaaide, *maar wie*?

Toen hij terugliep naar zijn vertrekken trof hij op de wenteltrap van de Toren van de Hand zijn dochter Arya aan. Ze probeerde op één been te staan en draaide haar armen als molenwieken rond. De ruwe steen had haar blote voeten geschaafd. Ned bleef staan en staarde naar haar. 'Arya, wat doe je?'

'Syrio zegt dat een waterdanser uren op één teen kan staan.' Ze maaide met haar handen door de lucht om stil te blijven staan.

Ned glimlachte onwillekeurig. 'Welke teen?' plaagde hij.

'Gewoon, een teen,' zei Arya, geërgerd door de vraag. Ze sprong van haar rechterbeen op haar linker en zwaaide vervaarlijk heen en weer voordat ze haar evenwicht hervond.

'Moet je dat per se hier doen?' vroeg hij. 'Deze trap is hoog en je valt hard.'

'Syrio zegt dat een waterdanser *nooit* valt.' Ze liet haar been zakken en ging op twee voeten staan. 'Vader, komt Bran nu bij ons wonen?'

'Voorlopig nog niet, schatje,' zei hij tegen haar. 'Hij moet eerst weer op krachten komen.'

Arya beet op haar lip. 'Wat gaat Bran doen als hij meerderjarig wordt?'

Ned knielde naast haar neer. 'Hij heeft nog jaren om een antwoord op die vraag te bedenken, Arya. Voorlopig is het voldoende om te weten dat hij blijft leven.' De avond dat de vogel uit Winterfel was gekomen had Eddard Stark de meisjes meegenomen naar het godenwoud van het slot, een terrein van één are met elzen, olmen en zwarte katoenbomen, en uitzicht op de rivier. De hartboom hier was een enorme eik waarvan de eeuwenoude takken overwoekerd waren met pruikbeswingerd. Ze knielden ervoor neer om dank te zeggen, alsof het een weirboom was. Sansa was in slaap gesukkeld toen de maan opging, Arya ettelijke uren later, opgekruld in het gras onder Neds mantel. Tijdens de donkere uren had hij alleen gewaakt. Toen boven de stad de ochtend gloorde lagen de meisjes in een bed van donkerrode drakenadembloesems. 'Ik heb van Bran gedroomd,' had Sansa tegen hem gefluisterd. 'Ik zag hem glimlachen.'

'Hij wilde ridder worden,' zei Arya nu. 'Ridder van de koningsgarde. Kan dat nog?'

'Nee,' zei Ned. Het leek hem zinloos haar voor te liegen. 'Toch zal hij misschien op een dag heer zijn van een grote ridderhof en zitting hebben in de koninklijke raad. Misschien gaat hij grote kastelen bouwen zoals Brandon de Bouwheer of per schip de Zee van de Zonsondergang bevaren, of treedt hij toe tot het geloof van je moeder en wordt hij Hoge septon.' *Maar hij zal nooit meer naast zijn wolf rennen*, dacht hij met een verdriet dat te diep ging voor woorden, *of met een vrouw slapen, of zijn eigen zoon in zijn armen houden.*

Arya hield haar hoofd scheef. 'Kan ik raadgever van de koning worden en kastelen bouwen en Hoge Septon worden?'

'Jij,' zei Ned, 'trouwt met een koning, en dan zwaai je de scepter in zijn kasteel, en je zonen zullen ridders, prinsen en heren zijn, en ja, wie weet wordt er wel eentje Hoge Septon.'

Arya trok een gezicht. 'Nee,' zei ze. 'Nu hebt u het over *Sansa*.' Ze trok haar rechterbeen op en begon weer te balanceren. Met een zucht liet Ned haar daar achter.

In zijn vertrekken stroopte hij zijn bezwete zijden kleren af en goot koel water uit de kom naast het bed over zijn hoofd. Terwijl hij zijn gezicht afdroogde kwam Alyn binnen. 'Heer,' zei hij, 'heer Baelish staat buiten en vraagt om gehoor.'

'Breng hem naar mijn bovenzaal,' zei Ned en pakte een schone tuniek, de lichtste linnen tuniek die hij kon vinden. 'Ik zal hem meteen ontvangen.'

Toen Ned binnenkwam was Pinkje in de vensterbank neergestreken en keek naar de ridders van de koningsgarde, die beneden op de binnenplaats met hun zwaarden oefenden. 'Waren de hersens van de ouwe Selmy maar even bliksemsnel als zijn zwaard,' zei hij spijtig. 'Dat zou onze raadsvergaderingen er bepaald een stuk levendiger op maken.'

'In heel Koningslanding is geen moediger en eerzamer man te vinden dan ser Barristan.' Ned had een diep respect opgevat voor de bejaarde bevelhebber van de koningsgarde met zijn witte haar.

'En ook geen saaiere,' voegde Pinkje eraan toe, 'al durf ik te beweren dat hij het in het toernooi goed zal doen. Vorig jaar heeft hij de Jachthond uit het zadel gelicht, en nog maar vier jaar geleden was hij de winnaar.'

De vraag wie het toernooi zou winnen interesseerde Eddard Stark niet in het minst. 'Is er een reden voor dit bezoek, heer Petyr, of bent u alleen maar gekomen om van het uitzicht uit mijn raam te genieten?'

Pinkje glimlachte. 'Ik heb Cat beloofd dat ik u bij uw onderzoek zou helpen, en dat heb ik dus gedaan.'

Dat bracht Ned van zijn stuk. Beloofd of niet, hij kon zichzelf er niet toe brengen heer Petyr Baelish te vertrouwen, die hij veel te gewiekst vond. 'U hebt iets voor mij?'

'*Iemand*,' verbeterde Pinkje hem. 'Vier iemanden, om precies te zijn. Had u eraan gedacht de bedienden van de Hand te ondervragen?'

Ned fronste zijn wenkbrauwen. 'Ik wou dat ik dat kon. Vrouwe Arryn heeft haar hofhouding meegenomen naar het Arendsnest.' Daarmee had Lysa hem geen dienst bewezen. Iedereen die haar echtgenoot na had gestaan had haar op haar vlucht vergezeld: Jons maester, zijn rentmeester, het hoofd van zijn wacht, zijn ridders en bedienden.

'Het *grootste deel* van haar hofhouding,' zei Pinkje, 'niet iedereen. Er zijn er nog een paar. Een zwangere keukenmeid die in allerijl aan een van heer Renlings paardenknechten is uitgehuwelijkt, een stalknecht die bij de stadswacht is gegaan, een schenkershulpje dat wegens diefstal ontslagen is, en heer Arryns schildknaap.'

'Zijn schildknaap?' Ned was aangenaam verrast. Een schildknaap wist vaak heel veel van het doen en laten van zijn heer af.

'Ser Huig van de Vallei,' zei Pinkje. 'De koning heeft de knaap na heer Arryns dood geridderd.'

'Ik zal hem laten halen,' zei Ned. 'En de anderen ook.'

Pinkje kromp ineen. 'Heer, wilt u zo goed zijn om bij het raam te komen staan?'

'Waarom?'

'Dat zal ik u laten zien als u komt, heer.'

Met gefronst voorhoofd liep Ned naar het raam. Petyr Baelish maakte een nonchalant gebaar. 'Daar, aan de overkant van de binnenplaats, bij de deur van de wapenkamer. Ziet u die jongen die naast de trap gehurkt met een geoliede steen een zwaard aan het wetten is?'

'Wat is er met hem?'

'Hij brengt verslag uit aan Varys. De spin is veel belang gaan stellen in u en alles wat u doet.' Hij ging verzitten in de vensterbank. 'En kijkt u nu eens naar de muur. Verder naar het westen, boven de stallen. De wacht die tegen de borstwering leunt?'

Ned zag de man. 'Nog een fluisteraar van de eunuch?'

'Nee, deze is van de koningin. Kijk eens wat een prachtig uitzicht hij op de deur van deze toren heeft. Zo kan hij beter zien wie er bij u op bezoek komt. Er zijn nog anderen die ik misschien niet eens ken. De Rode Burcht zit vol ogen. Waarom denkt u dat ik Cat in een bordeel had verstopt?'

Eddard Stark had niets met zulk gekonkel op. 'Bij de zevenvoudige hel,' vloekte hij. Maar het leek inderdaad of de man op de muur hem gadesloeg. Ned voelde zich plotseling niet op zijn gemak en liep bij het raam vandaan. 'Is iedereen in deze vervloekte stad een verklikker voor iemand anders?'

'Nauwelijks,' zei Pinkje. Hij telde op de vingers van zijn hand. 'Ik ben er, en u, en de koning... maar nu ik erbij stilsta vertelt de koning veel te veel aan de koningin, en van u ben ik allesbehalve zeker.' Hij stond op. 'Hebt u iemand in dienst die u echt volledig vertrouwt?'

'Ja,' zei Ned.

'In dat geval heb ik een fraai paleisje in Valyria dat ik u graag wil verkopen,' zei Pinkje met een spottend lachje. 'Het verstandige antwoord was *nee* geweest, heer, maar goed. Stuur dat juweel van u naar ser Huig en de rest toe. U wordt gevolgd bij alles wat u doet, maar zelfs Varys de Spin kan niet iedereen die bij u in dienst is ieder uur van de dag in het oog houden.' Hij liep naar de deur.

'Heer Petyr,' riep Ned hem achterna. 'Ik... ben u dankbaar voor uw hulp. Misschien heb ik er verkeerd aan gedaan u te wantrouwen.'

Pinkje betastte zijn puntbaardje. 'Wat bent u hardleers, heer Eddard. Mij wantrouwen is het verstandigste dat u gedaan hebt sinds u hier van uw paard bent gestegen.' Hij boog en vertrok.

Jon

Jon liet Dareon zien hoe hij het beste van opzij kon slaan toen de nieuwe rekruut de oefenplaats op kwam lopen. 'Je voeten verder uit elkaar,' spoorde hij Dareon aan. 'Zorg dat je je evenwicht niet verliest. Goed zo. En nu om je as draaien terwijl je slaat, en je hele gewicht achter de slag leggen.'

Dareon stopte en klapte zijn vizier op. 'Bij de zeven goden,' mompelde hij. 'Kijk nou eens, Jon.'

Jon keerde zich om. Door zijn helmspleet heen ontwaarde hij de dikste jongen die hij ooit in de deuropening van de wapenkamer had zien staan. Naar schatting woog hij bijna honderd kilo. De bontkraag van zijn geborduurde wapenrok ging schuil achter zijn onderkinnen. Fletse ogen flitsten nerveus heen en weer in een groot vollemaansgezicht, en hij veegde bezwete worstvingers aan het fluweel van zijn wambuis af. 'Ze... ze zeiden dat ik hierheen moest om... om te oefenen,' zei hij tegen niemand in het bijzonder.

'Een jonkertje,' merkte Pyp tegen Jon op. 'Uit het zuiden, uit de buurt van Hooggaarde, als je 't mij vraagt.' Pyp had met een troep pantomimespelers door de Zeven Koninkrijken getrokken en beroemde zich erop dat hij alleen al aan de klank van je stem kon horen wat je was en waar je vandaan kwam.

Een schrijdende jager was met scharlakenrode draad op de voorkant van de met bont omzoomde wapenrok van de dikkerd geborduurd. Jon kende het wapenteken niet. Ser Alliser Doren bekeek zijn nieuwe pupil van top tot teen en zei: 'De stropers en dieven zijn in het zuiden kennelijk op. Nu sturen ze ons varkens om de Muur te bemannen. Dacht u dat wapenrustingen van bont en fluweel waren, heer van Hamme?'

Al snel bleek, dat de nieuwe rekruut zijn eigen wapenrusting bij zich had: een gewatteerd buis, verhard leer, maliën, harnas en helm, en zelfs een groot schild van hout en leer met als blazoen diezelfde schrijdende jager die op zijn wambuis stond. Maar omdat niets daarvan zwart was, stond ser Alliser erop dat hij in de wapenkamer een nieuwe uitrusting ging halen. Dat nam de halve ochtend in beslag. Zijn omvang vereiste dat Donal Nooy een maliënhemd uit elkaar tornde en er aan de zijkanten leren tussenstukken inzette. Om een helm over zijn hoofd te krijgen moest de wapensmid het vizier eraf slopen. Om zijn benen en onder zijn armen zat het leer zo strak dat hij zich nauwelijks kon verroeren. Toen hij gekleed was voor het gevecht leek de nieuwe jongen op een te lang gekookte worst die op het punt stond open te barsten. 'Laten we hopen dat je minder onhandig bent dan je lijkt,' zei ser Alliser. 'Kijk maar eens wat ser Knorrie kan, Halder.'

Jon Sneeuw kromp ineen. Halder was geboren in een steengroeve en leerling-metselaar geweest. Hij was zestien, lang en gespierd, en zijn klappen waren de hardste die Jon ooit had geïncasseerd. 'Dat wordt nog afzichtelijker dan de aars van een hoer,' pruttelde Pyp. En dat was ook zo.

Het gevecht duurde minder dan een minuut en toen lag de dikke jongen al op de grond. Zijn hele lichaam trilde, en uit zijn kapotte helm en tussen zijn mollige vingers door sijpelde bloed. 'Ik geef me over,' gilde hij. 'Stop, ik geef me over, niet slaan.' Rast en een paar andere jongens lachten.

Zelfs toen weigerde ser Alliser er een eind aan te maken. 'Opstaan, ser Knorrie,' riep hij. 'Raap je zwaard op.' Toen de jongen zich tegen de grond bleef drukken gebaarde Doren naar Halder. 'Sla hem met het plat van je zwaard tot hij weer op zijn benen staat.' Halder gaf een aarzelend klapje tegen de bolle wangen van zijn tegenstander. 'Je kunt vast wel harder slaan,' zei Doren tartend. Halder nam zijn zwaard in beide handen en liet het zo hard neerkomen dat de klap het leer deed splijten, al sloeg hij met de vlakke kant. De nieuwe jongen krijste van pijn.

Jon Sneeuw deed een stap naar voren. Pyp legde een gemaliede hand op zijn arm. '*Niet* doen, Jon,' fluisterde de kleine jongen met een bezorgde blik op ser Alliser Doren.

'Opstaan,' zei Doren weer. De dikke jongen deed zijn best om overeind te krabbelen, gleed uit en viel met een plof weer neer. 'Ser Knor begint het te vatten,' merkte ser Alliser op. 'Nog eens.'

Halder hief het zwaard op voor een tweede klap. 'Snij maar een stukje spek voor ons af,' spoorde Rast hem lachend aan.

Jon schudde Pyps hand af. '*Genoeg*, Halder.'

Halder keek naar ser Alliser.

'De Bastaard spreekt en de boerenkinkels sidderen,' zei de wapenmeester met die kille, scherpe stem van hem. 'Mag ik je eraan herinneren dat ík hier de wapenmeester ben, heer Sneeuw?'

'Moet je hem zien, Halder,' zei Jon dringend, terwijl hij Doren zo goed mogelijk negeerde. 'Het is oneervol een gevallen vijand te slaan. Hij heeft zich overgegeven.' Hij knielde bij de dikke jongen.

Halder liet zijn zwaard zakken. 'Hij heeft zich overgegeven,' herhaalde hij.

De marmerharde ogen van ser Alliser waren op Jon Sneeuw gericht. 'Onze Bastaard is blijkbaar verliefd,' zei hij toen Jon de dikke jongen overeind hielp. 'Laat me je staal eens zien, heer Sneeuw.'

Jon trok zijn zwaard. Hij durfde ser Alliser maar tot op zekere hoogte te trotseren, en hij was bang dat hij al veel te ver was gegaan.

Doren glimlachte. 'De Bastaard wenst zijn beminde jonkvrouw te verdedigen, dus laten we er dan maar een oefenpartij van maken. Rat, Puist, helpen jullie de Steenkop hier.' Rast en Albet gingen naast Halder staan. 'Met z'n drieën moeten jullie vrouwe Knorrie toch aan het piepen kunnen krijgen. Het enige dat jullie te doen staat is langs de Bastaard te komen.'

'Blijf achter mij,' zei Jon tegen de dikke jongen. Ser Alliser had al vaak twee tegenstanders op hem afgestuurd, maar nog nooit drie. Hij wist dat hij vanavond waarschijnlijk gekneusd en bebloed naar bed zou gaan. Hij zette zich schrap voor de aanval.

Ineens stond Pyp naast hem. 'Drie tegen twee is veel leuker,' zei de kleine jongen opgewekt. Hij klapte zijn vizier dicht en trok zijn zwaard. Voordat het zelfs maar in Jon opkwam om te protesteren kwam Grenn als derde man naast hem staan.

Het was doodstil geworden op de binnenplaats. Jon voelde ser Allisers blikken op zich gericht. 'Waar wachten jullie op?' vroeg hij op bedrieglijk zachte toon aan Rast en de overigen, maar Jon was degene die het eerst in beweging kwam. Halder hief maar net op tijd zijn zwaard op.

Jon dreef hem naar achteren. Met iedere klap viel hij aan, zodat hij de oudere jongen steeds verder achteruit dreef. *Doorzie je vijand*, had ser Rodrik hem eens geleerd. Jon doorzag Halder, nietsontziend sterk, maar heel ongeduldig. En hij hield er niet van zich te moeten verdedigen. Als hij gefrustreerd raakte verloor hij zijn dekking uit het oog, zo zeker als de zon onderging.

Het gekletter van staal echode over de binnenplaats toen de anderen zich naast hem in het gevecht stortten. Jon pareerde een woeste uithaal naar zijn hoofd. Toen de zwaarden tegen elkaar kletterden voelde hij de schok door zijn arm naar boven gaan. Hij sloeg van opzij keihard tegen Halders ribben en werd beloond door een gesmoorde grom van pijn. Toen sloeg Halder terug en trof Jon op de schouder. Zijn maliën knarsten, en pijn vlamde door zijn nek, maar Halder was even uit balans gebracht. Jon sloeg zijn linkerbeen onder hem uit, en met een vloek en een dreun viel hij neer.

Grenn stond zijn mannetje zoals Jon hem had geleerd en gaf Albet meer te incasseren dan hem lief was, maar Pyp had het zwaar te verduren. Rast had twee jaar en vijftien kilo op hem voor. Jon ging achter hem staan en liet de helm van de verkrachter galmen als een klok. Toen Rast wankelde dook Pyp onder zijn verdediging door, sloeg hem tegen de grond en zette hem de kling op de keel. Jon was inmiddels alweer elders. Toen hij twee zwaarden tegenover zich zag deinsde Albet achteruit. 'Ik geef me over,' schreeuwde hij.

Ser Alliser Doren bezag vol weerzin het tafereel. 'De klucht heeft lang genoeg geduurd voor vandaag.' Hij beende weg. De oefening was afgelopen.

Dareon hielp Halder overeind. De zoon van de steenhouwer wurmde zijn helm af en smeet hem over de binnenplaats. 'Ik dacht even dat ik je tóch te pakken had, Sneeuw.'

'Dat had je ook, eventjes,' antwoordde Jon. Onder de maliën en het leer bonsde zijn schouder. Hij stak het zwaard in de schede en probeerde zijn helm af te zetten, maar toen hij zijn arm ophief moest hij op zijn tanden bijten van de pijn.

'Laat mij maar,' zei een stem. Handjes met worstvingers gespten de helm van het halsstuk los en tilden hem er voorzichtig af. 'Heeft hij je verwond?'

'Ik heb wel vaker een blauwe plek gehad.' Hij raakte zijn schouder aan en kromp in elkaar. Rondom hen stroomde de binnenplaats leeg.

Op de plek waar Halder de helm kapotgeslagen had zat aangekoekt bloed in het haar van de dikke jongen. 'Mijn naam is Samwel Tarling, uit Hoorn...' Hij zweeg en likte over zijn lippen. 'Ik bedoel, ik kwam uit Hoornheuvel, voordat ik... wegging. Ik ben gekomen om het zwart aan te nemen. Mijn vader is heer Randyll, een baanderman van de Tyrels van Hooggaarde. Ik was vroeger zijn erfgenaam, maar...'

'Ik ben Jon Sneeuw, de bastaard van Ned Stark van Winterfel.'

Samwel Tarling knikte. 'Als... als je wilt kun je me Sam noemen. Mijn moeder noemt me Sam.'

'Jij kunt *hem* heer Sneeuw noemen,' zei Pyp terwijl hij zich bij hen voegde. 'En hoe zijn moeder hem noemt kun je maar beter niet vragen.'

'Dit zijn Grenn en Pypar,' zei Jon.

'Die lelijkerd is Grenn,' zei Pyp.

Fronsend zei Grenn: 'Jij bent lelijker dan ik. Ik heb tenminste geen vleermuisoren.'

'Ik dank jullie alle drie,' zei de dikke jongen ernstig.

'Waarom stond je niet op om te vechten?' wilde Grenn weten.

'Dat wilde ik wel, echt waar. Alleen... het ging niet. Ik wilde niet dat hij me nog eens zou slaan.' Hij keek naar de grond. 'Ik... ik ben bang. Ik ben een lafaard. Dat zei mijn heer vader altijd.'

Grenn was met stomheid geslagen. Zelfs Pyp wist niet wat hij daarop moest zeggen, en Pyp had altijd overal iets op te zeggen. Welke vent noemde zichzelf nu een lafaard?

Samwel Tarling moest aan hun gezicht hebben gezien wat ze dachten. Zijn blikken kruisten die van Jon en wendden zich af met de snelheid van een schuw dier. 'Het... het spijt me,' zei hij. 'Ik zou liever niet... zijn wat ik ben.' Met zware stappen liep hij naar de wapenkamer.

'Je bent gewond,' riep Jon hem achterna. 'Morgen doe je het vast beter.'

Rouwmoedig keek Sam over een schouder. 'Nee,' zei hij terwijl hij zijn tranen wegknipperde. 'Ik doe het nooit beter.'

Toen hij weg was fronste Grenn zijn wenkbrauwen. 'Een lafaard, die moet niemand,' zei hij ongemakkelijk. 'Ik wou dat we hem niet geholpen hadden. Als ze nu eens denken dat wij ook laf zijn?'

'Jij bent te stom om laf te zijn,' zei Pyp tegen hem.

'Niet waar,' zei Grenn.

'Wel waar. Als je in het bos door een beer werd aangevallen zou je te stom zijn om weg te rennen.'

'Helemaal niet,' hield Grenn vol. 'Ik zou nog harder weglopen dan jij.' Ineens zweeg hij en versomberde, want hij zag Pyp grijnzen en besefte wat hij zojuist had gezegd. Zijn dikke nek kreeg een donkerrode kleur. Jon liet hen daar staan bekvechten terwijl hij terugliep naar de wapenkamer, zijn zwaard ophing en zijn gebutste wapenrusting uittrok.

Het leven in Slot Zwart verliep volgens een vast patroon: 's ochtends zwaardvechten en 's middags werken. De zwarte broeders lieten nieuwe rekruten vele verschillende taken uitvoeren om te kijken waar ze goed in waren. Jon koesterde de zeldzame middagen dat hij er in gezelschap van Spook op uit werd gestuurd om wild voor de tafel van de bevelhebber mee terug te brengen, maar tegenover iedere dag die hij met jagen doorbracht stonden er twaalf bij Donal Nooy in de wapensmidse, waar hij de slijpsteen liet ronddraaien terwijl de eenarmige smid bot geworden bijlen sleep, of de blaasbalg hanteerde terwijl Nooy een nieuw zwaard in vorm hamerde. Andere keren moest hij berichten overbrengen, op wacht staan, stallen uitmesten, pijlen maken, Maester Aemon helpen met zijn vogels of Bowen Mars met rekenwerk en het aanleggen van voorraadlijsten.

Die middag stuurde het hoofd van de wacht hem naar de hijskooi met vier vaten pas vergruisde steen om het gruis over de paden boven op de Muur uit te strooien. Dat was eenzaam en saai werk, zelfs als hij Spook bij zich had, maar Jon had ontdekt dat hij dat niet erg vond. Op een heldere dag kon je vanaf de bovenkant van de Muur de halve wereld zien, en de lucht was altijd koud en verfrissend. Hier kon hij nadenken, en hij merkte dat hij aan Samwel Tarling dacht... en, vreemd genoeg, aan Tyrion Lannister. Hij vroeg zich af wat Tyrion van de dikke jongen gevonden zou hebben. *De meeste mensen ontkennen een harde waarheid liever dan dat ze die onder ogen zien*, had de dwerg grijnzend tegen hem gezegd. De wereld was vol lafaards die deden of ze helden waren; er was een eigenaardig soort moed voor nodig om je lafheid toe te geven zoals Samwel Tarling.

Zijn zere schouder zorgde ervoor dat het werk langzaam ging. Pas laat in de middag was Jon klaar met gruis over de paden strooien. Hij bleef nog even boven om de zonsondergang te zien, die de westelijke hemel bloedrood verfde. Ten slotte, toen de schemering over het noorden neerdaalde, rolde Jon de lege vaten de kooi in en gaf de mannen bij de lier te kennen dat ze hem konden laten zakken.

Toen hij en Spook de gemeenschapszaal bereikten was de avondmaaltijd al bijna ten einde. Een groep zwarte broeders zat bij het vuur te dobbelen rond de warme kruidenwijn. Zijn vrienden zaten te lachen op de bank het dichtst bij de westmuur. Pyp was midden in een verhaal. De jonge toneelspeler met de grote oren was een geboren leugenaar met wel honderd verschillende stemmen, en hij speelde zijn verhalen meer dan dat hij ze vertelde, waarbij hij alle benodigde rollen vertolkte, nu eens een koning, dan weer een varkenshoeder. Als hij voor kroegmeid of maagdelijke prinses speelde gebruikte hij een hoge falsetstem waar iedereen zich tranen om lachte, en zijn eunuchen waren altijd griezelig nauwkeurige karikaturen van ser Alliser. Jon schepte evenveel plezier in Pyps capriolen als de rest... maar toch wendde hij zich die avond af en liep naar het uiteinde van de bank, waar Samwel Tarling in zijn eentje zat, zo ver mogelijk bij de anderen vandaan.

Hij was net bezig aan het laatste stuk van de varkenspastei die de koks voor het avondeten hadden opgedist toen Jon tegenover hem ging zitten. De ogen van de dikke jongen sperden zich wijd open toen hij Spook zag. 'Is dat een wolf?'

'Een schrikwolf,' zei Jon. 'Hij heet Spook. De schrikwolf is het wapenteken van mijn vaders huis.'

'Dat van ons is een schrijdende jager,' zei Samwel Tarling.

'Hou je van jagen?'

De dikke jongen huiverde. 'Ik heb er een hekel aan.' Hij zag eruit alsof hij zo weer in tranen uit kon barsten.

'Hé, wat is er aan de hand?' vroeg Jon hem. 'Waarom ben je altijd zo bang?'

Sam staarde naar het restant van zijn varkenspastei en schudde flauwtjes zijn hoofd, zelfs te bang om iets te zeggen. Een uitbarsting van gelach vulde de zaal. Jon hoorde Pyp met een hoog stemmetje piepen. Hij stond op. 'Laten we naar buiten gaan.'

Het ronde, dikke gezicht keek wantrouwig naar hem op. 'Waarom? Wat gaan we buiten dan doen?'

'Praten,' zei Jon. 'Heb je de Muur gezien?'

'Ik ben dik, niet blind,' zei Samwel Tarling. 'Natuurlijk heb ik de Muur gezien, die is zevenhonderd voet hoog.' Maar hij stond toch op, sloeg een met bont omzoomde mantel om en liep achter Jon de gemeenschapszaal uit, nog steeds op zijn hoede, alsof hij bang was dat hem in de nacht de een of andere wrede grap te wachten stond. Spook draafde naast hen. 'Ik had nooit gedacht dat het zo zou zijn,' zei Sam onder het lopen, en zijn woorden vormden dampwolkjes in de koude lucht. Hij liep nu al te hijgen en te puffen in zijn poging het tempo bij te houden. 'Alle gebouwen staan op instorten, en het is zo... zo...'

'Koud?' Een strenge vorst maakte zich meester van het slot, en Jon kon het grijze onkruid zachtjes onder zijn laarzen horen kraken.

Sam knikte ongelukkig. 'Ik heb een hekel aan kou,' zei hij. 'Vannacht werd ik in het donker wakker, en het vuur was uit en ik was er zeker van dat ik tegen de ochtend doodgevroren zou zijn.'

'Waar jij vandaan komt was het vast warmer.'

'Ik had tot de vorige maand nog nooit sneeuw gezien. We reden door de terplanden, ik en de mannen die mijn vader met mij had meegestuurd naar het noorden, en toen begon dat witte spul te vallen, als zachte regen. Eerst vond ik het mooi, net veren die uit de hemel kwamen dwarrelen, maar het ging maar door, totdat ik tot op het bot verkild was. De mannen hadden sneeuwkorsten in hun baard en nog meer op hun schouders, en het bleef maar vallen. Ik was bang dat er nooit meer een eind aan zou komen.'

Jon glimlachte.

De muur rees dreigend voor hen op, bleek glanzend in het licht van de halve maan. Aan de hemel daarboven fonkelden de sterren helder en fel. 'Denk je dat ze me naar boven zullen sturen?' vroeg Sam. Zijn gezicht stremde als zure melk toen hij naar de grote houten trap keek. 'Als ik die op moet klimmen blijf ik erin.'

'Daar is een lier,' zei Jon en wees. 'Ze kunnen je in een kooi naar boven hijsen.'

Samwel Tarling haalde zijn neus op. 'Ik hou niet van hoogten.'

Nu werd het te dol. Ongelovig fronste Jon zijn wenkbrauwen. 'Ben je dan *overal* bang voor?' vroeg hij. 'Ik snap het niet. Als je echt zo'n angsthaas bent, waarom ben je dan hier? Wat wil een lafaard bij de Nachtwacht?'

Samwel Tarling keek hem één langdurig ogenblik aan, en het leek of zijn ronde gezicht naar binnen klapte. Hij liet zich op de bevroren grond zakken en begon te huilen, enorme, ademloze snikken waar zijn hele lichaam van schokte. Jon Sneeuw stond erbij en keek ernaar, want meer kon hij niet doen. Net als bij de sneeuw in de terplanden leken die tranen eindeloos te vallen.

Het was Spook die wist wat er nodig was. Stilletjes als een schaduw kwam de bleekwitte schrikwolf naderbij en begon de hete tranen van Samwel Tarlings gezicht te likken. De dikke jongen slaakte een kreet, schrok op... en op de een of andere manier, in één hartslag, veranderden zijn snikken in gelach.

Jon Sneeuw lachte mee. Na afloop zaten ze in hun mantels gewikkeld op de bevroren grond, met Spook tussen zich in. Jon vertelde hoe hijzelf en Robb de pasgeboren welpen in de nazomersneeuw hadden gevonden. Dat leek nu al duizend jaar geleden. Het duurde niet lang, of hij merkte dat hij over Winterfel aan het vertellen was.

'Soms droom ik ervan,' zei hij. 'Dan loop ik door een lange, lege zaal. Mijn stem kaatst van alle kanten terug, maar niemand geeft antwoord, dus ga ik sneller lopen, ik open deuren en roep namen. Ik weet niet eens wie ik zoek. Meestal mijn vader, maar soms Robb, of mijn kleine zusje Arya, of mijn oom.' Als hij aan Benjen Stark dacht werd hij treurig, want zijn oom werd nog steeds vermist. De oude beer had wachtrijders uitgezonden om hem op te sporen. Ser Jarmias Rykker had twee grootscheepse zoekacties geleid en Quorin Halfhand was vanuit de Schaduwtoren vertrokken, maar ze hadden niets gevonden, op een paar brandplekken in bomen na, door zijn oom achtergelaten ter markering van zijn route. In de rotsige hooglanden in het noordwesten hielden die tekens abrupt op en was er geen spoor meer van Benjen Stark te bekennen.

'Vind je in je droom ooit iemand?' vroeg Sam.

Jon schudde zijn hoofd. 'Niemand. Het kasteel is altijd leeg.' Hij had nog nooit iemand van zijn droom verteld, en hij begreep niet waarom hij die nu aan Sam vertelde, maar ergens was het prettig om erover te praten. 'Zelfs de raven zijn verdwenen uit het roekenhuis, en de stallen liggen vol beenderen. Daar word ik altijd bang van. Dan begin ik te rennen, smijt deuren open, ren met drie treden tegelijk de torentrap op, schreeuwend om een levend wezen, wie dan ook. En dan sta ik ineens voor de deur naar de crypte. Daarbinnen is het zwart, en ik zie de trap omlaagdraaien. Ergens weet ik dat ik naar beneden moet, maar dat wil ik niet. Ik ben bang voor wat me daar misschien te wachten staat. De oude Winterkoningen zijn daarbeneden, gezeten op hun tronen, met stenen wolven aan hun voeten en ijzeren zwaarden over hun knieën, maar zij zijn het niet waar ik bang voor ben. Ik schreeuw dat ik geen Stark ben, dat ik daar niet thuishoor, maar dat helpt niet, ik moet toch, dus begin ik aan de afdaling. Ik klim naar beneden, steun zoekend tegen de muur, zonder toorts om mezelf bij te lichten. Het wordt steeds donkerder, totdat ik het wel uit kan schreeuwen.' Hij zweeg en fronste zijn wenkbrauwen, in verlegenheid gebracht. 'En dan word ik altijd wakker.' Bezweet en klam, huiverend in het donker van zijn cel. Dan sprong Spook altijd naast hem, zijn warmte even geruststellend als de dageraad. En Jon sliep weer in, zijn gezicht in de ruige witte vacht van de schrikwolf gedrukt. 'Droom jij van Hoornheuvel?' vroeg Jon.

'Nee.' Sams mond werd een harde streep. 'Ik vond het er vreselijk.' Hij krabde Spook achter een oor en keek broeierig voor zich uit, en Jon verbrak de stilte niet. Na een lange pauze begon Samwel Tarling te praten, en Jon Sneeuw luisterde rustig en hoorde hoe het kwam dat iemand die zichzelf voor lafaard uitmaakte op de Muur terecht was gekomen.

De Tarlings waren van oudsher een aanzienlijk geslacht, baandermannen van Meys Tyrel, de heer van Hooggaarde en de landvoogd van het Zuiden. De oudste zoon van heer Randyll Tarling, Samwel, was ter wereld gekomen als erfgenaam van vruchtbare landerijen, een sterke burcht en een befaamd tweehandig slagzwaard genaamd Hartsverderf, gemaakt van Valyrisch staal en al bijna vijfhonderd jaar van vader op zoon overgegaan.

Alle trots die zijn vader mogelijk gevoeld had toen Samwel werd geboren vervloog toen zijn zoon opgroeide tot een dikke, zwakke, plompe jongen. Sam hield van muziek en liedjes maken, droeg graag zacht fluweel en speelde het liefst bij de koks in de slotkeuken, waar hij citroenkoeken en bosbessentaart bietste en de heerlijke geuren opsnoof. Hij was dol op boeken, kleine poesjes en, zo onhandig als hij was, op dansen. Maar hij werd misselijk als hij bloed zag, en als hij zelfs maar een kip zag slachten moest hij huilen. Hoornheuvel zag een twaalftal wapenmeesters komen en gaan. Zij deden hun best van Samwel de ridder te maken die zijn vader wilde dat hij zou worden. De jongen werd uitgescholden en geslagen, en één keer lieten ze hem zelfs in de kleren van zijn zusje over het binnenplein paraderen in de hoop dat die schande hem moed bijbrengen zou. Maar hij werd alleen maar steeds dikker en banger, totdat heer Randylls teleurstelling in woede en vervolgens in weerzin verkeerde.

Ten slotte, na drie meisjes in even zovele jaren, baarde vrouwe Tarling haar heer gemaal een tweede zoon. Sinds die dag negeerde heer Randyll Sam en wijdde hij zich helemaal aan de jongste knaap, een temperamentvol, robuust kind dat hem veel beter beviel. Samwel kon zich verscheidene jaren in zalige rust met zijn muziek en zijn boeken bezighouden.

Totdat de dageraad van zijn vijftiende naamdag aanbrak. Toen hij gewekt werd bleek zijn paard gezadeld en wel klaar te staan. Drie krijgslieden hadden hem naar een bos nabij Hoornheuvel begeleid, waar zijn vader zojuist een hert vilde. 'Je bent nu bijna mondig, en mijn erfgenaam,' had heer Randyll Tarling tegen zijn oudste zoon gezegd, en terwijl hij sprak legde zijn lange mes het karkas bloot. 'Je hebt me geen aanleiding gegeven je te verstoten, maar ik sta evenmin toe dat jij het land en de titel erft die Dickon eigenlijk toekomen. Hartsverderf dient naar een man te gaan die de kracht heeft om het te voeren, en jij bent zelfs niet waardig het gevest aan te raken. Ik heb besloten dat je vandaag zult verklaren dat je het zwart wilt aannemen. Je zult afstand doen van alle rechten op je broers erfenis en voor de avond valt op weg gaan naar het noorden.

Zo niet, dan gaan we morgen op jacht, en dan zal jouw paard ergens in deze bossen struikelen, en jij zult worden afgeworpen en sterven... of dat is althans wat ik je moeder zal vertellen. Zij heeft het hart van een vrouw en is in staat zelfs jou lief te hebben, en ik wil haar geen pijn doen. Maar denk vooral niet dat het ook werkelijk zo makkelijk zal gaan als je meent mij te moeten trotseren. Niets zou mij meer genoegen doen dan jou te achtervolgen en te doden als het varken dat je bent.' Toen hij het vilmes had weggelegd waren zijn armen rood tot de ellebogen. 'Dus. Dit is je keus. De Nachtwacht...' Hij stak een hand in het hert, rukte het hart eruit en hield het rood en druipend in zijn vuist omhoog. '... of dit.'

Sam vertelde zijn verhaal op kalme, vlakke toon, alsof het iemand anders overkomen was in plaats van hemzelf. En het vreemde, dacht Jon, was dat hij niet huilde, zelfs niet één keer. Toen hij klaar was zaten ze samen een poosje naar de wind te luisteren. Nergens was enig ander geluid te horen.

Ten slotte zei Jon: 'Laten we teruggaan naar de gemeenschapszaal.'

'Waarom?' vroeg Sam.

Jon haalde zijn schouders op. 'We kunnen hete cider drinken, of als je dat liever hebt warme kruidenwijn. Sommige avonden zingt Dareon voor ons, als hij in de stemming is. Hij was zanger voordat... nou ja, niet echt, maar wel bijna. Leerling-zanger.'

'Hoe is hij hier terechtgekomen?' vroeg Sam.

'Heer Rowan van Guldenloo trof hem in bed aan met zijn dochter. Die meid was twee jaar ouder en Dareon zweert dat ze hem haar raam door heeft geholpen, maar waar haar vader bij was noemde ze het verkrachting, en dus is hij hier. Toen Maester Aemon hem hoorde zingen zei hij dat Dareon een stem had als in honing gedrenkte donder.' Jon glimlachte. 'Pad zingt soms ook, voor zover je het zingen kunt noemen. Drinkliederen die hij in zijn vaders wijntapperij heeft geleerd. Pyp zegt dat zijn stem een in pis gedrenkte scheet is.' Ze schoten beiden in de lach.

'Ik zou ze graag allebei horen,' bekende Sam, 'maar ze willen me er vast niet bij hebben.' Zijn gezicht stond somber. 'Morgen laat hij me weer vechten, hè?'

Jon was gedwongen om ja te zeggen.

Onhandig krabbelde Sam overeind. 'Ik kan beter proberen wat te slapen.' Kouwelijk trok hij zijn mantel om zich heen en sjokte weg.

De overigen zaten nog in de gemeenschapszaal toen Jon terugkwam, alleen, afgezien van Spook. 'Waar heb *jij* gezeten?' vroeg Pyp.

'Ik heb met Sam gepraat,' zei hij.

'Hij is echt een angsthaas,' zei Grenn. 'Bij het avondeten was er best nog plaats op de bank toen hij zijn pastei kreeg, maar hij was te schijterig om bij ons te komen zitten.'

'Wie weet vindt de heer van Hamme zichzelf te goed om met ons soort mensen te eten,' opperde Jeren.

'Ik heb hem een varkenspastei zien eten,' zei Pad meesmuilend. 'Zou het een broertje van hem geweest zijn?' Hij begon knorrende geluiden te maken.

'*Hou op!*' snauwde Jon kwaad.

De andere jongens zwegen, uit het veld geslagen door zijn plotselinge woede. 'Luister,' zei Jon in de stilte, en toen vertelde hij wat ze gingen doen. Pyp stond achter hem, zoals hij wel had geweten, maar toen Halder hem bijviel was dat een aangename verrassing. Grenn durfde eerst niet goed, maar Jon wist hem over te halen. Een voor een sloot de rest zich bij hen aan. Jon overreedde de een, palmde de ander in, wekte de schaamte van de overigen en uitte zo nodig dreigementen. Ten slotte had iedereen ja gezegd... op Rast na.

'Doe gerust waar je zin in hebt, dames,' zei Rast, 'maar als Doren mij op vrouwe Knorrie afstuurt ga ik een lekkere zij spek afsnijden.' Hij lachte Jon in zijn gezicht uit en liet ze allemaal staan.

Uren later, toen het slot sliep, gingen ze met z'n drieën op bezoek in zijn cel. Grenn hield zijn armen vast terwijl Pyp op zijn benen ging zitten. Jon hoorde hoe Rasts ademhaling versnelde toen Spook op zijn borst sprong. De ogen van de schrikwolf gloeiden als rode sintels toen hij zijn tanden vluchtig in de weke huid van Rasts hals zette, net genoeg om bloed te doen opwellen. 'Bedenk wel dat we weten waar je slaapt,' zei Jon zonder nadruk.

De volgende ochtend hoorde Jon Rast tegen Albet en Pad zeggen dat zijn scheermes bij het scheren was uitgegleden.

Sinds die dag weigerden zowel Rast als alle overigen Samwel Tarling te verwonden. Als ser Alliser hen tegen Sam liet vechten bleven ze op één plek staan en weerden zijn trage, onbeholpen slagen af.

Als de wapenmeester krijste dat ze moesten aanvallen dansten ze naar voren en gaven Samwel een tikje op zijn borstharnas, helm of been. Ser Alliser raasde en dreigde en maakte hen allemaal voor lafaards, ouwe wijven en nog erger uit, maar Sam bleef ongedeerd. Een paar avonden later voegde hij zich op Jons aandringen tijdens het eten bij hen en ging naast Halder op de bank zitten. Het duurde nog eens veertien dagen voor hij het aandurfde zich in hun gesprek te mengen, maar na verloop van tijd lachte hij om de gezichten die Pyp trok en deed hij om het hardst mee met het plagen van Grenn.

Hij mocht dan dik, onhandig en bangelijk zijn, gek was Samwel Tarling niet. Op een avond zocht hij Jon in zijn cel op. 'Ik weet niet wat je hebt gedaan,' zei hij, 'maar ik weet dat jij het was.' Hij keek verlegen de andere kant op. 'Ik heb nooit eerder een vriend gehad.'

'Wij zijn geen vrienden,' zei Jon. Hij legde een hand op Sams brede schouder. 'We zijn broers.'

En dat zijn we, dacht hij bij zichzelf toen Sam weg was. Robb, Bran en Rickon waren zijn vaders zonen, en hij hield nog steeds van hen, maar toch besefte Jon dat hij nooit echt een van hen was geweest. Daar had Catelyn Stark voor gezorgd. De grauwe muren van Winterfel mochten dan nog door zijn dromen spoken, Slot Zwart was zijn thuis, en zijn broers waren Sam, Grenn, Halder en Pyp, en die andere verschoppelingen die het zwart van de Nachtwacht droegen.

'Het was waar wat mijn oom zei,' fluisterde hij tegen Spook. Hij vroeg zich af of hij Benjen Stark ooit nog terug zou zien, zodat hij het hem kon vertellen.

Eddard

'Al die moeilijkheden worden veroorzaakt door het toernooi van de Hand, mijne heren,' klaagde de bevelhebber van de stadswacht tegen de koninklijke raad.

Ned kromp ineen. 'Het toernooi van de koning,' verbeterde hij. 'Ik verzeker u dat de Hand er niets mee te maken wil hebben.'

'Noem het zoals u wilt, heer. Uit alle uithoeken van het rijk komen de ridders en hoge heren, en voor elke ridder krijgen we twee vrijruiters binnen, drie handwerkers, zes wapenknechten, een dozijn kooplieden, twee dozijn hoeren en zoveel dieven dat ik er niet eens naar durf te raden. Door die ellendige hitte loopt de halve stad toch al tegen het kookpunt, en nu, met al die bezoekers erbij... vannacht hadden we één verdrinkingsgeval, één kroegruzie, drie messengevechten, één verkrachting, twee brandjes, talloze berovingen en een bezopen paardenrace door de Straat der Zusters. De nacht daarvoor dreef er een vrouwenhoofd in de regenboogvijver van de Grote Sept rond. Niemand schijnt te weten hoe het daar kwam of van wie het is.'

'Wat vreselijk,' zei Varys huiverend.

Heer Renling Baratheon leefde minder mee. 'Als het je niet lukt de koningsvrede te handhaven, Janos, heeft de stadswacht misschien een bevelhebber nodig die dat wel kan.'

De gezette, kwabbige Janos Slink blies zichzelf op als een boze kikker, en zijn kale hoofd liep rood aan. 'Aegon de Draak zelf zou de vrede nog niet kunnen bewaren, heer Renling. Ik heb meer mannen nodig.'

'Hoeveel?' vroeg Ned en boog zich naar voren. Zoals altijd had Robert niet de moeite genomen de raadsvergadering bij te wonen, dus diende de Hand namens hem te spreken.

'Zoveel als ik krijgen kan, heer Hand.'

'Neem vijftig nieuwe mannen in dienst,' zei Ned tegen hem. 'Heer Baelish zorgt voor het geld.'

'O ja?' zei Pinkje.

'Jawel. Als u veertigduizend gouden draken voor de geldbuidel van een overwinnaar kunt opduikelen kunt u ook wel een paar koperstukken bij elkaar schrapen om de koningsvrede te handhaven.' Ned wendde zich weer tot Janos Slink. 'Ik zal u ook twintig goede zwaardvechters uit mijn eigen hofwacht geven om bij de Wacht te dienen tot de massa's weer vertrokken zijn.'

'Ik ben u zeer erkentelijk, heer Hand,' zei Slink met een buiging. 'Ik beloof u dat ik daar goed gebruik van zal maken.'

Toen de bevelhebber weg was richtte Eddard Stark zich tot de overige raadsleden. 'Hoe eerder deze dwaasheid achter de rug is, hoe aangenamer mij dat zal zijn.' Alsof alle kosten en problemen nog niet irritant genoeg waren, volhardde rijp en groen erin, zout in Neds wond te wrijven door het alsmaar over 'het toernooi van de Hand' te hebben, alsof hij dit had gewild. En Robert leek oprecht van mening te zijn dat hij zich vereerd moest voelen!

'Het rijk heeft baat bij zulke evenementen, heer,' zei grootmaester Pycelle. 'Zo hebben de groten de kans om te schitteren en kan het eenvoudige volk zijn ellende even vergeten.'

'En er worden heel wat zakken mee gespekt,' voegde Pinkje eraan toe. 'Alle herbergen in de stad zijn vol, en de hoeren lopen krom en rinkelen bij iedere stap.'

Heer Renling lachte. 'Wat een geluk dat mijn broer Stannis niet bij ons is. Herinnert u zich die keer dat hij voorstelde de bordelen te verbieden? De koning vroeg of hij misschien ook meteen een verbod op eten, poepen en ademhalen wilde. Eerlijk gezegd vraag ik me vaak af hoe Stannis aan die lelijke dochter van hem komt. Hij benadert het echtelijk bed als een man die ten strijde trekt, met een grimmige blik in de ogen, vastberaden zijn plicht te volbrengen.'

Ned lachte niet mee. 'Ook bij mij doet uw broer Stannis vragen rijzen. Ik vraag me af wanneer hij van plan is een streep te zetten onder zijn bezoek aan Drakensteen en zijn zetel in de raad weer in te nemen.'

'Ongetwijfeld zodra we al die hoeren de zee ingegeseld hebben,' antwoordde Pinkje, hetgeen aanleiding was tot nog meer gelach. 'Ik heb voor een hele dag genoeg over hoeren gehoord,' zei Ned en stond op. 'Tot morgen.'

Toen hij terugkwam bij de Toren van de Hand stond Harwin op wacht voor de deur. 'Draag Jory op naar mijn vertrekken te komen en zeg tegen je vader dat hij mijn paard moet zadelen,' beval Ned hem wat al te kortaf.

'Zoals u wilt, heer.'

De Rode Burcht en 'het toernooi van de Hand' waren nagels aan zijn doodskist, dacht Ned terwijl hij de trap beklom. Hij zou zo graag troost zoeken in de armen van Catelyn, of Robb en Jon het zwaard horen kruisen op het oefenterrein, en hij smachtte naar de koele dagen en koude nachten van het Noorden.

In zijn kamers trok hij zijn zijden raadskledij uit en begon in afwachting van Jory's komst even in het boek te lezen. *De Afstam-*

ming en Geschiedenis van de Grote Huizen van de Zeven Koninkrijken, met Beschrijvingen van Vele Grote Heren en Edele Dames en hun Kinderen, door grootmaester Malleon. Pycelle had de waarheid gesproken: het was zware lectuur. Toch had Jon Arryn erom gevraagd, en met reden, daar was Ned van overtuigd. Hier stond iets in, in deze broze, vergeelde bladzijden zat een waarheid verscholen. Maar *welke*? Het boek was meer dan een eeuw oud. Toen Malleon zijn stoffige lijsten van huwelijken, geboorten en sterfgevallen had opgesteld waren de meeste mensen die nu leefden nog niet eens geboren.

Hij richtte zich nogmaals op het gedeelte over het Huis Lannister en sloeg langzaam de bladzijden om, in de hoop dat hem iets in het oog zou springen. De Lannisters waren een oud geslacht dat zijn afstamming op Lann de Geslepene terugvoerde, een bedrieger uit het Heldentijdperk die ongetwijfeld even legendarisch was als Bran de Bouwheer, zij het veel meer in trek bij zangers en vertellers. In die liederen was Lann de knaap die de Casterlings uit de Rots van Casterling wist te goochelen zonder enig ander wapen dan zijn sluwheid, en die goud van de zon roofde om zijn krullen meer glans te geven. Ned wilde dat hij nu hier was om de waarheid uit dat ellendige boek te goochelen.

Een abrupte tik op de deur kondigde de komst van Jory Cassel aan. Ned sloeg het boek van Malleon dicht en riep hem binnen. 'Ik heb de stadswacht tot het einde van het toernooi twintig man van mijn eigen wacht toegezegd,' zei hij tegen hem. 'Kies jij ze maar uit. Geef Alyn het bevel en laat het tot de mannen doordringen dat ze nodig zijn om vechtpartijen te beëindigen, niet om ze te beginnen.' Ned stond op, opende een cederhouten kist en haalde er een dunne linnen ondertuniek uit. 'Heb je de staljongen gevonden?'

'De wachter, heer,' zei Jory. 'Hij zweert dat hij nooit meer een paard zal aanraken.'

'Wat had hij te melden?'

'Hij beweert dat hij heer Arryn goed kende. Dikke maatjes waren ze.' Jory snoof. 'De Hand gaf de jongens op hun naamdag altijd een koperstukje, zegt hij. Kon goed met paarden omgaan. Jakkerde zijn rijdieren nooit af en gaf ze wortels en appels, zodat ze altijd blij waren hem te zien.'

'Wortels en appels,' herhaalde Ned. Dat klonk alsof ze aan deze jongen zelfs nóg minder hadden dan aan de rest. En hij was de laatste van de vier die Pinkje had opgeduikeld. Jory had ze een voor een gesproken. Ser Huig was kortaangebonden en onmededeelzaam geweest, en zo arrogant als alleen een nieuwbakken ridder kan zijn. Als de Hand hem wilde spreken zou hij hem gaarne ontvangen, maar hij wenste niet door een doodgewoon hoofd van de wacht te worden ondervraagd... ook al was het hoofd in kwestie tien jaar ouder en honderd keer zo goed als zwaardvechter. Het dienstmeisje was tenminste nog aardig geweest. Zij zei dat heer Jon meer had gelezen dan goed voor hem was, dat hij veel zorgen en verdriet had over de zwakheid van zijn zoontje, en dat hij zijn edele vrouwe bars bejegende. Het schenkershulpje, dat inmiddels schoenlapper was, had zelfs nooit een woord met heer Jon gewisseld, maar wist allerlei keukenroddels te vertellen: zijn heer had ruzie gehad met de koning, zijn heer had maar mondjesmaat gegeten, hij wilde zijn zoontje ter opvoeding naar Drakensteen sturen, hij was ineens grote belangstelling voor het fokken van jachthonden gaan koesteren, hij was naar een meestersmid gegaan om een nieuw plaatharnas te laten maken, helemaal van wit zilver met een blauwe valk van jaspis en een paarlemoeren maan op de borst. De broer van de koning zelf was met hem meegegaan om het ontwerp te helpen uitzoeken, zei het schenkershulpje. Nee, niet heer Renling, maar die andere, heer Stannis.

'Herinnert onze wachter zich verder nog iets opmerkelijks?'

'De jongen zweert dat heer Jon zo sterk was als iemand van half zijn leeftijd. Hij ging vaak met heer Stannis uit rijden, zegt hij.'

Alweer Stannis, dacht Ned. Dat vond hij vreemd. Jon Arryn had met hem op goede, maar nooit op vriendschappelijke voet gestaan. En toen Robert naar Winterfel ging, was Stannis naar Drakensteen afgereisd, het eilandfort van de Targaryens dat hij in naam van zijn broer had veroverd. Hij had geen bericht achtergelaten wanneer hij terug zou komen. 'Waar gingen die ritten naartoe?' vroeg Ned.

'De jongen zegt dat ze naar een bordeel gingen.'

'Een bordeel?' zei Ned. 'De heer van het Adelaarsnest en de Hand des Konings is met *Stannis Baratheon* naar een bordeel geweest?' Hij schudde ongelovig zijn hoofd en vroeg zich af wat heer Renling van zo'n smakelijke roddel zou vinden. Roberts losbandigheid was het onderwerp van alle schuine dronkenmansliederen in het hele rijk, maar Stannis was uit heel ander hout gesneden. Hij was nauwelijks een jaar jonger dan de koning, maar volkomen anders: streng, humorloos, haatdragend, en met een onverbiddelijk plichtsgevoel.

'De jongen houdt hardnekkig vol dat het waar is. De Hand had drie lijfwachten bij zich, en volgens de jongen maakten die daar grappen over toen hij naderhand hun paarden kwam halen.'

'Welk bordeel?' vroeg Ned.

'Dat wist de jongen niet. Maar die lijfwachten zullen het wel weten.'

'Jammer dat Lysa ze heeft meegesleept naar de Vallei,' zei Ned droogjes. 'De goden doen wél hun best ons de voet dwars te zetten.

Vrouwe Lysa, Maester Colemon, heer Stannis... iedereen die misschien weet wat er eigenlijk met Jon Arryn is gebeurd bevindt zich duizend mijl ver weg.'

'Gaat u heer Stannis uit Drakensteen terugroepen?'

'Nog niet,' zei Ned. 'Niet voordat ik meer weet van deze affaire, en van zijn rol daarin.' De zaak knaagde aan hem. Waarom was Stannis weggegaan? Had hij iets te maken met de moord op Jon Arryn? Of was hij bang? Ned kon zich nauwelijks voorstellen dat Stannis Baratheon ergens bang voor was: de man had de belegering van Stormeinde een jaar lang doorstaan door op ratten en leren laarzen te teren, terwijl de heren Tyrel en Roodweyn met hun legers in het zicht van zijn muren zaten te schranzen. 'Wees zo goed me mijn wambuis te brengen. Het grijze met de schrikwolf erop. Ik wil dat die wapensmid weet wie ik ben. Dat maakt hem allicht meegaander.'

Jory liep naar de garderobe. 'Heer Renling is evenzeer een broer van heer Stannis als de koning.'

'Maar hij is kennelijk niet voor die ritjes uitgenodigd.' Al zijn gemeenzaamheid en vlotte glimlachjes ten spijt wist Ned niet precies wat hij van Renling moest denken. Een paar dagen geleden had hij Ned terzijde genomen om hem een fraai gouden medaillon te tonen. Dat bevatte een in de flamboyante stijl van Myr geschilderde miniatuur van een lieftallig jong meisje met hertenogen en een waterval van zacht, bruin haar. Renling had de indruk gewekt dat hij graag wilde weten of het meisje hem aan iemand deed denken. Toen Ned bij wijze van antwoord alleen maar zijn schouders ophaalde was hij teleurgesteld. Het meisje was heer Tyrels zuster Marjolij, had hij bekend, maar sommigen zeiden dat ze op Lyanna leek. 'Nee,' had Ned stomverbaasd gezegd. Kon het zijn dat heer Renling, die zozeer op de jeugdige Robert leek, hartstocht had opgevat voor een meisje dat hij voor een jeugdige Lyanna hield? Dat kwam hem meer dan een klein beetje eigenaardig voor.

Jory hield het wambuis omhoog en Ned stak zijn handen door de armsgaten. 'Misschien komt heer Stannis terug voor Roberts toernooi,' zei hij terwijl Jory het kledingstuk van achteren vastreeg.

'Dat zou een gelukkig toeval zijn, heer,' zei Jory.

Ned gespte een lang zwaard om. 'Met andere woorden, verdomd onwaarschijnlijk.'

Jory drapeerde Neds mantel om diens schouders en gespte hem bij de hals vast met het ambtsinsigne van de Hand. 'Die wapensmid woont boven zijn winkel, in een groot huis boven aan de Staalstraat. Alyn weet de weg, heer.'

Ned knikte. 'De goden zij die schenkersjongen genadig als hij me op schimmenjacht heeft gestuurd.' Dit bood nauwelijks houvast, maar de Jon Arryn die Ned Stark had gekend was geen man die verzilverde en met juwelen bezette plaatharnassen droeg. Staal was staal en bedoeld om te beschermen, niet om mee te pronken. Maar hij kon natuurlijk van mening veranderd zijn. Hij zou bepaald niet de eerste zijn geweest die na een paar jaar aan het hof anders tegen de dingen aan was gaan kijken... maar de verandering was opvallend genoeg om vragen bij Ned te doen rijzen.

'Kan ik u nog ergens anders mee van dienst zijn?'

'Het lijkt me het handigste als je nu bordelen gaat bezoeken.'

'Een zware plicht, heer.' Jory grijnsde. 'De mannen zullen me er graag bij helpen. Porthier is inmiddels aardig op streek.'

Neds lievelingspaard stond al gezadeld op de binnenplaats. Varling en Jacs sloten zich bij hem aan toen hij door de hof reed. Met die stalen helmen en maliënkolders hadden ze het ongetwijfeld smoorheet, maar ze klaagden er met geen woord over. Via de koningspoort reed heer Eddard de stinkende stad in. Zijn grijswitte mantel wapperde achter hem aan. Hij zag overal ogen en zette zijn paard tot draf aan. Zijn wacht volgde.

Terwijl ze zich een weg door de overvolle straten baanden keek hij regelmatig over zijn schouder. Tomard en Desmond hadden vanochtend vroeg het kasteel verlaten om zich langs de te nemen route te posteren en te kijken of ze gevolgd werden, maar toch voelde Ned zich onzeker. De schaduw van de koninklijke Spin en diens kleine vogeltjes maakten hem nerveus als een maagd in haar huwelijksnacht.

De Staalstraat begon op het marktplein, naast de Rivierpoort, zoals hij op de plattegronden heette, of de Modderpoort, zoals hij in de volksmond werd genoemd. Een potsenmaker op stelten beende als een groot insect tussen de mensenmenigte door, een sleep joelende kinderen op blote voeten achter zich aan. Elders hielden twee in lompen gehulde jongens, niet ouder dan Bran, een stokgevecht, luid aangemoedigd door de een en woedend verwenst door de ander. Een oude vrouw maakte een einde aan de strijd door zich uit haar raam te buigen en een emmer drek over de hoofden van de vechtenden te legen. In de schaduw van de muur stonden boeren naast hun kar te galmen: 'Appels, heerlijke appels voor een spotprijsje,' of: 'Rapen, uien en wortels, hier moet je zijn, hier moet je zijn, rapen, uien en wortels, hier moet je zijn!'

De Modderpoort was open, en in het poortgewelf stond een eenheid stadswachten in gouden mantels op hun speren geleund. Toen er uit het westen een ruiterstoet naderde kwamen de wachters abrupt in actie. Ze schreeuwden bevelen en duwden karren en voetgangers opzij om de ridder met zijn escorte doorgang te verlenen.

De eerste ruiter die door de poort reed droeg een lange zwarte banier in zijn hand. De zij rimpelde in de wind als een levend wezen en droeg als blazoen een nachthemel, door purperen bliksems doorkliefd. '*Opzij voor heer Beric!*' riep de ruiter. '*Opzij voor heer Beric!*' Pal achter hem kwam de jeugdige heer zelf, een zwierige gestalte op een zwart strijdros, met roodgouden haar en een zwartsatijnen mantel, bezaaid met sterren. 'Komt u aan het toernooi van de Hand deelnemen, heer?' riep een wachter hem toe. 'Ik kom het toernooi van de Hand *winnen*,' schreeuwde heer Beric terug, en de menigte juichte.

Ned sloeg vanaf het marktplein de Staalstraat in en draaide met de weg mee een lange helling op, langs smeden die bij open vuren aan het werk waren, vrijruiters die op maliënhemden trachtten af te dingen en vergrijsde ijzerhandelaren die vanaf hun karren oude klingen en scheermessen verkochten. Hoe hoger ze kwamen, hoe groter de gebouwen werden. De man die zij zochten woonde boven op de top van de heuvel in een groot vakwerkhuis waarvan de bovenste verdiepingen over de smalle straat uitstaken. Op de dubbele deuren was een jachttafereel in ebbenhout en weirhout uitgesneden. Een paar stenen ridders waakte bij de ingang, gehuld in fantasieharnassen van glanzend rood staal dat hen tot een griffioen en een eenhoorn omtoverde. Ned liet zijn paard bij Jacs achter en baande zich een weg naar binnen.

Het slanke jonge dienstmeisje zag onmiddellijk Neds insigne en het wapenteken op zijn wambuis, en de meester snelde pluimstrijkend toe. 'Wijn voor de Hand des Konings,' zei hij tegen het meisje en wees Ned een sofa. 'Mijn naam is Tobho Mott, heer, maak het u gemakkelijk, alstublieft.' Hij droeg een zwartfluwelen overkleed met hamers van zilverdraad op de mouwen geborduurd. Om zijn nek hing een zware, zilveren ketting met een saffier ter grootte van een duivenei. 'Als u nieuwe wapens voor het toernooi van de Hand nodig hebt, bent u hier op de juiste plek.' Ned nam niet de moeite hem te verbeteren. 'Mijn werk is duur, en daar wind ik geen doekjes om, heer,' zei hij terwijl hij twee identieke zilveren bekers volschonk. 'Handwerk als het mijne zult u nergens anders in de Zeven Koninkrijken vinden, dat kan ik u verzekeren. Gaat u gerust bij iedere smidse in Koningslanding langs om zelf de vergelijking te maken. De eerste de beste dorpssmid kan een maliënkolder in elkaar hameren, maar wat ik maak is kunst.'

Ned nam een slokje van zijn wijn en liet de man maar praten. De Bloemenridder kocht zijn hele wapenrusting bij hem, pochte Tobho, en vele andere hoge heren die wisten wat deugdelijk staal was, en zelfs niemand minder dan heer Renling, de broer van de koning.

Misschien dat de Hand de nieuwe wapenrusting van heer Renling had gezien, het groene harnas met het gouden gewei? Geen enkele andere wapensmid in de stad kon zulk diep groen maken, maar deze smid kende het geheim en wist hoe je het staal zelf kleur moest geven. Verf en email waren de krukken waarmee een gezel zich behielp. Of misschien kwam de Hand voor een zwaard? Tobho had als jongen in de smidse van Qohor Valyrisch staal leren bewerken. Alleen een man die de spreuken kende kon oude wapens tot nieuwe omsmeden. 'De schrikwolf is het wapenteken van het Huis Stark, nietwaar? Ik kan een schrikwolfhelm maken, zo echt dat de kinderen op straat voor u op de loop gaan,' bezwoer hij.

Ned glimlachte. 'Hebt u voor heer Arryn een valkenhelm gemaakt?'

Tobho Mott zweeg één langdurig ogenblik en zette zijn wijn neer. 'De Hand heeft mij bezocht met heer Stannis, de broer van de koning. Het spijt me te moeten zeggen dat ze mij niet de eer van hun klandizie hebben vergund.'

Ned keek de man met een uitgestreken gezicht aan. Hij zei niets, maar wachtte. Hij had in de loop der jaren ontdekt dat stilte soms meer opleverde dan vragen stellen.

'Ze vroegen of ze de jongen mochten zien,' zei de wapensmid, 'dus heb ik ze mee naar achteren genomen, naar de smidse.'

'De jongen,' herhaalde Ned. Hij had er geen idee van wie de jongen was. 'Ik zou de jongen ook graag zien.'

Tobho Mott wierp hem een koele, behoedzame blik toe. 'Zoals u wilt, heer,' zei hij zonder een spoor van zijn vriendelijkheid van zoëven. Hij leidde Ned door een achterdeur naar buiten en toen over een smalle binnenplaats naar de spelonkachtige stenen schuur waar het werk werd verricht. Toen de wapensmid de deur opende bezorgde de hete lucht die naar buiten golfde Ned het gevoel dat hij de muil van een draak binnenliep. Binnen loeide in iedere hoek een smidsvuur, en het stonk er naar rook en zwavel. Wapensmidsgezellen keken net lang genoeg van hun hamers en tangen op om het zweet van hun voorhoofd te vegen, terwijl leerjongens met ontbloot bovenlijf onderwijl de blaasbalg hanteerden.

De meester riep een lange jongen van ongeveer Robbs leeftijd met dikke spierbundels op zijn armen en borst bij zich. 'Dit is heer Stark, de nieuwe Hand des Konings,' zei hij tegen hem toen de jongen met norse blauwe ogen naar Ned keek en met zijn vingers zijn bezwete haar naar achteren streek. De schaduw van een kersverse baard kleurde zijn kaken donker. 'Dit is Gendry. Heel sterk voor zijn leeftijd, en ijverig. Laat de Hand de helm zien die je hebt gemaakt, jongen.' Bijna verlegen leidde de jongen hen naar zijn werkbank, en naar een stalen helm in de vorm van een stierenkop met twee grote, kromme horens.

Ned keerde de helm in zijn handen om. Hij was van ruw staal, nog ongepolijst, maar vakkundig in vorm geslagen. 'Dit is fraai werk. Het zou me genoegen doen als ik hem mocht kopen.'

De jongen rukte hem de helm uit handen. 'Hij is niet te koop.' Tobho Mott keek ontzet. 'Jongen, dit is de Hand des Konings. Als de edele heer deze helm wenst moet je hem die ten geschenke geven. Hij bewijst je eer door erom te vragen.'

'Ik heb hem voor mezelf gemaakt,' zei de jongen koppig.

'Honderdmaal vergiffenis, heer,' zei zijn meester haastig tegen Ned. 'De jongen is zo ruw als onbewerkt staal, en net als onbewerkt staal zou hij baat hebben bij een paar flinke tikken. Die helm is op zijn best gezellenwerk. Vergeef het hem, en ik beloof dat ik een helm voor u zal vervaardigen zoals u nog nooit hebt gezien.'

'Hij heeft niets gedaan waarvoor hij mijn vergiffenis nodig heeft. Gendry, toen heer Arryn bij je op bezoek kwam, waar hebben jullie toen over gepraat?'

'Hij vroeg alleen maar dingen, heer.'

'Zoals?'

De jongen haalde zijn schouders op. 'Hoe het met me ging, en of ik goed behandeld werd, en of ik dit leuk werk vond, en dingen over mijn moeder. Wie ze was, en hoe ze eruitzag en zo.'

'Wat heb je tegen hem gezegd?' vroeg Ned. De jongen veegde het haar dat opnieuw over zijn voorhoofd was gevallen opzij. 'Ze stierf toen ik nog klein was. Ze had blond haar, en ik weet nog dat ze soms voor me zong. Ze werkte in een bierkroeg.'

'Heeft heer Stannis je ook ondervraagd?'

'Die kale? Nee, die niet. Hij zei geen woord, hij keek me alleen maar woedend aan alsof ik een verkrachter was die zijn dochter had gepakt.'

'Hou je smerige praatjes voor je,' zei de meester. 'Dit is de Hand des Konings zelf.' De jongen sloeg zijn ogen neer. 'Een slim joch, maar koppig. Die helm... toen de anderen hem voor stijfkop uitmaakten smeet hij hem recht in hun gezicht.'

Ned raakte het hoofd van de jongen aan en betastte het dikke, zwarte haar. 'Kijk me eens aan, Gendry.' De leerjongen keerde zijn gezicht omhoog. Ned bestudeerde de vorm van zijn kaken, de ijsblauwe ogen. *Ja*, dacht hij, *ik kan het zien*. 'Ga maar weer aan je werk, jongen. Het spijt me dat ik je heb lastig gevallen.' Hij liep met de meester naar het huis terug. 'Wie heeft het leergeld voor de jongen betaald?' vroeg hij luchtig.

Mott keek zenuwachtig. 'U hebt de jongen gezien. Zo'n sterke knaap. Die handen van hem, die zijn ervoor gemáákt om een hamer te hanteren. Hij was zo veelbelovend dat ik hem zonder leergeld heb aangenomen.'

'En nu de waarheid,' drong Ned aan. 'De straten barsten van de sterke knapen. De dag dat u zonder betaling een leerjongen aanneemt stort de Muur in. Wie heeft er voor hem betaald?'

'Een edelman,' zei de meester met tegenzin. 'Hij noemde zijn naam niet en had geen wapenteken op zijn rok. Hij betaalde met goud, twee keer zoveel als gebruikelijk, en zei dat hij één keer voor de jongen en één keer voor mijn stilzwijgen betaalde.'

'Beschrijf hem.'

'Een stevige kerel met ronde schouders, minder lang dan u. Een bruine baard, maar ik kan zweren dat er een zweempje rood in zat. Hij droeg een kostbare mantel, dat weet ik nog wel, zwaar, paars fluweel, versierd met zilverdraad, maar de kap overschaduwde zijn gezicht en ik heb hem niet goed gezien.' Hij aarzelde even. 'Ik wil geen moeilijkheden, heer.'

'Dat willen we geen van allen, maar ik vrees dat dit moeilijke tijden zijn, meester Mott,' zei Ned. 'U weet wie die jongen is.'

'Ik ben maar een wapensmid, heer. Ik weet wat mij verteld wordt.'

'U weet wie die jongen is,' herhaalde Ned geduldig. 'Dat is geen vraag.'

'De jongen is mijn leerling,' zei de meester. Hij keek Ned recht in het gezicht, onbuigzaam als oud ijzer. 'Wie hij was voor hij bij mij kwam, daar heb ik niets mee te maken.'

Ned knikte. Hij kwam tot de conclusie dat hij meester-wapensmid Tobho Mott wel mocht. 'Mocht de dag ooit aanbreken dat Gendry liever een zwaard wil hanteren dan er een te smeden, stuur hem dan naar mij. Hij heeft het uiterlijk van een krijgsman. Tot dat moment, mijn dank, meester Mott. En ik beloof u: mocht ik ooit een helm nodig hebben om kinderen schrik aan te jagen, dan is dit de eerste plaats waar ik naartoe zal gaan.'

Zijn wacht stond buiten bij de paarden. 'Hebt u iets gevonden, heer?' vroeg Jacs terwijl Ned opsteeg.

'Ja,' zei Ned bevreemd. Want wat moest Jon Arryn met de bastaard van een koning, en waarom was dat zijn leven waard?

Catelyn

'Vrouwe, doet u toch iets op uw hoofd,' zei ser Rodrik terwijl hun paarden naar het noorden ploegden. 'U vat nog kou.'

'Het is maar water, ser Rodrik,' antwoordde Catelyn. Haar haren waren nat en zwaar, er zat een losse sliert tegen haar voorhoofd geplakt en ze kon zich wel voorstellen hoe haveloos en verwilderd ze eruitzag, maar vandaag liet dat haar koud. De regen in het zuiden was mild en warm. Hij voelde prettig aan op Catelyns gezicht, zacht als de kussen van een moeder, en herinnerde haar aan haar jeugd, aan de lange, grijze dagen in Stroomvliet. Ze dacht aan het godenwoud, aan de doorbuigende takken, zwaar van het vocht, en aan het geluid dat haar broer maakte als hij haar lachend achtervolgde door de natte bladerhopen. Ze dacht aan de moddertaartjes die ze samen met Lysa had gebakken, aan hun gewicht, aan de glibberige bruine modder tussen haar vingers. Ze hadden ze giechelend aan Pinkje voorgezet, en hij had zoveel modder gegeten dat hij een week lang ziek was geweest. Wat waren ze toen allemaal nog jong.

Catelyn was het al bijna vergeten. In het noorden viel een koude, harde regen die 's nachts soms tot ijzel bevroor. Voor de gewassen was hij even vaak fataal als groeizaam, en ook volwassen mannen zochten er zo snel mogelijk beschutting tegen. Geen regen voor kleine meisjes om in te spelen.

'Ik ben doorweekt,' klaagde ser Rodrik. 'Nat tot op het bot.' Het bos groeide dicht om hen heen, en het gestage tikken van de regen op de bladeren werd begeleid door de zuigende geluidjes waarmee de hoeven van hun paarden zich uit de modder lostrokken. 'We zullen vanavond een vuur nodig hebben, vrouwe, en een warm maal zou geen kwaad kunnen.'

'Verderop bij de kruiswegen is een herberg,' zei Catelyn. Daar had ze in haar jeugd menige nacht doorgebracht als ze met haar vader op pad was. In de kracht van zijn leven was heer Hoster Tulling een rusteloos man geweest die eeuwig te paard zat. Ze herinnerde zich de waardin nog, een dikke vrouw, Masja Heddel genaamd, die dag en nacht zuurblad liep te kauwen en voor de kinderen een oneindige voorraad lachjes en zoete koeken in voorraad leek te hebben. De koeken waren met honing doordrenkt, klef op de tong en machtig, maar o, wat was Catelyn bang geweest voor die lachjes. Het zuurblad had Masja's tanden donkerrood gekleurd, zodat haar glimlach één bloedige verschrikking was.

'Een herberg,' herhaalde ser Rodrik verlangend. 'Als dat... maar dat riscico kunnen we niet nemen. Als we onbekend willen blijven kunnen we het beste een kleine hofstede zoeken...' Hij zweeg, want hogerop langs de weg waren geluiden te horen, gespetter van water, gerinkel van metaal, het hinniken van een paard. 'Ruiters,' zei hij waarschuwend en legde een hand op zijn gevest. Zelfs op de Koningsweg kon het geen kwaad om op je hoede te zijn.

Ze gingen op het geluid af, en voorbij een flauwe bocht in de weg zagen ze hen: een colonne gewapende mannen die lawaaiig een gezwollen rivier overstaken. Catelyn hield in om hen voorbij te laten. De banier in de hand van de voorste ruiter was doorweekt en hing slap omlaag, maar de wachters droegen indigo mantels, en op hun schouders vloog de zilveren adelaar van Zeegaard. 'Mallisters,' fluisterde ser Rodrik haar toe, alsof ze dat zelf niet wist. 'U kunt beter uw kap opzetten, vrouwe.'

Catelyn verroerde zich niet. Heer Jason Mallister zelf was erbij, met zijn ridders om zich heen, zijn zoon Patrek aan zijn zij en hun schildknapen vlak achter zich. Ze waren op weg naar Koningslanding en het toernooi van de Hand, wist ze. Al een week lang wemelde het op de Koningsweg van de reizigers: ridders en vrijruiters, zangers met hun harpen en trommels, zware wagens, volgeladen met hop, maïs of vaatjes honing, handelaars, handwerkslieden en hoeren, allemaal op weg naar het zuiden.

Ze bekeek heer Jason vrijmoedig. De vorige keer dat ze hem had gezien had hij op haar bruiloft grappen zitten maken met haar oom. De Mallisters waren baandermannen van de Tullings, en hij had haar rijkelijk met geschenken bedacht. Zijn bruine haar was nu met wit doorschoten, zijn gezicht uitgehold door de beitel van de tijd, maar de jaren hadden zijn trots niet aangetast. Hij reed als een man die geen vrees kent. Daar benijdde Catelyn hem om, want haar vrees was juist zoveel groter geworden. Toen de ruiters passeerden knikte heer Jason haar even toe bij wijze van groet, maar dat was niet meer dan de hoffelijkheid van een hoge edelman tegenover een vreemde die hij bij toeval onderweg tegenkomt. In zijn felle ogen daagde geen herkenning, en zijn zoon keurde haar zelfs geen blik waardig.

'Hij herkende u niet,' zei Rodrik naderhand verwonderd.

'Hij zag een paar bemodderde reizigers langs de weg, nat en moe. Het kwam geen moment bij hem op dat een van hen de dochter van zijn leenheer was. Ik denk dat we in die herberg veilig genoeg zijn, ser Rodrik.'

Het was bijna donker toen ze die bereikten, bij de kruiswegen ten noorden van de grote samenvloeiing van de Drietand. Masja Heddel was dikker en grijzer dan Catelyn zich haar herinnerde, kauwde nog steeds op haar zuurblad maar bekeek hen slechts uiterst vluchtig, zonder een zweem van haar akelige rode glimlach. 'Twee kamers boven aan de trap, dat is alles wat ik heb,' zei ze terwijl ze geen ogenblik stopte met kauwen. 'Onder de klokkentoren, dus de maaltijden missen jullie niet, al zijn er die het te lawaaiig vinden. Niks aan te doen. We zitten vol, of zo goed als. Dus die kamers, of de blote hemel.'

Het werden die kamers, lage, stoffige zolderhokjes boven aan een benauwde, smalle trap. 'Laarzen beneden laten,' zei Masja toen ze hun geld in ontvangst had genomen. 'De jongen maakt ze wel schoon. Ik wil geen moddersporen op mijn trap. Let op de klok. Wie te laat is voor het eten krijgt niets.' Geen glimlachjes, en geen woord over zoete koekjes.

Toen de klok voor het avondeten werd geluid was de herrie oorverdovend. Catelyn had droge kleren aangetrokken. Ze zat bij het raam en keek naar de regen die over de ruit liep. Het glas was melkwit en bobbelig, en buiten daalde een natte schemering. Catelyn kon nog net de modderpoel zien waar de twee grote wegen elkaar kruisten.

De kruiswegen brachten haar aan het weifelen. Als ze van hieruit naar het westen reden zouden ze Stroomvliet moeiteloos bereiken. Haar vader had haar altijd wijze raad gegeven op het moment dat ze die het hardst nodig had, en ze wilde heel graag met hem praten, hem voor de naderende storm waarschuwen. Als Winterfel zich al op een oorlog moest voorbereiden, hoeveel te meer dan niet Stroomvliet, dat zoveel dichter bij Koningslanding lag, met in het westen de dreigende schaduw van de machtige Rots van Casterling. Als haar vader sterker was geweest had ze het er misschien op gewaagd, maar Hoster Tulling was al twee jaar bedlegerig, en Catelyn wilde hem nu niet belasten.

De weg naar het oosten was ruiger en gevaarlijker. Die leidde via rotsige heuvels en dichte wouden omhoog naar de Maanbergen, en over hoge passen en langs diepe ravijnen naar de Vallei van Arryn en de stenige Vingers daarachter. Boven de Vallei rees hoog en onneembaar het Adelaarsnest op met torens die naar de hemel reikten. Daar zou ze haar zuster vinden... en misschien enkele van de antwoorden waarnaar Ned op zoek was. Lysa wist vast meer dan ze in haar brief had durven schrijven. Wie weet beschikte zij wel over het bewijs dat Ned nodig had om de Lannisters ten val te brengen, en mocht het op een oorlog uitdraaien dan zouden ze de Arryns en hun vazallen in het oosten nodig hebben.

Maar de weg door de bergen was levensgevaarlijk. Schaduwkatten maakten de passen onveilig, aardverschuivingen waren er aan de orde van de dag en de bergclans waren wetteloze bandieten die vanuit de hoogte afdaalden om te roven en te moorden en als sneeuw voor de zon verdwenen zodra de ridders van de Vallei erop uittrokken om hen op te sporen. Zelfs Jon Arryn, die voor geen enkele andere heer van het Adelaarsnest onderdeed, placht altijd op volle sterkte te reizen als hij de bergen overstak. Catelyns enige sterkte bestond uit één oudere ridder wiens wapenrusting zijn trouw was.

Nee, dacht ze, Stroomvliet en het Adelaarsnest konden wel uitstel lijden. Haar weg voerde haar naar Winterfel in het noorden, waar haar zonen en haar plicht op haar wachtten. Zodra ze veilig en wel voorbij de Nek waren kon ze zich aan een van Neds baandermannen bekendmaken en ijlboden vooruit sturen met het bevel de Koningsweg te laten bewaken.

De regen maakte de velden achter de kruiswegen onzichtbaar, maar in haar herinnering zag Catelyn het land duidelijk genoeg voor zich. Het marktveld lag pal aan de overkant van de weg, en het dorpje een mijl verderop, een vijftigtal witte huisjes rond een kleine stenen sept. Dat zouden er nu wel meer zijn: de zomer was lang en vreedzaam geweest. Ten noorden hiervan liep de Koningsweg langs de Groene Vork van de Drietand, door vruchtbare valleien en groene bosgebieden, langs welvarende stadjes, stevig gebouwde ridderhoven en de kastelen van de rivierheren.

Catelyn kende hen allemaal: de Zwartewouds en de Vaarens, eeuwige vijanden wier geschillen haar vader moest beslechten; Vrouwe Whent, de laatste van haar geslacht, die met haar geesten in de holle gewelven van Harrenhal huisde; de heetgebakerde heer Frey, die zeven echtgenotes had overleefd en zijn tweelingkastelen had gevuld met kinderen, kleinkinderen en achterkleinkinderen, en ook met bastaarden en bastaardkleinkinderen. Zij allen waren baandermannen van de Tullings en hadden hun zwaarden aan Stroomvliet opgedragen. Catelyn vroeg zich af of dat voldoende zou zijn als het oorlog werd. Haar vader was de betrouwbaarste man ter wereld, en ze twijfelde er niet aan dat hij zijn banieren bijeen zou roepen... maar zouden ze ook komen? Ook de Darrings, de Reygers en de Scaeps hadden Stroomvliet de eed afgelegd, maar toch hadden zij veertien jaar geleden hun koning verkozen boven hun leenheer en bij de Drietand onder Rhaegar Targaryen gestreden, terwijl heer Frey pas met zijn achterban was komen aanzetten toen de veldslag al ruimschoots voorbij was, en zodoende enige onzekerheid had gecreëerd over de vraag bij welk leger hij zich had willen aansluiten (het hunne, had hij de overwinnaars naderhand plechtig verzekerd, maar haar vader noemde hem sindsdien altijd heer Frey Laat). Er mocht *geen* oorlog komen, dacht Catelyn vurig. Dat mochten ze niet toestaan.

Ser Rodrik kwam haar halen op het moment dat de klok stopte met galmen. 'We kunnen ons beter haasten als we vanavond nog iets te eten willen krijgen, vrouwe.'

'Misschien is het veiliger als we geen ridder en dame zijn voor we de Nek gepasseerd zijn,' zei ze tegen hem. 'Gewone reizigers vallen minder op. Een vader en dochter die voor een familiekwestie onderweg zijn, bijvoorbeeld.'

'Wat u zegt, vrouwe,' beaamde ser Rodrik. Pas toen ze lachte realiseerde hij zich wat hij had gezegd. 'Oude hoofsheid roest niet, vr... dochter.' Hij wilde aan zijn verdwenen bakkebaarden trekken en slaakte een getergde zucht.

Catelyn greep zijn arm. 'Kom, vader,' zei ze. 'U zult merken dat Masja Heddel een uitstekende pot kookt, maar probeer uw complimenten voor u te houden. U wilt haar vast niet zien glimlachen.'

De gelagkamer was langwerpig en tochtig, met een rij grote houten vaten aan de ene kant en een haard aan de andere. Een jongen rende af en aan met vlees aan het spit om de gasten te bedienen, terwijl Masja bier tapte en al die tijd zuurblad kauwde.

De banken waren druk bezet. Dorpelingen en boeren mengden zich vrijelijk met alle soorten reizigers. De kruiswegen brachten vreemde disgenoten voort: ververs met zwart en paars aan hun handen zaten op één bank met rivierlieden die naar vis riekten, een zwaar gespierde smid wrong zich naast een verschrompelde oude septon op een bank en geharde huurlingen en verwekelijkte, gezette kooplieden wisselden nieuwtjes uit alsof ze de beste maatjes waren.

Het gezelschap telde meer zwaarden dan Catelyn lief was. Drie mannen bij de haard droegen het insigne van de Vaarens met de rode hengst, en er was een groot gezelschap in blauw glanzende maliën en zilvergrijze mantels. Zij hadden een ander welbekend wapenteken op hun schouders: de tweelingtorens van het huis Frey. Ze bestudeerde hun gezichten, maar ze waren allemaal te jong om haar nog van vroeger te kennen. De oudste onder hen kon niet ouder dan Bran zijn geweest toen zij naar het noorden ging.

Ser Rodrik vond een vrij plekje voor hen op een bank vlak bij de keuken. Tegenover hen aan tafel zat een knappe jongeman die aan een houtharp plukte. 'Zeven zegeningen toegewenst, beste mensen,' zei hij toen ze plaatsnamen. Voor hem op tafel stond een lege wijnbeker.

'En jou ook, zanger,' retourneerde Catelyn. Ser Rodrik riep om brood, vlees en bier op een toon die *nu* betekende. De zanger, een jongeling van een jaar of achttien, bekeek hen vrijmoedig en vroeg waar ze heen gingen en waar ze vandaan kwamen en wat voor nieuws ze hadden. Hij vuurde zijn vragen als pijlen op hen af en wachtte niet één keer op antwoord. 'We zijn twee weken geleden uit Koningslanding vertrokken,' beantwoordde Catelyn zijn ongevaarlijkste vraag.

'Daar ga ik juist heen,' zei de jongeman. Zoals ze al vermoed had vertelde hij liever zijn eigen verhaal dan het hunne aan te horen. Er was niets wat zangers ook maar half zo graag deden als naar hun eigen stem luisteren. 'Het toernooi van de Hand, dat betekent rijke heren met vette beurzen. De vorige keer ben ik vertrokken met meer zilver dan ik kon torsen... of dat zou althans het geval zijn geweest als ik niet alles was kwijtgeraakt door te wedden dat de Koningsmoordenaar kampioen zou worden.'

'De goden zien gokkers niet met welgevallen aan,' zei ser Rodrik streng. Hij was een noorderling en dacht net zo over toernooien als de Starks.

'Nee, mij hebben ze zeker niet met welgevallen aangezien,' zei de zanger. 'Die wrede goden van u én de Bloemenridder hebben me compleet de das omgedaan.'

'Dat is vast een goede les voor je geweest,' zei ser Rodrik.

'Zeg dat wel. Deze keer zet ik mijn geld op ser Loras.'

Ser Rodrik wilde aan zijn niet-bestaande bakkebaarden trekken, maar vóór hij iets berispends had kunnen zeggen kwam de jonge knecht naar hen toe draven. Hij legde platte broden voor hen neer en laadde die vol met brokken gebruineerd vlees van het spit waar de hete jus van afdroop. Aan een andere pen zaten uitjes, vuurpepers en stevige paddestoelen. Terwijl de jongen terugrende om bier voor hen te halen viel ser Rodrik er gretig op aan.

'Mijn naam is Marillion,' zei de zanger en tokkelde op een snaar van zijn houtharp. 'Misschien hebben jullie me wel eens ergens horen spelen?'

Zijn manier van doen ontlokte Catelyn een glimlach. Slechts een enkele rondtrekkende zanger waagde zich ooit helemaal in Winterfel, maar ze kende zijn soort nog van haar meisjesjaren in Stroomvliet. 'Ik vrees van niet,' zei ze tegen hem.

Hij sloeg een klaaglijk akkoord aan op zijn harp. 'Jammer voor jullie,' zei hij. 'Wie was de beste zanger die jullie ooit gehoord hebben?'

'Alia van Braavos,' antwoordde ser Rodrik onmiddellijk.

'O, maar ik ben *veel* beter dan die ouwe sok,' zei Marillion. 'Als jullie zilver voor een lied hebben breng ik het graag ten gehore.'

'Ik heb misschien wat koperstukken, maar die gooi ik nog liever in een put dan dat ik jouw gejank aanhoor,' pruttelde ser Rodrik.

Hij had zijn mening over zangers nooit onder stoelen of banken gestoken: muziek was mooi voor meisjes, maar hij begreep niet waarom een gezonde jongen een harp ter hand nam als hij net zo goed een zwaard had kunnen vasthouden.

'Je opa is een zuurpruim,' zei Marillion tegen Catelyn. 'Ik wilde je juist eer bewijzen. Een huldeblijk vanwege je schoonheid. Waarlijk, ik ben geboren om voor koningen en hoge heren te zingen.'

'Ja, dat kan ik wel zien,' zei Catelyn. 'Ik heb gehoord dat heer Tulling van zang houdt. Je bent vast wel eens in Stroomvliet geweest.'

'Wel honderd keer,' zei de zanger luchtig. 'Er staat altijd een kamer voor me klaar, en de jonge heer is als een broer voor me.'

Glimlachend vroeg Catelyn zich af wat Edmar daarvan zou vinden. Een andere zanger was eens naar bed gegaan met een meisje op wie hij zijn oog had laten vallen, en sindsdien had hij een hekel aan deze lieden. 'En Winterfel?' vroeg ze aan hem. 'Ben je weleens in het noorden geweest?'

'Waarom zou ik?' vroeg Marillion. 'Daar zijn louter sneeuwstormen en berenvellen, en de enige muziek die de Starks kennen is het gehuil van wolven.' Ze was zich er vagelijk van bewust dat de deur aan het andere uiteinde van het vertrek met een klap openvloog.

'Waardin,' galmde een bediendenstem achter haar, 'onze paarden moeten gestald en heer Lannister wenst een kamer en een warm bad.'

'Alle goden,' zei ser Rodrik, nog voordat Catelyn een hand had uitgestoken en hard in zijn onderarm had geknepen om hem het zwijgen op te leggen. Masja Heddel boog en glimlachte haar afgrijselijke rode glimlach. 'Het spijt me, heer, werkelijk waar, we zitten helemaal vol, tot de laatste kamer.' Ze waren met z'n vieren, zag Catelyn. Een oude man in het zwart van de Nachtwacht, twee bedienden... en daar stond *hij*, klein en brutaal als het leven zelf. 'Mijn mannen slapen wel in uw stal, en wat mij betreft, ik heb geen *grote* kamer nodig, zoals u wel ziet.' Hij liet een spottende grijns zien. 'Zolang het vuur maar warm en het stro redelijk vrij van vlooien is ben ik een tevreden mens.'

We zijn te laat, dacht Catelyn grimmig. *Hij is ons door de vingers geglipt*. Hoewel...

Masja Heddel was buiten zichzelf. 'Heer, ik heb niets, dat komt door het toernooi, er is niets aan te doen, ach jee...'

Tyrion Lannister viste een muntstuk op uit zijn beurs, gooide het op tot boven zijn hoofd, ving het en gooide het nogmaals op. Het was onmiskenbaar goud dat daar blonk, dat was zelfs te zien aan de andere kant van het vertrek, waar Catelyn zat.

Een vrijruiter in een verbleekte blauwe mantel sprong met een ruk overeind. 'Ik sta u graag mijn kamer af, heer.'

'Verstandige vent,' zei Lannister en gooide het muntstuk het vertrek door. De vrijruiter plukte het uit de lucht. 'En handig ook.' De dwerg wendde zich weer tot Masja Heddel. 'Voor eten kunt u wel zorgen, neem ik aan?'

'Wat u wilt, heer, wat u maar wilt,' beloofde de waardin. *En ik hoop dat hij erin stikt*, dacht Catelyn, maar het was Bran die ze zag stikken, zag verdrinken in zijn eigen bloed. Lannister wierp een blik op de dichtstbijzijnde tafels. 'Mijn mannen eten hetzelfde als u deze mensen serveert. Dubbele porties, we hebben een lange, vermoeiende rit achter ons. Ik wil geroosterd gevogelte – kip, eend, duif, maakt niet uit wat. En laat een kruik van uw beste wijn bovenbrengen. Eet jij bij mij, Yoren?'

'Ja heer,' antwoordde de zwarte broeder. De dwerg had niet één keer naar de andere kant van de kamer gekeken, en Catelyn zat net te denken hoe blij ze was met al die volle banken tussen hen in, toen Marillion plotseling opsprong. '*Heer Lannister!*' riep hij. 'Ik zou u tijdens de maaltijd graag amuseren. Laat mij de ballade van uw vaders grote overwinning in Koningslanding voor u zingen!'

'Ik zou niet weten wat mijn maaltijd grondiger zou bederven,' zei de dwerg droogjes. Zijn ongelijke ogen namen de zanger kortstondig op, wilden zich afwenden... en ontwaarden Catelyn. Hij staarde haar even onzeker aan. Ze keek weg, maar te laat. De dwerg glimlachte. 'Vrouwe Stark, wat een onverwacht genoegen,' zei hij. 'Het speet me al dat ik u in Winterfel niet thuis trof.'

Marillion staarde haar met open mond aan. Toen Catelyn langzaam opstond maakte zijn verwarring plaats voor geërgerde teleurstelling. Ze hoorde ser Rodrik vloeken. Was de vent maar bij de Muur gebleven, dacht ze, hadden ze hem maar in het noorden kunnen grijpen, zoals Ned van plan was geweest, hadden ze maar...

'Vrouwe... Stark?' zei Masja Heddel schor.

'Toen ik hier voor het laatst overnachtte heette ik nog Catelyn Tulling,' zei ze tegen de waardin. Ze hoorde het gemompel en voelde de blikken die op haar gericht waren. Catelyn keek het vertrek rond, naar de gezichten van de ridders en de gezworenen, en haalde diep adem om het bonzen van haar hart tegen te gaan. Zou ze het erop wagen? Tijd om goed na te denken had ze niet, ze had alleen dit moment, en haar eigen stemgeluid dat in haar oren galmde. 'U daar in die hoek,' zei ze tegen een oudere man die haar nu pas opviel, 'is dat de zwarte vleermuis van Harrenhal die ik op uw wapenrok geborduurd zie, ser?'

De man kwam overeind. 'Inderdaad, vrouwe.'

'En is vrouwe Whent mijn vader, heer Hoster Tulling van Stroomvliet, waarlijk en oprecht toegedaan?'

'Dat is ze,' antwoordde de man vastberaden.

Bedaard ging ser Rodrik rechtop staan en trok zijn zwaard een eindje uit de schede. De dwerg staarde hen niet-begrijpend aan en knipperde verbaasd met zijn ongelijke ogen.

'De rode hengst is altijd een welkome aanblik in Stroomvliet,' zei ze tegen het drietal bij het haardvuur. 'Mijn vader rekent Jonos Vaaren tot zijn oudste en trouwste baandermannen.'

De drie krijgsknechten keken elkaar onzeker aan. 'Zijn vertrouwen strekt onze heer tot eer,' zei een van hen aarzelend.

'Ik benijd uw vader al die fantastische vrienden,' zei Lannister hatelijk, 'maar de zin van dit alles ontgaat mij enigszins, vrouwe Stark.'

Ze negeerde hem en wendde zich tot het grote gezelschap in het grijs en blauw. Alles stond of viel met hen. Ze waren met niet meer dan twintig man. 'Uw wapenteken ken ik eveneens: de tweelingtorens van Frey. Hoe vaart uw edele heer, sers?'

Hun aanvoerder stond op. 'Alles is wel met heer Walder, vrouwe. Hij is voornemens op zijn negentigste naamdag een nieuwe vrouw te nemen en heeft uw vader verzocht de bruiloft met zijn aanwezigheid op te luisteren.'

Tyrion Lannister gniffelde, en toen wist Catelyn dat ze hem had. 'Deze man heeft als gast mijn huis betreden en daar een moordaanslag beraamd op mijn zoon, een achtjarige jongen,' verklaarde ze tegen niemand in het bijzonder terwijl ze naar hem wees. Ser Rodrik kwam met getrokken zwaard naast haar staan. 'In naam van koning Robert en de edele heren die u dient gelast ik u, hem te grijpen en mij te helpen hem naar Winterfel terug te brengen, in afwachting van 's konings gerechtigheid.'

Ze wist niet wat haar meer voldoening schonk: de klank van een stuk of twaalf zwaarden die tegelijkertijd werden getrokken, of de blik op Tyrion Lannisters gezicht.

Sansa

Sansa begaf zich naar het toernooi van de Hand met Septa Mordane en Jeane Poel, in een draagstoel met geelzijden gordijnen, zo dun dat ze er dwars doorheen kon kijken. Ze gaven de wereld een gouden glans. Buiten de stadsmuren was naast de rivier een groot aantal paviljoenen opgericht, en het gewone volk stroomde bij duizenden op de wedkampen af. Sansa vond al die pracht en praal adembenemend: de blinkende wapenrustingen, de grote strijdrossen met hun dekkleden van goud en zilver, de kreten van de menigte, de banieren die wapperden in de wind... en de ridders zelf, vooral de ridders.

'Het is nog mooier dan in de liederen,' fluisterde ze nadat ze de door haar vader beloofde plaatsen te midden van de hoge heren en dames hadden opgezocht. Sansa was die dag fraai gekleed in een groene japon die haar kastanjekleurige haar goed deed uitkomen, en ze wist dat ze glimlachend naar haar keken.

Ze zagen de helden van talloze liederen hun intocht houden, de een nog befaamder dan de ander. Op Jaime Lannister na trokken de zeven ridders van de koningsgarde allemaal te velde in melkwitte, geschubde pantsers met mantels die glinsterden als versgevallen sneeuw. Ook ser Jaime droeg de witte mantel, maar daaronder was hij van top tot teen in glanzend goud gehuld, met een helm met een leeuwenkop en een gouden zwaard. Ser Gregor Clegane, de Rijdende Berg, denderde als een lawine voorbij. Sansa herinnerde zich heer Yan Roys, die twee jaar geleden in Winterfel op bezoek was geweest. 'Zijn wapenrusting is van brons, vele duizenden jaren oud, gegraveerd met magische runen die het kwaad van hem afweren,' fluisterde ze tegen Jeane. Septa Mordane wees heer Jason Mallister aan, in gedreven zilver en indigo en met adelaarsvleugels op zijn helm. Hij had bij de Drietand drie van Rhaegars baandermannen neergehouwen. De meisjes gniffelden over de krijgsman-priester Thoros van Myr met zijn wapperende rode gewaden en kaalgeschoren hoofd, tot de septa hun vertelde dat hij eens de wallen van Pyke had beklommen met een vlammend zwaard in de hand.

Weer andere ruiters kende Sansa niet: hagenridders van de Vingers en uit Hooggaarde en de bergen van Dorne, nimmer bezongen vrijruiters en nieuwbakken schildknapen, jongere zonen van edelen en erfgenamen van mindere huizen. De meeste waren vrij jonge mannen die nog geen grootse daden hadden verricht, maar eens zouden het in al de Zeven Koninkrijken klinkende namen zijn, daar waren Sansa en Jeane het over eens. Ser Balon Swaan. Heer Brys Caron van de Grensmark. De erfgenaam van Bronzen Yan, ser Andar Roys, en zijn jongere broer ser Robar, met diezelfde eeuwenoude runen die hun vader beschermden in bronsfiligrein op hun verzilverde harnas aangebracht. De tweeling ser Horas en ser Hobber, wier schilden de druiventros van de Roodweyns als wapenteken droegen, wijnrood op blauw. Patrek Mallister, de zoon van heer Jason. Zes Freys van de Kruiswegen: ser Jared, ser Gastien, ser Danuel, ser Emmon, ser Theo en ser Perwyn, zonen en kleinzonen van de oude Walder Frey, en ook zijn bastaardzoon Martyn Stroom.

Jeane Poel bekende dat ze schrok bij de aanblik van Jalabhar Xho, een verbannen vorst van de Zomereilanden, met zijn mantel van groene en scharlakenrode veren over een nachtzwarte huid, maar zodra ze de jeugdige heer Beric Dondarrion met zijn roodgouden haar en zijn zwarte schild met de bliksemschichten zag, verklaarde ze dat ze bereid was ter plekke met hem in het huwelijk te treden.

De Jachthond trad ook in het strijdperk, evenals de broer van de koning, de knappe heer Renling van Stormeinde. Jory, Alyn en Harwin deden mee voor Winterfel en het noorden. 'Jory lijkt wel een bedelaar, bij de rest vergeleken,' snoof Septa Mordane toen hij verscheen. Sansa kon haar alleen maar gelijk geven. Jory droeg een grijsblauw harnas zonder devies of versiering, en een dunne grijze mantel hing als een smerig vod om zijn schouders. Toch weerde hij zich kranig, want bij de eerste tweekamp lichtte hij Horas Roodweyn uit het zadel en bij de tweede een van de Freys. De derde keer trad hij driemaal aan tegen een vrijruiter genaamd Lothor Brune, wiens wapenrusting even saai was als de zijne. Beide mannen bleven in het zadel, maar Brune hield zijn lans beter stil en zijn slagen waren gerichter, waarop de koning hem tot overwinnaar uitriep. Alyn en Harwin verging het minder goed. Harwin werd bij zijn eerste treffen door ser Meryn van de koningsgarde van zijn paard geworpen terwijl ser Alyn het onderspit dolf tegen ser Balon Swaan.

Het steekspel ging de hele dag door, tot na het invallen van de schemering, en de hoeven van de grote strijdrossen daverden door het strijdperk totdat het veld één woestenij van omgewoelde aarde was. Wel meer dan tienmaal gilden Jeane en Sansa het eenstemmig uit wanneer de ruiters op elkaar botsten en de lansen versplinterden, terwijl het volk zijn favorieten toeschreeuwde. Telkens als er iemand viel sloeg Jeane als een bang klein meisje haar handen voor haar ogen, maar Sansa was uit harder hout gesneden. Een edele dame wist hoe ze zich op een toernooi moest gedragen. Haar beheersing viel zelfs Septa Mordane op, en ze knikte goedkeurend.

De Koningsmoordenaar deed het fantastisch. Hij lichtte ser Andar Roys en Brys Caron, de heer van de Mark, met evenveel gemak uit het zadel alsof hij aan het ringsteken was en bevocht vervolgens een moeizame overwinning op de witharige Barristan Selmy, die bij zijn eerste twee ritten had gezegevierd over mannen die dertig en veertig jaar jonger waren dan hij.

Sandor Clegane en zijn reusachtige broer, ser Gregor de Berg, leken evenmin te stuiten. Ze boorden meedogenloos de ene tegenstander na de andere in de grond. Het afschuwelijkste moment van de hele dag deed zich voor toen ser Gregor voor de tweede maal in actie kwam. Zijn lans kwam omhoog en trof een jonge ridder uit de Vallei zo hard onder zijn halsstuk dat het wapen in diens keel drong en hij ter plaatse overleed. De jongeman viel neer op minder dan tien voet van de plaats waar Sansa zat. De afgebroken punt van ser Gregors lans stak in zijn hals en zijn bloed stroomde in trage, steeds zwakker wordende golven naar buiten. Zijn wapenrusting was gloednieuw, en toen het licht op het staal viel schoot er een felle vuurstreep over zijn uitgestrekte arm. Toen schoof de zon achter een wolk en was de streep weg. Zijn mantel was hemelsblauw als een wolkeloze zomerlucht en omzoomd met een boord van wassende manen, maar toen zijn bloed erdoor opgezogen werd kleurde de stof donker en verfden de manen zich een voor een rood.

Jeane Poel huilde zo hysterisch dat Septa Mordane haar ten slotte meenam, zodat ze weer tot zichzelf kon komen, maar Sansa keek toe met haar handen in haar schoot gevouwen, eigenaardig gefascineerd. Ze had nog nooit een man zien sterven. Zij zou eigenlijk ook moeten huilen, dacht ze, maar de tranen wilden niet komen. Misschien had ze die wel allemaal voor Dame en Bran gebruikt. Als het Jory, ser Rodrik of haar vader was geweest had het anders gelegen, hield ze zichzelf voor. De jonge ridder met de blauwe mantel zei haar niets, dat was een vreemde uit de Vallei van Arryn wiens naam ze was vergeten zodra ze hem had gehoord. En de wereld zou zijn naam nu ook vergeten, bedacht Sansa. Voor hem zouden er geen liederen worden gezongen. Dat was triest.

Nadat ze het lijk hadden weggedragen draafde er een jongen met een spade het veld op om aarde te scheppen over het bloed op de plek waar hij was gevallen. Toen ging het steekspel verder.

Ser Balon Swaan beet in het stof tegen Gregor en heer Renling tegen de Jachthond. Renling werd met zoveel geweld uit het zadel gestoten dat hij achterover van zijn strijdros leek te vliegen, met zijn benen in de lucht. Zijn hoofd raakte de grond met een hoorbaar gekraak dat de menigte naar adem deed happen, maar het was slechts het gouden gewei op zijn helm. Een van de stangen was onder zijn lichaam afgebroken. Toen heer Renling opkrabbelde begon het volk onstuimig te juichen, want de knappe, jeugdige broer van koning Robert was hun grote favoriet. Hij overhandigde de afgebroken geweistang met een hoofse buiging aan zijn opponent. De Jachthond snoof en wierp het stuk gewei de menigte in, waarop de mensen begonnen te vechten en te graaien om het stukje goud te bemachtigen, tot heer Renling zich onder hen begaf en de vrede herstelde. Inmiddels was Septa Mordane alleen teruggekomen. Jeane was niet lekker geworden, verklaarde ze, en ze had haar naar het kasteel teruggebracht. Sansa had nauwelijks meer aan Jeane gedacht.

Later maakte een hagenridder met een geblokte mantel zichzelf te schande door het paard van Beric Dondarrion dood te steken, en hij werd uit de strijd genomen. Heer Beric legde zijn zadel op een nieuw paard, alleen maar om er onmiddellijk door Thoros van Myr te worden afgeworpen. Ser Aron Santagar en Lothor Brune traden drie keer zonder resultaat tegen elkaar aan. Daarna dolf ser Aron het onderspit tegen heer Jason Mallister, en Brune tegen de jongste zoon van Yan Roys, Robar.

Ten slotte restten er nog vier: de Jachthond en zijn monsterlijke broer Gregor, Jaime Lannister, de Koningsmoordenaar, en ser Loras Tyrel, de jongeling die de Bloemenridder werd genoemd.

Ser Loras was de jongste zoon van Hamer Tyrel, heer van Hooggaarde en landvoogd van het Zuiden. Met zijn zestien jaar was hij de jongste ridder in het strijdperk, maar toch had hij vanmorgen bij zijn eerste drie ritten drie ridders van de koningsgarde uit het zadel geworpen. Sansa had nog nooit iemand gezien die er zo mooi uitzag. Zijn harnas was zorgvuldig in vorm geslagen en met grote hoeveelheden verschillende bloemen geëmailleerd, zodat het leek alsof hij in een boeket gehuld ging, en over zijn sneeuwwitte hengst hing een dekkleed, met rode en witte rozen. Na elke overwinning nam ser Loras zijn helm af en reed hij langzaam het hek langs, en ten slotte plukte hij één enkele witte roos van het dekkleed en wierp die een mooi meisje in de menigte toe.

De laatste tegen wie hij die dag aantrad was de jongste Roys. Ser Robars voorvaderlijke runen bleken hem weinig of geen bescherming te bieden, want ser Loras spleet zijn schild en smeet hem uit het zadel, zodat hij met een afschuwelijk gerinkel in het stof tuimelde. Terwijl de winnaar zijn ronde door het strijdperk deed lag Robar te kreunen. Ten slotte werd er om een baar geroepen en werd hij naar zijn tent gedragen, versuft en onbeweeglijk. Sansa zag het niet eens. Zij had alleen oog voor ser Loras. Toen het witte paard voor háár bleef staan dacht ze dat haar hart zou barsten.

De andere meisjes had hij witte rozen gegeven, maar de roos die hij voor haar plukte was rood. 'Lieftallige jonkvrouw,' zei hij, 'geen overwinning is ook maar half zo schoon als gij.' Verlegen nam Sansa de bloem aan, met stomheid geslagen door zijn galante optreden. Hij had weelderig golvend bruin haar en ogen als vloeibaar goud. Ze ademde de zoete geur van de roos in en bleef die nog vasthouden toen ser Loras allang was weggereden.

Toen Sansa ten slotte opkeek zag ze naast zich een man staan die naar haar staarde. Hij was klein van stuk, met een puntbaardje en een streep zilver in zijn haar, bijna even oud als haar vader. 'Jij moet een van haar dochters zijn,' zei hij tegen haar. Hij had grijsgroene ogen die niet met zijn mond meelachten. 'Je hebt het uiterlijk van de Tullings.'

'Ik ben Sansa Stark,' zei ze, niet op haar gemak. De man droeg een zware mantel met een bontkraag, bijeengehouden door een zilveren spotvogel, en zijn ongedwongenheid was die van een hoge edelman, maar ze kende hem niet. 'Ik heb niet de eer gehad, heer.'

Septa Mordane kwam er snel tussen. 'Lieve kind, dit is heer Petyr Baelish, lid van de kleine raad van de koning.'

'Jouw moeder was eens *mijn* schoonheidskoningin,' zei de man kalm. Zijn adem rook naar munt. 'Jij hebt net zulk haar als zij.' Toen hij een kastanjebruine lok streelde streken zijn vingers langs haar wang. Hij keerde zich nogal abrupt om en wandelde weg.

Inmiddels was de maan al een tijdje op en de menigte moe, dus gebood de koning dat de laatste drie tweekampen de volgende ochtend zouden plaatsvinden, voor de mêlee. Terwijl het volk zich op weg naar huis begaf, pratend over de tweegevechten van die dag en de strijd van morgen, verplaatste het hof zich naar de rivieroever om met het feest te beginnen. Zes monsterlijke oerossen draaiden daar al uren traag aan het spit om te roosteren en werden door keukenjongens met kruidenboter bedropen tot het vlees knapperde en siste. Buiten de paviljoenen waren tafels en banken opgesteld, hoog opgetast met zoetgras, aardbeien en versgebakken brood.

Sansa en Septa Mordane kregen ereplaatsen aan de linkerkant van de estrade waarop de koning zelf zat, naast zijn koningin. Toen prins Joffry aan haar rechterhand ging zitten voelde ze hoe haar keel werd dichtgeschroefd. Hij had sinds dat afschuwelijke voorval geen woord meer met haar gewisseld, en zij had hem niet durven aanspreken. Eerst had ze gedacht dat ze hem haatte om wat Dame was aangedaan, maar toen ze haar ogen droog had gehuild had ze zichzelf voorgehouden dat het Joffry's schuld niet was, niet echt. De koningin had het gedaan, dus zij was degene die gehaat moest worden, zij en Arya. Als Arya er niet was geweest zou er geen kwaad geschied zijn.

Vanavond kón ze Joffry niet eens haten. Daar was hij te mooi voor. Hij droeg een diepblauw wambuis, versierd met een dubbele rij gouden leeuwenkoppen, en om zijn voorhoofd een smalle gouden diadeem met saffieren. Zijn haar glansde niet minder dan het metaal. Sansa keek naar hem en beefde, bang dat hij haar zou negeren, of nog erger, weer hatelijk tegen haar zou doen en haar in tranen van tafel zou sturen.

In plaats daarvan glimlachte Joffry en kuste haar de hand, knap en galant als een prins in een lied, en zei: 'Ser Loras heeft een goed oog voor schoonheid, lieftallige jonkvrouw.'

'Hij was al te vriendelijk,' zei ze ingetogen, in een poging bescheiden en rustig te blijven, al zong haar hart. 'Ser Loras is een waarachtig ridder. Denkt u dat hij morgen zal winnen, heer?'

'Nee,' zei Joffry. 'Mijn hond rekent wel met hem af, of wie weet mijn oom Jaime. En over een paar jaar, als ik oud genoeg ben om zelf in het strijdperk te treden, reken ik met iedereen af.' Hij stak een hand op om een bediende met een kruik gekoelde zomerwijn te wenken en schonk haar beker vol. Ze keek ongerust naar Septa Mordane, totdat Joffry zich voorover boog en ook de beker van de septa vulde, zodat die knikte, hem minzaam bedankte en verder geen woord zei.

De bedienden hielden de bekers de hele avond gevuld, maar toch kon Sansa zich naderhand niet herinneren dat ze de wijn ook echt had geproefd. Ze had geen wijn nodig. Zij was dronken van de magie van deze avond, duizelig van al zijn bekoorlijkheden, in de ban van een schoonheid waarvan ze al haar leven lang droomde zonder de hoop te hebben die ooit te aanschouwen. Voor het koninklijk paviljoen zaten zangers wier muziek de schemering vulde. De nar van de koning zelf, de simpele ziel met het ronde gezicht die Uilebol werd genoemd, danste op stelten rond, gehuld in een bont pak, en zette iedereen zo handig en venijnig voor de gek dat Sansa zich afvroeg of hij wel zo simpel was. Zelfs Septa Mordane werd zijn hulpeloze slachtoffer; toen hij zijn liedje over de Hoge septon zong lachte ze zo hard dat ze wijn op zichzelf morste.

En Joffry was de hoofsheid zelve. Hij praatte de hele avond met Sansa, overlaadde haar met complimenten, bracht haar aan het lachen, maakte haar deelgenoot van hofroddels en legde de grappen van Uilebol uit. Sansa was zo geboeid dat ze de beleefdheid volledig uit het oog verloor en Septa Mordane, die links van haar zat, negeerde.

De gangen kwamen en gingen zonder ophouden. Een dikke wildsoep met gerst. Salades van zoetgras, spinazie en pruimen, bestrooid met gestampte noten. Slakken in honing en knoflook. Sansa had nog nooit slakken gegeten. Joffry liet haar zien hoe ze de slak uit het huisje moest peuteren en stak haar het eerste zoete stukje persoonlijk in de mond. Daarna kwam er forel, vers uit de rivier, in klei gebakken. Haar prins hielp haar het harde omhulsel openbreken om het schilferige, witte vlees daarbinnen bloot te leggen. En toen het vleesgerecht werd gebracht bediende hij haar zelf, sneed een vorstelijke portie van de bout en legde die met een glimlach op haar bord. Aan zijn manier van bewegen zag ze dat hij nog steeds last van zijn rechterarm had, maar toch klaagde hij er met geen woord over.

Later kwamen er nog zwezerik, duivenpastei, gebakken appels die naar kaneel geurden en geglazuurde citroenkoeken, maar tegen die tijd zat Sansa zo vol dat ze niet meer dan twee citroenkoekjes op kon, hoe lekker ze ook waren. Ze vroeg zich net af of ze zich aan een derde zou wagen toen de koning het op een schreeuwen zette.

Koning Robert was met ieder gerecht luidruchtiger geworden. Nu en dan kon Sansa hem boven de muziek en het gerinkel van borden en bestek uit horen lachen of een bevel horen bulderen, maar ze zaten zo ver weg dat ze de woorden niet kon verstaan.

Nu hoorde iedereen hem. '*Nee*,' brulde hij op een toon die al het andere gepraat overstemde. Sansa was geschokt toen ze de koning zag staan, rood aangelopen en zwaaiend op zijn benen. Hij had een wijnkelk in één hand en was zo dronken als het maar kon. 'Vertel me niet wat ik doen moet, mens,' schreeuwde hij tegen koningin Cersei. 'Ik ben hier de koning, begrijp je dat? Ik heb het hier voor het zeggen, en als ik zeg dat ik morgen ga vechten, *dan ga ik vechten!*'

Iedereen staarde. Sansa zag ser Barristan, en Renling, de broer van de koning, en de kleine man die haar zo vreemd had toegesproken en haar haren had aangeraakt, maar niemand maakte aanstalten, tussenbeide te komen. Het gezicht van de koningin was een masker, zo bloedeloos dat het uit sneeuw geboetseerd leek. Ze stond van tafel op, graaide haar rokken bijeen en stormde zonder een woord te zeggen weg, een sleep bedienden achter haar aan.

Jaime Lannister legde een hand op de schouder van de koning, maar de koning duwde hem hard van zich af. Lannister struikelde en viel. De koning grinnikte. 'De grote ridder. Ik kan je nog steeds in het stof doen bijten. Bedenk dat wel, Koningsmoordenaar.' Hij sloeg zich met zijn rijk versierde kelk op de borst, zodat zijn satijnen tuniek onder de wijn kwam te zitten. 'Geef me mijn strijdhamer, en geen man in het rijk houdt stand tegen mij.'

Jaime Lannister stond op en klopte zichzelf af. 'Zoals u zegt, Uwe Genade,' zei hij stijfjes.

Heer Renling kwam glimlachend aanlopen. 'Je hebt je wijn vermorst, Robert. Laat me je een nieuwe kelk brengen.'

Sansa schrok op toen Joffry een hand op haar arm legde. 'Het wordt laat,' zei de prins. Hij keek vreemd, alsof hij haar helemaal niet zag. 'Heb je op de terugweg naar het kasteel begeleiding nodig?'

'Nee,' begon Sansa. Ze keek naar Septa Mordane en zag tot haar verrassing dat die met haar hoofd op tafel lag en zacht en damesachtig snurkte. 'Ik bedoel... ja, graag, ik zou u zeer erkentelijk zijn als ik enige bescherming kreeg.'

'*Hond!*' riep Joffry.

Het leek wel of Sandor Clegane zich verdichtte uit de nacht, zo snel dook hij op. Hij had zijn wapenrusting verwisseld voor een rode wollen tuniek met op de voorkant een leren hondenkop genaaid. In het licht van de toortsen kreeg zijn verbrande gezicht een dofrode gloed. 'Ja, Uwe Genade?' zei hij.

'Breng mijn verloofde naar het kasteel terug en zorg dat haar geen haar gekrenkt wordt,' zei de prins bruusk tegen hem. En zonder met één woord afscheid van haar te nemen beende Joffry weg en liet haar staan.

Sansa *voelde* dat de Jachthond naar haar keek. 'Had je gedacht dat Joff je persoonlijk zou brengen?' Hij lachte. Zijn lach deed aan het gegrom van honden in een kuil denken. 'Weinig kans.' Ze verzette zich niet toen hij haar overeind trok. 'Kom mee, jij bent niet de enige die slaap nodig heeft. Ik heb te veel gedronken, en het kan zijn dat ik morgen mijn broer moet doden.' Hij lachte weer.

Sansa was plotseling doodsbang. Ze keek om zich heen, maar er was niemand om haar te helpen. Koning Robert was weggewankeld en de helft van de banken was plotseling leeg. Het feest was voorbij, en daarmee was ook de mooie droom ten einde.

De Jachthond greep een toorts om hen bij te lichten. Sansa ging vlak naast hem lopen. De bodem was rotsig en oneffen en leek in het flakkerende schijnsel onder haar voeten te deinen en te verschuiven. Ze hield haar ogen neergeslagen en keek goed waar ze liep. Toen ze zich tussen de paviljoenen begaven, met voor elk daarvan een banier en een wapenrusting, leek het of de stilte met iedere stap drukkender werd. Sansa kon zijn aanblik niet verdragen, zo'n angst joeg hij haar aan, maar ze had in alle opzichten een hoofse opvoeding genoten. Een echte dame zou niet op zijn gezicht letten, hield ze zichzelf voor. 'U hebt vandaag dapper gestreden, ser Sandor,' dwong ze zich te zeggen.

'Bespaar me je loze complimenten, meisje... en dat ge*ser* van je,' snauwde Sandor Clegane haar toe. 'Ik ben geen ridder. Ik spuug op die lui en hun geloften. Mijn broer is ridder. Heb je hem vandaag zien vechten?'

'Ja,' fluisterde Sansa bevend. 'Hij was...'

'Dapper?' maakte de Jachthond de zin voor haar af.

Hij dreef de spot met haar, besefte ze. 'Niemand hield stand tegen hem,' wist ze ten slotte uit te brengen, trots op zichzelf. Het was geen leugen.

Sandor Clegane bleef abrupt staan, midden op een leeg en donker veld. Ze had geen andere keus dan ook te blijven staan. 'Een of andere septa heeft je goed afgericht. Je bent net een van die vogeltjes van de Zomereilanden! Zo'n leuk, pratend vogeltje dat alle mooie woordjes herhaalt die het heeft leren opzeggen.'

'Dat is niet aardig.' Sansa's hart klopte als een razende. 'U maakt me bang. Ik wil nu weg.'

'*Niemand hield stand tegen hem*,' raspte de Jachthond. 'Dat is maar al te waar. Niemand heeft ooit standgehouden tegen Gregor. Die jongen vandaag, de tweede keer dat Gregor aantrad, dat was nog eens een fraai staaltje. Je hebt het gezien, hè? De jonge dwaas, wat had hij in dit gezelschap ook te zoeken? Geen geld, geen schildknaap, niemand om hem met zijn wapenrusting te helpen. Dat halsstuk zat niet goed vast. Je dacht dat Gregor dat niet had gemerkt? Je dacht dat *ser* Gregors lans per ongeluk omhoogzwiepte, hè? Leuk, pratend meisje, jij gelooft dat, je bent echt zo leeghoofdig als een vogeltje. Gregors lans raakt wat Gregor raken wil. Kijk me aan. *Kijk me aan!*' Sandor Clegane schoof een enorme hand onder haar kin en dwong haar om op te kijken. Hij ging voor haar op zijn hurken zitten en bracht de toorts dichterbij. 'Kijk, hier heb ik iets aardigs voor je. Neem de tijd en staar me maar aan. Dat wil je heus wel. Op de Koningsweg zag ik je alsmaar de andere kant opkijken. Daar heb ik lak aan. Kijk maar eens goed.'

Zijn vingers hielden haar kaak in een ijzeren klem. Zijn blikken waren op de hare gericht. Dronken blikken, nors van woede. Ze moest kijken.

De rechterkant van zijn gezicht was broodmager, met een scherp jukbeen en een grijs oog onder een zware wenkbrauw. Zijn neus was groot en krom, zijn haar dun en donker. Hij droeg het lang en borstelde het opzij, omdat er aan de *andere* kant van dat gezicht geen haar groeide.

De linkerkant van zijn gezicht was volledig verwoest. Zijn oor was weggebrand, zodat er slechts een gat restte. Zijn oog was nog goed maar lag ingebed in een verwrongen massa littekens, gelooid, zwart vel, hard als leer, vol putten, doorsneden met diepe kloven die rood en vochtig glinsterden als hij bewoog. Bij zijn kaak was het vlees weggeschroeid, zodat het bot erdoorheen schemerde.

Sansa begon te huilen. Toen liet hij haar los en drukte de toorts uit in het zand. 'Heb je daar geen mooie woordjes voor, meisje? Geen complimentjes die je van de septa hebt geleerd?' Toen er geen antwoord kwam vervolgde hij: 'De meesten denken dat het een veldslag was. Een belegering, een brandende toren, een vijand met een fakkel. Eén dwaas vroeg eens of het van drakenadem kwam.' Zijn lach klonk nu zachter, maar even verbitterd. 'Ik zal je vertellen wat het was, meisje,' zei hij, een stem uit de nacht, een schaduw die zich nu zo dicht naar haar toe boog dat ze de zure wijnlucht die hij uitademde kon ruiken. 'Ik was jonger dan jij, zes, misschien zeven. Een houtsnijder vestigde zich in het dorp onder aan mijn vaders burcht, en om onze gunst te verwerven stuurde hij ons geschenken. De oude man maakte prachtig speelgoed. Ik weet niet meer wat ik kreeg, maar wat ik wilde was Gregors geschenk. Een houten ridder, helemaal beschilderd, alle ledematen afzonderlijk met pinnen aan elkaar gezet en met touwtjes bevestigd, zodat je hem kon laten vechten. Gregor is vijf jaar ouder dan ik, dat speeltje zei hem niets, hij was al schildknaap, bijna zes voet lang en gespierd als een os. Dus ik pikte zijn ridder in, maar ik beleefde er geen plezier aan, dat kan ik je wel vertellen, want ik zat voortdurend in de rats, en hij betrapte me ook inderdaad. Er brandde een komfoor in de kamer. Gregor zei geen woord, hij nam me gewoon onder zijn arm en drukte de zijkant van mijn gezicht in de brandende kolen. Zo hield hij me vast, terwijl ik aan één stuk door krijste. Je hebt gezien hoe sterk hij is. Zelfs toen al waren er drie volwassen mannen nodig om hem van me af te trekken. De septons preken over de zevenvoudige hel. Wat weten zij daarvan? Alleen iemand die verbrand is weet hoe de hel werkelijk is.

Mijn vader vertelde aan iedereen dat mijn beddengoed vlam had gevat, en onze maester smeerde me in met zalf. *Zalf!* Die kreeg Gregor ook. Vier jaar later zalfden ze hem met de zeven oliën, en hij sprak de riddergeloften uit en Rhaegar Targaryen sloeg hem op zijn schouder en zei: "Sta op, ser Gregor." '

De raspende stem stierf weg. Zwijgend zat hij voor haar op zijn hurken, een kolossale zwarte gedaante, door nacht omfloerst, verborgen voor haar blikken. Sansa hoorde dat hij onregelmatige ademde. Ze had met hem te doen, merkte ze. Om de een of andere reden was haar angst verdwenen.

De stilte duurde en duurde, zo lang dat ze weer bang begon te worden, maar nu vreesde ze voor hem, niet voor zichzelf. Haar hand vond zijn massieve schouder. 'Hij was geen waarachtig ridder,' fluisterde ze tegen hem.

De Jachthond wierp het hoofd in de nek en brulde. Sansa wankelde naar achteren, bij hem vandaan, maar hij greep haar arm. 'Nee,' gromde hij tegen haar, 'nee, vogeltje, hij was geen waarachtig ridder.'

De rest van de terugweg naar de stad sprak Sandor Clegane geen woord. Hij bracht haar naar de plek waar de paarden en wagens stonden te wachten, zei tegen een voerman dat hij hen moest terugrijden naar de Rode Burcht, en klom na haar op de wagen. Ze reden in stilte de koningspoort door en over met fakkels verlichte straten omhoog. Hij maakte het zijdeurtje open en leidde haar het kasteel binnen. Zijn verbrande gezicht trok, zijn ogen stonden broeierig en toen ze de torentrap beklommen liep hij één stap achter haar. Hij bracht haar veilig tot voor de deur van haar slaapkamer.

'Dank u, heer,' zei Sansa gedwee.

De Jachthond greep haar bij een arm en boog zich naar haar toe. 'Wat ik je vannacht heb verteld,' zei hij met een stem die nog ruwer klonk dan gewoonlijk. 'Als jij dat ooit aan Joffry vertelt... aan je zuster, je vader... aan iemand van hen...'

'Ik zal het niet doen,' fluisterde Sansa. 'Dat beloof ik.'

Het was niet genoeg. 'Als je het ooit aan *wie dan ook* vertelt,' besloot hij, 'dan vermoord ik je.'

Eddard

'Ik heb persoonlijk de laatste wake bij hem gehouden,' zei ser Barristan Selmy terwijl ze op het lijk achter in de kar neerkeken. 'Verder had hij niemand. Een moeder in de Vallei, is mij verteld.'

In het bleke ochtendlicht leek de jonge ridder te slapen. Hij was niet knap geweest, maar de dood had zijn ruwe trekken verzacht en de zwijgende zusters hadden hem zijn beste fluwelen tuniek aangetrokken, met een hoge kraag die verdoezelde dat de lans weinig heel had gelaten van zijn keel. Eddard Stark keek naar zijn gezicht en vroeg zich af of de jongen door zijn toedoen gestorven was. Door een baanderman van de Lannisters gedood vóórdat Ned met hem had kunnen spreken: kon dat toeval zijn? Hij zou er wel nooit achter komen.

'Huig is vier jaar schildknaap van Jon Arryn geweest,' vervolgde Selmy. 'Vóór de koning naar het noorden ging had hij hem tot ridder geslagen, ter nagedachtenis van Jon. De jongen wilde zo vreselijk graag, al vrees ik dat hij er nog niet klaar voor was.'

Ned had de afgelopen nacht slecht geslapen en voelde zich veel te moe voor zijn leeftijd. 'Niemand van ons is er ooit klaar voor,' zei hij.

'Voor het ridderschap?'

'Voor de dood.' Behoedzaam bedekte Ned de jongen met diens eigen mantel, een met bloed bevlekt stuk blauwe stof, omzoomd met wassende manen. Als zijn moeder zou vragen hoe het kwam dat haar zoon dood was, peinsde hij verbitterd, zouden ze haar vertellen dat hij had gestreden ter ere van de Hand des Konings, Eddard Stark. 'Dit was onnodig. Oorlog hoort geen spel te zijn.' Ned keerde zich naar de vrouw naast de kar, in het grijs gehuld, haar gezicht bedekt op de ogen na. De zwijgende zusters legden de gestorvenen af, en het bracht ongeluk om het aangezicht van de dood te zien. 'Zend zijn wapenrusting maar naar zijn huis in de Vallei. Zijn moeder zal die willen hebben.'

'Hij is wel het nodige zilver waard,' zei ser Barristan. 'De jongen had hem speciaal voor het toernooi laten smeden. Een eenvoudig stuk werk, maar goed. Ik weet niet of hij de smid al afbetaald had.'

'Hij heeft gisteren betaald, heer, en duur ook,' antwoordde Ned. En tegen de zwijgende zuster zei hij: 'Zend de wapenrusting naar zijn moeder. Ik neem de smid voor mijn rekening.' Ze boog het hoofd.

Na afloop liep ser Barristan met Ned naar het paviljoen van de koning. Er begon beweging te komen in het kamp. Vette worsten sisten en spetterden boven vuurkuilen, zodat de lucht werd gekruid met het aroma van knoflook en peper. Jonge schildknapen togen haastig aan het werk als hun meesters ontwaakten, gaapten en zich uitrekten om de dag te begroeten. Een bediende met een gans onder zijn arm boog een knie toen hij hen in het oog kreeg. 'Mijne heren,' prevelde hij terwijl de gans gakte en hem in de vingers pikte. De schilden die voor de tenten opgesteld stonden gaven aan wie de bewoners waren: de zilveren adelaar van Zeegaard, Brys Carons veld vol nachtegalen, een druiventros voor de Roodweyns, gestreepte ever, rode os, brandende boom, witte ram, driedubbele spiraal, purperen eenhoorn, dansende maagd, zwarte adder, tweelingtorens, gehoornde uil, en ten slotte de zuiver witte blazoenen van de koningsgarde, blinkend als de dageraad.

'De koning is van plan vandaag in de mêlee te strijden,' zei ser Barristan terwijl ze het schild van ser Meryn passeerden. De lans van ser Loras had het hout geschampt toen hij hem uit het zadel wierp, en de verf werd door een diepe kerf ontsierd.

'Ja,' zei Ned grimmig. Jory had hem vannacht gewekt om hem het nieuws te vertellen. Geen wonder dat hij zo slecht had geslapen.

Ser Barristan keek gekweld. 'Ze zeggen dat nachtelijk schoon met de ochtend vervaagt en dat de kinderen van de wijn in het morgenlicht vaak verstoten worden.'

'Dat zeggen ze,' beaamde Ned, 'maar dan hebben ze het niet over Robert.' Een ander zou iets wat hij in zijn dronkenmansbravoure had gesproken wellicht herroepen, maar Robert Baratheon zou het nog weten, en juist omdat hij het nog wist geen duimbreed wijken.

Het paviljoen van de koning stond vlak bij het water en was door grijze slierten ochtendnevel uit de rivier omhuld. Het was geheel van gouden zij gemaakt, de grootste en fraaiste tent van het kamp. Voor de ingang stond Roberts strijdhamer tentoongesteld, naast een reusachtig ijzeren schild met het blazoen van het Huis Baratheon, de gekroonde hertenbok.

Ned had gehoopt de koning nog in bed aan te treffen, bezig zijn roes uit te slapen, maar het geluk was niet met hem. Ze troffen Robert aan terwijl hij bier dronk uit een gepolijste drinkhoorn en zijn ongenoegen uitbrulde tegen twee jonge schildknapen die hem probeerden zijn harnas om te gespen. 'Uwe Genade,' zei een van hen net, bijna in tranen, 'het is te nauw gemaakt, het gaat niet.' Hij stond te prutsen, en het halsstuk dat hij om Roberts dikke nek probeerde te bevestigen viel op de grond.

'*Bij de zevenvoudige hel!*' vloekte Robert. 'Moet ik het dan zelf doen? Stelletje lamzakken dat jullie zijn. Oprapen! Sta daar niet te staren, Lancel, *oprapen*!' De jongen schrok op, en de koning merkte dat hij gezelschap had gekregen. 'Kijk die boerenknuppels nou eens, Ned. Mijn vrouw stond erop dat ik ze als schildknaap nam, maar ik heb er geen barst aan. Ze kunnen een man niet eens fatsoenlijk zijn harnas aantrekken. Schildknapen, zeggen ze, maar *ik* zeg dat het varkenshoeders in zijden kleren zijn.'

Ned zag in één oogopslag waar de schoen wrong. 'Die jongens kunnen er niets aan doen,' zei hij tegen de koning. 'Je bent te dik voor je harnas, Robert.'

Robert Baratheon nam een flinke teug bier, smeet de lege hoorn op zijn slaapvacht, veegde met de rug van zijn hand zijn mond af en zei duister: 'Dik? *Dik*, hè? Spreek je zo tegen je koning?' Plotseling liet hij zijn vrolijkheid de vrije loop en bulderde van de lach. 'Verdraaid nog aan toe, Ned, waarom heb je toch altijd gelijk?'

De schildknapen glimlachten nerveus, totdat de koning zich naar hen toekeerde. 'Jullie. Allebei, ja. Jullie hebben de Hand gehoord. De koning is te dik voor dit harnas. Ga ser Aron Santagar halen. Zeg hem dat ik de borstharnas-oprekker nodig heb. *Nu! Waar wachten jullie op?*'

De jongens vielen over elkaar heen in hun haast de tent uit te komen. Robert slaagde erin streng te blijven kijken tot ze weg waren. Toen liet hij zich schuddebuikend van de lach in een stoel ploffen.

Ser Barristan Selmy grinnikte mee. Zelfs Eddard Stark kreeg een lachje om zijn lippen. Maar zoals altijd kwam de ernst weer om de hoek kijken. De twee schildknapen waren hem ongewild opgevallen: knappe jongens, licht van uiterlijk en goedgebouwd. Eentje had de leeftijd van Robb, met lange gouden krullen, de ander was misschien vijftien, met zandkleurig haar, een zweem van een snorretje en de smaragdgroene ogen van de koningin.

'Wat zou ik er graag bij zijn om Santagars gezicht te zien,' zei Robert. 'Ik hoop dat hij de tegenwoordigheid van geest heeft ze naar iemand anders door te sturen. We zouden ze de hele dag moeten laten rennen!'

'Die jongens,' vroeg Ned hem. 'Lannisters?'

Robert knikte en veegde de tranen uit zijn ogen. 'Neven. Zonen van heer Tywins broer. Van een van de dooie broers. Of misschien van de levende, nu ik erbij stilsta. Ik weet het niet meer. Mijn vrouw komt uit een reusachtige familie, Ned.'

Met een reusachtige eerzucht, dacht Ned. Hij had niets tegen die schildknapen, maar het stoorde hem dat Robert dag en nacht familie van de koningin om zich heen had. De Lannisters schenen een onstilbare honger naar ambten en eerbewijzen te hebben. 'Ze zeggen dat jij en de koningin gisteravond een woordenwisseling hebben gehad.'

De vrolijkheid op Roberts gezicht verzuurde. 'Het mens wilde me verbieden in de mêlee te vechten. Ze zit nu te mokken in het kasteel, verdomme nog aan toe. Je zuster zou me nooit op die manier te schande hebben gemaakt.'

'Jij hebt Lyanna nooit gekend zoals ik, Robert,' zei Ned tegen hem. 'Jij zag de mooie buitenkant, maar niet het staal van binnen. Zij zou je gezegd hebben dat je in die mêlee niets te zoeken had.'

'Jij ook al?' De koning fronste zijn wenkbrauwen. 'Je bent een zuurpruim, Stark. Te lang in het noorden gebleven, al je levenssappen zijn stroperig geworden. Nou, de *mijne* stromen nog voluit.' Als bewijs sloeg hij zich op de borst.

'Jij bent de koning,' bracht Ned hem in herinnering.

'Als het moet ga ik op die ellendige ijzeren troon zitten, ja. Houdt dat in dat ik niet dezelfde verlangens heb als andere mannen? Zo nu en dan wat wijn, een meid om pret mee te maken in bed, een paard tussen mijn benen? Bij de zevende hel, Ned, ik wil erop *losslaan*.'

Ser Barristan Selmy nam het woord. 'Uwe Genade,' zei hij, 'het is ongepast dat de koning zich in de mêlee begeeft. Het zou geen eerlijke strijd zijn. Wie zou u durven raken?'

Robert leek oprecht van zijn stuk gebracht. 'Hoezo? Allemaal toch zeker, verdorie? Als ze kunnen. En de laatste die overeind blijft...'

'... ben jij,' voltooide Ned. Hij begreep onmiddellijk dat Selmy in de roos had geschoten. De gevaren van de mêlee hadden Robert alleen maar aangelokt, maar nu was zijn trots in het geding. 'Ser Barristan heeft gelijk. Niet één man in de Zeven Koninkrijken zou je ongenoegen durven riskeren door je te verwonden.'

De koning kwam met een rood gezicht overeind. 'Je wilt me toch niet vertellen dat die laffe windbuilen *me zullen laten winnen*?'

'Zeker wel,' zei Ned, en ser Barristan Selmy boog zwijgend het hoofd bij wijze van instemming.

Even was Robert zo kwaad dat hij geen woord kon uitbrengen. Hij beende de tent door, draaide zich met een ruk om en beende terug, zijn gezicht donker van woede. Hij viste zijn borstharnas van de grond en smeet het in sprakeloze razernij naar Barristan Selmy. Selmy dook weg. 'Eruit,' zei de koning toen kil. 'Eruit voor ik je vermoord.'

Ser Barristan vertrok meteen. Ned stond op het punt hem te volgen toen de koning opnieuw zijn stem verhief. 'Jij niet, Ned.'

Ned kwam terug. Robert raapte zijn drinkhoorn op, schonk hem vol met bier uit een vat in de hoek en stak hem Ned toe. 'Drinken,' zei hij bruusk.

'Ik heb geen dorst...'

'*Drinken.* Je koning beveelt het.'

Ned nam de hoorn aan en dronk. Het bier was zwart en dik, zo sterk dat zijn ogen ervan begonnen te tranen.

Robert ging weer zitten. 'Je wordt bedankt, Ned Stark. Jij en Jon Arryn, jullie waren me allebei dierbaar. Wat hebben jullie me aangedaan? Jij had koning moeten worden, jij of Jon.'

'U had betere aanspraken, Uwe Genade.'

'Drinken, zei ik, niet discussiëren. Jij hebt me koning gemaakt, wees dan tenminste zo beleefd om te luisteren als ik praat, verdomme. Kijk me aan, Ned. Kijk eens wat het koningschap met me heeft gedaan. Te dik voor mijn harnas, o goden, hoe heeft het ooit zover kunnen komen?'

'Robert...'

'Drinken en je kop houden, de koning spreekt. Ik zweer je, ik ben nooit zo springlevend geweest als toen ik deze troon veroverde, en nog nooit zo dood als nu ik hem heb. En Cersei... Haar heb ik aan Jon Arryn te danken. Ik wilde helemaal niet trouwen nadat Lyanna me ontnomen was, maar Jon zei dat het rijk een erfgenaam nodig had. Cersei Lannister was een goede partij, zei hij, door haar zou ik heer Tywin aan me binden, mocht Viserys Targaryen ooit een poging doen zijn vaders troon te heroveren.' De koning schudde zijn hoofd. 'Ik was dol op die oude man, dat zweer ik, maar tegenwoordig denk ik dat hij nog achterlijker was dan Uilebol. O, Cersei is mooi om naar te kijken, dat wel, maar *koud...* zoals zij haar kut bewaakt zou je denken dat ze al het goud van de Rots van Casterling tussen haar benen heeft zitten. Geef mij dat bier maar als je toch niks drinkt.' Hij greep de hoorn, sloeg de inhoud achterover, boerde en veegde zijn mond af. 'Het spijt me van je dochter, Ned. Echt waar. Van die wolf, bedoel ik. Mijn zoon loog, daar verwed ik mijn ziel om. Mijn zoon... jij houdt van je kinderen, hè?'

'Met heel mijn hart,' zei Ned.

'Laat ik je een geheim vertellen, Ned. Ik heb er meer dan éëns van gedroomd, afstand te doen van mijn kroon. Me in te schepen naar de Vrijsteden, met mijn paard en mijn strijdhamer, mijn dagen te slijten met knokken en neuken. Daar ben ik voor gemaakt. De huurling-koning, wat zouden de zangers gek op me zijn. Weet je wat me ervan weerhoudt? De gedachte aan Joffry op de troon met Cersei naast hem, druk bezig iets in zijn oor te fluisteren. Mijn zoon. Hoe is het mogelijk dat ik zo'n zoon heb gemaakt, Ned?'

'Hij is nog maar een jongen,' zei Ned opgelaten. Hij mocht prins

Joffry bepaald niet, maar hij hoorde hoe gepijnigd Roberts stem klonk. 'Ben je vergeten hoe jij op die leeftijd was?'

'Ik zou het niet erg vinden als de jongen de beest uithing, Ned. Jij kent hem niet zoals ik.' Hij zuchtte en schudde zijn hoofd. 'Ach, wie weet heb je gelijk. Jon heeft vaak genoeg aan mij gewanhoopt, maar toch is er een goeie koning uit me gegroeid.' Robert keek naar Ned en trok een gezicht toen die zweeg. 'Je zou nu je mond open kunnen doen en ja zeggen, weet je.'

'Uwe Genade...,' begon Ned omzichtig.

Robert sloeg Ned op zijn rug. 'Zeg dan dat ik een betere koning dan Aerys ben en laat het daarbij. Jij hebt nooit kunnen liegen, Ned Stark, niet uit liefde en niet om de eer. Ik ben nog jong, en nu jij hier bij me bent wordt het anders. We zullen zorgen dat dit bewind in alle toonaarden bezongen wordt, en we veroordelen de Lannisters tot de zeven hellevuren. Ik ruik spek. Wie denk je dat er vandaag kampioen wordt? Heb je die jongen van Hamer Tyrel gezien? De Bloemenridder, noemen ze hem. Dat is nou een zoon waar iedere vader trots op zou zijn. In het vorige toernooi heeft hij de Koningsmoordenaar op zijn gouden reet laten ploffen, je had Cersei moeten zien kijken. Ik heb gelachen tot ik er pijn in mijn zij van kreeg. Volgens Renling heeft hij een zuster, een meisje van veertien, lieflijk als de morgen...'

Ze ontbeten met zwart brood, gekookte ganzeneieren en gebakken vis met uitjes en spek, aan een schraagtafel aan de rivieroever. De zwartgalligheid van de koning verdampte met de ochtendnevel, en het duurde niet lang of Robert zat onder het genot van een sinaasappel sentimenteel te doen over een ochtend in het Adelaarsnest, toen ze nog jongens waren. '... had Jon een vat met sinaasappelen gegeven, weet je nog? Alleen waren ze gaan rotten, dus ik smeet de mijne over tafel en trof Dacks pal op zijn neus. Je weet wel, die pokdalige schildknaap van Roodfoort. Hij gooide er een terug, en voordat Jon ook maar een scheet had kunnen laten vlogen de sinaasappels naar alle kanten de grote zaal door.' Hij lachte uitbundig, en zelfs Ned glimlachte bij de herinnering.

Dit was de jongen met wie hij was opgegroeid, dacht hij, dit was de vertrouwde, dierbare Robert Baratheon. Als hij kon bewijzen dat de Lannisters achter de aanslag op Bran staken, kon bewijzen dat ze Jon Arryn hadden vermoord, zou deze man luisteren. Dan zou Cersei ten val komen, en de Koningsmoordenaar met haar, en als heer Tywin het waagde het westen in opstand te brengen zou Robert hem verpletteren, zoals hij Rhaegar Targaryen bij de Drietand had verpletterd. Hij zag het allemaal duidelijk voor zich.

Hij had in geen tijden iets gegeten dat hem zo goed smaakte als dit ontbijt, met als gevolg dat hij vaker en spontaner glimlachte dan daarvoor, totdat het moment aanbrak waarop het toernooi werd hervat.

Ned liep met de koning naar het toernooiveld. Hij had beloofd de laatste tweekampen in Sansa's gezelschap te bekijken; Septa Mordane was vandaag ziek, en zijn dochter wilde het einde van het steekspel absoluut niet missen.

Hij baande zich een weg naar de plaats waar zijn dochter zat en vond haar toen de klaroenen werden gestoken voor de eerste tweekamp van die dag. Sansa ging er zo in op dat ze zijn komst nauwelijks leek op te merken.

De eerste ruiter die verscheen was Sandor Clegane. Hij droeg een olijfgroene mantel over zijn asgrauwe wapenrusting. Samen met zijn hondenkophelm was dat de enige opschik die hij bereid was te dragen.

'Honderd gouden draken op de Koningsmoordenaar,' verkondigde Pinkje luidkeels toen Jaime Lannister het strijdperk betrad op een sierlijke volbloed. Het paard droeg een dekkleed van vergulde maliën en Jaime glinsterde van top tot teen. Zelfs zijn lans was vervaardigd van het goudkleurige hout van de Zomereilanden.

'Top,' schreeuwde heer Renling terug. 'De Jachthond heeft vanmorgen iets hongerigs.'

'Ook hongerige honden hebben het benul de hand die ze voedt niet te bijten,' riep Pinkje.

Sandor Clegane sloeg met een hoorbare klap zijn vizier dicht en nam zijn plaats in. Ser Jaime wierp de een of andere vrouw in het volk een kushandje toe, liet kalmpjes zijn vizier zakken en reed naar het uiteinde van het strijdperk. Beide mannen raakten hun lansen aan.

Ned Stark had ze liever allebei zien verliezen, maar Sansa bekeek het allemaal gretig, met vochtig glanzende ogen. De haastig in elkaar getimmerde tribune trilde toen de paarden in galop overgingen. De Jachthond zat naar voren gebogen in het zadel, zijn lans vast als een huis, maar vlak voor hun treffen ging Jaime behendig verzitten. Cleganes lanspunt gleed zonder schade aan te richten van het gouden schild met het leeuwenblazoen af, terwijl hij zelf een voltreffer moest incasseren. Het hout versplinterde en de Jachthond wankelde in het zadel en moest zijn best doen om te blijven zitten. Sansa hapte naar adem. Uit het volk steeg een rauw gejuich op.

'Ik vraag me af waar ik uw geld aan zal uitgeven,' riep Pinkje naar heer Renling.

De Hond wist maar net in het zadel te blijven. Met een ruk wendde hij zijn paard en reed terug naar de rand van het strijdperk voor het tweede treffen. Jaime Lannister smeet zijn gebroken lans op de grond, en terwijl hij zijn schildknaap een grap toeriep greep hij een nieuwe. De Jachthond dreef zijn paard tot gestrekte galop aan. Lannister reed hem tegemoet. Toen Jaime ditmaal ging verzitten volgde Clegane zijn voorbeeld. Beide lansen braken aan stukjes, en toen de splinterregen was neergedaald draafde er een roodvos zonder ruiter rond, op zoek naar gras, terwijl ser Jaime Lannister goudkleurig en gebutst in het stof rolde.

'Ik wist wel dat de Jachthond zou winnen,' zei Sansa.

Pinkje had het gehoord. 'Als je ook weet wie de tweede wedkamp gaat winnen, zeg het dan nu, voordat heer Renling me kaal plukt,' riep hij haar toe. Ned glimlachte.

'Jammer dat de Kobold er niet bij is,' zei Renling. 'Dan had ik het dubbele gewonnen.'

Jaime Lannister stond alweer overeind, maar zijn versierde helm met de leeuwenkop was bij zijn val verwrongen en gedeukt, en hij kon hem niet meer van zijn hoofd krijgen. Het volk joelde en wees en de heren en dames probeerden tevergeefs hun lachen in te houden. Ned kon koning Robert boven alles uit horen schateren, het hardst van allemaal. Ten slotte moesten ze de Leeuw van Lannister blind en struikelend naar een smid brengen.

Inmiddels stond ser Gregor Clegane klaar aan het begin van het strijdperk. Hij was een reus, de grootste man die Eddard Stark ooit had gezien. Robert Baratheon en zijn broers waren alle drie forse kerels, net als de Jachthond, en in Winterfel had je die zwakzinnige staljongen Hodor, die hen allemaal in lengte overtrof, maar de ridder die de Rijdende Berg werd genoemd zou zelfs boven Hodor uittorenen. Hij was ruim zeven voet lang, eerder acht, met vierkante schouders en armen zo dik als kleine boomstammen. Het strijdros tussen zijn geharnaste benen leek eerder op een pony, en de lans die hij vasthield leek zo dun als een bezemsteel.

Anders dan zijn broer woonde ser Gregor niet aan het hof. Hij was een eenzelvig man die zijn eigen grondgebied uitsluitend verliet voor oorlogen en toernooien. Toen Koningslanding viel had hij onder heer Tywin gediend, een nieuwbakken ridder van zeventien die toen al opviel door zijn omvang en zijn meedogenloze wreedheid. Sommigen zeiden dat het Gregor was geweest die de schedel van het piepjonge prinsje Aegon Targaryen tegen de muur had verbrijzeld en fluisterden dat hij daarna de moeder, prinses Elia van Dorne, had verkracht voordat hij haar aan zijn zwaard reeg. Die dingen werden nooit gezegd binnen gehoorsafstand van ser Gregor.

Ned Stark kon zich niet herinneren dat hij ooit met de man had gesproken, al had Gregor aan hun kant gestreden tijdens de opstand van Balon Grauwvreugd, één ridder temidden van duizenden. Hij sloeg hem met verontrusting gade. Ned hechtte nooit veel geloof aan roddels, maar wat er over ser Gregor werd gezegd was meer dan onheilspellend. Hij zou binnenkort voor de derde keer trouwen, en over de dood van zijn eerste twee vrouwen gingen duistere geruchten. Men zei dat zijn burcht een grimmig oord was waar bedienden op onverklaarbare wijze verdwenen en zelfs de honden de zaal niet in durfden. En dan was er die zuster die onder onverklaarbare omstandigheden jong gestorven was, en het vuur waardoor zijn broer was verminkt, en het ongeluk tijdens de jacht waarbij zijn vader was omgekomen. Gregor had de burcht, het goud en het grondgebied van het geslacht geërfd. Zijn jongere broer Sandor was diezelfde dag nog vertrokken om zijn zwaard aan de Lannisters op te dragen, en men zei dat hij nooit meer was teruggekeerd, zelfs niet om op bezoek te gaan.

Toen de Bloemenridder zijn entree maakte ging er een gemompel door de menigte, en hij hoorde Sansa vol vuur fluisteren: 'Wat is hij toch *mooi*.' Ser Loras Tyrel was rank als een rietstengel, gekleed in een fabelachtig zilveren harnas dat oogverblindend schitterde, met filigreinwerk van zwarte wingerdranken en kleine blauwe vergeetmij-nietjes. Op hetzelfde moment als Ned besefte het volk dat het blauw van de bloemen van saffieren afkomstig was, en uit duizend kelen steeg een hoorbare zucht op. De mantel van de jongeling hing zwaar van zijn schouders. Hij was gemaakt van echte vergeet-mijnietjes, honderden verse bloemen die op een dikke wollen mantel waren genaaid.

Zijn rijdier was even slank als de ruiter, een fraaie grijze merrie, op snelheid gebouwd. De enorme hengst van ser Gregor hinnikte luid toen hij haar lucht opsnoof. De jongeling uit Hooggaarde maakte een beweging met zijn benen en zijn paard maakte een zijsprongetje, lichtvoetig als een danseres. Sansa greep Neds arm vast. 'Vader, laat ser Gregor hem toch alsjeblieft geen pijn doen,' zei ze. Ned zag dat ze de roos droeg die ser Loras haar gisteren had gegeven. Dat had hij ook van Jory gehoord.

'Dit zijn toernooilansen,' legde hij zijn dochter uit. 'Die worden zo gemaakt dat ze bij de eerste klap versplinteren, zodat er niemand gewond raakt.' Maar toen dacht hij aan de jongeman in de kar met zijn mantel van wassende manen en stikte bijna in zijn woorden.

Ser Gregor had moeite zijn paard in bedwang te houden. De hengst ging te keer en stampte en bewoog heftig zijn hoofd heen en weer. De Berg gaf het dier een keiharde trap met een ijzeren laars. Het paard steigerde en wierp hem bijna af.

De Bloemenridder groette de koning, reed naar het uiteinde van het strijdperk en bracht zijn lans in de aanslag. Ser Gregor reed zijn paard naar het koord, vechtend met de teugels. En plotseling was het zover. De hengst van de Berg ging in pijlsnelle galop over en stormde als een dolle naar voren, terwijl de charge van de merrie soepel als zijde was. Ser Gregor rukte zijn schild recht, probeerde zijn lans in evenwicht te brengen en worstelde al die tijd om zijn weerspannige rijdier in een rechte lijn te houden. En ineens was Loras Tyrel bij hem en trof met de punt van zijn lans precies die *ene* plek, en het volgende moment viel de Berg. Hij was zo kolossaal dat hij zijn paard met zich meesleurde in een kluwen van staal en levend vlees.

Ned hoorde applaus, toejuichingen, gefluit, geschokt oh-geroep, opgewonden geroezemoes en boven dat alles uit het rauwe gelach van de Jachthond. Aan het einde van het strijdperk hield de Bloemenridder de teugels in. Zijn lans was niet eens gebroken. Terwijl hij zijn vizier opsloeg en glimlachte fonkelden zijn saffieren in de zon.

Midden op het veld bevrijdde ser Gregor zichzelf en kwam kokend van razernij overeind. Hij rukte zijn helm af en smeet hem op de grond. Zijn gezicht was donker van woede, en zijn haar hing in zijn ogen. 'Mijn zwaard,' schreeuwde hij tegen zijn schildknaap, en de jongen kwam ermee aanrennen. Inmiddels was de hengst ook opgekrabbeld.

Gregor Clegane doodde het paard met één enkele houw, zo woest dat de nek van het dier half doormidden werd geslagen. Gejuich verkeerde in één klap in gegil. Krijsend zakte de hengst door zijn knieën en stierf. Ser Gregor beende ondertussen al dwars door het strijdperk heen op ser Loras af, het bebloede zwaard in de vuist geklemd. '*Hou hem tegen!*' schreeuwde Ned, maar zijn woorden gingen verloren in het lawaai. Alle andere mensen waren ook aan het roepen, en Sansa huilde.

Het ging allemaal heel snel. Terwijl ser Gregor zijn schildknaap opzij sloeg en naar de teugels van zijn paard graaide riep ser Loras om zijn eigen zwaard. De merrie, die bloed rook, steigerde. Loras Tyrel bleef in het zadel, maar met moeite. Ser Gregor haalde uit met zijn zwaard, een woeste houw met beide handen die de jongeman op de borst trof en hem uit het zadel smeet. Het paard ging er in paniek vandoor en ser Loras lag verdoofd in het stof. Maar toen ser Gregor zijn zwaard ophief om te doden waarschuwde een raspende stem: '*Laat af*,' en een met staal beklede hand rukte hem bij de jongeman vandaan.

De Berg wervelde rond, sprakeloos van woede, en haalde met zijn slagzwaard uit in een dodelijke houw. Hij legde er al zijn kracht en gewicht in, maar de Hond ving de klap op en weerde hem af. Terwijl een verdwaasde Loras Tyrel in veiligheid werd gebracht hakten de broers op elkaar in, naar het leek een eeuwigheid. Driemaal zag Ned ser Gregor een verwoede poging doen de helm met de hondenkop te raken, maar Sandor haalde niet één keer naar het onbeschermde gezicht van zijn broer uit.

Het was de stem van de koning die er een eind aan maakte... zijn stem, en twintig zwaarden. Jon Arryn had eens tegen hen gezegd dat een aanvoerder een goede stem nodig had voor het slagveld, en Robert had bij de Drietand bewezen hoe waar dat was. Nu gebruikte hij diezelfde stem. '*STOP DIE WAANZIN*,' bulderde hij, '*IN NAAM VAN UW KONING!*'

De Jachthond zonk op één knie. Ser Gregors slag maaide door de lucht, en ten slotte kwam hij weer bij zinnen. Hij liet zijn zwaard vallen en staarde Robert woedend aan, omringd door diens koningsgarde en nog twaalf andere ridders en wachters. Zonder iets te zeggen keerde hij zich om en beende weg, waarbij hij Barristan Selmy opzij duwde. 'Laat hem gaan,' zei Robert, en daarmee was het ineens voorbij.

'Is de Jachthond nu kampioen?' vroeg Sansa aan Ned.

'Nee,' zei hij tegen haar. 'Er komt nog een laatste tweekamp tussen de Jachthond en de Bloemenridder.'

Maar Sansa bleek gelijk te krijgen. Enkele ogenblikken later kwam ser Loras Tyrel met een eenvoudig linnen wambuis aan het strijdperk weer inlopen en zei tegen Sandor Clegane: 'Ik heb mijn leven aan u te danken. U komt de zege toe, ser.'

'Ik ben geen *ser*,' antwoordde de Jachthond, maar de overwinning aanvaardde hij wel, en ook de beurs die voor de kampioen bestemd was, en misschien voor het eerst van zijn leven de liefde van het volk. Het juichte hem toe toen hij het strijdperk verliet om naar zijn paviljoen terug te keren.

Terwijl Ned met Sansa naar het schuttersveld liep sloten Pinkje en heer Renling en nog een paar anderen zich bij hen aan. 'Tyrel moet geweten hebben dat die merrie tochtig was,' zei Pinkje. 'Ik zweer dat de jongen de hele zaak zo in elkaar gezet had. Gregor heeft altijd al de voorkeur gegeven aan grote, prikkelbare hengsten met meer vuur dan verstand.' Hij leek de gedachte vermakelijk te vinden.

Ser Barristan Selmy vond het niet leuk. 'Zulke kunstgrepen brengen weinig eer,' zei de oude man stijfjes.

'Weinig eer en twintigduizend goudstukken.' Heer Renling glimlachte.

Die middag won een knaap genaamd Anguy, een onbekende, gewone jongen uit de Marken van Dorne, de boogschutterswedstrijd door op honderd pas ser Balon Swaan en Jalabhar Xho te overtreffen nadat de overige schutters op de kortere afstanden al uitgeschakeld waren. Ned stuurde Alyn naar hem toe om hem een plaats in de wacht van de Hand aan te bieden, maar beneveld door de wijn, de overwinning en de hoop op onvermoede rijkdommen, bedankte de jongen daarvoor.

De mêlee duurde drie volle uren. Er namen bijna veertig man aan deel, vrijruiters, hagenridders en kersverse schildknapen op zoek naar een naam. Ze streden met stompe wapens in een chaos van blubber en bloed, in groepjes die elkaar bevochten en dan weer onderling slaags raakten, waarbij de bondgenootschappen zich voortdurend wijzigden, tot er nog maar één man overbleef. De winnaar was de rode priester Thoros van Myr, een dolleman met een kaalgeschoren hoofd die met een vlammend zwaard vocht. Hij had al vaker een mêlee gewonnen. Zijn vlammenzwaard maakte de rijdieren van de andere ruiters bang, terwijl Thoros van Myr zelf nergens bang voor was. Het eindresultaat omvatte drie gebroken ledematen, een verbrijzeld sleutelbeen, twaalf geplette vingers, twee paarden die moesten worden afgemaakt en meer snijwonden, verstuikingen en blauwe plekken dan de moeite van het tellen waard was. Ned was als een kind zo blij dat Robert niet had meegedaan.

Die avond bij het banket was Eddard Stark hoopvoller gestemd dan hij in lange tijd was geweest. Robert was in een opperbest humeur, de Lannisters waren nergens te bekennen en zelfs zijn dochters gedroegen zich. Jory had Arya opgehaald en Sansa sprak haar zuster vriendelijk toe. 'Het toernooi was *fantastisch*,' zuchtte ze. 'Je had mee moeten gaan. Hoe ging het dansen?'

'Ik heb overal pijn,' meldde Arya opgewekt en liet een grote, paarsblauwe plek op haar been zien.

'Dan moet je wel heel slecht dansen,' zei Sansa aarzelend.

Later, toen Sansa weg was om naar een groep zangers te luisteren die de ingewikkelde cyclus van onderling verweven ballades genaamd de Drakendans ten gehore bracht, onderzocht Ned zelf de blauwe plek. 'Ik hoop dat Forel niet te hardhandig is,' zei hij.

Arya stond op één been. Daar werd ze de laatste tijd steeds beter in. 'Syrio zegt dat iedere kwetsuur een les is, en dat je van iedere les beter wordt.'

Ned fronste zijn voorhoofd. Syrio Forel had een uitstekende reputatie, en zijn flamboyante Braavosi-stijl paste heel goed bij Arya's slanke kling, maar toch... enkele dagen geleden had ze met een reep zwarte zij voor haar ogen rondgelopen. Syrio leerde haar kijken met haar oren, neus en huid, had ze verteld. Daarvóór had hij haar pirouettes en salto's laten maken. 'Arya, weet je zeker dat je hiermee door wilt gaan?'

Ze knikte. 'Morgen gaan we katten vangen.'

'Katten.' Ned zuchtte. 'Misschien was het een vergissing om die Braavosi in te huren. Als je wilt vraag ik Jory of hij je lessen wil overnemen. Of ik zou een heimelijk woordje met ser Barristan kunnen wisselen. Hij was in zijn jeugd de beste zwaardvechter van de Zeven Koninkrijken.'

'Die wil ik niet,' zei Arya. 'Ik wil Syrio.' Ned woelde met zijn vingers door zijn haar. Iedere fatsoenlijke wapenmeester kon Arya de beginselen van het slaan en afweren bijbrengen zonder die flauwekul van blinddoeken, radslagen en hinkelen, maar hij kende zijn jongste dochter goed genoeg om te weten dat er niet met haar te discussiëren viel als ze die kin zo koppig naar voren stak. 'Zoals je wilt,' zei hij. Ze zou er vast en zeker weldra genoeg van krijgen. 'Probeer voorzichtig te zijn.'

'Ik zal het proberen,' beloofde ze plechtig terwijl ze soepel van haar rechterbeen op haar linker sprong.

Veel later, nadat hij de meisjes door de stad naar huis had begeleid en ze allebei veilig in bed had gelegd, Sansa met haar dromen en Arya met haar blauwe plekken, klom Ned naar zijn eigen vertrekken boven in de Toren van de Hand. Het was een warme dag geweest, en in de kamer was het benauwd en bedompt. Ned liep naar het raam en opende de zware luiken om de koele nachtlucht binnen te laten. Aan de overkant van het grote binnenplein ving hij achter de vensters van Pinkje de flakkerende gloed van kaarslicht op. Het was ruim na middernacht. Beneden bij de rivier begon het feestgedruis nu pas te verminderen en weg te sterven.

Hij haalde de dolk te voorschijn en bestudeerde hem. Pinkjes mes, door Tyrion Lannister gewonnen bij een weddenschap op een toernooi, gezonden om Bran in zijn slaap te doden. *Waarom?* Waarom was de dwerg op Brans dood uit? Waarom zou *iemand* op Brans dood uit zijn?

De dolk, Brans val, alles hield op een of andere manier verband met de dood van Jon Arryn, dat voelde hij, maar de waarheid omtrent Jons dood was hem nog even duister als aan het begin. Heer Stannis was niet voor het toernooi naar Koningslanding teruggekeerd. Lysa Arryn bewaarde haar stilzwijgen achter de hoge muren van het Adelaarsnest. De schildknaap was dood en Jory zocht nog steeds de bordelen af. Wat had hij eigenlijk, op Roberts bastaard na?

Dat die stuurse leerjongen van de wapensmid de zoon van de koning was leed voor Ned geen twijfel. Zijn uiterlijk bestempelde hem tot een Baratheon: zijn gezicht, zijn kaken, zijn ogen, dat zwarte haar. Renling was te jong om een zoon van die leeftijd te hebben verwekt, en Stannis met zijn eergevoel te kil en te trots. Gendry moest van Robert zijn.

Maar wat had hij aan die wetenschap? De koning had overal in de Zeven Koninkrijken buitenechtelijke kinderen. Hij had een van zijn bastaarden, een jongen van Brans leeftijd met een adellijke moeder, openlijk erkend. De jongen werd opgevoed door Renlings kastelein in Stormeinde.

Ned herinnerde zich ook Roberts eerste kind, een dochter die in de Vallei was geboren toen Robert zelf weinig meer dan een jongen was geweest. Een lief klein meisje waar de jeugdige heer van Stormeinde dol op was. Hij was dagelijks op bezoek gekomen om met het kindje te spelen, ook toen hij allang niet meer in de moeder geïnteresseerd was. Hij had Ned vaak meegesleept als gezelschap, of hij wilde of niet. Het meisje moest nu zeventien of achttien zijn, realiseerde hij zich, ouder dan Robert was geweest toen hij haar had verwekt. Een merkwaardige gedachte.

Cersei was vast niet ingenomen met de buitenbeentjes van haar echtgenoot, maar al met al deed het er weinig toe of de koning één bastaard had, of honderd. De wet en de goede zeden kenden onechte kinderen weinig rechten toe. Gendry, het meisje in de Vallei, de jongen in Stormeinde, ze vormden geen van allen een bedreiging voor Roberts wettige nakomelingen... Hij werd in zijn overpeinzingen gestoord door een zacht klopje op zijn deur. 'Iemand om u te spreken, heer,' riep Harwin. 'Hij wil zijn naam niet noemen.'

'Laat maar binnen,' zei Ned verwonderd. De bezoeker was een forse man met laarzen van gebarsten leer en een zware, bruine mantel van grove wol, zijn gezicht verborgen onder een kap, zijn handen in wijde mouwen verstopt. Niets aan hem wees erop dat hij tot de Nachtwacht behoorde.

'Wie bent u?' vroeg Ned.

'Een vriend,' zei de man met de kap op een vreemde, gedempte toon. 'We moeten elkaar alléén spreken, heer Stark.'

Zijn nieuwsgierigheid won het van zijn voorzichtigheid. 'Harwin, laat ons alleen,' beval hij. Pas toen ze zich alleen achter gesloten deuren bevonden sloeg de bezoeker zijn kap terug.

'*Heer Varys!*' zei Ned stomverbaasd.

'Heer Stark,' zei Varys beleefd terwijl hij ging zitten, 'mag ik zo vrij zijn u om iets te drinken te vragen?'

Ned vulde twee bekers met zomerwijn en overhandigde er één aan Varys. 'Ik zou u op twee voet afstand voorbij zijn gelopen zonder u te herkennen,' zei hij ongelovig. Hij had de eunuch nog nooit iets anders zien dragen dan zijde, fluweel en het kostbaarste damast, en deze man rook naar zweet in plaats van naar seringen.

'Dat had ik ook vurig gehoopt,' zei Varys. 'Het gaat niet aan dat bepaalde mensen te horen krijgen dat wij elkaar onder vier ogen hebben gesproken. Dit is uitgelezen wijn. Dank u.'

'Hoe bent u langs mijn overige wachtposten geglipt?' vroeg Ned. Porthier en Cain stonden voor de toren, en Alyn stond op de trap.

'De Rode Burcht heeft gangen die slechts aan spoken en spinnen bekend zijn.' Varys glimlachte verontschuldigend. 'Ik zal niet te veel van uw tijd vergen, heer. Er zijn bepaalde dingen die u moet weten. U bent de Hand des Konings, en de koning is een dwaas.' De zoetsappige toon van de eunuch was verdwenen en zijn stem was dun en scherp als een zweep. 'Uw vriend, dat weet ik, maar desondanks een dwaas... en ten dode opgeschreven, tenzij u hem redt. Vandaag scheelde het niet veel. Ze hadden gehoopt hem in de mêlee te vermoorden.'

Even was Ned sprakeloos van schrik. '*Wie?*'

Varys nipte van zijn wijn. 'Als ik u dat nog moet vertellen bent u een nog grotere dwaas dan Robert en sta ik aan de verkeerde kant.'

'De Lannisters,' zei Ned. 'De koningin... nee, dat geloof ik niet, zelfs niet van Cersei. Ze heeft hem gevraagd om niet te vechten!'

'Ze heeft hem *verboden* te vechten, in aanwezigheid van zijn broer, zijn ridders en het halve hof. Nou vraag ik u, zegt u eens eerlijk of u een betere manier weet om Robert de mêlee in te jagen.'

Ned kreeg een wee gevoel in zijn maag. De eunuch had een waar woord gesproken. Als je tegen Robert Baratheon zei dat hij iets niet kon, mocht of moest doen had hij het bij wijze van spreken al gedaan. 'Maar ook al had hij meegedaan, wie had het zwaard tegen de koning durven opheffen?'

Varys haalde zijn schouders op. 'Er namen veertig ruiters aan die mêlee deel. De Lannisters hebben vele vrienden. In zo'n wanordelijke situatie, met schreeuwende paarden, brekende botten en Thoros van Myr die met dat absurde vlammenzwaard zwaaide, wie zou er "moord" hebben geroepen als Zijne Genade bij toeval geveld was?' Hij liep naar de kruik en vulde zijn beker bij. 'Naderhand zou de dader buiten zichzelf zijn geweest van smart. Ik kan hem bijna horen huilen. Triest, hoor. Maar de genadige en barmhartige weduwe had ongetwijfeld medelijden gekregen, de arme ongelukkige overeind geholpen en hem gezegend met de milde kus der vergeving. De goede koning Joffry zou geen andere keus hebben gehad dan hem te begenadigen.' De eunuch streek over zijn kin. 'Of misschien zou Cersei Lannister ser Ilyn zijn hoofd eraf laten slaan. Minder riskant voor de Lannisters, zij het een tamelijk onaangename verrassing voor onze vriend.'

Ned merkte dat hij boos werd. 'U wist van dit complot af, en toch hebt u niets gedaan.'

'Ik ga over fluisteraars, niet over krijgslieden.'

'U had weleens eerder bij mij mogen komen.'

'O ja, dat wil ik wel toegeven. En dan was u rechtstreeks naar de koning gerend, of niet soms? En als dit gevaar Robert ter ore was gekomen, wat had hij dan gedaan? Dat zou ik weleens willen weten.'

Ned dacht na. 'Hij zou ze allemaal hebben verwenst en toch zijn gaan vechten, om te laten zien dat hij niet bang was.'

Varys spreidde zijn handen. 'Laat ik dan nog iets toegeven, heer Eddard. Ik was benieuwd om te zien wat u zou doen. *Waarom bent u niet naar mij toe gekomen?* vraagt u en het antwoord luidt: *Welnu, omdat ik u niet vertrouwde, heer.*'

'*U* vertrouwde *mij* niet?' Ned was oprecht verbijsterd.

'In de Rode Burcht huizen twee soorten mensen, heer Eddard,' zei Varys. 'Mensen die het rijk trouw zijn, en mensen die alleen zichzelf trouw zijn. Tot vanmorgen wist ik niet tot welke soort u behoorde... dus wachtte ik om te kijken... en nu weet ik het zeker.' Hij lachte een vlezig, geknepen lachje, en even vielen zijn maskers, het publieke masker en het privémasker, samen. 'Ik begin te begrijpen waarom de koningin zo bang voor u is, o ja.'

'U bent degene die ze zou moeten vrezen,' zei Ned.

'Nee. Ik ben wat ik ben. De koning gebruikt mij, maar schaamt zich ervoor. Onze Robert is een machtig krijgsman, en zo'n mannelijke man heeft weinig op met sluipers, spionnen en eunuchen. Mocht de dag komen dat Cersei fluistert: *Weg met die man*, dan slaat Ilyn Payne in een mum van tijd mijn hoofd eraf, en wie zal er dan om die arme Varys rouwen? In noord of zuid, een spin wordt niet bezongen.'

Hij raakte Ned met een zachte hand aan. 'Maar u, heer Stark... ik denk... nee, ik *weet*, dat hij u niet zal doden, zelfs niet voor zijn koningin, en daarin ligt misschien onze redding besloten.'

Het werd allemaal te veel. Heel even wilde Eddard Stark niets liever dan naar Winterfel teruggaan, naar de zuivere eenvoud van het noorden, waar de vijanden de winter en de wildlingen achter de Muur waren. 'Maar Robert heeft toch nog meer trouwe vrienden,' protesteerde hij. 'Zijn broers, zijn...'

'...vrouw?' voltooide Varys met een snijdend lachje. 'Zijn broers haten de Lannisters, dat is waar, maar de koningin haten en de koning liefhebben is niet helemaal hetzelfde, niet? Ser Barristan heeft zijn eer lief, grootmaester Pycelle zijn ambt, en Pinkje houdt van Pinkje.'

'De koningsgarde...'

'Een papieren schild,' zei de eunuch. 'Probeer niet zo geschokt te kijken, heer Stark. Jaime Lannister zelf is een gezworen broeder van de Witte Zwaarden, en we weten allemaal wat *zijn* eed waard is. De dagen waarin mannen als Ryam Roodweyn en prins Aemon de Drakenridder de witte mantel droegen leven nog slechts in de liederen. Van deze zeven is alleen ser Barristan Selmy uit het goede hout gesneden, en Selmy is *oud*. Ser Boros en ser Meryn zijn stromannen van de koningin, en jegens de anderen koester ik sterke verdenkingen. Nee heer, als de zwaarden in alle ernst getrokken worden bent u de enige echte vriend die Robert heeft.'

'Robert moet het weten,' zei Ned. 'Als het klopt wat u zegt, als zelfs maar een deel ervan klopt, dan moet de koning dit zelf horen.'

'En welke bewijzen zullen we hem voorleggen? Mijn woord tegen het hunne? Mijn vogeltjes tegen de koningin en de Koningsmoordenaar, tegen zijn broers en zijn raad, tegen de Landvoogden van Oost en West, tegen de voltallige krijgsmacht van de Rots van Casterling? Laat dan maar liever meteen ser Ilyn halen, dat bespaart ons allemaal een hoop ellende. Ik weet waar dat op uitdraait.'

'Maar als het waar is wat u zegt zullen ze alleen maar hun tijd beiden en nog een poging doen.'

'Inderdaad,' zei Varys, 'en eerder vroeg dan laat, vrees ik. U maakt ze heel zenuwachtig, heer Eddard. Maar mijn vogeltjes zullen luisteren, en misschien zijn we samen in staat hun te snel af te zijn, u en ik.' Hij stond op en zette zijn kap op, zodat zijn gezicht weer verborgen was. 'Dank u voor de wijn. We spreken elkaar weldra weer. Zorg dan de volgende keer dat u mij in de raad tegenkomt, dat u mij met uw gebruikelijke minachting bejegent. Dat zal u niet moeilijk vallen.'

Hij was al bij de deur toen Ned riep: '*Varys*.' De eunuch keerde zich om. 'Hoe is Jon Arryn gestorven?'

'Ik vroeg me al af wanneer u daarover zou beginnen.'

'Vertel het me.'

'Het heet de tranen van Lys. Een zeldzaam en duur spul, helder en zoet als water, en het laat geen sporen na. Ik heb Jon Arryn gesmeekt een voorproever te nemen, hier in deze kamer heb ik hem erom staan smeken, maar hij wilde er niet aan. Slechts iemand die minder was dan een man zou zoiets zelfs maar overwegen, zei hij tegen me.'

Ned moest nu ook de rest weten. 'Wie heeft hem dat vergif gegeven?'

'Ongetwijfeld een dierbare, innemende vriend die vaak het brood met hem brak. O, maar wie? Er waren er zoveel. Heer Arryn was aardig en goed van vertrouwen.' De eunuch zuchtte. 'Er wás een jongeman. Alles wat hij was had hij aan Jon Arryn te danken, maar toen diens weduwe met haar hofhouding naar het Adelaarsnest vluchtte bleef hij in Koningslanding, en het ging hem voor de wind. Mijn hart springt altijd op als ik zie dat jongeren het ver brengen in deze wereld.' Weer die zweep in zijn stem, en ieder woord knalde. 'Hij moet een fraai figuur hebben geslagen in het toernooi, met dat prachtige nieuwe harnas en die wassende manen op zijn mantel. Jammer dat hij zo ontijdig stierf, voordat u met hem kon praten...'

Ned kreeg het gevoel dat hij zelf min of meer vergiftigd was. 'De schildknaap,' zei hij. 'Ser Huig.' Het werd steeds ingewikkelder. Neds hoofd bonsde. '*Waarom?* Waarom nu? Jon Arryn was al veertien jaar Hand. Wat had hij gedaan dat ze hem dood wilden hebben?'

'Vragen gesteld,' zei Varys en glipte naar buiten.

Tyrion

Terwijl hij in de kilte voor de dageraad toekeek hoe Chiggen zijn paard slachtte, voegde Tyrion een nieuwe schuldenpost toe aan de rekening van de Starks. Het karkas dampte toen de gedrongen huurling met zijn vilmes de buik opensneed. Hij deed het handig, zonder één verkeerde snee te maken. Het moest snel gebeuren, voor de bloedlucht de schaduwkatten langs de hellingen omlaag zou lokken.

'Niemand zal vanavond honger hebben,' zei Bronn. Hij was zelf bijna een schaduw, broodmager en bikkelhard, met zwarte ogen, zwart haar en een stoppelbaard.

'Een enkeling misschien wel,' zei Tyrion. 'Ik eet niet graag paardenvlees. Vooral niet als het van *mijn* paard afkomstig is.'

'Vlees is vlees,' zei Bronn schouder ophalend. 'De Dothraki houden meer van paardenvlees dan van rund- of varkensvlees.'

'Hou je me voor een Dothraki?' vroeg Tyrion nors. De Dothraki aten inderdaad paarden. Ze lieten ook hun mismaakte kinderen liggen voor de honden die achter hun *khalasars* aan draafden. De zeden van de Dothraki lokten hem niet echt aan.

Chiggen sneed een dunne reep bloedig vlees van het karkas en hield het hem voor. 'Wil je proeven, dwerg?'

'Ik heb die merrie op mijn drieëntwintigste naamdag van mijn broer Jaime gekregen,' zei Tyrion op effen toon.

'Bedank hem dan namens ons. Als je hem ooit terugziet.' Chiggen grijnsde zijn gele tanden bloot en schrokte het rauwe vlees in twee happen naar binnen. 'Smaakt heel welopgevoed.'

'Het is lekkerder als je het in uitjes bakt,' merkte Bronn op. Tyrion hobbelde weg zonder iets te zeggen. De kou was diep in zijn botten getrokken en zijn benen deden zo zeer dat hij nauwelijks kon lopen. Misschien was de dode merrie wel de fortuinlijkste van hen tweeën. *Hij* had nog uren rijden voor de boeg, gevolgd door een paar happen eten en een korte, koude nachtrust op een harde ondergrond, en daarna nog zo'n nacht, en nog een, en nog een, en alleen de goden wisten hoe het af zou lopen. 'Rotwijf,' mompelde hij terwijl hij over de weg omhoogstrompelde om zich bij zijn overweldigers te voegen en het intussen weer allemaal voor zich zag. Hij verwenste haar en alle Starks.

De herinnering smaakte nog steeds bitter. Het ene ogenblik had hij een maaltijd besteld en het volgende was hij met een ruimte vol gewapende lieden geconfronteerd, terwijl Jyck naar zijn zwaard tastte en de dikke waardin gilde: 'Geen zwaarden, niet *hier* als u zo goed wilt wezen, heren!'

Tyrion had Jycks arm haastig omlaaggerukt vóór ze allemaal in stukjes gehakt werden. 'Verlies je de beleefdheid niet uit het oog, Jyck? "Geen zwaarden," zei onze waarde gastvrouw. Doe wat ze zegt.' Zijn glimlach moest net zo wee zijn geweest als hij zich voelde. 'U begaat een betreurenswaardige vergissing, vrouwe Stark. Ik heb part noch deel gehad aan de aanslag op uw zoon. Bij mijn eer...'

'De eer van een Lannister,' had ze alleen maar gezegd, waarop ze haar handen zó omhooghield dat iedereen in de kamer ze kon zien. 'Die littekens komen van zijn dolk. Van het mes dat hij heeft gestuurd om mijn zoon de keel door te snijden.'

Tyrion had de woede overal rondom zich gevoeld, donker en dof, aangezwengeld door de diepe sneden in de handen van de Stark-vrouw. 'Maak hem af,' had een dronken del achterin gesist, en andere stemmen hadden haar oproep overgenomen, sneller dan hij voor mogelijk had gehouden. Allemaal vreemden. Zoëven waren ze nog vriendelijk genoeg geweest, nu schreeuwden ze om zijn bloed als honden die wild ruiken.

Tyrion had zijn stem verheven en geprobeerd die niet te laten trillen. 'Als vrouwe Stark denkt dat ik een misdaad op mijn geweten heb zal ik met haar meegaan en verantwoording afleggen.'

Het was zijn enige uitweg. Iedere poging om vechtend te ontkomen had hem voortijdig in het graf doen belanden. Meer dan twaalf zwaarden hadden op het verzoek om hulp van de Stark-vrouw gereageerd: de man uit Harrenhal, de drie Vaarens, een paar onappetijtelijke huurlingen die keken of ze hem net zo lief aan hun zwaard geregen hadden en een paar stommelingen van landarbeiders die ongetwijfeld niet wisten wat ze deden. Wat kon Tyrion daar tegenin brengen? Een dolk aan zijn riem en twee mannen. Jyck hanteerde zijn zwaard vrij aardig, maar Morrec telde nauwelijks mee, want hij was tegelijkertijd paardenknecht, kok en persoonlijke bediende, en geen krijgsman. Wat Yoren betrof, hoe die er ook over gedacht mocht hebben, de zwarte broeders waren door hun eed gehouden zich niet in de twisten van het rijk te mengen. Yoren zou niets ondernemen.

En de zwarte broeder was inderdaad zwijgend opzij gestapt toen de oude ridder naast Catelyn Stark had gezegd: 'Neem hun wapens af,' en de huurling Bronn naar voren was gekomen om Jyck het zwaard uit zijn hand te trekken en hen alledrie van hun dolk te ontdoen. 'Goed zo,' zei de oude kerel toen de spanning in het vertrek merkbaar wegebde, 'uitstekend.' Tyrion herkende de barse stem. Het was de wapenmeester van Winterfel, zonder zijn bakkebaarden.

Met scharlakenrood gekleurd schuim om haar mond had de dikke waardin Catelyn Stark gesmeekt: 'Dood hem niet hier!'

'Helemaal nergens,' had Tyrion met klem gezegd.

'Breng hem ergens anders heen, geen bloedvergieten hier, vrouwe, ik wil de ruzies van de hoge heren niet.'

'We nemen hem mee terug naar Winterfel,' had ze gezegd, en Tyrion had gedacht, *aha, misschien...* Hij had inmiddels de gelegenheid gehad, de ruimte rond te kijken en de situatie beter te overzien. Hij was niet helemaal ontevreden met wat hij zag. Zeker, het Stark-mens was slim geweest, zonder twijfel. Ze had hen gedwongen, de eden die hun heren haar vader hadden gezworen in het openbaar te bevestigen en vervolgens hun hulp in te roepen, en dat als vrouw. Dat was handig. Maar haar succes was niet zo compleet als ze waarschijnlijk had gewild. Er waren naar schatting tegen de vijftig man in de gelagkamer. Catelyn Starks pleidooi had er maar een twaalftal op de been gebracht, en de anderen keken verward, of bang, of nors. Slechts twee van de Freys hadden zich verroerd, had Tyrion gemerkt, en die waren weer heel snel gaan zitten toen hun aanvoerder niet in beweging kwam. Als hij gedurfd had zou hij geglimlacht hebben.

'Winterfel dus,' had hij toen maar gezegd. Dat was een lange reis, zoals hij uit ervaring wist nadat hij hem zojuist in omgekeerde richting had afgelegd. 'Mijn vader zal zich afvragen wat er van me geworden is,' had hij eraan toegevoegd terwijl hij de blik ving van de zwaardvechter die hem zijn kamer had aangeboden. 'Hij zal de man die hem vertelt wat hier vandaag gebeurd is, rijk belonen.' Heer Tywin zou uiteraard niets van dien aard doen, maar dat zou Tyrion zelf dan wel goedmaken als hij vrijkwam.

Ser Rodrik had zijn vrouwe bezorgd aangekeken, en terecht. 'Zijn mannen gaan mee,' had de oude ridder verklaard. 'En we zullen de rest van u dankbaar zijn als u niet rept over wat u hier hebt gezien.'

Tyrion had moeite om niet te lachen. *Er niet over reppen?* Ouwe dwaas die hij was. Tenzij hij de hele herberg bezette zou het nieuws zich verspreiden zodra ze hun hielen hadden gelicht. Die vrijruiter met het goud op zak zou als een pijl uit de boog naar de Rots van Casterling vliegen, en als hij het niet deed, dan een ander wel. Door Yoren zou het verhaal in het zuiden belanden. Die dwaas van een zanger zou er misschien een ballade over maken. De Freys zouden verslag uitbrengen bij hun heer, en alleen de goden wisten wat die zou doen. Heer Walder Frey mocht dan een vazal van Stroomvliet zijn, hij was een voorzichtig man die zo oud was geworden omdat hij ervoor had gezorgd dat hij altijd aan de winnende kant stond. Hij zou op zijn minst zijn vogels naar het zuiden sturen, naar Koningslanding, en het zou best kunnen dat hij nog verder durfde gaan.

Catelyn Stark had geen tijd verspild. 'We moeten onmiddellijk op weg gaan. We hebben verse paarden nodig en leeftocht voor onderweg. Mannen, weet dat het Huis Stark u eeuwig dankbaar zal zijn. Als iemand van u verkiest ons te helpen onze gevangenen te bewaken en veilig naar Winterfel te brengen zal hij rijkelijk beloond worden.' Meer was niet nodig om de idioten te doen toesnellen. Tyrion bestudeerde hun gezichten. Ja, ze zouden rijkelijk worden beloond, had hij zichzelf plechtig beloofd, maar misschien niet helemaal zoals ze dachten.

Ook nog toen ze hem naar buiten sleepten, in de regen de paarden zadelden en zijn handen met een ruw eind touw vastbonden, was Tyrion niet echt bang geweest. Hij had er iets om durven verwedden dat ze hem nooit in Winterfel zouden krijgen. Binnen een dag zouden ze ruiters achter zich aan krijgen, er zouden vogels vliegen, en een van de heren van de rivier zou vast wel graag genoeg bij zijn vader in het gevlij willen komen om een handje te helpen. Tyrion wenste zichzelf net geluk met zijn slimheid toen iemand een kap over zijn hoofd trok en hem op een zadel hees.

Ze reden in snelle galop de regen in, en het duurde niet lang of Tyrion had stevige kramp in zijn dijbenen en een bonzende pijn in zijn achterste. Zelfs toen ze op veilige afstand van de herberg waren en Catelyn hun tempo tot een sukkeldraf terugbracht bleef het een akelige hobbelrit over oneffen terrein, nog verergerd door het feit dat hij niets zag. Bij elke bocht liep hij gevaar van zijn paard te vallen. De kap dempte alle geluiden, zodat hij niet verstond wat er om hem heen werd gezegd, en de regen doorweekte de stof, zodat die tegen zijn gezicht plakte en hem ten slotte zelfs het ademhalen bemoeilijkte. Het touw schuurde zijn polsen rauw en leek strakker te worden naarmate de nacht vorderde. *Ik wilde net bij de warme haard gaan zitten genieten van mijn geroosterde gevogelte toen die ellendige zanger zonodig zijn mond open moest doen*, dacht hij met smart. De ellendige zanger was meegegaan. 'Hier valt een geweldig lied op te maken,' had hij tegen Catelyn Stark gezegd toen hij zijn voornemen kenbaar maakte, met hen mee te gaan om te kijken hoe dit 'prachtige avontuur' zou aflopen. Tyrion vroeg zich af of de jongen het avontuur nog even prachtig zou vinden als ze door de ruiters van Lannister werden achterhaald.

Het was eindelijk gestopt met regenen en het ochtendlicht drong door de natte lap voor zijn ogen toen Catelyn Stark het bevel gaf om af te stijgen. Ruwe handen hadden hem van zijn paard getrokken, zijn polsen losgemaakt en de kap van zijn hoofd gerukt. Toen hij de smalle, stenige weg zag, de hoge, ruige heuvels die aan alle kanten oprezen en de scherpgetande, besneeuwde pieken aan de verre einder, was alle hoop in één keer uit hem weggevloeid. 'Dit is de hoge weg,' zei hij, happend naar adem, en hij keek vrouwe Stark beschuldigend aan. 'De *oostelijke* weg. U zei dat we naar Winterfel gingen!'

Catelyn Stark had hem een wel heel flauw glimlachje toegeworpen. 'Herhaaldelijk en luidkeels,' beaamde ze. 'Als je vrienden achter ons aan komen gaan ze ongetwijfeld die kant op. Ik wens ze een goede reis toe.'

Zelfs nu, lange dagen later, vervulde die herinnering hem met bittere razernij. Tyrion ging al een heel leven prat op zijn sluwheid, de enige gave waarmee hij door de goden was begiftigd, en toch was die zevenmaal vervloekte wolvin Catelyn Stark hem op alle punten te slim af geweest. Die wetenschap vervulde hem met meer rancune dan het feit dat hij ontvoerd was.

Ze hadden niet langer halt gehouden dan nodig was om de paarden te voederen en te drenken. Toen waren ze weer vertrokken. Ditmaal bleef de kap Tyrion bespaard. Na de tweede nacht boeiden ze hem niet meer, en toen ze eenmaal in het hooggebergte waren namen ze zelfs nauwelijks meer de moeite hem te bewaken. Ze schenen niet bang te zijn dat hij zou ontsnappen. Waarom zouden ze ook? Hierboven was het land karig en ruig en de hoge weg niet veel meer dan een stenig pad. Hoe ver zou hij komen als hij vluchtte, alleen en zonder eten? De schaduwkatten zouden hem verslinden en de clans die in de bergforten huisden bestonden uit bandieten en moordenaars die alleen de wet van het zwaard erkenden.

Toch dreef het Stark-mens hen onbarmhartig voort. Hij wist waar ze heengingen. Dat had hij geweten sinds het moment dat ze de kap van zijn hoofd trokken. Deze bergen waren het domein van het Huis Arryn, en de weduwe van de overleden Hand was een Tulling, de zuster van Catelyn Stark... en geen vriendin van de Lannisters. Tyrion had vrouwe Lysa enigszins leren kennen in de tijd dat ze in Koningslanding woonde en zag er niet naar uit die kennismaking te hernieuwen.

Zijn overweldigers zaten op een kluitje bij een beek, een eindje onder de hoge weg. De paarden hadden hun dorst gelest met het ijzige water en graasden nu de bosjes bruin gras af die uit de rotsspleten groeiden. Jyck en Morrec zaten ineengedoken bij elkaar, gemelijk en ongelukkig. Mohor stond naast hen op zijn speer geleund. Hij droeg een ronde ijzeren kap, zodat het net leek of hij een schaal op zijn hoofd had. Daarnaast zat Marillion de zanger zijn houtharp te oliën en te klagen over de schade die het vocht aan zijn snaren toebracht.

'We moeten wat rust nemen, vrouwe,' zei de hagenridder ser Willis Wede juist tegen Catelyn Stark toen Tyrion Lannister dichterbij kwam. Hij was de dienstman van vrouwe Whent, koppig en onverstoorbaar, en de eerste die was opgestaan om Catelyn Stark in de herberg zijn steun te bieden.

'Ser Willis heeft gelijk, vrouwe,' zei ser Rodrik. 'Dit is al het derde paard dat we kwijtraken...'

'Als de Lannisters ons inhalen verliezen we meer dan alleen maar paarden,' bracht ze hun in herinnering. Haar gezicht was hol, en schraal geworden door de wind, maar had niets van zijn vastberadenheid verloren.

'Weinig kans hier,' kwam Tyrion ertussen.

'De vrouwe heeft jou niet om je mening gevraagd, dwerg,' snauwde Kurleket, een grote, vette lomperik met borstelhaar en een varkenssnuit. Hij was een van de Vaarens, een wapenknecht in dienst van heer Jonos. Tyrion had grote moeite gedaan zich al hun namen in te prenten, zodat hij hen later kon bedanken voor de zachtzinnige manier waarop ze met hem om waren gesprongen. Een Lannister betaalde zijn schulden altijd. Dat zou Kurleket op een dag nog wel merken, net als zijn vrienden Lharys en Mohor, de brave ser Willis, en de huurlingen Bronn en Chiggen. Hij had een extra strenge les in gedachten voor Marillion, de man met het harpje en de welluidende zangstem, die zo manmoedig zijn best deed om *kobold* op *bobbelt* en *hobbelt* te laten rijmen, zodat hij deze schanddaad in een lied kon omzetten.

'Laat hem praten,' beval vrouwe Stark.

Tyrion Lannister ging op een rotsblok zitten. 'Onze achtervolgers zullen zich nu inmiddels wel door de Nek haasten om uw leugen op de Koningsweg te achterhalen... aangenomen dat er achtervolgers *zijn*, wat nog helemaal niet vaststaat. O, het bericht heeft ongetwijfeld mijn vader bereikt... maar mijn vader is niet bijzonder op mij gesteld, en ik weet bepaald niet zeker of hij wel de moeite zal nemen in actie te komen.' Dat was maar half gelogen: heer Tywin Lannister gaf geen zier om zijn mismaakte zoon, maar duldde niet dat de eer van zijn geslacht werd aangetast. 'Dit is een onherbergzaam land, vrouwe Stark. U zult geen schuilplaats vinden voor u de Vallei bereikt, en ieder rijdier dat u kwijtraakt zal de rest des te zwaarder belasten. Erger nog, u loopt het gevaar, *mij* te verliezen. Ik ben klein en zwak, en als ik sterf, waar doet u dit dan nog voor?' Dat was al helemaal geen leugen; Tyrion wist niet hoe lang hij dit tempo nog vol kon houden.

'Je zou kunnen stellen dat het me juist om jouw dood te doen is, Lannister,' antwoordde Catelyn Stark.

'Ik denk het niet,' zei Tyrio. 'Als u mijn dood wilde had u het maar hoeven zeggen, en een van die standvastige vrienden van u had me met liefde van een rode glimlach voorzien.' Hij keek naar Kurleket, maar de man was te dom om de grap te bevatten.

'De Starks vermoorden een man niet in bed.'

'Ik ook niet,' zei hij. 'Ik zeg u nogmaals, ik heb niets te maken met de moordaanslag op uw zoon.'

'De aanvaller was met uw dolk bewapend.'

Tyrion merkte dat hij verhit raakte. 'Het was mijn dolk niet,' zei hij met klem. 'Hoe vaak moet ik daar nog een eed op doen? Vrouwe Stark, hoe u ook over mij moge denken, dom ben ik niet. Alleen een dwaas zou een doodgewone knecht zijn eigen mes als wapen geven.'

Even meende hij iets van twijfel in haar blik te zien sluipen, maar het enige dat ze zei was: 'Waarom zou Petyr tegen me liegen?'

'Waarom schijt een beer in het bos?' wilde hij weten. 'Omdat dat in zijn aard ligt. Een man als Pinkje liegt even makkelijk als hij ademhaalt. Uitgerekend *u* zou dat toch moeten weten.'

Met een strak gezicht deed ze een stap naar hem toe. 'Waar heb je het over, Lannister?'

Tyrion hield zijn hoofd scheef. 'Iedere man aan het hof heeft hem toch horen vertellen hoe hij u heeft ontmaagd, vrouwe?'

'*Dat is een leugen!*' zei Catelyn Stark.

'O, verdorven kleine kobold,' zei Marillion geschokt.

Kurleket trok zijn ponjaard, een gemeen stuk zwart ijzer. 'Eén woord, vrouwe, en ik leg zijn leugenachtige tong voor uw voeten.' Zijn varkensoogjes werden vochtig van opwinding bij het vooruitzicht.

Catelyn Stark staarde Tyrion aan met killere ogen dan hij ooit had gezien. 'Eens hield Petyr Baelish van mij. Hij was nog een jongen. Zijn hartstocht was een tragedie voor ons allemaal, maar echt en puur, niet iets om mee te spotten. Hij wilde mijn hand. Dat is de waarheid. Jij bent waarlijk een slecht mens, Lannister.'

'En u bent waarlijk een dwaas, vrouwe Stark. Pinkje heeft nooit om een ander dan Pinkje gegeven, en ik verzeker u dat het niet uw *hand* is waar hij over pocht, maar uw volle borsten, en uw verleidelijke mond, en het vuur tussen uw benen.'

Kurleket greep een handvol haar en rukte zijn hoofd hard naar achteren zodat zijn hals bloot kwam te liggen. Tyrion voelde de koele kus van het staal onder zijn kin. 'Moet ik hem aderlaten, vrouwe?'

'Dood me, en de waarheid sterft met mij,' hijgde Tyrion.

'Laat hem praten,' gelastte Catelyn Stark. Met tegenzin liet Kurleket Tyrions haar los.

Tyrion haalde diep adem. 'Hoe zei Pinkje dat ik aan die dolk van hem kwam? Dat zou ik weleens willen weten.'

'Die had je van hem gewonnen bij een weddenschap op het toernooi ter ere van prins Joffry's naamdag.'

'Zeker toen mijn broer Jaime door de Bloemenridder uit het zadel werd gelicht? Zei hij dat?'

'Inderdaad,' bevestigde ze. Er kwam een rimpel in haar voorhoofd.

'*Ruiters!*'

De kreet kwam van de door de wind uitgeholde richel boven hen. Ser Rodrik had Lharys de rotswand laten beklimmen om de weg in het oog te houden terwijl zij uitrustten.

Eén langdurig moment bleef iedereen als versteend staan. Catelyn Stark was de eerste die reageerde. 'Ser Rodrik, ser Willis, te paard,' schreeuwde ze. 'Breng de rest van de paarden naar achteren. Mohor, jij bewaakt de gevangenen...'

'Geef ons wapens!' Tyrion sprong overeind en greep haar bij haar arm. 'We zullen elk zwaard nodig hebben.'

Ze wist dat hij gelijk had, zag Tyrion. De vijandschap tussen de grote huizen zei de bergclans niets. Ze zouden Stark én Lannister met evenveel vuur afslachten als elkaar. Catelyn zelf zouden ze misschien sparen: zij was nog jong genoeg om zonen te baren. Toch aarzelde ze.

'*Ik hoor ze!*' riep ser Rodrik. Tyrion draaide zijn hoofd opzij om te luisteren, en daar was het: hoefgetrappel. Er naderden zeker twaalf paarden. Plotseling was iedereen in beweging, greep naar zijn wapens, rende naar zijn paard.

Het regende steentjes om hem heen toen Lharys de richel af kwam springen en glijden. Hijgend landde hij voor Catelyn Stark, een onooglijke kerel met woeste plukken roestbruin haar die onder een stalen kegelhelm uitstaken. 'Twintig man, vijfentwintig misschien,' zei hij buiten adem. 'Melkslangen of Maanbroeders, als u het mij vraagt. Ze moeten spionnen uitgezonden hebben, vrouwe... onzichtbare ogen... ze weten dat we hier zijn.'

Ser Rodrik Cassel zat al te paard, zijn lange zwaard in de hand. Mohor hurkte achter een rotsblok, zijn speer met de ijzeren punt in beide handen en een dolk tussen zijn tanden. 'Jij, zanger,' riep ser Willis Wede, 'help me eens met dit borstharnas.' Marillion zat als aan de grond genageld en klemde met een wasbleek gezicht zijn houtharp vast, maar Tyrions bediende Morrec sprong snel overeind om de ridder met zijn wapenrusting te helpen.

Tyrion hield nog steeds Catelyn Stark vast. 'U hebt geen keus,' zei hij. 'Drie man, en een vierde die niets kan doen omdat hij ons moet bewaken... vier man, dat kan hierboven het verschil tussen leven en dood inhouden.'

'Geef me je woord dat jullie na afloop van het gevecht het zwaard weer zullen neerleggen.'

'Mijn woord?' Het hoefgetrappel klonk luider. Tyrion grijnsde scheef. 'Dat hebt u, vrouwe... op mijn eer als Lannister.'

Even dacht hij dat ze op hem zou spugen, maar in plaats daarvan snauwde ze: 'Bewapen ze,' en weg was ze. Ser Rodrik smeet Jyck zijn zwaard en schede toe en keerde zich toen snel in de richting van de vijand. Morrec eigende zich een boog en pijlkoker toe en ging naast de weg op één knie zitten. Hij kon beter schieten dan zwaardvechten. En Bronn kwam aanrijden om Tyrion een dubbelbladige bijl te geven.

'Ik heb nog nooit met een bijl gevochten.' Het wapen lag lomp en onwennig in zijn hand. Het had een korte greep, een zware kop en een lelijke punt bovenop.

'Doe maar net of je houtblokken klieft,' zei Bronn en trok zijn zwaard uit de schede op zijn rug. Hij spuwde en draafde naar Chiggen en ser Rodrik toe. Ser Willis steeg op en voegde zich bij hen, prutsend aan zijn helm, een metalen pot met een dunne spleet voor de ogen en een hoge, zwartzijden pluim.

'Houtblokken bloeden niet,' zei Tyrion tegen niemand in het bijzonder. Zonder wapenrusting voelde hij zich naakt. Hij keek rond, op zoek naar een rots, en rende naar de schuilplaats van Marillion. 'Opzij.'

'Ga weg!' schreeuwde de jongen terug. 'Ik ben zanger, ik wil niets met dit gevecht te maken hebben!'

'Wat, geen zin meer in avonturen?' Tyrion schopte de jongeman net zolang tot hij opschoof, en geen moment te vroeg. Een tel later vielen de ruiters hen aan.

Er waren geen herauten en geen banieren, geen oorlogstrompetten en geen trommen, alleen het zingende geluid waarmee Morrec en Lharys hun boogpezen loslieten, en plotseling kwamen de clanstrijders vanuit de ochtendschemering aanstormen, magere, donkere mannen in verhard leer en samengeraapte wapenrustingen, hun gezichten verborgen achter gesloten helmkappen. In gehandschoende vuisten hielden ze diverse soorten wapens geklemd: zwaarden, lansen en scherpgeslepen zeisen, gepunte knotsen, dolken en zware ijzeren strijdhamers. Aan het hoofd reed een man met een gestreepte mantel van schaduwvacht, bewapend met een tweehandig slagzwaard.

Ser Rodrik schreeuwde: '*Winterfel*!' en reed op hen af, met naast zich Bronn en Chiggen, die een ongearticuleerde strijdkreet slaakten. Ser Willis Wede volgde hen en zwaaide een puntige morgenster boven zijn hoofd. 'Harrenhal! Harrenhal' zong hij. Tyrion voelde plotseling de neiging om op te springen, met zijn bijl te zwaaien en 'Casterling!' te brullen, maar die aanval van waanzin was snel voorbij, en hij dook nog dieper in elkaar.

Hij hoorde het schreeuwen van bange paarden en het gekletter van metaal op metaal. Chiggens zwaard haalde het onbeschermde gezicht van een gemaliede ruiter open en Bronn raasde als een wervelwind op de clanstrijders af en maaide links en rechts de vijand neer. Ser Rodrik hakte in op de forse man met de schaduwvacht, en hun paarden dansten om elkaar heen bij de slagenwisseling. Jyck sprong met een boog op een paard en galoppeerde ongezadeld het strijdgewoel in. Tyrion zag een pijl uit de keel van de man met de schaduwvacht steken. Toen hij zijn mond opende om te schreeuwen kwam er alleen maar bloed uit. Tegen de tijd dat hij omviel vocht ser Rodrik al met iemand anders.

Ineens bedekte Marillion krijsend zijn hoofd met zijn houtharp. Er sprong een paard over hun rotsblok. Toen de ruiter zich naar hen omkeerde en een puntige strijdhamer ophief krabbelde Tyrion overeind en zwaaide met zijn bijl. Het blad maakte een opwaartse hoek en trof het aanstormende paard met een vlezig klinkende klap in de hals. Toen het dier schreeuwend in elkaar zakte schoot de bijl bijna uit Tyrions greep. Hij slaagde erin hem los te wrikken en strompelde moeizaam weg. Marillion had minder geluk. Paard en ruiter ploften in een verwarde kluwen boven op de zanger. Tyrion danste terug terwijl het been van de bandiet nog vastgeklemd zat onder diens gevallen rijdier en begroef zijn bijl in 's mans nek, vlak boven de schouderbladen.

Terwijl hij zijn best deed het blad eruit te rukken hoorde hij Marillion kreunen onder de lijken. 'Iemand moet me helpen,' hijgde de zanger. 'Barmhartige goden, ik *bloed.*'

'Volgens mij is het paardenbloed,' zei Tyrion. De hand van de zanger kwam onder het dode beest vandaan kruipen en krabbelde als een vijfpotige spin door het stof. Tyrion zette zijn hak op de graaiende vingers en voelde een bevredigend geknars. 'Doe je ogen dicht en hou je dood,' ried hij de zanger aan, waarna hij de bijl ophief en hem de rug toekeerde.

Daarna gebeurde alles tegelijkertijd. De dageraad galmde van het geschreeuw en gegil en was bezwangerd met de lucht van bloed, en de wereld werd een chaos. Pijlen floten langs zijn oor en ketsten van de rotsen af. Hij zag Bronn, zonder paard, en vechtend met een zwaard in iedere hand. Tyrion hield zich aan de periferie van de strijd op. Hij glipte van rots naar rots en schoot uit de schaduwen naar voren om op de benen van langsdravende paarden in te hakken. Hij vond een gewonde clanstrijder en liet hem dood achter, met medeneming van zijn ijzeren hoed. Die zat iets te strak, maar Tyrion was blij met iedere vorm van bescherming. Jyck werd van achteren neergehouwen terwijl hij uithaalde naar een man vóór hem, en wat later struikelde Tyrion over Kurlekets lijk. Het varkensgezicht was met een knots ingeslagen, maar Tyrion herkende de ponjaard toen hij die uit de vingers van de dode wrikte. Hij stak hem net achter zijn riem toen hij een vrouw hoorde gillen.

Catelyn Stark zat in de val. Ze stond met haar rug tegen de stenen bergwand met drie mannen om zich heen, een nog te paard en de andere twee te voet. Ze hield een dolk onhandig tussen haar verminkte handen geklemd, maar ze was aan drie kanten ingesloten, met achter haar de rots. *Ze mogen die teef hebben*, dacht Tyrion, *en veel plezier ermee*, maar om de een of andere reden kwam hij in beweging. Voordat ze zelfs maar wisten dat hij er was trof hij de eerste man in zijn knieholte, en het zware bijlblad kliefde het vlees en de beenderen als vermolmd hout. *Bloedende houtblokken*, was Tyrions loze gedachte toen de tweede man op hem afkwam. Hij dook onder diens zwaard door en zwaaide zijn bijl. De man wankelde achteruit... en Catelyn Stark stond achter hem en sneed hem de keel door. De ruiter herinnerde zich dat hij dringende bezigheden elders had en galoppeerde er ineens vandoor.

Tyrion keek rond. De vijanden waren allemaal geveld of gevlogen. De strijd moest geëindigd zijn toen hij even niet oplette. Overal in het rond lagen stervende paarden en gewonde mannen te schreeuwen of te kreunen. Tot zijn grenzeloze verbazing hoorde hij daar niet bij. Hij opende zijn vingers en liet de bijl op de grond ploffen. Zijn handen waren kleverig van het bloed. Hij zou gezworen hebben dat ze een halve dag hadden gevochten, maar de zon leek nauwelijks van plaats veranderd te zijn.

'Je eerste gevecht?' vroeg Bronn later terwijl hij over Jycks lijk heen gebogen stond om diens laarzen uit te trekken. Het waren goede laarzen, zoals het een krijgsknecht van heer Tywin betaamde: stevig leer, geolied en soepel, veel mooier dan wat Bronn droeg.

Tyrion knikte. 'Mijn vader zal toch *zo* trots op me zijn,' zei hij. Hij had zulke hevige beenkrampen dat hij bijna niet kon staan. Vreemd. Die pijn was hem tijdens het gevecht niet opgevallen.

'Nu zou je een vrouw moeten hebben,' zei Bronn, en er glom iets in zijn zwarte ogen. Hij stouwde de laarzen in zijn zadeltas. 'Niets haalt het bij een vrouw als een man voor het eerst bloed heeft doen vloeien, neem dat maar van mij aan.'

Chiggen hield net lang genoeg op met het plunderen van de lijken van de bandieten om te snuiven en zijn lippen af te likken.

Tyrion gluurde naar de plek waar vrouwe Stark bezig was de wonden van ser Rodrik te verbinden. 'Ik wil wel, als zij ook wil,' zei hij. De vrijruiters schoten in de lach, en Tyrion grinnikte en dacht: *Het begin is er.*

Naderhand knielde hij neer bij het stroompje en waste met ijskoud water het bloed van zijn gezicht. Toen hij terughinkte naar de anderen wierp hij opnieuw een blik op de gesneuvelden. De dode clanstrijders waren magere, haveloze mannen en hun paarden ondermaats en vel over been, je kon hun ribben tellen. Die paar wapens die Bronn en Chiggen hun hadden gelaten waren bepaald niet indrukwekkend. Hamers, knotsen, een *zeis*... Hij dacht aan de forse man met de mantel van schaduwvacht die met een tweehandig slagzwaard tegen ser Rodrik had gevochten, maar toen hij diens lijk languit op de stenige grond zag liggen was de man helemaal zo fors niet. De mantel was verdwenen, en Tyrion zag dat zijn kling vol moeten zat en dat het staal bezaaid was met roestplekken. Geen wonder dat de clanstrijders negen doden hadden achtergelaten.

Zij hadden maar drie doden: twee van heer Vaarens krijgslieden, Kurleket en Mohor, en Jyck, zijn eigen man, die er met zijn ongezadelde charge zo'n drieste vertoning van had gemaakt. Tot het laatst toe een dwaas, dacht Tyrion.

'Vrouwe Stark, ik raad u dringend aan zo snel mogelijk verder te reizen,' zei ser Willis Wede terwijl zijn ogen door zijn helmspleet heen bedachtzaam de heuveltoppen afzochten. 'We hebben ze vooralsnog verjaagd, maar ze zijn niet ver.'

'We moeten onze doden begraven, ser Willis,' zei ze. 'Dit waren moedige mannen. Ik laat ze niet achter voor de kraaien en schaduwkatten.'

'Deze grond is te stenig om te graven,' zei ser Willis.

'Dan verzamelen we stenen om grafhopen op te richten.'

'Verzamel gerust net zoveel stenen als u wilt,' zei Bronn tegen haar, 'maar dan zonder mij en Chiggen. Ik heb wel wat beters te doen dan stenen op lijken te stapelen.' Hij liet zijn blikken langs de rest van de overlevenden gaan. 'Wie van jullie de komende avond nog hoopt te zien moet met ons meegaan.'

'Ik vrees dat hij gelijk heeft, vrouwe,' zei ser Rodrik vermoeid. De oude ridder was in de strijd gewond geraakt, een diepe snee in zijn linkerarm en een speerstoot die zijn nek had opengehaald, en hij klonk net zo oud als hij was. 'Als we hier blijven talmen overvallen ze ons zeker nog eens, en een tweede aanval overleven we misschien niet.'

Tyrion zag aan Catelyns gezicht dat ze woedend was, maar ze had geen keus. 'Moge de goden ons dan vergeven. We rijden meteen door.'

Er was nu geen gebrek meer aan paarden. Tyrion legde zijn zadel op de gevlekte ruin van Jyck, die er sterk genoeg uitzag om het nog minstens drie of vier dagen uit te houden. Hij stond op het punt op te stijgen toen Lharys op hem afstapte en zei: 'Ik neem die ponjaard weer terug, dwerg.'

'Laat maar.' Catelyn Stark keek neer vanaf haar paard. 'En zorg dat hij ook zijn bijl terugkrijgt. Die hebben we misschien nodig als we nog eens worden aangevallen.'

'Mijn dank, vrouwe,' zei Tyrion terwijl hij opsteeg.

'Hou je dank maar voor je,' zei ze kortaf. 'Ik vertrouw je nog net zomin als eerst.' Ze was weg vóór hij een antwoord had kunnen bedenken.

Tyrion zette zijn gestolen helm recht en pakte de bijl, die hem door Bronn werd aangereikt. Hij dacht eraan hoe hij deze reis begonnen was, met gebonden handen en een kap over zijn hoofd, en constateerde dat hij er zonder meer op vooruitgegaan was. Vrouwe Stark mocht haar vertrouwen houden. Zolang hij de bijl mocht houden zou hij haar bij dit spelletje één stap voor blijven.

Ze verlieten de plek, vooropgegaan door ser Willis Wede. Bronn vormde de achterhoede, met vrouwe Stark veilig in het midden en ser Rodrik als een schaduw aan haar zij. Marillion keek onder het rijden regelmatig gemelijk naar Tyrion om. De zanger had verscheidene ribben, zijn houtharp en alle vier de vingers van de hand waarmee hij speelde gebroken, maar toch was het niet helemaal een verloren dag voor hem. Hij had ergens een schitterende mantel van schaduwvacht opgeduikeld, dik, zwart bont met witte strepen erover. Hij zat zwijgend tussen de plooien gedoken en had bij uitzondering nu eens niets te melden.

Voordat ze een halve mijl verder waren hoorden ze achter zich het lage grommen van schaduwkatten, en later hoorden ze de beesten woest grauwend om de achtergelaten lijken vechten. Marillion verbleekte zichtbaar. Tyrion kwam op een drafje naast hem rijden. '*Bange haas*,' zei hij, 'rijmt heel aardig op *ravenaas*.' Hij zette zijn paard aan en reed langs de zanger naar ser Rodrik en Catelyn Stark.

Ze keek hem met opeengeknepen lippen aan.

'Zoals ik wilde zeggen toen we zo ruw onderbroken werden,' begon Tyrion, 'vertoont dat fabeltje van Pinkje één ernstig mankement. Wat u ook van mij denken moge, vrouwe Stark, ik kan u één ding verzekeren. Ik sluit *nooit* weddenschappen af tegen familieleden.'

Arya

De zwarte kater met het ene oor kromde zijn rug en blies tegen haar.

Behendig balancerend op de ballen van haar blote voeten stapte Arya de steeg door. Ze luisterde naar haar versnelde hartslag en haalde langzaam en diep adem. *Stil als een schaduw*, zei ze tegen zichzelf, *licht als een veer*. De kater sloeg haar nadering met behoedzame blikken gade.

Katten vangen was heel moeilijk. Haar handen zaten onder de half genezen krabben, en haar beide knieën waren een en al korst, omdat ze ze telkens schaafde bij het vallen. Eerst was zelfs de enorme, vette kat van de kok haar ontsnapt, maar Syrio had haar dag en nacht laten oefenen. Als ze met bloedende handen naar hem toe rende zei hij: 'Zo langzaam? Je moet sneller zijn, meisje. Van je vijanden zul je niet alleen krabben oplopen.' Hij had haar wonden gebet met Myrisch vuur, dat zo afschuwelijk brandde dat ze op haar lip had moeten bijten om het niet uit te schreeuwen. Daarna had hij haar weggestuurd om nog meer katten te vangen.

De Rode Burcht zat er *vol* mee: luie oude beesten die dommelden in de zon, muizende katten met kille ogen en zwiepende staarten, vlugge jonge katjes met naaldscherpe klauwen, damespoezen, keurig gekamd en aanhalig, en haveloze schaduwen die bij de vuilnisbelten op de loer lagen. Arya had ze allemaal achternagezeten, gegrepen en vol trots bij Syrio Forel gebracht... allemaal op één na: deze zwarte duivel van een kater met zijn ene oor. 'Dat is de eigenlijke koning van het kasteel,' had een van de goudmantels tegen haar gezegd. 'Ouder dan de zonde, en twee keer zo doortrapt. Op een keer onthaalde de koning de vader van de koningin, en die zwarte smeerlap sprong op de tafel en griste zó een geroosterde kwartel uit heer Tywins vingers. Robert klapte bijna uit elkaar van het lachen. Laat die maar lopen, kind.'

Hij had haar het halve kasteel door laten draven: twee keer om de Toren van de Hand heen, het binnenplein over, de stallen door, de kronkeltrap af, voorbij de kleine keuken, de varkensloop en de barakken van de goudmantels, beneden langs de riviermuur, nog meer trappen op, heen en terug over de Verradersgang en toen weer naar beneden, een hek door en een put rond en onbekende gebouwen in en uit, totdat Arya niet meer wist waar ze was.

Nu had ze hem dan eindelijk. Aan weerskanten ingesloten door hoge muren, met verderop een blinde steenmassa zonder ramen. *Stil als een schaduw*, herhaalde ze, *licht als een veer*.

Toen ze drie stappen van hem verwijderd was ging de kater op de loop. Hij dook naar links en toen naar rechts, en naar links en naar rechts dook Arya om zijn vluchtweg af te snijden. Hij blies weer en trachtte tussen haar benen door te glippen. *Vlug als een slang*, dacht ze. Haar handen sloten zich om zijn lijf. Ze drukte hem tegen zich aan en draaide hardop lachend om haar as terwijl zijn klauwen over de voorkant van haar leren buis krabden. Bliksemsnel kuste ze hem midden tussen zijn ogen en wierp met een ruk haar hoofd naar achteren, vlak voor zijn klauwen haar gezicht zouden hebben geraakt. De kater jankte en siste.

'Wat doet hij met die kat?'

Geschrokken liet Arya de kat los en draaide zich met een ruk naar de stem om. In een oogwenk was de kater verdwenen. Aan de ingang van het steegje stond een meisje met een massa gouden krullen, snoezig als een pop in blauw satijn gekleed. Naast zich had ze een mollig, blond jongetje met een klimmende hertenbok in parels op zijn wambuis genaaid en een miniatuurzwaard aan zijn riem. *Prinses Myrcella en prins Tommen*, dacht Arya. Een septa als een karrenpaard had hen onder haar hoede en achter hen stonden twee forse mannen in karmozijnrode mantels, lijfwachten van de Lannisters.

'Wat deed jij met die kat, jongen?' vroeg Myrcella nogmaals op strenge toon. En tegen haar broer zei ze: 'Wat een haveloze jongen, hè? Kijk toch eens.' Ze giechelde.

'Een haveloos, vies, stinkend joch,' beaamde Tommen.

Ze herkennen me niet, drong het tot Arya door. *Ze zien niet eens dat ik een meisje ben*. Niet verwonderlijk: ze was blootsvoets en vuil, haar haar zat in de war na al dat geren door het kasteel, ze droeg een buis vol scheuren van de kattenklauwen en een bruine broek van ruwe wol die afgesneden was boven haar geschaafde knieën. Wie katten gaat vangen trekt geen zijden rokken aan. Snel boog ze haar hoofd en zonk op één knie. Misschien *zouden* ze haar ook niet herkennen. Als ze dat wel deden had je de poppen aan het dansen. Septa Mordane zou diep gekrenkt zijn en Sansa zou vanwege de schande nooit meer met haar spreken.

De oude dikke septa kwam naar voren. 'Jongen, hoe kom jij hier? In dit deel van het kasteel heb je niets te zoeken.'

'Je houdt ze niet tegen,' zei een van de roodmantels. 'Het zijn net ratten.'

'Bij wie hoor jij, jongen?' wilde de septa weten. 'Geef antwoord.

Wat is er met je aan de hand, ben je soms stom?'

Arya's stem bleef in haar keel steken. Als ze antwoord gaf zouden Tommen en Myrcella haar zonder meer herkennen.

'Godwyn, breng hem hier,' zei de septa. De langste van de wachten begon het steegje in te lopen.

Paniek greep haar als een reuzenhand bij de keel. Arya had zelfs niets kunnen uitbrengen als haar leven ervan afgehangen had. *Kalm als stille wateren*, prevelde ze geluidloos.

Toen Godwyn naar haar greep kwam ze in actie. *Vlug als een slang*. Ze boog zich naar links, zodat zijn vingers langs haar arm streken, en wervelde langs hem heen. *Soepel als zomerzij*. Tegen de tijd dat hij zich had omgedraaid rende zij de steeg al uit. *Snelvoetig als een ree*. De septa krijste tegen haar. Arya glipte tussen dikke, witte benen als marmeren zuilen door, schoot overeind, botste tegen prins Tommen op, sprong over hem heen toen hij hard op de grond plofte en '*Oef*' zei, omzeilde de tweede wacht – en toen was ze erlangs en rende wat ze rennen kon.

Ze hoorde geroep en dreunende voetstappen die steeds dichterbij kwamen. Ze liet zich vallen en rolde opzij. De roodmantel draafde haar struikelend voorbij. Arya sprong weer op. Boven zich zag ze een raam, hoog en smal, weinig meer dan een schietgat. Arya sprong, kreeg de vensterbank te pakken en trok zichzelf op. Ademloos wrong ze zich erdoor. *Glad als een aal*. Pal voor een geschrokken poetsvrouw landde ze op de vloer, veerde op, sloeg de biezen van haar kleren en was alweer vertrokken, de deur uit en een lange gang door, een trap af, een overdekt binnenhof over, een hoek om, een muurtje over en door een laag, smal raampje een pikdonkere kelder in. De geluiden achter haar klonken steeds verder weg.

Arya was buiten adem en volledig verdwaald. Als ze haar herkend hadden zat ze tot aan haar nek in de puree, maar ze dacht niet dat dat zo was. Ze was te snel geweest. *Snelvoetig als een ree*.

Op haar hurken leunde ze in het donker tegen een klamme stenen muur en luisterde naar haar achtervolgers, maar het enige dat ze hoorde was het bonzen van haar eigen hart en het gedruppel van water in de verte. *Stil als een schaduw*, zei ze tegen zichzelf. Ze vroeg zich af waar ze was. Toen ze net in Koningslanding waren had ze nachtmerries gehad dat ze in het kasteel verdwaalde. Vader zei dat de Rode Burcht kleiner was dan Winterfel, maar in die dromen was hij onmetelijk groot geweest, een eindeloze stenen doolhof met muren die achter haar rug leken te verschuiven en te veranderen. Dan zwierf ze door naargeestige zalen en langs verschoten wandtapijten, daalde af via eindeloos ronddraaiende trappen, holde over binnenhoven of bruggen, en niemand die antwoord gaf als ze riep. In sommige kamers leek het bloed van de stenen muren te druipen, en nergens was een raam te bekennen. Soms hoorde ze haar vaders stem, maar altijd van heel ver weg, en hoe hard ze er ook op afrende, hij werd telkens vager, totdat hij ten slotte geheel wegstierf en Arya alleen was in het donker.

Op dit moment was het ook heel donker, merkte ze. Ze trok haar blote knieën op tot onder haar kin en huiverde. Ze zou rustig blijven wachten en tot tienduizend tellen. Daarna kon ze veilig naar buiten glippen om de weg naar huis te zoeken.

Bij zevenentachtig was het al lichter in het vertrek, omdat haar ogen aan het donker gewend raakten. Langzaam kwam er tekening in de vormen om haar heen. Reusachtige, lege ogen staarden haar in het schemerduister hongerig aan, en vagelijk zag ze de puntige schaduwen van lange tanden. Ze was de tel kwijt. Ze sloot haar ogen, beet op haar lip en zette haar angst van zich af. Als ze weer keek zouden de monsters weg zijn. Ze zouden er nooit zijn geweest. Ze deed of Syrio naast haar in het donker zat en iets in haar oor fluisterde. *Kalm als stille wateren*, zei ze tegen zichzelf. *Sterk als een beer. Woest als een veelvraat.* Ze deed haar ogen weer open.

De monsters waren er nog, maar de angst was weg.

Arya stond op en liep behoedzaam naar voren. De koppen waren overal om haar heen. Ze vroeg zich af of ze echt waren en raakte er nieuwsgierig een aan. Haar vingertoppen streken over een massieve kaak. Die *leek* heel echt. Het bot onder haar hand was glad en voelde koud en hard aan. Ze liet haar vingers over een tand gaan, zwart en scherp, een dolk van duisternis. Ze huiverde ervan.

'Hij is dood,' zei ze hardop. 'Het is alleen maar een schedel, hij kan me niets doen.' Maar toch leek het monster te merken dat ze er was. Ze voelde hoe de lege ogen haar in het halfduister gadesloegen, en iets in dat schemerige, gewelfde vertrek was haar niet welgezind. Ze schoof bij de schedel vandaan en botste tegen een tweede op, groter dan de eerste. Even voelde ze hoe de tanden zich in haar schouder boorden, alsof hij een hap uit haar wilde nemen. Arya draaide zich abrupt om en voelde hoe een enorme slagtand in haar buis beet, zodat het leer bleef haken en scheurde, en ze rende weg. Vóór haar doemde een derde schedel op, het grootste monster van allemaal, maar Arya hield niet eens in. Ze sprong over een rij zwarte tanden, zo lang als zwaarden, stoof tussen gapende kaken door en wierp zich tegen de deur aan.

Haar handen vonden een zware ijzeren ring in het hout en ze rukte eraan. De deur bood even weerstand maar zwaaide toen traag naar binnen toe open, onder dermate luid geknars dat Arya er zeker van was dat het overal in de stad te horen was. Ze trok de deur net ver genoeg open om naar buiten te glippen, de gang daarachter in.

Was de kamer met de monsters al donker geweest, de gang was het zwartste gat van heel de zevenvoudige hel. *Kalm als stille wateren*, hield Arya zichzelf voor, maar zelfs toen ze haar ogen even de tijd gunde om te wennen zag ze niets anders dan de vage grijze contouren van de deur waar ze doorheen was gekomen. Ze bewoog haar vingers voor haar gezicht, voelde de lucht bewegen, maar zag niets. Ze was blind. *Een waterdanser kijkt met alle zintuigen*, bracht ze zich te binnen. Ze sloot haar ogen, wist haar ademhaling onder controle te krijgen, een, twee, drie, dronk de stilte in en stak haar handen uit.

De vingers van haar linkerhand streken over ruwe, onbewerkte steen. Ze schuifelde met kleine, vlakke pasjes in het donker langs de muur, haar hand tegen het oppervlak. Een gang gaat ergens heen. Waar een ingang is, is een uitgang. *Vrees treft dieper dan het zwaard.* Arya wilde niet bang zijn. Ze had de indruk dat ze al een heel eind had gelopen toen de muur abrupt ophield en er een kille tochtvlaag over haar wang streek. Losse haartjes kriebelden zachtjes over haar huid.

Ergens in de diepte hoorde ze geluiden. Geschraap van laarzen, stemmen in de verte. Een flakkerend schijnsel gleed flauwtjes over de muur en ze zag dat ze aan de rand van een grote zwarte put stond, een twintig voet wijde schacht die zich diep in de aarde boorde. Grote stenen, als traptreden in de ronde muur gemetseld, liepen in cirkels omlaag, donker als de trap naar de hel waar Ouwe Nans over placht te vertellen. En uit die duisternis, uit de ingewanden der aarde, kwam *iets* naar boven...

Arya tuurde over de rand en voelde de kille, zwarte adem op haar gezicht. In de diepte zag ze het licht van één enkele toorts, klein als een kaarsvlam. Ze kon twee mannen onderscheiden. Hun schaduwen dansten over de wanden van de put, rijzig als reuzen. Ze hoorde hun stemmen door de schacht omhooggalmen.

'... een van die bastaarden gevonden,' zei de een. 'En de rest volgt ook nog wel. Een dag, twee dagen, twee weken misschien, maar binnen afzienbare tijd.'

'En als hij de waarheid ontdekt, wat doet hij dan?' vroeg een tweede stem in de welluidende tongval van de Vrijsteden.

'Dat weten alleen de goden,' zei de eerste stem. Arya zag een rooksliert van de toorts als een kronkelende slang omhoogzweven. 'Die dwazen hebben geprobeerd zijn zoon te vermoorden, en wat nog erger is, ze hebben er een klucht van gemaakt. Hij is niet iemand die zich daar overheen zet. Ik waarschuw je, de wolf en de leeuw zullen elkaar weldra naar de keel vliegen, of we willen of niet.'

'Te snel, te snel,' klaagde de stem met het accent. 'Wat hebben we op *dit* moment aan een oorlog. We zijn er niet klaar voor. Zorg jij voor uitstel.'

'Je kunt net zo goed vragen of ik de tijd wil stopzetten. Hou je me soms voor een tovenaar?'

De ander grinnikte. 'Precies.' Vlammen likten de kille lucht. De lange schaduwen streken bijna over haar heen. Een ogenblik later klom de man met de toorts haar gezichtsveld binnen. Arya schuifelde bij de put vandaan, viel plat op haar buik en strekte zich uit langs de muur. Toen de mannen boven aan de trap waren hield ze haar adem in.

'Wat wil je dat ik doe?' vroeg die met de toorts, een stevige man met een korte leren mantel. Onder zijn stalen helm was een gezicht vol littekens en donkere baardstoppels te zien. Hij was gehuld in verhard leer en maliën en droeg een ponjaard en een kort zwaard aan zijn riem. Hij kwam Arya merkwaardig bekend voor.

'Als er één Hand kan sterven, waarom dan geen tweede?' antwoordde de man met het accent en de gevorkte gele baard. 'Jij hebt die rei al eens gedanst, vriend.' Hem had Arya nog nooit gezien, dat wist ze zeker. Moddervet als hij was liep hij toch met lichte tred en liet zijn gewicht op de ballen van zijn voeten rusten, als een waterdanser. Zijn ringen glinsterden in het toortslicht, rood goud en wit zilver, bezet met robijnen, saffieren en tijgerogen met gele spleten. Aan elke vinger zat een ring en aan sommige twee.

'Toen is nu niet, en deze Hand is de andere niet,' zei de man met de littekens toen ze de gang instapten. *Roerloos als een steen*, zei Arya tegen zichzelf, *stil als een schaduw*. Verblind als ze waren door het felle schijnsel van hun eigen toorts zagen ze haar niet plat tegen de steen aangedrukt liggen, slechts een paar voet bij hen vandaan.

'Misschien,' antwoordde de vorkbaard en bleef even staan om na de lange klim weer op adem te komen. 'Desondanks hebben we tijd nodig. De prinses is zwanger. De *khal* zal niets doen voordat zijn zoon geboren is. Je weet hoe die wilden zijn.'

De man met de toorts duwde ergens tegenaan. Arya hoorde een zacht gerommel. Een grote steen, rood in het toortslicht, gleed met zo'n klinkende klap uit het plafond dat Arya het bijna uitschreeuwde. Waar het gat van de put had gezeten was nu slechts een muur, massief en ononderbroken.

'Als hij niet snel iets onderneemt is het misschien te laat,' zei de man met de stalen helm. 'Dit is geen spel voor twee spelers meer, als het dat al ooit is geweest. Stannis Baratheon en Lysa Arryn zijn buiten mijn bereik gevlucht en de fluisteraars zeggen dat ze zwaarden rondom zich verzamelen. De Bloemenridder schrijft naar Hooggaarde en dringt er bij zijn vader op aan, zijn zuster naar het hof te sturen. Een maagd van veertien, lieftallig, mooi en plooibaar, en heer Renling en ser Loras zouden graag zien dat Robert haar in zijn bed nam, tot zijn vrouw en tot zijn koningin maakte. Pinkje... de goden alleen weten welk spelletje Pinkje speelt. Maar toch is heer Stark de man die mij slapeloze nachten bezorgt. Hij weet van de bastaard, hij weet van het boek, en binnenkort weet hij de waarheid. En nu heeft zijn vrouw door toedoen van die bemoeizuchtige Pinkje Tyrion Lannister ontvoerd. Die belediging zal heer Tywin niet over zijn kant laten gaan, en Jaime is merkwaardig gehecht aan de Kobold. Als de Lannisters naar het noorden optrekken zullen ook de Tullings in beweging komen. *Zorg voor uitstel*, zeg jij. *Haast je*, zeg ik. Zelfs de beste goochelaar kan niet eeuwig honderd ballen in de lucht houden.'

'Jij bent meer dan een goochelaar, oude vriend. Jij bent waarlijk een magiër. Het enige dat ik vraag is dat je nog even doorgaat met magie bedrijven.' Ze liepen de gang in, in de richting waar Arya vandaan was gekomen, voorbij de kamer met de monsters.

'Ik zal doen wat ik kan,' zei de man met de toorts zachtjes. 'Ik heb goud nodig, en nog vijftig vogeltjes.'

Ze liet hen een heel eind doorlopen en sloop toen achter hen aan. *Stil als een schaduw.*

'Zo veel?' De stemmen klonken flauwer naarmate het schijnsel voor haar zwakker werd. 'Die jij nodig hebt zijn moeilijk te vinden... zo jong, en dan al lezen en schrijven... misschien ouder... gaan niet zo gauw dood...'

'Nee. De jongere zijn veiliger... voorzichtig mee omspringen...'

'... als ze hun mond konden houden...'

'... het risico...'

Nog lang nadat hun stemmen waren weggestorven kon Arya het licht van de toorts zien, een walmende ster die haar wenkte. Twee keer leek het te verdwijnen, maar ze bleef rechtdoor lopen, en beide keren kwam ze boven aan een steile, smalle trap uit en zag ze de toorts ver onder zich flakkeren. Ze haastte zich erachteraan, de diepte in. Eén keer struikelde ze over een steen en viel tegen de muur aan, en haar hand stuitte op ruwe aarde met steunbalken, terwijl de tunnel daarvóór uit steen gehouwen was.

Ze moest mijlen achter hen aangeslopen zijn. Ten slotte waren ze verdwenen, maar zij kon alleen maar rechtdoor. Ze vond de muur terug en schuifelde erlangs, zonder iets te zien en zonder te weten waar ze was. Ze deed alsof Nymeria in het donker naast haar stapte. Ten slotte liep ze tot haar knieën door smerig riekend water, en ze wilde wel dat ze eroverheen kon dansen, zoals Syrio misschien gedaan zou hebben. Ze vroeg zich af of ze ooit weer licht zou zien. Toen Arya eindelijk in de buitenlucht opdook was het nacht, en helemaal donker.

Ze ontdekte dat ze in de monding van een riool stond, daar waar het in de rivier uitkwam. Ze stonk zo afschuwelijk dat ze zich ter plekke uitkleedde, haar vieze kleren op de rivieroever gooide en het diepe, zwarte water indook. Toen ze had gezwommen tot ze zich schoon voelde klom ze er huiverend uit. Terwijl ze haar kleren waste kwam er over de weg langs de rivier een stel ruiters voorbij, maar als ze het naakte meisje dat in het maanlicht haar kleren boende al zagen, dan sloegen ze in elk geval geen acht op haar.

Arya bevond zich mijlenver van het kasteel, maar waar je je ook bevond in Koningslanding, je hoefde maar omhoog te kijken om de Rode Burcht te zien, boven op Aegons heuvel, dus liep ze geen gevaar te verdwalen. Tegen de tijd dat ze het poortgebouw bereikte waren haar kleren bijna droog. Het valhek was neer en de poorten vergrendeld, dus liep ze naar een zijpoortje. De goudmantels die daar op wacht stonden grijnsden spottend toen ze zei dat ze naar binnen wilde. 'Maak dat je wegkomt,' zei een van hen. 'De restjes uit de keuken zijn al op, en we willen hier na donker geen gebedel hebben.'

'Ik ben geen bedelaar,' zei ze. 'Ik woon hier.'

'Ik zei: *maak dat je wegkomt*. Wil je een draai om je oren om beter te kunnen horen?'

'Ik wil mijn vader spreken.'

De wachtposten keken elkaar aan. 'Ik wil de koningin zelf naaien, maar nee hoor, geen kans,' zei de jongste.

De oudste trok een gezicht. 'Wie is die vader van jou, jongen, de stedelijke rattenvanger?'

'De Hand des Konings,' lichtte Arya hem in.

Beide mannen lachten, maar toen haalde de oudste met zijn vuist naar haar uit, nonchalant, zoals je een hond een mep geeft. Arya zag de klap al van tevoren aankomen. Ze danste achteruit om niet geraakt te worden. 'Ik ben geen jongen,' siste ze venijnig. 'Ik ben Arya Stark van Winterfel, en als jullie me ook maar met één vinger aanraken zet mijn vader jullie hoofd op een piek. Als jullie me niet geloven, haal dan Jory Cassel of Vayon Poel uit de Toren van de Hand.' Ze zette haar handen op haar heupen. 'Schiet op, gaat die poort nog open of willen jullie een draai om je oren om beter te kunnen horen?'

Toen Harwin en Dikke Tom haar binnenleidden zat haar vader alleen in de bovenzaal, bij de milde gloed van een olielampje. Hij boog zich over het omvangrijkste boek dat Arya ooit had gezien, groot en dik, met brosse, vergeelde bladzijden vol kriebelschrift in een verschoten leren band, maar hij sloeg het dicht om Harwins verslag aan te horen. Toen hij de man onder dankzegging had weggestuurd stond zijn gezicht streng.

'Weet je wel dat mijn halve wacht naar je heeft lopen zoeken?' zei Eddard Stark toen ze alleen waren. 'Septa Mordane is buiten zichzelf van angst. Ze bidt in de sept om je veilige terugkeer. Arya, je *weet* toch dat je het kasteel niet uit mag zonder mijn toestemming?'

'Ik ben niet door de poort gegaan,' gooide ze eruit. 'Nou ja, dat was in ieder geval niet de bedoeling. Ik ben in de kerkers geweest, alleen gingen ze over in die tunnel. Het was pikdonker, en ik had geen toorts of kaars, dus ik zag niks, daarom moest ik er achteraan. Ik kon niet langs dezelfde weg terug, vanwege de monsters. Vader, ze zeiden dat ze je wilden *vermoorden*! Niet de monsters, maar die twee mannen. Zij zagen mij niet, want ik was roerloos als een steen en stil als een schaduw, maar ik hoorde hen wel. Ze zeiden dat u een boek en een bastaard had, en als er één Hand kon doodgaan, waarom dan geen tweede? Is dit het boek? En Jon is vast de bastaard.'

'Jon? Arya, waar heb je het over. Wie heeft dat gezegd?'

'*Zij*,' legde ze uit. 'Er was een dikke met ringen en een gevorkte gele baard, en een ander met maliën aan en een stalen helm op, en de dikke zei dat ze uitstel nodig hadden maar die ander zei dat hij niet kon blijven goochelen en dat de wolf en de leeuw elkaar zouden opeten, en dat het een klucht was.' Ze probeerde zich de rest te herinneren. Ze had niet alles wat ze had gehoord even goed begrepen, en nu liep haar hoofd om. 'De dikke zei dat de prinses zwanger was. Die met de stalen helm, hij had de toorts, zei dat ze zich moesten haasten. Ik geloof dat hij een tovenaar was.'

'Een tovenaar,' zei Ned zonder te glimlachen. 'Had hij een lange witte baard en een hoge punthoed met sterren erop?'

'Nee! Het was anders dan in de verhalen van Ouwe Nans. Hij zag er niet *uit* als een tovenaar, maar die dikke zei dat hij er wel een was.'

'Ik waarschuw je, Arya, als je dit uit je duim zuigt...'

'Nee, ik *zei* toch dat ik in de kerkers was, waar die geheime muur is. Ik zat achter katten aan, enne...' Ze kneep haar ogen stijf dicht. Als ze bekende dat ze prins Tommen omver had gegooid zou hij pas *echt* kwaad op haar zijn. '... eh, ik klom dat raam door. Daar vond ik die monsters.'

'Monsters *en* tovenaars,' zei haar vader. 'Ik krijg de indruk dat je grootse avonturen hebt beleefd. Die mannen die je hebt gehoord, zei je dat ze het over goochelen en kluchten hadden?'

'Ja,' beaamde Arya, 'maar...'

'Arya, het *waren* toneelspelers,' zei haar vader. 'Er zijn op dit moment zeker twaalf van zulke gezelschappen in Koningslanding. Die zijn gekomen om de toeschouwers van het toernooi geld uit hun zak te kloppen. Ik begrijp niet helemaal wat die twee in het kasteel deden, maar het kan zijn dat de koning om een voorstelling heeft gevraagd.'

'Nee.' Koppig schudde ze haar hoofd. 'Het waren geen...'

'Je hoort hoe dan ook geen mensen achterna te lopen om ze af te luisteren. En de gedachte dat mijn dochter door vreemde ramen klimt op zoek naar zwerfkatten staat me evenmin aan. Je zou jezelf eens moeten zien, kindlief. Je armen zitten onder de krabben. Het is nu wel genoeg geweest. Zeg tegen Syrio Forel dat ik hem wil spreken...'

Hij werd onderbroken door een kort, abrupt klopje. 'Heer Eddard, neem me niet kwalijk,' riep Desmond terwijl hij de deur op een kiertje opende, 'maar er is hier een zwarte broeder die om gehoor vraagt. Het is dringend, zegt hij. Ik dacht dat u het wel wilde weten.'

'Mijn deuren staan altijd open voor de Nachtwacht,' zei vader. Desmond liet de man binnen. Hij was kromgebogen en lelijk, met een ongekamde baard en ongewassen kleren, maar toch begroette vader hem vriendelijk en vroeg hem naar zijn naam.

'Yoren, met uw welnemen. Mijn verontschuldiging voor het late uur.' Hij boog voor Arya. 'En dit moet uw zoon wezen. Hij lijkt op u.'

'Ik ben een *meisje*,' zei Arya getergd. Als die oude man van de Muur kwam moest hij via Winterfel zijn gereisd. 'Hebt u mijn broers ontmoet?' vroeg ze opgewonden. 'Robb en Bran zijn in Winterfel en Jon is op de Muur. Jon Sneeuw, hij is ook bij de Nachtwacht, u kent hem vast wel, hij heeft een schrikwolf, een witte met rode ogen. Is Jon al wachtruiter? Ik ben Arya Stark.' De oude man in zijn kwalijk riekende zwarte kleren keek haar bevreemd aan, maar het leek wel of Arya niet kon ophouden met praten. 'Als u teruggaat naar de Muur, wilt u Jon dan een brief bezorgen als ik er een schrijf?' Ze wou dat Jon hier nu was. *Hij* zou haar verhaal over de kerkers en de dikke man met de gevorkte baard en de tovenaar met de stalen helm wél geloven.

'Mijn dochter verliest nogal eens de hoffelijkheid uit het oog,' zei Eddard Stark met een flauw lachje dat zijn woorden verzachtte. 'Mijn verontschuldiging, Yoren. Heeft mijn broer Benjen u gestuurd?'

'Geen mens heeft mij *gestuurd*, heer, de ouwe Mormont effe niet meegerekend. Ik ben hier om mannen voor de Muur te zoeken, en met Roberts volgende hofdag ga ik voor hem door me knieën om onze nood te klagen, wie weet hebben de koning en zijn Hand nog wat vulles in hun kerkers waar ze vanaf willen. Maar je zou kennen zeggen dat het door Benjen Stark komt alsdat we nu praten. Zijn bloed was zwart, dus was hij net zo goed mijn broer as de uwe. Ik ben hier vanwege hem. Stevig doorgereden en bijna me paard doodgejakkerd, maar ik ben de rest een heel end vooruit.'

'De rest?'

Yoren spuwde. 'Huurlingen en vrijruiter-tuig. Die herberg zat'r vol mee, en ik zag ze voordeel ruiken. Bloedlucht of geldlucht, as 't erop aankomt merk je geen verschil. Ze gingen ook niet allemaal naar Koningslanding. Een paar gingen d'r halsoverkop naar de Rots van Casterling, en da's dichterbij. Reken maar dat heer Tywin het nieuws al weet.'

Vader fronste zijn wenkbrauwen. 'Welk nieuws?'

Yoren gluurde naar Arya. 'Neem me niet kwalijk heer, maar dat kan ik beter onder vier ogen vertellen.'

'Zoals u wilt. Desmond, breng mijn dochter naar haar kamers.' Hij kuste haar op haar voorhoofd. 'We praten morgen wel verder.'

Arya stond als aan de grond genageld. 'Er is toch niets met Jon?' vroeg ze aan Yoren. 'Of met oom Benjen?'

'Wat Stark betreft weet ik het niet. Met die jongen van Sneeuw was niks mis toen ik bij de Muur wegging. Maar het gaat niet om hun.'

Desmond nam haar bij de hand. 'Kom, jonkvrouwe. U hoort wat uw heer vader zegt.'

Arya had geen keus dan met hem mee te gaan. Ze wou dat het Dikke Tom was geweest. Dan had ze wel een uitvlucht kunnen bedenken om bij de deur te blijven hangen en Yoren af te luisteren, maar Desmond was te standvastig om zich te laten misleiden. 'Hoeveel wachters heeft mijn vader?' vroeg ze hem toen ze naar haar slaapkamer afdaalden.

'Hier in Koningslanding? Vijftig.'

'Jullie zullen hem toch niet laten vermoorden, hè?' vroeg ze.

Desmond lachte. 'Wees daar maar niet bang voor, kleine jonkvrouw. Heer Eddard wordt dag en nacht bewaakt. Er zal hem niets overkomen.'

'De Lannisters hebben meer dan vijftig man.'

'Kan zijn, maar iedere noorderling is tien van die zuidelijke zwaarden waard, dus ga maar rustig slapen.'

'En als ze een tovenaar sturen om hem te vermoorden?'

'Nou, als het erop aankomt,' antwoordde Desmond terwijl hij zijn zwaard trok, 'gaan tovenaars net zo goed dood als ieder ander wiens hoofd eraf wordt geslagen.'

Eddard

'Robert, alsjeblieft,' smeekte Ned, 'hoor nu eens wat je zegt. Je hebt het over het vermoorden van een kind.'

'*Die hoer is zwanger!*' Luid als een donderslag daalde de vuist van de koning op de raadstafel neer. 'Ik had je gewaarschuwd dat dit zou gebeuren, Ned. In de terplanden had ik je al gewaarschuwd, maar je wilde het niet horen. Nou, dan hoor je het nu. Ik wil ze dood hebben, moeder en kind, en die dwaas van een Viserys ook. Is dat duidelijke taal? *Ik wil ze dood hebben.*'

De overige raadgevers van de koning deden allemaal hun best om te doen of ze elders waren. Ze waren ongetwijfeld wijzer dan hij. Eddard Stark had zich zelden zo alleen gevoeld. 'Je zult jezelf voor eeuwig onteren als je dat doet. Luister nou naar mij.'

'Ik luister naar je als je iets zinnigs te zeggen hebt.' De koning keek de tafel rond. 'Is de rest van jullie overleden, of hebben jullie alleen je tong verloren? Wil iemand die gek met dat bevroren smoelwerk eens vertellen waarmee we te maken hebben, voor ik mijn geduld verlies en hem eigenhandig wurg?'

Varys ging gretig op die uitnodiging in. 'Waarde Hand,' zei de eunuch en vergunde Ned een zalvend glimlachje, 'Zijne Genade spreekt slechts de waarheid. En wat het vermoorden van kinderen betreft, dit kind *verwacht* een kind, dus is ze nauwelijks een kind meer, nietwaar?'

Grootmaester Pycelle boog zich naar voren, en zijn maestersketen rinkelde. 'Deze beslissing komt rechtens alleen de koning toe. De rol van de raad is uitsluitend adviserend.' Hij schraapte zijn keel, een proces dat enige minuten in beslag leek te nemen. 'Ik heb koning Aerys eens even trouw van advies gediend als ik nu koning Robert van advies dien. In mijn orde leren we het rijk dienen, niet de heerser. Laat ik u dit vragen – als het weer oorlog wordt, hoeveel vrouwen zullen er dan sterven? Hoeveel steden zullen er branden? Hoeveel kinderen zullen van hun moeders weggerukt worden en omkomen op de punt van een speer?' Hij streelde zijn weelderige witte baard, oneindig bedroefd, oneindig vermoeid. 'Is het niet wijzer, *barmhartiger* zelfs, dat Daenerys Targaryen nu sterft opdat tienduizenden zullen leven?'

'Inderdaad,' zei Varys. 'Barmhartiger. Zo had ik het nog niet gezien, vriend. Hoe juist en waarachtig gesproken, grootmaester.' De eunuch legde een slap handje op Neds mouw. 'Ik heb begrip voor uw gewetensbezwaren, heer Eddard, waarlijk, dat heb ik. Wat wij overwegen is gruwelijk, het is *stuitend*. Toch moeten wij die regeren stuitende dingen doen omwille van het welzijn van het rijk. Mochten de goden Daenerys Targaryen een mannelijk kind schenken, dan kan de jongen aanspraak maken op de ijzeren troon.'

Bij het aanhoren van die woorden werd Ned alleen nog maar bozer. 'Het kind kan net zo goed een meisje worden, heer Varys. U weet even goed als ik dat de Dothraki nooit een vrouw zullen volgen.'

'Maar als het *wel* een jongen is?' hield Robert vol. 'Het bloed van de draak *en* de zoon van de een of andere vervloekte paardenvorst, met de Dothraki-horden achter zich?'

'Dan ligt de zee-engte nog altijd tussen ons in,' bracht Ned hem in herinnering. 'Ik zal de Dothraki vrezen op de dag dat ze hun paarden over water leren draven.'

Met een honend lachje vroeg Pinkje: 'Dus u ziet geen bedreiging, heer?'

'Ik zie slechts de schaduw van een schaduw van een bedreiging, twintig jaar verwijderd,' antwoordde Ned.

'Wat wil je dan? Dat we wachten tot dat drakengebroed zijn legers op onze kusten heeft laten landen?' wilde de koning weten.

'Dat "drakengebroed" zit in zijn moeders buik. Zelfs Targaryens voeren zelden legers aan voor ze gespeend zijn.' Ned liet een zekere minachting in zijn stem doorklinken. 'Zolang hij leefde vreesde je Rhaegar Targaryen niet. Heeft de tand des tijds je zo aangetast dat je nu siddert voor de schaduw van een ongeboren kind?'

Robert was sprakeloos van woede, maar zijn broer, de knappe heer Renling, pakte de draad op waar hij hem liet vallen. 'We hadden Viserys en zijn zuster tien jaar geleden al moeten laten vermoorden, maar mijn koninklijke broer beging de ernstige vergissing naar Jon Arryn te luisteren.'

'Barmhartigheid is nooit misplaatst, heer Renling,' antwoordde Ned. 'Bij de Drietand versloeg ser Barristan hier een dozijn goede mannen, vrienden van uw broer en mij. Ik weet nog dat ze hem bij ons brachten, zwaargewond en op sterven na dood. Rous Bolten drong erop aan dat we hem de keel doorsneden, maar uw broer Robert zei: "Ik zal een man niet doden om zijn trouw, en ook niet omdat hij goed heeft gevochten," en hij stuurde zijn eigen maester om ser Barristans wonden te verbinden.' Hij keek de koning langdurig en koel aan. 'Ik wou dat die man vandaag hier was.'

Robert had het fatsoen om te blozen. 'Dat was iets anders,' zei hij verongelijkt. 'Ser Barristan was een ridder van de koningsgarde.'

'Terwijl Daenerys een meisje van veertien is,' snauwde Ned.

Ser Barristan Selmy hief zijn flets blauwe ogen van de tafel op en zei: 'Het is eervol de vijand op het slagveld tegemoet te treden, maar niet om hem in de moederschoot te doden.' Hij keerde zich smekend naar de koning toe. 'Uwe Genade, heer Eddard spreekt ook namens mij. Wij zijn ridders, geen moordenaars. Onze geloften...'

'*Nee!*' bulderde Robert. 'Genoeg, geen woord meer. Zijn jullie allemaal vergeten wie hier de koning is?'

'Nee, en jij?' Ned wist dat hij verder ging dan raadzaam was, maar toch kon hij niet zwijgen. 'Ik zou wel eens willen weten waarom we tegen Aerys Targaryen zijn opgestaan als het niet was om een eind te maken aan het vermoorden van kinderen?'

'Om een eind te maken aan de *Targaryens*,' gromde de koning. 'Genoeg gepraat nu. Laat iedereen nu zijn mening geven.'

'Het moet gebeuren,' verklaarde heer Renling.

'We hebben geen keus,' mompelde Varys. 'Treurig, treurig...'

Grootmaester Pycelle vouwde zijn handen en gaf snel een instemmend knikje.

'Wie in bed belandt met een lelijke vrouw kan maar het beste zijn ogen dichtdoen en opschieten,' verklaarde Pinkje. 'Wachten maakt zo'n meid er niet mooier op. Dus: kussen en opschieten.'

'*Kussen*?' herhaalde ser Barristan geschokt.

'Een stalen kus,' zei Pinkje.

Robert keerde zich naar zijn Hand toe. 'Je hoort het, Ned. Jij en Selmy staan wat dit betreft alleen. De enige vraag die nog rest is: waar vinden we iemand om haar te vermoorden?'

'Mormont smacht naar de gratie van de koning,' bracht heer Renling hen in herinnering.

'Wanhopig,' zei Varys, 'maar hij hangt nog meer aan het leven. De prinses bevindt zich in Vaes Dothrak, waar de doodstraf staat op het trekken van een wapen. Als ik u zou vertellen wat de Dothraki doen met de ongelukkige die er een tegen een *khaleesi* gebruikt zou niemand van u vannacht kunnen slapen.' Hij streek over een gepoederde wang. 'Maar vergif... laten we zeggen: de tranen van Lys. Khal Drogo hoeft niet te weten dat het geen natuurlijke dood was.'

De slaperige oogjes van grootmaester Pycelle schoten open. Hij gluurde wantrouwig naar de eunuch.

'Vergif is het wapen van een lafaard,' klaagde de koning.

Ned had genoeg gehoord. 'Jullie sturen huurmoordenaars om een veertienjarig meisje te doden en dan zitten jullie te bekvechten over eer?' Hij schoof zijn stoel naar achteren en stond op. 'Doe het dan zelf, Robert. De man die het vonnis velt hoort ook het zwaard te hanteren. Kijk haar in de ogen voor je haar doodt. Zie haar tranen aan, luister naar haar laatste woorden. Dat is wel het minste dat je haar verschuldigd bent.'

'*Goden*,' vloekte de koning. Het woord barstte zijn mond uit alsof hij zijn razernij nauwelijks in bedwang kon houden. 'Je meent het nog ook, verdomme.' Hij greep de wijnflacon naast zijn elleboog, merkte dat die leeg was en smeet hem tegen de muur aan scherven. 'Mijn wijn is op en mijn geduld is op. Nu is het genoeg geweest. Je zorgt maar dat het gebeurt.'

'Aan moord wil ik part noch deel hebben, Robert. Doe wat je wilt, maar vraag mij niet mijn zegel eraan te hechten.'

Even leek het niet tot Robert door te dringen wat Ned bedoelde. Verzet was geen gerecht dat hem vaak werd voorgeschoteld. Toen het begrip daagde veranderde zijn gezichtsuitdrukking langzaam. Zijn ogen vernauwden zich en een rode kleur van woede kroop boven zijn fluwelen halskraag uit. Hij wees met een woedende vinger naar Ned. 'U bent de Hand des Konings, heer Stark. U doet wat ik zeg, of ik zoek een Hand die dat wel doet.'

'Ik wens hem alle succes van de wereld.' Ned maakte de zware gesp die de plooien van zijn mantel bijeenhield los, de zilveren sierhand die zijn ambtsinsigne was. Hij legde hem voor de koning op tafel neer, bedroefd bij de herinnering aan de man die hem ermee had bekleed, de vriend die hem zo dierbaar was geweest. 'Ik had je hoger aangeslagen, Robert. Ik meende dat de man die wij koning hadden gemaakt nobeler was.'

Roberts gezicht was paars. '*Eruit*,' kraste hij. Hij stikte bijna van woede. 'Eruit, verdomme, ik wil je niet meer zien. Waar wacht je nog op. Ga maar gauw terug naar Winterfel. En kom me nooit meer onder ogen, of ik laat je hoofd op een piek zetten, dat zweer ik je!'

Ned boog en keerde zich zonder een woord te zeggen op zijn hakken om. Hij voelde Roberts ogen in zijn rug. Terwijl hij de raadszaal uit beende werd de discussie vrijwel zonder onderbreking voortgezet. 'In Braavos bestaat een genootschap dat de "Mannen zonder Gezicht" heet,' opperde grootmaester Pycelle.

'Hebt u enig idee, hoe *duur* die zijn?' klaagde Pinkje. 'Voor de helft van hun prijs kun je een leger gewone huurlingen kopen, en dat is dan alleen nog maar voor een koopman. Ik moet er niet aan denken wat ze voor een prinses zullen vragen.'

Het sluiten van de deur achter hem deed hun stemmen verstommen. Ser Boros Both stond voor het vertrek geposteerd, gehuld in de lange witte mantel en het harnas van de koningsgarde. Hij wierp Ned uit zijn ooghoek even een nieuwsgierige blik toe, maar stelde geen vragen.

Toen hij het binnenplein naar de Toren van de Hand overstak was de atmosfeer zwaar en drukkend. Er hing regen in de lucht, bespeurde Ned, en die zou niet onwelkom zijn. Dan zou hij zich althans iets minder smerig voelen. Toen hij het bovenvertrek bereikte ontbood hij Vayon Poel. De hofmeester kwam onmiddellijk. 'Kan ik iets voor u doen, heer Hand?'

'Geen Hand meer,' lichtte Ned hem in. 'De koning en ik hebben woorden gehad. We gaan terug naar Winterfel.'

'Ik zal onmiddellijk voorbereidingen treffen, heer. We zullen twee weken nodig hebben om alles klaar te maken voor de reis.'

'Zoveel tijd hebben we misschien niet. Misschien minder dan een dag. De koning had het erover dat hij mijn hoofd op een piek wilde.' Ned fronste zijn voorhoofd. Hij geloofde niet echt dat hij kwaad van de koning te duchten had, niet van Robert. Nu was hij boos, maar als Ned eenmaal goed en wel uit het zicht was zou zijn woede zoals altijd wel bekoelen.

Altijd? Ineens merkte hij dat hij aan Rhaegar Targaryen dacht, niet op zijn gemak. *Vijftien jaar dood, en Robert haat hem nog steeds.* Een verontrustend idee... en dan was er nog die andere kwestie, die affaire van Catelyn en de dwerg waarover Yoren hem gisteravond was komen waarschuwen. Dat zou binnenkort aan het licht komen, zo zeker als de zon opging, en nu de koning zo laaiend van woede was... Robert mocht dan geen zier om Tyrion Lannister geven, maar zijn trots zou gekrenkt zijn, en wat de koningin zou doen viel al helemaal niet te voorspellen.

'Het veiligste is als ik vast vooruitreis,' zei hij tegen Poel. 'Dan neem ik mijn dochters en een paar lijfwachten mee. De rest kan dan volgen als jullie klaar zijn. Stel Jory op de hoogte, maar verder niemand, en onderneem niets voordat de meisjes en ik vertrokken zijn. Het kasteel zit vol ogen en oren, en ik heb liever niet dat mijn plannen uitlekken.'

'Zoals u beveelt, heer.'

Toen hij weg was liep Eddard Stark naar het raam en ging zitten om te piekeren. Robert liet hem geen keus, hij zou althans niet weten welke. Eigenlijk moest hij hem dankbaar zijn. Het was goed om naar Winterfel terug te keren. Hij had nooit weg moeten gaan. Zijn zonen wachtten daar op hem. Misschien zouden hij en Catelyn nog een zoon maken als ze thuis waren, zo oud waren ze nog niet. En hij had gemerkt dat hij de laatste tijd van sneeuw droomde, van de diepe stilte die 's nachts in het Wolfswoud heerste.

En toch maakte de gedachte aan vertrekken hem ook nijdig. Er bleef zoveel onuitgevoerd. Robert met zijn raad vol lafaards en vleiers zou het rijk tot de bedelstaf brengen als niemand hem tegenhield... of erger nog, hij zou het aan de Lannisters verkopen om hun leningen terug te betalen. En de waarheid omtrent Jon Arryns dood ontging hem nog steeds. O ja, hij had een paar dingen gevonden, genoeg om hem ervan te overtuigen dat Jon inderdaad was vermoord, maar dat was niet meer dan de prent van een dier op de bosgrond. Hij had het beest zelf nog niet gezien, al voelde hij dat het er was, loerend, verscholen, verraderlijk.

Plotseling bedacht hij dat hij ook over zee naar Winterfel terug kon keren. Ned was geen zeeman en gaf normaal gesproken de voorkeur aan de Koningsweg, maar als hij per schip ging kon hij Drakensteen aandoen en met Stannis Baratheon spreken. Pycelle had een raaf over het water gestuurd, met een beleefd schrijven van Ned waarin hij heer Stannis verzocht zijn zetel in de kleine raad weer in te nemen. Hij had nog geen antwoord gekregen, maar de stilte sterkte hem slechts in zijn verdenkingen. Lord Stannis was deelgenoot van het geheim waarvoor Jon Arryn gestorven was, daar was hij van overtuigd. Het zou heel goed kunnen dat de waarheid die hij zocht op hem wachtte in het aloude eilandfort van het Huis Targaryen.

En als je die kent, wat dan? Sommige geheimen kunnen beter verborgen blijven. Sommige geheimen zijn te gevaarlijk om aan iemand te vertellen, zelfs niet aan degenen die je liefhebt en vertrouwt. Ned trok de dolk die Catelyn hem had gebracht uit de schede aan zijn riem. Het mes van de Kobold. Waarom was de dwerg op Brans dood uit? Vast en zeker om hem het zwijgen op te leggen. Nog een geheim, of alleen maar een andere draad van hetzelfde web?

Had *Robert* er misschien iets mee te maken? Hij zou gezegd hebben van niet, maar eens had hij ook niet gedacht dat Robert in staat was vrouwen en kinderen te laten vermoorden. Catelyn had geprobeerd hem te waarschuwen. *Je kende de man*, had ze gezegd. *De koning is een vreemde voor je.* Hoe eerder hij uit Koningslanding weg was, hoe beter. Als er morgenochtend een schip naar het noorden vertrok zou het goed zijn als hij zich aan boord bevond.

Hij ontbood Jory Cassel en stuurde hem naar de haven om navraag te doen, heimelijk maar haastig. 'Zoek een snel schip voor me met een bekwame kapitein,' gelastte hij. 'Het kan me niet schelen of het over grote kooien of royale voorzieningen beschikt, zolang het maar snel en veilig is. Ik wil meteen weg.'

Met het invallen van de schemering wachtte Ned nog steeds op Jory's terugkeer toen Tomard een bezoeker aankondigde. 'Lord Baelish vraagt u te spreken, heer.'

Ned was half en half geneigd hem weg te sturen, maar veranderde toen van gedachte. Hij was nog niet vrij, en totdat hij dat wel was moest hij hun spelletjes meespelen. 'Laat hem binnen, Tom.'

Heer Petyr slenterde het bovenvertrek binnen alsof er die ochtend niets was gebeurd. Hij droeg een opengewerkt fluwelen wambuis, crème met zilver, een grijze zijden mantel met een zoom van zwart vossenbont en zijn gebruikelijke spottende lachje.

Ned begroette hem koeltjes. 'Mag ik de reden van uw bezoek weten, heer Baelish?'

'Ik zal u niet lang ophouden, ik ga straks dineren met vrouwe Tanda. Lampreipastei en geroosterd speenvarken. Ze overweegt me aan haar jongste dochter uit te huwelijken, daarom is haar tafel altijd weer overstelpend. Om eerlijk te zijn trouw ik nog liever met het varken, maar laat haar dat niet horen. Ik ben dol op lampreipastei.'

'Laat u door mij niet van uw palingen afhouden, heer,' zei Ned met ijzige minachting. 'Op dit moment weet ik niemand wiens gezelschap ik minder op prijs zou stellen.'

'Als u heel even nadenkt kunt u vast wel een paar namen bedenken. Varys, bijvoorbeeld. Cersei. Of Robert. Zijne Genade is ten zeerste vertoornd op u. Hij is nog een poosje over u doorgegaan nadat u ons vanochtend vaarwel had gezegd. De woorden *onbeschoft* en *ondankbaar* kwamen er vrij vaak in voor, meen ik me te herinneren.'

Ned verwaardigde zich niet hem antwoord te geven. Hij bood zijn gast ook geen stoel aan, maar Pinkje ging toch zitten. 'Nadat u het pand verlaten had heb ik ze ervan moeten weerhouden de Mannen zonder Gezicht in te huren,' vervolgde hij onverdroten. 'In plaats daarvan zal Varys onopvallend bekendmaken dat de man die het meisje Targaryen uit de weg ruimt de titel van heer krijgt.'

Ned walgde ervan. 'Dus we delen tegenwoordig al titels aan moordenaars uit.'

Pinkje haalde zijn schouders op. 'Een titel kost niets. De Mannen zonder Gezicht kosten een heleboel. En om u de waarheid te zeggen heb ik het meisje Targaryen meer goed gedaan dan u met al dat gepraat over eer. *Laat* een of andere dronken huurling die zichzelf al als heer ziet gerust proberen haar te vermoorden. Het zit er dik in dat hij het verknoeit, en daarna zijn de Dothraki wél op hun hoede. Als we een Man zonder Gezicht op haar afgestuurd hadden was ze al zo goed als begraven.'

Ned fronste zijn wenkbrauwen. 'U zit in de raad te praten over lelijke vrouwen en stalen kussen, en nu moet ik van u aannemen dat u hebt geprobeerd het meisje te beschermen? Voor hoe dwaas houdt u me eigenlijk?'

'Voor een geweldige dwaas, om precies te zijn,' zei Pinkje lachend.

'Vindt u moord altijd zo vermakelijk, heer Baelish?'

'Moord niet, heer Stark, maar u wel. U regeert als een man die op slecht ijs danst. Ik wed dat u een nobele plons zult maken. Ik geloof dat ik vanmorgen het eerste gekraak al heb gehoord.'

'Het eerste en het laatste,' zei Ned. 'Ik ben het zat.'

'Wanneer gaat u naar Winterfel terug, heer?'

'Zo snel mogelijk. Wat gaat u dat aan?'

'Niets, misschien... maar mocht u morgen nog hier zijn, dan zal ik u met plezier meenemen naar dat bordeel dat uw dienstman Jory zo ineffectief heeft doorzocht.' Pinkje glimlachte. 'En ik zal het niet eens tegen vrouwe Catelyn zeggen.'

Catelyn

'Vrouwe, u had ons van uw komst op de hoogte moeten stellen,' zei ser Donneel Wagenholt terwijl hun paarden de pas beklommen. 'Dan hadden we een escorte gestuurd. De hoge weg is voor een gezelschap als het uwe niet zo veilig als hij vroeger was.'

'Dat hebben wij tot ons verdriet ook ontdekt, ser Donneel,' zei Catelyn. Soms leek het of haar hart versteend was: zes dappere mannen waren gestorven om haar hierheen te brengen, en ze bracht het zelfs niet op om tranen voor hen te vergieten. Zelfs hun namen ontglipten haar al. 'De clanstrijders teisterden ons dag en nacht. We verloren drie man bij de eerste overval, en nog eens twee bij de tweede, en Lannisters bediende stierf aan wondkoorts. Toen we uw mannen hoorden naderen wist ik zeker dat we ten dode opgeschreven waren.' Ze hadden zich opgemaakt voor een laatste, wanhopige strijd, hun wapens in de hand en hun rug naar de rots. De dwerg had net zijn bijl staan slijpen en een morbide grap gemaakt toen Bronn de banier signaleerde die de ruiters voor zich uit droegen, de maan en de valk van het huis Arryn, hemelsblauw met wit. Geen aanblik was Catelyn ooit welkomer geweest.

'De clans zijn sinds de dood van heer Jon brutaler geworden,' zei ser Donneel. Hij was een stevige jongeman van twintig jaar, serieus en eenvoudig, met een brede neus en een bos dik bruin haar. 'Als ik het voor het zeggen had nam ik honderd man mee de bergen in om ze uit hun forten te rukken en het hun eens flink in te peperen, maar dat wil uw zuster niet. Zelfs haar ridders kregen geen verlof om aan het toernooi van de Hand deel te nemen. Ze wil al onze zwaarden dicht bij huis houden om de Vallei te verdedigen... waartegen, dat weet niemand precies. Schaduwen, zeggen sommigen.' Hij keek haar nerveus aan, alsof hij zich plotseling herinnerde wie ze was. 'Ik hoop dat ik niet te ver ben gegaan, vrouwe. Het was niet beledigend bedoeld.'

'Ik vind openhartigheid nooit beledigend, ser Donneel.' Catelyn wist wat haar zuster vreesde. *Geen schaduwen, Lannisters*, dacht ze bij zichzelf en keek om naar de dwerg die naast Bronn reed. Sinds Chiggens dood waren die twee dikke maatjes geworden. Dat kereltje was onaangenaam sluw. Toen ze de bergen inreden was hij nog haar gevangene geweest, geboeid en machteloos. En nu? Nog steeds haar gevangene, maar er stak wel een ponjaard achter zijn riem, aan zijn zadel was een bijl bevestigd en hij droeg de mantel van schaduwvacht die hij met dobbelen van de zanger had gewonnen en de maliënkolder die hij van het lijk van Chiggen had afgestroopt. Veertig man, ridders en krijgsknechten in dienst van haar zuster Lysa en het zoontje van Jon Arryn, flankeerden de dwerg en de rest van haar haveloze troep. En toch liet Tyrion geen enkele vrees blijken. *Zou ik me vergissen?* vroeg Catelyn zich af, niet voor het eerst. Zou het kunnen dat hij Bran en Jon Arryn en de rest toch niet op zijn geweten heeft? En als dat zo was, wat was zij dan? Het had zes man gekost om hem hierheen te brengen.

Resoluut zette ze haar twijfels van zich af. 'Als we uw burcht bereiken, wilt u dan zo vriendelijk zijn meteen Maester Colemon te laten halen? Ser Rodrik heeft last van wondkoorts.' Ze had meer dan eens gevreesd dat de dappere oude ridder de reis niet zou overleven. Op het laatst kon hij bijna niet meer in het zadel blijven, en Bronn had erop aangedrongen dat ze hem aan zijn lot zouden overlaten, maar daar wilde Catelyn niet van horen. In plaats daarvan hadden ze hem aan zijn zadel vastgebonden, en ze had Marillion de zanger opgedragen om over hem te waken.

Met enige aarzeling antwoordde ser Donneel: 'Vrouwe Lysa heeft de maester bevolen, te allen tijde in het Adelaarsnest te blijven om voor heer Robert te zorgen. Maar we hebben een septon bij de poort die onze gewonden verbindt. Hij kan de kwetsuren van uw ridder wel behandelen.'

Catelyn zag meer heil in de geleerdheid van een maester dan in de gebeden van een septon. Ze stond op het punt iets dergelijks te zeggen toen ze de kantelen in de verte ontwaarde, lange borstweringen die aan weerszijden in de berg zelf gebouwd waren. Daar waar de pas versmalde tot een nauwe doorgang waar nauwelijks vier mannen naast elkaar konden rijden klampten tweeling-wachttorens zich aan de rotsige hellingen vast, verbonden door een grauwe, overdekte brug van verweerde steen die in een boog over de weg liep. Zwijgende gezichten keken toe vanuit de schietgaten tussen de kantelen, in de torens en op de brug. Toen ze bijna bij de top waren kwam een ridder hen tegemoetrijden. Zijn paard en wapenrusting waren grauw, maar zijn mantel vertoonde het blauw-rode golfpatroon van Stroomvliet en een glimmende zwarte vis van goud en obsidiaan hield de plooien op zijn schouder bijeen. 'Wie wenst de Bloedpoort door te gaan?' riep hij.

'Ser Donneel Wagenholt, met vrouwe Catelyn Stark en haar gezelschap,' antwoordde de jonge ridder.

De Poortridder sloeg zijn vizier op. 'De dame kwam me ook al zo bekend voor. Je bent ver van huis, Catje.'

'U ook, oom,' zei ze, en ondanks alles wat ze had doorgemaakt glimlachte ze. De klank van die schorre, rokerige stem voerde haar twintig jaar terug in de tijd, naar de dagen van haar jeugd.

'Mijn huis ligt hier achter me,' zei hij kortaf.

'Uw huis is in mijn hart,' zei Catelyn tegen hem. 'Doe uw helm eens af, ik wil uw gezicht graag weer zien.'

'Dat is er door de jaren heen niet fraaier op geworden, vrees ik,' zei Brynden Tulling, maar toen hij zijn helm afdeed zag Catelyn dat hij loog. Zijn gezicht was verweerd en vol lijnen en de tijd had het kastanjebruin uit zijn haar geroofd en hem slechts grijs gelaten, maar zijn lach was nog dezelfde, en dat gold ook voor zijn borstelige wenkbrauwen, dik als rupsen, en de vrolijkheid in zijn diepblauwe ogen. 'Weet Lysa dat je in aantocht bent?'

'Ik had geen tijd om bericht vooruit te sturen,' zei Catelyn. De anderen verzamelden zich achter haar. 'Ik vrees dat we voor de storm uit rijden, oom.'

'Mogen we de Vallei betreden?' vroeg ser Donneel. De Wagenholts waren altijd erg op ceremonieel gesteld.

'In naam van Robert Arryn, heer van het Adelaarsnest, Verdediger van de Vallei en de Ware Landvoogd van het Oosten, verleen ik u vrije doortocht en gelast ik u de vrede te bewaren,' antwoordde ser Brynden. 'Kom.'

En zo volgde ze hem door het schemerduister van de Bloedpoort, waarop twaalf legers zich in het Heldentijdperk hadden stukgelopen. Aan gene zijde van de stenen bouwwerken maakten de bergen plotseling plaats voor een weids vergezicht van groene velden, een blauwe hemel en adembenemende, besneeuwde toppen. De Vallei van Arryn baadde in het ochtendlicht.

Hij strekte zich voor hen uit tot aan de mist in het oosten, een verstild gebied met vruchtbare zwarte aarde, brede, traag stromende rivieren en honderden kleine meertjes die als spiegels blonken in het zonlicht, aan alle kanten beschermd door die wal van bergpieken. De tarwe, maïs en gerst stonden hoog op de velden, en zelfs in Hooggaarde waren de pompoenen niet groter en was het fruit niet zoeter dan hier. Ze stonden aan de westkant van de vallei, waar de hoge weg over de laatste pas heen dook om kronkelend af te dalen naar de dalbodem, twee mijl beneden hen. Hier was de Vallei nauw, niet meer dan een halve dagreis breed, en de bergen aan de noordkant waren zo dichtbij dat het leek of Catelyn ze met haar handen aan kon raken. Boven alles uit rees een scherpe piek die de Reuzenlans heette, een berg waar zelfs de bergen naar opkeken. De top, drieënhalve mijl boven de bodem van het dal, ging schuil in ijzige nevels. Over zijn massieve flanken vloeide de spookachtige stroom van Alyssa's Tranen. Zelfs van deze afstand kon Catelyn de glanzende zilveren draad helder tegen de donkere rotssteen zien afsteken. Toen haar oom zag dat ze was blijven staan bracht hij zijn paard dichterbij en wees. 'Daar is het, naast Alyssa's Tranen. Maar van hieraf kun je alleen zo nu en dan iets wits zien oplichten, als je heel goed kijkt en de zon de muren precies op de juiste plaats beschijnt.'

Zeven torens, had Ned haar verteld, *als witte dolken in de buik van de hemel gestoken, zo hoog dat je op de wolken kunt neerzien als je op de borstwering staat.* 'Hoe ver rijden?' vroeg ze.

'We kunnen met het vallen van de avond bij de berg zijn,' zei oom Brynden, 'maar de klim zal nog een dag in beslag nemen.'

Achter hen nam ser Rodrik Cassel het woord: 'Vrouwe, ik vrees dat ik vandaag niet verder kan.' Onder zijn ruige, opnieuw aangegroeide bakkebaarden was zijn gezicht ingevallen, en hij zag er zo moe uit dat Catelyn bang was dat hij in zou storten.

'En dat hoeft ook niet,' zei ze. 'U hebt alles gedaan wat van u gevergd kon worden, en nog veel meer bovendien. Mijn oom zal me de rest van de weg naar het Adelaarsnest begeleiden. Lannister moet met mij mee, maar er is geen reden waarom u en de anderen hier niet zouden uitrusten om weer op krachten te komen.'

'We zullen vereerd zijn, hen te gast te hebben,' zei ser Donneel met de ernstige hoffelijkheid van de jeugd. Behalve ser Rodrik waren alleen Bronn, ser Willis Wede en de zanger Marillion nog overgebleven van het gezelschap dat met haar uit de herberg bij de Drietand was vertrokken.

'Vrouwe,' zei Marillion terwijl hij naar voren reed, 'ik smeek u, sta mij toe u naar het Adelaarsnest te vergezellen, zodat ik de afloop zal kennen van dit verhaal, dat ik van het begin af heb meegemaakt.' De toon van de jongeling was gekweld, maar merkwaardig vastberaden, en zijn ogen glansden koortsachtig.

Catelyn had de zanger niet gevraagd om mee te komen. Daar had hij zelf voor gekozen, en ze had er geen idee van hoe het kwam dat hij de tocht had overleefd terwijl zoveel dapperder mannen dood en onbegraven waren achtergebleven. Maar hij was er, met een zweem van een baard die hem bijna een man deed lijken. Misschien was ze hem iets verschuldigd voor het feit dat hij zover gekomen was. 'Goed,' zei ze.

'Ik kom ook mee,' verkondigde Bronn.

Dat stond haar minder aan. Ze wist dat ze de Vallei zonder Bronn nooit zou hebben bereikt. De huurling vocht met ongekende felheid en zijn zwaard had een weg helpen banen naar de veiligheid. Maar toch mocht Catelyn de man niet. Moed bezat hij wel, en kracht ook, maar geen spoor van mildheid, en weinig trouw. En ze had hem veel te vaak naast Lannister zien rijden. Dan hadden ze op gedempte toon gepraat, of gelachen over een grap die niet voor de overigen bestemd was. Ze had hem liever hier en nu van de dwerg gescheiden, maar nu ze ermee had ingestemd dat Marillion mocht meegaan naar het Adelaarsnest wist ze niet hoe ze Bronn dat recht met goed fatsoen kon ontzeggen. 'Wat je wilt,' zei ze, al was het haar opgevallen dat hij haar feitelijk niet om toestemming had gevraagd.

Ser Willis Wede bleef bij ser Rodrik achter, en een vriendelijk klinkende septon boog zich bedrijvig over hun wonden. Hun paarden bleven ook achter, de arme, afgejakkerde beesten. Ser Donneel beloofde vogels vooruit te zenden naar het Adelaarsnest en de Poorten van de Maan om hun komst aan te kondigen. Uit de stallen werden verse rijdieren gehaald, ruige bergpaardjes met een vaste tred, en binnen een uur waren ze weer op weg. Toen ze aan de afdaling naar de dalbodem begonnen reed Catelyn naast haar oom. Achter hen kwamen Bronn, Tyrion Lannister, Marillion en zes van Bryndens mannen.

Pas toen ze op een derde van het bergpad waren, ruimschoots buiten gehoorsafstand van de anderen, keerde Brynden Tulling zich naar haar opzij en sprak: 'Komaan, kind. Vertel me over die storm van jou.'

'Ik ben al jaren geen kind meer, oom,' zei Catelyn, maar ze stak van wal. Het duurde langer dan ze voor mogelijk had gehouden om alles te vertellen: Lysa's brief en Brans val, de dolk waarmee de aanslag op hem was gepleegd, Pinkje, en haar toevallige ontmoeting met Tyrion Lannister in de herberg bij de kruiswegen.

Haar oom luisterde zwijgend, zijn ogen overschaduwd door zijn zware wenkbrauwen, en met een steeds dieper wordende rimpel in zijn voorhoofd. Brynden Tulling had altijd goed kunnen luisteren... behalve naar haar vader. Hij was de broer van heer Hoster, vijf jaar jonger, maar zolang Catelyn zich herinnerde stonden ze al op voet van oorlog met elkaar. Tijdens een van hun luidruchtiger ruzies, toen Catelyn acht was, had heer Hoster Brynden 'de zwarte bok van de Tullingkudde' genoemd. Brynden had gelachen en erop gewezen dat het wapenteken van hun huis een springende forel was, en dat hij dus beter een zwarte *vis* kon zijn, en vanaf die dag had hij dat tot zijn persoonlijke embleem gemaakt.

Hun oorlog was pas afgelopen op de dag dat zij en Lysa getrouwd waren. Op hun bruiloft had Brynden zijn broer verteld dat hij uit Stroomvliet vertrok om Lysa en haar kersverse echtgenoot, de heer van het Adelaarsnest, te dienen. Sindsdien had heer Hoster de naam van zijn broer niet meer in de mond genomen, te oordelen naar wat Edmar haar in zijn zeldzame brieven meedeelde.

Maar in Catelyns jeugdjaren was het altijd Brynden de Zwartvis geweest bij wie heer Hosters kinderen kwamen uithuilen en hun verhaal kwamen doen, want hun vader had het te druk en hun moeder was te ziek. Catelyn, Lysa, Edmar... en jawel, zelfs Petyr Baelish, hun vaders pupil... hij had hen allemaal geduldig aangehoord zoals hij haar nu aanhoorde, had gelachen over hun triomfen en meegeleefd met hun kinderlijke verdriet.

Toen ze uitgesproken was zweeg haar oom lange tijd, terwijl zijn paard het steile, stenige pad op eigen houtje afdaalde. 'Je vader moet worden ingelicht,' zei hij ten slotte. 'Als de Lannisters optrekken is Winterfel veraf en de Vallei ingemetseld achter haar bergwand, maar Stroomvliet ligt op hun pad.'

'Ik koesterde diezelfde vrees,' bekende Catelyn. 'Ik zal Maester Colemon vragen een vogel te zenden als we het Adelaarsnest bereiken.' Ze moest nog meer berichten versturen: de bevelen die Ned haar had meegegeven voor zijn baandermannen, dat ze de verdedigingswerken van het noorden in gereedheid moesten brengen. 'Hoe is de stemming in de Vallei?' vroeg ze.

'Geladen,' gaf Brynden Tulling toe. 'Heer Jon was erg geliefd, en toen de koning Jaime Lannister benoemde in een ambt dat al bijna driehonderd jaar door Arryns was bekleed werd dat duidelijk als een belediging ervaren. Lysa heeft ons opgedragen, haar zoon als de *Ware* Landvoogd van het Oosten te betitelen, maar daar laat geen mens zich door misleiden. En je zuster is bepaald niet de enige die zich afvraagt hoe de Hand is gestorven. Niemand durft te zeggen dat Jon vermoord is, niet openlijk, maar de verdenking is levensgroot.' Hij keek Catelyn aan. 'En dan is de jongen er nog.'

'De jongen? Hoezo?' Ze reden onder een laag overhangende rots door en een scherpe bocht om, en ze trok haar hoofd in.

De stem van haar oom klonk bekommerd. 'Heer Robert,' zuchtte hij. 'Zes jaar oud, ziekelijk, en begint meteen te huilen als je hem zijn poppen afpakt. Jon Arryns wettige erfgenaam, alle goden nog aan toe, maar er gaan stemmen op dat hij te zwak is om zijn vaders zetel te bekleden. Nestor Roys is de afgelopen veertien jaar opperhofmeester geweest terwijl heer Jon in Koningslanding diende, en velen vinden dat hij moet heersen tot de jongen mondig wordt. Anderen zijn van mening dat Lysa moet hertrouwen, en gauw ook. De vrijers verzamelen zich al, als kraaien op een slagveld. Het Adelaarsnest zit er vol mee.'

'Dat was te verwachten,' zei Catelyn. Ook niet zo verwonderlijk: Lysa was nog jong, en het koninkrijk van Berg en Vallei vormde een aardig huwelijksgeschenk. 'En neemt Lysa een nieuwe man?'

'Ze beweert van wel, vooropgesteld dat ze er een vindt die haar aanstaat,' zei Brynden Tulling, 'maar ze heeft heer Nestor en ruim tien andere geschikte mannen al afgewezen. Ze zweert dat *zij* deze keer haar echtgenoot zal kiezen.'

'U bent wel de laatste om haar dat te verwijten.'

Ser Brynden snoof. 'Doe ik ook niet... maar ik krijg de indruk dat Lysa zich alleen maar het hof laat maken. Ze vindt het prachtig, maar ik geloof dat je zuster van plan is om zelf te regeren tot haar zoon oud genoeg is om zowel in de praktijk als in naam heer van het Adelaarsnest te zijn.'

'Een vrouw kan even verstandig regeren als een man,' zei Catelyn.

'De *juiste* vrouw wel,' zei haar oom en gluurde even opzij. 'Maar vergis je niet, Cat. Lysa is anders dan jij.' Hij aarzelde even. 'Om eerlijk te zijn vrees ik dat je je zuster misschien niet zo... behulpzaam zult bevinden als je zou willen.'

Dat begreep ze niet. 'Wat bedoelt u?'

'De Lysa die uit Koningslanding terugkeerde is niet het meisje dat naar het zuiden ging toen haar man tot Hand werd benoemd. Het zijn moeilijke jaren voor haar geweest, dat begrijp je vast wel. Heer Arryn was een plichtsgetrouw echtgenoot, maar ze waren om politieke redenen getrouwd en niet uit hartstocht.'

'Net als ik.'

'Jij bent net zo begonnen, maar het resultaat was gelukkiger dan bij je zuster. Twee kinderen doodgeboren, nog eens tweemaal zoveel miskramen, de dood van heer Arryn... Catelyn, de goden hebben Lysa alleen dat ene kind geschonken, en je zuster leeft nu alleen nog voor hem, de arme jongen. Geen wonder dat ze liever is gevlucht dan hem aan de Lannisters uit te leveren. Je zuster is *bang*, kind, en haar grootste vrees geldt de Lannisters. Ze is in allerijl naar de Vallei gegaan en als een dief uit de Rode Burcht weggeglipt, en dat alles om haar zoon uit de muil van de leeuw te rukken... en nu leid jij die leeuw naar haar deur.'

'In boeien,' zei Catelyn. Rechts van haar gaapte een rotsspleet, diep en donker. Ze hield in en reed er voorzichtig langs, stapje voor stapje.

'O ja?' Haar oom keek achterom naar Tyrion Lannister, die achter hen langzaam afdaalde. 'Ik zie een bijl aan zijn zadel, een ponjaard achter zijn riem en een huurling die hem volgt als een hongerige schaduw. Waar zijn die boeien, liefje?'

Catelyn schoof ongemakkelijk in het zadel heen en weer. 'De dwerg is hier, en niet uit vrije wil. Boeien of niet, hij is mijn gevangene. Lysa zal evenzeer willen dat hij voor zijn misdaden boet als ik. Het is haar echtgenoot die door de Lannisters is vermoord, en het was háár brief die onze eerste waarschuwing was.'

Brynden Zwartvis wierp haar een vermoeide glimlach toe. 'Ik hoop dat je gelijk hebt, kind,' zuchtte hij op een toon die zei dat ze het mis had.

De zon stond al ver in het oosten toen de helling onder de hoeven van hun paarden begon af te vlakken. De weg verbreedde zich en werd recht, en voor het eerst zag Catelyn wilde bloemen en grassen. Zodra ze de bodem van het dal bereikten ging het sneller en schoten ze flink op. Ze galoppeerden door weelderig groen hout en slaperige gehuchten, langs boomgaarden en gulden tarwevelden, en spetterden een stuk of twaalf zonovergoten beekjes door. Haar oom zond een vaandrager vooruit met een staf met een dubbele banier: bovenaan de maan en de valk van het Huis Arryn en daaronder zijn eigen zwarte vis. Boerenkarren, wagens van kooplieden en ruiters uit mindere huizen weken uit om hen door te laten.

Toch was het helemaal donker toen ze het stevige slot aan de voet van de Reuzenlans bereikten. Toortsen flakkerden op de tinnen, en op het donkere water van de slotgracht danste de gehoornde maan. De brug was omhoog en het valhek neer, maar Catelyn zag lichten branden in het poortgebouw en naar buiten schijnen door de vensters van de vierkante torens daarachter.

'De Poorten van de Maan,' zei haar oom toen het gezelschap de teugels had ingehouden. Zijn vaandrager reed naar de rand van de slotgracht om de mannen in het poortgebouw aan te roepen. 'De zetel van heer Nestor. Hij zal al wel op ons wachten. Kijk eens naar boven.'

Catelyn verhief haar blik, omhoog, en nog verder omhoog. Eerst zag ze uitsluitend rotsen en geboomte, het dreigende bergmassief, in nacht gehuld, zwart als een sterreloze hemel. Toen ontdekte ze een heel eind boven hen de gloed van verre vuren: een torenburcht, tegen de steile kant van de berg gebouwd, met lichten die als oranje ogen op hen neerzagen. Daarboven was er nog een, hoger en verder weg, en nog hoger een derde, niet meer dan een flakkerend vonkje in de lucht. En ten slotte, daar waar de valken zweefden, een witte glinstering in de maneschijn. Een golf van duizeligheid spoelde over haar heen terwijl ze naar de lichte torens staarde, zo hoog boven haar.

'Het Adelaarsnest,' hoorde ze Marillion vol ontzag mompelen.

De scherpe stem van Lannister viel in: 'De Arryns houden vast niet zo van gezelschap. Mocht u van plan zijn ons in het donker die berg op te laten klimmen, dan word ik liever ter plaatse vermoord.'

'We brengen de nacht hier door en gaan morgen naar boven,' zei Brynden tegen hem.

'Ik kan bijna niet wachten,' antwoordde de dwerg. 'Hoe komen we daar? Ik heb geen ervaring in het berijden van geiten.'

'Muilezels,' zei Brynden met een lachje.

'Er zijn treden uitgehakt in de berg,' zei Catelyn. Dat had ze uit Neds verhalen over zijn jeugd hier met Robert Baratheon en Jon Arryn.

Haar oom knikte. 'Het is te donker om ze te zien, maar de treden zijn er wel. Te steil en te smal voor paarden, maar muilezels kunnen ze het grootste stuk van de weg wel beklimmen. Drie wegkastelen waken over het pad, Steen, Sneeuw en Lucht. De muilezels brengen ons tot bij Lucht.'

Sceptisch keek Tyrion Lannister omhoog. 'En daarna?'

Brynden glimlachte. 'Daarna is het pad zelfs voor muilezels te steil. De rest van de weg leggen we te voet af. Of misschien gaat u liever in een mandje. Het Adelaarsnest hangt pal boven Lucht tegen de bergwand, en in de kelders staan zes grote lieren met lange ijzeren kettingen om voorraden op te halen. Als u daar de voorkeur aan geeft, heer Lannister, kan ik u wel tegelijk met het brood, het bier en de appels laten ophijsen.'

De dwerg lachte ruw. 'Was ik maar een pompoen,' zei hij. 'Helaas, het zou mijn edele vader ongetwijfeld ten zeerste bedroeven als zijn zoon, een Lannister, als een lading knollen zijn noodlot tegemoet ging. Als u te voet opstijgt moet ik dat ook doen, vrees ik. Wij Lannisters hebben zo onze trots.'

'Trots?' snauwde Catelyn. Zijn spottende toon en ongedwongen houding wekten haar woede. 'Sommigen zouden het aanmatiging noemen. Aanmatiging, hebzucht en machtswellust.'

'Mijn broer is ongetwijfeld aanmatigend,' antwoordde Tyrion Lannister. 'Mijn vader is de vleesgeworden hebzucht en mijn lieve zuster Cersei hongert de ganse dag naar macht. Ik daarentegen ben zo onschuldig als een lammetje. Zal ik voor u blaten?' Hij grinnikte.

Voordat ze iets terug kon zeggen werd de ophaalbrug knarsend neergelaten, en ze hoorden het geluid van geoliede kettingen waarmee het valhek werd opgetrokken. Wapenknechten brachten brandende toortsen om hen bij te lichten, en haar oom leidde hen de slotgracht over. Heer Nestor Roys, opperhofmeester van de Vallei en Wachter van de Poorten van de Maan, stond omringd door zijn ridders op de binnenplaats om hen te verwelkomen. 'Vrouwe Stark,' zei hij en boog. Hij was een stevige kerel met een torso als een ton, en zijn buiging was onwennig.

Catelyn steeg af en bleef voor hem staan. 'Heer Nestor,' zei ze. Ze kende de man alleen van horen zeggen. Hij was de neef van Bronzen Yan, van een zijtak van het huis Roys, maar zelf van huis uit ook een geducht heerschap. 'We hebben een lange, vermoeiende reis achter ons. Mag ik u voor vannacht om de gastvrijheid van uw woning verzoeken?'

'Mijn woning is de uwe, vrouwe,' antwoordde heer Nestor kortaf, 'maar uw zuster, vrouwe Lysa, heeft bericht vanuit het Adelaarsnest gestuurd dat ze u onmiddellijk wil spreken. De rest van uw gezelschap zal hier worden ondergebracht en met het ochtendkrieken naar boven worden gezonden.'

Haar oom sprong van zijn paard. 'Wat is dat voor waanzin?' zei hij onomwonden. Brynden Tulling nam nooit een blad voor de mond. 'Een nachtelijke klim terwijl de maan niet eens vol is? Dat is vragen om een gebroken nek, dat weet zelfs Lysa.'

'De muilezels weten de weg, ser Brynden.' Een mager meisje van een jaar of zeventien, achttien ging naast heer Nestor staan. Haar haren waren donker en kort, recht afgeknipt rond haar hoofd, en ze droeg leren rijkleding en een licht maliënhemd van verzilverde ringetjes. Ze boog voor Catelyn, sierlijker dan haar heer. 'Ik beloof u, vrouwe, dat u niets zal overkomen. Ik zal het als een eer beschouwen u naar boven te begeleiden. Ik heb die klim wel honderd keer in het donker gemaakt. Mychel zegt dat mijn vader een geit moet zijn geweest.'

Ze klonk zo wijsneuzig dat Catelyn moest glimlachen. 'Heb je ook een naam, kind?'

'Mya Steen, met uw welnemen, vrouwe,' zei het meisje.

Maar van welnemen was geen sprake: het kostte Catelyn moeite om te blijven glimlachen. *Steen* was een bastaardnaam in de Vallei, zoals *Sneeuw* in het noorden en *Bloemen* in Hooggaarde. In elk van de Zeven Koninkrijken had zich een vaste achternaam gevormd voor kinderen die zonder eigen naam werden geboren. Catelyn had niets tegen dit meisje, maar ze moest plotseling onwillekeurig aan Neds bastaard op de Muur denken, en die gedachte maakte haar boos en gaf haar tegelijkertijd een schuldgevoel. Ze deed haar best een reactie te verzinnen.

Heer Nestor vulde de stilte op. 'Mya is een verstandige meid, en als zij dat zegt brengt ze u veilig bij vrouwe Lysa, dat neem ik van haar aan. Ze heeft me nog nooit in de steek gelaten.'

'Dan vertrouw ik mezelf aan jou toe, Mya Steen,' zei Catelyn. 'Heer Nestor, ik draag u op mijn gevangene goed te bewaken.'

'En ik draag u op, de gevangene een beker wijn en een lekker knapperige kapoen te brengen voordat hij omkomt van de honger,' zei Lannister. 'Een meisje zou ook leuk zijn, maar dat zal wel te veel gevraagd zijn.' De huurling Bronn lachte hardop.

Lord Nestor negeerde de grappenmakerij. 'Het zal gebeuren zoals u zegt, vrouwe.' Pas toen keek hij naar de dwerg. 'Leid heer Lannister naar een torencel en breng hem eten en drinken.'

Terwijl Tyrion Lannister werd weggeleid zei Catelyn haar oom en de anderen gedag en volgde toen het bastaardmeisje door het slot. In de bovenste hof wachtten twee muilezels, gezadeld en reisvaardig. Mya hielp haar op de ene, terwijl een wachter in een hemelsblauwe mantel het smalle uitvalsdeurtje opende. Daarachter groeiden de pijnbomen en sparren dicht opeen en rees de berg als een zwarte muur omhoog, maar de traptreden waren er, diep in de rots gebeiteld, een ladder naar de hemel. 'Sommige mensen merken dat het makkelijker gaat als ze hun ogen sluiten,' zei Mya terwijl ze de muilezels door de poort het dichte bos inleidde. 'Als ze bang of duizelig worden houden ze zich soms te stevig aan de muilezels vast. Die vinden dat niet prettig.'

'Ik ben een Tulling van geboorte en getrouwd met een Stark,' zei Catelyn. 'Ik word niet snel bang. Ben je van plan een toorts aan te steken?' Het was pikdonker op de treden.

Het meisje trok een gezicht. 'Toortsen verblinden alleen maar. In een heldere nacht als deze zijn de maan en de sterren genoeg. Mychel zegt dat ik uilenogen heb.' Ze steeg op en zette haar muilezel aan om de eerste tree te beklimmen. Catelyns beest volgde vanzelf.

'Je had het daarnet ook over Mychel,' zei Catelyn. De muilezels bepaalden het tempo, traag maar gelijkmatig. Zij vond het allang best.

'Mychel is mijn geliefde,' legde Mya uit. 'Mychel Roodfoort. Hij is schildknaap bij ser Lyn Corbree. We gaan trouwen zodra hij ridder wordt, het volgend jaar of het jaar daarop.'

Nu klonk ze net als Sansa, zo naïef gelukkig met haar dromen. Catelyn glimlachte triest. De Roodfoorts waren een oud geslacht in de Vallei, wist ze, met het bloed van de Eerste Mensen in hun aderen. Ze was dan misschien zijn geliefde, maar geen Roodfoort zou ooit met een bastaard trouwen. Zijn familie zou een passender huwelijk voor hem arrangeren, met een Corbree of een Wagenholt of een Roys, of misschien met een dochter van een van de grotere huizen buiten de Vallei. Als Mychel Roodfoort met dit meisje naar bed ging, dan was dat tussen de verkeerde lakens.

De klim was makkelijker dan Catelyn had durven hopen. De bomen verdrongen zich langs het pad en bogen zich eroverheen als een ruisend groen dak waar zelfs de maan niet doorheen drong, zodat ze leken op te stijgen door een lange, zwarte tunnel. Maar de muilezels liepen met vaste tred, en Mya Steen leek inderdaad met nachtogen begiftigd te zijn. Ze draaiden en zwenkten met de treden mee en zwoegden zigzaggend langs de bergwand omhoog. Een dikke laag afgevallen naalden bedekte het pad als een tapijt, zodat de hoefijzers van hun muilezels bijna geen geluid op de rotsen maakten. De stilte had een kalmerende uitwerking op haar, en door het zachte wiegen begon Catelyn heen en weer te zwaaien in het zadel. Het duurde niet lang of ze moest tegen de slaap vechten.

Misschien dommelde ze echt even in, want plotseling doemde er een stevige, met ijzer beslagen poort voor hen op. 'Steen,' kondigde Mya opgewekt aan en steeg af. Indrukwekkende stenen muren waren over de gehele bovenkant met ijzeren pieken bezet, en twee dikke, ronde torens rezen boven de donjon uit. Op Mya's roep zwaaide de poort open. Binnen werd Mya met name begroet door de gezette ridder die het bevel over het wegkasteel voerde. Hij bood hen een spies met dichtgeschroeid vlees aan, en hete uien, zo van het spit. Catelyn had niet geweten dat ze zo'n honger had. Ze at staande op de binnenplaats terwijl hun zadels door stalknechten op verse muilezels werden gelegd. Het hete vleesnat droop van haar kin op haar mantel, maar ze was zo uitgehongerd dat het haar niet kon schelen.

Daarna ging het op een nieuwe muilezel weer naar buiten, het sterrenlicht in. Het tweede gedeelte van de klim kwam Catelyn verraderlijker voor. Het pad was steiler en de treden waren verder uitgesleten en hier en daar bezaaid met kiezels en brokken steen. Mya moest een stuk of zes keer afstijgen om hun pad van neergestort gesteente te ontdoen. 'Het is niet de bedoeling dat uw muilezel hierboven een been breekt,' zei ze, wat Catelyn moest beamen. Ze merkte nu duidelijker hoe hoog ze waren. De bomen groeiden hier spaarzamer en de wind was harder, stevige windstoten die aan haar kleren trokken en het haar in haar ogen bliezen. Soms maakten de treden een haarspeldbocht, en dan kon ze onder hen Steen zien liggen, en nog verder naar beneden de Poorten van de Maan, waarvan de toortsen niet feller schenen dan kaarsvlammetjes.

Sneeuw was kleiner dan Steen, één enkele versterkte toren en een houten burcht met een stal achter een lage muur van ongemetselde steen. Toch zat het dusdanig tegen de Reuzenlans genesteld dat het de hele stenen trap vanaf het lager gelegen wegkasteel beheerste. Een vijand die het op het Adelaarsnest had gemunt zou zich vanaf Steen stap voor stap een weg omhoog moeten vechten, terwijl het vanaf het hoger gelegen Sneeuw stenen en pijlen regende. De bevelhebber, een bezorgde jonge ridder met een pokdalig gezicht, bood hun brood en kaas aan en de gelegenheid zich bij zijn vuur te warmen, maar

Mya bedankte. 'We moeten verder, vrouwe,' zei ze, 'met uw welnemen.' Catelyn knikte.

Weer kregen ze verse muilezels. De hare was wit. Mya glimlachte toen ze hem zag. 'Witje is een goeie, vrouwe. Staat stevig op zijn benen, zelfs op het ijs, maar weest u wel voorzichtig. Als hij iemand niet mag gaat hij schoppen.'

De witte muilezel scheen Catelyn wel te mogen, want er werd niet geschopt, de goden zij dank. IJs lag er tot haar even grote opluchting ook niet. 'Mijn moeder zegt dat de sneeuw honderden jaren geleden hier begon,' vertelde Mya haar. 'Het was hierboven altijd wit, en het ijs smolt nooit.' Ze haalde haar schouders op. 'Ik kan me niet herinneren dat ik zo laag op de berg ooit sneeuw heb gezien, maar misschien was het vroeger wel zo, in de tijden van weleer.'

Zo jong nog, dacht Catelyn en probeerde zich te herinneren of zij ooit zo was geweest. Het meisje had haar halve leven in de zomer geleefd, en meer had ze niet meegemaakt. *De winter komt, kind*, wilde ze zeggen. De woorden lagen haar op de lippen en bijna had ze ze uitgesproken. Misschien werd ze toch nog een Stark.

Boven Sneeuw leek de wind een levend wezen. Hij huilde om hen heen als een wolf in de wildernis en viel dan weer ineens weg, alsof hij hen tot onvoorzichtigheid wilde verleiden. De sterren leken hier helderder, zo dichtbij dat ze ze bijna kon aanraken, en de gehoornde maan hing groot in de wolkeloze zwarte hemel. Bij het klimmen merkte Catelyn dat ze beter naar boven dan naar beneden kon kijken. De treden waren door eeuwen van vorst en dooi en de hoeven van ontelbare muilezels gebarsten en gebroken, en zelfs in het donker kreeg ze hartkloppingen van de grote hoogte. Toen ze bij een hooggelegen doorgang tussen twee rotspieken kwamen steeg Mya af. 'Hier kunnen we de muilezels beter te voet overheen leiden,' zei ze. 'De wind kan hier enigszins beangstigend zijn, vrouwe.'

Stijfjes klauterde Catelyn de schaduwen uit en keek naar het pad vóór hen, twintig voet lang en bijna drie voet breed, maar naar beide kanten loodrecht aflopend. Ze hoorde de wind fluiten. Mya liep er lichtvoetig overheen met haar muilezel achter zich aan, zo bedaard alsof ze een binnenplein overstaken. Het was haar beurt. Maar ze had nog maar net één stap gezet of de vrees greep Catelyn bij de keel. Ze *voelde* de leegte, de enorme, zwarte afgronden van lucht die rondom haar gaapten. Trillend bleef ze staan en durfde zich niet meer te verroeren. De wind gierde in haar gezicht, rukte aan haar mantel en trachtte haar over de rand te duwen. Catelyn schoof haar voet naar achteren, een heel benauwd klein stapje, maar de muilezel stond achter haar en ze kon niet terug. *Dit wordt mijn dood*, dacht ze. Ze voelde het koude zweet over haar rug lopen.

'Vrouwe Stark,' riep Mya over de afgrond heen. Het meisje klonk alsof ze duizenden mijlen ver weg was. 'Is alles goed met u?'

Catelyn Stark-Tulling slikte de restanten van haar trots in. 'Ik... ik kan dit niet, kind,' riep ze.

'Jawel, u kunt het best,' zei het bastaardmeisje. 'Dat weet ik zeker. Kijk maar hoe breed het pad is.'

'Ik wil niet kijken.' De hele wereld – de berg, de lucht en de muilezels – leek om haar heen te draaien als de tol van een kind. Catelyn sloot haar ogen om haar onregelmatige ademhaling in bedwang te krijgen.

'Ik kom u wel halen,' zei Mya. 'Niet bewegen, vrouwe.'

Bewegen was wel het laatste dat Catelyn wilde. Ze luisterde naar het snerpen van de wind en het sloffende geluid van leer over steen. Toen was Mya bij haar en nam haar voorzichtig bij de arm. 'Houd uw ogen maar dicht als u dat liever doet. Laat het touw maar los, Witje komt vanzelf wel. Heel goed, vrouwe. Ik breng u eroverheen, er is niets aan, u zult het zien. Nu moet u een stap zetten. Ja zo, beweeg uw voet maar, gewoon naar voren schuiven. Kijk maar. Nu nog een keer. Kalm aan. U zou zo naar de andere kant kunnen rennen. Nog eens, ga door. Ja.' En zo, voetje voor voetje, stap voor stap, loodste het bastaardmeisje Catelyn, die trilde en haar ogen dichthield, naar de overkant terwijl de witte muilezel bedaard achter hen aan liep.

Het wegkasteel dat Lucht werd genoemd was niet meer dan een hoge, halvemaanvormige muur van ongemetselde steen die tegen de bergwand was gebouwd, maar in de ogen van Catelyn Stark zouden zelfs de onoverdekte torens van Valyria niet mooier zijn geweest. Hier begon eindelijk de sneeuwkap. De verweerde stenen van Lucht waren bedekt met rijp, en van de hellingen daarboven hingen lange speren van ijs omlaag.

In het oosten brak de dageraad aan toen Mya Steen de wachters een groet toeriep en de poorten voor hen opengingen. Binnen de muren was alleen maar een rij schansen, en een enorme hoop rotsblokken en stenen in alle maten. Niets kon eenvoudiger zijn dan van hieraf een lawine op gang te brengen. Vóór hen in de rotswand gaapte een muil. 'Daarbinnen zijn de stallen en de slaapzalen,' zei Mya. 'Het achterste gedeelte is binnen in de berg. Het kan een beetje donker zijn, maar je bent er in elk geval uit de wind. Verder dan hier kunnen de muilezels niet. Voorbij dit punt is het, eh... een soort schoorsteen, meer een stenen ladder dan een echte trap, maar het valt wel mee. Nog één uur, en we zijn er.'

Catelyn keek op. Recht boven haar kon ze de fundamenten van

het Adelaarsnest flets in het ochtendlicht zien schemeren. Het kon niet meer dan zeshonderd voet boven hen zijn. Van onderaf zag het eruit als een kleine, witte honingraat. Ze herinnerde zich wat haar oom over manden en lieren had gezegd. 'De Lannisters mogen dan trots zijn,' zei ze tegen Mya, 'maar de Tullings zijn van huis uit met meer gezond verstand begiftigd. Zeg maar dat ze een mand laten zakken. Ik ga wel met de knollen mee.'

De zon stond al ruim boven de bergen toen Catelyn Stark eindelijk het Adelaarsnest bereikte. Een gedrongen man met zilverwit haar in een hemelsblauwe mantel en een gedreven borstharnas met de maan en de valk erop hielp haar uit haar mand: Ser Vardis Egen, het hoofd van Jon Arryns hofwacht. Naast hem stond Maester Colemon, dun en nerveus, met te weinig haar en te veel nek. 'Vrouwe Stark,' zei ser Vardis, 'dit is een even onverwacht als groot genoegen.' Maester Colemons hoofd wiebelde bevestigend heen en weer. 'Waarlijk, dat is het, vrouwe, dat is het. Ik heb uw zuster ingelicht. Ze had bevel gegeven dat ze gewekt wilde worden zodra u er was.'

'Ik hoop dat ze een goede nachtrust heeft gehad,' zei Catelyn met een zekere scherpte die niemand leek op te merken.

De mannen leidden haar vanuit de takelruimte een wenteltrap op. Naar de maatstaven van de grote huizen gemeten was het Adelaarsnest een klein kasteel: zeven slanke witte torens die dicht opeengepakt als pijlen in een koker op een flank van de grote berg stonden. Hier waren geen stallen, smidsen of kennels nodig, maar Ned had gezegd dat de graanschuur even groot was als die van Winterfel en dat de torens ruimte boden voor vijfhonderd man. Toch kwam het Catelyn merkwaardig verlaten voor toen ze erdoorheen liep. De lichte stenen zalen klonken leeg en hol.

Lysa zat alleen te wachten in haar bovenvertrek, nog in haar nachtgewaad. Haar lange, kastanjebruine haar hing los over haar naakte, witte schouders en haar rug. Achter haar stond een meid de klitten van die nacht eruit te borstelen, maar toen Catelyn binnenkwam stond haar zuster glimlachend op. 'Cat,' zei ze. 'O Cat, wat ben ik blij je te zien. Mijn lieve zuster.' Ze rende de kamer door en sloeg haar armen om haar zuster heen. 'Wat is dat lang geleden,' mompelde Lysa tegen haar. 'Wat vreselijk, vreselijk lang.'

Het was om precies te zijn vijf jaar, voor Lysa vijf harde jaren. Ze hadden hun tol geëist. Haar zuster was twee jaar jonger, maar nu zag ze er ouder uit. Ze was minder lang dan Catelyn, en haar lichaam was uitgedijd en haar gezicht bleek en pafferig geworden. Ze had de blauwe ogen van de Tullings, maar de hare waren flets en waterig en voortdurend in beweging. Haar kleine mond had pruillippen gekregen. Terwijl Catelyn haar vasthield zag ze het slanke meisje met de hoge boezem weer voor zich dat op een dag samen met haar had staan wachten in de sept van Stroomvliet. Wat was ze lieftallig en vol verwachting geweest. Het enige dat nog restte van haar zusters schoonheid was de waterval van dik, kastanjebruin haar die tot aan haar middel kwam.

'Je ziet er goed uit,' loog Catelyn, 'maar... vermoeid.'

Haar zuster liet haar los. 'Vermoeid. Ja. O ja.' Toen pas leek ze de anderen te zien: haar meid, Maester Colemon, ser Vardis. 'Laat ons alleen,' beval ze. 'Ik wil mijn zuster onder vier ogen spreken.' Terwijl ze zich terugtrokken hield ze Catelyns hand vast...

... om die los te laten zodra de deur dichtging. Catelyn zag haar gezichtsuitdrukking veranderen. Het was alsof er een wolk voor de zon schoof.

'Ben je niet goed bij je *hoofd*?' snauwde Lysa haar toe. 'Dat je hem *hier* brengt, zonder een woord van toestemming, zonder me zelfs maar te waarschuwen, en ons te betrekken bij jouw geschillen met de Lannisters?'

'*Mijn* geschillen?' Catelyn geloofde haar oren niet. In de haard brandde een groot vuur, maar in Lysa's stem was geen spoor van warmte te bespeuren. 'Die zijn als jouw geschillen begonnen, zuster. Jij hebt me die vervloekte brief gestuurd. Jij hebt geschreven dat de Lannisters je echtgenoot hadden vermoord.'

'Om je te waarschuwen, zodat je uit hun buurt zou blijven! Het heeft nooit in mijn bedoeling gelegen om tegen ze te *vechten*! Alle goden, Cat, weet je wel wat je *gedaan* hebt?'

'Moeder?' zei een klein stemmetje. Lysa draaide zich met een ruk om, zodat haar zware gewaad om haar heen ruiste. Robert Arryn, heer van het Adelaarsnest, stond in de deuropening met een voddenpop in zijn armen geklemd en staarde hen met grote ogen aan. Het kind was griezelig mager, te klein voor zijn leeftijd, al ziekelijk sinds zijn geboorte, en nu en dan beefde hij. De trillende ziekte, noemden de maesters dat. 'Ik hoorde stemmen.'

Niet zo verwonderlijk, dacht Catelyn. Haar zuster had bijna staan schreeuwen. Toch waren Lysa's blikken messen in háár richting. 'Dit is je tante Catelyn, kindje. Mijn zuster, vrouwe Stark. Weet je nog?'

De jongen keek haar wezenloos aan. Hij knipperde met zijn ogen en zei: 'Ik geloof het wel,' al was hij nog geen jaar oud geweest toen Catelyn hem voor het laatst had gezien.

Lysa ging bij de haard zitten en zei: 'Kom maar bij mama, schatebout.' Ze trok zijn nachtkleding recht en frunnikte aan zijn fijne, bruine haar. 'Is hij niet mooi? En sterk ook, geloof maar niet wat ze je vertellen. Jon wist het wel. *Het zaad is sterk*, zei hij tegen me. Zijn laatste woorden. Hij herhaalde telkens Roberts naam, en hij greep me zo hard bij mijn arm dat er rode vlekken op kwamen. *Zeg tegen ze dat het zaad sterk is.* Zijn zaad. Hij wilde dat iedereen zou weten wat een goede, sterke jongen mijn kindje zou worden.'

'Lysa,' zei Catelyn. 'Als je gelijk hebt wat de Lannisters betreft is dat des te meer reden om snel te handelen. We...'

'Niet waar het *kindje* bij is,' zei Lysa. 'Hij is heel gevoelig, hè schattebout?'

'De jongen is heer van het Adelaarsnest en Verdediger van de Vallei,' bracht Catelyn haar in herinnering, 'en dit is niet het moment om gevoelig te zijn. Ned denkt dat er misschien oorlog komt.'

'*Stil!*' snauwde Lysa haar toe. 'Je maakt de jongen bang.' De kleine Robert gluurde over zijn schouder naar Catelyn en begon te beven. Zijn pop viel op de biezen en hij klampte zich aan zijn moeder vast. 'Niet bang zijn, lief kindje,' fluisterde Lysa. 'Mama is hier, er zal je niets overkomen.' Ze maakte haar gewaad open en trok er een zware, bleke borst met een kleine rode knop uit. De jongen graaide er gretig naar, drukte zijn gezicht tegen haar boezem en begon te zuigen. Lysa streek hem over zijn haar.

Catelyn was sprakeloos. *Jon Arryns zoon*, dacht ze ongelovig. Ze dacht aan haar eigen kleine jongen, de driejarige Rickon, half zo oud als dit knaapje en met vijf keer zoveel pit. Geen wonder dat de heren van de Vallei ongedurig waren. Voor het eerst begreep ze waarom de koning had geprobeerd het kind bij de moeder weg te halen en bij de Lannisters te laten opvoeden...

'Hier zijn we veilig,' hoorde ze Lysa zeggen, tegen haar of de jongen, dat wist Catelyn niet.

'Wat een dwaasheid,' snauwde Catelyn, die kwaad werd. 'Niemand is veilig. Als je soms denkt dat de Lannisters je zullen vergeten zolang je je hier verschuilt vergis je je zeer.'

Lysa legde haar hand over het oor van haar zoon. 'Ook al zouden ze erin slagen een leger door de bergen te leiden en de Bloedpoort te passeren, het Adelaarsnest is onneembaar. Je hebt het zelf gezien. Geen vijand kan ons hier ooit bereiken.'

Catelyn had haar het liefst een klap gegeven. Oom Brynden had haar geprobeerd te waarschuwen, besefte ze. 'Geen enkel kasteel is onneembaar.'

'Dit wel,' hield Lysa vol. 'Dat zegt iedereen. Het enige is: wat moet ik met die Kobold aan die je me hebt gebracht?'

'Is het een slechte man?' vroeg de heer van het Adelaarsnest, en de borst van zijn moeder plopte uit zijn mond, de tepel nat en rood.

'Een heel slechte man,' zei Lysa terwijl ze haar gewaad op zijn plaats trok, 'maar mama zal niet toelaten dat hij mijn kleine kindje kwaad doet.'

'Laat hem vliegen,' zei Robert gretig.

Lysa streelde het haar van haar zoon. 'Ja, misschien doen we dat wel,' mompelde ze. 'Dat zou weleens precies kunnen zijn wat we gaan doen.'

Eddard

Hij trof Pinkje aan in de gelagkamer van het bordeel, waar hij gezellig zat te kletsen met een lange, elegante vrouw met een veren jurk over haar inktzwarte huid. Bij de haard was Huard met een wulpse deern aan het pandverbeuren. Zo op het oog had hij tot dusverre zijn riem, zijn mantel, zijn maliënhemd en zijn rechterlaars verbeurd, terwijl het meisje haar hemd tot aan de taille had moeten openknopen. Jory Cassel stond naast een beregende ruit met een wrang lachje op zijn gezicht te kijken hoe Huard zijn stenen omkeerde en van zijn uitzicht genoot.

Beneden aan de trap bleef Ned staan en trok zijn handschoenen aan. 'Tijd om te vertrekken. Mijn zaken hier zijn afgehandeld.'

Huard kwam zwaaiend overeind en graaide gehaast zijn spullen bij elkaar. 'Zoals u wenst, heer,' zei Jory. 'Ik ga wel met Wyl mee om de paarden te halen.' Hij beende naar de deur.

Pinkje nam de tijd om afscheid te nemen. Hij kuste de hand van de zwarte vrouw, fluisterde haar iets grappigs toe waarom ze hardop moest lachen en slenterde naar Ned. 'Uw zaken,' zei hij luchtig, 'of die van Robert? Ze zeggen dat de Hand 's konings dromen droomt, met de stem des konings spreekt en met het zwaard des konings regeert. Houdt dat in dat u ook naait met 's konings...'

'Heer Baelish,' onderbrak Ned hem, 'u gaat te ver. Ik ben u niet ondankbaar voor uw hulp. Zonder u had het misschien jaren geduurd voor we dit bordeel hadden gevonden. Maar dat houdt nog niet in dat ik van plan ben uw spotternijen te ondergaan. En ik ben de Hand des Konings niet meer.'

'Zo'n schrikwolf moet een prikkelbaar beest zijn,' zei Pinkje, en een van zijn mondhoeken wees scherp omlaag.

Terwijl ze naar de stallen liepen viel er een warme plensregen uit een loodgrijze hemel. Ned zette de kap van zijn mantel op. Jory leidde zijn paard naar buiten. De jonge Wyl kwam vlak achter hem aan. Hij voerde met één hand Pinkjes merrie mee terwijl hij met zijn andere hand aan zijn riem en de koorden van zijn broek frummelde. Een hoertje op blote voeten leunde over de staldeur en giechelde tegen hem.

'Gaan we nu terug naar het kasteel, heer?' vroeg Jory. Ned knikte en zwaaide zich in het zadel. Naast hem steeg Pinkje op. Jory en de overigen volgden.

'Chataya houdt er een uitgelezen etablissement op na,' zei Pinkje terwijl ze wegreden. 'Ik overweeg het te kopen. Je kunt veel beter in bordelen dan in schepen investeren, heb ik ontdekt. Hoeren zinken maar zelden, en als ze door piraten geënterd worden betalen die net als ieder ander met klinkende munt.' Heer Petyr grinnikte om zijn eigen geestigheid.

Ned liet hem maar kletsen. Na een poosje hield hij zijn mond en reden ze in stilte verder. De straten van Koningslanding waren leeg. De regen had iedereen naar binnen gejaagd. Hij roffelde op Neds hoofd neer, warm als bloed en aanhoudend als een oud schuldgevoel. Dikke waterdruppels biggelden over zijn gezicht.

'Robert zal zich nooit tot één bed beperken,' had Lyanna op een lang vervlogen avond in Winterfel tegen hem gezegd nadat hun vader de jeugdige heer van Stormeinde haar hand had beloofd. 'Ik heb gehoord dat hij bij een meisje uit de Vallei een kind heeft verwekt.' Ned had Mya vastgehouden en kon haar bestaan nauwelijks ontkennen, en evenmin wilde hij zijn zuster voorliegen, maar hij had haar verzekerd dat het niet uitmaakte wat Robert voor hun verloving had uitgevoerd, dat hij een goed en oprecht man was die haar van ganser harte zou liefhebben. Lyanna had slechts geglimlacht. 'Liefde is zoet, beste Ned, maar de aard van het beestje verandert er niet door.'

Het meisje was zo jong geweest dat Ned niet naar haar leeftijd had durven vragen. Ze was ongetwijfeld nog maagd geweest. Als je beurs maar dik genoeg was wisten de betere bordelen altijd wel een maagd op te duikelen. Ze had lichtrood haar en over de brug van haar neus liep een spoor van sproeten, en toen ze een borst ontblootte om de baby aan te leggen zag hij dat die ook vol sproeten zat. 'Ik heb haar Barra genoemd,' zei ze terwijl het kind dronk. 'Ze lijkt zo op hem, vindt u ook niet, heer? Ze heeft zijn neus, en zijn haar...'

'Ja, dat is zo.' Eddard Stark had het fijne, donkere haar van de baby gestreeld, dat als zwarte zij door zijn vingers vloeide. Roberts eerstgeborene had net zulk fijn haar gehad, voor zover hij het zich herinnerde. 'Wilt u hem dat zeggen als u hem ziet, heer, als... als het u behaagt. Vertel hem hoe mooi ze is.'

'Ik zal het doen,' had Ned beloofd. Dat was nu juist de ellende. Robert zwoer hun eeuwige liefde en was hen vergeten vóór de avond viel, maar Ned Stark hield woord. Hij dacht aan wat hij Lyanna op haar sterfbed had beloofd, en aan de prijs die hij had betaald om die beloften te houden.

'En zeg hem dat ik met niemand anders ben geweest. Ik zweer het, heer, bij de oude goden en de nieuwe. Chataya wilde me die zes maanden wel schenken, vanwege de baby en omdat hij hopelijk terugkomt. Dus u wilt hem vast wel zeggen dat ik op hem wacht. Ik hoef geen juwelen of zo, alleen hem. Hij is altijd goed voor me geweest, echt waar.'

Goed voor je, dacht Ned hol. 'Ik zal het hem zeggen, kind, en ik beloof je dat het Barra aan niets zal ontbreken.' Toen glimlachte ze, zo'n beverig en lief lachje dat het hem wee om het hart werd. En nu, terwijl hij wegreed, zag Ned het gezicht van Jon Sneeuw, dat zo op een jongere versie van het zijne leek, voor zijn geestesoog. Als de goden zo onwelgevallig op bastaarden neerzagen, dacht hij dof, waarom hebben ze mannen dan zoveel begeerte meegegeven? 'Heer Baelish, wat weet u van Roberts bastaarden?'

'Om te beginnen dat hij er meer heeft dan u.'

'Hoeveel?'

Pinkje haalde zijn schouders op. Vochtige stroompjes biggelden over de rug van zijn mantel omlaag. 'Doet het er wat toe? Als je maar genoeg vrouwen in je bed haalt zitten er altijd wel een paar tussen die je een cadeautje geven, en Zijne Genade is wat dat betreft nooit terughoudend geweest. Ik weet dat hij die jongen in Stormeinde erkend heeft, dat kind dat hij heeft verwekt op de avond dat heer Stannis trouwde. Hij kon ook moeilijk anders. De moeder was een Florens, het nichtje van vrouwe Selyse, een van haar kameniers. Renling zegt dat Robert het meisje tijdens het feest naar boven droeg en zich meester maakte van het bruidsbed toen Stannis en bruid nog aan het dansen waren. Heer Stannis scheen dat een smet op het blazoen van zijn vrouws huis te vinden, dus toen de jongen geboren was stuurde hij hem per schip naar Renling.' Hij gluurde opzij naar Ned. 'Ik heb ook horen fluisteren dat Robert een tweeling heeft verwekt bij een dienstmeid op de Rots van Casterling, drie jaar geleden, toen hij voor het toernooi van heer Tywin in het westen was. Cersei heeft de zuigelingen laten doden en de moeder aan een passerende slavenhandelaar verkocht. Te affreus voor de Lannisters, zo dicht bij huis.'

Ned Stark trok een gezicht. Zulke afschuwelijke verhalen werden over alle hoge heren in het rijk verteld. Van Cersei Lannister wilde hij het wel geloven... maar zou de koning zoiets zomaar over zijn kant hebben laten gaan?

De Robert die hij had gekend niet, maar de Robert die hij had gekend had ook niet zo makkelijk zijn ogen gesloten voor ongewenste zaken. 'Waarom zou Jon Arryn plotseling zo'n belangstelling hebben gekregen voor de onwettige kinderen van de koning?'

Het mannetje haalde zijn drijfnatte schouders op. 'Hij was de Hand des Konings. Robert heeft hem ongetwijfeld gevraagd te zorgen dat er in hun behoeften werd voorzien.'

Ned was tot op het bot doorweekt, en zijn ziel was verkild. 'Er moet meer aan de hand zijn geweest. Waarom zou hij anders vermoord zijn?'

Pinkje schudde de regen uit zijn haar en lachte. 'Nu snap ik het! Heer Arryn kwam erachter dat Zijne Genade een paar hoeren en viswijven een baby in hun buik had gesplitst, en dus moesten ze hem het zwijgen opleggen. Geen wonder. Als je zo'n man in leven laat gaat hij straks nog rondbazuinen dat de zon in het oosten opgaat.'

Daar kon Ned slechts zijn wenkbrauwen over fronsen. Hij betrapte zich erop dat hij voor het eerst in jaren aan Rhaegar Targaryen dacht. Hij vroeg zich af of Rhaegar vaak bordelen had bezocht. Om de een of andere reden betwijfelde hij dat.

De regen viel nu met bakken uit de hemel. Hij priemde in hun ogen en kletterde op de grond. Rivieren van bruin water stroomden de heuvel af toen Jory plotseling riep: '*Heer.*' Zijn stem was schor van schrik, en het volgende moment was de straat vol soldaten.

Ned ving een glimp op van maliën over leer, handschoenen en scheenplaten, stalen helmen met een gouden leeuw erop. Karmozijnrode mantels plakten tegen hun ruggen, doornat van de regen. Hij had geen tijd om ze te tellen, maar er waren er minstens tien, een linie die te voet de straat blokkeerde, met zwaarden en speren met ijzeren punten. '*Van achteren!*' hoorde hij Wyl roepen, en toen hij zijn paard wendde doken er achter hen nog meer op die hun de terugweg versperden. Jory's zwaard schoot zingend uit de schede. 'Ga opzij of sterf!'

'De wolven huilen,' zei de aanvoerder van de roodmantels tegen zijn mannen. De regen stroomde over zijn gezicht. 'Maar wat een klein troepje.'

Pinkje bracht zijn paard voorzichtig naar voren, stapje voor stapje. 'Wat heeft dit te betekenen? Dit is de Hand des Konings.'

'Hij *was* de Hand des Konings.' De modder dempte de hoefslagen van zijn volbloed hengst. De linie week voor hem uiteen. Op een gouden borstharnas brulde de leeuw van Lannister uitdagend. 'Eerlijk gezegd weet ik niet precies wat hij is.'

'Lannister, dit is waanzin,' zei Pinkje. 'Laat ons erlangs. We worden terugverwacht op het kasteel. Weet je wel wat je doet?'

'Hij weet wat hij doet,' zei Ned kalm.

Jaime Lannister glimlachte. Zelfs op een dag zo grijs en nat als deze scheen zijn haar fel als de zon. 'Heel juist. Ik zoek mijn broer. U herinnert zich mijn broer toch nog wel, heer Stark? Hij was er ook bij in Winterfel. Blond haar, ongelijke ogen, scherpe tong. Een kleine man.'

'Hij staat me nog helder voor de geest,' antwoordde Ned.

'Het schijnt dat hij onderweg op moeilijkheden is gestuit. Mijn edele vader is ten zeerste vertoornd. U weet zeker niet toevallig wie mijn broer een kwaad hart toedraagt?'

'Uw broer is op mijn bevel gegrepen om rekenschap van zijn misdaden af te leggen,' zei Ned Stark.

Pinkje kreunde van ontzetting. 'Mijne heren...'

Ser Jaime rukte zijn zwaard uit de schede en dreef zijn hengst naar voren. 'Ontbloot uw staal, heer Eddard. Desnoods slacht ik u af zoals Aerys, maar ik heb liever dat u sterft met een wapen in de hand.' Hij keek Pinkje koel en minachtend aan. 'Heer Baelish, als ik u was vertrok ik met gezwinde spoed, als u tenminste geen bloedvlekken op uw kostbare kledij wilt.'

Die aansporing had Pinkje niet nodig. 'Ik ga de stadswacht halen,' beloofde hij Ned. De Lannister-linie week uiteen om hem door te laten en sloot zich weer achter hem. Pinkje dreef zijn hielen in de flanken van zijn merrie en verdween om een hoek.

Neds mannen hadden hun zwaard getrokken, maar het was drie tegen twintig. Ogen keken toe vanuit omringende ramen en deuren, maar geen mens maakte aanstalten om in te grijpen. Zijn gezelschap was te paard, de Lannisters waren te voet, op Jaime zelf na. Misschien zou een charge redding brengen, maar Eddard Stark meende over een zekerder en veiliger tactiek te beschikken. 'Als je mij doodt,' waarschuwde hij de Koningsmoordenaar, 'maakt Catelyn ongetwijfeld een eind aan Tyrions leven.'

Jaime Lannister porde Ned in de borst met het vergulde zwaard dat van het bloed van de laatste der drakenkoningen had gedronken. 'O ja? De edele Catelyn Tulling van Stroomvliet, die een gijzelaar vermoordt? Ik denk... van niet.' Hij zuchtte. 'Maar ik laat het leven van mijn broer liever niet van de eer van een vrouw afhangen.' Jaime liet het gouden zwaard in de schede glijden. 'Dus kan ik je denk ik beter naar Robert laten rennen om hem te vertellen hoe bang ik je heb gemaakt. Ik vraag me af of het hem zal interesseren.' Jaime streek zijn natte haar met zijn vingers naar achteren en wendde met een ruk zijn paard. Toen hij zich achter de linie zwaardvechters bevond keek hij achterom naar zijn aanvoerder. 'Tregar, zorg dat heer Stark geen kwaad geschiedt.'

'Zoals u wilt, heer.'

'Maar toch... het gaat niet aan dat hij er *helemaal* ongestraft afkomt, dus...' Zelfs in de regen was de glimlach van ser Jaime oogverblindend. '... dood zijn mannen.'

'*Nee!*' schreeuwde Ned Stark en graaide naar zijn zwaard. Jaime reed al op een sukkeldrafje de straat uit toen hij Wyls kreet hoorde.

De mannen drongen van beide kanten op. Ned reed er een tegen de grond en hakte op fantomen in rode mantels in die voor hem achteruitweken. Jory Cassel dreef zijn paard aan en ging in de aanval. Een met staal beslagen hoef trof met een misselijkmakend gekraak een Lannister-wachter in het gezicht. Een tweede man wankelde opzij, en even had Jory vrij baan. Vloekend werd Wyl van zijn stervende paard getrokken. Hun zwaarden maaiden door de regen. Ned galoppeerde naar hem toe en liet zijn slagzwaard zo hard op Tregars helm neerdalen dat hij op zijn tanden moest bijten. Tregar zonk op zijn knieën, de leeuw op zijn helm in tweeën gekliefd. Het bloed stroomde over zijn gezicht. Huard hakte net op de handen in die zijn teugels hadden gegrepen toen een speer hem in de buik trof. Ineens was Jory er weer, en een rode regen spatte van zijn zwaard. '*Nee!*' riep Ned. '*Jory, weg!*' Neds paard gleed onder hem uit en plofte met een dreun in de modder. Even werd hij verblind door de pijn, en hij proefde de smaak van bloed op zijn tong.

Hij zag hoe ze de benen onder Jory's paard vandaan sloegen en hem op de grond trokken. Ze sloten hem in, en hun zwaarden rezen en daalden. Toen Neds paard overeind krabbelde probeerde hij op te staan, alleen maar om weer te vallen. Toen hij het wilde uitschreeuwen stikte hij bijna. Hij zag het versplinterde bot door zijn kuit steken, en dat was voorlopig het laatste dat hij zag. De regen bleef maar vallen.

Toen hij zijn ogen weer opende was heer Eddard Stark alleen met zijn doden. Zijn paard kwam aanlopen, snoof de ranzige lucht van bloed op en galoppeerde ervandoor. Ned begon zich door de modder te slepen, zich verbijtend tegen de gruwelijke pijn in zijn been. Het leek jaren te duren. Van achter beregende ramen keken gezichten toe en uit stegen en deuren doken mensen op, maar niemand stak een hand uit om hem te helpen.

Pinkje en de stadswacht troffen hem daar op straat aan terwijl hij het lijk van Jory Cassel in zijn armen wiegde.

De goudmantels haalden ergens een draagbaar vandaan, maar de terugtocht naar het kasteel was één doffe kwelling, en Ned verloor meer dan eens het bewustzijn. Het stond hem nog bij dat hij de Rode Burcht voor zich zag opdoemen. De regen had de lichtroze steen van de massieve muren bloedrood geverfd.

Het volgende moment boog grootmaester Pycelle zich met een beker over hem heen en fluisterde: 'Drink dit, heer. Hier. Het melksap van de papaver, tegen de pijn.' Hij herinnerde zich dat hij slikte en dat Pycelle iemand opdroeg de wijn tot het kookpunt te verhitten en schone zij voor hem te halen, en dat was het laatste dat hij wist.

Daenerys

De Paardenpoort van Vaes Dothrak had de vorm van twee reusachtige, steigerende bronzen hengsten wier hoeven honderd voet boven de weg in een spitse boog bij elkaar kwamen.

Dany had geen idee waarvoor een stad een poort nodig had als er geen muren waren... en voor zover zij zag ook geen *gebouwen*. Maar hij stond er, en de immens grote paarden vormden een schitterend raamwerk voor de grillige purperen berg in het verschiet. De bronzen hengsten wierpen langgerekte schaduwen over het wuivende gras toen Khal Drogo met zijn bloedruiters aan zijn zij de *khalasar* onder hun hoeven door en de godenweg over leidde.

Dany volgde op haar zilveren, begeleid door ser Jorah Mormont en haar broer Viserys, die nu weer te paard reisde. Na die dag in het gras, toen ze hem lopend naar de *khalasar* had laten terugkeren, waren de Dothraki hem meesmuilend *Khal Rhae Mhar*, de Blarenkoning, gaan noemen. De dag daarop had Khal Drogo hem een plaatsje in een wagen aangeboden, en Viserys had ja gezegd. In zijn hardnekkige onwetendheid had hij niet eens beseft dat hij voor gek werd gezet: de wagens waren bestemd voor eunuchen, kreupelen, barende vrouwen, kleine kinderen en stokoude mensen. Dat had hem nog een bijnaam bezorgd: *Khal Rhaggat*, de Wagenkoning. Haar broer meende dat de *khal* op die manier het onrecht dat hem door Dany was aangedaan, wilde goedmaken. Zij had ser Jorah gesmeekt de waarheid voor hem te verzwijgen, zodat hij niet beschaamd zou staan. De ridder had geantwoord dat de koning wel enige schaamte kon gebruiken... maar toch gedaan wat ze vroeg. Ze had lang moeten pleiten en in bed alle trucjes moeten toepassen die ze van Doreah had geleerd, vóór Drogo van gedachten veranderde en Viserys toestond weer naast hen aan het hoofd van de stoet te rijden.

'Waar is de *stad*?' vroeg ze toen ze onder de bronzen boog door reden. Er waren geen gebouwen te bekennen, geen mensen, slechts het gras en de weg, die geflankeerd werd door eeuwenoude monumenten uit alle landen die de Dothraki in de loop der tijden hadden geplunderd.

'Recht vooruit,' antwoordde ser Jorah. 'Aan de voet van de berg.'

Voorbij de paardenpoort rezen aan weerskanten van de weg geroofde goden en gestolen helden op. Vergeten godheden van dode steden hieven hun gebroken bliksemschichten ten hemel terwijl Dany op haar zilveren langs hun voeten reed. Stenen koningen zagen van hun tronen op haar neer, hun gezichten geschilferd en bevlekt en zelfs hun namen verloren in de mist der eeuwen. Lichtvoetige jonge maagden dansten op marmeren voetstukken, slechts bekleed met bloemenranken, of goten lucht uit gebarsten kruiken. In het gras naast de weg stonden monsters, draken van zwart ijzer met edelstenen als ogen, brullende griffioenen, manticora's met staarten vol weerhaken, hoog opgeheven om toe te slaan, en andere beesten die ze niet thuis kon brengen. Sommige beelden waren adembenemend mooi, andere zo wanstaltig en angstaanjagend dat Dany er nauwelijks naar kon kijken. Volgens ser Jorah moesten die uit de Schaduwlanden achter Asshai afkomstig zijn.

'Wat veel,' zei ze terwijl haar zilveren er traag voorbijsjokte. 'En uit zoveel landen.'

Viserys was minder onder de indruk. 'Het vuilnis van dode steden,' snierde hij. Hij was zo verstandig de gewone omgangstaal te gebruiken, die maar weinig Dothraki verstonden, maar desondanks merkte Dany dat ze omkeek naar de mannen van haar *khas* om er zeker van te zijn dat niemand hem had verstaan. Hij vervolgde onverdroten: 'Het enige dat deze wilden kunnen is dingen stelen die door betere lieden gebouwd zijn... en doden.' Hij lachte. 'Doden kunnen ze, dat is een ding dat zeker is. Anders zou ik ze absoluut niet kunnen gebruiken.'

'Het is nu mijn volk,' zei Dany. 'Je moet ze geen wilden noemen, broer.'

'De Draak spreekt al naar het hem behaagt,' zei Viserys... in de gewone omgangstaal. Hij keek over zijn schouder naar Aggo en Rakharo die achter hem reden en vergunde hun een spottend lachje. 'Kijk, die wilden hebben niet genoeg verstand om de taal van beschaafde lieden te verstaan.' Een bemoste stenen monoliet torende vijftig voet boven de weg uit. Viserys keek er verveeld naar. 'Hoe lang moeten we tussen deze ruïnes blijven hangen voordat Drogo me mijn leger geeft? Ik word dat wachten zat.'

'De prinses moet aan de *dosh khaleen* worden voorgesteld...'

'De ouwe wijven, ja,' kwam haar broer ertussen, 'en je hebt ook verteld dat er nog een klucht wordt opgevoerd om de toekomst van het jong in haar buik te voorspellen. Wat kan mij dat schelen. Ik kan geen paardenvlees meer zien en ik word kotsmisselijk van de stank van die wilden.' Hij snoof aan de wijde, slap afhangende mouw van zijn tuniek, waarin hij altijd een reukzakje bewaarde. Dat hielp vermoedelijk niet veel. De tuniek was smerig. Alle zijden en wollen kledingstukken die Viserys uit Pentos had meegenomen zaten onder het vuil van de zware reis en waren gaan rotten van het zweet.

Ser Jorah Mormont zei: 'Op de westelijke markt is voedsel te koop dat meer naar uw smaak zal zijn, Uwe Genade. Daar bieden de handelaars uit de Vrijsteden hun waren te koop aan. De *khal* zal zijn belofte waarmaken als de tijd rijp is.'

'En dat is hem geraden ook,' zei Viserys grimmig. 'Er is me een kroon beloofd, en die zal ik krijgen ook. Met de Draak valt niet te spotten.' Zijn oog viel op een obscene afbeelding van een vrouw met zes borsten en de kop van een fret, en hij reed er naartoe om er eens nauwkeurig naar te kijken.

Dany was opgelucht, maar haar bezorgdheid was niet verminderd. 'Ik bid dat mijn zon-en-sterren hem niet te lang zal laten wachten,' zei ze tegen ser Jorah toen haar broer buiten gehoorsafstand was.

De ridder keek Viserys na met twijfel in zijn blik. 'Uw broer had in Pentos zijn tijd moeten afwachten. Hij hoort niet in een *khalasar* thuis. Illyrio heeft hem nog gewaarschuwd.'

'Hij vertrekt zodra hij zijn tienduizend man heeft. Mijn heer gemaal heeft hem een gouden kroon beloofd.'

'Ja, *khaleesi*,' gromde ser Jorah, 'maar... de Dothraki denken anders over dat soort dingen dan wij in het westen. Dat heb ik hem duidelijk gezegd, net als Illyrio, maar uw broer luistert niet. De paardenvorsten zijn geen kooplieden. Viserys denkt dat hij u heeft verkocht, en nu wil hij betaald worden. Maar Khal Drogo gaat ervan uit, dat hij u ten geschenke heeft gekregen. Hij zal Viserys ook een geschenk geven, dat wel... maar op zijn tijd. Een geschenk *eis* je niet, niet van een *khal*. Je eist helemaal niets van een *khal*.'

'Het is niet juist om hem te laten wachten.' Dany begreep niet waarom ze haar broer verdedigde, maar ze deed het. 'Met tienduizend krijsende Dothraki kan Viserys zo de Zeven Koninkrijken schoonvegen.'

Ser Jorah snoof. 'Al had hij tienduizend bezems, Viserys kan nog geen stal schoonvegen.'

Dany kon niet doen alsof zijn minachtende toon haar verraste. 'En... en als het Viserys nu eens niet was?' vroeg ze. 'Als iemand anders ze aanvoerde? Iemand die sterker was? Kunnen de Dothraki echt de Zeven Koninkrijken veroveren?'

Terwijl hun paarden naast elkaar de godenweg afsjokten kreeg ser Jorahs gezicht een peinzende uitdrukking. 'Toen ik hier nog maar pas in ballingschap verbleef en naar de Dothraki keek, zag ik halfnaakte barbaren, even wild als hun paarden. Als u die vraag toen had gesteld, prinses, had ik gezegd dat een duizendtal goede ridders moeiteloos honderdmaal zoveel Dothraki op de vlucht konden jagen.'

‘En als ik het u nu vraag?’

‘Nu,’ zei de ridder, ‘ben ik daar niet meer zo zeker van. Ze rijden beter dan enig ridder, kennen geen enkele vrees, en hun bogen hebben een groter bereik dan die van ons. In de Zeven Koninkrijken strijden de meeste boogschutters te voet, van achter een schildwal, een barricade of een rij scherpgepunte palen. De Dothraki schieten vanaf hun paarden, en het maakt niet uit of ze in de aanval zijn of op de terugtocht, ze zijn even dodelijk... en er zijn er *zoveel*, vrouwe. Uw heer gemaal alleen al telt veertigduizend bereden krijgers in zijn *khalasar*.’

‘Is dat echt zoveel?’

‘Uw broer Rhaegar had bij de Drietand evenveel manschappen,’ gaf ser Jorah toe, ‘maar daarvan bestond maar een tiende uit ridders. De overigen waren boogschutters, vrijruiters en voetknechten met speren en pieken. Toen Rhaegar was gesneuveld gooiden velen hun wapens neer en vluchtten van het slagveld. Hoe lang denkt u dat zo’n ongeordende bende standhoudt tegen een charge van veertigduizend gillende krijgers die om bloed schreeuwen? Wat voor bescherming zullen hardleren kolders en maliënhemden bieden tegen een regen van pijlen?’

‘Niet lang,’ zei ze, ‘en niet veel.’

Hij knikte. ‘Maar beseft u wel, prinses, zelfs al zouden de heren van de Zeven Koninkrijken de hersens hebben waarmee de goden een gans plegen te begiftigen, het zal nooit zover komen. Belegeren ligt de ruiters niet. Ik betwijfel of ze zelfs maar het zwakste slot in de Zeven Koninkrijken kunnen innemen. Als Robert Baratheon daarentegen zo dwaas zou zijn een veldslag aan te gaan...’

‘Is hij dat?’ vroeg Dany. ‘Zo’n dwaas, bedoel ik?’

Daar dacht ser Jorah even over na. ‘Robert had als Dothraki ter wereld moeten komen,’ zei hij ten slotte. ‘Uw *khal* zou u vertellen dat slechts een lafaard zich achter stenen muren verschuilt in plaats van zijn vijand gewapenderhand tegemoet te treden. Robert is een krachtig man, dapper... en onbesuisd genoeg om een horde Dothraki in het open veld te bestrijden. Maar de mannen in zijn omgeving, dat is heel wat anders. Zijn broer Stannis, heer Tywin Lannister, Eddard Stark...’ Hij spuwde.

‘U haat die heer Stark,’ zei Dany.

‘Hij heeft me alles ontnomen wat mij dierbaar was vanwege een paar luizenbossen van stropers en zijn dierbare eer,’ zei ser Jorah verbitterd.

Uit zijn toon maakte ze op dat het gemis hem nog steeds kwelde. Hij veranderde snel van onderwerp. ‘Daar,’ verkondigde hij en wees. ‘Vaes Dothrak. De stad van de paardenvorsten.’

Khal Drogo en zijn bloedruiters leidden hen de grote bazar van de westelijke markt door en de brede wegen daarachter over. Dany reed op haar zilveren vlak achter hem aan en staarde naar al het vreemde om haar heen. Vaes Dothrak was de grootste, en tevens de kleinste stad die ze ooit had gezien. Het leek haar tien keer zo groot als Pentos, een weidse ruimte zonder muren of begrenzingen, de brede, winderige straten met gras en modder geplaveid en met een tapijt van wilde bloemen bedekt. In de Vrijsteden van het westen stonden de torens en woonhoven, krotten en bruggen, winkels en zalen allemaal op een kluitje, maar Vaes Dothrak lag loom en languit in de zon te bakken, oeroud, hooghartig en leeg.

Zelfs de bouwsels zagen er vreemd uit. Ze zag gebeeldhouwde stenen paviljoenen en hoven van gevlochten gras zo groot als kastelen, wankele houten torens, trappenpiramides met marmeren gevels en zalen van houtblokken zonder dak erop. Sommige paleizen hadden doornhagen bij wijze van muren. 'Er zijn er geen twee hetzelfde,' zei ze.

'Uw broer had gedeeltelijk gelijk,' gaf ser Jorah toe. 'De Dothraki bouwen niet. Als ze duizend jaar geleden een huis wilden groeven ze een gat in de grond en bedekten het met een afdak van gevlochten gras. De gebouwen die u ziet zijn opgetrokken door slaven uit de landen die ze geplunderd hebben, en die bouwden stuk voor stuk in de stijl van hun eigen volk.'

De meeste woonzalen, zelfs de grootste, zagen er verlaten uit. 'Waar zijn de mensen die hier wonen?' vroeg Dany. De bazar was vol rennende kinderen en schreeuwende mannen geweest, maar elders had ze alleen een paar eunuchen aan het werk gezien.

'Alleen de oude vrouwen van de *dosh khaleen* wonen permanent in de heilige stad, zij, hun slaven en hun bedienden,' antwoordde ser Jorah, 'maar Vaes Dothrak is groot genoeg om iedere man van elke *khalasar* onderdak te bieden, mochten alle *khals* ooit tegelijkertijd naar de Moeder terugkeren. De oude vrouwen hebben voorspeld dat dat op een dag zal geschieden, dus moet Vaes Dothrak klaar zijn om al haar kinderen plaats te bieden.'

Ten slotte liet Khal Drogo halt houden bij de oostelijke markt, waar de karavanen uit Yi Ti en Asshai en de Schaduwlanden handel kwamen drijven, in de schaduw van de Moeder aller Bergen. Dany dacht aan de verhalen van magister Illyrio's slavin over een paleis met tweehonderd kamers en massief zilveren deuren, en glimlachte. Het 'paleis' was een gewelfde houten feestzaal met muren van ongeschaafde planken, veertig voet hoog, en een plafond van aan elkaar genaaide lappen zijde, een enorm, bollend tentdak dat kon worden uitgespannen om de zeldzame regens buiten te houden en naar beneden gehaald om de eindeloze blauwe lucht toe te laten. Rondom de zaal lagen weidse, grazige paardenweiden met hoge omheiningen, vuurkuilen en honderden ronde aarden huisjes die als met gras begroeide miniatuurheuvels uit de grond bolden.

Een legertje slaven was vooruitgegaan om Khal Drogo's komst voor te bereiden. Zodra een ruiter uit het zadel was gesprongen trok hij zijn *arakh* uit zijn riem en overhandigde die met zijn eventuele andere wapens aan een gereedstaande slaaf. Zelfs Khal Drogo ontkwam er niet aan. Ser Jorah had uitgelegd dat het verboden was in Vaes Dothrak wapens te dragen of het bloed van een vrij man te vergieten. In het zicht van de Moeder aller Bergen zetten zelfs *khalasars* die in oorlog verkeerden hun vetes opzij om het brood met elkaar te breken. In dit oord, zo schreven de oude vrouwen van de *dosh khaleen* voor, waren alle Dothraki één bloed, één *khalasar*, één kudde.

Toen ze door Irri en Jhiqui van haar zilveren werd geholpen kwam Cohollo op Dany af. Hij was de oudste van Drogo's drie bloedruiters, een kale, gedrongen man met een haakneus en een mond vol tandstompjes. Zijn gebit was twintig jaar geleden door een strijdhamer verbrijzeld toen hij de jonge *khalakka* had gered van huurlingen die hem aan zijn vaders vijanden wilden verkopen. Zijn leven was met dat van Drogo verbonden op de dag dat haar heer gemaal geboren was.

Elke *khal* had zijn bloedruiters. Eerst had Dany hen beschouwd als een soort Dothraki-koningsgarde, gezworenen die verplicht waren hun heer te beschermen, maar dit ging verder. Jhiqui had haar verteld dat bloedruiters meer deden dan alleen maar waken. Zij waren de broeders van de *khal*, zijn schaduwen, zijn vurigste vrienden. 'Bloed van mijn bloed,' noemde Drogo hen, en zo was het: zij leidden een en hetzelfde leven. De oude tradities van de paardenvorsten vereisten dat als de *khal* stierf, zijn bloedruiters met hem stierven om zij aan zij met hem door de nachtlanden te rijden. Als de *khal* de dood vond door de hand van een vijand leefden ze door tot ze hem hadden gewroken en volgden hem daarna vol vreugde het graf in. In sommige *khalasars*, zei Jhiqui, deelden de bloedruiters de wijn van de *khal*, zijn tent en zelfs zijn vrouwen. Maar nimmer zijn paarden. Het paard van een man behoorde slechts hemzelf toe.

Daenerys was blij dat Khal Drogo niet aan de aloude gewoonten vasthield. Ze werd liever niet met anderen gedeeld. En terwijl de oude Cohollo haar nog tamelijk vriendelijk bejegende joegen de anderen haar angst aan: Haggo, fors en zwijgzaam, staarde haar vaak dreigend aan, alsof hij niet meer wist wie ze was, en Qotho had wrede ogen en snelle handen die graag pijn toebrachten. Hij hoefde Doreah maar aan te raken of er kwamen blauwe plekken op haar zachte witte huid, en soms bracht hij Irri midden in de nacht aan het huilen. Zelfs zijn paarden leken hem te vrezen.

Maar ze waren tot in de dood met Drogo verbonden, dus Daenerys had geen andere keus dan hen te aanvaarden. En soms wenste ze stiekem dat haar vader destijds door dat soort mannen was beschermd. In de liederen waren de witte ridders van de koningsgarde altijd nobel, dapper en trouw, en toch was koning Aerys door een van hen vermoord, de knappe jongen die tegenwoordig de Koningsmoordenaar heette. En een tweede, ser Barristan de Boude, was naar de usurpator overgelopen. Ze vroeg zich af of alle mannen in de Zeven Koninkrijken onbetrouwbaar waren. Als haar zoon op de ijzeren troon zat zou ze ervoor zorgen dat hij zijn eigen bloedruiters had om hem te beschermen tegen verraders in zijn koningsgarde.

'*Khaleesi*,' zei Cohollo tegen haar in het Dothraki. 'Drogo, die bloed van mijn bloed is, gebiedt mij u te zeggen dat hij vannacht de Moeder aller Bergen moet beklimmen om de goden dankoffers te brengen voor zijn behouden terugkeer.'

Slechts mannen mochten een voet op de Moeder zetten, wist Dany. De bloedruiters van de *khal* zouden hem begeleiden en met het krieken van de dag terugkeren. 'Zeg mijn zon-en-sterren dat ik van hem droom en reikhalzend naar zijn terugkeer uitzie,' antwoordde ze dankbaar. Naarmate het kind binnen in haar groter werd, werd Dany sneller moe. Een nachtje rust zou waarlijk welkom zijn. Haar zwangerschap leek Drogo's begeerte alleen maar aan te wakkeren, en de laatste tijd raakte ze uitgeput van zijn omhelzingen.

Doreah leidde haar naar de holle heuvel die voor haar en haar *khal* in gereedheid was gebracht. Daarbinnen was het koel en schemerig, net een aarden tent. 'Jhiqui, een bad, graag,' beval ze, want ze wilde het stof van de reis afwassen en haar vermoeide botten onderdompelen. Het was prettig om te weten dat ze een poosje zou mogen blijven, dat ze morgen haar zilveren niet hoefde te bestijgen.

Het water was gloeiend heet, zoals ze dat graag had. 'Ik zal mijn broer vanavond zijn geschenken geven,' besloot ze toen Jhiqui haar haren waste. 'In de heilige stad hoort hij er als een koning uit te zien. Doreah, zoek hem snel op en nodig hem uit, de maaltijd met me te gebruiken.' Viserys was aardiger voor het meisje uit Lysene dan voor haar Dothraki-dienstmaagden, misschien omdat magister Illyrio hem in Pentos met haar naar bed had laten gaan. 'Irri, ga jij naar de bazar om fruit en vlees te kopen. Als het maar geen paardenvlees is.'

'Paard is het beste,' zei Irri. 'Paard maakt een man sterk.'

'Viserys heeft een hekel aan paardenvlees.'

'Zoals u zegt, *khaleesi*.'

Ze kwam terug met een geitenbout en een mandje met fruit en groenten. Jhiqui roosterde het vlees met zoetgras en vuurpeulen en bedroop het met honing toen het gaar was, en er waren meloenen en granaatappels, pruimen en een of andere vreemde oostelijke vrucht die Dany niet kende. Terwijl haar dienstmaagden de maaltijd bereidden legde Dany de kledingstukken klaar die ze voor haar broer op maat had laten maken: een tuniek en beenlingen van gesteven wit linnen, leren sandalen met riemen tot aan de knie, een gordel van bronzen penningen en een leren vest, met vuurspuwende draken beschilderd. De Dothraki zouden meer respect voor hem hebben als hij er minder als een bedelaar uitzag, hoopte ze, en misschien zou hij haar vergeven dat ze hem die dag in het gras voor gek had gezet. Uiteindelijk was en bleef hij haar koning, en haar broer. Ze waren allebei bloed van de Draak.

Ze was net bezig het laatste geschenk te arrangeren – een mantel van zandzijde, groen als gras, met een lichtgrijze zoom die het zilver van zijn haar goed zou doen uitkomen – toen Viserys kwam. Hij sleepte Doreah aan één arm mee. Hij had haar een blauw oog geslagen. 'Hoe *durf* je deze hoer op me af te sturen om me bevelen te geven,' zei hij. Hij duwde de dienstmaagd ruw het tapijt op.

Zijn woede overviel Dany volkomen. 'Ik wilde alleen... Doreah, wat heb je gezegd?'

'*Khaleesi*, verschoning, vergeef me. Ik ging naar hem toe, zoals u wenste, en zei dat u hem gelastte, u bij het avondeten gezelschap te houden.'

'Niemand geeft de Draak bevelen,' snauwde Viserys. '*Ik ben je koning!* Ik had je haar hoofd moeten laten bezorgen!'

Het meisje uit Lysene sidderde, maar Dany raakte haar aan om haar te kalmeren. 'Wees maar niet bang, hij zal je niets doen. Lieve broer, vergeef het haar alsjeblieft, het meisje heeft zich versproken, ik had haar gezegd dat ze moest *vragen* of je met me wilde eten – als het Uwe Genade behaagde.' Ze nam hem bij de hand en trok hem het vertrek door. 'Kijk. Die zijn voor jou.'

Viserys fronste wantrouwig zijn voorhoofd. 'Wat is dat allemaal?'

'Nieuwe kleding. Die heb ik voor je laten maken.' Dany glimlachte verlegen.

Hij keek haar aan en zei minachtend: 'Dothraki-vodden. Ben je nu ook al zo brutaal om me te willen kleden?'

'Alsjeblieft... zo heb je het minder warm, het zit lekkerder, en ik dacht, als je je net zo zou kleden als zij, dat de Dothraki dan misschien...' Dany wist niet hoe ze het moest zeggen zonder de Draak te wekken.

'Straks wil je ook nog mijn haar vlechten.'

'Dat zou ik nooit...' Waarom was hij altijd zo gemeen? Ze had hem toch alleen maar willen helpen! 'Je hebt geen recht op een vlecht, je hebt nog geen overwinningen behaald.'

Dat was helemaal mis. Razernij laaide op in zijn lila ogen, maar hij durfde haar niet te slaan, niet waar haar dienstmaagden bij waren, en terwijl de mannen van haar *khas* buiten stonden. Viserys raapte de mantel op en rook eraan. 'Dit ding stinkt naar mest. Misschien kan ik het als paardendeken gebruiken.'

'Ik heb hem door Doreah laten maken, speciaal voor jou,' zei ze gekwetst tegen hem. 'Deze kleren zijn zelfs geschikt voor een *khal*.'

'Ik ben de heer van de Zeven Koninkrijken, geen wilde die onder de grasssprieten zit en belletjes in zijn haar draagt,' siste Viserys haar toe. Hij greep haar arm. 'Je gaat te ver, slet. Denk je dat die dikke buik je zal beschermen als je de Draak wekt?'

Zijn vingers boorden zich pijnlijk in haar arm, en even voelde Dany zich weer een kind dat sidderde bij de aanblik van zijn razernij. Ze stak haar andere hand uit en greep het eerste het beste voorwerp, de gordel die ze hem had willen geven, een zware keten van bronzen sierpenningen. Ze haalde ermee uit met alle kracht die in haar was.

Ze trof hem midden in zijn gezicht. Viserys liet haar los. Het bloed stroomde over zijn wang, die door de rand van een penning was opengehaald. 'Jij bent degene die te ver gaat,' zei Dany. 'Heb je dan *niets* geleerd, die dag in het gras? Verdwijn nu, voordat ik mijn *khas* roep om je naar buiten te sleuren. En je mag hopen en bidden dat Khal Drogo dit niet te weten komt, of hij zal je buik opensnijden en je je eigen ingewanden door je strot wurgen.'

Viserys krabbelde op. 'Zodra ik eenmaal mijn koninkrijk heb zal deze dag je berouwen, slet.' Hij beende weg met zijn hand tegen zijn opengehaalde gezicht. Haar geschenken liet hij liggen.

Zijn bloedspatten zaten op de mooie zandzijden mantel. Dany hield de zachte stof tegen haar wang en ging met gekruiste benen op haar slaapmat zitten.

'Uw avondeten is klaar, *khaleesi*,' kondigde Jhiqui aan.

'Ik heb geen trek,' zei Dany treurig. Ze voelde zich plotseling doodmoe. 'Eten jullie het samen maar op en geef ook maar wat aan ser Jorah, als je wilt.' Na een ogenblik voegde ze eraan toe: 'Breng me alsjeblieft een van de drakeneieren.'

Irri haalde het ei met de felgroene schaal. Toen ze het in haar kleine handen omdraaide blonken er bronzen vlekjes tussen de schubben. Ze ging met opgetrokken knieën op haar zij liggen, trok de zandzijden mantel over zich heen en hield het ei tegen zich aan, in het holletje tussen haar gezwollen buik en haar kleine, gevoelige borsten. Ze vond het heerlijk die eieren vast te houden. Ze waren zo mooi, en soms was alleen al hun nabijheid genoeg om haar sterker en moediger te maken, alsof ze kracht ontleende aan de stenen draken die erin opgesloten zaten.

Zo lag ze, met het ei in haar handen, toen ze het kind binnen in zich voelde bewegen... alsof het zich naar het ei keerde, broeder naar broeder, bloed naar bloed. '*Jij* bent de Draak,' fluisterde Dany tegen het kind, 'de *ware* Draak. Ik weet het. Ik weet het.' En ze glimlachte en sliep in, en droomde van thuis.

Bran

Het sneeuwde licht. Bran voelde de vlokken op zijn gezicht. Ze smolten zodra ze zijn huid raakten, als een heel milde regen. Hij zat kaarsrecht te paard en keek toe hoe het ijzeren valhek omhoogging. Hoezeer hij zijn best deed om kalm te blijven, het hart klopte in zijn keel.

'Ben je klaar?' vroeg Robb.

Bran knikte en probeerde niet te laten merken hoe bang hij was. Sinds zijn val was hij Winterfel niet meer uit geweest, maar hij was vastbesloten om fier als een ridder de poort uit te rijden.

'Rijden dan maar.' Robb dreef zijn grote, grauwwitte ruin aan en het paard liep onder het valhek door.

'Hort!' fluisterde Bran tegen zijn eigen paard. Hij raakte even de nek aan, en de kleine kastanjebruine merrie kwam in beweging. Bran had haar Danseres genoemd. Ze was twee jaar en volgens Joseth slimmer dan goed was voor een paard. Ze was speciaal getraind om op teugels, stemmen en aanrakingen te reageren. Tot op heden had Bran alleen nog maar met haar over de binnenplaats rondgereden. Aanvankelijk had Joseth of Hodor haar aan de teugels meegevoerd terwijl Bran op haar rug vastgesnoerd zat in het buitenmodel zadel dat de Kobold voor hem had ontworpen, maar de laatste twee weken had hij zelf gereden en haar telkens weer rondjes laten draven. En na ieder rondje had hij meer moed gevat.

Ze reden onder het poortgebouw door de valbrug over en passeerden de buitenmuren. Zomer en Grijze Wind kwamen naast hen draven, hun neus in de wind. Vlak achter hen reed Theon Grauwvreugd met zijn lange boog en een koker vol breed gepunte pijlen. Hij had wel zin om een hert te verschalken, had hij gezegd. Theon werd gevolgd door vier wachters met maliënhemden en kappen, en door Joseth, een broodmagere paardenknecht die Robert gedurende Hullens afwezigheid tot stalmeester had benoemd. Maester Luwin vormde de achterhoede, rijdend op een ezel. Bran was er liever alleen met Robb op uitgegaan, zij tweeën en verder niemand, maar daar had Hallis Mollen niet van willen horen, en Maester Luwin was het met hem eens geweest. Als Bran van zijn paard viel of gewond raakte wilde de maester per se in de buurt zijn.

Buiten het kasteel lag het marktplein, waar de houten kraampjes nu verlaten waren. Ze reden de modderige straatjes van het dorp door, langs rijen keurige huisjes van houtblokken en ruwe steen. Minder dan een op de vijf was bewoond: daar kringelden dunne rookslierten uit de schoorsteen op. De overige zouden een voor een bezet raken als het kouder werd. Als de sneeuw viel en de ijswind uit het noorden huilde, zei Ouwe Nans, verlieten de boeren hun bevroren velden en verafgelegen hofsteden en laadden hun wagens, en dan kwam de winterstad tot leven. Bran had dat nog nooit zien gebeuren, maar Maester Luwin zei dat die dag zijn schaduwen steeds verder vooruitwierp. Het einde van de lange zomer was nabij. *De winter komt.*

Toen de ruiters langsreden wierpen een paar dorpelingen angstige blikken op de schrikwolven, en één man liet het hout dat hij sjouwde vallen en deinsde bevreesd achteruit, maar de meeste bewoners van het dorp waren aan de aanblik gewend geraakt. Toen ze de jongens zagen bogen ze hun knie, en Robb groette hen stuk voor stuk door voornaam met zijn hoofd te knikken.

Omdat hij met zijn benen geen druk kon uitoefenen bezorgde de schommelende tred van het paard Bran eerst een onvast gevoel, maar hij zat comfortabel ingebed in het enorme zadel met de dikke knop en de hoge rugsteun, en de riemen om zijn borst en dijbenen maakten vallen onmogelijk. Na een poosje begon het ritme bijna natuurlijk te lijken. Zijn bezorgdheid vervloog, en op zijn gezicht brak een beverig lachje door.

Onder het uithangbord van het Rokende Houtblok, de plaatselijke bierkroeg, stonden twee dienstmeiden. Toen Theon Grauwvreugd hun iets toeriep kreeg de jongste meid een kleur en verborg haar gezicht achter haar handen. Theon zette zijn rijdier aan en ging naast Robb rijden. 'Die Kyra,' zei hij met een lach. 'In bed kronkelt ze als een paling, maar zodra je op straat ook maar één woord tegen haar zegt bloost ze als een jonge maagd. Heb ik je ooit verteld van die nacht dat zij en Bessa...'

'Niet waar mijn broer bij is, Theon,' waarschuwde Robb hem en gluurde naar Bran.

Bran deed of hij het niet had gehoord, maar hij voelde de ogen van Grauwvreugd op zich gericht. Die zat ongetwijfeld te glimlachen. Hij glimlachte heel wat af, alsof de wereld eigenlijk één grote grap was en hij de enige die zo slim was dat hij dat doorhad. Robb scheen Theon te bewonderen en aangenaam gezelschap te vinden, maar Bran had zijn vaders pupil nooit in zijn hart gesloten.

Robb kwam dichterbij rijden. 'Je doet het goed, Bran.'

'Ik wou graag sneller,' antwoordde Bran.

Robb glimlachte. 'Zoals je wilt.' Hij zette zijn ruin tot een sukkeldrafje aan. De wolven renden achter hem aan. Bran gaf een scherp rukje aan de teugels, en Danseres voerde haar tempo op. Achter hem klonk een kreet van Theon Grauwvreugd en het hoefgetrappel van andere paarden.

Brans mantel bolde op, wapperend in de wind, en de sneeuw leek op zijn gezicht af te vliegen. Robb was hem een eindje vooruit en keek nu en dan even over zijn schouder om te kijken of Bran en de anderen hem volgden. Bran gaf nog een ruk aan de teugels. Vloeiend als zijde ging Danseres in galop over. De afstand werd kleiner. Toen hij Robb aan de rand van het Wolfswoud inhaalde, twee mijl buiten de winterstad, hadden ze de overigen een heel eind achter zich gelaten. 'Ik kan *rijden*!' riep Bran grijnzend. Het gaf bijna net zo'n goed gevoel als vliegen.

'Ik zou met je om het hardst rijden als ik niet zo bang was dat jij zou winnen.' Het klonk luchtig en schertsend, maar Bran voelde dat Robbs glimlach iets maskeerde dat hem dwarszat.

'Ik wil geen wedstrijd.' Bran keek om zich heen om te zien waar de schrikwolven waren. Ze waren allebei in het woud verdwenen. 'Heb jij Zomer vannacht horen huilen?'

'Grijze Wind was ook onrustig,' zei Robb. Zijn kastanjebruine haar was tegenwoordig ruig en ongekamd, en rossige stoppels bedekten zijn kin, zodat hij ouder leek dan zijn vijftien jaar. 'Soms denk ik dat ze dingen weten... dingen aanvoelen...' Robb zuchtte. 'Ik weet nooit hoeveel ik je kan vertellen, Bran. Ik wou dat je ouder was.'

'Ik ben al acht!' zei Bran. 'Acht is niet zóveel jonger dan vijftien, en ik ben na jou de erfgenaam van Winterfel.'

'Ja, dat is zo.' Robb klonk treurig en zelfs een beetje angstig. 'Bran, ik moet je iets zeggen. Er is vannacht een vogel aangekomen. Uit Koningslanding. Maester Luwin heeft me gewekt.'

Bran bespeurde een plotselinge vrees. *Duistere wieken, duistere woorden*, zei Ouwe Nans altijd, en de laatste tijd hadden de ravenboden de waarheid van dat gezegde bevestigd. Toen Robb de bevelhebber van de Nachtwacht had geschreven, had de vogel die terugkwam het bericht bij zich gedragen dat oom Benjen nog steeds vermist was. Toen was er een bericht van het Adelaarsnest gekomen, van moeder, maar dat was evenmin goed nieuws geweest. Ze zei niet wanneer ze terug zou komen, alleen dat ze de Kobold gevangen had genomen. Bran had het kleine mannetje wel gemogen, al bezorgde de naam *Lannister* hem de koude rillingen. Er was iets met de Lannisters, iets dat hij zich hoorde te herinneren, maar als hij probeerde te bedenken wát, voelde hij zich duizelig en was het of er een steen op zijn maag lag. Robb had het merendeel van die dag met Maester Luwin, Theon Grauwvreugd en Hallis Mollen achter gesloten deuren doorgebracht. Naderhand waren er ruiters op snelle paarden uitgezonden om Robbs bevelen overal in het noorden te verspreiden. Bran ving iets op over de Motte van Cailin, de eeuwenoude sterkte die de Eerste Mensen pal ten noorden van de Nek hadden gebouwd. Niemand vertelde hem wat er aan de hand was, maar toch wist hij dat het niets goeds kon zijn.

En nu wéér een raaf, en wéér een boodschap. Bran bleef tegen de klippen op hopen. 'Kwam die vogel van moeder? Komt ze thuis?'

'Het bericht kwam van Alyn in Koningslanding. Jory Cassel is dood. En Wyl en Huard ook. Vermoord door de Koningsmoordenaar.' Robb hief zijn gezicht op naar de sneeuw, en de vlokken smolten op zijn wangen. 'Dat de goden hun rust schenken.'

Bran wist niet wat hij moest zeggen. Hij had het gevoel dat hij een stomp had gekregen. Jory stond al aan het hoofd van de hofwacht van Winterfel toen Bran nog geboren moest worden. 'Ze hebben Jory vermoord?' Hij dacht aan al die keren dat Jory hem over de daken achternagezeten had. Hij zag hem voor zich zoals hij geharnast en in maliën over de binnenplaats beende, of op zijn gebruikelijke plaats op de bank in de Grote Zaal zat en grappen maakte onder het eten. 'Waarom zou iemand Jory willen vermoorden?'

Robb schudde dof zijn hoofd. De pijn stond duidelijk in zijn ogen te lezen. 'Ik weet het niet, en... Bran, dat is het ergste nog niet. Vader is bij dat gevecht onder een vallend paard bekneld geraakt. Alyn schrijft dat zijn been verbrijzeld is, en... Maester Pycelle heeft hem het melksap van de papaver gegeven, maar ze weten niet zeker wanneer... wanneer hij...' Op het geluid van hoefslagen tuurde hij de weg af, waar Theon en de overigen nu opdoken. 'Wanneer hij wakker wordt,' voltooide Robb. Toen legde hij zijn hand op zijn zwaardknop en hernam op de plechtige toon van heer Robb: 'Bran, ik beloof je, wat er ook gebeurt, ik zal zorgen dat dit niet vergeten wordt.'

Iets in zijn stem maakte Bran nog banger. 'Wat ga je doen?' vroeg hij terwijl Theon Grauwvreugd naast hen de teugels inhield.

'Theon vindt dat ik de banieren bijeen moet roepen,' zei Robb.

'Bloed om bloed.' Bij uitzondering glimlachte Grauwvreugd nu eens niet. Zijn magere, donkere gezicht keek hongerig, en zwart haar viel voor zijn ogen.

'Alleen de heer kan de banieren bijeenroepen,' zei Bran terwijl de sneeuw rondom hen neerdwarrelde.

'Als je vader sterft,' zei Theon, 'is Robb heer van Winterfel.'

'Hij *gaat* niet dood!' schreeuwde Bran tegen hem.

Robb greep zijn hand. 'Hij gaat niet dood, niet vader,' zei hij kalm. 'Maar toch... de eer van het noorden ligt nu in mijn hand. Toen vader afscheid van ons nam zei hij dat ik sterk moest zijn, omwille van jou en Rickon. Ik ben bijna volwassen, Bran.'

Bran huiverde. 'Ik wou dat moeder terug was,' zei hij ongelukkig. Hij keek rond, zoekend naar Maester Luwin. Diens ezel dook op in de verte toen hij op een sukkeldrafje over een verhevenheid reed. 'Zegt Maester Luwin ook dat je de banieren bijeen moet roepen?'

'De maester is bangelijk als een ouwe vrouw,' zei Theon.

'Vader luisterde altijd naar zijn raad,' bracht Bran zijn broer in herinnering. 'Moeder ook.'

'Ik luister naar hem,' beweerde Robb. 'Ik luister naar iedereen.'

Brans vreugde over de rit was weggesmolten als de sneeuwvlokken op zijn gezicht. Nog niet zo lang geleden zou de gedachte dat Robb de banieren bijeenriep om ten strijde te trekken hem hevig hebben opgewonden, maar nu was hij alleen maar bang. 'Kunnen we nu naar huis?' vroeg hij. 'Ik heb het koud.'

Robb keek om zich heen. 'We moeten de wolven zoeken. Kun je nog een klein eindje verder?'

'Ik kan net zo ver als jij.' Maester Luwin had hem gemaand, de rit niet te lang te maken uit angst dat het zadel schaafwonden zou veroorzaken, maar tegenover zijn broer wilde Bran geen zwakheid laten blijken. Hij werd er doodziek van dat iedereen steeds maar bezorgd over hem deed en vroeg hoe hij zich voelde.

'Laten we dan maar op de jagers gaan jagen,' zei Robb. Zij aan zij stuurden ze hun rijdieren de Koningsweg af en drongen het Wolfswoud binnen. Theon liet zich terugzakken en reed een eindje achter hen aan, pratend en schertsend met de wachters.

Onder de bomen was het fijn. Bran liet Danseres stapvoets lopen en keek met de teugels losjes in de hand alle kanten op. Hij kende dit woud, maar hij had zo lang in Winterfel opgesloten gezeten dat hij het gevoel had dat hij het voor het eerst zag. Zijn neusgaten snoven de geuren op: de indringende, frisse geur van dennennaalden, de grondlucht van vochtige, rottende bladeren, de muskusachtige luchtjes van dieren, zweempjes rook van verre kookvuren. Tussen de besneeuwde takken van een eik ving hij een glimp van een zwarte eekhoorn op, en hij bleef even staan om naar het zilverachtige web van een keizerinnenspin te kijken.

Theon en de anderen zakten steeds verder terug, totdat Bran hun stemmen niet meer kon horen. Voor hen uit klonk het vage geruis van stromend water. Het werd steeds luider, en toen waren ze bij de beek. De tranen sprongen Bran in de ogen. 'Bran?' vroeg Robb. 'Wat is er?'

Bran schudde zijn hoofd. 'Ik moest alleen ergens aan denken,' zei hij. 'Jory heeft ons eens hier mee naartoe genomen om op forellen te vissen. Jou, mij en Jon. Weet je dat nog?'

'Ik weet het nog,' zei Robb zachtjes en treurig.

'Ik ving niets,' zei Bran, 'maar op de terugweg naar Winterfel gaf Jon mij zijn vis. Zullen we Jon ooit nog terugzien?'

'Toen de koning op bezoek kwam hebben we oom Benjen weer gezien,' bracht Robb hem in herinnering. 'Jon komt ook op bezoek, je zult het zien.'

De beek stond hoog en stroomde snel. Robb steeg af en leidde zijn ruin de voorde over. Op het diepste punt van de oversteek kwam het water tot halverwege zijn dijen. Hij bond zijn paard aan een boom aan de overkant en waadde weer terug om Bran en Danseres te halen.

Het stroompje bruiste rond rotsen en wortels, en Bran voelde de druppelregen op zijn gezicht toen Robb hem naar de andere kant leidde. Even voelde hij zich weer sterk en gezond. Hij keek op naar de bomen en fantaseerde dat hij erin klom, helemaal tot de top, waar het hele woud onder hem uitgespreid zou liggen.

Aan de overkant hoorden ze het gehuil, een langgerekt gejank dat steeds hoger werd en als een kille windvlaag door de bomen streek. Bran keek op en luisterde. 'Zomer.' Hij had het nog niet gezegd of een tweede stem voegde zich bij de eerste.

'Ze hebben een prooi beet,' zei Robb en steeg weer op. 'Laat ik er maar heen gaan om ze te halen. Blijf jij hier wachten. Theon en de anderen zullen zo wel komen.'

'Ik wil met je mee,' zei Bran.

'In mijn eentje vind ik ze sneller.' Robb gaf zijn ruin de sporen en verdween tussen de bomen.

Zodra hij weg was leek het of het woud Bran begon te omsingelen. De sneeuwvlokken vielen nu dichter. Zodra ze de grond raakten smolten ze, maar overal rondom hem waren rots, wortel en tak met een dunne witte deken bedekt. Terwijl hij wachtte werd hij zich ervan bewust hoe ongemakkelijk hij erbij zat. Hij kon zijn benen, die machteloos in de stijgbeugels hingen, niet voelen, maar de riem om zijn borst zat strak en schuurde, en de natte sneeuw had zijn handschoenen doorweekt, zodat hij ijskoude handen had. Hij vroeg zich af waar Theon, Maester Luwin, Joseth en de anderen bleven.

Toen hij bladeren hoorde ritselen liet Bran Danseres met behulp van de teugels omkeren in de verwachting zijn vrienden te zien, maar de haveloze lieden die de oever van het stroompje betraden waren vreemden.

'Goedendag,' zei hij zenuwachtig. Bran zag met één oogopslag dat dit houtvesters noch boeren waren. Hij was zich er plotseling scherp van bewust hoe rijk zijn kleding was. Zijn opperrok van donkergrijze wol was nieuw, en zijn met bont omzoomde mantel was met een zware zilveren speld op zijn schouder bevestigd. Zijn laarzen en handschoenen waren eveneens met bont afgezet.

'Helemaal alleen, hè?' zei de grootste, een kale kerel met een ruw, verweerd gezicht. 'Verdwaald in het Wolfswoud, arm jochie.'

'Ik ben niet verdwaald.' De manier waarop de vreemdelingen naar hem keken beviel Bran niets. Hij telde er vier, maar toen hij omkeek zag hij er achter zich nog twee. 'Mijn broer is net weggereden, en mijn wacht komt eraan.'

'Je wacht, hè?' zei een tweede man. Zijn holle gezicht was met grijze stoppels bedekt. 'En over wie waken ze, jonkertje? Is dat een zilveren speld die ik daar op je mantel zie?'

'Fraai hoor,' zei een vrouwenstem. Ze zag er nauwelijks uit als een vrouw, lang en mager als ze was, met net zo'n hard gezicht als de anderen, haar haren weggestopt onder een komvormige helmkap. Ze had een speer van acht voet zwart eikenhout in haar hand met een verroeste stalen punt.

'Laten we eens kijken,' zei de grote kale man.

Bran sloeg hem nerveus gade. De kleren van de man waren smerig, tot op de draad versleten en gelapt, hier met bruin, daar met donkergroen, en overal tot een vaal grijs verschoten, maar de mantel was misschien ooit zwart geweest. Die met de grijze stoppels droeg ook zwarte vodden, zag Bran tot zijn schrik, en ineens dacht hij aan de eedbreker die zijn vader had onthoofd, die dag dat ze de wolvenwelpen hadden gevonden. Ook die man had zwart gedragen, en vader had gezegd dat hij uit de Nachtwacht gedeserteerd was. *Gevaarlijker lieden zijn er niet*, herinnerde hij zich dat heer Eddard had gezegd. *Een deserteur weet dat zijn leven verbeurd is als hij wordt gegrepen, dus deinst hij voor geen enkele misdaad terug, hoe laag of wreed ook.*

'Die speld, jongen,' zei de grote man. Hij stak zijn hand uit.

'Dat paard nemen we ook,' zei een vierde, een vrouw die kleiner was dan Robb, met een breed, plat gezicht en geel slierthaar. 'Eraf, en gauw een beetje.' Vanuit haar mouw gleed een mes in haar hand, gekarteld als een zaag.

'Nee,' gooide Bran eruit, 'ik kan niet...'

Voordat Bran op het idee kon komen Danseres te wenden en weg te galopperen greep de grote man zijn teugels. 'Zeker wel, jonkertje... en als je weet wat goed voor je is doe je het ook.'

'Stiv, kijk eens hoe hij vastgebonden zit.' De lange vrouw wees met haar speer. 'Misschien spreekt hij de waarheid.'

'Riemen, hè,' zei Stiv. Hij trok een dolk uit een schede aan zijn gordel. 'Daar is wel wat aan te doen.'

'Ben je mismaakt of zo?' vroeg de kleine vrouw.

Bran vlamde op. 'Ik ben Brandon Stark van Winterfel. Laat mijn paard los, of ik laat jullie allemaal doden.'

De broodmagere man met het grijze stoppelgezicht lachte. 'Warempel, dat jong moet inderdaad een Stark zijn. Alleen Starks zijn zo dwaas om te dreigen waar slimmere mensen zouden smeken.'

'Snij 'em zijn piemel af en prop die in zijn mond,' stelde de kleine vrouw voor. 'Dan houdt hij zijn snufferd wel.'

'Jij bent net zo stom als je lelijk bent, Hali,' zei de lange vrouw. 'Dood is die jongen niks waard, maar levend... Bij alle goden, verdomd, denk je eens in wat Mans zal geven om een bloedverwant van Benjen Stark zelf als gijzelaar te krijgen!'

'Laat Mans naar de hel lopen,' vloekte de grote man. 'Had je soms terug gewild, Osha? Dan ben jij een nog grotere dwaas. Dacht je dat de witte lopers om gijzelaars geven?' Hij keerde zich weer naar Bran toe en haalde uit naar de riem om zijn dij. Met een zucht viel het leer in twee stukken uiteen.

De snee was snel en onzorgvuldig en ging diep. Bran keek omlaag en ving een glimp op van wit vlees waar de wol van zijn beenling was opengehaald. Toen begon het bloed te stromen. Hij zag hoe de rode vlek groter werd en voelde zich licht in het hoofd, merkwaardig onthecht: het had geen pijn gedaan, hij had volstrekt niets gevoeld. De grote man gromde verrast.

'Leg nú je wapens neer, dan beloof ik dat jullie een snelle en pijnloze dood zullen sterven,' riep Robb.

Met de moed der wanhoop keek Bran op, en daar stond hij. Zijn krachtige taal werd ondermijnd doordat zijn stem oversloeg van spanning. Hij zat in het zadel met het bloedige karkas van een eland over de rug van zijn paard en een zwaard in zijn gehandschoende hand.

'Zijn broer,' zei de man met het grijze stoppelgezicht.

'Wat een woesteling,' hoonde de kleine vrouw die Hali werd genoemd. 'Wou je met ons vechten, knul?'

'Doe niet zo dwaas, jochie. Het is één tegen zes.' De lange vrouw, Osha, bracht haar speer in de aanslag. 'Afstijgen, en gooi dat zwaard op de grond. We zullen je vriendelijk bedanken voor het paard en het wildbraad, en dan kunnen jij en je broer weer verder.'

Robb floot. Ze hoorden het vage geluid van zachte poten op natte bladeren. Het kreupelhout week uiteen, waarbij de laaghangende takken hun sneeuwlast lieten vallen, en Grijze Wind en Zomer doken uit het groen op. Zomer snoof de lucht op en grauwde.

'Wolven,' hijgde Hali.

'Schrikwolven,' zei Bran. Ze waren pas half volgroeid en toch al even groot als enige andere wolf die hij ooit onder ogen had gehad.

Maar de verschillen waren eenvoudig te zien, als je wist waar je op moest letten. Maester Luwin en kennelmeester Farlen hadden het hem geleerd. In verhouding tot hun lijf hadden schrikwolven een grotere kop en langere poten, en hun snuit en kaken waren zichtbaar smaller en meer geprononceerd. Zoals ze daar in de zacht neerdwarrelende sneeuw stonden hadden ze iets grimmigs en angstaanjagends over zich. Op de snuit van Grijze Wind zaten verse bloedvlekken.

'Honden,' zei de grote, kale man laatdunkend. 'Maar niets is in de nacht zó goed warm als een mantel van wolvenbont, zeggen ze.' Hij gebaarde abrupt. 'Grijp ze.'

Robb riep: '*Winterfel!*' en dreef zijn hielen in de flanken van zijn paard. Terwijl de haveloze mannen opdrongen stormde de ruin de oever af. Een man met een bijl schoot toe, schreeuwend en onbesuisd. Robbs zwaard trof hem recht in zijn gezicht met een misselijkmakende klap, en een fontein van helder bloed spoot op. De man met het holle stoppelgezicht graaide naar de teugels en had heel even beet... totdat Grijze Wind hem besprong en tegen de grond smeet. Met een plons en een kreet viel hij ruggelings in het stroompje en maaide woest met zijn mes toen zijn hoofd onder water terechtkwam. De schrikwolf dook achter hem aan, en waar ze verdwenen werd het water rood.

Robb en Osha stonden midden in de beek tegenover elkaar. Haar lange speer was een slang met een stalen kop die flitsend op zijn borst afschoot, tot drie keer toe, maar Robb weerde alle stoten met zijn zwaard af en sloeg de punt weg. Bij de vierde of vijfde stoot strekte de vrouw zich te ver naar voren en verloor één seconde haar evenwicht. Robb kwam in beweging en reed haar omver.

Een paar voet verderop kwam Zomer aanstuiven en hapte naar Hali. Het mes haalde zijn flank open. Grommend dook Zomer weg en schoot meteen weer op haar af. Nu sloten zijn kaken zich om haar kuit. Met het mes in beide handen hakte de kleine vrouw naar beneden, maar het leek of de schrikwolf het lemmet voelde aankomen. Hij liet even los, zijn bek vol leer, stof en bloederig vlees. Toen Hali struikelde en viel besprong hij haar weer en ramde haar achterover, en zijn tanden scheurden haar buik open.

De zesde man vluchtte weg van de slachtpartij... maar niet ver. Terwijl hij de tegenoverliggende oever opkrabbelde kwam Grijze Wind druipnat uit het stroompje opduiken. Hij schudde het water af en schoot achter hem aan, beet met één enkele hap zijn kniepees door en vloog hem naar de keel toen de man krijsend weer in het water gleed.

En toen was alleen de grote man er nog, Stiv. Hij hakte in op

Brans borstriem, greep zijn arm en rukte. Ineens merkte Bran dat hij viel. Hij kwam languit op de grond neer met zijn benen gedraaid onder zich, één voet in de beek. Hij kon de kou van het water niet voelen, maar hij voelde wel hoe het staal van Stivs dolk op zijn keel werd gezet. 'Achteruit,' waarschuwde de man, 'of ik haal de luchtpijp van de jongen open, ik zweer het.'

Robb hield hijgend zijn paard in. De razernij week uit zijn blik en zijn zwaardarm viel omlaag.

Op dat moment overzag Bran het hele tafereel. Zomer viel op Hali aan en was bezig glinsterende blauwe slangen uit haar buik te trekken. Haar starende ogen waren wijd opengesperd. Bran wist niet of ze leefde of dood was. De grijze stoppelbaard en die met de bijl lagen roerloos op de grond, maar Osha kroop op haar knieën naar haar gevallen speer toe. Grijze Wind liep op haar af, druipend van het water. 'Roep hem bij je!' schreeuwde de grote man. 'Roep ze alle twee bij je, of dat verlamde jong gaat er nu aan!'

'Grijze Wind, Zomer, hier!' zei Robb.

De schrikwolven bleven staan en keken om. Grijze Wind rende naar Robb terug. Zomer bleef waar hij was, zijn blikken op Bran en de man naast hem gericht. Hij grauwde. Zijn snuit was vochtig en rood, maar zijn ogen gloeiden.

Osha gebruikte het stompe eind van haar speer om zich overeind te werken. Er droop bloed uit een wond die Robb haar op haar bovenarm had toegebracht. Bran kon het zweet over het gezicht van de grote man zien lopen. Stiv was even bang als hijzelf, realiseerde hij zich. 'Starks,' prevelde de man. 'Die ellendige Starks.' Hij verhief zijn stem. 'Osha, maak die wolven af en pak zijn zwaard.'

'Maak ze zelf maar af,' zei ze. 'Ik blijf bij die monsters uit de buurt.'

Even bleef Stiv besluiteloos staan. Zijn hand beefde, en Bran voelde een straaltje bloed waar het mes tegen zijn hals drukte. De stank van de man drong in zijn neusgaten door. Hij rook naar angst. 'Jij,' riep hij tegen Robb. 'Heb je een naam?'

'Ik ben Robb Stark, erfgenaam van Winterfel.'

'Dit hier is je broer?'

'Ja.'

'Als je wilt dat hij blijft leven doe je wat ik zeg. Afstijgen.'

Robb aarzelde even. Toen klom hij langzaam en met bestudeerde bewegingen van zijn paard en bleef staan met het zwaard in de hand.

'Maak nu die wolven af.'

Robb verroerde zich niet.

'Doe het. Die wolven of de jongen.'

'*Nee!*' krijste Bran. Als Robb deed wat ze wilden zou Stiv hen hoe dan ook allebei vermoorden zodra de schrikwolven eenmaal dood waren.

De kale man greep met zijn vrije hand Brans haar en draaide er hard aan totdat Bran het uitsnikte van de pijn. 'Hou je kop, lamzak, heb je dat gehoord?' Hij draaide nog harder. '*Heb je dat gehoord?*'

Vanuit het geboomte achter hen klonk een zacht gezoem. Stiv hapte kokhalzend naar adem toen een vlijmscherpe pijlpunt van een halve voet breed abrupt uit zijn borst naar buiten drong. De pijl was helderrood, alsof hij met bloed bestreken was.

De dolk viel van Brans keel. De grote man wankelde en plofte met zijn gezicht in de beek. De pijl brak onder zijn lichaam af. Bran keek toe hoe zijn leven werd weggevoerd in de wieling van het water.

Osha keek om zich heen. Van onder de bomen doken de wachters van vader op met staal in hun hand. Ze liet haar speer vallen. 'Genade, heer,' riep ze tegen Robb.

De wachters zagen merkwaardig bleek toen ze het bloedige tafereel in ogenschouw namen. Ze wierpen onzekere blikken op de wolven, en toen Zomer opnieuw van Hali's lijk begon te schrokken liet Joseth zijn mes vallen en haastte zich kokhalzend naar het struikgewas. Zelfs Maester Luwin keek geschokt toen hij kwam opduiken van achter een boom, maar niet meer dan een ogenblik. Toen schudde hij zijn hoofd en waadde door het stroompje naar Bran toe. 'Ben je gewond?'

'Hij heeft in mijn been gesneden,' zei Bran, 'maar ik voelde het niet.'

Terwijl de maester neerknielde om de wond te onderzoeken draaide Bran zijn hoofd opzij. Theon Grauwvreugd stond met zijn boog in zijn hand naast een wachtboom. Hij glimlachte. Altijd die glimlach. In de zachte bodem aan zijn voeten staken een half dozijn pijlen, maar er was er maar één nodig geweest. 'Een dode vijand is een schone zaak,' verkondigde hij.

'Jon heeft altijd al gezegd dat je een ezel was, Grauwvreugd,' zei Robb luid. 'Ik zou je moeten vastketenen op de binnenplaats en Bran eens wat schietoefeningen op *jou* laten uitvoeren.'

'Je mag me wel eens bedanken. Ik heb je broer het leven gered.'

'En als je had gemist?' zei Robb. 'Als je die man alleen maar had verwond? Als zijn hand was uitgeschoten, of als je Bran had geraakt? Hoe wist je dat die man geen borstharnas droeg? Je kon alleen maar de achterkant van zijn mantel zien. Hoe zou het mijn broer dan zijn vergaan? Heb je *daar* ook maar één tel bij stilgestaan, Grauwvreugd?'

Theons glimlach verdween. Hij haalde nors zijn schouders op en begon een voor een zijn pijlen uit de grond te trekken.

Robb keek woedend naar zijn wachters. 'Waar bleven jullie?' vroeg hij op hoge toon. 'Ik was ervan overtuigd dat jullie vlak achter ons aankwamen.'

De mannen wisselden een blik, niet op hun gemak. 'We reden wel achter u aan, heer,' zei Quent, de jongste, die een zachte bruine donsbaard op zijn kin had. 'Maar we hebben eerst Maester Luwin op zijn ezel opgewacht, met uw welnemen, en daarna, eh, zo'n beetje...' Hij gluurde even naar Theon en keek toen gauw beschroomd de andere kant op.

'Ik kreeg een kalkoen in het oog,' zei Theon, geërgerd door de vraag. 'Hoe kon ik nou weten dat je de jongen alleen zou laten?'

Robb keek opzij en staarde Theon nogmaals aan. Bran had hem nog nooit zo woedend gezien, maar toch zei hij niets. Ten slotte knielde hij naast Maester Luwin neer. 'Is mijn broer ernstig gewond?'

'Het is maar een schrammetje,' zei de maester. Hij dompelde een doek in de beek om de snee schoon te maken. 'Er zijn er twee in het zwart,' zei hij tegen Robb terwijl hij bezig was.

Robb wierp een blik op Stiv, die languit in de beek lag. Zijn haveloze zwarte mantel bewoog grillig in het snelstromende water. 'Uit de Nachtwacht gedeserteerd,' zei hij grimmig. 'Wat een dwazen, om zich zo dicht bij Winterfel te wagen.'

'Dwaasheid en wanhoop zijn soms moeilijk te onderscheiden,' zei Maester Luwin.

'Zullen we ze begraven, heer?' vroeg Quent.

'Ze zouden ons ook niet begraven hebben. Hak hun hoofden eraf, dan sturen we die terug naar de Muur. En laat de rest liggen voor de kraaien.'

'En deze?' Quent wees met een duim naar Osha.

Robb liep op haar af. Ze was een kop groter dan hij, maar op zijn nadering zonk ze op haar knieën. 'Schenk mij het leven, heer Stark, en ik behoor u toe.'

'Mij? Wat moet ik met een eedbreekster?'

'Ik heb geen eed gebroken. Stiv en Wallen waren van de Muur gevlucht, ik niet. De zwarte kraaien moeten geen vrouwen.'

Theon Grauwvreugd kwam aanslenteren. 'Je moet haar voor de wolven gooien,' zei hij met klem tegen Robb. De blikken van de vrouw zwierven naar de overblijfselen van Hali en werden even snel weer afgewend. Ze huiverde. Zelfs de wachters walgden zichtbaar.

'Het is een vrouw,' zei Robb.

'Een wildling,' zei Bran tegen hem. 'Ze zei dat ze me moesten laten leven om me naar Mans Roover te brengen.'

'Heb je een naam?' vroeg Robb aan haar.

'Osha, met uw welnemen, heer,' prevelde ze gemelijk.

Maester Luwin stond op. 'We zouden er goed aan doen, haar te ondervragen.'

Bran zag hoe opgelucht zijn broer keek. 'Wat u zegt, maester. Wayn, bind haar handen. Ze gaat mee terug naar Winterfel... en al naar gelang ze de waarheid spreekt zal ze leven of sterven.'

Tyrion

'Eten hebben?' vroeg Mord met een onheilspellende blik. In zijn dikke knuist met de stompe vingers had hij een bord bonen.

Tyrion Lannister was uitgehongerd maar gunde deze botterik niet het genoegen, hem te zien kruipen. 'Een lamsbout zou heerlijk zijn,' zei hij vanaf de smerige berg stro in de hoek van zijn cel. 'Misschien een schotel erwten en uien, wat versgebakken brood met boter, en een flacon warme kruidenwijn om het weg te spoelen. Of bier, als dat beter uitkomt. Ik doe mijn best niet al te kieskeurig te zijn.'

'Tis bonen,' zei Mord. 'Hier.' Hij stak het bord uit.

Tyrion zuchtte. De cipier bestond uit ruim driehonderd pond stompzinnigheid met bruine, rottende tanden en kleine, zwarte oogjes. De linkerkant van zijn gezicht was één groot, glad litteken: een bijl had zijn oor en een stuk van zijn wang afgehouwen. Hij was even voorspelbaar als afstotelijk, maar Tyrion had echt honger. Hij stak zijn hand uit naar het bord.

Mord trok het grinnikend weg. 'Tis hier,' zei hij, en hield het zó dat Tyrion er net niet bij kon.

De dwerg krabbelde stijfjes overeind. Al zijn ledematen deden pijn. 'Is het nodig bij elke maaltijd hetzelfde stomme spelletje te spelen?' Hij greep nogmaals naar de bonen.

Mord schuifelde achteruit en grijnsde zijn rotte tanden bloot. 'Tis hier, dwergenman.' Hij hield het bord op armlengte over de rand van de cel heen, daar waar de lucht begon. 'Geen eten dan? Hier. Pak maar.'

Tyrions armen waren te kort om bij het bord te kunnen, en hij was niet van plan om zo dicht bij de rand te gaan staan. Mord hoefde hem alleen maar een duwtje te geven met zijn witte hangbuik en hij zou als een weerzinwekkende rode klodder op de stenen van Lucht eindigen, net als vele andere gevangenen van het Adelaarsnest in de loop der jaren. 'Bij nader inzien heb ik eigenlijk helemaal geen honger,' verklaarde hij en trok zich terug in de hoek van zijn cel.

Mord gromde en deed zijn worstvingers van elkaar. Het vallende bord werd door de wind meegevoerd en omgekiept. Toen het voedsel uit het gezicht verdween kwam er een handvol bonen naar hen terugwaaien. De cipier lachte, en zijn pens deinde als een schaal pudding.

Er ging een steek van woede door Tyrion heen. 'Vuile smeerlap van een pokkenlijder,' siste hij. 'Ik hoop dat je buikloop krijgt en erin blijft.'

Dat leverde hem een trap van Mord op, die op zijn weg naar buiten de stalen neus van zijn laars keihard tegen Tyrions ribben ramde. 'Dat neem ik terug,' hijgde hij terwijl hij dubbelsloeg op het stro. 'Ik vermoord je persoonlijk, dat zweer ik!' De zware, met ijzer beslagen deur sloeg dicht, en Tyrion hoorde sleutels rammelen.

Voor zo'n klein mannetje was hij met een gevaarlijk grote mond behept, peinsde hij terwijl hij terugkroop naar het hoekje van wat de Arryns lachwekkend genoeg als hun kerker betitelden. Onder de dunne deken die zijn enige beddengoed vormde dook hij in elkaar, staarde naar de eindeloos lijkende, helblauwe lucht met bergen aan de horizon en wenste dat hij de mantel van schaduwvacht nog had die hij met dobbelen van Marillion had gewonnen nadat de zanger hem van het lijk van die bandietenhoofdman had gestolen. De vacht had naar bloed en schimmel geroken, maar hij was wel warm en dik. Mord had hem afgepakt zodra zijn oog erop was gevallen.

Windvlagen zo scherp als klauwen rukten aan zijn deken. Zijn cel was akelig klein, zelfs voor een dwerg. Minder dan vijf voet verderop, daar waar een muur had moeten zijn, waar in elke fatsoenlijke cel een muur *geweest* zou zijn, hield de vloer op en begon de hemel. Hij had ruim voldoende frisse lucht en zon, en 's nachts de maan en de sterren, maar hij zou het allemaal in één tel geruild hebben voor het vochtigste en donkerste hol in de ingewanden van de Rots van Casterling.

'Jij vliegt,' had Mord hem beloofd toen hij hem de cel induwde. 'Dag of twintig, dertig, wie weet vijftig. Dan vlieg je.'

De Arryns hielden er de enige kerker in het rijk op na waar de gevangenen vrijwillig uit mochten stappen. Nadat hij die eerste dag urenlang moed had zitten verzamelen was Tyrion plat op zijn buik gaan liggen en moeizaam naar de rand geschoven om zijn hoofd eroverheen te steken en naar beneden te kijken. Als hij zijn nek zo ver mogelijk uitrekte kon hij links, rechts en boven zich andere cellen zien. Hij was een bij in een stenen honingraat, en iemand had zijn vleugels afgerukt.

Het was koud in de cel, de wind floot hier dag en nacht, en het ergste was dat de vloer *helde*. Heel licht weliswaar, maar meer was ook niet nodig. Hij was bang om zijn ogen te sluiten, bang dat hij zich in zijn slaap zou omdraaien en plotseling vol ontzetting wakker zou schrikken omdat hij over de rand tuimelde. Geen wonder dat je in deze luchtcellen gek werd.

Goden, bewaar me, had een vorige bewoner op de muur geschreven met iets dat verdacht veel op bloed leek, *het blauw roept*. Eerst had Tyrion zich afgevraagd wie het was geweest en hoe het hem vergaan was, maar later besloot hij dat hij dat liever niet wilde weten.

Als hij zijn mond maar had gehouden...

Die ellendige jongen was de aanleiding geweest, zoals hij vanaf zijn troon van gebeeldhouwd weirhout onder de banier met de maan en de valk van het huis Arryn op hem had zitten neerkijken. Tyrion Lannister werd al zijn hele leven uit de hoogte bekeken, maar meestal niet door zesjarigen met tranende ogen die dikke kussens onder hun kont gepropt kregen om manshoog te lijken. 'Is dat de boze man?' had hij gevraagd met zijn pop in zijn armen geklemd.

'Ja, dat is hem,' had vrouwe Lysa op de lagere troon naast hem gezegd. Ze was van top tot teen in het blauw gekleed, gepoederd en geparfumeerd voor de vrijers die zich aan haar hof verdrongen.

'Hij is zo *klein*,' giechelde de heer van het Adelaarsnest.

'Dit is Tyrion de Kobold, van het huis Lannister, de moordenaar van je vader.' Ze verhief haar stem, zodat hij tot de verste einden van de hoge zaal van het Adelaarsnest droeg en van de melkwitte muren en de slanke zuilen weerkaatste, en iedereen het horen kon. '*Hij heeft de Hand des Konings gedood!*'

'O, heb ik hem ook al vermoord?' had Tyrion gezegd, dwaas die hij was.

Dat zou hét moment zijn geweest om niets te zeggen en met gebogen hoofd te blijven staan. Dat begreep hij nu, en bij de zevenvoudige hel, dat had hij toen ook kunnen begrijpen. De hoge zaal van de Arryns was langwerpig en sober, met onheilspellend kille muren van blauw dooraderd marmer, maar de gezichten om hem heen waren nog veel killer geweest. De machtige arm van de Rots van Casterling reikte niet tot hier, en in de Vallei van Arryn hadden de Lannisters geen vrienden. Zwijgende onderdanigheid zou zijn beste verdediging zijn geweest.

Maar Tyrion was te slechtgehumeurd om verstandig te zijn. Tot zijn schaamte had hij de moed verloren tijdens de laatste etappe van hun lange klim naar het Adelaarsnest en hadden zijn korte beentjes hem in de steek gelaten. Bronn had hem de rest van de weg gedragen, en die vernedering was olie op de golven van zijn woede. 'Wat een druk bezet klein kereltje moet ik zijn geweest,' zei hij met bitter sarcasme. 'Ik vraag me af waar ik de tijd voor al die moord en doodslag vandaan heb gehaald.'

Hij had zich moeten realiseren wie hij tegenover zich had. Lysa Arryn en haar niet helemaal normale, ziekelijke zoontje hadden aan het hof ook al niet uitgeblonken door gevoel voor humor, vooral niet als ze zelf het mikpunt waren.

'Kobold,' zei Lysa kil, 'hou die spottende tong van je in bedwang en bejegen mijn zoon beleefd of je zult het berouwen, dat verzeker ik je. Bedenk waar je bent. Dit is het Adelaarsnest, en om je heen staan ridders uit de Vallei, oprechte mannen die Jon Arryn van ganser harte toegedaan waren. Ze zijn stuk voor stuk bereid voor mij te sterven.'

'Vrouwe Arryn, als mij enig kwaad overkomt zal mijn broer Jaime ervoor zorgen dat dat ook inderdaad gebeurt.' Nog terwijl hij haar die woorden toesnauwde besefte Tyrion hoe dwaas ze waren.

'Kun je vliegen, Lannister?' vroeg vrouwe Lysa. 'Heeft een dwerg vleugels? Zo niet, dan kun je de eerstvolgende bedreiging die bij je opkomt beter inslikken.'

'Ik heb niet gedreigd,' had Tyrion gezegd, 'alleen maar iets beloofd.'

Daarop was de kleine heer Robert overeind gesprongen, zo ontdaan dat hij zijn pop had laten vallen. 'Je kunt ons niets doen,' had hij gekrijst. 'Niemand kan ons hier iets doen. Zeg het hem, moeder, zeg hem dat hij ons hier niets kan doen.' De jongen was gaan schokken en trillen.

'Het Adelaarsnest is onneembaar,' had Lysa Arryn kalm verklaard. Ze trok haar zoon naar zich toe, in de beschermende cirkel van haar dikke witte armen. 'De Kobold probeert ons alleen maar bang te maken, lief kindje. De Lannisters zijn allemaal leugenaars. Niemand zal ons kwaad doen, lieve jongen.'

De narigheid was dat ze ongetwijfeld gelijk had. Nu Tyrion had gezien wat het kostte om hier te komen kon hij zich maar al te goed voorstellen hoe het moest zijn voor een ridder die zich in harnas een weg omhoog trachtte te vechten terwijl het van boven stenen en pijlen regende en de vijand hem ieder duimbreed grond betwistte. *Nachtmerrie* was bij lange na niet het juiste woord om dat te beschrijven. Geen wonder dat het Adelaarsnest nog nooit was ingenomen.

Toch was Tyrion niet in staat geweest zichzelf het zwijgen op te leggen. 'Niet onneembaar,' had hij gezegd, 'alleen onhandig.'

De jonge Robert wees naar hem met een trillende hand. 'Je bent een *leugenaar*. Moeder, ik wil hem zien vliegen.' Twee wachters in hemelsblauwe mantels grepen Tyrion bij de armen en tilden hem van de vloer.

Alleen de goden wisten wat er toen gebeurd zou zijn als Catelyn Stark er niet was geweest. 'Zuster,' had ze geroepen vanaf haar plaats onder aan de tronen, 'wil je wél bedenken dat deze man *mijn* gevangene is? Ik wil niet dat hem iets overkomt.'

Lysa Arryn keek haar zuster even koeltjes aan. Toen stond ze op en dook op Tyrion neer, haar lange rokken als een sleep achter zich aan. Even vreesde hij dat ze hem zou slaan, maar in plaats daarvan beval ze dat ze hem los moesten laten. Haar mannen plantten hem op de vloer, en Tyrion zakte door zijn benen en viel.

Wat een gezicht moest dat geweest zijn, zoals hij daar moeizaam op zijn knieën probeerde te krabbelen, alleen maar om te merken dat zijn rechterbeen verkrampte, zodat hij weer op de vloer belandde. De hoge zaal van de Arryns galmde van het lachen, van het ene eind tot het andere.

'Mijn zusters kleine gast is te moe om op zijn benen te staan,' had vrouwe Lysa verklaard. 'Ser Vardis, breng hem naar de kerker. Wat rust in een van onze luchtcellen zal hem veel goed doen.'

De wachters trokken hem overeind. Zwakjes trappelend met zijn benen bungelde Tyrion Lannister tussen hen in, zijn gezicht rood van schaamte. 'Dit vergeet ik niet,' riep hij de aanwezigen toe terwijl hij werd weggedragen.

En hij was het ook niet vergeten, voor wat dat waard was.

Eerst had hij zich getroost met het idee dat zijn gevangenschap niet lang zou duren. Lysa Arryn wilde hem vernederen, meer niet. Ze zou hem al snel weer laten halen, en anders zou Catelyn Stark hem wel willen ondervragen. Ditmaal zou hij beter op zijn woorden passen. Ze durfden hem niet zonder meer te doden, want hij was en bleef een Lannister van de Rots van Casterling, en als ze zijn bloed vergoten kwam er oorlog van. Dat had hij zichzelf althans voorgehouden.

Nu was hij daar niet meer zo zeker van.

Misschien waren zijn overweldigers alleen van plan hem hier te laten creperen, maar hij vreesde dat hij de kracht niet had om daar erg lang over te doen. Hij verzwakte met de dag, en het was slechts een kwestie van tijd voordat Mord hem serieus zou verwonden met zijn trappen en klappen, als de gevangenbewaarder hem tenminste niet voor die tijd liet verhongeren. Nog een paar nachten kou en honger, en het blauw zou ook hem gaan roepen.

Hij vroeg zich af wat er buiten de muren van zijn cel (voor zover aanwezig) zoal gebeurde. Heer Tywin zou ongetwijfeld ruiters hebben uitgezonden toen het nieuws hem bereikte. Jaime leidde misschien op dit moment een leger door de Maanbergen... tenzij hij op weg was naar het noorden om tegen Winterfel op te trekken. Wist iemand buiten de Vallei eigenlijk wel waar Catelyn Stark hem naartoe had gebracht? Hij vroeg zich af wat Cersei zou doen als ze het hoorde. De koning kon zijn vrijlating gelasten, maar zou Robert naar zijn koningin of zijn Hand luisteren? Tyrion koesterde bepaald niet de illusie dat de koning van zijn zuster hield.

Als Cersei haar hersens bij elkaar hield zou ze erop staan dat de koning Tyrion persoonlijk berechtte. Zelfs Ned Stark kon daar moeilijk bezwaar tegen maken, niet zonder de eer van de koning te na te komen. En Tyrion zou het graag op een proces laten aankomen. Wat voor moorden ze hem ook in de schoenen zouden schuiven, voor zover hij wist konden de Starks absoluut niets bewijzen. Wat hem betrof mochten ze hun zaak best voor de ijzeren troon en de heren van het land brengen. Dat zou hun einde worden. Als Cersei maar slim genoeg was om dat in te zien...

Tyrion Lannister zuchtte. Zijn zuster bezat een zekere boerenslimheid, maar haar trots verblindde haar. Ze zou uitsluitend oog hebben voor de belediging, niet voor de kans die dit bood. En Jaime was nog erger, doldriest, koppig en opvliegend. Zijn broer zou nooit een knoop ontwarren zolang hij die ook met zijn zwaard door kon hakken.

Hij vroeg zich af wie van hen die handlanger had gestuurd om de jongen van Stark het zwijgen op te leggen, en of ze echt de dood van heer Arryn hadden beraamd. Als de vorige Hand vermoord was, was dat handig en slim gedaan. Mannen van zijn leeftijd stierven zo vaak aan een plotselinge ziekte. De een of andere pummel met een gestolen mes op Brandon Stark afsturen kwam hem daarentegen ongelofelijk klunzig voor. En nu hij erbij stilstond was dat *heel* eigenaardig...

Tyrion huiverde. *Dat* was pas een onaangenaam vermoeden. Wie weet zwierven er meer beesten door het bos dan alleen de schrikwolf en de leeuw, en als dat zo was, gebruikte iemand hem als werktuig. Tyrion Lannister had er een hekel aan om gebruikt te worden.

Hij moest hieruit zien te komen, en gauw ook. Hij had weinig of geen kans om Mord de baas te worden, en niemand zou hem aan zeshonderd voet touw naar buiten smokkelen, dus moest hij zich eruit kletsen. Zijn tong had hem in deze cel doen belanden, dus die moest hem er dan ook maar uithalen.

Tyrion krabbelde overeind en deed zijn best het hellende vlak onder zijn voeten, dat zo uiterst subtiel naar de rand afliep, te negeren. Hij bonkte met een vuist op de deur. '*Mord! Cipier. Mord, ik heb je nodig!*' Hij moest het ruim tien minuten volhouden voordat hij voetstappen hoorde. Eén tel voordat de deur met een klap openvloog deed Tyrion een stap naar achteren.

'Herrie maken?' gromde Mord met bloeddoorlopen oogjes. In een vlezige hand hing een brede, stevige leren riem waarvan zijn vuist beide uiteinden omklemde. Nooit laten merken dat je bang bent, hield Tyrion zichzelf voor. 'Zou je graag rijk worden?' vroeg hij.

Mord sloeg. Hij haalde bijna terloops van links naar rechts uit, maar het leer raakte Tyrion hoog op zijn arm. Hij wankelde onder de klap en beet op zijn tanden van de pijn. 'Bek dicht, dwergenman,' waarschuwde Mord hem.

'Goud,' zei Tyrion en deed of hij glimlachte. 'De Rots van Casterling zit vol met goud... *auuu...*' Deze keer haalde Mord van rechts naar links uit en legde hij meer kracht in de slag, zodat het leer knalde en zwiepte. Tyrion kreeg het tegen zijn ribben en zakte zacht jammerend door de knieën. Hij dwong zich naar de cipier op te kijken. 'Zo rijk als de Lannisters,' piepte hij. 'Zo luidt het gezegde, Mord...'

Mord knorde. De riem floot door de lucht en trof Tyrion recht in zijn gezicht. De pijn was zo erg dat hij niet eens merkte dat hij viel, maar toen hij zijn ogen weer opende lag hij op de vloer van zijn cel. Zijn oor suisde en zijn mond zat vol bloed. Hij zocht naar iets om zich tegen af te zetten en zijn vingers tastten in... de leegte. Hij trok ijlings zijn hand terug alsof hij hem gebrand had en deed zijn best om niet te ademen. Hij was pal bij de rand beland, slechts een paar duim van het blauw.

'Meer praatjes?' Mord hield de riem tussen zijn vuisten en rukte eraan. Door de knal maakte Tyrion een onwillekeurige beweging van schrik. De cipier lachte.

Hij duwt me niet over de rand, hield Tyrion zichzelf vertwijfeld voor terwijl hij bij de rand wegkroop. *Catelyn Stark wil me levend hebben, hij durft me vast niet te vermoorden.* Hij veegde met de rug van zijn hand het bloed van zijn lippen, grijnsde en zei: 'Dat was een stevige, Mord.' De cipier loerde naar hem en probeerde uit te maken of hij de spot met hem dreef. 'Ik zou een goeie, sterke kerel als jij prima kunnen gebruiken.' De riem schoot op hem af, maar ditmaal wist Tyrion weg te duiken. Zijn schouder werd geschampt, meer niet. 'Goud,' herhaalde hij en schuifelde onderwijl als een krab achteruit, 'meer goud dan je hier van je leven zult zien. Genoeg om land, vrouwen en paarden te kopen... je kunt heer worden. Heer Mord.' Tyrion hoestte een klodder bloed en slijm op en spuugde die de blauwe lucht in.

'Is geen goud,' zei Mord.

Hij luistert! dacht Tyrion. 'Toen ik gegrepen werd hebben ze me mijn beurs afgepakt, maar het goud blijft van mij. Catelyn Stark mag een man dan gevangennemen, ze zal zich er niet toe verlagen, hem te beroven. Help me, en al het goud is van jou.' Mords riem flapte als een tong op hem af, maar het was een halfslachtige, ongerichte slag, traag en minachtend. Tyrion ving het leer in zijn hand op en hield het vast. 'Jij loopt geen gevaar. Je hoeft alleen maar een boodschap over te brengen.'

De cipier rukte de reep leer uit Tyrions greep. 'Boodschap,' zei hij, alsof hij het woord nog nooit had gehoord. Hij fronste zijn voorhoofd, zodat er diepe kerven in kwamen.

'U hebt het gehoord, heer. U hoeft slechts mijn bericht aan uw vrouwe over te brengen. Zeg haar...' *Wat? Waardoor zou Lysa Arryn zich in vredesnaam laten vermurwen?* Plotseling kwam de inspiratie. '... zeg haar dat ik mijn misdaden wil bekennen.'

Mord hief zijn arm op en Tyrion zette zich schrap voor nog een klap, maar de cipier weifelde. In zijn blik streden achterdocht en hebzucht om de voorrang. Hij wilde dat goud hebben, maar hij was bang dat hij om de tuin werd geleid. Hij zag eruit als iemand die wel vaker om de tuin was geleid. 'Gelogen,' prevelde hij duister. 'Dwergenman speelt vals.'

'Ik zal mijn belofte op schrift stellen,' bezwoer Tyrion hem.

Sommige ongeletterden verachtten de schrijfkunst, anderen leken een bijgelovige verering voor het geschreven woord te koesteren, alsof het iets magisch was. Gelukkig behoorde Mord tot die laatste groep. De cipier liet de riem zakken. 'Goud opschrijven. Veel goud.'

'O ja, *veel* goud,' verzekerde Tyrion hem. 'Die beurs is nog maar een voorproefje, vriend. Mijn broer draagt een zuiver gouden harnas.' In werkelijkheid was Jaimes harnas van verguld staal, maar deze pummel zou het verschil toch nooit zien.

Peinzend betastte Mord zijn reep leer, maar ten slotte liet hij zich vermurwen en ging papier en inkt halen. Toen de brief geschreven was tuurde de gevangenbewaarder er wantrouwig naar. 'Breng nu mijn boodschap maar over,' drong Tyrion aan.

Hij lag in zijn slaap te huiveren toen ze hem laat op diezelfde avond kwamen halen. Mord opende de deur, maar deed er het zwijgen toe. Ser Vardis Egen wekte Tyrion met de punt van zijn laars. 'Opstaan, Kobold. Mijn vrouwe wenst je te spreken.'

Tyrion wreef de slaap uit zijn ogen en zette een grimas op die hij eigenlijk niet meende. 'Ongetwijfeld, maar waarom denkt u dat ik haar wil spreken?'

Ser Vardis fronste zijn voorhoofd. Tyrion kende hem nog goed van de jaren dat hij in Koningslanding bevelhebber van de hofwacht van de Hand was geweest. Een vierkant, alledaags gezicht, zilverblond haar, zwaargebouwd en geen spoortje humor. 'Wat jij wilt zal me een zorg wezen. Opstaan, of ik laat je dragen.'

Tyrion krabbelde moeizaam overeind. 'De nacht is koud,' zei hij nonchalant, 'en die hoge zaal is zo tochtig. Ik vat liever geen kou. Mord, wil jij zo goed wezen mijn mantel te halen?'

De gevangenbewaarder tuurde achterdochtig naar hem, zijn gezicht bewolkt.

'Mijn *mantel*,' herhaalde Tyrion. 'Die van schaduwvacht, die je voor me in bewaring hebt genomen. Je weet wel.'

'Geef hem dat rotding,' zei ser Vardis.

Mord durfde niet te morren. Hij keek Tyrion aan met een belofte van vergelding in zijn blik, maar haalde desondanks de mantel. Toen hij hem zijn gevangene omhing glimlachte Tyrion. 'Mijn dank. Telkens als ik hem draag zal ik aan je denken.' Hij gooide het stuk van de lange vacht dat over de grond sleepte over zijn rechterschouder en voelde zich voor het eerst in dagen weer warm. 'Gaat u voor, ser Vardis.'

De hoge zaal van de Arryns werd verlicht door de gloed van vijftig toortsen die in houders langs de muren brandden. Vrouwe Lysa was in zwarte zijde gekleed, met de maan en de valk in parels op haar borst gestikt. Aangezien ze niet iemand leek om tot de Nachtwacht toe te treden ging Tyrion er maar van uit dat ze rouwkleding een passende uitmonstering achtte voor een bekentenis. Haar lange, kastanjebruine haar viel in een geraffineerde vlecht over haar linkerschouder. De grotere troon naast haar was leeg; het heertje van het Adelaarsnest lag ongetwijfeld elders te trillen in zijn slaap. Daar was Tyrion in elk geval blij om.

Hij boog diep en nam even de tijd om de zaal rond te kijken. Zoals hij had gehoopt, had vrouwe Arryn haar ridders en vazallen ontboden om zijn bekentenis te vernemen. Hij zag het verweerde gezicht van ser Brynden Tulling en het openhartige van ser Nestor Roys. Naast Nestor stond een jongere man met woeste, zwarte tochtlatten die alleen maar zijn erfgenaam kon zijn, ser Albar. De voornaamste huizen van de Vallei waren bijna allemaal vertegenwoordigd. Tyrion ontwaarde ser Lyn Corbree, slank als een zwaardkling, heer Jager met zijn jichtbenen en vrouwe Wagenholt, de weduwe, omringd door haar zonen. Anderen voerden wapentekens die hij niet kende: gebroken lans, groene adder, brandende toren, gevleugelde kelk.

Te midden van de heren van de Vallei stonden verscheidene van zijn metgezellen van de hoge weg. Een bleke ser Rodrik Cassel, zijn wonden half genezen, had ser Willis Wede aan zijn zij. Marillion de zanger had een nieuwe houtharp gevonden. Tyrion glimlachte: wat hier vanavond ook gebeurde, het mocht niet geheim blijven, en niemand geschikter dan een zanger om een verhaal wijd en zijd te verspreiden.

Achter in de zaal hing Bronn tegen een zuil. De zwarte ogen van de vrijruiter waren op Tyrion gericht en zijn hand rustte losjes op zijn zwaardknop. Tyrion keek hem aan. Misschien...

Catelyn Stark was de eerste die iets zei. 'Je wilt je misdaden bekennen, is ons verteld.'

'Dat klopt, vrouwe,' antwoordde Tyrion.

Lysa Arryn glimlachte haar zuster toe. 'In die luchtcellen krijg je ze altijd klein. Daar kunnen de goden hen zien, en je kunt niet in het donker wegkruipen.'

'Hij lijkt mij niet kleiner dan hij al was,' zei vrouwe Catelyn.

Vrouwe Lysa sloeg er geen acht op. 'Zeg wat je te zeggen hebt,' beval ze Tyrion.

En zo wordt de teerling geworpen, dacht hij en keek nog even naar Bronn achterin. 'Waar zal ik beginnen? Ik beken dat ik een verdorven klein mannetje ben. Mijn misdaden en zonden zijn niet te tellen, dames en heren. Ik ben met hoeren naar bed geweest, niet één keer, maar honderden keren. Ik heb mijn eigen vader dood gewenst, en mijn zuster, onze lieftallige koningin, eveneens.' Achter zich hoorde hij iemand grinniken. 'Ik heb mijn bedienden niet altijd goed behandeld. Ik heb gegokt. Ik heb zelfs vals gespeeld, moet ik tot mijn schande bekennen. Ik heb vele wrede en boosaardige dingen gezegd over de edele heren en dames van het hof.' Daar werd hardop om gelachen. 'Eens heb ik...'

'*Zwijg!*' Het bleke, ronde gezicht van Lysa Arryn had een felroze kleur gekregen. 'Wat denk je dat je aan het doen bent, dwerg?'

Tyrion hield zijn hoofd scheef. 'Ik was toch mijn misdaden aan het bekennen, vrouwe?'

Catelyn Stark deed een stap naar voren. 'De beschuldiging luidt, dat je een huurmoordenaar hebt gestuurd om mijn zoon Bran in zijn bed te vermoorden, en dat je samen met anderen de dood van heer Jon Arryn, de Hand des Konings hebt beraamd.'

Tyrion haalde hulpeloos zijn schouders op. '*Die* misdaden kan ik niet bekennen, vrees ik. Ik weet niets van welke moord dan ook.'

Vrouwe Lysa rees op van haar troon van weirhout. 'Ik laat *niet* de spot met mij drijven. Je hebt je lolletje gehad, Kobold. Ik hoop dat je het leuk vond. Ser Vardis, breng hem terug naar de kerker... maar zoek ditmaal een kleinere cel voor hem uit, met een steilere vloer.'

'Is *dit* hoe er in de Vallei gerechtigheid wordt gedaan?' brulde Tyrion, zo luid dat ser Vardis even verstijfde. 'Is achter de Bloedpoort de eer zoek? U beticht mij van misdaden, ik ontken, en dus smijt u mij in een open cel om dood te vriezen en te verhongeren.' Hij hief zijn hoofd op, zodat iedereen goed kon zien hoe hij door Mord in het gezicht was geslagen. 'Waar is de gerechtigheid des konings? Behoort het Adelaarsnest niet tot de Zeven Koninkrijken? Ik word aangeklaagd, zegt u. Goed, maar *dan eis ik ook een proces*! Gun mij het woord, en oordeel in het openbaar of ik de waarheid spreek of lieg, voor het oog van goden en mensen.'

Een gedempt gemurmel vulde de hoge zaal. Hij had haar klem gezet, wist Tyrion. Hij was van hoge geboorte, een zoon van de machtigste edelman van het rijk, de broer van de koningin. Hij had recht op een proces. Wachters in hemelsblauwe mantels liepen al op Tyrion af, maar ser Vardis gebood hen te blijven staan en keek naar vrouwe Lysa.

Haar smalle mond vertrok zich tot een pruilend lachje. 'Als je wordt berecht, en je wordt schuldig bevonden aan de misdaden waarvoor je wordt aangeklaagd, dan eisen de wetten van de koning dat je daar met je leven voor zult boeten. We houden er in het Adelaarsnest geen scherprechter op na, heer Lannister. Open de Maandeur.'

De menigte toeschouwers week uiteen. Tussen twee slanke, marmeren zuilen werd een smal deurtje van weirhout zichtbaar met in het witte hout een wassende maan gekerfd. Degenen die er het dichtst bij stonden deinsden achteruit toen er een paar wachters kwamen aanmarcheren. Een van de mannen schoof de zware bronzen staven voor de deur weg en de tweede trok hem naar binnen toe open. In de plotselinge windvlaag die door de open deur blies wapperden hun blauwe mantels van hun schouders omhoog. Daarachter strekte zich de leegte van de nachthemel uit, met kille, onaandoenlijke sterren bestrooid.

'Ziedaar de gerechtigheid des konings,' zei Lysa Arryn. De toortsvlammen aan de muren wapperden als vaantjes, en een enkele toorts ging sputterend uit.

'Lysa, dit is onverstandig,' zei Catelyn Stark terwijl de zwarte wind door de hal wervelde.

Haar zuster negeerde haar. 'U eist een proces, heer Lannister. Goed, dat kunt u krijgen. Mijn zoon zal luisteren naar wat u te melden hebt, en u zult zijn oordeel aanhoren. Dan mag u vertrekken... door de ene deur of de andere.'

Wat keek ze zelfingenomen, dacht Tyrion, en geen wonder. Waarom zou zij bang zijn voor een proces waarbij haar ziekelijke zoontje de rechter was? Tyrion gluurde naar haar Maandeur. *Moeder, ik wil hem zien vliegen!* had de jongen gezegd. Hoeveel mensen had die ellendige kleine snotneus al door die deur gestuurd?

'Dank u, waarde vrouwe, maar ik zie niet in waarom we heer Robert zouden lastig vallen,' zei Tyrion beleefd. 'De goden weten dat mij geen schuld treft. Ik wil een godsoordeel, en geen menselijk vonnis. Ik eis een beslechting met het zwaard.'

Een storm van gelach ging door de hoge zaal van de Arryns. Heer

Nestor Roys proestte het uit, ser Willis grinnikte, ser Lyn Corbree schaterde en anderen wierpen het hoofd in de nek en brulden van de lach tot de tranen hun over de wangen stroomden. Marillion sloeg met de vingers van zijn gebroken hand onhandig een vrolijke noot op zijn nieuwe houtharp aan. Zelfs de wind die door de Maandeur naar binnen blies leek spottend te fluiten.

Lysa Arryns waterige blauwe ogen stonden onzeker. Hij had haar uit haar evenwicht gebracht. 'Dat recht hebt u inderdaad.'

De jonge ridder met de groene adder op zijn wapenrok geborduurd stapte naar voren en zonk op één knie. 'Vrouwe, weest u zo goedgunstig mij voor uw zaak te laten strijden.'

'Die eer komt mij toe,' zei heer Jager. 'Omwille van de liefde die ik uw heer gemaal toedroeg – laat mij zijn dood wreken.'

'Mijn vader heeft heer Jon trouw gediend als opperhofmeester van de Vallei,' bulderde ser Albar Roys. 'Laat mij in deze zaak zijn zoon dienen.'

'De goden steunen degene wiens zaak rechtvaardig is,' zei ser Lyn Corbree, 'maar dat blijkt vaak de man met het trefzekerste zwaard te zijn. En we weten allemaal wie dat is.' Hij glimlachte bescheiden.

Nog een stuk of twaalf anderen eisten allemaal door elkaar met stemverheffing om gehoord te worden. Tyrion vond het weinig bemoedigend om te merken dat er zoveel vreemden stonden te trappelen om hem te doden. Misschien was dit uiteindelijk toch niet zo'n slim plan geweest.

Vrouwe Lysa hief een hand op om het stil te laten worden. 'Ik dank u, mijne heren, zoals mijn zoon u zeker ook zou danken als hij zich onder ons bevond. Nergens in de Zeven Koninkrijken zijn de mannen zo moedig en trouw als de ridders van de Vallei. Ik wilde wel dat ik u allen deze eer kon gunnen. Maar ik kan er slechts één aanwijzen.' Ze maakte een gebaar. 'Ser Vardis Egen, u hebt altijd goede dienst gedaan als rechterhand van mijn heer gemaal. U zult onze kampioen zijn.'

Ser Vardis had zich opmerkelijk stil gehouden. 'Vrouwe,' zei hij ernstig terwijl hij neerknielde, 'ik verzoek u een ander hiermee te belasten. Mij staat het tegen. Deze man is geen vechter. Zie hem eens. Een dwerg, slechts half zo groot als ik, en met mismaakte benen. Het zou een schande zijn zo'n man af te slachten en dat gerechtigheid te noemen.'

Uitstekend, dacht Tyrion. 'Dat vind ik ook.'

Lysa keek hem woedend aan. 'Jij eiste dat de zaak met het zwaard beslecht zou worden.'

'En nu eis ik een kampioen, zoals u er ook een gekozen hebt. Ik weet dat mijn broer Jaime volgaarne mijn plaats zal innemen.'

'Die dierbare Koningsmoordenaar van jou bevindt zich vele honderden mijlen van hier,' snauwde Lysa Arryn.

'Stuurt u dan een vogel. Ik zal zijn komst gaarne afwachten.'

'Je zult ser Vardis morgen tegemoet treden.'

'Zanger,' zei Tyrion terwijl hij zich naar Marillion toekeerde, 'als je hier een ballade over maakt, vertel er dan wel bij dat vrouwe Arryn de dwerg het recht op een kampioen ontzegde en hem kreupel, vol kwetsuren en wankelend op zijn benen op haar beste ridder afstuurde.'

'Ik ontzeg je *niets*!' zei Lysa Arryn, haar stem verongelijkt en schril van ergernis. 'Wijs je kampioen aan, Kobold... als je denkt dat je iemand kunt vinden die bereid is voor je te sterven.'

'Als het u hetzelfde is heb ik liever iemand die bereid is voor me te doden.' Tyrion keek de lange zaal door. Niemand verroerde zich. Eén eindeloos durend ogenblik vroeg hij zich af of het allemaal geen kolossale vergissing was geweest.

Toen ontwaarde hij een beweging achter in het vertrek. 'Ik neem de plaats van de dwerg in,' riep Bronn luid.

Eddard

Hij droomde een oude droom, over drie ridders in witte mantels, een toren die sinds lang gevallen was, en Lyanna in haar bed vol bloed.

In zijn droom reden zijn vrienden aan zijn zij zoals tijdens hun leven. De trotse Martyn Cassel, de vader van Jory. Theo Wull. Ethan Hanscoe, die Brandons schildknaap was geweest. Ser Mark Riswel met zijn zachte stem en zijn vriendelijke inborst. De paalbewoner Holand Riet. Heer Dustin op zijn grote rode hengst. Eens waren hun gezichten Ned even vertrouwd geweest als het zijne, maar de jaren zuigen het geheugen van een mens leeg, al heeft hij nog zo plechtig gezworen om niet te vergeten. In zijn droom waren ze slechts schaduwen, grauwe schimmen op paarden van mist.

Ze waren met zeven tegen drie, in de droom zowel als in het echt. Maar deze drie waren anders dan ieder ander. Ze wachtten voor de ronde toren, de rode bergen van Dorne in hun rug, hun witte mantels bollend in de wind. En dit waren geen schaduwen. Hun gezichten glansden fel, zelfs nu nog. Ser Arthur Dayn, het Zwaard van de Morgen, had een trieste lach om zijn lippen. Het gevest van het grote slagzwaard Dageraad stak boven zijn rechterschouder uit. Ser Oswel Whent zat op één knie geknield en sleep zijn kling met een wetsteen. Op zijn wit geëmailleerde helm spreidde de zwarte vleermuis van zijn huis haar vlerken uit. Achter hen stond de woeste oude ser Gerold Hoogtoren, de Witte Stier, de bevelhebber van de koningsgarde.

'Ik heb naar u gezocht bij de Drietand,' zei Ned tegen hen.

'Daar waren we niet,' antwoordde ser Gerold.

'Waren we er wel geweest, het was de usurpator slecht vergaan,' zei ser Oswel.

'Bij de val van Koningslanding doodde ser Jaime uw koning met een gouden zwaard, en ik vroeg me af waar u bleef.'

'Veraf,' zei ser Gerold, 'of Aerys zou nog op de ijzeren troon zitten en onze valse broeder zou branden in de zevenvoudige hel.'

'Ik heb Stormeinde overvallen om een eind aan de belegering te maken,' vertelde Ned hun. 'Heer Tyrel en heer Roodweyn streken hun banieren, en al hun ridders bogen de knie om ons trouw te zweren. Ik was ervan overtuigd dat u onder hen zoudt zijn.'

'Onze knieën buigen niet licht,' zei ser Arthur Dayn.

‘Ser Willam Darring is met uw koningin en prins Viserys naar Drakensteen gevlucht. Ik meende dat u misschien samen met hem was uitgevaren.’

‘Ser Willam is een goed en trouw man,’ zei ser Oswel.

‘Maar geen lid van de koningsgarde,’ merkte ser Gerold op. ‘De koningsgarde vlucht niet.’

‘Toen niet en nu niet,’ zei ser Arthur. Hij zette zijn helm op.

‘We hebben een gelofte afgelegd,’ verklaarde de oude ser Gerold.

Neds schimmen kwamen naast hem staan met schaduwzwaarden in hun handen. Het was zeven tegen drie.

‘En dit is het begin,’ zei ser Arthur Dayn, het Zwaard van de Morgen. Hij trok Dageraad uit de schede en hield het wapen met beide handen vast. De kling was wit als melkglas en lichtte fel op.

‘Nee,’ zei Ned met iets treurigs in zijn stem. ‘Dit is het einde.’ Toen ze elkaar troffen in een vloed van staal en schaduw hoorde hij Lyanna’s kreet. ‘*Eddard!*’ riep ze. Een wervelstorm van rozenblaadjes blies langs een met bloed besmeurde hemel, blauw als de ogen van de dood.

‘Heer Eddard,’ riep Lyanna nogmaals.

‘Ik beloof het,’ fluisterde hij. ‘Lya, ik beloof het...’

‘Heer Eddard,’ herhaalde een mannenstem in het donker.

Kreunend opende Eddard Stark zijn ogen. Door de hoge ramen van de Toren van de Hand stroomde het maanlicht naar binnen. ‘Heer Eddard?’ Een schim stond over het bed gebogen.

‘Hoe... hoe lang?’ De lakens zaten in de war, zijn been was gespalkt en met gips bestreken. Een doffe pijnscheut trok langs zijn heup omhoog.

‘Zes dagen en zeven nachten.’ De stem was die van Vayon Poel. De hofmeester zette een beker aan Neds lippen. ‘Drink maar, heer.’

‘Wat...?’

‘Alleen maar water. Maester Pycelle zei dat u dorst zou hebben.’

Ned dronk. Zijn lippen waren gesprongen en droog als perkament. Het water smaakte honingzoet.

‘De koning heeft laten weten,’ zei Vayon Poel toen de beker leeg was, ‘dat hij u wilde spreken, heer.’

‘Morgen,’ zei Ned. ‘Als ik sterker ben.’ Hij kon de confrontatie met Robert nu niet aan. Na zijn droom voelde hij zich zo slap als een vaatdoek.

‘Heer,’ zei Poel, ‘hij heeft ons bevolen u naar hem toe te zenden zodra u uw ogen had geopend.’ Bedrijvig begon de hofmeester een kaars aan te steken.

Ned vloekte binnensmonds. Robert was geen toonbeeld van geduld. ‘Zeg hem maar dat ik te zwak ben om bij hem te komen. Als hij me wenst te spreken zal ik hem graag hier ontvangen. Ik hoop dat je hem uit een diepe slaap wekt. En ontbied...' Hij stond op het punt om *Jory* te zeggen toen het hem weer te binnen schoot. 'Ontbied het hoofd van mijn wacht.'

Enkele ogenblikken nadat de hofmeester was vertrokken stapte Alyn de slaapkamer binnen. 'Heer.'

'Poel zegt dat het zes dagen heeft geduurd,' zei Ned. 'Ik moet weten hoe de zaken ervoor staan.'

'De Koningsmoordenaar is de stad uit gevlucht,' lichtte Alyn hem in. 'Ze zeggen dat hij naar zijn vader op de Rots van Casterling is teruggegaan. Het verhaal van vrouwe Catelyn die de Kobold gevangen heeft genomen is op ieders lip. Ik heb extra bewakers ingezet, met uw verlof.'

'Dat heb je,' verzekerde Ned hem. 'Mijn dochters?'

'Zijn iedere dag bij u geweest, heer. Sansa zit rustig te bidden, maar Arya...' Hij aarzelde. 'Vanaf het moment dat u werd teruggebracht heeft ze geen woord meer gezegd. Het is één brok temperament, heer. Ik heb nog nooit een meisje zo woedend gezien.'

'Wat er ook gebeurt,' zei Ned. 'Ik wil dat mijn dochters veilig zijn. Ik ben bang dat dit nog maar het begin is.'

'Er zal hun geen kwaad geschieden, heer Eddard,' zei Alyn. 'Daar sta ik met mijn leven voor in.'

'Jory en de anderen...'

'Ik heb hen aan de zwijgende zusters overgedragen. Die zorgen dat ze naar Winterfel worden overgebracht. Jory zou gewild hebben dat hij naast zijn grootvader kwam te rusten.'

Zijn grootvader. Dat moest wel, want Jory's vader was ver weg in het zuiden gestorven. Martyn Cassel was met de rest ten onder gegaan. Na afloop had Ned de toren afgebroken en de bebloede stenen gebruikt om acht stenen grafkegels op de heuvelrug op te richten. Rhaegar had hem de vreugdetoren genoemd, zei men, maar voor Ned was de herinnering bitter. Het was zeven tegen drie geweest, maar slechts twee hadden het overleefd: Eddard Stark en de kleine paalbewoner Holand Riet. Het leek hem geen goed voorteken dat hij na al die jaren die droom weer had gedroomd.

'Goed gedaan, Alyn,' zei Ned. Op dat moment kwam Vayon Poel terug. De hofmeester boog diep. 'Zijne Genade staat voor de deur, heer, en de koningin met hem.'

Ned werkte zich iets verder omhoog en kromp ineen toen er een huivering van pijn door zijn been ging. Cersei had hij niet verwacht. Haar komst voorspelde weinig goeds. 'Laat ze binnen en ga dan. Wat we te zeggen hebben dient tussen deze muren te blijven.' Poel trok zich zwijgend terug.

Robert had de tijd genomen om zich te kleden. Hij droeg een zwart fluwelen wambuis met de gekroonde hertenbok van Baratheon in gouddraad op de borst aangebracht, een gouden overkleed en een zwart met goud geblokte mantel. Hij had een wijnflacon in zijn hand en zijn gezicht was nu al rood van de drank. Na hem kwam Cersei Lannister binnen, een met juwelen bezette tiara in haar haren.

'Uwe Genade,' zei Ned. 'Verschoning, maar ik kan niet opstaan.'

'Doet er niet toe,' zei de koning bruusk. 'Wat wijn? Uit het Prieel. Een goed jaar.'

'Een kleine beker,' zei Ned. 'Mijn hoofd is nog zwaar van het melksap van de papaver.'

'Een man als jij hoort zich gelukkig te achten dat zijn hoofd nog op zijn schouders zit,' verklaarde de koningin.

'Stil, mens,' snauwde Robert. Hij bracht Ned een beker wijn. 'Heb je nog steeds pijn aan dat been?'

'Een beetje,' zei Ned. Het duizelde hem, maar hij wilde geen zwakheid tonen in tegenwoordigheid van de koningin.

'Pycelle doet er een eed op dat het volledig zal genezen.' Robert fronste zijn wenkbrauwen. 'Ik neem aan dat je weet wat Catelyn heeft gedaan?'

'Jawel.' Ned nam een slokje wijn. 'Mijn gemalin treft geen blaam, Uwe Genade. Ze heeft geheel en al op mijn bevel gehandeld.'

'Ik ben hier *niet* over te spreken, Ned,' zei Robert knorrig.

'Hoe waag je het, de hand tegen mijn bloedverwant op te heffen?' vroeg Cersei op hoge toon. 'Wie denk je wel dat je bent?'

'De Hand des Konings,' zei Ned met ijzige beleefdheid tegen haar. 'Door uw eigen heer gemaal belast met het handhaven van de vrede en het afdwingen van 's konings gerechtigheid.'

'Je *was* de Hand,' begon Cersei, 'maar nu...'

'*Stilte!*' brulde de koning. 'Je hebt hem een vraag gesteld en hij heeft antwoord gegeven.' In kille razernij deed Cersei er het zwijgen toe, en Robert wendde zich weer tot Ned. 'De koningsvrede handhaven, zeg je. En doe je dat zó, Ned? Zeven man dood...'

'Acht,' verbeterde de koningin hem. 'Tregar is vanochtend aan de gevolgen van heer Starks klap overleden.'

'Ontvoeringen op de koningsweg en dronken slachtpartijen in mijn straten,' zei de koning. 'Dat tolereer ik niet, Ned.'

'Catelyn had een goede reden om de Kobold te grijpen...'

'Ik zei dat ik het *niet* tolereerde! Haar redenen kunnen me niet verdommen. Je beveelt haar de Kobold onmiddellijk te laten gaan, en *jij* sluit vrede met Jaime.'

'Drie van mijn mannen zijn voor mijn ogen afgeslacht omdat Jaime Lannister mij een *lesje wilde leren*. Moet ik dat vergeten?'

'Mijn broer was niet de oorzaak van deze twist,' zei Cersei tegen de koning. 'Heer Stark kwam dronken uit een bordeel terug. Zijn mannen vielen Jaime en zijn wacht aan, precies zoals zijn vrouw Tyrion op de koningsweg heeft aangevallen.'

'Zie je me daar echt voor aan, Robert?' zei Ned. 'En als je aan mij twijfelt, vraag het dan aan heer Baelish. Hij was erbij.'

'Ik heb al met Pinkje gepraat,' zei Robert. 'Hij beweert dat hij vóór het begin van het gevecht de goudmantels is gaan halen, maar hij geeft wel toe dat je net uit de een of andere hoerenkast kwam.'

'*De een of andere* hoerenkast? Allemachtig, Robert, daar ben ik geweest om naar jouw dochter te kijken! Haar moeder heeft haar Barra genoemd. Ze lijkt op dat eerste kind dat je hebt verwekt, toen we samen als jongens in de Vallei woonden.' Terwijl hij sprak hield hij de koningin in het oog. Haar gezicht was een bleek en onbeweeglijk masker dat niets verried.

Robert kreeg een kleur. 'Barra,' gromde hij. 'Word ik geacht daar blij mee te zijn? Het stomme wicht. Ik dacht dat ze meer hersens had.'

'Ze is hooguit vijftien, en een hoer bovendien, en jij dacht dat ze *hersens* had?' zei Ned ongelovig. Zijn been begon nu afschuwelijk zeer te doen. Het kostte hem moeite, zich te beheersen. 'Het dwaze kind is verliefd op je, Robert.'

De koning keek even naar Cersei. 'Dit onderwerp is niet geschikt voor de oren van de koningin.'

'Niets van wat ik te zeggen heb zal Hare Genade bevallen,' kaatste Ned terug. 'Ik heb gehoord dat de Koningsmoordenaar de stad ontvlucht is. Geef me verlof hem voor het gerecht te slepen.'

Broeierig liet de koning de wijn in zijn beker ronddraaien. Hij nam een slok. 'Nee,' zei hij. 'Ik heb hier genoeg van. Jaime heeft drie van jouw mannen gedood en jij vijf van de zijne. Daarmee is de kous af.'

'Noem je dat gerechtigheid?' vlamde Ned op. 'Dan ben ik blij dat ik je Hand niet meer ben.'

De koningin keek haar echtgenoot aan. 'Als iemand een Targaryen had durven toespreken zoals hij jou toespreekt...'

'Waar hou je me voor, voor Aerys?' viel Robert haar in de rede.

'Ik hou je voor een *koning*. Volgens alle huwelijkswetten én de band die ons beiden bindt zijn Jaime en Tyrion je broers. De Starks hebben de één verdreven en de ander gevangengenomen. Deze man onteert je met iedere ademhaling, en jij staat erbij als een doetje en vraagt of hij pijn aan zijn been heeft en of hij een slokje wijn wil.'

Roberts gezicht was donker van woede. 'Hoe vaak moet ik je nog zeggen dat je je mond moet houden, mens?'

Cersei's gezicht was een schoolvoorbeeld van verachting. 'Wat een aanfluiting hebben de goden van ons gemaakt,' zei ze. 'Eigenlijk zou jij rokken moeten dragen en ik maliën.'

Paars van woede haalde de koning uit, een gemene mep met de rug van zijn hand tegen de zijkant van haar hoofd. Ze struikelde tegen de tafel aan en viel hard op de vloer, maar toch slaakte Cersei Lannister geen kreet. Haar slanke vingers streken langs haar wang, waarvan de bleke, gladde huid al rood kleurde. Morgen zou haar halve gezicht blauw zijn. 'Dat zal ik als een ereteken dragen,' verklaarde ze.

'Draag het in stilte, of ik vereer je nog een keer,' zwoer Robert. Hij riep om een wacht. Ser Meryn Trant stapte de kamer binnen, rijzig en somber in zijn witte wapenrusting. 'De koningin is moe. Breng haar naar haar slaapvertrek.' De ridder hielp Cersei op de been en leidde haar zwijgend naar buiten.

Robert greep de flacon en vulde zijn beker bij. 'Nou zie je eens waar ze me toe brengt, Ned.' De koning ging zitten, zijn handen om zijn wijnbeker. 'Mijn liefhebbende echtgenote. De moeder van mijn kinderen.' Zijn woede was nu weggeëbd en Ned zag dat zijn blik iets treurigs en angstigs had. 'Ik had haar niet moeten slaan. Dat was niet... dat was niet *koninklijk*.' Hij staarde naar zijn handen alsof hij niet precies wist waar ze voor dienden. 'Ik ben altijd sterk geweest... niemand hield stand tegen mij, niemand. Hoe moet je tegen mensen vechten als je ze niet kunt slaan?' Verward schudde de koning zijn hoofd. 'Rhaegar... Rhaegar heeft *gewonnen*, verdomme. Ik heb hem gedood, Ned. Ik heb die scherpe punt dwars door dat zwarte harnas in zijn zwarte hart gedreven, en hij stierf aan mijn voeten. Ze hebben er liederen op gemaakt. En toch heeft hij gewonnen. Hij heeft nu Lyanna, en ik heb *haar*.' De koning dronk zijn beker leeg.

'Uwe Genade,' zei Ned Stark, 'we moeten praten...'

Robert drukte zijn vingertoppen tegen zijn slapen. 'Ik ben doodziek van dat gepraat. Morgen ga ik op jacht in het koningsbos. Wat jij te melden hebt kan wel wachten tot ik terug ben.'

'Als de goden goedgunstig zijn ben ik er dan niet meer. Je hebt me bevolen naar Winterfel terug te gaan, weet je nog?'

Robert stond op en klampte zich aan een van de bedstijlen vast om recht te blijven staan. 'De goden zijn zelden goedgunstig, Ned. Hier, dit is van jou.' Hij haalde de zware zilveren gesp in de vorm van een hand uit een zak in de voering van zijn mantel en gooide hem op het bed. 'Of je het leuk vindt of niet, je bent mijn Hand, verdomme. Ik verbied je om weg te gaan.'

Ned pakte de zilveren gesp. Het was hem kennelijk niet vergund te kiezen. Zijn been stak en hij voelde zich hulpeloos als een kind. 'Het meisje Targaryen...'

De koning kreunde. 'Zevenvoudige hel, begin daar nu niet wéér over. Dat hebben we gehad en ik wil er niets meer over horen.'

'Waarom wil je me als je Hand als je toch weigert naar mijn raad te luisteren?'

'Waarom?' Robert lachte. 'Waarom niet? Iemand moet dit ellendige koninkrijk toch regeren? Doe dat insigne op, Ned. Het staat je goed. En als je het ooit nog eens in mijn gezicht smijt dan speld ik Jaime Lannister dat rotding op, dat zweer ik je.'

Catelyn

De oostelijke hemel was roze met goud toen de zon boven de Vallei van Arryn uitrees. Met haar handen op de sierlijk gebeeldhouwde stenen balustrade voor haar raam keek Catelyn hoe het licht zich verspreidde. De dageraad gleed over velden en wouden en kleurde de zwarte wereld onder haar eerst indigo en toen groen. Een bleekwitte mist steeg op van de plek waar de spookachtige stroom van Alyssa's Tranen van de bergkam dook en aan zijn lange val langs de wand van de Reuzenlans begon. Catelyn voelde de stuifnevel vluchtig op haar gezicht.

Alyssa Arryn was getuige geweest van de dood van haar man, haar broers en al haar kinderen, en had toch tijdens haar leven geen traan gelaten. Dus hadden de goden bepaald dat ze na haar dood geen rust zou kennen voordat haar tranen de zwarte aarde van de Vallei, waarin haar beminden rustten, hadden bevloeid. Alyssa was nu zesduizend jaar dood, en nog steeds had geen druppel van de stroom ooit de bodem van de Vallei bereikt. Catelyn vroeg zich af hoe groot de waterval van haar tranen zou zijn wanneer ze stierf. 'En verder?' zei ze.

'De Koningsmoordenaar brengt bij de Rots van Casterling een leger op de been,' antwoordde ser Rodrik Cassel achter haar in het vertrek. 'Uw broer schrijft dat hij ruiters naar de Rots heeft gezonden om van heer Tywin te eisen dat hij zijn bedoelingen onthult, maar dat hij geen antwoord heeft gekregen. Edmar heeft heer Vannis en heer Pijper gelast de pas van de Guldentand te bewaken. Hij belooft u plechtig dat hij geen duimbreed grond van de Tullings zal afstaan dat niet doordrenkt is met Lannisterbloed.'

Catelyn keerde de zonsopgang de rug toe. De schoonheid ervan kon haar nauwelijks opbeuren. Wat afschuwelijk dat een dag die zo schoon begon zo akelig zou eindigen als deze dreigde te doen. 'Edmar heeft ruiters gezonden en geloften afgelegd,' zei ze, 'maar Edmar is niet de heer van Stroomvliet. Wat zegt mijn vader?'

'Het bericht maakte geen melding van heer Hoster, vrouwe.' Ser Rodrik trok aan zijn bakkebaarden. Tijdens zijn herstel waren ze wit als sneeuw en borstelig als struikgewas geworden. Hij leek weer bijna de oude.

'Mijn vader zou de verdediging van Stroomvliet niet aan Edmar hebben overgelaten als hij niet erg ziek was,' zei ze ongerust. 'Ik had gewekt moeten worden zodra die vogel er was.'

'Het leek uw edele zuster beter, u te laten slapen, heeft Maester Colemon me verteld.'

'Ik had gewekt moeten worden,' hield ze vol.

'De maester zegt dat uw zuster na het gevecht met u had willen spreken.'

'Dan is ze dus nog steeds van plan die klucht te laten doorgaan?' Catelyn trok een gezicht. 'De dwerg heeft haar bespeeld als een fluit, en ze is te doof om het wijsje te horen. Wat er vanmorgen ook gebeurt, ser Rodrik, het is hoog tijd dat we vertrekken. Mijn plaats is in Winterfel, bij mijn zonen. Als u sterk genoeg bent om te reizen zal ik Lysa om een escorte verzoeken dat ons naar Meeuwstede brengt. Vandaar kunnen we per schip reizen.'

'Alweer een schip?' Ser Rodrik werd enigszins groen maar slaagde erin om niet te huiveren. 'Zoals u zegt, vrouwe.'

Toen Catelyn de bedienden riep die ze van Lysa had gekregen ging de oude ridder voor de deur op wacht staan. Als ze vóór die tweekamp met haar zuster sprak kon ze haar misschien nog op andere gedachten brengen, dacht ze terwijl ze gekleed werd. Lysa's voornemens waren zo veranderlijk als haar stemmingen, en haar stemmingen wisselden met het uur. Uit het verlegen meisje dat ze op Stroomvliet had gekend was een vrouw gegroeid die beurtelings trots, vreesachtig, wreed, dromerig, roekeloos, verlegen, koppig, ijdel en vooral *onstandvastig* was.

Toen die kruiperige boef van een cipier van haar hun was komen vertellen dat Tyrion Lannister een bekentenis wilde afleggen, had Catelyn er bij Lysa op aangedrongen dat ze hem binnenskamers zouden ontvangen. Maar nee hoor, haar zuster moest er met alle geweld een vertoning van maken in aanwezigheid van de halve Vallei. En nu dit weer...

'Lannister is *mijn* gevangene,' zei ze tegen ser Rodrik terwijl ze de torentrap afdaalden en door de kille witte zalen van het Adelaarsnest schreden. Catelyn droeg een eenvoudige grijswollen japon met een verzilverde gordel. 'Dat zal ik mijn zuster nog eens voorhouden.'

Bij de deur van Lysa's vertrekken stuitten ze op haar oom, die net naar buiten stormde. 'Gaan jullie dat narrenfeest ook bijwonen?' snauwde ser Brynden. 'Als ik dacht dat het hielp zou ik je aanraden je zuster wat verstand in te rammen, maar je zou alleen maar pijn aan je hand krijgen.'

'Er is een vogel uit Stroomvliet gearriveerd,' begon Catelyn, 'een brief van Edmar...'

'Dat weet ik, kind.' De zwarte vis die zijn mantel bijeenhield was de enige versiering die Brynden zichzelf toestond. 'Dat heeft Maester Colemon me moeten vertellen. Ik heb je zuster verlof gevraagd om met duizend geharde krijgslieden in allerijl naar Stroomvliet te gaan. Weet je wat ze tegen me zei? *De Vallei kan geen duizend zwaarden missen, zelfs niet één, oom. U bent Ridder van de Poort. Uw plaats is hier.*' Door de openstaande deur achter hem kwam de schaterlach van een kind, en haar oom keek duister over zijn schouder. 'Nou, ik heb haar gezegd dat ze een nieuwe Ridder van de Poort kon zoeken. Zwartvis of niet, ik ben en blijf een Tulling. Als de avond valt vertrek ik naar Stroomvliet.'

Catelyn kon geen verbazing veinzen. 'Alleen? U weet net zo goed als ik dat u de hoge weg niet overleeft. Ser Rodrik en ik gaan naar Winterfel terug. Ga met ons mee, oom Ik geef u die duizend man wel. Stroomvliet zal niet alleen staan in de strijd.'

Brynden dacht even na en knikte toen kortaf. 'Goed dan. Dat is een omweg, maar zo heb ik wel de grootste kans om weer thuis te komen. Ik wacht beneden op je.' Hij beende weg. Zijn mantel wapperde achter hem aan.

Catelyn keek ser Rodrik aan. Begeleid door het hoge, zenuwachtige gegiechel van een kind liepen ze de deuren door.

Lysa's vertrekken kwamen uit op een kleine tuin, een cirkel van aarde en gras, beplant met blauwe bloemen en aan alle kanten omringd door hoge, witte torens. De bouwers hadden het als godenwoud bedoeld, maar het Adelaarsnest stond op de harde rots, en hoeveel aarde er ook vanuit de Vallei was opgetakeld, het was niet gelukt hier een weirbos te laten wortelen. Daarom hadden de heren van het Adelaarsnest gras geplant en tussen lage, bloeiende heesters wat beelden geplaatst. Hier zouden de twee kampioenen tegen elkaar aantreden om hun leven en dat van Tyrion Lannister in de hand van de goden te leggen.

Lysa, fris gewassen en in roomkleurig fluweel gehuld, met om haar melkwitte hals een snoer van saffieren en maanstenen, hield hof op het terras dat het strijdperk overzag, omringd door haar ridders, vazallen en hoge en lagere heren. De meeste van hen hoopten nog steeds op haar hand, haar bed en een plaats aan haar zij als heerser over de Vallei. Een ijdele hoop, te oordelen naar wat Catelyn tijdens haar verblijf hier in het Adelaarsnest had gezien.

Er was een houten verhoging voor Roberts zetel opgericht. Daarop zat de heer van het Adelaarsnest nu te giechelen en in zijn handen te klappen terwijl een gebochelde poppenspeler in een blauwwit geblokt kostuum twee houten riddertjes naar elkaar liet maaien en slaan. Er stonden emmers met dikke room en mandjes met zwarte bessen klaar, en de gasten dronken zoete oranjebloesemwijn uit gegraveerde zilveren bekers. *Een narrenfeest*, had Brynden het genoemd, en geen wonder.

Aan de andere kant van het terras zat Lysa vrolijk te lachen om een grap van heer Jager en hapte een zwarte bes van de punt van ser Lyn Corbrees dolk. Zij waren de vrijers die het meest bij Lysa in de gunst stonden... althans vandaag. Een minder geschikt stel was bijna niet denkbaar, dacht Catelyn. Eon Jager was nog ouder dan Jon Arryn was geweest, half kreupel door de jicht en vervloekt met drie twistzieke zonen, van wie de een nog inhaliger was dan de ander. Ser Lyn belichaamde een ander soort dwaasheid: slank en knap, erfgenaam van een eeuwenoud, zij het verarmd geslacht, maar ijdel, roekeloos en heetgebakerd... en, zo werd er gefluisterd, notoir onverschillig voor de intieme charmes van vrouwen.

Toen Lysa Catelyn in het oog kreeg verwelkomde ze haar met een zusterlijke omhelzing en een vochtige kus op haar wang. 'Is het geen prachtige morgen? De goden zien glimlachend op ons neer. Neem toch een beker van die zoete wijn, lieve zuster. Heer Jager is zo vriendelijk geweest die uit zijn eigen kelders te laten halen.'

'Nee dank je. Lysa, we moeten praten.'

'Na afloop,' beloofde haar zuster haar terwijl ze zich alweer van Catelyn afkeerde.

'Nu.' Catelyn had luider gesproken dan de bedoeling was. Er werd al gekeken. 'Lysa, je kunt deze dwaze vertoning niet laten doorgaan! Levend is de Kobold waardevol. Dood is hij alleen maar goed om als aas voor de kraaien te dienen. En als zijn kampioen de sterkste blijkt...'

'Weinig kans, vrouwe,' verzekerde heer Jager haar en klopte haar op de schouder. Zijn hand zat vol levervlekken. 'Ser Vardis is een geducht krijgsman. Hij maakt korte metten met die huurling.'

'Werkelijk, heer?' zei Catelyn koeltjes. 'Ik vraag het me af.' Ze had Bronn op de hoge weg zien vechten. Hij had de reis niet toevallig overleefd terwijl anderen waren omgekomen. Hij bewoog als een panter, en dat lelijke zwaard van hem leek met zijn arm te zijn vergroeid.

Lysa's vrijers zwermden om hen heen als bijen rond een bloem. 'Vrouwen hebben weinig verstand van dit soort dingen,' zei ser Morten Wagenholt. 'Ser Vardis is een ridder, lieftallige vrouwe. Die andere kerel, ach, zulke figuren zijn in hun hart allemaal lafaards. Nuttig genoeg in een veldslag, met duizenden soortgenoten om zich heen, maar stel ze alleen op, en die manhaftigheid is zó doorgeprikt.'

'Gesteld dat dat waar is,' zei Catelyn met een hoffelijkheid waar ze pijn in haar mond van kreeg. 'Wat hebben we te winnen bij de dood van de dwerg? Denkt u dat het Jaime iets kan schelen of we zijn broer een *proces* hebben vergund voordat we hem de berg afsmeten?'

'Onthoofd hem,' opperde ser Lyn Corbree. 'Als de Koningsmoordenaar het hoofd van de Kobold krijgt zal dat een waarschuwing voor hem zijn.'

Lysa schudde ongeduldig haar kastanjebruine haar, dat tot op haar taille viel. 'Heer Robert wil hem zien vliegen,' zei ze, alsof daarmee de kous af was. 'En de Kobold heeft het alleen maar aan zichzelf te wijten. Hij eiste toch een beslechting met het zwaard?'

'Vrouwe Lysa kon hem dat niet zonder eerverlies weigeren, al had ze het gewild,' galmde heer Jager gewichtig.

Catelyn negeerde hen allemaal en wierp haar hele gewicht in de strijd. 'Bedenk wel dat Tyrion Lannister *mijn* gevangene is,' zei ze tegen haar zuster.

'En bedenk *jij* dan dat die dwerg mijn echtgenoot heeft vermoord!' Haar stem ging omhoog. 'Hij heeft de Hand des Konings vergiftigd en mijn lieve kindje vaderloos gemaakt, en nu wil ik hem zien boeten!' Ze draaide zich abrupt om, zodat haar rokken om haar heen zwierden, en beende het terras over. Ser Lyn, ser Morten en de rest van de vrijers verexcuseerden zich met een koel knikje en liepen haar achterna.

'Denkt u echt dat hij dat heeft gedaan?' vroeg ser Rodrik haar zachtjes toen ze alleen waren. 'Heer Jon vermoorden, bedoel ik? De Kobold blijft het ontkennen, en met grote felheid ook...'

'Ik denk inderdaad dat de Lannisters heer Arryn hebben vermoord,' antwoordde Catelyn, 'maar of het Tyrion of ser Jaime of de koningin was of allemaal samen, daar heb ik geen idee van.' In de brief die ze naar Winterfel had gestuurd had Lysa Cersei genoemd, maar nu leek ze er zeker van te zijn dat Tyrion de moordenaar was... misschien omdat de dwerg hier was, terwijl de koningin veilig achter de muren van de Rode Burcht zat, vele honderden mijlen verder naar het zuiden. Catelyn wenste bijna dat ze haar zusters brief had verbrand *voordat* ze hem had gelezen.

Ser Rodrik trok aan zijn bakkebaarden. 'Vergif, tja... dat zou het werk van de dwerg kunnen zijn, zonder meer. Of Cersei's werk. Ze zeggen dat vergif een vrouwenwapen is, als u mij veroorlooft, vrouwe. En de Koningsmoordenaar... ik mag de man bepaald niet, maar vergif is niets voor hem. Hij ziet te graag bloed op dat gouden zwaard van hem. *Was* het wel vergif, vrouwe?'

Vagelijk verontrust fronste Catelyn haar voorhoofd. 'Hoe had het anders op een natuurlijke dood kunnen lijken?' Achter haar kraaide heer Robert van plezier toen een van de riddermarionetten de andere doormidden hakte en het rode zaagsel over het terras stroomde. 'Die jongen kent geen enkele discipline. Hij zal nooit de kracht hebben om te heersen, tenzij hij een poosje bij zijn moeder weggehaald wordt.'

'Dat was zijn edele vader geheel met u eens,' zei een stem naast haar. Ze keek en zag Maester Colemon staan met een beker wijn in zijn hand. 'Hij was van plan de jongen ter opvoeding naar Drakensteen te sturen... maar nu praat ik mijn mond voorbij.' Zijn adamsappel wipte nerveus op en neer onder zijn losse maesterskettting. 'Ik vrees dat ik te veel van heer Jagers voortreffelijke wijn op heb. Het vooruitzicht van bloedvergieten werkt op mijn zenuwen...'

'U vergist zich, maester,' zei Catelyn. 'Het was de Rots van Casterling, niet Drakensteen, en die regeling is na de dood van de Hand getroffen, buiten mijn zuster om.'

Het hoofd van de maester bewoog zo heftig heen en weer op zijn absurd lange nek dat hij zelf een beetje op een marionet leek. 'Nee, vrouwe, neem me niet kwalijk, maar het was heer Jon die...'

Onder hen galmde een klok. Zowel edelen als meiden staakten hun bezigheden en stelden zich bij de balustrade op. Beneden werd Tyrion Lannister voorgeleid door twee wachters in hemelsblauwe mantels. De gezette septon van het Adelaarsnest volgde hem naar het standbeeld midden in de tuin, een huilende vrouwengedaante van geaderd wit marmer die ongetwijfeld Alyssa moest voorstellen.

'De boze kleine man,' zei heer Robert giechelend. 'Moeder, mag ik hem laten vliegen? Ik wil hem zien vliegen.'

'Later, lief kindje,' beloofde Lysa hem.

'Eerst het proces,' teemde ser Lyn Corbree, '*dan* de executie.'

Het volgende ogenblik verscheen aan beide kanten van de tuin een voorvechter. De ridder werd door twee jonge schildknapen vergezeld, de huurling door de wapenmeester van het Adelaarsnest.

Ser Vardis Egen was van top tot teen met staal bekleed: hij droeg een zwaar plaatharnas over maliën en een gewatteerde overrok. Grote, ronde schijven met daarop het maan-en-valk-embleem van het huis Arryn, roomwit met blauw email, beschermden de kwetsbare plekken tussen armen en borst. Een gelaagde metalen rok bedekte hem vanaf zijn middel tot halverwege zijn dijen, en om zijn nek droeg hij een stevig halsstuk. Valkenvleugels ontsproten aan de slapen van zijn helm, en zijn vizier was een gepunte metalen snavel met een smalle kijkspleet.

Bronn was zo lichtgewapend dat hij bijna naakt leek, vergeleken met de ridder. Hij droeg slechts een zwart, geolied maliënhemd met verhard leer eronder, een ronde stalen helmkap met neusbeschermer, en een maliënkap. Hoge leren laarzen met stalen scheenstukken boden een gedeeltelijke bescherming voor zijn benen, en in de vingers van zijn handschoenen waren zwarte ijzeren schijfjes genaaid. Maar Catelyn zag dat de huurling een half hoofd groter was dan zijn tegenstander en een groter armbereik had... en Bronn was vijftien jaar jonger, als haar oordeel ook maar iets voorstelde.

Ze knielden tegenover elkaar in het gras naast de huilende vrouw, met Lannister tussen zich in. De septon haalde een geslepen kristallen bol uit de zak van soepele stof aan zijn middel. Die tilde hij hoog boven zijn hoofd, en het licht brak in duizend kleuren. Regenbogen dansten over het gezicht van de Kobold. Op hoge, plechtige zangtoon vroeg de septon de goden, zich neer te buigen en getuigen te zijn, de waarheid in de ziel van deze man te zoeken en hem leven en vrijheid te schenken als hij onschuldig en de dood als hij schuldig was. Zijn stem weerkaatste van de omringende torens.

Toen de laatste echo weggestorven was liet de septon zijn kristal zakken en blies ijlings de aftocht. Tyrion boog zich naar Bronn toe en fluisterde hem iets in het oor voordat hij door de wachters weggeleid werd. De huurling kwam lachend overeind en sloeg een grassprietje van zijn knie.

Robert Arryn, heer van het Adelaarsnest en Verdediger van de Vallei, zat ongeduldig te draaien op zijn hoge zetel. 'Wanneer gaan ze vechten?' vroeg hij klagerig.

Ser Vardis werd door een van zijn schildknapen overeind geholpen. De andere bracht hem een bijna vier voet hoog driehoekig schild van zwaar eikenhout, beslagen met ijzeren nagels. Dat gespten ze aan zijn linker onderarm. Toen Lysa's wapenmeester Bronn een vergelijkbaar schild aanbood spuwde de huurling en wuifde het weg. Zijn kaken en wangen waren bedekt met een ruige zwarte baard van drie dagen, maar dat hij zich niet schoor was niet bij gebrek aan een scheermes: zijn zwaardschede had de gevaarlijke glinstering van staal dat dagelijks urenlang gewet is tot het te scherp is om aan te raken.

Ser Vardis stak een gehandschoende hand uit en zijn schildknaap reikte hem een fraai, tweesnijdend zwaard aan. Op de kling was met een dun, zilveren lijntje een berglandschap gegraveerd en de knop was de kop van een valk waarvan de vleugels de pareerstang vormden. 'Ik heb dat zwaard in Koningslanding voor Jon laten maken,' zei Lysa vol trots tegen haar gasten terwijl ze toekeken hoe ser Vardis het uitprobeerde. 'Hij droeg het altijd als hij namens koning Robert op de ijzeren troon zat. Is het niet prachtig? Het leek me niet meer dan gepast dat onze kampioen Jon met diens eigen zwaard zou wreken.'

Het gegraveerde zilveren zwaard was ongetwijfeld heel mooi, maar Catelyn had het idee dat ser Vardis zich met zijn eigen zwaard beter op zijn gemak zou hebben gevoeld. Toch zei ze niets, want ze was dat zinloze bekvechten met haar zuster zat.

'Laat ze vechten!' riep Robert.

Ser Vardis keek naar de heer van het Adelaarsnest en hief bij wijze van groet zijn zwaard op. 'Voor het Adelaarsnest en de Vallei!'

Tyrion Lannister was op een balkon aan de overkant van de tuin geplaatst, geflankeerd door zijn bewakers. Naar hem keerde Bronn zich toe met een vluchtige groet.

'Ze wachten op jouw bevel,' zei vrouwe Lysa tegen het heertje dat haar zoon was.

'*Vechten!*' krijste de jongen terwijl hij met trillende armen zijn zetel vastgreep.

Ser Vardis draaide om zijn as en hief zijn zware schild op. Bronn keerde zich naar hem toe. Hun zwaarden kletterden tegen elkaar, één keer, twee keer, bij wijze van proef. De huurling week achteruit. De ridder kwam achter hem aan, zijn schild voor zijn lichaam. Hij wilde toeslaan, maar Bronn sprong naar achteren, net buiten bereik, en het zilveren zwaard doorkliefde slechts lucht. De ridder drong op en schuifelde voorzichtig voetje voor voetje over de oneffen bodem. De huurling week terug, een flauw lachje om zijn lippen. Ser Vardis viel aan, een maaiende slag, maar Bronn dook opzij en sprong lichtvoetig over een platte, bemoste steen. Nu beschreef de huurling een cirkel naar links, weg bij het schild en op de onbeschermde flank van de ridder af. Ser Vardis hieuw naar zijn benen, maar Bronn was buiten bereik en danste nog verder naar links. Ser Vardis draaide zich ter plekke om.

'De man is een lafaard,' verklaarde heer Jager. 'Staan blijven en vechten, angsthaas!' Andere stemmen gaven uiting aan hetzelfde gevoel.

Catelyn keek ser Rodrik aan. Haar wapenmeester schudde kort zijn hoofd. 'Hij wil dat ser Vardis hem achtervolgt. Onder het gewicht van dat harnas en dat zwaard wordt zelfs de sterkste man moe.'

Ze had bijna elke dag van haar leven mannen met het zwaard zien oefenen en zeker vijftig toernooien bijgewoond, maar dit was anders, levensgevaarlijk: een dans waarbij de geringste misstap dodelijk kon zijn. En terwijl ze keek kwam de herinnering aan een andere tweekamp op een ander tijdstip bij Catelyn Stark boven.

Dat treffen had op het benedenplein van Stroomvliet plaatsgehad. Toen Brandon zag dat Petyr slechts een borstharnas en maliën droeg had hij het merendeel van zijn wapenrusting uitgetrokken. Petyr had haar een gunstbewijs gevraagd dat hij bij zich kon dragen, maar dat had ze hem geweigerd. Haar vader had haar aan Brandon Stark beloofd en dus gaf ze hem het teken van haar gunst: haar lichtblauwe vingerdoek met de springende forel van Stroomvliet erop geborduurd. Terwijl ze hem die in de hand drukte smeekte ze: 'Het is een dwaze jongen, meer niet, maar hij is me altijd zo lief geweest als een broer. Het zou me verdriet doen hem te zien sterven.' En de man die bestemd was haar echtgenoot te worden had haar aangekeken met zijn koele, grijze Stark-ogen en beloofd de jongen die haar liefhad te sparen.

Dat gevecht was bijna even snel voorbij als het begonnen was. Brandon was een volwassen man. Hij dreef Pinkje het hele binnenplein over en de watertrap af en liet het bij iedere stap staal op hem regenen tot de jongen wankelde op zijn benen, bloedend uit meer dan tien wonden. 'Geef je over!' riep hij meer dan eens, maar dan schudde Petyr alleen maar zijn hoofd en vocht grimmig door. Toen de rivier om hun enkels klotste maakte Brandon er ten slotte een eind aan met een woeste slag van links die dwars door Petyrs maliën en leer tot in het zachte vlees onder zijn ribben drong, zo diep dat Catelyn er zeker van was dat de wond dodelijk was. Hij keek haar aan terwijl hij viel, en toen het heldere bloed tussen zijn gemaliede vingers door stroomde mompelde hij 'Cat'. Ze had niet geweten dat ze dat nog wist.

Dat was de laatste keer geweest dat ze zijn gezicht had gezien... tot die dag dat ze in Koningslanding naar hem toe was gebracht.

Er waren twee weken voorbijgegaan vóórdat Pinkje weer genoeg op krachten was om uit Stroomvliet te vertrekken, maar haar vader had haar verboden hem op te zoeken in de toren waar hij lag. Lysa had hun maester geholpen hem te verplegen. Destijds was ze zachtmoediger en bedeesder geweest. Haar broer had bij het tweegevecht als Brandons schildknaap gediend, en dat vergaf Pinkje hem niet. Zodra hij sterk genoeg was om vervoerd te worden had heer Hoster Tulling Petyr Baelish in een gesloten draagstoel voor zijn verdere genezing naar de Vingers gezonden, naar de winderige rotspunt waar hij geboren was.

Het galmende geluid van staal op staal bracht Catelyn abrupt in het heden terug. Ser Vardis legde Bronn het vuur na aan de schenen en drong met schild en zwaard op hem in. De huurling week achteruit. Hij weerde iedere slag af en sprong soepel over stok en steen zonder zijn ogen een seconde van zijn vijand af te wenden. Hij was sneller, zag Catelyn: het zilveren zwaard van de ridder kwam zelfs niet in zijn buurt, maar zijn eigen lelijke grauwe kling had een stukje van ser Vardis' schouderplaat geslagen.

De kortstondige slagenwisseling eindigde even snel als hij was begonnen toen Bronn opzij stapte en wegdook achter het beeld van de huilende vrouw. Ser Vardis haalde uit naar de plaats waar hij had gestaan en sloeg een vonk van het lichte marmer van Alyssa's dij.

'Ze vechten niet goed, moeder,' zei de heer van het Adelaarsnest klaaglijk. 'Ik wil dat ze *vechten*.'

'Dat komt nog wel, schatje,' suste zijn moeder. 'Die huurling kan niet de hele dag blijven rennen.'

Enkele van de edelen op Lysa's terras vulden onder het maken van wrange grappen hun wijnbekers bij, maar aan de andere kant van de tuin sloegen Tyrion Lannisters ongelijke ogen de dans van de voorvechters gade alsof de wereld ervan afhing.

Bronn kwam met een felle sprong achter het beeld vandaan. Hij draaide nog steeds linksom en hakte met twee handen op de onbeschermde rechterflank van de ridder in. Ser Vardis pareerde, maar onhandig, en het zwaard van de huurling flitste omhoog naar zijn hoofd. Er rinkelde metaal, en een van de valkenvleugels brak krakend af. Ser Vardis deed een stap naar achteren om zijn evenwicht te hervinden en bracht zijn schild omhoog. Splinters eikenhout vlogen alle kanten op toen Bronns zwaard op de houten wand inhakte. De huurling stapte weer naar links, bij het schild vandaan, en gaf ser Vardis een haal over zijn buik. De vlijmscherpe snede van zijn zwaardkling liet een lichtgekleurde kerf achter op het plaatharnas van de ridder.

Ser Vardis wierp zich vanaf zijn achterste voet naar voren en zijn eigen zilveren zwaard kwam in een woeste boog omlaag. Bronn sloeg het opzij en danste weg. De ridder viel met een klap tegen de huilende vrouw aan, en ze zwaaide op haar voetstuk. Wankelend stapte hij naar achteren en draaide zijn hoofd naar links en rechts, op zoek naar zijn vijand. De smalle spleet van zijn helmvizier beperkte zijn zicht.

'Achter u, ser!' riep heer Jager, te laat. Bronn liet zijn zwaard met beide handen neerdalen en trof ser Vardis in de elleboog van zijn zwaardarm. De overlappende stroken metaal die het gewricht beschermden *knarsten*. De ridder gromde, draaide zich om en tilde met een moeizame ruk zijn zwaard op. Ditmaal bleef Bronn staan. De zwaarden flitsten op elkaar af en hun stalen lied vervulde de tuin en weerkaatste van de witte torens van het Adelaarsnest.

'Ser Vardis is gewond,' zei ser Rodrik ernstig.

Dat had hij niet hoeven zeggen: Catelyn had ook ogen in haar hoofd en zag de heldere vinger van bloed die over de onderarm van de ridder streek, zag de vochtplek in de holte van diens elleboog. Iedere afweerslag was iets trager en lager dan de vorige. Ser Vardis keerde zijn zijkant naar zijn tegenstander toe en probeerde zijn schild te gebruiken om te pareren, maar Bronn sloop slinks als een kat om hem heen. De huurling leek aan kracht te winnen. Zijn slagen lieten nu hun sporen na. Overal op het harnas van de ridder blonken diepe, glanzende kerven, op zijn rechterdij, op zijn snavelvizier, kriskras over zijn borstharnas, een lange over de voorkant van zijn halsstuk. De schijf met de maan en de valk boven ser Vardis' rechterarm was pal doormidden gekliefd en bungelde aan één riempje. Ze hoorden hem hijgend ademhalen door de luchtgaten in zijn vizier.

Hoe blind ze in hun arrogantie ook waren, zelfs de ridders en edelen van de Vallei zagen wat zich beneden hen afspeelde, maar haar zuster zag het niet. 'Genoeg, ser Vardis!' riep vrouwe Lysa. 'Maak er nu een eind aan, mijn kindje wordt moe.'

En het moet gezegd worden: ser Vardis Egen bleef tot het laatste toe trouw aan het bevel van zijn vrouwe. Het ene ogenblik wankelde hij nog naar achteren, half ineengedoken achter zijn gehavende schild, het volgende ging hij tot de aanval over. Doordat de ridder zo onverwacht op hem afstevende werd Bronn uit zijn evenwicht gebracht. Ser Vardis botste tegen hem op en ramde de rand van zijn schild in het gezicht van de huurling. Bijna, *bijna*, raakte Bronn van de been... hij week achteruit, struikelde over een steen en greep de huilende vrouw vast om overeind te blijven. Ser Vardis smeet zijn schild van zich af en liep slingerend achter hem aan. Hij hief met beide handen zijn zwaard op. Zijn rechterarm was nu een en al bloed, van de elleboog tot de vingers, maar toch zou hij Bronn met die laatste wanhopige slag van zijn nek tot zijn navel hebben opengereten... als de huurling was blijven staan.

Maar Bronn sprong achteruit. Het schitterend gegraveerde zilveren zwaard van Jon Arryn ketste van de marmeren elleboog van de huilende vrouw af en brak loodrecht af, op een derde van het gevest. Bronn duwde met zijn schouder tegen de rug van het beeld. De verweerde beeltenis van Alyssa Arryn kantelde en kletterde op de grond, en ser Vardis Egen stortte neer onder haar gewicht.

Bronn had hem in één tel bereikt en schopte het restant van de kapotte schouderschijf weg om de onbeschermde plek tussen arm en borstharnas bloot te leggen. Ser Vardis lag op zijn zij, bekneld onder het gebroken torso van de huilende vrouw. Catelyn hoorde de ridder kreunen toen de huurling zijn zwaard met beide handen ophief en met alle kracht die in hem was omlaag en naar binnen stootte, onder de arm door en tussen de ribben. Ser Vardis Egen sidderde en lag stil.

Stilte daalde over het Adelaarsnest. Bronn rukte zijn helmkap af en liet hem in het gras vallen. Op de plaats waar het schild hem had geraakt was zijn lip kapot en bebloed, en zijn roetzwarte haar was doorweekt van het zweet. Hij spuwde een afgebroken tand uit.

'Is het voorbij, moeder?' vroeg de heer van het Adelaarsnest.

Nee, had Catelyn dolgraag tegen hem gezegd, *het begint nu pas.*

'Ja,' zei Lysa somber, haar stem even koud en dood als het hoofd van haar wacht.

'Kan ik de kleine man nu laten vliegen?'

Aan de andere kant van de tuin stond Tyrion Lannister op. '*Deze* kleine man niet,' zei hij. 'Deze kleine man gaat met de knollenlift naar beneden, dank je vriendelijk.'

'Je matigt je aan...' begon Lysa.

'Ik matig me de veronderstelling aan dat het huis Arryn zijn eigen woorden nog kent,' zei de Kobold. '*Verheven als de eer.*'

'U had beloofd dat ik hem kon laten vliegen,' krijste de heer van het Adelaarsnest tegen zijn moeder. Hij begon te beven.

Het gezicht van vrouwe Lysa had een kleur van woede gekregen. 'Het heeft de goden behaagd hem onschuldig te verklaren, kind. We moeten hem laten gaan, we hebben geen keus.' Ze verhief haar stem. 'Wachters. Uit mijn ogen met heer Lannister en... die *stroman* van hem. Breng hen naar de Bloedpoort en laat hen vrij. Voorzie hun van paarden en voldoende leeftocht om de Drietand te bereiken, en zorg dat ze al hun eigendommen en wapens terugkrijgen. Die zullen ze op de hoge weg wel nodig hebben.'

'De hoge weg,' zei Tyrion Lannister. Lysa veroorloofde zich een flauw, tevreden glimlachje. Ook dit was een soort doodvonnis, besefte Catelyn. Dat begreep Tyrion Lannister ongetwijfeld ook. Toch boog de dwerg spottend voor vrouwe Arryn. 'Zoals u beveelt, vrouwe,' zei hij. 'Ik geloof dat we de weg wel weten.'

Jon

'Zo'n hopeloos stel jongens als jullie heb ik zelden getraind,' verkondigde ser Alliser Doren toen ze allemaal op de binnenplaats verzameld waren. 'Jullie handen zijn beter geschikt om een riek vast te houden dan een zwaard, en als het aan mij lag zouden jullie met zijn allen de varkens hoeden. Maar ik hoorde gisteravond dat Gueren met vijf nieuwe jongens in aantocht is over de Koningsweg. Misschien zitten er daar wel een paar tussen die een knip voor hun neus waard zijn. Om plaats voor hen te maken heb ik besloten acht van jullie naar de bevelhebber door te sturen. Die bepaalt dan wat er verder met jullie moet gebeuren.' Hij noemde de namen een voor een op. 'Pad. Steenkop. Oeros. Liefje. Puist. Aap. Ser Maanziek.' Als laatste keek hij naar Jon. 'En de Bastaard.'

Pyp barstte in gejuich uit en smeet zijn zwaard in de lucht. Ser Alliser keek hem met een starre reptielenblik aan. 'Ze zullen jullie voortaan mannen van de Nachtwacht noemen, maar jullie zijn nog dommer dan die potsenmakersaap hier als jullie dat geloven. Jullie zijn nog steeds groene jochies die naar zomer stinken, en als het winter wordt zullen jullie als ratten sterven.' En met die woorden liet ser Alliser Doren hen staan.

De overige jongens verzamelden zich rond de acht wier namen waren genoemd. Ze lachten en vloekten en boden hun gelukwensen aan. Halder sloeg Pad met het plat van zijn zwaard op zijn zitvlak en riep: 'Pad, van de Nachtwacht!' Pyp gilde dat een zwarte broeder een paard nodig had en sprong op Grenns schouders. Ze tuimelden op de grond en rolden stoeiend en joelend over elkaar heen. Dareon stoof de wapenkamer in en kwam terug met een zak zure rode wijn. Terwijl ze die ginnegappend aan elkaar doorgaven merkte Jon dat Samwel Tarling alleen onder een kale, dode boom in een hoekje van de binnenplaats bleef staan. Jon bood hem de zak aan. 'Een slok wijn?'

Sam schudde zijn hoofd. 'Nee, dank je, Jon.'

'Alles goed?'

'Uitstekend,' loog de dikke jongen. 'Ik ben zo blij voor jullie allemaal.' Hij glimlachte geforceerd, en zijn ronde gezicht bibberde. 'Op een dag word jij eerste Wachtruiter, net als je oom was.'

'*Is*,' verbeterde Jon hem. Hij weigerde te aanvaarden dat Benjen

Stark dood was. Voor hij nog meer kon zeggen riep Halder: 'Zeg, wou je dat allemaal in je eentje opdrinken?' Pyp rukte de wijnzak uit zijn handen en danste er lachend mee weg. Toen Grenn hem bij zijn arm greep kneep hij erin, en een dun straaltje rode wijn spoot in Jons gezicht. Halder loeide protesterend dat ze geen goede wijn moesten verspillen. Terwijl Jon sputterde en worstelde beklommen Matthar en Jeren de muur en begonnen iedereen met sneeuwballen te bekogelen.

Tegen de tijd dat Jon zich had losgerukt en zijn haar vol sneeuw en zijn wapenrok onder de wijnspatten zaten, was Samwel Tarling verdwenen.

Die avond maakte Hobb Drievingers met het oog op de gelegenheid een speciale maaltijd voor hen klaar. Toen Jon de gemeenschapszaal binnenkwam begeleidde de hofmeester hem persoonlijk naar de bank bij het vuur. De oudere mannen klopten hem in het voorbijgaan op zijn arm. De acht broeders in spe aten een feestmaal van lamsribben, knapperig gebakken in knoflook en kruiden, gegarneerd met minttakjes en ingebed in een gele knollenpuree die zwom in de botersaus. 'Van de tafel van de bevelhebber zelf,' vertelde Bouwen Mars hen. Er was een salade van spinazie met kikkererwten en knollenloof, en als nagerecht schalen ijskoude zwarte bessen met zoete room.

'Zouden ze ons bij elkaar houden?' vroeg Pyp zich af terwijl ze tevreden zaten te schranzen.

Pad trok een gezicht. 'Hopelijk niet. Ik ben het zat om alsmaar naar die oren van jou te moeten kijken.'

'Ho, ho,' zei Pyp. 'De kraai verwijt de raaf dat hij zwart ziet. Jij wordt vast wachtruiter, Pad. Jou willen ze zo ver mogelijk bij het slot vandaan hebben. Als Mans Roover aanvalt moet je je vizier opslaan en je gezicht laten zien, dan gaat hij gillend op de loop.'

Ze lachten allemaal, behalve Grenn. 'Ik hoop dat *ik* wachtruiter word.'

'Jij, en de rest ook,' zei Matthar. Iedereen die het zwart droeg patrouilleerde over de Muur en iedereen werd geacht die te vuur en te zwaard te verdedigen, maar de wachtruiters vormden de ware, gewapende kern van de Nachtwacht. Zij waagden zich achter de Muur en stoven door Het Spookwoud en over de ijzige hoogten ten westen van de Schaduwtoren om wildlingen, reuzen en monsterlijke sneeuwberen te bevechten.

'Niet iedereen,' zei Halder. 'Ik wil bij de bouwers. Waar dienen wachtruiters nog voor als de Muur instort?'

De orde van de bouwers verschafte metselaars en timmerlieden om de burchten en torens te herstellen, mijnwerkers om tunnels te graven en stenen uit te graven voor wegen en voor het vergruizen van voetpaden, en houtvesters om overal waar het woud te dicht in de buurt van de Muur groeide, nieuwe aanwas te verwijderen. Eens, zo zei men, hadden ze uit bevroren meren diep in Het Spookwoud reusachtige ijsblokken gehakt en die op sleden naar het zuiden versleept om de Muur steeds hoger op te trekken. Maar die tijd was al eeuwen voorbij, en nu konden ze de Muur nog slechts van Oostwacht tot de Schaduwtoren inspecteren op scheuren of tekenen van dooi, en zoveel mogelijk herstellen.

'De ouwe beer is niet gek,' merkte Dareon op. 'Jij wordt zeker bouwer, en Jon wordt zeker wachtruiter. Hij is de beste zwaardvechter en de beste ruiter van ons, en zijn oom was de Eerste, voordat hij...' Gegeneerd stierf zijn stem weg toen hij besefte wat hij op het punt had gestaan te zeggen.

'Benjen Stark is nog steeds eerste Wachtruiter,' zei Jon Sneeuw, terwijl hij met zijn schaal zwarte bessen zat te spelen. De rest mocht dan alle hoop op de veilige terugkeer van zijn oom hebben opgegeven, hij niet. Hij schoof de bessen vrijwel onaangeroerd van zich af en stond op van de bank.

'Eet je die niet op?' vroeg Pad.

'Neem jij ze maar.' Jon had nauwelijks van Hobbs grootse feestmaal geproefd. 'Ik kan geen hap meer door mijn keel krijgen.' Hij nam zijn mantel van de haak en baande zich een weg naar buiten.

Pyp kwam achter hem aan. 'Wat is er, Jon?'

'Sam,' bekende hij. 'Hij zat vanavond niet aan tafel.'

'Niks voor hem om een maaltijd over te slaan,' zei Pyp peinzend. 'Zou hij ziek zijn?'

'Bang. Hij raakt ons kwijt.' Jon herinnerde zich de dag dat hij uit Winterfel was vertrokken, het bitterzoete afscheid van Bran, die verminkt op bed lag, van Robb, met die sneeuw in zijn haar, van Arya, die hem met kussen had overstelpt nadat hij haar Naald had gegeven. 'Zodra we de woorden hebben uitgesproken krijgt ieder van ons bepaalde plichten. Sommigen worden misschien uitgezonden naar Oostwacht of de Schaduwtoren. Sam blijft trainen met figuren als Rast en Cuger en die nieuwe jongens die nu over de Koningsweg in aantocht zijn. Alleen de goden weten uit welk hout die gesneden zijn, maar je kunt er donder op zeggen dat ser Alliser ze tegen Sam laat vechten zodra hij de kans krijgt.'

Pyp trok een gezicht. 'Jij hebt gedaan wat je kunt.'

'Maar we konden niet genoeg,' zei Jon.

Aan een diepe rusteloosheid ten prooi keerde hij naar Hardins toren terug om Spook te halen. De schrikwolf liep naast hem naar de stallen. Sommige van de nerveuzere paarden schopten tegen het beschot van hun box en legden hun oren plat toen ze binnenkwamen. Jon zadelde zijn merrie, steeg op en reed Slot Zwart uit, door de maanverlichte nacht naar het Zuiden. Spook schoot als een pijl uit de boog voor hem uit over het terrein en was in een oogwenk verdwenen. Jon liet hem gaan. Een wolf had behoefte aan jagen.

Hij had geen vaste bestemming voor ogen. Het enige dat hij wilde was rijden. Hij volgde een poosje de kreek, waar hij het ijzige water over de stenen hoorde klateren. Toen stak hij via de velden door naar de Koningsweg. Die strekte zich smal, stenig en bezaaid met onkruid voor hem uit, een niet bijster veelbelovende weg, maar toch vervulde de aanblik ervan Jon Sneeuw met een mateloos verlangen. Verderop aan die weg lag Winterfel, en nog verder weg lagen Stroomvliet, Koningslanding, het Adelaarsnest en nog zoveel andere plaatsen; de Rots van Casterling, het Eiland der Gezichten, de rode bergen van Dorne, de honderd eilanden van Braavos in de zee, de rokende puinhopen van het oude Valyria. Al die plaatsen die Jon nooit te zien zou krijgen. Verderop aan die weg lag de wereld... en hij was hier.

Zodra hij zijn gelofte had afgelegd zou de Muur zijn thuis zijn tot hij zo oud als Maester Aemon was. 'Ik heb nog niets gezworen,' pruttelde hij. Hij was geen vogelvrije die het zwart moest aannemen om niet te hoeven boeten voor zijn misdaden. Hij was hier uit vrije wil gekomen en kon vrijwillig vertrekken... tot hij de woorden uitsprak. Hij hoefde alleen maar door te rijden om het allemaal achter zich te laten. Met de volgende volle maan zou hij bij zijn broers in Winterfel terug zijn.

Je *half*broers, hield een innerlijke stem hem voor. *En bij vrouwe Stark, die je bepaald niet hartelijk zal ontvangen.* In Winterfel was geen plaats voor hem, en ook niet in Koningslanding. Zelfs zijn eigen moeder had geen plaats voor hem gehad. De gedachte aan haar maakte hem treurig. Hij vroeg zich af wie ze was geweest, hoe ze eruit had gezien en waarom zijn vader haar had verlaten. *Omdat ze een lichtekooi of een overspeelster was, dwaas. Iets duisters en schandelijks, of waarom zou heer Eddard zich er anders voor schamen over haar te spreken?*

Jon Sneeuw keerde zich van de Koningsweg af en keek om. De vuren van Slot Zwart lagen onzichtbaar achter een heuvel, maar de Muur was er wel, bleek in het maanlicht, reusachtig en koud, lopend van horizon tot horizon.

Hij wendde met een ruk zijn paard en reed naar huis.

Spook kwam terug toen hij de top van een heuvel bereikte en in de verte de gloed van lamplicht in de toren van de bevelhebber zag. Met een snuit die rood was van het bloed draafde de schrikwolf naast het paard voort. Jon merkte dat hij op de terugweg weer aan Samwel Tarling dacht. Toen hij de stal bereikte wist hij wat hem te doen stond.

Maester Aemons woning bevond zich in een stevige houten toren onder het roekenhuis. Hoogbejaard en breekbaar als hij was deelde de maester zijn vertrekken met twee jongere oppassers die in zijn noden voorzagen en hem hielpen met zijn werk. De broeders zeiden weleens voor de grap dat hij de twee lelijkste mannen van de Nachtwacht had gekregen, want hij was blind, en dus werd hun aanblik hem bespaard. Clydas was kort, kaal en kinloos, met de kleine roze oogjes van een mol. Chet had een bult op zijn nek ter grootte van een duivenei en een gezicht vol rode steenpuisten en pukkels. Misschien zag hij er daarom wel altijd zo boos uit.

Het was Chet die opendeed toen Jon aanklopte. 'Ik moet met Maester Aemon spreken,' zei Jon.

'De maester ligt op bed, en daar hoor jij ook. Kom morgenochtend maar terug, misschien dat hij je dan ontvangt.' Hij begon de deur te sluiten.

Jon trapte hem met zijn laars open. 'Ik moet hem nu spreken. Morgenochtend is het te laat.'

Met een stuurs gezicht zei Chet: 'De maester is niet gewend om 's nachts gewekt te worden. Weet je wel hoe oud hij is?'

'Oud genoeg om een bezoeker hoffelijker te bejegenen dan jij,' zei Jon. 'Breng hem mijn verontschuldigingen over. Ik zou zijn rust niet verstoren als het niet belangrijk was.'

'En als ik weiger?'

Jon had zijn laars stevig tussen de deur geplant. 'Als het moet blijf ik hier de hele nacht staan.'

De zwarte broeder snoof afkeurend en opende de deur om hem binnen te laten. 'Wacht in de bibliotheek. Er is hout. Steek een vuur aan. Ik wil niet dat de maester door jouw toedoen kou vat.'

Jon had de houtblokken vrolijk aan het knapperen tegen de tijd dat Chet Maester Aemon naar binnen leidde. De oude man droeg zijn nachtgewaad, maar de keten van zijn orde hing om zijn nek. Die deed een maester zelfs in bed niet af. 'Graag in de stoel naast het vuur,' zei hij toen hij de warmte op zijn gezicht voelde. Toen hij lekker zat drapeerde Chet een vacht over zijn benen en ging bij de deur staan.

'Het spijt me dat ik u heb gewekt, maester,' zei Jon Sneeuw.

'Dat heb je niet,' antwoordde Maester Aemon. 'Ik heb gemerkt dat ik met het ouder worden steeds minder slaap nodig heb, en ik ben heel oud. Ik ben vaak de halve nacht aan het spoken, en dingen van vijftig jaar geleden komen bovendrijven alsof ze gisteren zijn gebeurd. Het mysterie van een middernachtelijke bezoeker is een welkome afleiding. Dus vertel op, Jon Sneeuw, waarom kom je op zo'n vreemd moment bij me?'

'Om te vragen of Samwel Tarling van de oefening ontheven kan worden om als broeder van de Nachtwacht te worden toegelaten.'

'Daar beslist Maester Aemon niet over,' protesteerde Chet.

'Onze bevelhebber heeft het trainen van rekruten aan ser Alliser Doren overgelaten,' zei de maester vriendelijk. 'Alleen hij maakt uit of een jongen klaar is om zijn gelofte af te leggen, zoals je vast wel weet. Waarom kom je dan bij mij?'

'Omdat de bevelhebber naar u luistert,' zei Jon. 'En de gewonden en zieken van de Nachtwacht worden aan uw zorgen toevertrouwd.'

'En is je vriend Samwel gewond, of ziek?'

'Dat wordt hij,' verzekerde Jon hem, 'als u mij niet helpt.'

Toen vertelde hij alles, ook dat hij Spook op Rast had afgehitst. Maester Aemon luisterde zwijgend, en zijn blinde ogen staarden naar het vuur, maar Chet keek bij ieder woord donkerder. 'Zonder ons om hem te beschermen heeft Sam geen kans,' besloot Jon. 'Hij is *hopeloos* met een zwaard. Zelfs mijn zuster Arya hakt hem in mootjes, en die is nog geen tien. Als ser Alliser hem laat vechten duurt het niet lang of hij raakt gewond of wordt gedood.'

Chet kon het niet langer aanhoren. 'Ik heb die jongen in de gemeenschapszaal gezien,' zei hij. 'Hij is echt een varken, en een hopeloze lafaard bovendien, als het klopt wat jij zegt.'

'Heel goed mogelijk,' zei Maester Aemon. 'Zeg eens, Chet, wat vind jij dat we met zo'n jongen moeten doen?'

'Laten waar hij is,' zei Chet. 'De Muur is geen geschikte plaats voor zwakkelingen. Laat hem trainen tot hij klaar is, hoe lang het ook duurt. Ser Alliser zal een man van hem maken of hem de das omdoen, al naar de goden willen.'

'Dat is *stompzinnig*,' zei Jon. Hij haalde diep adem om zich te concentreren. 'Ik weet nog dat ik Maester Luwin eens vroeg waarom hij die keten om zijn hals droeg.'

Maester Aemon raakte vluchtig zijn eigen kraag aan. Zijn knokige, gerimpelde vingers streken over de zware metalen schakels. 'Ga door.'

'Hij vertelde me dat een maesterskraag de vorm van een keten had om hem eraan te herinneren dat hij gezworen heeft te dienen,' zei Jon, gravend in zijn herinnering. 'Ik vroeg waarom iedere schakel van een ander metaal was. Een zilveren ketting zou veel beter bij zijn grijze gewaden passen, zei ik. Maester Luwin lachte. Een maester smeedt zijn keten met overleg, vertelde hij me. De verschillende metalen staan elk voor een andere vorm van kennis: goud voor kennis van geld en cijfers, zilver voor geneeskunde, ijzer voor oorlogvoering. En hij zei dat er nog een andere betekenis achter school. De kraag wordt geacht een maester te herinneren aan het rijk dat hij dient, is dat niet zo? Heren zijn goud en ridders staal, maar twee schakels maken nog geen keten. Je hebt ook zilver, ijzer en lood nodig, tin, koper en brons, en de rest, en dat zijn de boeren, de smeden en de kooplieden en zo. Voor een keten zijn allerlei soorten metaal nodig, en een land heeft allerlei soorten mensen nodig.'

Maester Aemon glimlachte. 'En dus?'

'De Nachtwacht heeft ook allerlei soorten nodig. Waarom zijn er anders wachtruiters, oppassers en bouwers? Heer Randyl kon van Sam geen krijgsman maken, en dat zal ser Alliser ook niet lukken. Je maakt van tin geen ijzer door erop te slaan, hoe hard je ook hamert, maar dat wil nog niet zeggen dat tin nergens goed voor is. Waarom zou Sam geen oppasser kunnen worden?'

Chet fronste kwaad zijn voorhoofd. '*Ik* ben een oppasser. Denk je soms dat dat eenvoudig werk is, geschikt voor lafaards? De orde van de oppassers houdt de Wacht in leven. Wij zijn jagers en boeren, we verzorgen de paarden, melken de koeien, verzamelen brandhout en koken het eten. Wie denk je dat jouw kleren maken? Wie voeren de voorraden aan uit het zuiden? De oppassers.'

Maester Aemon was vriendelijker. 'Is je vriend een jager?'

'Hij heeft een hekel aan jagen,' moest Jon toegeven.

'Kan hij een veld omploegen?' vroeg de maester. 'Kan hij een kar of een schip besturen? Zou hij een koe kunnen slachten?'

'Nee.'

Chet lachte gemeen. 'Ik heb gezien wat er van slappe jonkertjes terechtkomt als ze aan het werk worden gezet. Laat ze boter karnen en hun handen komen vol bloedblaren. Geef ze een bijl om houtblokken te klieven en ze hakken hun eigen voet af.'

'Ik weet één ding dat Sam beter zou kunnen dan ieder ander.'

'Ja?' drong Maester Aemon aan.

Behoedzaam keek Jon naar Chet, naast de deur, zijn steenpuisten vurig rood. 'Hij zou u kunnen helpen,' zei hij snel. 'Hij kan sommen maken, en hij kan lezen en schrijven. Ik weet dat Chet niet kan lezen en dat Clydas slechte ogen heeft. Sam heeft alle boeken in zijn vaders bibliotheek gelezen. Hij zou ook goed zijn in de omgang met de raven. Dieren schijnen hem wel te mogen. Spook voelde zich meteen al tot hem aangetrokken. Behalve vechten zijn er nog zoveel dingen die hij wel kan. De Nachtwacht heeft behoefte aan iedere man. Waarom zou iemand dan sterven? Daar heeft niemand wat aan. Maak liever gebruik van hem.'

Maester Aemon sloot zijn ogen en heel even vreesde Jon dat hij in slaap was gevallen. Ten slotte zei hij: 'Je bent een goede leerling van Maester Luwin geweest, Jon Sneeuw. Ik krijg de indruk dat je brein net zo behendig is als je zwaard.'

'Houdt dat in...'

'Dat houdt in dat ik zal nadenken over wat je gezegd hebt,' zei de maester resoluut tegen hem. 'En nu ben ik wel aan slapen toe, denk ik. Chet, wijs onze jonge broeder de deur.'

Tyrion

Ze hadden beschutting gezocht onder een espenbosje vlak naast de hoge weg. Terwijl hun paarden uit een bergbeek dronken was Tyrion bezig sprokkelhout te verzamelen. Hij boog zich voorover, raapte een gebroken tak op en bekeek die kritisch. 'Is dit een goeie? Ik heb geen ervaring met vuur maken. Dat deed Morrec altijd voor me.'

'*Vuur?*' zei Bronn en spuwde. 'Wil je zo graag dood, dwerg? Of ben je niet goed snik geworden? Een vuur trekt alle clanstrijders in de wijde omtrek aan. Ik ben van plan deze reis te overleven, Lannister.'

'En hoe had je dat willen doen?' vroeg Tyrion. Hij schoof de tak onder zijn arm en zocht met zijn blikken het spaarzame kreupelhout af naar meer. Vooroverbuigen kostte inspanning, en zijn rug deed pijn. Ze waren onderweg geweest sinds de dageraad, toen een strak kijkende ser Lyn Corbree hen uitgeleide had gedaan door de Bloedpoort en hun bevolen had om nooit meer terug te komen.

'We hebben geen schijn van kans om ons vechtend een weg terug te banen,' zei Bronn, 'maar twee komen sneller vooruit dan tien en vallen minder op. Hoe korter we in de bergen zijn, hoe groter de kans dat we de rivier halen. Laten we stevig doorrijden, zeg ik. Bij nacht reizen en overdag in dekking gaan, de weg zoveel mogelijk mijden en geen lawaai en ook geen vuur maken.'

Tyrion Lannister zuchtte. 'Een schitterend plan, Bronn. Probeer het gerust uit... en neem me niet kwalijk als ik niet achterblijf om je te begraven.'

'Jij was van plan *mij* te overleven, dwerg?' De huurling grijnsde. Er zat een donker gat in zijn lach, daar waar ser Vardis Egen met de rand van zijn schild een tand doormidden had geslagen.

Tyrion schokschouderde. 'Als je 's nachts flink doorrijdt vráág je erom van een berg te tuimelen en je schedel te splijten. Ik rijd liever langzaam en op mijn gemak. Ik weet dat je dol op paardenvlees bent, Bronn, maar als onze paarden nu het loodje leggen zie ik ons straks nog schaduwkatten opzadelen... en eerlijk gezegd denk ik dat de clans ons toch wel zullen vinden. Ze hebben overal ogen.' Hij maakte met een gehandschoende hand een weids gebaar naar de hoge, verweerde rotspieken om hen heen.

Bronn trok een gezicht. 'Dan zijn we er geweest, Lannister.'

'Als dat zo is sterf ik liever comfortabel,' antwoordde Tyrion. 'We hebben dat vuur nodig. De nachten zijn koud op deze hoogte, en met warm eten in onze maag zullen we ons veel opgewekter voelen. Zou hier ook wild zijn, denk je? Vrouwe Lysa is zo vriendelijk geweest ons een waar feestmaal van gezouten vlees, keiharde kaas en oud brood mee te geven, maar ik zou zo ver van de dichtstbijzijnde maester niet graag een tand breken.'

'Ik kan wel aan vlees komen.' Van onder zijn zwarte haarlokken keken Bronns ogen Tyrion achterdochtig aan. 'Eigenlijk zou ik je hier moeten achterlaten met dat idiote vuur van je. Als ik je paard meeneem heb ik twee keer zoveel kans om me erdoor te slaan. En wat zou jij dan doen, dwerg?'

'Hoogstwaarschijnlijk doodgaan.' Tyrion bukte om nog een takje op te rapen.

'Denk je soms dat ik het niet zal doen?'

'Je zou geen ogenblik aarzelen als je leven ervan afhing. Je was er maar al te snel bij om je vriend Chiggen het zwijgen op te leggen toen hij die pijl in zijn buik kreeg.' Bronn had het hoofd van de man aan zijn haren naar achteren getrokken, zijn dolkpunt onder diens oor naar binnen geduwd en naderhand tegen Catelyn Stark gezegd dat de andere huurling aan zijn verwonding was gestorven.

'Hij was al op sterven na dood,' zei Bronn, 'en zijn gekreun had ons kunnen verraden. Chiggen zou bij mij hetzelfde hebben gedaan... en hij was mijn vriend niet, alleen iemand met wie ik optrok. Vergis je niet, dwerg. Ik heb voor je gevochten, maar ik draag je geen warm hart toe.'

'Ik had je zwaard nodig, en niet je warme hart,' zei Tyrion. Hij smeet zijn armvol hout op de grond.

Bronn grijnsde. 'Jij hebt net zoveel durf als welke huurling dan ook, dat moet ik je nageven. Hoe wist je dat ik het voor je op zou nemen?'

'Hoe ik dat wist?' Moeizaam hurkte Tyrion op zijn onvolgroeide beentjes om het brandhout te schikken. 'Ik gokte erop. In die herberg hielpen jij en Chiggen mij gevangennemen. Waarom? De anderen achtten het hun plicht, die wilden de eer van de heren die ze dienden hoog houden. Maar jullie tweeën niet. Jullie hebben geen heer, geen plicht en verrekte weinig eer, dus waarom namen jullie de moeite om mee te doen?' Hij trok zijn mes en schilde een paar dunne repen bast van een stuk sprokkelhout om het vuur mee aan te steken. 'Waarvoor doet een huurling iets? Voor goud. Jullie dachten dat vrouwe Catelyn jullie voor je hulp zou belonen en misschien zelfs in dienst nemen. Zo, dit zal wel goed wezen, hoop ik. Heb jij een vuursteen?'

Bronn stak twee vingers in de buidel aan zijn riem en wierp hem een vuursteen toe. Tyrion ving hem op. 'Bedankt,' zei hij. 'Het punt is dat jullie de Starks niet kenden. Heer Eddard is trots, eerzaam en fatsoenlijk, en zijn edele vrouwe is nog een graadje erger. Ja, zodra dit allemaal achter de rug was zou ze jullie ongetwijfeld met een beleefde opmerking en een afkeurende blik wat geldstukken in de hand gedrukt hebben, maar meer had er voor jullie niet in gezeten. De Starks kiezen hun dienstlieden op grond van moed, eer en trouw, en om je de waarheid te zeggen waren jij en Chiggen tuig van de richel.' Tyrion sloeg de vuursteen tegen zijn dolk om er een vonk af te laten springen. Niets.

Bronn snoof. 'Jij hebt een gevaarlijk scherpe tong, mannetje. Op een dag snijdt iemand dat ding er nog eens uit om het je door je strot te wurgen.'

'Ja, dat zegt iedereen.' Tyrion keek op naar de huurling. 'Heb ik je beledigd? Dat spijt me dan... maar je *bent* tuig, Bronn, maak jezelf maar niets wijs. Plicht, eer, vriendschap, wat maal jij daarom? Nee, doe geen moeite, we weten het antwoord allebei. Maar dom ben je niet. Eenmaal in de Vallei aangekomen had vrouwe Stark je niet meer nodig... maar ik wel, en het enige waar het de Lannisters nooit aan ontbroken heeft is goud. Toen de tijd was gekomen om de gok te wagen rekende ik erop dat je slim genoeg was om te weten waar je voordeel lag. Gelukkig voor mij was dat ook zo.' Weer sloeg hij vruchteloos staal en steen tegen elkaar.

'Geef maar,' zei Bronn en hurkte neer. 'Ik doe het wel.' Hij nam Tyrion het mes en de vuursteen uit handen, en meteen bij zijn eerste poging vlogen de vonken in het rond. Een gekrulde reep bast begon te smeulen.

'Prima,' zei Tyrion. 'Je mag dan tuig zijn, je bent zonder meer nuttig, en met een zwaard in de hand ben je bijna even goed als mijn broer Jaime. Wat wil je, Bronn? Goud? Land? Vrouwen? Zorg dat ik in leven blijf, en je kunt het krijgen.'

Bronn blies zachtjes in het vuur, en de vlammetjes schoten hoger op. 'En als je sterft?'

'Tja, dan is er tenminste iemand die oprecht om me rouwt,' zei Tyrion met een grijns. 'Zonder mij ook geen goud.'

Het vuur brandde nu flink. Bronn stond op, stopte de vuursteen terug in zijn buidel en wierp Tyrion zijn dolk toe. 'Niet meer dan billijk,' zei hij. 'Dan is mijn zwaard nu van jou... maar denk niet dat ik bij de eerste de beste scheet die je laat voor je neerkniel en je met heer aanspreek. Ik ben je knechtje niet.'

'Noch mijn vriendje,' zei Tyrion. 'Als het je zo uitkomt laat je mij ongetwijfeld net zo makkelijk weer vallen als vrouwe Stark. Mocht de dag ooit aanbreken dat je in de verleiding wordt gebracht me te verkopen, bedenk dan, Bronn, dat ik hetzelfde bied, hoeveel het ook is. Ik ben *dol* op het leven. En denk je dat je nu misschien naar een maaltijd zou kunnen zoeken?'

'Zorg jij dan voor de paarden,' zei Bronn terwijl hij de lange ponjaard trok die aan zijn heup hing. Hij liep met grote stappen het geboomte in.

Een uur later waren de paarden gewreven en gevoederd en knapperde het vuur er vrolijk op los terwijl het lendestuk van een jonge geit sissend en spetterend boven de vlammen ronddraaide. 'Het enige dat nu nog ontbreekt is wat goede wijn om ons sikje mee weg te spoelen,' zei Tyrion.

'En een vrouw en een aantal extra zwaarden,' zei Bronn. Hij zat in kleermakerszit naast het vuur met een oliesteen de snede van zijn zwaard te wetten. Het schurende geluid waarmee hij de steen over het staal liet gaan had iets geruststellends. 'Zo meteen is het pikdonker,' zei de huurling. 'Ik neem de eerste wacht op me... voor zover dat zin heeft. We zijn onszelf misschien meer ter wille door onszelf slapend te laten vermoorden.'

'Volgens mij zijn ze hier voordat er iets van slapen komt.' De geur van het roosterende vlees deed Tyrion watertanden.

Bronn keek hem over het vuur heen aan. 'Je bent iets van plan,' zei hij effen, begeleid door het schuren van staal over steen.

'Laten we zeggen dat ik het erop wil wagen,' zei Tyrion. 'Nog zo'n gokje.'

'Met als inzet ons leven?'

Tyrion haalde zijn schouders op. 'Hebben we een keus?' Hij boog zich over het vuur en zaagde een dunne plak vlees van het sikje. 'Ah,' zuchtte hij, tevreden kauwend. Het vet liep over zijn kin. 'Iets aan de taaie kant, en een beetje flauw, maar laat ik niet te hard klagen. Als ik nog in het Adelaarsnest zat zou ik voor een gekookte boon langs de rand van de afgrond dansen.'

'Toch heb je die cipier een beurs vol goud gegeven,' zei Bronn.

'Een Lannister betaalt altijd zijn schulden.'

Zelfs Mord had zijn ogen nauwelijks kunnen geloven toen Tyrion hem de leren beurs had toegeworpen. De gevangenbewaarder had ogen als spiegeleieren opgezet toen hij het koordje had opengetrokken en het goud had zien blinken. 'Het zilver heb ik gehouden,' had Tyrion hem met een scheef lachje gezegd, 'maar het goud had ik je beloofd, dus hier is het.' Het was meer dan een man als Mord met een heel leven gevangenen pesten zou verdienen. 'En weet je nog wat ik gezegd heb? Dit is nog maar een voorproefje. Als je het ooit nog eens zat wordt om vrouwe Arryn te dienen, meld je dan bij de Rots van Casterling, dan betaal ik de rest van mijn schuld af.' Met handen die overliepen van de gouden draken was Mord op zijn knieën gevallen en had gezegd dat dat precies was wat hij zou doen.

Bronn trok zijn ponjaard en haalde het vlees uit het vuur. Terwijl Tyrion twee korsten oud brood uitholde om als borden te dienen sneed hij dikke hompen dichtgeschroeid vlees van het bot. 'Als we de rivier bereiken, wat ga je dan doen?' vroeg de huurling al snijdend.

'O, om te beginnen een hoer, een donzen bed en een flacon wijn.' Tyrion stak zijn bord uit en Bronn vulde het met vlees. 'En dan naar de Rots van Casterling of Koningslanding, denk ik. Ik heb wat vragen inzake een bepaalde dolk waar ik dringend antwoord op moet hebben.'

De huurling kauwde en slikte. 'Dus het was waar? Het was jouw mes niet?'

Tyrion glimlachte flauwtjes. 'Zie ik eruit als een leugenaar?'

Toen ze hun buik vol hadden waren de sterren inmiddels verschenen en kwam de halve maan net boven de bergen uit. Tyrion spreidde zijn mantel van schaduwvacht op de grond uit en ging liggen met zijn zadel als hoofdkussen. 'Onze vrienden nemen de tijd.'

'In hun plaats zou ik een valstrik vrezen,' zei Bronn. 'Waarom zouden we alles zo open en bloot doen als het niet was om hen erin te laten tuinen?'

Tyrion grinnikte. 'Dan kunnen we het beste gaan zingen, zodat ze gillend op de vlucht slaan.' Hij begon een deuntje te fluiten.

'Je bent gek, dwerg,' zei Bronn terwijl hij met zijn ponjaard het vet onder zijn nagels vandaan begon te krabben.

'Hou je niet van muziek, Bronn?'

'Als je zo graag muziek wilt, waarom heb je die zanger dan niet als voorvechter genomen?'

Tyrion grijnsde. 'Dat zou nog eens vermakelijk zijn geweest. Ik kan zó voor me zien hoe hij ser Vardis met zijn houten harp van zich afslaat.' Hij ging door met fluiten. 'Ken je dit liedje?' vroeg hij.

'Je hoort het zo nu en dan in herbergen en bordelen.'

'Myrisch. "De seizoenen van mijn liefde." Mooi en triest, als je de tekst verstaat. Het eerste meisje waar ik mee naar bed ben geweest floot het altijd, en ik heb het nooit meer van me af kunnen zetten.' Tyrion staarde omhoog naar de lucht. Het was een heldere, koude nacht, en de sterren schenen fel en onbarmhartig als de waarheid op de bergen neer. 'Ik leerde haar kennen in net zo'n nacht als deze,' hoorde hij zichzelf zeggen. 'Jaime en ik waren van Lannispoort op weg naar huis. We hoorden gegil, en toen kwam zij de weg oprennen met twee mannen achter zich aan die haar bedreigingen toeschreeuwden. Mijn broer trok zijn zwaard en ging ze achterna, terwijl ik afsteeg om het meisje te beschermen. Ze was nog geen jaar ouder dan ik, met donker haar, slank, en een gezicht waarvan je hart zou breken. Dat was althans wat het mijne deed. Van lage afkomst, half verhongerd, ongewassen... maar beeldschoon. Ze hadden de lompen die ze aanhad half van haar rug gescheurd, dus sloeg ik mijn mantel om haar heen terwijl Jaime de mannen het bos injoeg. Tegen de tijd dat hij weer aan kwam draven had ik haar een naam en een verhaal ontlokt. Ze was de dochter van een keuterboer, wees geworden toen haar vader aan de koorts was gestorven, en onderweg naar... naar nergens, eigenlijk.

Jaime had zich uit de naad gereden om die kerels te achterhalen. Het gebeurde niet vaak dat vogelvrijen zo dicht bij de Rots van Casterling op reizigers loerden, en hij vatte het als een belediging op. Maar het meisje was zo bang dat ze niet alleen verder durfde, dus bood ik aan haar naar de dichtstbijzijnde herberg te brengen en te eten te geven terwijl mijn broer naar de Rots terugreed om hulp te halen.

Ze had een onvoorstelbare honger. We werkten twee hele kippen en een gedeelte van een derde naar binnen en dronken een flacon wijn, en ondertussen zaten we te praten. Ik was pas dertien, en ik vrees dat de wijn me naar het hoofd steeg. Voor ik het wist lag ik met haar in bed. En zij mocht dan beschroomd zijn, mijn schroom was nog groter. Ik weet nu nóg niet waar ik de moed vandaan haalde. Toen ik haar ontmaagdde moest ze huilen, maar naderhand kuste ze me en zong haar wijsje, en tegen de ochtend was ik verliefd.'

'*Jij?*' Bronn klonk geamuseerd.

'Absurd hè?' Tyrion begon het wijsje weer te fluiten. 'Ik trouwde met haar,' bekende hij tenslotte.

'Een Lannister van de Rots van Casterling trouwen met de dochter van een keuterboer?' zei Bronn. 'Hoe heb je dat voor elkaar gekregen?'

'O, het zal je verbazen wat een jongen voor elkaar krijgt met behulp van een paar leugens, vijftig zilverstukken en een dronken septon. Ik durfde mijn bruid niet mee te nemen naar de Rots van Casterling, dus installeerde ik haar in een eigen huisje, en twee weken lang speelden we voor man en vrouw. Toen werd de septon nuchter en biechtte mijn vader alles op.' Het verwonderde Tyrion hoe intriest dit verhaal hem maakte, zelfs na al die jaren nog. Maar misschien was hij alleen maar moe. 'Dat was het einde van mijn huwelijk.' Hij ging recht zitten en staarde in de stervende vlammen, knipperend tegen de gloed.

'Hij stuurde het meisje weg?'

'Hij deed iets veel beters,' zei Tyrion. 'Eerst liet hij mijn broer vertellen hoe het in werkelijkheid in elkaar zat. Het meisje was een hoer, moet je weten. Jaime had de hele zaak gearrangeerd, de weg, de vogelvrijen, alles. Hij vond het tijd worden dat ik eens een vrouw had. Hij had dubbel betaald voor een maagd, wetend dat het voor mij de eerste keer was.

Om me de les goed in te prenten liet mijn vader na Jaimes bekentenis mijn vrouw halen en gaf haar aan zijn wachters. Ze kreeg er goed voor betaald. Een zilverstuk de man, hoeveel hoeren kunnen zoiets rekenen? Hij zette me neer in een hoek van het wachtlokaal en beval mij om toe te kijken, en ten slotte had ze zoveel zilverstukken dat de munten tussen haar vingers door op de grond rolden, ze...' De rook prikte in zijn ogen. Tyrion schraapte zijn keel. Hij keerde zich van het vuur af en staarde in het donker. 'Heer Tywin liet mij het laatst gaan,' zei hij op gedempte toon. 'En mij gaf hij een goudstuk om haar te betalen, omdat ik een Lannister was, en meer waard.'

Na een tijdje hoorde hij het geluid weer, het schuren van staal over steen: Bronn, bezig zijn zwaard te wetten. 'Dertien jaar of drieëndertig, ik zou de man vermoord hebben die me dat had aangedaan.'

Met een ruk draaide Tyrion zich om en keek hem aan: 'Misschien krijg je die kans op een dag nog wel. Een Lannister betaalt altijd zijn schulden, weet je nog?' Hij gaapte. 'Ik geloof dat ik een poging ga doen om te slapen. Maak me maar wakker als we op het punt staan om dood te gaan.'

Hij rolde zich in zijn schaduwvacht en sloot zijn ogen. De grond was stenig en koud, maar na een poosje viel Tyrion Lannister inderdaad in slaap. Hij droomde van de luchtcel. Nu was hij de bewaker, niet de gevangene, *groot*, met een riem in zijn hand. Hij was bezig zijn vader te slaan en hem achteruit te drijven naar de afgrond...

'*Tyrion*,' klonk Bronns waarschuwing, zacht en dringend.

In een oogwenk was Tyrion wakker. Van het vuur waren alleen nog sintels over en de schaduwen slopen van alle kanten dichterbij. Bronn was op één knie gaan zitten, zijn zwaard in de ene en zijn ponjaard in de andere hand. Tyrion stak een hand op: *Rustig*, zei die. 'Kom bij ons vuur zitten, de nacht is koud,' riep hij tegen de sluipende schaduwen. 'Ik ben bang dat we u geen wijn kunnen aanbieden, maar neem vooral wat van onze geit.'

Er was geen beweging meer te zien. Tyrion zag de glinstering van maanlicht op metaal. 'Onze berg,' riep een stem van tussen de bomen, zwaar, hard en onvriendelijk. 'Onze geit.'

'Uw geit,' beaamde Tyrion. 'Wie bent u?'

'Als je voor onze goden staat,' antwoordde een andere stem, 'zeg dan dat je door Gunthor zoon van Gurn, van de Steenkraaien, naar hen toegezonden bent.' Een tak knapte onder zijn voeten toen hij in het licht stapte, een magere man met een gehoornde helm, met een lang mes gewapend.

'En door Shagga zoon van Dolf.' Dat was de eerste stem, zwaar en levensgevaarlijk. Een rotsblok aan zijn linkerkant kwam in beweging en werd een mens, zo te zien stevig, sterk en traag, van top tot teen in huiden gehuld, met een knuppel in zijn rechterhand en een bijl in zijn linker. Terwijl hij op hen afstevende sloeg hij ze met een klap tegen elkaar.

Andere stemmen noemden weer andere namen: Conn, Torrek, Jaggot en nog meer die Tyrion vergat zodra hij ze hoorde, minstens tien. Enkelen hadden zwaarden en messen, anderen zwaaiden met mestvorken, zeisen en houten speren. Hij wachtte tot ze klaar waren met namen roepen voordat hij antwoordde: 'Ik ben Tyrion zoon van Tywin, van de Lannister-clan, de Leeuwen van de Rots. We zullen u gaarne betalen voor de geit die we hebben gegeten.'

'Wat heb je ons te geven, Tyrion zoon van Tywin?' vroeg de man die zich Gunthor had genoemd, en die hun aanvoerder leek te zijn.

'In mijn beurs zit zilver,' vertelde Tyrion hun. 'De maliënkolder die ik draag is mij aan de grote kant maar zal Conn uitstekend passen, en de strijdbijl die ik bij me heb zal beter in Shagga's machtige hand liggen dan die houthakkersbijl van hem.'

'Die halve man wil ons betalen met ons eigen geld,' zei Conn.

'Conn spreekt een waar woord,' zei Gunthor. 'Je zilver is van ons. Jullie paarden zijn van ons. Je maliënkolder en je strijdbijl en het mes aan je riem, die zijn ook van ons. Jullie hebben ons niets te bieden dan jullie leven. Hoe wil je sterven, Tyrion zoon van Tywin?'

'In mijn eigen bed, met een buik vol wijn en de mond van een maagd om mijn pik, op tachtigjarige leeftijd,' antwoordde hij.

De grote man, Shagga, lachte het eerst en het hardst. De anderen waren zo te zien minder geamuseerd. 'Conn, neem hun paarden,' beval Gunthor. 'Dood die ander en grijp de halve man. Laat hem de geiten melken en de moeders aan het lachen maken.'

Bronn sprong overeind. 'Wie wil er het eerst dood?'

'*Nee*,' zei Tyrion op scherpe toon. 'Gunthor zoon van Gurn, hoor mij aan. Mijn huis is rijk en machtig. Als de Steenkraaien ons veilig door deze bergen leiden zal mijn vader u met goud overstelpen.'

'Het goud van een heer uit het laagland is even waardeloos als de belofte van een halve man,' zei Gunthor.

'Ik mag dan een halve man zijn,' zei Tyrion, 'maar ik breng wel de moed op mijn vijanden in de ogen te zien. Wat doen de Steenkraaien anders dan achter de rotsen schuilen en sidderen van angst zodra de ridders van de Vallei voorbijkomen?'

Shagga brulde van woede en beukte met zijn knots tegen zijn bijl. Jaggot prikte Tyrion in zijn gezicht met de in het vuur geharde punt van een lange houten speer. Hij deed zijn best om geen krimp te geven. 'Konden jullie geen betere wapens stelen?' zei hij. 'Goed genoeg om schapen mee te doden, misschien... als de schapen niet terugvechten. Mijn vaders smeden schijten beter staal uit.'

'Kleine knaap-man,' brulde Shagga, 'zul je ook nog met mijn bijl spotten als ik je manlijkheid afhak en aan de geiten voer?'

Maar Gunthor hief een hand op. 'Nee. Ik wil horen wat hij te zeggen heeft. De moeders lijden honger, en staal vult meer monden dan goud. Wat wil je ons geven in ruil voor jullie leven, Tyrion zoon van Tywin? Zwaarden? Lansen? Maliën?'

'Dat alles en nog meer, Gunthor zoon van Gurn,' antwoordde Tyrion Lannister. 'Ik zal jullie de Vallei van Arryn geven.'

Eddard

Het licht van de ondergaande zon viel door de hoge, smalle vensters van de holle troonzaal op de vloer en trok donkerrode strepen over de muren, daar waar eens de koppen van draken hadden gehangen. Nu gingen de stenen schuil achter wandtapijten met jachttaferelen in felle tinten groen, bruin en blauw. Toch kwam het Ned voor dat de enige kleur in de hele zaal rood was.

Hij zat hoog boven op de enorme, eeuwenoude zetel van Aegon de Veroveraar, een ijzeren onding vol punten, scherpe randen en groteske kluwens metaal. Zoals Robert al gewaarschuwd had zat de stoel zo ongemakkelijk als de hel, en des te meer nu zijn verbrijzelde been met de minuut heviger begon te steken. Naarmate de uren verstreken was de metalen zitting steeds harder geworden, en de stalen kaken in zijn rug maakte achteroverleunen onmogelijk. *Een koning hoort niet makkelijk te zitten*, had Aegon de Veroveraar gezegd toen hij zijn wapensmeden had bevolen een grote zetel te smeden van de zwaarden van zijn overwonnen vijanden. *Aegon was een arrogante ellendeling*, dacht Ned gemelijk, *en dat geldt al net zo hard voor Robert, met die jachtpartij van hem.*

'U weet heel zeker dat het geen gewone boeven waren?' vroeg Varys zachtjes van achter de raadstafel onder aan de troon. Naast hem schoof grootmaester Pycelle onrustig heen en weer, terwijl Pinkje met een pen speelde. Zij waren de enige aanwezige raadsleden. In het Koningsbos was een wit hert gesignaleerd, en heer Renling en ser Barristan maakten daar nu samen met de koning jacht op, in gezelschap van prins Joffry, Sandor Clegane, Balon Swaan en het halve hof. Dus was Ned in Roberts afwezigheid gedwongen op de ijzeren troon te zitten.

Maar hij *zat* in elk geval nog. Op de raad na moesten alle anderen eerbiedig staan of knielen. De smekelingen die op een kluitje bij de hoge deuren stonden, de ridders en de edele heren en dames onder de wandtapijten, het gewone volk op de galerij, de gemaliede wachters met hun gouden of grijze mantels: ze stonden allemaal.

De dorpelingen knielden: mannen, vrouwen en kinderen, allemaal even gehavend en bebloed, hun gezichten vertrokken van angst. De drie ridders die hen hierheen hadden begeleid om hun getuigenverklaring af te leggen stonden achter hen.

'*Boeven*, heer Varys?' De minachting droop van ser Reimon Darrings stem. 'O ja, het waren zonder meer boeven. Lannister-boeven.'

Van hoog tot laag spitste iedereen zijn oren, en Ned voelde de onrust in de zaal. Hij kon met goed fatsoen geen verbazing veinzen. Sinds Catelyn Tyrion Lannister gevangen had genomen was het westen één grote brandhaard. Zowel Stroomvliet als de Rots van Casterling had zijn banieren bijeengeroepen en in de bergpas van de Guldentand hadden de strijdkrachten zich in groten getale verzameld. Het was slechts een kwestie van tijd geweest voordat er bloed zou vloeien. De enige vraag die nog restte, was hoe de wond het beste gestelpt kon worden.

Ser Karyl Vannis met de trieste ogen, die knap zou zijn geweest als zijn gezicht niet van nature door een wijnvlek was ontsierd, gebaarde naar de knielende dorpelingen. 'Dit is alles wat er van de hofstede Scherre rest, heer. De anderen zijn allemaal dood, net als de inwoners van Wendelstee en Mommersfoort.'

'Sta op,' beval Ned de dorpelingen. Hij hechtte nooit geloof aan wat hem knielend werd verteld. 'Allemaal opstaan.'

Stukje bij beetje krabbelde de hele hofstede Scherre overeind. Een oude man moest op de been geholpen worden en een jong meisje met bloed op haar jurk bleef op haar knieën met lege ogen naar ser Arys Eikhart staren, die in de witte wapenrusting van de koningsgarde aan de voet van de troon gereedstond om de koning te beschermen en te verdedigen... of, naar Ned aannam, de Hand des Konings.

'Joss,' zei ser Reimon Darring tegen een gezette, kalende man met een brouwersschort. 'Vertel de Hand wat er in Scherre is gebeurd.'

Joss knikte. 'Als het Zijne Genade behaagt...'

'Zijne Genade is op jacht aan de overkant van het Zwartwater,' zei Ned. Hij vroeg zich af hoe het mogelijk was dat iemand zijn ganse leven op enkele dagreizen van de Rode Burcht woonde zonder er enig idee van te hebben hoe zijn koning eruitzag. Ned was gekleed in een wit linnen wambuis met de schrikwolf van Stark op de borst, en zijn zwarte wollen mantel werd bij de kraag bijeengehouden door de zilveren hand van zijn ambt. Zwart, wit en grijs, alle nuances van de waarheid. 'Ik ben heer Eddard Stark, de Hand des Konings. Vertel me wie je bent en wat je van deze rovers weet.'

'Ik heb... ik *had* een biertapperij, heer. In Scherre, naast de stenen brug. Het beste bier ten zuiden van de Nek, dat zeiden ze allemaal, met uw verlof, heer. Maar nu is het weg, heer, net als de rest. Ze kwamen en goten zich vol en de rest smeten ze weg, en toen staken ze mijn dak in brand, en als ze me te pakken hadden gekregen was ik er zelf ook geweest. Heer.'

'Ze staken alles in brand,' zei een boer naast hem. 'Ze kwamen toen het donker was, uit het zuiden. Ze staken de velden in brand en de huizen ook, en wie ze wou tegenhouden sloegen ze dood. Maar het waren geen rovers, heer. Ze waren niet op ons bezit uit, zij niet, ze hebben ter plekke mijn melkkoe afgeslacht en haar laten liggen voor de vliegen en de kraaien.'

'Ze hebben op mijn leerjongen gejaagd alsof-ie een stuk jachtwild was,' zei een gedrongen man, gespierd als een smid en met een verband om zijn hoofd. Hij had voor het hof zijn goeie goed aangetrokken, maar zijn broek was gelapt en zijn mantel besmeurd en bestoft van de reis. 'Ze joegen hem op hun paarden over het veld heen en weer en prikten hem met hun speren alsof het een spelletje was, en lachen dat ze deden, en hij struikelde en schreeuwde, tot die grote hem pardoes aan zijn speer reeg.'

Het knielende meisje wrong haar hals in een bocht om Ned te zien, hoog boven haar op de troon. 'Mijn moeder hebben ze ook vermoord, Uwe Genade. En ze... ze...' Haar stem stierf weg, alsof ze niet meer wist wat ze had willen zeggen. Ze begon te snikken.

Ser Reimon Darring pakte de draad weer op. 'In Wendelstee zochten de mensen hun toevlucht in de hof, maar die had planken wanden. De rovers stapelden stro tegen het hout aan om ze allemaal levend te verbranden. Toen die van Wendelstee hun poort openden om voor het vuur te vluchten werden ze met pijlen doodgeschoten zodra ze naar buiten kwamen rennen, zelfs moeders met zuigelingen.'

'Vreselijk,' mompelde Varys. 'Wat is de mens toch wreed.'

'Ze hadden dat ook met ons willen doen, maar de hofstede Scherre is van steen,' zei Joss. 'Sommigen wilden ons uitroken, maar die grote kerel zei dat het fruit stroomopwaarts rijper was, en toen reden ze naar Mommersfoort.'

Toen hij zich naar voren boog voelde Ned het koude staal tegen zijn handen. Tussen al zijn vingers staken klingen omhoog: verwrongen zwaardpunten waaierden als roofvogelklauwen van de armleuningen van de troon uit. Zelfs na drie eeuwen waren sommige nog scherp genoeg om te snijden. De ijzeren troon zat vol valstrikken voor de onoplettenden. Volgens de liederen waren er duizend zwaarden in verwerkt, witheet gestookt door de gloeiende adem van Balerion, de Zwarte Verschrikking. Het smeden had negenenvijftig dagen in beslag genomen en het resultaat was dit loerende zwarte monster van vlijmscherpe sneden, weerhaken en metalen kartelranden: een stoel die dodelijk kon zijn en dat ook was geweest, als de verhalen waar waren.

Wat Eddard Stark erop te zoeken had begreep hij zelf niet, maar toch zat hij hier, en deze mensen verwachtten gerechtigheid van hem. 'Wat voor bewijs hebben jullie dat het de Lannisters waren?' vroeg hij terwijl hij zijn best deed zijn woede in bedwang te houden. 'Hadden ze karmozijnrode mantels aan of voerden ze een leeuwenbanier?'

'Zelfs Lannisters zijn niet zo oliedom,' snauwde ser Marq Pijper, een opschepperige, hanige jonge vent, te jong en te heetgebakerd in Neds ogen, maar dikke maatjes met Catelyns broer Edmar Tulling.

'Ze waren stuk voor stuk te paard en in maliën gehuld, heer,' antwoordde ser Karyl kalm. 'Ze droegen zwaarden, speren met stalen punten en strijdbijlen voor het slagerswerk.' Hij gebaarde naar een van de gehavende overlevenden. 'Jij daar. Ja, jij, niemand doet je wat. Vertel de Hand wat je mij hebt verteld.'

De oude man knikte. 'Over hun paarden,' zei hij. 'Ze reden op strijdrossen. Ik heb menig jaar bij de ouwe ser Willam in de stallen gewerkt, dus ik weet het verschil. Niet een van die paarden had ooit voor de ploeg gelopen. De goden zijn mijn getuigen als ik het mis heb.'

'Goed bereden boeven,' merkte Pinkje op. 'Misschien hadden ze de paarden bij hun vorige strooftocht gestolen.'

'Hoeveel man telde die roversbende?' vroeg Ned.

'Minstens honderd,' antwoordde Joss op hetzelfde ogenblik dat de smid met het verband 'Vijftig' zei en de grootmoeder achter hem: 'Vele honderden, heer, een heel leger.'

'U beseft niet half hoe gelijk u hebt, goede vrouw,' zei heer Eddard tegen haar. 'Jullie zeggen dat ze geen banieren voerden. En hun wapenrusting? Heeft een van jullie ook opschik of versierselen gezien, emblemen op hun schilden of helmen?'

De brouwer, Joss, schudde zijn hoofd. 'Het spijt me heer, maar nee, hun wapenrusting was onversierd, alleen... hun aanvoerder had dezelfde wapens als de rest, maar hij was toch duidelijk herkenbaar. Dat kwam door zijn omvang. Wie zegt dat alle reuzen dood zijn heeft deze niet gezien, ik zweer het. Hij was zo groot als een os, met een stem als een splijtende steen.'

'*De Berg!*' zei ser Marq luidkeels. 'Daar valt toch niet aan te twijfelen? Dit is het werk van Gregor Clegane.'

Ned hoorde gemompel van onder de vensters aan het andere einde van de zaal. Zelfs van de galerij klonk nerveus gefluister. Van hoog tot laag, iedereen wist wat het betekende als ser Marq gelijk kreeg. Ser Gregor Clegane was een van heer Tywin Lannisters baandermannen.

Hij bestudeerde de bevreesde gezichten van de dorpelingen. Geen wonder dat ze zo bang waren geweest: ze hadden gedacht dat ze hierheen werden gesleept om heer Tywin van medeplichtigheid aan een slachtpartij te betichten ten overstaan van een koning die zijn schoonzoon was. Hij vroeg zich af of de ridders hun een keus hadden gelaten.

Grootmaester Pycelle rees gewichtig van de raadstafel op. Zijn ambtsketen rinkelde. 'Met alle respect, ser Marq, maar u weet niet zeker of die bandiet ser Gregor was. Er zijn veel grote mannen in het rijk.'

'Zo groot als de Rijdende Berg?' zei ser Karyl. 'Ik ben er nog nooit een tegengekomen.'

'Noch iemand anders hier,' voegde ser Reimon er heftig aan toe. 'Bij hem vergeleken is zelfs zijn broer een kleine jongen. Open uw ogen, heren. Wat wilt u, zijn zegel aan de lijken? Het was Gregor.'

'Waarom zou ser Gregor een boef worden?' vroeg Pycelle. 'Hij houdt van zijn leenheer een sterke burcht en een groot gebied in leen. De man is tot ridder gezalfd.'

'Een valse ridder!' zei ser Marq. 'De dolle hond van heer Tywin.'

'Heer Hand,' verklaarde Pycelle stijfjes, 'ik verzoek u met klem, deze *brave* ridder eraan te herinneren dat heer Tywin de vader van onze lieftallige koningin is.'

'Dank u, grootmaester Pycelle,' zei Ned. 'Als u ons er niet op had gewezen zouden we dat vast vergeten zijn, vrees ik.'

Vanaf zijn uitkijkpost boven op de troon kon hij zien hoe aan het andere uiteinde van de zaal een paar mannen de deur uitglipten. Die kozen het hazenpad, nam hij aan... of ze gingen een graantje meepikken bij de koningin. In de galerij ving hij een glimp op van Septa Mordane met naast haar zijn dochter Sansa. Een flits van woede ging door Ned heen. Jonge meisjes hoorden hier niet te zijn. Maar de septa had niet kunnen weten dat de zitting van vandaag zo grondig zou afwijken van de gebruikelijke sleur: het aanhoren van petities, het beslechten van geschillen tussen rivaliserende hofsteden en de juiste plaats van grensstenen helpen vaststellen.

Aan de raadstafel had Petyr Baelish zijn ganzenveer gelaten voor wat die was en zich naar voren gebogen. 'Ser Marq, ser Karyl, ser Reimon, mag ik u iets vragen? Die hofsteden stonden toch onder uw bescherming? Waar was u toen al die moord- en brandpartijen plaatsvonden?'

Ser Karyl Vannis gaf antwoord. 'Ik bevond mij in het gezelschap van mijn vader in de pas onder aan de Guldentand, evenals ser Marq. Toen het nieuws over deze schanddaden ser Edmar Tulling bereikte droeg hij ons op, met een kleine eenheid zoveel mogelijk overlevenden te verzamelen en die voor de koning te geleiden.'

Ser Reimon Darring nam het woord. 'Ser Edmar had mij met al mijn manschappen op Stroomvliet ontboden. Ik zat in mijn legerkamp aan de rivier, recht tegenover zijn muren, toen ik het bericht kreeg. Tegen de tijd dat ik naar mijn eigen grondgebied kon terugkeren was Clegane met zijn ongedierte alweer aan de overkant van de Rode Vork, op weg naar de heuvels van Lannister.'

Pinkje streek peinzend over de punt van zijn baard. 'En als ze terugkomen, ser?'

'Als ze terugkomen zullen we de velden die ze hebben platgebrand met hun eigen bloed bevloeien,' stoof ser Marq Pijper op.

'Ser Edmar heeft manschappen gezonden naar ieder dorp en elke hofstede binnen een dagreis van de grens,' legde ser Karyl uit. 'De volgende rover zal het minder gemakkelijk hebben.'

En dat zou weleens precies kunnen zijn wat heer Tywin wil, dacht Ned bij zichzelf. *De strijdmacht van Stroomvliet aderlaten, de jongen ertoe verleiden zijn zwaarden wijd en zijd te verspreiden.* De broer van zijn vrouw was jong, en eerder moedig dan verstandig. Hij zou geen duimbreed grond willen prijsgeven en alle mannen, vrouwen en kinderen die hem heer noemden willen verdedigen, en Tywin Lannister was sluw genoeg om dat te beseffen.

'Als uw velden en hofsteden veilig zijn,' zei heer Petyr, 'wat wilt u dan eigenlijk van de troon?'

'De heren van de Drietand nemen de koningsvrede in acht,' zei ser Reimon Darring. 'De Lannisters hebben die verbroken. Wij vragen verlof dat te vergelden, staal voor staal. Wij vragen gerechtigheid voor het volk van Scherre, Wendelstee en Mommersfoort.'

'Edmar is het daar mee eens, we moeten Gregor Clegane dat bloed betaald zetten,' verklaarde ser Marq, 'maar de oude heer Hoster heeft ons bevolen hierheen te gaan en de koning om verlof te vragen voor we toeslaan.'

De goden zij dank dat de oude heer Hoster er ook nog is. Tywin Lannister was vos en leeuw tegelijk. Hij mocht dan ser Gregor hebben gestuurd om brand te stichten en te plunderen – daar twijfelde Ned geen seconde aan – maar hij had wél gezorgd dat het onder dekking van het donker was gebeurd, zonder banieren en zogenaamd door doodgewone boeven. Als Stroomvliet terugsloeg, zouden Cersei en haar vader bij hoog en bij laag beweren dat het de Tullings waren die de koningsvrede hadden verbroken, en niet de Lannisters. Alleen de goden wisten wat Robert zou geloven.

Grootmaester Pycelle was weer opgestaan. 'Heer Hand, als deze goede lieden van mening zijn dat ser Gregor omwille van plundering en verkrachting zijn heilige geloften heeft verbroken, laat ze dan naar zijn leenheer gaan en hem hun klacht voorleggen. Deze misdaden gaan de kroon niet aan. Laat hen heer Tywin om gerechtigheid vragen.'

'Alle gerechtigheid is des konings,' zei Ned tegen hem. 'In noord en zuid, in oost en west, alles wat we doen doen we in Roberts naam.'

'De gerechtigheid des *konings*,' zei grootmaester Pycelle. 'Zo is het, en derhalve dienen we deze zaak te verdagen tot de koning...'

'De koning is op jacht aan de overkant van de rivier, en het kan dagen duren voordat hij terugkomt,' zei heer Eddard. 'Robert heeft mij opgedragen hier namens hem zitting te houden, te luisteren met zijn oren en te spreken met zijn stem. En dat ben ik ook van plan... al ben ik het met u eens dat hij moet worden ingelicht.' Hij zag een bekend gezicht onder de wandtapijten. 'Ser Robar.'

Ser Robar Roys trad naar voren en boog. 'Heer.'

'Uw vader is met de koning op jacht,' zei Ned. 'Wilt u hen op de hoogte stellen van wat hier vandaag gezegd en gedaan is?'

'Ik ga meteen, heer.'

'Hebben wij dus uw verlof om wraak te nemen op ser Gregor?' vroeg Marq Pijper aan de troon.

'Wraak?' zei Ned. 'Ik dacht dat we het over gerechtigheid hadden. Cleganes velden in brand steken en zijn mensen afslachten herstelt de koningsvrede niet, maar uitsluitend uw gekwetste trots.' Voordat de jonge ridder verontwaardigd kon protesteren keek hij snel de andere kant op en wendde zich tot de dorpelingen. 'Bewoners van Scherre, ik kan jullie je huizen en gewassen niet teruggeven, noch jullie doden tot leven wekken. Maar misschien kan ik in naam van onze koning Robert althans enige gerechtigheid laten geschieden.'

Alle ogen in de zaal waren afwachtend op hem gericht. Langzaam werkte Ned zich overeind door zich met zijn armen van de troon af te zetten, waarbij zijn verbrijzelde been het uitschreeuwde onder het gips. Hij deed zijn best de pijn te negeren. Dit was geen moment om blijk te geven van zwakheid. 'De Eerste Mensen waren van mening dat de rechter die de doodstraf eiste ook het zwaard moest hanteren, en in het noorden houden we ons daar nog steeds aan. Ik stuur ongaarne een ander om namens mij te doden... maar het ziet ernaar uit dat ik geen keus heb.' Hij gebaarde naar zijn gebroken been.

'*Heer Eddard!*' De kreet kwam van de westkant van de zaal, en een knap uitziende, piepjonge knaap trad stoutmoedig naar voren. Zonder harnas zag ser Loras Tyrel er zelfs nog jonger uit dan zijn zestien jaar. Hij was in bleekblauwe zijde gekleed, zijn gordel een ketting waarvan de schakels gouden rozen waren, het wapenteken van zijn huis. 'Wees zo goed en vergun mij de eer in uw plaats te treden. Draag mij deze taak op, heer, en ik zweer dat ik u niet zal teleurstellen.'

Pinkje grinnikte. 'Ser Loras, als we u er alleen op uitsturen, stuurt ser Gregor ons uw hoofd retour met een pruim in die charmante mond van u. De Berg is er de man niet naar om zijn nek te buigen voor wiens gerechtigheid dan ook.'

'Ik vrees Gregor Clegane niet,' zei ser Loras hooghartig.

Traag liet Ned zich op de ijzeren zitting van Aegons wanstaltige troon terugzakken. Zijn ogen bestudeerden de gezichten langs de wand. 'Heer Beric,' riep hij. 'Thoros van Myr. Ser Lisse. Heer Lothar.' De mannen traden een voor een naar voren. 'Elk van u verzamelt twintig man om mijn boodschap naar Gregors burcht te brengen. U zult vergezeld worden door twintig leden van mijn eigen wacht. Heer Beric Dondarrion, u voert het bevel, zoals het uw stand betaamt.'

De jonge edelman met het roodgouden haar boog. 'Zoals u beveelt, heer Eddard.'

Ned verhief zijn stem, zodat die tot het andere uiteinde van de troonzaal droeg. 'In naam van Robert van het huis Baratheon, Eerste van die Naam, Koning van de Andalen en de Rhoynar en de Eerste Mensen, heer van de Zeven Koninkrijken en Beschermer van het Rijk, sprekend als Eddard van het huis Stark, zijn Hand, gelast ik u inderhaast naar de westelijke landen te rijden, onder de banier des konings de Rode Vork van de Drietand over te steken en daar aan de valse ridder Gregor Clegane en allen die medeplichtig zijn aan zijn misdaden, 's konings gerechtigheid te voltrekken. Ik klaag hem aan, verklaar hem van zijn rechten vervallen en ontneem hem zijn rang en titels, zijn land, zijn inkomen en zijn bezittingen en veroordeel hem ter dood. Mogen de goden zijn ziel barmhartig zijn.'

Toen de echo van zijn woorden was weggestorven staarde de Bloemenridder hem niet-begrijpend aan. 'En ik dan, heer Eddard?'

Ned keek op hem neer. Vanaf deze hoogte zag Loras Tyrel er bijna even jong uit als Robb. 'Niemand trekt uw moed in twijfel, ser Loras, maar waar het hier om gaat is gerechtigheid, en u bent op wraak uit.' Hij keek weer naar heer Beric. 'Vertrekt u met het ochtendkrieken. Zulke zaken kunnen het beste snel worden afgehandeld.' Hij stak een hand op. 'De troon hoort vandaag verder geen petities meer aan.'

Alyn en Porthier klommen de steile ijzeren trap op om hem naar beneden te helpen. Terwijl ze afdaalden voelde hij Loras Tyrels norse blik op zich gericht, maar de jongen was weggebeend voordat Ned de vloer van de troonzaal had bereikt.

Aan de voet van de ijzeren troon was Varys bezig papieren van de raadstafel te verzamelen. Pinkje en grootmaester Pycelle waren al weg. 'Uw stoutmoedigheid overtreft de mijne,' zei de eunuch zacht.

'Hoezo, heer Varys?' vroeg Ned bruusk. Zijn been stak, en hij was niet in de stemming voor woordspelletjes.

'Als ik daarboven had gezeten had ik ser Loras gestuurd. Hij wilde *zo* graag... en iemand die de Lannisters tot vijanden heeft doet er goed aan de Tyrels te vriend te houden.'

'Ser Loras is nog jong,' zei Ned. 'Ik wed dat hij wel over zijn teleurstelling heen groeit.'

'En ser Ilyn?' De eunuch streek over een dikke, gepoederde wang. 'Hij *is* per slot van rekening de koninklijke scherprechter. Anderen sturen om zijn werk te doen... sommigen zouden dat als een ernstige belediging kunnen interpreteren.'

'Het was niet geringschattend bedoeld.' In feite vertrouwde Ned de ridder zonder tong niet, al was dat misschien uitsluitend omdat hij niets met beulen op had. 'Bedenkt u wel dat de Peyns baandermannen van het huis Lannister zijn. Het leek me het beste mannen te kiezen die heer Tywin geen vazalleneed hebben gezworen.'

'Ongetwijfeld heel verstandig,' zei Varys. 'Maar het toeval wilde dat ik ser Ilyn achterin de zaal met die fletse ogen van hem naar ons zag staren. Ik moet zeggen dat hij niet blij keek, al blijft dat bij onze zwijgzame ridder toch altijd gissen. Hopelijk groeit ook hij over zijn teleurstelling heen. Hij is gewoon *dol* op zijn werk...'

Sansa

'Hij wilde ser Loras niet sturen,' zei Sansa die avond tegen Jeane Poel toen ze getweeën bij lamplicht een koude maaltijd aten. 'Dat kwam door zijn been, denk ik.'

Heer Eddard had het diner met Alyn, Harwin en Vayon Poel in zijn slaapvertrek gebruikt om zijn gebroken been meer rust te gunnen, en Septa Mordane had geklaagd dat een hele dag staan op de galerij haar zere voeten had bezorgd. Arya werd geacht met hen mee te eten, maar die was nog niet terug van haar dansles.

'Zijn been?' zei Jeane onzeker. Ze was even oud als Sansa, donker van haar en knap om te zien. 'Had ser Loras iets aan zijn been?'

'Niet zíjn been,' zei Sansa en nam een keurig klein hapje van een kippenpoot. 'Váders been, sufferd. Dat doet nog steeds zo'n pijn dat hij ervan uit zijn humeur raakt. Anders zou hij ser Loras vast wel gestuurd hebben.'

Het besluit van haar vader verbijsterde haar nog steeds. Toen de Bloemenridder zijn stem verhief had ze vast geloofd dat ze een van die verhalen van de Ouwe Nans werkelijkheid zou zien worden. Ser Gregor was het monster en ser Loras de ware held die hem zou verslaan. Hij zag er zelfs uit als een ware held, zo rank en knap, met die gouden rozen om zijn slanke middel en die weelderige bruine krullen op zijn voorhoofd. En toen had vader het hem geweigerd! Dat had haar meer van haar stuk gebracht dan ze zeggen kon. Toen ze de galerijtrap afdaalden had ze dat ook met zoveel woorden tegen Septa Mordane gezegd, maar de septa had haar alleen maar gezegd dat het niet aan haar was de besluiten van haar vader in twijfel te trekken.

Dat was het moment waarop heer Baelish had gezegd: 'Dat weet ik zo net nog niet, septa. Bij sommige van haar vaders besluiten is een vraagteken wel op zijn plaats. Deze jongedame is even verstandig als lieftallig.' En hij had een statige buiging voor haar gemaakt, zo diep dat ze niet zeker had geweten of het complimenteus of spottend bedoeld was.

Septa Mordane was *ten zeerste* ontsteld bij de ontdekking dat heer Baelish hen had afgeluisterd. 'Het meisje zei maar wat, heer,' zei ze. 'Dwaas gebabbel. Ze bedoelde er niets mee.'

Heer Baelish streek over zijn puntbaardje en zei: 'Niets? Vertel eens, kind, waarom zou jij ser Loras hebben gestuurd?'

Er zat niets anders voor Sansa op dan met die helden en monsters voor de dag te komen. De raadgever van de koning glimlachte. 'Tja, dat zijn niet de redenen die ik zou hebben gegeven, maar...' Hij had haar wang aangeraakt, waarbij zijn duim vluchtig over de welving van haar jukbeen streek. 'Het leven is geen lied, liefje. Dat zul je op een dag tot je verdriet nog wel merken.'

Maar Sansa had helemaal geen zin dat aan Jeane te vertellen. Het was al verontrustend genoeg om eraan terug te denken.

'Ser Ilyn is de scherprechter van de koning, niet ser Loras,' zei Jeane. 'Heer Eddard had hem moeten sturen.'

Sansa huiverde. Telkens als ze naar ser Ilyn Peyn keek kreeg ze de koude rillingen. Hij gaf haar het gevoel dat er iets kils over haar naakte huid glibberde. 'Ser Ilyn is zelf ook net een monster. Ik ben blij dat vader hem niet heeft aangewezen.'

'Heer Beric is niet minder heldhaftig dan ser Loras. Hij is net zo koen en dapper.'

'Dat zal wel,' zei Sansa niet erg weinig overtuigd. Beric Dondarrion was knap genoeg, maar vreselijk *oud*, bijna tweeëntwintig. De Bloemenridder was veel beter geweest. Maar natuurlijk was Jeane al verliefd op heer Beric sinds ze hem voor het eerst in het strijdperk had ontwaard. Dat vond Sansa dom van haar. Jeane was tenslotte maar de dochter van een hofmeester, en hoezeer ze ook naar hem smachtte, heer Beric zou zijn oog nooit op iemand laten vallen die zover beneden hem stond, zelfs niet als ze méér dan half zo oud als hij was.

Maar het zou niet aardig zijn om dat te zeggen, dus nam Sansa een slokje melk en veranderde van onderwerp. 'Ik heb gedroomd dat Joffry het witte hert wist te bemachtigen,' zei ze. Eigenlijk was het meer een wensdroom, maar het klonk beter om het een echte droom te noemen. Iedereen wist dat dromen profetisch waren. Witte herten golden als uiterst zeldzaam en magisch, en in haar hart wist ze dat haar dappere prins meer waard was dan zijn dronken vader.

'Gedroomd? Echt waar? Hoefde prins Joffry er alleen maar op af te lopen en het met zijn blote hand aan te raken, zonder het kwaad te doen?'

'Nee,' zei Sansa. 'Hij schoot het met een gouden pijl en bracht het aan mij.' In de liederen werden magische dieren nooit door ridders gedood. Ze liepen er alleen maar op af en raakten ze aan en deden ze geen kwaad, maar ze wist dat Joffry van jagen hield, en vooral van het doden. Maar alleen dieren. Sansa was er zeker van dat haar prins part noch deel had aan de moord op Jory en die andere arme kerels. Dat had zijn boze oom gedaan, de Koningsmoordenaar. Ze wist dat haar vader daar nog steeds kwaad om was, maar het was onredelijk om Joff de schuld te geven. Dat was hetzelfde als haar de schuld geven van iets wat Arya had gedaan.

'Ik heb vanmiddag je zuster gezien,' gooide Jeane eruit, alsof ze Sansa's gedachten kon lezen. 'Ze zat vrouwe Tanda's oranje katje achterna door de stallen. Waarom doet ze zoiets?'

'Ik weet nooit waarom Arya dingen doet.' Sansa had een hekel aan stallen: onwelriekende ruimten vol mest en vliegen. Zelfs als ze ging rijden had ze liever dat de stalknecht haar paard zadelde en op de binnenplaats bij haar bracht. 'Moet ik nog over de zitting van het hof vertellen of niet?'

'O ja,' zei Jeane.

'Er was een zwarte broeder,' zei Sansa, 'die om manschappen voor de Muur smeekte, alleen was hij vrij oud en rook hij onfris.' Dat had ze heel onaangenaam gevonden. Ze had altijd gedacht dat de Nachtwacht uit mannen als oom Benjen bestond. In de liederen heetten ze de zwarte ridders van de Muur. Maar deze man was gebocheld en foeilelijk en zag eruit alsof hij luizen had. Als dit was hoe de Nachtwacht in het echt was, had ze met haar bastaard-halfbroer Jon te doen. 'Vader vroeg of er nog ridders in de zaal waren die hun huis eer wilden brengen door het zwart aan te nemen, maar niemand kwam naar voren, en dus gaf hij die Yoren het puikje uit de koninklijke kerkers en stuurde hem weg. En later traden die twee broers voor hem, vrijruiters uit de Marken van Dorne, om hun zwaard aan de koning op te dragen. Vader nam hun de eed af...'

Jeane gaapte. 'Zijn er ook citroenkoeken?'

Sansa hield er niet van om in de rede gevallen te worden, maar ze moest toegeven dat citroenkoeken aanlokkelijker klonken dan het merendeel van wat zich in de troonzaal had afgespeeld. 'Laten we eens gaan kijken,' zei ze.

De keuken had geen citroenkoeken te bieden, maar ze vonden wel de helft van een koude aardbeientaart, wat bijna net zo goed was. Ze aten hem op de torentrap op en zaten onderwijl te giechelen, te roddelen en geheimen uit te wisselen. Toen ze die avond naar bed ging voelde Sansa zich bijna even verdorven als Arya.

De volgende morgen ontwaakte ze voor het ochtendkrieken en sloop slaperig naar het raam om te zien hoe heer Beric zijn manschappen in marsorde opstelde. Ze gingen op weg toen boven de stad de dageraad aanbrak, voorafgegaan door drie banieren. Aan de lange stang wapperde de gekroonde hertenbok van de koning, aan kortere stokken de schrikwolf van Stark en de gevorkte bliksemschicht van heer Beric zelf. Het was allemaal zo opwindend: banieren die dansten in de wind, snuivende en hinnikende paarden, de gouden stralen van de opgaande zon die schuin door de tralies van het valhek schenen toen het werd opgetrokken. Vooral de mannen van Winterfel zagen er prachtig uit in hun zilverkleurige maliën en lange grijze mantels.

Alyn droeg de banier van de Starks. Toen ze hem naast heer Beric de teugels zag inhouden om een paar woorden met hem te wisselen zwol Sansa van trots. Alyn was knapper dan Jory was geweest. Op een dag zou hij ridder zijn.

Na hun vertrek leek de Toren van de Hand zo leeg dat Sansa zelfs blij was om Arya te zien toen ze naar beneden ging om te ontbijten. 'Waar is iedereen?' wilde haar zuster weten terwijl ze de schil van een bloedsinaasappel trok. 'Heeft vader ze erop uitgestuurd om jacht te maken op Jaime Lannister?'

Sansa zuchtte. 'Ze zijn met heer Beric uitgereden om ser Gregor Clegane te onthoofden.' Ze keerde zich naar Septa Mordane toe, die met een houten lepel havermout zat te eten. 'Septa, denkt u dat heer Beric het hoofd van ser Gregor op zijn eigen poort spietst, of dat hij het naar de koning brengt?' Daar had ze gisteravond met Jeane Poel over zitten redetwisten.

De septa was diep geschokt. 'Een dame bespreekt zulke dingen niet achter een bord havermout. Waar zijn je manieren, Sansa? Je bent de laatste tijd warempel al net zo erg als je zuster.'

'Wat heeft Gregor gedaan?' vroeg Arya.

'Hij heeft een hofstede platgebrand en een massa mensen vermoord, ook vrouwen en kinderen.'

Arya trok een minachtend gezicht. 'Jaime Lannister heeft Jory en Huard en Wyl vermoord, en de Jachthond Myca. Iemand had hén moeten onthoofden.'

'Dat is niet hetzelfde,' zei Sansa. 'De Jachthond heeft gezworen om Joffry te beschermen. Die slagersjongen van jou viel de prins aan.'

'Leugenaarster,' zei Arya. Haar hand sloot zich zo hard om de bloedsinaasappel dat het sap langs haar vingers droop.

'Maak me gerust uit voor wat je wilt,' zei Sansa luchtig. 'Zodra ik met Joffry getrouwd ben waag je dat niet meer. Dan moet je voor me buigen en me "Uwe Genade" noemen.' Ze gilde toen Arya de sinaasappel over tafel smeet. Die trof haar met een pets midden op haar voorhoofd en plofte toen in haar schoot.

'U hebt sap op uw gezicht, Uwe Genade,' zei Arya.

Het liep langs haar neus en prikte in haar ogen. Sansa veegde het af met een servet. Toen ze zag wat de vrucht in haar schoot met haar prachtige japon van ivoorkleurige zijde had aangericht gilde ze weer. 'Je bent *afschuwelijk*,' krijste ze tegen haar zuster. 'Ze hadden *jou* moeten vermoorden in plaats van Dame.'

Septa Mordane kwam zwaaiend overeind. 'Daar zal jullie heer vader van horen! Onmiddellijk naar jullie kamers. Onmíddellijk!'

'Ik ook?' De tranen sprongen Sansa in de ogen. 'Dat is niet eerlijk.'

'Het staat niet ter discussie. Ga!'

Sansa beende met opgeheven hoofd weg. Zij zou koningin worden, en koninginnen huilden niet. Tenminste niet waar andere mensen bij waren. Eenmaal in haar slaapkamer vergrendelde ze de deur en trok haar jurk uit. De bloedsinaasappel had een onregelmatige rode vlek op de zijde achtergelaten. 'Ik háát haar!' gilde ze. Ze verfrommelde de jurk tot een bal en smeet hem in de koude haard, op de as van gisteravond. Toen ze zag dat de vlek ook tot in haar onderrok was doorgedrongen barstte ze alsnog in snikken uit. Woest rukte ze de rest van haar kleren uit, plofte op haar bed en huilde zich weer in slaap.

Het was midden op de dag toen Septa Mordane op haar deur klopte. 'Sansa. Je heer vader wenst je te spreken. Nu.'

Sansa ging rechtop zitten. 'Dame,' fluisterde ze. Even leek het of de schrikwolf in de kamer was en haar aankeek met die gouden ogen van haar, droevig en veelzeggend. Ze had gedroomd, besefte ze. Dame was bij haar, en ze renden naast elkaar, en... en... Toen ze het zich trachtte te herinneren was het alsof ze met haar vingers de regen probeerde op te vangen. De droom vervloog en Dame was weer dood.

'Sansa.' Een nieuwe, scherpe tik op de deur. 'Hoor je me?'

'Ja, septa,' riep ze. 'Mag ik alstublieft een ogenblikje om me aan te kleden?' Ze had rode ogen van het huilen, maar ze deed haar best zichzelf mooi te maken.

Heer Eddard zat over een kolossaal, in leer gebonden boek gebogen toen Septa Mordane haar het bovenvertrek binnenleidde. Zijn gipsbeen lag onder de tafel uitgestrekt. 'Kom eens hier, Sansa,' zei hij niet onvriendelijk toen de septa haar zuster was gaan halen. 'Kom naast me zitten.' Hij sloeg het boek dicht.

Septa Mordane kwam terug met Arya, die kronkelde in haar greep. Sansa had een fraaie, bleekgroene japon van damast aangetrokken en een berouwvol gezicht opgezet, maar haar zuster was nog in het morsige leer en baai gekleed dat ze ook al tijdens het ontbijt had gedragen. 'Hier is de andere,' kondigde de septa aan.

'Dank u, Septa Mordane. Ik wil mijn dochters graag alleen spreken, als u zo goed wilt zijn.' De septa boog en vertrok.

'Arya is begonnen,' zei Sansa snel, omdat ze per se het eerste woord wilde hebben. 'Ze schold me uit voor leugenaarster en smeet een sinaasappel naar mijn hoofd, zodat mijn jurk bedorven werd, die van ivoorkleurige zijde die ik van koningin Cersei had gekregen voor mijn verloving met prins Joffry. Ze heeft er de smoor over in dat ik met de prins ga trouwen. Ze probeert álles te bederven, vader, ze kan niet uitstaan dat iets mooi of leuk of geweldig is.'

'Genóeg, Sansa,' zei heer Eddard ongeduldig, op scherpe toon.

Arya sloeg haar ogen op. 'Het spijt me, vader. Ik had ongelijk en ik vraag mijn lieve zuster om vergiffenis.'

Daar keek Sansa zo van op dat ze even sprakeloos was. Ten slotte hervond ze haar tong. 'En mijn jurk?'

'Die kan ik... misschien wassen,' zei Arya twijfelend.

'Wassen helpt niet,' zei Sansa. 'Al zou je een dag en een nacht lang schrobben. Die zijde is verpést.'

'Dan... maak ik een nieuwe voor je,' zei Arya.

Sansa wierp laatdunkend het hoofd in de nek. 'Jíj? Jij kunt niet eens een jurk naaien die geschikt is om de varkenskotten in schoon te maken.'

Hun vader zuchtte. 'Ik heb jullie niet laten komen om over jurken te praten. Ik stuur jullie allebei terug naar Winterfel.'

Voor de tweede keer was Sansa te verbijsterd om iets te zeggen. Ze merkte dat haar ogen weer volschoten.

'Dat kán niet,' zei Arya.

'Alstublieft, vader,' wist Sansa ten slotte uit te brengen. 'Doet u dat alstublieft niet.'

Eddard Stark wierp zijn dochters een vermoeid lachje toe. 'Eindelijk iets waar jullie het over eens zijn.'

'Ik heb niets verkeerds gedaan,' zei Sansa smekend tegen hem. 'Ik wil niet terug.' Ze was dol op Koningslanding: op de pracht en praal aan het hof, op de edele heren en dames met hun fluweel, zijde en juwelen, op de grote stad met al die mensen. Het toernooi was hét magische moment van haar leven geweest, en er was nog zoveel dat ze niet had gezien. Oogstfeesten, gemaskerde bals, komedies. De gedachte dat ze dat allemaal kwijt zou raken was onverdraaglijk. 'Stuurt u Arya weg, zij is begonnen, vader, ik zweer het. Ik zal me gedragen, u zult het zien, laat me toch blijven, dan beloof ik dat ik even verfijnd, edel en hoofs als de koningin zal zijn.'

Haar vaders mond vertrok zich op een vreemde manier. 'Sansa, ik stuur jullie niet weg omdat jullie ruzie hebben gemaakt, al weten de goden dat ik ziek ben van dat gebekvecht van jullie. Ik wil dat jullie weer naar Winterfel gaan met het oog op jullie eigen veiligheid. Drie van mijn mannen zijn als honden afgemaakt, nog geen drie mijl van waar wij zitten, en wat doet Robert? Hij gaat *op jacht*.'

Arya kauwde weer op haar lip, op die weerzinwekkende manier van haar. 'Mag Syrio met ons mee terug?'

'Wie maalt er om die stomme *dansleraar* van jou?' stoof Sansa op. 'Vader, ik bedenk het nu pas, maar ik kán niet weg, want ik ga met prins Joffry trouwen.' Ze probeerde manmoedig tegen hem te glimlachen. 'Ik hou van hem, vader, echt, echt waar, ik hou evenveel van hem als koningin Naerys van prins Aemon de Drakenridder, evenveel als Jonquil van ser Florian. Ik wil zijn koningin zijn en zijn kinderen krijgen.'

'Schatje,' zei haar vader vriendelijk, 'luister naar mij. Zodra je oud genoeg bent zal ik voor jou een verbintenis sluiten met een hoge edelman die jou waardig is, iemand die moedig, aardig en sterk is. Dat huwelijk met Joffry was een vreselijke vergissing. Geloof me, die jongen is geen prins Aemon.'

'Wél waar!' hield Sansa vol. 'Ik wil geen man die moedig en aardig is, ik wil hém. We zullen heel gelukkig zijn, net als in de liederen, u zult het zien. Ik zal hem een zoon met gouden haren schenken, en die zal op een dag koning zijn van het ganse rijk, de grootste koning aller tijden, moedig als een wolf en trots als een leeuw.'

Arya trok een gezicht. 'Niet met Joffry als vader,' zei ze. 'Hij is een leugenaar en een lafaard, en hij is trouwens een hertenbok, en geen leeuw.'

De tranen sprongen Sansa in de ogen, en in haar verdriet liet ze zichzelf helemaal gaan. 'Níet waar! Hij lijkt geen zier op die ouwe dronken koning,' krijste ze tegen haar zuster.

Vader staarde haar vreemd aan. '*Goden*,' vloekte hij binnensmonds, 'uit de mond van kinderen...' Hij liet Septa Mordane halen. Tegen de meisjes zei hij: 'Ik zoek een snelle handelsgalei om jullie thuis te brengen. De zee is de laatste tijd veiliger dan de Koningsweg. Jullie vertrekken zodra ik een fatsoenlijk schip heb gevonden, samen met Septa Mordane en een detachement van de wacht... en ja, met Syrio Forel, als hij bij mij in dienst wil treden. Maar spreek er niet over. Het is beter als niemand van onze plannen af weet. Morgen praten we verder.'

Sansa huilde toen Septa Mordane hen de trap afleidde. Alles zou haar ontnomen worden: de toernooien, het hof en haar prins, alles, ze stuurden haar terug om haar voorgoed op te sluiten achter de sombere, grijze muren van Winterfel. Haar leven was voorbij voordat het was begonnen.

'Ophouden met huilen, kind,' zei Septa Mordane streng. 'Ik ben ervan overtuigd dat jullie heer vader weet wat het beste voor jullie is.'

'Zo erg is het niet, Sansa,' zei Arya. 'We gaan op een galei varen, heel avontuurlijk, en daarna zijn we weer bij Bran en Robb, en bij Ouwe Nans en Hodor en de rest.' Ze legde een hand op haar arm.

'*Hodor!*' gilde Sansa. 'Jij zou met Hodor moeten trouwen, je lijkt sprekend op hem, stompzinnig, harig en lelijk.' Ze dook onder haar zusters arm uit, stormde haar slaapkamer in en schoof de deur achter zich op de grendel.

Eddard

'Pijn is een geschenk van de goden, heer Eddard,' zei grootmaester Pycelle. 'Het betekent dat het bot weer aan elkaar groeit en het vlees geneest. Wees dankbaar.'

'Ik zal dankbaar zijn als die steken in mijn been ophouden.'

Pycelle zette een stopfles op de tafel naast het bed. 'Melksap van de papaver, voor als de pijn u te veel kwelt.'

'Ik slaap nu al te veel.'

'Slaap is de grote heelmeester.'

'Ik had gehoopt dat u dat was.'

Pycelle glimlachte mat. 'Blij om te zien dat u zo scherp van geest bent, heer.' Hij boog zich voorover en dempte zijn stem. 'Er is vanochtend een raaf aangekomen, een brief voor de koningin van haar vader. Het leek mij beter dat u dat wist.'

'Duistere wieken, duistere woorden,' zei Ned grimmig. 'En?'

'Heer Tywin is ten zeerste verbolgen over het feit dat u mannen op ser Gregor Clegane hebt afgestuurd,' vertrouwde de maester hem toe. 'Zoals ik al vreesde. U zult zich herinneren dat ik dat in de raad met zoveel woorden heb gezegd.'

'Laat hem gerust verbolgen zijn,' zei Ned. Bij iedere steek in zijn been zag hij de glimlach van Jaime Lannister voor zich, en Jory, dood in zijn armen. 'Laat hem maar net zoveel brieven aan de koningin schrijven als hij wil. Heer Beric rijdt onder de banier van de koning zelf. Als heer Tywin de gerechtigheid des konings tracht te dwarsbomen zal hij zich tegenover Robert moeten verantwoorden. Zijne Genade doet maar één ding liever dan jagen, en dat is ten strijde trekken tegen heren die hem trotseren.'

Pycelle schuifelde achteruit, en zijn maestersketen rammelde. 'Wat u zegt. Morgenochtend kom ik weer langs.' De oude man graaide haastig zijn spullen bijeen en vertrok. Ned twijfelde er nauwelijks aan of hij ging rechtstreeks naar de koninklijke vertrekken om met de koningin te konkelen. *Het leek mij beter dat u dat wist*, ja, ja... Alsof Cersei hem niet had opgedragen haar vaders dreigementen door te geven. Hopelijk zou zijn reactie die volmaakte rij tanden van haar aan het klapperen brengen. Ned was lang niet zo zeker van Robert als hij het deed voorkomen, maar dat hoefde Cersei niet te weten.

Toen Pycelle weg was riep Ned om een beker honingwijn. Ook

die benevelde zijn brein, maar niet zo erg. Hij moest kunnen denken. Hij had zichzelf wel duizend keer afgevraagd wat Jon Arryn gedaan zou hebben als hij lang genoeg was blijven leven om zijn kennis in daden om te zetten. Of misschien had hij dat wel gedaan en was hij daarom gestorven.

Vreemd hoe onschuldige kinderogen soms dingen zien waar volwassenen blind voor zijn. Als Sansa volwassen was zou hij haar op een dag moeten vertellen hoe zij hem een licht had doen opgaan. *Hij lijkt geen zier op die ouwe, dronken koning*, had ze in haar boosheid en onwetendheid uitgeroepen, en bij die simpele waarheid, kil als de dood, kromp zijn hart ineen. *Dit is het zwaard dat Jon Arryn heeft geveld*, dacht Ned toen, *en ook Robert zal erdoor sterven, langzamer, maar niet minder zeker*. Verbrijzelde benen genezen misschien op den duur, maar er is een verraad dat de ziel aanvreet en vergiftigt.

Een uur nadat de grootmaester was vertrokken diende Pinkje zich aan, gekleed in een pruimkleurig wambuis met een zwarte spotvogel op de borst geborduurd en een zwart-wit gestreepte mantel. 'Ik kan niet lang blijven, heer,' kondigde hij aan. 'Vrouwe Tanda verwacht mij voor het middagmaal. Ze roostert ongetwijfeld het gemeste kalf voor me. Als dat ook maar enigszins op haar dochter lijkt zal ik straks nog barsten en erin blijven. En hoe is het met uw been?'

'Ontstoken en pijnlijk, en ik word gek van de jeuk.'

Pinkje trok een wenkbrauw op. 'Probeer er voortaan geen paarden meer op te laten vallen. Ik raad u dringend aan om snel te genezen. Het rijk wordt roerig. Varys heeft dreigende fluisteringen uit het westen opgevangen. Vrijruiters en huurlingen verzamelen zich in groten getale rond de Rots van Casterling, en niet omdat ze om een praatje met heer Tywin verlegen zitten.'

'Is er nieuws van de koning?' wilde Ned weten. 'Hoe lang is Robert eigenlijk van plan te blijven jagen?'

'Zijn prioriteiten in aanmerking genomen lijkt het me dat hij het liefst in het bos zou blijven totdat u en de koningin allebei van ouderdom gestorven zijn,' antwoordde heer Petyr met een flauw lachje. 'Nu dat niet gaat stel ik me zo voor dat hij terugkomt zodra hij een prooi heeft gedood. Ze schijnen het witte hert gevonden te hebben... of liever gezegd, wat ervan over was. Een paar wolven waren hen voor geweest, en die hebben weinig meer voor Zijne Genade overgelaten dan een hoef en een geweistang. Robert was razend, tot hij hoorde dat er nog dieper in het bos een monsterlijk everzwijn zou zitten. Toen moest en zou hij dat hebben. Prins Joffry is vanochtend teruggekomen met de gebroeders Roys, ser Balon Swaan en nog zo'n twintig andere leden van het gezelschap. De rest is bij de koning gebleven.'

'De Jachthond?' vroeg Ned met gefronste wenkbrauwen. Van de hele Lannister-kliek was Sandor Clegane degene die hem het meeste zorgen baarde nu ser Jaime de stad was ontvlucht om zich bij zijn vader te voegen.

'O, met Joffry mee teruggekomen en rechtstreeks naar de koningin gegaan.' Pinkje meesmuilde. 'Ik zou er honderd zilveren hertenbokken voor hebben gegeven om als beestje in de biezen te zitten toen hij hoorde dat heer Beric op pad was gegaan om zijn broer een kopje kleiner te maken.'

'Zelfs een blinde kan zien dat de Jachthond een hekel aan zijn broer heeft.'

'O, maar dat híj Gregor verafschuwt houdt nog niet in dat u Gregor mag doden! Zodra Dondarrion de top van onze Berg afkapt gaan grondgebied en inkomen van de Cleganes op Sandor over, maar ik zou er geen vergif op innemen dat hij dank je wel zegt. Hij niet. En neemt u me niet kwalijk, maar vrouwe Tanda wacht met haar gemeste kalveren.'

Op weg naar de deur viel heer Petyrs oog op grootmaester Malleons pil op de tafel. Hij bleef even staan en sloeg het met een nonchalant gebaar open. '*De afstamming en geschiedenis van de Grote Huizen van de Zeven Koninkrijken, met beschrijvingen van vele Grote Heren en Edele Dames en hun Kinderen*,' las hij. 'Dat is nog eens saaie lectuur. Een slaapmutsje, heer?'

Heel even overwoog Ned het hem allemaal te vertellen, maar iets aan Pinkjes grappenmakerij stond hem tegen. De man was al te slim, en zijn spottende lachje was nooit ver weg. 'Jon Arryn was dit boek aan het bestuderen toen hij ziek werd,' zei Ned behoedzaam om te zien hoe Pinkje zou reageren.

En hij reageerde zoals altijd: met een lolletje. 'In dat geval,' zei hij, 'moet de dood als een verlossing zijn gekomen.' Heer Petyr Baelish boog en vertrok.

Eddard Stark veroorloofde zich een vloek. Afgezien van zijn eigen volgelingen vertrouwde hij bijna niemand hier in de stad. Pinkje had Catelyn verborgen en Ned bij zijn onderzoek geholpen, maar de haast waarmee hij zijn eigen huid had gered toen Jaime met zijn zwaarden in de regen was opgedoemd zat Ned nog dwars. Varys was nog erger. Al zijn loyaliteitsbetuigingen ten spijt wist de eunuch te veel en deed hij te weinig. Grootmeester Pycelle leek met de dag meer aan Cerseis leiband te lopen, en ser Barristan was oud en star. Hij zou Ned voorhouden dat hij zijn plicht moest doen.

Hij had gevaarlijk weinig tijd. De koning zou binnenkort van zijn jachtpartij terugkeren, en de eer gebood Ned dat hij met alles wat hij had ontdekt naar hem toe ging. Vayon Poel had gezorgd dat Sansa en Arya over drie dagen met de *Windheks* uit Braavos konden vertrekken. Ze zouden voor de oogst in Winterfel terug zijn. Ned kon zijn bezorgdheid om hun veiligheid niet langer als excuus voor zijn uitstel aanwenden.

Maar vannacht had hij van Rhaegars kinderen gedroomd. Heer Tywin had hun lijkjes onder aan de ijzeren troon gelegd, gewikkeld in de scharlakenrode mantels van zijn hofwacht. Dat was slim van hem: zo stak het bloed minder akelig af tegen de rode stof. De kleine prinses was barrevoets, nog gekleed in haar nachthemd, en het jongetje... het jongetje...

Zoiets kon Ned niet wéér laten gebeuren. Het rijk kon niet nog een krankzinnige koning verduren, niet nog zo'n roes van bloed en wraak. Hij moest een weg zien te vinden om de kinderen te redden.

Robert kon barmhartig zijn. Ser Barristan was bij lange na niet de enige die hij had begenadigd. Grootmaester Pycelle, Varys de Spin, heer Balon Grauwvreugd, allemaal werden ze eens tot Roberts vijanden gerekend, en allemaal waren ze als vrienden verwelkomd en hadden ze hun ambt en aanzien mogen behouden in ruil voor hun eed van trouw. Zolang een man dapper en oprecht was behandelde Robert hem met alle eer en respect die hij een fiere vijand verschuldigd was.

Dit was iets anders: vergif in het donker, een dolksteek in de ziel. Dit kon hij nimmer vergeven, net zomin als hij Rhaegar ooit had vergeven. *Hij vermoordt ze allemaal*, besefte Ned.

En toch wist hij dat hij niet kon blijven zwijgen. Hij had zijn plicht tegenover Robert, tegenover het rijk, tegenover de schim van Jon Arryn... en tegenover Bran, die over een deel van de waarheid moest zijn gestruikeld. Waarom zouden ze anders hebben geprobeerd hem te doden?

Laat in de middag ontbood hij Tomard, de gezette wachter met de gemberkleurige bakkebaarden die de kinderen Dikke Tom noemden. Nu Jory dood en Alyn weg was voerde Tom het bevel over zijn hofwacht. De gedachte maakte Ned vagelijk ongerust. Tomard was betrouwbaar, welwillend, loyaal, onvermoeibaar en tot op zekere hoogte bekwaam, maar hij liep tegen de vijftig en was zelfs in zijn jeugd nooit erg energiek geweest. Misschien had Ned niet halsoverkop de helft van zijn wacht moeten wegsturen, onder wie bovendien al zijn beste zwaardvechters.

'Ik heb je hulp nodig,' zei Ned toen Tomard verscheen met een lichtelijk gespannen blik in de ogen, zoals altijd wanneer hij bij zijn heer werd geroepen. 'Breng me naar het godenwoud.'

'Is dat wel verstandig, heer Eddard? Met uw been en zo?'

'Misschien niet. Maar wél nodig.'

Tomard riep Varling. Met een arm om de schouders van elk van beide mannen geslagen slaagde Ned erin de steile torentrap af te dalen en over het binnenplein te strompelen. 'Ik wil dat de wacht verdubbeld wordt,' zei hij tegen Dikke Tom. 'Niemand mag zonder mijn toestemming de Toren van de Hand in of uit.'

Tom knipperde met zijn ogen. 'Heer, nu Alyn en de anderen weg zijn hebben we het al zo druk...'

'Het is maar voor even. Verleng de wachtdiensten.'

'Zoals u zegt, heer,' antwoordde Tom. 'Mag ik vragen waarom...'

'Beter van niet,' antwoordde Ned kort maar krachtig.

Zoals altijd in deze citadel van de zuidelijke goden was het godenwoud leeg. Ned verging van de pijn in zijn been toen ze hem in het gras naast de hartboom lieten zakken. 'Bedankt.' Hij trok een papier uit zijn mouw, verzegeld met het wapenteken van zijn huis. 'Wees zo vriendelijk dit meteen te bezorgen.'

Tomard keek naar de naam die Ned op het papier had geschreven en likte nerveus zijn lippen. 'Heer...'

'Doe wat ik zeg, Tom,' zei Ned.

Hij had geen idee hoe lang hij in de stilte van het godenwoud zat te wachten. Het was hier vredig. De dikke muren sloten het rumoer van het kasteel buiten en hij hoorde vogels kwinkeleren, krekels zoemen en bladeren ritselen in de lichte koelte. De hartboom was een eik, bruin en zonder gezicht, maar toch voelde Ned Stark de aanwezigheid van zijn goden. Zijn been leek niet meer zoveel pijn te doen.

Ze kwam met zonsondergang, toen de wolken boven muren en torens zich rood kleurden. Ze kwam alleen, zoals hij had verzocht. Voor deze ene keer was ze eenvoudig gekleed, in leren laarzen en een groen jachtkostuum. Toen ze de kap van haar bruine mantel afdeed zag hij de blauwe plek, afkomstig van de klap van de koning. De vurige pruimkleur was tot geel vervaagd en de zwelling was geslonken, maar over de aard ervan was geen twijfel mogelijk.

'Waarom hier?' vroeg Cersei Lannister toen ze hoog opgericht naast hem stond.

'Zodat de goden het kunnen zien.'

Ze ging naast hem in het gras zitten. Al haar bewegingen waren gracieus. De wind speelde met haar blonde krullen, en haar ogen waren groen als zomers lover. Ned had al heel lang geen oog meer gehad voor haar schoonheid. Nu wel. 'Ik ken de waarheid die Jon Arryn noodlottig is geworden,' zei hij tegen haar.

'O ja?' De koningin observeerde zijn gezicht, behoedzaam als een kat. 'Hebt u me daarom hier laten komen, heer Stark? Om me raadseltjes op te geven? Of wilt u mij gevangen nemen, zoals uw vrouw mijn broer gevangen genomen heeft?'

'Als u dat echt dacht was u niet gekomen.' Ned raakte zachtjes haar wang aan. 'Heeft hij dat weleens eerder gedaan?'

'Een of twee keer.' Ze dook onder zijn hand weg. 'Nog nooit op mijn gezicht. Jaime zou hem vermoord hebben, ook al had het hem zijn leven gekost.' Cersei keek hem uitdagend aan. 'Mijn broer is honderd keer zoveel waard als uw vriend.'

'Uw broer?' zei Ned. 'Of uw minnaar?'

'Allebei.' Ze deinsde niet voor de waarheid terug. 'Al sinds onze kindertijd. En waarom niet? De Targaryens hebben driehonderd jaar lang broer en zuster in de echt verbonden om het bloed zuiver te houden. En Jaime en ik zijn meer dan broer en zuster. Wij zijn één persoon in twee lichamen. We hebben samen in de moederschoot gezeten. Hij kwam ter wereld met mijn voet in zijn hand, heeft onze oude maester gezegd. Wanneer hij in me is voel ik me... heel.' De schaduw van een glimlach streek over haar lippen.

'Mijn zoon Bran...'

Het pleitte voor Cersei dat ze haar blikken niet afwendde. 'Hij zag ons. U houdt toch van uw kinderen, nietwaar?'

Robert had hem precies diezelfde vraag gesteld, de ochtend van de mêlee. Hij gaf haar hetzelfde antwoord. 'Met heel mijn hart.'

'Ik heb de mijne niet minder lief.'

Ned dacht: *Als het ooit zover zou komen, het leven van een kind dat ik niet kende tegenover dat van Robb en Sansa en Arya en Bran en Rickon, wat zou ik dan doen? En sterker nog, wat zou* Catelyn *doen als het tussen Jons leven en dat van haar bloedeigen kinderen ging?* Hij wist het niet. Hij bad dat hij er nooit achter zou komen.

'Ze zijn alle drie van Jaime,' zei hij. Het was geen vraag.

'De goden zij dank.'

Het zaad is sterk, had Jon Arryn op zijn sterfbed geroepen, en zo was het. Al die bastaarden, allemaal met nachtzwart haar. Grootmaester Malleon had zo'n negentig jaar geleden de laatste verbintenis tussen hertenbok en leeuw opgetekend, toen Tya Lannister met Gowen Baratheon, de derde zoon van de toenmalige heer, in het huwelijk trad. Hun enige nakomeling, een niet met name genoemde jongen die in Malleons boekwerk als een *flinke, levenslustige knaap, geboren met een hoofd vol zwart haar* werd beschreven, was als baby gestorven. Dertig jaar daarvoor had een Lannister-man een meisje Baratheon tot vrouw genomen. Ze had hem drie dochters en een zoon gebaard, alle drie met zwart haar. Hoe ver Ned ook had teruggebladerd in die broze, vergeelde bladzijden, hij had telkens weer geconstateerd dat het roet prevaleerde boven het goud.

'Twaalf jaar lang,' zei Ned. 'Hoe komt het dat u geen kinderen van de koning hebt?'

Ze stak uitdagend haar kin naar voren. 'Die Robert van u heeft mij één keer zwanger gemaakt,' zei ze met een stem waar de minachting duimendik bovenop lag. 'Mijn broer heeft toen een vrouw gezocht die het weg heeft gehaald. Robert is er nooit achter gekomen. Om eerlijk te zijn kan ik zijn aanraking nauwelijks verdragen, en ik heb hem al jaren niet in me toegelaten. Ik ken andere manieren om hem aan zijn gerief te laten komen, als hij zijn hoeren lang genoeg met rust laat om zich omhoog te slepen naar mijn slaapkamer. Wat we ook doen, de koning is doorgaans zo dronken dat hij de volgende ochtend nergens meer weet van heeft.'

Hoe konden ze allemaal zo blind zijn geweest? Ze hadden de waarheid al die tijd vlak voor hun neus gehad, op de gezichten van de kinderen geëtst. Ned werd er misselijk van. 'Ik herinner me Robert zoals hij was op de dag dat we de troon veroverden, van top tot teen een koning,' zei hij zacht. 'Duizend andere vrouwen zouden hem met heel hun hart hebben liefgehad. Wat heeft hij gedaan, dat u hem zo haat?'

Haar ogen gloeiden, een groen vuur in de schemering, als van de leeuwin die haar wapenteken was. 'In de nacht van ons huwelijksfeest, de eerste keer dat we het bed deelden, noemde hij me bij uw zusters naam. Hij lag boven op me, hij was ín me, hij stonk naar wijn – en hij fluisterde *Lyanna*.'

Ned Stark dacht aan bleekblauwe rozen, en heel even kon hij wel huilen. 'Ik weet niet met wie van jullie ik meer medelijden heb.'

Dat leek de koningin te amuseren. 'Bewaar uw medelijden voor uzelf, heer Stark. Ik heb er geen enkele behoefte aan.'

'U weet waartoe ik verplicht ben.'

'*Verplicht?*' Ze legde haar hand op zijn goede been, vlak boven de knie. 'Een echte man doet wat hij wil, niet waartoe hij verplicht is.' Haar vingers streken vluchtig over zijn dij, een nauwelijks merkbare belofte. 'Het rijk heeft een sterke Hand nodig. Het duurt nog jaren voordat Joff meerderjarig wordt. Niemand wil weer oorlog, en ik al helemaal niet.' Haar hand raakte zijn gezicht aan, zijn haar. 'Als vrienden vijanden kunnen worden kunnen vijanden ook vrienden worden. Uw vrouw is een paar duizend mijl ver weg en mijn broer is gevlucht. Wees lief voor me, Ned. Ik zweer je dat het je nooit zal berouwen.'

'Hebt u Jon Arryn net zo'n aanbod gedaan?'

Ze gaf hem een klap.

'Die zal ik als een ereteken dragen,' zei Ned droogjes.

'Eér!' beet ze hem toe. 'Hoe waag je het om tegenover mij de fatsoensridder uit te hangen! Waar hou je me voor? Je hebt zelf een bastaard, ik heb hem gezien. Ik zou wel eens willen weten wie zijn moeder was. Een of andere boerenmeid uit Dorne die je verkracht hebt terwijl haar hofstede in brand stond? Een hoer? Of de diepbedroefde zuster, vrouwe Ashara? Ze is in zee gesprongen, is mij verteld. Waarom eigenlijk? Vanwege de broer die je hebt gedood of vanwege het kind dat je hebt gestolen? Vertel eens, *eerbiedwaardige* heer Eddard, waarom zou u zo anders zijn dan Robert, of ik, of Jaime?'

'Om te beginnen,' zei Ned, 'vermoord ik geen kinderen. U zou er goed aan doen om te luisteren, vrouwe. Ik zeg dit maar één keer. Als de koning van de jacht terugkeert ben ik van plan hem de waarheid te vertellen. Op dat moment moet u weg zijn. U en uw kinderen, alle drie, en niet naar de Rots van Casterling. Als ik u was zou ik me inschepen naar de Vrijsteden, of nog verder weg, naar de Zomereilanden of de Haven van Ibben. Zover als de wind waait.'

'Ballingschap,' zei ze. 'Een bittere beker om uit te drinken.'

'Zoeter dan uw vader aan Rhaegars kinderen voorzette,' zei Ned, 'en milder dan u verdient. Uw vader en uw broers zouden er goed aan doen met u mee te gaan. Heer Tywins goud zal u comfort verschaffen, en huurlingzwaarden voor uw veiligheid. Die zult u nodig hebben, dat kan ik u verzekeren. Want waar u ook naartoe vlucht, Roberts toorn zal u achtervolgen, desnoods tot voorbij het einde van de wereld.'

De koningin stond op. 'En mijn toorn dan, heer Stark?' vroeg ze liefjes. Haar ogen observeerden zijn gezicht. 'U had het rijk voor uzelf moeten opeisen. Het lag voor het grijpen. Jaime heeft me verteld hoe u hem op de ijzeren troon aantrof, de dag dat Koningslanding was gevallen, en hem dwong eraf te gaan. Daar lag uw kans. U had slechts die treden hoeven te beklimmen en plaats te nemen. Wat een treurige vergissing.'

'Ik heb mij vaker vergist dan u zich kunt voorstellen,' zei Ned, 'maar die keer niet.'

'Toch wel, heer,' hield Cersei vol. 'Wie om tronen speelt, die wint of sterft. Een tussenweg is er niet.'

Ze sloeg haar kap op om haar gezwollen gezicht te verhullen en liet hem daar in het donker onder de eik achter, in de stilte van het godenwoud, onder een blauwzwarte hemel waaraan zojuist de sterren verschenen.

Daenerys

Het hart dampte in de koele avondlucht toen Khal Drogo het haar voorzette, rauw en bloederig. Zijn armen waren rood tot de ellebogen. Achter hem knielden zijn bloedruiters naast het kadaver van de wilde hengst in het zand, met stenen messen in hun hand. In de flakkerende, oranje gloed van de toortsen die rond de hoge kalkwanden van de kuil brandden leek het bloed van de hengst wel zwart.

Dany betastte de zachte zwelling van haar buik. Zweet parelde op haar huid en liep in straaltjes over haar voorhoofd. Ze voelde hoe de bejaarde vrouwen, de stokoude wijfjes van Vaes Dothrak, haar bekeken met ogen die in hun gerimpelde gezichten de doffe gloed van gepolijste vuursteen uitstraalden. Ze mocht niet terugdeinzen of bang kijken. *Ik ben het bloed van de Draak*, hield ze zichzelf voor terwijl ze het hart van de hengst in beide handen nam, naar haar mond bracht en haar tanden in het taaie, zenige vlees zette.

Warm bloed vulde haar mond en droop over haar kin. De smaak deed haar bijna kokhalzen, maar ze dwong zich, te kauwen en te slikken. Het hart van een hengst zou haar zoon sterk, snel en onbevreesd maken, of dat dachten de Dothraki althans, maar uitsluitend als de moeder erin slaagde, het in zijn geheel naar binnen te werken. Als ze het bloed niet door haar keel kon krijgen of het vlees weer uitbraakte waren de voortekens minder gunstig. Dan zou het kind doodgeboren worden, of zwak, mismaakt of als meisje ter wereld komen.

Haar dienstmaagden hadden haar geholpen zich op de ceremonie voor te bereiden. Ook al had ze als toekomstige moeder de laatste twee manen last van haar maag, Dany had bij wijze van avondeten kommen half geronnen bloed gegeten om aan de smaak te wennen, en Irri had haar repen gedroogd paardenvlees laten kauwen tot haar kaken er pijn van deden. Ze had vóór de ceremonie een etmaal gevast in de hoop dat de honger haar zou helpen het rauwe vlees binnen te houden.

Het hart van de wilde hengst was een en al spier, en Dany moest het met haar tanden bewerken en elke hap lange tijd kauwen. Binnen de heilige grenzen van Vaes Dothrak, in de schaduw van de Moeder der Bergen, was staal taboe. Ze moest het hart met haar nagels en tanden aan stukken scheuren. Haar maag draaide ervan om en kwam in opstand, maar ze ging door, haar gezicht besmeurd met het bloed uit het hart, dat soms met kracht tegen haar lippen leek te spatten.

Khal Drogo stond hoog opgericht naast haar terwijl ze at, zijn gezicht hard als een bronzen schild. Zijn lange, zwarte vlecht glom van de olie. Hij droeg gouden ringen in zijn snor, gouden belletjes in zijn vlecht en een zware gordel van massieve gouden penningen om zijn middel, maar zijn borst was naakt. Zodra ze dacht dat haar krachten het zouden begeven keek ze naar hem en kauwde en slikte, kauwde en slikte, kauwde en slikte. Tegen het einde meende Dany een felle trots in zijn donkere, amandelvormige ogen op te vangen, maar ze wist het niet zeker. Het gezicht van de *khal* verried niet vaak wat er in het brein daarachter omging.

En eindelijk was het zover. Met kleverige wangen en vingers werkte ze het laatste restje naar binnen. Pas toen richtte ze haar blikken weer op de oude vrouwen, de gerimpelde besjes van de *dosh khaleen.*

'*Khalakka dothrae mr'anha!*' riep ze in haar beste Dothraki uit. *Binnen in mij rijdt een prins!* Ze had dagenlang met haar dienstmaagd Jhiqui op de zinsnede geoefend.

De oudste van de wijfjes, een kromgebogen, verschrompelde, broodmagere vrouw met één enkel zwart oog, hief haar armen hoog op. '*Khalakka dothrae!*' krijste ze. *De prins rijdt!*

'*Hij rijdt!*' antwoordde de andere vrouw. '*Rakh! Rakh! Rakh haj!*' riepen ze uit. *Een jongen, een jongen, een sterke jongen!*

Klokken luidden, een plotseling galmen van bronzen vogels. Een lage strijdhoorn liet zijn langgerekte bromtoon horen. De oude vrouwen hieven een spreekkoor aan. Onder hun beschilderde leren vesten zwabberden hun verwelkte borsten heen en weer, glimmend van de olie en het zweet. De eunuchen die hen dienden wierpen bundeltjes gedroogde grassen in een groot bronzen komfoor, en wolken geurige wierook stegen omhoog naar de maan en de sterren. De Dothraki geloofden dat de sterren vurige paarden waren, een grote kudde die bij nacht langs de hemel galoppeerde.

Terwijl de rook opsteeg stierf het spreekkoor weg en sloot de stokoude vrouw haar ene oog om beter in de toekomst te kunnen kijken. De stilte die neerdaalde was volledig. Dany kon de kreten van nachtvogels in de verte horen, het sissen en knetteren van de toorsen, het zachte klotsen van het water in het meer. De Dothraki staarden haar met nachtogen aan en wachtten.

Khal Drogo legde een hand op Dany's arm. Ze voelde de spanning in zijn vingers. Zelfs een machtige *khal* als Drogo kon bevreesd zijn als de *dosh khaleen* in de rook van de toekomst schouwde. Achter haar trilden haar dienstmaagden van de zenuwen.

Ten slotte opende het oude wijfje haar oog en hief haar armen op. 'Ik heb zijn gezicht gezien en het dreunen van zijn hoeven gehoord,' verkondigde ze met een dun, beverig stemmetje.

'Het dreunen van zijn hoeven!' zeiden de anderen in koor.

'Snel als de wind rijdt hij voort, en in zijn spoor bedekt zijn *khalasar* de aarde, mannen ongeteld, met blinkende *arakhs* in hun hand, scherp als vlijmgras. Heftig als een storm zal deze prins zijn. Zijn vijanden zullen voor hem sidderen en hun vrouwen zullen bloedige tranen vergieten en van smart hun borst openrijten. De bellen in zijn haar zullen zijn komst bezingen, en de melkmensen in de stenen tenten zullen zijn naam vrezen.' De oude vrouw beefde en keek bijna angstig naar Dany. 'De prins rijdt, en hij zal de hengst zijn die de wereld bestijgt.'

'*De hengst die de wereld bestijgt!*' echoden de toeschouwers, tot de nacht weergalmde van het geluid van hun stemmen.

Het eenogige wijfje tuurde naar Dany. 'Hoe zal hij genoemd worden, de hengst die de wereld bestijgt?'

Ze stond op om antwoord te geven. 'Zijn naam zal Rhaego zijn,' zei ze in de bewoordingen die Jhiqui haar had geleerd. Haar handen raakten beschermend de zwelling onder haar borsten aan, en gebrul steeg op van onder de Dothraki. '*Rhaego*,' schreeuwden ze. '*Rhaego, Rhaego, Rhaego!*'

De naam klonk nog in haar oren door toen Khal Drogo haar de kuil uit leidde. Zijn bloedruiters sloten zich achter hen aan. Een lange stoet volgde hen de godenweg op, de brede, met gras begroeide laan die door het hart van Vaes Dothrak voerde, van de paardenpoort tot aan de Moeder der Bergen. De oude vrouwen van de *dosh khaleen* gingen voorop met hun eunuchen en slaven. Sommigen strompelden voort op bejaarde, trillende benen, steunend op lange, bewerkte houten staven, terwijl anderen trots als een paardenheer voortschreden. Elk van deze oude vrouwen was eens een *khaleesi* geweest. Na de dood van hun heer gemaal, wanneer een nieuwe *khal* diens plaats aan het hoofd van zijn ruiters innam met naast zich de nieuwe *khaleesi* op haar paard, werden ze hierheen gezonden om over het reusachtige Dothraki-volk te heersen. Zelfs de machtigste der *khals* schikte zich naar de wijsheid en het gezag van de *dosh khaleen*. Toch kreeg Dany de koude rillingen bij de gedachte dat ze op een dag hierheen gestuurd zou worden om zich bij hen te voegen, of ze wilde of niet.

Na de wijze vrouwen kwamen de overigen: Khal Ogo en zijn zoon, de *khalakka* Fogo, Khal Jommo en zijn vrouwen, de opperhoofden van Drogo's *khalasar*, Dany's dienstmaagden, de dienaren en slaven van de *khal*, en anderen. Klokken klonken en trommen bonkten in een statige cadans toen ze over de godenweg trokken. Gestolen helden en de godheden van uitgestorven volkeren staarden somber in het duister aan weerskanten van de weg. Langs de stoet renden slaven lichtvoetig door het gras met toortsen in de hand, en in het flakkeren van de vlammen leken de grote monumenten bijna tot leven te komen.

'Wat is betekenis, naam Rhaego?' vroeg Khal Drogo onder het lopen in de gewone omgangstaal van de Zeven Koninkrijken. Telkens als ze de kans kreeg had ze hem een paar woorden geleerd. Als hij er zin in had leerde Drogo snel, ook al was zijn accent zo zwaar en barbaars dat noch ser Jorah, noch Viserys een woord verstond van wat hij zei.

'Mijn broer Rhaegar was een fel strijder, mijn zon-en-sterren,' zei ze tegen hem. 'Hij stierf voor mijn geboorte. Ser Jorah zegt dat hij de laatste der draken was.'

Khal Drogo blikte op haar neer. Zijn gezicht was een koperen masker, maar onder de lange zwarte snor die door het gewicht van de gouden ringen omlaaggetrokken werd, meende ze een vluchtige glimlach te ontwaren. 'Is goede naam, Dan Ares vrouw, maan van mijn leven,' zei hij.

Ze reden naar het meer dat de Dothraki de Schoot der Wereld noemden. Achter de rietkraag was het water stil en kalm. Duizend en duizend jaar geleden, had Jhiqui haar verteld, was de eerste man uit deze diepten opgestegen, gezeten op de rug van het eerste paard.

De stoet bleef wachten op de met gras begroeide kust terwijl Dany zich ontkleedde en haar besmeurde kleren op de grond liet vallen. Naakt als ze was stapte ze voorzichtig het water in. Irri zei dat het meer bodemloos was, maar Dany voelde zachte modder tussen haar tenen glibberen toen ze de hoge rietstengels opzij duwde. Op het roerloze zwarte water dreef de maan, die verbrokkelde en opnieuw geformeerd werd in de rimpels die zij maakte. Ze kreeg kippenvel op haar bleke huid toen de kilte langs haar dijen omhoogkroop en haar schaamlippen kuste. Het opgedroogde bloed van de hengst zat op haar handen en om haar mond. Dany vormde haar vingers tot een kom en goot het heilige water over haar hoofd uit om zichzelf en het kind binnen in haar te reinigen, gadegeslagen door de *khal* en de anderen. Ze hoorde de oude vrouwen van de *dosh khaleen* tegen elkaar mompelen terwijl ze toekeken en vroeg zich af wat ze zeiden.

Toen ze uit het meer opdook, huiverend en druipend, haastte haar dienstmaagd Doreah zich naar haar toe met een gewaad van beschilderde zandzijde, maar Khal Drogo wuifde haar weg. Hij keek goedkeurend naar haar gezwollen borsten en de welving van haar buik, en Dany zag hoe zijn geslacht zich door zijn paardenharen broek heen aftekende, onder de zware gouden penningen van zijn gordel. Ze liep naar hem toe en hielp hem de veter los te knopen. Toen tilde haar reusachtige *khal* haar bij haar heupen op zoals je een kind optilt. De belletjes in zijn haar rinkelden zachtjes.

Dany sloeg haar armen om zijn schouders en drukte haar gezicht tegen zijn nek terwijl hij in haar binnendrong. Drie snelle stoten en hij was klaar. '*De hengst die de wereld bestijgt*,' fluisterde Drogo hees. Zijn handen roken nog naar paardenbloed. Toen zijn genot een hoogtepunt bereikte beet hij hard in haar hals, en toen hij haar van zich aftilde sijpelde zijn zaad langs de binnenkant van haar dijen omlaag. Pas toen mocht Doreah haar in de geparfumeerde zandzijde hullen en Irri zachte slippers aan haar voeten schuiven.

Khal Drogo knoopte zijn veter vast en sprak een bevel uit, en er werden paarden naar de oever van het meer geleid. Cohollo viel de eer te beurt de *khaleesi* op haar zilveren te mogen helpen. Drogo bracht zijn hengst in beweging en reed onder maan en sterren de godenweg op. Op haar zilveren kon Dany zijn tempo gemakkelijk bijhouden.

Het zijden tentdoek dat Khal Drogo's zaal overspande was vannacht opgerold, en de maan reed mee naar binnen. Uit drie reusachtige, met stenen omringde vuurkuilen schoten vlammen tien voet omhoog. De lucht was bezwangerd met de geur van roosterend vlees en gestremde, gegiste merriemelk. De zaal was vol en lawaaiig toen ze binnenkwamen. Overal op de kussens zaten lieden wier rang en naam niet toereikend waren om bij de ceremonie aanwezig te mogen zijn. Toen Dany door de gewelfde ingang en over het middenpad reed waren aller ogen op haar gericht. De Dothraki schreeuwden allerlei opmerkingen over haar buik en borsten om het leven binnen in haar te verwelkomen. Ze verstond niet alles wat ze riepen, maar één zinsnede was duidelijk verstaanbaar. '*De hengst die de wereld bestijgt*,' hoorde ze duizend stemmen bulderen.

Het geluid van trommels en hoorns kolkte de nachtelijke hemel in. Half geklede vrouwen maakten een rondedans op de lage tafels, tussen karbonades en schotels die hoog opgetast waren met pruimen, dadels en granaatappels. Veel mannen waren dronken van de klonterige merriemelk, maar toch wist Dany dat er vannacht geen *arakhs* zouden kletteren, niet hier in de heilige stad, waar wapens en bloedvergieten taboe waren.

Khal Drogo steeg af en nam zijn plaats op de hoge bank in. Khal Jommo en Khal Ogo, die al met hun *khalasars* in Vaes Dothrak waren geweest toen zij arriveerden, kregen ereplaatsen aan Drogo's rechter- en linkerhand. De bloedruiters van de drie *khals* zaten onder hen, en nog verder naar onderen de vier vrouwen van Khal Jommo.

Dany steeg van haar zilveren en stak een van de slaven de teugels toe. Terwijl Doreah en Irri haar kussens schikten zocht ze naar haar broer. Zelfs aan het andere einde van de stampvolle zaal zou Viserys haar nog zijn opgevallen met zijn bleke huid, zijn witblonde haar en zijn bedelaarslompen, maar ze zag hem nergens.

Haar blik gleed over de druk bezette tafels langs de wanden, waar mannen met vlechten nog korter dan hun geslacht op rafelige tapijtjes en platte kussens rond de lage tafels zaten, maar alle gezichten die ze zag hadden zwarte ogen en een koperkleurige huid. Ergens midden in de zaal, vlak bij de middelste vuurkuil, ontwaarde ze ser Jorah. Dat was een plaats van aanzien, zij het geen ereplaats. De Dothraki konden de bekwaamheid waarmee de ridder het zwaard voerde wel waarderen. Dany stuurde Jhiqui om hem bij haar aan tafel uit te nodigen. Mormont kwam meteen en zonk voor haar op één knie. '*Khaleesi*,' zei hij, 'uw wens is mij een bevel.'

Ze klopte op het kussen van gestopte paardenhuid naast haar. 'Ga zitten en praat met me.'

'U eert mij.' De ridder ging met gekruiste benen op het kussen zitten. Een slaaf knielde voor hem neer en bood hem een houten schaal vol rijpe vijgen aan. Ser Jorah nam er een en beet hem door.

'Waar is mijn broer?' vroeg Dany. 'Hij had inmiddels toch wel op het feest moeten zijn.'

'Ik heb Zijne Genade vanmorgen gezien,' lichtte hij haar in. 'Hij zei dat hij naar de westelijke markt ging, op zoek naar wijn.'

'Wijn?' zei Dany twijfelend. Ze wist dat Viserys de smaak van de gegiste merriemelk die de Dothraki dronken niet kon verdragen, en hij was de laatste dagen telkens naar de bazars gegaan om te drinken met de handelaars die met hun karavanen uit oost en west kwamen. In hun gezelschap scheen hij zich beter thuis te voelen dan in het hare.

'Wijn,' bevestigde ser Jorah, 'en hij denkt erover, mannen voor zijn leger te werven onder de huurlingen die de karavanen bewaken.' Een dienstmeisje legde een bloedpastei voor hem neer, en hij viel er met beide handen op aan.

'Is dat wel verstandig?' vroeg ze. 'Hij heeft geen goud om soldeniers te betalen. Stel dat ze hem verraden?' Karavaanbewakers hadden zelden last van scrupules, en de usurpator in Koningslanding zou goed betalen voor het hoofd van haar broer. 'U had met hem mee moeten gaan om hem te beschermen. U hebt uw zwaard aan hem opgedragen.'

'We zijn in Vaes Dothrak,' bracht hij haar in herinnering. 'Niemand mag hier een wapen dragen of het bloed van een mens vergieten.'

'Toch vinden er mensen de dood,' zei ze. 'Dat heeft Jhogo me verteld. Sommige handelaars hebben eunuchen bij zich, reuzen van kerels die dieven wurgen met repen zijde. Zo wordt er geen bloed vergoten en raken de goden niet vertoornd.'

'Laten we dan maar hopen dat uw broer verstandig genoeg is om niets te stelen.' Ser Jorah veegde het vet van zijn mond met de rug van zijn hand en boog zich ver over de tafel heen. 'Hij was van plan uw drakeneieren weg te nemen, tot ik hem waarschuwde dat ik zijn hand afhakken zou zodra hij ze ook maar aanraakte.'

Even was Dany sprakeloos, zo geschokt was ze. 'Mijn eieren... maar die zijn van *mij*. Magister Illyrio heeft ze als bruidsgeschenk aan mij gegeven, waarom zou Viserys ze... het zijn maar stenen...'

'Dat geldt ook voor robijnen, diamanten en vuuropalen, prinses... en drakeneieren zijn veel zeldzamer. Die handelaars waarmee hij heeft zitten drinken zouden hun eigen mannelijkheid verkopen om slechts één van die *stenen* te bemachtigen, en met alle drie zou Viserys net zoveel huurlingen kunnen betalen als hij wilde.'

Dat had Dany niet geweten, zelfs niet vermoed. 'Dan... moet hij ze maar hebben. Hij hoeft ze niet te stelen. Hij had het alleen maar hoeven vragen. Hij is mijn broer... en mijn ware koning.'

'Hij is uw broer,' beaamde ser Jorah.

'U begrijpt het niet, ser,' zei ze. 'Mijn moeder is bij mijn geboorte gestorven, en mijn vader en mijn broer Rhaegar waren al voor die tijd dood. Ik zou zelfs hun namen niet hebben gekend als Viserys mij die niet had verteld. Hij was de enige die nog over was. De enige. Hij is alles wat ik heb.'

'Eens wel,' zei ser Jorah. 'Nu niet meer, *khaleesi*. Nu hoort u bij de Dothraki. In uw schoot rijdt de hengst die de wereld bestijgt.' Hij stak zijn beker uit en een slavin schonk er gegiste merriemelk in, die zuur rook en vol klonters zat.

Dany wuifde haar weg. Zelfs de geur maakte haar misselijk, en ze wilde niet het risico lopen dat ze het paardenhart dat ze zo moeizaam naar binnen had gewerkt, uitbraken zou. 'Wat betekent dat?' vroeg ze. 'Wat is dat voor hengst? Iedereen riep het tegen me, maar ik begrijp het niet.

'Die hengst is de *khal* der *khals*, voorzegd in een eeuwenoude profetie, kind. Hij zal de Dothraki in één enkele *khalasar* verenigen en naar de einden der aarde rijden. Zo luidt althans de voorspelling. Alle volkeren ter wereld zullen zijn kudde zijn.'

'O,' zei Dany met een klein stemmetje. Haar hand streek de japon over de zwelling van haar buik glad. 'Ik heb hem Rhaego genoemd.'

'De usurpator zal verstijven van schrik bij het horen van die naam.'

Plotseling trok Doreah aan haar elleboog. '*Vrouwe*,' fluisterde de dienstmaagd dringend, 'uw broer...'

Dany zocht de open zaal in zijn hele lengte af, en daar was hij. Hij stevende op haar af. Naar zijn slingerende gang te oordelen had Viserys zijn wijn gevonden... en iets dat voor moed moest doorgaan.

Hij droeg zijn scharlakenrode zijden gewaad, dat vuil en bestoft was van de reis. Zijn mantel en handschoenen waren van zwart fluweel, door de zon verbleekt. Zijn laarzen waren uitgedroogd en gebarsten, zijn zilverblonde haar was verward en zat vol klitten. Een zwaard in een leren schede bungelde aan zijn riem. Terwijl hij hen passeerde staarden de Dothraki naar het zwaard, en overal in het rond hoorde Dany vervloekingen, dreigementen en boos gemompel opkomen als het tij. De trommen stamelden nerveus en de muziek stierf weg.

De schrik sloeg haar om het hart. 'Ga naar hem toe,' beval ze ser Jorah. 'Hou hem tegen. Breng hem hier. Zeg hem dat hij de drakeneieren mag hebben, als dat is wat hij wil.' Snel kwam de ridder overeind.

'Waar is mijn zuster?' riep Viserys, zijn stem schor van de wijn. 'Ik kom voor haar feest. Hoe durven jullie zonder mij te gaan eten? Niemand eet vóór de koning. Waar is ze? De hoer kan zich niet voor de Draak verbergen.'

Naast de grootste van de drie vuurkuilen bleef hij staan en tuurde om zich heen naar de gezichten van de Dothraki. In de zaal waren vijfduizend mensen, van wie slechts een handjevol de gewone omgangstaal kende. Maar al waren zijn woorden onverstaanbaar, zijn aanblik alleen al maakte duidelijk dat hij dronken was.

Ser Jorah liep snel op hem af, fluisterde hem iets in het oor en greep zijn arm, maar Viserys rukte zich los. 'Weg met die hand. Geen mens raakt zonder toestemming de Draak aan.'

Dany gluurde bezorgd naar de hoge bank. Khal Drogo zei net iets tegen de andere *khals* naast hem. Khal Jommo grijnsde en Khal Ogo begon luidkeels te schateren.

Toen hij het gelach hoorde keek Viserys op. 'Khal Drogo,' zei hij met dikke stem, op bijna beleefde toon. 'Ik ben hier voor het feest.' Hij wankelde bij ser Jorah vandaan en maakte aanstalten zich bij de drie *khals* op de hoge bank te voegen.

Khal Drogo kwam overeind, snauwde een twaalftal woorden in het Dothraki, sneller dan Dany kon volgen, en wees. 'Khal Drogo zegt dat uw plaats niet op de hoge bank is,' vertaalde ser Jorah ten behoeve van haar broer. 'Khal Drogo zegt dat uw plaats daar is.'

Viserys tuurde in de richting die de *khal* aanwees. Achter in de lange zaal, in een hoekje bij de muur, diep in de schaduw, zodat hun aanblik betere lieden bespaard bleef, zaten de geringsten onder de geringen: groene jongens die nog geen bloed hadden doen vloeien, oude mannen met een waas voor hun ogen en stijve ledematen, zwakzinnigen en verminkten. Ver van het vlees, en nog verder van de eer. 'Dat is geen plaats voor een koning,' verklaarde haar broer.

'Is plaats,' antwoordde Khal Drogo in de gewone omgangstaal die hij van Dany had geleerd, 'voor koning Zerevoet.' Hij klapte in zijn handen. 'Een kar. Breng kar voor *Khal Rhaggat*!'

Vijfduizend Dothraki begonnen te lachen en te roepen. Ser Jorah stond naast Viserys en schreeuwde hem iets in het oor, maar in de zaal klonk zo'n donderend gebrul dat Dany niet kon horen wat hij zei. Haar broer schreeuwde terug en de twee mannen worstelden, totdat Mormont Viserys letterlijk tegen de grond sloeg.

Haar broer trok zijn zwaard.

Het ontblote staal blonk schrikbarend rood in de gloed van de vuurkuilen. '*Blijf uit mijn buurt!*' siste Viserys. Ser Jorah deed een stap achteruit, en haar broer ging onvast op zijn voeten staan. Hij zwaaide het zwaard boven zijn hoofd, het geleende wapen dat magister Illyrio hem had gegeven om hem meer op een koning te doen lijken. Dothraki schreeuwden van alle kanten op hem in en uitten gruwelijke verwensingen.

Dany slaakte een woordeloze kreet van ontzetting. Ze wist wat het inhield, hier een zwaard te trekken, al wist haar broer dat niet.

Op het horen van haar stem keek Viserys om, en voor het eerst zag hij haar. 'Daar is ze,' zei hij met een glimlach. Hij stevende op haar af en doorkliefde de lucht alsof hij zich een weg baande door een muur van vijanden, al probeerde geen mens hem tegen te houden.

'Dat zwaard... niet doen,' smeekte ze hem. 'Alsjeblieft Viserys. Dat is verboden. Leg het neer en kom bij mij op de kussens zitten. Er is eten en drinken... wil je de drakeneieren? Je kunt ze krijgen, als je dat zwaard maar wegdoet.'

'Doe wat ze zegt, dwaas,' riep ser Jorah, 'voor je ons allemaal de dood in drijft.'

Viserys lachte. 'Ze kunnen ons niet doden. Zij mogen hier in de heilige stad geen bloed vergieten... maar *ik* wel.' Hij zette de punt van het zwaard tussen Daenerys' borsten en liet hem over de ronding van haar buik naar beneden glijden. 'Ik wil hebben waarvoor ik gekomen ben,' zei hij tegen haar. 'Ik wil de kroon die hij me beloofd heeft. Hij heeft je gekocht, maar hij heeft nooit voor je betaald. Zeg tegen hem dat ik de afgesproken prijs wil hebben, of ik neem je weer terug. Jou, én de eieren. Dat vervloekte veulen van hem mag hij houden. Ik snijd het kreng eruit en laat het voor hem achter.' De zwaardpunt ging door haar zijden gewaden heen en prikte in haar navel. Viserys huilde, zag ze, hij huilde en lachte tegelijk, deze man die eens haar broer was geweest.

Van een afstand, als uit de verte, hoorde Dany haar dienstmaagd Jhiqui snikken van angst en op smekende toon zeggen dat ze dat niet durfde te vertalen, dat de *khal* haar aan zijn paard zou binden en haar helemaal naar de top van de Moeder der Bergen zou sleuren. Ze sloeg haar arm om het meisje heen. 'Wees maar niet bang,' zei ze. 'Ik vertel het hem wel.'

Ze wist niet of haar woorden toereikend waren, maar toen ze uitgesproken was zei Khal Drogo een paar korte zinnen in het Dothraki en wist ze dat hij het begrepen had. De zon van haar leven daalde van de hoge bank af. 'Wat heeft hij gezegd?' vroeg de man die haar broer was geweest, en kromp ineen.

Het was zo stil geworden in de zaal dat ze de belletjes in Khal Drogo's haar bij elke stap die hij zette zachtjes kon horen tingelen. Zijn bloedruiters volgden hem als drie koperen schaduwen. Daenerys was helemaal koud geworden. 'Hij zegt dat je een schitterende gouden kroon krijgt die de mensen met vrees en beven zullen aanschouwen.'

Viserys glimlachte en liet zijn zwaard zakken. Dat was het treurigste van allemaal, dat was het wat later aan haar knaagde... de manier waarop hij glimlachte. 'Dat was alles wat ik wilde,' zei hij. 'Zoals beloofd.'

Toen de zon van haar leven naast haar stond sloeg Dany een arm om zijn middel. De *khal* sprak één woord en zijn bloedruiters schoten toe. Qotho greep de man die haar broer was geweest bij de armen. Haggo brak zijn pols met één enkele, scherpe draai van zijn grote handen. Cohollo trok het zwaard uit zijn slap geworden vingers. Zelfs nu begreep Viserys het nog steeds niet. 'Nee,' riep hij. 'Jullie mogen me niet aanraken, ik ben de Draak, de *Draak*, en ik word *gekroond!*'

Khal Drogo gespte zijn gordel los. De penningen waren van zuiver goud, massief en prachtig bewerkt, stuk voor stuk zo groot als een manshand. Hij brulde een bevel. Koksslaven hesen een zware ijzeren stoofpot uit de vuurkuil op, kiepten de inhoud op de grond en zetten de pot weer op het vuur. Drogo smeet de gordel erin en keek met een stalen gezicht toe hoe de penningen rood werden en hun vorm begonnen te verliezen. Ze zag de vlammen dansen in het onyx van zijn ogen. Een slaaf reikte hem een paar dikke, paardenharen wanten aan en hij trok ze aan zonder zelfs maar naar de man te kijken.

Viserys begon te schreeuwen, de schrille, ongearticuleerde kreet van de lafaard die de dood voor ogen heeft. Hij schopte en kronkelde, jankte als een hond en blèrde als een kind, maar de Dothraki hielden hem stevig tussen zich in. Ser Jorah was naast Dany gaan staan. Hij legde een hand op haar schouder. 'Wend uw hoofd af, prinses, ik smeek het u.'

'Nee.' Ze vouwde haar armen beschermend over de zwelling van haar buik.

Ten slotte keek Viserys haar aan. 'Zuster, alsjeblieft... Dany, zeg tegen ze... laat ze... lief zusje...'

Toen het goud half gesmolten was en vloeibaar begon te worden stak Drogo een hand in de vlammen en griste de pot eruit. 'Kroon,' brulde hij. 'Hier. Een kroon voor Karrenkoning!' En hij keerde de pot om boven het hoofd van de man die haar broer was geweest.

Het geluid dat Viserys Targaryen maakte toen die afschuwelijke ijzeren helm zijn gezicht omhulde had niets menselijks meer. Zijn voeten roffelden als bezetenen op de aarden vloer, verslapten en vielen stil. Dikke klodders gesmolten goud dropen hem over de borst, zodat de scharlakenrode zijde begon te smeulen... maar er vloeide geen druppel bloed.

Hij was geen draak, dacht Dany merkwaardig kalm. *Vuur is niet in staat een draak te doden.*

Eddard

Hij liep door de crypten onder Winterfel, zoals hij al duizend keer had gedaan. De Winterkoningen zagen hem met ijzige ogen passeren en de schrikwolven aan hun voeten draaiden hun grote stenen koppen om en grauwden. Als laatste kwam hij bij de tombe waar zijn vader sliep met Brandon en Lyanna aan zijn zij. '*Beloof het me, Ned,*' fluisterde het beeld van Lyanna. Ze droeg een krans van bleekblauwe rozen en haar ogen weenden bloed.

Eddard Stark schoot met een bonzend hart overeind, half verstrikt in zijn dekens. Het was pikdonker in de kamer en er bonsde iemand op de deur. 'Heer Eddard!' riep een stem luid.

'Een ogenblik.' Slaapdronken en naakt strompelde hij door de verduisterde kamer. Toen hij de deur opende trof hij daarachter Tomard aan met opgeheven vuist en Cain met een blaker in zijn hand. Tussen hen in stond de hofmeester van de koning zelf.

Het gezicht van de man had uit steen gehouwen kunnen zijn, zo weinig verried het. 'Heer Hand,' hief hij aan, 'Zijne Genade de koning gelast uw aanwezigheid. Onmiddellijk.'

Dus Robert was terug van de jacht. Dat werd hoog tijd. 'Ik heb even tijd nodig om me aan te kleden.' Ned liet de man buiten wachten. Cain hielp hem in zijn kleren: een witte linnen tuniek en een grijze mantel, een broek die ter hoogte van zijn gipsbeen opengesneden was, zijn ambtsinsigne en ten slotte een gordel van zware zilveren schakels. Hij stak de Valyrische dolk in de schede aan zijn middel.

De Rode Burcht was donker en stil toen Cain en Tomard hem over het binnenplein begeleidden. De maan, bijna tot volheid gerijpt, hing laag boven de muren. Een wachter in een gouden mantel deed de ronde langs de borstwering.

De koninklijke vertrekken bevonden zich in Maegors Veste, een massief, vierkant fort dat in het hart van de Rode Burcht nestelde, achter muren van twaalf voet dik en een droge gracht met ijzeren pieken erom, een slot-in-een-slot. Ser Boros Both bewaakte de toegang tot de brug, zijn witstalen wapenrusting spookachtig in de maneschijn. Binnen passeerde Ned nog twee andere ridders van de koningsgarde. Ser Presten Groeneveld stond onder aan de trap en ser Barristan Selmy waakte voor de deur van 's konings slaapkamer. *Drie mannen met witte mantels aan*, dacht hij toen de herinnering bovenkwam, en een vreemde huivering voer door hem heen. Het gezicht van ser Barristan was even wit als zijn wapenrusting. Ned hoefde hem alleen maar aan te kijken om te beseffen dat er iets heel erg mis was. De koninklijke hofmeester opende de deur. 'Heer Eddard Stark, de Hand des Konings,' kondigde hij aan.

'Breng hem hier,' riep Roberts stem, merkwaardig schor.

In de identieke haarden aan weerszijden van de slaapkamer loeiden vuren die het vertrek met een naargeestige rode gloed vulden. Binnen was de hitte verstikkend. Robert lag dwars over het hemelbed. Bij het bed was grootmaester Pycelle in de weer, terwijl heer Renling rusteloos langs de gesloten vensterluiken ijsbeerde. Bedienden liepen af en aan, wierpen houtblokken op het vuur of warmden wijn. Cersei Lannister zat naast haar echtgenoot op de rand van het bed. Haar haren zaten in de war alsof ze had geslapen, maar haar ogen hadden niets slaperigs. Ze volgden Ned toen Tomard en Cain hem het vertrek door hielpen. Hij had het gevoel dat hij heel traag bewoog, alsof hij nog droomde.

De koning had zijn laarzen nog aan. Roberts voeten staken onder de deken uit, en Ned zag dat er gedroogde modder en grasprietjes aan het leer kleefden. Op de vloer lag een groen wambuis, opengesneden en weggesmeten, de stof stijf van de roestbruine vlekken. De kamer riekte naar rook, bloed en dood.

'Ned,' fluisterde de koning toen hij hem zag. Zijn gezicht was bleek als een doek. 'Kom... dichterbij.'

Zijn mannen brachten hem erheen. Ned steunde met een hand tegen de pilaar van het bed. Hij hoefde alleen maar op Robert neer te kijken om te zien hoe erg het was. 'Wat...?' begon hij met dichtgeschroefde keel.

'Een everzwijn.' Heer Renling had zijn groene jachtkostuum nog aan. Zijn mantel zat onder de bloedspatten.

'Het rotbeest,' zei de koning hees. 'Mijn eigen schuld. Te veel wijn. Kan mezelf wel verwensen. Ernaast gestoten.'

'En waar waren jullie met zijn allen?' wilde Ned van heer Renling weten. 'Waar was ser Barristan, en de koningsgarde?'

Renlings mond trok scheef. 'Mijn broer beval dat we ons afzijdig moesten houden en hem de ever alleen moesten laten vellen.'

Eddard Stark tilde de deken op.

Ze hadden gedaan wat ze konden om de wond te sluiten, maar het was bij lange na niet genoeg. Die ever moest een angstaanjagend beest zijn geweest. Met zijn slagtanden had hij de koning van zijn lies tot zijn tepel opengereten. De in wijn gedrenkte verbanden die grootmaester Pycelle had aangebracht waren al zwart van het bloed, en de wond rook afschuwelijk. Neds maag draaide zich om. Hij liet de deken vallen.

'Stinkt,' zei Robert. 'De stank van de dood, denk maar niet dat ik het niet ruik. De rotzak heeft me flink te grazen gehad, hè? Maar ik heb hem met gelijke munt terugbetaald, Ned.' De glimlach van de koning was even afschuwelijk als zijn wond: zijn tanden waren rood. 'Heb hem een mes recht in zijn oog gestoken. Vraag maar of het zo is. Vraag het maar.'

'Het is waar,' mompelde heer Renling. 'Op bevel van mijn broer hebben we het karkas mee teruggebracht.'

'Voor het feest,' fluisterde Robert. 'En nu weg. Allemaal. Ik moet met Ned spreken.'

'Robert, mijn lieve heer gemaal...' begon Cersei.

'Wég, zei ik,' hield Robert vol met een zweem van zijn vroegere heftigheid. 'Wat is daar voor onbegrijpelijks aan, mens?'

Cersei gaarde haar rokken en haar waardigheid bijeen en liep als eerste naar de deur, gevolgd door heer Renling en de rest. Grootmaester Pycelle talmde nog en reikte de koning met trillende handen een beker met een dikke, witte vloeistof aan. 'Melksap van de papaver, Uwe Genade,' zei hij. 'Drinkt u dat op. Tegen de pijn.'

Robert sloeg met de rug van zijn hand de beker weg. 'Verdwijn. Ik zal gauw genoeg slapen, ouwe dwaas. Eruit.'

Terwijl hij de kamer uitschuifelde keek grootmaester Pycelle Ned verslagen aan.

'Verdomme, Robert,' zei Ned toen ze alleen waren. Zijn been stak zo erg dat hij bijna blind was van de pijn. Of misschien benevelde het verdriet zijn blik. Hij liet zich naast zijn vriend op het bed zakken. 'Waarom moet je altijd zo eigengereid zijn?'

'Vlieg op, Ned,' zei de koning schor. 'Ik heb dat rotbeest toch zeker gedood?' Een lok verward zwart haar viel over zijn ogen toen hij boos naar Ned opkeek. 'Zou ik met jou ook moeten doen. Kunt een man niet eens rustig laten jagen. Ser Robar heeft me gevonden. Gregors hoofd. Akelig idee. Niet tegen de Jachthond gezegd. Laat Cersei hem maar verrassen.' Zijn lach werd een grom toen er een pijnscheut door hem heen ging. 'Barmhartige goden,' prevelde hij, de pijn verbijtend. 'Het meisje. Daenerys. Nog maar een kind, je had gelijk... dat is de reden, het meisje... de goden hebben die ever gezonden... gezonden om mij te straffen...' De koning kuchte en hoestte bloed op. 'Fout, het was fout, ik... niet meer dan een meisje... Varys, Pinkje, zelfs mijn broer... waardeloos... niemand die *nee* zei, op jou na, Ned... alleen jij...' Hij hief zijn hand op, een zwak, gekweld gebaar. 'Papier en inkt. Daar, op tafel. Schrijf op wat ik je dicteer.'

Ned streek het papier glad op zijn knie en pakte de ganzenveer. 'Zoals u beveelt, Uwe Genade.'

'Aldus spreekt en beveelt Robert van het Huis Baratheon, Eerste van die Naam, Koning van de Andalen en de hele rataplan – zet die ellendige titels er zelf maar bij, je kent ze wel. Hierbij gelast ik Eddard van het huis Stark, heer van Winterfel en Hand des Konings, om na mijn... na mijn dood als regent en beschermer van het rijk op te treden... om namens mij... namens mij te heersen totdat mijn zoon Joffry meerderjarig wordt...'

'Robert...' *Joffry is jouw zoon niet*, wilde hij zeggen, maar de woorden weigerden te komen. De pijn stond te duidelijk op Roberts gezicht te lezen, hij kon hem niet nog meer kwellen. Dus boog Ned het hoofd en schreef, maar waar de koning 'mijn zoon Joffry' had gezegd, pende hij in plaats daarvan 'mijn erfgenaam' neer. Het bedrog bezorgde hem een smerig gevoel. *Wat liegen we niet af uit liefde*, dacht hij. *Mogen de goden me vergeven.* 'Wat nog meer?'

'Schrijf maar... wat je nodig vindt. Beschermen en verdedigen, oude en nieuwe goden, je kent de woorden wel. Schrijf op. Ik teken. Als ik dood ben geef je het aan de raad.'

'Robert,' zei Ned met een stem die schor was van verdriet. 'Doe dit niet. Ik wil je niet verliezen. Het rijk heeft je nodig.'

Robert greep zijn hand en kneep hard met zijn vingers. 'Wat kun jij... slecht liegen, Ned Stark,' zei hij door zijn pijn heen. 'Het rijk... het rijk weet... wat een waardeloze koning ik ben geweest. Net zo slecht als Aerys, goden bewaar me.'

'Nee,' zei Ned tegen zijn stervende vriend. 'Niet zo slecht als Aerys, uwe Genade. Bij lange na niet zo slecht als Aerys.'

Robert slaagde erin flauwtjes te glimlachen. 'Ze zullen in elk geval zeggen... dat ik dit laatste... goed heb gedaan. Jij zult me niet in de steek laten. Jij gaat nu regeren. Je zult het nóg meer verafschuwen dan ik... maar je zult het goed doen. Ben je klaar met dat gekrabbel?'

'Ja, Uwe Genade.' Ned hield Robert het papier voor. De koning kraste er blindelings zijn naam onder en er bleef een veeg bloed op de brief achter. 'Voor het zegelen zijn getuigen nodig.'

'Dien het everzwijn bij mijn begrafenismaal op,' kraste Robert. 'Appel in zijn bek, vel knapperig geroosterd. Opvreten die smeerlap. Kan me niet schelen of jullie erin stikken. Beloof het, Ned.'

'Ik beloof het.' *Beloof het, Ned*, echode de stem van Lyanna.

'Het meisje,' zei de koning. 'Daenerys. Laat haar leven. Als je kunt, als het... niet te laat... praat met ze... Varys, Pinkje... ze mogen haar niet vermoorden. En help mijn zoon, Ned. Zorg dat hij... beter wordt dan ik.' Hij kromp ineen. 'Barmhartige goden.'

'Het zal gebeuren, mijn vriend,' zei Ned. 'Het zal gebeuren.'

De koning sloot zijn ogen en leek te ontspannen. 'Gedood door een varken,' prevelde hij. 'Zou erom moeten lachen, maar dat doet veel te zeer.'

Ned lachte niet. 'Wil ik ze weer binnenroepen?'

Robert knikte zwakjes. 'Wat je wilt. Goden, waarom is het hier zo *koud*?'

De bedienden draafden weer naar binnen om snel nieuw hout op de vuren te gooien. De koningin was weggegaan. Dat luchtte in elk geval enigszins op. Als ze ook maar een beetje verstand had zou Cersei met haar kinderen vluchten voor de dag aanbrak, dacht Ned. Ze was al veel te lang blijven talmen.

Koning Robert leek haar niet te missen. Hij verzocht zijn broer Renling en grootmaester Pycelle om getuige te zijn toen hij zijn zegel in de hete, gele was drukte die Ned op zijn brief had laten druipen. 'En geef me dan nu iets tegen de pijn en laat me sterven.'

Haastig mengde grootmaester Pycelle een nieuwe drank met melksap van de papaver voor hem. Ditmaal dronk de koning er flink van. Toen hij de lege beker wegsmeet parelden er dikke witte druppels in zijn baard. 'Ga ik ervan dromen?'

Ned gaf antwoord. 'Jawel, heer.'

'Goed,' zei hij glimlachend. 'Ik zal Lyanna van je groeten, Ned. Zorg jij voor mijn kinderen.'

Zijn woorden draaiden zich in Neds ingewanden om als een mes. Even wist hij niet wat te zeggen. Hij kon de leugen niet over zijn lippen krijgen. Toen dacht hij aan de bastaarden: de kleine Barra aan de borst van haar moeder, Mya in de Vallei, Gendry bij zijn smidsvuur, en alle anderen. 'Ik zal... uw kinderen beschermen alsof het de mijne zijn,' zei hij traag.

Robert knikte en sloot zijn ogen. Ned keek toe hoe zijn oude vriend zachtjes wegzakte in de kussens toen het melksap van de papaver de pijn uit zijn gezicht streek. De slaap ontfermde zich over hem.

Zware ketens rinkelden zacht toen grootmaester Pycelle naar Ned toeliep. 'Ik zal alles doen wat in mijn macht ligt, heer, maar de wond is al aan het afsterven. Het heeft ze twee dagen gekost om hem terug te brengen. Tegen de tijd dat ik hem zag was het te laat. Ik kan het lijden van Zijne Genade verzachten, maar slechts de goden kunnen hem nu nog genezen.'

'Hoe lang?' vroeg Ned.

'Normaal gesproken zou hij al dood moeten zijn. Ik heb nog nooit een man meegemaakt die zich zo hardnekkig aan het leven vastklampte.'

'Mijn broer was altijd al sterk,' zei heer Renling. 'Niet zo wijs misschien, maar wel sterk.' Zijn voorhoofd was nat van het zweet vanwege de broeierige hitte in het slaapvertrek. Zoals hij daar stond, jong, donker en knap, had hij Roberts geest kunnen zijn. 'Hij heeft dat everzwijn gedood. Zijn ingewanden hingen uit zijn buik, maar toch wist hij dat zwijn te doden.' Zijn stem was vol verwondering.

'Robert was er de man niet naar om het slagveld te verlaten zolang er nog één vijand overeind stond,' zei Ned tegen hem.

Buiten het vertrek bewaakte ser Barristan Selmy nog steeds de torentrap. 'Maester Pycelle heeft Robert papaver-melksap gegeven,' vertelde Ned hem. 'Zorg dat niemand zonder mijn toestemming zijn rust verstoort.'

'Zoals u beveelt, heer.' Ser Barristan zag er ouder uit dan hij was. 'Ik heb mijn heilige plicht verzaakt.'

'Zelfs de waarachtigste ridder kan een koning niet tegen zichzelf beschermen,' zei Ned. 'Robert jaagde graag op everzwijnen. Ik heb hem er duizenden zien vellen.' Dan placht hij stand te houden zonder een krimp te geven, wijdbeens, zijn handen om zijn grote speer, en meestal schold hij de ever nog uit ook terwijl die op hem afstormde en wachtte hij tot de allerlaatste tel, tot het beest bijna bij hem was, vóór hij het met één trefzekere, woeste stoot doodde. 'Geen mens kon weten dat deze zijn dood zou worden.'

'Heel vriendelijk van u om dat te zeggen, heer Eddard.'

'De koning heeft het zelf met zoveel woorden gezegd. Hij weet het aan de wijn.'

De ridder met het witte haar knikte mat. 'Zijne Genade zat te zwaaien in het zadel tegen de tijd dat we de ever uit zijn leger hadden gehitst, maar toch beval hij ons allemaal, ons afzijdig te houden.'

'Ik vraag me af, ser Barristan,' vroeg Varys zonder veel nadruk, 'wie de koning die wijn had gegeven?'

Ned had de eunuch niet horen naderen, maar toen hij omkeek stond hij er. Hij droeg een zwartfluwelen gewaad dat over de vloer sleepte, en zijn gezicht was vers gepoederd.

'Die kwam uit de wijnzak van de koning zelf,' zei ser Barristan.

'Maar één wijnzak? Jagen is dorstig werk.'

'Ik heb het niet bijgehouden. Het was er zeker meer dan één. Zijn schildknaap haalde een nieuwe voor hem zodra hij erom vroeg.'

'Wat een plichtsgetrouwe knaap,' zei Varys, 'om er zo nauwlettend op toe te zien dat het Zijne Genade niet aan verversingen ontbrak.'

Ned proefde een bittere smaak in zijn mond. Hij dacht aan de twee blonde jongens die Robert om een borstharnas-oprekker had gestuurd. De koning had het verhaal die avond op het feest aan iedereen verteld en gelachen tot hij ervan schuddebuikte. 'Welke schildknaap?'

'De oudste van de twee,' zei ser Barristan. 'Lancel.'

'Die jongen ken ik goed,' zei Varys. 'Een flinke jongen, de zoon van ser Kevan Lannister, heer Tywins oomzegger en het neefje van de koningin. Ik hoop dat die beste brave jongen zichzelf geen verwijten zal maken. Kinderen zijn zo kwetsbaar in hun jeugdige onschuld, dat staat me nog levendig voor de geest.'

Varys moest inderdaad eens jong zijn geweest. Ned betwijfelde of hij ooit onschuldig was geweest. 'Nu u het toch over kinderen hebt, Robert is van gedachten veranderd inzake Daenerys Targaryen. Wat u ook geregeld hebt, ik wil dat het ongedaan wordt gemaakt. Onmiddellijk.'

'Helaas,' zei Varys. 'Onmiddellijk zou wel eens te laat kunnen zijn. Ik vrees dat die vogeltjes al uitgevlogen zijn. Maar ik zal doen wat ik kan, heer. Met uw welnemen.' Hij boog en verdween de trap af, en zijn zachte slippers ruisten over de steen terwijl hij afdaalde.

Cain en Tomard hielpen Ned juist de brug over toen heer Renling uit Maegors Veste opdook. 'Heer Eddard,' riep hij Ned achterna, 'mag ik een ogenblikje, als u zo vriendelijk wilt zijn.'

Ned bleef staan. 'Zoals u wenst.'

Renling liep naar hem toe. 'Zend uw mannen weg.' Ze ontmoetten elkaar midden op de brug, met de droge gracht onder zich. Maanlicht verzilverde de gemene punten van de pieken langs de rand.

Ned maakte een gebaar. Tomard en Cain bogen het hoofd en gingen op eerbiedige afstand staan. Heer Renling gluurde behoedzaam naar ser Boros aan het andere uiteinde van de boog, en naar ser Presten in de deuropening achter hen. 'Die brief.' Hij boog zich naar voren. 'Ging die over het regentschap? Heeft mijn broer u tot beschermer benoemd?' Hij wachtte het antwoord niet af. 'Heer, mijn lijfwacht telt dertig man, en ik heb daarnaast nog andere vrienden, ridders en heren. Geef me een uur, en ik stel u honderd zwaarden ter beschikking.'

'En wat moet ik met honderd zwaarden, heer?'

'*Toeslaan!* Nu, terwijl het kasteel slaapt.' Renling keek weer over zijn schouder naar ser Boros en dempte zijn stem tot een dringende fluistertoon. 'We moeten de hand op Joffry leggen en hem bij zijn moeder weghalen. Wie de koning heeft, heeft het koninkrijk. En we moeten ook Myrcella en Tommen grijpen. Als we haar kinderen eenmaal hebben zal Cersei ons geen verzet durven bieden. De raad zal u in uw positie van beschermer bevestigen en Joffry tot uw pupil verklaren.'

Ned keek hem koeltjes aan. 'Robert is nog niet dood. Wie weet sparen de goden hem. Zo niet, dan zal ik de raad bijeenroepen om zijn laatste woorden te vernemen en zich over de kwestie van zijn opvolging te buigen, maar ik zal zijn laatste uren op aarde niet bezoedelen door bloed te vergieten in zijn zalen en bange kinderen van hun bed te lichten.'

Heer Renling deed een stap naar achteren, gespannen als een boogpees. 'Ieder uitstel geeft Cersei meer tijd om zich voor te bereiden. Als Robert sterft is het misschien te laat... voor ons allebei.'

'Dan moeten we maar bidden dat Robert niet sterft.'

'Daar is weinig kans op,' zei Renling.

'Soms zijn de goden genadig.'

'De Lannisters niet.' Heer Renling keerde hem de rug toe en liep over de gracht terug naar de toren waarin zijn broer op sterven lag.

Eenmaal terug in zijn eigen vertrekken voelde Ned zich moe en neerslachtig, maar van slapen kon nu geen sprake meer zijn. *Wie om een troon speelt wint of sterft*, had Cersei Lannister in het godenwoud tegen hem gezegd. Hij merkte dat hij zich afvroeg of hij juist had gehandeld door het aanbod van heer Renling af te slaan. Hij voelde niets voor zulke intriges, en kinderen bedreigen was weinig eervol, maar toch... als Cersei verkoos te vechten in plaats van te vluchten zou hij Renlings honderd zwaarden weleens hard nodig kunnen hebben, en nog wel meer ook.

'Ik wil Pinkje spreken,' zei hij tegen Cain. 'Als hij niet in zijn kamers is, neem dan alle mannen die je nodig hebt en doorzoek iedere wijnkroeg en hoerenkast in heel Koningslanding totdat je hem hebt gevonden. Breng hem bij me voor de dag aanbreekt.' Cain boog en vertrok, en Ned wendde zich tot Tomard. 'De *Windheks* vaart vanavond met hoog tij uit. Heb je het escorte al samengesteld?'

'Tien man, onder bevel van Porthier.'

'Twintig, en onder jouw bevel,' zei Ned. Porthier was moedig, maar eigengereid. Hij had liever een betrouwbaarder en verstandiger man om over zijn dochters te waken.

'Zoals u wenst, heer,' zei Tom. 'Ik kan niet zeggen dat het me spijt deze plaats de rug toe te keren. Ik mis moeder de vrouw.'

'Onderweg naar het noorden passeren jullie Drakensteen. Daar moet je een brief voor me afleveren.'

Tom keek zenuwachtig. 'In Drakensteen, heer?' Van het eilandfort van het huis Targaryen ging een duistere roep uit.

'Zeg tegen kapitein Qos dat hij mijn banier hijst zodra hij in het zicht van het eiland komt. Mogelijk staan ze wantrouwig tegenover onverwacht bezoek. Als hij er niet voor voelt, bied hem dan zoveel als nodig is. Ik geef je een brief mee die je aan heer Stannis Baratheon persoonlijk moet overhandigen. Aan niemand anders. Niet aan zijn hofmeester, noch aan de kapitein van zijn wacht, noch aan zijn vrouwe, alleen aan heer Stannis zelf.'

'Zoals u beveelt, heer.'

Nadat Tomard hem alleen had gelaten staarde heer Eddard Stark in de vlam van de kaars die op de tafel naast hem brandde. Even werd hij door verdriet overweldigd. Hij zou niets liever doen dan naar het godenwoud gaan om voor de hartboom te knielen en te bidden dat Robert Baratheon, die meer dan een broer voor hem was geweest, in leven zou blijven. Later zou er gezegd worden dat Eddard Stark de vriendschap van zijn koning had beschaamd en diens zonen had onterfd, en hij kon slechts hopen dat de goden beter wisten en dat Robert in het land aan gene zijde van het graf de waarheid zou vernemen.

Ned haalde de laatste brief van de koning te voorschijn. Een rol krakend, wit perkament, bezegeld met gouden was, luttele woorden en een veeg bloed. Hoe gering was het verschil tussen overwinning en nederlaag, tussen leven en dood.

Hij pakte een nieuw vel papier en doopte zijn ganzenveer in de inktpot. *Aan Zijne Genade, Stannis van het huis Baratheon*, schreef hij. *Als u dit schrijven ontvangt is uw broer Robert, sinds vijftien jaar onze koning, gestorven. Tijdens een jachtpartij in het Koningsbos werd hij aangevallen door een wilde ever...*

Zijn hand viel stil en de letters leken te kronkelen en wriemelen op het papier. Heer Tywin en ser Jaime waren geen mannen die hun ongenade deemoedig zouden ondergaan. Ze zouden liever vechten dan vluchten. Na de moord op Jon Arryn was heer Stannis ongetwijfeld op zijn hoede, maar het was noodzakelijk dat hij onmiddellijk met zijn voltallige krijgsmacht naar Koningslanding voer, voordat de Lannisters konden optrekken.

Ned koos ieder woord met zorg. Toen hij klaar was ondertekende hij de brief met *Eddard Stark, heer van Winterfel, Hand des Konings en Beschermer van het Rijk*, legde er vloeipapier op, vouwde hem dubbel en smolt de zegelwas boven de kaarsvlam.

Zijn regentschap zou van korte duur zijn, peinsde hij, terwijl de was zacht werd. De nieuwe koning zou zijn eigen Hand kiezen. Ned zou vrij zijn om naar huis te gaan. De gedachte aan Winterfel bracht een weemoedige glimlach op zijn gezicht. Hij wilde Brans lach weer horen, met Robb op de valkenjacht gaan en Rickon zien spelen. Hij wilde in zijn eigen bed in een droomloze slaap verzinken met zijn armen stevig om zijn vrouw Catelyn heen.

Cain kwam terug toen hij het zegel met de schrikwolf in de zachte witte was drukte. Hij werd vergezeld door Desmond en ze hadden Pinkje tussen zich in. Ned bedankte zijn wachters en zond hen weg.

Heer Petyr was gekleed in een blauwfluwelen tuniek met pofmouwen en een zilverglanzende mantel met een patroon van spotvogels. 'Ik neem aan dat ik u geluk kan wensen,' zei hij en ging zitten.

Ned keek stuurs. 'De koning is gewond en de dood nabij.'

'Weet ik,' zei Pinkje. 'Ik weet ook dat Robert u tot beschermer van het rijk heeft benoemd.'

Neds ogen gingen naar de brief van de koning die naast hem op tafel lag. Het zegel was ongebroken. 'En hoe weet u dat, heer?'

'Dat heeft Varys laten doorschemeren,' zei Pinkje, 'en u hebt het zojuist bevestigd.'

Neds mond vertrok van woede. 'Die verdomde Varys met zijn kleine vogeltjes. Catelyn had gelijk, die man bedrijft de zwarte kunst. Ik vertrouw hem niet.'

'Uitstekend. U begint het te leren.' Pinkje boog zich naar voren. 'Toch wed ik dat u me niet midden in de nacht hierheen hebt gesleept om over de eunuch te discussiëren.'

'Nee,' gaf Ned toe. 'Ik weet welk geheim door de moord op Jon Arryn bewaard moest worden. Robert laat geen wettige zoon na. Joffry en Tommen zijn bastaarden van Jaime Lannister, geboren uit diens bloedschennige verhouding met de koningin.'

Pinkje trok een wenkbrauw op. 'Schokkend,' zei hij op een toon waarin doorklonk dat hij helemaal niet geschokt was. 'En het meisje ook? Ongetwijfeld. Dus als de koning sterft...'

'Valt de troon rechtens aan heer Stannis toe, de oudste van Roberts twee broers.'

Heer Petyr streek over zijn puntbaardje terwijl hij de zaak overdacht. 'Daar heeft het alle schijn van. Tenzij...'

'Tenzij, heer? Er is hier geen sprake van schíjn. Stannis is de erfgenaam. Daar valt niets aan te veranderen.'

'Zonder uw hulp kan Stannis de troon niet voor zich opeisen. Als u verstandig bent zorgt u dat Joffry opvolgt.'

Ned wierp hem een kille blik toe. 'Hebt u dan geen greintje eergevoel?'

'O, een greintje nog wel,' antwoordde Pinkje nonchalant. 'Luister naar me. Stannis is uw vriend niet, en de mijne evenmin. Zelfs voor zijn broers is hij nauwelijks te verteren. De man is bikkelhard en onbuigzaam. Hij zal ons een nieuwe Hand en een nieuwe raad geven, zoveel is zeker. Hij zal u ongetwijfeld bedanken voor de kroon die u hem hebt bezorgd, maar u zult hem er niet dierbaarder om zijn. En zijn troonsbestijging betekent oorlog. Stannis kan niet rustig op die troon zitten voordat Cersei en haar bastaarden dood zijn. Denkt u dat heer Tywin werkeloos zal toezien hoe ze de juiste maat piek voor het hoofd van zijn dochter uitzoeken? De Rots van Casterling zal in opstand komen, en niet als enige. Robert kon het opbrengen, mannen te begenadigen die koning Aerys hadden gediend, zolang ze hem maar een eed van trouw zwoeren. Stannis is minder vergevingsgezind. Hij is de belegering van Stormeinde vast niet vergeten, en de heren Tyrel en Roodweyn zullen die niet durven vergeten. Iedereen die onder de drakenbanier heeft gevochten of met Balon Grauwvreugd in opstand is gekomen zal gegronde reden tot vrees hebben. Zet Stannis op de ijzeren troon, en ik geef u op een briefje dat het rijk zal bloeden.

En bekijk dan de keerzijde eens. Joffry is pas twaalf, en Robert heeft ú met het regentschap belast, heer. U bent de Hand des Konings en Beschermer van het Rijk. U hebt de macht voor het grijpen, heer Stark. Sluit vrede met de Lannisters. Laat de Kobold vrij. Laat Joffry met uw Sansa trouwen. Huwelijk uw jongste dochter uit aan prins Tommen en uw erfgenaam aan Myrcella. Joffry wordt pas over vier jaar meerderjarig. Tegen die tijd zal hij u als een tweede vader beschouwen, en zo niet, welnu... vier jaar is lang, heer. Lang genoeg om u van heer Stannis te ontdoen. Mocht Joffry dan lastig blijken te zijn, dan kunnen wij zijn geheimpje onthullen en heer Renling op de troon zetten.'

'Wíj?' herhaalde Ned.

Pinkje haalde zijn schouders op. 'Iemand moet u toch helpen uw lasten te dragen. Ik verzeker u dat mijn prijs bescheiden is.'

'Uw prijs,' zei Ned op ijzige toon. 'Heer Baelish, uw voorstel komt neer op verraad.'

'Alleen als we verliezen.'

'U vergeet van alles,' zei Ned. 'U vergeet Jon Arryn. U vergeet Jory Cassel. En u vergeet dit.' Hij trok de dolk en legde die tussen hen in op tafel, een stuk drakenbeen met Valyrisch staal, scherp als het verschil tussen goed en kwaad, tussen waarheid en leugen, tussen leven en dood. 'Ze hebben iemand gestuurd om *mijn zoon de keel door te snijden*, heer Baelish.'

Pinkje zuchtte. 'Ja, ik vrees dat ik dat vergeten was, heer. Wilt u het mij niet euvel duiden? Het was me even ontschoten dat ik met een Stark sprak.' Zijn mond trok scheef. 'Dus het wordt Stannis, en oorlog?'

'Ik heb geen keus. Stannis is de troonopvolger.'

'Het zij verre van mij om 's rijks beschermer tegen te spreken. Wat wilt u dan van mij? Niet mijn wijze raad, dat is wel duidelijk.'

'Ik zal mijn best doen, om uw... wijze raad te vergeten,' zei Ned vol afkeer. 'Ik heb u hier geroepen om de hulp te vragen die u Catelyn hebt toegezegd. Dit is een hachelijk moment voor ons allemaal. Robert heeft mij als beschermer aangesteld, dat is maar al te waar, maar in de ogen van de wereld is Joffry nog steeds zijn zoon en erfgenaam. De koningin heeft een dozijn ridders en honderd wapenknechten die alles doen wat zij beveelt... genoeg om het restant van mijn eigen hofwacht te overmeesteren. En ik acht het niet onmogelijk dat haar broer Jaime op dit moment naar Koningslanding optrekt aan het hoofd van een schare Lannisters.'

'En dat terwijl u zonder leger zit.' Pinkje speelde met de dolk op de tafel en draaide die langzaam met een vinger om. 'Heer Renling en de Lannisters zijn niet erg op elkaar gesteld. Bronzen Yohn Roys, Ser Balon Swaan, ser Loras, vrouwe Tanda, de Roodweyn-tweeling... zij hebben hier aan het hof allemaal een gewapend gevolg van ridders en gezworen zwaardvechters aan het hof.'

'Renlings lijfwacht telt dertig man en die van de rest nog minder. Dat is niet genoeg, zelfs al zou ik er zeker van zijn dat ze allemaal mijn kant kozen. Ik moet de goudmantels hebben. De stadswacht is tweeduizend man sterk en is bij ede gehouden het kasteel, de stad en de koningsvrede te beschermen.'

'Aha, maar als de koningin de een tot koning uitroept en de Hand een ander, wiens vrede beschermen ze dan?' Heer Petyr gaf de dolk een tikje met zijn vinger, zodat hij begon te tollen. Al wiebelend bleef hij ronddraaien. Toen hij ten slotte tot stilstand kwam wees de punt naar Pinkje. 'Warempel, daar is uw antwoord,' zei hij met een lachje. 'Ze volgen de man die hun betaalt.' Hij leunde naar achteren en keek Ned recht in zijn gezicht met een spottend lichtje in zijn grijsgroene ogen. 'U draagt uw eer als een wapenrusting, Stark. U denkt dat die u beschermt, maar het gewicht belemmert u slechts in uw bewegingen. U zou uzelf eens moeten zien. U weet waarom u mij hebt ontboden. U weet wat u mij wilt vragen. U weet dat het moet... maar het is niet éérvol, dus blijven de woorden u in de keel steken.'

Neds nek stond strak gespannen. Even was hij zo kwaad dat hij zweeg, bang voor wat hij eruit zou kunnen gooien.

Pinkje lachte. 'Ik zou u moeten dwingen het te zeggen, maar dat zou wreed zijn... dus weest u niet bevreesd, mijn waarde. Omwille van de liefde die ik Catelyn toedraag ga ik nog dit uur naar Janos Slink om te zorgen dat u de stadswacht hebt. Zesduizend goudstukken moet voldoende zijn. Een derde voor de bevelhebber, een derde voor de officieren, een derde voor de manschappen. Het is mogelijk dat we ze ook voor de helft zouden krijgen, maar ik neem liever geen risico's.' Glimlachend pakte hij de dolk op en reikte hem Ned aan met het heft naar voren.

Jon

Jon zat net te ontbijten met appelkoeken en bloedworst toen Samwel Tarling zich op de bank liet ploffen. 'Ik ben naar de sept geroepen,' fluisterde Sam opgewonden. 'Ze ontslaan me van de oefening. Ik word een broeder, net als de rest van jullie. Is dat niet ongelofelijk?'

'Je meent het!'

'Jazeker. Ik ga Maester Aemon helpen in de bibliotheek en met de vogels. Hij heeft behoefte aan iemand die kan lezen en brieven kan schrijven.'

'Dat gaat je vast wel goed af,' zei Jon met een glimlach.

Sam keek bezorgd om zich heen. 'Is het al tijd om te gaan? Ik wil niet te laat komen, anders veranderen ze misschien van gedachten.' Het scheelde niet veel of hij huppelde toen ze de met onkruid bezaaide binnenhof overstaken. Het was een warme, zonnige dag. Dunne straaltjes water liepen langs de Muur omlaag, zodat het ijs leek te glanzen en te glinsteren.

In de sept werd het ochtendlicht dat door het venster aan de zuidkant naar binnen viel door het grote kristal opgevangen, vanwaar het in alle kleuren van de regenboog over het altaar uitwaaierde. Pyps mond viel open toen hij Sam in het oog kreeg, en Pad gaf Grenn een por tegen zijn ribbenkast, maar niemand durfde ook maar een woord te zeggen. Septon Celladar zwaaide met een wierookvat, en de lucht werd vervuld van een welriekende geur die Jon deed denken aan de kleine sept van vrouwe Stark in Winterfel. Bij uitzondering scheen de septon nu eens nuchter te zijn.

De hoge officieren arriveerden gezamenlijk: Maester Aemon, die op Clydas leunde, ser Alliser, grimmig en met kille ogen, bevelhebber Mormont, die er schitterend uitzag in een wambuis van zwarte wol met verzilverde sluitingen in de vorm van berenklauwen. Na hen kwamen de voornaamste leden van de drie orden: Hofmeester Bouwen Mars met zijn rode gezicht, het hoofd van de oppassers, eerste Bouwer Othel Yarwyk en ser Jeremie Rykker, die in afwezigheid van Benjen Stark het bevel over de wachtruiters voerde.

Mormont ging voor het altaar staan, en de regenboog glansde op zijn grote, kale hoofd. 'Jullie zijn als vogelvrijen bij ons gekomen,' begon hij, 'als stropers, verkrachters, schuldenaars, moordenaars en dieven. Jullie kwamen bij ons als kinderen. Jullie kwamen alleen, in ketenen, zonder vrienden, zonder eer. Jullie kwamen als rijken, jullie kwamen als armen. Sommigen van jullie dragen de naam van een trots geslacht. Anderen dragen slechts een bastaardnaam, of helemaal geen naam. Het doet er niet toe. Dat is nu allemaal verleden tijd. Op de Muur zijn wij allemaal één huis.

Als de avond daalt, met zonsondergang, en wij de invallende nacht tegemoet zien, zullen jullie je geloften afleggen. Vanaf dat moment zijn jullie gezworen broeders van de Nachtwacht. Dan zijn jullie misdaden uitgewist, jullie schulden kwijtgescholden. Evenzo moeten jullie alle banden met weleer uitwissen, alle wrok afleggen, oud zeer vergeten, en evenzo oude liefdes. Hier beginnen jullie opnieuw.

Een man van de Nachtwacht leeft voor het rijk. Niet voor een koning of een heer, noch voor de eer van dit of dat geslacht, noch voor goud, roem of de liefde van een vrouw, maar voor het rijk, en allen die daarin wonen. Een man van de Nachtwacht neemt geen vrouw en verwekt geen zonen. Onze vrouw is de plicht. Onze minnares is de eer. En jullie zijn de enige zonen die wij ooit zullen hebben.

Jullie hebben de woorden van de gelofte geleerd. Denk goed na voor je ze uitspreekt, want als je eenmaal het zwart hebt aangenomen is er geen terugkeer mogelijk. Desertie wordt met de dood bestraft.' De oude beer zweeg even voordat hij zei: 'Is er iemand onder jullie die ons gezelschap de rug wil toekeren? Zo ja, vertrek dan nu, en niemand die je er minder om acht.'

Niemand verroerde zich.

'Welaan dan,' zei Mormont. 'Jullie kunnen hier met het vallen van de avond je gelofte afleggen, ten overstaan van Septon Celladar en het hoofd van jullie orde. Is er iemand onder jullie die de oude goden aanhangt?'

Jon stond op. 'Ja, ik, heer.'

'Dan zul jij de woorden wel voor een hartboom willen uitspreken, net als je oom,' zei Mormont.

'Ja, heer,' zei Jon. De goden van de sept hadden niets met hem te maken: door de aderen van de Starks stroomde het bloed van de Eerste Mensen.

Naast zich hoorde hij Grenn fluisteren: 'Hier is geen godenwoud. Of wel? Ik heb nog nooit een godenwoud gezien.'

'Jij zou nog geen kudde oerossen zien voordat ze je de sneeuw instampten,' fluisterde Pyp terug.

'Wel waar,' beweerde Grenn. 'Ik zou ze al van ver zien aankomen.'

Mormont zelf bevestigde Grenns twijfels. 'Slot Zwart heeft geen godenwoud nodig. Achter de Muur rijst Het Spookwoud nog op zoals in het tijdperk van de Dageraad, lang voor de Andalen de Zeven over de zee-engte brachten. Twee mijl van deze plaats zul je een weirbosje aantreffen, en wellicht ook je goden.'

'Heer.' Op het horen van die stem keek Jon verrast om. Samwel Tarling was opgestaan. De dikke jongen veegde zijn bezwete handpalmen aan zijn tuniek af. 'Mag ik... mag ik mee? Om mijn woorden voor de hartboom uit te spreken?'

'Hangt ook het huis Tarling de oude goden aan?' vroeg Mormont.

'Nee, heer,' antwoordde Sam met een dun, nerveus stemmetje. De hoge officieren joegen hem angst aan, wist Jon, en vooral de ouwe beer. 'Ik kreeg mijn naam bij het licht van de Zeven in de sept op Hoornheuvel, evenals mijn vader, en zijn vader, en alle Tarlings, al duizend jaar lang.'

'Waarom zou je dan de goden van je vader en je huis verzaken?' vroeg ser Jeremie Rykker verwonderd.

'De Nachtwacht is nu mijn huis,' zei Sam. 'De Zeven hebben mijn gebeden nog nooit verhoord. Misschien dat de oude goden dat wel doen.'

'Zoals je wilt, jongen,' zei Mormont. Sam ging weer zitten, net als Jon. 'We hebben ieder van jullie in een orde ingedeeld, al naar gelang onze behoeften en jullie eigen kracht en bekwaamheid.' Bouwen Mars trad naar voren en reikte hem een papier aan. De bevelhebber ontrolde het en begon te lezen. 'Halder, naar de bouwers,' begon hij. Halder gaf een stijf, instemmend knikje. 'Grenn, naar de wachtruiters. Albet, naar de bouwers. Pypar, naar de wachtruiters.' Pyp gluurde naar Jon en wapperde met zijn oren. 'Samwel, naar de oppassers.' Sam werd slap van opluchting en veegde met een zijden lap zijn voorhoofd af. 'Matthar, naar de wachtruiters. Dareon, naar de oppassers. Padder, naar de wachtruiters. Jon, naar de oppassers.'

De óppassers? Even kon Jon niet geloven dat hij het goed had gehoord. Mormont moest het verkeerd hebben voorgelezen. Hij kwam al overeind, deed zijn mond al open om te zeggen dat er een vergissing in het spel moest zijn... en toen zag hij dat ser Alliser hem nauwlettend gadesloeg. Zijn ogen glinsterden als schilfers obsidiaan, en er ging Jon een licht op.

De ouwe beer rolde het papier op. 'De eersten van jullie orde zullen jullie vertellen wat je plichten zijn. Mogen alle goden jullie behoeden, broeders.' De bevelhebber vereerde hen met een soort buiging en vertrok. Ser Alliser liep achter hem aan en lachte fijntjes. Jon had de wapenmeester nog nooit zo vergenoegd zien kijken.

'Wachtruiters met mij mee,' riep ser Jeremie Rykker toen ze weg waren. Terwijl hij langzaam overeind kwam staarde Pyp naar Jon. Zijn oren waren rood. Grenn grijnsde breed. Het leek nog niet tot hem te zijn doorgedrongen dat er iets mis was. Matt en Pad sloten zich bij hen aan, en ze liepen achter ser Jeremie aan de sept uit.

'Bouwers,' verkondigde Othel Yarwyk met zijn vierkante kaken. Halder en Albet sjokten achter hem aan.

Met een misselijkmakend gevoel van ongeloof keek Jon om zich heen. De blinde ogen van Maester Aemon waren opgeslagen naar het licht dat hij niet kon zien. De septon was bezig kristallen op het altaar te rangschikken. Alleen Sam en Dareon zaten nog op de banken. Een dikke jongen, een zanger... en hij.

Hofmeester Bouwen Mars wreef in zijn lompe handen. 'Samwel, jij gaat Maester Aemon bijstaan in het roekenhuis en de bibliotheek. Chet gaat naar de kennels om met de honden te helpen. Jij krijgt zijn cel, zodat je dag en nacht dicht bij de maester bent. Ik vertrouw erop dat je goed voor hem zult zorgen. Hij is heel oud, én hij is ons heel dierbaar.

Dareon, ik heb gehoord dat jij bij vele heren aan tafel hebt gezongen en met hen hebt gegeten en gedronken. Jou sturen we naar Oostwacht. Wie weet heeft Cottaar Piek iets aan jouw verhemelte als de koopvaarders komen om te handelen. We betalen te veel voor gezouten vlees en ingelegde vis, en de kwaliteit van de olijfolie die we krijgen is beneden peil. Als je er bent, meld je dan bij Borcas. Hij houdt je wel aan het werk tussen de schepen in.'

Mars richtte zijn glimlach op Jon. 'Bevelhebber Mormont wil jou als zijn persoonlijke oppasser hebben, Jon. Je slaapt in een cel onder zijn vertrekken in de Bevelhebberstoren.'

'En welke plichten krijg ik te vervullen?' vroeg Jon bits. 'Moet ik de maaltijden van de bevelhebber opdienen, hem zijn kleren helpen dichtmaken en warm water voor zijn bad halen?'

'Jazeker.' Mars fronste zijn wenkbrauwen over Jons toon. 'En berichten voor hem overbrengen, het vuur in zijn kamers brandende houden, dagelijks zijn lakens en dekens verschonen en al het andere doen dat de bevelhebber van je vraagt.'

'Houdt u mij voor een bediende?'

'Nee,' zei Maester Aemon achter in de sept. Clydas hielp hem overeind. 'We hielden je voor een man van de Nachtwacht... maar misschien hebben we ons daarin vergist.'

Het scheelde niet veel of Jon was de deur uitgelopen. Werd hij geacht als een meid de rest van zijn levensdagen boter te karnen en wambuizen te naaien? 'Kan ik gaan?' vroeg hij stijfjes.

'Zoals je wilt,' antwoordde Bouwen Mars.

Dareon en Sam gingen met hem mee. In stilte daalden ze naar de binnenplaats af. Buiten keek Jon op naar de Muur die glom in de zon, en naar het smeltende ijs dat er in honderden dunne vingers vanaf sijpelde. Hij was zo razend dat hij het liefst alles met één klap kapot had geslagen. En alles en iedereen kon opvliegen.

'Jon,' zei Samwel Tarling opgewonden. 'Wacht. Snap je niet wat er aan de hand is?'

Jon keerde zich woedend naar hem toe. 'Ik snap dat die verdomde ser Alliser hierachter steekt, dat is alles. Hij wilde me te schande maken, en dat is hem gelukt.'

Dareon wierp hem een blik toe. 'De oppassers, dat is goed genoeg voor lieden als jij en ik, Sam, maar niet voor heer Sneeuw.'

'Ik ben een beter zwaardvechter en een beter ruiter dan jullie tweeën,' snauwde Jon terug. 'Het is niet éérlijk!'

'Eerlijk?' snierde Dareon. 'Die meid lag moedernaakt op me te wachten. Zij trok mij door het raam, en jij durft tegenover mij het woord éérlijk in de mond te nemen?' Hij beende weg.

'Het is geen schande om oppasser te zijn,' zei Sam.

'Denk je dat ik de rest van mijn leven het kleingoed van een ouwe vent wil wassen?'

'Die ouwe vent is bevelhebber van de Nachtwacht,' hield Sam hem voor. 'Jij zult dag en nacht bij hem zijn. Je moet inderdaad zijn wijn inschenken en zorgen dat hij schoon beddengoed heeft, maar je krijgt ook zijn brieven gedicteerd, assisteert hem bij vergaderingen en dient in de strijd als zijn schildknaap. Je zult hem even nabij zijn als zijn eigen schaduw. Je zult alles weten en overal deel van uitmaken... en de hofmeester zei dat Mormont zélf om je gevraagd had!

Toen ik klein was stond mijn vader er altijd op dat ik tijdens de zittingen van zijn hof bij hem in de ontvangzaal was. Toen hij naar Hooggaarde reed om heer Tyrel de eed van trouw af te leggen moest ik mee. Maar later nam hij steeds vaker Dickon mee en liet mij thuis, en het interesseerde hem niet langer of ik zijn audiënties bijwoonde, zolang Dickon er maar bij was. Hij wilde zijn érfgenaam aan zijn zij hebben, begrijp je? Om toe te kijken en te luisteren en te leren van alles wat hij deed. Ik wed dat heer Mormont daarom om jou heeft gevraagd, Jon. Wat zou anders de reden zijn? Hij wil je geschikt maken om het *bevel* te voeren!'

Jon was uit het veld geslagen. Het was waar, heer Eddard had Robb in Winterfel vaak laten deelnemen aan zijn raadsvergaderingen. Kon het zijn dat Sam gelijk had? Zelfs een bastaard kon het in de Nachtwacht ver brengen, werd er gezegd. 'Ik heb hier nooit om gevraagd,' zei hij koppig.

'Niemand van ons is hier omdat hij erom gevráágd heeft,' bracht Sam hem in herinnering.

En ineens schaamde Jon Sneeuw zich.

Laf of niet, Samwel Tarling had de moed opgebracht zijn lot als een man te aanvaarden. *Op de Muur krijgt een man slechts wat hij verdient*, had Benjen Stark gezegd, de laatste avond dat Jon hem in leven had gezien. *Jij bent geen wachtruiter, Jon, alleen maar een groene jongen die nog naar de zomer ruikt.* Hij had horen zeggen dat bastaarden sneller volwassen werden dan andere kinderen. Op de Muur werd je volwassen, of het werd je dood.

Jon slaakte een diepe zucht. 'Je hebt gelijk. Ik gedroeg me als een kleine jongen.'

'Dus je blijft en spreekt samen met mij de woorden uit?'

'De oude goden verwachten ons al.' Hij glimlachte gedwongen.

Laat in de namiddag begaven ze zich op weg. Er zaten geen echte poorten in de Muur, noch hier bij Slot Zwart, noch elders, die hele driehonderd mijl niet. Ze leidden hun paarden door een smalle tunnel die in het ijs was uitgehouwen, en de kille, donkere wanden van die draaiende en kronkelende doorgang kwamen op hen af. Driemaal werd hun de weg versperd door ijzeren tralies en moesten ze halt houden terwijl Bouwen Mars zijn sleutels te voorschijn haalde en de zware kettingen losmaakte waarmee ze waren afgesloten. Staande achter de hofmeester voelde Jon het enorme gewicht op zich drukken. De lucht was kouder dan in een graftombe, en roerlozer. Hij voelde zich vreemd opgelucht toen ze aan de noordkant van de Muur in het namiddaglicht naar buiten traden.

Sam knipperde met zijn ogen in die plotselinge felle glans en keek gespannen om zich heen. 'De wildlingen... die komen toch niet... die zullen zich toch nooit zo dicht bij de Muur wagen?'

'Dat is nog nooit gebeurd.' Jon steeg op. Toen Bouwen Mars en hun escorte van wachtruiters in het zadel zaten stak Jon twee vingers in zijn mond en floot. Spook kwam uit de tunnel springen.

De garron van de hofmeester hinnikte en deinsde achteruit voor de schrikwolf. 'Ben je van plan dat beest mee te nemen?'

'Ja, heer,' zei Jon. Spooks kop ging omhoog. Hij leek de lucht te proeven. In een oogwenk was hij weggestoven en over het brede, door onkruid verstikte grasveld tussen de bomen verdwenen.

Toen ze het woud eenmaal betraden waren ze in een andere wereld. Jon was vaak op jacht geweest met zijn vader, Jory en zijn broer Robb. Hij kende het Wolfswoud rond Winterfel even goed als ieder ander. Het Spookwoud leek er veel op, en toch voelde het heel anders aan.

Misschien zat het alleen maar in hun hoofd. Ze waren het einde van de wereld voorbij, en dat maakte alles anders. Iedere schaduw leek donkerder, elk geluid dreigender. De bomen sloten hen binnen en het licht van de ondergaande zon buiten. Een dun sneeuwkorstje kraakte onder de hoeven van hun paarden met een geluid als van brekende botten. Toen de wind door de bladeren ruiste was het alsof een kille vinger langs Jons ruggengraat omhoogging. De Muur lag achter hen, en alleen de goden wisten wat er voor hen lag.

De zon zonk weg achter de bomen toen ze hun plaats van bestemming bereikten, een kleine open plek diep in het woud waar negen weirbomen ruwweg in een cirkel groeiden. Jon hield zijn adem in, en hij zag Sam Tarling staren. Zelfs in het Wolfswoud waren nooit meer dan twee of drie van die witte bomen bij elkaar te vinden. Een bosje van negen was iets ongehoords. Op de bosvloer lag een tapijt van gevallen bladeren, vanboven bloedrood en daaronder zwart en verrot. De dikke, gladde stammen waren bleekwit, en negen gezichten staarden naar binnen. Het gedroogde sap dat in de ogen geklonterd zat was rood en hard als robijn. Bouwen Mars beval hun hun paarden buiten de cirkel achter te laten. 'Dit is heilige grond en die zullen we niet ontwijden.'

Toen ze het bosje betraden draaide Samwel Tarling langzaam rond en bekeek beurtelings al de gezichten. Er waren er geen twee hetzelfde. 'Ze slaan ons gade,' fluisterde hij. 'De oude goden.'

'Ja.' Jon knielde, en Sam knielde naast hem neer.

Ze zeiden de woorden tegelijkertijd terwijl het laatste licht in het westen verflauwde en de grijze dag in zwarte nacht verkeerde.

'Hoort mijn woorden aan en weest getuigen van mijn gelofte,' reciteerden ze, en hun stemmen galmden door het schemerige bosje. 'De nacht daalt, en daarmee vangt mijn wake aan. Die zal geen einde nemen voordat ik sterf. Ik zal geen vrouw nemen, geen land bezitten, geen kinderen verwekken. Ik zal geen kronen verwerven, noch roem vergaren. Ik zal leven en sterven op mijn post. Ik ben het zwaard in de duisternis. Ik ben de waker op de muren. Ik ben het vuur dat brandt tegen de kou, het licht dat gloort in de ochtend, de hoorn die de slapers wekt, het schild dat de rijken der mensen beschermt. Ik wijd mijn leven en eer aan de Nachtwacht toe, in deze en alle komende nachten.'

De bossen zwegen. 'Jullie zijn geknield als jongens,' hief Bouwen Mars plechtig aan. 'Sta nu op als mannen van de Nachtwacht.'

Jon stak een hand uit om Sam overeind te trekken. De wachtruiters kwamen om hen heen staan, lachten tegen hen en wensten hun geluk, op de knoestige oude houtvester Dywen na. 'We kunnen beter teruggaan, heer,' zei hij tegen Bouwen Mars. 'Het wordt donker, en iets aan de nachtlucht bevalt me niet.'

En plotseling was Spook er weer. Zachtjes sloop hij tussen twee weirbomen door. *Witte vacht en rode ogen*, realiseerde Jon zich tot zijn verontrusting. *Net als de bomen...*

De wolf had iets tussen zijn kaken. Iets zwarts. 'Wat heeft hij daar?' vroeg Bouwen Mars met een frons.

'Hier, Spook.' Jon knielde neer. 'Breng hier.'

De schrikwolf draafde naar hem toe. Jon hoorde Samwel Tarling naar adem happen.

'Goeie goden,' prevelde Dywen. 'Dat is een hand.'

Eddard

Het grijze licht van de dageraad viel door zijn raam naar binnen toen dreunende hoefslagen Eddard uit de korte slaap wekten waarin hij van uitputting verzonken was. Hij tilde zijn hoofd van de tafel om naar de binnenplaats te kijken. Beneden lieten mannen in maliën, leer en scharlakenrode mantel de ochtend galmen van het zwaardgekletter of reden met stro gestopte namaakkrijgslieden omver. Ned zag Sandor Clegane over de aangestampte aarde galopperen en een lans met een ijzeren punt door het hoofd van een pop steken. Zeildoek scheurde en het stro vloog alle kanten op, begeleid door grappen en krachttermen van de Lannister-wachters.

Is dit vertoon van dapperheid voor mij bestemd? vroeg hij zich af. Zo ja, dan was Cersei een grotere dwaas dan hij had gedacht. *Het stomme wijf*, dacht hij, *waarom is ze niet gevlucht? Ik heb haar meer dan eens de kans gegeven...*

Het was een bewolkte, dreigende ochtend. Ned ontbeet met zijn dochters en Septa Mordane. Sansa, nog steeds ontroostbaar, staarde knorrig naar haar bord en weigerde te eten, maar Arya schrokte alles op wat haar werd voorgezet. 'Syrio zegt dat we nog tijd hebben voor een laatste les voor we ons vanavond inschepen,' zei ze. 'Mag het, vader? Al mijn spullen zijn al gepakt.'

'Een korte les, en zorg ervoor dat je nog tijd overhoudt om een bad te nemen en je te verkleden. Ik wil dat jullie met het middaguur klaarstaan om te vertrekken, begrepen?'

'Met het middaguur,' zei Arya.

Sansa keek op van haar bord. 'Als zij nog een dansles mag hebben, waarom laat u mij dan geen afscheid nemen van prins Joffry?'

'Ik zal haar met plezier begeleiden, heer Eddard,' bood Septa Mordane aan. 'Ze loopt geen enkel gevaar het schip te missen.'

'Het zou niet verstandig zijn, Joffry op dit moment op te zoeken, Sansa. Het spijt me.'

De tranen sprongen Sansa in de ogen. 'Maar waaróm dan niet?'

'Sansa, je vader weet het altijd beter,' zei Septa Mordane. 'Je hoort zijn besluiten niet in twijfel te trekken.'

'Het is niet éérlijk!' Sansa sprong van tafel op zodat haar stoel omviel en rende huilend de bovenzaal uit.

Septa Mordane kwam overeind, maar Ned gebaarde dat ze weer

moest gaan zitten. 'Laat haar maar, septa. Ik probeer het haar wel uit te leggen als we allemaal veilig in Winterfel terug zijn.' De septa boog haar hoofd en nam weer plaats om de rest van haar ontbijt te eten.

Een uur later kwam grootmaester Pycelle naar de bovenzaal, met afhangende schouders, alsof het gewicht van zijn grote maestersketen plotseling te zwaar voor hem was geworden. 'Heer,' zei hij. 'Koning Robert is overleden. Mogen de goden hem rust vergunnen.'

'Nee,' zei Ned. 'Hij had een hekel aan rust. Moge de goden hem liefde en vrolijkheid vergunnen, en de vreugden van een rechtvaardige strijd.' Hij voelde zich vreemd leeg. Het bezoek kwam niet onverwacht, en toch was er bij die woorden ook een stuk van hemzelf gestorven. Hij zou er al zijn titels voor hebben gegeven om zijn tranen de vrije loop te kunnen laten... maar hij was Roberts Hand, en het gevreesde uur had geslagen. 'Wees zo goed de leden van de raad hier in mijn bovenzaal te ontbieden,' zei hij tegen Pycelle. Samen met Tomard had hij de Toren van de Hand zo goed mogelijk beveiligd, hetgeen van de raadszaal niet gezegd kon worden.

'Maar heer!' Pycelle knipperde met zijn ogen. 'De zaken van het koninkrijk kunnen toch wel tot morgen wachten, als ons verdriet minder schrijnend is?'

Rustig maar vastberaden zei Ned: 'Ik vrees dat we onmiddellijk bijeen moeten komen.'

Pycelle boog. 'Zoals de Hand beveelt.' Hij riep zijn bedienden en zond ze er haastig op uit. Daarna aanvaardde hij dankbaar de stoel en de beker zoet bier die Ned hem aanbood.

Ser Barristan Selmy was de eerste die gehoor gaf aan de oproep. Hij oogde onberispelijk in zijn witte mantel en zijn geëmailleerde schubbenpantser. 'Heren,' zei hij, 'mijn plaats is nu naast de jonge koning. Staat u mij toe dat ik mij bij hem voeg.'

'Uw plaats is hier, ser Barristan,' zei Ned tegen hem.

De volgende die kwam was Pinkje, nog steeds gekleed in het blauwe fluweel en de zilverkleurige spotvogel-mantel die hij de afgelopen nacht had gedragen. 'Mijne heren,' zei hij, en glimlachte zonder duidelijke aanleiding alvorens zich tot Ned te wenden: 'Die kleine opdracht van u is uitgevoerd, heer Eddard.'

Varys kwam binnen in een wolk van lavendel, rozig van zijn bad, zijn mollige gezicht geboend en vers gepoederd, zijn zachte slippers vrijwel geluidloos. 'De kleine vogeltjes zingen vandaag een treurig lied,' zei hij terwijl hij ging zitten. 'Het rijk weent. Zullen we beginnen?'

'Zodra heer Renling er is,' zei Ned.

Varys wierp hem een bedroefde blik toe. 'Ik vrees dat heer Renling de stad heeft verlaten.'

'De stád verlaten?' Ned had op Renlings steun gerekend.

'Hij is een uur voor zonsopgang vertrokken via een zijpoortje, vergezeld door ser Loras Tyrel en een stuk of vijftig gevolgslieden,' lichtte Varys hen in. 'Ze zijn het laatst gezien toen ze met enige haast in zuidelijke richting galoppeerden, ongetwijfeld op weg naar Stormeinde of Hooggaarde.'

Daar gaan Renling en zijn honderd zwaarden. Hier zat een luchtje aan dat Ned niet beviel, maar er was niets aan te doen. Hij haalde Roberts laatste brief te voorschijn. 'De koning heeft mij vannacht bij zich geroepen en bevolen zijn laatste woorden op schrift te stellen. Heer Renling en grootmaester Pycelle waren als getuigen aanwezig toen de koning de brief zegelde. Die moest na zijn dood door de raad worden geopend. Ser Barristan, als u zo vriendelijk wilt zijn?'

De bevelhebber van de koningsgarde onderzocht het papier. 'Het zegel van koning Robert, en ongebroken.' Hij opende de brief en las. 'Heer Eddard Stark wordt hierin tot Beschermer van het Rijk benoemd, om als regent het bewind te voeren tot de erfgenaam meerderjarig wordt.'

En het geval wil dat hij dat is, peinsde Ned, maar dat zei hij niet hardop. Hij vertrouwde noch Pycelle, noch Varys, en ser Barristan beschouwde het als een erezaak, de jongen die hij voor zijn nieuwe koning hield te beschermen en te verdedigen. De oude ridder zou Joffry niet licht laten vallen. Dat hij tot dit bedrog gedwongen was bezorgde Ned een bittere smaak in zijn mond, maar hij wist dat hij op eieren moest lopen, dat hij zich niet mocht blootgeven en het spelletje moest meespelen tot hij het regentschap stevig in handen had. Zodra Arya en Sansa veilig in Winterfel waren en heer Stannis met zijn voltallige krijgsmacht in Koningslanding was teruggekeerd, zou hij tijd genoeg hebben om de opvolgingskwestie af te handelen.

'Ik zou deze raad willen verzoeken, mij als beschermer van het rijk te erkennen, zoals Roberts wens was,' zei Ned terwijl hij hun gezichten gadesloeg en zich afvroeg welke gedachten er schuilgingen achter de geloken ogen van Pycelle, de lome, halfslachtige glimlach van Pinkje en het nerveuze gewriemel van Varys' vingers.

De deur ging open. Dikke Tom stapte de bovenzaal in. 'Verschoning, mijne heren, maar de koning eist dat de kleine raad onmiddellijk naar de troonzaal komt.'

Ned had verwacht dat Cersei snel zou toeslaan. Het bevel kwam niet als een verrassing. 'De koning is dood,' zei hij, 'maar toch zullen we meegaan. Tom, wees zo goed om voor een escorte te zorgen.'

Pinkje bood Ned zijn arm om hem de trap af te helpen. Varys,

Pycelle en ser Barristan kwamen vlak achter hen aan. Een dubbele rij wapenknechten in maliën en met stalen helmen op stond voor de toren te wachten, acht man sterk. Grijze mantels wapperden in de wind toen de wachters hen over de binnenplaats begeleidden. Het scharlaken van de Lannisters was nergens te bekennen, maar de hoeveelheid goudmantels op de borstwering en bij de poorten stelde Ned gerust.

Bij de deur naar de troonzaal werden ze begroet door Janos Slink, gehuld in een zwartgouden sierharnas en met een hooggepluimde helm onder één arm. De bevelhebber maakte een stijve buiging. Zijn mannen duwden de grote eikenhouten deuren open. Die waren twintig voet hoog en met brons beslagen.

De koninklijke hofmeester leidde hen binnen. 'Heil Zijne Genade, Joffry van de huizen Baratheon en Lannister, Eerste van die Naam, Koning van de Andalen en de Rhoynar en de Eerste Mensen, heer van de Zeven Koninkrijken en Beschermer van het Rijk,' galmde hij uit.

Het was een lange wandeling naar het andere einde van de zaal, waar Joffry hoog boven op de ijzeren troon zat te wachten. Ondersteund door Pinkje hinkte en strompelde Ned Stark langzaam op de jongen af die zich koning noemde. De anderen volgden. Hij had deze weg voor het eerst te paard afgelegd, met het zwaard in de hand. De draken van de Targaryens hadden vanaf de wanden toegekeken hoe hij Jaime Lannister dwong van de troon af te gaan. Hij vroeg zich af of Joffry er net zo gemakkelijk van af zou stappen.

Vijf ridders van de koningsgarde – al de leden, op ser Jaime en ser Barristan na – stonden in een halve cirkel rond de voet van de troon opgesteld. Ze waren in volle wapenrusting, geëmailleerd staal van helm tot hak, met een lange, lichte mantel om hun schouders en een blinkend wit schild aan hun linkerarm. Cersei Lannister en haar twee jongste kinderen stonden achter ser Boros en ser Meryn. De koningin droeg een japon van zeegroene zijde, afgezet met schuimwit Myrisch kant. Aan haar vinger zat een gouden ring met een smaragd ter grootte van een duivenei, om haar hoofd een bijpassende tiara.

Boven hen zat prins Joffry tussen de weerhaken en spijkers in een wambuis van gouddraad en een rood satijnen mantel. Sandor Clegane stond onder aan de steile, smalle trap naar de troon. Hij droeg maliën en asgrauw staal, en zijn helm met de grauwende hondenkop.

Achter de troon wachtten twintig Lannister-wachters met zwaarden aan hun riemen. Ze hadden een scharlakenrode mantel om hun schouders en stalen leeuwen op hun helm. Maar Pinkje had woord gehouden: overal langs de wanden, voor Roberts wandtapijten met hun jacht- en strijdtaferelen, stond het goudgemantelde krijgsvolk van de stadswacht strak in de houding, allemaal met een hand om de schacht van een acht voet lange speer met een zwarte ijzeren punt. Ze waren met vijf keer zoveel als de Lannisters.

Toen Ned stilstond verging hij van de pijn in zijn been. Hij steunde met een hand op Pinkjes schouder om een deel van zijn gewicht op hem te laten rusten.

Joffry rees overeind. Op zijn rood satijnen mantel was een patroon van gouddraad aangebracht: vijftig brullende leeuwen aan de ene en vijftig steigerende hertenbokken aan de andere kant. 'Ik gelast de raad, alle benodigde voorbereidingen voor mijn kroning te treffen,' verklaarde de jongen. 'Ik wens binnen twee weken gekroond te worden. Vandaag zal ik mijn trouwe raadsleden de vazalleneed afnemen.'

Ned haalde Roberts brief te voorschijn. 'Heer Varys, wilt u zo vriendelijk zijn deze aan vrouwe Lannister te tonen?'

De eunuch bracht de brief naar Cersei. De koningin wierp een blik op de tekst. 'Beschermer van het Rijk,' las ze. 'Had dit u tot schild moeten strekken, heer? Een stuk papier?' Ze scheurde de brief in tweeën en toen in vieren en liet de snippers op de vloer dwarrelen.

'Dat waren de woorden van de koning,' zei ser Barristan geschokt.

'We hebben nu een nieuwe koning,' antwoordde Cersei Lannister. 'Heer Eddard, toen wij elkaar de vorige maal spraken hebt u mij van advies gediend. Sta mij toe, niet minder goedgunstig te zijn. Buig uw knie. Buig uw knie en zweer mijn zoon trouw, en wij zullen u toestaan, u terug te trekken als Hand en de rest van uw dagen te slijten in de grauwe woestenij die u als uw thuis beschouwt.'

'Ik wilde dat ik dat kon,' zei Ned grimmig. Als ze de zaak dan per se hier en nu wilde forceren liet ze hem geen keus. 'Uw zoon heeft geen recht op de troon waarop hij zit. Heer Stannis is Roberts ware erfgenaam.'

'*Leugenaar!*' krijste Joffry. Hij liep rood aan.

'Moeder, wat bedoelt hij?' vroeg prinses Myrcella klaaglijk aan de koningin. 'Is Joff dan nu geen koning?'

'Uw eigen woorden veroordelen u, heer Stark,' zei Cersei Lannister. 'Ser Barristan, grijp deze verrader.'

De bevelhebber van de koningsgarde aarzelde. In een oogwenk was hij omringd door Stark-wachters met ontbloot staal in de vuist.

'En nu zet het verraad zich om in daden,' zei Cersei. 'Denkt u dat ser Barristan alleen staat, heer?' Staal schuurde onheilspellend tegen staal toen de Jachthond zijn lange zwaard trok. De ridders van de koningsgarde en twintig Lannister-wachters in scharlaken mantels schoten hem te hulp.

'*Dood hem!*' krijste de jonge koning van de ijzeren troon. '*Maak ze allemaal dood, ik beveel het!*'

'U laat mij geen keus,' zei Ned tegen Cersei Lannister. Hij riep tegen Janos Slink: 'Bevelhebber, stel de koningin en haar kinderen in verzekerde bewaring. Doe hen geen kwaad, maar leid hen terug naar de koninklijke vertrekken en plaats hen daar onder bewaking.'

'Mannen van de Wacht!' riep Janos Slink en zette zijn helm op. Honderd gouden mantels kwamen opzetten, speren in de aanslag.

'Ik wil geen bloed vergieten,' zei Ned tegen de koningin. 'Zeg uw mannen dat ze hun zwaarden afleggen, dan hoeft niemand...'

Met één felle stoot dreef de dichtstbijzijnde goudmantel zijn speer in Tomards rug. Dikke Toms wapen gleed uit zijn krachteloze vingers toen de vochtige rode punt tussen zijn ribben naar buiten drong, door leer en maliën heen. Hij was dood voordat zijn zwaard de vloer raakte.

Neds kreet kwam veel te laat. Janos Slink sneed Varling eigenhandig de keel door. Cain draaide zich bliksemsnel om. Staal flitste en hij dreef de meest nabije speerdrager met een regen van slagen achteruit. Even leek het erop dat hij zich een uitweg zou banen. Toen stortte de Jachthond zich op hem. Met zijn eerste slag hieuw Sandor Clegane Cains zwaardhand af bij de pols. De tweede dwong hem op de knieën en haalde hem van zijn schouder tot zijn borstbeen open.

Terwijl zijn mannen rondom hem stierven viste Pinkje Neds dolk uit de schede en plaatste de punt onder zijn kin. Hij glimlachte verontschuldigend. 'En ik had u nog zó gewaarschuwd mij niet te vertrouwen.'

Arya

'Hoog!' riep Syrio Forel en haalde uit naar haar hoofd. *Klak*, deden de houten zwaarden toen Arya zijn slag afweerde.

'Links,' schreeuwde hij, en zijn kling kwam al aansuizen. De hare schoot erop af, en bij het *klak* klikten zijn tanden tegen elkaar.

'Rechts,' zei hij, en 'laag', en 'links', en weer 'links', steeds sneller en sneller, terwijl hij opdrong. Arya week voor hem terug en pareerde iedere slag.

'Uitval!' waarschuwde hij, en toen hij toestootte deed ze een stap opzij, sloeg zijn kling weg en haalde naar zijn schouder uit. Ze raakte hem bijna, *bijna*, en ze grijnsde, zo weinig had het gescheeld. Een haarsliert viel voor haar ogen, slap van het zweet. Ze veegde hem weg met de rug van haar hand.

'Links,' galmde Syrio. 'Laag.' Zijn zwaard was een vage trilling, en het geklak echode door de Kleine Zaal. 'Links. Links. Hoog. Links. Rechts. Links. Laag. Línks!'

De houten kling trof haar hoog op de borst, een plotselinge steek die des te pijnlijker was omdat hij van de verkeerde kant kwam. 'Au!' riep ze uit. Tegen de tijd dat ze ging slapen, ergens op zee, zou daar een verse blauwe plek zitten. *Een blauwe plek is een lesje*, hield ze zichzelf voor, *en van iedere les worden we beter*.

Syrio deed een stap naar achteren. 'Nu ben je dood.'

Arya trok een gezicht. 'Je hebt vals gespeeld,' zei ze verhit. 'Je zei links en je ging naar rechts.'

'Precies. En nu ben jij een dood meisje.'

'Maar je lóóg!'

'Mijn woorden waren gelogen. Mijn ogen en mijn arm spraken luidkeels de waarheid, maar jij zag het niet.'

'Wel waar,' zei Arya. 'Ik heb je aan één stuk door in het oog gehouden.'

'In het oog houden is iets anders dan zien, dood meisje. Een waterdanser ziet. Kom, leg dat zwaard neer, nu is het tijd om te luisteren.'

Ze liep achter hem aan naar de muur, waar hij zich op een bank liet zakken. 'Syrio Forel was het eerste zwaard van de Zeeheer van Braavos, en heb jij er weet van hoe dat zo kwam?'

'Jij was de beste zwaardvechter in de stad.'

'Precies, maar waarom. Anderen waren sterker, sneller, jonger, waarom was Syrio Forel de beste? Dat zal ik je nu vertellen.' Hij raakte met de punt van zijn pink heel even zijn ooglid aan. 'Het zicht, het ware zicht, dat is de kern van de zaak.

Luister. De schepen van Braavos varen zover de wind waait, naar landen, vreemd en wonderlijk, en als ze weerkeren halen hun kapiteins rare beesten voor de menagerie van de Zeeheer. Beesten zoals jij nog nooit hebt gezien: paarden met strepen, grote, gevlekte dingen met nekken zo lang als stelten, harige muizenvarkens, als koeien zo groot, stekende manticora's, tijgers die hun jongen in een buidel dragen, verschrikkelijke wandelende hagedissen met klauwen als zeisen. Sylvio Forel heeft die dingen gezien.

Op de dag waarvan ik spreek was het eerste zwaard juist dood, en de Zeeheer riep mij bij zich. Vele bravo's waren bij hem gekomen en evenzovelen weer weggestuurd. Niemand wist waarom. Toen ik voor hem trad zat hij met een dikke, gele kat op schoot. Hij vertelde mij dat een van zijn kapiteins hem dat beest had gebracht, van een eiland aan gene zijde van de zonsondergang. "Heb je ooit haars gelijke gezien?" vroeg hij me.

En ik zei terug: "In de stegen van Braavos zie ik er elke nacht duizenden zoals hij," en de Zeeheer lachte, en op die dag werd ik tot eerste zwaard benoemd.'

Arya kneep haar ogen tot spleetjes. 'Dat begrijp ik niet.'

Syrio klikte met zijn tanden. 'Die kat was een doodgewone kat, meer niet. De anderen verwachtten een fabeldier, dus dat is wat ze zagen. Wat een groot beest, zeiden ze. Hij was niet groter dan andere katten, alleen maar dik en vadsig, want de Zeeheer voerde hem eten van zijn eigen tafel. Wat een merkwaardig kleine oortjes, zeiden ze. Die oren waren aangevreten toen hij als jong katje gevochten had. En het was duidelijk zichtbaar een kater, maar toch zei de Zeeheer "zij", en dat is wat de anderen zagen. Luister je?'

Arya dacht na. 'Jij zag wat er was.'

'Precies. Je ogen openen, dat is alles wat er nodig is. Het hart liegt en het hoofd houdt ons voor de gek, maar de ogen zien wat er is. Kijk met je ogen. Luister met je oren. Proef met je mond. Ruik met je neus. Voel met je huid. Daarná komt het denken, naderhand, en langs die weg is het dat je de waarheid leert kennen.'

'Precies,' zei Arya met een grijns.

Syrio Forel veroorloofde zich een glimlach. 'Wat ik denk is dat als we Winterfel bereiken, dat het dan tijd wordt dat jij die naald van jou ter hand neemt.'

'Ja!' zei Arya gretig. 'Wacht maar tot ik Jon laat zien...'

Achter haar vlogen de grote houten deuren van de Kleine Zaal met een galmende klap open. Arya draaide zich met een ruk om.

Een ridder van de koningsgarde stond onder de boog van de deur, met achter zich vijf Lannister-wachters op een rij. Hij was in volle wapenrusting, maar zijn vizier was omhoog. Arya herinnerde zich zijn mistroostige blik en roestkleurige bakkebaarden van toen hij met de koning naar Winterfel was gekomen: ser Meryn Trant. De roodmantels droegen maliënhemden over verhard leer, en stalen helmkappen met een leeuw erop. 'Arya Stark,' zei de ridder, 'kom met ons mee, kind.'

Arya kauwde onzeker op haar lip. 'Wat wilt u?'

'Je vader wil je spreken.'

Arya deed een stap naar voren, maar Syrio Forel greep haar bij haar arm. 'En waarom is het dat heer Eddard Lannister-mannen stuurt in plaats van de zijne? Dat vraag ik me af'

'Je vergeet je plaats, dansmeester,' zei ser Meryn. 'Dit is jouw zaak niet.'

'Mijn vader zou ú niet sturen,' zei Arya. Ze graaide haar houten zwaard van de grond. De Lannisters lachten.

'Leg die stok neer, meisje,' zei ser Meryn tegen haar. 'Ik ben een gezworen broeder van de koningsgarde, de Witte Zwaarden.'

'Dat was de Koningsmoordenaar ook toen hij de vorige koning doodsloeg,' zei Arya. 'Ik hoef niet met u mee als ik niet wil.'

Ser Meryn Trant verloor zijn geduld. 'Grijp haar,' zei hij tegen zijn mannen. Hij sloeg zijn helmvizier dicht.

Drie mannen kwamen naar voren. Hun maliën rinkelden zachtjes bij iedere stap. Ineens was Arya bang. *Vrees treft dieper dan het zwaard*, hield ze zichzelf voor om het bonzen van haar hart tegen te gaan.

Syrio Forel stapte tussen hen in en tikte met zijn houten zwaard losjes tegen zijn laars. 'Jullie gaan hier stoppen. Zijn jullie mensen of honden, dat jullie een kind bedreigen?'

'Uit de weg, ouwe man,' zei een van de roodmantels.

Syrio's stok kwam fluitend omhoog en sloeg galmend tegen zijn helm. 'Ik ben Syrio Forel, en jullie gaan nu met meer respect tegen mij spreken.'

'Kale smeerlap.' De man rukte het zwaard uit de schede. De stok kwam weer in beweging, verblindend snel. Arya hoorde een luid gekraak en het zwaard viel kletterend op de stenen vloer. 'Mijn hánd!' jankte de wachter en drukte zijn gebroken vingers tegen zich aan.

'Je bent snel voor een dansmeester,' zei ser Meryn.

'U bent langzaam voor een ridder,' antwoordde Syrio.

'Dood die Braavosi en breng me het meisje,' beval de ridder in de witte wapenrusting.

Vier Lannister-wachters trokken hun zwaard. De vijfde, die met de gebroken vingers, spuwde en haalde met zijn linkerhand een dolk te voorschijn.

Syrio Forel klikte met zijn tanden en nam de waterdansershouding aan, met alleen zijn zijkant naar de vijand toegekeerd. 'Arya kind,' riep hij, zonder ook maar één moment te kijken en zonder zijn ogen van de Lannisters af te wenden, 'voor vandaag is het dansen gedaan. Het is beter dat je nu gaat. Snel naar je vader.'

Arya wilde hem verlaten, maar hij had haar geleerd te doen wat ze zei. '*Snelvoetig als een ree*,' fluisterde ze.

'Precies,' zei Syrio Forel terwijl de Lannisters kwamen opzetten.

Arya week naar achteren, haar eigen houten zwaard stevig in haar hand geklemd. Terwijl ze hem nu gadesloeg besefte ze dat Syrio tijdens hun tweegevechten alleen maar met haar had gespeeld. De roodmantels kwamen van drie kanten op hem af met staal in de hand. Hun armen en borst waren met maliën bedekt en in hun broeken waren stalen kleppen genaaid, maar om hun benen zat slechts leer. Ze hadden blote handen en de helmkappen die ze droegen hadden neusbeschermers, maar geen vizier voor de ogen.

Syrio wachtte niet tot ze bij hem waren maar draaide naar links. Arya had nog nooit iemand zo snel zien bewegen. Hij weerde één zwaard met zijn stok af en ontweek een tweede. De tweede man, uit balans gebracht, botste tegen de eerste op. Syrio gaf met zijn laars een zet tegen zijn rug en de roodmantels sloegen samen tegen de vloer. De derde wachter sprong over hen heen en haalde uit naar het hoofd van de waterdanser. Syrio dook onder zijn kling door en stootte omhoog. Met een schreeuw viel de wachter neer terwijl het bloed opwelde uit het vochtige rode gat waar zijn linkeroog had gezeten.

De mannen die gevallen waren begonnen overeind te komen. Syrio trapte er een in het gezicht en griste de stalen kap van het hoofd van de ander. De man met de dolk stak op hem in. Syrio ving de dolkstoot met de helm op en verbrijzelde met zijn stok de knieschijf van de man. De laatste roodmantel vloekte en viel aan. Hij liet zijn zwaard met beide handen neerdalen. Syrio rolde naar rechts en de slagershouw trof de man zonder helm tussen nek en schouder toen hij net op zijn knieën was gekrabbeld. Het lange zwaard knarste door maliën, leer en vlees heen, en de man op zijn knieën krijste. Voordat degene die hem had gedood zijn kling kon loswrikken gaf Syrio hem een stoot tegen zijn strottenhoofd. De wachter slaakte een gesmoorde kreet en wankelde naar achteren terwijl hij naar zijn keel greep. Zijn gezicht werd donker.

Tegen de tijd dat Arya het achterdeurtje naar de keuken bereikte lagen er vijf man op de vloer, dood of stervend. Ze hoorde ser Meryn Trant vloeken. 'Stomme zakken,' schold hij en trok zijn zwaard.

Syrio Forel nam zijn positie weer aan en klikte met zijn tanden. 'Arya kind,' riep hij, zonder ook maar even naar haar te kijken, 'maak nu dat je wegkomt.'

Kijk met je ogen, had hij gezegd. En ze zag: de ridder, van top tot teen in zijn lichte wapenrusting gehuld, benen, keel en handen met metaal bekleed, ogen verborgen achter zijn hoge witte helm, en scherp staal in de hand. Daartegenover: Syrio met een leren vest aan en een houten zwaard in zijn hand. 'Syrio, wégwezen!' gilde ze.

'Het eerste zwaard van Braavos gaat er niet vandoor,' zong hij terwijl ser Meryn naar hem uithaalde. Syrio danste onder zijn houw vandaan. Zijn stok bewoog te snel om met het oog te kunnen volgen. Binnen één hartslag had hij de ridder slagen op zijn slaap, zijn handschoen en zijn halsstuk toegebracht. Arya stond als aan de grond genageld. Ser Meryn drong op, Syrio week achteruit. Hij pareerde de volgende slag, ontweek de daaropvolgende en sloeg de derde opzij. De vierde doorkliefde zijn stok. Het hout versplinterde en de loden kern werd doorgesneden.

Snikkend draaide Arya zich om en rende weg.

Ze stoof in blinde paniek de keukens en de provisiekamer door, links en rechts om koks en keukenjongens heen. Een bakkershulpje liep met een houten blad voor haar langs. Arya smeet haar omver zodat de geurige, versgebakken broden over de grond vlogen. Achter zich hoorde ze schreeuwen, en ze dook om een gezette slager heen die haar met een hakmes in zijn hand stond aan te gapen. Zijn armen waren rood tot aan de ellebogen.

Alles wat Syrio Forel haar had geleerd maalde door haar hoofd. *Snelvoetig als een ree. Stil als een schaduw. Vrees treft dieper dan het zwaard. Vlug als een slang. Kalm als stille wateren. Vrees treft dieper dan het zwaard. Sterk als een beer. Woest als een veelvraat. Vrees treft dieper dan het zwaard. Wie bang is om te verliezen heeft al verloren. Vrees treft dieper dan het zwaard. Vrees treft dieper dan het zwaard. Vrees treft dieper dan het zwaard.* Het gevest van haar houten zwaard was glibberig van het zweet, en Arya hijgde toen ze de wenteltrap bereikte. Even bleef ze stokstijf staan. Omhoog of omlaag? Boven was de overdekte brug die het kleine binnenhof naar de Toren van de Hand overspande, maar ze zouden ongetwijfeld verwachten dat ze die kant koos. *Nooit doen wat ze verwachten*, had Syrio eens gezegd. Arya ging naar beneden, rond en rond, en nam de smalle stenen treden met twee en drie tegelijk. Ze kwam uit in een spelonkachtige, gewelfde kelder tussen biervaten die twintig voet hoog opgestapeld waren. Het enige licht kwam door smalle, schuine raampjes hoog in de muur.

De kelder liep dood. Ze kon er alleen uit via de weg waarlangs ze gekomen was. Ze durfde de trap niet meer op, maar ze kon hier ook niet blijven. Ze moest haar vader zien te vinden om hem te vertellen wat er was gebeurd. Haar vader zou haar beschermen.

Arya stak haar houten zwaard achter haar riem en begon te klimmen. Ze sprong van vat naar vat, totdat ze bij het raam kon. Ze greep met beide handen de steen vast en trok zichzelf op. De muur was drie voet dik, het raam een tunnel die schuin omhoog en naar buiten liep. Arya werkte zich naar het daglicht toe. Toen haar hoofd de begane grond bereikte gluurde ze over het binnenhofje naar de Toren van de Hand.

De stevige houten deur bungelde er versplinterd bij, als door bijlen stukgehakt. Een dode lag met het gezicht omlaag languit op de trap, boven op zijn verkreukelde mantel, de rug van zijn maliënhemd rood en doorweekt. De mantel van het lijk was van grijze wol, afgezet met wit satijn, zag ze plotseling tot haar ontzetting. Ze kon niet zien wie het was.

'Néé,' fluisterde ze. Wat was er aan de hand? Waar was haar vader? Waarom waren de roodmantels haar komen halen? Ze wist nog wat de man met de gele baard had gezegd, die dag dat ze de monsters had gevonden. *Als er een Hand kan sterven, waarom dan geen tweede?* Tranen sprongen Arya in de ogen. Ze hield haar adem in om te luisteren en hoorde de geluiden van een gevecht door de ramen van de Toren van de Hand naar buiten komen: geroep, geschreeuw, het gekletter van staal tegen staal.

Ze kon niet terug. Haar vader...

Arya sloot haar ogen. Even was ze te bang om zich te verroeren. Ze hadden Jory en Wyl en Huard gedood, en die wachter op de trap, wie hij ook was geweest. Ze konden ook haar vader doden, en haar, als ze haar te pakken kregen. 'Vrees treft dieper dan het zwaard,' zei ze hardop, maar het hielp niet om te doen of ze een waterdanser was. Syrio was een waterdanser geweest, en de witte ridder had hem waarschijnlijk gedood, en zij was trouwens maar een klein meisje met een houten stok, alleen en bang.

Ze glipte de binnenplaats op en gluurde behoedzaam om zich heen terwijl ze overeind krabbelde. Het kasteel maakte een verlaten indruk. De Rode Burcht was nóóit verlaten. Alle mensen moesten zich binnen verborgen houden, hun deuren vergrendeld. Arya wierp een verlangende blik omhoog naar haar slaapkamer en liep toen bij de Toren van de Hand vandaan. Terwijl ze zo dicht mogelijk bij de muur bleef glipte ze van schaduw naar schaduw. Ze deed alsof ze op katten joeg... behalve dan, dat zij nu de kat was, en als ze haar vingen zouden ze haar doden.

Langs gebouwen en over muren, de steen zoveel mogelijk in de rug, zodat niemand haar kon verrassen, bereikte Arya bijna zonder incident de stallen. Een twaalftal goudmantels, geharnast en in maliën, rende haar voorbij toen ze over het grote binnenplein schoof, maar niet wetend aan wiens kant ze stonden bleef ze ineengedoken in de schaduwen zitten en liet hen passeren.

Hullen, die zo lang Arya zich kon herinneren de stalmeester van Winterfel was geweest, lag ineengezakt bij de staldeur. Hij had zoveel messteken opgelopen dat het leek of er een patroon van scharlakenrode bloemen op zijn tuniek zat. Arya was ervan overtuigd dat hij dood was, maar toen ze dichterbij schoof gingen zijn ogen open. 'Arya Onderweg,' fluisterde hij. 'Je moet... je vader... waarschuwen...' Schuimend rood speeksel bubbelde uit zijn mond. De stalmeester sloot zijn ogen weer en zei niets meer.

Binnen lagen nog meer lichamen: een paardenknecht met wie ze had gespeeld en drie man van haar vaders hofwacht. Een wagen, beladen met vaten en kisten, stond verlaten naast de staldeur. De doden moesten bezig zijn geweest die in te laden voor de rit naar de haven toen ze werden aangevallen. Arya sloop erheen. Een van de lijken was Desmond, die haar zijn lange zwaard had laten zien en beloofd had haar vader te beschermen. Hij lag op zijn rug en staarde zonder iets te zien naar de zoldering. De vliegen kropen over zijn ogen. Vlak bij hem lag een dode met de roodmantel en de leeuwenhelm van de Lannisters. Maar niet meer dan één. *Elke noorderling is tien van die zuidelijke zwaarden waard*, had Desmond haar gezegd. '*Leugenaar!*' zei ze en gaf in plotselinge razernij een trap tegen zijn lichaam.

De dieren stonden onrustig in hun boxen, hinnikend en snuivend, omdat ze bloed roken. Arya's enige plan was een paard te zadelen en te vluchten, weg uit het kasteel en de stad. Ze hoefde alleen maar op de Koningsweg te blijven en die zou haar naar Winterfel terugbrengen. Ze nam een hoofdstel en een zadel van de muur.

Toen ze achter de wagen langsliep viel haar oog op een gevallen kist. Die moest in het gevecht zijn omgegooid, of op de grond gesmakt bij het laden. Het hout was gespleten en het deksel opengegaan, zodat de inhoud van de kist over de grond slingerde. Arya herkende zijden en fluwelen kledingstukken die ze nooit had gedragen. Maar misschien zou ze op de Koningsweg behoefte hebben aan warme kleren... en afgezien daarvan...

Arya knielde in het stof naast de rondgestrooide kleren. Ze vond een mantel van zware wol, een fluwelen rok, een zijden tuniek en wat ondergoed, een jurk die haar moeder voor haar had geborduurd en een zilveren babyarmband die ze misschien zou kunnen verkopen. Nadat ze het kapotte deksel opzij had geschoven tastte ze in de kist naar Naald. Die had ze helemaal onderin verstopt, onder al het andere, maar haar spullen waren volledig door elkaar geraakt toen de kist was gevallen. Even was Arya bang dat iemand het zwaard had gevonden en gestolen. Toen stuitten haar vingers onder een satijnen japon op hard metaal.

'Dáár heb je d'r,' siste een stem vlak achter haar.

Arya schrok en draaide zich met een ruk om. Achter haar stond een staljongen met een zelfgenoegzaam lachje op zijn gezicht. Zijn smerige witte ondertuniek piepte onder een vlekkerig buis uit. Zijn laarzen zaten onder de mest en hij had een mestvork in zijn ene hand.

'Wie ben jij?' vroeg ze.

'Zij kan mij niet,' zei hij, 'maar ik kan haar wel, hoor. Het wolvenmeisje.'

'Help me om een paard te zadelen,' zei Arya smekend en reikte achter zich in de kist naar Naald. 'Mijn vader is de Hand des Konings, hij zal je belonen.'

'Je pa is dóód,' zei de jongen. Hij schuifelde op haar af. 'Die beloning krijg ik wel van de koningin. Kom hier, meisje.'

'*Blijf uit mijn buurt!*' Haar vingers sloten zich om het gevest van Naald.

'Kóm, zei ik.' Hij greep haar arm stevig beet.

Alles wat Syrio Forel haar had geleerd verdween in één hartslag. In dat ogenblik van plotselinge ontzetting kon Arya zich alleen nog de les herinneren die Jon Sneeuw haar had geleerd, de allereerste.

Ze trof hem met de punt en dreef de kling met woeste, hysterische kracht omhoog.

Naald doorboorde zijn leren buis en het witte vlees van zijn buik en kwam tussen zijn schouderbladen weer naar buiten. De jongen liet de mestvork vallen en maakte een zacht geluidje, iets tussen hijgen en zuchten in. Zijn handen sloten zich om het wapen. 'O goden,' kreunde hij toen zijn ondertuniek rood begon te kleuren. 'Trek het eruit.'

Toen ze het eruit trok stierf hij.

De paarden gilden. Arya stond over het lijk gebogen, roerloos en bang bij de aanblik van de dood. Bloed was uit de mond van de jongen gegutst toen hij in elkaar zakte, en uit de snee in zijn buik kwam nog meer bloed, dat een plas naast zijn lichaam vormde. Zijn handpalmen waren opengehaald, daar waar hij de kling had gegrepen. Langzaam week ze achteruit, Naald rood in haar hand. Ze moest weg, naar een plek ver van hier, ergens waar ze onbereikbaar was voor de beschuldigende blik van de staljongen.

Ze greep opnieuw het hoofdstel en het zadel en rende naar haar merrie, maar terwijl ze het zadel op de rug van het paard tilde drong het met een plotseling, misselijkmakend gevoel van schrik tot Arya door dat de slotpoorten dicht zouden zijn. Zelfs de zijpoortjes werden waarschijnlijk bewaakt. Misschien herkenden de wachters haar niet. Als ze haar voor een jongen hielden, misschien dat ze haar dan... nee, ze zouden wel orders hebben om níemand naar buiten te laten. Het maakte niet uit of ze haar herkenden of niet.

Maar er was een andere uitweg uit het kasteel...

Het zadel gleed uit Arya's handen en viel met een plof en een stofwolk op de grond. Zou ze die kamer met de monsters weer kunnen vinden? Zeker wist ze het niet, maar ze wist wel dat ze het moest proberen.

Ze zocht de kleren op die ze had verzameld en hulde zich in de mantel, met Naald tussen de plooien verborgen. Haar overige spullen rolde ze op en knoopte ze vast. Met het bundeltje onder de arm sloop ze naar de andere kant van de stal. Ze deed de achterdeur van de klink en gluurde angstig naar buiten. In de verte hoorde ze het gerinkel van zwaarden en aan de overkant van het binnenplein de huiveringwekkende jammerklacht van een man die het uitschreeuwde van de pijn. Ze zou de kronkeltrap af moeten, langs de kleine keuken en de varkensloop. Zo was ze de vorige keer gelopen toen ze die zwarte kater achternazat... alleen zou ze dan pal langs de barakken van de goudmantels moeten. Die weg kon ze niet nemen. Arya probeerde een andere te bedenken. Als ze naar de andere kant van het kasteel ging zou ze langs de riviermuur kunnen sluipen, en door het kleine godenwoud... maar dan zou ze eerst de binnenplaats over moeten steken, recht in het zicht van de wachters op de muren.

Ze had nog nooit zoveel mannen op de muren gezien. Voor het merendeel Goudmantels, gewapend met speren. Sommigen kenden haar van gezicht. Wat zouden die doen als ze haar over de binnenplaats zagen rennen? Van bovenaf zou ze heel klein lijken. Zouden ze kunnen zien wie ze was? Zou het ze iets kunnen schelen?

Ze moest nú weg, zei ze bij zichzelf, maar toen het moment kwam was ze te bang om zich te verroeren.

Kalm als stille wateren, fluisterde een stemmetje in haar oor. Arya schrok zo dat ze haar bundeltje bijna liet vallen. Verwilderd keek ze om zich heen, maar in de stal was niemand anders dan zijzelf, de paarden en de doden.

Stil als een schaduw, hoorde ze. Was het haar eigen stem of die van Syrio? Ze wist het niet, maar op de een of andere manier werd haar angst er minder door.

Ze stapte de stal uit.

Het was het meest angstaanjagende wat ze ooit had gedaan. Ze wilde wegrennen en zich verstoppen, maar ze dwong zich over de binnenplaats te lópen, langzaam, voetje voor voetje, alsof ze alle tijd van de wereld had en geen reden om ook maar iemand te vrezen. Ze had het idee dat ze hun ogen kon voelen, als insecten die onder haar kleren over haar vel kropen. Arya keek niet één keer op. Als ze hen zou zien kijken zou al haar moed haar in de steek laten, wist ze, en zou ze het bundeltje kleren laten vallen en wegrennen, huilend als een klein kind, en dan hadden ze haar. Ze hield haar blikken op de grond gericht. Tegen de tijd dat ze in de schaduw van de koninklijke sept aan de andere kant van de binnenplaats was beland was Arya koud van het zweet, maar niemand had alarm geslagen.

De sept stond open en was leeg. Binnen brandden een vijftigtal gebedskaarsen in een welriekende stilte. Het leek Arya dat de goden er wel twee konden missen. Ze schoof ze in haar mouwen en vertrok via een raam aan de achterkant. Terugsluipen naar het steegje waar ze de kater met het ene oor in het nauw had gedreven was makkelijk, maar daarna verdwaalde ze. Ze kroop ramen in en uit, sprong over muren en liep op de tast door donkere kelders, stil als een schaduw. Eén keer hoorde ze een vrouw huilen. Het kostte haar meer dan een uur om het lage, smalle raampje te vinden dat omlaagliep naar de kerker waarin de monsters wachtten.

Ze smeet haar bundeltje erdoor en keerde op haar schreden terug om haar kaars aan te steken. Dat was riskant. Het brandende vuur dat ze zich herinnerde was tot sintels gedoofd, en terwijl ze in de kolen blies hoorde ze stemmen. Met haar hand om de flakkerende kaarsvlam verdween ze via het raam terwijl zij binnenkwamen door de deur zonder zelfs maar even te zien wie het was.

Ditmaal joegen de monsters haar geen angst aan. Het leken bijna oude vrienden. Arya hield de kaars hoog op. Bij iedere stap die ze zette bewogen de schaduwen over de muren, alsof ze haar volgden met hun blik. '*Draken*,' fluisterde ze. Ze haalde Naald onder haar mantel vandaan. De slanke kling leek heel klein en de draken heel groot, en toch voelde Arya zich prettiger met staal in haar hand.

De lange, vensterloze zaal achter de deur was even pikdonker als in haar herinnering. Ze hield Naald in haar linkerhand, de zwaardhand, en de kaars in haar rechtervuist. Hete was droop over haar knokkels. De toegang tot de put was links geweest en dus ging Arya naar rechts. Een deel van haar wilde hardlopen, maar ze was bang dat haar kaars dan uit zou waaien. Ze hoorde het zachte gepiep van ratten en ontwaarde een paar kleine, glimmende oogjes aan de rand van het licht, maar voor ratten was ze niet bang. Wel voor andere dingen. Wat zou het makkelijk zijn zich hier te verstoppen, zoals ze zich voor de tovenaar en de man met de gevorkte baard had verstopt. Ze kon de staljongen bijna tegen de muur zien staan, zijn handen tot klauwen gekromd, het bloed nog druipend uit de diepe sneden die Naald in zijn handpalmen had gemaakt. Misschien stond hij te wachten om haar te grijpen als ze voorbijkwam. Hij zou haar kaars al van verre zien aankomen. Misschien was ze zonder dat licht beter af...

Vrees treft dieper dan het zwaard, zei die kalme stem in haar binnenste. Plotseling moest Arya denken aan de crypten van Winterfel. Die waren veel griezeliger dan deze plek, hield ze zichzelf voor. Toen ze ze voor het eerst had gezien was ze nog maar een klein meisje. Haar broer Robb had hen mee naar beneden genomen; haar, Sansa en de kleine Bran, die niet groter was dan Rickon nu. Ze hadden met zijn allen maar één kaars, en Bran had ogen als schoteltjes opgezet toen hij naar de stenen gezichten van de Winterkoningen staarde, met hun wolven aan hun voeten en hun ijzeren zwaarden over hun schoot.

Robb had ze helemaal tot het einde toe door laten lopen, langs grootvader, Brandon en Lyanna, zodat ze hun eigen graftomben konden zien. Sansa keek voortdurend naar het kaarsstompje, bang dat het uit zou gaan. Ouwe Nans had haar verteld dat hierbeneden spinnen waren, en ratten, zo groot als honden. Robb glimlachte toen ze dat zei. 'Er zijn ergere dingen dan spinnen en ratten,' fluisterde hij. 'Dit is waar de doden rondwaren.' Op dat moment hoorden ze het geluid, zacht, laag, huiveringwekkend. De kleine Bran greep Arya's hand vast.

Toen de geest uit de open graftombe oprees, bleekwit en kreunend van bloeddorst, was Sansa gillend naar de trap gerend en had Bran zich snikkend aan Robbs been vastgeklampt. Arya hield stand en gaf de geest een stomp. Het was Jon maar, van top tot teen met meel bestoven. 'Jij bent stóm,' zei ze tegen hem, 'je hebt het kleintje bang gemaakt.' Maar Robb en Jon hadden dubbel gelegen van het lachen, en al snel waren ook Bran en Arya in de lach geschoten.

Arya glimlachte bij de herinnering, en daarna joeg de duisternis haar geen angst meer aan. De staljongen was dood, zij had hem gedood, en als hij haar besprong zou ze hem nog eens doden. Ze ging naar huis. Als ze eenmaal thuis was, veilig en wel achter de granieten muren van Winterfel, zou alles weer beter gaan.

Haar voetstappen lieten zachte echo's voor haar uit snellen toen Arya nog dieper het duister indook.

Sansa

Op de derde dag kwamen ze Sansa halen.

Ze koos een eenvoudige jurk van donkergrijze wol, van alledaagse snit, maar rijk geborduurd om de kraag en de mouwen. Ze worstelde met de zilveren sluitingen, want kameniers waren er niet, en haar vingers voelden lomp en onhandig aan. Jeane Poel was samen met haar opgesloten, maar aan Jeane had ze niets. Haar gezicht was opgezet van het vele huilen en ze snikte aan één stuk door over haar vader.

'Je vader maakt het heus goed,' zei Sansa tegen haar toen haar jurk eindelijk netjes dichtzat. 'Ik zal de koningin vragen of je hem mag opzoeken.' Ze dacht dat een vriendelijk woord Jeane misschien zou opbeuren, maar het andere meisje keek haar slechts met rode, gezwollen ogen aan en begon nog harder te huilen. Ze was nog zo'n kínd.

Sansa had de eerste dag ook gehuild. Zelfs achter de dikke muren van Maegors Veste, met de deur dicht en vergrendeld, was het schier onmogelijk geweest om niet doodsbang te zijn toen het moorden begon. Ze was opgegroeid onder gekletter van staal op de binnenplaats, en er was geen dag in haar leven voorbijgegaan zonder dat ze zwaard tegen zwaard had horen slaan, maar de wetenschap dat het vechten serieus was maakte alle verschil van de wereld. Het klonk zoals het nog nooit had geklonken, en ze hoorde tevens andere geluiden: gegrom van pijn, woedende verwensingen en het kreunen van gewonden en stervenden. In de liederen schreeuwden de ridders nooit, en ze smeekten ook nimmer om genade.

Dus had ze gehuild en door de deur heen gesmeekt dat ze haar zouden vertellen wat er aan de hand was. Ze riep om haar vader, om Septa Mordane, om de koning, om haar dappere prins. Maar of haar bewakers haar smeekbeden nu hoorden of niet, ze gaven geen antwoord. De enige keer dat de deur openging was die avond laat, toen ze Jeane Poel naar binnen duwden, sidderend en vol blauwe plekken. '*Ze slaan iedereen dood*,' had de dochter van de hofmeester gekrijst. Ze ratelde aan één stuk door. De Jachthond had met een strijdhamer haar deur ingeslagen, zei ze. Er lagen lijken op de trap van de Toren van de Hand, en de treden waren glibberig van het bloed. Sansa veegde haar eigen tranen af en deed haar uiterste best haar vriendin te troosten. Ze sliepen in hetzelfde bed, hun armen om elkaar heen geslagen, als zusters.

De tweede dag was nog erger. De kamer waarin Sansa opgesloten zat bevond zich boven in de hoogste toren van Maegors Veste. Door het raam kon ze zien dat het zware ijzeren valhek in het poortgebouw neer was, en dat de ophaalbrug over de diepe, droge gracht die de burcht-in-een-burcht scheidde van het grotere kasteel eromheen, was opgetrokken. Lannister-wachters, hun speren en kruisbogen in gereedheid, liepen spiedend over de muren. Er werd niet meer gevochten, en over de Rode Burcht was de stilte van het graf neergedaald. Alleen Jeane Poels onophoudelijke gejammer en gesnotter was nog te horen.

Ze kregen eten – harde kaas, versgebakken brood en melk voor het ontbijt, geroosterde kip en groente rond het middaguur, en 's avonds een maaltijd van rundvlees en gerstebrij – maar de bedienden die het eten brachten gaven geen antwoord als Sansa hun iets vroeg. Die avond brachten enkele vrouwen haar kleren uit de Toren van de Hand, en ook wat van Jeanes spullen, maar die leken al net zo bang te zijn als Jeane, en toen ze hen aansprak maakten ze zich uit de voeten alsof ze de grauwe pest had. De wachters voor de deur weigerden nog steeds hen de kamer uit te laten.

'Alstublieft, ik moet de koningin nog eens spreken,' zei Sansa tegen hen, zoals tegen iedereen die ze die dag zag. 'Zij wil mij vast ook spreken, dat weet ik zeker. Zegt u haar alstublieft dat ik haar wil spreken. En zo niet de koningin, dan prins Joffry, als u zo goed wilt zijn. Als we wat ouder zijn ga ik met hem trouwen.'

Toen op de tweede dag de zon onderging begon er een grote klok te beieren. De klank was laag en sonoor, en het langdurige, trage gelui vervulde Sansa met vrees. Het gebeier ging maar door, en na een poosje hoorden ze andere klokken antwoorden vanuit de Grote Sept van Baelor op de Heuvel van Visenya. Het geluid rolde als onweer door de stad, een waarschuwing voor de dingen die komen gingen.

'Wat is dat?' vroeg Jeane, haar handen tegen haar oren. 'Waarom luiden ze de klokken?'

'De koning is dood.' Hoe ze dat wist had Sansa niet kunnen zeggen, maar weten deed ze het. Hun kamer vulde zich met het trage, niet-aflatende gebeier, treurig als een rouwklacht. Had een vijand het kasteel bestormd en koning Robert gedood? Was dat het vechten geweest dat ze hadden gehoord?

Vol vragen viel ze in slaap, rusteloos en bang. Was haar knappe Joffry nu koning? Of hadden ze hem ook gedood? Ze vreesde voor hem, en voor haar vader. Wilden ze haar maar vertellen wat er gebeurd was...

Die nacht droomde Sansa dat Joffry op de troon zat, en zijzelf naast hem in een japon van geweven goud. Ze droeg een kroon op haar hoofd, en iedereen die ze ooit had gekend trad voor haar om zijn knie te buigen en haar respect te betuigen.

De volgende ochtend, de ochtend van de derde dag, kwam ser Boros Both haar halen om haar voor de koningin te geleiden.

Ser Boros was een lelijke kerel met een brede borst en korte, kromme benen. Hij had een platte neus, hangwangen en grijs, borstelig haar. Vandaag ging hij in licht fluweel gekleed, en zijn sneeuwwitte mantel was vastgemaakt met een leeuwenbroche. Het beest straalde een milde, gouden gloed uit en had ogen van kleine robijntjes. 'U ziet er vanmorgen knap en fraai uit, ser Boros,' zei Sansa tegen hem. Een dame was altijd welgemanierd, en zij was vastbesloten hoe dan ook een dame te blijven.

'U ook, jonkvrouwe,' zei ser Boros effen. 'Hare Genade wacht. Komt u mee.'

Voor haar deur stonden wachters, Lannister-krijgsknechten met karmijnrode mantels en leeuwenhelmen. Sansa dwong zichzelf hen in het voorbijgaan vriendelijk toe te lachen en hun goedemorgen toe te wensen. Vandaag mocht ze voor het eerst haar kamer uit sinds ser Arys Eikhart haar daar twee ochtenden geleden naartoe gebracht had. 'Omwille van je eigen veiligheid, lieve schat,' had koningin Cersei tegen haar gezegd. 'Joffry zou het me nooit vergeven als zijn teerbeminde iets overkwam.'

Sansa had verwacht dat ser Boros haar naar de vertrekken van de koning zou brengen, maar in plaats daarvan leidde hij haar Maegors Veste uit. De brug was weer neer. Een paar werklieden lieten iemand aan een touw in de droge slotgracht zakken. Toen Sansa omlaaggluurde zag ze dat er op de grote, ijzeren pieken een lichaam gespietst zat. Ze keek snel de andere kant op, bang om ernaar te vragen, bang om te lang te kijken, bang dat het iemand was die ze kende.

Ze troffen koningin Cersei in de raadszaal aan, waar ze aan het hoofd van een lange tafel zat die bezaaid was met papieren, kaarsen en blokken zegelwas. Het was de mooiste kamer die Sansa ooit had gezien. Vol ontzag staarde ze naar het bewerkte houten kamerscherm en de twee identieke sfinxen naast de deur.

'Uwe Genade,' zei ser Boros toen ze door een ander lid van de koningsgarde, ser Mandon met dat merkwaardige doodse gezicht, waren binnengelaten, 'ik breng u het meisje.'

Sansa had gehoopt dat Joffry erbij zou zijn. Haar prins was er niet, maar wel drie leden van de koninklijke raad. Heer Petyr Baelish zat aan de linkerhand van de koningin, grootmaester Pycelle aan het hoofd van de tafel, en heer Varys, die naar bloemen rook, drentelde om hen heen. Ze waren allemaal in het zwart, besefte ze vol bange vrees. Rouwkleding...

De koningin droeg een japon van zwarte zijde met een hoge kraag, het lijfje van hals tot boezem met wel honderd donkerrode robijnen bestikt. Ze hadden de vorm van tranen, alsof de koningin bloed weende. Cersei glimlachte toen ze haar zag, het lieflijkste en treurigste lachje dat Sansa ooit had gezien. 'Sansa, lief kind,' zei ze, 'ik weet dat je naar me gevraagd hebt. Het spijt me dat ik je niet eerder kon laten komen. Maar het is heel onrustig geweest, en ik heb geen moment de tijd gehad. Ik vertrouw erop dat mijn mensen goed voor je gezorgd hebben?'

'Iedereen is heel lief en vriendelijk geweest, Uwe Genade, dank u heel hartelijk voor uw belangstelling,' zei Sansa beleefd. 'Alleen, eh, niemand wil met ons praten of ons vertellen wat er gebeurd is...'

'Ons?' Cersei keek verbaasd.

'We hebben de dochter van de hofmeester bij haar ondergebracht,' zei ser Boros. 'We wisten niet wat we anders met haar aan moesten.'

De koningin fronste haar voorhoofd. 'De volgende keer wil ik dat u zoiets eerst vraagt,' zei ze met scherpe stem. 'De goden weten wat voor onzin ze Sansa heeft zitten vertellen.'

'Jeane is bang,' zei Sansa. 'Ze houdt maar niet op met huilen. Ik heb haar beloofd dat ik zou vragen of ze haar vader mocht opzoeken.'

De oude grootmaester Pycelle sloeg zijn ogen neer.

'Alles is toch goed met haar vader?' zei Sansa bezorgd. Ze wist dat er gevochten was, maar niemand zou een hofmeester toch kwaad doen? Vayon Poel had niet eens een zwaard.

Koningin Cersei keek de raadsleden om beurten aan. 'Ik wil niet dat Sansa zich nodeloos opwindt. Wat doen we met dat vriendinnetje van haar, heren?'

Heer Petyr boog zich naar voren. 'Ik breng haar wel ergens onder.'

'Niet in de stad,' zei de koningin.

'Houdt u mij voor een dwaas?'

Dat negeerde de koningin. 'Ser Boros, brengt u dat meisje naar de vertrekken van heer Petyr en draagt u zijn bedienden op haar daar vast te houden totdat hij haar komt halen. Vertel haar dat Pinkje haar naar haar vader zal brengen, dat zal haar wel kalmeren. Ik wil dat ze weg is als Sansa in haar kamer terugkomt.'

'Zoals Uwe Genade beveelt,' zei ser Boros. Hij boog diep, draaide zich op zijn hielen om en vertrok. Zijn witte mantel bracht de lucht achter hem in beroering.

Verward zei Sansa: 'Ik begrijp het niet. Waar is Jeanes vader? Waarom kan ser Boros haar niet naar hem toe brengen in plaats van naar heer Petyr?' Ze had zich voorgenomen een dame te blijven, vriendelijk als de koningin en sterk als haar moeder, vrouwe Catelyn, maar ineens was ze weer bang. Even stond het huilen haar nader dan het lachen. 'Waar stuurt u haar heen? Ze heeft niets verkeerds gedaan, ze is een lief meisje.'

'Ze heeft je van streek gemaakt,' zei de koningin vriendelijk. 'Dat kunnen we niet hebben. Genoeg nu. Heer Baelish zal erop toezien dat er goed voor Jeane wordt gezorgd, dat beloof ik je.' Ze gaf een klopje op de stoel naast haar. 'Ga zitten, Sansa. Ik wil met je praten.'

Sansa nam plaats naast de koningin. Cersei glimlachte weer, maar daar werd haar vrees niet minder om. Varys wrong zijn zachte handjes, grootmaester Pycelle hield zijn slaperige ogen op de papieren voor hem gericht, maar ze voelde dat Pinkje naar haar zat te staren. Iets in de manier waarop de kleine man naar haar keek gaf Sansa het gevoel dat ze geen kleren aanhad. Ze kreeg er kippenvel van.

'Lieve Sansa,' zei koningin Cersei terwijl ze een zachte hand op haar pols legde. 'Zo'n mooi meisje. Ik hoop echt dat je weet hoeveel Joffry en ik van je houden.'

'Ja?' zei Sansa ademloos. Pinkje was vergeten. Haar prins hield van haar. Dat was het enige belangrijke.

De koningin glimlachte. 'Ik beschouw je bijna als mijn eigen dochter. En ik weet wat jij voor Joffry voelt.' Ze schudde vermoeid haar hoofd. 'Ik vrees dat we treurig nieuws omtrent je vader hebben. Nu moet je dapper zijn, kind.'

Haar kalme woorden bezorgden Sansa kippenvel. 'Wat is er?'

'Je vader is een verrader, liefje,' zei heer Varys.

Grootmaester Pycelle hief zijn bejaarde hoofd op. 'Ik heb met mijn eigen oren gehoord hoe heer Eddard onze geliefde koning Robert bezwoer dat hij de jonge prinsen zou beschermen alsof het zijn eigen kinderen waren. Maar de koning was nog niet dood of hij riep de kleine raad bijeen om prins Joffry van de troon te stoten die hem rechtens toebehoort.'

'Nee,' barstte Sansa uit. 'Zoiets zou hij nooit doen. Nóóit!'

De koningin pakte een brief. Het papier was gescheurd en hard geworden van het opgedroogde bloed, maar het gebroken zegel was dat van haar vader, een afdruk van de schrikwolf in lichte grijze was. 'Deze hebben we aangetroffen op het hoofd van jullie hofwacht, Sansa. Het is een brief aan de broer van mijn echtgenoot zaliger, Stannis. Hij wordt daarin opgeroepen, zich de kroon toe te eigenen.'

'Alstublieft, Uwe Genade, dat is een vergissing.' Een plotseling opkomende paniek maakte dat ze zich flauw en duizelig voelde. 'Laat u alstublieft mijn vader halen, hij zal u vertellen dat hij nooit zo'n brief zou schrijven, de koning was zijn vriend.'

'Dat was wat Robert dacht,' zei de koningin. 'Dit verraad zou zijn hart gebroken hebben. De goden zijn barmhartig geweest, dat hij het niet heeft hoeven meemaken.' Ze zuchtte. 'Sansa, liefje, begrijp je niet in wat voor een afschuwelijk parket ons dit brengt? Jij hebt geen enkel kwaad gedaan, dat weten we allemaal, en toch ben je de dochter van een verrader. Hoe kan ik je met mijn zoon laten trouwen?'

'Maar ik hóu van hem,' jammerde Sansa, verward en bang. Wat waren ze met haar van plan? Wat hadden ze met haar vader gedaan? Zo ging het toch nooit? Zij hoorde met Joffry te trouwen, ze waren verloofd, hij was haar beloofd, ze had er zelfs van gedroomd. Het was niet eerlijk, hem van haar af te nemen om iets wat haar vader misschien had gedaan.

'Dat weet ik maar al te goed, kind,' zei Cersei, en wat klonk haar stem mild en vriendelijk. 'Waarom zou je bij ons gekomen zijn om te vertellen dat je vader van plan was je weg te zenden, als het niet uit liefde was?'

'Het was uit liefde,' zei Sansa inderhaast. 'Vader gaf me niet eens toestemming om afscheid te nemen.' Zij was het brave meisje, het gehoorzame meisje, maar toen ze die ochtend tegen haar vaders wens in bij Septa Mordane was weggeslopen had ze zich net zo verdorven gevoeld als Arya. Ze had nooit eerder zoiets eigengereids gedaan en ze zou het ook die keer niet hebben gedaan als ze niet zo innig van Joffry had gehouden. 'Hij wilde dat ik terugging naar Winterfel om met een of andere hagenridder te trouwen, ook al wilde ik Joffry. Dat zei ik ook tegen hem, maar hij luisterde niet.' De koning was haar laatste hoop geweest. De koning kon vader *bevelen* haar in Koningslanding te laten en aan prins Joffry uit te huwelijken. Dat wist Sansa, maar ze was altijd bang voor de koning geweest. Hij was luidruchtig en had een harde stem, en hij was net zo vaak dronken als nuchter. Hij zou haar vermoedelijk zonder pardon terug naar heer Eddard hebben gestuurd, als ze hem al te spreken had gekregen. Dus was ze naar de koningin gegaan om haar hart bij haar uit te storten, en Cersei had geluisterd en haar vriendelijk bedankt... alleen had ser Arys haar toen naar die kamer boven in Maegors Veste gebracht en daar wachters geposteerd, en een paar uur daarna was buiten dat gevecht losgebarsten. 'Alstublieft,' besloot ze, 'u móet me met Joffry laten trouwen, ik zal een goede vrouw voor hem zijn, u zult het zien. Ik zal net zo'n koningin zijn als u, ik beloof het.'

Koningin Cersei keek de anderen aan. 'Heren van de raad, wat vindt u van haar smeekbede?'

'Het arme kind,' mompelde Varys. 'Zo'n oprechte en onschuldige liefde, Uwe Genade, het zou wreed zijn die haar te ontzeggen... en toch, wat kunnen we doen? Haar vader is schuldig.' Zijn ene zachte hand waste de andere in een gebaar van hulpeloze ontreddering.

'Een kind, uit verraderszaad geboren, zal van nature tot verraad geneigd zijn,' zei grootmaester Pycelle. 'Nu is het nog een lief klein ding, maar wie weet welk verraad ze over tien jaar zal uitbroeden?'

'Nee!' zei Sansa ontzet. 'Ik ben geen... ik zal nooit... ik zou Joffry nooit verraden, ik hou van hem, dat zweer ik.'

'Hoe indringend,' zei Varys. 'En toch zegt men terecht dat bloed krachtiger taal spreekt dan een eed.'

'Mij doet ze aan de moeder denken, niet aan de vader,' zei heer Petyr Baelish kalm. 'Kijk eens naar haar. Dat haar, die ogen. Ze is het evenbeeld van Cat op die leeftijd.'

De koningin keek haar zorgelijk aan, maar desondanks ontwaarde Sansa een zekere mildheid in haar heldere groene ogen. 'Kind,' zei ze, 'als ik waarlijk kon geloven dat jij niet op je vader leek zou niets mij meer genoegen doen dan je met mijn Joffry te zien trouwen. Ik weet dat hij je van ganser harte liefheeft.' Ze zuchtte. 'En toch vrees ik dat heer Varys en de grootmaester het bij het rechte eind hebben. Het bloed zal spreken. Ik hoef er alleen maar aan te denken hoe je zuster haar wolf op mijn zoon afhitste.'

'Ik ben anders dan Arya,' gooide Sansa eruit. 'In haar stroomt het verradersbloed, niet in mij. Ik ben góed, vraag het Septa Mordane maar, zij zal het u vertellen. Het enige dat ik wil is Joffry's trouwe en liefhebbende echtgenote zijn.'

Toen de koningin haar gezicht bestudeerde voelde ze het gewicht van Cersei's blikken op zich rusten. 'Ik geloof dat je het meent, kind.' Ze keek de anderen aan. 'Heren, als haar overige verwanten in deze verschrikkelijke tijd trouw zouden blijven zou dat onze vrees al grotendeels wegnemen, dunkt me.'

Grootmaester Pycelle streek over zijn enorme, zachte baard. In zijn brede voorhoofd zaten diepe denkrimpels. 'Heer Eddard heeft drie zonen.'

'Dat zijn nog maar jongens,' zei heer Petyr schouder ophalend. 'Ik zou me meer zorgen maken over vrouwe Catelyn en de Tullings.'

De koningin nam Sansa's hand in haar beide handen. 'Kind, ben je de schrijfkunst machtig?'

Sansa knikte nerveus. Ze kon beter lezen en schrijven dan haar broers, hoewel ze hopeloos slecht was in rekenen.

'Dat doet me genoegen. Misschien is er nog hoop voor jou en Joffry...'

'Wat wilt u dat ik doe?'

'Dat je je moeder schrijft, en je broer, de oudste... hoe heet hij?'

'Robb,' zei Sansa.

'Het nieuws van je vaders verraad zal hen ongetwijfeld weldra bereiken. Het is beter dat het van jou afkomstig is. Vertel hun hoe heer Eddard zijn koning verraden heeft.'

Sansa verlangde wanhopig naar Joffry, maar ze dacht niet dat ze de moed zou kunnen opbrengen om te doen wat de koningin vroeg. 'Maar hij zou nooit... ik kan niet... Uwe Genade, ik zou niet weten wat ik moest zeggen...'

De koningin streek haar over haar hand. 'Wij vertellen je wel wat je moet schrijven, kind. Het gaat erom dat je er bij vrouwe Catelyn en je broer op aandringt dat ze de koningsvrede bewaren.'

'Als ze dat niet doen zal hun dat opbreken,' zei grootmaester Pycelle. 'Juist omdat ze je dierbaar zijn moet je hun aansporen, het pad der wijsheid te bewandelen.'

'Je moeder staat zeker doodsangsten om je uit,' zei de koningin. 'Vertel haar dat alles goed met je is, dat wij je onder onze hoede hebben genomen, je vriendelijk behandelen en in al je noden voorzien. Vraag hun om naar Koningslanding te komen en Joffry de eed van trouw te zweren als hij zijn troon bestijgt... Als ze dat doen... welnu, dan weten we dat aan jouw bloed geen smet kleeft. Zodra je tot vrouw bent gerijpt zul je in de Grote Sept van Baelor met de koning trouwen, voor het aangezicht van goden en mensen.'

... met de koning trouwen... Bij die woorden ging ze sneller ademhalen, maar toch aarzelde Sansa nog. 'Misschien... als ik mijn vader zou mogen zien, met hem zou mogen praten, over...'

'Verraad?' suggereerde heer Varys.

'Nu stel je me teleur, Sansa,' zei de koningin met ogen die zo hard als steen waren geworden. 'We hebben je van je vaders misdaden op de hoogte gesteld. Als je werkelijk zo trouw bent als je zegt, waarom zou je hem dan willen spreken?'

'Ik... ik bedoelde alleen...' Sansa merkte dat haar ogen vochtig werden. 'Hij is niet... alstublieft, hij is toch niet... gewond, of... of...'

'Er is heer Eddard geen kwaad geschied,' zei de koningin.

'Maar... wat gaat er met hem gebeuren?'

'Dat is aan de koning om te beslissen,' verklaarde grootmaester Pycelle gewichtig.

De kóning! Sansa knipperde haar tranen weg. Joffry was nu koning, dacht ze. Haar nobele prins zou haar vader nooit kwaad doen, wat hij ook gedaan mocht hebben. Als ze naar hem toeging en om genade smeekte zou hij luisteren, dat wist ze zeker. Hij móest luisteren, hij hield van haar, dat zei de koningin ook. Joff zou vader moeten straffen, dat zouden de heren verwachten, maar misschien kon hij hem naar Winterfel terugsturen of hem naar een van de Vrijsteden aan de overkant van de zee-engte verbannen. Het hoefde maar voor een paar jaar te zijn. Tegen die tijd zouden zij en Joffry getrouwd zijn. Als ze eenmaal koningin was kon ze Joff wel overhalen, vader terug te halen en hem gratie te verlenen.

Alleen... als moeder of Robb iets verraderlijks zou doen, de banieren bijeenroepen of de eed van trouw weigeren, of *wat dan ook*, dan zou het allemaal mislopen. Haar Joffry was goed en zachtmoedig, dat wist ze in haar hart wel, maar een koning moest opstandelingen met strengheid bejegenen. Ze moest zorgen dat ze het begrepen, het móest gewoonweg!

'Ik... ik zal die brieven schrijven,' zei Sansa.

Met een glimlach die warm was als de opgaande zon boog Cersei Lannister zich naar haar toe en kuste haar zacht op haar wang. 'Dat wist ik wel. Joffry zal toch zo trots zijn als ik hem vertel wat een moed en gezond verstand jij hier vandaag hebt betoond!'

Uiteindelijk schreef ze vier brieven. Aan haar moeder, vrouwe Catelyn Stark, en aan haar broers in Winterfel, en ook aan haar tante en haar grootvader, vrouwe Lysa Arryn van het Adelaarsnest en heer Hoster Tulling van Stroomvliet. Na afloop waren haar vingers stijf en verkrampt en zaten ze onder de inktvlekken. Varys had haar vaders zegel. Ze warmde de roomwitte bijenwas boven een kaars, liet die zorgvuldig uitlopen en keek toe hoe de eunuch de schrikwolf van het huis Stark op alle brieven drukte.

Jeane Poel en al haar spullen waren weg toen ser Mandon Moer Sansa naar de hoge toren van Maegors Veste terugbracht. Geen gehuil meer, dacht ze opgelucht. Maar om een of andere reden leek het killer nu Jeane weg was, zelfs toen ze vuur had gemaakt. Ze trok een stoel bij de haard, pakte een van haar lievelingsboeken en verdiepte zich in de verhalen over Florian en Jonquil, over vrouwe Shella en de Ridder van de Regenboog, over de koene prins Aemon en diens hopeloze liefde voor de koningin van zijn broer.

Pas later die avond, toen de slaap langzaam bezit van haar nam, besefte Sansa dat ze vergeten was naar haar zuster te vragen.

Jon

'Othor,' verklaarde ser Jeremie Rykker, 'zonder enige twijfel. En dit was Jafer Bloemen.' Hij keerde het lijk met zijn voet om, en het dode witte gezicht staarde met felblauwe ogen naar de bewolkte hemel. 'Allebei mannen van Ben Stark.'

Mannen van mijn oom, dacht Jon verdoofd. Hij dacht eraan hoe hij had gesmeekt om mee te mogen. *Goden, wat een groentje was ik nog. Als hij me had meegenomen had ik hier kunnen liggen...*

Jafers rechterpols eindigde in flarden uiteengereten vlees en versplinterd bot, het werk van Spooks kaken. Zijn rechterhand dreef in een kruik azijn in Maester Aemons toren. Zijn linkerhand, die nog aan het uiteinde van zijn arm zat, was net zo zwart als zijn mantel.

'Barmhartige goden,' prevelde de ouwe beer. Hij sprong van zijn garron en stak Jon de teugels toe. Het was een onnatuurlijk warme ochtend. Zweet parelde op het brede voorhoofd van de bevelhebber als dauw op een meloen. Zijn merrie was nerveus en deinsde zover als haar leidsels het toelieten met rollende ogen voor de doden achteruit. Jon voerde haar er een paar passen vandaan. Hij moest zijn uiterste best doen om te voorkomen dat ze op hol sloeg. De atmosfeer op deze plaats stond de paarden niet aan. Jon trouwens ook niet.

En de honden al helemaal niet. Spook had het gezelschap hierheen gebracht. Aan de meute hadden ze niets gehad. Toen kennelmeester Bass hen de lucht van de afgerukte hand wilde laten opsnuiven waren ze wild geworden en hadden huilend en blaffend gevochten om weg te komen. Ook nu zaten ze beurtelings te grommen en te janken en aan hun riemen te rukken, terwijl Chet ze voor straathonden uitmaakte.

Het is maar een bos, zei Jon bij zichzelf, *en dit zijn maar doden.* Hij had wel vaker doden gezien...

De afgelopen nacht had hij de Winterfel-droom weer gedroomd. Hij liep door het lege kasteel, op zoek naar zijn vader, en daalde af in de crypten. Alleen ging de droom ditmaal langer door dan eerst. In het donker had hij het geschraap van steen over steen gehoord. Toen hij zich had omgedraaid zag hij dat de gewelven zich een voor een openden. Terwijl de dode koningen uit hun koude zwarte graven kwamen strompelen was Jon in het pikdonker met bonzend hart wakker geschrokken. Zelfs toen Spook op zijn bed sprong en aan zijn gezicht snuffelde kon hij zijn peilloze schrik niet van zich afzetten. Hij durfde niet meer te gaan slapen. In plaats daarvan was hij op de Muur geklommen, en daar had hij rusteloos lopen ijsberen tot hij in het oosten het eerste licht van de dageraad zag. *Het was maar een droom. Ik ben nu een broeder van de Nachtwacht en geen bange jongen.*

Samwel Tarling stond als een hoopje ellende tussen de bomen, half verscholen achter de paarden. Zijn ronde, dikke gezicht had de kleur van gestremde melk. Tot dusverre was hij nog niet het bos ingerend om over te geven, maar hij had ook niet één blik op de doden geworpen. 'Ik kan er niet naar kijken,' fluisterde hij doodongelukkig.

'Je moet kijken,' zei Jon tegen hem, op gedempte toon, zodat de anderen het niet zouden horen. 'Maester Aemon heeft jou toch gestuurd om als zijn ogen te dienen? Wat heb je aan ogen als ze gesloten zijn?'

'Ja, maar... ik ben zo'n lafaard, Jon.'

Jon legde een hand op Sams schouder. 'We hebben twaalf wachtruiters bij ons, en de honden, en bovendien Spook. Niemand doet je wat, Sam. Ga kijken. De eerste aanblik is het ergst.'

Sam knikte beverig en stond zichtbaar zijn moed bij elkaar te rapen. Langzaam draaide hij zijn hoofd om. Zijn ogen sperden zich open, maar Jon hield zijn arm vast, zodat hij zich niet kon afwenden.

'Ser Jeremie,' vroeg de ouwe beer bars, 'bij zijn vertrek van de Muur had Ben Stark zes man bij zich. Waar zijn de anderen?'

Ser Jeremie schudde zijn hoofd. 'Ik wou dat ik het wist.'

Dat antwoord stond Mormont duidelijk niet aan. 'Twee broeders afgeslacht, min of meer in het zicht van de Muur, en toch hebben uw wachtruiters niets gehoord of gezien. Is de Nachtwacht al zo ver heen? Kammen we deze bossen eigenlijk nog wel uit?'

'Ja, heer, maar...'

'Wordt er nog wacht gereden?'

'Jawel, maar...'

'Deze man draagt een jachthoorn.' Mormont wees naar Othor. 'Moet ik aannemen dat hij is gestorven zonder die te blazen? Of zijn jullie wachtruiters met zijn allen net zo doof als blind geworden?'

Ser Jeremie zette zijn stekels overeind, zijn gezicht strak van woede. 'Er is niet op een hoorn geblazen, heer, anders hadden mijn wachtruiters dat wel gehoord. Ik heb niet voldoende mannen om net zoveel verkenners uit te sturen als ik zelf graag zou willen... en sinds Benjen zoek is blijven we dichter bij de Muur dan vroeger – op bevel van u.'

De ouwe beer knorde. 'Ja. Hm. Hoe het ook zij,' en hij maakte een ongeduldig gebaar, 'vertel me hoe ze zijn omgekomen.'

Ser Jeremie hurkte naast de dode die hij als Jafer Bloemen had geïdentificeerd en greep diens hoofd bij de haren vast. Het haar liet los en bleef tussen zijn vingers hangen, bros als stro. De ridder vloekte en duwde met de muis van zijn hand tegen het gezicht. In de nek van het lijk opende zich een brede snee, net een mond met geronnen bloed eromheen. Slechts een paar witte pezen verbonden het hoofd nog met de hals. 'Dit is met een bijl gedaan.'

'Ja,' prevelde de oude houtvester Dywen. 'Moet de bijl van Othor zelf zijn geweest.'

Jon merkte dat zijn ontbijt omhoogkwam, maar hij perste zijn lippen op elkaar en dwong zichzelf naar het tweede lichaam te kijken. Othor was een grote, lelijke kerel geweest en nu was hij een groot, lelijk lijk. Er was geen bijl te bekennen. Jon herinnerde zich Othor wel: hij was de man geweest die dat schuine liedje had uitgegalmd toen de wachtruiters vertrokken waren. Nu was hij uitgezongen. Zijn huid was overal melkwit geworden, behalve die van zijn handen. Zijn handen waren zo zwart als die van Jafer. Bloesems van korsten gebarsten bloed omrankten de dodelijke wonden die als een soort uitslag op zijn borst, lendenen en keel zaten. Maar zijn ogen waren nog open. Ze staarden naar de hemel, blauw als saffieren.

Ser Jeremie stond op. 'De wildlingen hebben ook bijlen.'

Mormont keerde zich naar hem om. 'Dus u denkt dat dit het werk is van Mans Roover? Zo dicht bij de Muur?'

'Van wie anders, heer?'

Dat had Jon hem wel kunnen vertellen. Hij wist het, ze wisten het allemaal, maar toch wilde niemand het hardop zeggen. *De Anderen zijn maar een verhaal, een verzinsel om kinderen schrik aan te jagen. Als ze al bestaan hebben, dan zijn ze al achtduizend jaar weg.* Het idee alleen al was dwaasheid: hij was nu volwassen, een zwarte broeder van de Nachtwacht, niet de jongen die eens met Bran, Robb en Arya aan de voeten van Ouwe Nans had gezeten.

Maar bevelhebber Mormont snoof. 'Als Ben Stark een halve dagrit van Slot Zwart door wildlingen was overvallen was hij wel teruggekomen om meer mannen te halen en die moordenaars door heel de zevenvoudige hel te achtervolgen om me hun hoofden te bezorgen.'

'Tenzij hij ook gedood was,' hield ser Jeremie vol.

Ook nu nog deden die woorden pijn. Het was al zo'n tijd geleden, het leek dwaasheid om hardnekkig te blijven hopen dat Ben Stark nog in leven was, maar als Jon Stark iets was, dan was het koppig.

‘Benjen is al bijna een half jaar weg, heer,’ vervolgde ser Jeremie. ‘Het woud is uitgestrekt. De wildlingen kunnen hem overal wel overvallen hebben. Ik wed dat deze twee de laatste overlevenden van zijn gezelschap waren, op de terugweg naar ons... maar de vijand heeft ze achterhaald voordat ze veilig achter de Muur terug waren. De lijken zijn nog vers, die mannen kunnen niet meer dan een dag dood zijn...’

‘*Nee*,’ piepte Samwel Tarling.

Jon was verrast. Het nerveuze, hoge stemgeluid van Sam was wel het laatste dat hij had verwacht te horen. De dikke jongen was bang voor de officieren, en ser Jeremie was geen toonbeeld van geduld.

‘Ik heb jou niet om je mening gevraagd, jongen,’ zei Rykker koeltjes.

‘Laat hem praten, ser,’ gooide Jon eruit.

Mormonts ogen schoten van Sam naar Jon en weer terug. ‘Als die knaap wat te zeggen heeft wil ik hem aanhoren. Kom dichterbij, jongen. Achter die paarden kunnen we je niet zien.’

Sam schuifelde langs Jon en de garrons. Hij zweette als een otter. ‘Heer, het... kan geen dag zijn, of... kijk maar... het bloed...’

‘Ja?’ gromde Mormont ongeduldig. ‘Het bloed, wat is daarmee?’

‘Hij doet het al in zijn broek als hij het ziet,’ riep Chet, en de wachtruiters lachten.

Sam veegde het zweet van zijn voorhoofd. ‘Je... je kunt zien waar Spook... Jons schrikwolf... je kunt zien waar hij de hand van die man heeft afgerukt, en toch... heeft de stomp niet gebloed, kijk maar...’ Hij wuifde met een hand. ‘Mijn vader... h-heer Randyl, die, die liet me soms toekijken als hij dieren schoonmaakte wanneer... nadat...’ Met trillende onderkinnen bewoog Sam zijn hoofd heen en weer. Nu hij eenmaal naar de lijken had gekeken leek het wel of hij zijn ogen er niet meer vanaf kon houden. ‘Als de prooi net dood was... vloeide het bloed nog. Later... werd het pas klonterig, net als... als gelei, dik en... en...’ Hij zag eruit alsof hij ieder ogenblik kon gaan braken. ‘Deze man... kijk zijn pols maar, die is helemaal... *korstig*... droog... als...’

Jon zag meteen wat Sam bedoelde. Hij zag de afgerukte aderen in de pols van de dode, ijzeren wormen in het lijkbleke vlees. Zijn bloed was net zwart stof. Maar Jeremie Rykker was niet overtuigd. ‘Als ze al veel langer dan een dag dood waren, waren ze nu al aan het versterven, jongen. Ze stinken niet eens.’

Dywen, de knoestige oude houtvester, die altijd opschepte dat hij kon ruiken wanneer er sneeuw op til was, schoof dichter naar de lijken toe en snuffelde. ‘Tja, het zijn geen viooltjes, maarre... meheer hier heeft gelijk. Er is geen lijklucht.’

'Ze... ze zijn niet in ontbinding.' Sam wees, en zijn worstvinger trilde maar een klein beetje. 'Kijk, er... er zijn geen maden, of... wormen, of wat dan ook... ze hebben hier in het woud gelegen, maar ze... ze zijn niet door dieren aangeknaagd of opgegeten... alleen Spook... verder zijn ze... zijn ze...'

'Onaangeroerd,' zei Jon zacht. 'En Spook is anders. De honden en de paarden komen er niet bij in de buurt.'

De wachtruiters keken elkaar aan. Daar zag iedereen de juistheid van in. Mormont fronste zijn wenkbrauwen en keek van de lijken naar de honden. 'Chet, breng de honden dichterbij.'

Chet deed wat hij kon. Hij rukte aan de riemen en gaf één dier een oplawaai met zijn laars. De meeste honden jankten alleen maar en zetten zich schrap. Hij probeerde er eentje naartoe te slepen. De teef verzette zich, grommend en kronkelend, alsof ze zich uit haar halsband wilde wringen. Ten slotte beet ze naar hem. Chet liet de riem schieten en struikelde achteruit. De hond sprong over hem heen en schoot met grote sprongen het geboomte in.

'Hier... hier klopt helemaal niets van,' zei Sam Tarling ernstig. 'Het bloed... er zitten bloedvlekken op hun kleren en... en hun huid, droog en hard, maar... er zit niets op de grond, of... waar dan ook. Met die... die... die...' Sam slikte moeizaam en haalde diep adem. 'Met die *wonden*... afschuwelijke wonden... zou er overal bloed moeten zijn. Ja toch?'

Dywen zoog op zijn houten tanden. 'Kan zijn dat ze niet hier de dood hebben gevonden. Kan zijn dat iemand ze hierheen heeft gesleept en ze voor ons heeft achtergelaten. Als waarschuwing of zo.' De oude houtvester tuurde wantrouwig omlaag. 'En het kan zijn dat ik gek ben, maar als je 't mij vraagt had Othor vroeger geen blauwe ogen.'

Ser Jeremie keek verrast. 'Bloemen ook niet,' liet hij zich ontvallen terwijl hij zich omdraaide en naar de dode staarde.

In het bos viel een stilte. Even hoorden ze slechts Sams zware ademhaling en het vochtige geluid waarmee Dywen op zijn tanden zoog. Jon hurkte naast Spook neer.

'*Verbranden*,' fluisterde iemand. Een van de wachtruiters, Jon had niet kunnen zeggen wie. 'Ja, verbranden,' drong een tweede stem aan.

De ouwe beer schudde koppig zijn hoofd. 'Nog niet. Ik wil dat Maester Aemon zich hier eens over buigt. We nemen ze mee terug naar de Muur.'

Sommige bevelen zijn eenvoudiger te geven dan op te volgen. Ze wikkelden de doden in mantels, maar toen Heek en Dywen er een op een paard wilden binden werd het dier krankzinnig en begon te schreeuwen en te steigeren en met zijn hoeven te slaan, en zelfs naar

Ketther te bijten toen die haastig te hulp schoot. Het verging de wachtruiters al niet beter met de andere paarden: zelfs het makste dier wilde part noch deel aan deze last hebben. Ten slotte waren ze gedwongen takken te kappen en ruwe draagriemen te maken om de lijken te voet terug te brengen. Tegen de tijd dat ze naar huis gingen was het middaguur al ruimschoots voorbij.

'Ik wil dat deze bossen doorzocht worden,' beval Mormont aan ser Jeremie toen ze vertrokken. 'Iedere boom, ieder rotsblok, elke struik en elke voet modder binnen tien mijl van deze plek. Zet alle mannen in die je hebt, en als je er niet genoeg hebt, leen dan maar jagers en houtvesters van de oppassers. Als Ben en de overigen hier ergens zijn, dood of levend, wil ik dat ze gevonden worden. En als er nog *anderen* in deze bossen zijn wil ik dat ook weten. Spoor ze op en grijp ze, zo mogelijk levend. Is dat duidelijk?'

'Zeker, heer,' zei ser Jeremie. 'Tot uw orders.'

Daarna reed Mormont zwijgend en broeierig voort. Jon reed vlak achter hem, zoals het de oppasser van de bevelhebber betaamde. Het was een grauwe, nevelige, bewolkte dag, zo'n dag die een mens naar regen deed verlangen. In het bos stond geen aasje wind. De lucht was zwaar en vochtig, en Jons kleren plakten aan zijn lijf. Het was warm. Te warm. De Muur huilde overvloedig, huilde al dagen, en soms verbeeldde Jon zich zelfs dat hij kromp.

De oude mannen noemden dit weer *geestenzomer* en zeiden dat het inhield dat het seizoen eindelijk de geest gaf. Hierna kwam de kou, zo waarschuwden ze, en op een lange zomer volgde altijd een lange winter. Deze zomer duurde al tien jaar. Jon was nog maar een kleuter geweest toen hij begon.

Spook rende een poosje met hen mee en verdween toen tussen de bomen. Zonder de schrikwolf voelde Jon zich bijna naakt. Hij moest ongewild aan de verhalen denken die Ouwe Nans placht te vertellen toen hij nog een jongen in Winterfel was geweest. Hij kon haar stem bijna weer horen, en het geklik van haar naalden. *In die duisternis kwamen de Anderen*, zei ze altijd, terwijl ze haar stem steeds verder dempte. *Koud en dood waren ze, en ze haatten ijzer en vuur en de aanraking van de zon, en alle levende, warmbloedige schepselen. Ridderhoven, steden en koninkrijken werden onder de voet gelopen toen ze op hun vale, dode paarden zuidwaarts trokken aan het hoofd van scharen gesneuvelden. Ze voedden hun dode dienaren met het vlees van mensenkinderen...*

Toen hij een eerste glimp van de Muur opving, hoog oprijzend boven de kruin van een oude, knoestige eik, was Jon enorm opgelucht. Mormont hield plotseling in en draaide zich om in het zadel. 'Tarling,' blafte hij, 'kom hier.'

Jon zag de schrik op Sams gezicht toen hij op zijn merrie kwam aansjokken. Hij vreesde ongetwijfeld moeilijkheden. 'Je mag dan dik zijn, dom ben je niet, jongen,' zei de ouwe beer bars. 'Goed gedaan, zo straks. En jij ook, Sneeuw.'

Sam kreeg een kleur als vuur en struikelde over zijn tong toen hij iets beleefds terug wilde zeggen. Jon moest glimlachen.

Toen ze onder het geboomte uit reden zette Mormont zijn taaie kleine garron tot een sukkeldrafje aan. Spook rende vanuit het bos op hen af. Hij likte zijn lippen, en zijn snuit was rood van het jagen. Hoog boven hen zagen de mannen op de Muur de stoet naderen. Jon hoorde de lage, kelige roep van de grote wachthoorn die tot mijlenver in de omtrek klonk, één enkele lange stoot die als een huivering door de bomen voer en van het ijs weerkaatste.

UUUUUooooooooooooooooooooooooooooooooooo.

Het geluid stierf langzaam weg. Eén stoot stond voor terugkerende wachtruiters, en Jon dacht: *Ik ben in elk geval één dag wachtruiter geweest. Wat er ook gebeurt, dat kunnen ze me niet afnemen.*

Toen ze hun garrons door de ijstunnel leidden stond Bouwen Mars bij de eerste poort te wachten. De hofmeester was geagiteerd en zijn gezicht was rood. 'Heer,' barstte hij uit tegen Mormont terwijl hij de ijzeren staven liet openzwaaien, 'er is een vogel gearriveerd, u moet onmiddellijk komen.'

'Waar gaat het om, man?' zei Mormont bars.

Mars gluurde nieuwsgierig naar Jon voordat hij antwoordde: 'Maester Aemon heeft de brief. Hij wacht in uw bovenvertrek.'

'Goed. Jon, zorg voor mijn paard en zeg tegen ser Jeremie dat hij de doden ergens in een opslagruimte legt tot de maester er tijd voor heeft.' Mopperend beende Mormont weg.

Toen ze hun paarden naar de stal terugbrachten was Jon zich er onaangenaam van bewust dat er naar hem gekeken werd. Ser Alliser Doren was op de binnenplaats zijn jongens aan het trainen maar hield op om Jon aan te staren, een flauw lachje om zijn lippen. De eenarmige Donal Nooy stond in de deuropening van de wapenkamer. 'Mogen de goden met je zijn, Jon Sneeuw,' riep hij uit.

Er is iets mis, dacht Jon. *Er is iets heel erg mis.*

De doden werden naar een van de opslagruimten onder aan de Muur gebracht, een donkere, koude cel die in het ijs was uitgehouwen en gebruikt werd om vlees, graan en soms zelfs bier in te bewaren. Jon zorgde dat Mormonts paard gevoederd, gedrenkt en geroskamd was vóór hij het zijne verzorgde. Na afloop zocht hij zijn vrienden op. Grenn en Pad hadden wachtdienst, maar Pyp trof hij in de gemeenschapszaal aan. 'Wat is er gebeurd?' vroeg hij.

Pyp dempte zijn stem. 'De koning is dood.'

Jon was met stomheid geslagen. Tijdens zijn verblijf op Winterfel had Robert Baratheon hem weliswaar oud en dik, maar toch goed gezond geleken, en er was geen sprake van dat hij iets mankeerde. 'Hoe weet je dat?'

'Een van de wachters hoorde toevallig dat Clydas de brief aan Maester Aemon voorlas.' Pyp boog zich naar hem toe. 'Het spijt me, Jon. Hij was je vaders vriend, hè?'

'Eens stonden ze elkaar even na als broers.' Jon vroeg zich af, of Joffry zijn vader aan zou houden als Hand des Konings. Het leek hem onwaarschijnlijk. Dat zou inhouden dat heer Eddard naar Winterfel zou teruggaan, en zijn zusters ook. Misschien zou hij zelfs verlof krijgen hen daar op te zoeken, met heer Mormonts instemming. Het zou goed zijn om Arya weer te zien grijnzen en met zijn vader te praten. *Ik zal hem naar mijn moeder vragen*, besloot hij. *Ik ben nu een man, het is hoog tijd dat hij het me vertelt. Zelfs al zou ze een hoer zijn, dat kan me niet schelen, ik wil het weten.*

'Ik hoorde Heek zeggen dat de doden mannen van je oom waren,' zei Pyp.

'Ja,' antwoordde Jon. 'Twee van de zes die hij bij zich had. Ze waren al een poos dood, alleen... is er iets raars met de lijken.'

'Iets raars?' Pyp was een en al nieuwsgierigheid. 'Hoezo raar?'

'Dat hoor je wel van Sam.' Jon wilde er niet over praten. 'Ik moest maar eens kijken of de ouwe beer me nodig heeft.'

Hij liep alleen naar de Bevelhebberstoren, merkwaardig gespannen. Op zijn nadering keken de broeders die op wacht stonden hem ernstig aan. 'De ouwe beer is in zijn bovenvertrek,' verkondigde een van hen. 'Hij heeft naar je gevraagd.'

Jon knikte. Hij had uit de stal rechtstreeks hier naartoe moeten gaan. Met ferme pas beklom hij de torentrap. *Hij heeft wijn nodig, of een vuur in zijn haard, dat is alles*, zei hij tegen zichzelf.

Toen hij het bovenvertrek betrad begon Mormonts raaf tegen hem te schreeuwen. '*Maïs!*' krijste de vogel. '*Maïs! Maïs! Maïs!*'

'Geloof het maar niet, ik heb hem net gevoerd,' gromde de ouwe beer. Hij zat bij het raam een brief te lezen. 'Breng me een beker wijn en schenk er voor jezelf ook een in.'

'Voor mezelf, heer?'

Mormont keek van de brief op en staarde Jon aan. Er school medelijden in die blik, dat voelde hij. 'Je hebt gehoord wat ik zei.'

Jon schonk de wijn overdreven voorzichtig in, in het vage besef dat hij tijd rekte. Zodra de bekers gevuld waren had hij geen andere keus dan onder ogen te zien wat er in die brief stond. Maar ze waren maar al te snel vol. 'Ga zitten, jongen,' beval Mormont hem. 'Drink.'

Jon bleef staan. 'Het gaat over mijn vader, nietwaar?'

De oude beer tikte met een vinger op de brief. 'Over je vader en de koning,' bromde hij. 'Ik zal je niets wijsmaken. Het is treurig nieuws. Ik had niet gedacht dat ik ooit nog een volgende koning zou meemaken, niet op mijn leeftijd, terwijl Robert half zo oud was als ik en zo sterk als een stier.' Hij nam een teug wijn. 'Ze zeggen dat de koning graag op jacht ging. Wat ons het liefst is richt ons te gronde, iedere keer weer, jongen. Onthou dat goed. Mijn zoon was dol op zijn jonge vrouw. Het ijdele mens. Zonder haar zou het niet in zijn hoofd zijn opgekomen, die stropers te verkopen.'

Jon kon hem niet volgen. 'Heer, ik begrijp het niet. Wat is er met mijn vader gebeurd?'

'Ik zei dat je moest gaan zitten,' gromde Mormont. '*Zitten!*' schreeuwde de raaf. 'En drinken, verdomme. Dat is een bevel, Sneeuw.'

Jon ging zitten en nam een slokje wijn.

'Heer Eddard zit gevangen. Hij wordt van verraad beschuldigd. Ze zeggen dat hij met Roberts broers heeft samengezworen om prins Joffry van de troon te stoten.'

'Nee,' zei Jon meteen. 'Dat kan niet. Mijn vader zou de koning nooit verraden.'

'Dat kan wel wezen,' zei Mormont, 'maar dat is niet aan mij om te bepalen. En ook niet aan jou.'

'Maar het is een *leugen*,' hield Jon vol. Hoe konden ze geloven dat zijn vader een verrader was, waren ze allemaal gek geworden? Heer Eddard Stark zou nooit zoiets oneervols doen... toch?

Hij heeft een bastaard verwekt, fluisterde een klein stemmetje binnen in hem. *Wat was daar voor eervols aan? En je moeder? Hij wil niet eens haar naam noemen.*

'Heer, wat gebeurt er nu met hem? Zullen ze hem doden?'

'Daar kan ik niets van zeggen, jongen. Ik ben van plan een brief te sturen. Ik ken een paar leden van de koninklijke raad nog uit mijn jonge jaren. De ouwe Pycelle, heer Stannis, ser Barristan... Wat je vader ook heeft gedaan, of niet heeft gedaan, hij is een hoge edelman. Ze moeten hem toestaan het zwart aan te nemen en zich hier bij ons te voegen. De goden weten dat we bekwame mannen als heer Eddard nodig hebben.'

Jon wist dat anderen die van verraad beschuldigd waren in de dagen van weleer verlof hadden gekregen om op de Muur naar eerherstel te streven. Waarom heer Eddard niet? Zijn vader *hier*. Een vreemd idee, en vreemd verontrustend. Het zou gruwelijk onrechtvaardig zijn hem van Winterfel vervallen te verklaren en hem te dwingen het zwart aan te nemen, maar toch, als het om zijn leven ging...

En zou Joffry het toestaan? Hij herinnerde zich hoe de prins in

Winterfel op de binnenplaats de spot had gedreven met Robb en ser Rodrik. Van Jon zelf had hij nauwelijks notitie genomen. Hij keurde bastaarden niet eens zijn verachting waardig. 'Heer, zal de koning naar u luisteren?'

De ouwe beer haalde zijn schouders op. 'Een kind-koning... Hij zal wel naar zijn moeder luisteren, neem ik aan. Jammer dat de dwerg niet bij hen is. Hij is de oom van die knaap, en toen hij hier was heeft hij gezien waar hier behoefte aan is. Een slechte zaak, dat je moeder hem gevangen heeft genomen...'

'Vrouwe Stark is mijn moeder niet,' bracht Jon hem op scherpe toon in herinnering. Tyrion Lannister had hem als een vriend bejegend. Als heer Eddard werd gedood was dat evenzeer haar schuld als die van de koningin. 'En mijn zusters, heer? Arya en Sansa, die waren bij mijn vader, weet u...'

'Pycelle noemt ze niet, maar ze worden heus wel goed behandeld. Ik zal in mijn brief naar hen informeren.' Mormont schudde zijn hoofd. 'Dit had niet op een slechter moment kunnen gebeuren. Als het rijk ooit een krachtige koning nodig heeft gehad... voor ons liggen donkere dagen en koude nachten, ik voel het aan mijn botten...' Hij wierp Jon een lange, sluwe blik toe. 'Hopelijk haal je je geen dwaze dingen in je hoofd, jongen.'

Hij is mijn vader, wilde Jon zeggen, maar hij wist dat Mormont dat niet zou willen horen. Zijn keel was droog. Hij dwong zichzelf nog een slokje wijn te nemen.

'Jouw plicht ligt nu hier,' hield de bevelhebber hem voor. 'Je oude leven eindigde toen je het zwart aannam.' Zijn vogel herhaalde krassend: '*Zwart*.' Mormont negeerde hem. 'Wat ze in Koningslanding doen is onze zaak niet.' Toen Jon geen antwoord gaf leegde de oude man zijn beker en zei: 'Je kunt gaan. Ik heb je vandaag niet meer nodig. Morgenochtend kun je me helpen die brief te schrijven.'

Jon herinnerde zich later niet meer dat hij was opgestaan en het bovenvertrek had verlaten. Het eerste dat hij wist, was dat hij de torentrap afdaalde en dacht: *Het gaat om mijn vader, om mijn zusters, hoe kan dat mijn zaak niet zijn?*

Buiten keek een van de wachters hem aan en zei: 'Je moet sterk zijn, jongen. De goden zijn wreed.'

Ze weten het, besefte Jon. 'Mijn vader is geen verrader,' zei hij schor. Zelfs de woorden bleven hem in de keel steken, als om hem te laten stikken. De wind wakkerde aan, en op de binnenplaats voelde het kouder aan dan toen hij naar binnen was gegaan. De geestenzomer liep ten einde.

De rest van de middag verstreek als in een droom. Jon had niet kunnen zeggen waar hij had gelopen, wat hij had gedaan en met wie hij had gesproken. Spook was bij hem, zoveel wist hij wel. De geruisloze aanwezigheid van de schrikwolf schonk hem troost. *Dat is meer dan de meisjes hebben*, dacht hij. *Hun wolven hadden hen kunnen beschermen, maar Dame is dood en Nymeria weg, ze zijn helemaal alleen.*

Tegen zonsondergang was er een noordenwind opgestoken. Toen hij voor het avondeten naar de gemeenschapszaal liep hoorde Jon hem langs de Muur en de ijzige tinnen snerpen. Hobb had een jachtschotel gemaakt met een hachee van gerst, uien en wortelen. Toen hij Jon een extra portie opschepte en hem het knapperige kapje van het brood gaf wist hij wat dat inhield. *Hij weet het.* Hij keek de zaal rond, zag hoofden die haastig werden omgedraaid en blikken die beleefd werden afgewend. *Ze weten het allemaal.*

Zijn vrienden schaarden zich rondom hem. 'We hebben de septon gevraagd een kaars voor je vader op te steken,' zei Matthar tegen hem. 'Het is gelogen, dat weet iedereen, zelfs *Grenn* weet dat het gelogen is,' viel Pyps hoge stem in. Grenn knikte en Sam greep Jons hand. 'Je bent nu mijn broeder, dus het is net zo goed mijn vader,' zei de dikke jongen. 'Als je naar buiten wilt om bij de weirbomen tot de oude goden te bidden, ga ik met je mee.'

De weirbomen stonden achter de Muur, maar toch wist hij dat Sam meende wat hij zei. *Het zijn mijn broers*, dacht hij. *Evenzeer als Robb en Bran en Rickon...*

En toen hoorde hij het gelach, scherp en venijnig als een zweep, en de stem van ser Alliser Doren: 'Niet alleen een bastaard, maar ook nog eens de bastaard van een *verrader*,' zei hij tegen de mannen om hem heen.

In een oogwenk was Jon op de tafel gesprongen met zijn dolk in zijn hand. Pyp greep naar hem, maar hij rukte zijn been los, en het volgende ogenblik rende hij de tafel over en trapte ser Allisers kom uit diens handen. De hachee vloog alle kanten op en spetterde over de broeders heen. Doren deinsde achteruit. De mannen schreeuwden, maar Jon Sneeuw hoorde het niet. Hij viel met zijn dolk op ser Allisers gezicht aan en haalde uit naar die kille ogen van onyx, maar Sam wierp zich tussen hen in, en voordat Jon hem kon omzeilen zat Pyp al op zijn rug en klemde zich vast als een aap. Grenn greep zijn arm beet en Pad wrong het mes uit zijn vingers.

Later, veel later, nadat ze hem naar zijn slaapcel hadden teruggeleid, kwam Mormont hem opzoeken met zijn raaf op de schouder. 'Ik zei toch dat je geen dwaze dingen uithalen moest, jongen?' zei de ouwe beer. '*Jongen*,' kwam het refrein van de raaf. Mormont schudde afkeurend het hoofd. 'En dat terwijl ik zulke hoge verwachtingen van je koesterde.'

Ze namen hem zijn mes en zijn zwaard af en zeiden dat hij zijn cel niet uit mocht voordat de hoge officieren hadden besloten wat er met hem moest gebeuren. En vervolgens zetten ze een wacht voor zijn deur om ervoor te zorgen dat hij gehoorzaamde. Zijn vrienden mochten hem niet opzoeken, maar de ouwe beer liet zich wel vermurwen om Spook bij hem toe te laten, dus hij was niet helemaal alleen.

'Mijn vader is geen verrader,' zei hij tegen de schrikwolf toen de rest weg was. Spook keek hem zwijgend aan. Jon liet zich tegen de muur zakken met zijn handen om zijn knieën en staarde naar de kaars naast zijn smalle bed. De vlam danste en flakkerde, rondom hem bewogen de schaduwen en het leek donkerder en kouder te worden in de kamer. *Ik slaap vannacht niet*, dacht Jon.

Toch moest hij zijn ingedommeld. Toen hij wakker werd waren zijn benen stijf en verkrampt en was de kaars allang opgebrand. Spook stond op zijn achterpoten aan de deur te krabben. 'Spook, wat is er?' riep hij zacht. De schrikwolf keerde zijn kop om en keek op hem neer, zijn tanden ontbloot in een geluidloze grauw. *Is hij gek geworden?* vroeg Jon zich af. 'Ik ben het, Spook,' mompelde hij en probeerde niet bang te klinken. Toch trilde hij als een espenblad. Wanneer was het zo koud geworden?

Spook deinsde achteruit, weg van de deur. Hij had diepe kerven in het hout gekrabd. Jon sloeg hem met stijgende verontrusting gade. 'Er is iemand buiten, hè?' fluisterde hij. De schrikwolf kroop op zijn buik achteruit terwijl de witte vacht op zijn nek recht overeind ging staan. *De wachter*, dacht hij, *ze hebben een man voor mijn deur gezet, en Spook ruikt hem door de deur heen, meer is er niet aan de hand.*

Langzaam werkte Jon zich overeind. Hij rilde onbedwingbaar en wenste dat hij zijn zwaard nog had. In drie snelle passen was hij bij de deur. Hij greep de knop en trok hem open. De scharnieren piepten, en bijna maakte hij een luchtsprong.

Zijn bewaker lag als een vod over de smalle trap en keek naar hem op. Hij keek naar hem *op*, terwijl hij op zijn buik lag. Zijn hoofd was compleet omgedraaid.

Dat kan niet, zei Jon bij zichzelf. *Dit is de Bevelhebberstoren, die wordt dag en nacht bewaakt, dit is onmogelijk, het is een droom, ik heb een nachtmerrie.*

Spook sloop langs hem de deur uit. De wolf liep de trap op, bleef staan en keek om naar Jon. Op dat moment hoorde hij het: het zachte geknars van een laars op de steen, het geluid van een klink die werd neergedrukt. De geluiden kwamen van boven. Van de vertrekken van de bevelhebber.

Dit mocht dan een nachtmerrie zijn, het was geen droom.

Het zwaard van de wachter stak nog in de schede. Jon knielde en wrikte het eruit. Het stalen gevest in zijn vuist bemoedigde hem. Hij liep de trap op, met Spook geluidloos naast zich. In elke bocht van de trap loerden schaduwen. Jon sloop naar boven, op zijn hoede, en tastte met de punt van zijn zwaard ieder verdacht stukje donker af.

Plotseling hoorde hij Mormonts raaf krijsen. '*Maïs*,' schreeuwde de vogel. '*Maïs, maïs, maïs, maïs, maïs, maïs*.' Spook sprong naar voren en Jon holde achter hem aan. De deur naar Mormonts bovenvertrek stond wijd open. De schrikwolf schoot naar binnen. Jon bleef in de deuropening staan, zijn wapen in zijn hand, en gaf zijn ogen even de tijd om te wennen. Zware gordijnen waren voor de ramen getrokken en er heerste een inktzwarte duisternis. '*Wie is daar?*' riep hij.

Toen zag hij hem, een schaduw tussen de schaduwen. Hij sloop naar de binnendeur die toegang gaf tot Mormonts slaapcel, een menselijke gedaante, geheel in het zwart, met een mantel en kap... maar onder die kap straalden de ogen een ijzig blauw licht uit...

Spook sprong. Man en wolf sloegen samen tegen de grond, zonder kreet of grom. Ze rolden over elkaar heen, botsten tegen een stoel en smeten een tafel vol papieren omver. Daarboven fladderde Mormonts raaf en schreeuwde '*Maïs, maïs, maïs, maïs*.' Jon voelde zich even blind als Maester Aemon. Met de muur in zijn rug schoof hij naar het venster en rukte het gordijn eraf. Maanlicht stroomde het vertrek in. Hij ving een glimp op van zwarte handen die zich in een witte vacht boorden, donkere, gezwollen vingers die zich om de keel van zijn schrikwolf sloten. Spook kronkelde en beet, zijn poten maaiden door de lucht, maar hij kon zich niet losrukken.

Jon had geen tijd om bang te zijn. Hij sprong schreeuwend naar voren en liet zijn zwaard neerdalen met alle kracht die in hem was. Staal sneed door mouw, huid en bot, maar toch klonk het geluid om de een of andere reden *verkeerd*. De lucht die over hem heen golfde was zo raar en koud dat hij bijna kokhalsde. Hij zag de arm en de hand op de vloer, zwarte vingers die in een plens maanlicht kronkelden. Spook ontworstelde zich aan de andere hand en sloop weg. Zijn rode tong hing ver uit zijn bek.

De man met de kap hief zijn bleke maansgezicht op en Jon hakte er zonder aarzeling op in. Het zwaard reet de indringer open tot op het bot, hieuw de helft van zijn neus af en maakte een snee van wang tot wang onder die ogen, ogen, ogen als helle blauwe sterren. Jon kende dat gezicht. *Othor*, dacht hij en wankelde achteruit. *Goden, hij is dood, hij is dood, ik heb zijn lijk gezien.*

Hij voelde hoe iets naar zijn enkel graaide. Zwarte vingers

klauwden om zijn kuit. De arm kroop langs zijn been omhoog en haalde wol en huid open. Schreeuwend van afschuw wrikte Jon de vingers met de punt van zijn zwaard van zijn been en smeet het ding weg. Daar lag het te kronkelen, met vingers die zich openden en sloten.

Het lijk sprong naar voren. Er was geen bloed. Met één arm, zijn gezicht bijna in tweeën, maar schijnbaar zonder iets te voelen. Jon stak het lange zwaard voor zich uit. 'Uit de buurt,' beval hij met een schril geworden stem. '*Maïs*,' schreeuwde de raaf, '*maïs, maïs*.' De afgehouwen arm kronkelde uit de gescheurde mouw, een bleke slang met een zwarte, vijfvingerige kop. Spook sprong toe en sloot zijn kaken eromheen. Vingerkootjes kraakten. Jon hakte op de nek van het lijk in en voelde hoe het staal erin doordrong, diep en hard.

Het lijk van Othor botste tegen hem op en smeet hem omver.

Jons adem werd uit zijn lijf geperst toen de omgevallen tafel hem tussen zijn schouderbladen trof. Het zwaard, waar was het zwaard? Hij had dat ellendige *zwaard* laten vallen! Toen hij zijn mond opende om te schreeuwen ramde de geest zijn zwarte lijkenvingers in Jons mond. Kokhalzend probeerde hij hem weg te duwen, maar de dode was te zwaar. De hand drong verder zijn keel binnen, ijzig koud en verstikkend. Het gezicht perste zich tegen het zijne, alom aanwezig. Op de ogen zat een laagje glinsterend blauwe rijp. Jon kraste met zijn nagels over koude huid en trapte naar de benen van het ding. Hij probeerde te bijten, probeerde te stompen, probeerde te ademen...

En plotseling was het gewicht van het lijk weg, de vingers van zijn keel gerukt. Jon kon alleen nog maar opzij rollen, kotsend en rillend. Spook had het lijk weer beet. Hij keek toe hoe de schrikwolf zijn tanden in de ingewanden van de geest zette en begon te rukken en te scheuren. Hij keek toe, slechts half bij bewustzijn, een ogenblik lang, voordat hij zich eindelijk herinnerde dat hij naar zijn zwaard moest zoeken...

... en heer Mormont, naakt en slaapdronken, in de deuropening zag staan met een olielampje in zijn hand. Aangevreten en zonder vingers roffelde de arm op de vloer en kronkelde naar hem toe.

Jon wilde schreeuwen, maar hij had geen stem meer. Wankelend kwam hij overeind, trapte de arm weg en griste de ouwe beer het olielampje uit zijn hand. De vlam flakkerde en ging bijna uit. '*Brand!*' kraste de raaf. '*Brand, brand, brand!*'

Met een ruk draaide Jon zich om en zijn oog viel op de gordijnen die hij van het raam had gerukt. Hij smeet de lamp met beide handen in de hoop stof. Metaal knarste, glas versplinterde, olie spatte rond en de draperieën gingen met veel geloei in vlammen op. De hitte op zijn gezicht voelde lieflijker aan dan enige kus die Jon ooit had gekregen. 'Spook!' riep hij.

De schrikwolf rukte zich los en kwam bij hem, terwijl de geest probeerde op te staan. Uit de grote wond in zijn buik puilden donkere slangen. Jon stak zijn hand in de vlammen, greep een handvol brandend gordijn en zwiepte ermee naar de dode man. *Laat hem verbranden*, bad hij terwijl het lijk gesmoord werd in de stof, *goden, ik smeek u, ik smeek u, laat hem verbranden.*

Bran

De Karstarks arriveerden op een koude, winderige ochtend uit hun kasteel Karborg, met driehonderd ruiters en een kleine tweeduizend voetknechten. Bij het naderen van de stoet blonken de stalen punten van hun pieken in de bleke zon. Ze werden voorafgegaan door een man die een langzaam, donker marsritme sloeg op een trom die groter was dan hijzelf. *Bom, bom, bom.*

Bran zag hen komen toen hij in een wachttorentje op de buitenmuur op Hodors schouders door het bronzen ver-oog van Maester Luwin tuurde. Heer Rickard zelf voerde hen aan. Naast hem reden zijn zonen Harrion, Eddard en Torrhen, onder nachtzwarte banieren met het blazoen van hun huis, de witte zonnebundel. Ouwe Nans zei dat ze nog Stark-bloed in de aderen hadden, van vele honderden jaren terug, maar Bran vond ze niet op Starks lijken. Het waren grote, woeste kerels met ruige baarden en loshangend haar tot over hun schouders. Hun mantels waren gemaakt van dierenvellen, de pelzen van beren, zeehonden en wolven.

Zij waren de laatsten, wist hij. De andere heren waren er al met hun legerscharen. Bran zou dolgraag uitrijden om een kijkje bij hen te nemen, om de tot de nok toe gevulde winterhuizen te zien, de menigte die zich ochtend aan ochtend op het marktplein verdrong, en de door wielen en hoeven doorploegde en omgewoelde straten. Maar Robb had hem verboden het kasteel te verlaten. 'We kunnen niemand missen om je te bewaken,' had zijn broer uitgelegd.

'Ik neem Zomer wel mee,' wierp Bran tegen.

'Wees nou geen kleine jongen, Bran,' zei Robb. 'Daar ben je veel te verstandig voor. Twee dagen geleden heeft een krijgsman van heer Bouten er in het Rokende Houtblok nog een van heer Cerwyn aan het mes geregen. Moeder zou me villen als ik jou aan dat risico blootstelde.' Hij zei het met de stem van heer Robb, zodat Bran wist dat er niet over te praten viel.

Het kwam door wat er in het Wolfswoud was gebeurd, wist hij. Hij had er nog steeds nachtmerries van. Hij was zo hulpeloos als een klein kind geweest, niet beter in staat zich te verdedigen dan Rickon. Nog slechter zelfs... Rickon had tenminste nog kunnen schoppen. Het was beschamend. Hij was maar een paar jaar jonger dan Robb, en als zijn broer bijna volwassen was, dan gold dat ook voor hem. Hij had in staat moeten zijn zichzelf te beschermen.

Een jaar geleden, *daarvoor*, zou hij hoe dan ook naar het stadje zijn gegaan, al had hij op eigen houtje de muur over moeten klimmen. Destijds kon hij nog trappen afrennen, zelf op- en afstijgen en goed genoeg met een houten zwaard omgaan om prins Tommen tegen de grond te slaan. Nu kon hij slechts toekijken en door Maester Luwins lensbuis turen. De maester had hem alle banieren aangewezen: de gemaliede vuist van de Hanscoes, zilver op scharlakenrood, de zwarte beer van vrouwe Mormont, de gruwelijke gevilde man die voor Rous Bolten van Fort Gruw uitgedragen werd, een elandstier voor Hoornwoud, een strijdbijl voor Cerwyn, drie wachtbomen voor Langhart en het vreeswekkende wapenteken van het huis Omber, een brullende reus in verbrijzelde ketenen.

En het duurde niet lang of hij kende ook de gezichten, nadat de heren met hun zonen en ridders op Winterfel waren onthaald. Zelfs de Grote Zaal was te klein om ze allemaal tegelijk te herbergen, dus had Robb de voornaamste baandermannen een voor een uitgenodigd. Bran zat altijd op de ereplaats aan de rechterhand van zijn broer. Sommige van de baanderheren wierpen hem vreemde, harde blikken toe zoals hij daar zat, alsof ze zich afvroegen met welk recht zo'n groentje, dat nog verlamd was ook, een hogere plaats had dan zij.

'Hoeveel zijn het er deze keer?' vroeg Bran aan Maester Luwin terwijl heer Karstark en zijn zonen door de buitenpoort reden.

'Zo om en nabij de twaalfduizend man.'

'Hoeveel ridders?'

'Niet veel,' zei de maester met een zweempje ongeduld. 'Om ridder te worden moet je een wake houden in een sept en met de zeven oliën worden gezalfd om je geloften te heiligen. In het noorden aanbidden maar enkele van de grote huizen de Zeven. De overigen vereren de oude goden en gebruiken de naam ridder niet... maar daar zijn deze heren, hun zonen en hun gezworenen niet minder vurig, trouw of achtenswaardig om. De waarde van een man wordt niet bepaald door het "ser" voor zijn naam. Zoals ik je al honderd keer heb gezegd.'

'Maar toch,' zei Bran, 'hoeveel ridders?'

Maester Luwin zuchtte. 'Driehonderd, misschien vierhonderd... en dan nog drieduizend lansknechten die geen ridder zijn.'

'Heer Karstark is de laatste,' zei Bran peinzend. 'Robb zal hem vanavond wel feestelijk ontvangen.'

'Ongetwijfeld.'

'Hoe lang nog, voor... voor ze weggaan?'

'Als hij niet gauw vertrekt hoeft het niet meer,' zei Maester Luwin. 'De winterstad is barstensvol, en als het hier nog veel langer blijft bivakkeren vreet dat leger van hem het hele platteland kaal. Anderen wachten hem langs de Koningsweg op om zich bij hem aan te sluiten, terpridders, paalbewoners en de heren Manderling en Grind. De strijd is in het rivierengebied begonnen, en je broer heeft nog vele mijlen te gaan.'

'Dat weet ik.' Bran voelde zich even belabberd als hij klonk. Hij gaf de bronzen buis weer aan de maester terug en zag hoe dun het haar op Luwins kruin was geworden. Het roze van zijn hoofdhuid kwam erdoor. Het gaf een raar gevoel om zo op hem neer te zien nadat hij een leven lang naar hem had opgekeken, maar vanaf Hodors rug keek je op iedereen neer. 'Ik wil niet meer kijken. Hodor, breng me terug naar de burcht.'

'Hodor,' zei Hodor.

Maester Luwin schoof de buis in zijn mouw. 'Bran, je broer heeft nu geen tijd voor je. Hij moet heer Karstark en zijn zonen begroeten en welkom heten.'

'Ik zal Robb niet lastig vallen. Ik wil naar het godenwoud.' Hij legde zijn hand op Hodors schouder. 'Hodor.'

Een reeks uitgebeitelde handgrepen liep als een ladder langs de binnenwand van de toren. Toonloos neuriënd daalde Hodor af, greep voor greep, terwijl Bran in het tenen zitje dat Maester Luwin voor hem had gemaakt tegen zijn rug bonkte. Luwin had de mandjes waarmee de vrouwen brandhout op hun rug vervoerden als voorbeeld genomen. Daarna was het nog slechts een kwestie geweest van beengaten maken en een paar nieuwe riemen aanbrengen om Brans gewicht wat gelijkmatiger te verdelen. Het was niet zo prettig als op Danseres rijden, maar op sommige plaatsen kon Danseres niet komen, en dit was minder beschamend voor Bran dan wanneer Hodor hem als een baby in zijn armen droeg. Hodor scheen het ook prettig te vinden, al viel dat bij Hodor moeilijk te zeggen. Het enige knelpunt waren de deuren. Soms vergat Hodor dat hij Bran op zijn rug had, en als hij door een deur liep kon dat pijnlijk zijn.

Er reden al bijna twee weken zoveel lieden af en aan dat Robb bevel had gegeven beide valhekken omhoog te laten en de ophaalbrug daartussen omlaag, zelfs in het holst van de nacht. Toen Bran uit de toren opdook stak een lange colonne lansknechten de gracht tussen de muren over: Karstark-mannen die in het gevolg van hun heer het kasteel betraden. Ze droegen zwarte ijzeren helmkappen en zwart wollen mantels met de witte zonnebundel. Hodor liep op een sukkeldrafje naast hen en glimlachte voor zich uit. Zijn laarzen dreunden op de planken van de brug. Toen ze langskwamen wierpen de ruiters hun eigenaardige blikken toe, en één keer hoorde Bran iemand grinniken. Hij weigerde zich er iets van aan te trekken. 'Ze zullen je aanstaren,' had Maester Luwin hem gezegd toen hij voor het eerst de tenen mand om Hodors borst had gegespt. 'Je wordt aangestaard, je gaat over de tong, en zo nu en dan zal iemand de spot met je drijven.' *Dat moet dan maar*, dacht Bran. In zijn slaapkamer dreef niemand de spot met hem, maar hij wilde zijn leven niet in bed doorbrengen.

Terwijl ze onder het valhek in het poortgebouw door liepen stak Bran twee vingers in zijn mond en floot. Zomer kwam met grote sprongen over de binnenplaats aanrennen. Plotseling hadden de lansknechten van Karstark moeite hun paarden, die met de ogen rolden en doodsbenauwd begonnen te hinniken, in bedwang te houden. Een hengst schreeuwde en steigerde, en vloekend klampte de berijder zich uit alle macht vast. Als ze er niet aan gewend waren maakte de lucht van de schrikwolven paarden krankzinnig van angst, maar zodra Zomer weg was kwamen ze snel genoeg tot bedaren. 'Het godenwoud,' bracht Bran Hodor in herinnering.

Ook Winterfel zelf was vol. Het gekletter van zwaarden en bijlen, het gebolder van wagens en het geblaf van honden weerkaatsten over de binnenplaats. De deuren van de wapenkamer stonden open en Bran ving een glimp op van Mikken bij zijn smidsvuur. Zijn hamer galmde luid, terwijl het zweet van zijn ontblote borst droop. Bran had van zijn levensdagen nog niet zoveel vreemden gezien, zelfs niet toen koning Robert bij zijn vader op bezoek was geweest.

Hij probeerde geen krimp te geven toen Hodor onder een lage deur doordook. Ze liepen een lange, schemerige gang door. Zomer stapte op zijn gemak naast hen voort en keek zo nu en dan omhoog met ogen die smeulden als vloeibaar goud. Bran had hem graag aangeraakt, maar hij zat zo hoog dat zijn hand er niet bij kon.

Het godenwoud was een eiland van rust in de zee van chaos die Winterfel was geworden. Hodor baande zich door dichte groepen eiken, ijzerbomen en wachtbomen een weg naar de roerloze vijver naast de hartboom. Neuriënd bleef hij staan onder de knoestige takken van de weirboom. Bran stak zijn handen boven zijn hoofd en hees zich uit zijn zitje op, waarbij hij het dode gewicht van zijn benen door de gaten in de tenen mand hees. Even bungelde hij daar, terwijl de donkerrode bladeren langs zijn gezicht streken. Toen tilde Hodor hem op en zette hem op de gladde steen naast het water. 'Ik wil een poosje alleen zijn,' zei hij. 'Ga jij maar baden. Ga maar naar de vijvers.'

'Hodor.' Hodor stampte weg tussen de bomen. Aan de andere kant van het godenwoud, onder de ramen van het gastenverblijf, kwamen drie onderaardse, warme bronnen in borrelende vijvertjes omhoog. Het water stoomde dag en nacht, en de muur ernaast was met een dikke laag mos begroeid. Hodor had een hekel aan koud water en vocht als een wilde kat in het nauw als hij met zeep werd bedreigd, maar hij dompelde zich met plezier in de warmste vijver onder en bleef daar dan uren zitten, en telkens als er uit de troebele groene diepte een bel opborrelde die aan het oppervlak uiteenspatte liet hij een boer, als een soort echo van de bron.

Zomer likte wat water op en ging naast Bran zitten. Hij streelde de wolf over zijn nek, en even had zowel de jongen als het dier een vredig gevoel. Bran was altijd al graag naar het godenwoud gegaan, ook *daarvoor*, maar de laatste tijd trok het hem steeds meer aan. Zelfs de hartboom joeg hem geen vrees meer aan, zoals vroeger. De diepliggende rode ogen die in de lichte stam waren gekerfd sloegen hem nog steeds gade, maar om de een of andere reden ervoer hij dat nu als een troost. De goden zagen op hem neer, zei hij bij zichzelf, de oude goden, die van de Starks, de Eerste Mensen en de kinderen van het woud, de goden van zijn váder. Zolang zij hem zagen voelde hij zich veilig, en in de diepe stilte onder de bomen kon hij beter nadenken. Bran had veel nagedacht sinds zijn val, nagedacht, gedroomd en met de goden gesproken.

'Zorg alstublieft dat Robb niet weggaat,' bad hij zachtjes. Hij haalde zijn hand door het koude water, zodat de vijver rimpelde. 'Laat hem alstublieft blijven. Of als hij toch weg moet, breng hem dan weer veilig terug, met moeder en vader en de meisjes. En zorg... zorg dat Rickon het begrijpt.'

Zijn broertje was wild als een winterstorm sinds hij wist dat Robb ten strijde zou trekken, beurtelings razend en in tranen. Hij had zijn eten geweigerd en bijna een nacht lang gehuild en geschreeuwd, had zelfs Ouwe Nans een stomp gegeven toen ze hem in slaap wilde zingen en was de volgende dag verdwenen. Robb had het halve kasteel laten doorzoeken, en toen ze hem ten langen leste aantroffen in de crypten had Rickon naar hen geslagen met een roestig ijzeren zwaard dat hij uit de hand van een dode koning had getrokken terwijl Ruige Hond als een groenogige demon met kwijlende kaken uit het donker opdook. De wolf was bijna even wild als Rickon: hij had Gies in zijn arm gebeten en een stuk uit Mikkens dij gehapt. Robb zelf en Grijze Wind hadden eraan te pas moeten komen om hem in bedwang te krijgen. Farlen hield de zwarte wolf nu in de kennels aan de ketting, en Rickon huilde des te harder omdat hij hem moest missen.

Maester Luwin had Robb aangeraden in Winterfel te blijven, en ook Bran had daarvoor gepleit, evenzeer voor zichzelf als voor Rickon, maar zijn broer had alleen maar koppig zijn hoofd geschud en gezegd: 'Ik wil niet weg, ik móet.'

Dat was maar een halve leugen. Iemand moest de Nek verdedigen en de Tullings tegen de Lannisters helpen. Dat begreep Bran wel, maar het hoefde niet per se Robb zelf te zijn. Zijn broer had Hallis Mollen of Theon Grauwvreugd of een van zijn baanderheren met het bevel kunnen belasten. Dat was ook wat Maester Luwin hem met klem had aangeraden, maar Robb wilde er niet van weten. 'Mijn vader zou zijn mannen nooit de dood in sturen en zelf als een lafaard achter de muren van Winterfel wegkruipen,' zei hij, van top tot teen heer Robb.

Voor Bran was Robb een halve vreemde geworden. Hij was echt in een heer veranderd, ook al had hij zijn zestiende naamdag nog niet achter de rug. Dat scheen ook de baandermannen van hun vader niet te ontgaan. Menigeen trachtte hem op de proef te stellen, ieder op zijn eigen manier. Rous Bolten en Robet Hanscoe hadden de eer van het aanvoerderschap voor zich opgeëist, de eerste bruusk, de tweede met een glimlach en een grap. De forse Maege Mormont met haar grijze haar, die als een man in maliën gehuld was, had botweg tegen Robb gezegd dat hij jong genoeg was om haar kleinzoon te zijn en dat hij haar niets te bevelen had... maar dat ze toevallig een kleindochter had die ze hem wel wilde uithuwelijken. De zoetgevooisde heer Cerwyn had zijn dochter zelfs meegenomen, een mollig, lelijk meisje van dertien dat aan haar vaders linkerhand zat en haar ogen geen moment van haar bord opsloeg. De joviale heer Hoornwoud kwam niet met dochters, maar met geschenken: de ene dag een paard, de volgende een stuk wildbraad, de dag daarop een jachthoorn met zilverbeslag, en hij vroeg er niets voor terug... op een bepaalde hofstede na die zijn grootvader was ontnomen, en het jachtrecht ten noorden van een bepaalde heuvelrug, en verlof om de Witte Knijf af te dammen, als het zijn heer behaagde.

Robb bejegende hen allemaal koel en hoffelijk, ongeveer zoals vader gedaan zou hebben, en op de een of andere manier wist hij hun zijn wil op te leggen.

En toen heer Omber, die door zijn mannen de Grootjon werd genoemd en die even lang en tweemaal zo breed als Hodor was, zijn troepen mee naar huis dreigde te nemen als hij in de marsorde achter de Hoornwouds of de Cerwyns werd opgesteld, zei Robb tegen hem dat hij dat dan maar moest doen. 'En als we met de Lannisters hebben afgerekend,' beloofde hij, terwijl hij Grijze Wind achter zijn oor krabde, 'trekken we naar het noorden op om u met wortel en tak uit uw burcht te rukken en u op te hangen als eedbreker.' Vloekend smeet de Grootjon een kruik bier in het haardvuur en bulderde dat Robb nog zo'n groentje was dat hij vast en zeker gras piste. Toen Hallis Mollen hem probeerde te grijpen sloeg hij hem tegen de grond, trapte een tafel om en trok het grootste en lelijkste slagzwaard dat Bran ooit had gezien. Van alle banken sprongen zijn zonen, broers en gezworenen overeind en sloegen de hand aan hun wapens.

Bedaard sprak Robb één enkel woord. Een grauw, en in een oogwenk lag heer Omber op zijn rug. Zijn zwaard lag drie voet verderop rond te tollen en van zijn hand droop bloed: Grijze Wind had hem twee vingers afgebeten. 'Mijn vader heeft me geleerd dat iemand die tegenover zijn leenheer een wapen ontbloot, des doods schuldig is,' zei Robb, 'maar u wilde ongetwijfeld alleen mijn vlees snijden.' Bran kreeg buikpijn van angst toen de Grootjon moeizaam overeind krabbelde, zuigend op de rode vingerstompjes... maar toen schoot de forse man, tot zijn verbazing, in de *lach*. 'Dat vlees van jou,' brulde hij, 'is verdomd táái!'

En om de een of andere reden werd de Grootjon vervolgens Robbs rechterhand, zijn meest onwankelbare voorvechter, die aan iedereen die het horen wilde luidkeels vertelde dat het jonge heerschap al met al toch een Stark was en dat ze er potverdomme goed aan deden hun knieën voor hem te buigen als ze niet wilden dat die werden afgebeten!

Maar diezelfde avond, toen de vuren in de grote zaal bijna waren opgebrand, kwam Robb bleek en beverig naar Brans slaapkamer. 'Ik dacht dat hij me zou vermoorden,' bekende hij. 'Zag je hoe hij Hal omgooide, alsof hij niet groter dan Rickon was? Alle goden, wat was ik bang. En de Grootjon is de ergste nog niet, alleen de luidruchtigste. Heer Rous zegt nooit één woord, maar hij hoeft me alleen maar aan te kijken en ik kan nergens anders aan denken dan aan die kamer in Fort Gruw waar de Boltens de huiden van hun vijanden ophangen.'

'Dat is maar een verzinseltje van Ouwe Nans,' zei Bran. Er sloop enige twijfel in zijn stem. 'Ja toch?'

'Geen idee.' Vermoeid schudde Robb zijn hoofd. 'Heer Cerwyn is van plan zijn dochter mee naar het zuiden te nemen. Om voor hem te koken, zegt hij. Theon is ervan overtuigd dat ik het meisje op een nacht op mijn slaapmat zal aantreffen. Ik wou... ik wou dat vader hier was...'

Dat was het enige waar ze het over eens waren, Bran en Rickon en heer Robb: dat ze wilden dat vader hier was. Maar heer Eddard was ruim vierduizend mijl ver weg, een gevangene in een kerker, een vervolgde vluchteling, of zelfs dood. Niemand leek het precies te weten, iedere reiziger vertelde een ander verhaal, het ene nog angstaanjagender dan het andere. De hoofden van vaders wachters stonden op pieken te rotten op de muren van de Rode Burcht. Vader had de hand aan koning Robert geslagen. De Baratheons belegerden Koningslanding. Heer Eddard was met Renling, de slechte broer van de koning, naar het zuiden gevlucht. Arya en Sansa waren door de Jachthond vermoord. Moeder had Tyrion de Kobold gedood en zijn lijk van de muren van Stroomvliet gehangen. Heer Tywin Lannister trok moordend en brand stichtend op tegen het Adelaarsnest. Eén benevelde verhalenverteller beweerde zelfs dat Rhaegar Targaryen van de doden was teruggekeerd en op Drakensteen een geweldige schare oude helden verzamelde om zijn vaders troon weer op te eisen.

Toen de raaf kwam, met een brief met vaders eigen zegel en in Sansa's handschrift, leek de wrede waarheid niet minder ongelofelijk. Bran zou de blik waarmee Robb naar hun zusters woorden staarde nooit vergeten. 'Ze zegt dat vader met de broers van de koning verraad heeft beraamd,' las hij. 'Koning Robert is dood, en moeder en ik worden in de Rode Burcht ontboden om Joffry de vazalleneed af te leggen. Ze zegt dat we trouw moeten blijven, en zodra zij dan met Joffry getrouwd is zal ze hem smeken om vaders leven te sparen.' Zijn handen balden zich tot een vuist en verfrommelden Sansa's brief. 'En geen woord over Arya, helemaal níets. Verdomme. Wat mankeert die meid?'

Bran werd helemaal koud vanbinnen. 'Ze is haar wolf kwijt,' zei hij zwakjes, denkend aan die dag dat vier van zijn vaders wachters met het gebeente van Dame uit het zuiden waren teruggekeerd. Zomer, Grijze Wind en Ruige Hond zaten al te huilen voordat ze de ophaalbrug over waren, langgerekt en troosteloos. In de schaduw van de Eerste Burcht lag een oude graftuin, de hoekstenen met bleke korstmossen begroeid, waarin de vroegere koningen van Winter hun trouwe dienaren te ruste hadden gelegd. Dat was waar ze Dame begroeven terwijl haar broers als rusteloze schimmen tussen de graven zwierven. Ze was naar het zuiden gegaan en alleen haar gebeente was teruggekeerd.

Hun grootvader Rickard, de vorige heer, was ook vertrokken, samen met zijn zoon Brandon, vaders broer, en tweehonderd van zijn beste krijgslieden. Niemand van hen was ooit teruggekomen. En vader was naar het zuiden gegaan met Arya en Sansa en Jory en Hullen en Dikke Tom en de rest, en daarna waren moeder en ser Rodrik vertrokken, en zíj waren evenmin teruggekomen. En nu was ook Robb van plan te vertrekken. Niet naar Koningslanding, en niet om de vazalleneed te zweren, maar naar Stroomvliet met een zwaard in de hand. En als hun vader echt gevangenzat kon dat zeker zijn dood worden. Het maakte Bran onuitsprekelijk bang.

'Als Robb echt weg moet, waak dan over hem,' smeekte Bran de oude goden terwijl ze hem gadesloegen met de rode ogen van de hartboom, 'en waak over zijn mannen, Hal en Quent en de anderen, en heer Omber en vrouwe Mormont en de andere heren. En Theon eigenlijk ook. Waak over hen en bescherm hen, goden, als het u behaagt. Help hen de Lannisters te verslaan en vader te redden, en breng hen weer thuis.'

Een flauwe wind zuchtte door het godenwoud, en de rode bladeren bewogen en fluisterden. Zomer ontblootte zijn tanden. 'Hoor je ze, jongen?' vroeg een stem.

Bran keek op. Aan de overkant van de vijver stond Osha, onder een oeroude eik, haar gezicht door bladeren overschaduwd. Zelfs in ketenen liep de wildling geruisloos als een kat. Zomer liep om de vijver heen en besnuffelde haar. De lange vrouw kromp ineen.

'Zomer, hier,' riep Bran. De schrikwolf snuffelde nog een laatste maal, draaide zich om en rende terug. Bran sloeg zijn armen om hem heen. 'Wat doe *jíj* hier?' Hij had Osha niet meer gezien sinds ze haar in het Wolfswoud gevangen hadden genomen, al wist hij dat ze in de keukens aan het werk was gezet.

'Het zijn ook mijn goden,' zei Osha. 'Achter de Muur zijn het de enige goden.' Haar haren groeiden weer uit, bruin en ruig. Daardoor zag ze er meer als een vrouw uit, en ook door de eenvoudige jurk van bruin baai die ze had gekregen toen ze van haar leer en maliën was ontdaan. 'Gies laat me zo nu en dan mijn gebeden zeggen, als ik daar behoefte aan heb, en ik laat hem zijn gang gaan onder mijn rok, als hij daar behoefte aan heeft. Dat kan me niet schelen. De meellucht aan zijn handen is wel lekker, en hij is minder hardhandig dan Stiv.' Ze maakte een onbeholpen buiging. 'Ik ga maar weer eens. Er vallen nog potten te schuren.'

'Nee, blijf,' beval Bran haar. 'Vertel me wat je bedoelt, met dat horen van de goden.'

Osha bestudeerde hem. 'Je hebt hun iets gevraagd, en zij geven antwoord. Open je oren en luister, dan hoor je het.'

Bran luisterde. 'Dat is de wind maar,' zei hij na een ogenblik onzeker. 'De bladeren ruisen.'

'En wie denk je dat de wind stuurt? Wie anders dan de goden?' Ze ging tegenover hem bij de vijver zitten, onder zacht gerinkel. Mikken had ijzeren boeien om haar enkels aangebracht met daartussen een zware ketting. Als ze maar kleine stappen zette kon ze lopen, maar rennen ging met geen mogelijkheid, noch klimmen of een paard bestijgen. 'Ze zien je, jongen. Ze horen je praten. Dat ruisen, dat is hun antwoord.'

'Wat zeggen ze?'

'Ze zijn bedroefd. Je broer zal geen hulp van hen krijgen, niet waar hij heen gaat. In het zuiden zijn de oude goden machteloos. De weirbomen daar zijn allemaal omgehakt, duizenden jaren geleden. Hoe kunnen ze over je broer waken als ze geen ogen hebben?'

Daar had Bran niet aan gedacht. Hij schrok ervan. Als zelfs de oude goden zijn broer niet konden helpen, wat voor hoop was er dan? Misschien had Osha het niet goed gehoord. Hij hield zijn hoofd schuin en probeerde opnieuw te luisteren. Hij dacht dat hij de droefheid nu kon horen, maar verder niets.

Het ruisen werd luider. Bran hoorde gedempte voetstappen en een zacht geneurie, en Hodor kwam aansukkelen tussen de bomen, naakt en glimlachend. 'Hodor!'

'Hij moet onze stemmen hebben gehoord,' zei Bran. 'Hodor, je bent je kleren vergeten.'

'Hodor,' beaamde Hodor. Hij was druipnat tot aan zijn nek en dampte in de kille lucht. Zijn lichaam was met bruin haar bedekt, ruig als een pels. Tussen zijn benen bungelde zijn geslacht, lang en zwaar.

Osha bekeek hem met een zuur lachje. 'Dat is nog eens een forse kerel,' zei ze. 'Die heeft reuzenbloed in zijn aderen, of ik ben de koningin.'

'Maester Luwin zegt dat er geen reuzen meer zijn. Hij zegt dat ze allemaal dood zijn, net als de kinderen van het woud. Het enige dat nog over is zijn oude botten in de grond die soms bij het ploegen naar boven komen.'

'Laat Maester Luwin maar eens achter de Muur kijken,' zei Osha. 'Dan zal hij wel reuzen vinden, of zij hem. Mijn broer heeft er een gedood. Tien voet hoog was hij, en daarbij was hij nog onvolgroeid ook. Er zijn er wel gezien van twaalf, dertien voet. En woestelingen zijn het ook, een en al haar en tanden, en de vrouwen hebben net zo'n baard als hun man, dus je houdt ze niet uit elkaar. De vrouwen nemen mensen als minnaars, en dat is waar de halfbloeden van afstammen. De vrouwen die ze vangen vergaat het slechter. De mannen zijn zo groot dat ze een meisje al uit elkaar gescheurd hebben voor ze zwanger kan worden.' Ze grijnsde tegen hem. 'Maar nu weet je niet wat ik bedoel, hè jongen?'

'Jawel,' zei Bran nadrukkelijk. Hij wist hoe paren in zijn werk ging, want hij had de honden op de binnenplaats gezien en toegekeken hoe een hengst een merrie besteeg. Maar hij vond het niet prettig om erover te praten. Hij keek naar Hodor. 'Ga je kleren halen, Hodor,' zei hij. 'Ga je aankleden.'

'Hodor.' Hij liep terug zoals hij gekomen was en dook onder een laaghangende tak door.

Hij wás ontzaglijk groot, dacht Bran terwijl hij hem nakeek. 'Zijn er echt reuzen achter de Muur?' vroeg hij onzeker aan Osha.

'Reuzen, en ergere dingen, jonkertje. Dat heb ik je broer ook aan zijn verstand proberen te brengen toen hij zijn vragen stelde, je broer, en je maester, en die glimlachende knaap van Grauwvreugd. De kille wind trekt aan, en mensen verlaten hun vuren en keren niet meer terug... of als ze wel terugkomen zijn het geen *mensen* meer, maar geesten met blauwe ogen en koude zwarte handen. Waarom dacht je dat ik met Stiv en Hali en de rest van die dwazen zo haastig naar het zuiden draafde? Mans is van plan te vechten, die dappere, beste, koppige man, alsof de witte lopers niet meer dan wachtruiters zijn, maar wat weet hij ervan? Hij mag zich dan Koning-achter-de-Muur noemen, hij is niet meer dan de zoveelste ouwe kraai die van de Schaduwtoren is opgevlogen. Hij heeft de winter nooit geproefd. Ik ben daar gebóren, kind, net als mijn moeder, en haar moeder, en háár moeder, geboren uit het Vrije Volk. Wij weten het nog.' Osha stond op en haar ketenen rinkelden. 'Dat heb ik dat jonkertje van een broer van jou aan zijn verstand proberen te brengen. Gisteren nog, toen ik hem op de binnenplaats zag. "Heer Stark," riep ik tegen hem, met alle respect, maar nee, hij zag me niet staan, en die bezwete lomperd van een Grootjon Omber, die schuift me opzij. Het zij zo. Ik tors mijn ijzers en hou mijn mond. Wie niet luistert hoort niet.'

'Zeg het dan tegen míj. Naar mij luistert Robb wel, dat weet ik zeker.'

'O ja? We zullen zien. Vertel hem dan dit, meneer. Vertel hem dat hij op het punt staat de verkeerde kant op te marcheren. Hij moet met zijn zwaarden naar het noorden optrekken. Naar het nóórden, niet naar het zuiden. Heb je het gehoord?'

Bran knikte. 'Ik zal het hem zeggen.'

Maar toen ze die avond een banket hielden in de Grote Zaal was Robb er niet bij. Hij at in het bovenvertrek, samen met heer Rickard, de Grootjon en de andere baanderheren, om de laatste voorbereidingen te treffen voor de komende, lange mars. Hij liet het aan Bran over, zijn plaats aan het hoofd van de tafel in te nemen en als gastheer op te treden voor heer Karstarks zonen en hooggewaardeerde vrienden. Ze zaten al toen Hodor Bran op zijn rug de zaal indroeg en naast de hoge zetel knielde. Twee bedienden hielpen hem uit zijn mand. Bran voelde hoe de ogen van iedere vreemdeling in de zaal op hem gericht waren. Het was stil geworden. 'Mijne heren,' kondigde Hal Mollen aan, 'Brandon Stark van Winterfel.'

'Ik heet u welkom aan onze haardvuren,' zei Bran stijfjes, 'en ter ere van onze vriendschap bied ik u voedsel en drank.'

Harrion Karstark, de oudste van heer Rickards zonen, boog. Zijn broers volgden zijn voorbeeld, maar toen ze weer gingen zitten hoorde hij de twee jongste over het gerinkel van wijnbekers heen op gedempte toon praten. '... liever doodgaan dan zo te leven,' prevelde de een, zijn vaders naamgenoot Eddard, en diens broer Torhen veronderstelde dat de jongen vanbinnen even gebroken was als vanbuiten, te laf om een eind aan zijn leven te maken.

Gebroken, dacht Bran verbitterd terwijl hij zijn mes omklemde. Was dat wat hij was? Bran de Gebrokene? 'Ik wil niet gebroken zijn,' fluisterde hij fel tegen Maester Luwin, die rechts van hem zat. 'Ik wil ridder worden.'

'Sommigen noemen mijn orde de ridders van de geest,' antwoordde Luwin. 'Jij bent een buitengewoon schrandere jongen als je je best doet, Bran. Is het ooit bij je opgekomen dat je een maestersketen zou kunnen dragen? Je mogelijkheden om te leren zijn onbegrensd.'

'Ik wil magíe leren,' zei Bran tegen hem. 'Die kraai beloofde dat ik zou kunnen vliegen.'

Maester Luwin zuchtte. 'Ik kan je geschiedenis, geneeskunde en kruidkunde bijbrengen. Ik kan je de taal der raven leren, hoe je een kasteel bouwt, en hoe een zeeman navigeert met behulp van de sterren. Ik kan je de dagen en de seizoenen leren meten, en in de Citadel van Oudstee kunnen ze je nog een duizendtal andere dingen leren. Maar geen mens, Bran, kan je magie bijbrengen.'

'De kinderen wel,' zei Bran. 'De kinderen van het woud.' Dat deed hem aan de belofte denken die hij Osha in het godenwoud had gedaan, en dus vertelde hij Luwin wat ze had gezegd.

De maester luisterde beleefd. 'Op het punt van verhalen vertellen zou Ouwe Nans nog wat van die wildlingenvrouw kunnen opsteken, geloof ik,' zei hij toen Bran uitverteld was. 'Als je wilt zal ik nog eens met haar praten, maar het lijkt me beter dat je je broer niet met dat soort dwaasheden lastig valt. Hij heeft meer dan genoeg aan zijn hoofd om ook nog eens te moeten piekeren over reuzen en dode mannen in het woud. De Lannisters houden je vader gevangen, Bran, niet de kinderen van het woud.' Zachtjes legde hij zijn hand op Brans arm. 'Denk nog eens na over wat ik gezegd heb, jongen.'

En twee dagen later, toen de dageraad een winderige hemel rood kleurde, bevond Bran zich op de binnenplaats aan de voet van het poortgebouw, vastgesnoerd op Danseres, om afscheid te nemen van zijn broer.

'Nu ben jij heer in Winterfel,' zei Robb. Hij zat op een ruige, grijze hengst. Zijn schild hing van de flank van zijn paard, hout met ijzerbeslag, wit en grijs, en daarop het gezicht van een schrikwolf met ontbloot gebit. Zijn broer droeg grijze maliën over gebleekt leer, een zwaard en een dolk aan zijn riem en een met bont afgezette mantel om zijn schouders. 'Jij moet mijn plaats innemen zoals ik die van vader, totdat we weer thuis zijn.'

'Dat weet ik,' antwoordde Bran ongelukkig. Hij had zich nog nooit zo klein, alleen en bang gevoeld. Hij had er geen idee van hoe hij heer moest zijn.

'Luister naar de raad van Maester Luwin en zorg goed voor Rickon. Zeg maar dat ik terugkom als we klaar zijn met vechten.'

Rickon had geweigerd naar beneden te komen. Hij zat op zijn kamer, opstandig en met rode ogen. 'Nee!' had hij geschreeuwd toen Bran had gevraagd of hij geen afscheid van Robb wilde nemen. 'Géén afscheid!'

'Dat heb ik al gezegd,' zei Bran. 'Hij zegt dat niemand ooit terugkomt.'

'Hij kan geen klein kind blijven. Hij is een Stark en al bijna vier.' Robb zuchtte. 'Nou ja, moeder komt gauw thuis. En ik breng vader mee terug, dat beloof ik.'

Hij wendde zijn paard en draafde weg, gevolgd door Grijze Wind, die achter het strijdros aan sprong, slank en snel. Hallis Mollen ging hen voor door de poort. Hij droeg de witte banier van het huis Stark, die wapperde aan een lange paal van grijs essenhout. Theon Grauwvreugd en de Grootjon gingen aan weerszijden naast Robb rijden en hun ridders sloten zich twee aan twee achter hen aan. Hun stalen lanspunten blonken in de zon.

Hij was zich onaangenaam van Osha's woorden bewust. *Hij marcheert de verkeerde kant op*, dacht hij. Heel even wilde hij in galop achter hem aan stuiven om een waarschuwing te schreeuwen, maar toen Robb onder het valhek verdween was die kans verkeken.

Achter de kasteelmuren ging een luid gebrul op. De voetknechten en de inwoners van het stadje juichten toen Robb voorbijkwam, begreep Bran. Ze juichten voor heer Stark, voor de heer van Winterfel op zijn grote, grijze hengst, met zijn wapperende mantel, en Grijze Wind die naast hem rende. Zo zullen ze nooit voor mij juichen, besefte hij met een doffe pijn. Hij mocht dan heer van Winterfel zijn in afwezigheid van zijn broer en zijn vader, maar hij was en bleef Bran de Gebrokene. Hij kon niet eens zelf van zijn paard komen, behalve als hij zich liet vallen.

Toen het gejuich in de verte was weggestorven en de binnenplaats eindelijk leeg was, leek Winterfel doods en verlaten. Bran keek naar de gezichten van de achterblijvers, vrouwen, kinderen, oude mannen... en Hodor. De reusachtige stalknecht keek bang en verloren. 'Hodor?' zei hij treurig.

'Hodor,' bevestigde Bran, en vroeg zich af wat het betekende.

Daenerys

Toen hij zijn lust bevredigd had kwam Khal Drogo van hun slaapmat overeind en torende boven haar uit. In de rossige gloed van het komfoor glom zijn huid donker als brons, en op zijn brede borst waren de vage lijnen van oude littekens te zien. Inktzwart, loshangend haar viel als een waterval over zijn schouders en rug tot ruim onder zijn middel. Zijn geslacht glinsterde vochtig. Onder zijn lange hangsnor trokken de mondhoeken van de *khal* omlaag. 'De hengst die de wereld bestijgt heeft geen ijzeren stoelen nodig.'

Steunend op een elleboog keek Dany naar hem op, zo rijzig en indrukwekkend. Vooral zijn haar vond ze prachtig. Het was nog nooit afgesneden, want hij was nog nooit verslagen. 'Er is voorspeld dat de hengst tot aan de uiteinden der aarde zal rijden,' zei ze.

'De aarde eindigt bij de zwarte, zoute zee,' antwoordde Drogo onmiddellijk. Hij doopte een doek in een kom warm water om het zweet en de olie van zijn huid te vegen. 'Geen paard kan het giftige water oversteken.'

'In de Vrijsteden zijn duizenden schepen,' hield Dany hem voor, zoals ze al eerder had gedaan. 'Houten paarden met honderd benen die op vleugels vol wind over de zee vliegen.'

Khal Drogo wilde er niet van horen. 'We spreken niet meer over houten paarden en ijzeren stoelen.' Hij gooide de doek op de grond en begon zich aan te kleden. 'Vandaag ga ik naar het gras om te jagen, vrouw echtgenote,' verklaarde hij terwijl hij een beschilderd vest aanschoot en een brede riem met zware zilveren, gouden en bronzen penningen omgespte.

'Ja, mijn-zon-en-sterren,' zei Dany. Drogo zou samen met zijn bloedruiters op zoek gaan naar *hrakkar*, de grote witte leeuw van de vlakte. Als hij zegevierend terugkeerde zou de vreugde van haar heer gemaal uitbundig zijn en was hij misschien geneigd de rest aan te horen.

Wilde dieren vreesde hij niet, noch enige man met adem in zijn lijf, maar de zee was iets anders. Voor de Dothraki was water dat een paard niet kon drinken iets walgelijks, en de deinende, grijsgroene vlakte van de oceaan vervulde hen met bijgelovige weerzin. Drogo was in zeer veel opzichten stoutmoediger dan de overige paardenvorsten, had ze vastgesteld... maar in dit opzicht niet. Wist ze maar hoe ze hem op een schip kon krijgen...

Toen de *khal* en zijn bloedruiters met hun bogen waren uitgereden ontbood Dany haar dienstmaagden. Haar lichaam was nu zo dik en log dat ze zich de hulp van hun sterke armen en vaardige handen maar al te graag liet aanleunen, terwijl ze zich eerst nooit op haar gemak had gevoeld als ze zo bedrijvig om haar heen draaiden. Ze schrobden haar schoon en kleedden haar in loshangende zandzij. Toen Doreah haar haren kamde stuurde ze Jhiqui erop uit om ser Jorah Mormont te zoeken.

De ridder kwam meteen. Hij droeg leggings van paardenhaar en een beschilderd vest, als een ruiter. Zijn stevige tors en gespierde armen waren met ruig zwart haar bedekt. 'Prinses. Waarmee kan ik u dienen?'

'U moet met mijn heer gemaal praten,' zei Dany. 'Drogo zegt dat de hengst die de wereld bestijgt alle landen van de aarde zal hebben om over te heersen en het giftige water dus niet hoeft over te steken. Hij heeft het erover dat hij zijn *khalasar* na Rhaego's geboorte naar het oosten wil leiden om de landen rond de Jaden Zee te plunderen.'

De ridder keek peinzend. 'De *khal* heeft de Zeven Koninkrijken nooit gezien,' zei hij. 'Die zeggen hem niets. Als hij er al aan denkt ziet hij ongetwijfeld eilanden voor zich, een paar kleine steden die tegen de rotsen geplakt zitten, omringd door stormachtige zeeën, zoals Lorath en Lys.'

'Maar hij moet *naar het westen* trekken,' zei Dany vertwijfeld. 'Helpt u me alstublieft hem dat aan zijn verstand te brengen.' Net als Drogo had ook zij de Zeven Koninkrijken nooit gezien, maar toch had ze het idee dat ze ze kende, uit de verhalen van haar broer. Viserys had haar wel duizend keer beloofd dat hij haar op een dag mee terug zou nemen, maar hij was dood, en zijn beloften waren met hem gestorven.

'De Dothraki doen de dingen op hun tijd, en omdat ze het zelf willen,' antwoordde de ridder. 'Heb geduld, prinses. Bega niet de vergissing van uw broer. We gaan naar huis, dat beloof ik u.'

Naar huis? De woorden maakten haar treurig. Ser Jorah had zijn Bereneiland, maar waar was haar thuis? Een paar verhalen, namen die even plechtig klonken als de woorden van een gebed, de verblekende herinnering aan een rode deur... zou Vaes Dothrak voorgoed haar thuis zijn? Als ze naar de oude wijfjes van de *dosh khaleen* keek, zag ze dan haar voorland?

Ser Jorah moest hebben gezien hoe triest ze keek. 'Er is vannacht een karavaan gearriveerd, *khaleesi*. Vierhonderd paarden uit Pentos, via Norvos en Qohor, aangevoerd door koopman kapitein Byan Votyris. Misschien heeft Illyrio wel een brief meegegeven. Hebt u zin om naar de westelijke markt te gaan?'

Dany kwam in beweging. 'Ja,' zei ze. 'Dat zou ik leuk vinden.' Na de komst van een karavaan kwam er leven in de brouwerij. Je wist nooit wat voor schatten de handelaars nu weer zouden meebrengen, en het zou goed zijn om weer eens Valyrisch te horen spreken, de voertaal van de Vrijsteden. 'Irri, laat een draagstoel klaarmaken.'

'Ik zal uw *khas* inlichten,' zei Ser Jorah en trok zich terug.

Als Khal Drogo erbij was geweest zou Dany op haar zilveren zijn gegaan. Bij de Dothraki bleven aanstaande moeders bijna tot het moment van de bevalling te paard, en ze wilde niet zwak lijken in de ogen van haar echtgenoot. Maar nu de *khal* op jacht was, was het wel prettig, je in zachte kussens te vlijen en achter roodzijden gordijnen die haar tegen de zon beschermden door Vaes Dothrak te worden gedragen. Ser Jorah zadelde zijn paard en ging mee, evenals de vier jongemannen van haar *khas* en haar dienstmaagden.

Het was een warme, wolkeloze dag met een diepblauwe hemel. Bij iedere windvlaag kon ze het doordringende aroma van gras en aarde ruiken. Toen Dany in haar draagstoel langs de gestolen monumenten deinde bestudeerde ze de gezichten van de dode helden en vergeten koningen. Ze vroeg zich af of de goden van platgebrande steden nog gebeden konden beantwoorden.

Als ik niet het bloed van de Draak was, dacht ze weemoedig, *zou dit mijn thuis kunnen zijn*. Ze was een *khaleesi*, ze had een sterke man en een snel paard, dienstmaagden om haar te helpen, krijgers om haar te beschermen, als ze oud werd wachtte haar een ereplaats in de *dosh khaleen*... en in haar schoot groeide een zoon die op een dag de wereld zou berijden. Iedere vrouw zou daar genoeg aan hebben... maar niet de Draak. Nu Viserys weg was, was Dany de laatste, de allerlaatste. Zij sproot voort uit het zaad van koningen en veroveraars, en het kind binnen in haar ook. Dat mocht ze niet vergeten.

De westelijke markt was een groot plein van aangestampte aarde met daaromheen hokjes van in de zon gebakken stenen, dierenkooien en witgekalkte dranklokalen. Uit de aarde rezen bulten op als de ruggen van grote, onderaardse beesten die door het aardoppervlak braken, met gapende zwarte muilen die naar de koele, holle opslagruimten daaronder leidden. Het midden van het plein was een doolhof van kraampjes en kronkelgangen, overschaduwd door afdaken van gevlochten gras.

Toen zij aankwamen was een honderdtal kooplieden en handelaars bezig koopwaar uit te laden en de kraampjes in te richten. Toch leek de grote markt verstild en verlaten, vergeleken met de krioelende bazars die Dany zich van Pentos en de overige Vrijsteden herinnerde. De karavaans uit oost en west kwamen niet zozeer naar Vaes Dothrak om hun waren aan de Dothraki te verkopen als wel om onderling handel te drijven, had ser Jorah haar uitgelegd. De ruiters lieten hen ongehinderd komen en gaan, zolang ze de vrede van de heilige stad maar bewaarden, de Moeder der Bergen of de Schoot der Wereld niet schonden, en de oude wijfjes van de *dosh khaleen* vereerden met de traditionele giften van zout, zilver en zaad. De Dothraki begrepen niet echt waar al dat kopen en verkopen goed voor was.

Dany hield ook van de uitheemse, oostelijke markt, waar zoveel merkwaardigs te zien, te horen en te ruiken was. Ze bracht er vaak de ochtend door. Dan at ze boomeieren, kreeftenpastei en groene noedels, beluisterde de hoge joelstemmen van de spreukenzangers en vergaapte zich aan mantichora's in zilveren kooien, kolossale grijze olifanten en de gestreepte, zwart-witte paardjes van de Jogos Nhai. Bovendien vond ze het leuk om al die mensen te zien: donkere, plechtstatige Asshai'i en rijzige, bleke Qartheen, de mannen uit Yi Ti met hun glimmende oogjes en hun apenstaarthoeden, strijdmaagden uit Bayasabhad, Shamyriana en Kayakayanaya met ijzeren ringen door hun tepels en robijnen in hun wangen en zelfs de stugge, vreeswekkende Schaduwmannen, die hun armen, borst en benen met tatoeages overdekten en hun gezichten achter maskers verborgen. Voor Dany was de oostelijke markt een oord vol wonderen en magie.

Maar de westelijke markt rook naar thuis.

Toen Irri en Jhiqui haar uit de draagstoel hadden geholpen snoof ze, en ze herkende de scherpe luchtjes van knoflook en peper, geuren die haar aan lang vervlogen dagen in de stegen van Tyrosh en Myr deden denken en een vertederd lachje op haar gezicht brachten. Daardoorheen rook ze de koppige, zoete parfums van Lys. Ze zag slaven lopen met rollen fijne, Myrische kant en prachtige wollen stoffen in meer dan tien felle kleuren. Karavaanbewakers met koperen helmen en knielange tunieken van gewatteerde gele katoen, wier lege scheden aan hun gevlochten leren riemen zwaaiden, patrouilleerden door de gangetjes. Achter één kraam had een wapensmid met gouden en zilveren sierpatronen bewerkte stalen borstharnassen opgesteld, en helmen in de vorm van fabeldieren. Naast hem verkocht een knappe jonge vrouw gouden sieraden uit Lannispoort, ringen, broches, torcs en fraai bewerkte penningen, geschikt om gordels van te maken. Een reusachtige eunuch, stom en onbehaard en in bezweet fluweel gehuld, bewaakte haar kraam en keek iedereen die in de buurt kwam duister aan. Aan de andere kant van het gangetje stond een dikke stoffenhandelaar uit Yi Ti bij een Pentoshi af te dingen op de prijs van een of andere groene verfstof. Telkens als hij zijn hoofd schudde zwaaide de apenstaart aan zijn hoed heen en weer.

'Toen ik nog een klein meisje was speelde ik graag in de bazar,' vertelde Dany ser Jorah terwijl ze door het overschaduwde gangetje tussen de kraampjes liepen. 'Het was daar zo vol léven, met al die roepende en lachende mensen, en zoveel prachtige dingen om naar te kijken... al hadden we zelden genoeg geld op zak om iets te kopen, nou ja, behalve zo nu en dan een worstje, of honingvingers... hebben ze honingvingers in de Zeven Koninkrijken, van het soort dat ze in Tyrosh bakken?'

'Zijn dat koekjes? Ik zou het niet weten, prinses.' De ridder boog. 'Als u mij even wilt verontschuldigen, dan ga ik op zoek naar de kapitein om te kijken of hij soms brieven voor ons heeft.'

'Goed, dan help ik u met zoeken.'

'Doet u die moeite toch niet.' Ser Jorah keek ongeduldig de andere kant op. 'Geniet u liever van de markt. Ik kom weer naar u toe als mijn zaken afgehandeld zijn.'

Eigenaardig, dacht Dany toen ze hem door de menigte weg zag weg. Ze begreep niet waarom ze niet mee kon. Misschien wilde ser Jorah wel naar een vrouw op zoek als hij met de koopman-kapitein had gesproken. Met de karavanen reisden veel hoeren mee, wist ze, en sommige mannen waren merkwaardig preuts op liefdesgebied. Ze haalde haar schouders op. 'Kom,' zei ze tegen de anderen.

Met haar dienstmaagden achter zich aan slenterde Dany verder over de markt. 'O, kijk eens,' riep ze tegen Doreah, 'die worstjes bedoelde ik.' Ze wees naar een stalletje waar een verschrompeld oud vrouwtje op verhitte stenen vlees en uien roosterde. 'Ze doen er een boel knoflook en hete pepers bij.' Verrukt over haar ontdekking stond Dany erop, dat de anderen een worstje met haar aten. Haar dienstmaagden werkten de hunne giechelend en grinnikend naar binnen, maar de mannen van haar *khas* besnuffelden het geroosterde vlees wantrouwig. 'Ze smaken anders dan ik me herinner,' zei Dany na haar eerste happen.

'In Pentos maak ik ze van varkensvlees,' zei de oude vrouw, 'maar al mijn varkens zijn op de Zee van Dothrak omgekomen. Deze zijn van paardenvlees, *khaleesi*, maar ik kruid ze net zo.'

'O.' Dany was teleurgesteld, maar Quaro vond zijn worstje zo lekker dat hij besloot er nog een te nemen, en toen moest Rakharo hem natuurlijk de loef afsteken door er nog drie te eten, waarbij hij luidkeels boerde. Dany giechelde.

'U hebt niet meer gelachen sinds uw broer de *Khal Rhaggat* door

Drogo werd gekroond,' zei Irri. 'Dit is goed om te zien, *khaleesi*.'

Dany glimlachte verlegen. Het wás fijn om te lachen. Ze voelde zich bijna weer een klein meisje.

Ze wandelden de halve ochtend rond. Ze zag een prachtige veren mantel van de Zomereilanden en nam die aan als geschenk. In ruil gaf ze de koopman een zilveren penning van haar gordel. Zo ging dat toe bij de Dothraki. Een vogelkoopman leerde een roodgroene papegaai haar naam zeggen, en Dany lachte weer, maar toch weigerde ze hem aan te nemen. Wat moest ze in een *khalasar* met een roodgroene papegaai? Wel nam ze een twaalftal flesjes geparfumeerde olie, de parfums uit haar kinderjaren. Ze hoefde haar ogen maar dicht te doen en eraan te ruiken en ze zag het grote huis met de rode deur weer voor zich. Toen Doreah verlangend naar een vruchtbaarheidsamulet in het kraampje van een magiër keek, nam Dany die ook en gaf hem aan de dienstmaagd, waarna ze bedacht dat ze nu ook iets voor Irri en Jhiqui moest zien te vinden.

Ze sloegen een hoek om en stuitten op een wijnkoopman die de voorbijgangers vingerhoedjes wijn aanbood. 'Zoete rode wijnen,' riep hij in vloeiend Dothraki, 'ik heb zoete rode wijnen uit Lys, Volantis en het Prieel. Witte uit Lys, perenbrandewijn uit Tyrosh, vuurwijn, peperwijn, lichtgroene nectar uit Myr. Bruine rookbes en zure Andaalse, ik heb het allemaal.' Hij was klein van stuk, slank en knap, met vlasblond haar, gekruld en geparfumeerd naar de mode van Lys. Toen Dany voor zijn stalletje bleef staan boog hij diep. 'Wilt u proeven, *khaleesi*? Ik heb een zoete rode uit Dorne, vrouwe, die van pruimen, kersen en diep, donker eikenhout zingt. Een vaatje, een beker, een slok? Eénmaal proeven, en u zult uw kind naar mij noemen.'

Dany glimlachte. 'Mijn zoon heeft al een naam, maar uw zomerwijn wil ik wel proberen,' zei ze in het Valyrisch, met de uitspraak van de Vrijsteden. Na al die tijd voelden de woorden vreemd aan op haar tong. 'Een klein slokje maar, als u zo vriendelijk wilt zijn.'

De koopman moest haar voor een Dothraki hebben gehouden, met haar kleren, haar geoliede haar en gebruinde huid. Toen ze sprak gaapte hij haar stomverbaasd aan. 'Vrouwe, bent u... Tyroshi? Is het mogelijk?'

'Mijn tongval mag dan Tyroshi zijn en mijn kledij Dothraki, ik kom uit Westeros, uit de Koninkrijken van de Zonsondergang,' verklaarde Dany.

Doreah ging naast haar staan. 'U valt de eer te beurt te spreken met Daenerys van het huis Targaryen, Daenerys Stormgeboren, *khaleesi* van de ruiters en prinses van de Zeven Koninkrijken.'

De wijnkoopman zonk op zijn knieën. 'Prinses,' zei hij en boog het hoofd.

'Sta op,' beval Dany hem. 'Ik moet die zomerwijn waar u het over had nog proeven.'

De man sprong op zijn voeten. 'Die? Varkensdraf uit Dorne, een prinses onwaardig. Ik heb een droge rode uit het Prieel, sprankelend en kostelijk. Alstublieft, laat me u een vaatje schenken.'

Bij zijn bezoeken aan de Vrijsteden had Khal Drogo geleerd wat goede wijn was, en Dany wist dat hij aan zo'n uitgelezen soort veel genoegen zou beleven. 'U eert mij, ser,' prevelde ze liefjes.

'De eer is geheel aan mij.' De koopman rommelde ergens achter in zijn kraam en kwam weer opduiken met een klein, eikenhouten vaatje. In het hout was een druiventros gebrand. 'Het wapenteken van Roodweyn,' zei hij en wees, 'voor het Prieel. Er bestaat geen nobeler vocht.'

'Khal Drogo en ik zullen er samen van drinken. Aggo, wil je zo goed zijn dit naar mijn draagstoel te brengen?' De wijnverkoper straalde toen de Dothraki het vaatje optilde.

Ze merkte pas dat ser Jorah was teruggekeerd toen ze de ridder 'Nee!' hoorde zeggen. Zijn stem klonk vreemd kortaf. 'Aggo, zet dat vaatje neer.'

Aggo keek naar Dany. Ze knikte aarzelend. 'Ser Jorah, is er wat aan de hand?'

'Ik heb dorst. Sla dat vaatje aan, wijnverkoper.'

De koopman fronste zijn wenkbrauwen. 'Die wijn is voor de *khaleesi*, niet voor lieden als u, ser.'

Ser Jorah kwam dichter bij het stalletje staan. 'Als je dat ding niet openmaakt slá ik het in, met jouw hoofd.' Hij had hier in de heilige stad geen andere wapens dan zijn handen – maar daar had hij genoeg aan: grote, harde, gevaarlijke handen, met ruig, donker haar op de knokkels. De wijnverkoper aarzelde heel even. Toen nam hij zijn hamer en sloeg de stop uit het vaatje.

'Inschenken,' beval ser Jorah. De vier jonge krijgers van Dany's *khas* stelden zich met een frons achter hem op en keken waakzaam toe met hun donkere, amandelvormige ogen.

'Het zou misdadig zijn zo'n kostelijke wijn te drinken zonder hem te laten ademen.' De wijnverkoper had zijn hamer niet weggelegd.

Jhogo reikte naar de opgerolde zweep aan zijn riem, maar Dany raakte even zijn arm aan om hem tegen te houden. 'Doe wat ser Jorah zegt,' zei ze. Er bleven mensen staan om te kijken.

De man wierp haar een korte, norse blik toe. 'Zoals de prinses beveelt.' Hij moest zijn hamer wegleggen om het vaatje op te tillen. Hij schonk twee vingerhoedjes vol, zo handig dat hij geen druppel morste.

Ser Jorah pakte een bekertje op en snoof fronsend aan de wijn.

'Heerlijk, nietwaar?' zei de wijnverkoper met een glimlach. 'Ruikt u hoe fruitig, ser? Het bouquet van het Prieel. Proeft u maar, heer, en zegt u dan of het niet de beste, kostelijkste wijn is die ooit uw tong heeft gestreeld.'

Ser Jorah stak hem het bekertje toe. 'Proef jij maar eerst.'

'Ik?' De man lachte. 'Ik ben deze uitgelezen wijn niet waardig, heer. En een wijnkoopman die zijn eigen waar opdrinkt is geen knip voor zijn neus waard.' Hij glimlachte beminnelijk, maar ze kon het zweet op zijn voorhoofd zien parelen.

'Drinken zult u,' zei Dany ijzig. 'Leeg dat bekertje, of ik laat u vasthouden en ser Jorah het hele vat door uw keelgat gieten.'

De wijnverkoper schokschouderde, stak zijn hand naar het bekertje uit... en greep in plaats daarvan het vaatje om het met beide handen naar haar te smijten. Ser Jorah botste tegen haar op en stootte haar opzij. Het vaatje stuiterde van zijn schouder en barstte op de grond open. Dany struikelde en verloor haar evenwicht. 'Nee!' schreeuwde ze en stak haar handen uit om haar val te breken... en Doreah greep haar arm en rukte haar achteruit, zodat ze op haar benen belandde, en niet op haar buik.

De handelaar sprong over het kraampje heen en schoot tussen Aggo en Rakharo door. Quaro graaide naar een niet-aanwezige *arakh* toen de blonde man hem opzij ramde. Hij rende het gangetje door. Dany hoorde Jhogo's zweep knallen, zag het leer als een tong uitrollen en zich om het been van de wijnverkoper winden. De man viel op zijn gezicht in het stof.

Meer dan tien karavaanbewakers waren toegesneld, samen met de meester zelf, koopman-kapitein Byan Votyris, een klein mannetje uit Norvosh met een huid als gelooid leer en een blauwe knevel die recht overeind stond tot aan zijn oren. Zonder dat er iets werd gezegd leek hij te weten wat er was gebeurd. 'Voer hem weg, zodat de *khal* naar goeddunken met hem kan handelen,' beval hij, en gebaarde naar de man op de grond. Twee bewakers sleurden de wijnverkoper overeind. 'Zijn handelswaar geef ik u eveneens ten geschenke, prinses,' vervolgde de koopman-kapitein, 'al is het een magere blijk van spijt voor iets wat een van mijn mannen u heeft aangedaan.'

Doreah en Jhiqui hielpen Dany weer op de been. De vergiftigde wijn sijpelde uit het kapotte vaatje in het stof. 'Hoe wist u dat?' vroeg ze trillend aan ser Jorah. 'Hóe?'

'Ik wist het niet, *khaleesi*, niet voordat de man weigerde te drinken, maar toen ik magister Illyrio's brief eenmaal had gelezen werd ik bang.' Zijn donkere ogen gleden over de gezichten van de vreemdelingen op de markt. 'Kom. Laten we er hier liever niet over praten.'

Dany was bijna in tranen toen ze haar terugdroegen. In haar mond proefde ze een smaak die ze zich van vroeger herinnerde: angst. Jarenlang was ze doodsbang voor Viserys geweest, bang om de Draak te wekken. Dit was nog erger. Ze vreesde nu niet alleen voor zichzelf, maar ook voor haar kind. Hij moest haar schrik hebben gevoeld, want hij bewoog rusteloos in haar schoot. Dany streelde zachtjes de zwelling van haar buik en wenste dat ze bij hem kon om hem aan te raken en te sussen. 'Jij bent het bloed van de Draak, kleintje,' fluisterde ze terwijl haar draagstoel met dichtgetrokken gordijnen voortdeinde. 'Jij bent het bloed van de Draak, en de Draak kent geen vrees.'

In de holle aarden heuvel die haar in Vaes Dothrak tot huis diende zond Dany iedereen weg – behalve ser Jorah. 'Vertel me,' beval ze terwijl ze zich in haar kussens liet zakken, 'was het de usurpator?'

'Ja.' De ridder haalde een opgevouwen perkament te voorschijn. 'Een brief aan Viserys van magister Illyrio. Robert Baratheon biedt land en titels aan in ruil voor uw dood, of die van uw broer.'

'Mijn broer?' Haar snik verkeerde in een lach. 'Hij weet het dus nog niet. De usurpator is Drogo de titel van heer verschuldigd.' Nu verkeerde haar lach in een snik. Ze sloeg beschermend haar armen om zichzelf heen. 'En mij, zei u. Alleen mij?'

'U en het kind,' zei ser Jorah grimmig.

'Nee. Mijn zoon krijgt hij niet.' Ze besloot niet te huilen. Ze zou niet sidderen van angst. *Nu heeft de usurpator de Draak gewekt*, hield ze zichzelf voor... en haar blik dwaalde naar de drakeneieren in hun nest van donker fluweel. Het flakkerende lamplicht speelde over de stenige eierschalen, en glanzende stofjes in jadegroen, scharlaken en goud dansten eromheen als hovelingen om een koning.

Was het waanzin, wat er toen over haar kwam, uit vrees geboren? Of een vreemde wijsheid die haar in het bloed zat? Dany had het niet kunnen zeggen. Ze hoorde haar eigen stem zeggen: 'Ser Jorah, steek het komfoor aan.

'*Khaleesi?*' De ridder keek haar vreemd aan. 'Het is zo warm, weet u het zeker?'

Ze had nog nooit iets zo zeker geweten. 'Ja. Ik... ik heb de koude rillingen. Steek het komfoor aan.'

Hij boog. 'Zoals u beveelt.'

Toen de kolen brandden stuurde Dany ser Jorah weg. Wat ze moest doen, moest ze alleen doen. *Dit is waanzin*, zei ze bij zichzelf toen ze het zwart met scharlakenrode ei van het fluweel tilde. *Het zal slechts barsten en verbranden, en het is juist zo mooi. Als ik het kapotmaak zal ser Jorah me voor dwaas uitmaken*, en toch, en toch...

Met haar beide handen eromheen droeg ze het ei naar het vuur en duwde het tussen de brandende kooltjes. De zwarte schubben leken de hitte in te drinken en begonnen te gloeien. Vlammetjes likten met rode tongen aan de steen. Dany zette de twee andere eieren naast het zwarte in het vuur en deed een stap naar achteren. Haar hart bonsde in haar keel.

Ze keek toe tot de kolen tot as verteerd waren. Vonken dwarrelden omhoog en door het rookgat naar buiten. De hitte trilde in golven om de drakeneieren heen. En dat was alles.

Uw broer Rhaegar was de laatste Draak, had ser Jorah gezegd. Treurig staarde Dany naar haar eieren. Wat had ze verwacht? Duizenden jaren geleden hadden ze geleefd, maar nu waren het nog slechts fraaie stenen. Er kon geen draak meer uitkomen. Een draak was lucht en vuur. Levend vlees, geen dode steen.

Toen Khal Drogo terugkwam was het komfoor weer afgekoeld. Cohollo voerde een pakpaard mee met het kadaver van een grote, witte leeuw op zijn rug. Aan de hemel werden de sterren zichtbaar. Lachend sprong de *khal* van zijn hengst en liet haar de schrammen op zijn benen zien die de *hrakkar* hem door zijn leggings heen had bezorgd. 'Ik maak voor jou een mantel van zijn huid, maan van mijn leven,' zwoer hij.

Toen Dany hem vertelde wat er op de markt was gebeurd lachte er niemand meer, en Khal Drogo werd heel stil.

'Deze gifmenger was de eerste,' waarschuwde ser Jorah Mormont hem, 'maar hij zal niet de laatste zijn. Om heer te worden zullen mannen bereid zijn veel op het spel te zetten.'

Drogo zweeg een tijdlang. Ten slotte zei hij. 'Deze verkoper van gif is voor de maan van mijn leven weggerend. Hij kan beter achter haar aanrennen. En dat zal hij ook. Jhogo, Jorah de Andaal, tot elk van jullie zeg ik: kies een paard uit mijn kudde, het maakt niet uit welk, en het zal jullie toebehoren. Welk paard dan ook, behalve mijn roodvos en de zilveren die mijn bruidsgeschenk was aan de maan van mijn leven. Dat is mijn geschenk aan jullie, om wat jullie hebben gedaan.

En Rhaego, zoon van Drogo, de hengst die de wereld zal bestijgen, ook hem zeg ik een geschenk toe. Hem zal ik de ijzeren stoel geven waarin de vader van zijn moeder zat. Zeven Koninkrijken zal ik hem geven. Ik Drogo, *khal*, zal dit doen.' Zijn stem zwol aan en hij hief zijn vuist ten hemel. 'Ik zal mijn *khalasar* naar het westen voeren, waar de wereld eindigt, en op de houten paarden over het zwarte zoute water rijden, zoals geen *khal* ooit heeft gedaan. Ik zal de mannen in de ijzeren pakken doden en hun stenen huizen omverhalen. Ik zal hun vrouwen verkrachten, hun kinderen tot slaven maken en hun gebroken goden meevoeren naar Vaes Dothrak om zich voor de Moeder der Bergen in het stof te buigen. Dit beloof ik plechtig, ik, Drogo, zoon van Bharbo. Dit zweer ik bij de Moeder der Bergen. De sterren zien als getuigen op mij neer.'

Zijn *khalasar* brak twee dagen daarna uit Vaes Dothrak op en reed over de vlakte recht op het zuidwesten aan. Khal Drogo ging hen voor op zijn grote rode hengst, met Daenerys op haar zilveren aan zijn zijde. De wijnverkoper draafde achter hen aan, naakt, te voet, geketend aan nek en polsen. Zijn ketens zaten aan de halster van Dany's zilveren vast. Terwijl zij voortreed rende hij achter haar aan, barrevoets, al struikelend. Er zou hem geen kwaad geschieden... zolang hij het tempo bijhield.

Catelyn

Het was te ver weg om de banieren duidelijk te onderscheiden, maar zelfs door de mistbanken heen zag ze dat ze wit waren, met een donkere vlek in het midden die alleen maar de grijze schrikwolf van Stark op zijn veld van ijs kon zijn. Toen ze het met eigen ogen zag hield Catelyn haar paard in en boog dankbaar het hoofd. De goden waren goed. Ze was niet te laat.

'Ze wachten onze komst af, vrouwe,' zei ser Wylis Manderling. 'Daar kon mijn vader immers een eed op doen?'

'Dan moeten we ze niet langer laten wachten, ser.' Ser Brynden Tulling gaf zijn paard de sporen en draafde energiek op de banieren af. Catelyn reed naast hem.

Ser Wylis en zijn broer ser Wendel volgden hen aan het hoofd van hun troepen, bijna vijftienhonderd man: ruim twintig ridders en evenzovele schildknapen, tweehonderd bereden lansknechten, zwaardvechters en vrijruiters, en verder voetknechten, bewapend met speren, pieken en drietanden. Heer Weyman was achtergebleven om de verdediging van Withaven op zich te nemen. Hij liep tegen de zestig en was te dik geworden om paard te rijden. 'Als ik had gedacht dat ik ooit van mijn leven nog eens oorlog zou moeten voeren had ik minder paling gegeten,' had hij tegen Catelyn gezegd toen hij haar schip had verwelkomd, en hij had met beide handen zijn omvangrijke buik beklopt. Zijn vingers waren net worstjes. 'Maar mijn jongens brengen u veilig bij uw zoon, weest u maar niet bang.'

Zijn 'jongens' waren allebei ouder dan Catelyn, en ze had liever gehad dat ze minder op hun vader leken. Ser Wylis kwam maar enkele palingen te kort om zijn eigen paard niet meer te kunnen berijden. Ze had met het arme dier te doen. Ser Wendel, de jongste van de jongens, zou de dikste man zijn geweest die ze ooit had gezien als ze zijn vader en broer niet had ontmoet. Wylis was rustig en vormelijk, Wendel luidruchtig en uitbundig. Allebei hadden ze een opvallende walrussnor en een hoofd zo kaal als een babybips, en geen van beiden schenen ze ook maar één kledingstuk zonder etensvlekken te bezitten. Toch mocht ze hen wel. Ze hadden haar bij Robb gebracht, zoals hun vader had beloofd, en de rest deed er niet toe.

Ze was blij om te merken dat haar zoon ogen vooruit had gestuurd, zelfs naar het oosten. Als ze kwamen zouden de Lannisters uit het zuiden komen, maar het was goed dat Robb voorzichtig was. *Mijn zoon trekt met een leger ten strijde*, dacht ze, en nog steeds kon ze het maar half geloven. Ze was vreselijk bezorgd om hem en om Winterfel, maar toch voelde ze ook een zekere trots, dat viel niet te ontkennen. Een jaar geleden was hij nog een jongen geweest. Ze vroeg zich af wat hij nu was.

De voorposten kregen de banieren van de Manderlings in het oog – de witte meerman die met een drietand in de hand uit een blauwgroene zee oprees – en begroetten hen hartelijk. Ze werden naar een stuk hooggelegen grond geleid dat droog genoeg was om een kamp op te slaan. Ser Wylis liet halt houden en bleef met de manschappen achter om vuren aan te leggen en de paarden te laten verzorgen, terwijl ser Wendel met Catelyn en haar oom doorreed om namens hun vader hun leenheer respect te betuigen.

De grond onder de hoeven van hun paarden was zacht en vochtig en liep langzaam omlaag langs rokerige turfvuren, rijen paarden en wagens die zwaar beladen waren met hard brood en gezouten rundvlees. Op een rots die boven het omliggende terrein uitstak kwamen ze voorbij het paviljoen van een van de heren, met wanden van zwaar zeildoek. Catelyn herkende de banier: de elandstier van Hoornwoud, bruin op een veld van donker oranje.

Vlak daarachter ontwaarde ze door de nevels heen de wallen en torens van de Motte van Cailin... of wat ervan restte. Reusachtige zwarte basaltblokken, stuk voor stuk zo groot als een pachtershuisje, lagen her en der verspreid als houten speelgoedblokken van een kind, half in de drassige grond verzonken. Verder restte er niets van de courtinemuur die eens even hoog was opgerezen als die van Winterfel. De houten woonburcht was geheel verdwenen, al duizend jaar geleden weggerot, en geen plank gaf meer aan waar hij had gestaan. Drie torens waren alles wat er nog over was van het grote bolwerk van de Eerste Mensen... drie, waar er vroeger twintig hadden gestaan, als je de verhalenvertellers mocht geloven.

De Poorthuistoren zag er solide genoeg uit en had aan weerszijden warempel nog een paar voet muur. De Dronkenmanstoren, verderop in het moeras, op de vroegere hoek van de zuid- en de westmuur, stond scheef als een man die op het punt stond een maag vol wijn in de goot uit te kotsen. En de lange, slanke Kindertoren, waar volgens de legende de kinderen van het woud eens hun naamloze goden hadden opgeroepen om de hamer der wateren te zenden, was de helft van zijn trans kwijt. Het leek net of een groot beest een hap uit de kantelen langs de bovenrand had genomen en het puin in het moeras had uitgespuugd. Alle drie de torens waren groen van het mos. Tussen de stenen aan de noordkant van de Poorthuistoren groeide een boom waarvan de knoestige takken met vezelige witte draperieën van spookhuid waren behangen.

'Barmhartige goden,' riep ser Brynden toen hij zag wat ze voor zich hadden. 'Is dít de Motte van Cailin? Het is niet meer dan een...'

'... dodelijke val,' maakte Catelyn zijn zin af. 'Ik weet hoe het eruitziet, oom. Ik dacht precies hetzelfde toen ik het voor het eerst zag, maar Ned verzekerde me dat deze *ruïne* geduchter is dan ze lijkt. De drie resterende torens bestrijken de heirweg van alle kanten, en elke vijand moet ertussendoor. Het moeras is hier ondoordringbaar, vol drijfzand en zuigkolken, en het krioelt er van de slangen. Om een van de torens te bestormen moeten de krijgslieden tot hun middel door zwarte modder waden, een gracht vol hagedisleeuwen oversteken en tegen muren vol glibberig mos opklimmen, terwijl ze al die tijd blootstaan aan een regen van pijlen uit de andere torens.' Ze wierp haar oom een grimmig lachje toe. 'En 's nachts komen de spoken, zeggen ze, kille, wraakzuchtige geesten uit het noorden die dorsten naar zuidelijk bloed.'

Ser Brynden grinnikte. 'Help me eraan herinneren dat ik hier niet blijf hangen. Voor zover ik weet ben ik ook een zuiderling.'

Op alle drie de torens waren standaards gehesen. De zonnebundel van de Karstarks hing van de Dronkenmanstoren, onder de schrikwolf, en op de Kindertoren was de reus van de Grootjon met zijn verbrijzelde ketenen te zien. Maar van de Poorthuistoren wapperde uitsluitend de Stark-banier. Daar had Robb zijn intrek genomen. Catelyn reed erheen, gevolgd door ser Brynden en ser Wendel. Hun paarden stapten langzaam over de weg van stammetjes en planken die dwars over de groenzwarte moddervelden waren gelegd.

Ze trof haar zoon aan te midden van zijn vaders baanderheren, in een tochtige zaal waar in een zwarte haard een turfvuur smeulde. Hij zat aan een massief stenen tafel met een stapel kaarten en papieren voor zich, in druk gesprek gewikkeld met Rous Bolten en de Grootjon. Aanvankelijk merkte hij haar niet op... maar zijn wolf wel. Het grote, grijze beest lag bij het vuur, maar toen Catelyn binnenkwam hief het zijn kop op, en zijn gouden ogen keken recht in de hare. Een voor een vielen de heren stil, en in die plotselinge stilte keek Robb op en zag haar. '*Moeder?*' zei hij, zijn stem schor van emotie.

Catelyn was het liefst naar hem toe gerend om hem op zijn dierbare voorhoofd te kussen, haar armen om hem heen te slaan en hem zo dicht tegen zich aan te drukken dat hem nooit enig kwaad kon overkomen... maar hier, in aanwezigheid van zijn heren, durfde ze dat niet. Hij speelde de rol van een man, en die wilde ze hem niet ontnemen. Dus bleef ze aan het andere uiteinde van het platte stuk basalt staan dat als tafel diende. De schrikwolf stond op en liep op haar af. Hij leek groter dan een wolf hoorde te zijn. 'Je hebt je baard laten staan,' zei ze tegen Robb terwijl Grijze Wind haar hand besnuffelde.

Hij wreef over zijn stoppelkaken, plotseling verlegen. 'Ja.' De haartjes op zijn kin waren roder dan zijn hoofdhaar.

'Het bevalt me wel.' Catelyn streelde voorzichtig de kop van zijn wolf. 'Zo lijk je op mijn broer Edmar.' Grijze Wind beet even zacht en speels in haar vingers en draafde toen weer terug naar zijn plekje bij het vuur.

Ser Helman Langhart was de eerste die in navolging van de schrikwolf naar haar toeliep om zijn respect te betuigen. Hij knielde voor haar neer en drukte zijn voorhoofd tegen haar hand. 'Vrouwe Catelyn,' zei hij, 'u bent mooi als altijd, een welkome aanblik in troebele tijden.' De Hanscoes volgden, Galbart en Robet, en Grootjon Omber, en de rest, een voor een. Theon Grauwvreugd was de laatste. 'Ik had niet verwacht u hier te zien, vrouwe,' zei hij al knielend.

'Ik had niet verwacht hier te komen,' zei Catelyn, 'tot ik in Withaven aan land ging en van heer Weyman te horen kreeg dat Robb de banieren bijeen had geroepen. U kent zijn zoon, ser Wendel.' Wendel Manderling trad naar voren en boog zo diep als zijn omvang toestond. 'En mijn oom, ser Brynden Tulling, die de dienst aan mijn zuster heeft verruild voor die aan mij.'

'De Zwartvis,' zei Robb. 'Dank u dat u zich bij ons hebt gevoegd, ser. We hebben moedige mannen als u nodig. En u, ser Wendel, ik ben blij met uw aanwezigheid. Is ser Rodrik ook bij u, moeder? Ik heb hem gemist.'

'Ser Rodrik is van Withaven op weg naar het noorden. Ik heb hem tot kastelein benoemd en hem bevolen Winterfel te beheren tot wij terugkomen. Maester Luwin is een wijze raadgever, maar onbekend met de krijgskunst.'

'Wat dat betreft hoeft u niets te vrezen, vrouwe Stark,' zei de Grootjon tegen haar met zijn zware basstem. 'Winterfel is veilig. We zullen binnenkort onze zwaarden in Tywin Lannisters aars steken, als u mij toestaat, en dan op naar de Rode Burcht om Ned te bevrijden.'

'Vrouwe, één vraag, met uw welnemen.' Rous Bolten, de heer van Fort Gruw, had een zacht stemgeluid, maar als hij het woord nam deden grotere mannen er het zwijgen toe om te luisteren. Zijn ogen waren eigenaardig flets, bijna kleurloos, en zijn blik was verontrustend. 'Men zegt dat u heer Tywins zoon, de dwerg, gevangen houdt. Hebt u hem bij u? Waarachtig, zo'n gijzelaar zouden we goed kunnen gebruiken.'

'Ik had Tyrion Lannister in mijn macht, maar nu niet meer,' moest Catelyn bekennen. Dat nieuws werd door een koor van ontstelde stemmen begroet. 'Dat zint mij evenmin als u, heren. Het heeft de goden behaagd hem te bevrijden, met behulp van die dwaze zuster van mij.' Ze hoorde haar verachting niet zo openlijk te laten blijken, maar haar vertrek uit het Adelaarsnest was onprettig geweest. Ze had aangeboden heer Robert mee te nemen, om hem een paar jaar als pleegzoon in Winterfel op te voeden. Het gezelschap van andere jongens zou hem goed doen, had ze het gewaagd te suggereren. Lysa's woede was beangstigend geweest. 'Zuster of niet,' had ze geantwoord, 'als je me mijn zoon probeert te ontnemen vertrek je via de Maandeur.' Daar viel verder niets meer op te zeggen.

De heren popelden om haar nog meer te vragen, maar Catelyn hief een hand op. 'We zullen later ongetwijfeld meer tijd voor al deze dingen hebben, maar ik heb een vermoeiende reis achter de rug. Ik zou mijn zoon graag alleen spreken. Dat wilt u mij uiteraard wel vergeven, heren.' Ze liet hun geen keus. Aangevoerd door de immer welwillende heer Hoornwoud maakten de baandermannen een buiging en vertrokken. 'Jij ook, Theon,' voegde ze eraan toe toen Grauwvreugd bleef talmen. Hij glimlachte en liet hen alleen.

Op de tafel stonden kaas en bier. Catelyn vulde een drinkhoorn, ging zitten, nam een slokje en bestudeerde haar zoon. Hij leek sinds haar vertrek gegroeid te zijn, en met die donsbaard zag hij er ouder uit. 'Edmar was zestien toen hij voor het eerst bakkebaarden liet staan.'

'Ik word binnenkort zestien,' zei Robb.

'En nu ben je vijftien. Vijftien, en aanvoerder van een leger dat ten strijde trekt. Kon je begrijpen waarom ik bang ben, Robb?'

Zijn blik kreeg iets koppigs. 'Er was niemand anders.'

'Niemand?' zei ze. 'Wie heb ik hier dan zoëven gezien? Rous Bolten, Rickard Karstark, Galbart en Robet Hanscoe, de Grootjon, Helman Langhart... je had het bevel aan ieder van hen kunnen opdragen. Goeie goden, je had zelfs Theon kunnen sturen, al zou dat niet mijn keus zijn geweest.'

'Het zijn geen Starks,' zei hij.

'Het zijn mánnen, Robb, gehard in de strijd. Jij vocht minder dan een jaar geleden nog met een houten zwaard.'

Ze zag de woede in zijn ogen opflitsen, maar die verdween weer even snel, en ineens was hij weer een jongen. 'Ik weet het,' zei hij, uit het veld geslagen. 'Bent u... bent u van plan me naar Winterfel terug te sturen?'

Catelyn zuchtte. 'Dat zou eigenlijk wel moeten. Je had nooit weg mogen gaan. Maar nu durf ik niet meer. Je bent al te ver gekomen.

Op een dag zul je de leenheer van deze heren zijn. Als ik je nu wegstuur als een kind dat zonder eten naar bed moet zal hun dat bijblijven, en in een aangeschoten bui zullen ze erom lachen. De dag komt dat ze je moeten respecteren en zelfs enigszins vrezen. Gelach is de doodsteek voor iedere vrees. Dat wil ik je niet aandoen, hoezeer je veiligheid mij ook ter harte gaat.'

'Mijn dank, moeder,' zei hij, en door de vormelijkheid heen was zijn opluchting duidelijk hoorbaar.

Ze stak een hand over de tafel heen en raakte zijn haar aan. 'Jij bent mijn eerstgeborene, Robb. Ik hoef maar naar je te kijken, en ik zie de dag weer voor me waarop je geboren werd, krijsend en met een rood gezicht.'

Hij stond op, duidelijk niet op zijn gemak onder haar aanraking, en liep naar de haard. Grijze Wind wreef met zijn kop langs zijn been. 'U weet het... van vader?'

'Ja.' Het nieuws van Roberts plotselinge dood en Neds val hadden Catelyn meer beangstigd dan ze kon zeggen, maar ze wilde haar zoon niet laten merken hoe groot haar vrees was. 'Heer Manderling heeft het me verteld toen ik in Withaven aanliep. Heb jij nog bericht van je zusters gehad?'

'Er is een brief gekomen,' zei Robb terwijl hij de schrikwolf onder zijn kin krabde. 'En ook een voor u, maar die bereikte Winterfel samen met de mijne.' Hij liep naar de tafel, rommelde tussen een paar kaarten en papieren en kwam terug met een verkreukeld perkament. 'Dit is de mijne. Ik heb er geen moment aan gedacht de uwe mee te nemen.'

Iets in Robbs toon verontrustte haar. Ze streek het papier glad en las. Bezorgdheid maakte plaats voor ongeloof, vervolgens voor woede en ten slotte voor vrees. 'Dit is een brief van Cersei, en niet van je zuster,' zei ze toen ze klaar was. 'De ware boodschap schuilt in wat Sansa niet zegt. Al die verhalen over hoe lief en aardig de Lannisters voor haar zijn... ik weet hoe een bedreiging eruitziet, hoe verkapt ook. Ze houden Sansa in gijzeling, en ze willen haar houden ook.'

'Er staat niets in over Arya,' merkte Robb op. Hij klonk heel ongelukkig.

'Nee.' Catelyn stond er liever niet bij stil wat dat zou kunnen betekenen, niet nu, niet hier.

'Ik had gehoopt... als u de Kobold nog in handen had gehad... een uitwisseling van gijzelaars...' Hij nam Sansa's brief en verfrommelde die in zijn vuist. En niet voor het eerst, te oordelen naar de manier waarop. 'Is er nog nieuws van het Adelaarsnest? Ik heb tante Lysa geschreven en om hulp gevraagd. Heeft ze de banieren van heer

Arryn bijeengeroepen, weet u dat soms? Sluiten de ridders van de Vallei zich bij ons aan?'

'Slechts één,' zei ze, 'de beste van het stel, mijn oom... maar Brynden de Zwartvis is van huis uit een Tulling. Mijn zuster is niet van plan zich buiten haar Bloedpoort te begeven.'

Dat kwam hard aan. 'Moeder, wat moeten we dóen? Ik heb dit hele leger verzameld, achttienduizend man, maar ik kan niet... ik weet niet zeker...' Robb keek haar aan, en zijn ogen blonken. In een oogwenk was de trotse, jonge heer verdwenen en het volgende moment was hij weer een kind, een jongen van vijftien die de antwoorden bij zijn moeder zocht.

Dat ging niet aan.

'Waar ben je zo bang voor, Robb?' vroeg ze zacht.

'Ik...' hij wendde zijn hoofd af om de eerste traan te verbergen. 'Als we ten strijde trekken... zelfs als we winnen... de Lannisters hebben Sansa, en vader. Ze zullen ze vermoorden, hè?'

'Dat willen ze ons laten geloven.'

'U bedoelt dat ze liegen?'

'Ik weet het niet, Robb. Wat ik wel weet, is dat je geen keus hebt. Als je naar Koningslanding gaat en trouw zweert zullen ze je nooit laten gaan. Als je met je staart tussen je benen naar Winterfel teruggaat zullen je vazallen alle respect voor je verliezen. Sommigen zullen dan misschien zelfs naar de Lannisters overlopen. Dan heeft de koningin veel minder te vrezen en kan ze met haar gevangenen doen wat ze wil. Onze grootste hoop, onze énige echte hoop, is erin gelegen dat je de vijand in het veld verslaat. Als het je zou lukken heer Tywin of de Koningsmoordenaar gevangen te nemen zou een uitwisseling heel goed mogelijk zijn. Maar dat is niet waar het om draait. Zolang jij machtig genoeg bent om ze vrees in te boezemen, zijn Ned en je zuster vermoedelijk veilig. Cersei is verstandig genoeg om te beseffen dat ze hen misschien nodig heeft om vrede te sluiten, mocht de strijd in haar nadeel uitvallen.'

'En als de strijd níet in haar nadeel uitvalt?' vroeg Robb. 'Als het ons tegenzit?'

Catelyn greep zijn hand. 'Robb, ik zal er geen doekjes om winden. Als je verliest is er geen hoop meer, voor niemand van ons. Ze zeggen dat het hart van de Rots van Casterling uit louter steen bestaat. Je weet hoe het Rhaegars kinderen is vergaan.'

Toen zag ze de vrees in zijn jonge ogen, maar er school tevens kracht in. 'Dan zal ik niet verliezen,' bezwoer hij.

'Vertel me wat je weet over de gevechten in het rivierengebied,' zei ze. Ze moest te weten zien te komen of hij er echt klaar voor was.

'Minder dan twee weken geleden is er gevochten in de heuvels aan de voet van de Guldentand,' zei Robb. 'Oom Edmar had heer Vannis en heer Pijper gestuurd om de pas te verdedigen, maar de Koningsmoordenaar heeft ze overvallen en op de vlucht gejaagd. Heer Vannis sneuvelde. Het laatste nieuws was, dat heer Pijper zich liet terugzakken om zich op Stroomvliet bij uw broer en zijn andere baandermannen te voegen, op de hielen gezeten door Jaime Lannister. Maar dat is het ergste nog niet. Al die tijd dat zij in de pas vochten was heer Tywin vanuit het zuiden in aantocht met een tweede Lannister-leger. Dat schijnt nog groter te zijn dan de krijgsmacht van Jaime.

Dat moet vader geweten hebben, want hij had mannen uitgezonden om ze tegen te houden, onder de banier van de koning zelf. Het bevel had hij aan een of ander jonkertje uit het zuiden opgedragen, heer Erik of Derik of zo, maar ser Reimon Darring was erbij, en in de brief stond dat er ook nog andere ridders meegingen, en een eenheid van vaders wacht. Alleen – het was een valstrik. Heer Derik was de Rode Vork nog niet overgestoken of de Lannisters overvielen hem, banier des konings of niet. En toen ze zich via Mommersfoort wilden terugtrekken werden ze door Gregor Clegane in de rug aangevallen. Die heer Derik en nog een paar anderen zijn misschien ontsnapt, al weet niemand dat zeker, maar ser Reimon sneuvelde, samen met het merendeel van onze mannen uit Winterfel. Heer Tywin heeft de Koningsweg afgesloten, schijnt het, en nu trekt hij op naar het noorden, richting Harrenhal, en onderweg brandt hij alles plat.'

Van kwaad tot erger, dacht Catelyn. De ellende was nog groter dan ze gevreesd had. 'Ben je van plan hem hier op te wachten?'

'Als hij zo ver komt, maar dat gelooft geen mens,' zei Robb. 'Ik heb Holand Riet, vaders oude vriend in Grijswaterwacht, op de hoogte gesteld. Als de Lannisters de Nek binnentrekken zal de paalbewoner ze bij elke stap aderlaten, maar Galbart Hanscoe zegt dat heer Tywin daar te sluw voor is, en Rous Bolten is het met hem eens. Zij denken dat hij bij de Drietand zal blijven om de kastelen van de rivierheren één voor één in te nemen, tot Stroomvliet er alleen voor staat. We moeten naar het zuiden optrekken en daar slag met hem leveren.'

Catelyn werd er koud van, als ze er alleen al aan dacht. Wat voor kans had een jongen van vijftien tegen doorgewinterde legeraanvoerders als Jaime en Tywin Lannister? 'Is dat wel verstandig? Je positie hier is ijzersterk. Ze zeggen dat de oude koningen van het Noorden bij de Motte van Cailin een tienvoudige overmacht konden weerstaan en terugslaan.'

'Ja, maar ons voedsel en onze voorraden raken op, en dit is geen gebied dat makkelijk in ons onderhoud kan voorzien. We hebben op heer Manderling gewacht, maar nu zijn zonen zich bij ons hebben gevoegd moeten we opbreken.'

Dat waren de baanderheren die spraken met de stem van haar zoon, besefte ze. Door de jaren heen had ze velen van hen op Winterfel te gast gehad en was ze samen met Ned welkom geheten aan hun tafel en haardstee. Ze kende die mannen stuk voor stuk. Ze vroeg zich af of Robb hen kende.

En toch was het zinnig wat ze zeiden. Deze krijgsmacht die haar zoon verzameld had was geen staand leger zoals de Vrijsteden er op na hielden, noch waren het wachttroepen die in klinkende munt betaald kregen. Het waren merendeels gewone mensen: pachters, landarbeiders, vissers, schaapherders, zonen van herbergiers, handelaars en ververs, met als zuurdesem een handvol huurlingen en vrijruiters, belust op krijgsbuit. Als hun heren riepen kwamen ze... maar niet voor eeuwig. 'Dat optrekken is allemaal goed en wel,' zei ze tegen haar zoon, 'maar *waarheen*, en met welk doel? Wat ben je van plan te doen?'

Robb aarzelde. 'De Grootjon is voor een verrassingsaanval op heer Tywin, maar de Hanscoes en de Karstarks vinden dat we er verstandiger aan doen, om zijn leger heen te trekken en ons met oom Edmar tegen de Koningsmoordenaar te verenigen.' Hij haalde een hand door zijn ruige, kastanjekleurige haardos en keek ongelukkig. 'Maar tegen de tijd dat we Stroomvliet bereiken... ik weet nog niet zo zeker...'

'Zorg dan maar dat je het wél zeker weet,' zei Catelyn tegen haar zoon, 'of ga naar huis om je houten zwaard weer ter hand te nemen. Je kunt het je niet veroorloven tegenover mannen als Rous Bolten en Rickard Karstark een besluiteloze indruk te maken. Vergis je niet, Robb – het zijn je baandermannen, niet je vrienden. Je hebt je als bevelhebber opgeworpen. Bevéél dan ook.'

Haar zoon keek haar verrast aan, alsof hij zijn oren niet kon geloven. 'Zoals u zegt, moeder.'

'Dan vraag ik het nu nog eens. Wat ben jíj van plan?'

Robb trok een kaart over de tafel, een aangevreten stuk oud leer vol lijnen in verbleekte rode verf. Het had opgerold gezeten en één kant krulde nog om. Robb legde zijn dolk erop om het plat te houden. 'Beide plannen hebben hun goede kanten, maar... kijk, als we proberen met een boog om heer Tywins krijgsmacht heen te trekken lopen we het gevaar tussen hem en de Koningsmoordenaar in de tang te raken, en als wij aanvallen... volgens alle berichten heeft hij meer voetvolk dan ik, en heel wat meer ruiters. De Grootjon zegt dat dat niet uitmaakt als we hem overvallen met zijn broek naar beneden, maar me dunkt dat iemand die zoveel veldslagen heeft uitgevochten als Tywin Lannister zich niet zo makkelijk laat verrassen.'

'Goed,' zei ze. Zoals hij daar over de map gebogen zat kon ze iets van Ned in zijn stem horen doorklinken. 'Ga verder.'

'Ik zou hier een kleine krijgsmacht achterlaten om de Motte van Cailin te verdedigen, merendeels boogschutters, en met de rest over de heirweg optrekken,' zei hij, 'maar zodra we de Nek door zijn zou ik ons leger opsplitsen. Dan gaat het voetvolk verder over de Koningsweg, terwijl onze ruiters bij de Tweeling de Groene Vork oversteken.' Hij wees. 'Als heer Tywin bericht krijgt dat we in het zuiden zijn zal hij naar het noorden optrekken om strijd te leveren met onze hoofdmacht, zodat onze ruiters zich vrijelijk over de westoever naar Stroomvliet kunnen haasten.' Robb leunde achterover, ingenomen met zichzelf en verlangend door haar geprezen te worden, al durfde hij niet openlijk te glimlachen.

Catelyn tuurde met gefronst voorhoofd naar de kaart. 'Zo zou je de twee onderdelen van je leger door een rivier scheiden.'

'*En* Jaime en heer Tywin,' zei hij gretig, en de glimlach brak toch nog door. 'Boven de robijnenvoorde, waar Robert zijn kroon won, is geen oversteek over de Groene Vork. Die is er pas weer bij de Tweeling, helemaal hier, en die brug wordt door heer Frey beheerst. Dat is toch een baanderman van uw vader?'

Heer Frey Laat, dacht Catelyn. 'Jawel,' bevestigde ze, 'maar mijn vader heeft hem nooit vertrouwd. En dat kun jij beter ook niet doen.'

'Ik zal het niet doen,' beloofde Robb. 'Wat vindt u ervan?'

Haars ondanks was ze onder de indruk. *Hij ziet eruit als een Tulling*, dacht ze, *maar toch is en blijft hij de zoon van zijn vader, en Ned is een goede leermeester geweest.* 'Welke krijgsmacht had jij willen aanvoeren?'

'De ruiterij,' antwoordde hij meteen. Weer precies zijn vader: Ned nam de gevaarlijkste taak ook altijd zelf op zich.

'En de andere?'

'De Grootjon zegt steeds dat we heer Tywin moeten verpletteren. Ik dacht dat ik hem die eer dan maar moest gunnen.'

Dat was zijn eerste misstap, maar hoe moest ze hem dat duidelijk maken zonder zijn ontluikende zelfvertrouwen te beschadigen? 'Je vader zei eens dat de Grootjon onbevreesd was als geen ander.'

Robb grijnsde. 'Toen Grijze Wind twee van zijn vingers opvrat láchte hij erom. Dus u bent het ermee eens?'

'Je vader is niet onbevreesd,' hield Catelyn hem voor. 'Hij is moedig, maar dat is iets heel anders.'

Daar dacht haar zoon even over na. 'De oostelijke krijgsmacht is straks alles wat nog tussen heer Tywin en Winterfel in staat,' zei hij peinzend. 'Althans, afgezien van die paar boogschutters die ik hier in de Motte achterlaat. Dus ik moet geen man hebben die nergens bang voor is, hè?'

'Nee. Wat je moet hebben is kille berekening, lijkt me, en geen moed.'

'Rous Bolten,' zei Robb onmiddellijk. 'Die man maakt me bang.'

'Laten we dan maar bidden dat hij ook Tywin Lannister bang zal maken.'

Robb knikte en rolde de kaart op. 'Ik zal de bevelen geven en een escorte samenstellen om u naar Winterfel te brengen.'

Catelyn had haar best gedaan om sterk te blijven, omwille van Ned en van deze koppige, dappere zoon van haar. Haar wanhoop en vrees had ze afgelegd, als kledingstukken die ze niet van plan was te dragen... maar nu merkte ze dat ze ze toch had aangetrokken.

'Ik ga niet naar Winterfel,' hoorde ze zichzelf zeggen, en de plotseling opgewelde tranen die haar blik vertroebelden kwamen als een verrassing. 'Achter de muren van Stroomvliet ligt mijn vader misschien op sterven. Mijn broer is door vijanden omsingeld. Ik moet naar hen toe.'

Tyrion

Chella, dochter van Cheyk van de Zwartoren, was als verkenner vooruitgegaan, en zij maakte na terugkeer melding van het leger bij de kruiswegen. 'Twintigduizend man sterk, naar hun vuren te oordelen,' zei ze. 'Hun banieren zijn rood, met een gouden leeuw.'

'Je vader?' vroeg Bronn.

'Of mijn broer Jaime,' zei Tyrion. 'Dat zullen we snel genoeg weten.' Hij overzag zijn haveloze troep bandieten: bijna driehonderd Steenkraaien, Maanbroeders, Zwartorens en Verbrande Mannen, en dat was nog maar de kiem van het leger dat hij hoopte te kweken. Gunthor zoon van Gurn, was op dit moment bezig de clans op de been te brengen. Hij vroeg zich af wat zijn vader van hen zou denken, met die beestenvellen en die stukken gestolen staal. Eigenlijk wist hij zelf ook niet wat hij van hen moest denken. Was hij hun aanvoerder of hun gevangene? Min of meer allebei tegelijk, had hij de indruk. 'Het beste is misschien als ik alleen naar beneden ga,' opperde hij.

'Het beste voor Tyrion zoon van Tywin,' zei Ulf, die namens de Maanbroeders sprak.

Shagga keek duister, een vreeswekkend gezicht. 'Dit zint Shagga, zoon van Dolf, niet. Shagga gaat met de knaap-man mee. Als de knaap-man liegt, hakt Shagga zijn manlijkheid af...'

'... om die aan de geiten te voeren, ja,' zei Tyrion vermoeid. 'Shagga, op mijn woord als Lannister, ik kom terug.'

'Waarom zouden we je op je woord vertrouwen?' Chella was een kleine, harde vrouw, plat als een jongen, en niet gek. 'De clans zijn wel vaker door heren uit het laagland voorgelogen.'

'Je kwetst me, Chella,' zei Tyrion. 'En ik dacht nog wel dat we zulke goeie vrienden waren geworden. Maar zoals je wilt. Jij kunt mee, en Shagga en Conn voor de Steenkraaien, Ulf voor de Maanbroeders en Timet zoon van Timet, voor de Verbrande Mannen.' Bij het noemen van hun namen wisselden de clanleden wantrouwige blikken. 'De rest blijft hier wachten tot ik jullie laat halen. Doe je best elkaar in mijn afwezigheid niet te vermoorden en te verminken.'

Hij drukte zijn hielen in de flanken van zijn paard en draafde ervandoor, zodat ze hem wel moesten volgen als ze niet achter wilden blijven. Hij vond het allebei best, zolang ze maar geen etmaal lang gingen zitten práten. Dat was het probleem met die clans: ze hielden er het absurde idee op na dat iedereen in de vergadering moest worden gehoord, en dus bleven ze overál eindeloos over redetwisten. Zelfs hun vrouwen mochten het woord voeren. Geen wonder dat het honderden jaren geleden was sinds ze de Vallei voor het laatst met iets anders dan een ordinaire roofoverval hadden bedreigd. Daar wilde Tyrion verandering in brengen.

Bronn reed achter hem. Daarachter – na een kortstondig gemor – kwamen de vijf clanstrijders op hun ondermaatse garrons, broodmagere beesten die op pony's leken en als geiten tegen rotswanden opklauterden.

De Steenkraaien reden samen, en Chella en Ulf bleven ook bij elkaar, want tussen de Maanbroeders en de Zwartoren bestonden nauwe onderlinge banden. Timet zoon van Timet reed alleen. Alle clans in de Maanbergen vreesden de Verbrande Mannen, die hun lichaam met vuur kastijdden om hun moed te bewijzen en (volgens de overigen) voor hun feestmalen kleine kindertjes roosterden. En zelfs de overige Verbrande Mannen vreesden Timet, die zijn linkeroog zelf met een witheet mes had uitgestoken toen hij volwassen was geworden. Tyrion had begrepen dat het gebruikelijker was dat een jongen een tepel, een vinger, of (als hij werkelijk moedig of echt gek was) een oor verbrandde. De andere Verbrande Mannen waren er zo van onder de indruk dat Timet een oog had gekozen dat ze hem prompt tot roodhand hadden uitgeroepen, wat zoiets als een aanvoerder in de strijd scheen te zijn.

'Ik zou weleens willen weten wat hun koning heeft verbrand,' had Tyrion tegen Bronn gezegd toen hij het verhaal hoorde. De huurling had grijnzend op zijn kruis geklopt... maar ook Bronn nam zijn woorden in acht als hij iets zei waar Timet bij was. Wie gek genoeg was om zijn eigen oog uit te steken zou vermoedelijk ook niet zachtzinnig met zijn vijanden omspringen.

In de verte stonden wachters vanaf torens van ongemetselde steen omlaag te turen toen het gezelschap door de uitlopers van de bergen afdaalde, en één keer zag Tyrion een raaf opwieken. Op het punt waar de hoge weg zich tussen twee vooruitstekende rotsen door wrong troffen ze de eerste versterking aan. Een lage, aarden wal van vier voet hoog barricadeerde de weg, en een twaalftal kruisboogschutters bemanden de hoogten. Tyrion liet zijn volgelingen buiten schootsafstand halt houden en reed alleen naar de muur. 'Wie voert hier het bevel?' schreeuwde hij omhoog.

De kapitein verscheen vlot, en toen hij eenmaal de zoon van zijn heer herkende was hij nog vlotter met het verschaffen van een escorte. Langs zwartgeblakerde velden en platgebrande hofsteden reden ze op een sukkeldrafje omlaag naar het rivierengebied en de Groene Vork van de Drietand. Tyrion zag geen lijken, maar in de lucht wemelde het van de raven en zwarte kraaien. Er was hier gevochten, en nog niet zo lang geleden ook.

Een mijl of twee van de kruiswegen was een barricade van puntige staken opgericht, bemand door piekeniers en boogschutters. Achter die linie strekte het kamp zich tot in de verste verten uit. Van honderden kookvuren wezen dunne rookvingers omhoog, gemaliede mannen zaten onder de bomen hun wapens te wetten en welbekende banieren wapperden aan standaards in de modderige grond.

Toen ze de staken naderden kwam er een gezelschap ruiters op hen af om hen aan te houden. De ridder die hen aanvoerde had een zilveren wapenrusting aan, ingelegd met amethisten, en een mantel met purperen en zilveren strepen. Zijn schild vertoonde een eenhoorn als wapenteken, en van zijn paardenkophelm stak een twee voet lange, gedraaide hoorn naar voren. Tyrion hield de teugels in en groette hem. 'Ser Flemens.'

Ser Flemens Brax sloeg zijn vizier op. 'Tyrion,' zei hij verbaasd. 'Heer, we vreesden allemaal dat u dood was, of...' Hij keek onzeker naar de clanleden. 'Die... metgezellen van u...'

'Boezemvrienden en trouwe volgelingen,' zei Tyrion. 'Waar vind ik mijn vader?'

'Hij heeft zijn intrek genomen in de herberg bij de kruiswegen.'

Tyrion lachte. De herberg bij de kruiswegen! Misschien waren de goden toch nog rechtvaardig. 'Ik wil hem meteen spreken.'

'Zoals u wilt, heer.' Ser Flemens wendde zijn paard en schreeuwde bevelen. Drie rijen staken werden uit de grond getrokken om een gat in de linie te maken. Tyrion leidde zijn gezelschap erdoor.

Heer Tywins kamp besloeg vele mijlen. Chella's schatting van twintigduizend man was er waarschijnlijk niet ver naast. Het voetvolk kampeerde in de open lucht, maar de ridders hadden tenten opgezet, en sommige hoge edelen hadden paviljoens zo groot als huizen opgericht. Tyrion zag de rode os van de Presters, de gestreepte ever van heer Crakenhal, Marbrands brandende boom, de das van Liden. Ridders riepen naar hem terwijl hij op een drafje langsreed en wapenknechten gaapten de clanstrijders in openlijke verwondering aan.

Shagga staarde net zo hard terug. Hij had zonder enige twijfel nog nooit van zijn levensdagen zoveel mannen, paarden en wapens bij elkaar gezien. De overige bergbandieten wisten hun gezichten beter in de plooi te houden, maar Tyrion twijfelde er niet aan of zij waren net zo onder de indruk. Het werd steeds beter. Hoe meer ontzag ze hadden voor de macht van de Lannisters, hoe makkelijker ze zich zouden laten leiden.

De herberg met zijn stallen kwam grotendeels met zijn herinnering overeen, al was er van de rest van het dorp weinig meer overgebleven dan puin en geblakerde fundamenten. In de hof was een galg gebouwd, en het lijk dat eraan hing zat onder de raven. Toen Tyrion naderde vlogen ze op, krijsend en fladderend met hun zwarte vleugels. Hij steeg af en keek op naar de restanten van het lijk. De vogels hadden haar ogen uitgepikt en haar lippen en het merendeel van haar wangen weggevreten, zodat haar verkleurde rode tanden in een afschuwelijke grijns ontbloot waren. 'Een kamer, een maaltijd en een flacon wijn, dat was alles wat ik vroeg,' hield hij haar met een verwijtende zucht voor.

Uit de stallen doken aarzelend wat jongens op om voor hun paarden te zorgen. Shagga weigerde het zijne af te geven. 'Die jongen zal je merrie heus niet stelen,' stelde Tyrion hem gerust. 'Hij wil haar alleen wat haver en water geven en haar roskammen.' Shagga's mantel zou ook wel eens geroskamd mogen worden, maar het zou van weinig tact getuigen om hem daarop te wijzen. 'Het paard overkomt niets, dat beloof ik je.'

Met een boze blik liet Shagga de teugels los. 'Dit is het paard van Shagga, zoon van Dolf,' brulde hij tegen de staljongen.

'Als hij haar niet teruggeeft kun je zijn manlijkheid afhakken en aan de geiten voeren,' beloofde Tyrion. 'Voor zover die hier zijn.'

Een koppel wachters met karmozijnrode mantels en leeuwenhelmen stond aan weerszijden van de deur, onder de gevelplaat van de herberg. Tyrion herkende hun aanvoerder. 'Mijn vader?'

'In de gelagkamer, heer.'

'Mijn mannen willen vast wel eten en drinken,' zei Tyrion tegen hem. 'Zorg daarvoor.' Hij liep de herberg in, en daar was vader.

Tywin Lannister, heer van de Rots van Casterling en landvoogd van het Westen, was halverwege de vijftig, maar robuust als een twintigjarige. Zelfs zittend was hij nog groot, met lange benen, brede schouders en een platte maag. Spieren als kabeltouwen liepen over zijn dunne armen. Toen zijn eens zo dikke gouden haar was gaan wijken, had hij zijn barbier bevolen zijn hoofd te scheren: heer Tywin hield niet van halve maatregelen. Hij schoor ook zijn lip en kin, maar zijn bakkebaarden had hij gehouden, twee grote bossen weerbarstig, grijs haar die het merendeel van zijn wangen tussen oor en kaak bedekten. Zijn ogen waren lichtgroen met gouden vlekjes. Een zotskap die nog zotter was dan de meeste anderen had een keer voor de grap gezegd dat er zelfs gouden vlekjes in heer Tywins stront zaten. Sommigen beweerden dat hij nog leefde, diep in de ingewanden van de Rots van Casterling.

Ser Kevan Lannister, zijn vaders enige nog levende broer, zat met heer Tywin achter een kruik bier toen Tyrion de gelagkamer betrad. Zijn oom was gezet en kalend, met massieve kaken, omlijst door een kortgeknipte gele baard. Ser Kevan zag hem het eerst. 'Tyrion,' zei hij verrast.

'Oom,' zei Tyrion terwijl hij een buiging maakte. 'En mijn vader. Wat een genoegen u hier aan te treffen.'

Heer Tywin verroerde zich niet, maar keek de dwerg die zijn zoon was lang en onderzoekend aan. 'Ik stel vast dat de geruchten omtrent je overlijden ongegrond zijn.'

'Het spijt me als ik u teleurstel, vader,' zei Tyrion. 'Springt u vooral niet op om me te omhelzen, ik zou niet willen dat u te veel van uzelf vergde.' Toen hij naar hun tafel liep was hij zich er scherp van bewust dat hij door zijn korte beentjes bij elke stap waggelde. Zodra zijn vaders blikken op hem gericht waren, was hij onaangenaam met zijn neus op al zijn mismaaktheid en tekortkomingen gedrukt. 'Aardig van u dat u omwille van mij ten strijde trekt,' zei hij terwijl hij op een stoel klom en zichzelf aan een beker van zijn vaders bier hielp.

'Ja, jij bent hier de oorzaak van, verdomd als het niet waar is,' antwoordde heer Tywin. 'Je broer Jaime had zich nooit zo gedwee door een vrouw laten vangen.'

'Dat is een van de opzichten waarin we verschillen. Misschien is het u opgevallen dat hij ook groter is dan ik.'

Zijn vader negeerde de steek onder water. 'De eer van ons huis stond op het spel. Ik moest wel optrekken. Niemand vergiet ongestraft het bloed van een Lannister.'

'*Hoort mijn gebrul*,' zei Tyrion grijnzend. De Lannister-woorden. 'Om eerlijk te zijn is er geen druppel van mijn bloed vergoten, al heeft het een paar keer weinig gescheeld. Morrec en Jyck zijn dood.'

'Dan zul je wel een paar nieuwe mannen willen.'

'Doet u geen moeite, vader. Ik heb er zelf een paar opgeduikeld.' Hij nam een slokje van het bier. Het was bruin en gistig, zo dik dat je er bijna op kon kauwen. Eigenlijk erg lekker. Jammer dat zijn vader de waardin had opgehangen. 'Hoe gaat het met uw oorlog?'

Zijn oom gaf antwoord. 'Vooralsnog niet slecht. Ser Edmar had wat kleine eenheden langs zijn grenzen verspreid om een eind aan onze strooptochten te maken, en je vader en ik zijn erin geslaagd die stuk voor stuk uit te schakelen voordat ze zich konden hergroeperen.'

'Je broer heeft zichzelf met eer overladen,' zei zijn vader. 'Hij heeft de heren Vannis en Pijper bij de Guldentand in de pan gehakt en voor de muren van Stroomvliet slag geleverd met de verzamelde troepen van de Tullings. De heren van de Drietand hebben een zware nederlaag geleden en zijn op de vlucht geslagen. Ser Edmar Tulling is gevangengenomen, met velen van zijn ridders en baandermannen. Heer Zwartewoud heeft zich met een paar overlevenden op Stroomvliet verschanst, waar Jaime hen nu belegert. De overigen hebben zich op hun eigen bolwerken teruggetrokken.'

'Je vader en ik hebben ze een voor een aangevallen,' zei ser Kevan. 'Zonder heer Zwartewoud viel Ravenboom onmiddellijk, en vrouwe Whent gaf Harrenhal over bij gebrek aan verdedigers. Ser Gregor heeft de Pijpers en de Vaarens uitgerookt...'

'Zodat u geen enkele tegenstand meer hebt?' zei Tyrion.

'Niet helemaal,' zei ser Kevan. 'De Mallisters houden nog stand in Zeegaard, en bij de Tweeling heeft Walder Frey zijn gezworenen onder de wapenen geroepen.'

'Dat is niet van belang,' zei heer Tywin. 'Frey trekt pas ten strijde als de overwinning in de lucht hangt, en het enige dat op dit moment in de lucht hangt is de rook van puinhopen. En Jason Mallister is niet sterk genoeg om alleen te vechten. Zodra Jaime Stroomvliet heeft ingenomen zullen ze allebei snel genoeg door de knieën gaan. Tenzij de Starks en de Arryns ons tegenstand bieden is deze oorlog zo goed als gewonnen.'

'Over de Arryns zou ik me niet al te veel zorgen maken, als ik u was,' zei Tyrion. 'De Starks, dat is iets anders. Heer Eddard...'

'... is onze gijzelaar,' zei zijn vader. 'Die voert geen legers aan zolang hij in een kerker onder de Rode Burcht ligt te rotten.'

'Nee,' beaamde ser Kevan, 'maar zijn zoon heeft de banieren bijeengeroepen en zit met een sterke krijgsmacht in de Motte van Cailin.'

'Een zwaard is pas sterk als het getemperd is,' verklaarde heer Tywin. 'Die jongen van Stark is nog een kind. Hij vindt het vast heel leuk om strijdhoorns te horen en zijn banieren te zien wapperen in de wind, maar uiteindelijk is het allemaal slagerswerk. Ik denk niet dat hij dat verstouwen kan.'

Het was er tijdens zijn afwezigheid een stuk interessanter op geworden, peinsde Tyrion. 'En wat voert onze onbevreesde monarch uit terwijl al dat slagerswerk wordt verricht?' vroeg hij verbaasd. 'Hoe heeft mijn lieftallige en verleidelijke zuster Robert zover gekregen dat hij met de gevangenneming van zijn dierbare vriend Ned instemde?'

'Robert Baratheon is dood,' lichtte zijn vader hem in. 'Je neef regeert in Koningslanding.'

Nu was Tyrion wél overdonderd. 'Mijn zuster, bedoelt u.' Hij nam nog een teug bier. Het zou een heel ander rijk zijn, met Cersei aan het hoofd in plaats van haar echtgenoot.

'Mocht je geneigd zijn jezelf nuttig te maken dan wil ik je wel wat troepen geven om aan te voeren,' zei zijn vader. 'Achter onze rug zijn Marq Pijper en Karyl Vannis los. Ze roven en plunderen op ons grondgebied aan de overkant van de Rode Vork.'

'*Tsss*,' zei Tyrion. 'Hoe hebben ze het lef om terug te vechten. Normaliter zou ik zo'n onbeschoftheid graag afstraffen, maar om u de waarheid te zeggen heb ik dringende bezigheden elders.'

'O ja?' Heer Tywin leek niet onder de indruk. 'We hebben ook nog last van een paar bijgedachten van Ned Stark die mijn foeragetroepen bestoken. Beric Dondarrion, een of ander jonkertje dat zich verbeeldt dat hij dapper is. Hij heeft die dikke aanfluiting van een priester bij zich, die man die zijn zwaard zo graag in brand steekt. Denk je dat je daarmee kunt afrekenen als je hier vandaan sukkelt? Zonder het al te erg in de soep te laten lopen?'

Tyrion veegde met de rug van zijn hand zijn mond af en glimlachte. 'Vader, wat een hartverwarmend idee dat u mij zomaar... hoeveel – twintig man, vijftig? – toevertrouwt. Weet u zeker dat u er zoveel kunt missen? Ach, het maakt ook niet uit. Als ik Thoros en heer Beric tegenkom geef ik ze allebei een pak voor hun broek.' Hij klom van zijn stoel en waggelde naar de tafel langs de muur, waar een ronde, blauw dooraderde kaas in een nest van fruit rustte. 'Maar eerst moet ik nog een paar persoonlijke beloften inlossen,' zei hij terwijl hij een punt afsneed. 'Ik heb drieduizend helmen en eenzelfde aantal halsbergen nodig, plus zwaarden, pieken, stalen speerpunten, hamers, strijdbijlen, handschoenen, halsstukken, borstharnassen en wagens om dat allemaal te vervoeren...'

Achter hem vloog de deur met zo'n harde klap open dat Tyrion bijna zijn kaas liet vallen. Ser Kevan sprong vloekend op toen het hoofd van de wacht het vertrek door werd gesmeten en tegen de haard smakte. Terwijl hij met zijn helm schuin in de koude as viel brak Shagga het zwaard van de man in tweeën over een knie als een boomstam, smeet de stukken weg en denderde de gelagkamer in. Zijn lucht, rijper dan die van de kaas en in deze besloten ruimte overweldigend, walmde voor hem uit. 'Kleine roodmantel,' snauwde hij, 'als je nog eens staal trekt tegen Shagga zoon van Dolf, hak ik je manlijkheid af en rooster hem in het vuur.'

'Wat, geen geiten?' zei Tyrion en nam een hap kaas.

De overige clanstrijders liepen achter Shagga aan de gelagkamer in, samen met Bronn. Met een meewarige blik naar Tyrion haalde de huurling zijn schouders op.

'En wie mag u wel wezen?' vroeg heer Tywin, koel als sneeuw.

'Die zijn met mij mee naar huis komen lopen, vader,' legde Tyrion uit. 'Mag ik ze houden? Ze eten niet veel.'

Geen mens lachte. 'Met welk recht dringen jullie onze bespreking binnen, stelletje wilden?' vroeg ser Kevan op hoge toon.

'Wilden, laaglander?' Conn zou knap kunnen zijn als hij gewassen werd. 'Wij zijn vrije lieden, en vrije lieden hebben het recht alle krijgsraden bij te wonen.'

'Wie is de leeuwenheer?' vroeg Chella.

'Het zijn allebei oude mannen,' verklaarde Timet zoon van Timet, die de twintig jaar nog vol moest maken.

Ser Kevans hand ging naar het gevest van zijn zwaard, maar zijn broer legde twee vingers op zijn pols om hem tegen te houden. Heer Tywin leek niet uit zijn evenwicht gebracht. 'Tyrion, verlies je de hoffelijkheid niet uit het oog? Wees zo goed ons je... geëerde gasten voor te stellen.'

Tyrion likte zijn vingers af. 'Met genoegen,' zei hij. 'Deze schone maagd is Chella dochter van Cheyk, van de Zwartoren.'

'Ik ben geen maagd,' protesteerde Chella. 'Mijn zonen hebben bij elkaar vijftig oren afgesneden.'

'Mogen ze er nog vijftig afsnijden.' Tyrion waggelde verder. 'Dit is Conn, zoon van Corat. Shagga zoon van Dolf is degene die eruitziet als de Rots van Casterling met haargroei erop. Zij zijn Steenkraaien. Hier is Ulf zoon van Umar van de Maanbroeders, en hier Timet, zoon van Timet, een roodhand van de Verbrande Mannen. En dit is Bronn, een huurling die eigenlijk nergens bij hoort. In de korte tijd dat ik hem ken is hij al twee keer naar de andere kant overgelopen, u zult vast geweldig met hem kunnen opschieten, vader.' Tot Bronn en de clanstrijders zei hij: 'Sta mij toe mijn vader voor te stellen, Tywin zoon van Tytos, van het huis Lannister, Heer van de Rots van Casterling, Landvoogd van het Westen, Schild van Lannispoort en de toekomstige Hand des Konings.'

Heer Tywin rees op, waardig en correct. 'De dapperheid van de strijdbare clans uit de Maanbergen is tot in het Westen doorgedrongen. Wat voert u uit uw bolwerken omlaag, heren?'

'Paarden,' zei Shagga.

'De belofte van zijde en staal,' zei Timet zoon van Timet.

Tyrion stond op het punt zijn vader te vertellen dat hij van plan was de Vallei van Arryn tot een smeulende woestenij te reduceren, maar hij kreeg de kans niet. Weer vloog de deur met een klap open. De bode wierp Tyrions clanstrijders een korte, bevreemde blik toe voordat hij voor heer Tywin neerknielde. 'Heer,' zei hij, 'ser Addam verzoekt mij u te melden dat de krijgsmacht van de Starks de heirweg over trekt.'

Heer Tywin Lannister glimlachte niet. Dat deed heer Tywin nooit, maar Tyrion had geleerd te zien wanneer zijn vader ergens plezier in had, en dat zag hij nu. 'Dus het wolvenjong komt zijn hol uit om met de leeuwen te spelen,' zei hij kalm en voldaan. 'Mooi. Keer terug naar ser Addam en zeg dat hij zich terugtrekt. Hij mag geen slag met de noorderlingen leveren voordat wij er zijn, maar ik wil dat hij hun flanken bestookt en hen verder naar het zuiden lokt.'

'Zoals u beveelt.' De ruiter vertrok.

'We zitten hier goed,' hield ser Kevan hem voor. 'Dicht bij de voorde, en omringd door valkuilen en pieken. Als ze naar het zuiden komen zou ik zeggen: laat ze maar komen en zich op ons stukbijten.'

'Misschien blijft de jongen talmen of verliest hij de moed zodra hij onze aantallen ziet,' antwoordde heer Tywin. 'Hoe sneller we de Starks breken, des te eerder heb ik mijn handen vrij om met Stannis Baratheon af te rekenen. Laat de trommen slaan om iedereen bijeen te roepen en stuur Jaime bericht dat ik optrek tegen Robb Stark.'

'Zoals je wilt,' zei ser Kevan.

Tyrion keek met grimmige fascinatie toe hoe zijn vader zich vervolgens tot de half-wilde clanstrijders wendde. 'Men zegt dat de mannen van de bergclans krijgers zonder vrees zijn.'

'Een waar woord,' antwoordde Conn van de Steenkraaien.

'En de vrouwen ook,' voegde Chella eraan toe.

'Trek met mij tegen mijn vijanden op, en u krijgt alles wat mijn zoon u heeft beloofd, en nog meer,' zei Tywin tegen hen.

'Wilt u ons betalen met wat ons toebehoort?' zei Ulf zoon van Umar. 'Waar hebben we de belofte van de vader voor nodig als we die van de zoon hebben?'

'Ik heb niets gezegd over *nodig hebben*,' antwoordde heer Tywin. 'Ik sprak uit hoffelijkheid, meer niet. U hoeft zich niet bij ons aan te sluiten. De mannen uit de winterlanden zijn van ijzer en ijs, en zelfs mijn koenste ridders zien hen met vrees en beven tegemoet.'

O, wat slim, dacht Tyrion, geniepig glimlachend.

'De Verbrande Mannen vrezen niets. Timet zoon van Timet, rijdt met de leeuwen mee.'

'Overal waar de Verbrande Mannen komen zijn de Steenkraaien al geweest,' verklaarde Conn verhit. 'Wij komen ook mee.'

'Shagga zoon van Dolf, hakt hun manlijkheid af en voert die aan de kraaien.'

'Wij trekken met u op, leeuwenheer,' bevestigde Chella, dochter van Cheyk, 'maar alleen als uw zoon, de halfman, met ons meegaat. Hij heeft zijn levensadem met beloften gekocht. Totdat we het staal in de hand houden dat hij ons plechtig heeft toegezegd, behoort zijn leven ons toe.'

Heer Tywin richtte zijn goud gevlekte ogen op zijn zoon.
'Heel fijn,' zei Tyrion met een berustend lachje.

Sansa

De wanden van de troonzaal waren kaal. Koning Roberts geliefde jachtgobelins waren verwijderd en op een slordige hoop in een hoek gesmeten.

Ser Mandon Moer liep naar de troon om zijn plaats tussen twee andere leden van de koningsgarde in te nemen. Sansa hing rond bij de deur, bij uitzondering nu eens niet bewaakt. De koningin had haar voor haar braafheid beloond door haar bewegingsvrijheid binnen het kasteel te geven, maar toch werd ze voortdurend begeleid. 'Een erewacht voor mijn toekomstige dochter,' noemde de koningin dat, maar Sansa voelde zich allesbehalve vereerd.

'Bewegingsvrijheid binnen het kasteel' betekende dat ze in de Rode Burcht kon gaan en staan waar ze wilde zolang ze maar beloofde, zich niet buiten de muren te begeven, wat Sansa maar al te graag had gedaan. Ze kon trouwens niet eens naar buiten. De poorten werden dag en nacht bewaakt door de goudmantels van Janos Slink, en ook de wacht van de Lannisters was alomtegenwoordig. En als ze het kasteel al had kunnen verlaten, waar had ze dan heen kunnen gaan? Ze nam er genoegen mee, over de binnenplaats te wandelen, bloemen te plukken in het tuintje van Myrcella en in de sept voor haar vader te bidden. Nu en dan bad ze ook in het godenwoud, omdat de Starks de oude goden aanhingen.

Dit was de eerste zitting van het hof sinds Joffry aan het bewind was, en dus keek Sansa zenuwachtig om zich heen. Onder de ramen aan de westkant stond een rij Lannister-wachten en onder die aan de oostkant een rij goudmantels. Geen spoor van boeren of burgers te bekennen, maar onder de galerij drentelde een troepje hogere en lagere edelen rusteloos heen en weer. Het waren er niet meer dan twintig, terwijl Robert er altijd wel honderd om zich heen had gehad.

Sansa begaf zich onopvallend onder hen en werkte zich onder het prevelen van begroetingen naar voren. Ze herkende Jalabhar Xho met zijn zwarte huid, de sombere ser Aron Santagar, de Roodweyntweeling Horror en Hobbel... alleen leek niemand háár te herkennen. Of als dat wel het geval was, schuwden ze haar alsof ze de grauwe pest had. De ziekelijke heer Gylles bracht op haar nadering zijn handen voor zijn mond en deed of hij een hoestbui kreeg en toen de dronken grapjas ser Dontos aanstalten maakte haar te begroeten, fluisterde ser Balon Swaan iets in zijn oor en keerde hij haar de rug toe.

En er ontbraken er zoveel. Sansa vroeg zich af waar de rest heen was. Tevergeefs zocht ze naar vriendelijke gezichten. Niet een van hen keek haar recht in de ogen. Het leek wel of ze een geest was geworden, gestorven voor haar tijd.

Grootmaester Pycelle zat alleen aan de raadstafel. Hij leek te slapen, met zijn handen ineengeschoven voor zijn baard. Ze zag hoe heer Varys zich op geruisloze voeten de zaal inhaastte. Het volgende moment kwam heer Baelish binnen door de hoge deuren achter in de zaal. Hij glimlachte en knoopte onderweg naar voren beminnelijk een praatje aan met ser Balon en ser Dontos. Sansa had buikpijn van de zenuwen. *Ik moet niet bang zijn*, hield ze zich voor. *Ik heb niets te vrezen, het komt allemaal goed, Joff houdt van me en de koningin ook, dat heeft ze zelf gezegd.*

Een herautenstem galmde: 'Heil Zijne Genade, Joffry van de huizen Baratheon en Lannister, Eerste van die Naam, Koning van de Andalen, de Rhoynar en de Eerste Mensen, en Heer van de Zeven Koninkrijken. Heil zijn moeder, Cersei van het huis Lannister, Regentes, Licht van het Westen en Beschermvrouwe van het Rijk.'

Ser Barristan Selmy in zijn magnifieke witte harnas leidde hen binnen. De koningin werd door ser Arys Eikhart geëscorteerd, terwijl ser Boros Both naast Joffry liep. Er waren nu dus zes leden van de koningsgarde in de zaal, alle Witte Zwaarden op Jaime Lannister na. Haar prins – nee, haar kóning! – nam de trap naar de ijzeren troon met twee treden tegelijk, terwijl zijn moeder plaatsnam bij de raad. Joff ging gekleed in opengewerkt zwart pluche over scharlaken, een glimmende mantel van gouddraad met een hoge kraag en op zijn hoofd een gouden kroon, bezet met robijnen en zwarte diamanten.

Toen Joffry zich omdraaide om de zaal te overzien viel zijn oog op Sansa. Hij glimlachte, ging zitten en sprak: 'Een koning heeft tot taak de trouwelozen te bestraffen en hen die trouw zijn te belonen. Grootmaester Pycelle, ik gelast u mijn besluiten voor te lezen.'

Pycelle duwde zich overeind. Hij droeg een schitterend gewaad van dik rood fluweel met een kraag van hermelijn en glanzende gouden sluitingen. Uit een afhangende mouw die zwaar was van het sierverguldsel trok hij een perkament, ontrolde het en droeg een lange reeks namen voor die namens de koning en de raad bevolen werd, zich hier te vervoegen en Joffry de eed van trouw te zweren. Zo niet, dan werden ze als verraders beschouwd en vervielen hun grond en titels aan de kroon.

Bij het horen van de namen hapte Sansa naar adem. Heer Stannis Baratheon, zijn vrouwe, zijn dochter. Heer Renling Baratheon. De beide heren Roys en hun zonen. Ser Loras Tyrel. Heer Hamer Tyrel en diens broer, ooms en zonen. De rode priester, Thoros van Myr. Heer Beric Dondarrion. Vrouwe Lysa Arryn en haar zoontje, de kleine heer Robert. Heer Hoster Tulling, zijn broer ser Brynden, zijn zoon ser Edmar. Heer Jason Mallister. Heer Brys Caron van de Marken. Heer Tytos Zwartewoud. Heer Walder Frey en zijn erfgenaam, ser Stevron. Heer Karyl Vannis. Heer Jonos Vaaren. Vrouwe Shella Whent. Doran Martel, vorst van Dorne en al zijn zonen. *Wat veel*, dacht ze terwijl Pycelle maar doorlas. *Er is een complete zwerm raven nodig om al die bevelen te versturen.*

En aan het einde, bijna als laatsten, kwamen de namen die Sansa had gevreesd. Vrouwe Catelyn Stark. Robb Stark. Brandon Stark, Rickon Stark, Arya Stark. Sansa onderdrukte een kreet. *Arya*. Ze wilden dat Arya zich hier zou vervoegen om een eed af te leggen... dat moest inhouden dat haar zuster op de galei was gevlucht en inmiddels veilig op Winterfel was...

Grootmaester Pycelle rolde de lijst op, stak hem in zijn linkermouw en trok uit zijn rechter een ander perkament. Hij schraapte zijn keel en hernam: 'In plaats van de verrader Eddard Stark wenst de koning dat Tywin Lannister, heer van de Rots van Casterling en landvoogd van het Westen, het ambt van Hand des Konings aanvaardt, teneinde met zijn stem te spreken, zijn legers tegen zijn vijanden aan te voeren en zijn koninklijke wil ten uitvoer te brengen. Aldus het besluit des konings. De kleine raad hecht er zijn goedkeuring aan.

In plaats van de verrader Stannis Baratheon wenst Zijne Genade dat zijn moeder, koningin Cersei Lannister, de regentes, immer zijn grootste steunpilaar, zitting neemt in zijn kleine raad, opdat zij hem kan helpen wijs en rechtvaardig te heersen. Aldus heeft de koning besloten, met goedkeuring van de kleine raad.'

Sansa hoorde een zacht gemompel opstijgen van de heren om haar heen, maar dat stierf snel weg. Pycelle vervolgde:

'Het is eveneens de wens van Zijne Genade dat zijn trouwe dienaar Janos Slink, bevelhebber van de stadswacht van Koningslanding, direct tot de waardigheid van heer wordt verheven en als zetel het aloude Harrenhal ontvangt, met alle daartoe behorende gebieden en inkomsten, en dat deze eer na hem aan zijn zonen en kleinzonen toevalt, tot het einde der tijden. Voorts gelast hij dat *Heer* Slink onmiddellijk zitting neemt in zijn kleine raad om behulpzaam te zijn bij het bestieren van het rijk. Aldus heeft de koning besloten, met goedkeuring van de kleine raad.'

Uit haar ooghoek zag Sansa iets bewegen: Janos Slink trad binnen. Ditmaal klonk het gemompel luider en bozer. Trotse heren wier huizen duizenden jaren oud waren maakten met tegenzin plaats toen de kalende burgerman met zijn kikkerkop voorbijmarcheerde. Op het zwarte fluweel van zijn wambuis waren gouden schubben genaaid die bij iedere stap zachtjes tegen elkaar tikten. Zijn mantel was van zwart-goud geblokt satijn. Twee lelijke jongens die vast zijn zonen waren liepen voor hem uit en torsten moeizaam een zwaar metalen schild dat net zo lang was als zij. Als wapenteken had hij een bloedige speer gekozen, goud op een nachtzwart veld. De aanblik ervan bezorgde Sansa kippenvel op haar armen.

Toen heer Slink zijn plaats had ingenomen hervatte grootmaester Pycelle: 'Ten laatste, in deze tijden van verraad en beroering, nu onze geliefde Robert nog maar zo kortgeleden is gestorven, acht de raad leven en veiligheid van koning Joffry van het allerhoogste belang...' Hij keek naar de koningin.

Cersei stond op. 'Ser Barristan Selmy, treed naar voren.'

Ser Barristan had roerloos als een standbeeld aan de voet van de ijzeren troon gestaan, maar nu zonk hij op één knie en boog het hoofd. 'Uwe Genade heeft slechts te bevelen.'

'Sta op, ser Barristan,' zei Cersei Lannister. 'U kunt uw helm afzetten.'

'Vrouwe?' De oude ridder stond op en deed zijn hoge witte helm af, al leek hij niet te begrijpen waarom.

'U hebt het rijk lang en trouw gediend, waarde ser, en iedere man en vrouw in de Zeven Koninkrijken is u dank verschuldigd. Maar nu is uw dienst ten einde, vrees ik. Het is de wens van de koning en de raad dat u uw zware last aflegt.'

'Mijn... last? Ik vrees... dat ik het niet...'

De nieuwbakken heer Janos Slink, zijn stem zwaar en ruw, viel in: 'Hare Genade probeert u duidelijk te maken dat u ontheven bent van uw positie als bevelhebber van de koningsgarde.'

De rijzige, witharige ridder leek ter plaatse te krimpen en had moeite met ademhalen. 'Uwe Genade,' zei hij ten langen leste, 'de koningsgarde is een gezworen broederschap. Wij leggen onze gelofte af voor het leven. Slechts de dood kan de bevelhebber van zijn heilige plicht ontslaan.'

'Wiens dood, ser Barristan?' De stem van de koningin was zacht als zijde, maar haar woorden droegen tot het uiteinde van de zaal. 'Die van u of die van uw koning?'

'U hebt mijn vader laten sterven,' zei Joffry boven op de ijzeren troon beschuldigend. 'U bent te oud om nog iemand te beschermen.'

Sansa zag de ridder naar zijn nieuwe koning omhoogstaren. Hij had haar altijd jonger toegeschenen dan zijn leeftijd, maar nu niet meer. 'Uwe Genade, zei hij, 'ik werd op mijn drieëntwintigste uitverkoren om toe te treden tot de Witte Zwaarden. Daar had ik al van gedroomd sinds ik voor het eerst een zwaard ter hand nam. Ik gaf mijn aanspraken op de burcht van mijn voorouders op. Het meisje dat mijn vrouw zou worden trouwde in plaats daarvan met mijn neef, want ik had geen grondgebied of zonen nodig, ik zou voor het rijk leven. Ser Gerold Hoogtoren zelf nam me mijn geloften af... om met heel mijn kracht over de koning te waken... mijn bloed voor het zijne te geven... ik heb zij aan zij gevochten met de Witte Stier en prins Lewyn van Dorne... en met ser Arthur Dayn, het Zwaard van de Morgen. Voor ik uw vader diende strekte ik koning Aerys tot schild, en zijn vader Jaehaerys voor hem... drie koningen...'

'Die alle drie dood zijn,' bracht Pinkje hem in herinnering.

'Uw tijd is voorbij,' verkondigde Cersei Lannister. 'Joffry moet jonge en sterke mannen om zich heen hebben. De raad heeft besloten dat ser Jaime Lannister uw plaats als bevelhebber van de gezworen broeders van het Witte Zwaard zal innemen.'

'De Koningsmoordenaar,' zei ser Barristan, zijn toon bitter van verachting. 'De valse ridder die zijn kling bezoedelde met het bloed van de koning die hij gezworen had te verdedigen.'

'Let op uw woorden, ser,' waarschuwde de koningin. 'U hebt het over onze geliefde broeder, de bloedverwant van uw koning.'

Nu nam heer Varys het woord, milder dan de anderen. 'Wij zijn uw dienstbetoon niet vergeten, waarde ser. Heer Tywin Lannister heeft er goedgunstig mee ingestemd, u een aardig stukje grond te schenken, ten noorden van Lannispoort aan zee gelegen, en daarnaast voldoende goud en mannen om een sterke burcht te bouwen, en dienstpersoneel om in al uw behoeften te voorzien.'

Ser Barristan keek met een heftig gebaar op. 'Een zaal om in te sterven en mannen om me te begraven. Ik dank u, heren... maar ik spuug op uw medelijden.' Zijn hand ging omhoog en gespte zijn mantel los, zodat het zware witte kledingstuk van zijn schouders gleed en in een hoop op de vloer belandde. Zijn helm viel kletterend neer. 'Ik ben een ridder,' zei hij tegen hen. Hij maakte de zilveren sluitingen van zijn borstharnas open en liet dat ook vallen. 'Ik zal als ridder sterven.'

'Een naakte ridder, dunkt me,' grapte Pinkje.

Toen lachten ze allemaal, Joffry op zijn troon en de heren van zijn gevolg, Janos Slink en koningin Cersei, Sandor Clegane en zelfs de overige leden van de koningsgarde, de vijf die nog een ogenblik daarvoor zijn broeders waren geweest. *Dat moet het pijnlijkst zijn*, dacht Sansa. Haar hart ging uit naar de dappere oude man zoals hij daar stond, beschaamd en met een rood gezicht, te boos om een woord uit te brengen. Ten slotte trok hij zijn zwaard.

Sansa hoorde iemand naar adem happen. Ser Boros en ser Meryn maakten al aanstalten hem verweer te bieden, maar ser Barristan nagelde hen aan de grond met een blik waar de verachting vanaf droop. 'Weest u niet bang, heren, uw koning is veilig... zij het niet dankzij u. Zelfs nu nog zou ik er even gemakkelijk doorheen komen als een mes door de kaas. Als u onder de Koningsmoordenaar wilt dienen, is niet één van u waardig het wit te dragen.' Hij smeet zijn zwaard voor de voet van de ijzeren troon neer. 'Hier, jongen. Smelt het voor mijn part en voeg het aan de rest toe. Je zult er meer nut van hebben dan van de zwaarden die deze vijf hanteren. Misschien gaat heer Stannis er wel op zitten als hij jou van de troon heeft gestoten.'

Hij liep de ganse lange zaal door naar buiten. Zijn voetstappen galmden luid op de vloer en weerkaatsten van de kale stenen wanden. Heren en dames weken opzij om hem langs te laten. Pas nadat de pages de grote deuren van met brons beslagen eikenhout achter hem hadden gesloten hoorde Sansa weer geluiden: zachte stemmen, onrustig geschuifel, het geritsel van papieren op de raadstafel. 'Hij noemde me jóngen,' zei Joffry pruilend, zodat hij jonger klonk dan hij was. 'En bovendien had hij het over mijn oom Stannis.'

'Loos gepraat,' zei de eunuch Varys. 'Zonder enige betekenis...'

'Misschien is hij wel aan het samenzweren met mijn ooms. Ik wil dat hij gegrepen en ondervraagd wordt.' Niemand verroerde zich. Joffry verhief zijn stem. 'Ik zei: *ik wil dat hij gegrepen wordt*!'

Janos Slink kwam van achter de raadstafel overeind. 'Daar zorgen mijn goudmantels wel voor, Uwe Genade.'

'Goed,' zei koning Joffry. Heer Janos beende de zaal uit. Zijn lelijke zonen moesten twee keer zoveel stappen zetten als hij, met dat grote metalen schild met de wapens van het huis Slink op sleeptouw.

'Uwe Genade,' bracht Pinkje de koning in herinnering, 'als u ons toestaat om verder te gaan: de zeven zijn er nu zes geworden. We hebben een nieuw zwaard voor uw koningsgarde nodig.'

Joffry glimlachte. 'Zeg het maar, moeder.'

'De koning en de raad hebben besloten dat niemand in de Zeven Koninkrijken geschikter is om over Zijne Genade te waken en hem te beschermen dan zijn gezworen schild Sandor Clegane.'

'Hoe bevalt je dat, hond?' vroeg koning Joffry.

Het getekende gezicht van de Jachthond was moeilijk te lezen. Hij gunde zich één langdurig moment de tijd om na te denken. 'Waarom niet? Ik laat geen land of vrouw achter, en wie zou daar trouwens om malen?' De verbrande kant van zijn mond trok scheef. 'Maar ik waarschuw u, ik leg geen riddergeloften af.'

'De gezworen broeders van de koningsgarde zijn altijd ridders geweest,' zei ser Boros op ferme toon.

'Tot nog toe,' raspte de Jachthond met zijn zware stem, en ser Boros deed er het zwijgen toe.

Toen de koninklijke heraut naar voren trad besefte Sansa dat het ogenblik bijna gekomen was. Zenuwachtig streek ze de stof van haar rok glad. Als eerbetoon jegens de overleden koning droeg ze rouwkleding, maar ze had er wel speciaal op gelet dat ze er mooi uitzag. Haar jurk was die van ivoorkleurige zijde die ze van de koningin had gekregen, degene die Arya had geruïneerd, maar ze had hem zwart laten verven, en er was niets meer van de vlek te zien. Ze had urenlang zitten piekeren welke juwelen ze aan zou doen en ten slotte gekozen voor de elegante eenvoud van een doodgewone zilveren ketting.

De stem van de heraut bulderde: 'Als iemand in deze zaal Zijne Genade nog iets wil voorleggen, laat hem dan nu spreken of heen gaan en zwijgen.'

Sansa kromp in elkaar. *Nu*, spoorde ze zichzelf aan, *ik moet het nu doen. Mogen de goden mij moed geven*. Ze deed een stap, en toen nog een. Heren en ridders weken zwijgend opzij om haar door te laten, en ze voelde het gewicht van hun blikken op zich rusten. *Ik moet net zo sterk zijn als mijn moeder*. 'Uwe Genade,' riep ze met een zacht, bevend stemmetje.

Hoog op zijn ijzeren troon had Joffry een beter overzicht dan alle anderen in de zaal. Hij zag haar het eerst. 'Treed naar voren, jonkvrouwe,' riep hij glimlachend.

Zijn lach maakte haar stoutmoediger, maakte dat ze zich mooi en sterk voelde. *Hij houdt van me, hij houdt echt van me*. Sansa hief haar hoofd op en liep naar hem toe, niet te langzaam en niet te vlug. Ze mochten niet zien hoe nerveus ze was.

'Jonkvrouwe Sansa van het huis Stark,' riep de heraut.

Onder aan de troon bleef ze staan, daar waar ser Barristans mantel als een witte plas op de vloer naast zijn helm en zijn borstharnas lag. 'Is het iets wat de koning en de raad aangaat, Sansa?' vroeg de koningin van achter de raadstafel.

'Jawel.' Ze knielde op de mantel om haar japon niet te bederven en keek op naar haar prins op zijn geduchte zwarte troon. 'Als het u behaagt vraag ik om genade voor mijn vader, heer Eddard Stark, die de Hand des Konings was.' Ze had de woorden wel honderdmaal geoefend.

De koningin zuchtte. 'Sansa, je stelt me teleur. Wat heb ik je gezegd over verradersbloed?'

'Uw vader heeft ernstige en verschrikkelijke misdaden begaan, jonkvrouwe,' hief grootmaester Pycelle aan.

'Och, arm, treurig ding,' zuchtte Varys. 'Het is nog maar een kind, heren, ze weet niet waar ze om vraagt.'

Sansa had slechts oog voor Joffry. *Hij moet naar me luisteren, het moet*, dacht ze. De koning ging verzitten. 'Laat haar spreken,' beval hij. 'Ik wil horen wat ze te zeggen heeft.'

'Heb dank, Uwe Genade.' Sansa glimlachte, een verlegen, verstolen lachje, alleen voor hem bestemd. Hij luisterde. Dat wist ze.

'Verraad is een schadelijk gewas,' verklaarde Pycelle plechtig. 'Het moet met wortel, tak en zaad worden uitgeroeid, opdat niet langs iedere weg nieuwe verraders ontspruiten.'

'Loochen je je vaders misdaad?' vroeg heer Baelish.

'Nee, mijne heren.' Sansa wist wel beter. 'Ik weet wel dat hij gestraft moet worden. Alles wat ik vraag is genade. Mijn vader heeft vast en zeker spijt van zijn daad. Hij was koning Roberts vriend. Die was hem dierbaar, u weet allemaal dat het zo was. Het heeft nimmer in zijn bedoeling gelegen om Hand te worden vóór de koning hem dat vroeg. Ze moeten hem voorgelogen hebben. Heer Renling, of heer Stannis, of... íemand, ze moeten gelogen hebben, want anders...'

Koning Joffry boog zich naar voren, zijn handen om de leuningen van de troon geklemd. Gebroken zwaarden waaierden tussen zijn vingers uit. 'Hij zei dat ik geen koning was. Waarom deed hij dat?'

'Hij had een gebroken been,' antwoordde Sansa gretig. 'Dat deed zo'n pijn dat Maester Pycelle hem melksap van de papaver gaf, en ze zeggen dat melksap van de papaver het brein benevelt. Anders had hij zoiets nooit gezegd.'

Varys zei: 'Het geloof van een kind... hoe lief en onbedorven... en toch zeggen ze dat wijsheid vaak uit een kindermond komt.'

'Verraad is verraad,' antwoordde Pycelle onmiddellijk.

Joffry zat rusteloos op de troon te wiebelen. 'Moeder?'

Cersei Lannister keek Sansa peinzend aan. 'Als heer Eddard zijn misdaad zou bekennen,' zei ze ten slotte, 'zouden we weten dat zijn dwaasheid hem berouwde.'

Joffry duwde zich overeind. *Alsjeblieft*, dacht Sansa, *alsjeblieft, wees de koning die ik weet dat je bent, goed, vriendelijk en nobel, alsjeblieft*. 'Heb je nog meer te zeggen?' vroeg hij.

'Alleen... dat als u mij liefhebt, u mij deze gunst verleent, mijn prins,' zei Sansa.

Koning Joffry bezag haar van top tot teen. 'Je lieflijke woorden hebben mij geroerd,' zei hij galant en knikte, als om te zeggen dat het allemaal wel goed zou komen. 'Ik zal doen wat je vraagt... maar eerst moet je vader bekennen. Hij moet bekennen en zeggen dat ik de koning ben, anders is er geen genade voor hem.'

'Dat zal hij doen,' zei Sansa en haar hart sprong op. 'O, ik weet zeker dat hij dat zal doen.'

Eddard

Het stro op de vloer stonk naar urine. Er was geen raam, geen bed en zelfs geen emmer voor uitwerpselen. Hij herinnerde zich lichtrode stenen muren, wit uitgeslagen van de salpeter, een grauwe deur van ongeschaafd hout, vier duim dik en met ijzer beslagen. Dat had hij in de gauwigheid gezien, een kortstondige glimp, toen ze hem naar binnen duwden. Nu de deur eenmaal dicht was zag hij niets meer. De duisternis was volledig. Hij kon net zo goed blind zijn.

Of dood. Samen met zijn koning begraven. 'Ach Robert,' mompelde hij toen zijn tastende hand op een kille stenen muur stuitte, terwijl zijn been bij elke beweging stak en bonsde. Hij dacht aan de grap die de koning hem had verteld in de crypten van Winterfel, onder de koude stenen blikken van de Winterkoningen. *De koning eet*, had Robert gezegd, *en de hand vangt de stront op*. Wat had hij gelachen. Maar hij had het mis gehad. *De koning sterft*, dacht Ned Stark, *en de Hand wordt begraven*.

De kerker lag onder de Rode Burcht. Hoe diep, daar dacht hij liever niet aan. Hij herinnerde zich de oude verhalen over Maegor de Wrede, die alle metselaars van dit kasteel had gedood opdat ze zijn geheimen nimmer zouden verraden.

Hij vervloekte alles en iedereen: Pinkje, Janos Slink en zijn goudmantels, de koningin, de Koningsmoordenaar, Pycelle, Varys en ser Barristan, en zelfs heer Renling, Roberts eigen bloedverwant, die de benen had genomen toen hij het hardst nodig was. Maar uiteindelijk verweet hij het zichzelf. 'Dwaas!' riep hij het donker in, 'Driewerf vervloekte, blinde dwaas!'

Het gezicht van Cersei Lannister leek in de duisternis voor hem te zweven. Haar haren waren een en al zonlicht, maar haar glimlach had iets spottends. 'Wie om een troon speelt wint of verliest,' fluisterde ze. Ned had gespeeld en verloren, en zijn mannen hadden zijn dwaasheid met hun bloed betaald.

Als hij aan zijn dochters dacht kon hij wel huilen, maar de tranen wilden niet komen. Ook nu nog was hij een Stark van Winterfel, en in zijn hart bevroren verdriet en woede tot ijs.

Zolang hij maar heel stil lag deed zijn been niet zo'n pijn, dus deed hij zijn best zich niet te verroeren. Hoe lang wist hij niet. Er was geen zon en geen maan. Hij kon de muren niet zien. Ned sloot zijn ogen en opende ze weer. Het maakte niet uit. Hij sliep in, ontwaakte en sliep weer in, niet wetend wat pijnlijker was: waken of slapen. Als hij sliep droomde hij, duistere, verontrustende dromen vol bloed en verbroken beloften. Als hij wakker lag kon hij alleen maar denken, en zijn wakende gedachten waren erger dan nachtmerries. Denken aan Cat was even pijnlijk als een bed van brandnetels. Hij vroeg zich af waar ze was, wat ze deed. Hij vroeg zich af of hij haar ooit terug zou zien.

De uren werden dagen, of zo leek het althans. Hij voelde een doffe pijn in zijn verbrijzelde been. Onder het gips jeukte het. Als hij zijn dij aanraakte voelde zijn huid heet aan onder zijn vingers. Het enige geluid was van zijn ademhaling afkomstig. Na verloop van tijd begon hij hardop te praten, alleen om een stem te horen. Om niet gek te worden maakte hij plannen, bouwde hij in het donker kastelen van hoop. Roberts broers waren ergens in de buitenwereld. Ze brachten in Drakensteen en Stormeinde legers op de been. Alyn en Harwin zouden met de rest van zijn wacht naar Koningslanding teruggaan zodra ze met ser Gregor hadden afgerekend. Catelyn zou het noorden onder de wapens roepen als het bericht haar bereikte, en de heren van rivier, berg en Vallei zouden zich bij haar aansluiten.

Hij betrapte zich erop dat hij steeds vaker aan Robert dacht. Hij zag de koning voor zich zoals hij in de bloei van zijn jeugd was geweest, rijzig en knap, zijn grote helm met de geweistangen op zijn hoofd, zijn strijdhamer in de hand, als een gehoornde god op zijn paard gezeten. Hij hoorde in het donker zijn lach en zag zijn ogen, blauw en helder als bergmeren. 'Kijk ons nou toch, Ned,' zei Robert. 'Alle goden, hoe heeft het zo ver met ons kunnen komen? Jij hier, en ik om zeep geholpen door een varken. En we hebben samen nog wel een troon veroverd...'

Ik heb je vertrouwen beschaamd, Robert, dacht Ned. Hij kon de woorden niet over zijn lippen krijgen. *Ik heb je voorgelogen, de waarheid achtergehouden, ik heb je laten vermoorden.*

De koning hoorde hem. 'Eigenwijze dwaas die je bent,' pruttelde hij, 'te trots om te luisteren. Kun je trots opeten, Stark? Kun je je kinderen met eer beschermen?' In zijn gezicht kwamen scheuren, kloven openden zich in zijn huid, en hij stak een hand op en rukte het masker af. Het was Robert helemaal niet, het was Pinkje die grijnzend de spot met hem dreef. Toen hij zijn mond opende om iets te zeggen veranderden zijn leugens in fletse grijze motten en fladderden weg.

Ned sliep half toen er over de gang voetstappen naderden. Eerst dacht hij dat hij had gedroomd, zo lang geleden was het dat hij iets anders had gehoord dan de klank van zijn eigen stem. Ned had koorts gekregen, zijn been was één en al doffe pijn, zijn lippen waren droog en gebarsten. Toen de zware houten deur openknarste deed het plotselinge licht hem pijn aan de ogen.

Een gevangenbewaarder stak hem een kruik toe. De klei was koel en parelde van het vocht. Ned greep de kruik met beide handen en dronk met gretige teugen. Het water liep uit zijn mond en droop in zijn baard. Hij dronk tot hij bijna misselijk werd. 'Hoe lang...?' vroeg hij zwakjes toen hij niet meer kon.

De gevangenbewaarder was een vogelverschrikker van een kerel met een rattensnuit en een uitgeplozen baard, gehuld in een maliënhemd en een korte leren mantel. 'Geen gepraat,' zei hij terwijl hij Ned de kruik uit handen trok.

'Alsjeblieft...' zei Ned, 'mijn dochters...' De deur sloeg met een klap dicht. Hij knipperde met zijn ogen toen het licht verdween, liet zijn hoofd op zijn borst zinken en krulde zich op in het stro. Het stonk niet meer naar pis en stront. Het stonk helemaal niet meer.

Hij merkte het verschil tussen waken en slapen niet langer. De herinnering besloop hem in het donker, levendig als een droom. Het was het jaar van de valse lente. Hij was weer achttien, voor het toernooi in Harrenhal uit het Adelaarsnest afgedaald. Hij zag het felgroene gras en rook de pollen in de wind. Warme dagen, koele nachten en de zoete smaak van wijn. Hij herinnerde zich Brandons gelach en Roberts furieuze moed in de mêlee, zoals hij schaterend links en rechts mannen uit het zadel wierp. Hij herinnerde zich Jaime Lannister, een gulden jongeling in een wit schubbenpantser die voor het koninklijk paviljoen neerknielde en de gelofte aflegde om koning Aerys te beschermen en te verdedigen. Na afloop hielp ser Oswel Whent Jaime overeind, waarna de Witte Stier zelf, bevelhebber ser Gerold Hoogtoren, hem de sneeuwwitte mantel om zijn schouders gespte. Alle zes de Witte Zwaarden waren aanwezig om hun jongste broeder welkom te heten.

Maar toen het steekspel begon was Rhaegar Targaryen de kampioen van de dag. De kroonprins was gehuld in de wapenrusting waarin hij zou sneuvelen: een glanzend zwart harnas met de driekoppige draak van zijn Huis in robijnen op de borst aangebracht. Een scharlakenrode zijden pluim wapperde achter hem aan als hij reed, en het leek of geen lans hem kon raken. Brandon dolf het onderspit tegen hem, en Bronzen Yan Roys, en zelfs de voortreffelijke ser Arthur Dayn, het Zwaard van de Morgen.

Robert had zitten schertsen met Jon en de oude heer Jager toen de prins, die in zijn laatste tweekamp ser Barristan uit het zadel had gelicht, het veld ronddraafde om de overwinnaarskrans op te eisen.

Ned herinnerde zich het moment waarop iedereen ophield met glimlachen. Dat was het moment geweest waarop prins Rhaegar Targaryen zijn paard langs zijn eigen gemalin, prinses Elia Martel van Dorne, stuurde om Lyanna de lauwerkrans van de schoonheidskoningin in de schoot te werpen. Hij zag hem nog voor zich: een krans van ijsblauwe winterrozen.

Ned Stark stak een hand uit om die bloeiende kroon te grijpen, maar onder de bleekblauwe bloemblaadjes scholen de dorens. Hij voelde hoe ze zich in zijn huid boorden, scherp en meedogenloos, zag hoe het bloed traag langs zijn vingers sijpelde en werd sidderend wakker in het donker.

Beloof het me, Ned, had zijn zuster op haar bed vol bloed gefluisterd. Ze was dol geweest op de geur van winterrozen.

'Goden bewaar me,' huilde Ned. 'Ik word gek.'

De goden keurden hem geen antwoord waardig.

Telkens als de gevangenbewaarder hem water bracht zei hij tegen zichzelf dat er weer een dag verstreken was. Aanvankelijk smeekte hij de man nog om nieuws omtrent zijn dochters en de wereld buiten zijn cel. Als antwoord kreeg hij slechts gegrom en trappen. Later, toen de maagkramp kwam, smeekte hij in plaats daarvan om eten. Het maakte niet uit, want er kwam geen voedsel. Misschien wilden de Lannisters hem doodhongeren. 'Nee,' zei hij bij zichzelf. Als Cersei op zijn dood uit was geweest, was hij wel met zijn mannen in de troonzaal neergemaaid. Ze wilde hem levend hebben. Zwak, wanhopig, maar levend. Catelyn hield haar broer gevangen. Ze zou het niet wagen hem te doden, anders zou ook de Kobold er het leven bij inschieten.

Buiten zijn cel klonk het gerammel van ijzeren kettingen. Toen de deur openknarste zette Ned zich met een hand tegen de vochtige muur af en werkte zich in de richting van het licht, terwijl hij zijn ogen dichtkneep tegen de vurige gloed van een toorts. 'Eten,' kraste hij.

'Wijn,' antwoordde een stem. Niet de kerel met de rattensnuit. Deze gevangenbewaarder was dikker en kleiner van stuk, al droeg hij net zo'n korte leren mantel en stalen spijkerhelm. 'Drink, heer Eddard.' Hij duwde Ned een wijnzak in handen.

De stem kwam hem merkwaardig bekend voor, maar toch had Ned even tijd nodig voor hij hem kon plaatsen. 'Varys?' zei hij toen verdwaasd. Hij raakte het gezicht van de man aan. 'Ik... ik droom niet. U bent er echt.' Op de bolle wangen van de eunuch zat een donkere stoppelbaard. Ned betastte het ruige haar met zijn vingers. Varys had zich in een vergrijsde cipier omgetoverd die naar zweet en zure wijn stonk. 'Hoe hebt u... wat bent u voor een magiër?'

'Eentje die dorst heeft,' zei Varys. 'Drink nu maar, heer.'

Ned betastte de wijnzak. 'Is dit hetzelfde vergif dat Robert heeft gekregen?'

'U doet mij onrecht,' zei Varys bedroefd. 'Waarlijk, een eunuch wordt door niemand bemind. Geef mij die zak eens.' Hij dronk, en uit een mollige mondhoek liep een straaltje rood. 'Haalt het niet bij de uitgelezen wijn die u mij de avond van het toernooi offreerde, maar niet vergiftiger dan normaal,' besloot hij en veegde zijn lippen af. 'Hier.'

Ned nam voorzichtig een slok. 'Bocht.' Hij had het gevoel dat de wijn zo weer omhoog zou komen.

'Ieder mens moet het kwade met het goede nemen. Hoge heren net zo goed als eunuchen. Uw uur heeft geslagen, heer.'

'Mijn dochters...'

'Het jongste meisje is ser Meryn ontsnapt en gevlucht,' vertelde Varys. 'Ik heb haar niet kunnen vinden. De Lannisters al evenmin. Een goede zaak. Onze nieuwe koning mag haar niet. Uw oudste dochter is nog steeds met Joffry verloofd. Cersei houdt haar onder toezicht. Een paar dagen geleden verscheen ze aan het hof om te smeken dat u gespaard zou worden. Jammer dat u er niet kon zijn, u was diep geroerd geweest.' Hij boog zich naar voren en zei op dringende toon: 'U bent er geweest, heer Eddard, dat beseft u toch wel?'

'De koningin zal me niet doden,' zei Ned. Hij voelde zich licht in het hoofd: de wijn was sterk, en het was te lang geleden dat hij iets gegeten had. 'Cat... Cat heeft haar broer...'

'De verkéérde broer,' zuchtte Varys. 'En ze is hem trouwens al kwijt. Ze heeft de Kobold door haar vingers laten glippen. Ik vermoed dat hij inmiddels ergens in de Maanbergen is omgekomen.'

'Als dat zo is, snij me dan maar meteen de keel door.' Hij was duizelig van de wijn, moe en diep ongelukkig.

'Uw bloed is wel het laatste dat ik wil.'

Ned fronste zijn voorhoofd. 'Toen ze mijn wacht afslachtten stond u bij de koningin en keek ernaar, en u sprak geen woord.'

'En dat zou ik wéér doen. Ik meen te weten dat ik ongewapend was, zonder harnas, en omringd door Lannister-zwaarden.' De eunuch keek hem eigenaardig aan, zijn hoofd scheef. 'Toen ik een jongen was, voordat ik gesneden werd, reisde ik met een troep toneelspelers de Vrijsteden rond. Van hen heb ik geleerd dat iedereen een rol speelt, zowel in het echt als op het toneel. Dat geldt ook aan het hof. De koninklijke scherprechter moet vreeswekkend zijn, de muntmeester vrijgevig, de bevelhebber van de koningsgarde moedig... en de meester der fluisteraars sluw, slaafs en wars van scrupules. Een moedige verklikker zou even onnut zijn als een laffe ridder.' Hij nam de wijnzak weer terug en dronk.

Ned keek onderzoekend naar het gezicht van de eunuch, zoekend naar de waarheid onder de littekens en de valse toneelspelersbaard. Hij probeerde de wijn nog eens uit. Die ging nu makkelijker naar binnen. 'Kunt u mij uit dit hol bevrijden?'

'Kunnen wel, maar *willen*? Nee. Er zouden vragen worden gesteld, en de antwoorden zouden naar mij terugvoeren.'

Ned had niet anders verwacht. 'U bent wél bot.'

'Een eunuch heeft geen eer, en een spin kan zich de luxe van scrupules niet veroorloven, heer.'

'Wilt u dan ten minste een boodschap voor me overbrengen?'

'Dat hangt van de boodschap af. Als u dat wilt zal ik u gaarne van papier en inkt voorzien. En als u hebt geschreven wat u wilt zal ik de brief lezen en hem bezorgen of niet, al naar gelang mijn eigen doeleinden ermee gediend zijn.'

'Uw eigen doeleinden. Wat voor doeleinden, heer Varys?'

'Vrede,' antwoordde Varys zonder aarzeling. 'Als iemand in Koningslanding koning Robert wanhopig graag in leven wilde houden, dan was ik het wel.' Hij zuchtte. 'Twaalf jaar heb ik hem tegen zijn vijanden beschermd, maar tegen zijn vrienden kon ik hem niet beschermen. Wat was dat voor waanzin om de koningin te vertellen dat u de waarheid omtrent Joffry's geboorte had ontdekt?'

'De waanzin van de barmhartigheid,' gaf Ned toe.

'Ach,' zei Varys. 'Natuurlijk. U bent een eerlijk man en een man van eer, heer Eddard. Dat vergeet ik iedere keer weer. Ik heb er zo weinig ontmoet in mijn leven.' Hij blikte de cel rond. 'En als ik zie wat eerlijkheid en eer u hebben opgeleverd begrijp ik waarom.'

Ned Stark leunde met zijn hoofd tegen de vochtige stenen muur en sloot zijn ogen. Zijn been bonsde. 'De wijn van de koning... hebt u Lancel ondervraagd?'

'O, zeker. Cersei had hem die wijnzakken gegeven en hem gezegd dat het Roberts lievelingswijn was.' De eunuch haalde zijn schouders op. 'Een jager leeft gevaarlijk. Als die ever Robert niet aan zijn eind had gebracht was het wel een val van zijn paard geweest, de beet van een bosadder, een verdwaalde pijl... het woud is het slachthuis der goden. De koning is niet aan wijn ten onder gegaan, maar aan uw *barmhartigheid*.'

Daar was Ned al bang voor geweest. 'Moge de goden me vergeven.'

'Als ze bestaan,' zei Varys. 'Ik neem aan van wel. De koningin zou trouwens toch niet lang hebben gewacht. Robert begon onhandelbaar te worden. Ze moest hem kwijt, zodat ze haar handen vrij zou hebben om met zijn broers af te rekenen. Wat een stel, die Stannis en Renling. De ijzeren hand en de zijden handschoen.' Hij veegde zijn mond af met de rug van zijn hand. 'U hebt dwaas gehandeld, heer. U had naar Pinkje moeten luisteren toen hij erop aandrong dat u Joffry's opvolging zou ondersteunen.'

'Hoe... hoe weet u daarvan?'

Varys glimlachte. 'Ik weet het, meer hoeft u niet te weten. Ik weet ook dat de koningin morgen bij u op bezoek komt.'

Langzaam sloeg Ned zijn ogen op. 'Waarom?'

'Cersei is bang voor u, heer... maar er zijn vijanden die ze nog meer vreest. Lysa Arryn heeft zich in het Adelaarsnest achter staal en steen verschanst, en zij en de koningin zijn elkaar bepaald niet toegenegen. In Dorne koesteren de Martels hun wrok over de moord op prinses Elia en haar kinderen. En op dit moment marcheert uw zoon aan het hoofd van een noordelijk leger door de Nek.'

'Rob is nog maar een jongen,' zei Ned, diep geschokt.

'Een jongen met een leger,' zei Varys. 'Maar een jongen, zoals u zegt. Het zijn de broers van de koning die Cersei slapeloze nachten bezorgen... met name heer Stannis. Zijn aanspraak is rechtmatig, hij staat bekend als een bekwaam legeraanvoerder en hij is meedogenloos. Niemand is ook maar half zo beangstigend als een waarlijk rechtvaardig man. Geen mens weet wat Stannis zoal op Drakensteen heeft uitgevoerd, maar wedden dat hij meer zwaarden dan schelpen heeft verzameld? Dus dit is Cerseis nachtmerrie: terwijl haar vader en broer zich uitputten in de strijd tegen de Starks en de Tullings landt heer Stannis hier, roept zichzelf tot koning uit en hakt de blonde krullenkop van haar zoon eraf... en haar hoofd erbij, al geloof ik oprecht dat de jongen haar meer ter harte gaat.'

'Stannis Baratheon is Roberts ware erfgenaam,' zei Ned. 'Hij heeft recht op de troon. Ik zou zijn troonsbestijging verwelkomen.'

'*Tsss*,' zei Varys. 'Dat zal Cersei niet graag horen, dat geef ik u op een briefje. Stannis zal dan misschien de troon veroveren, als u die tong van u niet in bedwang houdt, is straks alleen uw rottende hoofd nog over om hem toe te juichen. Sansa heeft zo prachtig voor u gepleit dat het een schande zou zijn als u dat naast u neerlegde. U krijgt uw leven terug, als u het tenminste wilt hebben. Cersei is niet gek. Ze weet dat een tamme wolf nuttiger is dan een dode.'

'U wilt dat ik de vrouw die mijn koning heeft vermoord, mijn mannen heeft afgeslacht en mijn zoon heeft verminkt, ga díenen?' Neds stem was schor van ongeloof.

'Ik wil dat u het rijk dient,' zei Varys. 'Zeg tegen de koningin dat u uw laaghartige verraad zult bekennen, uw zoon zult bevelen zijn zwaard neer te leggen en Joffry tot de ware erfgenaam zult uitroepen. Bied haar aan om Stannis en Renling als trouweloze usurpatoren aan de kaak te stellen. Onze groenogige leeuwin kent u als een man van eer. Geef haar de vrede die ze nodig heeft en de tijd om met Stannis af te rekenen en beloof haar plechtig dat u haar geheim zult meenemen in het graf, dan staat ze u vermoedelijk wel toe het zwart aan te nemen en de rest van uw levensdagen op de Muur te slijten, bij uw broer en die bastaardzoon van u.'

De gedachte aan Jon vervulde Ned met schaamte, en met een smart die woorden te boven ging. Kon hij maar naar de jongen toe om hem weer te zien, om bij hem te gaan zitten en met hem te spreken... onder het smerige gipsomhulsel ging een pijnscheut door zijn gebroken been. Hij kromp ineen en zijn vingers strekten en kromden zich, een machteloos gebaar. 'Hebt u dit plan zelf uitgebroed,' hijgde hij tegen Varys, 'of speelt u onder één hoedje met Pinkje?'

Dat scheen de eunuch te amuseren. 'Ik trouw nog liever met de Zwarte Geit van Qohor. Pinkje is de op één na doortraptste man in de Zeven Koninkrijken. O ja, ik voer hem een assortiment fluisteringen, net genoeg om hem het *idee* te geven dat ik zijn man ben... net zoals ik Cersei het idee geef dat ik de hare ben.'

'En zoals u mij het idee gaf dat u de mijne was. Vertel eens, heer Varys, wie dient u echt?'

Varys glimlachte flauwtjes. 'Het rijk natuurlijk, mijn waarde. Hoe hebt u daar ooit aan kunnen twijfelen? Ik zweer het, bij mijn verloren gegane manlijkheid. Ik dien het rijk, en het rijk heeft vrede nodig.' Hij goot het laatste slokje wijn naar binnen en smeet de lege wijnzak weg. 'Dus wat is uw antwoord, heer Eddard? Geef me uw woord dat als de koningin bij u komt, u haar zult vertellen wat ze horen wil'

'Als ik dat deed zou mijn woord zo hol zijn als een leeg harnas. Zo dierbaar is mijn leven me niet.'

'Jammer.' De eunuch stond op. 'En dat van uw dochter, heer? Hoe dierbaar is dat u?'

Het werd Ned koud om het hart. 'Mijn dochter...'

'U dacht toch niet dat ik uw onschuldige lieveling vergeten was, heer? De koningin is haar zeker niet vergeten.'

'*Nee*,' smeekte Ned, en zijn stem sloeg over. 'Barmhartige goden, Varys, doe met mij wat u wilt, maar laat mijn dochter buiten uw intriges. Sansa is nog maar een kind.'

'Rhaenys was ook een kind. Prins Rhaegars dochtertje. Een lief klein ding, nog jonger dan uw dochters. Ze had een klein zwart poesje dat ze Balerion had genoemd, wist u dat? Ik heb me altijd afgevraagd wat er van hem geworden is. Rhaenys vond het leuk om te doen of hij de echte Balerion was, de Zwarte Verschrikking van weleer, maar ik stel me zo voor dat de Lannisters haar het verschil tussen een jong poesje en een draak snel genoeg duidelijk hebben gemaakt, die dag dat ze haar deur insloegen.' Varys slaakte een lange, vermoeide zucht, de zucht van een man die al het verdriet van de wereld op zijn schouders torst. 'De Hoge Septon heeft eens tegen me gezegd dat we lijden naar gelang we zondigen. Als dat zo is, heer Eddard, vertel me dan eens... waarom zijn het altijd de onschuldigen die het meest lijden als de hoge heren hun spel der tronen spelen? Als u wilt, denk daar dan maar eens over na terwijl u op de koningin wacht. En sta hier dan ook even bij stil. Uw volgende bezoeker kan u brood, kaas en melksap van de papaver voor uw pijn brengen... of Sansa's hoofd.

De keus, mijn beste heer Hand, is *geheel* aan u.'

Catelyn

Toen de strijdmacht over de heirweg door de zwarte veenmoerassen was gemarcheerd en over het rivierengebied daarachter uitstroomde, namen Catelyns bange voorgevoelens toe. Ze maskeerde haar vrees achter een strak in de plooi gehouden gezicht, maar hij was er wel en groeide met iedere afgelegde mijl. Haar dagen waren bekommerd, haar nachten rusteloos, en bij iedere overvliegende raaf klemde ze haar kaken op elkaar.

Ze zat in angst om haar vader en verwonderde zich over zijn onheilspellende stilzwijgen. Ze zat in angst om haar broer Edmar en smeekte de goden, over hem te waken als hij in de strijd oog in oog met de Koningsmoordenaar kwam te staan. Ze zat in angst om Ned en de meisjes en om de dierbare zonen die in Winterfel waren achtergebleven. En toch kon ze voor geen van hen iets doen, en dus dwong ze zichzelf alle gedachten aan hen van zich af te zetten. *Spaar je krachten voor Robb*, vermaande ze zichzelf. *Hij is de enige die je kunt helpen. Wees fel en hard als het noorden, Catelyn Tulling. Wees nu een echte Stark, zoals je zoon.*

Robb reed aan het hoofd van de stoet, onder de wapperende witte banier van Winterfel. Elke dag nodigde hij een van zijn heren uit om naast hem te rijden, zodat ze al rijdend besprekingen konden houden. Hij liet hun die eer een voor een te beurt vallen, zonder enige voorkeur te laten blijken, luisterde zoals zijn vader had geluisterd en woog de woorden van de een tegen die van de ander af. *Hij heeft veel van Ned geleerd*, dacht ze als ze hem gadesloeg, *maar heeft hij genoeg geleerd?*

De Zwartvis had zich met honderd van de beste mannen en honderd snelle paarden vooruit gehaast om hun bewegingen af te dekken en de weg te verkennen. De verslagen waarmee Bryndens ruiters terugkwamen droegen weinig tot haar geruststelling bij. Heer Tywins krijgsmacht was nog vele dagreizen naar het zuiden... maar Walder Frey, heer van de Oversteek, had bij zijn kastelen aan de Groene Vork bijna vierduizend man krijgsvolk verzameld.

'Weer zo laat,' mompelde Catelyn toen ze dat hoorde. Precies zoals bij de Drietand, de ellendeling. Toen haar broer Edmar de banieren bijeen had geroepen, had heer Frey zich eigenlijk bij de Tulling-krijgsmacht in Stroomvliet moeten scharen, maar hij zat hier.

'Vierduizend man,' herhaalde Robb, eerder verbijsterd dan

kwaad. 'Heer Frey maakt geen enkele kans als hij alleen tegen de Lannisters vecht. Dus moet hij van plan zijn zich met zijn strijdkrachten bij mij aan te sluiten.'

'O ja?' vroeg Catelyn. Ze was naar voren gereden om zich bij Robb en Robet Hanscoe, zijn metgezel van die dag te voegen. Achter hen strekte de voorhoede zich uit als een traag optrekkend woud van lansen, banieren en speren. 'Dat vraag ik me af. Verwacht niets van Walder Frey, dan kom je ook niet voor verrassingen te staan.'

'Hij is uw vaders baanderman.'

'De een neemt zijn eed serieuzer dan de ander, Robb. En heer Walder is altijd al dikkere maatjes geweest met de Rots van Casterling dan mijn vader lief was. Een van zijn zonen is met Tywin Lannisters zuster getrouwd. Natuurlijk zegt dat op zich niet zoveel. Heer Walder heeft in de loop der jaren heel wat kinderen verwekt, en die moeten met iemand trouwen. Maar toch...'

'Denkt u dat hij van plan is ons aan de Lannisters te verraden, vrouwe?' vroeg Robet Hanscoe ernstig.

Catelyn zuchtte. 'Om eerlijk te zijn betwijfel ik of heer Frey zelf weet wat heer Frey van plan is. Hij is zo voorzichtig als een oude man en zo eerzuchtig als een jonge en heeft nooit om een list verlegen gezeten.'

'We moeten de Tweeling hebben, moeder,' zei Robb opgewonden. 'Een andere weg over de rivier is er niet, dat weet u.'

'Ja. En dat weet Walder Frey heel beslist ook.'

Die nacht sloegen ze hun kamp aan de zuidkant van de moerassen op, halverwege de Koningsweg en de rivier. Op die plek bracht Theon Grauwvreugd hun nog meer bericht van haar oom. 'Ser Brynden laat u weten dat hij een schermutseling met de Lannisters heeft gehad. Een stuk of twaalf verkenners zullen heer Tywin vooralsnog geen bericht meer uitbrengen. Misschien wel nooit meer.' Hij grijnsde. 'Ser Addam Marbrand voert hun voorrijders aan, en hij trekt zich nu naar het zuiden terug en brandt onderweg de boel plat. Hij weet ongeveer waar we zijn, maar volgens de Zwartvis komt hij er niet achter als we ons opsplitsen.'

'Tenzij heer Frey het hem vertelt,' zei Catelyn op scherpe toon. 'Theon, als je weer bij mijn oom bent, zeg hem dan dat hij zijn beste boogschutters dag en nacht rond de Tweeling posteert, met bevelen om elke raaf die ze van de tinnen zien opvliegen, af te schieten. Ik kan geen vogels hebben die heer Tywin bericht van mijn zoons bewegingen overbrengen.'

'Dat heeft ser Brynden al gedaan, vrouwe,' antwoordde Theon met een eigenwijs lachje. 'Nog een paar van die zwarte vogels en we kunnen pastei bakken. Ik bewaar de veren wel voor uw hoed.'

Ze had kunnen weten dat Brynden de Zwartvis haar een eind vooruit zou zijn. 'Wat hebben de Freys gedaan toen de Lannisters hun velden platbrandden en hun hofsteden plunderden?'

'Er is wat gevochten tussen de manschappen van ser Addam en heer Walder,' antwoordde Theon. 'Nog geen dagrit hiervandaan vonden we twee Lannister-verkenners waaraan de kraaien zich te goed deden nadat ze door de Freys waren opgeknoopt. Maar de grote massa van heer Walders troepen houdt zich nog bij de Tweeling op.'

Typisch Walder Frey, dacht Catelyn verbitterd. Terughoudend zijn, afwachten, toekijken en geen risico's nemen, tenzij het niet anders kan.

'Als hij met de Lannisters heeft gevochten is hij misschien van plan zich aan zijn geloften te houden,' zei Robb.

Catelyn vond het minder bemoedigend. 'Je eigen grondgebied verdedigen is één ding, openlijk slag leveren met heer Tywin iets heel anders.'

Robb keerde zich weer naar Theon Grauwvreugd. 'Heeft de Zwartvis nog een andere weg over de Groene Vork gevonden?'

Theon schudde zijn hoofd. 'De rivier staat hoog en stroomt snel. Volgens ser Brynden is hij niet doorwaadbaar, niet zover naar het noorden.'

'Ik móet die brug hebben!' verklaarde Robb ziedend. 'Natuurlijk, onze paarden kunnen de rivier wel overzwemmen, neem ik aan, maar niet met gewapende mannen op hun rug. We zouden vlotten moeten bouwen om ons staal naar de overkant te bomen, en daar hebben we niet genoeg stammetjes voor. Of tijd. Heer Tywin trekt naar het noorden op...' Hij balde zijn hand tot een vuist.

'Heer Frey zal niet zo dwaas zijn ons de voet dwars te zetten,' zei Theon met zijn gebruikelijke, luchtige zelfvertrouwen. 'We zijn met een vijfvoudige overmacht. Als het moet kun je de Tweeling wel innemen, Robb.'

'Niet zonder moeite,' waarschuwde Catelyn, 'en niet snel genoeg. Terwijl jij Frey belegert maakt Tywin Lannister met zijn krijgsmacht een omtrekkende beweging en valt je van achteren aan.'

Robb keek van haar naar Grauwvreugd, zoekend naar een antwoord, maar tevergeefs. Even zag hij er ondanks zijn maliën, zijn zwaard en de stoppels op zijn wangen zelfs nog jonger uit dan zijn vijftien jaar. 'Wat zou mijn vader doen?' vroeg hij aan haar.

'Erover zien te komen,' zei ze. 'Tot iedere prijs.'

De volgende morgen kwam ser Brynden Tulling zelf terug. Hij had het zware stalen harnas en de helm waarin hij als Ridder van de Poort gehuld was gegaan, verwisseld voor een lichtere uitrusting van leer en maliën zoals voorrijders die droegen, maar zijn mantel werd nog bijeengehouden door de vis van obsidiaan.

Met een ernstig gezicht sprong haar oom van zijn paard. 'Voor de muren van Stroomvliet heeft een veldslag plaatsgevonden,' zei hij, en zijn mond stond grimmig. 'Dat hebben we van een Lannistervoorrijder die we gevangengenomen hebben. De Koningsmoordenaar heeft Edmars leger vernietigd, en de heren van de Drietand zijn halsoverkop gevlucht.'

Een kille hand sloot zich om Catelyns hart. 'En mijn broer?'

'Gewond en gevangen,' zei ser Brynden. 'Heer Zwartewoud en de andere overlevenden worden belegerd in Stroomvliet, omsingeld door Jaimes strijdkrachten.'

Robb keek geërgerd: 'We moeten die verdomde rivier over, anders kunnen we de hoop wel opgeven dat we ze tijdig kunnen ontzetten.'

'Dat zal niet eenvoudig zijn,' maande haar oom. 'Heer Frey heeft zijn gehele troepenmacht binnen zijn kastelen teruggetrokken en zijn poorten gesloten en gebarricadeerd.'

'De ellendeling,' schold Robb. 'Als die ouwe dwaas niet inbindt en me over de rivier laat heb ik geen andere keus dan zijn muren te bestormen. Als het moet breek ik de Tweeling af waar hij bij staat, dan zullen we eens zien hoe leuk hij dat vindt.'

'Nu lijk je net een mokkend jongetje,' zei Catelyn op scherpe toon. 'Als een kind een obstakel tegenkomt is het eerste dat hij wil, eromheen lopen of ertegenaan schoppen. Een heer hoort te weten dat je met woorden soms meer bereikt dan met het zwaard.'

Robbs nek liep rood aan bij dat verwijt. 'Wat bedoelt u, moeder?' vroeg hij gedwee.

'De Freys hebben deze brug al zeshonderd jaar in handen, en ze hebben al zeshonderd jaar geen gelegenheid voorbij laten gaan om hun tol te eisen.'

'Wat voor tol? Wat wil hij?'

Ze glimlachte. 'Dat moeten we zien te ontdekken'

'En als ik die tol niet wens te betalen?'

'Trek je dan maar terug op de Motte van Cailin, of maak je op om slag leveren met heer Tywin... of wacht tot je vleugels krijgt. Ik zie geen andere mogelijkheden.' Catelyn zette haar paard aan en reed weg, zodat haar zoon over haar woorden kon nadenken. Hij mocht niet het idee krijgen dat zijn moeder hem van zijn plaats wilde verdringen. *Heb je hem behalve moed ook wijsheid bijgebracht, Ned?* vroeg ze zich af. *Heb je hem leren knielen?* De begraafplaatsen van de Zeven Koninkrijken lagen vol met dapperen die die les nooit hadden geleerd.

Het was bijna midden op de dag toen hun voorhoede de Tweeling in zicht kreeg, waar de heren van de Brug zetelden.

De Groene Vork stroomde hier diep en snel, maar de Freys hadden hem al eeuwen geleden overspannen, en de betalingen voor de oversteek hadden hen rijk gemaakt. Hun brug was een massieve boog van gladde grijze steen, zo breed dat twee wagens er naast elkaar overheen konden rijden. Midden op de overspanning verrees de Watertoren, die met zijn schietgaten, moordsleuven en valhekken zowel de weg als de rivier beheerste. De Freys hadden drie generaties nodig gehad om hun brug te voltooien, en toen ze klaar waren hadden ze op beide oevers een sterke houten burcht opgericht, zodat niemand zonder hun toestemming naar de overkant kon.

Het hout had intussen allang voor steen plaats gemaakt. De Tweeling – twee plompe, lelijke, formidabele burchten, in alle opzichten identiek, met daartussen de boog van de brug – bewaakte sinds eeuwen de weg over de rivier. Hoge buitenmuren, diepe grachten en zware, met ijzer beslagen eikenhouten poortdeuren beschermden de toegangswegen. De brugpijlers verrezen vanuit sterke binnenvesten, op beide oevers stond een dubbele toren met een valhek, en de Watertoren beschermde de boog zelf.

Catelyn zag in één oogopslag dat het kasteel niet stormenderhand te nemen was. Op de borstwering barstte het van de speren, zwaarden en katapulten, achter alle kantelen en schietgaten stond een boogschutter, de ophaalbrug was omhoog, het valhek neer en de poorten waren gesloten en gebarricadeerd.

De Grootjon begon te vloeken en te schelden zodra hij zag wat hun te wachten stond. Heer Rickard Karstark bezag het onder broeierig stilzwijgen. 'Daar loopt iedere aanval op stuk, heren,' verklaarde Rous Bolten.

'En belegeren is ook zinloos, nu we geen leger aan de overkant hebben om een blokkade rond het andere kasteel te leggen,' zei Helman Langhart somber. Aan de overkant van de diepe, groene stroom verrees de westelijke Tweeling als het spiegelbeeld van zijn oostelijke broer. 'Zelfs al hadden we de tijd. Wat bepaald niet het geval is.'

Terwijl de noordelijke heren het kasteel bestudeerden ging er een uitvalspoort open, over de gracht werd een brug van planken geschoven en twaalf ridders, aangevoerd door vier van heer Walders vele zonen, kwamen naar buiten en reden hen tegemoet. Op hun banier hadden ze donkerblauwe tweelingtorens op een zilvergrijs veld. Ser Stevron Frey, heer Walders erfgenaam, was hun woordvoerder. Alle Freys deden aan wezels denken. Ser Stevron, die de zestig al gepasseerd was en zelf kleinkinderen had, oogde als een bijzonder oude en vermoeide wezel. Maar hij was redelijk beleefd. 'Mijn vader zendt mij om u te begroeten en te informeren wie deze machtige legerschare aanvoert.'

'Ik.' Robb dreef zijn paard naar voren. Hij had zijn wapenrusting aan. Het schrikwolf-schild van Winterfel was aan zijn zadel bevestigd en Grijze Wind liep aan zijn zij.

De oude ridder bezag haar zoon. In zijn blik schemerde vagelijk iets van vermaak door, al stapte zijn ruin onder nerveus gehinnik voor de schrikwolf opzij. 'Mijn vader zou zeer vereerd zijn u in zijn kasteel te onthalen en te vernemen wat u hierheen voert.'

Zijn woorden ploften als een grote steen uit een katapult tussen de baanderheren neer. Iedereen was tegen. Ze begonnen elkaar vloekend en ruziënd te overschreeuwen.

'Doet u dat niet, heer,' zei Galbart Glover met klem tegen Robb. 'Heer Walder is niet te vertrouwen.'

Rous Bolten knikte. 'Als u alleen naar binnen gaat bent u in zijn macht. Dan kan hij u aan de Lannisters verkopen, in een kerker smijten of u de keel doorsnijden, net wat hij wil.'

'Als hij met ons wil praten, laat hem dan zijn poorten openen, dan laten we ons allemáál door hem onthalen,' verklaarde ser Wendel Manderling.

'Of laat hij naar buiten komen en hier met Robb onderhandelen, waar zijn én onze mannen bij zijn,' opperde zijn broer, ser Wylis.

Catelyn Stark deelde al hun twijfels, maar ze hoefde ser Stevron maar aan te kijken om te zien dat hij niet ingenomen was met wat hij hoorde. Nog een paar van die opmerkingen en de kans zou verkeken zijn. Ze moest iets doen, en snel ook. '*Ik zal gaan*,' zei ze met luide stem.

'U, vrouwe?' De Grootjon fronste zijn wenkbrauwen.

'Moeder, weet u dat zeker?' Robb was dat zelf duidelijk niet.

'Zonder meer,' loog Catelyn gladweg. 'Heer Walder is mijn vaders baanderman. Ik ken hem nog van toen ik een klein meisje was. Ik heb geen kwaad van hem te duchten.' *Tenzij hij denkt dat hij er beter van wordt*, voegde ze er in stilte aan toe, maar sommige waarheden konden beter ongezegd blijven en sommige leugens waren noodzakelijk.

'Ik ben ervan overtuigd dat mijn vader vrouwe Catelyn graag wil spreken,' zei ser Stevron. 'Als blijk van onze goede bedoelingen zal mijn broer, ser Perwyn, hier blijven tot ze veilig bij u teruggekeerd is.'

'Hij zal onze hooggeëerde gast zijn,' zei Robb. Ser Perwyn, de jongste van de vier Freys in het gezelschap, steeg af en reikte een van zijn broers de teugels van zijn paard. 'Vanavond wil ik mijn moeder weer terugzien, ser Stevron,' vervolgde Robb. 'Ik ben niet van plan hier lang te blijven.'

Ser Stevron Frey knikte beleefd. 'Zoals u zegt, heer.' Catelyn zette haar paard aan en keek niet om. Heer Walders zonen en afgezanten sloten zich bij haar aan.

Haar vader had eens van Walder Frey gezegd dat hij de enige heer in de Zeven Koninkrijken was die vanuit zijn broek een leger in het veld kon brengen. Toen de heer van de Oversteek Catelyn in de grote zaal van het oostelijke kasteel verwelkomde, omringd door twintig levende zonen (minus ser Perwyn, die de eenentwintigste zou zijn geweest), zesendertig kleinzonen, negentien achterkleinzonen en ontelbaar veel dochters, kleindochters, bastaarden en kleinbastaarden, begreep ze precies wat hij had bedoeld.

Heer Walder was negentig, een verschrompelde, roze wezel met een kaal hoofd vol vlekken, te jichtig om zonder hulp rechtop te staan. Zijn meest recente echtgenote, een bleek, tenger meisje van zestien, liep naast zijn draagstoel toen hij binnen werd gebracht. Zij was de achtste vrouwe Frey.

'Het is een groot genoegen u na al die jaren weer te zien, heer,' zei Catelyn.

De oude man tuurde wantrouwig naar haar. 'O ja? Dat betwijfel ik. Bespaar me uw mooie woorden, vrouwe Catelyn, daar ben ik te oud voor. Waarom bent u hier? Is die jongen van u te trots om zelf naar me toe te komen? Wat moet ik met ú?'

De laatste keer dat Catelyn de Tweeling had bezocht was als meisje geweest, maar ook toen was heer Walder al prikkelbaar, scherp van tong en bot van optreden geweest. Blijkbaar was dat door de jaren heen alleen maar erger geworden. Ze zou haar woorden op een goudschaaltje moeten wegen en haar best moeten doen geen aanstoot te nemen aan de zijne.

'Vader,' zei ser Stevron verwijtend, 'let toch op uw woorden. Vrouwe Stark is hier op uw uitnodiging.'

'Heb ik jóu iets gevraagd? Jij wordt pas heer Frey als ik doodga. Zie ik eruit of ik dood ben? Ik wens van jou geen aanwijzingen te krijgen.'

'Zo hoort u niet te praten waar onze geëerde gast bij is, vader,' zei een van zijn jongere zoons.

'Nu matigen zelfs mijn bastaarden zich al aan mij hoffelijkheid bij te brengen,' klaagde heer Walder. 'Ik praat verdorie zoals ik wil. Ik heb in mijn leven drie koningen te gast gehad, en koninginnen ook, denk je dat ik nog iets te leren heb van lieden als jij, Reyger? Je moeder was bezig om geiten te melken toen ze voor het eerst mijn zaad ontving.' Hij stuurde de rood aangelopen jongeling weg met een knip van zijn vingers en gebaarde naar twee van zijn andere zoons. 'Danuel, Waling, help me naar mijn stoel.'

Ze hesen heer Walder uit zijn draagstoel en droegen hem naar de hoge zetel van de Freys, een zwart, eikenhouten meubelstuk met een rugleuning in de vorm van twee torens met een brug ertussen. Zijn jonge vrouw kwam verlegen aansluipen en drapeerde een deken over zijn benen. Toen hij goed en wel zat wenkte de oude man Catelyn naar zich toe en drukte een kurkdroog kusje op haar hand. 'Daar,' verklaarde hij. 'Nu ik de hoffelijkheid in acht heb genomen, vrouwe, willen mijn zonen me misschien de eer aandoen hun mond te houden. Waarom bent u hier?'

'Om u te verzoeken of u uw poorten wilt openen,' antwoordde Catelyn beleefd. 'Er is mijn zoon en zijn baanderheren veel aan gelegen de rivier over te steken en verder te trekken.'

'Naar Stroomvliet?' gniffelde hij. 'Nee, zeg maar niks, nergens voor nodig. Ik ben nog niet blind. De ouwe man kan nog kaarten lezen.'

'Naar Stroomvliet,' beaamde Catelyn. Ze zag niet in waarom ze dat zou ontkennen. 'Waar ik had verwacht u aan te treffen, heer. U bent toch nog steeds mijn vaders baanderman?'

'*Heh*,' zei heer Walder, een geluid tussen een lach en een grom in. 'Ik heb mijn krijgsvolk bijeengeroepen, jawel, u hebt ze op de muren gezien. Ik had willen opmarcheren zodra ik mijn strijdmacht compleet had. Dat wil zeggen, ik had mijn zonen willen sturen. Zelf marcheer ik allang niet meer, vrouwe Catelyn.' Hij keek om zich heen, op zoek naar een geloofwaardige bevestiging, en wees naar een lange, gebogen man van vijftig. 'Zeg jij het maar, Jared. Vertel haar maar dat ik dat van plan was.'

'Dat was zo, vrouwe,' zei ser Jared Frey, een van zijn zonen bij zijn tweede vrouw. 'Op mijn eer.'

'Kan ik er wat aan doen dat die dwaas van een broer van u zijn veldslag had verloren voordat wij konden optrekken?' Hij liet zich in zijn kussens zakken en keek haar laatdunkend aan, als om haar uit te dagen zijn versie van de gebeurtenissen in twijfel te trekken. 'Ik heb gehoord dat ze de Koningsmoordenaar als rijpe appels in de schoot zijn gevallen. Waarom zouden mijn jongens zich zuidwaarts haasten om daar te sterven? Iedereen die naar het zuiden is gegaan rent nu als een haas weer naar het noorden.'

Catelyn zou graag op de oude dwarsligger gespuugd en hem boven een zacht vuurtje geroosterd hebben als ze niet vóór het vallen van de avond toegang tot de brug moest zien te krijgen. Bedaard zei ze: 'Des te meer reden voor ons om Stroomvliet te bereiken, en snel ook. Waar kunnen we praten, heer?'

'We praten al,' zei heer Frey klagerig. Het gevlekte paarse hoofd werd met een ruk omgedraaid. 'Wat staan jullie te kijken?' brulde hij zijn familie toe. 'Eruit. Vrouwe Stark wil me onder vier ogen spreken. Wie weet heeft ze het wel op mijn echtelijke trouw voorzien, *heh*. Weg, allemaal, ga iets nuttigs doen. Ja, jij ook, vrouwmens. Eruit, eruit, eruít!' Terwijl zijn zonen en kleinzonen en dochters en bastaarden en nichten en neven de zaal uitstroomden boog hij zich naar Catelyn toe en bekende: 'Ze zitten allemaal op mijn dood te wachten. Stevron wacht al veertig jaar, maar ik stel hem telkens weer teleur. *Heh*. Waarom zou ik doodgaan, alleen maar omdat hij heer wil worden? Nou vraag ik je. Ik kijk wel uit.'

'Ik heb alle hoop dat u honderd wordt.'

'*Dan* zouden ze nog eens ziedend worden, o ja. Goed. Wat had je te zeggen?'

'We willen oversteken,' zei Catelyn.

'O, *werkelijk*? Je bent wél bot. Waarom zou ik dat goedvinden?'

Even vlamde haar woede op. 'Als u sterk genoeg zou zijn om uw eigen borstwering te beklimmen, heer Frey, zou u zien dat mijn zoon met twintigduizend man voor uw muren staat.'

'Twintigduizend verse lijken, als heer Tywin hier eenmaal is,' kaatste de oude man terug. 'Probeer me nou niet bang te maken, dame. Je echtgenoot zit als verrader in een cel onder de Rode Burcht, je vader is ziek en ligt misschien op sterven en Jaime Lannister heeft je broer in de ijzers geslagen. Wat heb jij waarvoor ik bang zou moeten wezen? Die zoon van je? Tegenover elk van jouw zonen stel ik er een van mij, en als de jouwe allemaal dood zijn heb ik er nog achttien over.'

'U hebt mijn vader een eed gezworen,' hield Catelyn hem voor.

Glimlachend wiegde hij zijn hoofd heen en weer. 'O ja, ik heb een paar woorden gezegd, maar ik meen me te herinneren dat ik de kroon ook eden heb gezworen. Joffry is nu koning, zodat jij en je zoon en al die dwazen daarbuiten doodgewone opstandelingen zijn. Als de goden me ook maar met de hersens van een vis hadden begiftigd zou ik de Lannisters helpen jullie met zijn allen in de pan te hakken.'

'Wat weerhoudt u daarvan?' zei ze tartend.

Heer Walder snoof minachtend. 'Heer Tywin, trots en luisterrijk, Landvoogd van het Westen, Hand des Konings, wat is dat toch een groot man, met zijn goud hier en zijn goud daar en zijn leeuwen hier en zijn leeuwen daar. Maar ik wed dat hij te veel bonen eet en net zulke winden laat als ik, al zul je hém dat nooit horen toegeven, o nee. Wat voor reden heeft hij trouwens om zo opgeblazen te doen? Twee zonen heeft hij maar, en een daarvan is een mismaakt monstertje. Tegenover elk van zíjn zonen stel ik er ook een van mij, en als de zijne allemaal dood zijn heb ik er nog negentienen*half* over!' Hij kakelde. 'Als heer Tywin mijn hulp wil moet hij daar verdomme om vrágen.'

Meer hoefde Catelyn niet te horen. 'Ik vraag u om hulp, heer,' zei ze nederig. 'En mijn vader, mijn broer, mijn echtgenoot en mijn zonen vragen erom, bij monde van mij.'

Heer Walder priemde met een knokige vinger naar haar gezicht. 'Bespaar me je lieve woordjes, dame. Die hoor ik wel van mijn vrouw. Heb je haar gezien? Zestien jaar, een klein bloempje, en haar honing is voor mij alleen. Ik wed dat ze me volgend jaar om deze tijd een zoon schenkt. Misschien maak ik hém wel erfgenaam, daar zou de rest nog eens ziedend om zijn!'

'Ik ben ervan overtuigd dat ze u vele zonen zal schenken.'

Zijn hoofd wiebelde op en neer. 'Je vader is niet op de bruiloft geweest. Dat zie ik als een belediging. Al ligt hij op sterven. Hij is ook niet op de bruiloft daarvóór geweest. Weet je dat hij me heer Frey Laat noemt? Maar mijn laatste uur heeft nog lang niet geslagen, en ik verzeker je dat ik hem zal overleven, zoals ik ook zijn vader heb overleefd. Jouw familie heeft altijd lak aan me gehad, ontken het maar niet, lieg maar niet, je weet dat het zo is. Jaren geleden ben ik naar je vader gegaan om hem een huwelijk tussen zijn zoon en mijn dochter voor te stellen. Waarom niet? Ik had al een dochter in gedachten, lief meisje, maar een paar jaar ouder dan Edmar, maar als je broer niets voor haar had gevoeld had ik nog anderen voor hem gehad, jonge, oude, maagden, weduwen, wat hij maar wou. Maar nee hoor, heer Hoster wilde er niet van weten. Mooie woorden kreeg ik wel, en verontschuldigingen, maar ík wilde een dochter lozen.

En je zuster, die is al even erg. Wanneer was het ook weer, o ja, een jaar geleden, meer niet, Jon Arryn was nog Hand, en ik ging naar de stad om mijn zonen aan het toernooi te zien deelnemen. Stevron en Jared zijn te oud om in het krijt te treden, maar Danuel en Hostien deden mee, en Perwyn ook, en een paar van mijn bastaarden beproefden hun geluk in de mêlee. Als ik had geweten hoezeer ze me te schande zouden maken had ik nooit de moeite genomen om die hele reis te maken. Waarom zou ik zo'n eind rijden om Hostien door die welp van Tyrel uit het zadel te zien lichten? Nou vraag ik je. Een jongen die half zo oud is als hij, heer Madelief wordt hij genoemd, of zoiets. En Danuel werd door een hagenridder van zijn paard gegooid! Er zijn dagen dat ik me afvraag of die twee wel van mij zijn. Mijn derde vrouw was een Crakenhal, en alle Crakenhalvrouwen zijn sletten. Ach, laat ook maar, ze was al dood toen jij geboren werd, wat kan het jou schelen?

Ik had het over je zuster. Ik stelde heer en vrouwe Arryn voor, dat ze twee van mijn kleinzoons aan het hof zouden opvoeden en bood aan hun zoon als pleegzoon naar de Tweeling mee te nemen. Mogen mijn kleinzoons soms niet aan het hof gezien worden? Het zijn beste jongens, rustig en goed gemanierd. Walder is Merrets zoon, naar mij genoemd, en de ander... *heh*, ik weet het niet meer... dat kan ook wel een Walder zijn geweest, ze noemen ze steeds maar Walder in de hoop dat ik ze dan voor zal trekken, maar zijn vader... wie was zijn vader ook weer?' Zijn gezicht schoot vol rimpels. 'Nou ja, wie het ook was, heer Arryn wilde hem niet hebben, en de ander ook niet, en dat komt door uw zuster. Ze werd één klomp ijs, alsof ik had voorgesteld haar zoon aan een troep potsenmakers te verkopen of een eunuch van hem te maken, en toen heer Arryn zei dat het kind naar Drakensteen ging om bij Stannis Baratheon te worden opgevoed stormde ze weg zonder één spijtbetuiging, en het enige dat de Hand me te bieden had waren zijn verontschuldigingen. Wat koop ik voor verontschuldigingen? Nou vraag ik je.'

Catelyn fronste enigszins verontrust haar wenkbrauwen. 'Ik had begrepen dat Lysa's zoon bij heer Tywin op de Rots van Casterling zou worden opgevoed.'

'Nee, het was heer Stannis,' zei Walder Frey geprikkeld. 'Denk je dat ik het verschil tussen de heren Stannis en Tywin niet weet? Het zijn allebei windbuilen die zich te goed achten om hun eigen aars te beschijten, maar ik weet het verschil donders goed. Of denk je dat ik zo oud ben dat ik het vergeten ben? Ik ben negentig en mijn geheugen werkt nog uitstekend. Ik weet ook nog precies wat ik met een vrouw moet doen. Voor we een jaar verder zijn heeft die vrouw van mij me een zoon gebaard, wed ik. Of een dochter, daar doe je niks tegen. Maar jongen of meid, het wordt rood en rimpelig en het krijst, en het zit er dik in dat ze het Walder of Walda wil noemen.'

Het was Catelyn een zorg hoe vrouwe Frey haar kind eventueel wilde noemen. 'Jon Arryn wilde zijn zoon door heer Stannis laten opvoeden, weet u dat heel zeker?'

'Ja, ja, ja,' zei de oude man. 'Maar hij ging dood, dus wat doet het ertoe? Je zegt dat jullie de rivier over willen?'

'Inderdaad.'

'Nou, dat gaat niet,' verkondigde heer Walder energiek. 'Tenzij ik het goedvind, en waarom zou ik? Ik ben nooit goeie maatjes geweest met de Tullings en de Starks.' Hij leunde naar achteren in zijn stoel en sloeg meesmuilend zijn armen over elkaar in afwachting van haar reactie.

Daarna was het nog slechts een kwestie van loven en bieden.

Een uitdijende, rode zon hing laag tegen de westelijke heuvels toen de poorten van het kasteel zich openden. De ophaalbrug knarste omlaag, het valhek schoof omhoog, en vrouwe Catelyn Stark reed naar buiten om zich bij haar zoon en zijn baanderheren te voegen. Achter haar reden ser Jared Frey, ser Hostien Frey, ser Danuel Frey en heer Walders bastaard Ronnel Stroom aan het hoofd van een lange stoet voortsjokkende piekeniers met blauw glanzende maliën en zilvergrijze mantels aan, vele rijen dik.

Robb galoppeerde haar tegemoet, en naast zijn hengst stoof Grijze Wind voort. 'Het is voor elkaar,' deelde ze hem mee. 'Heer Walder laat je oversteken. Zijn zwaarden krijg je ook, minus vierhonderd die hij hier wil houden om de Tweeling te verdedigen. Ik stel voor dat je ook vierhonderd van jouw manschappen achterlaat, een gemengde eenheid van boogschutters en zwaardvechters. Als je aanbiedt zijn garnizoen te versterken kan hij dat nauwelijks weigeren... maar zorg wel dat je het bevel aan een betrouwbaar man opdraagt. Het kan zijn dat heer Walder wat hulp nodig heeft om trouw te blijven.'

'Zoals u zegt, moeder,' antwoordde Robb terwijl hij naar de rijen piekeniers staarde. 'Misschien... ser Helman Langhart, wat denkt u daarvan?'

'Een uitstekende keus.'

'Wat... wat wilde hij van ons?'

'Misschien kun je een aantal zwaarden missen, ik heb wat mannen nodig om twee van heer Freys kleinzonen naar Winterfel te begeleiden,' zei ze tegen hem. 'Ik heb er mee ingestemd ze als pupillen te nemen. Ze zijn nog jong, acht en zeven. Ze schijnen allebei Walder te heten. Je broer Bran zal het gezelschap van jongens van zijn eigen leeftijd toejuichen, lijkt me.'

'Vast wel,' zei Robb. 'Is dat alles? Twee pleegzonen? Geen al te hoge prijs om...'

'Heer Freys zoon Olyvar komt met ons mee,' vervolgde ze. 'Hij zal jou persoonlijk als schildknaap dienen. Zijn vader zou graag zien dat hij te zijner tijd tot ridder wordt geslagen.'

'Een schildknaap.' Hij haalde zijn schouders op. 'Prima, dat is prima, als hij...'

'Voorts luidt de afspraak, dat als je zuster Arya eenmaal veilig bij ons terug is, ze met heer Walders jongste zoon Elmar zal trouwen zodra ze allebei meerderjarig zijn.'

Robb keek onthutst. 'Dat zal Arya niet leuk vinden.'

'En zodra deze oorlog afgelopen is trouw jij met een van zijn dochters,' besloot ze. 'Heer Walder is zo goedgunstig de keuze van het meisje aan jou over te laten. Hij heeft er verscheidene die hem wel geschikt lijken.'

Het sierde Robb dat hij geen spier van zijn gezicht vertrok. 'Ik snap het.'

'Stem je ermee in?'

'Kan ik weigeren?'

'Niet als je wilt oversteken.'

'Ik stem ermee in,' zei Robb plechtig. Nog nooit had ze hem zó op een man zien lijken. Met zwaarden spelen was kinderspel, maar slechts een heer sloot een huwelijksverdrag in het volle besef van wat de consequenties waren.

Ze staken over toen de avond viel en de maansikkel op de rivier dobberde. De dubbele colonne kronkelde als een grote stalen slang de poort van de oostelijke tweeling in en schoof het binnenhof over, de burcht in en de brug over, om uit het tweede kasteel op de westoever weer naar buiten te komen.

Catelyn reed aan de kop van de slang, samen met haar zoon, haar oom Brynden en ser Stevron Frey. Daarachter volgde negen tiende van hun ruiterij: ridders, lansknechten, vrijruiters en bereden schutters. Het duurde uren voordat iedereen aan de overkant was. Wat Catelyn bijbleef was het gekletter van talloze hoeven op de brug, de aanblik van heer Walder Frey, die in zijn draagstoel toezicht hield op hun doortocht, en het fonkelen van ogen die door het latwerk van de moordsleuven in de zoldering omlaaggluurden toen ze door de Watertoren reden.

Het grootste deel van de noordelijke strijdkrachten – piekeniers, boogschutters en grote hoeveelheden wapenknechten – bleef onder bevel van Rous Bolten op de oostoever achter. Robb had hem bevolen, verder naar het zuiden te marcheren om het enorme Lannister-leger dat onder heer Tywin naar het noorden trok het hoofd te bieden.

Kome wat komen mocht, haar zoon had de teerling geworpen.

Jon

'Alles goed, Sneeuw?' vroeg heer Mormont chagrijnig.

'*Goed*,' kraste zijn raaf. '*Goed*.'

'Jawel, heer,' loog Jon... op luide toon, alsof het daardoor waar werd. 'En met u?'

Mormont fronste zijn voorhoofd. 'Een lijk heeft een moordaanslag op me gepleegd. Hoe goed denk je dat ik me voel?' Hij krabde over zijn kin. Zijn ruige, grijze baard was door het vuur geschroeid, en hij had hem afgesneden. De vale stoppels van zijn beginnende bakkebaarden gaven hem een oud, verlopen en knorrig uiterlijk. 'Je ziet er helemaal niet goed uit. Hoe is het met je hand?'

'Die geneest.' Jon kromde zijn verbonden vingers om het te laten zien. Toen hij die vlammende gordijnen had weggesmeten had hij zich ernstiger verbrand dan hij toen besefte, en zijn rechterhand was tot halverwege de elleboog met zijde omwikkeld. Op het moment zelf had hij niets gevoeld. De pijn was later pas gekomen. Uit zijn rode, gebarsten huid kwam vocht en tussen zijn vingers waren afschuwelijke bloedblaren zo groot als kakkerlakken opgekomen. 'Volgens de maester zal ik er wel littekens aan overhouden maar komt het verder weer prima in orde met die hand.'

'Die littekens hebben niets om het lijf. Op de Muur zul je net zo vaak wel als geen handschoenen dragen.'

'Zoals u zegt, heer.' Het was niet de gedachte aan de littekens die Jon dwarszat, maar de rest. Maester Aemon had hem melksap van de papaver gegeven, maar desondanks was de pijn afgrijselijk geweest. Eerst had hij het gevoel gehad dat zijn hand nog in lichterlaaie stond en dag en nacht brandde. Alleen als hij hem in bakken sneeuw en geschaafd ijs stak bracht dat enige verlichting. Jon dankte de goden dat Spook de enige was die hem jankend van de pijn op zijn bed zag woelen. En als hij dan eindelijk insliep droomde hij, en dat was nog erger. In zijn droom had het lijk waarmee hij vocht blauwe ogen, zwarte handen en zijn vaders gezicht, maar dát durfde hij niet tegen Mormont te zeggen.

'Dywen en Heek zijn vannacht teruggekomen,' zei de ouwe beer. 'Ze hebben geen spoor van je oom gevonden, evenmin als de anderen.'

'Dat weet ik.' Jon had zich naar de gemeenschapszaal gesleept om samen met zijn vrienden te eten, en de mannen hadden nergens anders over gepraat dan over de mislukte zoektocht van de wachtruiters.

'Je weet het,' gromde Mormont. 'Hoe komt het dat iedereen hier alles weet?' Hij leek geen antwoord te verwachten. 'Het ziet ernaar uit dat er maar twee van die... van die *wezens*, of wat dan ook, mensen wil ik ze niet noemen, waren. De goden zij dank. Nog meer en... ik moet er niet aan denken. Maar ze komen nog wel. Dat voel ik aan mijn oude botten, en Maester Aemon denkt er net zo over. Er steken kille winden op. De zomer is afgelopen en het wordt winter, een winter zoals deze wereld nog nooit heeft meegemaakt.'

De winter komt. De woorden van de Starks hadden Jon nog nooit zo grimmig of onheilspellend in de oren geklonken. 'Heer,' vroeg hij aarzelend, 'ze zeggen dat er gisteravond een vogel is gekomen...'

'Dat klopt. En?'

'Ik had gehoopt dat er nieuws van mijn vader zou zijn.'

'*Vader*,' zei de oude raaf tartend terwijl hij met wiebelende kop over Mormonts schouder wandelde. '*Vader*.'

De bevelhebber stak een hand op om zijn snavel dicht te knijpen, maar de raaf sprong op zijn hoofd, klapperde met zijn vleugels, vloog het vertrek door en ging boven een raam zitten. 'Verdriet en lawaai,' gromde Mormont. 'Dat is het enige waar ze goed voor zijn, raven. Ik begrijp niet waarom ik die ellendige vogel nog in mijn buurt duld... als er nieuws van heer Eddard was, denk je dan niet dat ik je had laten halen? Wel of geen bastaard, je blijft zijn bloedverwant. Het bericht betrof ser Barristan Selmy. Hij schijnt uit de koningsgarde gezet te zijn. Ze hebben zijn plaats aan die zwarte hond van Clegane gegeven, en nu wordt Selmy wegens verraad gezocht. De idioten hebben een aantal wachters gestuurd om hem te grijpen, maar hij heeft er twee gedood en is ontsnapt.' Mormont snoof, zodat er geen twijfel over bestond hoe hij dacht over mannen die goudmantels op een vermaard ridder als Barristan de Boude afzonden. 'Door de bossen waren witte schimmen, levende doden maken onze zalen onveilig, en op de ijzeren troon zit een jóngen,' zei hij vol weerzin.

De raaf lachte schril. '*Jongen, jongen, jongen, jongen.*'

Jon herinnerde zich dat de ouwe beer zijn voornaamste hoop op ser Barristan had gevestigd. Als die gevallen was, hoeveel kans hadden ze dan nog dat er acht op Mormonts brief werd geslagen? Hij balde zijn hand tot een vuist en er schoot een pijnscheut door zijn verbrande vingers. 'En mijn zusters?'

'Het bericht maakte geen melding van heer Eddard of de meisjes.' Hij haalde geërgerd zijn schouders op. 'Misschien hebben ze mijn brief nooit gekregen. Aemon heeft er twee gestuurd, met zijn beste vogels, maar wie zal het zeggen? Het ligt meer voor de hand dat Pycelle niet de moeite heeft genomen om te antwoorden. Dat zou niet voor het eerst zijn, en ook niet voor het laatst. Ik vrees dat we in Koningslanding geen enkel gewicht in de schaal leggen. Ze vertellen ons wat ze kwijt willen, en dat is niet al te veel.'

En u vertelt mij wat u aan mij kwijt wilt, en dat is nog minder, dacht Jon wrokkig. Zijn broer Robb had de banieren bijeengeroepen en was naar de oorlog in het zuiden getrokken, maar daarover had hij geen woord te horen gekregen... behalve van Samwel Tarling, die de brief aan Maester Aemon had voorgelezen en hem in de nacht heimelijk de inhoud had toegefluisterd. Ze vonden ongetwijfeld dat het hem niets aanging als zijn broer oorlog voerde. Dat zat hem onuitsprekelijk dwars. Robb trok op, en hij niet. En hoe vaak Jon zich ook voorhield dat hij nu hier thuishoorde, bij zijn nieuwe broeders op de Muur, hij bleef zich een lafaard voelen.

'*Maïs*,' riep de raaf. '*Maïs, maïs*.'

'Kop dicht,' zei de ouwe beer. 'Sneeuw, wanneer kun je volgens Maester Aemon die hand weer gebruiken?'

'Binnenkort,' antwoordde Jon.

'Goed.' Heer Mormont legde een groot zwaard in een met zilver beslagen zwarte schede tussen hen in op de tafel. 'Alsjeblieft. Dan ben je hier ook aan toe.'

De raaf fladderde omlaag, landde op de tafel en stapte parmantig op het zwaard af, zijn kop nieuwsgierig scheef. Jon aarzelde. Hij had er geen flauw idee van wat dit te betekenen had. 'Heer?'

'Het zilver is van de knop gesmolten en de pareerstang en de greep zijn verbrand. Tja, droog leer en oud hout, wat wil je? Maar de kling... Het vuur had honderd keer zo heet moeten zijn om de kling te beschadigen.' Mormont schoof de schede over de ruwe eiken planken. 'Ik heb de rest er weer bij laten maken. Hier.'

'*Hier*,' echode de raaf, die zijn veren oppoetste. '*Hier, hier*.'

Opgelaten pakte Jon het zwaard. Met links, want zijn verbonden rechterhand was nog te gevoelig en onhandig. Voorzichtig trok hij het uit de schede en bracht het op ooghoogte.

De knop was een brok lichte steen, met lood verzwaard om als tegenwicht voor de lange kling te dienen. Hij was in de vorm van een grauwende wolvenkop gesneden, met granaatschilfers als ogen. De greep was van maagdelijk leer, zacht en zwart, nog zonder zweet- of bloedvlekken. De kling zelf was ruim een halve voet langer dan waaraan Jon gewend was en liep puntig toe, zodat je er zowel mee kon steken als houwen, en in het metaal waren drie diepe geulen gekerfd. Waar IJs een echt tweehands-slagzwaard was, was dit een anderhalfhands-zwaard, soms ook 'bastaardzwaard' genoemd. Toch leek het wolvenzwaard in feite minder te wegen dan de wapens die hij tot nog toe in handen had gehad. Toen Jon het opzij keerde kon hij in het donkere staal de rimpels zien die waren ontstaan doordat het metaal vele malen dubbelgevouwen was. 'Dit is Valyrisch staal, heer,' zei hij verwonderd. Zijn vader had hem IJs vaak genoeg laten vasthouden, zodat hij wist hoe dat eruitzag en aanvoelde.

'Dat klopt,' zei de ouwe beer. 'Dit zwaard was van mijn vader, en daarvoor van de zijne. De Mormonts hebben het al sinds vijf eeuwen. Ik heb het in mijn tijd ook gehanteerd en toen ik het zwart aannam heb ik het aan mijn zoon gegeven.'

Hij geeft me het zwaard van zijn zoon. Jon kon zijn oren bijna niet geloven. Het wapen was heel nauwkeurig uitgebalanceerd. De sneden glansden flauwtjes toen ze het licht kusten. 'Uw zoon...'

'Mijn zoon heeft het huis Mormont onteerd, maar hij was wel zo fatsoenlijk om het zwaard achter te laten toen hij vluchtte. Mijn zuster heeft het mij weer in bewaring gegeven, maar alleen al de aanblik herinnerde me aan Jorahs schande, dus borg ik het op en dacht er niet meer aan, totdat we het in mijn slaapkamer in de as aantroffen. De oorspronkelijke knop had de vorm van een zilveren berenkop maar was zo versleten dat de trekken nauwelijks meer te onderscheiden waren. Voor jou leek een witte wolf me passender. Een van onze bouwers is een vrij goede steenbewerker.'

Toen Jon zo oud was als Bran nu had hij er zoals alle jongens van gedroomd grootse daden te verrichten. De details waren steeds weer anders, maar hij had zich nogal vaak voorgesteld dat hij zijn vader het leven redde. Naderhand verklaarde heer Eddard dan dat Jon zich een rechtgeaarde Stark had betoond en overhandigde hij hem IJs. Zelfs toen had hij geweten hoe kinderlijk dwaas dat was, want geen bastaard kon ooit hopen zijn vaders zwaard te hanteren. Hij schaamde zich zelfs voor de herinnering. Wie stal er nu het geboorterecht van zijn broer? *Ik heb hier geen recht op*, dacht hij, *evenmin als op IJs.* Hij kromde zijn verbrande vingers en voelde diep onder de huid een steek van pijn. 'Heer, ik ben zeer vereerd, maar...'

'Geen gemaar, jongen,' onderbrak heer Mormont. 'Zonder jou en dat beest van je zat ik hier niet. Je hebt dapper gevochten... en, wat van meer belang is, snel nagedacht. *Vuur!* Ja, verdraaid, dat hadden we kunnen weten. O zeker, achtduizend jaar is natuurlijk aardig lang... maar als de Nachtwacht het niet meer weet, wie dan wel?'

'*Wie dan wel*,' viel de spraakzame raaf in. '*Wie dan wel.*'

Waarlijk, de goden hadden die nacht Jons gebed verhoord, want de kleren van de dode man hadden vlamgevat en het vuur had hem verteerd alsof zijn vlees een waskaars was en zijn gebeente dor, oud hout. Jon hoefde slechts zijn ogen te sluiten om te zien hoe het ding door het bovenvertrek wankelde, tegen meubels botste en met zijn armen naar de vlammen maaide. Maar het gezicht bleef het duidelijkst door zijn hoofd spoken, met een vurig aureool erom heen, haar dat als stro in lichterlaaie stond en dood vlees dat smolt en van de schedel droop, zodat daaronder het witte bot zichtbaar werd.

Welke demonische kracht Othor ook had voortgedreven, de vlammen hadden die uitgebannen. De verwrongen resten die ze in de as hadden aangetroffen waren niet meer dan gekookt vlees en verkoold been. Maar in zijn nachtmerrie zag hij het weer tegenover zich... en dan nam het brandende lijk de gelaatstrekken van heer Eddard aan. Het was zijn vaders huid die barstte en zwart werd, het waren zijn vaders ogen die als geleitranen over zijn wangen uitvloeiden. Jon begreep niet waarom of wat het betekende, maar het beangstigde hem onzettend.

'Een zwaard is geen hoge prijs voor een leven,' besloot Mormont. 'Neem het. Ik wil er niets meer over horen, begrepen?'

'Ja, heer.' Het zachte leer gaf mee onder Jons vingers, alsof het zwaard zich al naar zijn hand voegde. Hij wist dat hij vereerd moest zijn, en dat was hij ook, maar toch...

Hij is mijn vader niet. De gedachte kwam ongevraagd bij Jon op. *Heer Eddard Stark is mijn vader. Hem zal ik nooit vergeten, hoeveel zwaarden ik ook krijg.* Maar hij kon heer Mormont met goed fatsoen niet vertellen dat hij van het zwaard van een ander had gedroomd...

'Ik wens ook geen beleefdheden te horen,' zei Mormont, 'dus geen dank. Eer het staal met daden, niet met woorden.'

Jon knikte. 'Heeft het een naam, heer?'

'Eens wel. Langklauw, heette het.'

'*Klauw*,' riep de raaf. '*Klauw*.'

'Langklauw is een heel geschikte naam.' Jon probeerde een slag uit. Met zijn rechterhand ging het onhandig en moeizaam, maar toch leek het staal door de lucht te scheren alsof het een eigen wil had. 'Wolven hebben ook klauwen, net als beren.'

Dat beviel de ouwe beer blijkbaar wel. 'Ja, dat wil ik graag aannemen. Je zult het over je schouder moeten dragen, lijkt me. Het is te lang voor je heup, althans, voordat je nog een paar duim gegroeid bent. En je zult ook met twee handen moeten leren vechten. Ser Andrys kan je wel een paar manoeuvres bijbrengen als je brandwonden genezen zijn.'

'Ser Andrys?' Die naam kende Jon niet.

'Ser Andrys Tarth, een prima kerel. Hij is op dit moment uit de Schaduwtoren onderweg om de taak van wapenmeester op zich te nemen. Ser Alliser Doren is gisterochtend naar Oostwacht-aan-Zee vertrokken.'

Jon liet het zwaard zakken. 'Waarom?' vroeg hij dom.

Mormont snoof. 'Omdat ik hem gestúúrd heb, waarom anders? Hij heeft de hand bij zich die jouw Spook van Jafer Bloemens pols heeft afgebeten. Ik heb hem bevolen zich in te schepen naar Koningslanding om het ding aan die jongen op de troon voor te leggen. Dáár zal het knaapje Joffry nog eens van opkijken, denk ik... en ser Alliser is een ridder, welgeboren, gezalfd, met oude vrienden aan het hof, heel wat moeilijker te negeren dan een veredelde kraai.'

'*Kraai.*' Het kwam Jon voor dat de raaf enigszins verontwaardigd klonk.

'Bovendien,' vervolgde de bevelhebber, die het protest van de vogel negeerde, 'hou ik hem en jou op die manier ettelijke duizenden mijlen uit elkaar zonder dat het op een verwijt lijkt.' Hij priemde met een vinger naar Jons gezicht. 'Maar daar hoef jij nog niet uit op te maken dat ik die onzin in de gemeenschapszaal goedkeur. Moed maakt heel wat dwaasheid goed, maar je bent geen klein kind meer, ongeacht je leeftijd. Wat je daar hebt is het zwaard van een man, en er is een man voor nodig om het te hanteren. Dus verwacht ik dat je je voortaan ook zo gedraagt.'

'Ja, heer.' Jon schoof het zwaard weer in de met zilver beslagen schede. Al zou hij dit zwaard zelf niet hebben uitgekozen, het was en bleef een vorstelijk geschenk, en het was een nog grootmoediger gebaar geweest om hem van ser Allisers kwaadaardigheid te bevrijden.

De ouwe beer krabde aan zijn kin. 'Ik was vergeten dat een nieuwe baard zo kon jeuken,' zei hij. 'Nou ja, niets aan te doen. Is die hand van jou zover genezen dat je je plichten kunt hervatten?'

'Ja, heer.'

'Goed. Het wordt een koude nacht, dus ik wil warme kruidenwijn. Haal een flacon rode voor me, niet te zuur, en wees niet te zuinig met kruiden. En als Hobb me weer gekookt schapenvlees voorzet loopt hij het gevaar om zelf gekookt te worden, zeg dat maar tegen hem. Die laatste bout was grijs. Zelfs de vogel wou er niet van eten.' Hij streelde de raaf met een duim over zijn kop, en het beest krauwde vergenoegd. 'En nu ingerukt. Ik heb werk te doen.'

De wachters glimlachten hem toe vanuit hun nissen toen hij met het zwaard in de hand de ronde torentrap afdaalde. 'Fraai staal,' zei een man, en een ander verklaarde: 'Dat heb je verdiend, Sneeuw.' Jon dwong zichzelf om terug te lachen, maar hij meende het niet. Zijn hand deed zeer en de smaak van woede lag op zijn tong, al had hij niet kunnen zeggen op wie hij boos was, of waarom.

Toen hij de koningstoren, het huidige verblijf van bevelhebber Mormont, uitkwam lag daar een zestal vrienden op de loer. Ze hadden een schietschijf op de deur van de korenschuur gehangen, zodat het leek alsof ze hun bekwaamheid op de boog oefenden, maar hij wist hoe loeren eruitzag. Hij had zich nog niet vertoond of Pyp riep: 'Kom op, laat eens zien.'

'Wat?'

Pad schoof dichterbij. 'Je roze billetjes natuurlijk.'

'Het zwaard,' verklaarde Grenn. 'We willen het zwaard zien.'

Jon bezag hen beschuldigend. 'Jullie wisten ervan.'

Pyp grijnsde. 'We zijn niet allemaal zo dom als Grenn.'

'Welles,' zei Grenn met klem. 'Nog veel dommer.'

Halder haalde verontschuldigend zijn schouders op. 'Ik heb Peet geholpen de steen voor de knop te bewerken,' zei de bouwer, 'en je vriend Sam heeft in Molstee de granaten gekocht.'

'Maar we wisten het al eerder,' zei Grenn. 'Rutgier heeft Donal Nooy in de smidse geholpen. Hij was erbij toen de ouwe beer hem dat verbrande zwaard kwam brengen.'

'Het zwáárd!' drong Mat aan. De anderen vielen in en hieven een spreekkoor aan. 'Het zwáárd, het zwáárd, het zwáárd!'

Jon haalde Langklauw uit de schede en draaide het wapen om en om, zodat ze het konden bewonderen. Het bastaardzwaard glinsterde in het waterige zonnetje, donker en dodelijk. 'Valyrisch staal,' verklaarde hij plechtig en probeerde even trots en tevreden te klinken als hij zich had moeten voelen.

'Ik heb eens gehoord van iemand die een scheermes van Valyrisch staal had,' verklaarde Pad. 'Toen hij zich wilde scheren sneed hij zijn kop eraf.'

Pyp grijnsde. 'De Nachtwacht bestaat al duizenden jaren,' zei hij, 'maar ik wed dat heer Sneeuw de eerste broeder is die ooit een eerbewijs heeft ontvangen omdat hij de Bevelhebberstoren in brand heeft gestoken.'

De anderen lachten, en zelfs Jon moest glimlachen. Het vuur dat hij had aangestoken had de stevige stenen toren feitelijk niet in de as gelegd, maar wel flink huisgehouden in het binnenste van de twee bovenverdiepingen, waar de kamers van de ouwe beer waren. Daar leek niemand al te zeer over in te zitten, omdat het ook het moordzuchtige lijk van Othor had vernietigd.

De andere levende dode, het wezen met de ene hand dat eens een wachtruiter genaamd Jafer Bloemen placht te zijn, was ook vernietigd, door een twaalftal zwaarden vrijwel compleet in stukjes gehakt... maar pas nadat het ser Jeremie Rykker en nog vier anderen had gedood. Ser Jeremie had het werk afgemaakt door het hoofd eraf te hakken, maar was toch nog omgekomen toen het lijk zonder hoofd zijn dolk had getrokken en die hem in de ingewanden had geboord. Kracht en moed haalden weinig uit tegen vijanden die niet sneuvelden omdat ze al dood waren, en zelfs wapens en wapenrustingen boden nauwelijks bescherming.

Die grimmige gedachte bedierf Jons breekbare vreugde. 'Ik moet Hobb spreken over de maaltijd van de ouwe beer,' verklaarde hij bruusk en schoof Langklauw terug in de schede. Zijn vrienden bedoelden het goed, maar ze begrepen het niet. Het was echt hun schuld niet. Zij hadden niet oog in oog met Othor gestaan, zij hadden de bleke gloed in die dode, blauwe ogen niet gezien, hadden de kou van die dode, zwarte vingers niet gevoeld. En van de strijd in het rivierengebied wisten ze ook niets af. Hoe konden ze het ook begrijpen? Hij keerde hen abrupt de rug toe en beende nors weg. Pyp riep hem nog na, maar Jon sloeg er geen acht op.

Ze hadden hem na de brand weer in zijn oude cel in de bouwvallige Toren van Hardin gestopt, en daarheen keerde hij ook terug. Spook lag opgerold naast de deur te slapen maar hief zijn kop op toen hij het geluid van Jons laarzen hoorde. De rode ogen van de schrikwolf waren donkerder dan granaten en wijzer dan die van een mens. Jon knielde, krabde hem achter zijn oor en liet hem de zwaardknop zien. 'Kijk. Dat ben jij.'

Spook besnuffelde zijn evenbeeld van bewerkte steen en gaf een voorzichtig likje. Jon glimlachte. 'Jij bent degene die een eerbewijs verdient,' zei hij tegen de wolf... en ineens kwam het hem weer voor de geest hoe hij Spook gevonden had, die dag in de nazomersneeuw. Ze reden al weg met de overige jongen, maar Jon had een geluidje gehoord en was teruggegaan, en daar lag hij, vanwege zijn witte vacht bijna onzichtbaar in de opgewaaide sneeuw. *Hij was helemaal alleen*, dacht hij, *gescheiden van de andere uit het nest. Hij was anders, daarom hadden ze hem verjaagd.*

'Jon?' Hij keek op. Samwel Tarling stond nerveus op zijn hakken heen en weer te wiebelen. Zijn wangen waren rood en hij was in een dikke bontmantel gehuld, zodat hij klaar leek om te overwinteren.

'Sam.' Jon stond op. 'Wat is er? Wil je het zwaard zien?' De dikke jongen schudde zijn hoofd. 'Eens was ik de erfgenaam van mijn vaders zwaard,' zei hij treurig. 'Hartsverderf. Heer Randyll heeft het me een paar keer laten vasthouden, maar het vervulde me altijd met vrees. Het was van Valyrisch staal, mooi, maar zo scherp dat ik bang was dat ik een van mijn zusjes ermee zou verwonden. Nu is het voor Dickon.' Hij veegde zijn klamme handen aan zijn mantel af. 'Ik... eh... Maester Aemon wil je spreken.'

Het was nog geen tijd voor het vernieuwen van zijn verband. Jon fronste wantrouwig zijn wenkbrauwen. 'Waarom?' wilde hij weten. Sam keek ongelukkig. Dat antwoord was duidelijk genoeg. 'Je hebt het hem verteld, hè?' zei Jon boos. 'Je hebt hem verteld dat je het aan mij had verteld.'

'Ik... hij... Jon, ik wilde niet... hij vroeg ernaar... ik bedoel... volgens mij wíst hij het, hij ziet dingen die verder niemand ziet...'

'Hij is blínd,' zei Jon nadrukkelijk, vol afkeer. 'Ik weet de weg.' Hij liet Sam staan, trillend en met open mond.

Hij trof Maester Aemon boven in het roekenhuis aan, bezig de raven te voeren. Clydas was bij hem. Hij droeg een emmer met in stukjes gehakt vlees waarmee ze van kooi naar kooi schuifelden. 'Sam zei dat u naar mij had gevraagd?'

De maester knikte. 'Dat klopt. Clydas, geef Jon die emmer maar. Misschien wil hij zo vriendelijk zijn mij te helpen.' De kromgebogen broeder met de roze oogjes reikte Jon de emmer aan en klauterde de ladder af. 'Gooi het vlees in de kooien,' instrueerde Aemon hem. 'De vogels doen de rest wel.'

Jon verplaatste de emmer naar zijn rechterhand en greep met de linker in de bloederige vleesbrokjes. De raven begonnen luidruchtig te krijsen en tegen de tralies op te fladderen. Hun nachtzwarte vleugels sloegen tegen het metaal. De stukjes vlees waren niet groter dan een vingerkootje. Hij nam een vuistvol en smeet de rauwe, rode brokjes de kooi in, en het krijsen en schelden zwol aan. De veren vlogen in het rond toen twee van de grootste vogels om een bijzonder lekker stukje vochten. Snel greep Jon nog een handvol en smeet die achter de eerste aan. 'De raaf van heer Mormont is dol op fruit en maïs.'

'Een zeldzame vogel,' zei de maester. 'De meeste raven eten wel graan, maar ze hebben liever vlees. Daar worden ze sterk van, en ik vrees dat ze verzot zijn op de smaak van bloed. Wat dat betreft zijn ze net mensen... en net als mensen zijn niet alle raven hetzelfde.'

Daarop had Jon geen weerwoord. Hij strooide met vlees en vroeg zich af waarom hij ontboden was. De oude man zou het hem ongetwijfeld op zijn tijd vertellen. Maester Aemon was niet iemand die zich liet opjagen.

'Duiven kunnen ook worden getraind om berichten over te brengen,' vervolgde de maester, 'al heeft de raaf een krachtiger wiekslag en is hij groter, stoutmoediger en slimmer, en beter in staat zich tegen haviken te verdedigen... maar raven zijn zwart en eten aas, daarom worden ze door sommige vrome lieden verafschuwd. Baelor de Gezegende heeft geprobeerd alle raven door duiven te vervangen, wist je dat?' Glimlachend keerde de maester zijn witte oogballen naar Jon toe. 'De Nachtwacht geeft de voorkeur aan raven.'

Jons vingers staken in de emmer. Het bloed zat tot aan zijn pols. 'Dywen zegt dat de wildlingen ons kraaien noemen,' zei hij onzeker.

'De kraai is de minderbedeelde neef van de raaf. Het zijn allebei bedelaars in het zwart, gehaat en miskend.'

Jon wilde dat hij wist waar dit over ging, en waarom ze praatten. Wat maalde hij om raven en duiven? Als de oude man hem iets te zeggen had, waarom zei hij dat dan niet gewoon?

'Jon, heb je je weleens afgevraagd *waarom* de mannen van de Nachtwacht niet trouwen en geen kinderen verwekken?' vroeg Maester Aemon.

Jon haalde zijn schouders op. 'Nee.' Hij strooide nog meer vlees. De vingers van zijn linkerhand waren slijmerig van het bloed en zijn rechterhand was gaan steken door het gewicht van de emmer.

'Opdat ze niet zullen liefhebben,' antwoordde de oude man, 'want de liefde is de doodsteek voor de eer en het einde van de plicht.'

Dat klonk Jon verkeerd in de oren, maar toch zei hij niets. De maester was honderd jaar oud en bezet een hoge rang binnen de Nachtwacht, en het was niet aan hem om tegen de man in te gaan.

De oude man scheen zijn twijfels aan te voelen. 'Zeg eens, Jon, als er ooit een dag komt waarop je vader moet kiezen tussen zijn eer enerzijds en zijn dierbaren anderzijds, wat zou hij dan doen?'

Jon aarzelde. Hij wilde zeggen dat heer Eddard zichzelf nimmer zou onteren, zelfs niet uit liefde, maar in zijn hart fluisterde een klein, sluw stemmetje: *Hij heeft een bastaard verwekt, wat voor eer schuilt daarin? En je moeder, hoe zit het met zijn plicht jegens haar? Hij weigert zelfs haar naam te noemen.* 'Hij zou doen wat juist was,' zei hij... met klinkende stem, als compensatie voor zijn aarzeling. 'Hoe dan ook.'

'Dan is heer Eddard een man uit tienduizenden. De meesten onder ons zijn minder sterk. Wat is eer, vergeleken met de liefde van een vrouw? Wat is plicht, vergeleken met het gevoel dat je hebt als je je pasgeboren zoon in je armen houdt... of terugdenkt aan de glimlach van je broer? Holle woorden. Holle woorden. Wij zijn niet meer dan mensen, en de goden hebben ons voor de liefde geschapen. Dat is onze grootste glorie, en onze grootste tragedie.

De mannen die de Nachtwacht hebben opgericht wisten, dat slechts hun moed het rijk tegen de duisternis uit het noorden beschermde. Ze wisten dat onverdeelde trouw een noodzaak was, opdat ze onwankelbaar standvastig zouden zijn. Dus zwoeren ze plechtig dat ze geen vrouwen of kinderen zouden nemen.

Maar ze hadden wel broers, en zusters. Moeders die hen hadden gebaard, vaders die hun een naam hadden gegeven. Ze kwamen uit honderd twistzieke koninkrijken, en ze wisten dat de tijden kunnen veranderen, maar de mens nooit. Dus legden ze ook de gelofte af dat de Nachtwacht zich nooit zou mengen in de twisten van de rijken waarover ze waakte.

Aan die gelofte hielden ze zich. Toen Aegon Harren de Zwarte doodde en diens koninkrijk voor zich opeiste was de broer van Harren bevelhebber op de Muur, met tienduizend zwaarden tot zijn beschikking. Hij trok niet ten strijde. In de dagen dat de Zeven Koninkrijken nog zeven koninkrijken wáren, verstreek er geen generatie of er waren er wel drie of vier met elkaar in oorlog. De Wacht had er part noch deel aan. Toen de Andalen de zee-engte overstaken en de Koninkrijken van de Eerste Mensen onder de voet liepen hielden de zonen van de gesneuvelde koningen hun geloften in ere en bleven op hun post. Zo is het altijd geweest, ontelbare jaren lang. Zo hoog is de prijs van de eer.

Zolang er niets te vrezen valt kan een lafaard even moedig zijn als ieder ander. En als het niets kost doen we allemaal onze plicht. Wat lijkt de weg van de eer dan gemakkelijk begaanbaar. Maar vroeg of laat komt er in ieders leven een dag dat het níet gemakkelijk is, een dag waarop hij moet kiezen.'

Sommige van de raven aten nog, en uit hun snavels hingen lange, pezige slierten vlees. De rest leek hem aan te kijken. Jon voelde het gewicht van al die zwarte oogjes op zich rusten. 'En voor mij is dit de dag... is dat wat u wilt zeggen?'

Maester Aemon draaide zijn hoofd en *keek hem aan* met zijn dode, witte ogen. Het was of hij recht in zijn hart keek. Jon voelde zich naakt en kwetsbaar. Hij nam de emmer in beide handen en smeet het grondsop door de tralies. Flarden vlees en bloed vlogen in het rond, zo dat de raven alle kanten op fladderden. Onder hevig gekrijs wiekten ze op. De snelste vogels pikten al vliegend stukjes uit de lucht en schrokten die gretig naar binnen. Jon liet de lege emmer op de vloer kletteren.

De oude man legde een gerimpelde, vlekkerige hand op zijn schouder. 'Het doet pijn, jongen,' zei hij zacht. 'O ja. Kiezen... dat heeft altijd al pijn gedaan. En het zal altijd zo blijven. Ik weet het.'

'U weet het níet,' zei Jon verbitterd. 'Niemand weet het. Ook al ben ik zijn bastaard, hij blijft mijn váder...'

Maester Aemon zuchtte. 'Heb je dan niets gehoord van wat ik zonet verteld heb, Jon? Dacht je dat jij de eerste was?' Hij schudde zijn hoogbejaarde hoofd, een gebaar van onuitsprekelijke vermoeidheid. 'Het heeft de goden driemaal behaagd mijn geloften op de proef te stellen. Een keer toen ik nog een jongen was, een keer in de kracht van mijn leven, en een keer toen ik al oud was. Toen was mijn kracht inmiddels vervlogen en mijn blik vertroebeld, maar toch was de laatste keus niet minder wreed dan de eerste. Mijn raven brachten het nieuws uit het zuiden, woorden nog duisterder dan hun wieken, de ondergang van mijn huis, de dood van mijn verwanten, schande en verwoesting. Wat had ik kunnen doen, oud, blind en breekbaar als ik was? Ik was hulpeloos als een zuigeling, maar wat was het een kwelling om hier vergeten en wel te zitten, terwijl mijn broers arme kleinzoon werd neergehouwen, en zíjn zoon ook, en zelfs de kleine kinderen...'

Jon was geschokt toen hij tranen in de ogen van de oude man zag blinken. 'Wie bent u?' vroeg hij zacht, bijna bevreesd.

Een tandeloos glimlachje trilde rond de dorre lippen. 'Slechts een maester van de Citadel, in dienstbaarheid aan Slot Zwart en de Nachtwacht verbonden. In mijn orde gebruiken we de naam van ons huis niet meer nadat we de gelofte hebben afgelegd en de kraag hebben omgedaan.' De oude man raakte de maestersketen aan die losjes om zijn dunne, knokige nek hing. 'Mijn vader was Maekar, de eerste van die naam, en na hem regeerde mijn broer Aegon in mijn plaats. Ik ben door mijn grootvader naar prins Aemon de Drakenridder vernoemd, die zijn oom of zijn vader was, al naar gelang welk verhaal je gelooft. Aemon, had hij mij genoemd...'

'Aemon... *Targaryen*?' Jon kon nauwelijks geloven wat hij hoorde.

'Vroeger,' zei de oude man. 'Vroeger. Dus je ziet, Jon, dat ik het wél weet... en omdat ik het weet zal ik niet zeggen: *blijf*, en ook niet zeggen: *ga*. Die keus is aan jou, en je zult er tot je dood mee moeten leven. Net als ik.' Zijn stem stierf weg tot een fluistering. 'Net als ik...'

Daenerys

Na afloop van het gevecht reed Dany op haar zilveren het met lijken bezaaide slagveld over. Haar dienstmaagden en de mannen van haar *khas* volgden haar glimlachend en schertsend.

Dothraki-hoeven hadden de aarde omgewoeld en de rogge en linzen vertrapt terwijl hun *arakhs* en pijlen een gruwelijk nieuw gewas hadden gezaaid en dat met bloed hadden besprenkeld. Stervende paarden tilden krijsend hun hoofd op als ze passeerde. Gewonden kreunden en prevelden gebeden. *Jaqqa rhan* liepen tussen hen door, de genademannen die met hun zware bijlen de hoofden oogstten, zowel van doden als stervenden. Daarna zou een zwerm kleine meisjes neerstrijken om manden te vullen met pijlen die ze uit de lijken trokken. En ten slotte zouden de honden komen aansnuffelen, mager en hongerig, de verwilderde meute die nooit ver achter de *khalasar* aan kwam.

De schapen waren al het langst dood. Vele duizenden, naar het leek, zwart van de vliegen. Uit alle karkassen staken pijlschachten. Dat was het werk van Khal Ogo's ruiters, wist Dany, want niemand uit Drogo's *khalasar* was zo dwaas zijn pijlen aan schapen te verspillen zolang er nog herders in leven waren.

Het stadje stond in brand. Zwarte rookpluimen dreven kringelend en kronkelend de helblauwe hemel in. Langs afgebrokkkelde lemen muren galoppeerden ruiters af en aan, bezig de overlevenden uit de rokende puinhopen bijeen te drijven, zwaaiend met hun lange zwepen. De vrouwen en kinderen van Ogo's *khalasar* legden een koppige trots aan den dag, al waren ze verslagen en onderworpen. Ze waren nu slaven, maar dat leek hun geen vrees aan te jagen. Anders was het met de inwoners van het stadje. Dany had met hen te doen, want ze wist nog goed hoe ontzetting aanvoelde. Moeders strompelden met lege, doodse gezichten voort, hun snikkende kindertjes aan de hand met zich meetrekkend. Er waren maar enkele mannen bij, kreupelen, lafaards en grootvaders.

Volgens ser Jorah duidden de bewoners van dit land zichzelf met de naam Lhazareen aan, maar de Dothraki noemden hen *haesh rakhi* ofwel lammermensen. Eens had Dany hen misschien voor Dothraki gehouden, want ze hadden dezelfde koperkleurige huid en amandelvormige ogen. Nu leken ze haar wezensvreemd, gedrongen, met een plat gezicht, hun zwarte haar onnatuurlijk kort gesneden. Het waren schaapherders en groente-eters, en Khal Drogo zei dat ze ten zuiden van de bocht in de rivier thuishoorden. Het gras van de zee van Dothrak was niet voor schapen bestemd.

Dany zag, hoe een jongen uitbrak en naar de rivier rende. Een ruiter sneed hem de pas af en dreef hem de andere kant op, en anderen sloten hem in, lieten hun zwepen voor zijn gezicht knallen en joegen hem nu eens de ene, dan weer de andere richting uit. Een galoppeerde er achter hem aan en geselde zijn zitvlak tot zijn dijen rood zagen van het bloed. Een ander liet een zweepkoord om zijn enkel kronkelen en trok hem onderuit. Ten slotte, toen de jongen alleen nog maar kon kruipen, werden ze hun spelletje zat en schoten een pijl door zijn rug.

Ser Jorah stond haar op te wachten achter de gerammeide poort. Hij had een donkergroene wapenrok over zijn maliën. Zijn handschoenen, beenplaten en helm waren van donkergrijs staal. De Dothraki hadden hem voor lafaard uitgekreten toen hij zijn wapenrusting had aangetrokken, maar de ridder had hun beledigingen onmiddellijk met grote felheid geretourneerd, de gemoederen waren hoog opgelaaid, zwaard en *arakh* hadden elkaar gekruist en de ruiter die het luidruchtigst had gespot was achtergebleven om dood te bloeden.

Terwijl hij op haar afreed sloeg Ser Jorah het vizier van zijn grote pothelm op. 'Uw heer gemaal wacht u op in het stadje.'

'Is Drogo ongedeerd?'

'Een paar schrammen,' antwoordde Jorah, 'niets van belang. Hij heeft vandaag twee *khals* verslagen. Eerst Khal Ogo, en daarna de zoon, khal Fogo, die *khal* werd toen Ogo sneuvelde. Zijn bloedruiters hebben de bellen uit hun haar gesneden, en nu rinkelt Khal Drogo bij iedere stap luider dan ooit tevoren.'

Ogo en zijn zoon hadden tijdens het naamfeest, toen Viserys was gekroond, naast haar heer op de hoge bank gezeten, maar dat was in Vaes Dothrak, aan de voet van de Moeder der Bergen, waar alle ruiters broeders waren en alle twisten werden opgeschort. Buiten in het gras was het anders. Ogo's *khalasar* was net bezig het stadje aan te vallen toen Khal Drogo hem achterhaalde. Ze vroeg zich af wat de lammermensen hadden gedacht toen ze vanaf hun gebarsten lemen muren voor het eerst het stof van hun paarden zagen. Misschien had een enkeling die nog jong en dwaas was, die nog geloofde dat de goden de gebeden der wanhopigen verhoren, gemeend dat hun verlossing nabij was.

Aan de overkant van de weg snikte een meisje dat niet ouder was dan Dany hoog en schel terwijl een ruiter haar met haar gezicht omlaag over een berg lijken schoof en in haar binnendrong. Andere ruiters stegen van hun paard om hem af te lossen. Zo zag de verlossing eruit die de Dothraki de lammermensen brachten.

Ik ben het bloed van de Draak, hield Daenerys Targaryen zichzelf voor en keek de andere kant op. Ze kneep haar lippen op elkaar, verhardde haar hart en reed door naar de poort.

'De meeste ruiters van Ogo zijn gevlucht,' zei ser Jorah. 'Toch zijn er misschien meer dan tienduizend gevangenen.'

Slaven, dacht Dany. Khal Drogo zou hen stroomafwaarts drijven, naar een van de steden aan de Baai der Slavenhandelaars. Ze kon wel huilen, maar ze vermaande zich dat ze sterk moest zijn. *Dit is oorlog, zo ziet dat eruit, dit is de prijs van de ijzeren troon.*

'Ik heb de *khal* gezegd dat hij het beste naar Meereen kan gaan,' zei ser Jorah. 'Daar krijgt hij een betere prijs dan van een karavaan slavenhandelaars. Illyrio schrijft dat daar vorig jaar de pest heeft gewoed, zodat de bordelen dubbel betalen voor gezonde jonge meisjes, en drie keer zoveel voor jongens onder de tien. Als er genoeg kinderen de reis overleven kunnen we met het goud alle benodigde schepen kopen en ook nog bemanningen inhuren.'

Achter hen slaakte het meisje dat verkracht werd een hartverscheurende kreet, een lang, snikkend gejammer waar geen eind aan kwam. Dany's vuist balde zich om de teugels en ze wendde het hoofd van haar zilveren. 'Laat ze ophouden,' beval ze ser Jorah.

'*Khaleesi?*' De ridder klonk verbijsterd.

'U hebt het gehoord,' zei ze. 'Laat ze ophouden.' Ze richtte zich tot haar *khas* in de ruwe tongval van de Dothraki. 'Jhogo, Quaro, help ser Jorah. Ik wil geen verkrachting.'

De krijgers wisselden een stomverbaasde blik.

Jorah Mormont bracht zijn paard naderbij. 'Prinses,' zei hij, 'u hebt een zachtmoedige inborst, maar u begrijpt het niet. Zoals nu is het altijd gegaan. Deze mannen hebben bloed vergoten voor de *khal*. Nu eisen ze hun beloning.'

Aan de overkant van de weg huilde het meisje nog steeds, in die hoge, zangerige taal die Dany vreemd in de oren klonk. De eerste man was nu klaar, en een tweede had zijn plaats ingenomen.

'Ze is een lammermeisje,' zei Quaro in het Dothraki. 'Zij is niets, *khaleesi*. De ruiters bewijzen haar eer. De lammermensen paren met schapen, dat is bekend.'

'Dat is bekend,' echode haar dienstmaagd Irri.

'Dat is bekend,' beaamde Jhogo, gezeten op de grote grijze hengst die hij van Drogo had gekregen. 'Als haar gejammer u onaangenaam in de oren klinkt, *khaleesi*, brengt Jhogo u haar tong.' Hij trok zijn *arakh*.

'Ik wil niet dat haar kwaad wordt gedaan,' zei Dany. 'Ik eis haar op. Doe wat ik zeg, of Khal Drogo krijgt de reden te horen.'

'*Ai, khaleesi*,' antwoordde Jhogo en drukte zijn hielen in de flanken van zijn paard. Quaro en de anderen reden achter hem aan. De belletjes in hun haar tinkelden.

'Gaat u met hen mee,' gelastte ze ser Jorah.

'Zoals u beveelt.' De ridder keek haar merkwaardig aan. 'U bent waarlijk de zuster van uw broer.'

'Viserys?' Dat begreep ze niet.

'Nee,' antwoordde hij. 'Rhaegar.' Hij galoppeerde weg.

Dany hoorde Jhogo iets roepen. De verkrachters lachten hem uit. Een man riep iets terug. Jhogo's *arakh* flitste, en het hoofd van de man rolde van zijn schouders. Gelach verkeerde in gevloek en de ruiters grepen naar hun wapens, maar inmiddels waren Quaro, Aggo en Rakharo ook gearriveerd. Ze zag Aggo naar de overkant van de weg wijzen, waar zij op haar zilveren zat. De ruiters staarden haar met kille, zwarte ogen aan. Een spuwde er. De overigen verspreidden zich en zochten pruttelend hun paarden op.

De man boven op het lammermeisje bleef al die tijd pompen, dermate op zijn genot gericht dat hij niet leek te merken wat zich rondom hem afspeelde. Ser Jorah steeg af en rukte hem met een gemaliede vuist van haar af. De Dothraki viel languit in de modder, veerde op met een mes in zijn hand – en stierf met Aggo's pijl in zijn keel. Mormont trok het meisje van de berg lijken en hulde haar in zijn met bloed bespatte mantel. Hij leidde haar over de weg naar Dany. 'Wat wilt u dat er met haar gebeurt?'

Het meisje sidderde. Haar ogen waren groot en troebel, haar haren plakten van het bloed. 'Doreah, verbind haar wonden. Jij ziet er niet uit als een ruiter, dus misschien is ze voor jou niet bang. De rest komt met mij mee.' Ze dreef haar paard de kapotte houten poort door.

In het stadje was het nog erger. Veel huizen stonden in brand, en de *jaqqa rhan* hadden hun weerzinwekkende werk al gedaan. De smalle kronkelstraatjes lagen vol onthoofde lijken. Telkens als ze een vrouw passeerden die werd verkracht hield Dany halt, liet haar *khas* er een eind aan maken en eiste het slachtoffer als slavin op. Een van hen, een dikke vrouw van veertig met een platte neus, sprak een gestamelde zegenwens in de gewone omgangstaal over Dany uit, maar de rest keek haar slechts met lege, donkere ogen aan. Ze wantrouwden haar, besefte ze treurig, bang dat ze hen had gespaard voor een nog gruwelijker lot.

'Je kunt ze niet allemaal opeisen, kind,' zei ser Jorah toen ze voor de vierde keer bleven staan, terwijl de krijgers van haar *khas* haar nieuwe slavinnen achter haar aan dreven.

'Ik ben *khaleesi*, de erfgename van de Zeven Koninkrijken, het bloed van de Draak,' bracht Dany hem in herinnering. 'Het is niet aan u om mij te zeggen wat ik niet kan doen.' Aan de andere kant van het stadje stortte met een walmende steekvlam een gebouw in, en ver weg hoorde ze geschreeuw en het gejammer van bange kinderen.

Ze troffen Khal Drogo aan voor een vierkante tempel zonder ramen met dikke lemen wanden en een bolle koepel die aan een reusachtige bruine ui deed denken. Achter hem rees een stapel hoofden op, groter dan hijzelf. Een van de korte pijlen van de lammermensen stak in zijn bovenarm en op de linkerkant van zijn naakte borst zat bloed, als een lik verf.

Jhiqui hielp Dany afstijgen, want naarmate haar buik groter en zwaarder werd ging bewegen steeds moeilijker. Ze knielde voor de *khal*. 'Mijn zon-en-sterren is gewond.' De wond van de *arakh* was groot, maar oppervlakkig. Zijn rechtertepel was eraf, en een bloederige lap huid bungelde als een nat vod van zijn borst.

'Is maar schram, maan van leven, door *arakh* van één bloedruiter van Khal Ogo,' zei Khal Drogo in de gewone omgangstaal. 'Ik doodde hem erom, en Ogo ook.' Hij draaide zijn hoofd, zodat de belletjes in zijn vlecht zacht rinkelden. 'Is Ogo wat je hoort, en Fogo zijn *khalakka*, die *khal* was toen ik hem doodde.'

'Niemand houdt stand voor de zon van mijn leven,' zei Dany, 'de vader van de hengst die de wereld bestijgt.'

Een krijger te paard kwam aanrijden en sprong uit het zadel. Hij zei iets tegen Haggo, een stroom boze woorden in het Dothraki, sneller dan Dany kon volgen. De forse bloedruiter wierp haar een sombere blik toe voor hij zich tot zijn *khal* wendde. 'Dit is Mago, die in de *khas* van Ko Jhaqo rijdt. Hij zegt dat de *khaleesi* hem zijn krijgsbuit heeft ontnomen, een lammerdochter die het hem toekwam te bestijgen.'

Khal Drogo's gezicht was strak en onbeweeglijk, maar zijn zwarte ogen richtten zich nieuwsgierig op Dany. 'Zeg me wat daarvan waar is, maan van mijn leven,' beval hij in het Dothraki.

Dany vertelde hem wat ze had gedaan, in haar eigen taal, zodat de *khal* haar beter zou begrijpen, in simpele, onverbloemde bewoordingen.

Toen ze uitgesproken was fronste Drogo zijn wenkbrauwen. 'Zo zijn de wetten van de oorlog. Deze vrouwen zijn nu onze slavinnen, waarmee we kunnen doen wat ons behaagt.'

'En mij behaagt het, hen te beschermen,' zei Dany, maar ze vroeg zich af of ze niet te ver was gegaan. 'Als uw krijgers deze vrouwen bestijgen, laten ze dat dan met zachtheid doen en hen tot vrouw nemen. Geef hun een plaats in de *khalasar* en laat hen zonen voor u baren.'

Qotho was altijd al de wreedste van de bloedruiters geweest. Hij was het die lachte. 'Vermengt het paard zich met het schaap?'

Iets in zijn toon deed haar aan Viserys denken. Boos keerde Dany zich naar hem toe. 'De draak verslindt zowel paarden als schapen.'

Khal Drogo glimlachte. 'Zie eens hoe fel ze wordt!' zei hij. 'Het is mijn zoon in haar schoot, de hengst die de wereld bestijgt, wiens vuur haar vervult. Rijd langzaam, Qotho... als de moeder je niet ter plaatse verbrandt zal de zoon je wel in de modder vertrappen. En jij, Mago, zwijg en zoek een ander lam om te bestijgen. Deze behoren mijn *khaleesi* toe.' Hij wilde zijn hand naar Daenerys uitsteken, maar toen hij zijn arm ophief vertrok Drogo zijn gezicht in plotselinge pijn en wendde zijn hoofd af.

Dany voelde bijna hoe hij leed. Zijn wonden waren erger dan ser Jorah haar had doen geloven. 'Waar zijn de genezers?' wilde ze weten. De *khalasar* had twee soorten: onvruchtbare vrouwen en ontmande slaven. De kruidenvrouwen werkten met drankjes en bezweringen, de eunuchen met messen, naalden en vuur. 'Waarom verzorgen zij de *khal* niet?'

'De *khal* heeft de haarloze mannen weggezonden, *khaleesi*,' bezwoer de oude Cohollo haar. Dany zag dat de bloedruiter zelf ook een wond had opgelopen: een diepe snee in zijn linkerschouder.

'Veel ruiters zijn gewond,' zei Khal Drogo koppig. 'Eerst moeten zij geheeld. Die pijl is niet meer dan de steek van een vlieg, en deze kleine schram slechts een nieuw litteken waarop ik mij tegenover mijn zoon zal beroemen.'

Dany zag de spieren in de borst onder de afgerukte huid. Uit de pijl die zijn arm doorboorde liep een straaltje bloed. 'Khal Drogo kan niet wachten,' verkondigde ze. 'Jhogo, zoek die eunuchen op en breng ze onmiddellijk hier.'

'Zilvervrouwe,' zei een vrouwenstem achter haar, 'ik kan de grote ruiter helpen met zijn wonden.'

Dany keek om. De spreekster was een van de slavinnen die ze had opgeëist, de zware vrouw met de platte neus die haar had gezegend.

'De *khal* heeft geen hulp nodig van vrouwen die met schapen paren,' blafte Qotho. 'Aggo, snij haar tong uit.'

Aggo greep haar bij het haar en zette een mes op haar keel.

Dany hief een hand op. 'Nee. Ze is van mij. Laat haar spreken.'

Aggo keek van haar naar Qotho. Hij liet zijn mes zakken.

'Ik had geen kwaad in de zin, felle ruiters.' De vrouw sprak goed

Dothraki. De gewaden die ze droeg waren van de lichtste, fraaiste wol en rijk geborduurd, maar nu waren ze bemodderd, bebloed en gescheurd. Ze drukte de kapotte stof van haar lijfje tegen haar zware borsten. 'Ik bezit enige bekwaamheid in de kunst van het genezen.'

'Wie ben je?' vroeg Dany.

'Mijn naam is Mirri Maz Duur. Ik ben godsvrouw van deze tempel.'

'*Maegi*,' gromde Haggo. Hij keek duister, en betastte zijn *arakh*. Dany herinnerde zich dat woord uit een griezelverhaal dat Jhiqui haar op een avond bij het kookvuur had verteld. Een *maegi* was een vrouw die met demonen paarde en de zwartste magie bedreef, veil, verdorven en zonder ziel, die zich in het holst van de nacht naar mannen begaf om leven en kracht uit hun lichaam te zuigen.

'Ik ben een genezer,' zei Mirri Maz Duur.

'Een genezer van schapen,' snierde Qotho. 'Bloed van mijn bloed, ik zeg: dood deze *maegi* en wacht de haarloze mannen af.'

Dany negeerde de uitbarsting van de bloedruiter. In haar ogen zag deze oude, alledaagse, gezette vrouw er niet als een *maegi* uit. 'Waar heb je leren genezen, Mirri Maz Duur?'

'Mijn moeder was godsvrouw voor mij. Van haar heb ik die liederen en spreuken geleerd die de Grote Herder het meest behaagden, en ook hoe ik van blad, wortel en bes de heilige dampen en zalven moet maken. Toen ik jonger en mooier was ben ik per karavaan naar Asshai bij de Schaduw gereisd om van de magiërs daar te leren. Schepen uit vele landen doen Asshai aan, en dus verbleef ik daar lang om de geneeskunst van verre volken te leren. Een maanzangeres van de Jogos Nhai schonk mij haar verloszangen, een vrouw van uw eigen ruitervolk leerde me de magie van gras, maïs en paarden kennen, en een maester uit de Landen van de Zonsondergang opende een lichaam voor mij en toonde mij alle geheimen die onder de huid schuilen.'

'Een maester?' kwam ser Jorah ertussen.

'Marwyn, zo noemde hij zich,' antwoordde de vrouw in de gewone omgangstaal. 'Van de zee. Van achter de zee. De Zeven Landen, zei hij. Landen van de Zonsondergang. Waar mannen ijzer zijn en draken heersen. Hij leerde mij zijn taal.'

'Een maester in Asshai,' peinsde Jorah. 'Vertel me, godsvrouw, wat droeg die Marwyn om zijn nek?'

'Een keten, zo strak dat hij er bijna door werd gewurgd, ijzeren heer, met schakels van vele metalen.'

De ridder keek naar Dany. 'Slechts één man die in de Citadel van Oudstee is geschoold draagt zo'n keten,' zei hij, 'en dat soort mannen weet veel van de geneeskunst af.'

'Waarom zou je mijn *khal* willen helpen?'

'Alle mensen behoren één kudde toe, of dat leren wij althans,' antwoordde Mirri Maz Duur. 'De Grote Herder heeft mij naar de aarde gezonden om zijn lammeren te genezen, waar ik hen maar aantref.'

Qotho diende haar een venijnige klap toe. 'Wij zijn geen schapen, *maegi*.'

'Ophouden,' zei Dany boos. 'Ze is van mij. Ik wil niet dat haar iets overkomt.'

Khal Drogo gromde. 'Die pijl moet eruit, Qotho.'

'Ja, grote ruiter,' antwoordde Mirri Maz Duur en betastte de pijnlijke plek op haar gezicht. 'En uw borst moet gereinigd en dichtgenaaid, anders gaat de wond etteren.'

'Doe het dan,' beval Khal Drogo.

'Grote ruiter,' zei de vrouw, 'mijn werktuigen en drankjes zijn in het huis van de god, waar de genezende krachten het sterkst zijn.'

'Ik zal u dragen, bloed van mijn bloed,' bood Haggo aan.

Khal Drogo wuifde hem weg. 'Niemand hoeft mij te helpen,' zei hij met trotse, harde stem. Hij stond zelf op en torende boven iedereen uit. Vers bloed golfde uit de snee waar Ogo's *arakh* zijn tepel had afgesneden en stroomde over zijn borst. Snel ging Dany naast hem staan. 'Ik ben geen man,' fluisterde ze, 'dus op mij mag u steunen.' Drogo legde een grote hand op haar schouder. Terwijl ze naar de grote lemen tempel liepen liet ze een deel van zijn gewicht op zich rusten. De drie bloedruiters volgden hen. Dany beval ser Jorah en de krijgers van haar *khas* om de ingang te bewaken en te zorgen dat het gebouw niet in brand werd gestoken terwijl zij nog binnen waren.

Ze betraden via een reeks voorvertrekken de centrale ruimte onder de ui. Door verborgen vensters bovenin viel een flauw schijnsel naar binnen. Een paar toortsen walmden in houders aan de wanden. Op de lemen vloer lagen schapenvachten gespreid. 'Daar,' zei Mirri Maz Duur en wees naar het altaar, een massieve, blauw dooraderde steen waarin de beeltenissen van herders en hun kudden waren uitgehouwen. Khal Drogo ging erop liggen. De oude vrouw wierp een handvol gedroogde bladeren op een komfoor, waarop het vertrek zich met geurige rook vulde. 'Het is beter als jullie buiten wachten,' zei ze tegen de overigen.

'Wij zijn bloed van zijn bloed,' zei Cohollo. 'Hier wachten wij.'

Qotho ging vlak naast Mirri Maz Duur staan. 'Weet dit wel, vrouw van de Lammergod. Doe de *khal* kwaad, en jou zal hetzelfde overkomen.' Hij trok zijn vilmes en hield haar het lemmet voor.

‘Ze zal hem geen kwaad doen.’ Dany voelde dat ze deze oude vrouw met haar onaantrekkelijke gezicht en platte neus kon vertrouwen. Ze had haar tenslotte uit de harde handen van haar verkrachters gered.

‘Als jullie dan per se moeten blijven, help dan ook,’ zei Mirri tegen de bloedruiters. ‘De grote ruiter is te sterk voor mij. Houd hem vast terwijl ik de pijl uit zijn vlees trek.’ Ze liet de flarden van haar jurk tot op haar middel vallen om een kist met houtsnijwerk te openen en ging toen druk in de weer met flesjes en doosjes, messen en naalden. Toen ze klaar was brak ze de pijlpunt met de weerhaken af en trok de schacht eruit, waarbij ze iets neuzelde in de eentonige taal van de Lhazareen. Ze verhitte een flacon wijn tot het kookpunt op het komfoor en goot die over zijn wonden. Khal Drogo vloekte tegen haar maar verroerde zich niet. Ze verbond de pijlwond met een kussentje van vochtige bladeren en begon toen aan de snee in zijn borst, die ze met een bleekgroene brij insmeerde voordat ze de lap huid op zijn plaats trok. De *khal* beet op zijn tanden en slikte een kreet in. De godsvrouw haalde een zilveren naald en een klos zij te voorschijn en begon de vleeswond dicht te naaien. Toen ze klaar was bestreek ze de huid met rode zalf, legde er nog wat bladeren op en verbond de borst met een rafelig stuk lamsvel. ‘U moet de gebeden zeggen die ik u noem en het lamsvel tien dagen en nachten laten zitten,’ zei ze. ‘U zult koorts krijgen, en jeuk, en na uw genezing zult u een groot litteken hebben.’

Khal Drogo ging zitten en zijn belletjes rinkelden. ‘Ik bezing mijn littekens, schapenvrouw.’ Hij kromde zijn arm en fronste zijn wenkbrauwen.

‘Drink wijn noch melksap van de papaver,’ waarschuwde ze hem. ‘Pijn zult u hebben, maar u moet zorgen dat uw lichaam sterk blijft, zodat het de gifgeesten kan bestrijden.’

‘Ik ben *khal*,’ zei Drogo. ‘Om pijn maal ik niet, en ik drink wat ik wil. Cohollo, mijn vest.’ De oudere man haastte zich weg.

‘Daarstraks,’ zei Dany tegen de lelijke Lhazareen-vrouw, ‘hoorde ik je over verloszangen spreken...’

‘Ik ken alle geheimen van het bloedige bed, zilvervrouwe, en er is mij nog nooit een kind ontglipt,’ antwoordde Mirri Maz Duur.

‘Mijn tijd is nabij,’ zei Dany. ‘Als je wilt zou ik graag hebben dat jij me bijstond wanneer het zover is.’

Khal Drogo lachte. ‘Maan van mijn leven, een slavin vraag je niet, die beveel je. Ze zal doen wat jij wenst.’ Hij sprong van het altaar af. ‘Kom, mijn bloed. De hengsten roepen, deze plaats is as. Het is tijd om te rijden.’

Haggo volgde de *khal* de tempel uit, maar Qotho bleef lang genoeg achter om Mirri Maz Duur strak aan te staren. 'Denk erom, *maegi*, zoals het de *khal* vergaat zal het jou vergaan.'

'Zoals je zegt, ruiter,' antwoordde de vrouw hem terwijl ze haar kruikjes en flesjes bij elkaar verzamelde. 'De Grote Herder waakt over de kudde.'

Tyrion

Op een heuvel met uitzicht op de Koningsweg was onder een olm een lange schraagtafel van ruw pijnbomenhout neergezet en met een kleed van gouddraad gedekt. Daar, naast zijn paviljoen, gebruikte heer Tywin de avondmaaltijd met zijn voornaamste ridders en baanderheren. Boven hem in de lucht wapperde zijn grote karmozijnrood met gouden standaard aan een hoogverheven stang.

Tyrion kwam te laat, met zadelpijn en slechtgehumeurd. Hij was zich er wel heel levendig van bewust hoe vermakelijk hij eruit moest zien terwijl hij over de helling naar zijn vader omhoogwaggelde. Het was een lange, vermoeiende dagrit geweest. Het leek hem wel wat om zich vanavond eens stevig te bezatten. Het schemerde, en de lucht wemelde van de rondzwevende vuurvliegjes.

De koks dienden juist het vleesgerecht op: vijf speenvarkens met dichtgeschroeid, knapperend vel, met in iedere snuit een ander stuk fruit. Toen hij het rook liep het water hem in de mond. 'Verschoning,' begon hij terwijl hij naast zijn oom op een bank ging zitten.

'Misschien kan ik jou het beste belasten met het begraven van onze doden, Tyrion,' zei heer Tywin. 'Als je even laat op het slagveld arriveert als aan tafel is de strijd afgelopen tegen de tijd dat jij komt opdagen.'

'O, u kunt vast wel een paar boeren voor mij overlaten, vader,' antwoordde Tyrion. 'Niet te veel, want ik wil niet inhalig zijn.' Hij schonk zijn wijnbeker vol en keek toe hoe een bediende een speenvarken aansneed. Het krokante vel knisperde onder het mes en de warme jus droop uit het vlees. Het was het mooiste wat Tyrion in tijden had aanschouwd.

'Ser Addams voorrijders zeggen dat de strijdkrachten van Stark vanaf de Tweeling naar het zuiden zijn getrokken,' meldde zijn vader terwijl zijn houten bord werd opgetast met plakjes varkensvlees. 'De lichtingen van heer Frey hebben zich bij hen aangesloten. Ze bevinden zich waarschijnlijk nog geen dagmars ten noorden van ons.'

'Doe me een plezier, vader,' zei Tyrion. 'Ik wou net gaan eten.'

'Gaan je knieën knikken bij de gedachte om oog in oog met die Stark-welp te staan, Tyrion? Je broer Jaime zou hem maar wat graag aanpakken.'

'Ik pak liever dat varken aan. Robb Stark is niet half zo mals, en hij rook lang niet zo lekker.'

Heer Levoort, de kniesoor die over materieel en bevoorrading ging, boog zich naar voren. 'Hopelijk hebben die wilden van u er meer zin in, anders hebben we ons goeie staal aan hen verspild.'

'Die wilden van mij zullen uw staal uitstekend gebruiken, heer,' antwoordde Tyrion. Toen hij tegen Levoort had gezegd dat hij wapens en wapenrustingen nodig had om de driehonderd man uit te rusten die Ulf uit het voorgebergte had opgehaald leek het warempel wel of hij de man had gevraagd hun zijn maagdelijke dochters als meisjes van plezier uit te leveren.

Heer Levoort fronste zijn voorhoofd. 'Ik heb vandaag die grote harige gezien, de kerel die per se twee strijdbijlen wilde, van die zware, zwart stalen dingen met zo'n dubbel halvemaanvormig blad.'

'Shagga doodt graag met beide handen,' zei Tyrion terwijl hem een houten bord met dampend varkensvlees werd voorgezet.

'Die houthakkersbijl zat ook nog steeds op zijn rug gebonden.'

'Shagga is van mening dat drie bijlen nog beter zijn dan twee.' Tyrion stak zijn duim en wijsvinger in de schotel zout en strooide een ruime hoeveelheid over zijn vlees.

Ser Kevan boog zich naar voren. 'We hadden het idee jou en je wilden in de voorhoede te plaatsen als het tot een veldslag komt.'

Ser Kevan had zelden 'een idee' dat heer Tywin niet eerder had gehad. Tyrion had een brok vlees aan de punt van zijn dolk geprikt en naar zijn mond gebracht. Nu liet hij het weer zakken. 'De voorhoede?' herhaalde hij onzeker. Of zijn heer vader had ineens een hoge dunk van zijn bekwaamheden gekregen, óf hij had besloten zich voorgoed van zijn gênante spruit te ontdoen. Tyrion had zo'n donkerbruin vermoeden dat hij het wel wist.

'Ze lijken er woest genoeg voor,' zei ser Kevan.

'Woest?' Tyrion realiseerde zich dat hij zijn oom nabauwde als een afgerichte vogel. Zijn vader keek toe: al zijn woorden werden zorgvuldig beoordeeld en gewogen. 'Ik zal u eens vertellen hoe woest ze zijn. Vannacht heeft een Maanbroeder een Steenkraai neergestoken om een worstje. Toen we vandaag ons kamp opsloegen werd de man dus door drie Steenkraaien gegrepen. Ze sneden hem de keel af. Wie weet wilden ze op die manier hun worstje terugkrijgen, weet ik veel. Bronn wist Shagga er gelukkig van te weerhouden de pik van de dode af te hakken, maar desondanks eist Ulf nu bloedgeld, dat Conn en Shagga weigeren te betalen.'

'Als het krijgslieden aan discipline ontbreekt ligt de fout bij hun bevelhebber,' zei zijn vader.

Zijn broer Jaime was een inspirerend leider, wiens volgelingen desnoods bereid waren voor hem te sterven. Tyrion miste die gave. Hij kocht trouw met goud en dwong gehoorzaamheid af met zijn naam. 'Voor een grótere man zouden ze wel ontzag hebben, is dat wat u bedoelt, heer?'

Heer Tywin Lannister wendde zich tot zijn broer. 'Als de mannen van mijn zoon zijn bevelen niet gehoorzamen is de voorhoede misschien niet de aangewezen plaats voor hem. In de achterhoede, als bewaker van de legertros, zal hij zich ongetwijfeld meer op zijn gemak voelen.'

'Ik hoef geen gunstbewijzen, vader,' zei hij boos. 'Als u geen ander bevel hebt om mij op te dragen voer ik uw voorhoede aan.'

Heer Tywin bestudeerde zijn ondermaatse zoon. 'Ik heb niets over bevelen gezegd. Je dient onder ser Gregor.'

Tyrion nam een hapje varkensvlees, kauwde even en spuwde het toen woedend uit. 'Ik merk dat ik al met al toch geen honger heb,' zei hij en klom moeizaam van de bank. 'Wilt u mij verontschuldigen, heren?'

Lord Tywin boog zijn hoofd ten teken dat hij kon gaan. Tyrion draaide zich om en liep weg. Terwijl hij de heuvel afwaggelde voelde hij hun ogen in zijn rug. Achter hem barstte gelach los, maar hij keek niet om. Hij hoopte dat ze met zijn allen in hun speenvarkens zouden stikken.

De schemering was ingevallen en had alle banieren zwart gekleurd. Tussen de rivier en de Koningsweg strekte zich het Lannister-kamp over vele mijlen uit. Te midden van al die mannen en paarden en bomen raakte je licht de weg kwijt, en dat was ook wat Tyrion deed. Hij passeerde een tiental grote paviljoens en een honderdtal kookvuren. Vuurvliegjes zweefden als zwerfsterren tussen de tenten. Hij snoof het aroma van knoflookworstjes op, kruidig en sappig, zo aanlokkelijk dat zijn lege maag ervan begon te knorren. In de verte verhieven stemmen zich in een of ander schuin lied. Een giechelende vrouw holde hem voorbij met alleen een donkere mantel om haar naakte lijf. Haar dronken achtervolger struikelde over elke boomwortel. Verderop stonden twee speerstrijders tegenover elkaar aan weerszijden van een smal stroompje een oefengevecht te houden in het afnemende licht. Hun ontblote borst glom van het zweet.

Niemand keek naar hem. Niemand sprak tegen hem. Niemand besteedde enige aandacht aan hem. Hij was omringd door gezworenen van het huis Lannister, een enorme krijgsmacht, twintigduizend man sterk, en toch was hij alleen.

Toen hij het diepe basgeluid van Shagga's gelach door het duister hoorde bulderen ging hij daarop af totdat hij de Steenkraaien in hun kleine uithoek van de nacht bereikte. Conn zoon van Corat, zwaaide met een kroes bier. 'Tyrion de halfman! Kom bij ons vuur zitten en eet met de Steenkraaien. We hebben een os.'

'Dat zie ik, Conn, zoon van Corat.' Het enorme rode karkas hing boven een loeiend vuur aan een spit ter omvang van een kleine boom. Het wás waarschijnlijk ook een kleine boom. Bloed en vet dropen in de vlammen toen twee Steenkraaien het vlees omkeerden. 'Dank je. Haal me maar als de os gaar is.' Zo te zien zou dat nog voor de veldslag kunnen lukken. Hij liep door.

Iedere clan had zijn eigen kookvuur. Zwartoren aten niet met Steenkraaien, Steenkraaien aten niet met Maanbroeders, en niemand at met Verbrande Mannen. De bescheiden tent die hij uit de voorraden van heer Levoort los had gekletst was midden tussen de vier vuren opgezet. Daar trof Tyrion Bronn aan terwijl hij samen met de nieuwe bedienden uit een wijnzak zat te drinken. Heer Tywin had hem een paardenknecht en een lijfknecht gestuurd om in zijn behoeften te voorzien, en er zelfs op gestaan dat hij een schildknaap nam. Ze zaten om de sintels van een klein kookvuur en hadden een meisje bij zich, slank, donker van haar en zo te zien niet ouder dan achttien. Tyrion keek even naar haar gezicht. Toen zag hij visgraten tussen de as. 'Wat hebben jullie gegeten?'

'Forel, heer,' zei zijn paardenknecht. 'Door Bronn gevangen.'

Forel, dacht hij. *Speenvarken. Wat een ellendeling is mijn vader toch*. Hij staarde treurig naar de graten, en zijn maag rammelde.

Zijn schildknaap, een jongen die naar de ongelukkige naam Bolderik Peyn luisterde, slikte in wat hij had willen zeggen. De knaap was een ver neefje van ser Ilyn Peyn, de koninklijke scherprechter... en bijna even zwijgzaam, zij het niet bij ontstentenis van een tong. Tyrion had hem die voor alle zekerheid een keer laten uitsteken. 'Ja, zonder meer een tong,' had hij gezegd. 'Die moet je ooit nog eens leren gebruiken.'

Op dit moment ontbrak het hem aan geduld voor een poging om deze jongen, die hem vermoedelijk als een misselijk soort grap op zijn dak was gestuurd, een gedachte te ontlokken. Tyrion richtte zijn aandacht weer op het meisje. 'Is ze dat?' vroeg hij aan Bronn.

Ze rees overeind en zag van de grote hoogte van vijf voet op hem neer. 'Ze is het, meheer, en met uw welnemen, ze kan zelf haar woordje wel doen.'

Hij hield zijn hoofd schuin. 'Mijn naam is Tyrion, van het huis Lannister. Mij wordt vaak "Kobold" nageroepen.'

'Mijn moeder heeft me Shae genoemd. Ik word ook vaak... nageroepen.'

Bronn lachte en Tyrion moest onwillekeurig glimlachen. 'De tent in, Shae, als je zo goed wilt wezen.' Hij hield de flap voor haar opzij. Binnen knielde hij om een kaars aan te steken.

Het leven van een krijgsman kende zo zijn compensaties. Waar een legerkamp is, zijn marketentsters. Aan het eind van hun dagmars had Tyrion Bronn om een aardig hoertje gestuurd. 'Liefst een die nog vrij jong is, en met een zo knap mogelijk gezicht. Als ze zich dit jaar al eens gewassen heeft zal dat me deugd doen. Zo niet, was haar dan. Zorg wel dat je haar zegt wie ik ben, en waarschuw haar voor wát ik ben.' Jyck had die moeite niet altijd genomen. Soms hadden die meisjes op een bepaalde manier gekeken bij hun eerste aanblik van het jonkertje voor wiens plezier ze waren ingehuurd... Tyrion wilde bij voorkeur nooit meer op die manier worden bekeken.

Hij hief de kaars op en bekeek haar van top tot teen. Bronn had geen slechte keus gemaakt. Ze had ogen als een ree en was slank, met kleine, stevige borsten en een glimlachje dat om beurten verlegen, vrijpostig en verdorven was. Dat beviel hem wel. 'Moet ik mijn jurk uittrekken, meheer?' vroeg ze.

'Te zijner tijd. Ben je nog maagd, Shae?'

'Zoals u wenst, meheer,' zei ze gedwee.

'Ik wens dat je de waarheid spreekt, meisje.'

'Jawel, maar dat kost u het dubbele.'

Tyrion kwam tot de slotsom dat ze uitstekend met elkaar zouden kunnen opschieten. 'Ik ben een Lannister. Ik heb goud zat, en je zult ook merken dat ik vrijgevig ben... maar ik wil meer dan alleen dat wat je tussen je benen hebt, al wil ik dat ook. Je zult mijn tent delen, mijn wijn inschenken, om mijn grappen lachen, na elke dagrit de pijn uit mijn benen masseren... en of ik je nu een dag of een jaar hou, zolang wij samen zijn haal je geen andere mannen in je bed.'

'Dat is billijk.' Ze greep de zoom van haar dunne, ruw geweven jurk, trok die met één vloeiende beweging over haar hoofd en smeet hem opzij. Daaronder zat uitsluitend Shae. 'Als u die kaars niet neerzet verbrandt u uw vingers nog, meheer.'

Tyrion zette de kaars neer, nam haar hand in de zijne en trok haar voorzichtig naar zich toe. Ze boog zich voorover en kuste hem. Haar mond smaakte naar honing en klaver en ze pakte de sluitingen van zijn kleren met vaardige, vlugge vingers aan.

Toen hij in haar binnendrong verwelkomde ze hem met gefluisterde liefkozingen en kleine, huiverende kreetjes van plezier. Geveinsd genot, vermoedde Tyrion, maar ze deed het zo goed dat het er niet toe deed. *Zoveel* waarheid verlangde hij niet.

Hij had haar nodig gehad, besefte Tyrion na afloop, toen ze rustig in zijn armen lag. Haar, of net zo'n meisje. Het was bijna een jaar geleden sinds hij voor het laatst met een vrouw naar bed was geweest. Dat was voordat hij in gezelschap van zijn broer en koning

Robert op weg naar Winterfel was gegaan. Het was heel goed mogelijk dat hij morgen of overmogen de dood vond, en als dat zo was ging hij liever het graf in met de gedachte aan Shae dan met die aan zijn vader, Lysa Arryn of vrouwe Catelyn Stark.

Terwijl ze daar naast hem lag voelde hij haar zachte borsten tegen zijn arm drukken. Een aangenaam gevoel. In zijn hoofd kwam een lied op. Hij begon zacht en gedempt te fluiten.

'Wat is dat, meheer?' prevelde Shae.

'Niets,' zei hij. 'Gewoon, een liedje dat ik als jongen heb geleerd. Ga maar slapen, lekkertje.'

Toen haar ogen dicht waren en ze diep en regelmatig ademde glipte Tyrion onder haar uit, voorzichtig, om haar slaap niet te verstoren. Naakt sloop hij naar buiten, stapte over zijn schildknaap heen en liep naar de achterkant van zijn tent om te wateren.

Bronn zat met gekruiste benen onder een kastanjeboom, vlak bij de plaats waar hun paarden vastgebonden stonden. Hij was bezig de snede van zijn zwaard te slijpen, klaarwakker: het leek wel of de huurling niet sliep zoals andere mensen. 'Waar heb je haar vandaan?' vroeg Tyrion hem onder het plassen.

'Van een ridder afgepakt. De man wilde haar niet laten gaan, maar uw naam bracht hem enigszins op andere gedachten... nog afgezien van mijn ponjaard op zijn keel.'

'Fijn hoor,' zei Tyrion droogjes terwijl hij de laatste druppels afschudde. 'Ik meen me te herinneren dat ik zei: *Bezorg me een hoertje*, niet: *Bezorg me een vijand.*'

'De leuke waren allemaal bezet,' zei Bronn. 'Maar als je liever een tandeloos oud lijk hebt wil ik haar wel terugbrengen.'

Tyrion hobbelde naar hem toe. 'Mijn vader zou dat een belediging noemen en je wegens onbeschoft gedrag naar de mijnen sturen.'

'Dan ben ik blij dat jij je vader niet bent,' antwoordde Bronn. 'Ik heb er een gezien met een neus vol zweren. Wil je die misschien?'

'Wat, en jouw hart breken?' kaatste Tyrion terug. 'Ik hou Shae wel. Weet je misschien hoe die ridder van wie je haar hebt afgepakt héét? Ik zou liever niet zij aan zij met hem vechten.'

Bronn stond op, snel en sierlijk als een kat, en keerde de andere kant van zijn zwaard boven. 'Je vecht zij aan zij met mij, dwerg.'

Tyrion knikte. De nachtlucht voelde warm aan op zijn naakte huid. 'Zorg dat ik deze veldslag overleef, en je krijgt iedere beloning die je vraagt.'

Bronn wierp het zwaard van zijn rechterhand naar zijn linker over en probeerde er een slag mee uit. 'Wie wil iemand als jou nou doden?'

'Mijn vader, bijvoorbeeld. Hij heeft me in de voorhoede opgesteld.'

'Zou ik ook gedaan hebben. Een kleine man met een groot schild. De boogschutters krijgen een rolberoerte.'

'Ik vind jou merkwaardig opwekkend,' zei Tyrion. 'Ik lijk wel gek.'

Bronn stak zijn zwaard op. 'O, zeker.'

Toen Tyrion in zijn tent terugkeerde rolde Shae op haar elleboog en prevelde slaperig: 'Ik werd wakker, en toen was meheer weg.'

'En nu is meheer weer terug.' Hij glipte naast haar.

Haar hand voelde tussen zijn onvolgroeide benen en merkte dat hij stijf was. 'Inderdaad,' fluisterde ze en streelde hem.

Hij vroeg haar naar de man van wie Bronn haar had afgepakt, en ze noemde een onbelangrijke volgeling van een onbetekenend jonkertje. 'U hoeft niet bang voor hem te zijn, meheer,' zei het meisje terwijl haar vingers bezig waren met zijn lid. 'Het is maar een klein mannetje.'

'En wat ben ik dan?' vroeg Tyrion. 'Een reus?'

'O ja,' snorde ze, 'mijn Lannister-reus.' Toen ging ze op hem zitten, en een tijdje geloofde hij bijna dat het zo was. Tyrion viel glimlachend in slaap...

... en werd in het donker door trompetgeschal gewekt. Shae schudde hem aan zijn schouder. 'Meheer,' fluisterde ze. 'Wakker worden, meheer. Ik ben bang.'

Slaapdronken ging hij rechtop zitten en gooide de deken van zich af. De hoorns schetterden door de nacht, wild en dringend. *Snel, snel, snel!* riepen ze. Hij hoorde kreten, gekletter van speren en gehinnik van paarden, al was er nog geen teken van een gevecht te horen. 'Mijn vaders trompetten,' zei hij. 'Verzamelen voor de strijd. Ik dacht dat Stark nog een dagmars veraf was.'

Shae schudde haar hoofd. Ze was nergens meer, en haar ogen waren groot en wit.

Kreunend en zwaaiend stond Tyrion op en duwde de tentflap opzij, schreeuwend om zijn schildknaap. Uit de richting van de rivier dreven fletse nevelslierten als lange witte vingers door de nacht. Mannen en paarden stommelden door de ochtendkou, zadels werden omgegespt, wagens geladen, vuren gedoofd. Opnieuw werden de trompetten gestoken: *Snel, snel, snel.* Ridders sprongen op snuivende rossen terwijl wapenknechten al rennend hun zwaardriemen omgespten. Toen hij Bol vond lag de jongen zachtjes te snurken. Tyrion porde hem hard in zijn zij met zijn teen. 'Mijn wapenrusting,' zei hij, 'en snel een beetje.' Bronn kwam uit de mist aandraven, te paard, al volledig gewapend, zijn gedeukte helmkap op zijn hoofd. 'Weet jij wat er is gebeurd?' vroeg Tyrion.

'Die Stark-jongen heeft ons een dagmars door de neus geboord,' zei Bronn. 'Hij is vannacht stilletjes over de Koningsweg getrokken, en nu bevindt zijn krijgsmacht zich minder dan een mijl ten noorden van ons en is bezig zich in slagorde op te stellen.'

Snel, riepen de trompetten, *snel, snel, snel.*

'Zorg dat de clanstrijders rijklaar zijn.' Tyrion dook zijn tent weer in. 'Waar zijn mijn kleren?' blafte hij tegen Shae. 'Daar. Nee, dat leren ding, verdomme. Ja. Hier met mijn laarzen.'

Tegen de tijd dat hij aangekleed was had zijn schildknaap zijn wapenrusting of wat daar voor door moest gaan klaargelegd. Tyrion had een prachtig harnas van plaatstaal, dat hem door een vakman speciaal op het mismaakte lijf was gemaakt. Helaas bevond zich dat veilig en wel in de Rots van Casterling, en hij niet. Hij moest genoegen nemen met een ratjetoe, bijeengegaard uit heer Levoorts wagens: een maliënkolder met kap, de halsberg van een gesneuvelde ridder, scheenstukken met stroken en stalen puntlaarzen. Het ene onderdeel was fraai bewerkt, het andere volstrekt onversierd. Geen twee stukken hoorden bij elkaar, en niets paste hem precies. Zijn kuras was voor een veel grotere man bedoeld, en voor zijn bovenmaatse hoofd hadden ze een enorme pothelm met een driehoekige piek van wel een voet lang opgeduikeld.

Shae hielp Bol met de gespen en sluitingen. 'Als ik sneuvel, beween me dan,' zei Tyrion tegen de hoer.

'Hoe weet u dat dan? Want dan bent u dood.'

'Ik zal het weten.'

'Ik geloof het nog ook.' Shae liet de helm over zijn hoofd zakken en Bol bevestigde hem aan de halsberg. Tyrion gespte zijn riem om, die verzwaard was met het gewicht van een kort zwaard en een ponjaard. Inmiddels had zijn paardenknecht zijn rijdier gebracht, een geducht, bruin strijdros dat even zwaar gepantserd was als hijzelf. Hij had hulp nodig bij het opstijgen en kreeg het gevoel dat hij meer dan duizend pond woog. Bol reikte hem zijn schild aan, een massief geval van zwaar, met staal beslagen ijzerhout. Ten slotte gaven ze hem zijn strijdbijl. Shae deed een stap naar achteren en bekeek hem van top tot teen. 'Meheer ziet er angstaanjagend uit.'

'Meheer ziet eruit als een dwerg in een samengeraapt harnas,' antwoordde Tyrion zuur, 'maar lief dat je het zegt. Bolderik, als de strijd in ons nadeel uitvalt, breng deze dame dan veilig thuis.' Hij groette haar met zijn bijl, wendde zijn paard en reed op een drafje weg. Zijn maag was een pijnlijk strakke knoop. Achter hem begonnen zijn bedienden in allerijl zijn tent af te breken. Lichtrode vingers waaierden uit in het oosten: de zon rees boven de horizon uit. In het westen was de hemel donkerpaars en met sterren bezaaid. Tyrion vroeg zich af of dit de laatste zonsopgang was die hij ooit zou meemaken... en of het een teken van lafheid was dat hij zich dat afvroeg. Dacht zijn broer Jaime voor een veldslag ooit aan de dood?

Ver weg blies een strijdhoorn een lage, treurige noot die de ziel deed huiveren. Onder het uitroepen van verwensingen en ruwe grappen klommen de clanstrijders op hun knokige bergpaardjes. Meer dan één leek dronken te zijn. De opgaande zon was bezig de nevelslierten weg te branden toen Tyrion hen wegleidde. Het beetje gras dat de paarden hadden overgelaten droop van de dauw, alsof een god in het voorbijgaan een zak diamanten over de aarde had uitgestrooid. De bergbewoners sloten zich achter hem aan, iedere clan achter zijn eigen hoofd.

In het morgenlicht bloeide heer Tywins leger open als een ijzeren roos met blinkende dorens.

Zijn oom zou het centrum aanvoeren. Ser Kevan had zijn standaards boven de Koningsweg gehesen. Met de pijlkoker aan de riem stelden de boogschutters zich in drie lange linies ten oosten en westen van de weg op en begonnen bedaard hun bogen te spannen. Daartussen vormden de piekeniers carrés, achter hen stond het krijgsvolk rij aan rij, met speren, zwaarden en bijlen bewapend. Rond ser Kevan en de baanderheren Levoort, Liden en Serret met al hun gezworenen stond drieduizend man zware ruiterij opgesteld.

De rechtervleugel bestond geheel uit cavalerie en telde zo'n vierduizend mannen in zware wapenrusting. Meer dan driekwart van de ridderschap bevond zich daar, samengebald als een grote, stalen vuist. Ser Addam Marbrand voerde hen aan. Tyrion zag hoe zijn banier zich ontplooide toen zijn vaandrig hem uitschudde: een brandende boom, oranje met rookgrijs. Achter hem wapperden de purperen eenhoorn van ser Flemens, de gestreepte ever van Crakenhal, de vechthaan van Vlugh, en nog andere.

Zijn vader nam positie in op de heuvel waar hij de nacht had doorgebracht. Rondom hem verzamelde zich de reserve: een reusachtige strijdmacht, de ene helft te paard, de andere te voet, vijfduizend man sterk. Heer Tywin verkoos bijna altijd de reserve aan te voeren: hij hield het overzicht en keek toe welke kant het opging met de veldslag, zodat hij zijn strijdkrachten kon inzetten wanneer en waar dat het meest nodig was.

Zelfs van verre zag zijn vader er schitterend uit. Naast heer Tywins wapenrusting stak zelfs het vergulde harnas van zijn zoon Jaime maar magertjes af. Hij droeg een mantel van vele lagen goudlaken, zo zwaar dat de stof nauwelijks bewoog als hij tot de aanval overging, en zo groot dat de plooien over de achterhand van zijn hengst heen hingen als hij opsteeg. Geen enkele normale gesp kon een dergelijk gewicht bijeenhouden, dus werd de mantel op zijn plaats gehouden door een set van twee miniatuurleeuwinnen die ineengedoken op zijn schouders zaten, klaar om toe te springen. Het bijbehorende mannetje, dat een prachtig stel manen had, lag boven op heer Tywins grote helm en maaide brullend met één poot door de lucht. Alle drie de leeuwen waren van goud en hadden robijnen bij wijze van ogen. Zijn harnas was van dik staal, donkerrood geëmailleerd, de scheenplaten en handschoenen met gouden sierkrullen gegraveerd. De rondelen op zijn schouders waren gouden zonnebundels, al zijn sluitingen waren verguld, en het rode staal was zo blinkend gepoetst dat het in de opgaande zon een vurige gloed uitstraalde.

Tyrion kon het dreunen van de vijandelijke trommen nu horen. Hij dacht aan Robb Stark zoals hij hem voor het laatst had gezien, op de hoge zetel van zijn vader in de Grote Zaal van Winterfel, een ontbloot zwaard blikkerend in zijn hand. Hij wist nog hoe de schrikwolven hem vanuit de schaduwen hadden besprongen, en ineens zag hij ze ook weer voor zich, hoe ze hem grommend hun tanden lieten zien en naar hem hapten. Zou de jongen zijn wolven bij zich hebben op het slagveld? Een verontrustend idee.

De noorderlingen zouden na hun lange, slapeloze mars wel uitgeput zijn. Tyrion vroeg zich af hoe de jongen het in zijn hoofd haalde. Had hij ze in hun slaap willen overvallen? Weinig kans, want wat er verder ook op hem aan te merken was, Tywin Lannister liet zich door niemand in de luren leggen.

De voorhoede verzamelde zich aan de linkerkant. Hij zag eerst de standaard, drie zwarte honden op een gulden veld. Daaronder zat ser Gregor, op het grootste paard dat Tyrion ooit had gezien. Bronn wierp één blik op hem en grijnsde. 'Altijd achter een grote kerel aan het strijdgewoel in rijden.'

Tyrion keek hem strak aan. 'En waarom dan wel?'

'Die vormen zo'n prachtig doelwit. Die man trekt de aandacht van iedere boogschutter op het slagveld.'

Lachend bekeek Tyrion de Berg met andere ogen. 'Ik moet bekennen dat ik het zo nog niet bekeken had.'

Clegane glom of glansde niet: zijn harnas was van dofgrijs staal, vol krassen van het intensieve gebruik en zonder enig wapenteken of ornament. Hij wees zijn manschappen hun plaats met de punt van zijn wapen, een tweehands-slagzwaard dat hij met één hand zwaaide zoals een kleinere man een dolk zou hanteren. 'Wie vlucht sla ik eigenhandig dood,' brulde hij net toen hij Tyrion in het oog kreeg. 'Kobold! Naar links. Jij houdt de rivier. Als je kunt.'

Links van links. Als ze om hun flank heen wilden hadden de Starks paarden nodig die over water konden lopen. Tyrion leidde zijn mannen naar de rivieroever. 'Kijk,' schreeuwde hij en wees met zijn bijl. 'De rivier.' Een fletse deken van mist kleefde nog aan het wateroppervlak, en daaronder kolkte de donkergroene stroom voorbij. De ondiepten waren modderig en met dicht riet begroeid. 'Die rivier is van ons. Wat er ook gebeurt, blijf dicht bij het water. Verlies het geen ogenblik uit het oog. Laat geen vijand tussen ons en de rivier komen. Als ze ons water bevuilen, hak dan hun pik af en voer die aan de vissen.'

Shagga had een bijl in beide handen. Hij sloeg ze dreunend tegen elkaar. '*Halfman!*' schreeuwde hij. Andere Steenkraaien namen de kreet over, en de Zwartoren en Maanbroeders eveneens. De Verbrande Mannen schreeuwden niet, maar lieten hun zwaarden en speren galmen. '*Halfman! Halfman! Halfman!*'

Tyrion beschreef een cirkel met zijn ros en overzag het veld. Het terrein was hier golvend en oneffen. Bij de rivier was het zacht en drassig, vandaar liep het met een flauwe helling naar de Koningsweg omhoog en daarachter, aan de oostkant, was het ruw en rotsig. Op de flanken van de heuvels groeide wat geboomte, maar de grond was voor het merendeel ontgonnen en in cultuur gebracht. Zijn hart bonsde op het ritme van de trommen, en onder de lagen leer en staal was zijn voorhoofd klam van het zweet. Hij sloeg ser Gregor gade terwijl de Berg langs de linies af en aan reed, schreeuwend en gesticulerend. Ook deze vleugel bestond geheel uit cavalerie, maar terwijl de rechter een gemaliede vuist van ridders en zwaargewapende lansknechten was bestond de voorhoede uit een westelijk allegaartje: boogschutters te paard met leren wambuizen, een krioelende menigte ongedisciplineerde vrijruiters en huurlingen, landarbeiders op ploegpaarden, gewapend met zeisen en het roestige zwaard van hun vader, slechts half geoefende knapen uit de sloppen van Lannispoort... en Tyrion en zijn bereden clanstrijders.

'Kraaienvoer,' pruttelde Bronn naast hem, waarmee hij uitsprak wat Tyrion ongezegd had gelaten. Hij kon alleen maar knikken. Was zijn vader buiten zinnen? Geen pieken, te weinig boogschutters, slechts een handjevol ridders, lieden met slechte wapens of helemaal geen wapens, aangevoerd door een hersenloze bruut die leiding gaf door middel van razernij... hoe had zijn vader gedacht met zo'n aanfluiting van een strijdmacht zijn linkerflank te houden?

Hij had geen tijd om daarover na te denken. De trommen waren zo dichtbij dat het ritme bezit van hem nam en zijn handen onwillekeurig begonnen te bewegen. Bronn trok zijn zwaard, en ineens was de vijand er, hij welde over de heuveltop heen en rukte achter een muur van schilden en pieken met afgemeten passen op.

Goden, vervloekt, kijk toch eens wat veel, dacht Tyrion, al wist hij dat zijn vader meer mannen in het veld had. Hun aanvoerders reden op gepantserde strijdrossen voorop, geflankeerd door hun vaandrigs met de banieren. Hij zag de elandstier van de Hoornwouds, de zonnebundel van de Karstarks, heer Cerwyns strijdbijl en de gemaliede vuist van de Hanscoes... én de tweelingtoren van Frey, blauw op grijs. Daar ging zijn vaders zekerheid dat heer Walder geen vin zou verroeren. Het wit van het huis Stark was overal, en als de banieren aan de lange staven golfden en wapperden leek het of de schrikwolven renden en sprongen. *Waar is de jongen?* vroeg Tyrion zich af.

Er werd een oorlogshoorn gestoken. *Haroooooooooooooooooo-oo*, klonk hij, lang, laag en huiveringwekkkend als een koude noordenwind. De trompetten van Lannister antwoordden, *ta-TA ta-TA ta-TAAAAAAAAAA*, schel en uitdagend, maar om een of andere reden had Tyrion het gevoel dat ze dunner en nerveuzer klonken. Het fladderde in zijn ingewanden, een misselijkmakend, vloeibaar gevoel, en hij hoopte dat hij niet al kotsend zou sneuvelen.

Toen het geluid van de hoorns wegstierf werd de lucht met gefluit vervuld: aan zijn rechterkant, waar de boogschutters de weg flankeerden, vloog een enorme zwerm pijlen met een boog omhoog. De noorderlingen begonnen te rennen en naderden al schreeuwend, maar de pijlen van de Lannisters daalden als hagel op hen neer, honderden pijlen, duizenden. Mannen struikelden en vielen, en geschreeuw verkeerde in gekrijs. Inmiddels was er al een tweede zwerm in de lucht en legden de schutters een derde pijl op hun boogpees.

De trompetten schetterden opnieuw, *ta-TAAA ta-TAAA ta-TA ta-TA ta-TAAAAAA*. Ser Gregor zwaaide met zijn enorme zwaard en bulderde een bevel, en een duizendtal andere stemmen schreeuwde terug. Tyrion gaf zijn paard de sporen en voegde nog een stem aan de kakofonie toe, en de voorhoede golfde naar voren. 'De rivier!' riep hij onderweg tegen zijn clanstrijders. 'Denk eraan, baan je een weg naar de rivier.' Hij reed nog steeds voorop toen ze in draf overgingen, totdat Chella een bloedstollende kreet slaakte en hem voorbijgaloppeerde. Shagga hief een gehuil aan en volgde haar. De clanstrijders stoven achter hen aan zodat Tyrion in hun stofwolk achterbleef.

Voor hem had zich een halvemaanvormige formatie van vijandelijke speerdragers gevormd, een dubbele egel met zijn stalen stekels recht overeind die stond te wachten achter hoge eikenhouten schilden met de zonnebundel van de Karstarks. Gregor Clegane bereikte hen als eerste, met een wig van gewapende veteranen in zijn kielzog. De helft van de paarden bokte op het laatste moment, zodat hun aanval stukliep op de rij speren. De rest vond de dood, hun borst opengereten door scherpe stalen punten. Tyrion zag een man of twaalf vallen. De hengst van de Berg steigerde en maaide met zijn met ijzer beslagen hoeven toen een speerpunt met weerhaken zijn nek openreet. Als een dolle stortte het beest zich op de linies. Speren staken van alle kanten op hem in, maar de schildmuur bezweek onder zijn gewicht en de noorderlingen strompelden bij het stuiptrekkende dier vandaan. Het gevallen paard brieste bloed en blies al bijtend zijn laatste, rode adem uit, maar de Berg stond ongedeerd op en maaide met zijn tweehands-slagzwaard om zich heen.

Shagga brak door het gat voordat de schilden zich weer aaneen konden sluiten, op de voet gevolgd door andere Steenkraaien. Tyrion riep: 'Verbrande Mannen! Maanbroeders! Volg mij!' maar de meesten waren hem *vooruit*. Hij ving een glimp op van Timet zoon van Timet, die in volle vaart van zijn dodelijk getroffen paard sprong, zag dat een Maanbroeder aan een speer van de Karstarks werd geregen, keek toe hoe Conns paard iemands ribben met één trap verbrijzelde. Een zwerm pijlen daalde op hen neer. Waar ze vandaan kwamen wist hij niet, maar ze vielen zowel op de Starks als op de Lannisters en kletterden van wapenrustingen af of troffen vlees. Tyrion stak zijn schild omhoog en verborg zich eronder.

De egel verbrokkelde en de noorderlingen wankelden achteruit onder het gewicht van de aanstormende ruiterij. Tyrion zag hoe Shagga een speerdrager voluit in de borst trof toen de dwaas halsoverkop aan kwam rennen, zag hoe zijn bijl door maliën en leer, spieren en longen kliefde. De man was al dood toen hij nog overeind stond, met het blad van de bijl in zijn borst begraven, maar Shagga reed gewoon door en hieuw met de strijdbijl in zijn linkerhand een schild doormidden, terwijl het lijk willoos stuiterend en bonkend aan zijn rechterkant werd meegesleept. Ten slotte gleed de dode op de grond. Shagga sloeg zijn twee bijlen tegen elkaar en brulde.

Ondertussen had de vijand hemzelf bereikt, en Tyrions veldslag vernauwde zich tot de kleine ruimte rondom zijn paard. Een wapenknecht mikte op zijn borst en zijn bijl haalde uit en sloeg de speer weg. De man danste achteruit om een nieuwe poging te wagen, maar Tyrion gaf zijn paard de sporen en reed hem omver. Bronn werd door drie vijanden omringd, maar de punt van de eerste speer die op hem afkwam hakte hij af en op de terugweg haalde zijn kling het gezicht van een tweede man open.

Een werpspies kwam van links op Tyrion afsuizen en boorde zich met een doffe klap in zijn schild. Hij wendde abrupt zijn paard en haastte zich achter de werper aan, maar de man hief op zijn beurt zijn schild op om zijn gezicht te beschermen. Tyrion cirkelde om hem heen en liet het slagen regenen op het hout. Splinters eikenhout vlogen in het rond, tot de noorderling zijn evenwicht verloor, uitgleed en plat op zijn rug viel met zijn schild boven op zich. Daar was hij buiten bereik van Tyrions bijl, en het was te veel moeite om af te stijgen, dus liet hij hem liggen en reed op een ander af, die hij in de rug trof met een zwiepende slag van bovenaf, zo hard dat zijn arm ervan trilde. Dat bezorgde hem een ogenblik respijt. Hij hield de teugels in en zocht naar de rivier. Daar was hij, verderop aan zijn rechterkant. Op de een of andere manier was hij een halve slag gedraaid.

Een Verbrande Man kwam langs. Hij hing over zijn paard heen: een speer was in zijn buik gedrongen en via zijn rug naar buiten gekomen. Hij was niet meer te helpen, maar toen Tyrion zag dat een van de noorderlingen kwam aanrennen en naar zijn teugels graaide ging hij in de aanval.

Zijn prooi trad hem met het zwaard in de hand tegemoet. Hij was lang en dun en droeg een lange maliënkolder en stalen handschoenen, maar hij was zijn helm kwijt en uit een snee in zijn voorhoofd liep bloed in zijn ogen. Tyrion haalde naar zijn gezicht uit, maar de man mepte zijn bijl weg. 'Dwerg,' schreeuwde hij. 'Sterf!' Hij draaide in een kringetje rond toen Tyrion om hem heen reed en op zijn hoofd en schouders inbeukte. Staal galmde tegen staal, en het drong algauw tot Tyrion door dat de lange man sneller en sterker was dan hij. Wáár in de zevenvoudige hel was Bronn? 'Sterf,' gromde de man en hakte woest op hem in. Tyrion bracht maar net op tijd zijn schild omhoog, en het hout leek onder de kracht van de slag naar binnen te ontploffen. De verbrijzelde fragmenten vielen van zijn arm. 'Sterf!' bulderde de zwaardvechter terwijl hij opdrong en Tyrion zo hard tegen zijn slaap mepte dat zijn hoofd ervan galmde. De kling maakte een afschuwelijk schrapend geluid toen hij hem over het staal naar zich toehaalde. De lange man grijnsde... totdat Tyrions strijdros toehapte, snel als een slang, en zijn wang tot op het bot openhaalde. Toen schreeuwde hij. Tyrion begroef zijn bijl in 's mans hoofd. 'Jíj sterft,' zei hij, en zo was het ook.

Terwijl hij het blad loswrikte hoorde hij een kreet. '*Eddard!*' galmde een stem. '*Voor Eddard en Winterfel!*' De ridder die op hem afstormde zwaaide de gepunte bal van een morgenster boven zijn hoofd. Hun strijdrossen dreunden tegen elkaar voordat Tyrion zelfs maar zijn mond had kunnen openen om Bronn te roepen. Pijn straalde vanuit zijn elleboog naar alle kanten uit toen de punten zich door het dunne metaal rond het gewricht boorden. Zijn bijl was in een ommezien verdwenen. Hij graaide naar zijn zwaard, maar de morgenster cirkelde al weer rond en dook op zijn gezicht af. Een misselijkmakend *geknars*, en hij viel. Het stond hem niet bij dat hij de grond raakte, maar toen hij opkeek zag hij boven zich alleen maar lucht. Hij rolde op zijn zij en wilde opstaan, maar een rilling van pijn doorvoer hem, en de wereld bonsde. Boven hem hield de ridder die hem had geveld zijn paard in. 'Tyrion de Kobold,' dreunde zijn stem vanuit de hoogte. 'Je behoort mij toe. Genade, Lannister?'

Ja, dacht Tyrion, maar het woord bleef in zijn keel steken. Hij maakte een krassend geluid en werkte zich op zijn knieën overeind, tastend naar een wapen. Zijn zwaard, zijn ponjaard, wat dan ook...

'Vraag je om genade?' De ridder torende op zijn gepantserde paard boven hem uit. Man en paard leken allebei onmetelijk groot. De gepunte bal beschreef een trage cirkel. Tyrions handen waren gevoelloos, zijn blik was vertroebeld, zijn schede leeg. 'Smeek om genade of sterf,' sprak de ridder, en zijn vlegel wervelde steeds sneller rond.

Tyrion kwam zwaaiend overeind en stiet zijn hoofd in de buik van het paard. Het dier slaakte een ijselijke kreet en steigerde. Het probeerde van die afschuwelijke pijn weg te lopen. Een stroom van bloed en ingewanden droop over Tyrions gezicht en het paard stortte neer als een lawine. Het volgende moment zat zijn vizier dichtgeplakt met modder en was zijn voet ergens onder bekneld geraakt. Hij rukte hem los, zijn keel dermate dichtgesnoerd dat hij bijna geen woord kon uitbrengen. '... genade...' wist hij met schorre stem te krassen.

'Ja,' kreunde een door pijn omfloerste stem.

Tyrion schraapte de modder van zijn helm zodat hij weer iets kon zien. Het paard was de andere kant op gevallen, boven op de berijder. Het been van de ridder zat klem en de arm waarmee hij zijn val had gebroken was afschuwelijk verdraaid. 'Genade,' herhaalde hij, prutste met zijn goede hand aan zijn riem, trok een zwaard en wierp dat Tyrion voor de voeten. 'Ik smeek u om genade, heer.'

Verdwaasd knielde de dwerg neer en raapte het zwaard op. Toen hij zijn arm bewoog hamerde de pijn door zijn elleboog. De veldslag leek zich naar elders te hebben verplaatst, want op zijn stukje van het slagveld restte nog slechts een groot aantal lijken. De raven streken neer om zich te goed te doen. Hij zag dat ser Kevan met de hoofdmacht de voorhoede was komen ondersteunen, en dat zijn massale hoeveelheid piekeniers de noorderlingen tot aan de heuvels had teruggedrongen. De strijd speelde zich op de hellingen af, waar de pieken op een volgende schildmuur stuitten, ditmaal ovaal en met ijzeren knoppen versterkt. Terwijl hij toekeek werd de lucht weer met pijlen gevuld. De mannen achter de muur van eikenhout gingen ten onder in dat moordende vuur. 'Ik geloof dat u aan de verliezende hand bent, ser,' zei hij tegen de ridder onder het paard. De man gaf geen antwoord.

Toen hoorde hij van achteren paardenhoeven naderen en draaide zich met een ruk om, al kon hij het zwaard dat hij vasthield bijna niet optillen van de pijn in zijn elleboog. Bronn hield in en keek op hem neer.

'Ik heb nogal veel aan je gehad,' zei Tyrion tegen hem.

'Ik krijg anders de indruk dat je het best in je eentje afkon,' antwoordde Bronn. 'Maar je bent de punt van je helm kwijt.'

Tyrion betastte de top van zijn grote helm. De punt was finaal afgebroken. 'Ik ben hem niet kwijt. Ik weet precies waar hij is. Zie je mijn paard ook ergens?'

Tegen de tijd dat ze het hadden gevonden schalden de trompetten weer en kwam heer Tywins reserve langs de rivier aandenderen. Tyrion zag zijn vader voorbijstuiven. Met de karmijnrood met gouden banier van de Lannisters wapperend boven zijn hoofd stormde hij het slagveld over, omringd door vijfhonderd ridders wier lanspunten blikkerden in de zon. Onder de moker van hun aanval verbrijzelden de restanten van de Stark-linies als glas.

Omdat zijn elleboog dik en pijnlijk was deed Tyrion geen poging zich in de slachtpartij te mengen. Samen met Bronn ging hij op zoek naar zijn mannen. Hij trof er vele onder de doden aan. Ulf, zoon van Umar, lag in een plas geronnen bloed, zijn onderarm afgehouwen. Een twaalftal Maanbroeders lag om hem heen. Shagga hing tegen een boom aan, met pijlen doorzeefd. Het hoofd van Conn rustte in zijn schoot. Tyrion dacht dat ze allebei dood waren, maar toen hij afsteeg opende Shagga zijn ogen en zei: 'Ze hebben Conn, zoon van Corat, gedood.' De knappe Conn had geen andere wond dan een rode vlek op zijn borst waar hij door een speer was doorstoken. Toen Bronn Shagga overeind trok leek de enorme kerel voor het eerst de pijlen te zien. Hij haalde ze er een voor een uit, vloekend om de gaten die ze in zijn dikke lagen leer en maliën hadden gemaakt en jengelend als een kind om die paar die in zijn vel waren gedrongen. Chella, dochter van Cheyck, kwam aanrijden toen ze bezig waren de pijlen uit Shagga te trekken en liet hun vier oren zien die ze had afgesneden. Timet troffen ze aan terwijl hij bezig was met zijn Verbrande Mannen de lijken van de gesneuvelden te plunderen. Van de driehonderd clanstrijders die onder Tyrion Lannister ten strijde waren getrokken was misschien de helft nog in leven.

Hij liet het aan de overlevenden over om zich verder om de doden te bekommeren en stuurde Bronn erop uit om zich over zijn gevangen ridder te ontfermen. Toen ging hij in zijn eentje op zoek naar zijn vader. Heer Tywin zat bij de rivier warme wijn te drinken uit een met juwelen ingelegde beker, terwijl zijn schildknaap zijn borstharnas losgespte. 'Een prachtige overwinning,' zei ser Kevan toen hij Tyrion zag. 'Die wilden van jou hebben goed gevochten.'

Zijn vaders ogen waren op hem gericht, lichtgroen met gouden spikkels, zo kil dat Tyrion ervan huiverde. 'Verbaast dat u, vader?' vroeg hij. 'Heeft het uw plannen doorkruist? We werden geacht ons te laten afslachten, nietwaar?'

Heer Tywin leegde met een uitdrukkingsloos gezicht zijn beker. 'Ik had de minst gedisciplineerde mannen aan de linkerkant opgesteld, ja. Ik ging ervan uit dat ze op de vlucht zouden slaan. Robb Stark is een groentje, eerder dapper dan wijs. Ik had gehoopt dat hij door die bres zou stormen zodra hij zag dat onze linkerflank bezweek, belust op onze nederlaag. Als hij daar eenmaal al zijn strijdkrachten ingezet had zouden ser Kevans pieken rechtsomkeert hebben gemaakt om hem in de flank aan te vallen en hem de rivier in te drijven terwijl ik met de reservetroepen oprukte.'

'En het leek u het beste dat ik midden in die slachtpartij zou zitten, maar dan wel zonder iets van uw plannen af te weten?'

'Een geveinsde vlucht is minder overtuigend,' zei zijn vader, 'en ik ben niet geneigd om iemand die met huurlingen en wilden verkeert in mijn plannen in te wijden.'

'Jammer dat mijn wilden uw dansje verstoord hebben.' Tyrion trok zijn stalen handschoen uit en smeet die op de grond. Pijn vlijmde door zijn elleboog, en hij vertrok zijn gezicht.

'Die jongen van Stark bleek voorzichtiger dan ik van iemand van zijn leeftijd had verwacht,' gaf heer Tywin toe, 'maar een overwinning is een overwinning. Ik krijg de indruk dat je gewond bent.'

Tyrions rechterarm zat onder het bloed. 'Fijn dat u dat opvalt, vader,' zei hij met opeengeklemde kaken. 'Zou ik zo vrij mogen zijn u te verzoeken, een van uw maesters te laten halen? Tenzij u graag een *éénarmige* dwerg als zoon hebt...'

Een dringend geroep van '*Heer Tywin!*' deed zijn vader omkijken voor hij antwoord had kunnen geven. Toen ser Addam Marbrand van zijn ros sprong kwam Tywin Lannister overeind. Het paard was met schuimig zweet overdekt en bloedde uit zijn mond. Ser Addam, een slanke man met koperkleurig haar tot op de schouders, gehuld in gepolijst, bronsrood staal met de vurige boom van zijn huis in zwart op zijn borstharnas geëtst, zonk op één knie. 'Heer, we hebben enkele van de aanvoerders gevangengenomen. Heer Cerwyn, heer Wylis Manderling, Harrion Karstark, vier Freys. Heer Hoornwoud is dood, en ik vrees dat Rous Bolten ons is ontsnapt.'

'En de jongen?'

Ser Addam aarzelde. 'De jonge Stark was er niet bij, heer. Ze zeggen dat hij met het merendeel van zijn ruiterij de Tweeling overgestoken en met grote snelheid naar Stroomvliet gereden is.'

Een groentje, dacht Tyrion. *Eerder dapper dan wijs*. Als het niet zo'n pijn had gedaan was hij in lachen uitgebarsten.

Catelyn

De bossen waren vol gefluister.

Maanlicht flonkerde op het wielende water van het stroompje, dat zich beneden een rotsig pad over de bodem van de vallei baande. Onder het geboomte hinnikten strijdrossen zacht en stampten met hun hoeven op het vochtige bladertapijt, terwijl mannen op gedempte toon nerveuze grappen maakten. Nu en dan hoorde ze gerinkel van speren en het flauwe metaalgeruis van maliën, maar zelfs die geluiden waren omfloerst.

'Het zal nu wel niet lang meer duren, vrouwe,' zei Hallis Mollen. Hij had om de eer verzocht haar tijdens de komende veldslag te mogen beschermen. Dat recht kwam hem als hoofd van de wacht van Winterfel ook toe, en Robb had het hem niet ontzegd. Ze was omringd door dertig man die ervoor moesten zorgen dat ze ongedeerd bleef, en die haar veilig naar Winterfel moesten terugbrengen als de slag in hun nadeel uit zou vallen. Robb had gewild dat het er vijftig zouden zijn en zij had volgehouden dat tien genoeg was, dat ze ieder zwaard voor de strijd nodig hadden. Ze waren het eens geworden over dertig, een aantal waar ze geen van beiden gelukkig mee waren.

'Het gebeurt als de tijd rijp is,' zei Catelyn tegen hem. En als de tijd rijp was kwam de dood. Die van Hal misschien... of de hare, of die van Robb. Niemand was veilig. Geen enkel leven was zeker. Catelyn vond het best om te wachten, om te luisteren naar het gefluister van de bossen en de flauwe muziek van de beek, om de warme wind in haar haren te voelen.

Wachten was haar uiteindelijk vertrouwd. Haar mannen hadden haar altijd laten wachten. 'Kijk maar naar me uit, kleine kat,' had haar vader altijd tegen haar gezegd als hij naar het hof ging, of naar de jaarmarkt, of ten strijde trok. En dat deed ze. Geduldig stond ze op de tinnen van Stroomvliet terwijl de wateren van de Rode Vork en de Steenstort voorbijkabbelden. Hij kwam niet altijd op het aangegeven tijdstip, en Catelyn stond vaak dagen op wacht. Dan tuurde ze door de schietgaten en tussen de kantelen door totdat ze een glimp van heer Hoster opving die op zijn oude bruine ruin over de rivieroever naar de aanlegplaats draafde. 'Heb je naar me uitgekeken?' vroeg hij dan als hij zich vooroverboog en haar omhelsde. 'Ja, kleine kat?'

Brandon Stark had haar ook gevraagd om te wachten. 'Ik zal niet lang wegblijven, jonkvrouwe,' had hij plechtig beloofd. 'Zodra ik terugkom wordt ons huwelijk gesloten.' Maar toen die dag eindelijk aanbrak was het zijn broer Eddard die naast haar in de sept stond.

Ned was nauwelijks veertien dagen bij zijn jonge bruid gebleven voordat ook hij ten strijde was getrokken met beloften op zijn lippen. Maar hij had in elk geval meer dan alleen maar woorden achtergelaten: hij had haar een zoon geschonken. Negen manen waren vol en weer nieuw geworden, en Robb was in Stroomvliet geboren terwijl zijn vader nog in de oorlog in het zuiden streed. Ze had hem in bloed en pijn ter wereld gebracht zonder te weten of Ned hem ooit zou zien. Haar zoon. Wat was hij klein geweest...

En nu wachtte ze op Robb... op Robb, en op Jaime Lannister, de vergulde ridder van wie gezegd werd dat hij nooit had leren wachten. 'De Koningsmoordenaar is rusteloos en opvliegend,' had haar oom Brynden tegen Robb gezegd. En hij had er hun leven en hun voornaamste hoop op de overwinning om verwed dat het waar was wat hij zei.

Als Robb al bang was liet hij dat niet merken. Catelyn keek toe hoe haar zoon tussen zijn mannen door liep en de een op de schouder klopte, met de ander een grap maakte en een derde hielp een nerveus paard te kalmeren. Onder het lopen rinkelde zijn wapenrusting zacht. Alleen zijn hoofd was onbedekt. Catelyn zag hoe een windvlaag door zijn bruine haar streek, dat zo op het hare leek, en vroeg zich af wanneer haar zoon eigenlijk zo groot was geworden. Vijftien, en bijna even lang als zij.

Laat hem nog langer worden, smeekte ze de goden. *Laat hem zestien worden, en twintig, en vijftig. Laat hem net zo lang worden als zijn vader en zijn eigen zoon in de armen houden. Alstublieft, alstublieft, alstublieft.* Terwijl ze hem zo gadesloeg, die lange jongeman met zijn kersverse baard en de schrikwolf snuffelend achter zich aan, was het enige dat ze zag de zuigeling die ze haar in Stroomvliet aan de borst hadden gelegd, al die jaren geleden.

Het was een warme nacht, maar ze huiverde alleen al als ze aan Stroomvliet dacht. *Waar zijn ze?* vroeg ze zich af. Kon haar oom zich vergissen? Er hing zo veel van de juistheid van zijn mededelingen af. Robb had de Zwartvis een keurtroep van driehonderd man gegeven en hen vooruit gezonden om zijn marsroute te verkennen. 'Jaime weet het niet,' had ser Brynden gezegd toen hij terugkwam. 'Daar verwed ik mijn leven om. Niet één vogel heeft hem bereikt, daar hebben mijn boogschutters voor gezorgd. We hebben een paar van zijn voorposten gezien, maar als ze ons al zagen hebben ze dat in elk geval niet overleefd. Hij had er te weinig. Hij weet het niet.'

'Hoe groot is zijn krijgsmacht?' vroeg haar zoon.

'Twaalfduizend voetknechten, in drie afzonderlijke kampementen rond het kasteel gelegerd, met de rivieren ertussenin,' zei haar oom met dat doorgroefde lachje dat ze zich zo goed van vroeger herinnerde. 'Een andere manier om Stroomvliet te belegeren is er niet, maar dat wordt nu juist hun ondergang. Twee- of drieduizend ruiters.'

'Dus de Koningsmoordenaar heeft een drievoudige overmacht,' zei Galbart Hanscoe.

'Dat is wel waar,' zei ser Brynden, 'maar er is één ding waar het ser Jaime aan ontbreekt.'

'Ja?' vroeg Robb.

'Geduld.'

Hun krijgsmacht was groter dan toen ze van de Tweeling waren vertrokken. Heer Jason Mallister had zich met zijn strijdkrachten uit Zeegaard bij hen gevoegd toen ze om de bovenloop van de Blauwe Vork heentrokken en naar het zuiden galoppeerden, en langzaam maar zeker waren er meer gevolgd, hagenridders, lagere edelen en wapenknechten zonder aanvoerder die naar het noorden waren gevlucht toen het leger van haar broer Edmar voor de muren van Stroomvliet in de pan was gehakt. Met alle snelheid die ze van hun paarden durfden vergen hadden ze zich naar deze plaats gehaast vóór het bericht van hun komst Jaime Lannister zou bereiken, en nu was het uur gekomen.

Catelyn zag haar zoon opstijgen. Olyvar Frey, heer Walders zoon, hield zijn paard voor hem vast. Hij was twee jaar ouder dan Robb, en tien jaar jonger en zenuwachtiger. Hij gespte Robbs schild op zijn plaats en stak zijn helm naar hem omhoog. Toen Robb die over het zo dierbare gezicht had laten zakken, zat daar waar haar zoon was geweest een lange, jonge ridder op zijn grauwe paard. Het was donker onder het geboomte, want het maanlicht drong hier niet door. Toen Robb het hoofd opzij draaide en haar aankeek zag ze slechts zwart achter zijn vizier. 'Ik moet de linies langs, moeder,' zei hij tegen haar. 'Volgens vader moet je je voor een veldslag aan je manschappen vertonen.'

'Ga dan,' zei ze. 'Vertoon je.'

'Dat zal hun moed geven,' zei Robb.

En wie geeft mij moed? vroeg ze zich af, maar ze bewaarde haar stilzwijgen en dwong zichzelf te glimlachen, omwille van hem. Robb wendde de grote, grauwe hengst en reed stapvoets bij haar vandaan. Grijze Wind volgde hem als een schaduw. Zijn lijfwachten sloten zich achter hem aan. Toen hij Catelyn had gedwongen, haar beschermers te aanvaarden, had zij erop gestaan dat ook hij beschermd werd, en daar hadden zijn baanderheren mee ingestemd. Veel van hun zonen hadden de eer opgeëist om met de Jonge Wolf te rijden, zoals ze hem waren gaan noemen. Torhen Karstark en diens broer Eddard bevonden zich onder die dertig man, en ook Patrek Mallister, Kleinjon Omber, Daryn Hoornwoud, Theon Grauwvreugd en niet minder dan vijf van Walder Freys talloze spruiten, benevens oudere mannen als ser Wendel Manderling en Robin Grind. Een van zijn metgezellen was zelfs een vrouw: Decy Mormont, de oudste dochter van vrouwe Maege en de erfgename van Bereneiland, een slungelachtige meid van zes voet lang die van een morgenster was voorzien op een leeftijd waarop de meeste meisjes een pop krijgen. Sommige van de andere heren hadden daarover gemord, maar Catelyn had geweigerd hun klachten aan te horen. 'Het gaat niet om de eer van uw huizen,' had ze tegen hen gezegd. 'Het leven en het welzijn van mijn zoon staan op het spel.'

En als het zover komt, vroeg ze zich af, *is dertig dan genoeg? Is zesduizend genoeg?*

In de verte hoorde ze vaag een vogel roepen, een hoge, scherpe triller die zich als een ijzige hand om Catelyns hals sloot. Een tweede vogel antwoordde, een derde, een vierde. Ze herkende hun roep heel goed van haar tijd in Winterfel. Sneeuwklauwieren. Soms zag je ze hartje winter, als het goudenwoud wit en stil was. Het waren vogels die in het noorden thuishoorden.

Ze komen eraan, dacht Catelyn.

'Ze komen eraan, vrouwe,' fluisterde Hal Mollen, die altijd open deuren intrapte. 'Mogen de goden met ons zijn.'

Ze knikte. Rondom hen vielen de bossen stil. In die stilte kon ze het horen, veraf, maar steeds dichter naderend: de hoefslag van vele paarden, het gerinkel van zwaarden, speren en harnassen, het gemurmel van mensenstemmen, met hier een lach en daar een verwensing.

Eeuwen leken te komen en te gaan. De geluiden zwollen aan. Ze hoorde nog meer gelach, een geschreeuwd bevel, gespetter toen de beek herhaaldelijk werd overgestoken. Een paard brieste. Iemand vloekte. En toen keek ze het dal in en zag ze hem eindelijk... heel even slechts, omlijst door boomtakken, maar ze wist dat hij het was. Zelfs van een afstand was ser Jaime Lannister goed herkenbaar. Het maanlicht had zijn harnas en het goud van zijn haar verzilverd en zijn karmijnrode mantel zwart gekleurd. Hij droeg geen helm.

Hij was er, en toen was hij weer weg, zijn verzilverde harnas onzichtbaar gemaakt door het geboomte. Anderen volgden, lange rijen, ridders, gezworenen en vrijruiters, driekwart van de Lannister-ruiterij.

'Hij is er de man niet naar om in zijn tent te blijven zitten terwijl zijn timmerlieden belegeringswerktuigen oprichten,' had ser Brynden hun verzekerd. 'Hij is er al drie keer met zijn ridders op uit getrokken om op overvallers te jagen of een hardnekkig standhoudende hofstede te bestormen.'

Robb had geknikt en de kaart bestudeerd die haar oom voor hem had getekend. Ned had hem leren kaartlezen. 'Val hem *hier* aan,' zei hij en wees. 'Een paar honderd man, meer niet. De banieren van Tulling. Als hij u achtervolgt wachten wij hem' – zijn vinger schoof een duim naar links – 'hier op.'

Hier was een nachtelijke stilte, maneschijn en schaduwen, een dik tapijt van dode bladeren op de grond, dichtbeboste hellingen die flauw naar de stroombedding afdaalden, onderhout dat naar beneden toe steeds spaarzamer werd.

Hier was haar zoon op zijn hengst die nog één keer naar haar omkeek en bij wijze van groet zijn zwaard ophief.

Hier was de roep van Maege Mormonts strijdhoorn, een langgerekte, lage stoot die vanuit het oosten door de vallei rolde om hen te melden dat de laatste van Jaimes ruiters de val was binnengereden.

En Grijze Wind legde de kop in de nek en huilde.

Het leek wel of dat geluid dwars door Catelyn Stark heen sneed, en ze merkte dat ze rilde. Het was vreselijk om te horen, angstaanjagend om te horen, en toch school er ook muziek in. Eén ogenblik voelde ze zoiets als medelijden met de Lannisters beneden. *Dus zo klinkt de dood*, dacht ze.

HAAroooooooooooooooooo klonk het antwoord van de heuvel aan de overkant, waar de Grootjon zijn eigen hoorn stak. In oost en west schalden de trompetten van Frey en Mallister nog eens extra luid. In het noorden, waar de vallei toeliep en een bocht als een gekromde elleboog maakte, voegden de strijdhoorns van heer Karstark hun lage, sombere tonen toe aan het duistere koor.

De fluisterende bossen lieten in één keer hun adem ontsnappen toen de boogschutters die Robb tussen de boomtakken had verborgen hun pijlen lieten vliegen en de kreten van mannen en paarden losbarstten in de nacht. Overal rondom haar brachten de ruiters hun lansen in de aanslag, en de aarde en de bladeren waaronder de felle, wrede punten verborgen zaten vielen weg en onthulden de blikkering van geslepen staal. '*Winterfel!*' hoorde ze Robb schreeuwen toen de pijlen nogmaals zuchtten. Hij draafde bij haar vandaan en leidde zijn mannen de heuvel af.

Catelyn zat roerloos op haar paard, omringd door Hal Mollen en haar lijfwacht, en wachtte zoals ze vroeger op Brandon, Ned en haar vader had gewacht. Ze bevond zich hoog op de heuvelkam, en wat zich beneden afspeelde onttrok zich vanwege de bomen grotendeels aan haar blik. Een hartslag, twee, vier, en ineens was het alsof zij en haar beschermers in het bos alleen waren. De overigen waren met het groen versmolten.

Maar toen ze over de vallei heen naar de tegenoverliggende heuvelkam keek zag ze de ruiters van de Grootjon vanuit het donker onder de bomen opduiken. Ze vormden een lange linie, een eindeloze linie, en toen ze het bos uit stormden was er een moment, een klein onderdeel van een hartslag, waarop het enige dat Catelyn zag het maanlicht op hun lanspunten was, alsof een duizendtal dwaallichten, gehuld in zilveren vlammen, van de helling afdaalde.

Toen knipperde ze met haar ogen en waren het nog slechts mannen die omlaagstormden om te doden of te sterven.

Naderhand kon ze niet beweren dat ze de veldslag had gezien. Maar ze had hem kunnen horen, en de vallei galmde van de echo's. Het kraken van een brekende lans, zwaardgekletter, geschreeuw van 'Lannister' en 'Winterfel' en 'Tulling! Stroomvliet en Tulling!' Toen ze besefte dat er niets meer te zien was sloot ze haar ogen en luisterde. Rondom haar kwam de veldslag tot leven. Ze hoorde hoefgetrappel, ijzeren laarzen die door ondiep water plonsden, de doffe klappen van zwaarden op eikenhouten schilden en het knarsen van staal tegen staal, het fluiten van pijlen, het dreunen van trommen, de angstkreten van duizend paarden. Mannen vloekten luid en smeekten om genade, kregen die (of niet), en bleven leven (of stierven). De hellingen leken vreemde kunsten uit te halen met het geluid. Eén keer hoorde ze Robbs stem 'hierheen, hierheen!' roepen, even duidelijk alsof hij naast haar stond. En ze hoorde zijn schrikwolf grauwen en grommen, hoorde de klap waarmee de lange kaken op elkaar sloegen, het scheuren van vlees, gegil van angst en pijn, zowel van mannen als van paarden. Was er maar één wolf? Dat viel niet met zekerheid te zeggen.

Beetje bij beetje verflauwden de geluiden en stierven weg, totdat ten slotte nog slechts de wolf over was. Toen in het oosten een rode dageraad gloorde begon Grijze Wind weer te huilen.

Robb kwam op een ander paard terugrijden, een gevlekte ruin, in plaats van de grijze hengst waarop hij naar de vallei was afgedaald. De wolvenkop op zijn schild was half stukgeslagen: in het eikenhout waren diepe kerven gehakt, zodat het ruwe hout zichtbaar werd. Maar toen hij dichterbij kwam zag Catelyn dat zijn gemaliede handschoen en de mouw van zijn wapenrok zwart waren van het bloed. 'Je bent gewond,' zei ze.

Robb tilde zijn hand op en opende en sloot zijn vingers. 'Nee,' zei hij. 'Dit is... Torhens bloed, misschien, of...' Hij schudde zijn hoofd. 'Ik weet het niet.'

Een drom mannen reed achter hem aan de helling op, vuil, gebutst en grijnzend, met Theon en de Grootjon aan het hoofd. Tussen zich in sleepten ze ser Jaime Lannister mee. Ze smeten hem voor haar paard op de grond. 'De Koningsmoordenaar,' luidde Hals overbodige mededeling.

Lannister keek op. 'Vrouwe Stark,' zei hij knielend. Uit een snee in zijn hoofd liep bloed over één wang, maar het bleke licht van de dageraad gaf zijn haar die gouden glinstering terug. 'Ik zou u graag mijn zwaard aanbieden, maar dat schijn ik kwijt te zijn.'

'Uw zwaard hoef ik niet, ser,' zei ze. 'Geef me mijn vader en mijn broer Edmar. Geef me mijn dochters. Geef me mijn echtgenoot.'

'Die ben ik ook kwijt, vrees ik.'

'Jammer,' zei Catelyn koeltjes.

'Dood hem, Robb,' zei Theon Grauwvreugd met klem. 'Sla hem zijn hoofd af.'

'Nee,' antwoordde haar zoon terwijl hij zijn bebloede handschoen afstroopte. 'Levend is hij nuttiger dan dood. En mijn vader vond het vermoorden van gevangenen na een veldslag altijd onvergeeflijk.'

'Een wijs man,' zei Jaime Lannister, 'en achtenswaardig.'

'Voer hem weg en sla hem in de ijzers,' zei Catelyn.

'Doe wat mijn moeder zegt,' beval Robb, 'en zorg ervoor dat hij goed bewaakt wordt. Heer Karstark zou zijn hoofd het liefst op een piek zien.'

'Zeg dat wel,' beaamde de Grootjon met een gebaar. Lannister werd weggeleid om verbonden en geketend te worden.

'Waarom zou heer Karstark op zijn dood uit zijn?' vroeg Catelyn.

Robb keek de andere kant op, het bos in, met diezelfde broeierige blik die Ned vaak over zich kreeg. 'Hij... hij heeft ze gedood...'

'Heer Karstarks zonen,' legde Galbart Hanscoe uit.

'Allebei,' zei Robb. 'Torhen en Eddard. En Daryn Hoornwoud ook.'

'Niemand kan Lannister gebrek aan moed verwijten,' zei Hanscoe. 'Toen hij zag dat hij verloren was verzamelde hij zijn volgelingen om zich heen en vocht zich een weg omhoog door de vallei in de hoop heer Robb te bereiken en neer te houwen. En dat was hem bijna gelukt.'

'Hij verloor zijn zwaard, in Eddard Karstarks nek, nadat hij Torhens hand had afgehakt en Daryn Hoornwouds schedel had gespleten,' zei Robb. 'En al die tijd schreeuwde hij om mij. Als zij niet hadden geprobeerd hem tegen te houden...'

'... zou ik nu in de rouw zijn in plaats van heer Karstark,' zei Catelyn. 'Je mannen deden waartoe ze bij ede verplicht waren, Robb. Ze stierven om hun leenheer te beschermen. Rouw om hen. Eer hen om hun moed. Maar nu niet. Nu heb je geen tijd om te treuren. Je mag dan de kop van de slang hebben afgehakt, driekwart van het lijf kronkelt nog om mijn vaders kasteel heen. We hebben een veldslag gewonnen, geen oorlog.'

'Maar wát voor een veldslag,' zei Theon Grauwvreugd gretig. 'Vrouwe, het rijk heeft sinds het Veld van Vuur niet meer zo'n overwinning meegemaakt. Ik zweer u, de Lannisters zijn tien mannen kwijt waar wij er een hebben verloren. We hebben tegen de honderd ridders gevangengenomen en zo'n twaalf baanderheren. Heer Westerling, heer Banfort, ser Gart Groeneveld, heer Estren, ser Tytos Brax, Mallor van Dorne... en behalve Jaime nóg drie Lannisters, neven van heer Tywin zelf, twee zonen van zijn zuster en een van zijn gestorven broer...'

'En heer Tywin?' onderbrak Catelyn hem. 'Kan het zijn dat je heer Tywin hebt gegrepen, Theon?'

'Nee,' antwoordde Grauwvreugd uit het veld geslagen.

'Tot dat het geval is, is deze oorlog bij lange na nog niet ten einde.'

Robb hief zijn hoofd op en streek het haar uit zijn ogen. 'Mijn moeder heeft gelijk. Stroomvliet wacht ook nog.'

Daenerys

De vliegen zoemden traag om Khal Drogo heen, een laag gedruis op de rand van het gehoor dat Dany met vrees vervulde.

De onbarmhartige zon stond hoog in de lucht. De rotsige uitlopers van de lage heuvels trilden in de hitte. Zweet sijpelde als een dunne vinger traag tussen Dany's gezwollen borsten omlaag. Er klonken geen andere geluiden dan de gestage hoefslag van hun paarden, het ritmische tinkelen van de belletjes in Drogo's haar en de stemmen in de verte achter hen.

Dany keek naar de vliegen.

Ze waren even groot als bijen, vet, paarsblauw en glanzend. Bloedvliegen, noemden de Dothraki ze. Ze leefden in moerassen en stilstaande poelen, streken als bloedzuigers op mensen én paarden neer en legden hun eieren in stervenden en doden. Drogo haatte ze. Telkens als er eentje bij hem in de buurt kwam schoot zijn hand uit, snel als een toeslaande slang, en sloot die zich eromheen. Ze had hem nog nooit zien missen. Hij hield elke vlieg zo lang in zijn grote vuist vast dat het verwoede gezoem te horen was. Dan knepen zijn vingers zich dicht, en als hij zijn hand weer opende was de vlieg nog slechts een rode veeg op zijn handpalm.

Nu kroop er een over de romp van zijn hengst en het paard zwiepte boos met zijn staart om hem weg te slaan. De andere dansten om Drogo heen, steeds dichterbij. De *khal* reageerde niet. Zijn ogen waren op verre bruine heuvels gericht, de teugels lagen losjes in zijn handen. Onder zijn beschilderde vest bedekte een plakkaat van vijgenbladeren en gedroogde blauwe modder de wond op zijn borst. Dat hadden de kruidenvrouwen voor hem gemaakt. Het brijomslag van Mirri Maz Duur had gejeukt en gebrand, en zes dagen geleden had hij het afgerukt en haar voor *maegi* uitgevloekt. Het modderplakkaat was verzachtender, en de kruidenvrouwen hadden ook papaverwijn voor hem gemaakt. Hij had er de afgelopen drie dagen stevig van gedronken, en als het geen papaverwijn was, dan wel gegiste merriemelk of peperbier.

Toch raakte hij zijn eten nauwelijks aan, en 's nachts lag hij te woelen en te kreunen. Dany kon zien dat zijn gezicht hol was geworden. Rhaego bewoog rusteloos in haar buik. Hij trapte als een hengst, maar zelfs dat vermocht Drogo's belangstelling niet meer te wekken zoals eerst. Telkens als hij 's ochtends uit zijn onrustige slaap ontwaakte troffen haar ogen verse groeven van pijn op zijn gezicht aan. En nu dit stilzwijgen. Het maakte haar bang. Sinds ze met het ochtendgloren waren opgestegen had hij nog geen woord gezegd. Als zij sprak kreeg ze alleen maar een grom als antwoord, en sinds het middaguur zelfs dat niet meer.

Een van de bloedvliegen landde op de naakte schouder van de *khal*. Een andere maakte een cirkel, daalde op zijn nek neer en kroop naar zijn mond. Khal Drogo deinde in het zadel heen en weer, zodat zijn belletjes rinkelden, terwijl zijn hengst met gestage tred stapvoets voortliep.

Dany drukte haar hielen in de flanken van haar zilveren en ging dichter naast hem rijden. 'Heer,' zei ze zachtjes. 'Drogo. Mijn zon-en-sterren.'

Hij scheen het niet te horen. De bloedvlieg kroop tot onder zijn hangsnor en nestelde zich op zijn wang, in de gleuf naast zijn neus. Dany hapte naar adem. 'Drogo!' Onhandig reikte ze met haar hand naar hem en raakte zijn arm aan.

Khal Drogo zwaaide in het zadel, kantelde traag opzij en viel met een plof van zijn paard. Even schoten de vliegen alle kanten op. Toen kwamen ze weer aancirkelen en streken op zijn liggende gestalte neer.

'Nee,' zei Dany en hield in. Nu klauterde ze zonder rekening met haar buik te houden van haar paard en rende naar hem toe.

Het gras onder hem was bruin en droog. Drogo schreeuwde het uit van de pijn toen Dany naast hem knielde. Hij haalde rochelend adem en keek haar zonder teken van herkenning aan. 'Mijn paard,' hijgde hij. Dany streek de vliegen van zijn borst en drukte er een dood, zoals hij zou gedaan hebben. Zijn huid brandde onder haar vingers.

De bloedruiters van de *khal* reden achter hen aan. Toen ze kwamen aangalopperen hoorde ze Haggo roepen. Cohollo sprong van zijn paard. 'Bloed van mijn bloed,' zei hij terwijl hij zich op zijn knieën liet vallen. De andere twee bleven op hun rijdieren zitten.

'Nee,' kreunde Khal Drogo, worstelend in Dany's armen. 'Moet rijden. Rijden. Nee.'

'Hij is van zijn paard gevallen,' zei Haggo en staarde op hem neer. Zijn brede gezicht was ondoorgrondelijk, maar zijn toon was loodzwaar.

'Zeg dat niet,' zei Dany tegen hem. 'We hebben voor vandaag lang genoeg gereden. We slaan hier ons kamp op.'

'Hier?' Haggo keek rond. Het land was bruin en dor, ongastvrij. 'Dit is geen terrein voor een kamp.'

'Het is niet aan een vrouw om te zeggen: stop,' zei Qotho. 'Zelfs niet aan een *khaleesi*.'

'We slaan hier ons kamp op,' herhaalde Dany. 'Haggo, ga zeggen dat Khal Drogo heeft laten halt houden. Als iemand vraagt waarom, zeg dan dat mijn tijd nabij is en dat ik niet meer verder kon. Cohollo, haal de slaven, ze moeten onmiddellijk de tent van de *khal* opslaan. Qotho...'

'U hebt mij niet te bevelen, *khaleesi*,' zei Qotho.

'Zoek Mirri Maz Duur,' zei ze tegen hem. De godsvrouw liep met de overige lammermensen mee, in de lange stoet slaven. 'Breng haar hier met haar kist.'

Qotho keek boos op haar neer, zijn ogen hard als vuursteen. 'De *maegi*.' Hij spuwde. 'Dat doe ik niet.'

'Zeker wel,' zei Dany. 'Of Drogo krijgt meteen als hij wakker wordt te horen waarom je me hebt getrotseerd.'

Woedend wendde Qotho zijn hengst en galoppeerde kwaad weg... maar Dany wist dat hij zou terugkomen met Mirri Maz Duur, hoe weinig het hem ook zinde. De slaven zetten Khal Drogo's tent op onder een overhangende zwarte rotspunt waarvan de schaduw enige beschutting tegen de hitte van de namiddagzon bood. Toch was het smoorheet onder de zandzij toen Dany Drogo naar binnen leidde, geholpen door Irri en Doreah. Dikke siertapijten lagen op de grond uitgespreid en in de hoeken waren kussens gestrooid. Eroeh, het verlegen meisje dat Dany buiten de lemen muren van de lammermensen had gered, zette een komfoor op. Ze legden Drogo neer op een geweven mat. 'Nee,' prevelde hij in de gewone omgangstaal. 'Nee, nee.' Meer zei hij niet, meer kon hij blijkbaar niet zeggen.

Doreah gespte zijn penningengordel los en trok hem zijn vest en leggings uit, terwijl Jhiqui bij zijn voeten knielde om de veters van zijn rijsandalen los te knopen. Irri wilde de tentflappen openlaten om de wind toe te laten, maar dat stond Dany niet toe. Ze wilde niet dat iemand Drogo zo zou zien, zo verzwakt en in die koortstoestand. Toen haar *khas* arriveerde zette ze hen buiten op wacht. 'Laat niemand zonder mijn toestemming binnen,' beval ze Jhogo. 'Niemand.'

Eroeh staarde bevreesd naar de liggende Drogo. 'Hij sterft,' fluisterde ze.

Dany gaf haar een klap. 'De *khal* kan niet sterven. Hij is de vader van de hengst die de wereld bestijgt. Zijn haar is nog nooit afgesneden. Hij draagt nog steeds de belletjes die zijn vader hem heeft gegeven.'

'*Khaleesi*,' zei Jhiqui, 'hij is van zijn paard gevallen.'

Trillend, haar ogen vol plotselinge tranen, keerde Dany zich van hen af. *Hij is van zijn paard gevallen!* Dat was zo, ze had het gezien, en de bloedruiters ook, en haar dienstmaagden en de mannen van haar *khas* ongetwijfeld eveneens. En hoeveel anderen nog? Ze konden het niet geheimhouden, en Dany wist wat dat betekende. Een *khal* die niet kon rijden kon niet heersen, en Drogo was van zijn paard gevallen.

'We moeten hem baden,' zei ze koppig. Ze mocht niet aan wanhoop ten prooi raken. 'Irri, laat meteen de kuip brengen. Doreah, Eroeh, ga water zoeken, koel water, hij is zo warm.' Hij was een vuur met een menselijk vel erom.

De slaven zetten de zware koperen badkuip in de hoek van de tent neer. Toen Doreah de eerste kruik water bracht bevochtigde Dany een strook zij om op Drogo's voorhoofd te leggen, over zijn gloeiende huid heen. Zijn ogen keken haar aan, maar hij zag niets. Toen zijn lippen zich openden kwam er geen woord overheen, slechts gekreun. 'Waar is Mirri Maz Duur?' wilde ze weten, haar geduld rauw geschuurd door haar angst.

'Qotho zal haar wel vinden,' zei Irri.

Haar dienstmaagden vulden de kuip met lauw water dat naar zwavel stonk en voegden er kruiken bittere olie en handenvol verpulverde muntbladeren aan toe om het beter te laten ruiken. Terwijl het bad werd bereid knielde Dany naast haar heer gemaal, moeizaam, vanwege de enorme buik met het kind. Ze vlocht met nerveuze vingers zijn haar los, zoals ze had gedaan in die nacht dat hij haar voor het eerst had genomen, onder de sterren. Zijn belletjes legde ze zorgvuldig een voor een weg. Hij zou ze weer nodig hebben zodra hij beter was, hield ze zichzelf voor.

Een luchtvlaag stroomde de tent binnen toen Aggo zijn hoofd door de zijde stak. '*Khaleesi*,' zei hij, 'de Andaal is hier en vraagt verlof om binnen te gaan.'

'De Andaal' – zo noemden de Dothraki ser Jorah. 'Ja,' zei ze en stond onhandig op, 'laat hem binnen.' Ze vertrouwde de riddder. Als iemand wist wat er moest gebeuren, dan hij wel.

Ser Jorah Mormont dook door de deurflap en wachtte even tot zijn ogen aan de schemering gewend waren. In de felle zuidelijke hitte droeg hij een wijde broek van gespikkelde zandzij en rijsandalen met open tenen, tot zijn knieën met veters omwonden. Zijn schede hing aan een riem van gedraaid paardenhaar. Onder een gebleekt wit vest was zijn borst naakt, de huid roodverbrand door de zon. 'Het gerucht gaat van mond tot mond, de hele *khalasar* door,' zei hij. 'Ze zeggen dat Khal Drogo van zijn paard gevallen is.'

'Help hem,' smeekte Dany. 'Omwille van de liefde die u mij zegt toe te dragen, help hem nu.'

De ridder knielde naast haar neer. Hij keek Drogo lang en strak aan, en toen keek hij naar Dany. 'Stuur je dienstmaagden weg.'

Woordeloos, haar keel dichtgeschroefd van angst, maakte Dany een gebaar. Irri dreef de andere meisjes de tent uit.

Toen ze alleen waren trok ser Jorah zijn dolk. Handig, met een voor iemand van zijn omvang verbazende vingervlugheid, begon hij de zwarte bladeren en de opgedroogde blauwe modder van Drogo's borst te schrapen. Het plakkaat was even hard geworden als de lemen muren van de lammermensen, en net als die muren verbrokkelde het gemakkelijk. Ser Jorah brak de modderkoek weg met zijn mes, pulkte de klonters uit de huid en pelde de bladeren een voor een af. Van de wond steeg een wee zoete stank op, zo doordringend dat ze bijna stikte. De bladeren waren stijf van het bloed en de pus, en Drogo's borst was zwart en glinsterde van verrotting.

'Nee,' fluisterde Dany, en de tranen liepen haar over de wangen. 'Nee, alstublieft, goden verhoor mij, nee!'

Khal Drogo lag te woelen, vechtend met een onzichtbare vijand. Zwart bloed vloeide traag en dik uit zijn open wond.

'Uw *khal* is zo goed als dood, prinses.'

'Nee, hij kan niet sterven, dat mág niet, het was maar een snee.' Dany nam zijn grote, eeltige hand in haar kleine handen en hield hem stevig vast. 'Ik laat hem niet sterven...'

Ser Jorah lachte bitter. '*Khaleesi* of koningin, dat bevel gaat je macht te boven. Spaar je tranen, kind. Beween hem morgen, of over een jaar. We hebben geen tijd om te treuren. We moeten weg, en snel ook, voordat hij sterft.'

Dany kon het niet volgen. 'Weg? Waarheen?'

'Asshai, zou ik zeggen. Dat ligt ver weg in het zuiden, aan de rand van de bekende wereld, maar toch schijnt het een grote havenstad te zijn. Daar vinden we wel een schip dat ons terugbrengt naar Pentos. Het zal een vermoeiende reis worden, vergis je niet. Vertrouw je je *khas*? Denk je dat ze met ons meegaan?'

'Khal Drogo heeft hun bevolen mij te beschermen,' antwoordde Dany onzeker, 'maar als hij sterft...' Ze raakte de zwelling van haar buik aan. 'Ik snap het niet. Waarom zouden we vluchten? Ik ben de *khaleesi*. Ik draag Drogo's erfgenaam. Hij zal *khal* zijn na Drogo...'

Ser Jorah fronste zijn voorhoofd. 'Prinses, luister naar mij. De Dothraki volgen geen zuigeling. Ze bogen voor Drogo's kracht, en enkel en alleen daarvoor. Als hij er niet meer is zullen Jhaqo en Pono en de andere *ko's* om zijn positie vechten, en deze *khalasar* zal zichzelf verslinden. De winnaar zal geen rivalen meer dulden. De jongen zal meteen na zijn geboorte van je borst gehaald worden. Ze zullen hem voor de honden gooien...'

Dany sloeg haar armen om zich heen. 'Maar waaróm dan?' huilde ze klaaglijk. 'Waarom zouden ze een kleine baby doden?'

'Hij is Drogo's zoon, en de oude wijfjes zeggen dat hij de hengst zal zijn die de wereld bestijgt. Dat was voorspeld. Dus is het beter het kind te doden dan zijn woede te riskeren als hij tot wasdom komt.'

Het kind schopte in haar schoot, alsof hij het had gehoord. Dany herinnerde zich het verhaal dat Viserys haar had verteld, over wat de honden van de usurpator met Rhaegars kinderen hadden gedaan. Zijn zoon was ook een baby geweest, en toch hadden ze hem van zijn moeders borst gerukt en zijn hoofd tegen een muur ingeslagen. Zo waren mannen. 'Ze mogen mijn zoon niets doen!' huilde ze. 'Ik zal mijn *khas* bevelen hem te beschermen, en Drogo's bloedruiters zullen...'

Ser Jorah greep haar bij haar schouders. 'Een bloedruiter sterft met zijn *khal*, en dat weet je, kind. Ze zullen je naar Vaes Dothrak brengen, naar de oude wijfjes, dat is de laatste plicht die ze hem tijdens hun leven verschuldigd zijn... als dat gebeurd is zullen ze zich bij Drogo in de nachtlanden voegen.'

Dany wilde niet terug naar Vaes Dothrak om de rest van haar leven te midden van die vreselijke oude vrouwen door te brengen, maar ze wist dat de ridder de waarheid sprak. Drogo was meer dan haar zon-en-sterren: hij was het schild dat haar beschermde. 'Ik verlaat hem niet,' zei ze koppig, doodongelukkig. Ze greep opnieuw zijn hand. 'Dat doe ik niet.'

Bij de tentflap bewoog iets, en ze keek opzij. Mirri Maz Duur kwam binnen met een diepe buiging. Na dagenlang achter de *khalasar* aan gesjokt te hebben was ze kreupel en afgetobd. Haar voeten waren bloedig en vol blaren, en ze had wallen onder haar ogen. Achter haar kwamen Qotho en Haggo, met de kist van de godsvrouw tussen zich in. Toen de bloedruiters Drogo's wond zagen glipte de kist uit Haggo's vingers en viel met een klap op de tentvloer, en Qotho uitte zo'n gemene vloek dat de lucht ervan schroeide.

Mirri Maz Duur bestudeerde Drogo, haar gezicht roerloos en doods. 'De wond is gaan zweren.'

'Dit is jouw werk, *maegi*,' zei Qotho. Haggo plantte zijn vuist met een vlezige smak in Mirri's wang, zodat ze tegen de grond sloeg. Toen schopte hij de liggende vrouw.

'Ophouden!' schreeuwde Dany.

Qotho trok Haggo weg en zei: 'Trappen zijn nog te genadig voor een *maegi*. Breng haar naar buiten en bind haar aan staken op de grond, zodat iedere voorbijganger haar kan bestijgen. En als zij klaar zijn kunnen de honden haar nog gebruiken. Wezels zullen haar ingewanden uitrukken en zwarte kraaien zullen zich aan haar ogen te goed doen. De vliegen van de rivier zullen hun eieren in haar schoot leggen en pus drinken uit de restanten van haar borsten...' Hij boorde ijzerharde vingers in het zachte, slappe vlees onder de arm van de godsvrouw en rukte haar overeind.

'Nee,' zei Dany. 'Ik wil niet dat haar iets overkomt.'

Qotho's lippen schoven van zijn scheve bruine tanden weg in een gruwelijke imitatie van een glimlach. 'Nee? Jij zegt *nee* tegen mij? Bid maar liever dat we jou niet buiten naast je *maegi* vastbinden. Dit is evenzeer jouw werk als het hare.'

Ser Jorah ging tussen hen in staan en trok zijn zwaard een eindje uit de schede. 'Beteugel je tong, bloedruiter. De prinses is nog altijd je *khaleesi*.'

'Alleen zolang het bloed-van-mijn-bloed nog leeft,' zei Qotho tegen de ridder. 'Als hij sterft is ze niets.'

Dany had een strak gesnoerd gevoel in haar binnenste. 'Voordat ik *khaleesi* werd was ik het bloed van de Draak. Ser Jorah, ontbied mijn *khas*.'

'Nee,' zei Qotho. 'Wij gaan. Voorlopig... *khaleesi*.' Haggo volgde hem met een sombere blik de tent uit.

'Die heeft niet veel goeds met u voor, prinses,' zei Mormont. 'De Dothraki zeggen dat een man en zijn bloedruiters samen één leven hebben, en Qotho ziet het einde naderen. Een dode is de vrees voorbij.'

'Er is nog niemand dood,' zei Dany. 'Ser Jorah, het kan zijn dat ik uw zwaard nodig heb. U kunt beter uw wapenrusting aantrekken.' Ze was banger dan ze zelfs inwendig durfde toegeven.

De ridder boog. 'Zoals u zegt.' Hij beende de tent uit.

Dany keerde zich weer naar Mirri Maz Duur. De ogen van de vrouw stonden waakzaam. 'Dus nu hebt u me nogmaals gered.'

'En nu moet je hem redden,' zei Dany. 'Alsjeblieft...'

'Een slavin vraag je niet,' antwoordde Mirri op scherpe toon. 'Je beveelt haar.' Ze liep naar Drogo, die gloeide op zijn mat, en staarde lange tijd naar zijn wond. 'Het maakt niet uit of u vraagt of beveelt. Hij heeft nu geen baat meer bij de bekwaamheid van genezers.' De ogen van de *khal* waren dicht. Ze opende er een met haar vingers. 'Hij heeft de pijn verdoofd met melksap van de papaver.'

'Ja,' gaf Dany toe.

'Ik had een kompres van vuurpeul en prik-me-niet gemaakt en dat in een lamsvel gebonden.'

'Het brandde, zei hij. Hij rukte het af. De kruidenvrouwen hebben een nieuw gemaakt, vochtig en verzachtend.'

'Het brandde, ja. In vuur schuilt grote geneeskracht, dat weten zelfs jullie haarloze mannen.'

'Maak een nieuw kompres voor hem,' smeekte Dany. 'Ditmaal

zorg ik er beslist voor dat het blijft zitten.'

'Daar is het te laat voor, vrouwe,' zei Mirri. 'Het enige dat ik nu nog kan doen is de donkere weg vóór hem begaanbaarder maken, zodat hij pijnloos naar de nachtlanden kan rijden. Hij zal voor de morgen gaan.'

Haar woorden waren als een mes in Dany's borst. Wat had ze gedaan dat de goden zo wreed waren? Eindelijk had ze een plaats gevonden waar ze veilig was, eindelijk had ze liefde gekend, en hoop. Eindelijk ging ze naar huis. En om dat nu allemaal te verliezen... 'Nee,' smeekte ze. 'Red hem, en ik laat u vrij, dat zweer ik. U moet een weg weten... een of andere magie, iets...'

Mirri Maz Duur hurkte neer en bestudeerde Dany met ogen zo zwart als de nacht. 'Er bestaat een bezwering.' Haar stem was zacht, niet veel meer dan een fluistering. 'Maar die is moeilijk, vrouwe, en duister. Sommigen zouden zeggen dat de dood zuiverder is. Ik heb haar in Asshai geleerd en duur voor die les betaald. Mijn leraar was een bloedmagiër uit de Schaduwlanden.'

Dany werd ijskoud. 'Dan bent u echt een *maegi*...'

'Ben ik dat?' Mirri Maz Duur glimlachte. 'Alleen een *maegi* kan uw ruiter nu nog redden, zilvervrouwe.'

'Is er geen andere weg?'

'Die is er niet.'

Khal Drogo hapte sidderend naar adem.

'Doe het,' gooide Dany eruit. Ze mocht niet bang zijn. Zij was het bloed van de Draak. 'Red hem.'

'Dat heeft een prijs.'

'Je krijgt goud, paarden, wat je maar wilt.'

'Het gaat niet om goud of paarden. Dit is bloedmagie, vrouwe. Leven kan slechts met de dood worden gekocht.'

'De dood?' Dany sloeg beschermend haar armen om haar lichaam en wiegde op haar hielen heen en weer. 'Mijn dood?' Ze zei bij zichzelf dat ze desnoods voor hem zou sterven. Zij was het bloed van de Draak, ze zou niet bang zijn. Haar broer Rhaegar was gestorven voor de vrouw die hij liefhad.

'Nee,' beloofde Mirri Maz Duur. 'Niet uw dood, *khaleesi*.'

Dany beefde van opluchting. 'Doe het.'

De *maegi* knikte plechtig. 'Alnaar u spreekt zal het geschieden. Roep uw dienaren.'

Khal Drogo wentelde zich zwakjes heen en weer toen Rakharo en Quaro hem in het bad lieten zakken. 'Nee,' prevelde hij, 'nee. Moet rijden.' Eenmaal in het water leek alle kracht uit hem te vloeien.

'Breng zijn paard,' beval Mirri Maz Duur, en zo gebeurde het. Jhogo leidde de grote rode hengst de tent binnen. Toen het dier de geur van de dood opsnoof begon het te schreeuwen en te steigeren en met de ogen te rollen. Er waren drie mannen nodig om het in bedwang te houden.

'Wat ben je van plan?' vroeg Dany.

'We hebben het bloed nodig,' antwoordde Mirri Maz Duur. 'Dat is de weg.'

Jhogo schoof voorzichtig achteruit, zijn hand aan zijn *arakh*. Hij was jong, zestien jaar, slank als een zweep, onbevreesd en goedlachs, met het eerste waas van een snor op zijn bovenlip. Hij viel voor haar op zijn knieën. '*Khaleesi*,' smeekte hij, 'dit moet u niet doen. Laat mij deze *maegi* doden.'

'Dood haar, en je doodt je *khal*,' zei Dany.

'Dit is bloedmagie,' zei hij. 'Het is verboden.'

'Ik ben *khaleesi* en ik zeg dat het niet verboden is. In Vaes Dothrak heeft Khal Drogo een hengst geslacht en ik heb zijn hart gegeten om onze zoon kracht en moed te geven. Dit is hetzelfde. *Hetzelfde*.'

De hengst trapte en steigerde toen Rakharo, Quaro en Aggo hem naar de badkuip sleurden waarin de *khal* dobberde alsof hij al dood was. Pus en bloed sijpelden uit zijn wond en besmeurden het badwater. Mirri Maz Duur zong woorden in een taal die Dany niet kende, en in haar hand verscheen een mes. Dany had niet gezien waar dat zo snel vandaan kwam. Het zag er oud uit, bronzen smeedwerk, bladvormig, het lemmet bedekt met eeuwenoude schrifttekens. De *maegi* haalde het over de keel van de hengst, onder het edele hoofd, en het paard schreeuwde en sidderde toen het bloed in een rode waterval uit hem stroomde. Het zou door de benen gezakt zijn als de mannen van haar *khas* het niet overeind hadden gehouden. 'Kracht van het rijdier, ga op de ruiter over,' zong Mirri terwijl het paardenbloed Drogo's badwater in klaterde. 'Kracht van het dier, ga op de man over.'

Met ontzetting in zijn blik stond Jhogo met het gewicht van de hengst te worstelen, bang om het dode vlees aan te raken, maar even bang om het los te laten. *Alleen maar een paard*, dacht Dany. Als ze met de dood van een paard het leven van Drogo kon kopen zou ze dat wel duizendmaal doen.

Toen ze de hengst lieten vallen was het bad donkerrood, en was alleen Drogo's gezicht nog te zien. Het kadaver kon Mirri Maz Duur niet gebruiken, 'Verbrand het,' beval Dany hun. Dat was de gewoonte, wist ze. Als een man stierf werd zijn rijdier gedood en onder hem op de brandstapel gelegd om hem naar de nachtlanden te dragen. De mannen van haar *khas* sleepten het kadaver de tent uit. Het bloed was overal beland. Zelfs de wanden van zandzij zaten onder de rode spetters, en de tapijten op de vloer waren zwart en vochtig.

Er werden komfoortjes aangestoken. Mirri Maz Duur strooide rood poeder over de kooltjes, waardoor de rook naar kruiden ging ruiken. Bepaald geen onaangename lucht, maar toch sloeg Eroeh snikkend op de vlucht en werd Dany door vrees bevangen. Maar ze was al te ver gegaan om nu nog terug te krabbelen. Ze stuurde haar dienstmaagden weg. 'Gaat u met hen mee, Zilvervrouwe,' zei Mirri Maz Duur tegen haar.

'Ik blijf,' zei Dany. 'De man heeft me onder de sterren genomen en leven geschonken aan het kind in mijn schoot. Ik verlaat hem niet.'

'U moet weg. Als ik eenmaal ga zingen mag niemand deze tent in. Mijn lied zal oude en duistere machten opwekken. Vannacht zullen de doden hier dansen. Geen levend mens mag hen aanschouwen.'

Dany boog machteloos haar hoofd. 'Er zal niemand binnenkomen.' Ze boog zich over de kuip heen, over Drogo in zijn bloedige bad, en kuste hem vluchtig op zijn voorhoofd. '*Breng hem bij me terug*,' fluisterde ze tegen Mirri Maz Duur voor ze de uit de tent vluchtte.

Buiten hing de zon laag boven de horizon in een hemel met de kleur van een kneuzing. De *khalasar* had zijn kamp opgeslagen. Zover het oog reikte waren tenten en slaapmatten. Er stond een warme wind. Jhogo en Aggo groeven een vuurkuil om de dode hengst te verbranden. Een samengestroomde menigte staarde naar Dany met harde zwarte ogen en gezichten als maskers van gedreven koper. Ze zag ser Jorah Mormont, nu in leer en maliën gehuld. Het zweet parelde op zijn brede, kalende voorhoofd. Hij baande zich tussen de Dothraki door een weg naar Dany. Toen hij de scharlakenrode voetafdrukken zag die haar laarzen op de grond hadden achtergelaten week alle kleur uit zijn gezicht. 'Wat heb je gedaan, kleine dwaas?' vroeg hij schor.

'Ik moest hem redden.'

'We hadden kunnen vluchten,' zei hij. 'Ik zou u veilig naar Asshai hebben gebracht, prinses. Het was niet nodig...'

'Ben ik echt uw prinses?' vroeg ze hem.

'Goden, bewaar ons, u weet dat u dat bent.'

'Help me dan nu.'

Ser Jorah trok een gezicht. 'Ik wou dat ik wist hoe.'

De stem van Mirri Maz Duur hief een hoog, klaaglijk gejammer aan, en de rillingen liepen Dany over de rug. Sommige Dothraki begonnen mompelend achteruit te deinzen. Het schijnsel van de komforen binnen zette de tent in een gloed. Door de met bloed bespatte zandzij heen ving ze iets van bewegende schaduwen op.

Mirri Maz Duur danste, en niet alleen.

Dany zag onverholen vrees op de gezichten van de Dothraki. 'Dit mág niet gebeuren!' bulderde Qotho.

Ze had de bloedruiter niet zien terugkomen. Haggo en Cohollo waren bij hem. Ze hadden de haarloze mannen meegebracht, de eunuchen die genazen met behulp van mes, naald en vuur.

'Dit gebeurt wél,' kaatste Dany terug.

'*Maegi*,' gromde Haggo. En de oude Cohollo – Cohollo, die zijn leven met dat van Drogo had verbonden op de dag van zijn geboorte, Cohollo, die altijd aardig voor haar was geweest – Cohollo spuwde haar voluit in het gezicht.

'Je zult sterven, *maegi*,' beloofde Qotho haar, 'maar die andere gaat er eerst aan.' Hij trok zijn *arakh* en wilde op de tent aflopen.

'Nee,' riep ze, 'dat *mag* niet.' Ze greep hem bij zijn schouder, maar Qotho duwde haar opzij. Dany viel op haar knieën en kruiste haar armen voor haar buik om het kind te beschermen. 'Hou hem tegen,' beval ze haar *khas*. 'Dood hem.'

Rakharo en Quaro stonden naast de tentflap. Quaro deed een stap naar voren en reikte naar de handgreep van zijn zweep, maar Qotho draaide weg, sierlijk als een danser, terwijl zijn gekromde *arakh* omhoogkwam. Die trof Quaro laag onder de arm, en het blikkerende, scherpe staal beet door leer en huid, door spier en rib. Bloed spoot als een fontein omhoog en de jonge ruiter wankelde achteruit, happend naar adem.

Qotho wrikte de kling los. 'Paardenheer!' riep ser Jorah Mormont, 'probeer het eens met mij.' Zijn zwaard gleed uit de schede.

Vloekend cirkelde Qotho rond. De *arakh* bewoog zo snel dat Quaro's bloed er in een fijne stuifnevel vanaf vloog, als regendruppels in een warme wind. Het zwaard onderschepte het wapen één voet van ser Jorahs gezicht, en even bleef het daar doortrillen terwijl Qotho huilde van woede. De ridder was in maliën gekleed, met handschoenen en beenplaten van over elkaar vallende stroken staal en een zware halsberg over zijn keel, maar hij was vergeten zijn helm op te zetten.

Qotho danste achteruit. Zijn *arakh* wervelde in een blinkend waas boven zijn hoofd en zoefde als een bliksemschicht op de aanstormende ridder af. Ser Jorah weerde zijn slagen zo goed mogelijk af, maar ze kwamen zo snel dat het leek of Qotho vier *arakhs* en evenzovele armen had. Ze hoorde een zwaard tegen maliën knarsen en zag een regen van vonken toen de lange, kromme kling van een handschoen afketste. Ineens was het Mormont die naar achteren wankelde en Qotho die toeschoot en aanviel. Het gezicht van de ridder was aan de linkerkant rood van het bloed en een uithaal naar zijn heup sneed door zijn maliën heen en maakte hem kreupel. Qotho schreeuwde hem beledigingen toe en schold hem uit voor lafaard, voor melkmuil, voor eunuch in een ijzeren pak. 'Nu sterf je!' verzekerde hij hem, en zijn *arakh* sidderde door de rode schemering. Dany's zoon ging als een wilde tekeer in haar schoot. De kromme kling dook onder de rechte door en groef zich door het gapende gat in de maliën diep in de heup van de ridder.

Mormont gromde en struikelde. Dany voelde een scherpe pijn in haar buik en iets nats op haar dijen. Qotho krijste zijn triomf uit, maar zijn *arakh* was op bot gestuit en bleef een halve hartslag steken.

Dat was genoeg. Met alle kracht die hem restte bracht ser Jorah zijn zwaard omlaag, dwars door spier en bot heen, en Qotho's onderarm bungelde nog slechts aan een dunne reep huid en pees. De volgende slag van de ridder trof het oor van de Dothraki, zo fel dat Qotho's gezicht bijna leek te exploderen.

De Dothraki schreeuwden. Het gehuil van Mirri Maz Duur in de tent had niets menselijks meer. De stervende Quaro smeekte om water. Dany riep luidkeels om hulp, maar niemand hoorde het. Rakharo vocht met Haggo en *arakh* danste met *arakh* totdat Jhogo's zweep knalde als een donderslag en de lus zich rond Haggo's keel wikkelde. Een ruk, en de bloedruiter struikelde achterwaarts en verloor zijn evenwicht en zijn zwaard. Rakharo sprong huilend naar voren en dreef met beide handen zijn *arakh* van bovenaf in Haggo's kruin. De punt bleef tussen Haggo's ogen steken, rood en trillend. Iemand gooide een steen, en toen Dany keek was haar schouder opengehaald en bebloed. 'Nee,' huilde ze, 'nee, alsjeblieft, hou op, te hoog, de prijs is te hoog.' Er kwamen nog meer stenen aanvliegen. Ze probeerde naar de tent te kruipen, maar Cohollo kreeg haar te pakken. Met zijn vingers in haar haren trok hij haar hoofd naar achteren, en ze voelde de kilte van zijn mes op haar keel. 'Mijn kind,' gilde ze, en misschien hoorden de goden dat, want binnen de kortste keren was Cohollo dood. Aggo's pijl had hem onder zijn arm getroffen en zijn longen en hart doorboord.

Toen Daenerys eindelijk de kracht opbracht om haar hoofd op te tillen zag ze dat de menigte zich verspreidde. Stilletjes slopen de Dothraki naar hun tenten en slaapmatten terug. Sommigen zadelden hun paard en reden weg. De zon was ondergegaan. Door de gehele *khalasar* heen brandden vuren, grote, oranje vlammen die knetterden van woede en hun sintels naar de hemel spuwden. Ze probeerde op te staan, maar een felle pijn overviel haar en perste haar samen als een reuzenvuist. Ze kreeg geen adem meer en kon alleen nog maar hijgen. Het stemgeluid van Mirri Maz Duur klonk als een begrafenislitanie. In de tent wervelden de schaduwen rond.

Een arm werd onder haar middel geschoven, en het volgende moment tilde ser Jorah haar op. Zijn gezicht plakte van het bloed en Dany zag dat de helft van zijn oor eraf was. Ze verkrampte in zijn armen toen de pijn weer over haar kwam en hoorde hoe de ridder haar dienstmaagden toeschreeuwde dat ze hem moesten helpen. *Zijn ze allemaal zo bang?* Ze wist het antwoord. Een nieuwe wee overviel haar, en Dany slikte een kreet in. Het leek wel of haar zoon in beide handen een mes had, alsof hij op haar inhakte om zich een uitweg te kappen. 'Ellendige Doreah!' brulde ser Jorah. 'Kom hier. Ga de vroedvrouwen halen.'

'Die zullen niet komen. Ze zeggen dat ze vervloekt is.'

'Ze zullen komen, of ik sla hun hoofd eraf.'

'Ze zijn weg, heer,' huilde Doreah.

'De *maegi*,' zei iemand anders. Was dat Aggo? 'Breng haar naar de *maegi*.'

Nee, wilde Dany zeggen, *nee, nee, niet doen*, maar toen ze haar mond opende ontsnapte haar een langgerekte jammerklacht, en het zweet brak haar uit. *Wat mankeerde hun, zagen ze het niet?* Binnen de tent dansten de gedaanten in een cirkel rond het komfoor en het bloedige bad. Ze staken donker af tegen de zandzij, en sommigen zagen er niet menselijk uit. Ze ontwaarde het silhouet van een grote wolf, en dat van een man die met vlammen omkranst was.

'De lammervrouw kent de geheimen van het kraambed,' zei Irri. 'Dat heeft ze gezegd, ik heb het gehoord.'

'Ja,' beaamde Doreah. 'Ik heb het ook gehoord.'

Nee, riep ze, of misschien dacht ze het alleen maar, want er kwam zelfs geen fluistering over haar lippen. Ze werd gedragen. Toen ze haar ogen opsloeg zag ze een roerloze, doodse hemel, zwart, somber en zonder sterren. *Alsjeblieft niet*. Het stemgeluid van Mirri Maz Duur werd luider, totdat de hele wereld er vol van was. *De gedaanten!* gilde ze. *De dansers!*

Ser Jorah droeg haar de tent binnen.

Arya

De geur van warm brood die uit de winkels aan de Meelstraat dreef was zoeter dan enig parfum dat Arya ooit had geroken. Ze haalde diep adem en deed nog een stapje naar de duif toe. Het was een dikke, met bruine spikkels. Hij pikte druk aan een korst die tussen twee klinkers was beland, maar toen Arya's schaduw hem raakte vloog hij op.

Haar houten zwaard suisde erop af en trof de vogel twee voet boven de grond. Bruine veren stoven in het rond toen hij omlaag tuimelde. Meteen schoot ze toe en greep een vleugel, terwijl de duif fladderde en klapwiekte. Ze pakte hem bij zijn nek en draaide tot ze de botjes voelde breken.

Vergeleken met katten waren duiven heel makkelijk te vangen.

Een passerende septon keek achterdochtig naar haar. 'Dit is de beste plek voor duif,' zei Arya tegen hem terwijl ze zichzelf afklopte en haar gevallen houten zwaard opraapte. 'Ze komen op de kruimels af.' Hij liep haastig door.

Ze bond de duif aan haar riem en begon de straat uit te lopen. Een man duwde een kar met twee wielen, beladen met vruchtentaartjes voort, en de geur zong van zwarte bessen, citroenen en abrikozen. Haar maag maakte een hol, rommelend geluid. 'Mag ik er eentje?' hoorde ze zichzelf zeggen. 'Eentje met citroen, of... wat dan ook.'

De man met de handkar bekeek haar van top tot teen. Wat hij zag beviel hem duidelijk niet. 'Drie kopertjes.'

Arya tikte met het houten zwaard tegen de schacht van haar laars. 'Ik geef er een vette duif voor,' zei ze.

'Naar de Anderen met die duif van jou,' zei de man met de handkar.

De vruchtentaartjes waren nog warm van de oven. De geur deed haar het water in de mond lopen, maar ze had geen drie kopertjes... zelfs niet één. Ze wierp de man met de handkar een blik toe, denkend aan wat Syrio haar had gezegd over *zien*. Hij was klein van stuk, met een rond buikje, en bij het lopen trok hij enigszins met zijn rechterbeen. Ze stond net te denken dat hij haar nooit zou kunnen inhalen als ze een taartje van de kar graaide en wegrende toen hij zei: 'Hou je smerige poten thuis. De goudmantels weten wel weg met zulke diefachtige kleine rioolratten, geloof dat maar.'

Arya keek behoedzaam om. Bij de ingang van een steegje stonden twee stadswachters. Hun mantels hingen bijna tot op de grond, de dikke wol prachtig goud geverfd. Hun maliën, laarzen en handschoenen waren zwart. Een had een zwaard aan zijn heup, de ander een ijzeren knots. Met een laatste, smachtende blik op de taartjes schoof Arya bij de kar vandaan en haastte zich weg. De goudmantels hadden geen bijzondere aandacht aan haar geschonken, maar hun aanblik bezorgde haar maagpijn van de spanning. Arya bleef zo ver mogelijk bij het kasteel vandaan, maar zelfs van een afstand kon ze de hoofden zien rotten op de hoge, rode muren. Om ieder hoofd werd luidruchtig gekibbeld door zwermen kraaien, als vliegen zo dicht. In de Vlooienzak ging het gerucht dat de goudmantels gemene zaak hadden gemaakt met de Lannisters en dat hun bevelhebber tot heer verheven was, met grondgebied langs de Drietand en een zetel in de koninklijke raad.

Ze had ook andere dingen gehoord, angstaanjagende dingen, dingen die nergens op leken te slaan. De een zei dat haar vader koning Robert had vermoord en op zijn beurt door heer Renling was gedood. De ander beweerde dat *Renling* de koning had doodgeslagen toen de broers in een dronken bui ruzie hadden gekregen. Waarom zou hij anders midden in de nacht als een doodgewone dief zijn gevlucht? Volgens één verhaal was de koning tijdens de jacht door een ever geveld en volgens een ander was hij overleden tijdens het *eten* van een everzwijn, omdat hij zich zo had volgepropt dat hij aan tafel gebarsten was. Nee, de koning was wel aan tafel gestorven, zeiden weer anderen, maar dan omdat Varys de Spin hem had vergiftigd. Nee, de *koningin* had hem vergiftigd. Nee, hij was aan de pokken overleden. Nee, hij was in een visgraat gestikt.

Over één punt waren alle verhalen het eens: koning Robert was dood. De klokken in de zeven torens van de Grote Sept van Baelor hadden een dag en een nacht lang gebeierd en de zware galm van hun verdriet had de stad als een bronzen vloedgolf overspoeld. Zo werden de klokken alleen maar geluid na de dood van een koning, had een looiersjongen tegen Arya gezegd.

Het enige dat ze wilde was naar huis, maar uit Koningslanding vertrekken was minder eenvoudig dan ze had gehoopt. De geruchten over een oorlog waren op ieders lip en op de muren van de stad zaten de goudmantels als vlooien op... op haarzelf, om maar iets te noemen. Ze had in de Vlooienzak geslapen, op daken en in stallen, overal waar ze een plek vond om haar hoofd neer te leggen, en ze had al snel ontdekt dat dit stadsdeel zijn naam met recht droeg.

Sinds ze uit de Rode Burcht was ontsnapt ging Arya dagelijks een voor een de zeven stadspoorten af. De Drakenpoort, de Leeuwenpoort en de Oude Poort waren gesloten en gebarricadeerd. De Modderpoort en de Godenpoort waren open, maar alleen voor mensen die de stad in wilden, en de wachters lieten niemand naar buiten. Degenen die eruit mochten vertrokken via de Koningspoort of de IJzerpoort, maar Lannister-krijgsknechten met karmijnrode mantels en leeuwenhelmen bemanden daar de wachtposten. Toen ze op het dak van een herberg bij de Koningspoort op de loer lag had Arya gezien hoe ze wagens en rijtuigen doorzochten, ruiters dwongen hun zadeltassen te openen en iedereen ondervroegen die te voet voorbij wilde.

Soms overwoog ze de rivier over te zwemmen, maar de Zwartwaterstroom was breed en diep en men was alom van mening dat de stroming gemeen en verraderlijk was. Geld voor een veerman of een reis per schip bezat ze niet.

Van haar vader had ze geleerd dat diefstal altijd verkeerd was, maar ze kon zich steeds moeilijker herinneren waarom. Als ze niet gauw de uit de stad kwam zou ze de gok met de goudmantels moeten wagen. Ze had niet zóveel honger geleden sinds ze had ontdekt hoe ze met haar houten stok vogels tegen de grond kon slaan, maar ze was bang dat ze van al dat duivenvlees ziek zou worden. Ze had er een paar rauw verslonden voordat ze de Vlooienzak had ontdekt.

In de Zak waren kroegen waar enorme stoofpotten al jaren stonden te sudderen, en daar kon je de helft van je vogel ruilen voor een homp brood van gisteren en een 'bakkie-bruin', en ze waren zelfs bereid de andere helft voor je in het vuur te steken en knapperig te roosteren, zolang je hem zelf maar plukte. Arya zou alles hebben gegeven voor een beker melk en een citroenkoek, maar het bruine spul was zo slecht nog niet. Meestal bevatte het gerst en stukken wortel, ui en knol, en soms zelfs appel, met bovenop een vetlaagje. Meestal probeerde ze niet over het vlees na te denken. Eén keer had ze een mootje vis gekregen.

Het enige was, dat de kroegen nooit leeg waren, en terwijl ze haar eten naar binnen schrokte voelde Arya allerlei blikken op zich gericht. Sommigen staarden naar haar laarzen of haar mantel, en ze wist wat zij dachten. Van anderen kon ze de blikken bijna onder haar leren kleding voelen, zonder dat ze wist wat zíj dachten, en dat was nog griezeliger. Een paar keer was ze naar buiten gevolgd en door de steegjes achternagezeten, maar tot dusverre had niemand haar kunnen vangen.

De zilveren armband die ze had willen verkopen was haar eerste nacht buiten het kasteel al gestolen, samen met haar bundeltje goede kleren, weggegrist terwijl zij lag te slapen in een uitgebrand huis aan de Varkenssteeg. Het enige dat ze haar gelaten hadden was de mantel waar ze zich had ingerold, het leer aan haar lijf, haar houten oefenzwaard... en Naald. Daar lag ze bovenop, anders zou dat ook weg zijn geweest: Naald was meer waard dan de rest bij elkaar. Sindsdien liep Arya altijd rond met haar mantel over haar rechterarm gedrapeerd om het zwaard aan haar heup te verbergen. Het houten zwaard hield ze voor iedereen zichtbaar in haar linkerhand, om rovers af te schrikken, maar in de kroegen zaten mannen die zich zelfs niet hadden laten afschrikken als ze een strijdbijl had gehad. Dat benam haar de lust om nog meer duif en oudbakken brood te eten, en ze ging net zo lief met honger naar bed als die blikken te riskeren.

Als ze de stad eenmaal uit was zou ze wel bessen kunnen plukken of in boomgaarden appels en kersen stelen. Arya herinnerde zich dat ze er onderweg naar het zuiden langs de Koningsweg een paar had gezien. En ze kon in het bos naar wortels graven en zelfs een paar konijnen verschalken. In de stad vielen alleen ratten, katten en uitgemergelde honden te verschalken. De kroegen gaven een handvol kopertjes voor een nest jonge hondjes, had ze gehoord, maar daar dacht ze liever niet aan.

Onder aan de Meelstraat bevond zich een doolhof van kronkelende straatjes en dwarssteegjes. Arya scharrelde tussen de mensenmassa's rond en probeerde op een afstand van de goudmantels te blijven. Ze had geleerd, midden op straat te blijven. Dan moest ze soms voor wagens en paarden uitwijken, maar die zag je tenminste aankomen. Als je vlak bij de gebouwen liep werd er naar je gegrepen. In sommige steegjes moest je wel langs de muren schuiven, want daar helden de huizen zo ver naar voren dat ze elkaar bijna raakten.

Er rende een troep joelende kleine kinderen langs die achter een rollende hoepel aan zaten. Arya staarde hen rancuneus na, denkend aan de dagen dat ze met Bran, Jon en hun broertje Rickon had gehoepeld. Ze vroeg zich af hoe groot Rickon al was, en of Bran verdriet had. Ze zou er alles voor hebben gegeven als Jon hier was geweest en haar 'zusje' had genoemd en door haar haren had gewoeld. Niet dat dat nog nodig was. Ze had in plassen haar spiegelbeeld gezien, en ze had niet het idee dat haar nog meer in de war kon raken dan het hare.

Ze had de kinderen op straat aangesproken in de hoop een vriendje te maken dat haar een slaapplaats zou bezorgen, maar haar spraak moest verkeerd zijn. De kleintjes keken haar alleen met vlugge, waakzame ogen aan en renden weg als ze te dichtbij kwam. Hun grote broers en zusters stelden vragen die Arya niet kon beantwoorden, scholden haar uit en probeerden van haar te stelen. Gisteren nog had een broodmagere meid op blote voeten, twee keer zo oud als zij, haar omgegooid en een poging gedaan haar laarzen van haar voeten te trekken, maar Arya had haar met haar houten zwaard zo'n lel tegen haar oor gegeven dat ze er snikkend en bloedend vandoor was gegaan.

Een meeuw beschreef een cirkel boven haar hoofd terwijl ze de heuvel afliep in de richting van de Vlooienzak. Arya keek er peinzend naar, maar de vogel was ver buiten bereik van haar stok. Hij deed haar aan de zee denken. Misschien was dát de uitweg. Ouwe Nans had vaak over jongens verteld die als verstekeling op een handelsgalei allerlei avonturen tegemoet voeren. Misschien kon Arya dat ook doen. Ze besloot een kijkje te nemen bij de waterkant. Daar kwam ze onderweg naar de Modderpoort toch langs, en die had ze vandaag nog niet gecontroleerd.

Het was merkwaardig rustig op de werven toen Arya daar kwam. Ze ontdekte nog een paar goudmantels die zij aan zij over de vismarkt liepen, maar ze keken niet eens naar haar. De helft van de kraampjes was leeg, en ze kreeg de indruk dat er minder schepen aangemeerd lagen dan haar voor de geest stond. Drie koninklijke oorlogsgaleien voeren in formatie over de Zwartwaterstroom. Terwijl de riemen rezen en daalden doorkliefden hun goud geverfde rompen het water. Arya keek er een poosje naar en begaf zich toen op weg langs de rivier.

Toen ze de wachters op de derde pier zag, met hun met wit satijn omzoomde grijze wollen mantels, stond haar hart bijna stil. Bij de aanblik van de kleuren van Winterfel sprongen de tranen haar in de ogen. Achter hen deinde een slanke handelsgalei, een drieriemer, aan haar kabeltouwen. Arya kon de naam die op de romp geschilderd was niet lezen, want het waren vreemde woorden, Myrisch, Braavosi, misschien zelfs Hoog Valyrisch. Ze greep een passerende dokwerker bij zijn mouw. 'Alstublieft,' zei ze, 'wat is dat voor schip?'

'De *Windheks* uit Myr,' zei de man.

'Is die nog steeds hier?' flapte Arya eruit. De dokwerker keek haar bevreemd aan, haalde zijn schouders op en liep weg. Arya rende naar de pier. De *Windheks* was het schip dat vader had gehuurd om haar naar huis te brengen... en het lag nog te wachten! Ze had gedacht dat het al eeuwen vertrokken was.

Twee van de wachters zaten samen te dobbelen terwijl de derde rondjes liep, zijn hand op de knop van zijn zwaard. Omdat ze zich zou schamen als ze merkten dat ze huilde als een klein kind hield ze op met in haar ogen wrijven. Haar ogen haar ogen haar ogen, waarom...

Kijk met je ogen, hoorde ze Syrio fluisteren.

Arya keek. Ze kende al haar vaders mannen. De drie met de grijze mantels waren vreemden. 'Jij,' riep de man die rondjes liep. 'Wat moet je hier, jongen?' De anderen keken van hun dobbelstenen op.

Het had weinig gescheeld of Arya had het op een lopen gezet, maar ze wist dat ze haar onmiddellijk zouden achtervolgen als ze dat deed. Ze dwong zichzelf nog dichterbij te komen. Ze zochten een meisje, maar deze dacht dat ze een jongen was. Nou, dan wás ze een jongen. 'Duif kopen?' Ze liet hem de dode vogel zien.

'Smeer 'm,' zei de wachter.

Arya deed wat hij zei. Ze hoefde niet te doen alsof ze bang was. Achter haar gingen de mannen verder met dobbelen.

Ze had niet kunnen zeggen hoe ze de Vlooienzak weer had bereikt, maar toen ze terug was in de smalle, ongeplaveide kronkelstraatjes tussen de heuvels was ze buiten adem. Het stonk in de Zak, de stank van varkenskotten, stallen en leerlooierijen, vermengd met de zure lucht van tapperijen en goedkope bordelen. Versuft zwalkte Arya door de doolhof. Pas toen ze een vleugje pruttelend bruin uit een kroegdeur opsnoof merkte ze dat haar duif weg was. Die moest bij het hardlopen onder haar riem uit gegleden zijn, of hij was ongemerkt gestolen. Even had ze zin om weer te huilen. Ze zou dat hele stuk naar de Meelstraat terug moeten om weer zo'n dikke te vinden.

Aan de andere kant van de stad begonnen klokken te kleppen.

'Wat krijgen we nou?' riep een dikke vent uit de kroeg.

'Alweer de klokken, genadige goden,' jammerde een oude vrouw.

Een roodharige hoer in een niemendalletje van geverfde zij duwde een raam op de eerste verdieping open. 'Is het nu de jonge koning die dood is?' riep ze naar beneden en boog zich over de straat heen. 'Dat heb je met jongens, die houden het nooit lang vol.' Terwijl ze in de lach schoot sloeg een naakte man van achteren zijn armen om haar heen, beet haar in de nek en kneedde de zware witte borsten die onder haar hemd bungelden.

'Stomme slet,' riep de dikke man omhoog. 'De koning is niet dood, dit is een oproep, die klokken beieren maar in één toren. Na de dood van de koning luiden ze alle klokken in de hele stad.'

'Hé, stop met bijten of ik zal jouw klokkenspel eens luiden,' zei de vrouw in het raam tegen de man achter haar en stootte hem met haar elleboog van zich af. 'Wie is er dan dood, als het de koning niet is?'

'Het is een oproep,' herhaalde de dikke man.

Twee jongens van ongeveer Arya's leeftijd draafden spetterend voorbij door een plas. De oude vrouw schold hen uit, maar ze holden gewoon door. Anderen waren ook al onderweg, de heuvel op, om te kijken wat de oorzaak van dat lawaai was. Arya rende achter de traagste van de jongens aan. 'Waar ga je naartoe?' riep ze toen ze vlak achter hem was. 'Wat gebeurt er?'

Hij keek om zonder vaart te minderen. 'De goudmantels brengen 'm naar de sept.'

'Wie?' gilde ze al rennend.

'De Hand! Ze gaan z'n kop d'r afslaan, zegt Buu.'

Een passerende wagen had een diepe voor in de straat getrokken. De jongen sprong eroverheen, maar Arya zag hem totaal niet. Ze viel erover, haalde haar knie open aan een steen en kneusde haar vingers toen haar hand tegen de aangestampte aarde sloeg. Naald zat verstrikt tussen haar benen. Snikkend krabbelde ze op haar knieën. De duim van haar linkerhand zat onder het bloed. Toen ze erop zoog zag ze dat de halve nagel bij haar val was afgescheurd. Haar handen bonsden, en haar knie zat ook onder het bloed.

'Opzij!' riep iemand uit de dwarsstraat. 'Maak plaats voor de heren Roodweyn!' Arya wist maar net opzij te krabbelen voordat ze overreden zou worden door vier wachters op enorme paarden die in galop voorbijdaverden. Ze droegen geblokte mantels, wijnrood met blauw. Achter hen reden twee piepjonge jonkertjes op kastanjebruine merries. Ze leken op elkaar als twee druppels water. Arya had ze wel honderd keer op het binnenplein gezien: de Roodweyn tweeling, ser Horas en ser Hobber, onaantrekkelijke jongelieden met oranjerood haar en een vierkant gezicht vol sproeten. Sansa en Jeane Poel noemden ze altijd ser Hoor'es en ser Hobbel en begonnen te giechelen zodra ze hen in het oog kregen. Op dit moment zagen ze er niet grappig uit.

Iedereen ging dezelfde kant op, nieuwsgierig om erachter te komen waar dat gebeier voor diende. De klokken leken nu luider te beieren, galmend en roepend. Arya sloot zich bij de stroom volk aan. De duim waarvan de nagel afgescheurd was deed nu zo'n pijn dat het weinig scheelde of ze liep te huilen. Ze beet op haar lip en hobbelde door, luisterend naar alle opgewonden stemmen om haar heen.

'...de Hand des Konings, heer Stark. Ze dragen hem naar de Sept van Baelor.'

'Ik had gehoord dat hij dood was.'

'Komt wel, komt wel. Ik heb d'r een zilveren hertenbok op gezet dat ze z'n kop afslaan. Hoog tijd, de verrader.' De man spuwde.

Arya deed haar uiterste best om haar stem terug te vinden. 'Hij ís geen...' begon ze, maar ze was maar een kind en ze praatten dwars door haar heen.

'Dwaas. Ze slaan z'n kop niet af. Sinds wanneer worden verraders op de trappen van de Grote Sept een kopje kleiner gemaakt?'

'Nou, ze gaan 'm heus ook niet tot ridder zalven. Ik heb gehoord dat 't Stark was die de ouwe koning Robert heeft vermoord. Z'n keel doorgesneden in het bos, en toen ze hem vonden stond-ie daar doodleuk en zei dat Zijne Genade door zo'n everzwijn te grazen genomen was.'

'O, maar da's niet waar, het was z'n eigen broer die het dee, die Renling, die met z'n gouden gewei.'

'Hou je vuile leugens voor je, wijf. Je weet niet wat je zegt, heer Renling is een prima kerel.'

Tegen de tijd dat ze de Straat der Zusters bereikten liepen ze in een dichte drom. Arya liet zich op de menselijke stroom meedrijven naar de top van de heuvel van Visenya. Het wit marmeren plein was één compacte menigte mensen die allemaal opgewonden tegen elkaar tetterden en hun best deden om dichter bij de Grote Sept van Baelor te komen. Het klokgelui klonk hier heel hard.

Arya glipte door het gedrang heen, dook tussen paardenbenen door en klemde haar houten zwaard stevig vast. Hier midden in de menigte kon ze alleen maar armen, benen en buiken zien, en de zeven slanke, hoog oprijzende torens van de sept. Ze kreeg een houten wagen in het oog en wilde erop klimmen, zodat ze wat kon zien, maar anderen waren ook op dat idee gekomen. De menner vloekte hen uit en joeg hen weg met een knal van zijn zweep.

Arya kreeg de zenuwen. Ze worstelde om vooraan in de menigte te komen en werd tegen een stenen sokkel aangedrukt. Toen ze opkeek zag ze Baelor de Gezegende, de Septon-Koning. Arya stak haar houten zwaard achter haar riem en begon te klimmen. De duim waar de nagel af was liet bloedsporen achter op het geverfde marmer, maar ze wist erop te komen en wurmde zich tussen de voeten van de koning in.

Op dat moment zag ze haar vader.

Heer Eddard stond voor de deuren van de sept op de kansel van de Hoge Septon, door twee goudmantels ondersteund. Hij droeg een wambuis van dik grijs fluweel met een witte wolf in kralen op de borst genaaid en een met bont afgezette, grijs wollen mantel, maar hij was magerder dan Arya hem ooit had gezien en zijn lange gezicht was vertrokken van pijn. Hij werd eerder overeind gehouden dan dat hij stond, en het gips over zijn gebroken been was grauw en vergaan.

De Hoge Septon zelf stond achter hem, een gedrongen man, grijs van de ouderdom en moddervet, met lange witte gewaden en een enorme kroon van gesponnen goud en kristal die zijn hoofd in regenbogen hulde zodra hij maar even bewoog.

Een kluwen ridders en hoge heren stond op een kluitje bij de deuren van de sept, voor de hoge marmeren kansel. De voornaamste onder hen was Joffry, geheel in het karmozijnrood, met een patroon van steigerende hertenbokken en brullende leeuwen op de zijde en het satijn en een gouden kroon op zijn hoofd. Naast hem stond de koningin-moeder in een zwart, opengewerkt rouwgewaad met karmozijnrood eronder en een sluier met zwarte diamanten over het haar. Arya herkende de Jachthond, met een sneeuwwitte mantel over zijn donkergrijze wapenrusting en vier leden van de koningsgarde rondom zich. Ze zag hoe Varys de eunuch in een damasten gewaad met sierpatronen op zachte sloffen tussen de heren door schuifelde en ze dacht dat de kleine man met de zilver glanzende mantel en de puntbaard misschien degene was die ooit een tweekamp om moeder had uitgevochten.

En tussen hen in stond Sansa, gekleed in hemelsblauwe zij, haar lange, kastanjebruine haar gewassen en gekruld, en zilveren armbanden om haar polsen. Arya trok een gezicht en vroeg zich af wat haar zuster daar deed, en waarom ze zo gelukkig keek.

Een lange rij goudmantels met speren hield de menigte tegen onder leiding van een stevige kerel in een fraai bewerkt harnas, één en al zwart vernis en goudfiligrein. Zijn mantel had de metalige glans van echt goudlaken.

Toen de klok stopte met luiden daalde een stilte langzaam over het grote plein neer, en haar vader keek op en begon te spreken, zijn stem zo zwak en zacht dat ze hem nauwelijks kon verstaan. Achter haar begonnen mensen 'Wat?' en 'Harder!' te schreeuwen. De man met het zwartgouden harnas ging achter vader staan en gaf hem een harde por. *Laat hem met rust!* had Arya willen roepen, maar ze wist dat niemand zou luisteren. Ze beet op haar lip.

Haar vader verhief zijn stem en begon opnieuw. 'Ik ben Eddard Stark, heer van Winterfel en Hand des Konings,' zei hij, luider nu, zodat zijn stem over het plein droeg, 'en ik sta hier voor u om voor het aangezicht van goden en mensen mijn verraad te bekennen.'

'Nee,' kermde Arya. Beneden haar begon de menigte te schreeuwen en te joelen. Beledigingen en obsceniteiten vlogen door de lucht. Sansa had haar handen voor haar gezicht geslagen.

Haar vader verhief zijn stem nog meer en deed zijn uiterste best om verstaanbaar te zijn. 'Ik heb het vertrouwen van mijn koning en vriend Robert beschaamd,' riep hij. 'Ik had gezworen, zijn kinderen te verdedigen en te beschermen, maar voor zijn bloed koud was smeedde ik al een complot om zijn zoon af te zetten en te vermoorden en mijzelf de troon toe te eigenen. Mogen de Hoge Septon en Balor de Beminde mijn getuigen zijn als ik naar waarheid zeg: Joffry Baratheon is de enige ware erfgenaam van de ijzeren troon, en bij de gratie van alle goden Heer van de Zeven Koninkrijken en Beschermer van het Rijk.'

Een steen kwam aansuizen uit de menigte. Arya zag dat haar vader geraakt was en slaakte een kreet. De goudmantels hielden hem overeind. Uit een diepe snee in zijn voorhoofd liep bloed over zijn gezicht. Meer stenen volgden. Een trof de wachter aan vaders linkerkant. Een andere ketste galmend van het borstharnas van de ridder in de goud-met-zwarte wapenrusting. Twee leden van de koningsgarde gingen voor Joffry en de koningin staan om hen met hun schild af te schermen.

Haar hand gleed onder haar mantel en vond Naald in zijn schede. Ze klemde haar vingers om het gevest en kneep zoals ze nog nimmer in iets geknepen had. *Goden, ik smeek u, bescherm hem*, bad ze. *Laat ze mijn vader geen kwaad doen.*

De Hoge Septon knielde neer voor Joffry en zijn moeder. 'Alnaar wij zondigen lijden wij,' hief hij aan, met een zware, aanzwellende stem die veel luider was dan die van vader. 'Deze man heeft hier op deze heilige plaats voor het aangezicht van goden en mensen zijn misdaden beleden.' Regenbogen dansten om zijn hoofd toen hij zijn handen smekend verhief. 'De goden zijn rechtvaardig, maar de Gezegende Baelor heeft ons geleerd dat ze tevens barmhartig zijn. Wat moet er met deze verrader gebeuren, Uwe Genade?'

Duizend stemmen schreeuwden, maar Arya hoorde er niets van. Prins Joffry... nee, *koning* Joffry... trad van achter de schilden van zijn koningsgarde naar voren. 'Mijn moeder verzoekt mij heer Eddard het zwart te laten aannemen, en jonkvrouwe Sansa heeft om genade voor haar vader gesmeekt.' Toen keek hij Sansa recht aan en *glimlachte*, en even dacht Arya dat de goden haar gebed hadden verhoord, totdat Joffry zich weer tot de menigte wendde en zei: 'Maar zij zijn weekhartige vrouwen. Zolang ik uw koning ben zal verraad nimmer ongestraft blijven. Ser Ilyn, breng mij zijn hoofd!'

De mensen brulden, en Arya voelde dat het standbeeld van Baelor wankelde onder hun druk. De Hoge Septon greep de mantel van de koning, Varys snelde toe en zwaaide met zijn armen, en zelfs de koningin praatte op hem in, maar Joffry schudde zijn hoofd. Heren en ridders weken uiteen toen *hij* naar voren kwam, lang en knokig, een geraamte in ijzeren maliën, de Koninklijke Scherprechter. Vagelijk, als van verre, hoorde Arya haar zuster gillen. Sansa was op haar knieën gezonken en snikte hysterisch. Ser Ilyn Peyn beklom de treden van de kansel.

Arya wurmde zich tussen Baelors voeten uit, en terwijl ze Naald uit de schede trok stortte ze zich in de menigte. Ze belandde op een man met een slagersvoorschot en smeet hem omver. Meteen ramde iemand hard tegen haar rug, zodat ze zelf ook bijna viel. Lichamen drongen op haar in terwijl ze al struikelend en duwend op de arme slager trapte. Arya haalde met Naald naar hen uit.

Hoog boven op de kansel maakte ser Ilyn een gebaar, en de ridder in het zwart met goud gaf een bevel. De goudmantels smeten heer Eddard over het marmer met zijn hoofd en borst over de rand heen.

'Hier jij!' riep een boze stem tegen Arya, maar ze rolde verder als een bal, duwde mensen opzij, wrong zich tussen hen door en ramde iedereen die haar in de weg stond. Een hand tastte naar haar been en ze hakte erop in en schopte tegen schenen. Een vrouw struikelde en Arya liep over haar rug en haalde uit naar links en rechts, maar het hielp niets, *niets*, er waren te veel mensen, ze had nog geen opening gemaakt of die sloot zich weer. Iemand stootte haar opzij. Ze kon nog steeds het gegil van Sansa horen.

Ser Ilyn trok een tweehands-slagzwaard uit de schede op zijn rug. Toen hij het zwaard boven zijn hoofd ophief was het of de zon over het donkere metaal danste en golfde en op een schede glinsterde, scherper dan enig scheermes. *IJs*, dacht ze, *hij heeft IJs!* De tranen stroomden over haar gezicht en verblindden haar.

En toen schoot er een hand uit het gedrang en sloot zich als een wolfsklem om haar arm, zo hard dat Naald uit haar hand vloog. Arya werd omvergetrokken. Ze zou zijn gevallen als hij haar niet als een pop overeind had gehouden. Een gezicht drukte zich dicht tegen het hare, lang zwart haar, verwarde baard en rotte tanden. '*Niet kijken!*' snauwde een schorre stem haar toe.

'Ik... ik... ik...,' snikte Arya.

De oude man schudde haar zo hard heen en weer dat haar tanden klapperden. 'Mond toe en ogen dicht, *jongen*.' Vagelijk, als van heel ver weg, hoorde ze een... een *geluid*... een zacht, zuchtend geluid, alsof een miljoen mensen tegelijkertijd hun adem lieten ontsnappen. Hard als ijzer boorden de vingers van de oude man zich in haar arm. 'Kijk naar me. Ja zo, naar míj.' Hij ademde een zure wijnlucht uit. 'Weet je nog, *jongen*?'

Het was de lucht die het hem deed. Arya zag het verwarde, vettige haar, de gelapte, stoffige zwarte mantel om zijn kromme schouders, de stekende zwarte ogen die haar loensend aankeken. En ze herinnerde zich de zwarte broeder die haar vader was komen opzoeken.

'Nu weet je weer wie ik ben, hè? Slim joch.' Hij spuwde. 'Hier zijn ze klaar. Jij komt met mij mee en je houdt je mond.' Toen ze iets terug wilde zeggen schudde hij haar opnieuw, nog harder. 'Stíl, zei ik.'

Het plein begon leeg te stromen. Het gedrang om hen heen werd minder toen de mensen hun leven weer hervatten. Maar Arya was haar leven kwijt. Verdoofd sjokte ze voort naast... *Yoren, ja, hij heet Yoren.* Ze wist niet dat hij Naald had gevonden voordat hij haar het zwaard teruggaf. 'Hoop dat je dat kunt gebruiken, jongen.'

'Ik ben geen...' begon ze.

Hij schoof haar in een deuropening, schoof een stel vieze vingers in haar haren, draaide eraan en trok haar hoofd naar achteren.

'...geen slimme jongen, bedoel je dat?'

In zijn andere hand had hij een mes.

Toen het lemmet op haar gezicht afdook liet Arya zich achterovervallen. Ze schopte en trapte en rukte met haar hoofd, maar hij hield haar haren vast, zo *hard* dat ze haar hoofdhuid voelde scheuren en op haar lippen de zoute smaak van tranen proefde.

Bran

De oudsten waren volwassen mannen, zeventien en achttien, gerekend vanaf hun naamdag. Een was de twintig al gepasseerd. De meesten waren jonger, zestien of nog minder.

Bran sloeg hen gade vanaf het balkon van Maester Luwins torentje en hoorde hen grommen, kreunen en vloeken als ze met hun stokken en houten zwaarden uithaalden. Het geklak van hout tegen hout weerkaatste over de binnenplaats, maar al te vaak afgewisseld door een pets of een kreet van pijn wanneer een van de klappen op leer of een lichaamsdeel terechtkwam. Ser Rodrik beende tussen de jongens door, zijn gezicht rood aangelopen onder de witte bakkebaarden. Hij mopperde op alles en iedereen. Bran had de oude ridder nog nooit zo fanatiek zien kijken. 'Nee,' zei hij steeds maar weer. 'Nee. Nee. Nee.'

'Ze vechten niet al te best,' zei Bran twijfelend. Afwezig krabde hij Zomer, die een bout zat op te schrokken, achter de oren. De botten kraakten tussen zijn tanden.

'Nee, zeker niet,' beaamde Maester Luwin met een diepe zucht. De maester tuurde door zijn grote buis met de Myrische lens om schaduwen te meten en de positie van de komeet die laag aan de ochtendhemel hing te bepalen. 'Maar mettertijd... ser Rodrik heeft het bij het rechte eind, er zijn mannen nodig om over de muren te patrouilleren. Je vader heeft het puikje van de wacht naar Koningslanding meegenomen en je broer is met de rest vertrokken, én met alle acceptabele jongelieden mijlenver in de omtrek. Velen van hen zullen nooit terugkeren, en we moeten mannen vinden die hun plaats kunnen innemen.'

Bran staarde vol wrok naar de zwetende jongens beneden. 'Als ik mijn benen nog had zou ik ze allemaal klein krijgen.' Hij dacht aan de laatste keer dat hij een zwaard had gehanteerd, die keer dat de koning Winterfel had bezocht. Het was maar een houten zwaard geweest, maar hij had er prins Tommen wel vijftig keer mee tegen de grond geslagen. 'Ser Rodrik moet me maar met een hellebaard leren omgaan. Als ik een hellebaard heb met een grote, lange schacht, kan Hodor als mijn benen dienst doen. Dan kunnen we samen ridder worden.'

'Dat lijkt me... onwaarschijnlijk,' zei Maester Luwin. 'Bran, als iemand vecht moeten zijn armen, benen en gedachten één zijn.'

Beneden op de binnenplaats schreeuwde ser Rodrik: 'Je vecht als een gans! Hij pikt jou en jij pikt hem net iets harder terug. Pareren! Afweren die slag! Aan ganzengevechten hebben we niks. Als die zwaarden echt waren was je arm in één klap afgehakt!' Een van de andere jongens lachte, en de oude ridder keerde zich met een ruk naar hem toe. 'Je lacht? Jij? Die is goed. Jíj vecht als een egel...'

'Er was ooit eens een ridder die niet kon zien,' zei Bran koppig terwijl ser Rodrik beneden maar door schreeuwde. 'Ouwe Nans heeft me over hem verteld. Hij had een lange stok met aan beide kanten een kling, en die kon hij zó met zijn handen ronddraaien dat hij twee mannen tegelijk in mootjes hakte.'

'Symeon Sterrenoog,' zei Luwin, die bezig was cijfers in een boek te noteren. 'Toen hij zijn ogen had verloren stopte hij stersaffieren in de lege kassen, of dat is althans wat de zangers beweren. Bran, dat is maar een verhaaltje, net als de verhalen over Florian de Zot. Een fabeltje uit het Heldentijdperk.' De maester klakte met zijn tong. 'Zet die dromen uit je hoofd, Bran, ze zullen alleen je hart breken.'

Toen hij het woord 'dromen' hoorde schoot het hem weer te binnen. 'Ik heb vannacht weer van de kraai gedroomd. Die met de drie ogen. Hij vloog mijn slaapkamer in en zei dat ik mee moest gaan, dus dat deed ik. We daalden af naar de crypten. Daar was vader, en we praatten met elkaar. Hij was verdrietig.'

'En waarom?' Luwin tuurde door zijn buis.

'Het had iets met Jon te maken, denk ik.' De droom was uitermate verontrustend geweest, meer dan de andere kraaiendromen. 'Hodor wil de crypten niet in.'

De maester had maar half geluisterd, merkte Bran. Hij keek met knipperende ogen van zijn buis op. 'Hodor wil wat niet?'

'De crypten in. Toen ik wakker was zei ik dat hij me naar beneden moest brengen om te kijken of vader daar werkelijk was. Eerst snapte hij niet waar ik het over had, maar ik kreeg hem tot boven aan de trap door "hierheen" en "daarheen" te zeggen. Alleen wilde hij toen niet naar beneden. Hij bleef gewoon boven aan de trap staan en zei "Hodor," op een toon alsof hij bang in het donker was. Maar ik hád een toorts. Ik werd zo kwaad dat ik hem bijna een draai om zijn oren gaf, zoals Ouwe Nans altijd doet.' Hij zag de frons van de maester en voegde er haastig aan toe. 'Maar dat heb ik niet gedaan.'

'Goed. Hodor is een man, en geen muilezel die je kunt slaan.'

'In mijn droom vloog ik met de kraai naar beneden, maar dat kan niet als ik wakker ben,' legde Bran uit.

'Waarom zou je de crypten in willen?'

'Dat zei ik toch. Om vader te zoeken.'

De maester plukte aan de keten om zijn nek, zoals zo vaak als iets hem niet lekker zat. 'Bran, beste jongen, op een dag zit heer Eddard daarbeneden in steen naast zijn vader en zijn vaders vader en alle Starks sinds de oude koningen in het Noorden... maar dat duurt nog jaren, als de goden goedgunstig zijn. Je vader is de gevangene van de koningin in Koningslanding. In de crypten zul je hem niet vinden.'

'Hij was er vannacht. Ik heb met hem gepraat.'

'Eigenwijs joch,' zuchtte de maester en legde zijn boek weg. 'Wil je gaan kijken?'

'Dat gaat niet. Hodor wil niet en de treden zijn te smal en te bochtig voor Danseres.'

'Ik geloof dat ik dat probleem wel op kan lossen.'

In plaats van Hodor werd de wildlingvrouw Osha ontboden. Zij was lang, taai en berustend, bereid om te gaan waarheen ze gestuurd werd. 'Ik heb mijn hele leven achter de Muur gewoond en voor een gat in de grond draai ik mijn hand niet om, heren,' zei ze.

'Zomer, kom mee,' riep Bran toen ze hem in een paar ijzersterke armen optilde. De schrikwolf liet zijn bot liggen en liep achter hen aan. Osha droeg Bran de binnenplaats over en de wenteltrap naar de kille, onderaardse gewelven af. Maester Luwin ging met een toorts voorop. Het kon Bran niet – al te veel – schelen dat ze hem in haar armen droeg in plaats van op haar rug. Omdat ze hen goed en trouw had gediend sinds ze in Winterfel was had ser Rodrik bevolen Osha's keten te laten verwijderen. Ze had nog wel de zware ijzeren boeien om haar enkels – een teken dat ze haar nog niet helemaal vertrouwden – maar die weerhielden er haar niet van met vaste tred de trap af te dalen.

Bran kon zich niet herinneren wanneer hij voor het laatst in de crypten was geweest. *Daarvoor* in elk geval. Als kleine jongen had hij hier altijd met Robb en Jon en zijn zusjes gespeeld.

Hij wilde wel dat zij nu hier waren, want dan hadden de gewelven misschien minder donker en griezelig geleken. Zomer stapte de holle duisternis in en bleef toen staan, hief zijn kop op en snoof de kille, bedompte lucht op. Hij ontblootte zijn tanden en deinsde achteruit. In het schijnsel van Luwins toorts straalden zijn ogen een gouden gloed uit. Zelfs Osha, die hard als oud ijzer was, leek zich niet op haar gemak te voelen. 'Grimmig volk, zo te zien,' zei ze toen ze de lange rij granieten Starks op hun stenen tronen in het oog kreeg.

'Dat zijn de Winterkoningen,' fluisterde Bran. Om een of andere reden leek het hem verkeerd om op deze plek te hard te praten.

Osha glimlachte. 'De winter heeft geen koning. Als jij ooit een winter had meegemaakt zou je dat weten, zomerjongen.'

'Ze hebben duizenden jaren als koningen in het noorden geheerst,' zei Maester Luwin terwijl hij zijn toorts hoog ophief, zodat het licht op de stenen gezichten viel. Sommigen waren behaard en baardig, ruige mannen, woest als de wolven die ineengedoken aan hun voeten lagen. Anderen waren gladgeschoren, met magere gezichten, scherp gesneden als de ijzeren zwaarden over hun knieën. 'Harde mannen, voor harde tijden. Kom.' Hij beende energiek de gewelven door, de colonne stenen zuilen en de eindeloze reeks uitgehouwen gestalten langs. Een vlammentong wapperde bij het lopen van zijn toorts.

De gewelven waren hol en strekten zich verder uit dan Winterfel zelf, en Jon had hem eens verteld dat er nog andere lagen onder waren, gewelven, nog dieper en duisterder, waar de oudere koningen begraven lagen. Ze mochten het licht absoluut niet uit het oog verliezen. Zomer weigerde verder te gaan dan de trap, zelfs toen Osha met Bran in haar armen de toorts achternaliep.

'Ken je je geschiedenis, Bran?' zei de maester onder het lopen. 'Als je kunt, vertel Osha dan wie ze waren, en wat ze gedaan hebben.'

Hij keek naar de passerende gezichten, en de verhalen kwamen bij hem boven. De maester had ze hem verteld en Ouwe Nans had ze tot leven gewekt. 'Die daar is Jon Stark. Toen de zeerovers in het oosten waren geland verdreef hij ze en bouwde het kasteel in Withaven. Zijn zoon was Rickard Stark, niet mijn vaders vader maar een andere Rickard. Hij veroverde de Nek op de moeraskoning en trouwde met zijn dochter. Theon Stark is die broodmagere met het lange haar en de dunne baard. Hij werd de Hongerige Wolf genoemd, omdat hij altijd in oorlog was. Dat is een Brandon, die lange met het dromerige gezicht. Hij was Brandon de Scheepsbouwer, omdat hij van de zee hield. Zijn tombe is leeg. Hij wilde over de Zee van Zonsondergang naar het westen varen en is nooit meer gezien. Zijn zoon was Brandon van de Vlammen, omdat hij in zijn verdriet al zijn vaders schepen in brand stak. Daar is Rodrik Stark, die Beren-eiland won bij een worstelwedstrijd en het aan de Mormonts gaf. En dat is Torhen Stark, de Koning die Knielde. Hij was de laatste koning in het Noorden, en nadat hij zich aan Aegon de Veroveraar had onderworpen werd hij de eerste heer van Winterfel. O en daar, dat is Cregan Stark. Die vocht eens met prins Aemon, en de Drakenridder zei dat hij nooit een betere zwaardvechter tegenover zich had gehad.' Ze waren nu bijna aan het einde, en Bran merkte dat er iets treurigs over hem kwam. 'En die daar is mijn grootvader, heer Rickard, die door de Krankzinnige Koning Aerys werd onthoofd. Zijn dochter Lyanna en zijn zoon Brandon liggen in graftomben naast de zijne. Niet ik, een andere Brandon, mijn vaders broer. Zij horen eigenlijk geen beeld te hebben, want dat is alleen voor heren en koningen, maar mijn vader hield zo veel van hen dat hij ze toch heeft laten maken.'

'Het meisje is lieftallig om te zien,' zei Osha.

'Robert was met haar verloofd, maar prins Rhaegar heeft haar ontvoerd en verkracht,' legde Bran uit. 'Robert vocht een oorlog uit om haar terug te krijgen. Hij doodde Rhaegar bij de Drietand met zijn strijdhamer, maar Lyanna stierf en hij kreeg haar niet meer terug.'

'Een treurig verhaal,' zei Osha, 'maar die lege gaten zijn nog treuriger.'

'Heer Eddards tombe, als zijn tijd komt,' zei Maester Luwin. 'Heb je hier in je droom je vader gezien, Bran?'

'Ja.' De herinnering bezorgde hem kippenvel. Hij keek onrustig het gewelf rond en zijn nekharen gingen overeind staan. Had hij een geluid gehoord? Was hier iemand?

Maester Luwin stelde zich met de toorts in zijn hand bij het open graf op. 'Zoals je ziet is hij er niet. En het duurt ook nog jaren. Dromen zijn bedrog, kind.' Hij stak zijn arm in het zwarte gat van de tombe, als in de bek van een groot beest. 'Zie je? Helemaal...'

De duisternis besprong hem met een grauw.

Bran zag ogen als groen vuur, blikkerende tanden, een vacht zo zwart als de groeve om hen heen. Maester Luwin gilde en gooide zijn armen omhoog. De toorts vloog uit zijn vingers, caramboleerde van het stenen gezicht van Brandon Stark en tuimelde op het voetstuk van zijn standbeeld, zodat de vlammen over zijn benen lekten. Bij het licht van de toorts dat onvast was als een dronkenman, zagen ze hoe Luwin met de schrikwolf worstelde en met één hand op zijn snuit hamerde terwijl de kaken zich om de andere sloten.

'Zómer!' schreeuwde Bran.

En Zomer schoot toe uit de schemering achter hen, een vliegende schaduw. Hij sprong tegen Ruige Hond op en smeet hem omver, en de twee schrikwolven rolden over elkaar heen in een verwarde massa grijze en zwarte vacht. Ze hapten en beten naar elkaar terwijl Maester Luwin op zijn knieën krabbelde, zijn arm opengereten en bebloed. Osha zette Bran tegen de stenen wolf van heer Rickard om de maester te hulp te schieten. In het schijnsel van de pruttelende toorts vochten twintig voet lange schaduwwolven op de wand en het plafond.

'Ruige Hond,' riep een klein stemmetje. Toen Bran opkeek stond zijn broertje in de opening van vaders tombe. Met één laatste uitval naar Zomers gezicht rukte Ruige Hond zich los en draafde naar Rickon. 'Laat mijn vader met rust,' waarschuwde Rickon. 'Laat hem met rust.'

'Rickon,' zei Bran zacht, 'vader is hier niet.'

'Jawel. Ik heb hem gezien.' Op Rickons gezicht blonken tranen. 'Ik heb hem vannacht gezien.'

'In je droom...?'

Rickon knikte. 'Laat hem. Laat hem met rust. Hij komt nu thuis, zoals hij beloofd heeft. Hij komt thuis.'

Bran had Maester Luwin nog nooit zo onzeker zien kijken. Er droop bloed van zijn arm, daar waar Ruige Hond de wol van zijn mouw en de huid eronder had opengehaald. 'Osha, de toorts,' zei hij, zijn pijn verbijtend, en ze griste het ding van de grond voor het uitging. Op allebei de benen van het beeld van zijn oom zaten zwarte roetvlekken. 'Dat... dat béést,' vervolgde Luwin, 'wordt geacht in de kennel aan de ketting te liggen.'

Rickon aaide Ruige Hond over zijn snuit, die vochtig was van het bloed. 'Ik heb hem losgelaten. Hij heeft een hekel aan kettingen.' Hij likte zijn vingers af.

'Rickon,' zei Bran, 'kom je met mij mee?'

'Nee. Ik vind het hier fijn.'

'Het is hier donker. En koud.'

'Ik ben niet bang. Ik moet op vader wachten.'

'Je kunt bij mij wachten,' zei Bran. 'Dan wachten we samen, jij en ik, en onze wolven.' Beide schrikwolven zaten nu hun wonden te likken. Ze zouden goed in de gaten moeten worden gehouden.

'Bran,' zei de maester op ferme toon, 'ik weet dat je het goed bedoelt, maar Ruige Hond is te wild om los te lopen. Ik ben al de derde die hij aangevlogen heeft. Laat hem vrijelijk door het kasteel lopen, en het is nog maar een kwestie van tijd voordat hij iemand doodbijt. De waarheid is hard, maar die wolf moet aan de ketting, of...' Hij aarzelde.

... *of afgemaakt*, dacht Bran, maar wat hij zei was: 'Hij is niet voorbestemd om aan de ketting te liggen. We zullen met zijn allen in uw toren wachten.'

'Dat kan absoluut niet,' zei Maester Luwin.

Osha grijnsde. 'Bij mijn weten is die jongen hier het jonkertje.' Ze gaf Luwin de toorts terug en tilde Bran weer op. 'Dus het wordt de toren van de maester.'

'Ga je mee, Rickon?'

Zijn broertje knikte. 'Als Ruige Hond ook komt,' zei hij terwijl hij achter Osha en Bran aandraafde, en er zat voor Maester Luwin niets anders op dan hen te volgen, met een wantrouwig oog op de wolven.

Het torentje van Maester Luwin was zo volgepakt dat Bran het een wonder vond dat hij ooit iets kon vinden. Tafels en stoelen lagen vol met scheve stapels boeken, op de planken langs de wanden stonden rijen stopflessen, op alle meubels lagen kaarsstompjes en klodders gedroogde was, bij de balkondeur stond de bronzen buis met de Myrische lens op een driepoot, aan de wanden hingen horoscopen, tussen de biezen lagen schaduwkaarten verstrooid, het hele vertrek was bezaaid met papieren, ganzenveren en inktpotten, en alles zat onder de uitwerpselen van de raven die tussen de dakbalken huisden. Hun schelle gekras snerpte door de kamer daaronder terwijl Osha de wonden van de maester volgens diens kortaangebonden instructies uitwaste, reinigde en verbond. 'Dit is te gek om los te lopen,' zei de kleine, grijze man toen ze de wolvenbeten met een bijtend smeersel bette. 'Het is weliswaar opmerkelijk dat twee jongens allebei hetzelfde dromen, maar als je er even bij stilstaat is het niet meer dan natuurlijk. Jullie missen je vader, en jullie weten dat hij gevangen zit. Vrees kan de geest vertroebelen en tot vreemde ideeën leiden. Rickon is te jong om te begrijpen...'

'Ik ben al vier,' zei Rickon. Hij tuurde door de buis met de lens naar de gargouilles aan de Eerste Burcht. De schrikwolven zaten aan weerskanten van de grote ronde kamer hun wonden te likken en op botten te knagen.

'... te jong, en... auw, zevenvoudige hel, dat brandt, nee, niet stoppen, nog meer. Te jong, zoals ik al zei, maar jij bent oud genoeg om te weten dat dromen bedrog zijn, Bran.'

'Sommige wel, andere niet.' Osha goot lichtrode vuurmelk in een lange snee. Luwin hapte naar adem. 'De kinderen van het woud zouden u het nodige over dromen kunnen vertellen.'

De tranen liepen de maester over het gezicht, maar hij schudde hardnekkig zijn hoofd. 'Die kinderen... bestaan alleen maar in dromen. Tegenwoordig. Dood en verdwenen. Genoeg, dat is genoeg. Nu verbinden. Eerst gaasjes en dan verbanden, en stevig, want het gaat bloeden.'

'Ouwe Nans zegt dat de kinderen de liederen van de bomen kenden, dat ze als vogels konden vliegen en als vissen konden zwemmen en met de dieren konden spreken,' zei Bran. 'Ze zegt dat ze muziek maakten die zo mooi was dat je huilde als een klein kind zodra je die hoorde.'

'En dat allemaal met behulp van magie,' zei Luwin, afgeleid. 'Ik wilde wel dat ze hier waren. Een bezwering zou mijn arm op een minder pijnlijke manier genezen, en ze zouden met Ruige Hond kunnen praten en hem zeggen dat hij niet moet bijten.' Hij wierp de grote zwarte wolf vanuit zijn ooghoek een boze blik toe. 'Neem dit van mij aan, Bran. De man die op bezweringen vertrouwt vecht met een glazen zwaard. Net als de kinderen. Hier, ik zal je iets laten zien.'

Hij stond abrupt op, liep de kamer door en kwam terug met een groene kruik in zijn goede hand. 'Kijk hier maar eens naar,' zei hij terwijl hij de stop eruit trok en er een handvol glanzende zwarte pijlpunten uit schudde.

Bran pakte er een. 'Die is van glas.' Nieuwsgierig schoof Rickon dichterbij om over de tafel te gluren.

'Drakenglas,' luidde de naam die Osha eraan gaf terwijl ze met een hand vol verband naast Luwin ging zitten.

'Obsidiaan,' zei Maester Luwin nadrukkelijk en stak zijn gewonde arm uit. 'Gesmeed in het smidsvuur van de goden, diep onder de aarde. De kinderen van het woud jaagden daarmee, duizenden jaren geleden. De kinderen bewerkten geen metaal. In plaats van maliën droegen ze lange kolders van gevlochten bladeren en wikkelden boombast om hun benen, zodat ze in het bos leken op te gaan. In plaats van zwaarden hadden ze wapens van obsidiaan.'

'En die hebben ze nog.' Osha legde zachte gaasjes op de beten in de onderarm van de maester en bond ze met lange stroken linnen stevig op hun plaats.

Bran hield de pijlpunt vlak bij zijn gezicht. Het zwarte glas was dik en glanzend. Hij vond het mooi. 'Mag ik er een houden?'

'Als je dat wilt,' zei de maester.

'Ik wil er ook een,' zei Rickon. 'Ik wil er vier. Ik bén vier.'

Luwin liet hem de punten uittellen. 'Voorzichtig, ze zijn nog scherp. Snij je niet.'

'Vertel me over de kinderen,' zei Bran. Het was belangrijk.

'Wat wil je weten?'

'Alles.'

Maester Luwin trok aan zijn keten op de plek waar die tegen zijn hals schuurde. 'Het was een volk uit het Tijdperk van de Dageraad, het allereerste, nog voor de koningen en de koninkrijken,' zei hij. 'In die dagen waren er geen kastelen of hofsteden, geen steden en zelfs geen marktplaatsen te vinden tussen hier en de Zee van Dorne. Er waren helemaal geen mensen. In de gebieden die wij nu de Zeven Koninkrijken noemen woonden slechts de Kinderen van het Woud.

Het was een schoon en donker volk, klein van gestalte, niet groter dan kinderen, zelfs als ze hun volle wasdom hadden bereikt. Ze woonden in het hart van het woud, in grotten en paalhutten en geheime boomsteden. Klein van stuk als ze waren, waren de kinderen toch snel en sierlijk. Hun mannen en vrouwen gingen samen op jacht met bogen van weirhout en werpstrikken. Hun goden waren de goden van woud, stroom en steen, de oude goden, wier namen geheim zijn. Hun wijzen, groenzieners genaamd, kerfden vreemde gezichten in de weirbomen om over de wouden te waken. Hoe lang de kinderen hier heersten of waar ze vandaan kwamen valt met geen mogelijkheid te zeggen.

Maar omstreeks twaalfduizend jaar geleden doken in het oosten de Eerste Mensen op. Ze staken de Gebroken Arm van Dorne over voordat die brak. Ze kwamen met bronzen zwaarden en grote leren schilden, gezeten op paarden. Aan deze zijde van de zee-engte was nog nimmer één paard gezien. De Kinderen schrokken ongetwijfeld evenzeer van de paarden als de Eerste Mensen van de gezichten op de bomen. Toen de Eerste Mensen hun houten hofsteden en boerderijen bouwden hakten ze de gezichten om en wierpen die in het vuur. Ontzet trokken de kinderen ten strijde. De oude liederen vertellen dat de groenzieners duistere magie gebruikten om de zeespiegel te doen rijzen, zodat het land overspoeld en de Arm verbrijzeld werd, maar het was al te laat om de deur te sluiten. De oorlogen duurden voort tot de aarde rood was van het bloed van mensen én kinderen, maar meer van de kinderen dan van de mensen, want de mensen waren groter en sterker, en hout, steen en obsidiaan zijn slecht tegen brons opgewassen. Ten slotte kregen de wijzen van beide rassen de overhand, en de hoofdlieden en helden van de Eerste Mensen ontmoetten de groenzieners en houtdansers te midden van de weirbosjes van een klein eilandje in het meer dat het Godsoog wordt genoemd.

Daar werd het Verbond gesloten. De Eerste Mensen kregen de kustgebieden, de hoogvlakten en de lichte velden, de bergen en de moerassen, maar de diepe wouden zouden voor altijd aan de kinderen toebehoren, en nergens in het rijk mocht nog één weirboom worden gekapt. Opdat de goden getuigen zouden zijn van de ondertekening kreeg elke boom op het eiland een gezicht, en naderhand werd de gewijde orde van de groene mannen gesticht om over het Eiland der Gezichten te waken.

Met het Verbond begon de vierduizendjarige vriendschap tussen mensen en kinderen. Mettertijd zwoeren de Eerste Mensen zelfs de goden die ze hadden meegebracht af en begonnen de geheime goden van het woud te aanbidden. Met de ondertekening van het Verbond was het Tijdperk van de Dageraad ten einde en begon het Heldentijdperk.'

Brans vuist krulde zich om de glanzend zwarte pijlpunt. 'Maar de kinderen van het woud zijn nu allemaal verdwenen, zei u.'

'Hier wel,' zei Osha terwijl ze met haar tanden het uiteinde van het laatste verband doorbeet. 'Ten noorden van de Muur is het anders. Daar zijn de kinderen heengegaan, en ook de reuzen en de andere oude rassen.'

Maester Luwin zuchtte. 'Vrouw, als het recht zijn loop had gehad was jij nu dood of geketend. De Starks behandelen je beter dan je verdient. Het is verkeerd om hun voor hun goedheid te belonen door de hoofden van de jongens met dwaze ideeën te vullen.'

'Vertel me waar ze heen gegaan zijn,' zei Bran. 'Ik wil het weten.'

'Ik ook,' echode Rickon.

'Vooruit dan,' pruttelde Luwin. 'Zolang de koningen van de Eerste Mensen heersten hield het Verbond stand, heel het Heldentijdperk en de Lange Nacht door, tot na de geboorte van de Zeven Koninkrijken, maar ten slotte kwam er een tijd, vele eeuwen later, waarin andere volkeren de zee-engte overstaken.

De Andalen waren de eersten, een ras van lange, blonde krijgers die kwamen met staal en vuur en met de zevenpuntige ster van de nieuwe goden op hun borst geschilderd. De oorlogen duurden honderden jaren, maar ten slotte vielen de zes zuidelijke koninkrijken hun in handen. Slechts hier, waar de koning in het Noorden elk leger terugsloeg dat de Nek trachtte over te steken, bleef de heerschappij van de Eerste Mensen voortduren. De Andalen brandden de weirbosjes plat, kapten de gezichten, slachtten de kinderen af, overal waar ze hen aantroffen, en verkondigden alom de triomf van de Zeven over de oude goden. Daarom vluchtten de kinderen naar het noorden...'

Zomer begon te huilen.

Geschrokken brak Maester Luwin af. Toen Ruige Hond opsprong en zijn stem bij die van zijn broer voegde werd Bran door vrees overmand. '*Nu komt het*,' fluisterde hij met de zekerheid van de wanhoop. Hij wist het al sinds vannacht, besefte hij, sinds de kraai hem naar de crypten had gebracht om afscheid te nemen. Hij had het geweten, maar niet geloofd. Hij had gewild dat Maester Luwin gelijk had. *De kraai*, dacht hij, *de kraai met de drie ogen...*

Het gehuil hield even plotseling op als het was begonnen. Zomer liep dwars door de torenkamer naar Ruige Hond toe en begon een klont vastgekoekt bloed uit de vacht op zijn broers nek te likken. In het raam klonk geklapwiek.

Een raaf streek neer op de grijze stenen vensterbank, opende zijn snavel en stiet een schrille, rauwe kreet van ellende uit.

Rickon barstte in huilen uit. De pijlpunten gleden een voor een uit zijn hand en kletterden op de vloer. Bran trok hem tegen zich aan en sloeg zijn armen om hem heen.

Maester Luwin staarde naar de zwarte vogel alsof het een gevederde schorpioen was. Hij stond op, traag als een slaapwandelaar, en liep naar het raam. Toen hij floot sprong de raaf op zijn verbonden onderarm. Er zat gedroogd bloed op de vleugels. 'Een havik,' mompelde Luwin, 'of misschien een uil. Arm beest, een wonder dat hij erdoor gekomen is.' Hij haalde de brief van zijn poot.

Bran merkte dat hij huiverde toen de maester het papier uitrolde. 'Wat staat er?' vroeg hij, terwijl hij zijn broertje des te steviger vasthield.

'Je weet wat er staat, jongen,' zei Osha niet onvriendelijk. Ze legde haar hand op zijn hoofd.

Maester Luwin keek als verdoofd naar hen op, een kleine grijze man met bloed op de mouw van zijn grijze wollen gewaad en tranen in zijn heldergrijze ogen. 'Heren,' zei hij tegen de zoons, met een stem die schor en dun was geworden, 'we... we zullen een steenhouwer moeten zoeken die hem goed van gezicht heeft gekend...'

Sansa

In de torenkamer in het hart van Maegors Veste gaf Sansa zich aan de duisternis over.

Ze trok haar bedgordijnen dicht, viel in slaap, werd huilend wakker en viel weer in slaap. Als ze niet kon slapen lag ze rillend van verdriet onder de dekens. Gedienstigen met maaltijden kwamen en gingen, maar ze kon de aanblik van eten niet verdragen. Op de tafel voor haar raam stapelden de gerechten zich op om onaangeroerd te bederven, totdat ze weer werden meegenomen.

Soms was haar slaap loodzwaar en droomloos en werd ze vermoeider wakker dan ze ingeslapen was. Toch waren dat nog de beste uren, want als ze droomde, droomde ze van Vader. Wakend of slapend zag ze hem voor zich, zag hoe de goudmantels hem neersmeten, zag hoe ser Ilyn naar voren schreed, zag hoe hij IJs trok uit de schede op zijn rug, zag het moment waarop... ze had de andere kant op willen kijken, ze had het echt gewild, ze was door haar benen gezakt en op haar knieën gezonken, maar toch had ze haar gezicht niet kunnen afwenden, en alle mensen krijsten en schreeuwden en haar prins had naar haar gelachen, geláchen, en ze had zich veilig gewaand, maar slechts één hartslag lang, totdat hij die woorden sprak, en haar vaders benen... juist dat was haar bijgebleven, zijn benen, zijn *stuiptrekkende* benen, nadat ser Ilyn... nadat het zwaard...

Misschien sterf ik ook, zei ze bij zichzelf, en die gedachte kwam haar niet zó afschuwelijk voor. Als ze uit het raam sprong kon ze een eind aan haar lijden maken, en in de jaren die komen gingen zouden de zangers dan liederen maken op haar smart. Haar lichaam zou beneden op de stenen liggen, gebroken en onschuldig, tot schande van iedereen die haar had verraden. Sansa ging zelfs zo ver om haar slaapkamer door te lopen en de luiken open te gooien... maar toen zonk de moed haar in de schoenen en rende ze snikkend naar haar bed terug.

De dienstmeisjes die met de maaltijden kwamen probeerden met haar te praten, maar ze zei nooit iets terug. Eén keer kwam grootmaester Pycelle met een doos vol kruikjes en flesjes om te vragen of ze ziek was. Hij voelde aan haar voorhoofd, liet haar haar kleren uittrekken en terwijl het kamermeisje haar op het bed drukte betastte hij haar overal. Vóór hij wegging gaf hij haar een drankje van honingwater met kruiden en zei dat ze daar iedere avond een slok van moest nemen. Ze dronk er ook inderdaad van en ging weer slapen.

Ze droomde van voetstappen op de torentrap, het onheilspellende kraken van leer op steen, afkomstig van een man die langzaam, stap voor stap, naar haar slaapkamer klom. Het enige dat ze kon doen was ineengedoken achter de deur blijven zitten en sidderend luisteren hoe hij steeds dichterbij kwam. Het was ser Ilyn Peyn, wist ze, die haar kwam halen met IJs in zijn hand, die kwam om haar hoofd af te hakken. Ze kon nergens heen, ze kon zich nergens verstoppen en op geen enkele manier de deur barricaderen. Ten slotte hielden de voetstappen halt en wist ze dat hij vlak voor de deur stond, zwijgend, met die doodse ogen en dat lange, pokdalige gezicht. Op dat moment drong het tot haar door dat ze naakt was. Ze kromp in elkaar en probeerde zich met haar handen te bedekken toen de deur krakend open begon te zwaaien en de punt van het slagzwaard erdoor stak...

Bij het wakker worden mompelde ze: 'Alstublieft, alstublieft, ik zal braaf zijn, ik zal brááf zijn, alstublieft, niet doen,' maar geen mens die het hoorde.

Toen ze haar ten slotte echt kwamen halen hoorde Sansa hen niet eens aankomen. Het was Joffry die haar deur opende, niet ser Ilyn, maar de jongen die haar prins was geweest. Ze lag opgerold in bed met de gordijnen dicht, en ze had niet kunnen zeggen of het midden op de dag of midden in de nacht was. Het eerste dat ze hoorde was de deur die opensloeg. Toen werden haar bedgordijnen opzij gerukt, en ze stak een hand op tegen het plotselinge licht en zag dat ze over haar heen gebogen stonden.

'Vanmiddag maak je je opwachting aan mijn hof,' zei Joffry. 'Ga in bad en zorg dat je gekleed bent zoals het mijn verloofde betaamt.' Sandor Clegane stond naast hem in een eenvoudig bruin wambuis en een groene mantel. In het morgenlicht was zijn verbrande gezicht gruwelijk om te zien. Achter hen stonden twee ridders van de koningsgarde met lange mantels van wit satijn.

Sansa trok haar deken tot haar kin over zich heen. 'Nee,' kermde ze, 'alstublieft... laat me liggen.'

'Als je niet opstaat en je aankleedt doet mijn Jachthond het voor je,' zei Joffry.

'Ik smeek u, prins...'

'Ik ben inmiddels koning. Hond, haal haar uit bed.'

Sandor Clegane schoof een arm onder haar middel, en terwijl ze zich zwakjes verzette tilde hij haar van het donzen bed. Haar deken viel op de grond. Daaronder droeg ze alleen een dun nachthemd om haar naaktheid te bedekken. 'Doe wat je gezegd wordt, kind,' zei Clegane. 'Kleed je aan.' Hij duwde haar bijna vriendelijk naar haar garderobe.

Sansa deinsde achteruit. 'Ik heb gedaan wat de koningin vroeg, ik heb die brieven geschreven, er stond in wat zij had gedicteerd. U had beloofd dat u genadig zou zijn. Alstublieft, laat me naar huis gaan. Ik zal geen verraad plegen, ik zal braaf zijn, ik zweer het, ik heb geen verradersbloed, héus niet. Ik wil alleen maar naar huis.' Toen herinnerde ze zich haar goede manieren en boog het hoofd. 'Als het u behaagt,' besloot ze zwakjes.

'Het behaagt me níet,' zei Joffry. 'Moeder zegt dat ik alsnog met je moet trouwen, dus je blijft hier en je zult gehoorzamen.'

'Ik wíl niet met u trouwen,' jammerde Sansa. 'U hebt mijn vaders hóófd afgehakt.'

'Hij was een verrader. Ik had niet beloofd dat ik hem zou sparen, alleen dat ik genadig zou zijn, en dat ben ik ook geweest. Als het jouw vader niet was geweest had ik hem laten vierendelen of villen, maar ik heb hem een gemakkelijke dood gegund.'

Sansa staarde hem aan en zag hem voor het eerst. Hij droeg een gewatteerd, karmozijnrood wambuis met een patroon van leeuwen en een mantel van goudlaken met een hoge kraag die zijn gezicht omlijstte. Ze vroeg zich af waarom ze hem ooit knap had gevonden. Zijn lippen waren week en rood als de wormen die je na een regenbui aantrof en zijn ogen stonden ijdel en wreed. 'Ik haat je,' fluisterde ze.

Het gezicht van koning Joffry verstrakte. 'Mijn moeder zegt dat een koning zijn echtgenote niet hoort te slaan. Ser Meryn.'

De ridder was bij haar voor ze er erg in had, rukte de hand weg waarmee ze probeerde haar gezicht te beschermen en gaf haar met de rug van zijn gehandschoende vuist een oorvijg. Sansa herinnerde zich niet dat ze viel, maar het volgende moment lag ze op één knie op de biezen. Haar hoofd suisde. Ser Meryn Trant stond over haar heengebogen. Er zat bloed op de knokkels van zijn witzijden handschoen.

'Zul je nu gehoorzamen of moet hij je nog eens tuchtigen?'

Sansa's oor was verdoofd. Ze voelde eraan, en toen ze haar hand terugtrok waren haar vingertoppen nat en rood. 'Ik... zoals... zoals u beveelt, heer.'

'*Uwe Genade*,' verbeterde Joffry haar. 'Ik zal aan het hof naar je uitkijken.' Hij draaide zich om en liep weg.

Ser Meryn en ser Arys liepen achter hem aan naar buiten, maar Sandor Clegane bleef nog lang genoeg om haar ruw overeind te trekken. 'Bespaar je zelf de nodige pijn, meisje, en geef hem zijn zin.'

'Wat... wat wil hij? Zeg het alstublieft.'

'Hij wil dat je glimlacht, dat je lekker ruikt en dat je zijn beminde jonkvrouwe bent,' raspte de Jachthond. 'Hij wil je al die mooie woordjes horen opzeggen die je van de septa hebt geleerd. Hij wil dat je van hem houdt... en bang voor hem bent.'

Toen hij weg was zonk Sansa weer op de biezen en staarde naar de wand, totdat twee van haar kamermeisjes verlegen kwamen binnensluipen. 'Warm water voor mijn bad, alsjeblieft,' zei ze, 'en parfum, en wat poeder om deze plek te verbergen.' De rechterkant van haar gezicht was opgezet en begon pijn te doen, maar ze wist dat Joffry wilde dat ze mooi was.

Het warme water deed haar aan Winterfel denken, en dat gaf haar kracht. Ze had zich sinds haar vaders dood niet meer gewassen, en het verbaasde haar hoe smerig het water werd. Haar meiden spoelden het bloed van haar gezicht, schrobden het vuil van haar rug, wasten haar haren en borstelden het uit tot het in dikke, kastanjekleurige lokken om haar hoofd heen wolkte. Sansa sprak niet tegen hen, behalve om bevelen te geven: het waren dienstmeisjes van de Lannisters, niet de hare, en ze vertrouwde hen niet. Toen ze aan het aankleden toe was koos ze de groenzijden japon die ze met het toernooi had gedragen. Ze herinnerde zich hoe galant Joffry die avond tijdens het feest tegen haar was geweest. Misschien zou hij het zich ook herinneren en wat aardiger tegen haar zijn.

Terwijl ze wachtte dronk ze een glas karnemelk en knabbelde wat zoete biscuitjes op om haar maag tot rust te brengen. Het was midden op de dag toen ser Meryn terugkeerde. Hij had zijn witte wapenrusting aangetrokken: een geëmailleerd schubbenjak, met goud geciseleerd, een hoge helm met een gouden zonnebundel erop, scheenplaten, een halsberg, handschoenen en laarzen van glanzend staal, en een zware wollen mantel met een gouden leeuwengesp. Het vizier was van zijn helm verwijderd zodat zijn stugge gezicht beter te zien was: dikke wallen onder zijn ogen, een brede, norse mond, roestbruin haar met grijze plekken erin. 'Jonkvrouwe,' zei hij en boog, alsof hij haar drie uur geleden niet tot bloedens toe geslagen had. 'Zijne Genade heeft mij gelast u naar de troonzaal te begeleiden.'

'Heeft hij u ook gelast me te slaan als ik zou weigeren?'

'Weigert u te komen, jonkvrouwe?' De blik die hij op haar richtte was uitdrukkingsloos. Hij keek niet één keer naar de kwetsuur die hij haar had bezorgd.

Hij had geen hekel aan haar, besefte Sansa, en evenmin mocht hij haar. Hij voelde helemaal niets voor haar. Voor hem was ze niet meer dan een... een díng. 'Nee,' zei ze terwijl ze opstond. Ze wilde razen en tieren, hem kwetsen zoals hij haar had gekwetst, hem waarschuwen dat als hij het ooit weer zou wagen haar te slaan, ze hem zou laten verbannen zodra ze koningin was... maar ze dacht aan wat de Jachthond tegen haar had gezegd, en dus zei ze slechts: 'Ik zal doen wat Zijne Genade beveelt.'

'Net als ik,' antwoordde hij.

'Ja... maar u bent geen waarachtig ridder, ser Meryn.'

Sandor Clegane zou daarom gelachen hebben, wist Sansa. Anderen hadden haar misschien uitgescholden, haar gewaarschuwd dat ze haar mond moest houden of haar zelfs om vergiffenis hebben gesmeekt. Ser Meryn Trant deed niets van dat alles. Het kon ser Meryn Trant domweg niet schelen.

Het balkon was verlaten, op Sansa zelf na. Ze stond met gebogen hoofd haar tranen in te houden terwijl Joffry beneden op zijn ijzeren troon zat en recht sprak, of dat althans pretendeerde. Negen van de tien zaken verveelden hem zichtbaar, en die liet hij aan zijn raad over. Dan zat hij rusteloos te draaien terwijl heer Baelish, grootmaester Pycelle of koningin Cersei de kwestie afhandelde. Maar als hij wel uitspraak verkoos te doen kon zelfs de koningin-moeder hem niet op andere gedachten brengen.

Er werd een dief voorgeleid, en hij liet ser Ilyn in aanwezigheid van het hof zijn hand afhakken. Twee ridders legden hem een geschil over een stuk grond vòòr en hij bepaalde dat ze het de volgende morgen moesten uitvechten. 'Op leven en dóód,' voegde hij eraan toe. Een vrouw viel op haar knieën en smeekte om het hoofd van een man die als verrader was terechtgesteld. Ze had hem liefgehad, zei ze, en ze wilde hem fatsoenlijk begraven. 'Wie een verrader heeft liefgehad moet zelf ook een verrader zijn,' zei Joffry. Twee goudmantels sleurden haar naar de kerker.

Heer Slink met zijn kikkergezicht zat aan het uiteinde van de raadstafel in een zwart fluwelen wambuis en een glanzende mantel van goudlaken goedkeurend te knikken zodra de koning een vonnis velde. Sansa staarde met strakke blik naar zijn lelijke kop en dacht eraan hoe hij haar vader tegen de grond had gesmakt zodat ser Ilyn hem kon onthoofden. Ze zou hem graag iets aandoen, ze zou willen dat er een held kwam die hém tegen de grond smakte om zijn hoofd af te slaan. Maar een stem in haar binnenste fluisterde: *Er zijn geen helden*, en ze dacht aan wat heer Petyr tegen haar had gezegd, hier in deze zaal: 'Het leven is geen lied, liefje. Dat zul je op een dag nog wel merken, tot je verdriet.' *In het echt winnen de monsters*, zei ze bij zichzelf, en ditmaal was het de stem van de Jachthond die ze hoorde, het kille schrapen van metaal over steen: 'Bespaar jezelf de nodige pijn, meisje, en geef hem zijn zin.'

De laatste zaak was die van een gezette kroegzanger die ervan werd beschuldigd dat hij een spotliedje had gemaakt op de overleden koning Robert. Joff beval hem zijn houtharp te halen en gelastte hem, in aanwezigheid van het hof, zijn lied ten gehore te brengen. Huilend bezwoer de zanger hem dat hij het nooit meer zou zingen, maar de koning stond erop. Het was wel een grappig liedje, dat helemaal over Robert ging die met een varken vocht. Het varken was het everzwijn dat hem had gedood, begreep Sansa, maar in sommige strofen klonk het bijna alsof hij het over de koningin had. Toen het lied uit was verklaarde Joffry dat hij besloten had genadig te zijn. De zanger mocht óf zijn vingers, óf zijn tong houden. Hij kreeg één dag om te kiezen. Janos Slink knikte.

Dat was de laatste rechtszaak van die middag, zag Sansa tot haar opluchting, maar haar beproeving was nog niet ten einde. Toen de stem van de heraut het hof heenzond vluchtte ze naar het balkon, om te ontdekken dat Joffry onder aan de wenteltrap op haar stond te wachten. De Jachthond was bij hem, en ser Meryn ook. De jonge koning bekeek haar keurend van top tot teen. 'Je ziet er veel beter uit dan eerst.'

'Dank u, Uwe Genade,' zei Sansa. Holle woorden, maar hij knikte en glimlachte.

'Loop met me mee,' beval Joffry en bood haar zijn arm. Ze moest hem wel aannemen, ze had geen keus. Eens zou de aanraking van zijn hand haar opgewonden hebben, nu kreeg ze er kippenvel van. 'Binnenkort is het mijn naamdag,' zei Joffry terwijl ze via de achterkant van de troonzaal naar buiten glipten. 'Dan houden we een groot feest, met geschenken. Wat krijg ik van jou?'

'Daar... daar had ik nog niet over nagedacht, heer.'

'*Uwe Genade*,' zei hij scherp. 'Je bent echt een stomme griet, hè? Dat zegt mijn moeder.'

'Echt?' Na alles wat er was gebeurd hadden zijn woorden niet meer in staat mogen zijn om haar te grieven, maar toch was het wel zo. De koningin had haar altijd zo vriendelijk bejegend.

'O ja. Ze maakt zich bezorgd om onze kinderen, of die net zo stom als jij zullen zijn, maar ik heb gezegd dat ze zich niet druk hoeft te maken.' De koning maakte een gebaar, en ser Meryn opende een deur voor hen.

'Dank u, Uwe Genade,' mompelde ze. *De jachthond had gelijk*, dacht ze, *ik ben niet meer dan een klein vogeltje dat aangeleerde woordjes herhaalt*. De zon was achter de westelijke muur gezakt en de stenen van de Rode Burcht hadden de donkere glans van bloed.

'Ik maak je zwanger zodra je kinderen kunt krijgen,' zei Joffry terwijl hij haar over het oefenterrein leidde. 'Als de eerste stom is hak ik je hoofd eraf en zoek een vrouw met meer hersens. Wanneer denk je dat je kinderen kunt krijgen?'

Sansa was niet in staat hem aan te kijken, hij maakte haar zo te schande. 'Volgens Septa Mordane komen... komen de meeste meisjes van hoge geboorte met twaalf of dertien tot bloei.'

Joffry knikte. 'Deze kant op.' Hij leidde haar het poortgebouw in en tot onder aan de trap naar de trans.

Sidderend deinsde Sansa achteruit. Ineens begreep ze waar ze heen gingen. 'Néé,' zei ze met een bang, hijgend stemmetje. 'O, nee, alstublieft, dwing me niet, ik smeek u...'

Joffry perste zijn lippen op elkaar. 'Ik wil je laten zien wat er met verraders gebeurt.'

Sansa schudde als een bezetene haar hoofd. 'Ik doe het niet. Ik dóe het niet.'

'Ik kan je door ser Meryn naar boven laten slepen,' zei hij. 'Dat zul je niet leuk vinden. Je kunt beter doen wat ik zeg.' Joffry stak een hand naar haar uit, en Sansa deinsde voor hem achteruit en botste tegen de Jachthond op.

'Doe het, meisje,' zei Sandor Clegane en duwde haar weer naar de koning toe. De mondhoek aan de verbrande kant van zijn gezicht trok, en Sansa kon de rest bijna horen. *Hij krijgt je toch wel boven, dus geef hem zijn zin.*

Ze dwong zichzelf koning Joffry's hand te nemen. De klim was een nachtmerrie, iedere stap een worsteling alsof ze tot haar enkels door de modder waadde, er waren meer treden dan ze ooit voor mogelijk had gehouden, vele duizenden treden, en op de tinnen wachtte haar de ontzetting.

Vanaf de hoge trans van het poortgebouw spreidde de hele wereld zich beneden hen uit. Sansa zag de Grote Sept van Baelor op de heuvel van Visenya, waar haar vader was gestorven. Aan de overkant van de Straat der Zusters stonden de geblakerde ruïnes van de Drakenkuil. In het westen ging de rode, uitgedijde zon half achter de Godenpoort schuil. De zoute zee lag achter haar, en in het zuiden waren de vismarkt, de havens en de maalstroom van de Zwartwaterstroom. En in het noorden...

'Wat sta je te kijken?' zei Joffry. 'Wat ik je wilde laten zien is hier.'

Een stevige stenen borstwering beschermde de buitenrand van de trans. Hij reikte tot Sansa's kin, met om de vijf voet kantelen voor boogschutters. De hoofden waren boven op de muur tussen de kantelen op stalen pieken gespietst, zodat ze over de stad uitkeken. Sansa had ze gezien zodra ze de weergang betrad, maar de rivier, de drukke straten en de ondergaande zon waren zoveel aangenamer om naar te kijken. *Hij kan me dwingen naar de hoofden te kijken*, zei ze tegen zichzelf, *maar hij kan me niet dwingen ze te zien.*

'Dit is je vader,' zei hij. 'Deze hier. Jachthond, draai eens om, dan kan ze hem zien.'

Sandor Clegane greep het hoofd bij het haar en draaide het om. Het afgehouwen hoofd was in teer gedompeld zodat het langer goed zou blijven. Sansa keek er bedaard naar, zonder er iets van te zien. Het zag er niet echt als heer Eddard uit, dacht ze. Het leek niet eens *echt*. 'Hoe lang moet ik kijken?'

Joffry keek teleurgesteld. 'Wil je de rest ook zien?' Het was een lange rij.

'Als het Uwe Genade behaagt.'

Joffry sleepte haar over de weergang langs een twaalftal andere hoofden en twee lege pieken. 'Die bewaar ik voor mijn oom Stannis en mijn oom Renling,' legde hij uit. De andere hoofden waren al veel langer dood en opgespietst dan haar vader. Ondanks de teer waren de meeste allang niet meer te herkennen. De koning wees er een aan en zei: 'Die daar is je septa,' maar Sansa had niet eens gezien dat het een vrouw was. De kaak was weggerot, en een van de oren en het merendeel van een wang waren door vogels opgevreten.

Sansa had zich afgevraagd wat er met Septa Mordane was gebeurd, al had ze het eigenlijk al die tijd wel geweten. 'Waarom hebt u háár ter dood laten brengen?' vroeg ze. 'Ze had de gelofte aan de goden afgelegd...'

'Ze was een verraadster.' Joffry trok een pruillip. Om de een of andere reden bracht ze hem van zijn stuk. 'Je hebt nog niet gezegd wat je me voor mijn naamdag geeft. Misschien moet ik jou iets geven, zou je dat willen?'

'Als het u behaagt, heer,' zei Sansa.

Toen hij glimlachte wist ze dat hij de spot met haar dreef. 'Je broer is ook een verrader, dat weet je.' Hij draaide het hoofd van Septa Mordane weer om. 'Ik herinner me je broer nog van Winterfel. Mijn Jachthond noemde hem de heer van het houten zwaard. Nietwaar, hond?'

'O ja?' antwoordde de Jachthond. 'Dat staat me niet meer bij.'

Joffry haalde gemelijk zijn schouders op. 'Je broer heeft mijn oom Jaime verslagen. Door verraad en bedrog, zegt mijn moeder. Ze huilde toen ze het hoorde. Vrouwen zijn allemaal zwak, ook zij, al doet ze of dat niet zo is. Ze zegt dat we in Koningslanding moeten blijven voor het geval mijn andere ooms aanvallen, maar dat kan me niet schelen. Na het feest voor mijn naamdag breng ik een leger op de been om je broer persoonlijk te doden. Dat geef ik u ten geschenke, jonkvrouwe Sansa. Het hoofd van uw broer.'

Toen kwam er een soort waanzin over haar, en ze hoorde zichzelf zeggen: 'Misschien geeft mijn broer me úw hoofd wel.'

Joffry fronste zijn voorhoofd. 'Je moet niet zo met me spotten. Een goede echtgenote spot niet met haar heer gemaal. Ser Meryn, geef haar een lesje.'

Ditmaal greep de ridder haar bij haar kin en hield hij haar hoofd stil toen hij haar sloeg. Hij sloeg twee keer, van links naar rechts, en, nog harder, van rechts naar links. Haar lip spleet en het bloed liep over haar kin en vermengde zich met het zout van haar tranen.

'Je moet niet alsmaar huilen,' zei Joffry. 'Je bent veel knapper als je lacht.'

Sansa dwong zichzelf om te glimlachen, bang dat hij haar nog eens door ser Meryn zou laten slaan als ze het niet deed, maar het haalde niets uit, de koning bleef zijn hoofd schudden. 'Veeg dat bloed af, je bent helemaal vies.'

Aan de buitenkant kwam de borstwering tot haar kin, maar langs de binnenkant van de weergang was niets, niets dan een lange tuimeling naar het binnenplein, zeventig of tachtig voet in de diepte. Er was maar een klein duwtje nodig, zei ze bij zichzelf. En daar stond hij, dáár, en grijnsde meesmuilend met zijn dikke wormlippen. *Je kunt het zó doen*, hield ze zichzelf voor. *Het kan. Doe het nu.* Het gaf niet eens als ze samen met hem over de rand viel. Dat gaf helemaal niets.

'Hier, meisje.' Sandor Clegane knielde voor haar, *tussen* haar en Joffry in. Met een voor zo'n forse kerel verrassende fijngevoeligheid depte hij het bloed weg dat uit haar kapotte lip opwelde.

De kans was verkeken. Sansa sloeg haar ogen neer. 'Dank u,' zei ze toen hij klaar was. Ze was een keurig meisje dat de hoffelijkheid nimmer uit het oog verloor.

Daenerys

Vleugels overschaduwden haar koortsdromen.

'Je wilt de Draak toch niet wekken?'

Ze liep onder hoge, stenen gewelven door een lange zaal. Ze kon niet omkijken, móćht niet omkijken. Voor haar was een deur, heel klein en ver weg, maar zelfs van een afstand kon ze zien dat hij roodgeverfd was. Ze versnelde haar pas en haar blote voeten lieten bloedige sporen achter op de steen.

'Je wilt de Draak toch niet wekken?'

Ze zag zonlicht op de Zee van Dothrak, de levende vlakte, zwanger van de geur van aarde en dood. Wind streek door het gras en het golfde als water. Drogo hield haar in sterke armen. Zijn hand liefkoosde haar geslacht en opende haar, en ze werd aangenaam vochtig, alleen voor hem, en de sterren glimlachten op hen neer, een sterrenhemel bij dag. 'Thuis,' fluisterde ze toen hij in haar drong en haar met zijn zaad vulde, maar plotseling waren de sterren weg, en langs de blauwe hemel wiekten de grote vleugels, en de wereld vatte vlam.

'... wilt de Draak toch niet wekken?'

Ser Jorahs gezicht stond strak en bedroefd. 'Rhaegar was de laatste draak,' zei hij tegen haar. Hij warmde doorschijnende handen boven een gloeiend komfoor waarin stenen eieren smeulden, rood als kolen. Het ene ogenblik was hij er en het volgende vervaagde hij, zijn lichaam kleurloos, ongrijpbaarder dan de wind. 'De laatste draak,' fluisterde hij, vluchtig als een nevelsliert, en toen was hij weg. Ze voelde de duisternis achter zich, en de rode deur leek verder weg dan ooit.

'... wilt de Draak toch niet wekken?'

Viserys stond schreeuwend voor haar. 'De Draak smeekt niet, slet. De Draak beveel je niet. Ik ben de Draak, en ik word gekroond.' Het gesmolten goud droop als was over zijn gezicht en brandde diepe geulen in zijn vlees. *'Ik ben de Draak, en ik word gekroond!'* krijste hij, en zijn vingers schoten toe als slangen en beten in haar tepels, knepen en draaiden, terwijl tegelijkertijd zijn ogen barstten en als gelei over verschroeide, geblakerde wangen dropen.

'... wilt de Draak niet wekken...'

De rode deur was zo ver weg, en ze voelde hoe de ijzige wind van achteren aan kwam gieren. Als hij haar bereikte was ze dood, doder dan dood, en zou ze voorgoed alleen in het duister jammeren. Ze begon te rennen.

'... *wilt de Draak niet wekken...*'

Ze voelde de hitte binnen in zich, een gruwelijke brand in haar schoot. Haar zoon was rijzig en trots, met Drogo's koperkleurige huid en haar zilvergouden haar, en violette, amandelvormige ogen. En hij glimlachte haar toe en stak zijn handen naar haar uit, maar toen hij zijn mond opende stroomde er vuur uit. Ze zag zijn hart in zijn borst branden, en in een oogwenk was hij verdwenen, verteerd als een mot door een kaarsvlam, tot as vergaan. Ze huilde om haar kind, de belofte van een klein, lief mondje aan haar borst, maar haar tranen verdampten zodra ze haar huid raakten.

'... *wilt de Draak wekken...*'

Geesten flankeerden de zaal, gekleed in de verbleekte gewaden van koningen. In hun handen lagen zwaarden van kleurloos vuur. Ze hadden haar van zilver en haar van goud en haar van wit platina, en hun ogen waren van opaal en amethist, van toermalijn en jade. 'Sneller,' riepen ze, 'sneller, sneller.' Ze stormde voort, en de stenen smolten zodra haar voeten ze raakten. 'Sneller!' riepen de geesten als één man, en ze schreeuwde en wierp zich naar voren. Een groot mes van pijn reet haar rug open en ze voelde haar huid scheuren en rook de stank van brandend bloed en zag de schaduw van vleugels. En Daenerys Targaryen vloog.

'... *de Draak wekken...*'

De deur doemde voor haar op, de rode deur, zo nabij, zo nabij, de zaal was een vage nevel om haar heen, de kou achter haar week terug. En nu was er geen steen meer en vloog ze boven de Zee van Dothrak, hoog, en nog hoger, terwijl beneden het groen golfde en alles wat leefde en adem had vol ontzetting vluchtte voor de schaduw van haar vleugels. Ze rook haar thuis, ze zag het, daar, vlak achter die deur, groene velden, grote stenen huizen en armen om haar warm te houden, dáár. Ze smeet de deur open.

'... *de Draak...*'

En zag haar broer Rhaegar, gezeten op een hengst die zwart was als zijn wapenrusting. Achter de smalle oogspleet van zijn helm flikkerde rossig vuur. 'De laatste Draak,' fluisterde de stem van ser Jorah flauwtjes. 'De laatste, de laatste.' Dany sloeg het zwartgepolijste vizier op. Het gezicht daarachter was het hare.

Daarna was er lange tijd niets anders dan de pijn, het vuur in haar binnenste, en sterrengefluister.

Toen ze ontwaakte proefde ze as.

'Nee,' kreunde ze, 'nee, alsjeblieft.'

'*Khaleesi?*' Jhiqui zweefde boven haar, een geschrokken hinde.

De tent was in schaduwen gedrenkt, stil en besloten. Uit een komfoor dwarrelden vlokjes as op, en Dany volgde ze met haar ogen door het rookgat in de nok. *Vliegen*, dacht ze. *Ik had vleugels, ik vloog*. Maar het was slechts een droom. 'Help me,' fluisterde ze en deed haar best om overeind te komen. 'Breng me...' Haar stem was rauw als een wond, en ze kon niet bedenken wat ze wilde. Waarom had ze zo'n pijn? Het was alsof haar lichaam in stukken was gescheurd en de flarden weer aan elkaar gezet waren. 'Ik wil...'

'Ja, *khaleesi*,' en het volgende moment was Jhiqui verdwenen, luid roepend de tent uit gestormd. Dany had... iets nodig... iemand... wat? Het was belangrijk, wist ze. Het was het enige belangrijke in de hele wereld. Ze rolde zich op haar zij en trok moeizaam een elleboog onder haar lijf, worstelend met de deken waarin haar benen verstrikt zaten. Bewegen was zo moeilijk. De wereld tolde. *Ik moet...*

Ze troffen haar op het tapijt aan, bezig naar haar drakeneieren te kruipen. Ser Jorah Mormont tilde haar op en droeg haar terug naar haar zijden beddengoed, terwijl zij zwakjes tegen hem vocht. Over zijn schouder heen zag ze haar drie dienstmaagden, Jhogo met zijn streep van een snorretje, en het platte, brede gezicht van Mirri Maz Duur. 'Ik moet,' probeerde ze hun te verduidelijken, 'het is nodig dat ik...'

'... ga slapen, prinses,' zei ser Jorah.

'Nee,' zei Dany, 'alsjeblieft. Alsjeblieft.'

'Ja.' Hij dekte haar toe met zijde, al brandde ze van de hitte. 'Ga slapen om op krachten te komen, *khaleesi*. Kom terug.' En toen was Mirri Maz Duur er, de *maegi*, die een beker aan haar lippen hield. Ze proefde zure melk, en nog iets, iets dat dik en bitter was. Warm vocht liep over haar kin. Op de een of andere manier slikte ze. De tent werd vager, en de slaap overmande haar weer. Ditmaal droomde ze niet. Ze dobberde sereen en vredig op een oeverloze zee.

Na een poos – een nacht, een dag, een jaar, dat wist ze niet – werd ze weer wakker. De tent was donker, de zijden wanden fladderden als vleugels bij iedere windvlaag van buitenaf. Ditmaal deed Dany geen poging om op te staan. 'Irri,' riep ze, 'Jhiqui. Doreah.' Ze waren er meteen. 'Mijn keel is droog,' zei ze, 'zo droog,' en ze brachten haar water. Dany dronk het gretig op en liet Jhiqui nog meer halen. Irri bevochtigde een zachte doek en veegde haar voorhoofd af. 'Ik ben ziek geweest,' zei Dany. Het Dothraki-meisje knikte. 'Hoe lang?' De doek was verkoelend, maar Irri keek zo treurig dat het haar bang te moede werd. '*Lang*,' fluisterde ze. Toen Jhiqui terugkwam met nog meer water had ze Mirri Maz Duur bij zich, haar ogen zwaar van de slaap. 'Drink,' zei ze en bracht nogmaals Dany's hoofd naar de beker, maar nu was het alleen maar wijn. Heel zoete wijn. Dany dronk en ging weer liggen en luisterde naar het zachte zuchten van haar eigen ademhaling. Ze voelde haar leden zwaar worden: de slaap kwam aansluipen om opnieuw bezit van haar te nemen. 'Breng... ik wil mijn armen om...'

'Ja?' vroeg de *maegi*. 'Wat wenst u, *khaleesi*?'

'Breng me... ei... drakenei... alsjeblieft...' Haar oogleden waren van lood en ze was te moe om ze open te houden.

Toen ze voor de derde maal wakker werd stroomde er een schacht gouden zonlicht door het rookgat van de tent en hield ze een drakenei in haar armen. Het was het lichte met de roomboterkleurige schaal, dat dooraderd was met gouden en bronzen spiralen. Dany voelde de hitte. Onder het zijden beddengoed was haar naakte huid bedekt met een fijn laagje zweet. *Drakendauw*, dacht ze. Haar vingers streken zachtjes over het oppervlak van de schaal en tekenden de gouden spiralen na, en ze voelde hoe zich in het hart van de steen iets draaide en strekte. Het joeg haar geen angst aan. Al haar vrees was vervlogen, weggebrand.

Dany betastte haar voorhoofd. Onder het waas van zweet voelde haar huid koel aan. Haar koorts was over. Ze werkte zich overeind. Een ogenblik van duizeling en borende pijn tussen haar dijen. Toch voelde ze zich sterk. Haar dienstmaagden kwamen aanrennen zodra ze haar stem hoorden. 'Water,' beval ze, 'een kruik water, zo koud mogelijk. En fruit, denk ik. Dadels.'

'Zoals u zegt, *khaleesi*.'

'Ik wil ser Jorah,' zei ze terwijl ze opstond. Jhiqui bracht een gewaad van zandzijde en sloeg het om haar schouders. 'En een warm bad, en Mirri Maz Duur, en...' De herinnering kwam in één klap terug, en ze zweeg. 'Khal Drogo,' dwong ze zichzelf te zeggen en sloeg bevreesd hun gezichten gade. 'Is hij...?'

'De *khal* leeft,' antwoordde Irri kalm... maar Dany zag dat haar blik bij die woorden versomberde, en ze was nog niet uitgesproken of ze haastte zich weg om water te halen.

Ze keerde zich naar Doreah toe. 'Vertel.'

'Ik... ik ga ser Jorah wel halen,' zei het meisje uit Lysene en vluchtte met gebogen hoofd de tent uit.

Jhiqui zou ook zijn weggerend als Dany haar niet bij haar pols had gegrepen en vastgehouden. 'Wat is er? Ik moet het weten. Drogo... en mijn kind.' Waarom dacht ze nu pas aan het kind? 'Mijn zoon... Rhaego... waar is hij? Ik wil hem zien.'

Haar dienstmaagd sloeg de ogen neer. 'De jongen... hij leefde niet, *khaleesi*.' Haar stem was een bange fluistering.

Dany liet haar pols los. *Mijn zoon is dood*, dacht ze toen Jhiqui de tent uitliep. Ergens had ze het geweten. Ze had het geweten sinds ze die eerste keer wakker was geworden en Jhiqui's tranen had gezien. Nee, ze had het geweten vóór ze was ontwaakt. Haar droom kwam weer boven, abrupt en levendig, en ze herinnerde zich de rijzige man met de koperkleurige huid en de lange, zilvergouden vlecht die in vlammen was opgegaan.

Ze zou moeten huilen, wist ze, maar haar ogen waren zo droog als as. Ze had in haar droom gehuild en de tranen waren op haar wangen verdampt. *Al het verdriet is uit me weggebrand*, zei ze tegen zichzelf. Ze voelde zich treurig, en toch... merkte ze hoe Rhaego zich van haar verwijderde alsof hij er nooit was geweest.

Enkele ogenblikken later kwamen ser Jorah en Mirri Maz Duur binnen en troffen Dany staande naast de twee andere drakeneieren aan, die nog in hun kistje lagen. Het kwam haar voor dat ze net zo heet aanvoelden als het ei dat bij haar had gelegen toen ze sliep. Dat was uitermate vreemd. 'Ser Jorah, kom eens hier,' zei ze. Ze pakte zijn hand en legde die op het zwarte ei met de scharlakenrode spiralen. 'Wat voelt u?'

'Een steenharde schaal.' De ridder was op zijn hoede. 'Schubben.'

'Hitte?'

'Nee. Koude steen.' Hij trok zijn hand weg. 'Prinses, is alles goed met u? Had u wel op moeten staan, zwak als u bent?'

'Zwak? Ik ben sterk, Jorah.' Om hem een plezier te doen vlijde ze zich tegen een stapel kussens. 'Vertel me hoe mijn kind is gestorven.'

'Hij heeft nooit geleefd, prinses. De vrouwen zeggen...' Hij maakte zijn zin niet af, en Dany zag hoe los hij in zijn vel zat, en dat hij hinkte bij het lopen.

'Zeg op. Vertel me wat de vrouwen zeggen.'

Hij wendde zijn gezicht af. Zijn blik was opgejaagd. 'Ze zeggen dat het kind...'

Ze wachtte, maar ser Jorah kon het niet over zijn lippen krijgen. Zijn gezicht werd donker van schaamte. Hij leek zelf half op een lijk.

'Een monster was,' voltooide Mirri Maz Duur. De ridder was een krachtig man, maar Dany begreep op dat moment dat de *maegi* sterker en wreder was, en eindeloos veel gevaarlijker. 'Mismaakt. Ik heb hem zelf gehaald. Hij had schubben als een hagedis en was blind. Hij had een staartstompje en leren vleugels als van een vleermuis. Toen ik hem aanraakte viel het vlees van zijn botten, en vanbinnen was hij vol maden en lijkenlucht. Hij was al jaren dood.'

Duisternis, dacht Dany. De gruwelijke duisternis die van achteren aan kwam zetten om haar te verzwelgen. Als ze omkeek was ze verloren. 'Mijn zoon zat boordevol leven toen ser Jorah me deze tent indroeg,' zei ze. 'Ik voelde hem schoppen. Hij vocht om ter wereld te komen.'

'Dat kan zijn,' antwoordde Mirri Maz Duur, 'maar toch was het wezen dat uit uw schoot kwam precies zoals ik het beschreef. De dood was in de tent, *khaleesi*.'

'Het waren maar schaduwen,' fluisterde ser Jorah schor, maar Dany bespeurde twijfel in zijn stem. 'Ik zag het, *maegi*. Ik zag u alleen met de schaduwen dansen.'

'Het graf werpt lange schaduwen, IJzerheer,' zei Mirri. 'Lang en donker, en uiteindelijk kan geen enkel licht hen stuiten.'

Ser Jorah had haar zoon gedood, besefte Dany. Wat hij gedaan had had hij uit liefde en trouw gedaan, maar hij had haar ergens naartoe gebracht waar geen levend mens mocht komen en haar kind in de muil van de duisternis gegooid. Hij wist het ook: dat grijze gezicht, die holle ogen, die manke tred. 'De schaduwen hebben ook u beroerd, ser Jorah,' zei ze. De ridder antwoordde niet. Dany wendde zich tot de godsvrouw. 'U had mij gewaarschuwd dat leven slechts met de dood gekocht kon worden. Ik dacht dat u op het paard doelde.'

'Nee,' zei Mirri Maz Duur. 'Dat hebt u uzelf wijsgemaakt. U wist wat de prijs was.'

Was dat zo? Was dat zo? *Als ik omkijk ben ik verloren.* 'De prijs is betaald,' zei Dany. 'Het paard, mijn kind, Quaro en Qotho, Haggo en Cohollo. De prijs is betaald, dubbel en dwars betaald.' Ze kwam uit haar kussens omhoog. 'Waar is Khal Drogo? Toon hem mij, godsvrouw, *maegi*, bloedmagiër, wat je ook bent. Toon mij Khal Drogo. Toon me wat ik met het leven van mijn zoon heb gekocht.'

'Zoals u beveelt, *khaleesi*,' zei de oude vrouw. 'Kom, dan breng ik u bij hem.'

Dany was zwakker dan ze besefte. Ser Jorah sloeg een arm om haar heen en hielp haar overeind. 'Daar is later nog tijd genoeg voor, prinses,' zei hij zacht.

'Ik wil hem nu zien, ser Jorah.'

Na het schemerdonker in de tent was de wereld buiten verblindend licht. De zon gloeide als gesmolten goud en het land was dor en leeg. Haar dienstmaagden wachtten met fruit, wijn en water, en Jhogo kwam aanlopen om ser Jorah te helpen haar te ondersteunen. Aggo en Rakharo stonden daarachter. Het felle schijnsel van zon op zand benam haar het verdere zicht, totdat Dany met een hand haar ogen overschaduwde. Ze zag de as van een vuur, een stuk of veertig paarden die lusteloos rondliepen, op zoek naar een hapje gras, wat her en der verspreide tenten en slaapmatten. Een troepje kinderen stond op een kluitje naar haar te kijken, en daarachter ontwaarde ze vrouwen die aan het werk waren en verschrompelde oude mannen die met vermoeide ogen naar de roerloze blauwe hemel staarden en zwakjes naar bloedvliegen sloegen. Als ze de mensen telde zou ze misschien tot honderd komen, meer niet. Waar eens de overige veertigduizend hun kamp hadden opgeslagen huisden nu nog slechts wind en stof.

'Drogo's *khalasar* is weg,' zei ze.

'Een *khal* die niet kan rijden is geen *khal*,' zei Jhogo.

'De Dothraki volgen slechts de sterken,' zei ser Jorah. 'Het spijt me, prinses. Ze waren niet te stuiten. Ko Pono was de eerste die vertrok. Hij noemde zich Khal Pono, en velen volgden hem. Niet lang daarna deed Jhaqo hetzelfde. De rest is 's nachts weggeslopen, in grote en kleine groepen. Er zijn zeker twaalf nieuwe *khalasars* op de Zee van Dothrak waar eens alleen die van Drogo was.'

'De ouden zijn overgebleven,' zei Aggo. 'De vreesachtigen, de zwakken en de zieken. En wij, de gezworenen. Wij zijn nog over.'

'Ze hebben Khal Drogo's kudden meegenomen, *khaleesi*,' zei Rakharo. 'We waren met te weinig om hen tegen te houden. Het is het recht van de sterken om van de zwakken te nemen. Ze hebben ook veel slaven meegenomen, van de *khal* en van u, maar ze hebben er ook een paar achtergelaten.'

'Eroeh?' vroeg Dany, denkend aan het bange kind dat ze buiten de stad van de lammermensen had gered.

'Mago, die nu Khal Jhaqo's bloedruiter is, heeft haar genomen. Hij besteeg haar van achteren en van voren en gaf haar aan zijn *khal*, en Jhaqo gaf haar aan zijn andere bloedruiters. Ze waren met zes man. Toen ze klaar waren sneden ze haar de keel door.'

'Zo was haar lot, *khaleesi*,' zei Aggo.

Als ik omkijk ben ik verloren. 'Een gruwelijk lot,' zei Dany, 'maar minder gruwelijk dan dat van Mago zal zijn. Dat beloof ik jullie, bij de oude goden en de nieuwe, bij de lammergod, de paardengod en alle levende goden. Ik zweer het bij de Moeder der Bergen en de Schoot der Wereld. Voor ik met hen afgerekend heb zullen Mago en Ko Jhaqo smeken om de genade die zij Eroeh hebben betoond.'

De Dothraki keken elkaar onzeker aan. '*Khaleesi*,' legde haar dienstmaagd Irri uit, als aan een kind, 'Jhaqo is nu een *khal* met twintigduizend ruiters achter zich.'

Ze hief het hoofd op. 'En ik ben Daenerys Stormgeboren, Daenerys van het huis Targaryen, van het bloed van Aegon de Veroveraar en Maegor de Wrede en het oude Valyria voor hen. Ik ben de dochter van de Draak, en ik zweer jullie dat deze mannen krijsend de dood zullen vinden. Breng me nu bij Khal Drogo.'

Hij lag op de kale, rode aarde en staarde omhoog naar de zon.

Een twaalftal bloedvliegen was op zijn lichaam gaan zitten, maar hij leek ze niet te voelen. Dany wapperde ze opzij en knielde naast hem neer. Zijn ogen waren wijd open, maar zagen niets, en ze begreep meteen dat hij blind was. Toen ze zijn naam fluisterde leek hij het niet te horen. De wond op zijn borst was zo goed en zo kwaad als het ging geheeld en er zat een grijsrood, afschuwelijk litteken op.

'Waarom ligt hij hier alleen in de zon?' vroeg ze.

'Hij schijnt de warmte aangenaam te vinden, prinses,' zei ser Jorah. 'Zijn ogen volgen de zon, al ziet hij hem niet. Hij kan min of meer lopen. Hij gaat waarheen hij gebracht wordt, maar niet verder. Hij eet als hem voedsel in de mond wordt gestopt en drinkt als er water op zijn lippen wordt gedruppeld.'

Dany kuste haar zon-en-sterren teder op zijn voorhoofd, stond op en keek naar Mirri Maz Duur. 'Uw bezweringen zijn duur, *maegi*.'

'Hij leeft,' zei Mirri Maz Duur. 'U vroeg om leven. U hebt voor leven betaald.'

'Dit is geen leven voor een man als Drogo. Zijn leven was gelach, vlees dat roosterde boven een vuurkuil en een paard tussen zijn benen. Zijn leven was een *arakh* in zijn hand en belletjes die rinkelden in zijn haar als hij op een vijand afreed. Zijn leven, dat waren zijn bloedruiters en ik en de zoon die ik hem zou baren.'

Mirri Maz Duur gaf geen antwoord.

'Wanneer zal hij weer zijn zoals hij was?' wilde Dany weten.

'Als de zon opgaat in het westen en ondergaat in het oosten,' zei Mirri Maz Duur. 'Als de zeeën droogvallen en de bergen als bladeren in de wind warrelen. Als uw schoot opnieuw ontkiemt en u een levend kind baart. Dan keert hij weer, en niet eerder.'

Dany gebaarde naar ser Jorah en de anderen. 'Ga. Ik wil deze *maegi* alleen spreken.' Mormont en de Dothraki trokken zich terug. 'Je *wist* het,' zei Dany toen ze weg waren. Alles aan en in haar deed pijn, maar haar woede verleende haar kracht. 'Je wist wat ik kocht, je kende de prijs, en toch liet je me die betalen.'

'Ze deden er verkeerd aan mijn tempel te verbranden,' zei de zware vrouw met de platte neus bedaard. 'Dat heeft de Grote Herder vertoornd.'

'Dit is niet het werk van een god,' zei Dany kil. *Als ik omkijk ben ik verloren*. 'Je hebt me bedrogen. Je hebt het kind in mijn schoot vermoord.'

'De hengst die de wereld bestijgt zal nu geen steden verbranden. Zijn *khalasar* zal geen naties in het stof vertrappen.'

'Ik heb voor je gepleit,' zei ze gekweld. 'Ik heb je gered.'

'Mij geréd?' spuwde de Lhazareenvrouw. 'Drie ruiters hadden mij genomen, niet zoals een man een vrouw neemt, maar van achteren, zoals een hond een teef neemt. De vierde was in me toen jij voorbijkwam. En jij dacht dat je mij gered had? Ik zag het huis van mijn god, waarin ik talloze goede lieden had genezen, in vlammen opgaan. Ook mijn huis hebben ze verbrand, en op straat zag ik stapels hoofden. Ik zag het hoofd van de bakker die mijn brood bakte. Ik zag het hoofd van een jongen die ik slechts drie manen daarvoor van de doodoogkoorts had gered. Ik hoorde kinderen huilen toen de ruiters hen met hun zwepen wegdreven. Vertel me nog eens een keer wat je hebt gered.'

'Je leven.'

Mirri Maz Duur lachte wreed. 'Kijk naar je *khal* en zie wat het leven waard is als al het overige verdwenen is.'

Dany riep de mannen van haar *khas* en gebood hun Mirri Maz Duur mee te nemen en aan handen en voeten te binden, maar de *maegi* glimlachte tegen haar toen ze haar wegvoerden, alsof ze een geheim deelden. Eén woord, en Dany had haar hoofd kunnen laten afslaan... maar wat had ze dan? Een hoofd? Als het leven geen waarde had, wat was dan de dood?

Ze brachten Khal Drogo weer naar haar tent, en Dany beval hun een badkuip te vullen. Ditmaal dreef er geen bloed in het water. Ze baadde hem zelf, waste het vuil en het stof van zijn armen en borst, reinigde zijn gezicht met een zachte doek, spoelde zijn lange zwarte haar met zeep uit en kamde de knopen en klitten eruit tot het glansde zoals in haar herinnering. Toen ze klaar was, was het al geruime tijd donker en zijzelf uitgeput. Ze stopte even om te eten en te drinken maar kon alleen maar wat aan een vijg knabbelen en een mondjevol water binnenhouden. Slaap zou als een bevrijding zijn gekomen, maar ze had genoeg geslapen... te lang, in feite. Deze nacht was ze aan Drogo verschuldigd, om alle nachten die waren geweest, en die nog konden komen.

Vervuld van de herinnering aan hun eerste rit leidde ze hem naar buiten, het donker in, want de Dothraki geloofden dat alles wat belangrijk was in het leven van een man onder de open hemel diende te geschieden. Ze hield zichzelf voor dat er krachten waren, sterker dan haat, en bezweringen, ouder en waarachtiger dan alles wat de *maegi* in Asshai had geleerd. De nacht was zwart en maanloos, maar aan de hemel schitterde miljoenen sterren. Dat beschouwde ze als een voorteken.

Geen zachte deken van gras verwelkomde hen hier, maar slechts de harde, stoffige grond, kaal en bezaaid met stenen. Geen bomen ruisten in de wind, en er was geen beek die haar angsten met de milde muziek van water kon bezweren. Dany zei bij zichzelf dat de sterren voldoende zouden zijn. 'Denk terug, Drogo,' fluisterde ze. 'Denk terug aan die keer dat we voor het eerst samen reden, de dag van onze bruiloft. Denk terug aan de nacht dat we Rhaego maakten, met de *khalasar* om ons heen en jouw ogen op mijn gezicht. Denk terug aan het koele, zuivere water in de Schoot der Wereld. Denk daaraan terug, mijn zon-en-sterren. Denk terug, en keer weer.'

Door de bevalling was ze te gevoelig en te zeer uitgescheurd om hem in zich te brengen, zoals ze had gewild, maar van Doreah had ze nog andere manieren geleerd. Dany gebruikte haar handen, haar mond, haar borsten. Ze krabbelde hem met haar nagels en overdekte hem met kussen, fluisterde, bad en vertelde hem verhalen, en ten slotte baadde hij in haar tranen. Maar Drogo voelde niet, sprak niet en verrees niet.

En toen boven een lege einder de naargeestige dageraad aanbrak wist Dany dat ze hem waarlijk verloren had. 'Als de zon opgaat in het westen en ondergaat in het oosten,' zei ze treurig. 'Als de zeeën droogvallen en de bergen als bladeren in de wind warrelen. Als mijn schoot opnieuw ontkiemt en ik een levend kind baar. Dan keer je weer, mijn zon-en-sterren, en niet eerder.'

Nooit, huilde de duisternis, *nooit nooit nooit.*

In de tent zocht Dany een kussen, zachte zij, gevuld met veren. Ze drukte het aan haar boezem en keerde terug naar Drogo, naar haar zon-en-sterren. *Als ik omkijk ben ik verloren.* Zelfs lopen deed pijn, en ze wilde slapen, slapen en niet dromen.

Ze knielde, kuste Drogo op de lippen en drukte het kussen op zijn gezicht.

Tyrion

'Ze hebben mijn zoon,' zei Tywin Lannister.

'Inderdaad, heer.' De stem van de bode was dof van uitputting. De gestreepte ever van Crakenhal op de borst van zijn gescheurde wapenrok was half onzichtbaar onder het opgedroogde bloed.

Eén van je zoons, dacht Tyrion. Hij nam een slokje wijn en sprak geen woord, denkend aan Jaime. Toen hij zijn arm omhoogbracht ging er een pijnscheut door zijn elleboog die hem herinnerde aan zijn eigen kortstondige ervaring op het slagveld. Hij hield van zijn broer, maar hij had zelfs voor al het goud van de Rots van Casterling niet bij hem in het Fluisterwoud willen zijn.

De verzamelde aanvoerders en baandermannen van zijn vader waren doodstil geworden toen de koerier zijn verhaal deed. Het enige geluid was het knetteren en sissen van het houtblok dat in de haard aan het uiteinde van de langwerpige, tochtige gelagkamer brandde.

Na de ontberingen van de lange, meedogenloze rit naar het zuiden had het vooruitzicht aan zelfs maar één nachtje in een herberg Tyrion reusachtig opgevrolijkt... al was het hem liever geweest als het niet wéér *deze* herberg met al zijn herinneringen was. Zijn vader had een moordend tempo aangehouden, en dat had zijn tol geëist. De gewonden moesten hen zo goed mogelijk zien bij te houden, anders werden ze achtergelaten en moesten ze zichzelf zien te redden. Iedere ochtend bleven er weer een paar langs de weg liggen, mannen die waren gaan slapen om nooit meer te ontwaken. En elke avond sloop er weer een stel deserteurs weg, het schemerduister in. Tyrion was half en half in de verleiding geweest om mee te gaan.

Hij had zich boven vermeid in het comfort van een donzen bed en de warmte van Shae's lichaam toen zijn schildknaap hem had gewekt met de mededeling dat er een ruiter met ijzingwekkend slecht nieuws uit Stroomvliet was gearriveerd. Dus was het allemaal voor niets geweest. Die haastige tocht naar het zuiden, die eindeloze geforceerde marsen, de lijken die naast de weg waren blijven liggen... alles voor niets. Robb Stark had Stroomvliet al vele dagen geleden bereikt.

'Hoe kan dat nou?' kreunde ser Harys Vlugh. 'Hóe? Zelfs na het Fluisterwoud hadden jullie Stroomvliet in een ijzeren greep, het was door een groot leger omsingeld... wat een krankzinnig besluit van ser Jaime om zijn manschappen in drie afzonderlijke kampen op te splitsen. Hij moet toch geweten hebben hoe kwetsbaar ze dan zouden zijn?'

Beter dan jij, kinloze lafaard die je bent, dacht Tyrion. Jaime mocht Stroomvliet dan hebben verloren, hij werd razend als hij zijn broer hoorde belasteren door een kerel als Vlugh, een schaamteloze strooplikker wiens grootste daad eruit bestond dat hij zijn al even kinloze dochter aan ser Kevan had weten uit te huwelijken en aldus aan de Lannisters geparenteerd was geraakt.

'Ik zou hetzelfde hebben gedaan,' antwoordde zijn oom, heel wat kalmer dan Tyrion vermoedelijk gedaan zou hebben. 'U hebt Stroomvliet nooit gezien, ser Harys, anders had u wel geweten dat Jaime in deze kwestie weinig keus had. Het kasteel ligt aan de samenvloeiing van de Steenstort en de Rode Vork van de Drietand. De rivieren vormen twee zijden van een driehoek, en als er gevaar dreigt zetten de Tullings stroomopwaarts hun sluisdeuren open om aan de derde zijde een brede gracht te creëren en op die manier Stroomvliet in een eiland te veranderen. De muren rijzen loodrecht uit het water op en van hun torens kunnen de verdedigers de tegenoverliggende oevers vele tientallen mijlen ver overzien. Om alle aanvoerwegen af te snijden is een belegeraar wel gedwongen, één kamp ten noorden van de Steenstort, één ten zuiden van de Rode Vork en een derde tussen de rivieren ten westen van de gracht op te slaan. Een andere manier is er niet.'

'Ser Kevan heeft gelijk, heren,' zei de koerier. 'We hadden palissades van gepunte staken om de kampen aangebracht, maar dat was onvoldoende, zo zonder voorafgaande waarschuwing, met die rivieren tussen ons in. Ze overvielen eerst het noordelijke kamp. Niemand was op een aanval voorbereid. Marq Pijper had onze bevoorradingscolonnes wel overvallen, maar hij had maar vijftig man. Ser Jaime was er de avond daarvoor op uitgetrokken om met hen af te rekenen... we dáchten althans dat zij het waren. Ons was verteld dat de krijgsmacht van de Starks ten oosten van de Groene Vork naar het zuiden optrok.'

'En jullie voorrijders?' Het gezicht van ser Gregor Clegane leek als uit steen gehouwen. Het haardvuur verleende zijn huid een sombere oranje gloed, zodat zijn diepliggende ogen zwarte gaten leken. 'Hebben die niets gezien? Hebben ze jullie niet gewaarschuwd?'

De bebloede boodschapper schudde zijn hoofd. 'Onze voorrijders verdwenen steeds maar. Het werk van Marq Pijper, dachten we. Degenen die wel terugkwamen hadden niets gezien.'

'Iemand die niets ziet heeft zijn ogen niet nodig,' verklaarde de Berg. 'Steek ze uit en geef ze aan je volgende voorrijder. Zeg hem dat je hoopt dat vier ogen meer zullen zien dan twee... en zo niet, dat de volgende man er dan zes zal hebben.'

Heer Tywin Lannister vestigde een aandachtige blik op ser Gregor. Tyrion zag een gouden vonk opflikkeren toen het licht van zijn vaders pupillen weerkaatste, maar hij had niet kunnen zeggen of diens blik instemmend of afkeurend was. Heer Tywin hield zich bij vergaderingen vaak op de achtergrond. Hij gaf er de voorkeur aan, eerst te luisteren en dan pas te spreken, een gewoonte die Tyrion zich ook eigen trachtte te maken. Toch was dit stilzwijgen zelfs voor hem ongebruikelijk, en zijn wijn stond er onaangeroerd bij.

'Je zei dat ze 's nachts kwamen,' drong ser Kevan aan.

De man knikte vermoeid. 'De Zwartvis voerde de voorhoede aan. Hij hakte onze wachtposten in de pan en ruimde de palissades uit de weg voor de hoofdaanval. Tegen de tijd dat onze mannen in de gaten hadden wat er aan de hand was stroomden de ruiters al over de randen van de greppels en galoppeerden met zwaarden en toortsen in de hand het kamp door. Ik sliep in het westelijke kamp, tussen de rivieren. Zodra we hoorden dat er gevochten werd en tenten in brand zagen vliegen leidde heer Brax ons naar de vlotten. We probeerden naar de overkant te bomen maar werden met de stroom meegesleurd, en de Tullings begonnen met de katapulten stenen vanaf hun muren te slingeren. Ik zag één vlot tot brandhout versplinteren en drie andere kantelen, zodat de mannen in de rivier gleden en verdronken... en wie wel aan de overkant wist te komen werd daar door de Starks opgewacht.'

Ser Flemens Brax had een tabberd in de kleuren zilver en purper en het gezicht van iemand die niet kan bevatten wat hij zojuist heeft gehoord. 'Mijn vader...'

'Het spijt me, heer,' zei de bode. 'Heer Brax was in staal en maliën gehuld toen zijn vlot omsloeg. Hij was heel moedig.'

Hij was een dwaas, dacht Tyrion terwijl hij de wijn in zijn beker liet ronddraaien en in de rode kolk staarde. 's Nachts op een primitief vlot in wapenrusting de rivier oversteken terwijl de vijand je aan de andere kant staat op te wachten – als dat moed was koos hij per definitie voor lafheid. Hij zou weleens willen weten hoe moedig heer Brax zich had gevoeld toen hij door het gewicht van zijn harnas het zwarte water in werd getrokken.

'Het kamp tussen de rivieren werd ook onder de voet gelopen,' zei de boodschapper. 'Terwijl wij probeerden over te steken kwamen er uit het westen nog meer Starks aanstormen, twee colonnes zwaar bewapende ruiters. Ik zag de geketende reus van heer Omber en de adelaar van de Mallisters, maar ze werden aangevoerd door de jongen. Naast hem rende een monster van een wolf. Ik heb het zelf niet gezien, maar ik hoorde dat het beest vier mannen heeft gedood en een stuk of twaalf paarden verscheurd. Onze speerdragers vormden een schildmuur en sloegen hun eerste aanval af, maar toen de Tullings het zagen openden ze de poorten van Stroomvliet, deden een uitval onder Tytos Zwartewoud en vielen hen van achteren aan.'

'Goden, bewaar ons,' vloekte heer Levoort.

'Grootjon Omber stak de belegeringstorens die we aan het bouwen waren in brand en heer Zwartewoud trof ser Edmar Tulling in ketenen te midden van de overige gevangenen aan en nam ze allemaal mee. Ons zuidelijke kamp stond onder bevel van ser Forling Pape. Toen hij zag dat de andere kampen verloren waren, koos hij met zijn tweeduizend speren en evenzovele boogschutters tijdig de aftocht, maar de huurling uit Tyrosh die het bevel over zijn vrijruiters voerde streek zijn banieren en liep naar de vijand over.'

'De ellendeling!' Zijn oom Kevan klonk eerder boos dan verrast. 'Ik had Jaime nog gewaarschuwd dat de kerel niet te vertrouwen was. Iemand die voor geld vecht is alleen zijn beurs trouw.'

Heer Tywin verstrengelde zijn vingers onder zijn kin. Hij luisterde, en het enige dat bewoog waren zijn ogen. Zijn stugge gouden bakkebaarden omlijstten een gezicht dat roerloos was als een masker, maar op zijn vaders kaalgeschoren hoofd zag Tyrion hier en daar kleine druppeltjes zweet.

'Hoe hééft dit toch kunnen gebeuren,' jammerde ser Harys Vlugh weer. 'Ser Jaime gevangen, de belegering gebroken... dit is een rámp!'

Ser Addam Marbrand zei: 'Fijn dat u die open deur voor ons intrapt, ser Harys. De vraag is, wat doen we eraan?'

'Wat kúnnen we doen? Jaimes krijgsmacht is afgeslacht, gevangen of gevlucht, en de Starks en Tullings blokkeren finaal onze aanvoerlijnen. We zijn van het westen afgesneden! Als ze willen kunnen ze zó tegen de Rots van Casterling optrekken, en wie houdt ze tegen? Heren, we zijn verslagen. We moeten om vrede smeken.'

'Vrede?' Peinzend liet Tyrion zijn wijn ronddraaien, nam een flinke teug en smeet toen zijn lege beker op de vloer, waar hij aan diggelen brak. 'Daar ligt uw vrede, ser Harys. Die heeft mijn lieve neef voorgoed gebroken toen hij besloot de Rode Burcht met het hoofd van heer Eddard op te sieren. Het zal u gemakkelijker vallen om wijn uit die beker te drinken dan om Robb Stark ervan te overtuigen dat hij nú vrede moet sluiten. Hij is aan de wínnende hand... of was u dat nog niet opgevallen?'

'Twee veldslagen maken nog geen oorlog,' hield ser Addam vol. 'We zijn nog lang niet verloren. Ik zou mijn eigen staal graag eens tegen die jongen van Stark beproeven.'

'Misschien stemmen ze in met een wapenstilstand en zijn ze bereid onze gevangenen tegen de hunne te ruilen.'

'Dan slaat de weegschaal nóg naar hun kant door, tenzij ze er drie tegen een ruilen,' zei Tyrion op snijdende toon. 'En wat bieden we voor het rottende hoofd van heer Eddard?'

'Het schijnt dat koningin Cersei de dochters van de Hand heeft,' zei Levoort hoopvol. 'Als we die jongen zijn zusters teruggeven...'

Ser Addam snoof laatdunkend. 'Hij zou wel een volslagen rund zijn als hij het leven van Jaime Lannister tegen twee meisjes ruilde.'

'Dan moeten we ser Jaime vrijkopen, tegen iedere prijs,' zei heer Levoort.

Tyrion rolde met zijn ogen. 'Als de Starks goud nodig hebben, dan kunnen ze altijd nog Jaimes wapenrusting omsmelten.'

'Als we om een wapenstilstand smeken laten we onze zwakheid blijken,' wierp ser Addam tegen. 'We moeten meteen tegen ze te velde trekken.'

'Onze vrienden aan het hof kunnen vast wel worden overgehaald, zich met verse troepen bij ons te voegen,' zei ser Harys. 'En iemand kan naar de Rots van Casterling teruggaan om een nieuw leger op de been te brengen.'

Heer Tywin Lannister rees op. '*Ze hebben mijn zoon*,' zei hij nogmaals, op een toon die door het geleuter heen sneed als een zwaard door spekvet. 'Weg. Allemaal.'

Tyrion, altijd de gehoorzaamheid zelve, stond op om samen met de rest te vertrekken, maar zijn vader keek hem aan. 'Jij niet, Tyrion. Jij blijft. En jij ook, Kevan. De rest verdwijnt.'

Tyrion liet zich weer op de bank zakken, zo verrast dat hij geen woord kon uitbrengen. Ser Kevan liep naar de wijnvaten aan de andere kant van het vertrek. 'Oom,' riep Tyrion, 'als u zo vriendelijk wilt zijn...'

'Hier.' Zijn vader bood hem zijn beker aan, de wijn onaangeroerd.

Nu wist Tyrion écht niet meer hoe hij het had. Hij dronk.

Heer Tywin ging zitten. 'Je hebt gelijk wat Stark betreft. Levend hadden we heer Eddard misschien kunnen gebruiken om vrede met Winterfel en Stroomvliet te sluiten. Dood...' Zijn hand balde zich tot een vuist. 'Waanzin. Pure waanzin.'

'Joff is nog maar een jongen,' hield Tyrion hem voor. 'Op zijn leeftijd heb ik zelf ook een paar stommiteiten begaan.'

Zijn vader wierp hem een scherpe blik toe. 'Ja, misschien moeten we blij zijn dat hij nog niet met een hoer is getrouwd.'

Tyrion nipte van zijn wijn en vroeg zich ondertussen af hoe heer Tywin zou kijken als hij hem de beker naar zijn hoofd smeet.

'We staan er nog slechter voor dan jullie weten,' vervolgde zijn vader. 'Het ziet ernaar uit dat we een nieuwe koning hebben.'

Ser Kevan keek alsof hij water zag branden. 'Een nieuwe – wíe? Wat hebben ze met Joffry gedaan?'

Een zweempje van afkeer speelde om heer Tywins dunne lippen. 'Niets... vooralsnog. Mijn kleinzoon zit nog steeds op de ijzeren troon, maar de eunuch heeft fluisteringen uit het zuiden opgevangen. Renling Baratheon is op Hooggaarde in het huwelijk getreden met Marjolij Tyrel, op dit moment twee weken geleden, en nu heeft hij de kroon voor zich opgeëist. De vader en de broers van de bruid hebben hun knie voor hem gebogen en hem hun zwaarden opgedragen.'

'Dat is heel ernstig nieuws.' Als ser Kevan zijn wenkbrauwen fronste werden de rimpels in zijn voorhoofd diep als ravijnen.

'Mijn dochter beveelt ons onmiddellijk naar Koningslanding te komen om de Rode Burcht tegen Renling en de Bloemenridder te verdedigen.' Zijn mond verstrakte. 'Let wel, ze bevéélt ons. Namens de koning en de raad.'

'Hoe neemt koning Joffry het nieuws op?' vroeg Tyrion met een grimmig soort vermaak.

'Cersei achtte de tijd nog niet rijp het hem te vertellen,' zei heer Tywin. 'Ze vreest dat hij erop zal staan om zelf tegen Renling op te trekken.'

'Met welk leger?' vroeg Tyrion. 'U bent toch niet van plan hem dít te geven, mag ik hopen?'

'Hij overweegt de stadswacht aan te voeren,' zei heer Tywin.

'Als hij de wacht meeneemt laat hij de stad onverdedigd achter,' zei ser Kevan. 'En met heer Stannis op Drakensteen...'

'Ja.' Heer Tywin keek op zijn zoon neer. 'Ik had gedacht dat jij de pias van de familie was, maar het lijkt erop dat ik het mis had.'

'Nee maar, vader,' zei Tyrion, 'dat lijkt wel een compliment.' Hij boog zich belangstellend naar voren. 'Hoe zit dat eigenlijk met Stannis? Hij is de oudste, niet Renling. Wat vindt hij van de aanspraak van zijn broer?'

Zijn vader fronste zijn voorhoofd. 'Ik heb al vanaf het begin het gevoel dat Stannis gevaarlijker is dan alle anderen bij elkaar. Toch doet hij niets. O ja, Varys vangt zo zijn fluisteringen op. Stannis bouwt schepen, Stannis neemt huurlingen in dienst, Stannis laat een schaduwbinder uit Asshai komen. Wat wil dat zeggen? Is er iets van waar?' Hij haalde geërgerd zijn schouders op. 'Kevan, breng de kaart eens.'

Ser Kevan deed wat hem gezegd werd. Heer Tywin rolde het leer uit en streek het glad. 'Jaime heeft ons in een moeilijk parket gebracht. Rous Bolten zit met het restant van zijn troepen ten noorden van ons. De Tweeling en de Motte van Cailin zijn in vijandelijke handen. Robb Stark zit in het westen, zodat we ons niet op

Lannispoort en de Rots kunnen terugtrekken zonder de strijd met hem aan te binden. Jaime is gevangen en zijn leger heeft praktisch opgehouden te bestaan. Thoros van Myr en Beric Dondarrion blijven onze foeragetroepen bestoken. In het oosten hebben we de Arryns, Stannis Baratheon zit op Drakensteen en in het zuiden roepen Hooggaarde en Stormeinde hun banieren bijeen.'

Tyrion glimlachte geniepig. 'Kop op, vader. Rhaegar Targaryen is tenminste nog steeds dood.'

'Ik had gehoopt dat je ons meer dan flauwe grappen te bieden had, Tyrion,' zei heer Tywin Lannister.

Ser Kevan boog zich over de kaart, zijn voorhoofd vol groeven. 'Robb Stark heeft nu Edmar Tulling en de heren van de Drietand aan zijn zij. Hun verzamelde strijdkrachten overtreffen de onze misschien wel in aantal. En met Rous Bolten in de rug... Tywin, als we hier blijven zitten we straks nog klem tussen drie legers.'

'Ik ben niet van plan hier te blijven. We moeten met de jonge Stark afrekenen voor Renling Baratheon uit Hooggaarde kan optrekken. Over Bolten maak ik me geen zorgen. Hij is een voorzichtig man, en we hebben hem aan de Groene Vork nog voorzichtiger gemaakt. Hij zal niet gauw achter ons aangaan. Dus... gaan we morgen naar Harrenhal. Kevan, ik wil dat ser Addams voorrijders onze manoeuvres afschermen. Geef hem alle mannen die hij nodig heeft en stuur ze er in groepjes van vier op uit. Ik wil niet dat er iemand verdwijnt.'

'Zoals u zegt heer, maar... waarom naar Harrenhal? Een naargeestig oord, dat ongeluk brengt. Volgens sommigen is het vervloekt.'

'Dat moeten zij weten,' zei heer Tywin. 'Laat ser Gregor los en stuur hem met zijn plunderaars voor ons uit. Stuur Vargo Hoat met zijn vrijruiters mee, en ook ser Amaury Lors, alledrie met driehonderd man ruiterij. Zeg dat ik het rivierengebied van het Godsoog tot de Rode Vork wil zien branden.'

'Het zal branden, heer,' zei ser Kevan terwijl hij opstond. 'Ik zal uw bevelen doorgeven.' Hij boog en liep naar de deur.

Toen ze alleen waren wierp heer Tywin een blik op Tyrion. 'Die wilden van jou hebben vast wel zin in wat roven en brandschatten. Zeg maar dat ze met Vargo Hoat mee mogen om naar believen te plunderen – goederen, vee, vrouwen, ze mogen nemen wat ze willen en de rest platbranden.'

'Tegen Shagga en Timet zeggen hoe ze moeten plunderen? Ik kan net zo goed tegen een haan zeggen hoe hij moet kraaien,' merkte Tyrion op, 'maar ik hou ze liever bij me.' Hoe onbeschaafd en onhandelbaar ook, het waren zíjn wilden, en hij vertrouwde hen meer dan wie ook van zijn vaders mannen. Hij was niet van plan ze te laten gaan.

'Zorg dan dat je ze onder controle krijgt. Ik wil geen geplunder in de stad hebben.'

'De stad?' Tyrion kon het niet volgen. 'Welke stad, als ik vragen mag?'

'Koningslanding. Ik stuur je naar het hof.'

Dat was wel het allerlaatste wat Tyrion had verwacht. Hij pakte zijn wijn, nam een slokje en dacht even na. 'En wat word ik geacht daar te doen?'

'Regeren,' zei zijn vader kortaf.

Tyrion brulde van de lach. 'Daar zal mijn lieve zuster wel het een en ander op te zeggen hebben.'

'Ze doet maar. Haar zoon moet worden ingetoomd voordat hij ons allemaal te gronde richt. Het is de schuld van die verwaande kwasten aan het hof – onze vriend Petyr, de eerbiedwaardige grootmaester en dat mirakel zonder pik, heer Varys. Wat is dat voor raad die ze Joffry geven, dat hij van de ene idioterie in de andere vervalt? Hoe komen ze erbij om die Janos Slink tot heer te verheffen? Zijn vader was sláger, en ze geven hem Harrenhal. *Harrenhal*, dat ooit de zetel van koningen was! Niet dat hij er ooit één voet in zal zetten als het aan mij ligt. Hij schijnt als wapenteken een bloedige speer te hebben genomen. In zijn plaats had ik een bloedig hakmes gekozen.' Zijn vader verhief zijn stem niet, maar Tyrion zag de woede in zijn gouden ogen. 'En Selmy ontslaan, waar was dat goed voor? Natuurlijk was de man oud, maar de naam Barristan de Boude roept nog steeds weerklank op in het rijk. Zijn eer straalde af op iedereen die hij diende. Wie zal dat ooit van de Jachthond zeggen? Je hond voer je botten onder tafel, die zet je niet naast je op de hoge zetel.' Hij wees met een vinger naar Tyrions gezicht. 'Als Cersei die jongen niet onder de duim kan houden moet jij het doen. En als die raadgevers vals spelen...'

Tyrion begreep het. 'Pieken,' zuchtte hij. 'Hoofden. Muren.'

'Ik merk dat je het een en ander van me hebt geleerd.'

'Meer dan u beseft, vader,' antwoordde Tyrion bedaard. Hij dronk zijn wijn op en zette peinzend zijn beker neer. Enerzijds was hij meer in zijn sas dan hij wilde toegeven. Anderzijds moest hij aan de slag bij de rivier denken en vroeg hij zich af of hij er soms weer op uit werd gestuurd om de linkervleugel te houden. 'Waarom ik?' vroeg hij, zijn hoofd schuin. 'Waarom niet mijn oom? Waarom niet ser Addam, ser Flemens of heer Serret? Waarom niet iemand... die gróter is?'

Heer Tywin kwam abrupt overeind. 'Jij bent mijn zoon.'

Toen begreep hij het. *Je hebt hem opgegeven*, dacht hij. *Smeerlap die je bent, je denkt dat Jaime zo goed als dood is, dus ben ik het enige dat je nog overhebt.* Tyrion had hem graag willen slaan, hem in zijn gezicht willen spugen, zijn dolk willen trekken en hem zijn hart willen uitsnijden om te zien of het van oud, hard goud was, zoals het gewone volk zei. Toch bleef hij zwijgend en onbeweeglijk zitten.

De scherven van de gebroken beker kraakten onder zijn vaders voeten toen heer Tywin door het vertrek liep. 'Nog één ding,' zei hij bij de deur. 'Die hoer gaat niet mee naar het hof.'

Toen zijn vader weg was bleef Tyrion nog lange tijd alleen in de gelagkamer zitten. Ten slotte beklom hij de treden naar zijn knusse dakkamertje onder de klokkentoren. Het plafond was laag, maar dat was nauwelijks hinderlijk voor een dwerg. Door het raam zag hij de galg die zijn vader op de binnenplaats had opgericht. Bij ieder zuchtje nachtwind draaide het lijk van de waardin langzaam aan het touw rond, al net zo mager en aangevreten als de verwachtingen van de Lannisters.

Shae mompelde slaperig en rolde naar hem toe toen hij op de rand van het donzen bed ging zitten. Hij schoof zijn hand onder de deken en vlijde hem om een zachte borst, en haar ogen gingen open. 'Meheer,' zei ze met een soezerig lachje.

Toen hij haar tepel stijf voelde worden kuste Tyrion haar. 'Ik heb zin om je mee naar Koningslanding te nemen, liefje,' fluisterde hij.

Jon

De merrie hinnikte zacht toen Jon de zadelriem aantrok. 'Rustig maar, meisje,' prevelde hij terwijl hij haar aanraakte om haar te kalmeren. De wind fluisterde door de stal, een kille, dode adem op zijn gezicht, maar Jon sloeg er geen acht op. Met stijve, onhandige vingers vol littekens bond hij zijn bundeltje aan het zadel. 'Spook,' riep hij op gedempte toon, 'hier.' En de wolf was er, met ogen als sintels.

'Jon, alsjeblieft, doe dit niet.'

Hij steeg op, de teugels in de hand, en wendde met een ruk zijn paard, de nacht tegemoet. In de deuropening van de stal stond Samwel Tarling. Een volle maan gluurde over zijn schouder en de schaduw van een reus, immens en zwart, strekte zich voor hem uit. 'Uit de weg, Sam.'

'Jon, dit kán niet,' zei Sam. 'Ik laat het niet toe.'

'Ik bezeer je liever niet,' zei Jon tegen hem. 'Opzij, of ik rij je omver.'

'Dat doe je niet. Je moet luisteren. Alsjeblieft...'

Jon drukte zijn sporen in het paardenlijf en de merrie schoot op de deuropening af. Even hield Sam stand, zijn gezicht net zo rond en bleek als de maan achter hem, zijn mond een verbaasde, steeds groter wordende O. Op het laatste moment, toen ze bijna bij hem waren, sprong hij precies volgens Jons verwachting opzij, struikelde en viel. De merrie schoot over hem heen de nacht in.

Jon trok de kap van zijn zware mantel op en gaf het paard de vrije teugel. In Slot Zwart was alles doodstil toen hij naar buiten reed. Spook rende naast hem voort. Op de Muur achter hem werd wachtgelopen, maar aller ogen waren op het noorden gericht, niet op het zuiden. Niemand zou hem zien vertrekken, op Sam Tarling na, die nu moeizaam uit het stof van de oude stal overeind krabbelde. Hij hoopte dat Sam zich bij zijn val niet had bezeerd. Hij was zo zwaar en log, het zou net iets voor hem zijn om bij het opzij springen een pols te breken of zijn enkel te verstuiken. 'Ik had hem gewaarschuwd,' zei Jon hardop. 'Hij had er trouwens toch niets mee te maken.' Onder het rijden boog hij zijn verbrande hand en opende en sloot de gehavende vingers. Ze deden nog steeds pijn, maar het voelde prettig aan om er geen verband meer om te hebben.

Maanlicht verzilverde de heuvels toen hij het kronkelende lint van de Koningsweg volgde. Hij moest zo ver mogelijk bij de Muur vandaan zien te komen voor zijn afwezigheid werd opgemerkt. Morgenvroeg zou hij van de weg afslaan om via veld, struik en stroom zijn achtervolgers af te schudden, maar voorlopig was snelheid belangrijker dan sluwheid. Ze zouden heus wel weten waar hij naartoe wilde.

De ouwe beer was gewend om met het krieken van de ochtend op te staan, dus had Jon tot aan de dageraad de tijd om te zorgen dat er zoveel mogelijk mijlen tussen hemzelf en de Muur kwamen te liggen... als Sam Tarling hem niet verried. De dikke jongen was plichtsgetrouw en gemakkelijk te intimideren, maar Jon was hem dierbaar als een broer. Zodra hij werd ondervraagd zou Sam ongetwijfeld de waarheid vertellen, maar Jon kon zich niet voorstellen dat hij de wachters voor de koningstoren zou trotseren om Mormont te wekken.

Als Jon niet in de keuken verscheen om het ontbijt voor de ouwe beer te halen zouden ze in zijn cel kijken en daar Langklauw op zijn bed aantreffen. Het was hem zwaar gevallen het zwaard achter te laten, maar Jon was niet zo eerloos om het mee te nemen. Zelfs Jorah Mormont had dat niet gedaan toen hij in schande was gevlucht. Als hij aan de oude man dacht kreeg Jon een schuldgevoel. Hij wist dat hij met deze desertie zout wreef in de nog open wond die was ontstaan toen zijn zoon in ongenade viel. Stank voor dank, maar daar was niets aan te doen. Wat hij ook deed, Jon had het gevoel dat hij altijd wel iemand verried.

Zelfs nu wist hij nog niet of hij eervol handelde. Zuiderlingen hadden het makkelijker. Die konden met hun septons praten, met iemand die de wil van de goden voor hen kon vertolken en hen kon helpen onderscheiden tussen goed en kwaad. Maar de Starks aanbaden de oude goden, de naamloze goden, en als de hartbomen al luisterden, spreken deden ze hoe dan ook niet.

Toen de laatste lichtjes van Slot Zwart achter hem verdwenen bracht Jon het tempo van zijn paard tot stapvoets terug. Hij had een lange weg voor zich, en alleen dit ene paard om die af te leggen. Aan de weg naar het zuiden lagen hofsteden en boerendorpjes waar hij de merrie misschien voor een vers rijdier kon inruilen als hij er een nodig had, maar niet als ze gewond of afgejakkerd was.

Hij zou weldra andere kleren nodig hebben, en die moest hij naar alle waarschijnlijkheid stelen. Hij was van top tot teen in het zwart gekleed: hoge leren rijlaarzen, een broek en tuniek van ruwe stof, een mouwloos leren buis en zijn zware wollen mantel. Zijn zwaard en dolk staken in scheden van zwart mollenvel, en de halsberg en kap in zijn zadeltas waren van zwarte maliën. Zelfs het geringste onderdeel kon zijn dood worden als hij werd gegrepen. Een vreemdeling in het zwart werd in ieder dorp en op elke hofstee ten noorden van de Nek met kil wantrouwen bezien, en er zou al snel naar hem gezocht worden. Wanneer Maester Aemons raven eenmaal waren uitgevlogen zou hij nergens meer veilig zijn, wist Jon. Zelfs niet in Winterfel. Bran zou hem misschien nog willen binnenlaten, maar Maester Luwin wist wel beter. Hij zou de poort vergrendelen en Jon wegsturen, zoals het hoorde. Het was beter als hij zich daar helemaal niet vertoonde.

Toch zag hij het kasteel duidelijk voor zich, alsof hij het pas gisteren had verlaten: de torenhoge granieten muren, de Grote Zaal, vervuld van de lucht van rook, honden en roosterend vlees, zijn vaders bovenvertrek, de torenkamer waar zijn bed had gestaan. Ergens wilde hij niets liever dan Bran weer horen lachen, een van Gies' pasteien met rundvlees en spek verorberen en luisteren naar Ouwe Nans als ze over de kinderen van het woud en Florian de Zot vertelde.

Maar daarvoor had hij de Muur niet de rug toegekeerd. Dat had hij gedaan omdat hij uiteindelijk zijn vaders zoon en Robbs broer was. Een gegeven zwaard, zelfs een fraai zwaard als Langklauw, maakte nog geen Mormont van hem. En hij was ook geen Aemon Targaryen. Driemaal had de oude man gekozen, en driemaal had hij voor de eer gekozen, maar dat was zijn keus. Zelfs nu kon Jon nog niet uitmaken of de maester uit zwakheid en lafheid was gebleven, of juist omdat hij sterk en integer was. Toch begreep hij wat de oude man had bedoeld toen hij zei dat kiezen pijn deed. Hij begreep het maar al te goed.

Volgens Tyrion Lannister sloten de meeste mensen hun ogen liever voor de harde waarheid, maar Jon was dat stadium voorbij. Hij was wie hij was, Jon Sneeuw, bastaard en eedbreker, een verworpene, moederloos en zonder vrienden. De rest van zijn leven – hoe lang ook – was hij gedoemd een buitenstaander te zijn, de man die zwijgend in de schaduw blijft en zijn eigen naam niet durft te noemen. Waar hij ook heen ging in de Zeven Koninkrijken, hij zou met een leugen moeten leven, opdat niet alle handen tegen hem opgeheven werden. Maar dat gaf niet, als hij maar lang genoeg leefde om zijn plaats naast zijn broer in te nemen en hem te helpen zijn vader te wreken.

Hij dacht aan Robb zoals hij hem voor het laatst had gezien, op de binnenplaats, met half gesmolten sneeuw in zijn kastanjebruine haar. Jon zou heimelijk en in vermomming naar hem toe moeten gaan. Hij probeerde zich voor te stellen hoe Robb zou kijken als hij zich bekendmaakte. Zijn broer zou glimlachend zijn hoofd schudden en zeggen... hij zou zeggen...

Hij kon de glimlach niet voor zich zien. Hoeveel moeite hij ook deed, hij zag hem niet. Hij merkte dat hij aan de deserteur dacht die zijn vader had onthoofd, die dag toen ze de schrikwolven vonden. 'Je had de woorden gezegd,' had heer Eddard hem voorgehouden. 'Je had een gelofte afgelegd ten overstaan van je broeders, ten overstaan van de oude goden en de nieuwe.' Desmond en Dikke Tom hadden de man naar de boomstronk gesleurd. Bran had ogen als schoteltjes opgezet en Jon had tegen hem moeten zeggen dat hij zijn pony in bedwang moest houden. Hij zag vaders gezicht voor zich op het moment dat Theon hem IJs bracht, de bloedspatten op de sneeuw, de trap die Theon tegen het hoofd had gegeven toen het voor zijn voeten was gerold.

Hij vroeg zich af wat heer Eddard had gedaan als de deserteur zijn broer Benjen was geweest in plaats van die haveloze vreemdeling. Zou het enig verschil hebben gemaakt? Vast wel, *vast wel*... en Robb zou hem ongetwijfeld welkom heten. Dat móest wel, of anders...

Verder denken was onverdraaglijk. Toen hij de teugels omklemde voelde hij een kloppende pijn in zijn vingers. Jon zette zijn paard aan, ging in galop over en haastte zich de Koningsweg af, alsof hij zijn twijfels wilde afschudden. Hij vreesde de dood niet, maar zó wilde hij niet sterven, gekneveld, vastgebonden en onthoofd als een doodgewone bandiet. Als hij ten onder moest gaan, dan met een zwaard in zijn hand, strijdend tegen zijn vaders moordenaars. Hij was geen echte Stark, en nooit geweest ook... maar hij kon sterven als een Stark, zodat ze zouden zeggen dat Eddard Stark vier zonen had verwekt in plaats van drie.

Spook hield hen bijna een halve mijl bij, met zijn rode tong ver uit zijn bek. Man en paard strekten hun nek toen Jon de merrie tot nog meer snelheid aanzette. De wolf vertraagde zijn pas, bleef staan en keek, zijn ogen roodgloeiend in het maanlicht. Hij verdween ergens achter hen, maar Jon wist dat hij hen in zijn eigen tempo zou volgen.

Voor hem uit flikkerde hier en daar aan weerskanten van de weg een lichtje tussen de bomen: Molstee. Toen hij erdoor reed blafte er een hond, en hij hoorde het rauwe gebalk van een ezel in zijn stal, maar verder was het dorp stil. Slechts hier en daar scheen de gloed van een haardvuur door de houten latten van een raamluik heen.

Molstee was groter dan het leek, maar lag voor driekwart onder de grond, in diepe, warme kelders die door een doolhof van tunnels met elkaar verbonden waren. Zelfs het bordeel lag beneden. Bovengronds stond alleen een houten hokje, niet groter dan een privaat, met een rode lantaarn boven de deur. Op de Muur had hij de hoeren wel eens als 'begraven schatten' horen betitelen. Hij vroeg zich af of er vannacht broeders beneden aan het schatgraven waren. Ook dat was eedbreuk, maar dat leek niemand te interesseren.

Pas een eind voorbij het dorp vertraagde Jon zijn tempo weer. Inmiddels was zowel hij als de merrie nat van het zweet. Toen hij afsteeg rilde hij, en zijn verbrande hand schrijnde. Onder de bomen lag een smeltende sneeuwbank, fel beschenen door de maan. Het water dat eraf sijpelde vormde kleine, ondiepe plassen, en Jon hurkte neer, maakte een kommetje van zijn handen en ving het straaltje tussen zijn vingers op. Het smeltwater was ijskoud. Hij dronk en spetterde wat op zijn gezicht, totdat zijn wangen tintelden. Hij had in geen dagen zo'n stekende pijn in zijn vingers gehad, en ook zijn hoofd bonsde. *Het is juist wat ik doe*, hield hij zichzelf voor, *waarom voel ik me dan zo beroerd?*

De merrie was met schuim bedekt, en daarom leidde Jon haar een poosje aan de teugels voort. De weg was nauwelijks breed genoeg voor twee ruiters om naast elkaar te rijden. Hij werd door kleine beekjes doorsneden en was met stenen bezaaid. Die snelle rit was een enorme stommiteit geweest, vragen om een gebroken nek. Jon vroeg zich af wat hem had bezield. Had hij zo'n haast om te sterven?

Verder weg tussen het geboomte schreeuwde een dier van angst, en hij keek op. Zijn merrie hinnikte nerveus. Had zijn wolf een prooi te pakken? Hij zette zijn handen aan zijn mond en riep: 'Spook! Spook, hier!' Het enige antwoord was het klapwieken van een uil die achter hem opfladderde.

Met gefronste wenkbrauwen vervolgde Jon zijn weg. Hij leidde de merrie een half uur voort, totdat ze droog was. Spook vertoonde zich niet. Jon was graag opgestegen om verder te rijden, maar hij zat over zijn afwezige wolf in. 'Spook!' riep hij nogmaals. 'Waar ben je? Hier! Spook!' Niets in deze bossen kon een schrikwolf, of zelfs een halfwas schrikwolf bedreigen, of het zou... nee, Spook was te slim om een beer aan te vallen, en als er een troep wolven in de buurt was had Jon die wel horen huilen.

Hij moest wat eten, besloot hij. Voedsel zou zijn maag tot rust brengen en Spook de kans geven hem in te halen. Hij liep nog geen gevaar: Slot Zwart sliep nog. Uit zijn zadeltas diepte hij een stuk beschuit, een homp kaas en een verschrompeld bruin appeltje op. Hij had ook gezouten vlees meegenomen, en een zij spek die hij uit de keukens had gegapt, maar het vlees wilde hij tot morgen bewaren. Als dat op was moest hij op jacht, en dat betekende vertraging.

Jon ging onder de bomen zitten om de beschuit en de kaas op te eten. Zijn merrie graasde onderwijl naast de Koningsweg. Het appeltje bewaarde hij voor het laatst. Het was een beetje zacht geworden, maar het vruchtvlees was nog rins en sappig. Hij was al tot het klokhuis gevorderd toen hij de geluiden hoorde: paarden, – en uit het noorden. Snel sprong Jon op en beende naar zijn merrie. Zou hij ze voor kunnen blijven? Nee, ze waren te dichtbij, ze zouden hem beslist horen, en als ze uit Slot Zwart kwamen...

Hij leidde de merrie de weg af, tot achter een bosje dicht opeen groeiende, grijsgroene wachtbomen. 'Rustig nu,' zei hij op gedempte toon en ging op zijn hurken zitten om door het kreupelhout te gluren. Als de goden goed waren reden de ruiters voorbij. Voor hetzelfde geld waren dit gewone inwoners van Molstee, boeren op weg naar hun velden. Hoewel, wat die hier midden in de nacht moesten...

Hij hoorde het hoefgetrappel aanzwellen. Ze reden in een stevig tempo over de Koningsweg, zo te horen met minstens vijf of zes man. Hun stemmen zweefden tussen de bomen naar hem toe.

'... zeker dat hij hierlangs gekomen is?'

'Zéker weten doen we het niet.'

'Hij kan net zo goed naar het oosten gereden zijn. Of van de weg afgebogen zijn om dwars door de bossen te rijden. Dat is wat ik zou doen.'

'In het donker? Sukkel. Als je niet van je paard viel en je nek brak verdwaalde je wel en kwam je met zonsopgang weer bij de Muur uit.'

'Helemaal niet.' Grenn klonk verongelijkt. 'Ik zou gewoon naar het zuiden rijden, je kunt aan de sterren zien waar dat is.'

'En als het bewolkt was?' vroeg Pyp.

'Dan ging ik niet.'

Een andere stem viel in: 'Weten jullie waar ík in zijn plaats zou zijn? In Molstee, om naar begraven schatten te zoeken.' Het schelle gelach van Pad schalde tussen de bomen door. Jons merrie brieste.

'Stil eens allemaal,' zei Halder. 'Ik dacht dat ik iets hoorde.'

'Waar? Ik hoor niks.' De paarden bleven staan.

'Jíj kunt je eigen scheten niet eens horen.'

'Wel waar,' zei Grenn nadrukkelijk.

'Stíl!'

Ze zwegen allemaal. Jon merkte dat hij zijn adem inhield. *Sam*, dacht hij. Hij was niet naar de ouwe beer gegaan, maar ook niet naar bed: hij had de andere jongens gewekt. De stomme zakken. Als ze met het aanbreken van de dag niet in hun bed lagen zouden ze ook als deserteurs worden beschouwd. Hoe haalden ze het in hun hersens?

De ademloze stilte duurde schier eindeloos. Vanaf de plek waar

Jon gehurkt zat kon hij door de takken heen de benen van hun paarden zien. Ten slotte nam Pyp het woord. 'Wat heb je gehoord?'

'Ik weet het niet,' gaf Halder toe. 'Een geluid, ik dacht dat het misschien een paard was, maar...'

'Er is hier niks.'

Uit zijn ooghoeken zag Jon iets lichts tussen het geboomte door schieten. Bladeren ritselden, en Spook kwam uit het schemerduister aanstuiven, zo plotseling dat Jons merrie schrok en hinnikte. 'Daar!' schreeuwde Halder.

'Ik heb het ook gehoord!'

'Verrader,' zei Jon tegen de schrikwolf terwijl hij in het zadel sprong. Hij wendde het hoofd van de merrie om weg te glippen tussen de bomen, maar voordat hij tien voet verder was waren ze al bij hem.

'Jon!' riep Pyp hem achterna.

'Stop,' zei Grenn. 'Je kunt ons niet allemaal afschudden.'

Jon wendde zijn paard om zodat hij hen recht aankeek, en trok zijn zwaard. 'Achteruit. Ik wil jullie niet verwonden, maar als het moet doe ik het wel.'

'Eén tegen zeven?' Halder gaf een teken. De jongens verspreidden zich en omsingelden hem.

'Wat willen jullie van me?' vroeg Jon op hoge toon.

'Je terugbrengen naar waar je hoort,' zei Pyp.

'Ik hoor bij mijn broer.'

'Wíj zijn nu je broeders,' zei Grenn.

'Ze slaan je hoofd eraf als ze je pakken, dat weet je,' kwam Pad er met een zenuwachtig lachje tussen. 'Dit is zoiets stoms, het zou meer iets voor de Oeros zijn.'

'O nee,' zei Grenn. 'Ik ben geen eedbreker. Ik heb de woorden gezegd, en ik meende het.'

'Ik ook,' zei Jon. 'Snappen jullie het dan niet? Ze hebben mijn váder vermoord. Het is oorlog, mijn broer Robb levert slag in het rivierengebied...'

'Dat weten we,' zei Pyp plechtig. 'Sam heeft ons alles verteld.'

'Het spijt ons van je vader,' zei Grenn, 'maar het maakt geen verschil. Als je de woorden eenmaal hebt gezegd kun je niet meer weg, wat er ook gebeurt.'

'Ik móet,' zei Jon fel.

'Je hebt de woorden gezegd,' bracht Pyp hem in herinnering. '*Nu vangt mijn wake aan*, je hebt het gezegd. *Die zal voor mijn dood niet eindigen.*'

'*Ik zal leven en sterven op mijn post*,' voegde Grenn eraan toe en knikte.

'Je hoeft me de woorden niet te vertellen. Ik ken ze even goed als jullie.' Hij was nu boos. Waarom konden ze hem niet gewoon laten gaan? Ze maakten het er alleen maar moeilijker op.

'*Ik ben het zwaard in de duisternis*,' hief Halder aan.

'*De waker op de muren*,' piepte Pad.

Jon vervloekte hen allemaal onomwonden. Ze trokken zich er niets van aan. Pyp bracht zijn paard dichterbij terwijl hij reciteerde: *Ik ben het vuur dat brandt tegen de koude, het licht dat de dageraad brengt, de hoorn die de slapenden wekt, het schild dat de rijken der mensen beschermt.*'

'Achteruit,' waarschuwde Jon hem terwijl hij zijn zwaard ophief. 'Ik meen het, Pyp.' Ze droegen niet eens een wapenrusting, als het moest kon hij ze zo in mootjes hakken.

Matthar was achter hem om gereden. Hij voegde zich bij het koor. '*Ik wijd mijn leven en eer aan de Nachtwacht.*'

Jon gaf zijn merrie een trap en liet haar een cirkel beschrijven. De jongens waren overal om hem heen en sloten hem aan alle kanten in.

'*Voor deze...*' Halder kwam van links aandraven.

'... *en alle komende nachten*,' besloot Pyp. Hij greep naar Jons teugels. 'Dus dit is je keus. Of je slaat mij dood, of je gaat met ons mee terug.'

Jon hief zijn zwaard op... om het machteloos te laten zakken. 'Klootzakken,' zei hij. 'Jullie zijn allemaal klootzakken.'

'Moeten we je boeien of geef je ons je woord dat je vreedzaam mee teruggaat?' vroeg Halder.

'Ik ga er niet vandoor, als je dat soms bedoelt.' Spook dook van onder de bomen op en Jon keek hem woedend aan. 'Ik heb nogal wat aan je gehad!' zei hij. De diepliggende rode ogen keken hem veelbetekenend aan.

'Laten we opschieten,' zei Pyp. 'Als we niet terug zijn voor het licht wordt eist de ouwe beer straks ál onze hoofden.'

Van de terugweg herinnerde Jon zich weinig. Hij leek korter dan de rit naar het zuiden, misschien wel omdat hij elders was met zijn gedachten. Pyp gaf het tempo aan, galoppeerde, liep stapvoets, ging in draf over, en vervolgens weer in galop. Molstee kwam en ging. De rode lantaarn boven het bordeel was allang gedoofd. Ze schoten flink op. Een uur voor de dageraad zagen ze in de verte de torens van Slot Zwart donker tegen de bleke onmetelijkheid van de Muur afsteken. Ditmaal had het niets van een thuiskomst weg.

Ze konden hem terugbrengen, zei Jon bij zichzelf, maar ze konden hem niet dwingen om te blijven. De oorlog zou morgen nog niet voorbij zijn, en overmorgen ook niet, en zijn vrienden konden hem niet dag en nacht bewaken. Hij zou zijn tijd afwachten, hen in slaap wiegen met de gedachte dat hij er vrede mee had om hier te blijven... en dan, als ze laks werden, was hij weer weg. De volgende keer zou hij de Koningsweg mijden. Hij kon langs de Muur naar het oosten rijden, helemaal tot aan zee wellicht, een omweg, maar wel veiliger. Of zelfs naar de bergen in het westen, en dan via de hoge passen naar het zuiden. Dat was de weg van de wildling, moeizaam en vol gevaren, maar daar zou hij tenminste niet gevolgd worden. Hij zou zich niet binnen driehonderd mijl van Winterfel of de Koningsweg wagen.

Samwel Tarling wachtte hen op in de oude stallen, tegen een baal hooi aangezakt, te nerveus om te slapen. Hij stond op en klopte zich af. 'Ik... ik ben blij dat ze je gevonden hebben, Jon.'

'Ik niet,' zei Jon terwijl hij afsteeg.

Pyp sprong van zijn paard en keek vol weerzin naar de lichter wordende hemel. 'Help ons eens om de paarden van ligstro te voorzien, Sam,' zei de kleine jongen. 'We hebben een lange dag voor de boeg, en dankzij heer Sneeuw beginnen we er onuitgerust aan.'

Toen het dag werd liep Jon zoals iedere ochtend naar de keukens. Hobb met de drie vingers zei niets toen hij hem het ontbijt van de ouwe beer aanreikte. Vandaag waren het drie hardgekookte bruine eieren met geroosterd brood, gebakken ham en een schaal gerimpelde pruimen. Jon nam het eten mee naar de koningstoren. Hij trof Mormont al schrijvend op de bank bij het venster aan. Zijn raaf drentelde over zijn schouders heen en weer en pruttelde: '*Maïs, maïs, maïs.*' De vogel krijste toen Jon binnenkwam. 'Zet het eten maar op tafel,' zei de ouwe beer terwijl hij opkeek. 'Ik wil wat bier hebben.'

Jon opende een paar raamluiken, pakte de kruik met bier van de vensterbank en vulde een drinkhoorn. Hobb had hem een citroen gegeven, nog koud van de Muur. Jon kneep hem fijn in zijn vuist, zodat het sap tussen zijn vingers doorsijpelde. Mormont dronk zijn bier altijd met citroensap en beweerde dat hij daarom zijn eigen tanden nog had.

'Je vader was je ongetwijfeld heel dierbaar,' zei Mormont toen Jon hem zijn drinkhoorn bracht. 'Wat ons lief is richt ons te gronde, jongen, iedere keer weer. Weet je nog wanneer ik dat tegen je zei?'

'Jawel,' zei Jon nors. Hij had geen zin om over zijn vaders dood te praten, zelfs niet met Mormont.

'Zorg dat je dat nooit vergeet. Juist de harde waarheden moet je zorgvuldig koesteren. Geef me mijn bord. Alweer ham? Vooruit dan maar. Je ziet er moe uit. Was die rit bij maanlicht zo uitputtend?'

Jons keel was droog. 'U weet het?'

'*Weet het*,' echode de raaf vanaf Mormonts schouder. '*Weet het.*'

De ouwe beer snoof. 'Zeg Sneeuw, dacht je dat ik tot bevelhebber van de Nachtwacht was gekozen omdat ik zo stom was als het achtereind van een varken? Aemon zei al dat je zou gaan. Ik zei dat je weer terug zou komen. Ik ken mijn mannen... én mijn *jongens*. Dat je de Koningsweg bent opgegaan was een erezaak... en dat je terugkwam ook.'

'Mijn vrienden hebben me teruggebracht,' zei Jon.

'Had ik het over jóuw eer?' Mormont inspecteerde zijn bord.

'Ze hebben mijn vader vermoord. Had u gedacht dat ik niets zou doen?'

'Eerlijk gezegd dachten we dat je dít zou doen, en anders niet.' Mormont probeerde een pruim en spuugde de pit uit. 'Ik heb je in het oog laten houden. Ze hebben je zien weggaan. Als je broeders je niet hadden teruggehaald was je onderweg onderschept, en niet door vrienden. Tenzij je een paard met ravenvleugels hebt. Heb je dat?'

'Nee.' Jon voelde zich een complete dwaas.

'Jammer, zo'n paard zouden we best kunnen gebruiken.'

Jon richtte zich hoog op. Hij hield zich voor dat hij in elk geval waardig zou kunnen sterven. 'De straf voor desertie is mij bekend, heer. Ik ben niet bang voor de dood.'

'*Dood!*' riep de raaf.

'Ook niet voor het leven, hoop ik,' zei Mormont, zette zijn mes in de ham en voerde een flintertje aan zijn vogel. 'Je bent niet gedeserteerd – nog niet. Je staat hier. Als we iedere jongen die 's nachts naar Molstee ging moesten onthoofden hielden we alleen maar geesten over om de Muur te bewaken. Maar misschien ben je van plan morgen weer te vluchten, of over twee weken? Is dat het? Is dat wat je hoopt, jongen?'

Jon zweeg.

'Dat dacht ik al.' Mormont pelde een gekookt ei. 'Je vader is dood, jongen. Denk je dat je hem terug kunt brengen?'

'Nee,' antwoordde hij nors.

'Goed,' zei Mormont. 'We hebben de doden zien terugkeren, jij en ik, en dat maak ik liever niet nog eens mee.' Hij at het ei in twee happen op en pulkte een stukje schaal tussen zijn tanden uit. 'Je broer trekt te velde aan het hoofd van de verzamelde strijdkrachten van het noorden. Zijn baanderheren hebben stuk voor stuk meer zwaarden onder zich dan je in de hele Nachtwacht zult aantreffen. Waarom denk je dat ze jóuw hulp nodig hebben? Ben je zo'n machtig krijgsman, of heb je een gnurker in je zak om je zwaard te betoveren?'

Daar had Jon geen antwoord op. De raaf pikte aan een ei, en de schaal brak. Hij stak zijn snavel door het gat en trok er stukjes wit en geel uit.

De ouwe beer zuchtte. 'Die oorlog raakt jou niet alleen. Het zit er dik in dat mijn zuster met het leger van je broer optrekt, zij en die dochters van haar, in maliënkolders, net kerels. Maege is een ouwe grijze snaai, koppig, opvliegend en eigenzinnig. Eerlijk gezegd kan ik het mens nauwelijks om me heen hebben, maar dat betekent nog niet dat ik minder van haar hou dan jij van jouw halfzusters.' Met gefronste wenkbrauwen greep Mormont zijn laatste ei en klemde het in zijn vuist tot de schaal kraakte. 'Of misschien wel. Maar hoe dan ook, het zou me verdriet doen als ze sneuvelde, en toch zie je mij niet wegrennen. Ik heb de woorden gezegd, net als jij. Mijn plaats is hier... waar is de jouwe, jongen?'

Ik heb geen plaats, wilde Jon zeggen, *ik ben een bastaard, ik heb geen rechten, geen naam, geen moeder en nu zelfs geen vader meer*. De woorden wilden niet komen. 'Ik weet het niet.'

'Ik wel,' zei bevelhebber Mormont. 'Er steekt een kille wind op, Sneeuw. Achter de Muur lengen de schaduwen. Cottaar Piek schrijft dat grote kudden elanden in zuidwestelijke richting naar zee trekken, en zelfs mammoeten. Hij zegt dat een van zijn mannen op minder dan tien mijl van Oostwacht reusachtige, misvormde voetstappen heeft ontdekt. Wachtruiters uit de Schaduwtoren hebben complete dorpen verlaten aangetroffen, en 's nachts zijn er volgens ser Denys in de bergen vuren te zien, grote vlammenzeeën die branden van zonsondergang tot zonsopgang. Quorin Halfhand heeft onder in de Kloof een man gevangengenomen en die man zweert dat Mans Roover al zijn mensen bijeenbrengt in een nieuw, geheim bolwerk dat hij ergens heeft ontdekt, de goden weten met welk doel. Denk je dat jouw oom Benjen de enige wachtruiter is die we dit jaar verloren hebben?'

'*Ben Jen*,' kraste de raaf en knikte met zijn kop, zodat de stukjes ei uit zijn snavel vielen. '*Ben Jen. Ben Jen.*'

'Nee,' zei Jon. Er waren er meer geweest. Te veel.

'Denk je dat de oorlog van je broer belangrijker is dan de onze?' blafte de oude man.

Jon beet op zijn lip. De raaf klapwiekte tegen hem. '*Oorlog, oorlog, oorlog, oorlog*,' zong hij.

'Nee dus,' zei Mormont. 'Lieve goden, jongen, je bent niet blind en niet dom. Als de doden 's nachts op jacht gaan, denk je dan dat het iets uitmaakt wie er op de ijzeren troon zit?'

'Nee.' Zo had Jon er nog niet over nagedacht.

'Je vader heeft je naar ons toegestuurd, Jon. Waarom, wie zal het zeggen?'

'*Waarom? Waarom? Waarom?*' riep de raaf.

'Het enige dat ik weet, is dat het bloed van de Eerste Mensen door de aderen van de Starks vloeit. De Eerste Mensen hebben de Muur gebouwd, en er wordt gezegd dat zij zich dingen herinneren die verder iedereen vergeten is. En dat beest van jou... dat heeft ons bij die levende lijken gebracht en je gewaarschuwd voor de dode op de trap. Ser Jeremie zou dat ongetwijfeld toeval noemen, maar ser Jeremie is dood en ik niet.' Heer Mormont spietste een stuk ham aan de punt van zijn dolk. 'Ik denk dat jij voorbestemd bent om hier te zijn, en ik wil jou en die wolf van je in de buurt hebben als we ons achter de Muur begeven.'

Toen hij dat zei ging er een rilling van opwinding langs Jons ruggengraat. 'Achter de Muur?'

'Je hebt het gehoord, ja. Ik wil Ben Stark vinden, levend of dood.' Hij kauwde en slikte. 'Ik ga hier niet werkeloos op de sneeuw en de ijswind zitten wachten. We moeten weten wat er aan de hand is. Ditmaal zal de Nachtwacht in groten getale optrekken tegen de Koning-achter-de-Muur, de Anderen en wat zich daar zoal nog meer ophoudt. Ik zal de Wacht persoonlijk aanvoeren.' Hij wees met zijn dolk naar Jons borst. 'Oudergewoonte is de oppasser van de bevelhebber tevens zijn schildknaap... maar ik heb geen zin om me iedere dag als ik wakker word af te vragen of je er misschien weer vandoor bent. Dus wil ik antwoord hebben, heer Sneeuw, en wel nu. Ben je een broeder van de Nachtwacht... of alleen maar een bastaardjoch dat oorlogje wil spelen?'

Jon Sneeuw rechtte zijn rug en haalde heel diep adem. *Vergeef me, vader. Robb, Arya, Bran... vergeef me, ik kan jullie niet helpen. Hij heeft gelijk. Hier hoor ik thuis.* 'Ik ben... de uwe, heer. Uw man. Ik zweer het. Ik ga niet meer weg.'

De ouwe beer snoof. 'Goed. Ga dan nu je zwaard omgorden.'

Catelyn

Het leek een eeuw geleden dat Catelyn Stark hun pasgeboren zoon uit Stroomvliet had meegenomen en in een klein bootje de Steenstort was overgestoken om de reis naar het noordelijke Winterfel te aanvaarden. En nu keerden ze over de Steenstort huiswaarts, al droeg de jongen nu staal en maliën in plaats van een luier.

De roeiers trokken aan hun riemen en Robb zat met Grijze Wind bij de voorplecht. Zijn hand rustte op de kop van de schrikwolf. Theon Grauwvreugd was bij hem. Haar oom Brynden zou in het tweede bootje volgen, samen met de Grootjon en heer Karstark.

Catelyn ging bij de achterplecht zitten. Ze scheerden over de Steenstort en lieten zich door de krachtige stroming langs de hoog oprijzende Radertoren stuwen. Het plonzen en ratelen van het grote waterrad daarbinnen, een geluid uit haar meisjesjaren, ontlokte Catelyn een weemoedig lachje. Krijgslieden en bedienden schreeuwden vanaf de zandstenen muren van het kasteel haar naam, die van Robb, en: 'Winterfel!' Op alle tinnen waaide de banier van het huis Tulling: een springende, zilveren forel op een golvend blauw-rood veld. Het was een roerende aanblik, maar haar hart sprong er niet van op. Ze vroeg zich af of haar hart ooit weer zou kunnen opspringen. *O, Ned...*

Onder aan de Radertoren maakten ze een ruime bocht en doorkliefden het kolkende water. De mannen zetten zich schrap. De grote boog van de Waterpoort kwam in zicht, en ze hoorde hoe het grote ijzeren valhek aan knarsende kettingen werd opgetrokken. Het ging maar traag omhoog, en Catelyn zag dat de onderste helft bruin van de roest was. Toen ze eronderdoor voeren, de scherpe pieken slechts een paar duim boven hun hoofd, droop er modder van de onderkant. Catelyn tuurde omhoog naar de stangen en vroeg zich af hoe diep de roest ging, of het valhek een aanval met een ram zou weerstaan, en of het misschien vervangen moest worden. Zulke gedachten kwamen de laatste tijd al snel bij haar op.

Ze voeren onder de boog door en de muren langs, van de zon in de schaduw en weer in de zon. Overal in het rond lagen grote en kleine boten aangemeerd, vastgelegd aan ijzeren ringen in de stenen. Haar vaders wachters stonden hen samen met haar broer op de watertrap op te wachten. Ser Edmar Tulling was een vierkante jongeman met een ruige, kastanjebruine haardos en een vuurrode baard. Zijn borstharnas was bekrast en gebutst door de strijd, en zijn blauwrode mantel was met bloed en rook besmeurd. Naast hem stond heer Tytos Zwartewoud, een spijkerharde man met kortgeknipte, peper-en-zoutkleurige bakkebaarden en een haakneus. Zijn felgele wapenrusting was met git ingelegd, in een ingewikkeld patroon van wijnranken en bladeren, en om zijn magere schouders hing een mantel van ravenveren. Heer Tytos had de uitval geleid waarmee haar broer uit het Lannister-kamp was geplukt.

'Haal ze in,' beval ser Edmar. Drie mannen haastten zich de trap af en trokken met lange haken de boot naar de kant, tot hun knieën in het water. Toen Grijze Wind eruit sprong liet een van hen zijn stok vallen, deinsde achteruit en kwam pardoes op zijn zitvlak in de rivier terecht. De anderen lachten, en de man zat er schaapachtig bij. Theon Grauwvreugd zwaaide zich over het zijboord van de boot, tilde Catelyn bij haar middel op en zette haar boven zich op een droge tree neer terwijl het water om zijn enkels klotste.

Edmar kwam de trap af en omhelsde haar. 'Lieve zuster,' mompelde hij schor. Hij had helderblauwe ogen en een mond die geschapen was om te glimlachen, maar dat deed hij nu niet. Hij zag er moe en afgetobd uit, murw gebeukt in de strijd en hologig van de spanning. Om een wond in zijn hals zat een verband. Catelyn drukte hem stevig tegen zich aan.

'Mijn deelneming, Cat,' zei hij toen ze elkaar loslieten. 'Toen we het hoorden van heer Eddard... daar zullen de Lannisters voor boeten, dat zweer ik, we zullen hem voor je wreken.'

'Krijg ik Ned daarmee terug?' vroeg ze scherp. De wond was nog te vers voor mildere woorden. Ze kon nu niet aan Ned denken. Dat wilde ze niet. Het ging niet. Ze moest nu sterk zijn. 'Dat lijdt allemaal wel uitstel. Ik moet vader spreken.'

'Hij wacht op je in zijn bovenvertrek.'

'Heer Hoster is bedlegerig, vrouwe,' verklaarde haar vaders hofmeester. Wanneer was de goede man zo oud en grijs geworden? 'Hij heeft me opgedragen u meteen bij hem te brengen.'

'Ik breng haar wel.' Edmar leidde haar de watertrap op en het benedenplein over, waar Petyr Baelish en Brandon Stark eens met het zwaard om haar gunst hadden gevochten. De massieve zandstenen muren van de burcht rezen hoog boven hen op. Terwijl ze tussen twee wachters met vissen op hun helmen een deur binnengingen vroeg ze: 'Hoe slecht is hij eraan toe?' Nog terwijl ze het vroeg vreesde ze het antwoord al.

Edmar keek somber. 'Hij zal het niet lang meer maken, zeggen de maesters. De pijn is... voortdurend aanwezig en heel ernstig.'

Een blinde woede nam bezit van haar. Ze was kwaad op alles en iedereen, op haar broer Edmar en haar zuster Lysa, op de Lannisters, op de maesters, op Ned en haar vader en op de monsterlijke goden die hen allebei van haar afnamen. 'Dat had je me moeten laten weten,' zei ze. 'Je had bericht moeten sturen zodra je het wist.'

'Dat heeft hij verboden. Hij wilde niet dat zijn vijanden zouden weten dat hij stervende was. Met al die beroering in het rijk was hij bang dat als de Lannisters vermoedden hoe zwak hij was...'

'... dat ze dan zouden aanvallen?' voltooide Catelyn scherp. *Dat is jouw schuld*, fluisterde een stem in haar binnenste. *Als jij het niet in je hoofd had gehaald die dwerg te grijpen...*

Ze beklommen de wenteltrap in stilte.

De burcht was driehoekig, net als Stroomvliet zelf en net als heer Hosters bovenvertrek. Dat had een stenen balkon dat als de voorplecht van een groot, zandstenen schip naar het oosten uitstak. Van daaraf kon de kasteelheer zijn muren en verschansingen overzien, én de samenvloeiing van de rivieren daarachter. Ze hadden haar vaders bed op het balkon neergezet. 'Hij zit graag in het zonnetje naar de rivieren te kijken,' legde Edmar uit. 'Vader, kijk eens wie ik bij me heb? Cat komt je opzoeken...'

Hoster Tulling was altijd een forse man geweest, rijzig en fors in zijn jeugd, omvangrijk toen hij ouder werd. Nu leek hij gekrompen, en het was net of de spieren van zijn botten gesmolten waren. Zelfs zijn gezicht was ingevallen. De vorige keer dat Catelyn hem had gezien waren zijn haren en baard bruin geweest, met de nodige grijze strepen erin. Nu waren ze wit als sneeuw geworden.

Op het horen van Edmars stem gingen zijn ogen open. 'Catje,' mompelde hij met een stem, die dun, schril en gepijnigd klonk. 'Mijn kleine kat.' Terwijl zijn hand naar de hare tastte verscheen er een beverig lachje op zijn gezicht. 'Ik heb naar je uitgekeken.'

'Ik ga nu, dan kunnen jullie praten,' zei haar broer en kuste hun vader zachtjes op zijn voorhoofd voordat hij wegging.

Catelyn knielde en nam haar vaders hand in de hare. Het was een grote hand, maar vel over been. De huid zat los om de botten, en alle kracht was eruit geweken. 'Je had het moeten vertellen,' zei ze. 'Een ruiter, een raaf...'

'Ruiters worden gegrepen en ondervraagd,' antwoordde hij. 'Raven worden neergehaald...' Hij verkrampte van de pijn, en zijn vingers knepen hard in de hare. 'De krabben zitten in mijn buik... ze knijpen, ze knijpen aan één stuk door. Dag en nacht. Ze hebben harde scharen, de krabben. Maester Veyman maakt droomwijn voor me, melksap van de papaver... ik slaap veel... maar ik wilde wakker blijven om jou te zien als je kwam. Ik was bang... toen de Lannisters je broer gevangennamen, die kampen overal om ons heen... ik was bang dat ik zou gaan voor ik jou had teruggezien... ik was bang...'

'Ik ben er, vader,' zei ze. 'Met Robb, mijn zoon. Hij zal u ook willen zien.'

'Het jongetje,' fluisterde hij. 'Hij had mijn ogen, dat weet ik nog...'

'En die heeft hij nog steeds. En wij hebben Jaime Lannister voor u meegebracht, in ketenen. Stroomvliet is weer vrij, vader.'

Heer Hoster glimlachte. 'Ik heb het gezien. Vannacht, toen het begon, zei ik tegen ze... moest het zien. Ze droegen me naar het poortgebouw... heb gekeken vanaf de trans. O, wat was het mooi... de toortsen kwamen aandeinen, ik hoorde de kreten over de rivier heen zweven... kreten als muziek... toen die belegeringstoren in brand vloog, goden... toen had ik kunnen sterven, en met vreugde, als ik maar eerst jouw kinderen had gezien. Heeft jouw jongen dat gedaan? Jouw Robb?'

'Ja,' zei Catelyn met felle trots. 'Robb... en Brynden. Uw broer is hier ook, heer.'

'Die.' Haar vaders stem was een flauwe fluistering. 'De Zwartvis... is terug? Uit de Vallei?'

'Ja.'

'En Lysa?' Een koel briesje streek door zijn dunne witte haar. 'Goeie goden, je zuster... is zij ook meegekomen?'

Het klonk zo hoopvol en verlangend dat het moeilijk was hem de waarheid te zeggen. 'Nee. Het spijt me...'

'O.' Zijn gezicht betrok, en iets van het licht in zijn ogen doofde. 'Ik had gehoopt... ik had haar zo graag gezien voordat...'

'Ze is met haar zoon in het Adelaarsnest.'

Heer Hoster knikte vermoeid. 'Heer Robert inmiddels, die arme Arryn is dood... ik weet nog... waarom is ze niet met jou meegekomen?'

'Ze is bang, heer. In het Adelaarsnest voelt ze zich veilig.' Ze kuste zijn gerimpelde voorhoofd. 'Robb wacht. Wilt u hem zien? En Brynden?'

'Je zoon,' fluisterde hij. 'Ja. Cats kind... hij had mijn ogen, dat weet ik nog. Toen hij geboren was. Laat hem komen... ja.'

'En uw broer?'

Haar vader staarde de rivieren over. 'Zwartvis,' zei hij. 'Is hij al getrouwd? Een of ander... meisje tot vrouw genomen?'

Zelfs op zijn sterfbed nog, dacht Catelyn treurig. 'Hij is niet getrouwd. Dat weet u, vader. En dat zal hij nooit doen ook.'

'Ik heb het hem gezegd... bevólen. Trouwen! Ik was zijn heer. Dat weet hij. Mijn recht, om een huwelijk voor hem te arrangeren.

Een goed huwelijk. Een Roodweyn. Oud huis. Lief meisje, knap... sproeten... Betanie, ja. Arm kind. Wacht nog steeds. Ja. Nog steeds...'

'Betanie Roodweyn is al jaren geleden met heer Rowin getrouwd,' bracht Catelyn hem in herinnering. 'Ze heeft drie kinderen bij hem.'

'Maar toch,' pruttelde heer Hoster. 'Maar toch. Had lak aan het meisje. Aan de Roodweyns. Lak aan míj. Zijn heer, zijn broer... die Zwartvis. Ik heb nog wel vaker een aanbod gehad. Heer Vaarens dochter. Walder Frey... kon kiezen uit drie, zei hij... Is hij getrouwd? Met iemand? Wie dan ook?'

'Met niemand,' zei Catelyn, 'maar toch is hij van verre gekomen om u te zien. Hij heeft zich een weg naar Stroomvliet gevochten. Ik zou hier nu niet zijn als ser Brynden ons niet had geholpen.'

'Altijd een vechtjas geweest,' fluisterde haar vader. 'Daar was hij goed in. Ridder van de Poort, jawel.' Hij zonk naar achteren en sloot zijn ogen, onuitsprekelijk moe. 'Stuur maar. Later. Nu ga ik slapen. Te ziek om ruzie te maken. Stuur hem later maar naar boven, de Zwartvis...'

Catelyn kuste hem zacht, streek zijn haar glad en liet hem achter in de schaduw van zijn burcht, met zijn rivieren onder zich. Hij sliep voordat ze het bovenvertrek uit was.

Toen ze op het benedenplein terugkeerde stond ser Brynden Tulling met natte laarzen op de watertrap te praten met het hoofd van de wacht van Stroomvliet. Hij liep meteen op haar af. 'Is hij...'

'Stervende,' zei ze. 'Zoals we al vreesden.'

Op het verweerde gezicht van haar oom was de pijn duidelijk te lezen. Hij haalde zijn vingers door zijn dikke grijze haar. 'Wil hij me ontvangen?'

Ze knikte. 'Hij zegt dat hij te ziek is om ruzie te maken.'

Brynden Zwartvis grinnikte. 'Ik ben al te lang krijgsman om dat nog te geloven. Hoster is in staat me dat meisje Roodweyn voor de voeten te gooien op het moment dat we zijn brandstapel aansteken, verdomd als het niet waar is.'

Catelyn glimlachte, wetend dat het waar was. 'Ik zie Robb niet.'

'Die is met Grauwvreugd naar de zaal gegaan, geloof ik.'

Theon Grauwvreugd zat op een bank in de grote zaal van Stroomvliet onder het genot van een hoorn bier haar vaders garnizoen te onthalen op een verslag van de slachtpartij in het Fluisterwoud. 'Een aantal probeerde te vluchten, maar we hadden de vallei aan twee kanten in de tang, en we kwamen met zwaarden en lansen uit het donker aanzetten. De Lannisters zullen wel gedacht hebben dat de Anderen zelf hen besprongen toen die wolf van Robb zich onder hen mengde. Ik zag hoe hij iemand een arm van zijn schouder rukte, en hun paarden werden krankzinnig zodra ze zijn lucht opsnoven. Ik zou niet weten hoeveel man er...'

'Theon,' onderbrak ze hem, 'waar kan ik mijn zoon vinden?'

'Heer Robb is naar het godenwoud gegaan, vrouwe.'

Precies wat Ned gedaan zou hebben. *Hij is evenzeer zijn vaders zoon als de mijne, laat ik dat niet vergeten. O goden, Ned...*

Ze trof Robb aan onder het groene bladerdak, te midden van hoogoprijzend roodhout en grote, oude olmen. Hij knielde voor de hartboom, een slanke weirboom met een gezicht dat eerder triest dan woest keek. Zijn zwaard stond voor hem, met de punt in de aarde en zijn gehandschoende handen om het gevest gevouwen. Om hem heen lagen anderen geknield: Grootjon Omber, Rickard Karstark, Maege Mormont, Galbart Hanscoe, en nog meer. Ook Tytos Zwartewoud was er, en zijn grote ravenmantel waaierde uit achter zijn rug. *Dit zijn degenen die de oude goden aanhangen*, besefte ze. Ze vroeg zich af welke goden zij tegenwoordig aanhing en wist het antwoord niet.

Het ging niet aan, hen bij hun gebeden te storen. Je moest de goden geven wat hun toekwam... zelfs wrede goden die haar Ned én haar vader afnamen. Dus wachtte Catelyn. De wind van de rivier streek door de hoge takken, en aan haar rechterkant zag ze de Radertoren, de muren door klimop overwoekerd. Terwijl ze zo stond kwamen haar herinneringen weer boven. Haar vader had haar onder deze bomen leren paardrijden, en dat was de olm waar Edmar was uitgevallen, die keer dat hij zijn arm had gebroken, en daar verderop, onder dat prieel, hadden zij en Lysa voor de grap met Petyr gekust.

Daar had ze al jaren niet meer aan gedacht. Wat waren ze allemaal nog jong geweest – zij niet ouder dan Sansa, Lysa jonger dan Arya, en Petyr nóg jonger, maar wel gretig. De meisjes hadden hem heen en weer geschoven, beurtelings serieus en lacherig. Het stond haar zo levendig voor de geest dat ze bijna zijn bezwete vingers op haar schouders kon zien en de muntgeur van zijn adem kon ruiken. Er groeide altijd munt in het godenwoud, en Petyr kauwde er graag op. Hij was zo'n vrijpostig klein joch dat hij voortdurend in moeilijkheden kwam. 'Hij probeerde zijn tong in mijn mond te steken,' had Catelyn haar zuster naderhand bekend toen ze alleen waren. 'Bij mij ook,' had Lysa gefluisterd, verlegen en ademloos. 'Ik vond het lekker.'

Robb kwam langzaam overeind en stak zijn zwaard in de schede, en Catelyn merkte dat ze zich afvroeg of haar zoon ooit een meisje had gekust in het godenwoud. Dat moest wel. Ze had Jeane Poel met vochtige ogen naar hem zien staren en een aantal dienstmeisjes ook, zelfs een paar die al achttien waren... hij had aan een veldslag deelgenomen en mannen gedood met zijn zwaard, natuurlijk was hij gekust. De tranen stonden haar in de ogen. Boos veegde ze ze weg.

'Moeder,' zei Robb toen hij haar zag staan, 'we moeten krijgsraad houden. Er moeten beslissingen genomen worden.'

'Je grootvader wil je graag spreken,' zei ze. 'Robb, hij is heel ziek.'

'Dat zei ser Edmar ook al. Het spijt me, moeder... voor heer Hoster en voor u. Maar eerst moeten we beraadslagen. Er is nieuws uit het zuiden. Renling Baratheon heeft de kroon van zijn broer opgeëist.'

'Renling?' zei ze geschokt. 'Ik had gedacht dat heer Stannis toch zeker...'

'Dat dachten we allemaal, vrouwe,' zei Galbart Hanscoe.

De krijgsraad werd gehouden in de grote zaal, aan vier lange schraagtafels die in een open vierkant waren opgesteld. Heer Hoster was te zwak om aanwezig te zijn: hij lag te slapen op zijn balkon en droomde van de zon op de rivieren van zijn jeugd. Edmar zat op de hoge zetel van de Tullings, met naast zich Brynden Zwartvis en zijn vaders baandermannen aan zijn linker- en rechterkant en langs de zijtafels. Het nieuws van de zege bij Stroomvliet had de gevluchte heren van de Drietand bereikt, en ze waren weer teruggekomen. Karyl Vannis kwam binnen, heer Karyl nu, sinds zijn vader aan de voet van de Guldentand was gesneuveld. Hij was in gezelschap van ser Marq Pijper, en ze hadden een Darring bij zich, de zoon van ser Reimon, een knaapje dat niet ouder was dan Bran. Heer Jonos Vaaren was uit de ruïnes van Steenhaag gearriveerd, scheldend en met een boos gezicht, en hij ging aan tafel zo ver mogelijk van Tytos Zwartewoud af zitten.

De heren uit het noorden zaten aan de andere kant, zodat Catelyn en Robb haar broer pal tegenover zich hadden. Zij waren met minder. De Grootjon zat links van Robb, met daarnaast Theon Grauwvreugd. Galbart Hanscoe en vrouwe Mormont zaten aan Catelyns rechterhand. Heer Rickard Karstark, somber en hologig van verdriet, nam plaats als een man die een nachtmerrie doormaakt, zijn lange baard ongekamd en ongewassen. Twee van zijn zonen waren in het Fluisterwoud gebleven, en er was geen nieuws van de derde, zijn oudste, die bij de Groene Vork de speren van de Karstarks tegen Tywin Lannister had aangevoerd.

De discussie woedde tot diep in de nacht. Alle heren hadden recht van spreken, en spreken deden ze... en schreeuwen, vloeken, redeneren, vleien, schertsen, onderhandelen, met kroezen op tafel slaan, dreigen, de zaal uitlopen en nors of glimlachend terugkomen. Catelyn zat erbij en luisterde ernaar.

Rous Bolten had de gehavende resten van hun andere leger aan het uiteinde van de heirweg gehergroepeerd. Ser Helman Langhart en Walder Frey hadden de Tweeling nog in handen. Heer Tywins krijgsmacht was de Drietand overgestoken en naar Harrenhal getogen. En er waren twee koningen in het rijk.

Veel baanderheren wilden onmiddellijk tegen Harrenhal optrekken om slag te leveren met heer Tywin en de macht van de Lannisters voor eens en altijd te breken. De jeugdige heethoofd Marq Pijper drong er daarentegen op aan dat ze in het westen bij de Rots van Casterling zouden toeslaan. Weer anderen maanden tot geduld. Jason Mallister wees erop dat Stroomvliet pal op de aanvoerlijnen van de Lannisters lag, en dat ze dus moesten afwachten, zorgen dat heer Tywin van verse troepen en proviand verstoken bleef en intussen hun eigen verdediging versterken en hun vermoeide troepen rust gunnen. Heer Zwartewoud wilde niets van dat alles weten. Ze moesten afmaken wat ze in het Fluisterwoud waren begonnen. Naar Harrenhal optrekken en ook het leger van Rous Bolten erbij halen. Wat Zwartewoud aanried sprak Vaaren zoals altijd tegen: heer Jonos Vaaren stond op en drong erop aan dat ze koning Renling trouw zouden zweren en naar het zuiden zouden trekken om hun krijgsmacht bij de zijne te voegen.

'Renling is geen koning,' zei Robb. Het was de eerste keer dat haar zoon het woord nam. Hij kon luisteren, net als zijn vader.

'U wilt toch niet beweren dat u Joffry trouw blijft, heer?' zei Galbart Hanscoe. 'Hij heeft uw vader ter dood laten brengen.'

'En dus is hij slecht,' antwoordde Robb. 'Maar bij mijn weten is Renling daarom nog geen koning. Joffry is en blijft de oudste wettige zoon van Robert, dus volgens alle wetten van het rijk komt de troon hem rechtens toe. Mocht hij sterven – en als het aan mij ligt gebeurt dat ook – dan heeft hij een jongere broer. Tommen komt na hem in de opvolging.'

'Tommen is net zo goed een Lannister,' snauwde ser Marq Pijper.

'Inderdaad,' zei Robb zorgelijk. 'Maar al is geen van hen tweeën koning, dan nog blijft de vraag waarom Renling dat zou worden. Hij is de *jongere* broer van Robert. Bran kan geen heer van Winterfel worden vóór mij, en Renling kan geen koning worden vóór heer Stannis.'

Vrouwe Mormont was het met hem eens. 'Heer Stannis heeft er meer recht op.'

'Renling is *gekroond*,' zei ser Marq Pijper. 'Zowel Hooggaarde als Stormeinde steunt zijn aanspraak, en de mannen van Dorne zullen niet achterblijven. Als Winterfel en Stroomvliet hun strijdkrachten bij de zijne voegen heeft hij vijf van de zeven grote huizen achter zich. *Zes*, als de Arryns in actie komen. Zes tegen de Rots! Mijne heren, binnen het jaar hebben we al hun hoofden op pieken: de koningin, de kind-koning, heer Tywin, de Kobold, de Koningsmoordenaar, ser Kevan, *allemaal*! Dat zal onze winst zijn wanneer we ons achter koning Renling scharen. Wat kan heer Stannis daartegenover stellen, dat we van al die dingen zouden afzien?'

'Het recht,' zei Robb koppig. Catelyn vond hem griezelig veel op zijn vader lijken toen hij dat zei.

'Dus je wilt dat we ons voor Stannis verklaren?' vroeg Edmar.

'Ik weet het niet,' zei Robb. 'Ik heb om raad gebeden, maar de goden antwoordden niet. De Lannisters hebben mijn vader als verrader ter dood gebracht, en we weten dat dat een leugen was, maar als Joffry de rechtmatige koning is, en wij voeren oorlog tegen hem, dan zijn we inderdaad verraders.'

'Mijn vader dringt op voorzichtigheid aan,' zei de bedaagde ser Stevron met de wezelachtige glimlach van een Frey. 'Wacht. Laat deze twee koningen hun spel der tronen spelen. Als ze zijn uitgevochten kunnen we onze knieën voor de overwinnaar buigen of ons tegen hem keren, net wat we willen. Nu Renling zich bewapent zal heer Tywin een wapenstilstand waarschijnlijk toejuichen... en de veilige terugkeer van zijn zoon eveneens. Edele heren, sta mij toe hem in Harrenhal op te zoeken en te onderhandelen over gunstige voorwaarden en losgeld...'

Hij werd door verontwaardigd gebrul overstemd. '*Lafhartig!*' bulderde de Grootjon. 'Bedelen om een wapenstilstand is een blijk van zwakheid,' verklaarde vrouwe Mormont. 'Losgeld? Om de dooie dood niet, we mogen de Koningsmoordenaar *niet* laten gaan!' riep Rickard Karstark.

'Waarom geen vrede?' vroeg Catelyn.

De heren keken haar aan, maar het waren Robbs ogen die ze op zich gericht voelde, en alleen de zijne. 'Vrouwe, ze hebben mijn vader, uw heer gemaal vermoord,' zei hij grimmig. Hij trok zijn zwaard en legde het voor zich op tafel, het blinkende staal op het ruwe hout. 'Dit is de enige vrede die ik de Lannisters te bieden heb.'

De Grootjon brulde zijn goedkeuring uit, en anderen vielen hem bij. Ze schreeuwden, trokken zwaarden en sloegen met hun vuisten op tafel. Catelyn wachtte tot ze tot bedaren waren gekomen. 'Heren,' zei ze, 'heer Eddard was uw leenheer, maar ik heb zijn bed gedeeld en zijn kinderen gebaard. Denkt u dat mijn liefde voor de uwe onderdoet?' Het verdriet snoerde bijna haar keel dicht, maar Catelyn haalde diep adem en vermande zich. 'Robb, als dat zwaard hem weer terug kon brengen zou ik het je niet meer laten opsteken voordat Ned weer naast me stond... maar hij is er niet meer, en geen honderd Fluisterwouden kunnen daar iets aan veranderen. Ned is er niet meer, noch Daryn Hoornwoud, noch de dappere zonen van heer Karstark, en nog vele andere goede mannen, en geen van hen keert ooit terug. Moeten er nog meer doden vallen?'

'U bent een vrouw,' bromde de Grootjon met zijn basstem. 'Vrouwen begrijpen zulke dingen niet.'

'U bent van het zachte geslacht,' zei heer Karstark, het verdriet nog levendig op zijn gezicht gegrift. 'Een man wil wraak.'

'Bezorg me Cersei Lannister, heer Karstark, en u zult zien hoe zácht een vrouw kan zijn,' antwoordde Catelyn. 'Misschien heb ik geen verstand van tactiek en strategie... maar ik weet wanneer iets zinloos is. We zijn ten strijde getrokken omdat de legers van de Lannisters het rivierengebied plunderden en Ned gevangen zat en ten onrechte van verraad werd beticht. We hebben gestreden om onszelf te beschermen en om mijn heer gemaal vrij te krijgen.

Welnu, het een is gelukt en het ander voor eeuwig onbereikbaar. Ik zal tot mijn laatste snik om Ned rouwen, maar ik moet ook om de levenden denken. Ik wil mijn dochters terug, en die heeft de koningin nog in haar macht. Als ik onze vier Lannisters tegen hun twee Starks moet ruilen zal ik dat als een koopje beschouwen en de goden danken. Ik wil dat jij veilig bent, Robb, en dat je op je vaders zetel over Winterfel heerst. Ik wil dat je je eigen leven leidt, een meisje kust, een vrouw trouwt en een zoon verwekt. Ik wil hier een streep onder zetten. Ik wil naar huis, heren, om mijn echtgenoot te bewenen.'

Het was heel stil in de zaal toen Catelyn uitgesproken was.

'Vrede,' zei haar oom Brynden. 'Vrede is lieflijk, vrouwe... maar op welke voorwaarden? Het heeft geen zin, om zwaarden tot ploegscharen om te smeden als je er morgen weer zwaarden van moet maken.'

'Waarvoor zijn Torrhen en mijn Eddard gesneuveld als ik met niets dan hun gebeente naar Karborg moet terugkeren?' vroeg Rickard Karstark.

'Een waar woord,' zei heer Vaaren. 'Gregor Clegane heeft mijn velden verwoest, mijn mensen afgeslacht en Steenhaag in een rokende puinhoop veranderd. Moet ik nu door de knieën voor degenen die hem gestuurd hebben? Waarvoor hebben we gevochten als we alles weer in de oude toestand herstellen?'

Tot Catelyns verrassing en ontsteltenis was heer Zwartewoud het met hem eens. 'En als we vrede met koning Joffry sluiten, plegen we dan geen verraad jegens koning Renling? Wat, als de hertenbok de leeuw overweldigt? Waar blijven wij dan?'

'Wat ieder van u persoonlijk ook besluit, ik zal een Lannister nooit als mijn koning erkennen,' verklaarde Marq Pijper.

'Ik ook niet,' gilde het joch van Darring. 'Nooit!'

Opnieuw brak het geschreeuw los. Vertwijfeld ging Catelyn zitten. Ze was er zo dichtbij geweest, dacht ze. Ze hadden bijna geluisterd, bijna... maar de kans was verkeken. Er zou geen vrede komen, geen kans om de wonden te helen, geen veiligheid. Ze keek naar haar zoon, sloeg hem gade zoals hij het debat van de heren beluisterde, zijn voorhoofd gefronst, bezorgd, maar onlosmakelijk met deze oorlog verbonden. Hij had beloofd met een dochter van Walder Frey te trouwen, maar ze zag zijn ware bruid nu duidelijk voor zich: het zwaard dat hij op tafel had gelegd.

Catelyn dacht aan haar dochters en vroeg zich net af of ze hen ooit zou terugzien, toen de Grootjon met een zwaai overeind kwam.

'MIJNE HEREN!' bulderde hij, en zijn stem kaatste dreunend van de dakbalken terug. 'Dit is wat ik deze twee koningen te zeggen heb!' Hij spuwde. 'Ik maal niets om Renling Baratheon, en even weinig om Stannis. Waarom zouden zij over mij en de mijnen heersen vanaf de een of andere bloemige zetel in Hooggaarde of Dorne? Wat weten zij van de Muur of het Wolfswoud of de grafterpen van de Eerste Mensen? Zelfs hun góden zijn verkeerd. En mogen de Anderen ook de Lannisters halen, ik heb mijn buik van hen vol.' Hij stak een hand over zijn schouder en trok zijn enorme tweehands-slagzwaard. 'Waarom zouden we onszelf niet weer regeren? We hebben ons met de draken verbonden, maar de draken zijn allemaal dood!' Hij wees met het wapen naar Robb. 'Dáár zit de enige koning voor wie ik ooit míjn knie zal buigen, heren,' donderde hij. 'De Koning in het Noorden!'

En hij knielde en legde zijn zwaard aan de voeten van haar zoon.

'Op díe voorwaarde wil ik vrede sluiten,' zei heer Karstark. 'En hun rode kasteel en hun ijzeren stoel mogen ze ook houden.' Hij liet zijn zwaard uit de schede glijden. 'De Koning in het Noorden!' zei hij en knielde naast de Grootjon.

Maege Mormont stond op. 'De Winterkoning!' verklaarde ze en legde haar puntige strijdhamer naast de zwaarden. En ook de heren van de rivier rezen op, Zwartewoud, Vaaren en Mallister, huizen die nimmer vanuit Winterfel geregeerd waren, en toch zag Catelyn hen opstaan en hun wapens trekken, waarna ze hun knieën bogen en de aloude woorden riepen die al in geen driehonderd jaar in het rijk vernomen waren, niet meer sinds Aegon de Draak de Zeven Koninkrijken had verenigd... maar die nu opnieuw weerklonken dat haar vaders houten zaal ervan galmde:

'De koning in het Noorden!'

'De koning in het Noorden!'

'*DE KONING IN HET NOORDEN!*'

Daenerys

Het land was rood, doods en dor, en goed hout was moeilijk te vinden. Haar sprokkelaars keerden terug met knoestig katoenbomenhout, bosjes purperstaart en schoven bruin gras. Ze namen de twee rechtste boompjes, hakten de grote en kleine takken eraf, pelden daarvan de bast af en kloofden ze, waarna ze de blokken in een vierkant legden. Het midden vulden ze op met stro, sprokkelhout, repen bast en bundels gedroogd gras. Rakharo koos een hengst uit de kleine kudde die hun restte. Hij haalde het niet bij Drogo's vos, maar dat deden slechts weinig paarden. Aggo voerde hem midden in het vierkant een gerimpeld appeltje en velde hem in één tel met een bijlslag tussen de ogen.

Aan handen en voeten gebonden keek Mirri Maz Duur toe in het stof. Haar zwarte ogen stonden verontrust. 'Een paard doden is niet voldoende,' zei ze tegen Dany. 'Bloed op zich is niets. Je hebt de woorden niet voor een bezwering, noch de wijsheid om ze te vinden. Dacht je dat bloedmagie kinderspel was? Je noemt me *maegi*, alsof het een vloek is, maar het betekent alleen maar 'wijs'. Je bent een kind, en kinderlijk onwetend. Wat je ook van plan bent, het zal je niet baten. Bevrijd me uit deze kluisters, en ik zal je helpen.'

'Ik ben het geblaat van die *maegi* zat,' zei Dany tegen Jhogo. Hij bewerkte haar met zijn zweep, waarna de godsvrouw zich koest hield.

Over het kadaver van het paard bouwden ze een verhoging van houtblokken, stronken van kleine bomen, stammetjes van de grotere, en de dikste, rechtste takken die ze konden vinden. Ze rangschikten het hout van oost naar west, van zonsopgang naar zonsondergang. Op de verhoging werden Khal Drogo's schatten opgestapeld: zijn grote tent, zijn beschilderde vesten, zijn zadels en tuigen, de zweep die hij van zijn vader had gekregen toen hij volwassen werd, de *arakh* waarmee hij Khal Ogo en zijn zoon had gedood, een enorme boog van drakenbeen. Aggo zou de wapens die Dany als bruidsgeschenk van Drogo's bloedruiters had gekregen erbij hebben gelegd als zij het niet verboden had. 'Die zijn van mij,' zei ze, 'en ik wil ze houden.' Rond de schatten van de *khal* werd nog een laag sprokkelhout opgestapeld, en daarover werden bundels gedroogd gras uitgestrooid.

Ser Jorah Mormont nam haar terzijde toen de zon langzaam naar het hoogste punt schoof. 'Prinses...' begon hij.

'Waarom noemt u mij zo?' vroeg Dany uitdagend. 'Mijn broer Viserys was uw koning, nietwaar?'

'Inderdaad, vrouwe.'

'Viserys is dood. Ik ben zijn erfgename, de laatste met het bloed van het huis Targaryen in de aderen. Al het zijne is nu van mij.'

'Mijn... koningin,' zei ser Jorah terwijl hij op één knie zonk. 'Het zwaard dat van hem was behoort u toe, Daenerys. En ook mijn hart, dat uw broer nimmer heeft toebehoord. Ik ben slechts een ridder, die u niets dan ballingschap te bieden heeft, maar ik smeek u, mij aan te horen. Laat Khal Drogo los. U zult niet alleen zijn. Niemand zal u naar Vaes Dothrak brengen als u dat niet wilt, dat beloof ik u. U hoeft u niet bij de *dosh khaleen* te voegen. Ga met mij mee naar het oosten. Yi Ti, Qarth, de Zee van Jade, Asshai bij de Schaduw. We zullen alle nog ongeziene wonderen zien en de wijnen drinken die de goden ons in hun goedgunstigheid schenken. Alstublieft, *khaleesi*. Ik weet wat u van plan bent. Doe het niet. Doe het niet!'

'Het moet,' zei Dany. Ze raakte zijn gezicht aan, liefdevol en bedroefd. 'U begrijpt het niet.'

'Ik begrijp dat u hem liefhad,' zei ser Jorah met een stem die schor was van wanhoop. 'Eens had ik mijn vrouw lief, maar ik ben niet samen met haar gestorven. U bent mijn koningin, mijn zwaard behoort u toe, maar vraag niet van mij dat ik werkeloos toezie wanneer u Drogo's brandstapel beklimt. Ik wil u niet zien branden.'

'Is dat wat u vreest?' Dany kuste hem vluchtig op zijn brede voorhoofd. 'Zo'n kind ben ik niet, waarde ser.'

'U wilt niet met hem sterven? Zweert u dat, mijn koningin?'

'Ik zweer het,' zei ze in de gewone omgangstaal van de Zeven Koninkrijken die haar rechtens toebehoorden.

De derde verdieping van de verhoging was van gevlochten takken, niet dikker dan een vinger, en bedekt met droge bladeren en twijgjes. Die werden van noord naar zuid geschikt, van ijs naar vuur, en hoog opgetast met zachte kussens en zijden beddengoed. Toen ze klaar waren daalde de zon al naar het westen. Dany verzamelde de Dothraki om zich heen. Er waren er minder dan honderd over. Met hoeveel was Aegon begonnen? vroeg ze zich af. Het deed er niet toe.

'U zult mijn *khalasar* vormen,' zei ze tegen hen. 'Ik zie de gezichten van slaven. Ik laat u vrij. Doe uw halsbanden af. Vertrek als u wilt, niemand zal u een strobreed in de weg leggen. Indien u blijft zal dat als broer en zuster, man en vrouw zijn.' De zwarte ogen sloegen haar behoedzaam en ondoorgrondelijk gade. 'Ik zie de kinderen, vrouwen, de gerimpelde gezichten van ouden van dagen. Gisteren was ik een kind. Vandaag ben ik een vrouw. Morgen zal ik oud zijn. Tot elk van u zeg ik: schenk mij uw hart en handen, en er zal altijd plaats voor u zijn.' Ze wendde zich tot de drie jonge krijgers van haar *khas*. 'Jhogo, jou schenk ik de zweep met het zilveren handvat die ik als bruidsgeschenk heb gekregen, en ik noem je *ko* en verlang de eed van je: dat je zult leven en sterven als bloed van mijn bloed en aan mijn zij zult rijden om het kwaad van mij te weren.'

Jhogo nam de zweep van haar aan, maar zijn gezicht stond verward. '*Khaleesi*,' zei hij aarzelend, 'dit is ongepast. Als bloedruiter van een vrouw zou ik mij te schande maken.'

'Aggo,' riep Dany, zonder acht te slaan op Jhogo's woorden. *Als ik omkijk ben ik verloren.* 'Jou schenk ik de boog van drakenbeen die ik als bruidsgeschenk heb gekregen.' Het was een dubbele, glanzend zwart en uitzonderlijk fraai, langer dan zijzelf. 'Ik noem je *ko* en verlang de eed van je: dat je zult leven en sterven als bloed van mijn bloed en aan mijn zij zult rijden om het kwaad van mij te weren.'

Aggo nam de boog met neergeslagen ogen aan. 'Die woorden kan ik niet zeggen. Slechts een man kan een *khalasar* aanvoeren of een *ko* aanwijzen.'

'Rakharo,' zei Dany, zijn weigering negerend, 'voor jou is de grote *arakh* die ik als bruidsgeschenk heb gekregen, waarvan de greep en de kling met goud geciseleerd zijn. En ook jou noem ik mijn *ko*, en ik verlang van je dat je zult leven en sterven als bloed van mijn bloed en aan mijn zij zult rijden om het kwaad van mij te weren.'

'U bent *khaleesi*,' zei Rakharo terwijl hij de *arakh* aannam. 'Ik zal aan uw zij naar Vaes Dothrak onder de Moeder der Bergen rijden en het kwaad van u weren tot u uw plaats bij de oude vrouwen van de *dosh khaleen* hebt ingenomen. Meer kan ik niet beloven.'

Ze knikte kalm, als had ze zijn antwoord niet gehoord, en wendde zich tot de laatste van haar voorvechters. 'Ser Jorah Mormont,' zei ze, 'eerste en grootste van mijn ridders, u heb ik geen bruidsgeschenk te bieden, maar ik zweer u dat u op een dag uit mijn handen een zwaard zult ontvangen zoals de wereld nog nimmer heeft gezien, gesmeed in een drakensmidse en vervaardigd van Valyrisch staal. En ik vraag ook u om een eed.'

'Die krijgt u, koningin,' zei ser Jorah. Hij knielde en legde zijn zwaard aan haar voeten. 'Ik zweer dat ik u zal dienen, u zal gehoorzamen en zonodig voor u zal sterven.'

'Wat er ook gebeurt?'

'Wat er ook gebeurt.'

'Aan die eed zal ik u houden. Ik bid dat u nimmer zult betreuren dat u hem hebt gezworen.' Dany hielp hem overeind. Ze ging op haar tenen staan om bij zijn lippen te kunnen, gaf de ridder een lichte kus en zei: 'U bent de eerste van mijn koninginnegarde.'

Toen ze haar tent binnenging voelde ze dat de *khalasar* naar haar staarde. De Dothraki mompelden en wierpen haar uit de hoeken van hun donkere, amandelvormige ogen vreemde, scheve blikken toe. Dany besefte dat ze haar voor gek versleten. En misschien was ze dat wel. Ze zou er snel genoeg achter komen. *Als ik omkijk ben ik verloren.*

Het bad waar Irri haar in hielp was gloeiend heet, maar Dany gaf geen krimp en slaakte geen kreet. Ze vond de hitte aangenaam, die gaf haar een schoon gevoel. Jhiqui had het badwater geparfumeerd met de oliën die ze op de markt van Vaes Dothrak had gekocht, en de stoom wolkte vochtig en welriekend op. Doreah waste haar haren en kamde alle klitten eruit. Irri schrobde haar rug. Dany sloot haar ogen en liet zich door de welriekende warmte omhullen. Ze voelde hoe het hete water de schrijnende plek tussen haar dijen doorweekte en huiverde toen het in haar vloeide. Haar pijn en stijfheid leken weg te smelten. Ze zweefde.

Toen ze schoon was hielpen haar dienstmaagden haar het water uit. Irri en Jhiqui waaierden haar droog terwijl Doreah haar haren borstelde tot het als een rivier van vloeibaar zilver over haar rug stroomde. Ze parfumeerden haar met kruidenbloesem en kaneel, een tipje op beide polsen, achter haar oren, op de tepels van haar melkzware borsten. Het laatste tipje was voor haar geslacht. Irri's vinger was licht en koel als de kus van een minnaar toen hij zachtjes tussen haar lippen gleed.

Na afloop stuurde Dany hen allemaal weg opdat zij Khal Drogo kon voorbereiden op zijn laatste rit, die naar de nachtlanden. Ze waste zijn lichaam en borstelde en oliede zijn haar. Voor het laatst liet ze het door haar vingers glijden en woog ze de zwaarte ervan, denkend aan die eerste keer dat ze het had gestreeld, de nacht van hun bruidsrit. Zijn haar was nooit afgesneden. Hoeveel mannen konden sterven zonder dat hun haar ooit was afgesneden? Ze drukte haar gezicht ertegenaan en snoof het donkere aroma van de olie op. Hij geurde naar gras en warme aarde, naar rook, zaad en paarden. Hij rook naar Drogo. *Vergeef me, zon van mijn leven*, dacht ze. *Vergeef me alles wat ik heb gedaan en alles wat ik nog te doen heb. Ik heb de prijs betaald, mijn ster, maar die was te hoog, te hoog...*

Dany vlocht zijn haar, schoof de zilveren ringen om zijn snor en knoopte een voor een zijn belletjes vast. Zoveel belletjes, van goud, zilver en brons. Zo zouden zijn vijanden weten dat hij in aantocht was en door angst overmand worden. Ze kleedde hem in paardenharen leggings en hoge laarzen en gespte hem een zware gordel van gouden en zilveren penningen om. Om zijn gehavende borst schikte ze een beschilderd vest. Het was oud en verbleekt, maar dit had Drogo het liefst gedragen. Voor zichzelf koos ze een zandzijden broek uit, sandalen met riemen tot aan haar knieën en net zo'n vest als Drogo droeg.

De zon ging al onder toen ze hen riep om zijn lichaam naar de brandstapel te brengen. De Dothraki keken stilzwijgend toe hoe Jhogo en Aggo hem uit de tent droegen. Dany volgde hen. Ze legden hem op zijn kussens en zijde, zijn hoofd naar de Moeder der Bergen in het verre noordoosten gekeerd.

'Olie,' beval ze, en ze haalden de kruiken en goten ze leeg over de brandstapel, zodat de zijde en het sprokkelhout en de bundeltjes gedroogd gras doorweekt werden, totdat de olie onder de houtblokken uit sijpelde en de lucht doortrokken was van de geur. 'Breng me mijn eieren,' beval Dany haar dienstmaagden. Iets in haar stem maakte dat ze het op een lopen zetten.

Ser Jorah nam haar bij een arm. 'Mijn koningin, Drogo zal in de nachtlanden geen drakeneieren nodig hebben. Verkoopt u ze liever in Asshai. Als u er een verkoopt kunnen we een schip aanschaffen dat ons naar de Vrijsteden terugbrengt. Als u ze alledrie verkoopt bent u de rest van uw leven een rijke vrouw.'

'Ik heb ze niet gekregen om ze te verkopen,' zei Dany.

Ze klom zelf op de brandstapel om de eieren rond haar zon-en-sterren te leggen. Het zwarte naast zijn hart, onder zijn arm. Het groene naast zijn hoofd, met zijn vlecht eromheen gekruld. Het roomwit-met-gouden tussen zijn benen. Toen ze hem voor de laatste maal kuste proefde Dany de zoete olie op zijn lippen.

Toen ze van de brandstapel klom merkte ze dat Mirri Maz Duur naar haar keek. 'Je bent gek,' zei de godsvrouw schor.

'Is het zo'n grote stap van waanzin naar wijsheid?' vroeg Dany. 'Ser Jorah, neem deze *maegi* en bind haar vast op de brandstapel.'

'Op de... nee, koningin, luister naar mij...'

'Doe wat ik zeg.' Hij bleef aarzelen, tot haar woede oplaaide. 'U hebt gezworen mij te gehoorzamen, wat er ook gebeurde. Rakharo, help hem.'

De godsvrouw slaakte geen kreet toen ze naar de brandstapel van Khal Drogo werd gesleurd en tussen zijn schatten werd vastgebonden. Dany goot zelf de olie over het hoofd van de vrouw. 'Dank je, Mirri Maz Duur,' zei ze, 'voor de lessen die je me hebt geleerd.'

'Je zult me niet horen schreeuwen,' antwoordde Mirri. De olie droop uit haar haren en doorweekte haar kleren.

'Jawel,' zei Dany, 'maar ik ben niet op je kreten uit, alleen op je leven. Ik weet nog wat je me hebt gezegd. Leven kan slechts met de dood worden gekocht.' Mirri Maz Duur opende haar mond maar zei niets terug. Toen ze een stap naar achteren deed zag Dany dat de verachting uit de onaandoenlijke, zwarte ogen van de *maegi* was geweken en plaats had gemaakt voor iets dat vrees had kunnen zijn. Toen viel er niets anders meer te doen dan de zon te observeren en uit te kijken naar de eerste ster.

Als een paardenvorst sterft wordt zijn paard met hem gedood, opdat hij fier de nachtlanden in kan rijden. De lijken worden in de openlucht verbrand, en de *khal* stijgt op zijn vurige ros ten hemel om zijn plaats te midden van de sterren in te nemen. Hoe feller de man bij zijn leven heeft gebrand, hoe helderder zijn ster in het duister zal schijnen.

Jhogo merkte het als eerste op. '*Daar*,' zei hij met omfloerste stem. Dany keek en zag het, laag in het oosten. De eerste ster was een roodgloeiende komeet. Bloedrood, vuurrood: de staart van de draak. Ze had zich geen krachtiger voorteken kunnen wensen.

Dany nam de toorts uit Aggo's hand en stak hem tussen de houtblokken. De olie vatte onmiddellijk vlam, het sprokkelhout en het gedroogde gras een hartslag later. Kleine vlammetjes schoten als rappe rode muizen langs het hout omhoog, gleden over de olie en sprongen van bast op tak op blad. Een toenemende hitte blies haar in het gezicht, zacht en heftig als de adem van een minnaar, maar binnen enkele tellen was het onverdraaglijk heet geworden. Dany deed een stapje achteruit. Het hout knetterde, steeds luider en luider. Mirri Maz Duur hief een schrille rouwklacht aan. De vlammen kolkten en kronkelden en joegen achter elkaar aan de verhoging op. De lucht zelf leek te vervloeien van de hitte, en de schemering trilde. Dany hoorde houtblokken kraken en splijten. De vlammen raasden over Mirri Maz Duur heen. Haar lied werd luider, scheller... toen kreunde ze, herhaalde malen, en haar lied werd een doodsbange jammerklacht, ijl, hoog en vol gruwelijke pijn.

En nu bereikten de vlammen haar Drogo, en nu waren ze overal om hem heen. Zijn kleren vatten vlam, en heel even was de *khal* gehuld in fladderende flarden oranje zij en sliertjes kringelende rook, grijs en vettig. Dany's lippen weken vaneen, en ze merkte dat ze haar adem inhield. Een deel van haar wilde naar hem toe, zoals ser Jorah had gevreesd, wilde zich in de vlammen storten om hem om vergiffenis te smeken en hem nog één keer met haar lichaam te omvangen, opdat het vuur het vlees van hun beenderen zou smelten tot ze voor altijd één zouden zijn.

Ze rook de lucht van brandend vlees. Het verschilde niet van dat van paardenvlees dat in een vuurkuil werd geroosterd. De brandstapel brulde in de dichter wordende schemering als een groot beest boven het flauwere geluid van Mirri Maz Duurs gekrijs uit en stak langgerekte vlammentongen uit die aan de buik van de nacht likten. Toen de rook dikker werd deinsden de Dothraki hoestend achteruit. Enorme oranje vuurstralen ontplooiden hun banieren in die helse wind. De blokken sisten en knetterden, gloeiende stukjes as stegen op de rook omhoog en dreven als evenzovele pasgeboren vuurvliegjes het donker in. De hitte geselde de lucht met grote, rode vleugels en dreef de Dothraki naar achteren, dreef zelfs Mormont naar achteren, maar Dany hield stand. Zij was het bloed van de Draak, en het vuur was in haarzelf.

Ze had al lang geleden vermoed wat er aan de hand was, dacht Dany terwijl ze een stap naar de vuurzee deed, maar het komfoor was niet heet genoeg geweest. De vlammen draaiden voor haar ogen als de vrouwen die op haar bruiloft hadden gedanst. Ze wervelden en zongen, en sponnen sluiers van geel, oranje en karmozijnrood, beangstigend om te zien, maar lieflijk, o zo lieflijk, zinderend van de hitte. Dany spreidde haar armen voor hen uit, haar huid rood en gloeiend. *Ook dit is een bruiloft*, dacht ze. Mirri Maz Duur was stil geworden. De godsvrouw had haar een kind gevonden, maar kinderen groeien en kinderen leren.

Nog een stap, en Dany kon zelfs door haar sandalen heen de hitte van het zand onder haar voetzolen voelen. Waar eens haar tranen hadden gevloeid stroomde het zweet over haar dijen en tussen haar borsten en in straaltjes over haar wangen. Achter haar schreeuwde ser Jorah iets, maar hij was niet belangrijk meer, het vuur was het enige belangrijke. De vlammen waren zo prachtig, het mooiste dat ze ooit had gezien, stuk voor stuk tovenaars in het geel, oranje en scharlakenrood, en lange mantels van rook zwierden om hen heen. Ze zag karmozijnen vuurleeuwen en grote gele slangen en eenhoorns van bleekblauwe vlammen. Ze zag vissen, vossen en monsters, wolven en schitterende vogels en bloeiende bomen, de ene nog mooier dan de andere. Ze zag een paard, een grote, grijze hengst in een omlijsting van rook, met golvende manen als een stralenkrans van blauw vuur. *Ja, mijn lief, mijn zon-en-sterren, ja, stijg op en rijd nu.*

Haar vest was gaan smeulen, dus schudde Dany het van haar lijf en liet het op de grond vallen. Het ging in vlammen op terwijl zij nog een sprongetje naar het vuur deed, haar borsten ontbloot in de gloed. Stromen melk vloeiden uit haar rode, gezwollen tepels. *Nu*, dacht ze, *nu*, en even ving ze een glimp van Khal Drogo op, met een vlammende gesel in de hand op zijn rookhengst gezeten. Hij glimlachte, en de zweep schoot als een sissende slang op de brandstapel af.

Ze hoorde een knal, het geluid van brekende steen. De verhoging van hout, takjes en gras begon te schuiven en in te storten. Stukken brandend hout gleden op Dany af, en een regen van as en sintels daalde over haar neer. En met veel geraas stuiterde en bolderde er nog iets omlaag: een gebogen stuk steen, licht van kleur en met goud dooraderd, rokend en gebarsten. Het geloei overstemde alles, maar door de vurige regen heen hoorde Dany vaag het gegil van vrouwen en de verwonderde kreten van kinderen.

Leven kan slechts met de dood gekocht worden.

En er knalde nog iets, luid en scherp als de donder, en de rook sliertte en kringelde om haar heen en de brandstapel kantelde en de houtblokken explodeerden zodra het vuur hun geheime kern beroerde. Ze hoorde het krijsen van bange paarden en de stemmen van de Dothraki, die kreten van angst en ontzetting slaakten, en van ser Jorah, die vloekte en haar naam riep. *Nee*, wilde ze hem toeroepen. *Nee, waarde ridder, vrees niet voor mij. Het vuur behoort mij toe. Ik ben Daenerys Stormgeboren, dochter van draken, bruid van draken, moeder van draken, ziet u het niet? Zíet u het niet?* Met een dertig voet hoge straal vlammen en rook stortte de brandstapel in en daalde rondom haar op de grond neer. Onbevreesd stapte Dany de vuurstorm in om haar kinderen te roepen.

De derde knal was zo luid en scherp alsof de wereld verbrijzelde.

Toen het vuur eindelijk doofde en de grond genoeg was afgekoeld om op te lopen, trof ser Jorah Mormont haar in de as aan, te midden van zwartgeblakerde houtblokken, gloeiende sintels en de verbrande botten van man, vrouw en paard. Ze was naakt, met roet besmeurd, haar kleren tot as verteerd, haar prachtige haar volledig weggeschroeid... maar ze was ongedeerd.

De roomwit met gouden draak zoog aan haar linkerborst, de groen met bronzen aan de rechter. Zij lagen in haar armen gewiegd. Het zwart met scharlakenrode beest lag om haar schouders gedrapeerd, zijn lange, gebogen nek opgerold onder haar kin. Toen het ser Jorah zag hief het de kop op en keek hem aan met ogen als gloeiende kolen.

Woordeloos zonk de ridder op zijn knieën. Na hem kwamen de mannen van haar *khas*. Jhogo legde als eerste zijn *arakh* aan haar voeten neer. 'Bloed van mijn bloed,' mompelde hij terwijl hij zijn gezicht tegen de rokende aarde drukte. 'Bloed van mijn bloed,' hoorde ze Aggo herhalen. 'Bloed van mijn bloed,' riep Rakharo.

En na hen volgden haar dienstmaagden, en daarna de anderen, alle Dothraki, mannen, vrouwen en kinderen, en Dany hoefde hen maar aan te kijken om te weten dat ze nu aan haar toebehoorden, vandaag, morgen en voor altijd, zoals ze nimmer aan Drogo hadden toebehoord.

Toen Daenerys Targaryen opstond siste haar zwarte, en bleke rook wolkte uit zijn bek en neusgaten. De andere twee lieten haar borsten los om hun roep bij de zijne te voegen, en doorschijnende vleugels ontvouwden zich en brachten de lucht in beroering. En voor het eerst in honderden jaren wekte de muziek van draken de nacht tot leven.

Appendix

Het huis Baratheon

Het jongste der grote huizen, ontstaan in de Veroveringsoorlogen. Van de stichter, Orys Baratheon, ging het gerucht dat hij de bastaardbroer van Aegon de Draak was. Orys werkte zich van gewoon krijgsman op tot een van Aegons dapperste bevelhebbers. Toen hij Argilac de Arrogante, de laatste Stormkoning versloeg, gaf Aegon hem als beloning Argilacs kasteel, zijn grondgebied en zijn dochter. Orys trouwde met het meisje en nam de banier, de onderscheidingstekenen en de woorden van haar geslacht aan. Het wapenteken van de Baratheons is een gekroonde hertenbok, zwart op een gouden veld. Hun woorden zijn: *Onzer is de furie.*

KONING ROBERT BARATHEON, Eerste van die naam,
- zijn echtgenote, KONINGIN CERSEI, van het huis Lannister,
- hun kinderen:
  - PRINS JOFFRY, erfgenaam van de ijzeren troon, twaalf,
  - PRINSES MYRCELLA, een meisje van acht,
  - PRINS TOMMEN, een jongen van zeven,
- zijn broers:
  - STANNIS BARATHEON, heer van Drakensteen,
  - zijn echtgenote, VROUWE SELYSE van het huis Florens,
  - hun dochter, SHIRINE, een meisje van negen,
  - RENLING BARATHEON, heer van Stormeinde,
- zijn kleine raad:
  - GROOTMAESTER PYCELLE,
  - HEER PETYR BAELISH, Pinkje genoemd, muntmeester,
  - HEER STANNIS BARATHEON, vlootmeester,

- HEER RENLING BARATHEON, wetmeester,
- SER BARRISTAN SELMY, bevelhebber van de koningsgarde,
- VARYS, een eunuch, de Spin genoemd, meester der fluisteraars,
- zijn hofhouding en volgelingen:
  - SER ILYN PEYN, koninklijk scherprechter, een beul,
  - SANDOR CLEGANE, de Jachthond genoemd, prins Joffry's gezworen schild,
  - JANOS SLINK, een man uit het volk, bevelhebber van de stadswacht van Koningslanding,
  - JALABHAR XHO, een verbannen prins van de Zomereilanden,
  - UILEBOL, een hofnar en zot,
  - LANCEL en TYREK LANNISTER, schildknapen van de koning, de neven van de koningin,
  - SER ARON SANTAGAR, wapenmeester,
- zijn koningsgarde:
  - SER BARRISTAN SELMY, de bevelhebber,
  - SER JAIME LANNISTER, de Koningsmoordenaar genoemd,
  - SER BOROS BOTH,
  - SER MERYN TRANT,
  - SER ARYS EIKHART,
  - SER PRESTEN GROENEVELD,
  - SER MANDON MOER.

De voornaamste huizen eedgebonden aan Stormeinde, zijn: Selmy, Wyld, Trant, Koproos, Errol, Estermont, Tarth, Swaan, Dondarrion en Caron.

De voornaamste huizen eedgebonden aan Drakensteen, zijn: Celtigar, Velaryon, Zeewaarde, Bar Emmon en Brandglas.

Het huis Stark

De Starks voeren hun afstamming terug op Brandon de Bouwheer en de oude koningen van Winter. Duizenden jaren heersten zij in Winterfel als koningen over het Noorden, totdat Torhen Stark, de Koning die knielde, verkoos zich aan Aegon de Draak te onderwerpen, liever dan hem te bevechten. Hun blazoen is een grijze schrikwolf op een ijswit veld. De Stark-woorden luiden: *De winter komt.*

EDDARD STARK, Heer van Winterfel, Landvoogd van het Noorden,
- zijn echtgenote, VROUWE CATELYN, van het huis Tulling,
- hun kinderen:
  - ROBB, erfgenaam van Winterfel, veertien jaar oud,
  - SANSA, de oudste dochter, elf,
  - ARYA, de jongste dochter, een meisje van negen,
  - BRANDON, Bran genoemd, zeven,
  - RICKON, een jongen van drie,
  - zijn bastaardzoon, JON SNEEUW, een jongen van veertien,
  - zijn pupil, THEON GRAUWVREUGD, erfgenaam van de IJzereilanden,
- zijn broers en zusters:
  - (BRANDON), zijn oudste broer, vermoord op bevel van Aerys II Targaryen,
  - (LYANNA), zijn jongere zuster, gestorven in de bergen van Dorne,
  - BENJEN, zijn jongste broer, lid van de Nachtwacht,
- zijn hofhouding:
  - MAESTER LUWIN, raadgever, genezer en leraar,
  - VAYON POEL, hofmeester van Winterfel,

- JEANE, zijn dochter, Sansa's beste vriendin,
- JORY CASSEL, hoofd van de wacht,
  - HALLIS MOLLEN, DESMOND, JACS, PORTHIER, QUENT, ALYN, TOMARD, VARLING, HUARD, CAIN, WYL, wachters,
- SER RODRIK CASSEL, wapenmeester, Jory's oom,
  - BET, zijn dochtertje,
- SEPTA MORDANE, gouvernante van heer Eddards dochters,
- SEPTON CHEYL, hoeder van de sept en de bibliotheek van het kasteel,
- HULLEN, stalmeester,
  - zijn zoon, HARWIN, een wachter,
  - JOSETH, stalknecht en paardentemmer,
- FARLEN, kennelmeester,
- OUWE NANS, verhalenvertelster, een voormalige min,
  - HODOR, haar achterkleinzoon, een zwakbegaafde staljongen,
- GIES, de kok,
- MIKKEN, smid en wapenmaker,

- zijn voornaamste baanderheren:
  - SER HELMAN LANGHART,
  - RICKARD KARSTARK, heer van Karborg,
  - ORUS BOLTEN, heer van Fort Gruw,
  - JON OMBER, de Grootjon genoemd,
  - GALBART en ROBET HANSCOE,
  - WEYMAN MANDERLING, heer van Withaven,
  - MAEGE MORMONT, de vrouwe van Bereneiland.

De voornaamste huizen eedgebonden aan Winterfel, zijn: Karstark, Omber, Grind, Mormont, Hoornwoud, Cerwyn, Riet, Manderling, Hanscoe, Langhart en Bolten.

Het huis Lannister

Door de aderen van de Lannisters, blond, rijzig en knap, stroomt het bloed van Andaalse avonturiers die in de westelijke heuvels en dalen een machtig koninkrijk voor zichzelf creëerden. Ze beroemen zich erop, via de vrouwelijke lijn van Lann de Geslepene, de legendarische bedrieger uit het Heldentijdperk af te stammen. Het goud van de Rots van Casterling en de Guldentand heeft hen tot het rijkste der grote huizen gemaakt. Hun wapenteken is een gouden leeuw op een karmozijnrood veld. De woorden van de Lannisters zijn: *Hoort mijn gebrul.*

TYWIN LANNISTER, Heer van de Rots van Casterling, Landvoogd van het Westen, Schild van Lannispoort,
- zijn echtgenote, (VROUWE JOHANNA), een nicht, gestorven in het kraambed,
- hun kinderen:
  - SER JAIME, de Koningsmoordenaar genoemd, erfgenaam van de Rots van Casterling, tweelingbroer van Cersei,
  - KONINGIN CERSEI, echtgenote van koning Robert I Baratheon, tweelingzuster van Jaime,
  - TYRION, de Kobold genoemd, een dwerg,
- zijn broers en zusters:
  - SER KEVAN, zijn oudste broer,
    - zijn echtgenote, DORNA, van het huis Vlugh,
    - hun oudste zoon, LANCEL, schildknaap van de koning,
    - hun tweelingzonen WILLEM en MARTYN,
    - hun kleine dochtertje JANEI,
  - GENNA, zijn zuster, getrouwd met SER EMMON FREY,
    - hun oudste zoon, SER CLEOS FREY,

– hun zoon, TIOS FREY, een schildknaap,
– (SER TYGET), zijn tweede broer, gestorven aan de pokken,
– zijn weduwe, DARLESSA, van het huis Marbrand,
– hun zoon, TYREK, schildknaap van de koning,
– (GERION), zijn jongste broer, omgekomen op zee,
– zijn bastaarddochter, JOY, een meisje van tien,
– hun neef, SER STEFFERT LANNISTER, de broer van wijlen vrouwe Johanna,
– zijn dochters, CERENNA en MYRIËLLE,
– zijn zoon, SER DAVEN LANNISTER,
– zijn raadgever, MAESTER CREYLEN,
– zijn voornaamste ridders en baanderheren:
– HEER LEO LEVOORT,
– SER ADDAM MARBRAND,
– SER GREGOR CLEGANE, de Rijdende Berg genoemd,
– SER HARYS VLUGH, schoonvader van ser Kevan,
– HEER ANDROS BRAX,
– SER FORLING PAPE,
– SER AMAURY LORS,
– VARGO HOAT, uit de Vrijstad Qohor, een huurling.

De voornaamste huizen eedgebonden aan de Rots van Casterling, zijn: Peyn, Vlugh, Marbrand, Liden, Banfort, Levoort, Crakenhal, Serret, Brem, Clegane, Pape en Westerling.

Het huis Arryn

De Arryns stammen af van de koningen van Berg en Vallei, een van de oudste en zuiverste adelsgeslachten van de Andalen. Hun wapenteken is de maan en de valk, wit op een hemelsblauw veld. De woorden van de Arryns luiden: *Verheven als de eer*.

(JON ARRYN), Heer van het Adelaarsnest, Verdediger van de Vallei, Landvoogd van het Oosten, Hand des Konings, onlangs overleden,

- zijn eerste echtgenote, (VROUWE JEANE, van het huis Roys), gestorven in het kraambed, haar dochter doodgeboren,
- zijn tweede echtgenote, (VROUWE ROWENA, van het huis Arryn), zijn nicht, gestorven aan een kou, kinderloos,
- zijn derde echtgenote, VROUWE LYSA, van het huis Tulling,
    - hun zoon:
    - ROBERT ARRYN, een ziekelijke jongen van zes, nu heer van het Adelaarsnest en verdediger van de Vallei,
- hun volgelingen en hofhouding:
    - MAESTER COLEMON, raadgever, genezer en leraar,
    - SER VARDIS EGEN, hoofd van de wacht,
    - SER BRYNDEN TULLING, de Zwartvis genoemd, Ridder van de Poort en oom van vrouwe Lysa,
    - HEER NESTOR ROYS, opperhofmeester van de Vallei,
        - SER ALBAR ROYS, zijn zoon,
        - MYA STEEN, een bastaardmeisje in zijn dienst,
    - HEER EON JAGER, die vrouwe Lysa het hof maakt,
    - SER LYN CORBREE, die vrouwe Lysa het hof maakt,

– MYCHEL ROODFOORT, zijn schildknaap,
– VROUWE ANYA WAGENHOLT, een weduwe,
  – SER MORTEN WAGENHOLT, haar zoon, die vrouwe Lysa het hof maakt,
  – SER DONNEEL WAGENHOLT, haar zoon,
– MORD, een wrede gevangenbewaarder.

De voornaamste huizen eedgebonden aan het Adelaarsnest, zijn: Roys, Baelish, Egen, Wagenholt, Jager, Roodfoort, Corbree, Belmer, Melcom en Hersing.

Het huis Tulling

De Tullings hebben nooit als koningen geheerst, al bezaten ze duizenden jaren lang rijke landerijen en een groot kasteel bij Stroomvliet. Ten tijde van de Veroveringsoorlogen behoorde het rivierengebied toe aan Harren de Zwarte, koning der Eilanden. Harrens grootvader, koning Harwyn Hardhand, had de Drietand veroverd op Arrec de Stormkoning, wiens voorvaderen driehonderd jaar daarvoor het hele gebied tot aan de Nek hadden veroverd en de laatste van de oude Rivierkoningen hadden omgebracht. Harren de Zwarte, een ijdele en bloeddorstige tiran, was weinig geliefd bij zijn onderdanen, en veel rivierheren keerden hem de rug toe om zich bij Aegons krijgsmacht aan te sluiten. De voornaamste onder hen was Edmyn Tulling van Stroomvliet. Toen Harren en zijn geslacht bij de brand van Harrenhal omkwamen beloonde Aegon het huis Tulling door heer Edmyn tot heer over de gebieden van de Drietand te verheffen en van de overige rivierheren te eisen dat zij zich aan hem zouden onderwerpen. Het wapenteken van Tulling is een springende, zilveren forel op een golvend blauw-rood veld. De woorden van de Tullings luiden: *Geslacht, Plicht, Eer.*

HOSTER TULLING, Heer van Stroomvliet,
- zijn echtgenote, (VROUWE MINISA, van het huis Whent), gestorven in het kraambed,
- hun kinderen:
  - CATELYN, de oudste dochter, gehuwd met heer Eddard Stark,
  - LYSA, de jongste dochter, gehuwd met heer Jon Arryn,
  - SER EDMAR, erfgenaam van Stroomvliet,
- zijn broer, SER BRYNDEN, de Zwartvis genoemd,

- zijn hofhouding:
  - MAESTER VEYMAN, raadgever, genezer en leraar,
  - SER DESMOND GREL, wapenmeester,
  - SER ROBIN REYGER, hoofd van de wacht,
  - UTHERYDES WAGEN, hofmeester van Stroomvliet,
- zijn ridders en baanderheren:
  - JASON MALLISTER, heer van Zeegaard,
    - PATREK MALLISTER, zijn zoon en erfgenaam,
  - WALDER FREY, heer van de Oversteek,
    - zijn talloze zonen, kleinzonen en bastaarden,
  - JONOS VAAREN, heer van Steenhaag,
  - TYTOS ZWARTEWOUD, heer van Ravenboom,
  - SER REIMON DARRING,
  - SER KARYL VANNIS,
  - SER MARQ PIJPER,
  - SHELLA WHENT, vrouwe van Harrenhal,
    - SER WILLIS WEDE, een ridder in haar dienst.

Mindere huizen eedgebonden aan Stroomvliet, zijn onder andere: Darring, Frey, Mallister, Vaaren, Zwartewoud, Whent, Reyger, Pijper en Vannis.

Het huis Tyrel

De Tyrels verwierven hun macht als hofmeesters van de koningen van het Bereik, wier grondgebied de vruchtbare vlakten van het zuidwesten van de Marken van Dorne en de Zwartwaterstroom tot aan de kusten van de Zee van Zonsondergang omvatte. Via de vrouwelijke lijn maken ze er aanspraak op, af te stammen van Gart Groenehand, Tuinman-koning van de Eerste Mensen, die een kroon van wingerdranken en bloemen droeg en het gebied tot bloei bracht. Toen koning Mern, de laatste van het oude geslacht, omkwam op het Veld van Vuur, droeg zijn hofmeester, Harlen Tyrel, Hooggaarde aan Aegon Targaryen op en onderwierp zich aan hem. Aegon schonk hem het kasteel en de heerschappij over het Bereik. Het wapenteken van Tyrel is een gouden roos op een grasgroen veld. Hun woorden luiden: *Groei brengt kracht.*

HAMER TYREL, Heer van Hooggaarde, Landvoogd van het Zuiden, Verdediger van de Marken, Oppermaarschalk van het Bereik,

- zijn echtgenote, VROUWE ALERIE, van het huis Hoogtoren van Oudstee,
- hun kinderen:
  - WILLAS, hun oudste zoon, erfgenaam van Hooggaarde,
  - SER GARLAN, de Dappere genoemd, hun tweede zoon,
  - SER LORAS, de Bloemenridder, hun jongste zoon,
  - MARJOLIJ, hun dochter, een jong meisje van veertien jaar,
- zijn moeder, de weduwe VROUWE OLENNA, van het huis Roodweyn, de Dorenkoningin genoemd,
- zijn zusters:

- MINA, gehuwd met heer Paxter Roodweyn,
- JANNA, gehuwd met ser Jon Graftweg,
- zijn ooms:
  - GART, de Vette genoemd, seneschalk van Hooggaarde,
    - zijn bastaardzonen, GARS en GARRET BLOEMEN,
  - SER MORYN, bevelhebber van de stadswacht van Oudstee,
  - MAESTER GORMON, een geleerde van de Citadel,
- zijn hofhouding:
  - MAESTER LOMYS, raadgever, genezer en leraar,
  - IGON VYRWEL, hoofd van de wacht,
  - SER VORTIMER KRAAN, wapenmeester,
- zijn ridders en baanderheren:
  - PAXTER ROODWEYN, heer van het Prieel,
    - zijn echtgenote, VROUWE MINA, van het huis Tyrel,
    - hun kinderen:
      - SER HORAS, spottend Hoor'es genoemd, tweelingbroer van Hobber,
      - SER HOBBER, spottend Hobbel genoemd, tweelingbroer van Horas,
      - DESMERA, een maagd van vijftien,
  - RANDYLL TARLING, heer van Hoornheuvel,
    - SAMWEL, zijn oudste zoon, van de Nachtwacht,
    - DICKON, zijn jongste zoon, erfgenaam van Hoornheuvel,
  - ARWYN EIKHART, vrouwe van Oude Eik,
  - MATHIS ROWIN, heer van Guldenloo,
  - LEYTEN HOOGTOREN, Stem van Oudstee, heer van de Haven,
  - SER JON GRAFTWEG.

De voornaamste huizen eedgebonden aan Hooggaarde, zijn: Vyrwel, Florens, Eikhart, Hoogtoren, Kraan, Tarling, Roodweyn, Rowin, Graftweg en Muildoor.

Het huis Grauwvreugd

De Grauwvreugds van Piek beroepen zich erop van de Grauwe Koning uit het Heldentijdperk af te stammen. Volgens de legende heerste de Grauwe Koning niet slechts over de westelijke eilanden, maar ook over de zee zelf, en nam hij een zeemeermin tot vrouw.

Duizenden jaren waren zeerovers van de IJzereilanden – door degenen die ze uitplunderden 'ijzeren mannen' genoemd – de schrik der zeeën. Ze voeren tot aan de Haven van Ibben en de Zomereilanden en beroemden zich op hun felheid in de strijd en hun heilige vrijheden. Elk eiland had zijn eigen 'zoutkoning' en 'rotskoning'. Uit hen werd de Opperkoning van de Eilanden gekozen, totdat koning Urron het koningschap erfelijk maakte door tijdens een keurbijeenkomst de overige koningen te vermoorden. Urrons geslacht werd duizend jaar later uitgeroeid, toen de Andalen de eilanden overspoelden. Evenals andere eilandheren gingen de Grauwvreugds huwelijken met de veroveraars aan.

De heerschappij van de IJzerkoningen strekte zich tot ver buiten de eilanden zelf uit. Zo verwierven ze voor zichzelf te vuur en te zwaard koninkrijken op het vasteland. Koning Qhored kon zich er naar waarheid op beroemen dat zijn wil wet was, 'overal waar zout water te ruiken of het gedruis van de golven te horen is'. In latere eeuwen raakten de afstammelingen van Qhored het Prieel, Oudstee, Bereneiland en een groot deel van de westelijke kust kwijt. Desondanks heerste koning Harren de Zwarte aan de vooravond van de Veroveringsoorlogen nog over het hele gebied tussen de bergen, van de Nek tot de Zwartwaterstroom. Toen Harren en zijn zonen bij de val van Harrenhal omkwamen schonk Aegon Targaryen het rivierengebied aan het huis Tulling en stond hij de overlevende heren van de IJzereilanden toe, de oude gewoonte in ere te herstellen en te kiezen wie onder hen de voornaamste zou zijn. Ze kozen heer Vickon Grauwvreugd van Piek.

Het wapenteken van de Grauwvreugds is een gouden kraak op een zwart veld. Hun woorden luiden: *Wij zaaien niet.*

BALON GRAUWVREUGD, Heer van de IJzereilanden, Koning van Zout en Rots, Zoon van de Zeewind, Oogstheer van Piek,
- zijn echtgenote, VROUWE ALANNYS, van het huis Harlaw,
- hun kinderen:
  - (RODRIK), hun oudste zoon, gesneuveld in Zeegaard tijdens de Grauwvreugd-opstand,
  - (MARON), hun tweede zoon, gesneuveld op de wallen van Piek tijdens de Grauwvreugd-opstand,
  - ASHA, hun dochter, kapitein van de *Zwarte Wind*,
  - THEON, hun enige overlevende zoon, erfgenaam van Piek, pupil van heer Eddard Stark,
- zijn broers:
  - EURON, Kraaienoog genoemd, kapitein van de *Stilte*, een vogelvrije piraat en rover,
  - VICTARION, opperbevelhebber van de ijzeren vloot,
  - AERON, Damphair genoemd, priester van de Verdronken God.

Mindere huizen eedgebonden aan Piek, zijn onder andere: Harlang, Steenhuis, Merleyn, Sonderlei, Botteler, Taanig, Windasch en Goedenbroer.

Het huis Martel

Nymeria, de krijgshaftige koningin van de Rhoyn, landde met haar tienduizend schepen in Dorne, het zuidelijkste der Zeven Koninkrijken, en nam heer Mors Martel tot echtgenoot. Met haar hulp versloeg hij al zijn vijanden en verwierf hij de heerschappij over geheel Dorne. De invloed van de Rhoynar is nog altijd groot. Zo betitelen de heersers van Dorne zichzelf als 'vorst' in plaats van als 'koning'. Volgens de wetten van Dorne gaan grondgebied en titels over op het oudste kind, niet op de oudste zoon. Als enige van de Zeven Koninkrijken is Dorne nooit door Aegon de Draak veroverd. Het werd pas tweehonderd jaar later voorgoed bij het rijk gevoegd, door een echtverbintenis en een verdrag, niet door het zwaard. De vreedzame koning Daeron II slaagde waar de krijgslieden hadden gefaald door met prinses Myriah van Dorne te trouwen en zijn eigen zuster aan de heersende vorst van Dorne ten huwelijk te geven. De banier van de Martels is een rode zon met een gouden speer erdoor. Hun woorden luiden: *Onoverwonnen, ongebogen, ongebroken.*

DORAN NYMEROS MARTEL, Heer van Zonnespeer, Vorst van Dorne,
- zijn echtgenote, MELLARIO, uit de Vrijstad Norvos,
- hun kinderen:
  - PRINSES ARIANNE, hun oudste dochter, erfgenaam van Zonnespeer,
  - PRINS QUENTYN, hun oudste zoon,
  - PRINS TRYSTANE, hun jongste zoon,

- zijn verdere familie:
  - zijn zuster, (PRINSES ELIA), gehuwd met prins Rhaegar Targaryen, gedood bij de plundering van Koningslanding,
    - hun kinderen:
      - (PRINSES RHAENYS), een klein meisje, gedood bij de plundering van Koningslanding,
      - (PRINS AEGON), een zuigeling, gedood bij de plundering van Koningslanding,
  - zijn broer, PRINS OBERYN, de Rode Adder,
- zijn hofhouding:
  - AREO HOTAH, een huurling uit Norvos, hoofd van de wachters,
  - MAESTER CALEOTTE, raadgever, genezer en leraar,
- zijn ridders en baanderheren:
  - EDRIC DAYN, heer van Sterrenval.

De voornaamste huizen eedgebonden aan Zonnespeer, zijn onder andere: Jordaen, Santagar, Allyrion, Toland, Yzerhout, Wyl, Vogeler en Dayn.

De oude dynastie: het huis Targaryen

De Targaryens zijn het bloed van de Draak, afstammelingen van de hoge heren van de aloude vrijplaats Valyria. Hun erfenis uit zich in een opvallende (volgens sommigen bovenmenselijke) schoonheid, met ogen in de kleuren lila, indigo of violet, en zilver- of platinablond haar.

De voorvaderen van Aegon de Draak ontsnapten aan de Doem van Valyria en aan de daaropvolgende slachting en vestigden zich op Drakensteen, een rotsig eiland in de zee-engte. Vandaar voeren Aegon en zijn zusters Visenya en Rhaenys uit om de Zeven Koninkrijken te veroveren. Om het koninklijke bloed onvermengd te doen voortbestaan betrachtte het huis Targaryen vaak de Valyrische gewoonte van het zusterhuwelijk. Aegon zelf nam zijn beide zusters tot vrouw en verwekte zonen bij allebei. De banier van Targaryen is een driekoppige draak, rood op zwart. De drie koppen staan voor Aegon en zijn zusters. De Targaryen-woorden luiden: *Vuur en bloed.*

De opvolging van de Targaryens

Datering in jaren na Aegons landing

1-13	Aegon I	Aegon de Veroveraar, Aegon de Draak
37-42	Aenys I	zoon van Aegon en Rhaenys

42-48	Maegor I	Maegor de Wrede, zoon van Aegon en Visenya
48-103	Jaehaerys I	de Oude Koning, de Verzoener, Aenys' zoon
103-129	Viserys I	kleinzoon van Jaehaerys
129-131	Aegon II	oudste zoon van Viserys [De opvolging door Aegon II werd betwist door zijn zuster Rhaenyra, die een jaar ouder was. Beiden kwamen om in de oorlog die ze onderling voerden en die door zangers de Drakendans wordt genoemd.]
131-157	Aegon III	de Drakendoder, zoon van Rhaenyra [De laatste der Targaryen-draken stierf tijdens de regering van Aegon III.]
157-161	Daeron I	de Jonge Draak, de Kind-koning, oudste zoon van Aegon III [Daeron veroverde Dorne, maar was niet in staat het te houden en stierf jong.]
161-171	Baelor I	de Geliefde, de Gezegende, septon en koning, tweede zoon van Aegon I
171-172	Viserys II	vierde zoon van Aegon III
172-184	Aegon IV	de Onwaardige, oudste zoon van Viserys [Zijn jongere broer, prins Aemon de Drakenridder, was de voorvechter en volgens sommigen de minnaar van koningin Naerys.]
184-209	Daeron II	koningin Naerys' zoon bij Aegon of Aemon [Daeron voegde Dorne bij het rijk door prinses Myriah van Dorne te huwen.]
209-221	Aerys I	tweede zoon van Daeron II [stierf kinderloos]
221-223	Maekar I	vierde zoon van Daeron II
223-259	Aegon V	de Onwaarschijnlijke, vierde zoon van Maekar I.
259-262	Jaehaerys II	tweede zoon van Aegon de Onwaarschijnlijke
262-283	Aerys II	de Krankzinnige, enige zoon van Jaehaerys II.

De lijn van de Drakenkoningen eindigde toen Aerys II werd

onttroond en gedood, evenals zijn erfgenaam, kroonprins Rhaegar Targaryen, die bij de Drietand sneuvelde tegen Robert Baratheon.

De laatste Targaryens

(KONING AERYS TARGARYEN), tweede van die naam, door Jaime Lannister gedood bij de plundering van Koningslanding,

- zijn zuster en echtgenote, (KONINGIN RHAELLA) van het huis Targaryen, op Drakensteen in het kraambed gestorven,
- hun kinderen:
  - (PRINS RHAEGAR), erfgenaam van de ijzeren troon, bij de Drietand gesneuveld tegen Robert Baratheon,
- zijn vrouw, (PRINSES ELIA) van het huis Martel, gedood bij de plundering van Koningslanding,
- hun kinderen:
  - (PRINSES RHAENYS), een klein meisje, gedood bij de plundering van Koningslanding,
  - (PRINS AEGON), een zuigeling, gedood bij de plundering van Koningslanding,
- PRINS VISERYS, die zich opwerpt als Viserys, Derde van die naam, Heer van de Zeven Koninkrijken, ook de Bedelaar-koning genoemd,
- PRINSES DAENERYS, Daenerys Stormgeboren genoemd, een jong meisje van dertien jaar.

Woord van dank

De duivel schuilt in de details, heet het.

In een boek van deze omvang zitten een *heleboel* duivels die stuk voor stuk bijten, als je niet oppast. Gelukkig ken ik ook een heleboel engelen.

Daarom mijn dank en waardering aan het adres van al die goede lieden die zo vriendelijk zijn geweest mij hun oor en hun expertise (en soms hun boeken) te lenen, zodat ik al die kleine details kon rechtbreien – Sage Walker, Martin Wright, Melinda Snodgrass, Carl Keim, Bruce Baugh, Tim O'Brien, Roger Zelazny, Jane Lindskold en Laura J. Mixon, en natuurlijk Parris.

En ik ben met name Jennifer Hershey dankbaar, omdat zij veel meer dan de gevraagde inspanning heeft geleverd...